中國古典文學基本叢書

關漢卿集校注

第一册

藍立蓂 校注

中華書局

圖書在版編目(CIP)數據

關漢卿集校注/藍立蓂校注. —北京:中華書局,
2018.11(2023.5 重印)
(中國古典文學基本叢書)
ISBN 978-7-101-13071-3

Ⅰ.關… Ⅱ.藍… Ⅲ.關漢卿(? ~1279)-古代戲曲-戲劇文學-文學研究 Ⅳ.I207.37

中國版本圖書館 CIP 數據核字(2018)第 022439 號

責任編輯:朱兆虎
責任印製:陳麗娜

中國古典文學基本叢書
關漢卿集校注
(全四册)
藍立蓂 校注

*

中 華 書 局 出 版 發 行
(北京市豐臺區太平橋西里 38 號 100073)
http://www.zhbc.com.cn
E-mail:zhbc@zhbc.com.cn
三河市宏盛印務有限公司印刷

*

850×1168 毫米 1/32 · 57½印張 · 8 插頁 · 1026 千字
2018 年 11 月第 1 版 2023 年 5 月第 2 次印刷
印數:2001-3000 册 定價:198.00 元

ISBN 978-7-101-13071-3

目録

第一册

第二册

第三册

第四册

散曲

小令

套數

前言

元鍾嗣成《録鬼簿》云：「關漢卿，大都人……號已齋叟。」在元曲鼎盛的十三世紀，衆多的戲曲作家中，關漢卿是極具代表性的一位。他創作的作品最多，據《録鬼簿》著録，雜劇有六十多種。元周德清云：「樂府之盛、之備、之難，莫如今時。其盛，則自搢紳及閭閻歌咏者衆。其備，則自關（漢卿）、鄭（光祖）、白（仁甫）、馬（致遠）一新製作，韵共守自然之音，字能通天下之語，字暢語俊，韵促音調。」（《中原音韻·自序》）自此，關漢卿被公認爲最有成就的「元曲四大家」之首。明朱權雖評關氏「乃可上可下之才」，但也不得不承認他「初爲雜劇之始，故卓以前列」（《太和正音譜·古今群英樂府格勢》）。這不僅因爲他創作年代早，對元雜劇有開創之功，而且造詣很高。王國維云：「元代曲家……以其年代及造詣論之，寧稱關、白、馬、鄭爲妥也。關漢卿一空倚傍，自鑄偉詞，而其言曲盡人情，字字本色，故當爲元人第一。」（《宋元戲曲考·元劇之文章》）斯確論也。明韓邦奇將關氏與偉大的史學家司馬遷並提（王世貞《曲藻》），黄正位贊其「絶倫」（《陽春奏·凡例》），清阮葵生稱之爲「巨子」（《茶餘客話》），殊非過譽。

在元曲作家中，關漢卿也是今存作品最多的一人。雜劇見於《元刊雜劇三十種》、明趙琦美《脈望館鈔校本古今雜劇》等，散曲見於元楊朝英輯《樂府新編陽春白雪》、《朝野新聲太平樂府》等。關氏作品版本比較複雜。元刊本錯字俗體太多，脱文衍字不少，加之版子斷爛，字迹漫漶，閲讀頗爲不便。明代的鈔本、刻本，其間經過增删改動，訛、脱、衍、倒，亦時有所見。因此，無論是元刊本，還是明鈔、明刻本，都須要校勘。脈望館主人趙琦美據内府本和于小谷本校過關氏幾個雜劇，首開關劇校勘之端。鄭振鐸《世界文庫》、盧冀野《元人雜劇全集》、王季烈《孤本元明雜劇》、吴曉鈴等《關漢卿戲曲集》、隋樹森《元曲選外編》、鄭騫《校訂元刊雜劇三十種》、北京大學《關漢卿戲劇集》、徐沁君《新校元刊雜劇三十種》、甯希元《元刊雜劇三十種新校》、吴國欽《關漢卿全集》、王學奇等《關漢卿全集校注》、王季思《全元戲曲》，以及趙萬里《關漢卿散曲輯存》、隋樹森《全元散曲》等，或校點校勘，或校注，成績斐然，功不可没。筆者閲讀諸家校釋，獲益良多，但仍感有未盡之處，因不揣譾陋，撰此《關漢卿集校注》，以呈學界同人。

前賢所録關氏雜劇，多推重明臧晋叔《元曲選》，并以之爲底本。臧選保存元劇多達百種，而改動之處亦不少，其功其過自不待言。研究漢語言史，元曲不可或缺。一般來講，年代越早的本子，越接近著作的本來面目。從語言學角度看，首推臧選作底本乃不可取。吴曉鈴本以年代較早的本子作底本，實高一籌。然也有自相矛盾處。如《單刀會》不以元刊本作底本而以明鈔本爲底本，即自破體例。再者，吴本以覆元槧本代替元刊本，也是一大缺陷。本書所録關氏每劇每曲均選年代最早的本子作底本，以稍晚時期的其他本子作校本，并參以清代、民國以來有代表性的諸家校本、注本，詳加校勘，以望補前賢之不足。

校勘關曲（甚而整個元曲），有兩個方面似應注意：從斷代來説，元曲特有的以及元代習用的語、字，不宜隨便改動，以不失語言的時代特色。例如「陪」之改作「賠」、「卓」之改作「桌」、「您」之改作「你」、「根前」之改作「跟前」、「狗幸狼心」之改作「狗肺狼心」等等，實爲不妥。從歷史來講，傳統訓詁上所謂本字、通假字，也不應輕易改動，以不斷語言的發展脈絡。諸如「須」之改作「鬚」、「見」之改作「現」、「直」之改作「值」、「班」之改作「斑」、「交」之改作「教」等等，亦屬未安。本書尊重關氏著作的本來面目，詳校元明各本異同，對諸家校勘，是者從之，誤者正之，使讀者從中可窺關氏著作校勘的概况，可見關著語言的面貌。

關著語釋，前賢着力亦多。吴國欽《關漢卿全集》、王學奇等《關漢卿全集校注》是校勘兼注釋本。注釋方面，兩本貢獻尤夥。解釋詞語，雖難免見仁見智，但對注釋元曲，猶有一二可説者。元刊本（甚至明代鈔本、刻本）常見省寫現象。例如，「怞忬」，悲戚也，「怞」偶或省寫作「由」，解作「猶豫」則誤。他如「吃」之省寫作「乞」，「麄」「麁」之省寫作「鹿」等皆類此。關漢卿生活在蒙元時代，其作品語言自然打上時代的烙印。元曲中蒙古語和直譯公牘文某些用語並非罕見，關曲亦然。如，「莽古歹」，蒙古語，意爲蒙古人，或用作人名。歹，接尾詞，猶「的」。亦作「忙古歹」，解作「小番」則不妥。「獅蠻帶」，蒙古語，回回人用的腰帶。獅蠻，「闥獅蠻」（亦作「答失蠻」、「達失蠻」、「達識蠻」、「大石馬」、「忒四蠻」）之省，伊斯蘭教教士，釋爲「武裝帶」則未安。「刀子根底」的「根底」，蒙古語語助詞之意譯，猶用、拿，以「底下，下面」解釋，則大誤。這方面，注家重視似還不够。

感謝中華書局領導和書局諸先生關懷，本書得以付梓，與讀者見面。北京舉辦奥運會的二〇〇八年，正是關漢卿戲劇活動七百五十年，謹以此書作爲對這位世界文化名人的紀念。

藍立蓂

二〇〇五年二月

凡例

一、關漢卿是元代曲作家中創作最豐者，本書收録關氏今存作品之全部，計雜劇二十一種（含殘劇三），散曲小令五十七首、套數十四套（含殘套二）。學界對某些作品是否關著尚存歧异，在未見確證之前，今仍歸關氏名下，留待後考。因關著亡佚過甚，故本書名曰「集」而不稱「全集」。

二、雜劇排列次序按天一閣本《録鬼簿》。此本未見者，參考孟本《録鬼簿》、曹本《録鬼簿》、《太和正音譜》、《元曲選》卷首涵虚子曲目。以上均未見著録者，參脈望館藏鈔本、古名家本、《北詞廣正譜》。《哭香囊》、《春衫記》、《孟良盗骨》因係殘本，移置後。散曲先列小令，後列套數，宫調曲牌按《北詞廣正譜》爲序。殘套置後。

三、本書爲彙校。取時代最早的本子作底本，以稍晚時期的其他本子作校本，并參以清代、民國以來有代表性的諸家校本、注本入校。是者從之，誤者辨之。各本异文，詳入校注。以期手持此書而明關氏著作之全貌，而詳關著校勘之概况。雜劇所用底本、校本、參校本，於各劇總題後説明。散曲底本、校本注於各曲末，最前一種爲底本，餘皆校本；趙萬里本、隋樹森本、吴國欽本、王學奇本參校，曲末不贅。

四、原本行式參差，曲白混淆者，今加整理。但原作「科」「唱」「云」等詳略不同，不强劃一。凡作改補，均在校注中説明。

五、原本句讀無標點，今曲據格律，白依文義，用新式標點斷句。

六、曲用大字排印，科白及曲中帶白用小字排印。原本曲中襯字作小字者，仍其舊。

七、原本文字繁簡雜糅，正俗混用，爲免繁難，今用規範繁體排印。爲反映語言文字的本來面貌和時代特色，古字、假借以及元時習用字等，原則上不作改動。凡有改動，均在校注中説明。

八、原本文字訛、脱、衍、倒，均加校注。字有壞闕或模糊者，用方形空圍「□」代替，字數不明者用長形空圍「▯」代替。凡有删補，均在校注中説明。

九、校注以説明問題爲準，不作繁瑣徵引。引文均注出處，以備檢核。引用之元雜劇凡今存只有一種本子者，劇名前皆不注版本名稱。

十、爲省篇幅，又可免誤解者，文字校釋採用首處作校，并注云「後同，不另出校」。

十一、爲省行文之繁，前賢已詳者，校釋後注云「參看」某書某卷某條。本書前文已釋者，僅注「參見」某劇某折校注某條或某曲校注某條。

十二、凡不明者，闕疑俟考，注「待校」「未詳」。

十三、本書入校版本：

雜劇底本、校本

元刊本　《元刊雜劇三十種》，古本戲曲叢刊四集之一，商務印書館影印。

脈望館鈔本　（明）趙琦美脈望館藏《脈望館鈔校本古今雜劇》，古本戲曲叢刊四集之三。

古名家本　（明）陳與郊編《古名家雜劇》，古本戲曲叢刊四集之四。

脈望館古名家本　脈望館藏《古名家雜劇》，見《脈望館鈔校本古今雜劇》。

脈望館息機子本　脈望館藏息機子《雜劇選》，見《脈望館鈔校本古今雜劇》。

顧曲齋本　（明）王伯良編《古雜劇》，古本戲曲叢刊四集之二。

臧本　（明）臧晉叔編《元曲選》，商務印書館影印雕蟲館本。

孟本　（明）孟稱舜編《新鐫古今名劇柳枝集》、《新鐫古今名劇酹江集》，古本戲曲叢刊四集之八。

北詞廣正譜本　（清）李玉撰，北京大學影摹石印本。

參校本

何煌本　（清）何煌校《脈望館鈔校本古今雜劇》元刊《單刀會》過録本。

覆元槧本　日本京都帝國大學文科大學覆刻《覆元槧古今雜劇三十種》，中國書店影印。

鄭振鐸本　鄭振鐸編《世界文庫》，上海生活書店。

盧冀野本　盧冀野編《元人雜劇全集》，上海雜誌公司。

王季烈本　王季烈編校《孤本元明雜劇》，上海涵芬樓。

京都大學本　（日本）吉川幸次郎等注《元曲選釋》，内外印刷株式會社。

趙景深本　趙景深輯《元人雜劇鈎沈》，上海古典文學出版社。

吴曉鈴本　吴曉鈴等編校《關漢卿戲曲集》，中國戲劇出版社。

王季思寫定本　王季思《〈詐妮子調風月〉寫定本》，《戲劇論叢》一九五八年第二輯。

中華書局本　臧晋叔《元曲選》，中華書局排印本。

隋樹森本　隋樹森編《元曲選外編》，中華書局。

鄭騫本　鄭騫校訂《校訂元刊雜劇三十種》，臺北世界書局。

北京大學本　北京大學中文系《關漢卿戲劇集》編校小組編校《關漢卿戲劇集》，人民文學出版社。

徐沁君本　徐沁君校點《新校元刊雜劇三十種》，中華書局。

劉堅本　劉堅編著《近代漢語讀本》，上海教育出版社。

甯希元本　甯希元點校《元刊雜劇三十種新校》，蘭州大學出版社。

吴國欽本　吴國欽校注《關漢卿全集》，廣東高等教育出版社。

王學奇本　王學奇等校注《關漢卿全集校注》，河北教育出版社。

王季思本　王季思主編《全元戲曲》，人民文學出版社。

王季思附録本　王季思《全元戲曲》元刊《單刀會》附録本。

散曲底本、校本

《樂府新編陽春白雪》（元）楊朝英輯，南陵徐乃昌影元刊本，黄丕烈本，任訥散曲叢刊本，隋樹森校本。

《朝野新聲太平樂府》（元）楊朝英輯，瞿氏鐵琴銅劍樓藏元刊本，瞿氏藏明刊本，四部叢刊影烏程蔣氏密韻樓藏元刊本，盧前校本。

《中原音韻》（元）周德清撰，中華書局影訥菴本。

《梨園按式樂府新聲》（元）闕名氏輯，四部叢刊影瞿氏鐵琴銅劍樓藏元刊本。

《太和正音譜》（明）朱權撰，中華書局排印涵芬樓祕笈本。

《盛世新聲》（明）闕名氏輯，文學古籍刊行社影明正德刊本。

《詞林摘艷》（明）張禄輯，文學古籍刊行社影明嘉靖刊本。

《樂府群珠》（明）闕名氏輯，盧前校本。

《雍熙樂府》（明）郭勛輯，四部叢刊影北平圖書館藏明嘉靖本。

《北宫詞紀》（明）陳所聞輯，趙景深校訂本。
《北宫詞紀外集》（明）陳所聞輯，吴曉鈴校補本。
《新鐫出相詞林白雪》（明）竇彦斌輯，影鈔明刊本。
《彩筆情辭》（明）張栩輯，明天啓刊本。
《詞品》（明）楊慎撰，叢書集成影天都閣藏本。
《堯山堂外紀》（明）蔣一葵撰，明刊本。
《留青日札》（明）田藝蘅撰，明刊本。
《曲律》（明）王驥德撰，清康熙緑蔭堂本。
《北詞廣正譜》（清）李玉撰，北京大學影摹石印本。
《九宫大成南北詞宫譜》（清）莊親王撰，古書流通處影内府本。

參校本

趙萬里本　趙萬里《關漢卿散曲輯存》，吴曉鈴等編校《關漢卿戲曲集》附録。
隋樹森本　隋樹森編《全元散曲》，中華書局。
吴國欽本　吴國欽校注《關漢卿全集》，廣東高等教育出版社。
王學奇本　王學奇等校注《關漢卿全集校注》，河北教育出版社。

雜劇

詐妮子調風月

説　明

諸本《録鬼簿》關氏名下均著録。現存僅元刊本。今用覆元槧本、鄭振鐸本、盧冀野本、吴曉鈴本、王季思寫定本、隋樹森本、鄭騫本、北京大學本、徐沁君本、劉堅本、甯希元本、吴國欽本、王學奇本、王季思本參校。原本總題上有「新刊關目」四字，從盧冀野本、吴曉鈴本、王季思寫定本、隋樹森本、鄭騫本、北京大學本、劉堅本、甯希元本、吴國欽本、王學奇本、王季思本删。隋本、甯本總題下增「雜劇」二字。

劇以婢女燕燕被小千户欺騙失身事，反映下層女子的愛情悲劇。徐渭《南詞叙録》「宋元舊篇」有《詐妮子鶯燕争春》。

第一折〔一〕

（老孤、正末一折〔二〕）（正末、卜兒〔三〕一折）（夫人上，云住〔四〕）（正末見夫人住〔五〕）（夫人云了，下〔六〕）（正末書院坐定〔七〕）（正旦扮侍妾上〔八〕夫人言語道：「有小千户〔九〕到來，交燕燕伏侍去〔一〇〕，别個不中，則尔去〔一一〕。」想俺這等人好難呵〔一二〕！

【點絳唇】〔一三〕半世爲人，不曾交大人心困〔一四〕。雖是搽胭〔一五〕粉，子争不裹頭巾〔一六〕，將那等不做人的婆娘〔一七〕恨。

【混江龍】男兒人若不依〔一八〕本分，不搶白是非兩家分〔一九〕。壯鼻凹〔二〇〕硬如石鐵，交〔二一〕滿耳根都做了燒雲。普天下漢子儘做都先有意〔二二〕，牢把定自己休不成人〔二三〕。雖然兩家無意，便〔二四〕待一面成親，不分曉便〔二五〕似包着一肚皮乾牛糞。知人無意，及早抽身。

【油葫蘆】大剛來婦女每常川有些没事哏〔二六〕，止不過人道村〔二七〕，至如〔二八〕那村字兒有甚辱家門？更怕我脚踏虚地難安穩〔二九〕，心無實事自資隱〔三〇〕，即漸了虚變做實〔三一〕假做真，直到説得交太半人〔三二〕評論，那時節旋洗垢不盤根〔三三〕。

【天下樂】合下手休交惹意論〔三四〕。（見末〔三五〕了）（末云了）〔三六〕哥哥的家門，不是一跳身〔三七〕。（末云了）〔三八〕便似一團兒掿成官定粉〔三九〕。燕燕敢道末〔四〇〕？（末云了）〔四一〕和哥哥外名兒〔四二〕，燕燕也記得真，唤做磨合羅小舍人〔四三〕。

（末云了）〔四四〕（捧砌末〔四五〕，唱）

【那吒令】等不得〔四六〕水温，一聲要面盆〔四七〕；恰遞與面盆〔四八〕，一聲要手巾；却執與〔四九〕手巾，一聲解紐門。使的〔五〇〕人，無淹潤〔五一〕，百般支分〔五二〕。

（末〔五三〕云了）（笑〔五四〕云）量姊妹房裏有甚好〔五五〕？

【鵲〔五六〕踏枝】入得房門〔五七〕，怎回身？一個獨卧房兒窄窄别别〔五八〕，有甚鋪陳〔五九〕？燕燕已身有甚末孝順〔六〇〕？拗不過哥哥行在意殷勤〔六一〕。

【寄生草】卧地〔六二〕觀經史，坐地對聖人〔六三〕。尔觀國風雅頌施詁訓〔六四〕，頌〔六五〕的典謨訓誥居堯舜，（末云）〔六六〕説的温良恭儉行忠信。燕燕子理會得龍盤虎踞滅燕齊〔六七〕，誰會甚兒婚女聘成秦晉〔六八〕？

（末云）這書院好〔六九〕？

【幺】〔七〇〕這書房存得阿馬〔七一〕，會得客賓。翠筠月朗龍蛇印〔七二〕，碧軒夜冷燈香信〔七三〕，緑窗雨細〔七四〕琴書潤。每朝席上宴佳賓，抵多少〔七五〕十年窗下無人問。

（云住）〔七六〕

【村裏迓鼓〔七七〕】更做道〔七八〕一家生女，百家求問。才説貞〔七九〕烈，那裏取一個時辰〔八〇〕？見他語言兒裁排得淹潤〔八一〕，怕不待〔八二〕言詞硬，性格村，他怎比尋常世人？

（末云）〔八三〕

【元和令】無男兒只一身〔八四〕，擔寂寞〔八五〕受孤悶；有男兒役夢入勞魂〔八六〕，心腸百處分。知得有情人不曾來問肯〔八七〕，便待要成眷姻〔八八〕。

【上馬嬌】自勘婚〔八九〕，自説親，也是賤媳婦責〔九〇〕媒人。往常我冰清玉潔難侵近〔九一〕，是他因〔九二〕，子管交話兒因〔九三〕。我煞〔九四〕待嗔，我便惡相聞。

【勝葫蘆】怕〔九五〕不依隨蒙君一夜恩，争奈忒達地忒知根〔九六〕，兼上親上成親好對門〔九七〕。覷了他兀的〔九八〕模樣，這般身分〔九九〕，若脱過這好郎君〔一〇〇〕，

【幺】〔一〇一〕交人道眼裏無珍一世貧〔一〇二〕。成就了又怕辜恩。若往常烈焰飛騰情性緊〔一〇三〕，若一遭兒恩愛，再來不問，枉侵了〔一〇四〕這百年恩。

子末尔不志誠〔一〇五〕？（云了）〔一〇六〕

【後庭花】我往常笑别人容易〔一〇七〕婚，打取一千個好唲噴〔一〇八〕；我往常説貞烈自由性〔一〇九〕，嫌輕狂惡盡人〔一一〇〕。不争尔話兒因〔一一一〕，自評自論，這一交直是哏〔一一二〕，虧折了難正本〔一一三〕。一個個忒忺新〔一一四〕，一個個不是人。

【柳葉兒】一個個背槽抛糞〔一一五〕，一個個負義忘恩。自來魚雁〔一一六〕無音信，自思忖，不審得〔一一七〕話兒真，枉葫蘆提了燕爾新婚〔一一八〕。

（調讓了）〔一一九〕許下我的，休忘了。（末〔一二〇〕云了）（出門科）〔一二一〕

【尾】〔一二二〕忽地却〔一二三〕掀簾，兜地〔一二四〕回頭問，不由我心兒裏便親。尔把那并枕睡的日頭兒再定論〔一二五〕，休交我逐宵價握雨携雲〔一二六〕。過今春〔一二七〕，先交我不繫腰裙〔一二八〕，便是半簸箕

頭錢撲個復純〔二九〕，交〔三〇〕人道眼裏有珍。尔可休言而無信！（云〔三一〕許下我包髻、團衫、紬手巾〔三二〕，專等尔世襲千户的小夫人〔三三〕。（下）

校注

〔一〕第一折　原本分折未標出，除鄭振鐸本、王季思寫定本外，各本已校增。從。後同，不另出校。元人雜劇一般分四折。孫楷第《述也是園舊藏古今雜劇》下篇云：「北曲所謂折應有三意：一以套曲言，所謂一折等於一章。一以科白言，所謂一折等於一場或一節。一以插入之歌曲舞曲樂曲言，所謂一折等於一遍。」「北曲之折，似當以段落區劃言。凡樂章有節次，故唱詞以一套爲一折。動作言語有先後本末，故賓白科諢以一場爲一折。其插入之歌曲舞曲等，雖非正唱，亦樂章之比，故以一遍一回爲一折。然則折者段落節次之通稱，不必屬一色也。」

〔二〕老孤、正末一折　孤，元劇中官員扮演者的俗稱。朱權《太和正音譜》卷上：「孤，當場妝官者。」市語稱官吏爲孤。祝允明《猥談》：「生净旦末等名……此本金元闤闠談吐，所謂鶻伶聲嗽，今所謂市語也。……孤乃官人。」老孤，老年官吏。本劇中爲小千户之父。正末，元劇角色名。《太和正音譜》卷上：「當場男子，謂之末。」焦循《劇説》卷一：「考元曲無生之稱，末即生也。」本劇係旦本，「正末」實應作「末」。本劇中爲小千户。「折」原作「拆」，從各本改。下同，不另出校。一折，猶今戲劇中之過場。元刊本中，這種用以貫穿前後情節的簡短表演，常注以「一折」或「一折了」。王季思寫定本説明：「老孤、正末一折，正末、卜兒一折，依元劇慣例推測，應是小千户的父親分付小千户去探親，小千户聽了父親分付後再跟母親作別，然後他們先後下了場。」

〔三〕卜兒　甯希元本改作「六兒」。卜兒，元劇中老年婦女扮演者的俗稱。王國維《古劇脚色考》：「扮老婦者，謂之卜兒。」市語也稱老婦爲卜兒。闕名氏《墨娥小録》卷十四「行院聲嗽·人物」：「婆婆：卜兒。」本劇中爲小千户之母。

〔四〕夫人上，云住　上，角色出場。云住，即云了。云，元劇中標識角色賓白的用語。元刊雜劇重曲文而不重賓白，有的雖有少量賓白，一般也只限屬正旦（旦本）或正末（末本），外貼他色名下極少見到。這類外貼角色應作説白時，僅標以「某云住」或「某云了」、「某云」，其下照例不列出賓白内容。例不贅。

〔五〕住　元雜劇用語，表示角色做完某動作。元刊本張國賓《汗衫記》三折「（正末引卜兒扮都子上，叫街住）」。闕名氏《射柳捶丸》四折「（衆做耍杆子，打拳科）（打住）（打棍的打住）」。

〔六〕下　角色退場。

〔七〕正末書院坐定　盧冀野本「末」下衍一「下」字。定，猶着。參看張相《詩詞曲語辭匯釋》卷三

「定(一)」。

〔八〕正旦扮侍妾上　鄭騫本、徐沁君本、王學奇本、王季思本下補「云」。正旦，元劇角色名，旦本戲之主角。王國維《宋元戲曲考》七：「孤者，當時官吏之稱；旦者，婦女之稱。……優伶本非官吏，又非婦人，故其假作官吏婦人者，謂之裝孤、裝旦也。」本劇中正旦爲燕燕。侍妾，婢女。影金臺岳家刻本王實甫《西厢記》四卷四折【攪箏琶】：「瞞過能拘管的夫人，穩住俺厮齊攢的侍妾。」

〔九〕千户　官名。金初設置，爲世襲軍職，即女真語「猛安」之漢譯，隸屬於萬户。參看《金史·兵志》。

〔一〇〕交燕燕伏侍去　盧冀野本、隋樹森本、王季思本「交」改作「教」。按，《詩詞曲語辭匯釋》卷一「教(一)」：「教，猶使也。通作交。」元刊雜劇多用「交」，明本多用「教」，不煩校改。王季思寫定本、吴國欽本、王季思本「伏」改作「服」。徐沁君本校云：「元曲中往往以『伏』代『服』。」按，伏，通「服」。《史記·項羽本紀》：「衆乃皆伏。」《漢書·項籍傳》「伏」作「服」。伏侍，猶伺候。《水滸傳》五十一回：「如今年邁，只憑女兒秀英歌舞吹彈，普天下伏侍看官。」

〔一一〕則尔去　盧冀野本、王季思寫定本「則」改作「只」。按，元劇多用「則」，「則」「只」通，猶就也。參看《詩詞曲語辭匯釋》卷一「則(一)」。除鄭振鐸本「尔」作「爾」外，各本均改作「你」。按，爾，你。《小爾雅·廣詁》：「爾，汝也。」或「尔」爲「你」之省寫。後同，不另出校。

〔一二〕想俺這等人好難呵　徐沁君本、王學奇本下補「（唱）」。等，猶種，類。元刊本鄭廷玉《看錢奴》一折【點絳唇】：「這等人輕視貧乏，不恤鰥寡，天生下，狡佞奸猾，和我這神鬼都謾謊。」好，猶真。《全唐詩》卷二〇六李嘉祐《春日長安送從弟尉吴縣》：「見花羞白髮，因爾憶滄波。好是神仙尉，前賢亦未過。」

〔一三〕點絳唇　隋樹森本、鄭騫本、徐沁君本、甯希元本、吴國欽本、王學奇本、王季思本上補「仙吕」。

〔一四〕不曾交大人心困　盧冀野本、隋樹森本、吴國欽本、王季思本「交」改作「教」。參見校注〔一〇〕。盧冀野本、王季思寫定本、甯希元本「大」改作「夫」。心困，心裏着急。《宣和遺事》亨集：「官人，你坐麽。我説與你，休心困者。」

〔一五〕胭　原作「烟」，除鄭振鐸本、吴曉鈴本、鄭騫本外，各本已改。吴本校勘記亦謂「疑當作『胭』字」。

〔一六〕子争不裹頭巾　鄭振鐸本、盧冀野本、王季思寫定本、隋樹森本、吴國欽本、王季思本「子」改作「只」。按，子，猶只。參看《詩詞曲語辭匯釋》卷一「子（一）」。争，猶差。參看同上卷二「争（一）」。子争不裹頭巾，意謂不戴頭巾男子漢。臧本李文蔚《燕青博魚》三折搽旦白：「我是個拳頭上站的人、肐膊上走的馬、不帶頭巾男子漢，丁丁當當響的老婆。」

〔一七〕不做人的婆娘　不做人，猶言不争氣。做人，争氣。元刊本闕名氏《博望燒屯》二折正末白：「諸亮無能，賴主公洪福，衆將軍虎威，交貧道做人。」婆娘，婦人。《劉知遠諸宮調》第一【正宮】【錦纏道】：「也合是，來到翁翁家裏，向堂前，兩個婆娘便生不喜。」方言也有稱婦人爲「婆娘」，見《雲陽縣志》卷十四、《金山縣志》卷十七。

〔一八〕依　遵循。《文選》卷三十二屈原《離騷》：「雖不周於今之人兮，願依彭咸之遺則。」

〔一九〕不搶白是非兩家分　王季思寫定本、甯希元本、吴國欽本、王季思本「不」改作「一个」。家，猶人。《劉知遠諸宮調》第二【黄鍾宮】【願成雙】：「傷心陣上亡了慈父，這家親娘嫁人爲婦。」

〔二〇〕壯鼻凹　厚臉皮。壯，厚。鼻凹，鼻梁。這裏代指臉。元刊本鄭廷玉《看錢奴》一折【六幺序】：「聳着肩胛，迸着鼻凹，更無些和氣謙洽。」

〔二一〕交　王季思寫定本、隋樹森本、吴國欽本、王季思本改作「教」。參見校注〔二〇〕。

〔二二〕儘做都先有意　「做」字原殘損，從徐沁君本、王學奇本補。覆元槧本空闕，鄭振鐸本、吴曉鈴本、隋樹森本、鄭騫本、北京大學本從空。盧冀野本删此字。王季思寫定本、吴國欽本、王季思本作「教」。劉堅本注釋亦疑是「教」。甯希元本作「他」。徐本校云：「定本（按，即王季思寫定本）補一『教』字，疑非是。按：本劇『教』作『交』，此處似不應例外。」儘做，猶即使。參看《詩詞曲語辭匯釋》卷一「做」。先，猶已。參看同上卷二「先」。

〔二三〕牢把定自己休不成人　鄭振鐸本、盧冀野本在「定」字下點斷。按，本句意爲：牢牢把握住自己，别没出息。似不應「定」下讀斷。定，猶住。參看《詩詞曲語辭匯釋》卷三「定（二）」。不成人，没出息。闕名氏《凍蘇秦》四折【梅花酒】：「豈知你倚恃着做官尊，覷朋友若遺塵，没半點話温存，訕笑的我不成人，定餓死做异鄉魂。」

〔二四〕便　猶却。參看王鍈《詩詞曲語辭例釋》「便（二）」。

〔二五〕不分曉便　不分曉，糊塗。《董解元西厢記》卷四【雙調】【攪箏琶】：「紅娘，你好不分曉，甚把我攔截？」便，就，即。《世説新語·任誕》：「阮宣子常步行，以百錢掛杖頭，至酒店，便獨酣暢。」

〔二六〕大剛來婦女每常川有些没事哏　大剛來，猶大凡是，多半是。參看《詩詞曲語辭匯釋》卷四「大古（一）」。每，們。表複數。翟灝《通俗編》卷三十三「語辭」：「北宋時先借『懣』字用之，南宋則借爲『們』，而元時則又借爲『每』。」常川，常常。景方諸生本《西厢記》王實甫《芙蓉亭》殘折【尾聲】：「也不索對天地説盟山言誓海，喒則是常川似今夜魚水和諧。」「事」原作「是」，從王季思寫定本、徐沁君本、劉堅本、甯希元本、吴國欽本、王季思本改。王定本、徐本、甯本、吴本、王本并改「哏」作「狠」。陳垣《元典章校補釋例》卷四第二十九「不諳元時用語而誤例」云：「哏字，亦元時常語，猶言甚也，今或作狠。」没事哏，過分凶狠。參看《詩詞曲語辭匯釋》卷四

「没是哏」。

〔二七〕止不過人道村　吴國欽本「止」改作「只」。按，止，只。《莊子・天運》：「仁義，先王之蘧廬也，止可以一宿而不可久處。」村，野，粗鄙。程大昌《演繁露》續集卷四：「古無村名，今之村即古之鄙野也。凡地在國中邑中則名之爲都。都，美也。……及在郊外則名之爲野，爲鄙，言其樸拙無文也。……故世之鄙陋者，人因以村名之。」《董解元西廂記》卷七【越調】【青山口】：「覷了他家，舉止行爲，真個百種村。」方言猶有此説，見《恩平縣志》卷四。

〔二八〕至如　猶即使。參看《詩詞曲語辭匯釋》卷二「至如」。

〔二九〕更怕我脚蹅虚地難安穩　更，猶就。加强語氣。侯延慶《退齋筆録》：「神宗時，以陝西用兵失利，内批出令斬一漕臣。明日，宰相蔡確奏事……確曰：『祖宗以來未嘗殺士人，臣等不欲自陛下始。』上沉吟久之，曰：『可與刺面，配遠惡處。』門下侍郎惇曰：『如此，即不若殺之。』上曰：『何故？』曰：『士可殺不可辱。』上聲色俱厲，曰：『快意事更做不得一件！』」「怕」原作「帕」，除鄭振鐸本外，各本已改。「蹅」原作「查」，北京大學本、徐沁君本、甯希元本、吴國欽本、王學奇本、王季思本已改。吴曉鈴本校云：「疑當作『蹅』字。」劉堅本注云：「『查』即『蹅』。」盧冀野本、王季思寫定本、隋樹森本、鄭騫本改作「踏」。按，蹅，踩，踏。元劇習用，例不贅。洛陽、徐州方言猶説「踩」爲「蹅」。脚蹅虚地，即一脚踩空，意指中計上當。

〔三〇〕資隱　「資」疑應是「咨」，細也。《張協狀元》戲文十四出：「聽奴咨啓。」隱，猶思量。參看蔣禮鴻《敦煌變文字義通釋》第四篇「隱」。

〔三一〕即漸了虛變做實　即漸，漸漸。《劉知遠諸宫調》第一【商調】【迴戈樂】：「并吞吴越，七雄交戰，即漸興楚漢。」王季思寫定本、甯希元本「了」改作「里」。按，了，猶地。《梨園樂府》卷上商政叔套數【雙調】新水令：「自從它去了，無一日不呫道，眼皮兒不住了梭梭跳。」不住了，不住地。《盛世新聲》「了」作「的」。覆元槧本「變」作「交」，鄭振鐸本、吴曉鈴本、鄭騫本、劉堅本沿誤。盧冀野本、王季思寫定本、隋樹森本誤作「教」。

〔三二〕交太半人　王季思寫定本、隋樹森本、吴國欽本、王季思本「交」改作「教」。按，交，讓。元刊本鄭廷玉《楚昭王》三折【上小樓】：「交後人説，楚平王家有義夫節婦。」覆元槧本「太」作「大」，除北京大學本外，各本均沿誤。太半，大半。《史記·項羽本紀》：「漢有天下太半。」裴駰集解引韋昭曰：「凡數三分有二爲太半，一爲少半。」

〔三三〕不盤根　甯希元本改作「求瘢痕」。按，盤根，追根究底。意指事情的根由。

〔三四〕休交惹意論　盧冀野本、王季思寫定本、隋樹森本、吴國欽本、王季思本「交」改作「教」。按，交，猶得。參看《詩詞曲語辭匯釋》卷一「教(二)」。王季思寫定本、隋樹森本、鄭騫本、北京大學本、徐沁君本、劉堅本、甯希元本、吴國欽本、王學奇本、王季思本「意」改作「議」。按，意，猜測。《管子・小問》：「君子善謀而小人善意。」意論，猜測談論。

〔三五〕末　徐沁君本、王學奇本上補一「正」字。

〔三六〕（末云了）　王季思寫定本下補「（旦唱）」，徐沁君本、王學奇本、王季思本補「（正旦唱）」。徐沁君本、王學奇本「末」上補一「正」字。

〔三七〕一跳身　一下子發迹。楊梓《霍光鬼諫》二折：「【剔銀燈】……想當日岩墻下，渭水邊，和那乞食的淮陰少年，【蔓菁菜】偏不曾一跳身都榮顯。」

〔三八〕（末云了）　王季思寫定本下補「（旦唱）」，徐沁君本、王學奇本、王季思本補「（正旦唱）」。徐沁君本、王學奇本「末」上補一「正」字。

〔三九〕一團兒掿成官定粉　掿，捏。《樂府群玉》卷二喬夢符小令【雙調】水仙子「贈柔卿王氏」：「肉臺盤纖玉指，胭脂粉掿成的孩兒。」《喬夢符小令》「掿」作「捏」。官定粉，官宦人家用的一種粉。也見於《玉鏡臺》四折。

〔四〇〕燕燕敢道末　原作大字，從吳曉鈴本、王季思寫定本、隋樹森本、鄭騫本、北京大學本、徐沁君本、劉堅本、甯希元本、吳國欽本、王學奇本、王季思本改小字，作爲説白。王季思寫定本於此句上補「（旦云）」，鄭騫本、王季思本補「（云）」，徐沁君本、王學奇本補「（帶云）」。王季思寫定本、隋樹森本、吳國欽本「末」改作「麼」。按，末，與「麼」同，不煩校改。參看《詩詞曲語辭匯釋》卷三「末」。

〔四一〕（末云了）王季思寫定本下補「（旦唱）」，徐沁君本、王學奇本、王季思本補「（正旦唱）」。徐沁君本、王學奇本「末」上補一「正」字。

〔四二〕和哥哥外名兒　和，連，連同。參看《詩詞曲語辭匯釋》卷一「和」。「兒」字原無，從鄭騫本補。鄭本校云：「少此字不合句法。」

〔四三〕磨合羅小舍人　甯希元本「磨」改作「摩」，王季思本改作「魔」。磨合羅，亦作「磨喝樂」、「摩睺羅」、「魔合羅」等，印度神名在佛典中的音譯。宋元時用作小偶人的名稱，多於七夕供養，或作珍玩。孟元老《東京夢華録》卷八「七夕」：「七月七夕……皆賣磨喝樂，乃小塑土偶耳。悉以雕木彩裝欄座，或用紅紗碧籠，或飾以金珠牙翠，有一對直數千者。禁中及貴家與士庶爲時物追陪。」元劇中每用以比擬美好可愛的少年或兒童。元刊本岳伯川《鐵拐李》二折【尾聲】：「花朵兒渾家不能戀，摩合羅孩兒不能見。」舍人，宋元時稱官家子弟。《元典章》刑部十四「詐」：「近者有不畏公法之人，詐爲貴勢子弟，稱曰舍人。從徒連騎，凌脅平民，因行奸盜。」

〔四四〕（末云了）　徐沁君本、王學奇本「末」上補一「正」字。鄭振鐸本將「（末云了）」與下句科介連爲一句，作「（末云了捧砌末唱）」。按，元刊本慣例，主角科介上往往省去「正旦」（或「旦」）「正末」（或「末」）字樣。此處「捧砌末唱」屬正旦科介，「云了」屬末，二者非同一角色所爲。鄭本未審，誤。

〔四五〕捧砌末　王季思寫定本、吴國欽本上補一「旦」字，徐沁君本、王學奇本、王季思本補「正旦」。砌末，戲劇道具總稱。這裏指臉盆。李調元《劇話》卷上：「元雜劇，凡出場所應有持、設、零雜，統謂『砌末』。如《東堂老》、《桃花女》以銀子爲砌末，《兩世姻緣》以鏡、畫爲砌末，《灰闌記》以衣服爲砌末，《楊氏勸夫》以狗爲砌末，《度柳翠》以月爲砌末。今都下戲園猶有『鬧砌末』語。」

〔四六〕得到。《中興以來絶妙詞選》卷一吕居仁《採桑子・别情》：「恨君却似江樓月，暫滿還虧，暫滿還虧，待得團圓是幾時？」

〔四七〕盆　原作「盤」，從隋樹森本、鄭騫本、徐沁君本、劉堅本、甯希元本、王學奇本、王季思本改。按，「盆」字韵。下文即作「盆」。

〔四八〕恰遞與面盆　恰，猶剛，才。參看《詩詞曲語辭例釋》「恰(一)」。吴國欽本「盆」誤作「盤」。

〔四九〕却執與　徐沁君本「却」改作「恰」。按，却，猶才。沈會宗《沈文伯詞・不見》：「午醉却醒來，柳外一聲鶯囀。不見，不見，門掩落花深院。」毛西河本王實甫《西厢記》卷四第十五折【滚綉毬】：「却告了相思迴避，破題兒又早别離。」毛云：「言相思才了，别離又起。」盧冀野本「執」誤作「熱」。執與，拿給，遞給。

〔五〇〕的　得。參看《詩詞曲語辭匯釋》卷四「的(二)」。

〔五一〕淹潤　餘，寬閑。闕名氏《替殺妻》二折【端正好】：「若是俺哥哥一一從頭問，看我數說你一會無淹潤。」無淹潤，不留餘地。

〔五二〕支分　支派，差撥。息機子本喬夢符《兩世姻緣》一折【醉中天】：「要茶飯揀口兒支分，要衣服換套兒穿。」

〔五三〕末　徐沁君本、王學奇本上補一「正」字。

〔五四〕笑　王季思寫定本、吴國欽本上補一「旦」字，徐沁君本、王學奇本、王季思本補「正旦」。

〔五五〕量姊妹房裏有甚好　徐沁君本、王學奇本、王季思本下補「(唱)」。姊妹，妹妹。《劉知遠諸宫調》第十二【黄鍾宫】【快活年】【尾】：「交他做姐姐，我做姊妹，俺兩個一個口兒裏出氣。」

〔五六〕鵲　原作「雀」，除鄭振鐸本、盧冀野本、王季思寫定本外，各本已改。

〔五七〕入得房門　得，猶了。《宣和遺事》亨集：「見宋江帶得九人來，吴加亮等不勝歡喜。」臧本孫仲章《勘頭巾》三折王小二白：「他娘子又叫員外出來，道：『俺有錢的打死你這窮漢，則費得幾文錢。』」「則費得」，一折正末白作「則苦了」。「門」原簡作「内」，鄭振鐸本誤作「内」。

〔五八〕一個獨卧房兒窄窄别别　「一個」原作「亇」，似「一个」二字之誤合，從鄭騫本、甯希元本、王季思本改。盧冀野本作「斤」。吴曉鈴本、隋樹森本作「廳」。窄窄别别，狹窄逼仄。北京、天津方言稱窄小不寬敞爲「窄憋」。徐州方言稱因窄小而感到彆扭爲「窄窄別別」。

〔五九〕鋪陳　「陳」原作「呈」，從王季思寫定本、鄭騫本、徐沁君本、甯希元本、吴國欽本、王季思本改。鋪陳，陳設，擺設。《董解元西厢記》卷一【商調】【定風波】：「法本衆僧徒，別了鶯鶯、夫人子母，佛堂裏自監覷，覷着收拾鋪陳來的什物。」

〔六〇〕燕燕已身有甚末孝順　甯希元本「已」誤作「一」。按，已身，自身。《敦煌變文集》卷二《舜子變》：「已身是兒，千重萬過，一任阿耶鞭耻。」王季思寫定本、吴國欽本、王季思本「末」改作「麽」。參見校注〔四〇〕。

〔六一〕拗不過哥哥行在意殷勤　「拗」原作「描」，從王季思寫定本、徐沁君本、劉堅本、甯希元本、吴國欽本、王學奇本、王季思本改。行，人稱代詞及表人的名詞後綴，與指稱處所的用法不同。《董解元西厢記》卷八【雙調】【文如錦】：「怕賢不信，試問普救裏僧行、我手下兵卒。」僧行，即僧。李壽卿《伍員吹簫》一折【天下樂】：「你曉夜兼程來探訪，似這般徬也波徨，都只爲我行。」我行，即我。在意，着意，經意。《太平廣記》卷三百五十六引《博異記》：「護戎諱數字而甚切，君當在意。若犯之，無逃其死也。」

〔六二〕地　猶着。參看《詩詞曲語辭匯釋》卷三「地」。

〔六三〕坐地對聖人　盧冀野本「人」字下未點斷。按，「人」字韵。聖人，代指孔孟之書。

〔六四〕爾觀國風雅頌施詁訓　吴國欽本、王季思本「觀」下補一「的」字。「頌」原作「訟」，除鄭振鐸本外，各本均改。甯希元本「施」改作「式」。「詁」原作「頡」，除鄭振鐸本未改、甯希元本改作「古」外，各本均改作「詁」。施詁訓，加訓詁。

〔六五〕頌　王季思寫定本、鄭騫本、徐沁君本、甯希元本、吴國欽本、王學奇本、王季思本改作「誦」。按，頌，通「誦」。《孟子·萬章下》：「頌其詩，讀其書，不知其人可乎？」朱熹注：「頌誦通。」

〔六六〕（末云）　王季思寫定本下補「（旦唱）」，徐沁君本、王學奇本、王季思本補「（正旦唱）」。徐沁君本「末」上補一「正」字。王學奇本改作「（正末云了）」。按，云，用同「云了」。參見校注〔四〕。

〔六七〕子理會得龍盤虎踞滅燕齊　盧冀野本、王季思寫定本、吴國欽本「子」改作「只」。隋樹森本改作「則」。參見校注〔一六〕。得，動詞後綴。《唐宋諸賢絶妙詞選》卷二歐陽修《蝶戀花·春情》：「翠被雙盤金縷鳳，憶得前春，有個人人共。」憶得，憶。盧冀野本、吴曉鈴本、隋樹森本、北京大學本、劉堅本、吴國欽本、王學奇本「盤」改作「蟠」。按，盤，盤曲。不煩校改。

〔六八〕秦晋　春秋時秦晋兩國世爲婚姻，後因稱兩姓聯姻爲「秦晋之好」。《杜工部集》卷十七《送大理封主簿五郎親事不合卻赴通州主簿前閬州賢子余與主簿平章鄭氏女子垂欲納採鄭氏伯父京書至女子已許他族親事遂停》：「頗謂秦晋匹，從來王謝郎。」

〔六九〕（末云）這書院好　徐沁君本、王學奇本下補「（唱）」，王季思本補「（正旦唱）」。鄭振鐸本作「（末云：這書院好）」。盧冀野本作「（末云這書院好）」。按，本劇係旦本，賓白屬正旦，其他角色賓白均未列出，兩本未審，誤。參見校注〔四〕。徐沁君本「末」上補一「正」字。王學奇本「（末云）」作「（正末云了）」。王季思寫定本賓白前補「（旦云）」，徐沁君本、王學奇本補「（正旦云）」。

〔七〇〕【幺】　徐沁君本、甯希元本、王季思本作「【幺篇】」。

〔七一〕這書房存得阿馬　甯希元本「房」誤作「院」。存，住。闕名氏《馮玉蘭》一折【油葫蘆】：「我須是有量忖，又没個村莊道店好安存。」得，猶過。《太平廣記》卷一百三引《報應記》：「唐白仁晳……差運米遼東，過海，遇風，四望昏黑，仁晳憂懼，急念《金剛經》得三百遍……須臾風定，八十餘人俱濟。」《雨窗集·錯認屍》：「大娘子謀殺了雇工人，酒大工洪三將屍放在新橋河内，得了兩個月，屍首泛將起來。」阿馬，女真人呼父。亦作「阿媽」。此指燕燕的主人。舊時滿人稱父亦曰「阿媽」。

〔七二〕印　原作「徹」，「胤」字之誤，從鄭騫本、徐沁君本、劉堅本、甯希元本、吴國欽本、王季思本改。鄭振鐸本、盧冀野本、吴曉鈴本、隋樹森本、北京大學本作「徹」。王季思寫定本作「亂」。王學奇本作「映」。徐本校云：「曲譜，此句應叶韵，『徹』『亂』皆失韵。元本蓋本作『胤』字，『胤』

爲『印』之音誤。」

〔七三〕信　任憑。白居易《白氏長慶集》卷十二《琵琶行》：「低眉信手續續彈，説盡心中無限事。」

〔七四〕雨細　甯希元本乙改作「細雨」。誤。

〔七五〕抵多少　猶言勝過。參看《詩詞曲語辭匯釋》卷四「抵多少」。

〔七六〕（云住）　王季思寫定本下補「（旦唱）」，徐沁君本、王學奇本、王季思本補「（正旦唱）」。王季思寫定本、吴國欽本、王季思本「云」上補一「末」字，徐沁君本、王學奇本補「正末」。

〔七七〕鼓　原作「古」，除鄭振鐸本、盧冀野本、隋樹森本外，各本已改。

〔七八〕更做道　猶即使是。參看《詩詞曲語辭匯釋》卷一「做」。

〔七九〕貞　原作「真」，從王季思寫定本、徐沁君本、甯希元本、吴國欽本、王學奇本、王季思本改。

〔八〇〕那裏取一個時辰　盧冀野本「辰」字下未點斷。按，「辰」字韵。那裏取，猶言那有，意即没有。《陽春白雪》後集卷三劉時中套數【正宫】端正好「上高監司」：「那裏取厨中剩飯杯中酒？看了些河裏孩兒岸上娘，不由我不哽咽悲傷！」

〔八一〕裁排得淹潤　王季思寫定本説明、鄭騫本、徐沁君本、甯希元本、吴國欽本、王學奇本、王季思本「裁」改作「裁」。按，裁排，剪裁安排，也即安排。狄君厚《介子推》一折【六幺序幺】：「武王伐紂功勞大，一來是神天佑護，一來是天地裁排。」淹潤，温和。脈望館古名家本張國賓《羅李郎》

四折【梅花酒】：「這哥哥恁地狠，没些兒淹潤。」

〔八二〕怕不待　豈不要。參看《詩詞曲語辭匯釋》卷五「怕（一）」。

〔八三〕（末云）　王季思寫定本、吴國欽本下補「（旦唱）」，徐沁君本、王學奇本、王季思本補「（正旦唱）」。王季思寫定本、王季思本「云」下補一「了」字。按，此處「云」同「云了」。參見校注〔四〕。

〔八四〕無男兒只一身　鄭振鐸本、盧冀野本、王季思寫定本「身」字下未點斷。按，「身」字韵。男兒，夫婿之稱。參看《詩詞曲語辭匯釋》卷六「男兒」。一身，一人。施惠《幽閨記》三十六齣：「兄弟一門良賤三百餘口，盡被聶賈列無辜殺戮，止逃得兄弟一身。」

〔八五〕寂寞　「寂」字原奪，盧冀野本、隋樹森本、鄭騫本、北京大學本、徐沁君本、劉堅本、甯希元本、吴國欽本、王學奇本、王季思本已補。吴曉鈴本校云：「疑『寞』上説『寂』字。」王季思寫定本「寞」改作「窮」。誤。

〔八六〕役夢入勞魂　「役」原作「意」，從甯希元本改。王季思寫定本、徐沁君本、吴國欽本、王學奇本、王季思本改作「囈」。役夢勞魂，魂牽夢掛。

〔八七〕問肯　鄭振鐸本、盧冀野本、吴曉鈴本、隋樹森本、北京大學本、吴國欽本均在「問」字下點斷，「肯」字屬下句。誤。王季思寫定本説明：「問肯是宋元時定婚前的一種禮俗。」《裴度還帶》

四折【川撥棹】：「他道招狀元爲婿君，不邀媒不問肯，擎絲鞭捧玉樽。」參看《東京夢華録》卷五「娶婦」。

〔八八〕眷姻　婚姻。王實甫《西廂記》五本三折【麻郎兒幺篇】：「硬打捱强爲眷姻，不睹事强諧秦晉。」

〔八九〕勘婚　定婚前對勘男女雙方生辰八字。臧本張國賓《羅李郎》四折【太平令】：「我也曾勘婚，過門，便就親，成就了夫妻和順。」

〔九〇〕責　鄭騫本、甯希元本、王季思本改作「貴」。按，責，求。《宋史·范仲淹傳》：「平時諱言武備，寇至而專責守臣死事，可乎？」

〔九一〕冰清玉潔難侵近　冰清玉潔，如冰之清明，似玉之純潔。比喻德行高潔。皇甫謐《高士傳·摯峻》：「伏維伯陵，材能絶人，高尚其志，以善厥身，冰清玉潔，不以細行荷累其名。」徐沁君本、甯希元本、王學奇本「侵」改作「親」。鄭騫本校云：「侵當作親，但侵近義亦可通。」按，侵近同義連文，猶近。隋樹森校本《梨園樂府》卷下闕名氏小令【快活年】：「款步輕移暗傳情，不能勾相侵近。」

〔九二〕因　王季思寫定本、徐沁君本、吴國欽本、王學奇本、王季思本改作「親」。王定本説明：「當時『姻親』二字經常連用，刻書的人爲了減少筆劃，用『姻』字代替『親』字，又省作『因』字。」按，因，猶親。原字可通，不煩校改。《詩・大雅・皇矣》：「維此王季，因心則友。」毛傳：「因，親也。」孔穎達疏：「言其有親親之心，復廣及宗族也。」

〔九三〕子管交話兒因　盧冀野本、吴國欽本「子」改作「只」。隋樹森本改作「則」。按，子管，即只管。《古本董解元西廂記》卷五【黄鍾宫】【雙聲疊韵】：「眼又瞑，頭又低，子管裏長出氣。」參見校注〔一六〕。盧冀野本、王季思寫定本、隋樹森本、吴國欽本、王季思本「交」改作「教」。按，交，用。元刊本鄭廷玉《看錢奴》三折净白：「二十年前，有炷東岳香願，交俫兒替還者。」盧冀野本「因」改作「困」。王季思寫定本、徐沁君本、吴國欽本、王學奇本、王季思本改作「親」。北京大學本校云：「此句疑有訛字。」參見校注〔九二〕。

〔九四〕煞　猶言真。參看《詩詞曲語辭匯釋》卷四「煞(一)」。

〔九五〕怕　原作「帕」，除鄭振鐸本外，各本已改。怕，反設之辭，猶如果。參看《詩詞曲語辭匯釋》卷五「怕(二)」。

〔九六〕争柰忒達地忒知根　争，猶怎。《南詞叙録》：「争得，怎得也。唐無怎字，借争爲怎。」除盧冀野本、吴曉鈴本、隋樹森本外，各本「柰」均改作「奈」。按，柰，同「奈」。白仁甫《東墻記》三折【醉春風】：「一會家倒枕捶床，長吁短嘆，交咱無柰。」達，猶知。《北齊書・儒林傳・權會》：「(會)有一子……聰敏精勤，幼有成人之量，不幸早亡。臨送者爲其傷慟，會唯一哭而罷，時人尚其達命。」甯希元本「地」改作「底」。按，達地知根，知根知底。也見於《哭存孝》二折【梁州】。

〔九七〕對門　門當户對。闕名氏《雲窗夢》二折【醉太平】：「百年誰是百年人，難尋這白頭的對門。」

〔九八〕兀的　這樣的。參看《詩詞曲語辭匯釋》卷六「兀的」。

〔九九〕身分　模樣，身段。《劉知遠諸宫調》第二【仙吕調】【醉落托】：「低頭扶起覷身分，籠月之下把臉兒認，元來不是那窮神。」

〔一〇〇〕若脱過這好郎君　脱，失。《漢書·藝文志》：「迄孝武世，書缺簡脱，禮壞樂崩。」好，美。《樂府詩集》卷二十八《陌上桑》：「秦氏有好女，自名爲羅敷。」

吴國欽本、王季思本用新式標點，「郎君」下作句號。按，王驥德《曲律》卷三「論套數」云：「《西厢記》每套只是一個頭腦，有前調末句牽搭後調做者，有後調首句補足前調做者。」此處即屬後者。前闋已完，但語意未盡，不聯後闋首句不能足其意，自不宜在前闋末作句號。

〔一〇一〕【幺】　徐沁君本、甯希元本、王季思本作「【幺篇】」。

〔一〇二〕交人道眼裏無珍一世貧　盧冀野本、王季思寫定本、隋樹森本、吴國欽本、王季思本「交」改作「教」。參見校注〔三二〕。眼裏無珍一世貧，意謂人若無識見，就會終身受窮困。「珍」亦作「真」。《劉知遠諸宫調》第一【中吕調】【安公子纏令】【尾】：「如還脱了這門親，我幾時到得昭陽寶殿？眼裏無真一世貧。」

〔一〇三〕緊　急。劉仲璟《遇恩録》：「那胡仲淵，他若早依着我説，也不到這上，他只性緊了些。」

〔一〇四〕枉侵了　「枉」原作「往」，除吴曉鈴本外，各本已改。吴本校勘記亦謂「枉」字「可從」。侵，占。

〔一〇五〕子末尔不志誠　原作大字，從王季思寫定本、隋樹森本、鄭騫本、北京大學本、徐沁君本、甯希元本、吴國欽本、王學奇本、王季思本改小字，作爲説白。王季思寫定本、吴國欽本上補「（旦云）」，鄭騫本、徐沁君本、王學奇本、王季思本補「（云）」。王定本、隋本「子」改作「怎」。按，子末，猶怎麽。參看《詩詞曲語辭匯釋》卷三「作麽」。志誠，誠實。元曲習用，例不贅。

〔一〇六〕（云了）　王季思寫定本下補「（旦唱）」，徐沁君本、王學奇本、王季思本補「（正旦唱）」。王季思寫定本、吴國欽本、王季思本「云」上補一「末」字，徐沁君本、王學奇本補「正末」。

〔一〇七〕容易　輕易，輕率。參看《詩詞曲語辭匯釋》卷四「容易」。

〔一〇八〕打取一千個好唦嘖　取，猶了。曾慥《樂府雅詞》拾遺上楊時可《南歌子·送淮漕向伯恭》：「有情歌酒莫催行，看取無情花草也關情。」《救風塵》四折【喬牌兒】：「你一心淫濫無是處，要將人白賴取。」劉堅本、王季思本「唦」改作「噓」。

〔一〇九〕説貞烈自由性　「貞」原作「真」，從王季思寫定本、徐沁君本、甯希元本、吴國欽本、王學奇本、王季思本改。自，只是。元刊本馬致遠《陳摶高卧》三折【滚綉毬】：「本居林下絶名利，貧道呵自不合剛下山來惹是非，不如歸去來兮。」

〔一〇〕嫌輕狂惡盡人　盧冀野本「人」字下未點斷。按，「人」字韵。惡，得罪。《劉知遠諸宮調》第二【南吕宫】【應天長】：「妻與我如水似魚，不曾惡一個親故。」

〔一一〕不争尔話兒因　不争，猶假使。參看《詩詞曲語辭匯釋》卷二「不争（二）」。盧冀野本奪「因」字。王季思寫定本、徐沁君本、吴國欽本、王季思本「因」改作「親」。參見校注〔九二〕。

〔一二〕直是哏　直，真。《劉知遠諸宮調》第二【正宫】【甘草子】：「身上單寒，没了盤費，直是凄楚。」盧冀野本「哏」改作「恨」，王季思寫定本、徐沁君本、甯希元本、王季思本改作「狠」，鄭騫本改作「很」。按，改「恨」不通，改「狠」「很」亦不必。參見校注〔二六〕。

〔一三〕虧折了難正本　「折」原作「拆」，從鄭振鐸本、王季思寫定本、隋樹森本、鄭騫本、北京大學本、徐沁君本、甯希元本、吴國欽本、王學奇本、王季思本改。吴曉鈴本校勘記亦云：「『拆』字疑當作『折』字。」正本，償本。參看《詩詞曲語辭匯釋》卷六「正本」。

〔一四〕忺新　盧冀野本「忺」改作「坎」，隋樹森本改作「欺」。按，忺，喜。《張協狀元》戲文十六出：「肥個我不嫌，精個我最忺。」忺新，喜新。

〔一五〕背槽抛糞　用牲口背向食槽拉屎來比喻人忘恩負義。息機子本高文秀《誶范雎》二折須賈白：「匹夫也！我保你同入齊爲使，你以陰事告齊，受金帛牛酒，你與頭口何别？你背槽抛糞。」

〔二六〕魚雁　代指書信。《樂府詩集》卷三十八相和歌辭《飲馬長城窟行》之一：「客從遠方來，遺我雙鯉魚。呼兒烹鯉魚，中有尺素書。」《漢書·蘇武傳》：「教使者謂單于，言天子射上林中，得雁，足有係帛書，言武等在某澤中。」後因以「魚雁」代指書信。《全宋詞》一趙令畤《蝶戀花》：「廢寢忘餐思想遍，賴有青鸞，不必憑魚雁。」

〔二七〕不審得　不審，分辨不清。《劉知遠諸宮調》第十二：「遠觀不審，只猜管又是賊徒；至近觀窺，却是九州安撫使。」甯希元本「得」改作「的」。

〔二八〕杻葫蘆提了燕爾新婚　葫蘆提，糊里糊塗，糊塗。《通俗編》卷三十「草木」：「《明道雜志》：『錢文穆内相決一大滯獄，蘇長公譽以爲霹靂手。錢曰：僅免葫蘆蹄耳。』《演繁露》引此作『鶻鷺啼』，云：『即俳優以爲鶻突者也。』按，『鶻突』猶言『糊塗』，轉其音則曰『葫蘆蹄』。蹄一作提。元曲言『葫蘆提』甚多。」燕爾新婚，新婚愉快。《詩·邶風·谷風》：「宴爾新婚，如兄如弟。」燕爾，同宴爾，安樂愉快。

〔二九〕（調讓了）　王季思寫定本、吳國欽本下補「（旦云）」，鄭騫本補「（云）」，徐沁君本、王學奇本、王季思本補「（正旦云）」。調讓，調和讓步。王定本説明：「這裏的『調讓了』根據劇情應是燕燕在對小千户的言語引起懷疑，發作了一番之後，小千户再向她解釋，許娶她作小夫人等等情節。」

〔二〇〕末　徐沁君本、王學奇本上補一「正」字。

〔二一〕（出門科）　徐沁君本、王學奇本、王季思本下補「（唱）」。王季思寫定本、吴國欽本、王季思本「出」上補一「旦」字，徐沁君本、王學奇本補「正旦」。科，元劇中標識角色動作、表情等的用語。亦稱科範、科介。王國維《宋元戲曲考》十一「元劇之結構」：「雜劇之爲物，合動作、言語、歌唱三者而成。故元劇對此三者，各有其相當之物。其紀動作者，曰科；紀言語者，曰賓，曰白；紀所歌唱者，曰曲。」

〔二二〕【尾】　鄭騫本、徐沁君本、甯希元本、王季思本改作「【賺煞】」。

〔二三〕却　猶又。白仁甫《東墻記》二折【耍孩兒】：「似這等空房静悄人孤另，却又早香消金鼎，何時害徹相思病？」

〔二四〕兜地　突然。《董解元西厢記》卷六【仙吕調】【戀香衾】【尾】：「行不到書窗直下，兜地回來又説些兒話。」

〔二五〕把那并枕睡的日頭兒再定論　日頭兒，日子。《元典章》刑部十九「禁刑」：「蒙哥皇帝宣諭的聖旨，這丁巳年爲頭，按月初一日、初八日、十五日、二十三日這四個日頭，不揀是誰，但是有性命的背地裏偷殺的人每，不斷按答奚那甚麽？」「論」原作「輪」，從徐沁君本、甯希元本改。王學奇本亦注云：「『輪』，當作『論』。」定論，定。元刊本鄭廷玉《看錢奴》一折【賺煞尾】：「禍福無差，貧富天公定論下。」

〔二六〕休交我逐宵價握雨携雲　盧冀野本「休」誤作「你」。盧冀野本、王季思寫定本、隋樹森本、吴國欽本、王季思本「交」改作「教」。參見校注〔三一〕。價，猶地。參看《詩詞曲語辭匯釋》卷三「價」。握雨携雲，指男女歡愛。王實甫《西厢記》四本二折【越調鬥鵪鶉】：「不争你握雨携雲，常使我提心在口。」

〔二七〕過今春　鄭振鐸本、盧冀野本、吴曉鈴本、北京大學本、劉堅本、吴國欽本將此句斷屬上句。誤。按譜，此本曲第六句，三字，「春」字與第五句的「雲」字均押韵，應斷開。

〔二八〕先交我不繫腰裙　盧冀野本、王季思寫定本、隋樹森本、吴國欽本、王季思本「交」改作「教」。參見校注〔三一〕。「繫」原作「擊」，除鄭振鐸本外，各本已改。腰裙，圍裙。

〔二九〕半簸箕頭錢撲個復純　「簸」原作「簌」，除盧冀野本外，各本已改。頭錢，賭博時作骰子擲的錢。撲，抛擲。復純，擲後頭錢朝上一面呈一色，也叫渾純。魯應龍《括異志》：「張湘亦以乙卯魁亞薦，揭曉兩夕前，夢人持巨蟹撲賣，湘一撲五錢，皆黑，一錢旋轉不已，竟作字『一人』，曰：『幾乎渾純。』及榜，乃爲小薦第一。」李文蔚《燕青博魚》二折對這類賭博也有描寫。

〔三〇〕交　盧冀野本、王季思寫定本、隋樹森本、吴國欽本、王季思本改作「教」。參見校注〔三一〕。

〔三一〕云　徐沁君本、王學奇本上補一「帶」字。

〔三二〕包髻、團衫、紬手巾　包髻，古代婦女用來兜髻的頭巾。團衫，女真婦女上衣。《金史·輿服志》：「婦人……以皂紗籠髻如巾狀。」「上衣謂之團衫。」這裏包髻團衫爲夫人的服裝，徐沁君本校記辨之已詳，不贅。「紬」原作「由」，從吴曉鈴本、王季思寫定本、隋樹森本、徐沁君本、劉堅本、甯希元本、王學奇本改。王季思本改作「綢」。鄭騫本校云：「疑是油或紬字之省。」盧冀野本改作「袖」，并在其下點斷。吴國欽本改作「綉」。按，「紬」即「綢」，元時習用。陳垣《元典章校補釋例》卷三：「綢字古已有之，然元時絲紬之紬不用綢，以綢爲紬，起於元後。」

〔三三〕專等尔世襲千户的小夫人　王季思寫定本、徐沁君本、王學奇本、王季思本上補「（唱）」。

第二折

（外孤〔一〕一折）（正末、外旦郊外一折〔二〕）（正末、六兒〔三〕上）（正旦帶酒上〔四〕）却共女伴每蹴罷秋千〔五〕，逃席的〔六〕走來家。這早晚小千户敢來家了也〔七〕。

【粉蝶兒〔八〕】年例寒食〔九〕，鄰姬每鬥來邀會〔一〇〕。去年時没人將我拘管收拾〔一一〕，打千秋〔一二〕，閑鬥草〔一三〕，直到個昏天黑地。今年個不敢來遲，有一個未拿〔一四〕着性兒女婿。

（做到書院見末〔一五〕）尔吃飯未〔一六〕？（末不桊煩科）〔一七〕

【醉春風】因甚把玉粳米牙兒抵〔一八〕，金蓮花攢枕〔一九〕倚？或嗔〔二〇〕或喜臉兒多，哎！尔！

尔〔二一〕！交我没想没思〔二二〕，兩心兩意，早辰古自一家一計〔二三〕。

（旦〔二四〕云）我猜尔咱〔二五〕。（末云）〔二六〕

【朱履曲】莫不是郊外去逢着甚邪祟〔二七〕？又不風又不呆痴〔二八〕，面没羅〔二九〕、呆答孩〔三〇〕、死堆灰〔三一〕。這煩惱在誰身上？末不在我根底〔三二〕，打聽得些閑是非？

（末〔三三〕云了）（審住〔三四〕）是了〔三五〕！

【滿庭芳】見我這般微微喘息，語言恍惚，脚步兒查梨〔三六〕；慢憁憁胸帶兒頻那繫〔三七〕，裙腰兒空閑裏偷提〔三八〕；見我這般氣系系偏斜了鬏髻〔三九〕，汗〔四〇〕浸浸折皺了羅衣：似尔這般狂心記〔四一〕，一番家搓揉人的樣勢〔四二〕，休胡猜人，短命黑心賊！

（末云了）〔四三〕尔又不乞飯也〔四四〕，睡波〔四五〕。（末更衣科）〔四六〕

【十二月】直到個天昏地黑〔四七〕，不肯更換衣袂。把兔胡〔四八〕解開，紐扣〔四九〕相離，把襖子疏剌剌憁開上拆〔五〇〕，將手帕撇漾在田地〔五一〕。

（末荒科）〔五二〕

【堯民歌〔五三〕】見那廝手荒脚亂緊收拾〔五四〕，被我先藏在香羅袖兒裏。是好哥剌和我做頭敵〔五五〕，咱兩個官司〔五六〕有商議。休題！休題〔五七〕！哥哥撇下的手帕是阿誰〔五八〕的？

（末云了）〔五九〕

【快活三】〔六〇〕老阿者使將來伏侍尔〔六一〕，展污了咱身起〔六二〕。尔養着别個的，看我如奴婢！

燕燕那些兒虧負〔六三〕尔？

（旦做住〔六四〕）（末告科）〔六五〕

【上小樓〔六六〕】我敢挼碎這盒子，玳瑁納子交石頭砸碎〔六七〕。剪了做靴檐，染了做鞋面，攞了做鋪持〔六八〕。一萬分好待尔〔六九〕，好覷尔〔七〇〕。如今刀子根底〔七一〕，我敢割得來粉令麻碎〔七二〕！

（末云了）〔七三〕直恁直錢〔七四〕？

【么】〔七五〕更做道尔好處，打换來得〔七六〕，却怎看得非輕，看得直〔七七〕錢，待得尊貴！這兩下裏〔七八〕，撚綃的〔七九〕，有多少功績〔八〇〕，到重如細攙絨綉來胸背〔八一〕？

（云了）〔八二〕

【哨遍】并不是婆娘人把尔抑勒〔八三〕，招取那肯心兒自説來的神前誓〔八四〕。天果報〔八五〕無差移，子〔八六〕争個來早來遲。限時刻，十王地藏〔八七〕，六道輪回〔八八〕，單勸化人間世。善惡天心人意，人間私語，天聞若雷〔八九〕。但年高都是積幸好心人〔九〇〕，早壽夭〔九一〕都是辜恩負德賊。好説話清辰〔九二〕，變了卦今日，冷了心晚夕〔九三〕。

（末〔九四〕云）（出來科〔九五〕）

【耍孩兒】我便做花街柳陌風塵妓〔九六〕，也無那則忺過三朝五日〔九七〕。尔那浪心腸看得我□

容易〔九八〕，欺負我是半良半賤身軀〔九九〕。半良身情深如尔那指腹爲親婦，半賤體意〔一〇〇〕重似拖麻拽布妻。想不想於今日〔一〇一〕，都了絶〔一〇二〕爽利，休盡我精細〔一〇三〕。

（云）我往常伶利〔一〇四〕，今日都行不得了呵〔一〇五〕！

【五煞】别人斬眉我早舉動眼〔一〇六〕，到〔一〇七〕頭知道尾，尔這般沙糖般甜話兒多曾乞〔一〇八〕。尔又不是閑花醞釀蜂兒蜜〔一〇九〕，細雨調和燕子泥。自笑我狂踪〔一一〇〕迹。我往〔一一一〕常受那無男兒煩惱，今日知有丈夫滋味。

【四】〔一一二〕大争來怎地争〔一一三〕？待悔來怎地悔〔一一四〕？怎補得我這有氣分〔一一五〕全身體？打也阿兒包髻真加要帶，與别人成美况團衫怎能勾披〔一一六〕？它〔一一七〕若不在俺宅司内，便大家南北，各自東西！

【三】〔一一八〕明日索〔一一九〕一般供與它衣袂穿，一般過與它茶飯吃〔一二〇〕，到晚送得他被底〔一二一〕成雙睡。他做成暖帳三更夢，我撥盡寒爐一夜灰。有句話存心〔一二二〕記：則願得〔一二三〕辜恩負德，一個個蔭子封妻！

【二】〔一二四〕出門來一脚高一脚底〔一二五〕，自不覺鞋底兒着田地。痛連心除他外誰根前説〔一二六〕？氣夯破肚别人行怎又不敢提〔一二七〕？獨自向銀蟾底〔一二八〕，則道是孤鴻伴影〔一二九〕，幾時吃四馬攢蹄〔一三〇〕？

【尾】呆敲才、呆敲才〔三一〕休怨天，死賤人、死賤人自駡尔！本待要皂腰裙，剛〔三二〕待要藍包髻，則這的是折桂攀高落得的〔三三〕！（下）

校注

〔一〕外孤　孤之外又一孤，劇中配角。王國維《古劇脚色考》：「曰沖，曰外，曰貼，均係一義，謂於正色之外，又加某色以充之也。」本劇中的外孤爲鶯鶯之父。

〔二〕正末、外旦郊外一折　外旦，元劇角色名。本劇中的外旦爲鶯鶯。「折」原作「拆」，從各本改。

〔三〕六兒　女真人僮僕的通稱，元劇中泛稱家僮。李直夫《虎頭牌》一折：「旦扮茶茶引六兒上。」臧本闕名氏《百花亭》一折：「正末扮王焕引家僮六兒上。」

〔四〕正旦帶酒上　鄭騫本、徐沁君本、王學奇本、王季思本下補「云」。帶酒，酒醉。《劉知遠諸宫調》第二：「見知遠與數人相從，帶酒而來。」

〔五〕却共女伴每蹴罷秋千　徐沁君本、王學奇本「却」改作「恰」。參見第一折校注〔四九〕。共，猶和。《劉知遠諸宫調》第一【中吕調】【安公子纏令】：「洛浦、西施共妲己，也難似這佳人。」蹴，踏。《杜工部集》卷三《遣興五首》之一：「騂弓金爪鏑，白馬蹴微雪。」

〔六〕逃席的　逃席，避酒食。張慎儀《蜀方言》卷上：「避酒食曰逃席。」的，猶了。臧本武漢臣《老生兒》四折引孫白：「伯伯，您孩兒則做的一日財主。」孟本「的」作「了」。《太平樂府》卷九睢景臣套數【般涉調】哨遍「高祖還鄉」：「那大漢下的車，衆人施禮數。」

〔七〕這早晚小千户敢來家了也　徐沁君本、王季思本下補「（唱）」。早晚，時候。《宋人話本七種·志誠張主管》：「小娘子，你這早晚來有甚事？」陝西方言有稱時候爲「早晚」，見《陝西通志》四五、《澄城縣志》三。敢，恐怕。王實甫《西厢記》二本四折紅娘白：「姐姐，你看月闌，明日敢有風也。」了也，猶了。范正敏《遯齋閒覽·諧噱》：「柳冕秀才性多忌諱，應舉而同輩與之語有犯『落』字者，則忿然見於詞色。僕夫誤犯，輒加杖楚。常語『安樂』爲『安康』。忽聞榜出，亟遣僕視。須臾僕還，冕門迎，問曰：『我得否乎？』僕應曰：『秀才康了也。』」《梨園樂府》卷上馬致遠套數【雙調】夜行船：「人問我頑童記者，便北海探吾來，道東籬醉了也。」

〔八〕粉蝶兒　脩樹森本、鄭騫本、徐沁君本、甯希元本、吴國欽本、王學奇本、王季思本上補「中吕」。

〔九〕寒食　宗懔《荆楚歲時記》：「去冬節一百五日……謂之寒食，禁火三日，造餳、大麥粥。」吴自牧《夢粱録》卷二：「清明交三月，節前兩日謂之寒食，京師人從冬至後數起至一百五日，便是此日。家家以柳條插於門上，名曰『明眼』。凡官民不論小大家，子女未冠笄者，以此日上頭。」

〔一〇〕鄰姬每門來邀會　「鄰」原作「憐」，除鄭振鐸本外，各本已改。甯希元本、吴國欽本「門來」改作「鬥草」。按，門，猶凑，聚。參看《詩詞曲語辭匯釋》卷二「門(二)」。

〔一二〕收拾　張慎儀《蜀方言》卷下：「約束曰收拾。」

〔一三〕千秋　盧冀野本、隋樹森本、鄭騫本、甯希元本、王學奇本、王季思本改作「秋千」。按，千秋，即秋千。吴景旭《歷代詩話》卷五九「千秋」：「山谷詩：『穿花蹴蹋千秋索，挑菜嬉游二月晴。』」

〔一三〕閑鬥草　閑，通「嫻」，習，玩。闕名氏《符金錠》三折【紅綉鞋】：「狠媒證人前閑强。」鬥草，婦女們的一種遊戲。宗懔《荆楚歲時記》：「五月五日四民并蹋百草，又有鬥百草之戲。採艾以爲人，懸門户上，以禳毒氣。是日……採雜藥。」田汝成《熙朝樂事》：「春日婦女喜爲鬥草之戲。」

〔一四〕拿　揣摩。《太平樂府》卷一盧疎齋小令【雙調】蟾宫曲「訴别」：「空恁底狐靈笑耍，劣心腸作弄難拿。」

〔一五〕做到書院見末　鄭騫本、徐沁君本、王學奇本、王季思本下補「云」。徐沁君本、王學奇本「末」上補一「正」字。

〔一六〕尔吃飯未　「未」上原有一「末」字，從盧冀野本、王季思寫定本、隋樹森本、鄭騫本、吴國欽本、王季思本删。鄭振鐸本此句作「爾吃飯未。未。」北京大學本、甯希元本作「你吃飯末未？」吴曉鈴本、徐沁君本、劉堅本、王學奇本删「末」字。按，「末未」二字必衍一字。鄭振鐸本似有將「未」字作末白之嫌。北本、甯本處理，亦迂曲難通。按之文意，以删「末」字爲宜。未，没有。

郭湜《高力士傳》：「聖人喚阿翁，問曾見太上皇未？」鄭延玉《金鳳釵》四折楊衙内白：「劊子，時辰到了未？」廣東潮陽方言問「你吃了没有」，説「你食未？」

〔一七〕（末不柰煩科） 王季思寫定本下補「（旦唱）」，徐沁君本、吴國欽本、王學奇本、王季思本補「（正旦唱）」。 徐沁君本、王學奇本「末」上補一「正」字。 鄭振鐸本、隋樹森本、鄭騫本、北京大學本、徐沁君本、劉堅本、甯希元本、王學奇本「柰」改作「奈」，王季思寫定本、吴國欽本、王季思本改作「耐」。按，柰，同「奈」。參見第一折校注〔九六〕。奈，通「耐」。參看《詩詞曲語辭匯釋》卷二「奈」。柰煩，即耐煩。鄭德輝《三戰吕布》一折【河西後庭花】：「哥也，我題起那廝殺呵也不打慳，天生的忒柰煩。」

〔一八〕玉粳米牙兒抵 玉粳米牙兒，細白的牙齒。景方諸生本王實甫《西厢記》一本一折【勝葫蘆】：「玉粳白露，半晌恰方言。」王伯良云：「玉粳，齒也。元楊顯之《曲江池》劇：『玉粳牙，休兜上野狐涎。』《雍熙樂府》散曲：『櫻桃微綻玉粳齒。』」抵，頂，咬着。《董解元西厢記》卷四【中吕調】【粉蝶兒】【尾】：「牙兒抵着不敢子聲，側着耳朵兒窗外聽。」

〔一九〕金蓮花攢枕 綉有團花圖案的枕頭。攢，聚。北京方言稱綉有團花圖案的爲「攢花兒」。

〔二〇〕或嗔 或，有時。《史記·封禪書》：「其神或歲不來，或歲數來。」鄭振鐸本「嗔」誤作「真」。

〔二一〕尔！尔 吴曉鈴本校云：「正格一字句有三，疑元刊本脱一『尔』字。」徐沁君本校云：「本曲自有此格，不拘於三疊也。」徐説是。

〔三一〕交我没想没思　盧冀野本、王季思寫定本、隋樹森本、吴國欽本、王季思本「交」改作「教」。參見第一折校注〔三二〕。没想没思，想不明白。

〔三二〕早辰古自一家一計　王季思寫定本、鄭騫本、北京大學本、徐沁君本、劉堅本、甯希元本、吴國欽本、王學奇本、王季思本「辰」改作「晨」。按，辰，通「晨」。《詩·齊風·東方未明》：「不能辰夜，不夙則莫。」古自，還。亦作「兀自」。參看《詩詞曲語辭匯釋》卷六「兀自」。一家一計，一家人一條心。鄭廷玉《金鳳釵》一折【後庭花】：「我則打這恨爹窮忤逆賊，則要各東西，不肯一家一計，水藉魚魚藉水。」

〔二四〕旦　徐沁君本、王學奇本删。王季思本上補一「正」字。

〔二五〕我猜尔咱　徐沁君本、王學奇本「猜」下衍一「着」字。咱，語助詞，猶吧。臧本馬致遠《漢宫秋》二折正末白：「且不要驚着他，待朕悄地看咱。」元刊本武漢臣《老生兒》三折正末白：「婆婆不知，我説與你咱。」

〔二六〕（末云）　王季思寫定本下補「（旦唱）」，徐沁君本、王學奇本、王季思本補「（正旦唱）」。徐沁君本、王學奇本「末」上補一「正」字。王學奇本「云」改作「云了」。參見第一折校注〔四〕。

〔二七〕祟　原作「崇」，從各本改。

〔二八〕又不風又不呆痴　盧冀野本、吳國欽本、王學奇本「風」改作「瘋」。按，風，通「瘋」。陸游《劍南詩稿》卷三九《自述》之二：「未恨名風漢，惟求拜醉侯。」呆痴，傻。《竇娥冤》二折竇天章白：「婆婆，女孩兒早晚呆痴，看小生面看取孩兒咱。」

〔二九〕面没羅　鄭振鐸本「羅」誤作「雍」。按，面没羅，發呆，臉上没有表情。没羅，借作「𪾢囉」。《改併五音類聚四聲篇海》卷十五日母三十六日部：「𪾢，亡果切，𪾢囉，日無色。」亦作「面磨羅」、「面魔羅」、「面波羅」。「𪾢」、「没」、「磨」、「魔」、「波」音近而隨意書寫。參看《詩詞曲語辭匯釋》卷四「面没羅」。

〔三〇〕呆答孩　發呆的樣子。毛西河本王實甫《西厢記》卷四第十三折【混江龍】：「身心一片，無處安排，則索呆答孩倚定門兒待。」答孩，毛云：「助詞。」亦作「答頦」、「打孩」、「打頦」，與「悶答孩」的「答孩」同，也猶「錯支剌」的「支剌」，「顛不剌」的「不剌」。

〔三一〕死堆灰　甯希元本「堆灰」乙倒作「灰堆」。按，死堆灰，没有生氣的樣子。與王實甫《西厢記》二本四折之「死没騰」、闕名氏《神奴兒》二折之「死没堆」意近。堆灰、没騰、没堆，語助。

〔三二〕末不在我根底　王季思寫定本、隋樹森本、鄭騫本、甯希元本、吳國欽本、王季思本「末」改作「莫」。按，「末」「莫」同音通用。末不，即莫不，猶莫非。元刊本馬致遠《任風子》二折正末白：「匹頭裏見一個先生，後地有五七百個小先生，都叫一聲『稽首』。末不眼花？」根底，表領屬。蔡美彪《元代白話碑集録》：「有時『根底』亦用來翻譯蒙古語領格（第二格）的語助詞，略與漢語的『屬於』相當。」「在我根底」，意猶關於我的。

〔三三〕末　徐沁君本、王學奇本上補一「正」字。

〔三四〕審住　王季思寫定本、吴國欽本、王季思本上補一「旦」字，徐沁君本、王學奇本補「正旦」。鄭騫本、徐沁君本、王學奇本、王季思本下補「云」。審，想，思考。王實甫《西廂記》三本四折【調笑令】：「我這裏自審，這病爲邪淫，屍骨岩岩鬼病侵。」

〔三五〕是了　徐沁君本、王學奇本、王季思本下補「（唱）」。

〔三六〕查梨　趄趔，行步歪斜的樣子。《太和正音譜》卷下引闕名氏《勘吉平》三折【鎮江迴】：「一脚高來一脚低，心驚顫步剛移。覷不的我這喬喬怯怯荒張勢，噷大身子不查梨，你甚麽脚踏實地？」

〔三七〕慢愡愡胸帶兒頻那繫　慢愡愡，鬆緩的樣子。慢，鬆弛。《全唐詩》卷八九五毛熙震《南歌子》之二：「晚來輕步出閨房，髻慢釵横無力縱猖狂。」愡，「慃」的俗寫。《字彙》心部：「愡，俗慃字。」慃，鬆。《太平樂府》卷九朱庭玉套數【般涉調】哨遍「别恨」：「雲鬢鬅鬆，霞臉消紅，玉腕慃金釧。」盧冀野本「那」誤作「拿」，徐沁君本、甯希元本、吴國欽本、王季思本改作「挪」。王學奇本注云：「『那』，同『挪』。移動意。」王注是。「繫」原作「撃」，除鄭振鐸本外，各本已改。

〔三八〕裙腰兒空閑裏偷提　裙腰兒，裙子。《雍熙樂府》卷九貫雲石套數【南吕】一枝花「離悶」：「綉床又倦攀，梳妝又意懶，瘦怯怯裙腰兒旋旋的攢。」空閑，空當子。閑，借作「間」。

〔三九〕這般氣糸糸偏斜了鬏髻　「這」字原脱，從王季思寫定本、徐沁君本、劉堅本、甯希元本、吴國欽本、王學奇本、王季思本補。北京大學本校勘記亦云：「『般』上疑脱一『這』字。」除鄭振鐸本外，各本「糸糸」改作「絲絲」。按，糸糸，即「絲絲」。《集韻》平聲之韵：「絲、糸，《説文》：蠶所吐也。或省」；新兹切。氣糸糸，喘息微弱的樣子。亦作「氣絲絲」。《盛世新聲》辰集闕名氏套數【中吕】粉蝶兒：「悶懨懨九分病苦，氣絲絲一口長吁。」「鬏」原作「鬆」，除盧冀野本、王季思寫定本、王學奇本外，各本已改。

〔四〇〕汗　原作「汙」，從各本改。

〔四一〕似尔這般狂心記　王季思本「據文意」上補一「誰」字。鄭騫本、王季思本「記」改作「計」。按，心記，心性。

〔四二〕一番家搓揉人的樣勢　盧冀野本「一」字奪。家，猶地。參看《詩詞曲語辭匯釋》卷三「家（一）」。搓揉，折磨。樣勢，架勢。臧本鄭廷玉《看錢奴》一折【六幺序】：「馬兒上扭捏着身子兒詐，做出那般般樣勢，種種村沙。」

〔四三〕（末云了）　王季思寫定本、吴國欽本下補「（旦云）」，鄭騫本補「（云）」，徐沁君本、王學奇本、王季思本補「(正旦云)」。徐沁君本、王學奇本「末」上補一「正」字。

〔四四〕尔又不乞飯也　除鄭振鐸本外，各本「乞」改作「吃」。按，乞，「吃」的省寫。元刊本馬致遠《任風子》一折【寄生草】：「道士每都修善，他每更不乞羶。」鄭振鐸本、盧冀野本「也」字下未點斷。鄭騫本「也」字屬下句。按，也，猶了。闕名氏《千里獨行》三折曹末白：「雲長，既然你要去也，你下馬來滿飲一杯。」《清平山堂話本·快嘴李翠蓮記》：「我兩口自去睡也，你與哥嫂自收拾，早睡早起。」

〔四五〕波　猶吧或嘛。童伯章《元曲·緒言》云：「波，語助詞，意與麽字相近……稍帶有希望其然之意。」脈望館鈔本闕名氏《鎖魔鏡》一折二郎神白：「吾神帶酒也，賢弟請波。」脈望館古名家本「波」作「麽」。廣州方言作「嚁」(見《番禺縣續志》卷二)。

〔四六〕(末更衣科)　王季思寫定本下補「(旦唱)」，徐沁君本、王學奇本、王季思本補「(正旦唱)」。徐沁君本、王學奇本「末」上補一「正」字。

〔四七〕天昏地黑　盧冀野本「黑」字下未點斷。按，「黑」字韵。

〔四八〕兔胡　王季思寫定本「兔」誤作「手」。徐沁君本、甯希元本、吴國欽本、王季思本「胡」改作「鶻」。按，元劇「鶻」「胡」常互用。兔胡，兔鶻，束帶。《金史·輿服志下》：「金人之常服四：帶，巾，盤領衣，烏皮靴。其束帶曰吐鶻。」「吐鶻，玉爲上，金次之，犀象骨角又次之。」

〔四九〕紐扣　原作「搊叩」，從吴曉鈴本、北京大學本、徐沁君本、劉堅本、甯希元本、吴國欽本、王學奇本改。盧冀野本、鄭騫本、王季思本改作「掙扣」，王季思寫定本改作「紐叩」，隋樹森本改作「扭扣」。鄭本校云：「疑當作紐（鈕）叩（扣）。」

〔五〇〕拆　鄭騫本誤作「折」。

〔五一〕撇漾在田地　撇漾，扔，掉。鄭德輝《三戰吕布》四折【滚綉毬】：「恰便似卧麻般撇漾了些劍戟刀槍。」田地，地，地下。元刊本馬致遠《任風子》三折【普天樂】：「將這的鋪在田地，就着這水渠中，插手在青泥内，與你個泥手模便當休離。」

〔五二〕（末荒科）　王季思寫定本下補「（旦唱）」，徐沁君本、王學奇本、王季思本補「（正旦唱）」。徐沁君本、王學奇本「末」上補一「正」字。除鄭振鐸本外，各本「荒」改作「慌」。按，荒，慌。元稹《元氏長慶集》卷九《夢井》：「井上無懸綆，念此瓶欲沈，荒忙爲求請，遍入原上村。」

〔五三〕歌　原作「哥」，除鄭振鐸本外，各本已改。

〔五四〕那厮手荒脚亂緊收拾　厮，對人的蔑稱。《五代史平話》周史卷上：「却不叵耐，這厮欺負咱每。」除鄭振鐸本、盧冀野本外，各本「荒」改作「慌」。參見校注〔五二〕。緊，趕忙。闕名氏《雲窗夢》三折【迎仙客】：「我這裏忙接待，緊相迎。量妹妹有甚德能，教姐姐好看承。」收拾，拾。臧本白仁甫《墻頭馬上》一折【油葫蘆】：「這些時困騰騰每日家貪春睡，看時節針線强收拾。」

〔五五〕是好哥刺和我做頭敵　是，真是。高文秀《澠池會》一折秦昭公白：「是好玉璧也！」王季思寫定本、徐沁君本、吴國欽本、王學奇本「刺」改作「哥」。甯希元本校云：「好哥刺：即『好哥呵』。『刺』爲語助，無義。」甯説是。頭敵，對頭。臧本楊顯之《酷寒亭》二折【寨兒令幺篇】：「我本待好心腸苦勸你，你倒惡狠狠把咱推。來來來，我便死也拚得和你做頭敵。」

〔五六〕官司事。脈望館古名家本鄭廷玉《後庭花》二折王慶白：「你怎敢違誤了官司，放了他去？」

〔五七〕休題！休題　吴國欽本、王季思本「題」均改作「提」。按，題，提。孫光憲《北夢瑣言》卷八：「唐張裼尚書典晉州，外貯所愛營妓，生一子……乃與所善張處士爲子。居江淮間，常致書題問其存亡。」

〔五八〕阿誰　誰。孔平仲《孔氏雜説》：「俗所謂阿誰，三國時已有此語。《龐統傳》：『向者之論，阿誰爲是？』」浙江平陽方言猶稱「誰」爲「阿誰」。

〔五九〕（末云了）　王季思寫定本下補「（旦唱）」，徐沁君本、王學奇本、王季思本補「（正旦唱）」。徐沁君本、王學奇本「末」上補一「正」字。

〔六〇〕【快活三】　原作「【江兒水】」，從鄭騫本、甯希元本改。

〔六一〕老阿者使將來伏侍尔　老阿者，老夫人。女真人呼母爲「阿者」。舊時滿人稱母亦曰「阿扎」。將，助詞，用於動詞後。白居易《白氏長慶集》卷十二《長恨歌》：「鈿合金釵寄將去。」王季思寫定本、吴國欽本、王季思本「伏」改作「服」。參見第一折校注〔一〇〕。

〔六二〕展污了咱身起　盧冀野本「展」改作「玷」。按，展污，玷污。王實甫《西廂記》五本四折【慶東原】：「那裏有糞堆上長出連枝樹，淤泥中生出比目魚？不明白展污了姻緣簿。」盧冀野本「起」改作「體」，王季思本改作「己」。按，身起，即身體。參看朱居易《元劇俗語方言例釋》「身起」。

〔六三〕虧負　虧待。《董解元西厢記》卷二【黄鍾調】【四門子】：「國家又不曾把賢每虧負，試自心窨腹：衣糧俸禄是吾皇物，恁咱有福。」

〔六四〕旦做住　徐沁君本、王學奇本删「旦」字。做住，元雜劇用語，角色做完某動作。元刊本武漢臣《老生兒》二折「（窮民一行上了）（正末做散錢科）（等做住）」。參見第一折校注〔五〕。

〔六五〕（末告科）　王季思寫定本下補「（旦唱）」，徐沁君本、王學奇本、王季思本補「（正旦唱）」。徐沁君本、王學奇本「末」上補一「正」字。告，求。《國語·魯語上》：「國有饑饉，卿出告糴，古之制也。」韋昭注：「告，請也。」

〔六六〕樓　原作「婁」，從各本改。

〔六七〕我敢捽碎這盒子，玳瑁納子交石頭砸碎　「捽」原作「拵」，今正。王季思寫定本、鄭騫本、徐沁君本、甯希元本、吴國欽本、王學奇本、王季思本改作「摔」。徐本校云：「『摔』簡寫作『捽』，再簡作『[扌卆]』。」按，「[扌卆]」乃「捽」的或體（見《龍龕手鏡》上聲卷二上手部），與「摔」非一字。《改併五音類聚四聲篇海》卷十二審母二十九手部：「捽，存兀切，擊也。」《太平廣記》卷一百七十二引《逸史》：「又令村婦二十餘人，就船拽包君妻出，驗其病狀，以頭捽地，備極耻辱。」鄭振鐸本、盧冀野本、隋樹森本、北京大學本「盒子」下未點斷，「玳瑁」二字屬上句。按，玳瑁納子，用玳瑁甲壳作的飾物。顧曲齋本喬夢符《金錢記》一折賀知章白：「敢是羅帕藤箱玉納子？」玉納子，玉飾。「我敢」二句爲本曲第一、二句，「盒子」的「子」字、「砸碎」的「碎」字韵。隋樹森本、吴國欽本「交」改作「教」。參見第一折校注〔九三〕。「砸」原作「雜」，從隋樹森本、鄭騫本、北京大學本、徐沁君本、劉堅本、甯希元本、吴國欽本、王學奇本、王季思本改。吴曉鈴本校勘記亦謂「疑當作『砸』字」。盧冀野本改作「[扌匝]」。王季思寫定本改作「椎」。

〔六八〕剪了做靴檐，染了做鞋面，攞了做鋪持　吴國欽本、王季思本上補「（帶云）這手帕」，王學奇本補「這手帕」。王季思本「這手帕」下補「（唱）」。前二「做」字、「攞了」二字原無，從王季思寫定本、徐沁君本、甯希元本、吴國欽本、王季思本補。王學奇本同，惟「攞」作「捋」。王定本説明：「【上小樓】曲第三、四、五句本應是彼此相對的句子，因此原文應是『剪了做靴檐，染了做鞋面，攞了做鋪持』。」鋪持，鋪襯。元刊本馬致遠《任風子》三折【普天樂】：「這的中做布碾，好做鋪持。」

〔六九〕一萬分好待尔　吴國欽本「一」字奪。好，善。《世説新語·賢媛》：「趙母嫁女，女臨去，敕之曰：『慎勿爲好。』女曰：『不爲好，可爲惡邪？』」

〔七〇〕好覷尔　盧冀野本「尔」字下未點斷。按，「尔」字韵。覷，待。《五代史平話》周史卷上：「柴長者是個豪富的人，他貪圖相士道郭威他日做天子，别作一眼覷他。」

〔七一〕刀子根底　根底，表對象。蔡美彪《元代白話碑集録》：「根底，蒙古語語助詞之意譯。一般用於名詞或代名詞的與格（第三格），略相當於漢語副動詞的『對』『對於』或『給……』。」此處猶用，拿。「刀子根底」即用刀子，拿刀子。一二九六年彰德上清正一宫聖旨碑：「這的每休道有聖旨御寶呵，俺每聖旨根底别個底没體例勾當休做者。」「俺每聖旨根底」云云，意謂不得拿着我的聖旨去做其他違法的事。

〔七二〕粉令麻碎　「令」原作「合」，今改。鄭騫本、徐沁君本、王學奇本、王季思本改作「零」。甯希元本改作「磕」。按，令，通「零」。《漢書·陳湯傳》：「郅支由是遂西破呼偈堅昆丁令。」顔師古注：「令與零同。」粉令麻碎，粉碎。脈望館古名家本馬致遠《薦福碑》四折【落梅花（風）】：「不想那避（劈）乖龍肯分的去碑上起，可是霹靂做粉合（令）麻碎。」臧本「合（令）」作「零」。

〔七三〕（末云了）　王季思寫定本、吴國欽本下補「（旦云）」，鄭騫本補「（云）」，徐沁君本、王學奇本、王季思本補「（正旦云）」。徐沁君本、王學奇本「末」上補一「正」字。

〔七四〕直恁直錢　徐沁君本、王學奇本、王季思本下補「（唱）」。直恁，竟這樣。《太平廣記》卷二百七十三引《中興閒氣集》：「玉琴彈出轉寥敻，直似當時夢中聽。」《唐宋諸賢絶妙詞選》卷九僧仲殊《蝶戀花·春愁》：「酒有盡時情不盡，日長只恁厭厭悶。」盧冀野本、隋樹森本、鄭騫本、北京大學本、徐沁君本、甯希元本、吴國欽本、王學奇本、王季思本第二個「直」字改作「值」。按，直，值。《全唐詩》卷一二五李白《行路難》之一：「金樽清酒斗十千，玉盤珍羞直萬錢。」元刻《元典章》價值的「值」也用「直」（見陳垣《元典章校補釋例》）。

〔七五〕【幺】　徐沁君本、甯希元本、王學奇本作「【幺篇】」。

〔七六〕打換來得　「換」原作「唤」，從王季思寫定本、徐沁君本、劉堅本、甯希元本、王學奇本改。打换，换，交换。脈望館息機子本武漢臣《生金閣》一折【後庭花】：「他道他別求一個女艷姝，打换我這醜媳婦。」徐沁君本、甯希元本、吴國欽本、王學奇本、王季思本「得」改作「的」。按，得，猶的。臧本紀君祥《趙氏孤兒》二折程嬰白：「這本程嬰義分應該得，只可惜連累公孫老大夫。」吴昌齡《東坡夢》二折【隔尾】：「（正末唱）您請皇家富貴。（帶云）好便好，則爲一首《滿庭芳》，貶上黄州。也怪不着。（唱）兀的是那才調清高落來得。」

〔七七〕直　盧冀野本、王季思寫定本、隋樹森本、鄭騫本、徐沁君本、甯希元本、吴國欽本、王季思本改作「值」。參見校注〔七四〕。

〔七八〕兩下裏　兩方面，兩邊。參看《詩詞曲語辭匯釋》卷六「下裏」。

〔七九〕撚綃的　鄭振鐸本、盧冀野本「的」字下未點斷。按，「的」字韵。盧冀野本「綃」誤作「絹」。甯希元本、王季思本改作「捎」。王季思寫定本説明：「『撚綃的』，語意雙關，表面説羅帕，骨子裏説它傳消遞息。」

〔八〇〕績　原作「積」，從王季思寫定本、鄭騫本、徐沁君本、甯希元本、吴國欽本、王學奇本、王季思本改。吴曉鈴本校勘記、北京大學本校勘記亦謂「疑當作『績』」。

〔八一〕到重如細攙絨綉來胸背　王季思寫定本、徐沁君本、吴國欽本「到」改作「倒」。按，到，倒。參看《詩詞曲語辭匯釋》卷四「到(二)」。「綉」原作「秀」，除鄭振鐸本外，各本已改。細攙絨綉來胸背，指胸背部綉有圖案的女真貴族官服。《金史·輿服志下》：「(金人之衣)其胸臆肩袖，或飾以金綉。其從春水之服則多鶻捕鵝，雜花卉之飾，其從秋山之服則以熊鹿山林爲文。」這裏以官服代指官位。攙，綉。賈仲明《金安壽》二折【竹枝歌】：「看了俺胸背攙絨宫錦袍，怎繫這等續斷濫麻縧？」來，猶的。臧本秦簡夫《趙禮讓肥》二折【小梁州幺篇】：「這的是您占來水泊山林道，則許您官人每射獵漁樵。」

〔八二〕(云了)　徐沁君本、王學奇本下補「(正旦唱)」，「云了」上補「正末」二字。

〔八三〕并不是婆娘人把尔抑勒　鄭振鐸本、盧冀野本、吴曉鈴本、隋樹森本、北京大學本、劉堅本、王學奇本「勒」字下未點斷，下句「招取」屬本句。按，「勒」字韵。

〔八四〕肯心兒自說來的神前誓　肯心兒，心甘情願。劉君錫《來生債》楔子【仙吕賞花時】：「這銀子是我肯心兒願與，更論甚麽得之有可敢失之無？」來的，的。臧本闕名氏《鴛鴦被》四折【得勝令】：「索甚麽疑惑，這是我綉來的鴛鴦被。」參見校注〔八二〕。

〔八五〕果報　佛教用語。因果報應。謂一切衆生自生至死之間，自己所感受之吉凶事。《法苑珠林》卷十七引《惟無三昧經》：「一善念者，亦得善果報；一惡念者，亦得惡果報。」

〔八六〕子　鄭振鐸本、王季思寫定本、隋樹森本、吴國欽本改作「只」，盧冀野本改作「祇」。參見第一折校注〔一六〕。

〔八七〕十王地藏　十王，幽冥界有十王，即秦廣王、初江王、宋帝王、伍官王、閻羅王、變成王、泰山府君、平等王、都市王、轉輪王，分居地府十殿，故名。地藏，佛教大乘菩薩之一。梵名乞叉底蘖沙。受釋迦如來付囑，於二佛中間無佛世界教化六道衆生。安忍不動如大地，静慮深密如秘藏，故名地藏。

〔八八〕六道輪回　佛教將衆生世界分爲天道、人道、阿修羅道、地獄道、餓鬼道、畜生道六類，衆生無始以來，因各自所行善惡不同，輪轉於六道之生死，如車輪之轉而無窮。

〔八九〕人間私語，天聞若雷　俗語。人世間暗地裏的説話，老天都聽得一清二楚，也即任何事情都瞞不過上天。元刊本孟漢卿《魔合羅》四折【尾】：「人間私語，天聞若雷。勸君休將神天昧。善惡事休言不報，恰須是只争個來早共來遲。」

〔九〇〕但年高都是積幸好心人　但，凡。白居易《白氏長慶集》卷十七《李白墓》：「但是詩人多薄命，就中淪落不過君。」王季思寫定本、徐沁君本、甯希元本、吴國欽本「幸」改作「行」，鄭振鐸本、盧冀野本、吴曉鈴本、隋樹森本、鄭騫本、劉堅本、王學奇本、王季思本改作「善」，北京大學本校勘記謂「『幸』同『倖』」。按，積幸，積行，猶積德。元曲中德行的「行」每作「倖」，如「薄倖」、「短倖」，即薄行、短行。「倖」同「幸」，行也。

〔九一〕夭　原作「天」，從各本改。

〔九二〕辰　王季思寫定本、隋樹森本、鄭騫本、北京大學本、徐沁君本、甯希元本、吴國欽本、王學奇本、王季思本改作「晨」。參見校注〔三〕。

〔九三〕晚夕　晚上。《元典章》刑部四「故殺」：「晚夕吴縣令睡着的時分，你教我知者，我殺那個。」西寧方言猶説晚上爲「晚夕」。

〔九四〕末　徐沁君本、王學奇本上補一「正」字。

〔九五〕出來科　王季思寫定本、吴國欽本上補一「旦」字。徐沁君本、王學奇本、王季思本上補「正旦」，下補「唱」。

〔九六〕我便做花街柳陌風塵妓　便做，即使是。參看《詩詞曲語辭匯釋》卷一「做」。花街柳陌，妓院聚集之處。亦作「柳陌花街」。息機子本武漢臣《玉壺春》三折【中吕粉蝶兒】：「我不合久占着柳陌花街，惹的那個言，這個語，教小生如何忍耐。」

〔九七〕也無那則忺過三朝五日　王季思寫定本、吴國欽本「那」誤作「奈」。王定本「則」改作「只」。按，則，猶只。參看《詩詞曲語辭匯釋》卷一「則(三)」。吴曉鈴本「則」字奪。隋樹森本「忺」誤作「欺」。參見第一折校注〔二四〕。

〔九八〕尔那浪心腸看得我□容易　盧冀野本、隋樹森本「浪」改作「狠」。按，浪，放蕩。《董解元西廂記》卷五【中吕調】【踏莎行】：「辣浪相如，薄情卓氏，因循墮了題橋志。」徐州方言猶説放蕩爲「浪」。「我」下一字原壞闕，盧冀野本删。王季思寫定本、鄭騫本、徐沁君本、甯希元本、吴國欽本、王學奇本、王季思本補作「忒」，似可從。劉堅本注亦疑是「忒」字。

〔九九〕半良半賤身軀　第二個「半」字原作「不」，從甯希元本、王季思本改。「軀」原作「駈」，除鄭振鐸本外，各本已改。

〔一〇〇〕意　情。《杜工部集》卷二《送李校書二十六韵》：「臨岐意頗切，對酒不能吃。」

〔一〇一〕想不想於今日　鄭振鐸本、盧冀野本「日」字下未點斷。按，「日」字韵。「於」原作「扵」，今正。鄭振鐸本、盧冀野本、吴曉鈴本、王季思寫定本、隋樹森本、徐沁君本、劉堅本、吴國欽本、王學奇本、王季思本誤作「在」。吴曉鈴本校云：「然又疑是『於』字。」北京大學本作「於」，校云：「『於』原作『扗』……今改作『於』，蓋『於』俗作『扵』，形近而誤。」按，元刊本不誤，右旁之「⺄」乃「仒」，北本誤辨爲「左」。甯希元本從北本作「于」。

〔一〇二〕了絶　了結。息機子本闕名氏《風雪漁樵》楔子正末白：「哥哥，你兄弟與了那個婦人一個了絶也。」

〔一〇三〕精細　精明。息機子本闕名氏《碧桃花》二折【滿庭芳】：「那小姐忒温存忒俊雅忒精細。」

〔一〇四〕伶利　除鄭振鐸本外，各本「利」均改作「俐」。按，伶利，伶俐，聰明。《朱子語類》卷三二：「仁，只似而今厚重底人；知，似今伶利底人。」

〔一〇五〕今日都行不得了呵　徐沁君本、王學奇本、王季思本下補「（唱）」。

〔一〇六〕別人斬眉我早舉動眼　盧冀野本「斬」改作「嶄」，甯希元本、王季思本改作「⿰日斬」。按，斬，猶眨。《董解元西厢記》卷二【仙吕調】【綉帶兒】：「一雙乖眼，果是殺人不斬。」早，猶已。參看《詩詞曲語辭匯釋》卷二「早是（三）」。「別人斬眉」云云，意謂別人一動眉毛，我就已明白他的全部用意。

〔一〇七〕到　徐沁君本、甯希元本、吴國欽本、王學奇本、王季思本改作「道」。按，到，通「道」。參看《詩詞曲語辭匯釋》卷四「到（一）」。

〔一〇八〕尔這般沙糖般甜話兒多曾乞　鄭振鐸本、盧冀野本「乞」字下未點斷，將下句的「尔（你）」字斷屬本句。按，「乞」字韵。王季思寫定本、隋樹森本、鄭騫本、北京大學本、徐沁君本、劉堅本、甯希元本、吴國欽本、王學奇本、王季思本「乞」改作「吃」。參見校注〔四〕。

〔一〇九〕閑花醞釀蜂兒蜜　「閑」原作「殘」，從甯希元本改。「蜜」原作「密」，除鄭振鐸本、盧冀野本外，各本已改。

〔一一〇〕踪　原作「跡」，除鄭振鐸本、吴曉鈴本、王季思寫定本外，各本已改。

〔一一一〕往　原作「枉」，除鄭振鐸本、吴曉鈴本外，各本已改。吴本校勘記亦謂「疑當作『往』字」。

〔一一二〕【四】　王季思寫定本、鄭騫本、徐沁君本、甯希元本、王學奇本、王季思本作「【四煞】」。

〔一一三〕大爭來怎地爭　王季思寫定本、隋樹森本、鄭騫本、徐沁君本、甯希元本、吴國欽本、王學奇本、王季思本「大」改作「待」。按，大，通「待」，猶想要，打算。參看《詩詞曲語辭匯釋》卷一「待（一）」。怎地，怎麽。《劉知遠諸宫調》第二【道宫】【解紅】：「這般才料怎地發迹？」

〔一一四〕怎地悔　「悔」原作「再」，從盧冀野本、王季思寫定本、隋樹森本、北京大學本、徐沁君本、甯希元本、吴國欽本、王學奇本改。鄭騫本、王季思本「地」字下補一「悔」字，「再」字斷屬下句。

〔一一五〕有氣分　有志氣。秦簡夫《剪髮待賓》四折：「（夫人云）你這養兒的，有志氣也！（旦唱）【雁兒落】你道我養兒的有氣分，赤緊的養女的先隨順。」

〔二六〕打也阿兒包髻真加要帶，與別人成美況團衫怎能勾披　鄭振鐸本、盧冀野本、吴曉鈴本、隋樹森本、北京大學本、劉堅本、王學奇本在「髻」字、「美」字下點斷，「帶」字下未點斷。王季思本「加」改作「價」。盧冀野本、吴曉鈴本、鄭騫本、劉堅本「要」改作「腰」。王季思本「帶」改作「戴」。盧冀野本「怎」改作「這」。盧冀野本、隋樹森本、鄭騫本、徐沁君本、吴國欽本、王學奇本、王季思本「勾」改作「够」。此從王季思寫定本、徐沁君本、甯希元本、吴國欽本、王季思本斷句。徐本校云：「按：曲譜，這兩句是七言對句。本曲上句言包髻，下句言團衫，其中没有加上『腰帶』的必要。」

打也阿兒，意謂無定準。章淵《稿簡贅筆・河市樂》：「今之藝人於市肆作場，謂之打野，皆謂不著所，今人謂之打野呵。」真加，猶真個，真的。徐本校記證之已詳，不贅。帶，通「戴」。《中興以來絶妙詞選》卷七劉潛夫《沁園春・寄鍾賢良》：「我夢見君，帶飛霞冠，着宫錦袍。」與，猶教，讓。《全唐詩》卷八〇六寒山詩：「世間一等流，誠堪與人笑。」能勾，即能够。勾，通「够」。《董解元西厢記》卷四【中吕調】【古輪臺】：「想料死冤家心中先有，琴感其心，見得十分能勾。」

〔二七〕它　除鄭振鐸本、吴曉鈴本、劉堅本外，各本均改作「他」。按，它，即「他」。《説文解字》它部「它」段玉裁注：「其字或假佗爲之，又俗作他，經典多作它，猶言彼也。」徐灝箋：「古無他字，假它爲之，後增人旁作佗而隸變爲他。」後同，不另出校。

〔一八〕【三】　王季思寫定本、鄭騫本、徐沁君本、甯希元本、王學奇本、王季思本作「【三煞】」。

〔一九〕索　猶須，得。參看《詩詞曲語辭匯釋》卷四「索」。

〔二〇〕過與它茶飯吃　盧冀野本「過」改作「送」。按，過，送，遞。《杜工部集》卷一《夏日李公見訪》：「墻頭過濁醪，展席俯長流。」茶飯，飯菜，飯。

〔二一〕底　猶裏。參看《詩詞曲語辭匯釋》卷二「底(四)」。

〔二二〕存心　留心。《敦煌變文集》卷一《伍子胥變文》：「子胥告令軍兵，大須存心捉搦。」

〔二三〕則顧得　王季思寫定本「則」改作「只」。參見校注〔九七〕。徐沁君本、甯希元本「得」改作「的」。

〔二四〕【二】　王季思寫定本、鄭騫本、徐沁君本、甯希元本、王學奇本、王季思本作「【二煞】」。

〔二五〕底　除鄭振鐸本、盧冀野本外，各本均改作「低」。按，底，通「低」。《三國志・魏書・夏侯玄傳》：「此爲親民之吏，專得底下，吏者民命而常頑鄙。」

〔二六〕痛連心除他外誰根前説　「連」原作「怜」，從徐沁君本、甯希元本、吴國欽本、王學奇本、王季思本改。王季思寫定本、王季思本「根」改作「跟」。按，根前，即跟前。陳垣《元典章校補釋例》卷三：「跟隨跟尋，元均作根。跟字雖非後起，然當時實用根不用跟。」

〔二七〕氣夯破肚別人行怎又不敢提　吴曉鈴本校云：「疑『肚』字下脱一『皮』字。」氣夯破肚，憤氣填胸。臧本鄭德輝《王粲登樓》四折【喬牌兒】：「不由我肚兒裏氣夯，他有甚臉來俺門上？」元曲習用「氣夯破胸脯」。景方諸生本王實甫《西廂記》五本四折【折桂令】：「有口難言，氣夯破胸脯。」王伯良云：「夯，大用力之謂，謂氣之甚而至破胸脯也。」行，那裏，跟前。參看《詩詞曲語辭匯釋》卷六「行」。又，猶還。《太平廣記》卷二百五十一引《因話録》：「有一本虞永興手書《尚書》，此又在否？」費唐臣《貶黄州》三折祗候白：「爲你打了我，又敢稟里！」不，助詞，無義。參看蔣禮鴻《敦煌變文字義通釋》第六篇「不」。

〔二八〕向銀蟾底　向，在。參看《詩詞曲語辭例釋》「向（一）」。「銀」原省寫作「艮」，除鄭振鐸本外，各本已正。銀蟾，月亮。吴國欽本「底」改作「低」。按，底，猶下。參看《詩詞曲語辭匯釋》卷一「底（四）」。

〔二九〕則道是孤鴻伴影　王季思寫定本「則」改作「只」。按，則，猶還。元刊本孟漢卿《魔合羅》四折【蠻姑令】：「我則道在那壁，元來在這裏。」闕名氏《醉寫赤壁賦》四折【雁兒落】：「我則想人無再少年，元來這花有重開日。」道，猶以爲。參看《詩詞曲語辭匯釋》卷四「道（六）」。「孤」原作「辜」，除鄭振鐸本未改、王季思寫定本誤作「弧」外，各本已改。

〔三〇〕吃四馬攢蹄　甯希元本「吃」改作「乞」，「四」改作「駟」。按，吃，猶被。參看《詩詞曲語辭匯釋》卷五「喫」。四馬攢蹄，捆住手脚。攢，聚。《水滸傳》六十五回：「把手脚四馬攢蹄，捆縛做一塊。」

〔三一〕呆敲才、呆敲才　第一個「呆敲才」下原作二重文符號，王季思寫定本、鄭騫本、徐沁君本、甯希元本、吴國欽本、王學奇本、王季思本重三個字。從。其他各本只重「敲才」二字。下句「死賤人、死賤人」同，不另出校。敲才，詈辭，猶云該殺的東西。元人謂處杖殺曰敲。《元典章》刑部十一「諸盜」：「兩遍作賊的敲。」閔遇五《五劇箋疑》：「喫敲才，猶諺云打殺坯也。」

〔三二〕剛　猶偏，硬。參看《詩詞曲語辭匯釋》卷二「剛」。

〔三三〕則這的是折桂攀高落得的　王季思寫定本「則」改作「只」。按，則這同義連文，意猶這。則這的是，猶這就是。脈望館鈔本闕名氏《百花亭》二折【尾聲】：「皂頭巾裏着額顱，將斑竹籃提在手，歌叫聲習演的聲兒溜，新得了個查梨條除授：則這的是郎君愛女的下場頭。」盧冀野本、隋樹森本「桂」誤作「掛」。徐沁君本、甯希元本、吴國欽本、王學奇本「折桂」改作「接貴」。按，折桂攀高，用想上月亮去攀折桂枝來比喻高攀。義本可通，不煩校改。脈望館古名家本馬致遠《薦福碑》二折【滚綉毬】：「可怎生一擲一個不合神道，和這塊臭芹泥也折貴（桂）攀高。」吴曉鈴本校云：「的——疑當作『低』字。」非。

第三折

（孤〔一〕一折）（夫人一折）（末〔二〕、六兒一折）（正旦上，云）好煩惱人呵！（長吁了〔三〕）

【鬥鵪鶉】〔四〕短嘆長吁，千聲萬聲；倒〔五〕枕捶床，到三更四更。便似止渴思梅，充飢畫餅。因甚頃刻休？則傷我取次成〔六〕。好個個舒心，干支剌没興〔七〕。

【紫花兒〔八〕序】好輕乞列〔九〕薄命，熱忽剌〔一〇〕姻緣，短古取〔一一〕恩情！（見燈蛾科〔一二〕）哎！蛾〔一三〕兒，俺兩個有比喻〔一四〕。見一個要蛾兒來往向烈焰上飛騰，正撞着銀燈〔一五〕，攔頭〔一六〕送了性命。咱兩個堪爲比并〔一七〕：我爲那包髻白身〔一八〕，尔爲這燈火青熒〔一九〕。

（云）我救〔二〇〕這蛾兒。（做起身挑燈蛾科〔二一〕）哎！蛾兒，俺兩個大剛來不省呵〔二二〕！

【幺】〔二三〕我把這銀燈來指定，引了咱兩個魂靈，都是〔二四〕這一點虚名。怕不百伶百俐〔二五〕，千戰千贏〔二六〕，更做道能行怎離得影〔二七〕？這一場「其身不正」〔二八〕，怎當那廝大四至鋪排〔二九〕，小夫人名稱？

（末〔三〇〕、六兒上）（開門了〔三一〕）（末云）〔三二〕

【梨花兒】是交我軟地上吃交〔三三〕，我也不共〔三四〕尔争。煞是多勞重〔三五〕，降尊臨卑〔三六〕，有勞長者車馬，貴脚踏於賤地〔三七〕，小的每多謝承〔三八〕。本待麻線道〔三九〕上不和尔一處行，（云〔四〇〕）尔依得我一件事〔四一〕，依得我願隨鞭鐙〔四二〕。

（云）尔要我饒尔咱〔四三〕，再對星月賭〔四四〕一個誓。（云了〔四五〕）（出門了）〔四六〕

【紫花兒序】〔四七〕尔把遥天〔四八〕指定，指定那淡月疏星，再説一個海誓山盟，我便收撮〔四九〕了火性，鋪撒了人情〔五〇〕，忍氣吞聲〔五一〕，饒過尔那虧人不志誠〔五二〕。賺出門桯〔五三〕，（入房科〔五四〕）呼的關上櫳門〔五五〕，鋪的吹滅殘燈。

（末告）（不開門了）〔五六〕（末〔五七〕怒云了，下）（旦閃下〔五八〕）（夫人上住）（末〔五九〕上，見住）（云了）〔六〇〕（夫人喚了）（旦〔六一〕上，見夫人了）（夫人云了）燕燕不會！去不得〔六二〕！

【小桃紅】燕燕上覆傳示煞曾經，誰會甚兒女成婚聘〔六三〕？甚的是許出羞、下紅定〔六四〕？向〔六五〕這洛陽城，少甚末能言快語官媒證〔六六〕，燕燕怎敢假名托姓？但交我一權爲政〔六七〕，情取火上弄冬凌〔六八〕。

燕燕不去〔六九〕！（末云〔七〇〕）（夫人怒云了）〔七一〕

【調笑令】這廝短命，没前程〔七二〕，做得個〔七三〕輕人還自輕，横死口裏栽排定〔七四〕。老夫人隨邪水性〔七五〕，道我能言快語説合成。我説波娘七代先靈〔七六〕！

【聖藥王】然道户廝迎〔七七〕，也合再打聽〔七八〕，兩門親便走一遭兒成？我若到那户庭，見那娉婷〔七九〕，若是那女孩兒言語没實成〔八〇〕，俺這廝强風情〔八一〕。（虚下〔八二〕）

（外孤上）（旦〔八三〕上，見孤〔八四〕云）夫人使來問小姐親事，相公〔八五〕許不許，燕燕回去。（外孤云了）（閃下〔八六〕）

（外旦上）（旦〔八七〕隨上，見了〔八八〕）特地來問小姐親事，許不許，閳〔八九〕去。（外旦許了）〔九〇〕

【鬼三台】女孩兒言着婚聘，則合低了胭頸〔九一〕，羞答答地禁聲〔九二〕；剗地〔九三〕面皮上笑容生，是一個不識羞伴等〔九四〕。俺那廝做事一滅行〔九五〕，這妮子更敢有四星〔九六〕？把體面妝沉〔九七〕，把頭梢自領〔九八〕。

（旦背云〔九九〕）着〔一〇〇〕幾句話破了這門親。（對外旦云）小姐，那小千户酒性歹。（外旦罵住）呀！早第一句兒〔一〇一〕！

【天净沙】先交人掩撲〔一〇二〕了我幾夜恩情，來這裏被它罵得我百節酸疼，我便似[illegible]墻賊蝎蜇噤聲〔一〇三〕。空使心作倖〔一〇四〕，被小夫人引了我魂靈。

（外云）〔一〇五〕你道有鐵脊梁的，你手裏做媳婦〔一〇六〕！

【東原樂】我是你心頭病，你是我眼内釘，都是那等不賢會的婆娘傳槽病〔一〇七〕。你子牢踏着八字行〔一〇八〕，俺那廝陷坑，没一日曾干净〔一〇九〕。

【綿答絮】我又不是停眠〔一一〇〕整宿，大剛來竊玉偷香〔一一一〕，一時間寵倖〔一一二〕。數日間忺過〔一一三〕，俺那廝一日一個王魁負桂英〔一一四〕，你被人推、人推更不輕〔一一五〕。俺那廝一霎兒〔一一六〕新情，撒地腿挺麻〔一一七〕，歇地腦袋疼〔一一八〕。

【拙〔一一九〕魯速】終身無簸箕星〔一二〇〕，指雲中雁做羹〔一二一〕。時下且〔一二二〕口口聲聲，戰戰兢兢〔一二三〕，裊裊婷婷〔一二四〕，坐坐行行，有一日孤孤另另〔一二五〕，冷冷〔一二六〕清清，咽咽哽哽，覷着你個拖漢精〔一二七〕！

【尾】〔一二八〕大剛來主人有福牙推勝〔一二九〕，不似這調風月媒人背廳〔一三〇〕。説得他美甘甘枕頭兒上雙成，閃〔一三一〕得我薄設設被窩兒裏冷。（下）

校注

〔一〕孤　徐沁君本、甯希元本、王學奇本上補一「外」字。

〔二〕末　徐沁君本、王學奇本上補一「正」字。

〔三〕長吁了　徐沁君本、吴國欽本、王學奇本、王季思本下補「唱」。

〔四〕鬥鵪鶉　「鵪」字原殘壞，似作「奄」，「鶉」原省寫作「享」，從各本改正。隋樹森本、鄭騫本、徐沁君本、甯希元本、吴國欽本、王學奇本、王季思本上補「越調」。

〔五〕倒　除鄭振鐸本、吴曉鈴本、北京大學本外，各本改作「擣」。按，倒，借作「擣」，捶。白仁甫《東墻記》三折【醉春風】：「一會家倒枕捶床，長吁短嘆，教咱無柰。」

〔六〕則傷我取次成　盧冀野本「成」字下未點斷。按，「成」字韵。王季思寫定本「則」改作「只」。參見第二折校注〔九七〕。傷，失之于。《資治通鑑·唐高宗顯慶二年》：「祥道以爲今選司取士傷濫，每年入流之數過一千四百，雜色入流，曾不銓簡。」取次，輕易。參看《詩詞曲語辭匯釋》卷四「取次」。

〔七〕干支刺没興　鄭振鐸本、盧冀野本「剌」誤作「刺」。干支剌，白白地。支剌，語助。亦作「乾支剌」。顧曲齋本楊顯之《瀟湘夜雨》三折【古水仙子】：「乾支剌送的人活受苦。」没興，倒霉。陸游《老學庵筆記》卷四：「之道戲作詩云：『没興主司逢葛八，賢弟被黜兄薦發。細思堪羨又堪嫌，一壁有眼一壁瞎。』」

〔八〕兒　原本無，除鄭振鐸本外，各本已補。

〔九〕輕乞列　鄭振鐸本「乞」字下點斷。按，輕乞列，即輕。乞列，語助。亦作「輕吉列」。《樂府群玉》卷二喬夢符小令【雙調】水仙子「嘲少年」：「紙糊鍬輕吉列枉折尖，肉膘膠乾支剌有甚粘，醋葫蘆嘴古邦佯妝欠。」

〔一〇〕熱忽剌　鄭振鐸本「剌」誤作「刺」。熱忽剌，熱。忽剌，語助。亦作「熱忽喇」。李好古《張生煮海》三折【倘秀才】：「秀才家能軟款，會安詳，怎做這般熱忽喇的勾當？」

〔一一〕短古取　短。古取，語助。亦作「短卒律」。脈望館古名家本馬致遠《青衫泪》二折【滚綉毬】：「怎想他短卒律命似顔淵。」

〔一二〕見燈蛾科　鄭騫本、徐沁君本、王學奇本、王季思本下補「云」。

〔一三〕蛾　原作「娥」，除鄭振鐸本外，各本已改。

〔一四〕俺兩個有比喻　此句原作大字，從隋樹森本、鄭騫本、徐沁君本、甯希元本、王學奇本、王季思本改小字，作爲説白。徐沁君本、王學奇本下補「（唱）」。

〔一五〕正撞着銀燈　鄭振鐸本、盧冀野本「燈」字下未點斷。按，「燈」字韵。

〔一六〕攔頭　迎頭。《水滸傳》四十一回：「水底下早鑽出一個人，把黄文炳劈腰抱住，攔頭揪起，拖上船來。」

〔一七〕比并　相比。《全唐詩》卷六六六羅虬《比紅兒詩》之四：「一曲都緣張麗華，六宫齊唱《後庭花》。若教比并紅兒貌，枉破當年國與家。」

〔一八〕白身　甯希元本「白」改作「敗」。按，白身，使身份顯著。白，顯著。《荀子·榮辱》：「身死而名彌白。」楊倞注：「白，彰明也。」身，身份，地位。《論語·微子》：「子曰：『不降其志，不辱其身。』」

〔一九〕燈火青熒　「青」原作「清」，「熒」字原無，從鄭騫本、徐沁君本、吴國欽本、王學奇本、王季思本改補。徐本校云：「按：曲譜，應作四字句。」

〔二〇〕救　盧冀野本誤作「教」。

〔二一〕做起身挑燈蛾科　王季思本下補「云」。「蛾」原作「娥」，除鄭振鐸本外，各本已改。

〔二二〕蛾兒，俺兩個大剛來不省呵　徐沁君本、王學奇本、王季思本下補「（唱）」。吴曉鈴本將「俺兩個大剛來不省」作爲曲文，校云：「『呵』字原接『省』字，不成文，今改爲賓白。」誤。「蛾」原作

「娥」，除鄭振鐸本外，各本已改。不省，不清醒，胡塗。臧本孫仲章《勘頭巾》楔子【仙吕賞花時】：「全不省上青驄，只記得金鍾漫捧，直勸我吃的到喉嚨。」

〔二三〕【幺】　徐沁君本、甯希元本、王學奇本、王季思本作「【幺篇】」。

〔二四〕是　因。參看《詩詞曲語辭例釋》「是(一)」。

〔二五〕怕不百伶百俐　「怕」原作「帕」，從各本改。怕不，猶豈不。參看《詩詞曲語辭匯釋》卷五「怕(一)」。除鄭振鐸本外，各本「伶」均改作「伶」。按，《廣韻》平聲青韻：「伶，心了，黠貌」；郎丁切。百伶百俐，非常聰明。亦作「百伶百俐」。《太平樂府》卷八鍾嗣成套數【南吕】一枝花「自序醜齋」：「世間能走的不能飛，饒你千件千宜，百伶百俐。」

〔二六〕羸　原作「羸」，除鄭振鐸本、盧冀野本改作「羸」外，各本改作「羸」。

〔二七〕能行怎離得影　「離」原俗寫作「雉」，鄭振鐸本誤作「難」。能行怎離得影，熟語，走路離不開自己的身影。此處比喻擺脱不了做奴婢的命運。亦作「能行離不了影」。楊梓《豫讓吞炭》二折【尾聲】：「更做你能行離不了影。」

〔二八〕「其身不正」　「其」原作「了」，從王季思寫定本、甯希元本、吴國欽本、王季思本改。王定本説明：「『其身不正，雖令不從』，《論語·子路篇》文。」

〔二九〕怎當那廝大四至鋪排　當，敵。《公羊傳·莊公十三年》：「然則君請當其君，臣請當其臣。」何休注：「當，猶敵也。」大四至，猶大模大樣。參看《詩詞曲語辭匯釋》卷四「大斷八」。

〔二〇〕末　徐沁君本、王學奇本上補一「正」字。

〔二一〕開門了　徐沁君本、王學奇本上補「正旦」。

〔二二〕（末云）　王季思寫定本、吴國欽本下補「（旦唱）」，徐沁君本、王學奇本、王季思本補「（正旦唱）」。徐沁君本、王學奇本「末」上補一「正」字。

〔二三〕是交我軟地上吃交　是，猶雖。參看《詩詞曲語辭匯釋》卷一「是（一）」。王季思寫定本、隋樹森本、吴國欽本、王季思本第一個「交」字改作「教」。參見第一折校注〔三〕。盧冀野本「吃」字下點斷，「交」字屬下句。誤。按，吃交，跌交。臧本楊顯之《瀟湘雨》三折【出隊子】：「吃交時掉下了一個棗木梳。」

〔二四〕共　猶跟。《敦煌變文集》卷一《伍子胥變文》：「與子娶婦，自納爲妃，共子争妻，可不慚于天地？」

〔二五〕煞是多勞重　煞是，猶甚是，真是。參看《詩詞曲語辭匯釋》卷四「煞（一）」。鄭騫本、王季思本「重」改作「動」。按，勞重，疑爲「勞台重」或「勞尊重」之省，猶今云「勞駕」。參看《詩詞曲語辭例釋》「勞尊重」。

〔二六〕降尊臨卑　甯希元本校云：「『卑』字失韵，疑誤。」

〔三七〕有勞長者車馬，貴脚踏於賤地　原作大字，從隋樹森本、北京大學本、徐沁君本、甯希元本、吴國欽本、王學奇本改小字，作爲説白。徐沁君本、王學奇本上補「（帶云）」，下補「（唱）」。鄭騫本校勘記亦云：「兩句似是帶唱。」「勞」原作「老」，除鄭振鐸本、盧冀野本、吴曉鈴本外，各本已改。「蹅」原作「查」，從北京大學本、徐沁君本、甯希元本、吴國欽本、王學奇本改。吴曉鈴本校勘記亦謂「疑當作『蹅』字」。盧冀野本、王季思寫定本、隋樹森本、鄭騫本、王季思本改作「踏」。誤。參見第一折校注〔元〕。「賤」原作「踐」，除鄭振鐸本外，各本已改。「有勞」云云，當時套語。「貴脚蹅於賤地」，也見於鄭德輝《三戰吕布》一折。亦作「貴脚踏賤地」，見馬致遠《青衫泪》三折。

〔三八〕小的每多謝承　小的，身份低微的人或平民自謙稱。錢大昕《恒言録》卷三：「今奴婢下人自稱小的，即宋時所謂小底也。《宋史》有入内小底、内班小底、内殿直小底、騎御馬小底。《吴越備史》亦有入内小底。《遼史》有近侍小底、承應小底、筆硯小底。」此處之「小的每」即「小的」，「每」字不表複數。元刊本張國賓《薛仁貴》三折【上小樓幺】：「小的每若説的差之毫厘，我便是死無那葬身之地。」「承」原作「成」，從王季思寫定本、隋樹森本、北京大學本、徐沁君本、劉堅本、甯希元本、吴國欽本、王學奇本、王季思本改。吴曉鈴本校勘記亦謂「疑當作『承』字」。盧冀野本「成（承）」字下未點斷，將下句的「本」字斷屬本句。按，「承」字韵。謝承，即謝，感謝。

徐本校記證之已詳，不贅。

〔三九〕麻線道　陰司路，黄泉路。息機子本闕名氏《風雪漁樵》二折旦白：「對着天曾發願，做鬼到黄泉，我和你麻線道兒上不相見。」今河北方言猶有此説。

〔四〇〕云　徐沁君本、王學奇本上補一「帶」字。

〔四一〕尔依得我一件事　王季思寫定本、徐沁君本、王學奇本、王季思本下補「（唱）」。

〔四二〕願隨鞭鐙　「鐙」原作「凳」，除鄭振鐸本、鄭騫本外，各本已改。隨鞭鐙，追隨鞍馬前後，意猶服伺，服從。臧本闕名氏《鴛鴦被》三折【麻郎兒】：「着去處依着便行，教釃酒願隨鞭鐙。」

〔四三〕尔咱　盧冀野本、王季思寫定本、吴國欽本、王季思本「咱」字斷屬下句。按，據文義，下句的主語是「尔」，不是「咱」。尔咱，尔，你；咱，後綴。參第一折校注〔二〕、《詩詞曲語辭匯釋》卷六「咱」。

〔四四〕睹　原作「覩」，除鄭振鐸本外，各本已改。

〔四五〕云了　徐沁君本、王學奇本上補「正末」二字。

〔四六〕（出門了）　王季思本下補「（正旦唱）」。徐沁君本、王學奇本「出門了」上補「正旦」，下補「唱」。

〔四七〕【紫花兒序】　原作「【子花兒】」，除鄭振鐸本外，各本已改補。

〔四八〕遥天　「遥」應是「瑶」字。瑶，光潔美好，用爲稱美之辭。瑶天，天。劉唐卿《降桑椹》二折增福神白：「蕩蕩神威氣象寬，親傳敕令下瑶天。」

〔四九〕收撮　按捺。參看《詩詞曲語辭例釋》「收撮」。

〔五〇〕鋪撒了人情　鋪撒，丢開。亦作「撲撒」。《董解元西廂記》卷四【中吕調】【古輪臺】：「張生聞語，撲撒了滿懷裹愁。」人情，人之常情。此指燕燕對小千户的憤恨之情。

〔五一〕忍氣吞聲　盧冀野本「聲」字下未點斷。按，「聲」字韵。

〔五二〕饒過尔那虧人不志誠　過，猶了。《元典章》刑部十六「違枉」：「於本縣劉主簿處告過，勾捉一干人等到官。」王實甫《西廂記》三本三折紅娘白：「姐姐，且看紅娘面饒過這生者！」「虧」原簡作「亏」，盧冀野本誤作「箇」。

〔五三〕賺出門桯　賺，騙。《才調集》卷五元稹《春詞》：「深院無人草樹光，嬌鶯不語趁陰藏。等閑弄水浮花片，流出門前賺阮郎。」天津、徐州方言猶説騙爲「賺」。「桯」原作「程」，從鄭騫本、徐沁君本、劉堅本、甯希元本、吴國欽本、王學奇本改。北京大學本校勘記亦謂「疑當作『桯』」。門桯，門檻。臧本闕名氏《盆兒鬼》三折【慶元貞】：「扭回身疾便入房内，被門桯絆我一個合撲地。」

〔五四〕入房科　徐沁君本、王學奇本下補「唱」。

〔五五〕關上櫳門 「關」原作「閔」，除吳曉鈴本外，各本已改。「櫳」原作「笼」，從鄭騫本、徐沁君本、甯希元本、吳國欽本、王學奇本、王季思本改。盧冀野本「笼（櫳）」下增一「房」字。王季思寫定本「笼」改作「攏」。櫳門，房門。徐本證之已詳，不贅。

〔五六〕（末告）（不開門了） 徐沁君本、王學奇本「末」上補一「正」字，「不」上補「正旦」。鄭振鐸本、盧冀野本、隋樹森本、鄭騫本作「（末告不開門了）」。按，「（末告）」與「（不開門了）」各爲末旦科介，應分開。

〔五七〕末 徐沁君本、王學奇本上補一「正」字。

〔五八〕旦閃下 徐沁君本、王學奇本上補一「正」字。閃下，元劇用語。角色急下場。

〔五九〕末 徐沁君本、王學奇本上補一「正」字。

〔六〇〕（云了） 甯希元本斷屬末，與前一科介連作「（末上、見住，云了）」。非。按，此處爲小千户與夫人串演，兩人自然有一番對白，只不過元刊本照例將此賓白省去了。按劇情，此處之「（云了）」當兼屬末與夫人。

〔六一〕旦 徐沁君本、王學奇本上補一「正」字。

〔六二〕燕燕不會，去不得 王季思寫定本、吳國欽本上補「（旦云）」，鄭騫本補「（云）」。徐沁君本、王學奇本、王季思本上補「（正旦云）」，下補「（唱）」。

〔六三〕燕燕上覆傳示煞曾經，誰會甚兒女成婚聘　鄭振鐸本、鄭騫本在「覆」字下點斷。按，上覆，對上稟告；傳示，對下轉達。此處意謂：燕燕稟告和轉達雖曾做過，但説親的事却不會。兩本誤斷，將「上覆」下面的話當作了燕燕向夫人稟告的内容。煞，猶雖。參看《詩詞曲語辭匯釋》卷四「煞(二)」。吴國欽本「女」字奪。王學奇本「成」字奪。

〔六四〕甚的是許出羞、下紅定　甚的，甚麽。《五代史平話》梁史卷上：「那識上分明寫出兩句來，道個甚的？」許出羞，即定親的許口酒。「羞」同「饈」。紅定，彩禮。《東京夢華録》卷五「娶婦」條記載，凡娶媳婦，先起帖子，次擔許口酒，然後「或下小定、下大定」。

〔六五〕向　盧冀野本、隋樹森本改作「像」，徐沁君本、吴國欽本、王學奇本、王季思本改作「問」。按，向，在。參看《詩詞曲語辭例釋》「向(二)」。

〔六六〕少甚末能言快語官媒證　王季思寫定本、吴國欽本、王季思本「末」改作「麽」。參見第一折校注〔四〇〕。少甚末，儘多着。亦作「少是末」。元刊本張國賓《汗衫記》一折【油葫蘆】：「讀書萬卷多才俊，少是末一世不如人！」能言快語，善於言辭。快、能，善。闕名氏《替殺妻》四折正末白：「常言道醜婦家中寶。休貪他人才精精細細，伶伶俐俐，能言快語，不中！」參看《詩詞曲語辭匯釋》卷五「快(二)」。官媒證，官府批准以做媒爲業的婦女。媒證，媒人。闕名氏《白兔記》第十六齣：「一馬一鞍，再嫁傍人論。夫去投軍，誰敢爲媒證？」

〔六七〕但交我一權爲政　「但」原作「旦」，從各本改。但，只要。《董解元西廂記》卷二【般涉調】【麻婆子】：「但存得自家在，怎到得被虜劫？」王季思寫定本、隋樹森本、吴國欽本、王季思本「交」改作「教」。參見第一折校注〔三〕。一權爲政，權時作主。

〔六八〕情取火上弄冬凌　情取，必定。取，後綴。《董解元西廂記》卷四【中吕調】【古輪臺】：「我團着，情取個從今後爲伊瘦。」「弄」原作「等」，從北京大學本、王學奇本改。冬凌，冰。闕名氏《墨娥小録》卷十四「行院聲嗽·天文」：「冰：冬凌。」火上弄冬凌，比喻事情必然失敗。參看《元劇俗語方言例釋》「火上弄冬凌」。

〔六九〕燕燕不去　王季思寫定本、吴國欽本上補「（旦云）」，鄭騫本、徐沁君本、王學奇本、王季思本補「（云）」。

〔七〇〕末云　徐沁君本上補一「正」字。王學奇本作「正末云了」。參見第一折校注〔四〕。

〔七一〕（夫人怒云了）　王季思寫定本、吴國欽本下補「（旦唱）」，徐沁君本、王學奇本、王季思本補「（正旦唱）」。

〔七二〕没前程　詈辭。猶言没有好結果。陸深《春風堂隨筆》：「世目薄行人爲没前程。」《張協狀元》戲文第四十一出：「緣何一向便生嗔？你門直是没前程。」

〔七三〕做得個　落得個。王實甫《西廂記》三本三折紅娘白：「你既是秀才，只合苦志於寒窗之下，誰教你夤夜輒入人家花園，做得個非姦即盜。」

〔七四〕橫死口裏栽排定　橫死，凶死。鄭廷玉《金鳳釵》四折【川撥棹】：「好險些兒險些兒遭橫死。」栽排，安排，注定。脈望館古名家本白仁甫《秋夜梧桐雨》四折【滾綉毬】：「是兀那當時歡會，栽排下今日凄凉，厮覓着暗暗地還報。」

〔七五〕隨邪水性　無主見。參看《詩詞曲語辭例釋》「隨邪」。

〔七六〕我説波娘七代先靈　王季思寫定本、王季思本在「波」字下點斷。按，波，襯字。無義。娘，怨詈之辭。猶今之「他媽的」。參看《詩詞曲語辭匯釋》卷六「娘」。「靈」原作「天」，除鄭振鐸本未改、盧冀野本改作「人」外，各本已改作「靈」。七代先靈，祖宗。脈望館鈔本高文秀《遇上皇》一折【賞花時幺】：「六合内只經你不良，把我七代先靈信口傷。」

〔七七〕然道户厮迎　隋樹森本、王季思本「然」上增一「雖」字。吴曉鈴本校云：「然——疑當作『煞』字。」盧冀野本「道」改作「到」。按，然道，雖是。參看《詩詞曲語辭匯釋》卷一「然」、卷四「道（二）」。甯希元本「迎」改作「應」。按，曲譜，本句末字例用平聲，「迎」字平聲韵。迎，對也。户厮迎，門當户對。

〔七八〕也合再打聽　鄭振鐸本、盧冀野本「聽」字下未點斷。按，「聽」字韵。合，該。白居易《白氏長慶集》卷十六《昭君怨》：「明妃風貌最娉婷，合在椒房應四星。」

〔七九〕娉婷　「娉」原作「聘」，除王季思寫定本外，各本已改。娉婷，形容女子姿態之美。此指鶯鶯。

〔八〇〕實成　鄭騫本、徐沁君本、甯希元本、吴國欽本、王學奇本、王季思本「成」改作「誠」。按，成，通「誠」。《墨子·貴義》：「子之言則成善矣。」孫詒讓《閒詁》引王念孫云：「古或以成爲誠。」實成，真心實意。《太平樂府》卷七喬夢符套數【雙調】新水令「閨麗」：「若是真麽，回與我句實成的話，天那，送了人呵不是耍！」

〔八一〕强風情　强作風流情事。王實甫《西厢記》三本三折【離亭宴帶歇指煞】：「强風情措大，晴乾了尤雲殢雨心，悔過了竊玉偷香膽，删抹了倚翠偎紅話。」

〔八二〕虚下　元劇用語。角色背身作下場狀。

〔八三〕旦　徐沁君本、王學奇本、王季思本上補一「正」字。

〔八四〕孤　徐沁君本、王學奇本上補一「外」字。

〔八五〕相公　稱官吏。《京本通俗小説·錯斬崔寧》：「那府尹聽得有殺人公事，即便升堂……王老員外上去告説：『相公在上……』」

〔八六〕閃下　下原衍一重文符號，除鄭振鐸本、吴曉鈴本、鄭騫本外，各本已删。吴本校云：「下一『下』字疑衍。或此『下』字上脱一『旦』字。」王季思本「據關目」「閃下」改作「同下」，删重文符號。

〔八七〕旦　徐沁君本、王學奇本、王季思本上補一「正」字。

〔八八〕見了　鄭騫本、徐沁君本、王學奇本、王季思本下補「云」。

〔八九〕聞　王季思寫定本、徐沁君本、吴國欽本、王學奇本、王季思本改作「回」。按，聞，達，禀報。《漢書·韓信傳》：「何聞信亡，不及以聞，自追之。」以聞，將信亡一事上達。

〔九〇〕（外旦許了）　王季思寫定本、吴國欽本下補「（旦唱）」，徐沁君本、王學奇本、王季思本補「（正旦唱）」。「許了」下原衍一「下」字，從王季思寫定本、徐沁君本、甯希元本、吴國欽本、王學奇本、王季思本删。北京大學本校云：「『下』字疑衍。」

〔九一〕則合低了胭頸　王季思寫定本「則」改作「只」。參見第一折校注〔二〕。胭頸，脖子。胭，同「咽」。《集韻》平聲先韵：「咽，《説文》：『嗌也。』謂咽喉也。或作胭」；因蓮切。亦作「咽頸」。元刊本尚仲賢《氣英布》一折【金盞兒】：「料應把那口吹毛過的劍先磨，圪擦的着咽脛（頸），血瀝瀝帶着肩窩。」

〔九二〕禁聲　鄭騫本、徐沁君本、甯希元本、王季思本「禁」改作「噤」。按，「禁」字可通，不煩校改。禁聲，不做聲。脈望館古名家本馬致遠《黃粱夢》四折【笑和尚】：「我我我没揣的猿臂綽，斡斡斡禁聲的休回和。」

〔九三〕剗地　王季思本「剗」誤作「劃」。按，剗地，猶反而。參看《詩詞曲語辭匯釋》卷四「剗地

(二)」。

〔九四〕伴等　同伴，伙伴。宫天挺《七里灘》三折【倘秀才】：「我則是那草店上相逢時那個身命，便和您，叙交情，做咱那伴等。」

〔九五〕一滅行　一味任性。元刊本尚仲賢《氣英布》二折【一枝花】：「兩國嶤争，難使風雷性。三不歸，一滅行，着死圖生，劍斫了差來的使命。」

〔九六〕這妮子更敢有四星　妮子，女子賤稱，猶云「丫頭」。《董解元西廂記》卷六【雙調】【倬倬戚】：「我團着這妮子做破大手脚。」《井陘縣志料》十編：「邑人謂女子爲妮子。」更，猶豈，難道。參看《詩詞曲語辭匯釋》卷一「更(一)」。敢，猶會。參同上卷一「敢(三)」。四星，猶下梢(北斗七星，斗柄爲上梢，四星爲下梢，故云)。息機子本喬夢符《兩世姻緣》二折【浪裏來】：「我比那卓文君有上梢没了四星。」

〔九七〕把體面妝沉　裝得很端莊持重的樣子。體面，猶樣子。《太平樂府》卷七馬致遠套數【大石調青杏子「姻緣」】：「體面妖嬈，精神抖擻。」

〔九八〕把頭梢自領　自己扯着頭髮，比喻自討苦吃。「頭梢」亦作「頭稍」。《玉鏡臺》二折【賀新郎】：「待尋條妙計無踪影，姑姑手把着頭稍自領。」頭梢、頭稍，頭髮。脈望館古名家本鄭廷玉《後庭花》二折：「【哭皇天】……(王怒採末頭髮科)(末)他把我頭梢頭梢揝住。」領，引，拎。

甯希元本於此曲後「依《北詞廣正譜》」補「【雪裏梅】你道是延壽馬素聞名，你莫不背地裏早先曾，先曾這般悄悄冥冥，潛潛等等，你兩個嫌殺月兒明」。按，《北詞廣正譜》「素」作「索」。

〔九九〕旦背云　徐沁君本、王學奇本「旦」字删。王季思本上補一「正」字。背云，元劇用語。角色在舞臺上説自己心裏的話，假定别人聽不見。

〔一〇〇〕着　猶將，用。參看《詩詞曲語辭匯釋》卷三「着（十六）」。

〔一〇一〕呀！早第一句兒　王季思寫定本上補「（旦）」，徐沁君本、王學奇本、王季思本補「（正旦云）」，吴國欽本補「（旦云）」。徐沁君本、王學奇本下補「（唱）」。鄭騫本將此賓白移置調名【天净沙】下，校云：「因其與下文語意聯貫，故移置於調名下。」王學奇本「呀」字奪。

〔一〇二〕交人掩撲　盧冀野本、王季思寫定本、隋樹森本、吴國欽本、王季思本「交」改作「教」。按，交，被。鈔本《陽春白雪》後集四馬致遠套數【雙調】夜行船：「唱道但得半米兒有擔擎底九千紙交天赦，怕有半米兒心别？」「掩」原作「俺」，從王季思寫定本、鄭騫本、徐沁君本、劉堅本、甯希元本、吴國欽本、王季思本改。北京大學本「俺（掩）撲」，乙改作「撲俺（掩）」。王定本説明：「掩撲是當時一種賭博，掩撲了意即輸去了。」徐本校記證之已詳，不贅。

〔一〇三〕剅墻賊蝎蜇噤聲　熟語。挖墻鑽洞的賊被蝎子蜇了也不敢聲張，比喻有苦難言。《金線池》三折【二煞】：「我比那窬墻賊蝎螫索自忍，我比那俏郎君掏摸須噤聲。」「窬」「剅」同，鑽也。張愼儀《蜀方言》卷上：「空行曰窴。」注云：「《等韻》：空，音塞。《篇海》：窴，古孔切，聲同礦。剜土也。引申爲空行之稱。」

〔一〇四〕使心作倖　吴國欽本乙改作「使作心幸」。北京大學本、徐沁君本、王學奇本「倖」改作「幸」。按，「倖」「幸」通。倖，猶心計。臧本武漢臣《老生兒》一、二折兩處「使心用倖」，作「倖」。《録鬼簿》卷上鄭廷玉《冤家債主》題目正名「貪財漢空使倖勞神，看錢奴買冤家債主」，亦作「倖」。使心作倖，即用心機。臧本王日華《桃花女》四折【收江南】：「多謝你使心作倖白頭翁，若不是這些懵懂，怎能勾一家兒團聚喜融融？」

〔一〇五〕（外云）　王季思寫定本、吴國欽本下補「（旦云）」，鄭騫本補「（云）」，徐沁君本、王學奇本、王季思本補「（正旦云）」。王季思寫定本、徐沁君本、甯希元本、吴國欽本、王學奇本、王季思本「外」下補一「旦」字。按，此處的「外」乃「外旦」之省。王國維《古劇脚色考》：「元曲……又有外；外則或扮男，或扮女。外末、外旦之省爲外，猶貼旦之後省爲貼也。」鄭騫本、吴國欽本、王季思本「云」下補一「了」字。按，此處的「云」同「云了」。參見第一折校注〔四〕。鄭振鐸本「云」字下作逗號，與接下之正旦賓白相混。

〔一〇六〕你手裏做媳婦　徐沁君本、王學奇本、王季思本下補「（唱）」。媳婦，女僕。

〔一〇七〕不賢會的婆娘傳槽病　盧冀野本、隋樹森本、北京大學本「會」改作「惠」，徐沁君本、甯希元本、吴國欽本、王季思本改作「慧」。按，會，用同「惠」。《敦煌變文集》卷五《父母恩重講經文》：「如斯恩會最多，争忍抛離出外。」賢會，即賢惠。亦見於元刊本馬致遠《任風子》三折、武漢臣《老生兒》四折、岳伯川《鐵拐李》二折以及臧本闕名氏《殺狗勸夫》楔子。傳槽病，同槽牲畜間的傳染病。元曲常用以駡人，意謂互相影響的壞毛病。顧曲齋本石君寶《曲江池》三折【堯民歌】：「他便天生、天生愛鈔精。争甚虔婆每一個個傳槽病！」

〔一〇八〕你子牢踏着八字行　鄭振鐸本、王季思寫定本、隋樹森本、吴國欽本「子」改作「只」，盧冀野本改作「衹」。按，子，猶只，就。元刊本張國賓《薛仁貴》一折【油葫蘆】：「也不索將軍争競功勞簿，你子似鳳凰飛上梧桐樹。」北京大學本「牢」改作「勞」，誤。「踏」原作「査」，從徐沁君本、甯希元本、吴國欽本、王學奇本、王季思本改。王季思寫定本、鄭騫本改作「踏」。參見第一折校注〔二九〕。八字，星象術數家以人出生的年月日時爲四柱，配合干支，合爲八字，加以五行生剋、星宿所值，用來推算命運的好壞。

〔一〇九〕干净　「干」原誤作「千」，從各本改。干净，即乾净，安寧之意。《水滸傳》九回：「捨着還他十兩金子，着陸謙自去尋這和尚便了，我和你只要躲得身子乾净。」

〔一一〇〕停眠　留宿。王實甫《西厢記》四本二折【越調鬥鵪鶉】：「則合帶月披星，誰着你停眠整宿？」

〔二一〕大剛來竊玉偷香　大剛來，不過是。《太平樂府》卷六鄧學可套數【正宫】端正好「樂道」：「有一等造園苑磨磚砌甃，蓋亭館雕梁畫斗，費盡工夫得成就。今日是張家地，明日是李家樓，大剛來只是番手合手。」「竊」原作「切」，除盧冀野本外，各本已改。

〔二二〕一時間寵倖　一時間，短時間。《董解元西厢記》卷八【黄鍾宫】【刮地風】：「一時間，暫相見，不能捨。」北京大學本、徐沁君本、劉堅本、甯希元本、吴國欽本、王學奇本「倖」改作「幸」。

〔二三〕數日間忺過　「日」原作「月」，從徐沁君本、甯希元本、吴國欽本、王學奇本、王季思本改。盧冀野本、隋樹森本「忺」改作「欺」。參見第一折校注〔二四〕。吴國欽本校記、王季思本校記謂此句應押韵，「過」字疑訛誤。按，此本曲第四句，有不押韵者，如關氏《哭香囊》、白仁甫《東墻記》。

〔二四〕王魁負桂英　故事傳説：宋時，書生王魁下第，與妓女桂英相遇，誓不相負。逾年，有詔求賢，桂英備川資，送魁赴選。魁狀元及第，竟背盟另娶。桂英自刎。後來桂英的鬼魂索要了王魁的命。本事見張邦基《侍兒小名録》。《南詞叙録》「宋元舊篇」有《王魁負桂英》，曹本《録鬼簿》尚仲賢有《海神廟王魁負桂英》雜劇。

〔二五〕你被人推、人推更不輕　推，算，算計。更，絶。參看《詩詞曲語辭匯釋》卷一「更（二）」。

〔二六〕一霎兒　一會兒。《中興以來絶妙詞選》卷四易彦祥《喜遷鶯·春感》：「一霎兒晴，一霎兒雨，正是催花時候。」

〔一七〕撒地腿脡麻　撒地，猛地。參看《詩詞曲語辭例釋》「撒的」。腿脡，腿。《雍熙樂府》卷十七汪元亨小令【正宫】醉太平「警世」：「擲金錢趓的身軀趄，騙粉墻掂的腿脡折。」盧冀野本「麻」改作「蔴」。誤。

〔一八〕歇地腦袋疼　歇地，一會兒。「袋」原作「代」，除鄭振鐸本外，各本已改。

〔一九〕拙　原作「速」，除鄭振鐸本外，各本已改。

〔二〇〕終身無簸箕星　徐沁君本「身」改作「生」。按，身，生命。終身，終竟此生，畢生。《文選》卷四十一司馬遷《報任少卿書》：「蓋鍾子期死，伯牙終身不復鼓琴。」「簸」原作「篏」，從各本改。簸箕星，灾星。脈望館鈔本高文秀《黑旋風》頭折【哨遍】：「若有人把哥哥厮欺負，我和他兩白日便見那簸箕星。」

〔二一〕指雲中雁做羹　比喻不能實現的指望。臧本闕名氏《硃砂擔》一折【賺煞尾】：「我如今在虎口逃生，急騰騰，再不消停。抵多少遥指雲中雁做羹。」

〔二二〕且　猶倒。參看《詩詞曲語辭匯釋》卷一「且（三）」。

〔二三〕戰戰兢兢　謹慎的樣子。《漢書・武帝紀》：「戰戰兢兢，懼不克任。」

〔二四〕婷婷　原作「停停」，從鄭騫本、甯希元本、王學奇本、王季思本改。

〔二五〕另另　徐沁君本、吴國欽本、王季思本改作「零零」。按，另，通「零」。《太平樂府》卷四宋方壺小令【中吕】紅綉鞋「客况」：「薄設設衾剩鐵，孤另另枕如冰，我却是怎支吾今夜冷。」

〔一二六〕泠泠　原作「吟吟」，除鄭振鐸本外，各本已改。

〔一二七〕你個拖漢精　個，這。《太平廣記》卷一百七十引《幽閒鼓吹》：「尚書白居易應舉，初至京，以詩謁著作顧况。况睹姓名，熟視白公曰：『米價方貴，居亦弗易。』及披卷，首篇曰：『離離原上草，一歲一枯榮。野火燒不盡，春風吹又生。』却嗟賞曰：『道得個語，居即易矣。』因爲之延譽，聲名大振。」王學奇本「拖」改作「馱」。按，拖，拉。拖漢精，詈辭，謂偷漢子的淫婦。

〔一二八〕【尾】　鄭騫本、甯希元本、王季思本改作「【收尾】」。

〔一二九〕主人有福牙推勝　鄭振鐸本「勝」改作「敗」。按，主人有福牙推勝，俗語。主人有福，牙推才顯得勝人一籌。鄭德輝《周公攝政》一折【寄生草】：「果必有禍福願先天無咎鬼神言，設若見吉祥是主人有福牙推勝。」牙推，即衙推，醫卜星算等術士之稱。孫光憲《北夢瑣言》卷十八：「莊宗好俳優，宫中暇日，自負蓍囊藥篋，令繼岌破帽相隨，似后父劉叟以醫卜爲業也。后方晝眠，及造其卧内，自稱：『劉衙推訪女。』」

〔一三〇〕調風月媒人背廳　調風月，本指男女風情之事，此指做媒。「廳」原簡作「厅」。盧冀野本改作「地」，并將「背地（廳）」斷屬下句。鄭騫本改作「斤」，校云：「疑是听（聽）字之誤。但背聽意不可解。」按，背廳，疑猶背時，不走運。

〔三二〕閃 抛撇。參看《詩詞曲語辭匯釋》卷五「閃」。

第四折

（老孤、外孤上）（衆外〔一〕上）（夫人上住）（正末、正旦、外旦上住）〔二〕

【新水令〔三〕】雙撒敦是部尚書〔四〕，女婿是世襲千户，有二百匹金勒馬，五十輛畫輪車。説得他兒女妻夫〔五〕，似水如魚；撇得我鰥寡孤獨，那的是撮合山養身處〔六〕？

【駐〔七〕馬聽】官人石碾連珠〔八〕，滿腰背無瑕玉兔胡〔九〕；夫人每是依時按序，細攙絨全套綉衣服〔一〇〕，包髻是纓絡大真珠〔一一〕，額花是秋色玲瓏玉〔一二〕。悠悠的品着鷓鴣〔一三〕，雁行般但舉手都能舞〔一四〕。

（做與外旦插帶〔一五〕了科）（外旦云）〔一六〕

【甜水令】姐姐骨甜肉净〔一七〕，堪描堪塑，生得肌膚似凝酥。從小裏梅香嬷嬷擡舉〔一八〕，問燕燕梳裹何如〔一九〕？

【折桂令】他是不曾慣傅粉施珠〔二〇〕，包髻不仰不合〔二一〕，堪畫堪圖：尔看三〔二二〕插花枝，顫巍巍穩當扶疏〔二三〕；則〔二四〕道是烟霧内初生月兔，元〔二五〕來是雲鬟後半露瓊梳。百般的觀覷，一剗〔二六〕的全無市井塵俗，壓盡其餘〔二七〕。

（末〔二八〕云了）（揪搜末科）〔二九〕

【水仙子】推那領係眼落處〔三〇〕，採揪住那繫腰行行掐胯骨〔三一〕。我這般拈拈掐掐〔三二〕有甚難當處？想我那聲冤〔三三〕不得苦痛處。尔不合先發頭怒〔三四〕，尔若無言語，怎敢將尔覷付〔三五〕？則索做使長郎主〔三六〕。

（孤云了）〔三七〕

【殿前歡】俺千户跨龍駒，稱得上的敢望七香車〔三八〕。願得同心結永掛合歡樹〔三九〕，鸞鳳〔四〇〕嬌雛，連理枝比目魚〔四一〕。千載相完聚〔四二〕，花發無風雨。頭白相守〔四三〕，眼黑處全無〔四四〕。

（老孤問了〔四五〕）煞曾勘婚來〔四六〕。

【喬牌兒】勘婚處恰歲數〔四七〕，出嫁後有衣禄〔四八〕。若言招女婿〔四九〕，下財錢將他娶過去〔五〇〕，

【掛玉鈎】是個破敗家私鐵掃帚〔五一〕，没些兒發旺夫家處，可更絶子嗣妨公婆克丈夫〔五二〕。臉上擎泪靨無重數〔五三〕，今年見吊客臨，喪門聚〔五四〕！反陰復陰〔五五〕，半載其餘。

【落梅風】據着生的年月，演〔五六〕的歲數，不是個義夫節婦，休想得五男并二女〔五七〕，死得交〔五八〕滅門絶户！

（云了〔五九〕）（旦〔六〇〕跪唱）

【雁兒落】燕燕那書房中伏〔六一〕侍處，許弟〔六二〕二個夫人做。他須〔六三〕是人身人面皮，人口人

言語，

【得勝令】到如今揔是徹梢虚〔六四〕！燕燕不是石頭鐫鐵頭做，交我死臨侵身無措〔六五〕，錯支剌〔六六〕心受苦！（夫人云）〔六七〕痰冲着身軀〔六八〕，交〔六九〕我兩下裏難停住；氣夯破胸脯，交燕燕兩下裏没是處〔七〇〕。

【阿古令】〔七一〕滿盞内盈盈緑醑〔七二〕，子〔七三〕合當作婢爲奴。謝相公夫人擡舉，怎敢做三妻兩婦？子得和丈夫、一處、對舞，便是燕燕花生滿路〔七四〕。

題目　雙鶯燕暗争春

正名　詐妮子調風月〔七五〕

校　注

〔一〕外　外末、外旦之省。參見第三折校注〔一〇三〕。

〔二〕（正末、正旦、外旦上住）　王季思寫定本下補「（旦唱）」，徐沁君本、王學奇本、王季思本補「（正旦唱）」。

〔三〕新水令　隋樹森本、徐沁君本、甯希元本、吴國欽本、王學奇本、王季思本上補「雙調」。

〔四〕雙撒敦是部尚書　撒敦，蒙古語。親戚。李直夫《虎頭牌》二折【大拜門】：「我也曾吹彈那管絃，快活了萬千，可便是大拜門撒敦家的筵宴。」「尚」原作「上」，除鄭振鐸本外，各本已改。

〔五〕説得他兒女妻夫　徐沁君本、王學奇本「他」字奪。「妻夫」原作「夫妻」，從鄭騫本、甯希元本、王季思本乙改。鄭本校云：「此句須協韵。」

〔六〕那的是撮合山養身處　那的，哪裏。元刊本紀君祥《趙氏孤兒》四折【迎仙客】：「低首躊躇，那的是話不投機處？」臧本「那的」作「那裏」。撮合山，《新刻江湖切要》卷上「人物第六」：「媒婆：……撮合山。」養身，存身。養，留也。《禮記·月令》：「（仲秋之月）玄鳥歸，鳥群養羞。」鄭注：「不盡食也。」

〔七〕駐　原省寫作「主」，從各本改。

〔八〕官人石碾連珠　吴國欽本「依語意」於「人」下補「每是」二字，「作（帶云）處理」。王季思本亦「據下兩句校補」。按，此本曲第一句，非帶白，正字「石碾連珠」，餘皆襯字。下「依時按序」同。碾，打磨。《全唐詩》卷三九四李賀《春懷引》：「蟾蜍碾玉掛明弓，捍撥裝金打仙鳳。」連珠，玉帶上的飾物。《五侯宴》三折【倘秀才】：「那官人繫着條玉兔鶻連珠兒石碾。」

〔九〕滿腰背無瑕玉兔胡　盧冀野本「滿」字斷屬上句。誤。王季思寫定本、徐沁君本、甯希元本、吴國欽本、王季思本「胡」改作「鶻」。參見第二折校注〔四八〕。

〔一〇〕細攙絨全套綉衣服　「絨」原作「戎」，除鄭振鐸本、吴曉鈴本外，各本已改。「綉」原作「秀」，各本已改。參見第二折校注〔八二〕。

〔一一〕包髻是纓絡大真珠　《金史·輿服志下》：「年老者以皂紗籠髻如巾狀，散綴玉鈿於上，謂之玉逍遥。」

〔一二〕額花是秋色玲瓏玉　額花，珠翠頭飾。秋色，白色。《爾雅·釋天》：「秋爲白藏。」邢昺疏：「言秋之氣和，則色白而收藏也。」

〔一三〕鷓鴣　女真樂曲名。宇文懋昭《大金國志》卷三十九「初興風土」：「女貞……其樂唯鼓笛，其歌唯鷓鴣曲，第高下長短如鷓鴣聲而已。」

〔一四〕能舞　下原衍一重文符號，從王季思寫定本、隋樹森本、鄭騫本、徐沁君本、甯希元本、吴國欽本、王學奇本、王季思本删。能，善。《才調集》卷三韋莊《贈峨嵋山彈琴李處士》：「峨嵋山下能琴客，似醉似狂人不測。」

〔一五〕插帶　將釵類飾物插在髮髻上。帶，通「戴」。亦作「插戴」。《玉鏡臺》三折【普天樂】：「但能勾與你插戴些首飾，執料些飲食，則這的我早福共天齊。」參見第二折校注〔二六〕。

〔一六〕（外旦云）　王季思寫定本、吴國欽本下補「（旦唱）」，徐沁君本、王學奇本、王季思本補「（正旦唱）」。

〔一七〕骨甜肉凈　身材很美。甜，美。參看《詩詞曲語釋匯釋》卷五「甜」。凈，疑應是「婧」字。《後漢書·張衡傳》：「舒妙婧之纖腰兮，揚雜錯之袿徽。」李賢注：「婧，謂妍婧也。」

〔一八〕從小裏梅香嬤嬤擡舉　盧冀野本「從」下衍一「泛」字。裏，猶時。《五代史平話》梁史卷上：「説話裏，只見朱存出來道：『咱有一個計策……』」元刊本鄭廷玉《看錢奴》三折【村裏迓鼓】：「子爲他茶裏飯裏思，行裏坐裏念，眠裏夢裏想。」梅香，王驥德《曲律》卷三「論部色第三十七」：「元雜劇中……凡婢皆曰梅香。」嬤嬤，俗呼母親（見《改併五音類聚四聲篇海》卷五孃母第十二女部第二十），元劇中用以稱女僕或奶母。賈仲明《蕭淑蘭》一折外白：「妹子身體有些不快，不能去的，留下管家嬤嬤并梅香看視，問候湯粥。」同折下文【天下樂】「嬤嬤」作「妳娘」，張世英白作「妳母」。擡舉，照料。《全唐詩》卷五五六馬戴《襄陽席上呈于司空》：「寄語東君好擡舉，夜來曾伴鳳皇栖。」

〔一九〕梳裹何如　梳裹，梳妝打扮。脈望館古名家本馬致遠《漢宫秋》一折【醉中天】：「將兩葉賽宫樣眉兒畫，把一個宜梳裹臉兒搽。」「何如」原作「如何」，除鄭振鐸本、盧冀野本、吴曉鈴本外，各本均乙改。吴本校云：「疑當作『何如』。」按，「如」字韵。

〔二〇〕傅粉施珠　「傅」原作「赴」，除鄭振鐸本改作「敷」外，各本已改作「傅」。吴曉鈴本、北京大學本、劉堅本、王學奇本「珠」改作「硃」，王季思寫定本、隋樹森本、徐沁君本、甯希元本、吴國欽本、王季思本改作「朱」。按，珠，通「朱」。《後漢書·袁安傳》：「朝廷以逢嘗爲三老，特優禮之，贈以珠畫特詔秘器。」李賢注：「《音義》云：『以朱沙畫之也。』『珠』與『朱』同。」

〔二二〕合俯。賈仲明《對玉梳》一折【油葫蘆】：「俺娘翻手是雨，合手是雲。」

〔二三〕三　甯希元本改作「散」。

〔二三〕扶疏　舞動的樣子。《淮南子·脩務》：「援豐條，舞扶疏。」

〔二四〕則　盧冀野本、王季思寫定本改作「只」。參見第二折校注〔三〕。

〔二五〕元　原作「亢」，從吴曉鈴本、鄭騫本、北京大學本、徐沁君本、劉堅本、甯希元本、王學奇本改。盧冀野本、王季思寫定本、隋樹森本、吴國欽本、王季思本改作「原」。按，陳垣《元典章校補釋例》卷三云：「原免之原，與元來之元异。自明以來，始以原爲元，言版本學者輒以此爲明刻元刻之分。因明刻或仍用元，而用原者斷非元刻也。」

〔二六〕一刬　盧冀野本「刬」改作「般」，王季思寫定本、隋樹森本、徐沁君本、甯希元本、吴國欽本、王學奇本改作「剗」，王季思本改作「劃」。按，一刬，同一剗，猶一概。

〔二七〕壓盡其餘　壓，賽過。《董解元西厢記》卷一【仙呂調】【戀香衾】：「各序尊卑對榻坐，須臾飲食如法。一般般滋味，肉食難壓。」盡，猶了。石君寶《紫雲亭》四折【駐馬聽】：「則爲這情緣千尺藕絲長，誤盡禹門三月桃花浪。」「餘」原作「余」，從鄭振鐸本、盧冀野本、吴曉鈴本、隋樹森本、鄭騫本、王季思本改。其餘，猶有餘。參看《詩詞曲語辭匯釋》卷三「其高」。

〔二八〕末　原作「夫」，從王季思寫定本、甯希元本、吴國欽本改。徐沁君本、王學奇本改作「正末」，徐本校云：「下緊接『揪搜末科』，燕燕這一動作應該是由『末云』引起的。」盧冀野本、吴曉鈴本、隋樹森本、鄭騫本、北京大學本、劉堅本、王季思本改作「夫人」。

〔二九〕（揪搜末科）　王季思寫定本下補「（旦唱）」，王季思本補「（唱）」。徐沁君本、王學奇本「揪搜」上補「正旦」二字，「末」上補「正」字，「科」下補「唱」。吴國欽本「揪搜」上補「旦」字，王季思本補「正旦」二字。

〔三〇〕推那領係眼落處　鄭騫本「處」字下未點斷。按，「處」字韵。甯希元本、王季思本「那」改作「挪」。參見第二折校注〔三七〕。王季思寫定本、北京大學本、徐沁君本、劉堅本、甯希元本、吴國欽本、王學奇本「係」改作「系」。按，係，帶，繩。《漢書·枚乘傳》：「係方絶，又重鎮之。」領係，衣服上繫領子的帶子。亦作「領系」。《救風塵》一折外旦白：「但你妹子那裏人情去……替你妹子提領系，整釵鐶。」

〔三一〕採揪住那繫腰行掐胯骨　採揪，揪，扯。採有揪意，同義連文。李開先《詞謔》一「詞謔二八」市井艷詞【山坡羊】：「進門來床兒前快與我雙膝兒跪着，免的我下去採你的耳朵。」「住」原作「毛」，從王季思寫定本、徐沁君本、甯希元本、吴國欽本、王學奇本、王季思本改。鄭騫本仍作

「毛」，并在其下點斷。誤。「繫」原作「擊」，除鄭振鐸本、吴曉鈴本、隋樹森本、北京大學本外，各本已改。繫腰，腰帶。《金史·輿服志》：「庶人……其頭巾、繫腰、領帕許用芝蔴羅，絛用絨織成者。」行行，一邊，一面。臧本楊顯之《瀟湘雨》三折【喜遷鶯】：「行行裏着車輪把腿陷住，可又早閃了胯骨。」「掐胯骨」原作「恰跨骨」，從徐沁君本、甯希元本、吴國欽本、王學奇本改。北京大學本校勘記亦謂「疑當作『掐胯骨』」。

〔三二〕拈拈掐掐　「掐掐」原作「恰恰」，從徐沁君本、甯希元本、王學奇本、王季思本改。北京大學本校勘記亦謂「疑當作『掐掐』」。拈拈掐掐，即捏捏掐掐。《救風塵》二折【浪裏來煞】夾白：「我將他掐一掐，拈一拈，摟一摟，抱一抱，着那厮通身酥，遍體麻。」

〔三三〕聲冤　盧冀野本「聲」改作「伸」。按，聲冤，喊冤。脈望館息機子本武漢臣《生金閣》四折正末白：「張千，是甚麼人聲冤？拿將過來。」

〔三四〕先發頭怒　盧冀野本「頭」改作「了」。誤。「怒」原作「恕」，除鄭振鐸本外，各本已改。甯希元本校云：「『頭怒』一詞費解，疑誤。或原本此句當作『先頭發怒』。」

〔三五〕怎敢將尔覷付　徐沁君本、王學奇本「敢」改作「肯」。誤。鄭騫本「覷」字下點斷，「付」改作「你」，屬下句。按，覷付，照顧。元刊本紀君祥《趙氏孤兒》四折【上小樓】：「若不是爹爹覷付，將孩兒擡舉，二十年前，斷頸分屍，死在郊墟。」

〔三六〕則索做使長郎主　王季思本上衍一「你」字。盧冀野本、王季思寫定本「則」改作「只」。按，則索，猶只好。王實甫《芙蓉亭》殘折【混江龍】：「又不敢呼名道姓，我則索躡足潛踪，悄聲兒立在窗兒外。」參見第二折校注〔九七〕。使長，徐渭《南詞叙録》：「金元謂主曰使長。」郎主，亦主人之稱。王明清《投轄録·玉條脱》：「予，公之家奴也，奴爲郎主丈人，鄰里笑怪。」

〔三七〕（孤云了）　王季思寫定本、吴國欽本下補「（旦唱）」，徐沁君本、王學奇本、王季思本補「（正旦唱）」。徐沁君本、王學奇本「孤」上補一「外」字。

〔三八〕七香車　用異香裝飾的車。王實甫《西厢記》五本四折【駐馬聽】：「鶯鶯有福，穩請了五花官誥七香車。」閔遇五《五劇箋疑》：「《杜陽雜編》：唐公主下降，乘七香步輦，四面綴以香囊，貯辟邪瑞龍等香，皆外國所貢異香也。」

〔三九〕願得同心結永掛合歡樹　同心結，用錦帶結成的連環結子，用作男女堅貞愛情的象徵。《樂府詩集》卷十七梁武帝《有所思》：「腰中雙綺帶，夢爲同心結。」合歡樹，又名馬纓花，以之贈人，謂能去嫌合好。後用以比喻相愛的男女歡聚。

〔四〇〕鸞鳳　《左傳·莊公二十二年》：「是謂鳳皇于飛，和鳴鏘鏘。」杜預注：「雄曰鳳，雌曰皇。雄雌俱飛，相和而鳴，鏘鏘然。」鸞亦鳳屬。《廣雅·釋鳥》：「鸞鳥，鳳皇屬也。」鸞鳳，喻夫妻。

〔四一〕連理枝比目魚　連理枝，兩株草木枝幹連生在一起。常用以比喻夫婦結合。白居易《白氏長慶集》卷十二《長恨歌》：「在天願作比翼鳥，在地願爲連理枝。」比目魚，鰈、鮃等魚的統稱，舊說此魚一目，須兩兩相并始能遊行，因用以比喻不分離的夫妻。《盛世新聲》巳集闕名氏套數【南吕】一枝花：「再幾時能够那柔條兒再接上連理枝？再幾時能够那暖水兒重温活比目魚？」

〔四二〕完聚　團聚。《元典章》刑部三「不義」：「及將李醜驢給親完聚，人價不追，别無定奪。」

〔四三〕相守　相伴。周密《齊東野語》卷十一「蜀娼詞」：「欲寄意渾無所有，折盡市橋官柳。看君著上征衫，又相將放船楚江口。後會不知何日是，男兒休要鎮長相守。苟富貴無相忘，若相忘有如此酒。」

〔四四〕眼黑處全無　「眼」原作「服」，從王季思寫定本、徐沁君本、劉堅本、甯希元本、吴國欽本、王學奇本、王季思本改。鄭騫本校勘記亦謂「(服黑)……疑當作眼黑」。吴曉鈴本、隋樹森本、北京大學本在「服(眼)」字下點斷，屬上句。誤。王定本説明：「眼黑與頭白正相對，它是形容夫婦不和時瞪眼珠的神態的。」徐本校記證之已詳，不贅。處，猶時。《敦煌變文集》卷六《歡喜國王緣》：「六宫送處皆垂泪，三殿辭時哭斷腸。」

〔四五〕老孤問了　鄭振鐸本下作冒號，將下文正旦賓白誤屬老孤。參見第一折校注〔四〕。

〔四六〕煞曾勘婚來　王季思寫定本、吴國欽本上補「(旦云)」，鄭騫本補「(云)」。徐沁君本、王學奇本、王季思本上補「（正旦云）」，下補「（唱）」。煞，猶是。脈望館息機子本鄭德輝《傷梅香》二折正旦白：「我且不問你别的，這香囊上綉着兩個交頸鴛鴦兒，煞主何意思那？」「勘」原作「看」，從王季思寫定本、鄭騫本、徐沁君本、甯希元本、吴國欽本、王學奇本、王季思本改。參見第一折校注〔八九〕。來，表已然，猶來着。孔文卿《東窗事犯》三折正末白：「臣等三人每，曾與國家出氣力來。」

〔四七〕勘婚處恰歲數　吴曉鈴本校勘記云：「勘——疑當作『堪』字。」無據。處，猶啊。《唐宋諸賢絶妙詞選》卷四賀方回《青玉案》：「錦瑟年華誰與度？月臺花榭，瑣窗朱户，惟有春知處。」《宦門子弟錯立身》戲文五出：「你直待要唱曲，相公知道，不是耍處。」甯希元本「恰」改作「掐」。按，恰，正好。《全唐詩》卷二二六杜甫《南鄰》：「秋水纔深四五尺，野航恰受兩三人。」

〔四八〕出嫁後有衣禄　「嫁」原作「家」，從王季思寫定本説明及徐沁君本、甯希元本、吴國欽本、王學奇本、王季思本改。後，猶啊。參看《詩詞曲語辭匯釋》卷三「後」。衣禄，衣食。禄，食。《吕氏春秋·懷寵》：「求其孤寡而振恤之，見其長老而敬禮之，皆益其禄。」

〔四九〕若言招女婿　盧冀野本「婿」字下未點斷。按，「婿」字韵。

〔五〇〕下財錢將他娶過去　下財錢，即下財禮，聘婚時男方向女方贈送實物及錢財。吴自牧《夢粱録》卷二十「嫁娶」：「且論聘禮，富貴之家，當備三金送之……又送官會銀鋌，謂之下財禮。」鄭振鐸本、王季思寫定本、北京大學本、徐沁君本、劉堅本、甯希元本、吴國欽本、王學奇本、王季思本「娶過去」下作句號。參見第一折校注〔一〇〇〕。

〔五一〕破敗家私鐵掃帚　盧冀野本「破」誤作「硬」。按，破敗，毀壞。臧本鄭廷玉《冤家債主》四折崔子玉白：「大哥哥幹家做活，第二個荒唐愚魯，百般的破敗家財，都是大孩兒填還你那債負。」「掃」原作「帚」，除鄭振鐸本、吴曉鈴本、北京大學本外，各本已改。北本校勘記亦謂「『帚帚』疑當作『掃帚』」。俗世以掃帚星爲凶兆。息機子本闕名氏《風雪漁樵》三折【滿庭芳】：「道你是個鐵掃帚你便掃壞他那家門。」山西沁縣舊時男女訂婚前先要「合婚」，生辰八字不合的叫做「鐵掃帚」。

〔五二〕可更絶子嗣妨公婆克丈夫　「更」原作「史」，從王季思寫定本、鄭騫本、徐沁君本、甯希元本、吴國欽本、王學奇本、王季思本改。盧冀野本、吴曉鈴本、隋樹森本、北京大學本、劉堅本改作「使」。按，可更，猶兼之。參看《詩詞曲語辭匯釋》卷二「可（八）」。盧冀野本、吴曉鈴本、隋樹森本、鄭騫本、甯希元本、王學奇本、王季思本「克」改作「尅」。按，克，通「尅」。《書・洪範》：「乃命卜筮，曰雨，曰霽，曰蒙，曰驛，曰克，曰貞，曰悔，凡七。」《史記・宋微子世家》裴駰集解引鄭玄曰：「克者，如祲氣之色相犯也。」

〔五三〕臉上擎泪靨無重數　「擎」原作「肇」，疑爲「擎」字之形誤，今改。劉堅本注亦謂「疑應爲

『擎』」。王季思寫定本、徐沁君本、甯希元本、吳國欽本、王學奇本、王季思本改作「承」。擎泪靨，婦女泪腺下的愈痣，俗世説法認爲是苦命的標誌。「重」原作「里」，從徐沁君本、吳國欽本、王學奇本、王季思本改。王季思寫定本、鄭騫本、甯希元本改作「其」。無重數，無數。徐本校記證之已詳，不贅。

〔五四〕弔客臨，喪門聚　俗世認爲弔客、喪門均是凶神星，主疾病哀泣之事。息機子本武漢臣《玉壺春》三折【迎仙客】：「問甚麽撞着喪門？管甚麽逢着弔客？怕甚麽月值年灾？」

〔五五〕反陰復陰　盧冀野本、吳曉鈴本、鄭騫本、北京大學本第二個「陰」字改作「陽」。王季思寫定本説明：「『反陰復陰』，即『反吟復吟』，命書裏説遇到反吟復吟，婚事不易成功。」徐沁君本校記證之已詳，不贅。

〔五六〕演　推演。《宋史·律曆志十四》：「然由律生吕，數十有二，止矣；京氏演六十，錢樂之廣爲三百六十，則與黄帝之説悖矣。」

〔五七〕休想得五男并二女　得，生。《四春園》一折王員外白：「我根前得了個女孩兒，唤做王閏香……他根前得了個兒孩兒，唤做李慶安。」脈望館古名家本、顧曲齋本第一個「得」字作「生」。五男并二女，謂子孫繁衍，有福氣。宋時常繪印五男二女圖於紙箋或禮物上以示祝福。孟元老《東京夢華録》卷五「育子」：「凡孕婦入月於初一日，父母家以銀盆或鏇或彩畫盆，盛粟稈一東。上以錦綉或生色帕複蓋之，上插花朵及通草帖羅五男二女花樣，用盤合裝送饅頭，謂之『分痛』。」

〔五八〕交　盧冀野本、王季思寫定本、隋樹森本、吴國欽本、王季思本改作「教」。參見第一折校注〔一〇〕。

〔五九〕云了　鄭騫本、徐沁君本、王學奇本、王季思本上補「夫人」二字。

〔六〇〕旦　徐沁君本、王學奇本、王季思本上補一「正」字。

〔六一〕伏　王季思寫定本、吴國欽本、王季思本改作「服」。參見第一折校注〔一〇〕。

〔六二〕弟　除鄭振鐸本外，各本均改作「第」。按，弟，即「第」。《吕氏春秋·原亂》：「亂必有弟。」高誘注：「弟，次也。」畢沅注：「弟，古第字。」

〔六三〕須　猶應。參看《詩詞曲語辭匯釋》卷二「須（一）」。

〔六四〕揔是徹梢虚　揔，「總」的古字（見《龍龕手鏡》上聲卷第二手部第一），猶全，都。《敦煌變文集》卷二《廬山遠公話》：「遂唤宅中大小良賤三百餘口，總至廳前。」徹梢虚，極假，完全是欺騙。梢，通「稍」，頗，很。《謝天香》三折【尾聲】：「你不委心爲自家没見識，又不是花街中柳陌裏，那一個徹梢虚霧塌橋渾身我可也認的你！」

〔六五〕交我死臨侵身無措　盧冀野本、隋樹森本、吴國欽本、王季思本「交」改作「教」。參見第一折校注〔一〇〕。死臨侵，没有生氣的樣子。臨侵，語助。王實甫《西厢記》四本三折【脱布衫】：「酒席上斜簽着坐地，蹙愁眉死臨侵地。」

〔六六〕錯支刺　盧冀野本「錯」字斷屬上句，「刺」作「剌」。誤。王季思寫定本、王季思本「刺」亦誤作「剌」。按，錯支刺，慌張失措的樣子。錯，通「措」。支刺，語助。亦作「措支刺」。任訥校本《樂府群玉》卷五高克禮小令【越調】黄薔薇過慶元貞：「諕得我驚急列蓦出卧房門。他措支刺扯住我皂腰裙，我軟兀刺好話兒倒温存。」

〔六七〕（夫人云）　王季思寫定本、吴國欽本下補「（旦唱）」，徐沁君本、王學奇本、王季思本補「（正旦唱）」。鄭騫本、王季思本「云」下補一「了」字。參見第一折校注〔四〕。

〔六八〕痰冲着身軀　盧冀野本「軀」字下未點斷。按，「軀」字韵。「痰冲」原作「癱中」，從甯希元本改。王季思本「中（冲）」改作「痪」。

〔六九〕交　盧冀野本、隋樹森本、吴國欽本、王季思本改作「教」。參見第一折校注〔一〇〕。下同，不另出校。

〔七〇〕没是處　不知怎樣才好。闕名氏《凍蘇秦》二折卜兒白：「老弟子孩兒！頭裏我勸你時，搶白的我没是處，如今孩兒去了也，大風大雪裏，可着我趕他！」

〔七一〕【阿古令】　鄭騫本、甯希元本、王季思本改作「【太平令】」。

〔七二〕緑醑　美酒。《唐宋諸賢絶妙詞選》卷六葉道卿《賀聖朝・留別》：「滿斟緑醑留君住，莫匆匆歸去。」

〔七三〕子　鄭振鐸本、王季思寫定本、隋樹森本、吴國欽本改作「只」，盧冀野本改作「祇」。參見第一折校注〔一六〕。下同，不另出校。

〔七四〕便是燕燕花生滿路　「便」字右上半原壞闕，從鄭振鐸本、盧冀野本、隋樹森本、鄭騫本、北京大學本、徐沁君本、甯希元本、吴國欽本、王學奇本、王季思本補正。吴曉鈴本校勘記、劉堅本注亦疑是「便」字。王季思寫定本删此字。花生滿路，喻美滿榮耀。王實甫《西廂記》五本四折【太平令】：「自古、相女、配夫，新狀元花生滿路。」

〔七五〕題目正名　雙鶯燕暗争春，詐妮子調風月　「題目」二字原無，從盧冀野本、徐沁君本、吴國欽本、王學奇本、王季思本補。盧本并於「題目」下補兩行各六個空圍。元劇用一聯二句或二聯四句對句總括全劇内容，并以末句作爲劇名。一般置於卷末。這種格式叫「題目正名」。孫楷第《述也是園舊藏古今雜劇》下篇云：「凡北曲有題目、有正名，皆撮劇意爲之，所謂標題立目也。題目者，品藻之謂。《世説新語・賞譽篇》注引《王澄别傳》，所謂『四海人士，一爲澄所題目』是也。以品藻爲主，故其意虚。正名是劇本名，故其實。……凡元劇大題皆取正名。此題目與正名之异也。其題目正名，有一爲起句一爲收句者，合作一聯則不韵。……有各占二句者，合爲二聯則用韵。」「雙」原箇作「双」，盧冀野本誤作「鸞」。詐，漂亮。《董解元西厢記》卷一【般涉調】【墻頭花】：「不苦詐打扮，不甚艷梳掠。」妮子，婢女。《新五代史·晋家人傳·高祖皇后李氏》：「吾有梳頭妮子，竊藥一囊以奔于晋，今皆在否？」太原方言稱婢女爲「妮子」。題目正名後原本末行有尾題「新刊關目詐妮子調風月」，從鄭振鐸本、吴曉鈴本、王季思寫定本、隋樹森本、北京大學本、劉堅本、吴國欽本、王學奇本、王季思本删。盧冀野本、甯希元本作「詐妮子調風月雜劇終」，鄭騫本作「詐妮子調風月終」。

王季思本劇後有「附　《詐妮子調風月》劇佚曲　【越調·雪裏梅】你道是延壽馬索聞名，你莫不背地裏早先曾，先曾這般悄悄冥冥，潛潛等等，你兩個嫌殺月兒明。」「説明」云：「此曲録自《北詞廣正譜》，題關漢卿撰《調風月》，當即《詐妮子調風月》一劇之簡名。考關劇現唯存元刊本一種，其第三折所用宫調爲〔越調〕，押庚青韵。上引〔雪裏梅〕曲與此正合。但關劇〔越調·鬥鵪鶉〕套内未見此曲，據此推斷，此劇除元刊本外，至少在清初應有另一個本子存在。」「從這隻〔雪裏梅〕曲所寫内容來看，似是燕燕向鶯鶯説親時的唱詞。元刊本不見小千户的名字，據此當即延壽馬。」參見第三折校注〔九八〕。

鄧夫人苦痛哭存孝

説　明

《録鬼簿》著録。現存脈望館鈔本。今用王季烈本、吴曉鈴本、隋樹森本、北京大學本、吴國欽本、王學奇本、王季思本參校。原本下有「雜劇」二字，除隋樹森本外，各本删。從。書口標目「鄧夫人苦痛哭存孝」。總題下題「元關漢卿」，今略去。

劇叙鎮壓黄巢起義後，在統治集團内部矛盾鬥争中李存孝被車裂事。

《新五代史·義兒傳》：「存孝，代州飛狐人也。本姓安，名敬思。太祖掠地代北得之，給事帳中，賜姓名，以爲子，常從爲騎將。……存孝猨臂善射，身被重鎧，橐弓坐矟，手舞鐵撾，出入陣中，以兩騎自從，戰酣易騎，上下如飛。初，存孝取潞州功爲多，而太祖别以大將康君立爲潞州留後，存孝爲汾州刺史，存孝負其功，不食者數日。……存孝素與存信有隙，存信譖之曰：『存孝有二心，常避趙不擊。』存孝不自安，乃附梁通趙，自歸于唐，因請會兵以伐晉。……（太祖）遣劉夫人入城慰諭之。劉夫人引與俱來……（太祖）縛載後車，至太原，車裂之以徇。然太祖惜其材，悵然恨諸將之不能容也，爲之不視事者十餘日。」

頭〔一〕折

（冲末浄李存信同康君立上〔二〕）（李存信云）米罕〔三〕整斤吞，抹鄰〔四〕不會騎。弩門并速門〔五〕，弓箭怎的射？撒因答剌孫〔六〕，見了搶着吃。喝的莎塔八〔七〕，跌倒就是睡。若説我姓名，家將不能記。一對忽剌孩〔八〕，都是狗養的。自家李存信的〔九〕便是。這個是康君立〔一〇〕。俺兩個不會開弓蹬弩，也不會厮殺相持〔一一〕；哥哥會唱，我便能舞。俺父親是李克用〔一二〕。阿媽〔一三〕喜歡俺兩個。無俺兩個呵〔一四〕，酒也不吃，肉也不吃；若見俺兩個呵，便吃酒肉：好生〔一五〕的愛俺兩個！自破黄巢〔一六〕之後，太平無事，阿媽復奪的城池地面〔一七〕，着俺五百義兒家將〔一八〕，各處鎮守。阿媽的言語：將邢州與俺兩個鎮守。那裏是朱温〔一九〕家後門。他與俺父親兩個不和。他知俺在邢州鎮守，他和俺相持厮殺，俺兩個武藝不會，則〔二〇〕會吃酒肉，倘或着〔二一〕他拿將去了，殺壞了俺兩個怎了〔二二〕？（康君立云）如今阿媽將潞州天黨〔二三〕郡與存孝鎮守，潞州地面吃好酒好肉去。如今我和你兩個，安排酒席，則説辭别阿媽，灌的阿媽醉了，眢〔二四〕兩個便説：「邢州是朱温家後門，他與阿媽不和，倘若索戰〔二五〕，俺兩個死不打緊〔二六〕，着人知道呵，不〔二七〕壞了阿媽的名聲！着〔二八〕李存孝鎮守邢州去，可不好麽〔二九〕？」（李存信云）俺兩個則今日安排酒席，辭别父親去走一遭來〔三〇〕。我是李存信，他是康君立；兩個真油嘴，實然是一對。

（同下）

（李克用同劉夫人領番卒子上）（李克用云）番番番，地惡人犇〔三一〕，騎寶馬，坐雕鞍。飛鷹走犬，野水荒山。渴飲羊酥酒，饑餐鹿脯乾。鳳翎箭手中施展，寶雕弓臂上斜彎〔三二〕。林間酒闌胡旋舞呵者〔三三〕，丹青〔三四〕寫入畫圖間。

某〔三五〕乃李克用是也。某襲封幽〔三六〕州節度使，因帶酒打了段文楚，貶某在沙陀〔三七〕地面，已經十年。因黄巢作亂，奉聖人〔三八〕的命，加某爲忻、代、石、嵐都招討使，破黄巢天下兵馬大元帥。自離了沙陀，不數日之間，到此壓關樓前，聚齊二十四處節度使，取勝長安。被吾兒存孝擒拿了鄧天王，活挾了孟截海，撾打了張歸〔三九〕霸；十八騎悮入長安〔四〇〕，大破黄巢，復奪了長安。聖人的命，犒勞某手下義兒家將，但是〔四一〕復奪的城池，着某手下義兒家將去各處鎮守，隄備〔四二〕盜賊。今日太平無事，四海晏然，正好與夫人衆將飲酒快樂。小校安排下酒殽〔四三〕。可怎生〔四四〕不見周德威來？（周德威上，云）帥鼓銅鑼一兩敲，轅門裏外列英豪；三軍報罷平安喏〔四五〕，緊捲旗旛不動摇。某姓周，名德威，字鎮遠〔四六〕，山後朔州人也。今從李克用共破黄巢，太平無事，某爲番漢都總管〔四七〕。今日元帥有請〔四八〕，不知有甚事，須索〔四九〕走一遭去。可早〔五〇〕來到也。報復〔五一〕去，道有周德威〔五二〕來了也。（卒子云）理會的〔五三〕。報的〔五四〕元帥得知：有周德威在於門首〔五五〕。（李克用云）道有請。（卒子云）理會得〔五六〕。有請！（做見科）（周德威云）元帥〔五七〕，周德威來了也。（李克用云）將軍，今日請你來不爲别的，想存孝孩兒多有功勞，我許與了他潞州天黨郡與存孝孩兒鎮守，把邢州與李存信康君立鎮守去。怎生不見李存信康君立來了也〔五八〕？（李存信同康君立上）（李存信云）阿媽心内想，忽然到跟前。哥哥你放心，我這一過去，見了阿媽説了呵〔五九〕，便着存孝往邢州去。（康君立云）兄弟，只要你小心用意者〔六〇〕！（李存信云）阿媽、阿者，想當初一日，阿媽的言語，將潞州天黨郡與俺兩個鎮守來；今日阿媽與了存孝，可〔六一〕着俺兩個邢州去！（做悲科）（李克用云）孩兒存信，你做甚麽哭〔六二〕？（李存信云）阿媽，俺兩個也早起晚夕舞者唱者〔六三〕，扶持〔六四〕阿媽歡喜，怎下的着您兩個孩兒〔六五〕往邢州去？（康君立云）阿媽，想邢州是朱温的後門，他與阿媽不和，倘若索戰，俺兩個不會甚麽武藝，倘若拿將俺兩個去了，俺兩個死不打緊，阿媽吃起酒來，尋俺兩個舞的唱的不在眼面前，阿媽不想成病！那其間生藥鋪裏饋也饋不將俺兩個來〔六六〕！（李存信云）阿媽，怎生可憐見〔六七〕，着俺倆個去潞州去，把邢州與存孝兩口兒鎮守罷，可也好〔六八〕？（李存信把盞科，云）哥哥，將〔六九〕酒來，與阿媽把一盞〔七〇〕。（李克用云）好兩個孝順的孩兒〔七一〕！我着你潞州天黨郡去呵便了也〔七二〕。（康君立云）既是這等〔七三〕，謝了阿媽者〔七四〕！（周德威云）他兩個有甚〔七五〕麽功勞，把他潞州天黨郡去〔七六〕？想飛虎將軍南征北討〔七七〕，東蕩西除，困來馬上眠〔七八〕，渴飲刀頭血，他可以潞州去；他兩個去不的〔七九〕！（李克用云）周將軍説的是。小校，與我唤將存孝兒兩口過來者〔八〇〕。（卒子云）理會的。（正旦同李存孝上）（李存孝云）岩前打虎雄心在，敢勇〔八一〕當先敵兵敗；上陣全憑鐵飛撾，扶立乾坤唐世界〔八二〕。某本姓安，名敬思，雁門關飛虎峪靈丘縣人氏。幼小父母雙亡，多虧鄧大户家中撫養，成人長大，我就與他家牧羊。有〔八三〕阿媽李克用見某有打虎之力，招安〔八四〕我做義兒家將，封我做十三太保〔八五〕飛虎將軍李存孝，就〔八六〕着我與鄧大户家爲婿。自從跟着阿媽，十八騎悮入長安，大破黄巢，天下太平無事。聖人的命：將俺義兒家將〔八七〕復奪的城池，着俺各處鎮守。阿媽的言語：着俺兩口兒去潞州天黨郡鎮守。今有阿媽呼唤，不知有甚事，須索走一遭去。可早來到此也。夫人，我和你休過去。你看阿媽、阿者，大吹大擂，敲牛宰馬，烹炰美味，五百番部落胡兒胡女扶持着，是好是受用也〔八八〕！（正旦云）存孝，今日父親飲宴，唤俺兩口兒，俺見阿媽、阿者去〔八九〕。聽了這樂韻悠揚，常好是受用也呵〔九〇〕！

【仙吕點絳〔九一〕唇】則聽的樂動聲齊，他是那大唐苗裔，排親戚。今日俺父母相隨，可正是龍虎風雲會〔九二〕。

【混江龍】則〔九三〕俺這沙陀雄勢，便〔九四〕有那珠圍翠繞不稀奇。置造下珍羞百味〔九五〕，又不比水酒三杯〔九六〕。每日則〔九七〕是炰鳳烹龍真受用，那一日不宰羊殺馬做筵席！把些個那義兒家將得都成立〔九八〕，一個個請官受賞〔九九〕，他每都蔭子封妻。

（正旦〔一〇〇〕云）存孝，我和你未〔一〇一〕過去，先望阿媽咱〔一〇二〕，可早醉了也。（李存孝云）喈〔一〇三〕不過去。見阿者阿媽身上灑的那酒呵〔一〇四〕，你見兩邊廂扶侍着〔一〇五〕呵，十分的醉了也〔一〇六〕。

【油葫蘆】我見他執盞擎臺忙跪膝〔一〇七〕，他那裏撒滯殢〔一〇八〕。阿媽那錦袍上全不顧酒淋漓，可正是的他不擇不揀乾乾的吃〔一〇九〕，他那裏剛扶剛策〔一一〇〕醺醺的醉。一壁廂〔一一一〕動樂器是大體，將一面鼉皮畫鼓鼕鼕擂，悠悠的慢品鷓鴣〔一一二〕笛。

【天下樂】你覷，兀那大小的兒郎〔一一三〕列的整齊，端的是虛也波實〔一一四〕，享富貴。我則見傍邊廂〔一一五〕坐着周德威，一壁廂擺着品殺，番官每緊緊隨；我則見軍〔一一六〕排在兩下裏。

（正旦〔一一七〕云）喈過去見阿媽去來。（李存孝云）喈過去來。（做見科）（李存孝云）阿媽，您孩兒存孝兩口兒來了也。（李克用云）存孝孩兒來了〔一一八〕。別的孩兒每各處鎮守去了。今日吉日良辰，你兩口兒便往邢州鎮守去。康君立、李存信，你兩個孩兒往潞州天黨郡鎮守去。（李存孝云）阿媽，當日〔一一九〕未破黄巢時，阿〔一二〇〕媽的言語：「若你破了黄巢，天下太平，與你潞州天黨郡鎮守。」阿媽失〔一二一〕其前言！今日阿媽着你孩兒鎮守邢州，那邢州是朱温家後門，終日〔一二二〕與他相持，可怎了也！（正旦云）存孝，我阿者行再告一告去。阿者，與存孝再説一聲咱〔一二三〕！（劉夫人云）孩兒，你去邢州鎮守，阿媽醉了也，你且去咱〔一二四〕。（李存孝云）阿者〔一二五〕，當日與俺潞州天黨郡，如今信着康君立、李存信，着俺去邢州去。阿者，怎生阿媽行再説一聲，可也好也〔一二六〕？（劉夫人云）你阿媽醉了也。（李存孝云）康君立、李存信，你有甚麼功勞，倒去潞州天黨郡鎮守去？（李存信云）阿媽的言語，着你邢州去；都是一般好地面，誰和你論甚麼功勞〔一二七〕！（李存孝云）想當日在壓關樓前，覷三層排柵，七層圍子，千員猛將，八卦陣圖〔一二八〕，那其間如踏平地也。（正旦云）喒阿媽好失信也〔一二九〕！

【節節高】今日呵便太平無事〔一三〇〕，全不想用人那用人得這之際〔一三一〕。存孝與〔一三二〕你安邦定國，他也曾惡征戰圖名圖利。他覷的三層鹿角，七層圍子，如登平地；端的是八卦陣圖，千員驍將，施謀用計。阿者，他保護着唐朝社稷！

（李存孝云）康君立、李存信，你兩個有甚麼功勞，倒去潞州鎮守去也〔一三三〕？

【元和令】端的是人不曾去鐵衣，馬不曾摘鞍轡；則是着阿者今日向父親行題〔一三四〕：想着他從前出力氣。可怎生的無功勞，倒與他一座好城池？阿者，則俺這李存孝圖個甚的！

（劉夫人云）孩兒也〔一三五〕，你阿媽醉了也，等他酒醒時〔一三六〕再說。（正旦云）想康君立、李存信，他有甚麼功勞也〔一三七〕！

【遊四門】你則會飲酒食，着別人苦戰敵。可不道生受了有誰知〔一三八〕？阿媽，你則是擡〔一三九〕舉着李存信、康君立；他橫槍縱馬怎相持？你把他虧，人面逐高低〔一四〇〕。

（李存孝云）康君立、李存信，想當日十八騎悞入長安，殺敗葛從周，攻破黄巢，天下太平，是我的功勞，你有甚麼功勞也〔一四一〕？（李存信云）俺兩個雖無功勞，俺兩個可會唱會舞也里〔一四二〕。

【勝葫蘆】他幾時得鞭敲金鐙笑微微，人唱着凱歌回〔一四三〕，遙望見軍中磨〔一四四〕綉旗？則你那滴羞蹀躞〔一四五〕身體，迷留没亂心肺〔一四六〕，諕的你〔一四七〕劈留撲碌走如飛。

（李存孝云）你兩個有是麽〔一四八〕功勞？與你一匹劣馬〔一四九〕不會騎，與你一張硬弓不會射。則會吃酒肉，便是你的功勞也〔一五〇〕！

【後庭花】與你一匹劣馬不會騎，我與你一張弓不會射〔一五一〕。他比別人陣面上争功效〔一五二〕，你則會帳房裏閑坐的〔一五三〕。喒可便委其實〔一五四〕，你便休得要瞞天瞞地〔一五五〕。你餓時節搵肉吃，渴時節喝酪水〔一五六〕，閑時節打髀殖〔一五七〕，醉時節歪唱起，醉時節歪唱起。

【柳葉兒】你放下一十八般兵器，你輪不動那鞭簡〔一五八〕撾搥，您怎肯袒下臂膊刀斷劈〔一五九〕？鬧吵吵〔一六〇〕三軍内，但聽的馬頻嘶，早諕的悠悠蕩蕩，魄散魂飛。

（正旦〔一六一〕云）存孝，則今日好日辰，收拾馱馬輜重，辭別了阿者〔一六二〕，便索〔一六三〕長行。（李存孝云）今日好日辰，辭別了阿媽阿者，便索長行也〔一六四〕。

【尾聲】罷、罷、罷，你可便難倚弟兄心〔一六五〕，我今日不可公婆意。（劉夫人云）孩兒，你且休要性急，待你阿媽酒醒呵，再做商議。（正旦云）去則便了也〔一六六〕。（唱）別近傍〔一六七〕俺夫妻每甚的，止不過發盡兒掏窩不姓李〔一六八〕，則今日暗昧〔一六九〕神祇。（帶云〔一七〇〕）慚愧〔一七一〕也！（唱）勢〔一七二〕得一個遠相離，各霸着城池，不恁的〔一七三〕呵，這李存信康君立斷送了你。這一個個瞞心昧己，一個個獻勤買力〔一七四〕，存孝，這兩個巧舌頭奸狡賴功賊！（下）

（劉夫人云）康君立、李存信，你阿媽醉了也，我且扶着回後堂中〔一七五〕去也。（下）（周德威云）想着存孝破了黄巢，復奪取大唐天下，他的好地面與了這兩個，可將邢州與了存孝。元帥今日醉了也，待明日酒醒，我自有話説。還着存孝兩口兒潞州天黨郡去，方稱我之願也！元帥殢〔一七六〕酒負存孝，明日須論〔一七七〕是與非。（下）（李存信云）康君立，如何？我説咱必然得潞州，今日果應其心〔一七八〕。若是到那潞州的豐富地面，不强似〔一七九〕去邢州與朱温家每日交戰？（康君立云）兄弟，想存孝這一去，必然有些見怪。等俺到的潞州，别尋取〔一八〇〕存孝一莊事，調唆阿媽殺壞了存孝，方稱我平生之願。則今日收拾行裝，先往邢州，詐〔一八一〕傳着阿媽言語，着義兒家將各自認姓。他若認了本姓，喒般唆〔一八二〕阿媽殺了存孝，方稱我平生之願也！阿媽好吃酒，醉了似燒□〔一八三〕。害殺〔一八四〕安敬思，稱俺平生願。（同下）

校注

〔一〕頭　隋樹森本、王季思本改作「第一」。

〔二〕冲末净李存信同康君立上　冲末，元劇角色名，末中之次要角色。净，元劇角色名。齊如山《戲劇脚色名詞考》第四章「論净行」：「净脚所扮演的人物，以關於粗魯莽壯，或奸滑的人爲多。」本劇的净角屬於後者。冲末在劇中多最先登場，如鈔本《單刀會》之冲末魯肅、《救風塵》之冲末周舍、闕名氏《神奴兒》之冲末李德義等。本劇二净李存信、康君立最先登場，故「净」上重「冲末」二字。李存信，《新五代史·義兒傳》：「存信，本姓張氏，其父君政，回鶻李思忠之部人也。……從太祖起代北，入關破黄巢，累以功爲馬步軍都指揮使，遂賜姓名，以爲子。存信與存孝俱爲養子，材勇不及存孝，而存信不爲之下，由是交惡。存孝所爲，存信每沮激之，存孝卒得罪死。」「康君立」原作「康軍利」，王季烈本改，雙行小注云：「立，原文作利，據新舊《五代史》改。」各本從。後同，不另出校。《舊五代史·唐書·康君立傳》：「康君立，蔚州興唐人，世爲邊豪。……武皇授雁門節度，以君立爲左都押牙，從入關，逐黄孽，收長安。武皇還鎮太原，授檢校工部尚書、先鋒軍使。……存孝既死，武皇深惜之，怒諸將無解愠者。初，李存信與存孝不叶，屢相傾奪，而君立素與存信善。九月，君立至太原，武皇會諸將酒博，因語及存孝事，流涕不已。時君立以一言忤旨，武皇賜酖而殂。」

〔三〕米罕　蒙古語。肉。火源潔《華夷譯語·飲食門》：「肉：米罕。」

〔四〕抹鄰《華夷譯語·鳥獸門》：「馬：抹鄰。」

〔五〕弩門并速門　《華夷譯語·器用門》：「弓：弩門。」「箭：速門。」

〔六〕撒因答剌孫《華夷譯語·通用門》：「好：撒因。」「飲食門」：「酒：答剌孫。」

〔七〕莎塔八　醉。劉唐卿《降桑椹》一折：「（王伴哥云）……俺兩個每人再吃兩碗回去罷。（白厮賴云）哥也，俺打剌孫多了，您兄弟莎搭八了。」

〔八〕忽剌孩　《華夷譯語·人物門》：「賊：忽剌孩。」

〔九〕的　用於姓名或表示身份的名詞後。孔文卿《東窗事犯》楔子正末白：「自家姓何，何宗立的便是。」李文蔚《蔣神靈應》楔子廟官白：「小官廟官的便是。」

〔一〇〕康君立　原作「軍利」，趙琦美校改作「康君利」。今從各本改。

〔一一〕也不會厮殺相持　王季思本「也」改作「亦」。非。相持，厮殺。尚仲賢《三奪槊》二折【一枝花】：「我往常雄糾糾的陣面上相持，惡喑喑的沙場上戰討。」

〔一二〕李克用　西突厥沙陀部人。其父朱邪赤心隨神策大將軍康承訓討龐勛有功，賜姓名曰李國昌。克用少驍勇，軍中號曰「李鵶兒」，其一目眇，又號「獨眼龍」。因鎮壓黄巢起義有功，拜檢校司空、同中書門下平章事、河東節度使。其子存勖建立後唐，被尊爲太祖。

〔一三〕阿媽　「媽」字原不清，趙校描改，各本從。阿媽，稱父親。參見《調風月》第一折校注〔七二〕。

〔一四〕呵　表示假設。《元代白話碑集録·一二五七年鹿邑太清宫令旨碑》：「那底每，這令旨聽了以後，搔擾呵，將那搔擾□□□元帥於俺每根底説來者。」蔡美彪注：「『搔擾呵』之『呵』字用來翻譯蒙古語表示條件和假設的語氣，意即『如有搔擾』。」

〔一五〕好生　十分。《元典章》吏部二「承廕」：「似這般濫用的人每好生多有，合教省家照勘了，依着詔書體例都罷了。」

〔一六〕黄巢　唐末農民起義領袖。曹州冤句人。乾符二年率衆響應王仙芝起義，後被推爲領袖。王霸三年，克洛陽，破長安，即皇帝位，國號大齊。後失敗自殺。

〔一七〕地面　地方，地區。《五代史平話》漢史卷上：「行到西河縣管下地面孟石村，遇見日晚。」

〔一八〕五百義兒家將　「五百」原作「百五」，趙校乙改，各本從。《新五代史·義兒傳》：「唐自號沙陀，起代北，其所與俱皆一時雄傑虣武之士，往往養以爲兒，號『義兒軍』，至其有天下，多用以成功業，及其亡也亦由焉。」

〔一九〕朱温　後梁太祖。諱晃，本名温，宋州碭山人。曾參加黄巢起義，後叛變降唐，被任爲河中行營招討副使，賜名全忠。中和四年與李克用等聯兵鎮壓黄巢起義軍。後進封梁王。天祐四年代唐稱帝，國號梁，史稱後梁。

〔二〇〕則　猶只。參看《詩詞曲語辭匯釋》卷一「則(三)」。

〔二一〕着　猶被。參看《詩詞曲語辭匯釋》卷三「着(七)」。

〔二二〕殺壞了俺兩個怎了　殺壞，殺。闕名氏《替殺妻》三折【醉春風】：「我因此上手攬定青絲，殺壞了不中淫婦。」怎了，怎麼辦。鄭廷玉《金鳳釵》一折店小二白：「你如今又不得官，可怎了？還房錢來。」

〔二三〕天黨　王季烈本、隋樹森本、王季思本「天」改作「上」。吴曉鈴本校云：「王本(按，即王季烈本)改爲『上黨』，甚是，然宋元稗官習稱『潞州天黨』，故仍予保留。」北京大學本校云：「此『天黨』爲俗稱，不必改。」後同，不另出校。

〔二四〕 昝　王季烈本、北京大學本、吴國欽本、王學奇本、王季思本改作「咱」，吴曉鈴本、隋樹森本作「喒」。按，昝，「咱」的异體，後加「口」旁或「亻」旁作「喒」「偺」。徐渭《南詞叙録》：「咱們二字，合呼爲喒。」元刊本武漢臣《老生兒》三折【調笑令】：「昝一雙，老孤椿，爲没兒孫不氣長。百年之後還埋葬，墳穴内盡按陰陽。喒這兩把死骨頭葬兀那絶地上，誰肯來哭啼啼列紙燒香！」

〔二五〕 索戰　討戰。高文秀《澠池會》四折卒子白：「報的衆位大人得知：今有秦將領兵至於城下索戰哩。」

〔二六〕 不打緊　不要緊。李文蔚《蔣神靈應》一折梁成白：「我則道你有甚麽事，原來要圖晋，不打緊，都在我身上。」

〔二七〕 不　豈不。毛西河本王實甫《西厢記》卷五第二十折【慶東原】：「那裏有糞堆上長出連枝樹，淤泥中生出比目魚？不明白展污了姻緣簿？」毛云：「言豈不分明展污了耶。」

〔二八〕 着　猶教。參看《詩詞曲語辭匯釋》卷三「着（一七）」。

〔二九〕 可不好麽　可，猶豈。參看《詩詞曲語辭匯釋》卷一「可（八）」。「麽」字原不辨，趙校改，各本從。

〔三〇〕走一遭來　原本上衍一「遭」字，從王季烈本、北京大學本、吴國欽本、王學奇本、王季思本删。吴曉鈴本校勘記亦謂「此字疑衍」。來，猶吧。《太平廣記》卷三百三十一引《紀聞》：「今夜北村嫁女，大有酒食，相與去來。」闕名氏《小張屠》四折正末白：「俺都拜謝神靈來。」

〔三一〕犇　北京大學本、吴國欽本、王學奇本、王季思本改作「奔」。按，犇，古「奔」字。然此處叶韵，似應讀如「歡」。待考。

〔三二〕彎　挎。《全唐詩》卷一六四李白《塞下曲》之三：「彎弓辭漢月，插羽破天驕。」

〔三三〕林間酒闌胡旋舞呵者　胡旋舞，一種舞蹈，由西域傳入。段安節《樂府雜録·俳優》：「舞有骨鹿舞、胡旋舞，俱於一小圓球子上舞，縱横騰踏，兩足終不離於球子上。」吴曉鈴本「者」字斷屬下句，隋樹森本、王學奇本「呵者」屬下句，王季思本「者」改作「着」，屬下句。此從王季烈本、北京大學本、吴國欽本斷句。按，者，猶啊，助詞。臧本闕名氏《馬陵道》四折【鬥鵪鶉】：「他把切骨的冤讎死也似結，怎教俺便忘了者！」呵者同義連文，亦猶啊。亦作「者呵」。臧本宮天挺《范張鷄黍》二折張元伯白：「大嫂，好覷當母親，看我那孩兒者呵！」

〔三四〕丹青　畫手。《董解元西厢記》卷一【商調】【玉抱肚】【尾】：「都知説得果無謬，若非今日隨喜後，着丹青畫出來不信道有。」

〔三五〕某　自稱之辭，猶我。許堯佐《柳氏傳》：「翊偶隨之。自車中問曰：『得非韓員外乎？某乃柳氏也。』」

〔三六〕幽　除隋樹森本外，各本作「𪉼」。按，「幽」原作「㓜」。「㓜」乃「幽」之俗寫。脈望館古名家本《玉鏡臺》一折【醉中天】「幽静書房」的「幽」即俗寫作「㓜」。

〔三七〕沙陀　部族名。《新五代史·唐本紀》：「蓋沙陀者，大磧也，在金莎山之陽，蒲類海之東，自處月以來居此磧，號沙陀突厥。」

〔三八〕聖人　稱皇帝。《全唐詩》卷三〇二王建《宫詞》之四：「殿頭傳語金階遠，只進詞來謝聖人。」

〔三九〕歸　原作「國」，王季烈本改，雙行小注云：「歸，原文作國，據新舊唐書改。」各本從。後同，不另出校。

〔四〇〕十八騎悮入長安　《録鬼簿》、《太和正音譜》著録陳以仁有《悮入長安》。《也是園書目》别作《李存孝悮入長安》。脈望館鈔校本闕名氏《飛虎峪存孝打虎》第三折叙此事：李存孝華嚴川大戰張歸霸，張敗入長安城，李存孝同李嗣源等追入城中，活捉了張。北京大學本、吴國欽本、王學奇本、王季思本「悮」改作「誤」。案，悮，同「誤」。猶無意中。《劉知遠諸宫調》第一【商調】【抛毬樂】：「悮然地兩脚到您莊院，深丞丈丈，便恁好見。」後同，不另出校。

〔四一〕但是　凡是。《全唐詩》卷三六〇劉禹錫《和楊師皋給事傷小姬英英》：「但是好花皆易落，從來尤物不長生。」參見《調風月》第二折校注〔九〇〕。

〔四二〕隄備　吴國欽本、王季思本「隄」改作「防」。按，隄，《廣韻》平聲齊韻：「防也」，都奚切。隄備，防備。《董解元西廂記》卷八【越調】【看花迴】：「至普救，諸多僧行難隄備。」

〔四三〕小校安排下酒殽　小校，兵士。《七國春秋平話》下：「小校便言：『樂毅數敗于齊孫子，特令小軍來請先生。』」安排，擺。《董解元西廂記》卷六【仙吕調】【戀香衾】：「冉冉征塵動行陌，杯盤取次安排。」

〔四四〕怎生　怎麼。《唐宋諸賢絶妙詞選》卷三李景元《帝臺春·春感》：「拚則而今已拚了，忘則怎生便忘得？」

〔四五〕報罷平安喏　報喏，大約是當時的一種儀式：將帥軍帳中，士兵呼喊某句話，表示太平無事。喏，呼喊聲，亦作「偌」。李直夫《虎頭牌》三折【雙調新水令】：「賀平安報偌可便似春雷。」

〔四六〕名德威　原作「名震遠，字德威」，除隋樹森本外，各本已改。《新五代史·唐臣傳》：「周德威，字鎮遠，朔州馬邑人也。」

〔四七〕管　原作「官」，從各本改。

〔四八〕有請　召喚。請，召。《漢書·霍光傳》：「乃謀令長公主置酒請光。」

〔四九〕須索　須得。參看《詩詞曲語辭匯釋》卷四「索」。

〔五〇〕可早　已，已經。李文蔚《圯橋進履》二折正末白：「離了家鄉，避難在此下邳，可早數年光景也。」

〔五一〕報復　通禀。亦作「報覆」。王明清《揮麈録餘話》卷二「王俊首岳侯狀」：「俊到張太尉衙，令虞候報覆，請俊入宅。」

〔五二〕威　原奪，從各本補。

〔五三〕理會的　猶知道了。闕名氏《陳州糶米》楔子：「（冲末扮范學士領祗候上）……令人，你在門外觑者，看有那一位老爺下馬，便來報咱知道。（祗候云）理會的。」參見《調風月》第二折校注〔六〕。

〔五四〕報的　報，報告。的，蒙古語動詞後加詞尾變静動詞的直譯。《析津志》所記文廟石刻詔：「不選，但是可以學底公事呵也，教學者宣諭文字。」「學底公事」即學公事。「底」同「的」。

〔五五〕在於門首　「在」下一字右旁半壞，似「於」字，從各本補正。在於，在。脈望館鈔本闕名氏《鎖魔鏡》頭折色魔女白：「今歸正道，在於那吒三太子部下爲將。」同折下文運魔女白「在那吒太子部下爲將」，作「在」。門首，門口。傅亮《靈應録·薛主簿》：「遂引從舊路歸，直至所居門首。」

〔五六〕理會得　吴曉鈴本校云：「『得——疑當作『的』字。」北京大學本、吴國欽本、王學奇本、王季思本改作「的」。按，得，猶了。參見《調風月》第一折校注〔五七〕。理會得，同「理會的」。劉唐卿《降桑椹》五折：「（正末云）可早來到也。令人報復去，道有蔡順來了也。（張千云）理會的。報的大人得知：有蔡順來了也。（殿頭官云）道有請。（張千云）理會得。有請！」參見校注〔五三〕。

〔五七〕帥　原作「師」，從各本改。

〔五八〕了也　趙校刪「也」字，王季烈本、隋樹森本刪「了」字，北京大學本、王學奇本、王季思本「了」「也」二字并刪。吴曉鈴本校云：「『了』『也』二字并贅。」按，了也，元劇習見，此處用於句末，表疑問語氣。白仁甫《東墻記》一折梅香白：「姐姐因何見了那生，如此模樣了也？」高文秀《襄陽會》楔子：「（龐德公云）道童，劉玄德去了也？（道童云）劉玄德去了也。」

〔五九〕呵　用在分句末，表示一個動作引出另一個動作。《元典章》刑部八「諸贓」：「本人根底，比及取招呵，避罪逃了來。」

〔六〇〕只要你小心用意者　要，望。高文秀《襄陽會》一折正末白：「叔父，你小心在意者，則要穩登前路也。」用意，小心。《舊五代史·漢書·隱帝紀》：「太后以帝至晚在外，遣中使謂聶文進曰：『賊軍在近，大須用意！』」者，表囑付語氣。王實甫《西厢記》四本三折長老白：「先生在意，鞍馬上保重者！」元刊本張國賓《薛仁貴》楔子正末白：「你去子去，你休問得官不得官，子早回家些兒者！」

〔六一〕可　猶却。參看《詩詞曲語辭匯釋》卷一「可（一）」。

〔六二〕你做甚麼哭　原本下有一「又」字，趙校刪，各本從。

〔六三〕俺兩個也早起晚夕舞者唱者　也，猶還。《太平廣記》卷二百五十一引《盧氏雜説》：「唐王智興帶使侍中，罷鎮歸京，親戚間有以選事求智興論薦，固不允。遂請致一函與吏部侍郎。吏部印尾狀云：『選人名銜謹領訖。』智興曰：『不知侍中也有用處。』」金仁傑《追韓信》四折【滚綉毬】：「怎想你臨死也通個人情。」早起晚夕，早晚。元刊本馬致遠《任風子》三折【上小樓】：「早起晚夕，擇菜挑薺，打水澆畦。」者，猶着。參看《詩詞曲語辭匯釋》卷二「者（二）」。

〔六四〕扶持　服侍。王實甫《西厢記》四本三折【五煞】：「鞍馬秋風裏，最難調護，最要扶持。」

〔六五〕怎下的着您兩個孩兒　下的，忍心。參看《詩詞曲語辭匯釋》卷三「下得」。您，你。與今用作尊稱的「您」不同。《改併五音類聚四聲篇海》卷十心母心部：「您，尼錦切，你也，俗。」《五代史平話》周史卷上：「您年紀雖小，却有膽智，我爲你改了名唤做郭威。」

〔六六〕生藥鋪裏贖也贖不將俺兩個來　生藥，藥材。張端義《貴耳集》卷下：「又問上黨秀才：『汝鄉出甚生藥？』『某鄉出人參。』次問澤州秀才：『汝鄉出甚生藥？』『某鄉出甘草。』次問湖州：『出甚生藥？』『出黄糵。』」生藥鋪，即藥材鋪。《東京夢華録》卷三「寺東門街巷」：「出界身北巷，巷口宋家生藥鋪。」贖，諧「熟」。將，猶得。《左傳·襄公二十七年》：「求逞志而棄信，志將逞乎？」

〔六七〕怎生可憐見　怎生，務必。參看《詩詞曲語辭匯釋》卷二「怎生」。可憐見，可憐。參同上卷五「見（四）」。

〔六八〕可也好　可也，用在問句中，加强語氣。臧本馬致遠《漢宫秋》二折【賀新郎】：「有一朝身到黄泉後，若和他留侯留侯厮遘，你可也羞那不羞？」「好」字下原本有一「又」字，趙校删，各本從。

〔六九〕將　拿。鄭棨《傳信記》：「又有婦人投狀争猫兒……（裴）諝大笑，判狀云：『猫兒不識主，旁我搦老鼠，兩家不須争，將來與裴諝。』遂納其猫兒。」

〔七〇〕把一盞　敬一杯酒。「盞」字下原本有一「又」字，趙校删，各本從。

〔七一〕孝順的孩兒　原本下有一「又」字，趙校删，各本從。

〔七二〕我着你潞州天黨郡去呵便了也　呵，用在句中，表肯定語氣。闕名氏《替殺妻》楔子【賞花時】：「你兄弟至死呵不相離。」便了也，就是了。闕名氏《劉弘嫁婢》一折王秀才白：「等人來贖，可把金子陪他便了也。」參見《調風月》第二折校注〔七〕。

〔七三〕這等　這樣，如此。元刊本岳伯川《鐵拐李》四折旦白：「則我那岳孔目似這等模樣！」

〔七四〕者　猶了。《中興以來絶妙詞選》卷五劉德脩《醉落魄·春懷故山》：「春風開者，一時還共春風謝。柳條送我今槐夏，不飲香醪，孤負人生也。」《雍熙樂府》卷二十陳草庵小令【中吕】山坡羊：「石崇鄧通今謾説，人，也散者，錢，也散者。」《樂府群珠》「者」作「也」。也，亦猶了。

〔七五〕甚　原字不清，趙校改，各本從。

〔七六〕把他潞州天黨郡去　把，給。《敦煌變文集》卷二《舜子變》：「解士（事）把我離書來，交離你眼去。」南昌、安慶方言猶説給爲「把」。去，猶了。參看《詩詞曲語辭匯釋》卷三「去（一）」。

〔七七〕想飛虎將軍南征北討　王季思本上衍一「一」字。

〔七八〕困來馬上眠　來，猶了。南卓《羯鼓録》：「後改奏一曲，纔三數十聲，綽即走入。上問：『何處去來？』綽曰：『有親故遠適，送至郊外。』」任訥校本《樂府群玉》卷三陳德和小令【雙調】落梅風「孫康映雪」：「映清光展書讀較畢，待天明困來恰睡。」「眠」原作「眠」，從各本改。

〔七九〕不的　不得，用在動詞後，表不可以或不能够。元刊本鄭廷玉《看錢奴》三折【雙雁兒】：「兒開不的敬客坊，爺修不的不死方；兒戀不的富貴鄉，爺已卧在安樂堂。」賈仲明《金安壽》二折：「（鐵拐云）你有甚快樂？快快跟我出家去。（正末云）我去不的。」同折上文「去不的」作「去不得」。

〔八〇〕與我喚將存孝兒兩口過來者　原本下有一「又」字，趙校删，各本從。吴國欽本、王季思本「兒兩口」乙改作「兩口兒」。者，表命令語氣。童伯章《元曲·緒言》：「元劇賓白中……此字之意，爲肯定語助詞。用於對己語，有我且如此我應如此之意；用於以上對下，爲命令語助詞；用於以下對上，爲希望語助詞。」《元代白話碑集録附録一·一二八一年忽必烈皇帝聖旨》：「如有愛佛經底，做和尚去者。若不爲僧道，娶妻爲民者。」

〔八一〕敢勇　王季思本乙改作「勇敢」。案，元劇習用「敢勇」。例不贅。

〔八二〕世界　天下。《前漢書平話》卷下：「老相公焉能怒乎？若不封了吕氏，我恐滅了咱漢家世界。」

〔八三〕有　用於句首，表示曾發生某事。脈望館息機子本武漢臣《生金閣》二折旦兒白：「有龐衙内强要了我生金閣兒，又要我爲妻。」

〔八四〕招安　招募。脈望館鈔本李致遠《還牢末》一折宋江白：「今東平府有二人，乃是劉唐、史進……他二人有心待要上梁山泊來，争柰不曾差人招安去。我今差山兒李逵下山去，請劉唐、史進走一遭去。」

〔八五〕十三太保　李克用有義子十三人，皆封太保，有「十三太保」之稱。此指第十三太保。

〔八六〕就　即，便。《晋書·景帝紀》：「必以『文』『武』爲謚，請依何等，就加詔許之，謚曰『忠武』。」

〔八七〕將　原脱，趙校補，各本從。

〔八八〕是好是受用也　吴國欽本、王季思本删第二個「是」字。按，是好是，真。是、好是，均猶真。

《唐宋諸賢絶妙詞選》卷八沈會宗《蕎山溪·惜别》：「想伊不住，船在藍橋路。别語未甘聽，更忍問、而今是去。」狄君厚《介子推》三折正末白：「你好是下得呵！」受用，享受。陶宗儀《輟耕録》卷十七錢霖套數【般涉調】哨遍：「怕不是堆金積玉連城富，眨眼早野草閑花滿地愁，乾生受。生財有道，受用無由。」也，猶啊，表感歎。《董解元西廂記》卷六【越調】【廳前柳纏令】【尾】：「兀的不煩惱煞人也！」鄭廷玉《金鳳釵》一折正末白：「小生命只恁般苦也！」

〔八九〕俺見阿媽、阿者去　「者」「去」二字原誤倒，從各本乙改。「去」下疑奪一「咱」字。咱，猶吧。參見《調風月》第二折校注〔三五〕。

〔九〇〕常好是受用也呵　除吴曉鈴本外，各本下補「（唱）」。吴本校云：「常好——疑當作『暢好』。」按，「常」爲「暢」之借音，常好是亦即暢好是，猶真是。參看《詩詞曲語辭匯釋》卷二「暢」。也呵，語氣助詞，猶啊，表感歎。王實甫《西廂記》二本四折末白：「夫人且做忘恩，小姐，你也説謊也呵！」楊梓《敬德不伏老》一折尉遲恭白：「俺與唐家建立大功，只除是你知我也呵！」

〔九一〕絳　原作「降」，從各本改。

〔九二〕可正是龍虎風雲會　可，猶恰。參看《詩詞曲語辭匯釋》卷一「可（二）」。龍虎，喻君臣。羅貫中《風雲會》四折【七弟兄】：「則這白額虎原與龍相配，紫金龍自有虎相隨，這的是慶清朝龍虎風雲會。」

〔九三〕則　表指示。尚仲賢《三奪槊》三折【梅花酒】：「他不若如單雄信，則我這鞭穩打死須定無論。」李直夫《虎頭牌》二折【石竹子】：「則俺那山壽馬侄兒是軟善，犯着的休想他便肯見憐。」

〔九四〕便　縱使，即使。《杜工部集》卷十《送鄭虔貶台州司户》：「便與先生應永訣，九重泉路盡交期。」

〔九五〕置造下珍羞百味　置造，擺。造，擺，并列。《爾雅·釋水》：「天子造舟。」郭璞注：「比船爲橋。」邢昺疏：「言造舟者，比船於水，加版於上，即今之浮橋。」「珍羞」原作「羞珍」，趙校乙改，各本從。

〔九六〕又不比水酒三杯　不比，不同於。《董解元西廂記》卷一【般涉調】【太平賺】：「一個個旖旎風流濟楚，不比其餘。」三，猶幾。汪中《述學·釋三九》：「凡一二之所不能盡者，則約之三，以見其多。」

〔九七〕則　猶都。王實甫《破窑記》一折左尋白：「則説那小姐生的好，憑着喒兩個這般標致，擬定綉球兒是我每。」元刊本闕名氏《博望燒屯》四折【蔓菁菜】：「將軍每俺這死共活則在他手心中，意裏道不殺了成何用。」

〔九八〕把些個那義兒家將得都成立　王季烈本「個」字下增一「封」字。無據。王季思本「那」字移置「些」字上，删「得」字。按，得，能。《世説新語·德行》：「貧者，士之常，焉得登枝而損其本。」

成立，成就。《北史·范紹傳》：「汝父卒日，令汝遠就崔生，希有成立。今已過期，宜遵成命。」

〔九九〕請官受賞　獲得官位和賞賜。請，受。孔文卿《東窗事犯》一折【村裏迓鼓】：「我不合扶立一人爲帝，交萬民失望。……兀的是我請官受賞！」

〔一〇〇〕正旦　王學奇本删。

〔一〇一〕未　不要。《杜詩詳註》卷四《白水崔少府十九翁高齋三十韵》：「東郊何時開？帶甲且未釋。」仇兆鰲註：「謂宜枕戈衽甲，勿懈於防也。」

〔一〇二〕咱　王季烈本改作「者」。按，咱，猶吧。參見《調風月》第二折校注〔二五〕。

〔一〇三〕喒　除吴曉鈴本、隋樹森本外，各本改作「咱」。按，喒，咱們。參見校注〔二四〕。後同，不另出校。

〔一〇四〕見阿者阿媽身上瀽的那酒呵　瀽，傾，倒。吴自牧《夢粱録》卷十三「諸色雜貨」：「杭城户口繁伙，街巷小民之家，多無坑厠，只用馬桶，每日自有出糞人瀽去，謂之傾脚頭。」呵，用在分句末，下句作解釋。第二句「你見兩邊厢扶侍着呵」的「呵」同，「十分的醉了也」是對前兩個分句作解釋。元刊本高文秀《遇上皇》一折正末白：「這三日吃呵，有些人情來。」元刊本武漢臣《老生兒》一折【寄生草幺篇】：「我哭呵我子爲未分男女小兒胎。」

〔一〇五〕兩邊厢扶侍着　邊厢，邊，旁邊。張文成《遊仙窟》：「人今總摘取，各著一邊厢。」平陽方言猶説旁邊爲「邊厢」。除王季烈本外，各本「侍」改作「持」。按，扶侍，服侍。《宋書・劉道濟傳》：「吾疾久，汝等扶侍疲勞。」

〔一〇六〕十分的醉了也　除吴曉鈴本外，各本下補「（正旦唱）」。十分的，實在。《董解元西厢記》卷一【中吕調】【香風合纏令】：「轉過荼蘼架，正相逢着宿世那冤家，一時間見了他，十分地慕想他。」

〔一〇七〕執盞擎臺忙跪膝　王季烈本、隋樹森本、吴國欽本、王學奇本「臺」改作「壺」。按，臺，托盤；盞，酒盞。程大昌《演繁露》卷十五「托子」：「古者彝有舟，爵有坫，即今俗稱臺盞之類也。」吴國欽本「膝」誤作「漆」。跪膝，跪。《劉知遠諸宫調》第十二：「强人一見，弃手中兵器離雕鞍，拈頂上頭盔，兜鎧甲馬前忙跪膝。」

〔一〇八〕撒滯殢　撒嬌。臧本白仁甫《墻頭馬上》二折【隔尾】：「是他撒滯殢把香羅帶兒解。」參看《詩詞曲語辭匯釋》卷五「尤殢」。

〔一〇九〕可正是的他不擇不揀乾乾的吃　趙校删第一個「的」字，除吴曉鈴本外，各本從。「揀」原作「減」，除吴曉鈴本外，各本已改。王學奇本「乾乾」作「干干」。按，乾乾的，猶不斷的。《易・乾》：「君子終日乾乾。」乾乾，孔穎達正義：「自强勉力，不有止息。」

〔一一〇〕剛扶剛策　强扶着。剛，猶强，勉强。《董解元西厢記》卷七【大石調】【玉翼蟬】：「似恁地埋怨，教人怎下得？索剛拖帶與他前去。」扶策，扶，扶着。《東京夢華録》卷六「十四日車駕幸五嶽觀」：「天武官十餘人，簇擁扶策，喝曰：『看駕頭！』」

〔二一〕一壁廂　一邊。《宣和遺事》元集：「直至中夜，馬縣尉等醒來，不見了那擔仗，只見酒桶撇在那一壁廂。」

〔二二〕鷓鴣　笛曲名。《全唐詩》卷五三四許渾《聽歌鷓鴣辭》：「南國多情多艷詞，鷓鴣清怨繞梁飛。」

〔二三〕兀那大小的兒郎　「那」字原不清，趙校描改，各本從。兀那，那。參看《詩詞曲語辭匯釋》卷六「兀那」。兒郎，兵士。《劉知遠諸宫調》第十二：「東西幕下遣兒郎，擐甲披衣。南北槽頭催戰馬，盤轡墜鐙。」

〔二四〕端的是虚也波實　端的，的確。參看《詩詞曲語辭匯釋》卷四「端的」。虚也波實，虚實，複詞偏義，意在實，猶確實。也波，襯字，無義。參同上卷六「也」。

〔二五〕傍邊廂　王季思本「傍」改作「旁」。按，傍，即旁。《樂府詩集》卷七十三古辭《焦仲卿妻》：「兩家求合葬，合葬華山傍。」傍邊廂，旁邊。王實甫《破窑記》三折吕蒙正白：「我也不言語，我則立在傍邊廂，看他説甚麼。」參見校注〔一〇五〕。

〔二六〕軍　兵。元刊本闕名氏《博望燒屯》二折正末白：「那二十來個敗殘軍你□拿不住？」

〔一七〕正旦　王季烈本删。

〔一八〕存孝孩兒來了　原本下有一「又」字，趙校删，各本從。

〔一九〕當日　當初。《董解元西厢記》卷四【仙吕調】【綉帶兒】：「思量定不必閑合口，且看當日把子母每曾救。」

〔二〇〕阿　原空闕，從各本補。

〔二一〕失　王季烈本、王學奇本改作「食」。按，失猶違背，意本可通，不煩改字。脈望館古名家本白仁甫《秋夜梧桐雨》一折楊國忠白：「安禄山乃失律邊將，例當處斬。」失律，違法。

〔二二〕終日　天天。孟本武漢臣《老生兒》二折卜兒白：「要蓋錢龍廟兒，我終日家禱告他，着俺兩口兒不要缺個筆管兒使。」

〔二三〕與存孝再説一聲咱　與，猶替。《史記·陳涉世家》：「陳涉少時，嘗與人傭耕。」《四春園》三折竇鑑白：「你與我唤出茶三婆來。」《非衣夢》「與」作「替」。王季烈本「咱」改作「者」。按，「者」「咱」二字元劇通用，不煩校改。咱，猶吧，表祈求語氣。楊梓《霍光鬼諫》三折正末白：「有幾樁事，陛下索從微臣奏咱！」

〔二四〕你且去咱　且，就。《張協狀元》戲文二十出：「張協頃刻且來拜辭。」「咱」原作「又」，趙校改，吴曉鈴本、隋樹森本、北京大學本、吴國欽本、王學奇本、王季思本從。王季烈本改作「者」。

〔三五〕者　王季烈本改作「嗎」。

〔三六〕也　猶麽。表疑問。《太平廣記》卷二百七十四引《雲溪友議》：「其中一輩，五器所拘，偷視廳事，私語云：『僕射是當時韋兄也？』」楊文奎《兒女團圓》一折二旦白：「你敢要趕李春梅去也？」

〔三七〕論甚麽功勞　論，爭。臧本武漢臣《老生兒》四折【水仙子】：「今日個誰非誰是都休論，婆婆也，早則有了拖麻拽布的人。」「甚」字上原衍一「是」字，除吴曉鈴本外，各本已删。

〔三八〕八卦陣圖　「圖」字原空闕，除隋樹森本外，各本已補。八卦陣圖，即八陣圖。《三國志·蜀書·諸葛亮傳》：「亮性長於巧思……推演兵法，作八陣圖，咸得其要云。」這裏泛指作戰的陣形。

〔三九〕喒阿媽好失信也　除吴曉鈴本外，各本下補「(唱)」。吴國欽本「喒」字奪。

〔四〇〕今日呵便太平無事　趙校「呵」改作「可」，除吴曉鈴本外，各本從。按，呵，用於句中，表語氣停頓。劉唐卿《降桑椹》二折【青哥兒】：「恰纔呵聽説罷喜孜孜開懷抱。」闕名氏《符金錠》楔子夫人白：「孩兒，你則不出門呵便了也。」便，倒，倒是。脈望館古名家本孫仲章《勘頭巾》三折净白：「張千哥，我招便招了，端的定我甚麽罪？」

〔四一〕全不想用人那用人得這之際　王季思本第一個「用人」奪。「得」下一字原本不清，趙校改作

「這」，各本從。王季思本「得」改作「的」。按，得這，襯字，無義。參看《詩詞曲語辭匯釋》卷六「這」。

〔三二〕與　猶爲。參看《詩詞曲語辭匯釋》卷四「與(三)」。

〔三三〕倒去潞州鎮守去也　除吴曉鈴本外，各本下補「(正旦唱)」。也，表反詰。韋絢《劉賓客嘉話録》：「共愈往還二十餘年，不曾共説著文章，此豈不是敏慧過人也？」闕名氏《謝金吾》一折謝金吾白：「我直從朝門外拆起，多少王侯宰相家，連片拆了，單單拆的你這一家兒也？」

〔三四〕則是着阿者今日向父親行題　則，不過。錢世昭《錢氏私誌·佛印與東坡書》：「三世諸佛則是一個有血性的漢子，子瞻若能脚下承當，把一二十年富貴功名賤如泥土，努力向前，珍重珍重也。」臧本石君寶《曲江池》二折張千白：「他是大相公，小的則是個泥鞋窄襪的公人，怎麽敢打？」吴國欽本、王季思本「題」改作「提」。按，題，提。參見《調風月》第二折校注〔五七〕。

〔三五〕也　猶啊，用在呼語後。童伯章《元曲·緒言》：「也，人名及人代名下之助詞，稱人之有此音者，其意較親善也。如本編《李逵負荆》劇中『老王也』『哥也』之類，他劇中亦常遇之。」

〔三六〕時　猶啊。參看《詩詞曲語辭匯釋》卷三「時」。

〔三七〕他有甚麽功勞也　除吴曉鈴本外，各本下補「(唱)」。

〔三八〕可不道生受了有誰知　可不道，却不想。參看《詩詞曲語辭匯釋》卷四「可不道」。生受，吃苦。

參同上卷六「生受」。

〔三九〕 擡 原字不清，趙校描改，各本從。

〔四〇〕 人面逐高低 對人的態度隨其貧富貴賤而异，猶人情冷暖。劉壎《隱居通議》卷二十五：「漢衛青爲大將軍，貴顯，而霍去病以功爲驃騎將軍。大將軍權日退，驃騎日益貴，舉大將軍故人門下，多去事驃騎，輒得官爵，惟任安不肯。蓋趨時附勢，人情則然，古今所同也，何責於薄俗哉。諺曰：『世情看冷暖，人面逐高低。』若任安者，垂名萬世矣。」

〔四一〕 也 猶啊，表疑問。《太平廣記》卷四百九十六引《乾膙子》：「馮翊尉決馮尉百姓，告我何也？」脈望館息機子本武漢臣《生金閣》楔子孛老白：「郭成孩兒，你爲何面帶憂容也？」

〔四二〕 俺兩個可會唱會舞也里 除吴曉鈴本外，各本下補「（正旦唱）」。趙校删「也」字，王季烈本、隋樹森本從，并改「里」作「哩」。北京大學本、吴國欽本、王學奇本、王季思本作「也哩」。按，也，猶哩。《太平廣記》卷二百四十四引《嘉話録》：「休休，擺闔之事爛也。獨不見王舍乎？擺闔陳少遊，少遊刎其頭。今我與公飯吃，過猶不及也。」臧本秦簡夫《東堂老》一折正末白：「揚州奴，你有的叫化也。」也里同義連文，亦猶哩。

〔四三〕 他幾時得鞭敲金鐙笑微微，人唱着凱歌回 得，有。《董解元西廂記》卷五【高平調】【糖多令】【尾】：「可憐我四海無家獨自個，怕得工夫肯略來看覷我麽？」鞭敲金鐙笑微微，人唱着凱歌回，俗語，形容戰勝凱旋的情形。亦作「鞭敲金鐙響，人唱凱歌回」，見鄭德輝《三戰呂布》三折。「人」亦作「齊」，見闕名氏《白兔記》二十七齣。「唱」亦作「和」，見闕名氏《博望燒屯》一折。

〔一四四〕磨　揮動。《東京夢華録》卷七「駕登寶津樓諸軍呈百戲」：「先一人空手出馬，謂之引馬；次一人磨旗出馬，謂之開道旗。」

〔一四五〕滴羞蹀躞　形容戰抖。亦作「滴羞跌屑」。脈望館古名家本鄭廷玉《後庭花》二折【鬥蝦蟆】：「説着説着起初，今日今日羞辱，不由我滴羞跌屑怕怖。」

〔一四六〕迷留没亂心肺　迷留没亂，心緒繚亂，精神恍惚。景方諸生本王實甫《西厢記》一本四折【折桂令】：「着小生迷留没亂，心癢難撓。」王伯良云：「迷留没亂，即迷亂之意。」「肺」原作「費」，從各本改。

〔一四七〕謊的你　謊，嚇。《劉知遠諸宫調》第一【南吕宫】【瑶臺月】：「高聲叱喝，驅使有若奴僕，謊翁翁起（豈）敢擡頭。」北京大學本、吴國欽本、王學奇本「你」字奪。

〔一四八〕是麽　王季烈本、隋樹森本、北京大學本、吴國欽本、王季思本「是」改作「甚」，王學奇本改作「什」。按，「是」與「甚」同，音近假用，是麽，即甚麽，元曲習見。參看《詩詞曲語辭匯釋》卷一「是（三）」。

〔一四九〕劣馬　劣，假作「烈」。元刊本闕名氏《博望燒屯》二折【一枝花】：「有五十員越嶺犇彪，二萬隻巴山劣虎。」劣馬，即烈馬。元刊本張國賓《薛仁貴》三折【紅芍藥】：「與一副弓箭能射，與一匹劣馬能騎。」

〔一五〇〕便是你的功勞也　除吴曉鈴本外，各本下補「（正旦唱）」。

〔一五一〕我與你一張弓不會射　王季思本删「我」字，「據上文説白」「弓」字上補一「硬」字。

〔一五二〕他比别人陣面上争功效　比，像。《雍熙樂府》卷八闕名氏套數【南吕】一枝花「秋夜聞箏」：「凄凉比漢昭君塞上琵琶，清韵如王子喬風前玉笙。」除吴曉鈴本、北京大學本外，各本「效」改作「勞」。

〔一五三〕帳房裏閑坐的　帳房，軍帳。鄭德輝《老君堂》一折卒子白：「俺元帥去偷觀金墉城池去了，着俺牢守營寨，無甚事，俺回帳房中去也。」的，猶着。臧本武漢臣《老生兒》一折正末白：「萬貫家緣都在你手裏，你在那錢眼裏面坐的，兀自不足哩！」脈望館鈔本李文蔚《燕青博魚》二折【混江龍】：「我去這新紅盒子内，拿的這常占勝不曾輸挌富貴的馬杓明滴溜的六文頭錢問。」臧本「拿的」作「拿着」。

〔一五四〕喒可便委其實　喒，我。郝懿行《證俗文》：「北人稱我曰喒。」可便，可，表示强調。脈望館鈔本李文蔚《燕青博魚》二折【尾聲】：「哎，哥也，你是一個好男兒你可便休戴屎頭巾。」臧本張國賓《薛仁貴》四折【雙調新水令】：「我爲你個養家兒哭的眼睛花，哎，則從你去家來我可便放心不下。」委，知。參看《敦煌變文字義通釋》第四篇「委、知委、委知」。

〔一五五〕你便休得要瞞天瞞地　便，猶可，表示强調。《董解元西厢記》卷七【中吕調】【牧羊關】【尾】：「莫難道詩骨瘦岩岩，掂詳了這廝趨蹌，身分便活脱下鍾馗一二三。」脈望館鈔本張國賓《汗衫記》一折【天下樂】：「願哥哥你便早爲官早立身。」臧本「便」作「可便」。得，副詞後綴。《太平廣記》卷四百八十六引《無雙傳》：「某已得從良，客户有一小宅子，販繒爲業。」《魯齋郎》二折【尾聲】：「幾時能勾再得相逢，則除是南柯夢兒裏！」

〔一五六〕酪水　王季烈本、吴曉鈴本及吴國欽本校記「酪」誤作「骼」。吴曉鈴本并校云：「骼水——疑當作『酪水』。」

〔一五七〕打髀殖　元時一種游戲，用獸骨爲具，投擲以定勝負。《元朝秘史》卷三：「帖木真十一歲，于斡難河冰上打髀石時，札木合將一個麅子髀石與帖木真，帖木真却將一個銅灌的髀石回與札木合，做了安答。」「髀石」即「髀殖」。其玩法，劉侗、于奕正《帝京景物略》卷二記之甚詳，不贅。

〔一五八〕簡　王季烈本、吴國欽本、王學奇本、王季思本改作「鐧」。按，簡，通「鐧」。一種兵器。《宋史·兵志十一》：「主簿楊拯獻《龍虎八陣圖》及所製神盾、劈陣刀、手刀、鐵鏈槌、鐵簡。」

〔一五九〕您怎肯袒下臂膊刀厮劈　肯，敢。《水滸傳》二十六回：「酒已數杯，只見武松揭起衣裳，颼地掣出把尖刀來，插在卓子上。量酒的都驚得呆了，那裏肯近前。」王利器校云：「『那裏肯近前』，容與堂本『肯』作『敢』。」「膊」原作「膊」，從各本改。厮，相。羅大經《鶴林玉露》天集卷五「相字音厮」：「白樂天詩云：『爲問長安月，誰教不相離。』『相』字下自注云：『思移切。』乃知今俗作『厮』字者非也。」閩南方言猶説互相爲「相」和「厮」。

〔一六〇〕吵吵　王季烈本改作「炒炒」。

〔一六一〕正旦　王季烈本、隋樹森本、王學奇本删。

〔一六二〕阿者　王季烈本、吴國欽本、王季思本上補「阿嫣」二字。

〔一六三〕便索　就。王實甫《西厢記》二本三折末白：「既然夫人不與，小生何慕金帛之色？　却不道『書中有女顔如玉』？　小生則今日便索告辭。」

〔一六四〕便索長行也　除吴曉鈴本外，各本下補「（正旦唱）」。也，猶吧。莊季裕《雞肋編》卷上：「京師凡賣熟食者，必爲詭异，標表語言，然後所售益廣。嘗有貨環餅者，不言何物，但長嘆曰：『虧便虧我也！』謂價廉不稱耳。」《董解元西厢記》卷八【黄鍾宫】【柳葉兒】：「教人半晌如呆，回來却入書舍。後來更不相逢，十分捨了休也！」

〔一六五〕你可便難倚弟兄心　可便，已。《謝天香》三折《呆骨朵》：「姐姐，我可便做椿兒三個五，你今日便着椿説甚的？」吴曉鈴本「倚」誤作「依」，并校云：「王本（按，即王季烈本）校改爲『倚』

字。」按，倚，依靠。《史記·魏其武安侯列傳》：「灌夫亦倚魏其而通列侯宗室。」心，情。《杜工部集》卷十五《秋興八首》之一：「叢菊兩開他日淚，孤舟一繫故園心。」

〔一六六〕則便了也　就是了。脈望館息機子本鄭廷玉《忍字記》一折正末白：「恁徒弟則在後園中結一草菴，在家出家，三頓素齋食，則念南無阿彌陀佛則便了也。」息機子本闕名氏《風雪漁樵》二折正末白：「你這般叫怎麼那？我寫與你則便了也。」參見校注〔七三〕。

〔一六七〕近傍　「傍」原作「謗」，今改。近傍，照應，提携。

〔一六八〕止不過發盡兒掏窩不姓李　吴國欽本、王季思本「止」改作「只」。按，止，只。參見《調風月》第一折校注〔二七〕。發盡兒掏窩，歸根結底。

〔一六九〕暗昧　蒙騙。

〔一七〇〕帶云　元劇賓白用語。毛西河本王實甫《西廂記》卷一注云：「元曲曲中皆有參白。一名帶白，唱者自遞一句，所稱帶云者是也。」

〔一七一〕慚愧　猶僥倖，謝天謝地。參看《詩詞曲語辭匯釋》卷六「慚愧」。

〔一七二〕勢　原作「執」，趙校改，除吴曉鈴本外，各本從。勢，猶已。參看《詩詞曲語辭匯釋》卷一「世(二)」。

〔一七三〕恁的　徐渭《南詞叙録》：「恁的，猶言如此也。」

〔一七四〕買力　吴國欽本、王季思本「買」改作「賣」。按，買，追逐。《管子・重令》：「便辟伐矜之人，將以此買譽成名。」力，權勢。《孟子・公孫丑上》：「以力服人者，非心服也。」

〔一七五〕後堂中　原作「後中堂」，趙校乙改，各本從。

〔一七六〕殢戀　參看《詩詞曲語辭匯釋》卷五「尤殢」。

〔一七七〕論辯。《新唐書・李紳傳》：「紳愈果不相下，更持臺府故事，論詰往反。」

〔一七八〕應其心　稱其心。臧本武漢臣《生金閣》三折婁青白：「爺，這個正叫做没頭公事，便要問時怕也難應心麽。」

〔一七九〕强似　勝過。《全唐詩》卷八六九黄幡綽《嘲劉文樹》：「文樹面孔不似猢猻，猢猻面孔强似文樹。」

〔一八〇〕尋取　尋。《大唐三藏取經詩話・入王母池之處第十一》：「師甚敬（驚）惶，問：『此落者是何物？』答曰：『師不要敬（驚），此是蟠桃，擷下水中也。』師曰：『可去尋取來吃。』」

〔一八一〕詐假。《周禮・地官・司市》：「以賈民禁僞而除詐。」賈公彦疏：「司市之官用賈民知物真僞者，使禁物之僞而除去人之詐虚也。」

〔一八二〕般唆　各本「般」改作「搬」。按，般，通「搬」。《舊唐書・裴延齡傳》：「若市送百萬圍草，即一府百姓，自冬歷夏，般載不了。」般唆，搬弄，挑撥。

〔一三〕燒□　「燒」下一字原殘損，王季烈本、吴曉鈴本、隋樹森本、吴國欽本、王學奇本補作「猪」，王季思本補作「蒜」。

〔一四〕殺　死。《史記・項羽本紀》：「項王燒殺紀信。」

第二折

（李存孝領番卒子上，云）鐵鎧輝光緊束身，虎皮妝〔一〕就錦袍新；臨軍決勝聲名大，永鎮邢州保萬民。某乃十三太保李存孝是也，官封爲前部先鋒，破黄巢都總管，金吾上將軍。自到邢州爲理〔二〕，操練軍卒有法，撫安百〔三〕姓無私。殺〔四〕王彦章，不敢正眼視之；鎮朱全忠，不敢侵擾其境。今日無甚事，在此州衙閑坐，看有甚麽人〔五〕來。（李存信同康君立上）（李存信云）自離上黨郡，不覺到邢州。自家李存信，這個是康君立。可早來到也，這個衙門就是邢州。小校報復去，道有李存信、康君立在於門首。（卒子云）理會的。（做報介〔六〕，云）報的將軍得知：有李存信、康君立來了也。（李存孝云）兩個哥哥〔七〕來了，必有阿媽的將令。道有請。（卒子云）理會的。有請！（做見科）（康君立云）李存孝，阿媽將令：爲你多有功勞，怕失迷了你本姓〔八〕，着你出姓〔九〕，還叫做安敬思。你若不依着阿媽言語，要殺壞了你哩！你快着的改姓，我就要回阿媽的話去也〔一〇〕。（李存孝云）怎生着我改了名姓？阿媽將令不敢有違。小校安排酒殽，二位哥哥吃了筵席去。（康君立云）不必吃筵席，俺回阿媽話去也。詐傳着阿媽將令，着存孝更名改姓；調唆的父親生嗔，要了頭也是乾浄〔一一〕。（同下）（李存孝云）阿媽，你孩兒多虧了阿媽擡舉〔一二〕成人，封妻蔭子，今日怎生着我改了姓？阿媽，我也曾苦征惡戰，眠霜卧雪，多有功勳，

今日不用着我了也！逐朝每日〔一三〕醉醺醺，信着讒言壞好人；我本是安邦定國李存孝，今日個太平不用舊將軍。（下）

（李克用同劉夫人上）（李克用云）喜遇太平無事日，正好開筵列綺羅。某乃李克用是也。奉聖人的命，着俺義兒家將各處鎮守。四海安寧，八方無事，正好飲酒作樂。看有甚麽人來。（李存信同康君立上，云）阿媽，禍事也！（李克用云）你爲甚麽大驚小怪的也？（康君立云）有李存孝到邢州，他怨恨父親不與他潞州，他改了姓——安敬思，他領着飛虎軍要殺阿媽哩！怎生是好？（李存信云）殺了阿媽不打緊，我兩個怎生是好？我那阿媽也！（李克用云）頗柰〔一四〕存孝無禮，你改了姓便罷，怎生領飛虎軍來殺我？更待干休〔一五〕！罷，則今日就點番兵，擒拿牧羊子走一遭去。（劉夫人云）住者〔一六〕！元帥，你怎生不尋思？李存孝孩兒他不是這等人。元帥，你且放心，我自往邢州去，若是存孝不曾改了姓呵，我自有個主意；他若改了姓呵，發兵擒拿，未爲晚矣。也不用刀斧手揚威武躍〔一七〕，鵶脚槍齊擺軍校；用機謀説轉心回，兩隻手交付與一個存孝。（下）（李克用云）康君立、李存信，你阿者去了也。倘若存孝變了心腸，某親拿這牧羊子走一遭去。説與〔一八〕俺能争好鬥的番官，捨生忘死〔一九〕家將：一個個頂盔擐甲，一個個押〔二〇〕箭彎弓，齊臻臻〔二一〕擺列劍戟，密匝匝〔二二〕搠立槍刀；三千鵶兵〔二三〕爲先鋒，逢山開道，遇水疊橋；左哨三千番兵能征慣戰，右哨三千番兵猛烈〔二四〕雄驍，合後三千番兵推糧運草；更〔二五〕有俺五百義兒家將，都要的〔二六〕奮勇當先，相持對壘，坐下馬似北海的毒蛟，鞍上將如南山〔二七〕猛虎。某驅兵領將〔二八〕到邢州，親捉〔二九〕忘恩牧羊子。家將英雄武藝全〔三〇〕，番官猛烈敢當先；拿住存孝親殺壞，血濺東南半壁〔三一〕天！（同下）

（李存孝同正旦、卒子上）（李存孝云）歡喜未盡，煩惱到來到〔三二〕。夫人不知，如今阿媽的言語，着康君立李存信傳說〔三三〕，但是五百義兒家將，着更改姓，休〔三四〕教我姓李，我不免〔三五〕改了安敬思。我想來〔三六〕，阿媽信着這兩個的言語呵〔三七〕，怎了也？（正旦云）將軍，你休要信這兩個的賊說！則怕你中他的計策，你也要尋思咱〔三八〕。（李存孝云）他兩個親來傳說，教我改姓，非是我敢〔三九〕要改姓也。（正旦云）既然父親教你改姓，則〔四〇〕要你治國以忠，教民以義〔四一〕。

【南吕一枝花】常言道「官清民自安，法正天心順」，他那裏家貧顯孝子，俺可便〔四二〕各自立功勳。無正〔四三〕事尊親，着俺把各自姓排頭兒問〔四四〕，則俺這叫爹娘的無氣忿〔四五〕。今日個嫌俺辱末〔四六〕你家門，當初你將俺真心厮認〔四七〕！

（李存孝云）夫人，想當日破黃巢時，招安我做義兒家將；那其間不用我，可不好來〔四八〕？

【梁州】〔四九〕又不曾相趁〔五〇〕着狂朋怪友，又不曾闘節做九眷十親〔五一〕；俺破黃巢血戰到三千陣〔五二〕，經了些十生九死，萬苦千辛。俺出身入仕〔五三〕，蔭子封妻，大人家達地知根〔五四〕。前後軍捺袴摩裩〔五五〕，俺、俺、俺，投至得畫堂中列鼎重裀〔五六〕，是、是、是，投至向衙院裏束杖理民〔五七〕，呀、呀、呀，俺可經了些個殺場上惡哏哏捉將擒人〔五八〕。常好是不依本分〔五九〕！俺這裏忠言不信，他則把□言〔六〇〕信·，俺割股的倒做了生忿〔六一〕，殺爹娘的無徒〔六二〕說他孝順·不辨清渾〔六三〕！

（李存孝云）夫人，我在此悶坐。小校覷者，看有甚麼人〔六四〕來。（李老兒同小末尼上〔六五〕）（李老兒云）老漢李大户。當日個我無兒，認義了這個小的做兒來〔六六〕；如今治下田產物業〔六七〕、莊宅農具，我如今有了親兒了也，我不要你做兒，你出去！（小末尼云）父親，當日你無兒，我與你做兒來；你如今有了田產物業、莊宅農具，你就不要我了！明有清官在〔六八〕，我和你去告來。可早來到衙門首也。冤屈也！（李存孝云）是甚麼人在這門前大驚小怪〔六九〕的？小校與我拿〔七〇〕將過來者！（卒子做拿過科，云）理會得〔七一〕。已拿，當面〔七二〕！（孛老兒同小末尼跪科）（李存孝云）兀的小人〔七三〕，你告甚麼？（小末尼上〔七四〕，云）大人可憐見！當日我父親無兒，要小人〔七五〕與他做兒；他如今有了田業物產〔七六〕、莊宅農具，他如今有了親兒，不要我做兒子了，就要趕我出去，小人特來告。大人可憐見，與我做主也〔七七〕！（李存孝云）這小的和我則一般：當日用着他時便做兒，今日有了兒就不要他做兒。小校，將那老子與我打着者〔七八〕！（正旦云）你且休〔七九〕打，住者〔八〇〕！

【牧羊關】聽説罷心懷着悶，他可便無事哏〔八一〕，更打着這人衙來不問諱的喬民〔八二〕。則他這爺共兒常是相爭〔八三〕，更和這子父每常時厮論〔八四〕。（李存孝云）小校，與我打着者！（唱〔八五〕）詞未盡將他來駡，口未落便拳敦〔八六〕。常好背晦也蕭丞相〔八七〕，（正旦〔八八〕云）赤瓦不剌海〔八九〕！（唱）你常好是莽撞也祇候人〔九〇〕。

（李存孝云）小校，與我打將出去！（卒子云）理會的。出去！（孛老兒云）我乾着他打了我一頓，別處告訴〔九一〕去來。（同下）（劉夫人上，云）老身〔九二〕沙陀李克用之妻劉夫人是也。因爲李存孝改了姓名，不數日到這邢州；問人來，果然改了姓，是安敬思。這裏是李存孝宅中，左右〔九三〕，報復去，道有阿者來了也。（卒子云）理會的。報的將軍得知：有阿者來了也。（正旦云）你接阿者去，我換衣服去也。（做換服科）（劉夫人做見科）（李存孝云早知阿者來到，只〔九四〕合遠接；接待〔九五〕不着，勿令見罪！（做拜科）（劉夫人怒科，云）李存孝，阿媽怎生虧負你來，你就〔九六〕改了姓名？你好生無禮也！（李存孝云）阿者且息怒。小校安排酒果〔九七〕來者。（卒子云）理會的。（李存孝遞酒〔九八〕科，云）阿者滿飲一杯！（劉夫人云）孩兒，我不用酒。（正旦云）我且不過去，我這裏望咱〔九九〕。阿者有些煩惱，可是爲何也〔一〇〇〕？

【紅芍藥】見阿者一頭下馬入宅門，慢慢的行過階痕〔一〇一〕；見存孝擎臺把盞〔一〇二〕兩三巡，他可也〔一〇三〕并不曾沾唇。我則見他迎頭裏嗔忿忿〔一〇四〕，全不肯息怒停嗔。我這裏傍邊〔一〇五〕側立索殷勤，怎敢道怠慢因循〔一〇六〕！

【菩薩梁州】我這裏便施禮數罷平身〔一〇七〕，抄着手兒〔一〇八〕前進。您這歹孩兒動問〔一〇九〕，阿者，你便遠路風塵！（劉夫人云）休怪波〔一一〇〕，安敬思夫人！（唱〔一一一〕）聽言罷着我去了三魂，可知道阿者便懷愁忿〔一一二〕。這公事何須的問〔一一三〕，何消〔一一四〕的再寫本，到岸方知水隔村，細說原因。

（劉夫人云）孩兒，俺老〔一一五〕兩口兒怎生虧負着你來，你改了名姓〔一一六〕？若不是康君立、李存信說呵，你阿媽不得知。如今你阿媽便要領大小番兵來擒拿你〔一一七〕。我實不信，親自到來，你果然改了姓名。俺怎生虧負你來〔一一八〕？（正旦云）存孝，你不說待怎麽〔一一九〕？（李存孝云）阿者，是康君立、李存信的言語，着俺五百義兒家將都着〔一二〇〕改了姓，着您孩兒姓安。想你〔一二一〕孩兒多虧着阿媽阿者擡舉的成人，封妻蔭子，偌大的官職，怎敢忘了阿者阿媽的恩義〔一二二〕！（做哭科，云）不由人嚎咷痛哭，題〔一二三〕起來刀攪肺腑；擡舉的立身揚名，阿者，怎忘你養身〔一二四〕父母！（劉夫人云）我道孩兒無這等勾當〔一二五〕，你阿媽好生的怪着的你〔一二六〕！

【罵玉郎】當初你腰間掛了先鋒印，俺可也須當索受辛勤〔一二七〕。他將那英雄慷慨施逞盡，

他則〔一二八〕是開綉旗，驟〔一二九〕戰馬，衝軍陣，

【感皇恩】阿者，他與你建立功勳，扶立乾坤；他與你破了黄巢，敵了歸霸，敗了朱温。那其間便招賢納士，今日個俺可便〔一三〇〕偃武修文。到如今無了征戰，絶了士馬〔一三一〕，罷了邊塵，

【採茶歌】你怎生便將人不偢問〔一三二〕？怎生來〔一三三〕太平不用俺舊將軍？半紙功名百戰身，轉頭高塚卧麒麟〔一三四〕。

（劉夫人云）媳婦兒，你在家中，我和孩兒兩個見你阿媽，白那兩個醜生的謊去來〔一三五〕！（正旦云）阿者，休着存孝去。到那裏有康君立、李存信，枉送了存孝的性命也！（劉夫人云）孩兒，你放心。這句話到頭來要個歸着〔一三六〕，要個下落〔一三七〕處。孩兒，你在家中，我領存孝去，則有個主意也〔一三八〕。（李存孝云）我這一去，別辯〔一三九〕個虚實，鄧夫人放心也〔一四〇〕。

【尾聲】到那裏着俺這劉夫人撲散〔一四一〕了心頭悶；不恁的呵，着俺這李父親怎消磨了腹内〔一四二〕嗔！別辯〔一四三〕個假共真，全憑着這福神，并除了那禍根。你把那康君立李存信，用着你那打大蟲的拳頭着一頓〔一四四〕！想着那廝坑人來〔一四五〕陷人，直打的那廝心肯意肯〔一四六〕，可與你那争潞州冤讎證了本〔一四七〕。（下）

（劉夫人云）孩兒，收拾行裝，你跟着我見你父親去來。萬丈水深須〔一四八〕見底，止〔一四九〕有人心難忖量。（同下）

（李克用同李存信、康君立上）（李克用云）李存信、康君立，自從你阿者去之後，不知虚實。將酒來我吃。則怕存孝無有此事麼〔一五〇〕？（李存信云）阿媽，他改了姓也，我怎敢説謊？（康君立云）我兩個若是説謊了呵，大風裏

敢〔一五一〕吹了我帽兒！（李克用云）此是實。將酒來，與我吃幾杯。（康君立云）正好飲幾杯。（劉夫人同李存孝上）（劉夫人云）孩兒，來到也。小校報復去，道有阿者來了也。（李克用云）阿者來了，請過來飲幾杯。（卒子云）理會得〔一五二〕。有請！（李存孝云）阿者先過去，替你孩兒說一聲咱〔一五三〕。（劉夫人云）孩兒，你放心，我知道。（劉夫人見科，云）李克用，你又醉了也！不是我去呵，險些兒送〔一五四〕了孩兒也！（李存信報科，云）阿者，亞子哥哥打圍去〔一五五〕，圍場中蕩馬〔一五六〕也！（劉夫人慌科，云）似這般如之柰何？我索看我孩兒去。（存孝扯科，云）阿者，替您孩兒說一說！（劉夫人云）亞〔一五七〕子孩兒打圍去，在圍場中落馬，我去看了孩兒便來也。（李存孝云）阿者去了，阿媽帶酒也，信着這兩個的言語，送了您孩兒的性命也！（劉夫人云）存孝無分曉〔一五八〕，親兒落馬撞〔一五九〕殺了，親娘如何〔一六〇〕不疼？可不道「腸裏出來腸裏熱」〔一六一〕？我也顧不得的，我看孩兒去也。（打推科，下）（李存孝哭科，云）阿者，亞子落馬痛關情〔一六二〕，子母牽腸割肚〔一六三〕疼；忽然二事在心上，義兒親子假和真。亞〔一六四〕子終是親骨肉，我是四海與他人〔一六五〕；「腸裏出來腸裏熱」，阿者，親的原來則是親〔一六六〕！（李存信把盞科，云）阿媽滿飲一杯。（李克用醉介〔一六七〕，云）我醉了也。（康君立云）阿媽，有存孝在於門首。他背義忘恩。（李克用云）我五裂篾迭〔一六八〕。（下）（李存信云）哥哥，阿媽道「五裂篾迭」，醉了也，怎生是了〔一六九〕？阿媽明日酒醒呵〔一七〇〕，則說道：「你着我五裂〔一七一〕了來。」（康君立云）兄弟說的是。若不殺了存孝，明日阿媽酒醒，阿者說了，喒兩個也是個死。小校，與我拿將存孝來者！（李存孝云）康君立、李存信，將〔一七二〕俺那裏去？（李存信云）阿媽〔一七三〕的言語：爲你背義忘恩，五車争了你里〔一七四〕！（李存孝云）阿媽，你好哏〔一七五〕也！我有甚麼罪過〔一七六〕，將我五裂了？我死不争〔一七七〕，鄧夫人在家中豈知我死也〔一七八〕？兩個兄弟來，安休休、薛阿灘，將我虎皮袍、虎磕腦〔一七九〕、鐵燕撾與鄧夫人，就是〔一八〇〕見我一般也。（李存孝哭科，云）鄧夫人也，今朝我命一身亡〔一八一〕，眼見的去赴雲陽〔一八二〕；嬌妻暗想身無主，夫婦恩情也斷腸！我死後淡烟衰草相爲伴，枯木荒墳作故鄉；夫妻再要重相見，夫人也，除是南柯夢一場〔一八三〕！（李存信云）兀那廝，你聽者：用機謀仔細裁排〔一八四〕，牧羊子死限催來〔一八五〕；李存孝真實改姓，就邢州斬訖報來。（李存孝云）皇天可表，於家爲國多有功勞。我也曾活拿了孟截海，怒挾了鄧天王，殺敗了張歸霸，力取了太原，復奪了并州，立誅了五將；華嚴川大戰，殺敗了葛從周；十八騎悮入長安，攻破黄巢，扶持唐社稷：此乃是我功勞也。今日不用我，就將我五裂了！（哭科，云）罷、罷、罷！志氣凌雲射斗牛，蒼天教我作公侯。捨死忘生扶社稷，苦征惡〔一八六〕戰統戈矛。旌旗日影龍蛇動，野草閑花滿地愁〔一八七〕；英雄屈死黄泉下，忠心孝義下場頭！鄧夫人也，兀的不苦痛殺我也〔一八八〕！（下）（李存信云）今日將存孝五裂了也，明日阿媽問俺〔一八九〕，自有話説，咱去來。金風〔一九〇〕未動蟬先覺，暗送無常死不知。（同下）

（周德威上，云）事有足濯，物有故然〔一九一〕。某乃周德威是也。此事怎了？誰想李克用帶酒殺了存孝！竟信着康君立、李存信謊言，直將飛虎將軍五裂身死。昨日帶酒不知，今日小官直〔一九二〕至帥府，問其詳細走一遭去。二賊子用計鋪謀〔一九三〕，將存孝五裂身卒；衆番官親臨帳下，我看那李克用怎的支吾〔一九四〕！（下）

校注

〔一〕妝　做。參看《詩詞曲語辭例釋》「妝」。

〔二〕爲理　做官。臧本石子章《竹塢聽琴》一折梁州尹白：「老夫……叨中進士及第，所除南康爲理。」

〔三〕百　原本此字空闕，從各本補。

〔四〕殺　王季烈本下補一「敗」字。按，「殺」與下文「鎮」句式相對，補字不妥。

〔五〕甚麼人　原本上衍一「是」字，除吴曉鈴本外，各本删。

〔六〕介　原作「个」，從吴國欽本、王學奇本改。北京大學本校云：「『个』字疑『介』字之誤，『介』同『科』。」甚是。王季烈本作「箇」，吴曉鈴本作「個」，隋樹森本、王季思本作「科」。參見《調風月》第一折校注〔三〕。

〔七〕哥哥　原作「歌歌」，從各本改。

〔八〕姓　吴曉鈴本、北京大學本、吴國欽本、王學奇本改作「性」。按，姓，姓氏。息機子本闕名氏《合同文字》二折正末白：「想他父親遺言，休迷了孩兒本姓！」與此意同。

〔九〕出姓　去姓。《水滸傳》五十三回：「比時唤做公孫一清，如今出姓，都只叫他清道人。」

〔一〇〕也　猶哩。參見頭折校注〔四三〕。

〔一一〕要了頭也是乾净　也，猶才。鄭德輝《周公攝政》四折【駐馬聽】：「子爲有神靈也顯得我無罪責。」乾净，乾脆。《全宋詞》三沈端節《菩薩蠻》：「酒醒初夢破，夢破愁無那，乾净不如休，休時只恁愁。」

〔一二〕擡舉　撫養。元刊本紀君祥《趙氏孤兒》三折【尾】：「我祝付你個程嬰，想着那横亡的趙朔，把孩兒擡舉的成人，將殺父母冤仇報。」

〔一三〕逐朝每日　天天。《太和正音譜》卷下「樂府」引李致遠套數【中吕】上小樓：「我則待逐朝每日，無拘無繫，從事西疇，寄傲南窗，把酒東籬。」

〔一四〕頗柰　北京大學本、吴國欽本、王學奇本、王季思本「柰」改作「奈」。按，柰，同「奈」。參見《調風月》第一折校注〔九六〕。後同，不另出校。頗柰，猶云可惡，可恨。參看《詩詞曲語辭匯釋》卷二「耐（二）」。

〔一五〕更待干休　豈能算了。亦作「更待干罷」。脈望館鈔本闕名氏《硃砂擔》頭折邦老白：「一拳兒買賣在我手裏，你放的他走了，更待干罷！」

〔一六〕者　表祈求語氣。鄭德輝《周公攝政》三折正末白：「乞將臣分付於有司者。」參見頭折校注〔八〇〕。

〔一七〕武躍　王季烈本、隋樹森本、吴國欽本、王學奇本改作「耀武」，吴曉鈴本作「躍武」。王季思本校云：「王校本（按，即王季烈本）改作『耀武』，失韵。」

〔一八〕説與　告訴。魯應龍《括異志》：「汝今回世説與諸子，速改此業。」

〔一九〕捨生忘死　吴國欽本、王季思本下補一「的」字。

〔二〇〕押　通「柙」。匣。《宋史·輿服志六》：「天禧元年十二月台輔臣於滋福殿，觀新刻五嶽聖帝玉寶及皇帝昭受乾符之寶……其寶并金押玉鈕，製作精妙。」這裏用作動詞。插在箭袋裏。

〔二一〕齊臻臻　整整齊齊。元刊本紀君祥《趙氏孤兒》三折【新水令】：「齊臻臻擺着士卒，明晃晃列着槍刀。」

〔二二〕密匝匝　密密麻麻。脈望館古名家本白仁甫《秋夜梧桐雨》三折【慶東原】：「齊臻臻雁行班排，密匝匝魚鱗似亞。」

〔二三〕鵶兵　稱李克用的士兵。《新五代史·唐本紀》：「克用少驍勇，軍中號曰『李鵶兒』。……(中和)三年正月，出于河東，進屯乾坑。巢黨驚曰：『鵶兒軍至矣！』」「鵶」乃「鴉」之异寫。《五代史平話》唐史卷上：「那時黄巢在長安，夜夢黑鴉無千無萬……睡醒後，意下思量，李克用渾名做『李鴉兒』，諸軍皆着黑衣。」

〔二四〕列　除隋樹森本外，各本改作「烈」。按，列，通「烈」。《史記·屈原賈生列傳》：「貪夫殉財兮，列士殉名。」《文選》賈誼《鵩鳥賦》「列」作「烈」。

〔二五〕更　還。劉餗《隋唐嘉話》：「煬帝善屬文，而不欲人出其右，司隸薛道衡由是得罪。後因事誅之，曰：『更能作「空梁落燕泥」否？』」《董解元西厢記》卷二【黄鍾調】【四門子】：「不幸蒲州太守渾瑊卒，你便欺民叛國，劫人財産行粗魯，更蹉踏人寺宇。」

〔二六〕要的　要。參見頭折校注〔五四〕。

〔二七〕南山　吴國欽本、王季思本下補一「的」字。

〔二八〕驅兵領將　統率軍隊。金仁傑《追韓信》三折【剔銀燈】：「今日又不曾驅兵領將排着軍陣，不剌，怎消得我王這般捧轂推輪。」

〔二九〕捉　王季烈本誤作「提」。

〔三〇〕全　純。這裏意猶純熟。

〔三一〕半壁　半邊。《董解元西廂記》卷三【仙吕調】【醍醐香山會】：「通紅了面皮，筵席上軟攤了半壁。」

〔三二〕煩惱到來到　「惱」原作「腦」，從各本改。到，倒。參看《詩詞曲語辭匯釋》卷四「到（二）」。各本删第二個「到」字。

〔三三〕傳説　傳話。説，猶話。《董解元西廂記》卷八【黄鍾宫】【第七】：「信無徒漢他方説，便把美滿夫妻，恩情都斷絶。」

〔三四〕休　不。《陳母教子》三折大末白：「三兄弟，母親的言語：着你過去燒火剥葱，掃田刮地，擡卓搬湯。你依的，便過去；你依不的，休着你過去里！」

〔三五〕不免　只好。《宣和遺事》元集：「那晁蓋八個，劫了蔡太師生日禮物，不是尋常小可公事，不免邀約楊志等十二人……前往太行山梁山泊落草爲寇。」

〔三六〕來　王季思本誤作「着」。

〔三七〕呵　用在分句末，表肯定語氣。王實甫《西廂記》五本一折紅娘白：「姐姐心兒悶呵，那裏散心要咱。」

〔三八〕你也要尋思咱　王季思本「也」改作「亦」。王季烈本「咱」改作「者」。參見頭折校注〔三三〕。

〔三九〕敢　肯。參看《詩詞曲語辭匯釋》卷二「敢（三）」。

〔四〇〕則　就是。《謝天香》一折【醉扶歸】：「他道是種桃花砍折竹枝，則説你重色輕君子。」

〔四一〕教民以義　除吴曉鈴本外，各本下補「（唱）」。

〔四二〕可便　便，就。高文秀《澠池會》楔子【正宫端正好】：「他若是懷奸詐我可便使機謀，我手裏怎肯道甘獻與他這荆山玉。」臧本闕名氏《合同文字》二折張秉彝白：「孩兒，則今日可便埋葬你父母去罷。」

〔四三〕正　吴國欽本、王季思本改作「倦」。

〔四四〕排頭兒問　排頭兒，從頭。脈望館息機子本秦簡夫《趙禮讓肥》四折【喬牌兒】：「我對着這兩班兒文共武，我排頭兒認將去，則俺那大恩人那荅兒曾相遇？」問，定。李行道《灰闌記》二折正旦白：「倒把你妹子拖到官司，問了個藥殺親夫、混賴孩兒的罪名。」

〔四五〕無氣忿　無氣概，不體面。參看《詩詞曲語辭匯釋》卷五「氣分」。

〔四六〕辱末　王季烈本、王季思本「末」改作「没」。按，辱末，辱没，玷辱。元刊本孟漢卿《魔合羅》二折【村裏迓鼓】：「更做道錢心重，情分少，枉辱末殺分金管鮑。」

〔四七〕斷認　認。

〔四八〕可不好來　除吴曉鈴本、隋樹森本外，各本下補「（正旦唱）」。來，猶麽。董弅《閒燕常談》：「事無大小，皆須用智。智如水也，不流則腐。若凡一日不用智，臨大事之際，寧有智來？」臧本闕名氏《賺蒯通》一折正末白：「老丞相，這九里山前大會垓，難道你不見來？」

〔四九〕【梁州】　王季思本作「【梁州第七】」。

〔五〇〕相趁　相隨。《唐宋諸賢絶妙詞選》卷一毛文錫《醉花間》：「春水滿塘生，鸂鶒還相趁。」

〔五一〕關節做九眷十親　關節，通款曲。吴曾《能改齋漫録》卷二：「世以下之所以通款曲於上者，曰『關節』。然唐有此語。段文昌言於文宗曰：『今歲禮部殊不公，取進士皆弟子無藝，以關節得之。』又《唐摭言》云：『造讀權要，謂之關節。』」做，替。王明清《揮麈録餘話》卷二「王俊首岳侯狀」：「你做我覆知太尉：緩緩地，且看國家患難面。」趙校「眷」改作「故」，王季烈本、隋樹森本、王學奇本從。按，親眷，親戚故舊。見馬致遠《任風子》一折、秦簡夫《東堂老》四折。九眷十親，指衆親戚故舊。「眷」字通，改未妥。

〔五二〕陣　戰役，戰鬥。《劉知遠諸宫調》第一【商調】【迴戈樂】：「王莽立，昆陽一陣，光武盡除剪。」

〔五三〕出身入仕　做官。康與之《昨夢録》：「開封尹李倫，號『李鐵面』……又甚久，又一卒持片紙如前，問李：『出身以來有何公私過犯？』」元稹《元氏長慶集》卷五十三《故京兆府盩厔縣尉元君墓誌銘》：「居始以蔭入仕，四仕爲盩厔尉。」

〔五四〕大人家達地知根　家，人稱代詞及稱人的名詞後綴。參看《詩詞曲語辭匯釋》卷三「家(二)」。趙校「達」改作「踏」，王季烈本、隋樹森本、吴國欽本、王學奇本、王季思本從。參見《調風月》第一折校注〔九六〕。

〔五五〕捺袴摩裩　摩擦褲子。形容經常騎馬。捺，摩擦。魏慶之《詩人玉屑》卷十引《王直方詩話》：「功父曰：『只從相公請個詩題。』時方有一老兵以沙捺銅器，荆公曰：『可作沙詩。』」袴即褲，裩也是褲子。

〔五六〕投至得畫堂中列鼎重裀　投至得，及至，等到。參看《詩詞曲語辭匯釋》卷二「投」。列鼎重裀，列鼎而食，重裀而卧。形容生活優裕。鼎，烹煮器。裀，褥子。臧本紀君祥《趙氏孤兒》二折【梁州第七】：「他他他只將那會諂諛的着列鼎重裀，害忠良的便加官請俸。」

〔五七〕束杖理民　治理百姓不濫施刑罰。束，捆。杖，刑具。闕名氏《陳州糶米》楔子范仲淹白：「則要你奉公守法，束杖理民。」

〔五八〕殺場上惡哏哏捉將擒人　殺場，沙場，戰場。元刊本鄭廷玉《楚昭王》二折【紫花兒序】：「你御宴上開懷，殺場上鑽頭。」惡哏哏，形容勇猛的樣子。鄭德輝《伊尹耕莘》三折【脱布衫】：「惡哏哏揚威顯武，氣昂昂奮揚威勢。」

〔五九〕常好是不依本分　吴曉鈴本校云：「常好——疑當作『暢好』。」王季思本「常」改作「暢」。參見頭折校注〔九〇〕。本分，本來的身份地位。李直夫《虎頭牌》一折【一半兒】：「則俺那祖公是開國舊功臣，叔父你從小裹一個敢戰軍，這金牌子與叔父帶呵也是本分。」

〔六〇〕□言　「言」上一字原壞闕，各本補作「讒」字。似可從。

〔六一〕割股的倒做了生忿　割股的，指介子推。春秋時，晋國貴族介子推從公子重耳出亡國外，途中絶糧，介子推割股肉養活重耳。重耳回國爲君，封賞有功諸臣，却忘了他。介子推遂和母親隱入綿山。元狄君厚有《晋文公火燒介子推》雜劇叙此事。做，成。《董解元西厢記》卷三【高平調】【木蘭花】：「果是咱飢變做渴，咽喉乾燥，肚兒裹如火。」王季烈本、北京大學本、吴國欽本、王學奇本、王季思本「忿」改作「分」。按，生忿，同生分，猶忤逆。參看《詩詞曲語辭匯釋》卷五「生分」。

〔六二〕無徒　無賴。《劉知遠諸宫調》第三【南吕宫】【一枝花】：「兩個又無徒多性氣，儘交休理會。」

〔六三〕清渾　好壞。尚仲賢《三奪槊》三折【攪箏琶】：「是他每親的到頭來也則是親，怎辨清渾！」

〔六四〕甚麼人　原本上衍一「是」字，除吴曉鈴本外，各本删。

〔六五〕孛老兒同小末尼上　孛老兒，元劇中老年男子扮演者的俗稱。焦循《劇説》卷一：「孛老者，男子之老者也。」王國維《古劇脚色考》：「孛老、卜兒，皆脚色之表示年齒者。」市語也稱父爲孛老。闕名氏《墨娥小録》卷十四「行院聲嗽・人物」：「父：孛老。」小末尼，元劇中扮演男孩兒的人。焦循《劇説》卷一：「考元曲無生之稱，末即生也。有正末，又有……小末。」「小末亦稱小末尼，《東堂老》『正末同小末尼上』是也。」末尼即末。王國維《古劇脚色考》：「長言之則爲末尼，短言之則爲末。」

〔六六〕認義了這個小的做兒來　認義，認，認親。《董解元西廂記》卷四【般涉調】【哨遍纏令】：「認義做哥哥，厚禮相欽，未嘗懈怠。」小的，小孩兒。闕名氏《小張屠》四折【得勝令】：「這小的久已後成人，倒做了淩烟閣上人。」

〔六七〕物業　産業。《清平山堂話本・合同文字》：「兄弟往他州趁熟，『人無前後眼』，哥哥年紀大，有桑田、物業、家緣。」

〔六八〕在　趙校删，王季烈本、隋樹森本從。按，在，猶呢。參看《詩詞曲語辭匯釋》卷三「在」。

〔六九〕大驚小怪　喧嚷。《清平山堂話本・簡帖和尚》：「外面皇甫殿直和行者尾着他兩人來到門首，見他濾入去，聽得裏面大驚小怪，蹌將入去看時，見剋着他渾家，鬧閧性命。」

〔七〇〕拿　帶，押。李文蔚《圯橋進履》三折：「陸賈領卒子拿正末上。」又灌嬰白：「將那張良拿近前來！」

〔七一〕得　北京大學本、吴國欽本、王學奇本、王季思本改作「的」。參見頭折校注〔五六〕。

〔七二〕當面　謂上堂見官。脈望館古名家本孫仲章《勘頭巾》二折：「（旦拖王小二上）冤屈也！（外）甚麼人叫冤屈？拿將過來！（張）當面！（跪科）」

〔七三〕兀的小人　兀的，那。《董解元西厢記》卷七【雙調】【文如錦】【尾】：「鄭衙内且休胡説，兀的門外張郎來也！」小人，小孩兒。

〔七四〕上　北京大學本校云：「『上』字疑衍。」吴國欽本、王學奇本、王季思本删。

〔七五〕小人　男子自謙稱。錢世昭《錢氏私誌·稱小人》：「燕北風俗，不問士庶，皆自稱小人。宣和間，有遼國右金吾衛上將軍韓正歸朝，授檢校少保節度使，與諸兄同正任班，對中人以上説話即自稱『小人』，中人以下即稱『我家』。每日到漏舍誦《天童經》數十遍，其聲琅琅然。且云：『對天童豈可稱「我」？』自『皇天生我』皆改爲『小人』，云：『皇天生小人，皇地載小人，日月照小人，北斗輔小人。』前後二十餘句，應稱『我』者，皆改爲『小人』。誦畢，嘆云：『這《天童經》靈聖。』王才元少師云：『若無靈聖，如何持得許多「小人」？』然『小人有母，皆嘗小人之食』，『小人』之稱其來古矣，施之於經，是可笑也。」

〔七六〕田業物産　吴國欽本、王季思本「據上文」改作「田産物業」。按，物産，産業。

〔七七〕也　猶啊，表祈求。脈望館鈔本鄭廷玉《楚昭公》三折芊（羋）旋白：「後面有人追來時，若非本國之人，你是必休渡他過江也。」高文秀《澠池會》二折使命白：「願早赴會，莫得推稱也。」

〔七八〕將那老子與我打着者　老子，老頭兒。吴處厚《青箱雜記》卷二：「彭門卒以道爲賣己，欲兵之，湘陰公曰：『不干此老子事。』」着，與「者」同，表命令語氣。《董解元西廂記》卷二【大石調】【玉翼蟬】：「衆孩兒曹聽我教着：只助我，一聲喊，只一合，活把髡徒捉。」臧本張國賓《薛仁貴》二折張士貴白：「執縛定着，休走這廝也。」上文作「者」：「左右，與我將薛仁貴執縛定者。」參見頭折校注〔八〇〕。

〔七九〕休　原誤作「体」，從各本改。

〔八〇〕住者　除吴曉鈴本外，各本下補「（唱）」。

〔八一〕無事哏　過分凶狠。參看《詩詞曲語辭匯釋》卷四「没是哏」。

〔八二〕更打着這入衙來不問諱的喬民　打，碰上，遇到。參看《詩詞曲語辭例釋》「打着」。着，猶了。《五代史平話》漢史卷上：「又記得舊日在李家未贅時，曾出外牧馬，馬吃着報恩寺田禾稼，被寺僧拿去，笞了二十下。」《董解元西廂記》卷二【小石調】【花心動】：「您一行家眷須到三五十口，大小不教傷着一個。」不問，不管。闕名氏《摭掌録·賊詩》：「閩地越海賊曰鄭廣，後就降補官，官同强之作詩，廣曰：『不問文官與武官，總一般，衆官是做官了做賊，鄭廣是做賊了做官。』」喬民，猶云無賴漢。脈望館息機子本宮天挺《范張鷄黍》一折【鵲踏枝】：「我堪恨那夥老喬民，用這等小猢猻，但學得些妝點皮膚，子曰詩云。」喬，詈辭，惡劣之義。參看《詩詞曲語辭匯釋》卷五「喬」。

〔八三〕則他這爺共兒常是相争　則他這，這。脈望館古名家本孫仲章《勘頭巾》二折【賀新郎】：「則他這一春雨何曾道是住止，可怎生黑真真的不動個文案（字）？」常是，常常。闕名氏《猿聽經》一折冲末白：「貧僧就於此處結廬，栖處在此，常是參明心地，念佛看經。」

〔八四〕更和這子父每常時厮論　更和，襯字，無義。脈望館古名家本馬致遠《薦福碑》一折【六幺序】：「我想那今世裏真男子，更和那大丈夫，我戰欽欽撥盡寒壚，則這失志鴻鵠，久困鰲魚，倒不如那等落落之徒。」脈望館息機子本鄭廷玉《忍字記》一折【混江龍】：「則聽的喧天鼓樂，更和那聒耳笙簫。」常時，常常。臧本闕名氏《殺狗勸夫》三折【隔尾】：「我常時有命如無命，怎好又厮羅惹無情做有情。」厮論，相争。參見頭折校注〔兲〕、〔三七〕。

〔八五〕唱　除吴曉鈴本、隋樹森本外，各本上補「正旦」。

〔八六〕敦　擊，打。臧本岳伯川《鐵拐李》四折【醉春風】：「怎將我擘面拳敦，湧身推搶，那裏降階接待？」《光緒金華縣志》卷十六：「邑人以拳觸人曰摮。」

〔八七〕常好背晦也蕭丞相　王季思本「常」改作「暢」。參見頭折校注〔九〇〕。下同，不另出校。「背」疑應是「悖」。悖晦，糊塗。臧本闕名氏《盆兒鬼》三折【慶元貞】：「這都是咱老背（悖？）悔，門兒外不曾撒的把兒灰。」《青縣志》卷十一：「老悖曰悖晦。」蕭丞相，蕭何，漢高祖劉邦的功臣，漢初爲相，曾制訂典制法律。這裏借喻辦案的李存孝。

〔八八〕正旦　王季烈本、隋樹森本删。

〔八九〕赤瓦不剌海　吴國欽本、王學奇本、王季思本「剌」誤作「刺」。按，赤瓦不剌海，女真語，用以罵人，猶云「該殺的」。蔡美彪《元代白話碑集録》釋「火魯赤」云：「『火魯』爲蒙古語箭筒之意，『赤』加於名詞之後，意爲從事此事之人，略與漢語之『者』字相當。」瓦不剌海，敲殺。亦作「洼勃辣駭」。洪皓《松漠紀聞》：「顧左右令洼勃辣駭（原注云：彼云敲殺也），即引去。」

〔九〇〕衹候人　衙署役吏。王實甫《破窑記》四折吕蒙正白：「想着你那歹處，我不認你，衹候人，與我搶出去！」

〔九一〕告訴　告，控訴。闕名氏《延安府》一折【油葫蘆】：「若有那銜冤的來告訴，小官可也無面目。」

〔九二〕老身　老年婦女自稱。《舊五代史・漢書・后妃列傳》：「后下詰答曰：『……老身未終殘年，屬兹多難，惟以衰朽，託於始終。』」

〔九三〕左右　手下人。《京本通俗小説・菩薩蠻》：「府尹不聽分辨：『左右，拿下好生打！』」

〔九四〕只　猶本。《全唐詩》卷五六一薛能《游嘉州後溪》：「當時諸葛成何事，只合終身作卧龍。」

〔九五〕接待　接。闕名氏《陳州糶米》三折小衙内白：「俺兩個在此接待包老，不知怎麽，只是眼跳。」

〔九六〕就　却。《望江亭》三折净白：「豈不知我要取譚記兒爲妻，他就公然背了我，娶了譚記兒爲妻，同臨任所。」

〔九七〕酒果　酒食。臧本鄭廷玉《楚昭公》四折正末白：「令人，安排酒果來與兄弟拂塵者。」果，指生果、乾果、蜜餞、餅食等。孟元老《東京夢華録》卷二「飲食果子」：「又有托小盤賣果子，乃旋妙銀杏、栗子、河北鵝梨……西川乳糖、獅子糖。」周密《武林舊事》卷六「果子」：「皂兒羔、宜利少、瓜蔞煎……錫角兒、諸色糖蜜餞。」宋時官府設「四司」「六局」，經辦官府各種筵席，管辦供應果品的稱「果子局」。

〔九八〕遞酒　敬酒。劉唐卿《降桑椹》一折王伴哥白：「恰纔老蔡不與俺兩個遞酒，你看小蔡兒，也輕慢俺兩個，也不遞酒。」

〔九九〕咱　王季烈本改作「者」。按，咱，猶吧。參見《調風月》第二折校注〔三五〕。

〔一〇〇〕可是爲何也　除吴曉鈴本外，各本下補「（唱）」。

〔一〇一〕階痕　臺階。闕名氏《神奴兒》四折【折桂令】：「見一陣旋風兒打個盤渦，足律律繞定階痕。」

〔一〇二〕擎臺把盞　「臺」字原本不清，趙校改作「擡」，吴曉鈴本從。王季烈本、隋樹森本、吴國欽本、王學奇本改作「壺」。今從北京大學本、王季思本改。參見頭折校注〔一〇七〕。

〔一〇三〕可也　猶却。臧本闕名氏《舉案齊眉》三折【聖藥王】：「雖然是運不齊，他可也志不灰。」闕名氏《劉弘嫁婢》楔子【仙吕賞花時】：「他道我據富貴若石崇，争奈我其壽可也不永。」

〔一〇四〕我則見他迎頭裏嗔忿忿　「見」字原奪，從王季烈本、隋樹森本、吴國欽本、王學奇本、王季思本補。北京大學本校云：「『則』字疑當作『見』。」裏，猶地。《董解元西厢記》卷二【越調】【雪裏梅】：「選甚士農工商，一地裏鬧鬧攘攘。」脈望館鈔本張國賓《汗衫記》頭折正末白：「我恰纔與了他些錢鈔，你劈手裏奪將來。知的（道）落（的）便是你奪將來，有那不知道的，你看那張員外與了人些錢鈔，又着人劈手的奪將去了。」嗔忿忿，嗔怒。《董解元西厢記》卷二【正宫】【文序子】【尾】：「剔團圞的睁察殺人眼，嗔忿忿地斜横着打將鞭。」

〔一〇五〕傍邊　王季思本「傍」改作「旁」。按，傍，即旁。參見頭折校注〔三五〕。傍邊，旁邊。脈望館古名家本孫仲章《勘頭巾》三折【掛金索】：「省可裏後擁前推，着他向書案傍邊立。」

〔一〇六〕怎敢道怠慢因循　道，用於句中，加强語氣，無義。參看《詩詞曲語辭匯釋》卷四「道（七）」。因循，輕率，馬虎。參看《詩詞曲語辭例釋》「因循（二）」。

〔一〇七〕施禮數罷平身　施禮數，施禮。《太平樂府》卷九睢景臣套數【般涉調】【哨遍】「高祖還鄉」：「那大漢下的車，衆人施禮數。」平身，拜後起立。《元史·禮樂志·元正受朝儀》：「引至丹墀拜位，知班報班齊。……宣贊報曰『聖躬萬福』，通贊贊曰『復位』，曰『拜』，曰『興』，曰『拜』，曰

「興」，曰「平身」。」

〔一〇八〕抄着手兒　拱手。《水滸傳》三回：「酒保抄手道：『官人要甚東西，分付買來。』」

〔一〇九〕動問　問候。武漢臣《玉壺春》楔子陶伯常白：「數載不見，有失動問。」

〔一一〇〕波　猶啊。臧本高文秀《誶范叔》四折須賈白：「這個是喂驢馬的草料，教我怎生食用波！」

〔一一一〕唱　除吴曉鈴本、隋樹森本外，各本上補「正旦」。

〔一一二〕可知道阿者便懷愁忿　可知道，猶難怪。參看《詩詞曲語辭匯釋》卷一「可知」。便，猶正。參看《詩詞曲語辭例釋》「便（一）」。趙校「忿」改作「悶」，王季烈本、隋樹森本從。

〔一一三〕這公事何須的問　公事，事。《太平樂府》卷七馬致遠套數【大石調】青杏子「悟迷」：「唱道塵慮俱絶，興來詩吟罷，酒醒時茶，兀的不快活煞，喬公事心頭再不掛。」的，副詞後綴。石君寶《秋胡戲妻》三折【二煞】：「似你這傷風敗俗，怕不的地滅天誅？」闕名氏《隔江鬥智》一折【後庭花】：「我如今并不的推三阻四，任哥哥自主之。」

〔一一四〕何消　何須。消，猶須。參看《詩詞曲語辭匯釋》卷三「消（一）」。

〔一一五〕老　王季思本奪。

〔一一六〕你改了名姓　原本下有一「又」字，趙校删，各本從。

〔一一七〕如今你阿媽便要領大小番兵來擒拿你　原本下有一「又」字，趙校删，各本從。大小，全部。

《董解元西廂記》卷八【大石調】【還京樂】：「蒲州裏大小六十萬家，人人欽仰，俏如爹媽。」

〔二八〕俺怎生虧負你來　原本下有一「又」字，趙校改作「也」，除吳曉鈴本外，各本從。

〔二九〕怎麽　甚麽。臧本武漢臣《玉壺春》三折：「【堯民歌】……（帶云）我怕怎麽？（唱）便撞見何妨礙？」

〔三〇〕着　吳國欽本、王季思本删。

〔三一〕你　王季思本改作「您」。參見頭折校注〔六五〕。

〔三二〕怎敢忘了阿者阿媽的恩義　原本下有一「又」字，趙校删，各本從。

〔三三〕題　吳國欽本、王季思本改作「提」。按，題，提。參見《調風月》第二折校注〔五七〕。

〔三四〕身　自稱之詞，我。《爾雅·釋詁上》：「身，我也。」又：「朕、余、躬，身也。」郭璞注：「今人亦自呼爲身。」曾季貍《艇齋詩話·身訓我》：「東坡詩云：『公是主人身是客，舉觴登望得無愁。』用樂天『心是主人身是客』，身猶言我也。如張飛自言『身是張翼德，可共來决死』。乃宋彭城王義真自關中逃歸，謂宏曰：『身在此。』謝淪云：『身家太傅。』若此類甚多，皆以身爲我也。」

〔三五〕勾當　事。《五代史平話》梁史卷上：「截黄鉞的勾當，須索你去。」《完縣新志》卷八：「完人直謂事曰勾當，現有事多云有勾當。」

〔二六〕你阿媽好生的怪着的你　第二個「你」字原作「又」，趙校改，除吴曉鈴本删去外，各本從，并下補「（正旦唱）」。

〔二七〕俺可也須當索受辛勤　可也，猶也。石君寶《紫雲亭》四折【川撥棹】：「不索你自誇揚，我可也知道你打了個好散場。」臧本秦簡夫《東堂老》四折正末白：「你那油房磨房解典庫，你待賣與别人，我也着人暗暗的轉買了，可也是那五百錠大銀子裏面。……你那驢馬孳畜和大小奴婢……當初你待賣與别人，我也暗暗的着人轉買了，也是這五百錠大銀子裏面。」須當，必定。劉唐卿《降桑椹》一折殿頭官白：「懷才抱德須當用，保舉於朝作棟梁。」參看《詩詞曲語辭匯釋》卷一「須（一）」。

〔二八〕則　猶常。鄭德輝《智勇定齋》楔子孫俲白：「小人是孫俲，一生則説謊。」

〔二九〕驟　吴曉鈴本、北京大學本、吴國欽本、王學奇本改作「聚」。無據。

〔三〇〕可便　猶却。脈望館息機子本鄭廷玉《忍字記》楔子【仙吕賞花時】：「我可也忒富貴，你可便忒身貧。」臧本「可便」作「可」，可亦猶却。臧本喬夢符《金錢記》四折【水仙子】：「小姐你便權休怪，梅香你便且莫焦，今日可便輪到我妝幺。」

〔三一〕士馬　兵馬，比喻戰事。《劉知遠諸宫調》第一【正宫】【應天長纏令】：「自從羅亂士馬舉，都不似梁晋交兵多戰賭。」

〔二二〕偢問　「偢」原作「愀」，從北京大學本、吴國欽本、王學奇本改。王季思本改作「瞅」。偢問，理睬。脈望館鈔本闕名氏《殺狗勸夫》一折旦白：「孫員外也，你把共乳同胞親兄弟孫二不偢問，却信着兩個鑽懶的逆子，搬壞了俺這一家兒了也。」臧本「偢問」作「禮」，禮同理，理睬也。

〔二三〕來　猶地。脈望館鈔本張國賓《汗衫記》三折【煞尾】：「我今日個認了這個孫兒大古來啋。」楊梓《霍光鬼諫》二折正末白：「今日到家，多大來喜悦。」

〔二四〕轉頭高塚卧麒麟　轉頭，猶轉眼。《中興以來絶妙詞選》卷三張功甫《木蘭花》：「浮生轉頭是夢，恐它時高會却難全。」麒麟，借指傑出的人物。《晋書·顧和傳》：「族叔榮雅重之，曰：『此吾家麒麟，興吾宗者必此子也。』」

〔二五〕白那兩個醜生的謊去來　白，揭穿。參看《詩詞曲語辭例釋》「白」。醜生，畜生。毛西河本王實甫《西厢記》卷五第二十折【得勝令】：「那一個賊醜生行嫉妒，走將來老夫人行厮間阻。」毛云：「醜生即畜生字音之轉。北音無正字，如《緋（非）衣夢》劇『殺了這賊醜生』，《魔合羅》劇『老丑生無端忒下的』，又作丑生，可驗。」闕名氏《墨娥小録》卷十四「行院聲嗽·鳥獸」：「牛：馱老，丑生。」去來，去。王銍《默記》卷下：「劉十，我做得通判過否？扯了衣裳，吃酒去來。」元刊本闕名氏《博望燒屯》四折正末白：「哥哥，你更待那裏去來？有真命皇帝，咱弟兄厮守，只不好那？」

〔三六〕歸着　着落。《蘇東坡集》續集奏議集第三《繳詞頭奏狀·張誠一》：「今既體量，未見歸着，即合置司推鞫，盡理施行。」

〔三七〕下落　着落。《京本通俗小説·碾玉觀音》：「老夫妻見女兒捉去，就當下尋死覓活，至今不知下落。」

〔三八〕則有個主意也　則，猶定。脈望館息機子本武漢臣《生金閣》四折龐衙内白：「包待制他請我怎的？他意思則是怕我。你去説去，道我便來也。」顧曲齋本石君寶《曲江池》二折正旦白：「這虔婆則道我見元和窮身潑命，必然不採他。」也，表肯定。高文秀《澠池會》三折正末白：「主公放心，若到澠池會上，小官穩情取保得主公無事還國也。」臧本闕名氏《合同文字》一折張秉彝白：「這都在我身上，決不負你所託也。」

〔三九〕别辯　隋樹森本、王學奇本「辯」改作「辨」。按，辯，通「辨」。《莊子·秋水》：「秋水時至，百川灌河，涇流之大，兩涘渚崖之間，不辯牛馬。」别辯，辨。《古本董解元西厢記》卷八【越調】【上平西纏令】【尾】：「托付你個慷慨的相識，别辯爾是非，與俺做些兒主意。」

〔四〇〕鄧夫人放心也　除吴曉鈴本外，各本下補「（正旦唱）」。

〔四一〕撲散　丢開。臧本闕名氏《貨郎旦》二折【水仙子】：「打疊了心頭恨，撲散了眼下愁。」參見《調風月》第三折校注〔五〇〕。

〔四二〕腹内　心中。石君寶《紫雲亭》四折【雁兒落】：「相公把孩兒兒腹内想，越交妾小鹿兒心頭撞。」

〔四三〕辯　王季烈本、隋樹森本、王學奇本改作「辨」。參見校注〔三九〕。

〔四四〕用着你那打大蟲的拳頭着一頓　用着，用。臧本李文蔚《燕青博魚》楔子宋江白：「待醫治的好了，你上山來，依舊用着你也。」參見《調風月》第三折校注〔一〇〕。大蟲，虎。王讜《唐語林》卷一「言語」：「大蟲老鼠俱爲十二相屬，何怪之有？」着，打。《太平廣記》卷一百八十五引《唐會要》：「龍朔二年，司列少常伯楊思玄恃外戚貴，待選流多不以禮而排斥之，爲選者夏侯彪所訟，御史中丞郎餘慶彈奏免官。時中書令許敬宗曰：『必知楊吏部之敗。』或問之，對曰：『一彪一狼，共着一羊，不敗何待？』」濟源方言猶説打爲「着」。

〔四五〕來　襯字。參看《詩詞曲語辭匯釋》卷六「來」。

〔四六〕心肯意肯　心服。

〔四七〕可與你那争潞州冤讎證了本　可，猶才。脈望館古名家本白仁甫《墻頭馬上》二折梅香白：「遲又不是，疾又不是，怎生可是？」李直夫《虎頭牌》二折【雙調五供養】：「只得問別人借了幾文錢，可買的這一瓶兒村酪酒，待與我那第二個弟兄祖餞。」證本，同正本。參見《調風月》第一折校注〔一三〕。

〔一四八〕須　猶終。參看《詩詞曲語辭匯釋》卷一「須(四)」。

〔一四九〕止　吴國欽本改作「只」。按，止，只。參見《調風月》第一折校注〔二七〕。

〔一五〇〕則怕存孝無有此事麽　則怕，恐怕。脈望館古名家本馬致遠《漢宫秋》三折【鴛鴦煞】：「我煞大臣行説一個推辭謊，又則怕筆尖兒那火編修講。」麽，猶吧，表揣測。李行道《灰闌記》一折正旦白：「姐姐，敢不中麽？倘員外查起我這衣服頭面，教我説甚的那？」鄭德輝《三戰呂布》一折關羽白：「呂布英雄，則怕兄弟難敵他麽？」

〔一五一〕敢　猶准，定。參看《詩詞曲語辭匯釋》卷一「敢(二)」。

〔一五二〕得　北京大學本、吴國欽本、王學奇本、王季思本改作「的」。參見頭折校注〔五六〕。

〔一五三〕咱　王季烈本改作「者」。參見頭折校注〔三三〕。

〔一五四〕送　斷送。參看《詩詞曲語辭匯釋》卷五「斷送(二)」。

〔一五五〕亞子哥哥打圍去　「亞」原作「啞」，除隋樹森本外，各本已改。李亞子，即後唐莊宗，諱存勖，李克用長子。《舊五代史·唐書·莊宗紀》：「及武皇之討王行瑜，帝時年十一，從行。初令入覲獻捷，迎駕還宫，昭宗一見駭之，曰：『此兒有奇表。』因撫其背曰：『兒將來之國棟也，勿忘忠孝于予家。』因賜鸂鶒酒卮、翡翠盤。」附注引《北夢瑣言》：「昭宗曰：『此子可亞其父。』時人號曰『亞子』。」打圍，打獵。陸游《劍南詩稿》卷七《春殘》：「倦游自笑摧頽甚，誰記飛鷹醉打圍。」

〔一五六〕蕩馬　除吴曉鈴本外，各本「蕩」改作「落」。按，蕩，疑是「逿」的借字，「蕩」「逿」音近。《集韻》去聲宕韵：「逿，失據倒也。《漢書》『陽醉逿地』」；大浪切。逿馬，從馬上跌下。

〔一五七〕亞　原作「啞」，除隋樹森本外，各本已改。

〔一五八〕無分曉　糊塗，不明事理。臧本武漢臣《生金閣》三折老人白：「且是你這臉生的俊，把我們嚇這一跳。我把你個無分曉的老無知！」

〔一五九〕撞　原作「裝」，除吴曉鈴本外，各本已改。

〔一六〇〕如何　王學奇本誤倒作「何如」。

〔一六一〕可不道「腸裏出來腸裏熱」　可不道，猶豈不聞，於引用成語熟言時用。參看《詩詞曲語辭匯釋》卷四「可不道」。腸裏出來腸裏熱，熟語，謂骨肉相關。楊文奎《兒女團圓》三折【柳葉兒】：「便則道腸裏出來腸裏熱，怎生把俺來全不借？」

〔一六二〕亞子落馬痛關情　「亞」原作「啞」，除隋樹森本外，各本已改。痛，甚。《管子・七臣七主》：「姦臣痛言人情以驚主。」尹知章注：「痛，甚極之辭。」關情，情牽意惹。《樂府詩集》卷六十五鮑照《堂上歌行》：「萬曲不關情，一曲動情多。」

〔一六三〕牽腸割肚　牽腸掛肚。割，亦牽意。《全唐詩》卷三五一柳宗元《與浩初上人同看山寄京華親故》：「海畔尖山似劍鋩，秋來處處割愁腸。」

〔一六四〕啞　原作「啞」，除隋樹森本外，各本已改。

〔一六五〕四海與他人　四海他人，外人。尚仲賢《三奪槊》三折【攪箏琶】：「俺然是舊忠臣，則是四海他人，比他是龍子龍孫！」與，襯字，無義。參看《詩詞曲語辭匯釋》卷四「與(十一)」。

〔一六六〕親的原來則是親　親的終究是親的。亦見於闕名氏《殺狗勸夫》一折。又説「親的到頭來也則是親」，見尚仲賢《三奪槊》三折。「親的則是親」，見闕名氏《合同文字》二折。則，終究。臧本武漢臣《老生兒》三折引孫白：「引孫我雖貧，是一個讀書的人，怎肯差了這個道理？……我則不忘了伯伯的言語。」《太平樂府》卷五王和卿小令【仙呂】醉中天「詠俊妓」：「摻土也似姨夫門侵，交他一任，知音的則是知音。」

〔一六七〕介　原作「个」，從吴國欽本、王學奇本改。王季烈本作「箇」。吴曉鈴本作「個」，校云：「疑是『介』字之誤。」隋樹森本、王季思本作「科」。參見校注〔六〕。

〔一六八〕五裂篾迭　不知道。《華夷譯語·通用門》：「不：兀禄。」「人事門」：「知了：篾迭八。」兀禄篾迭，不知。「五裂篾迭」同。

〔一六九〕怎生是了　怎麼辦。王實甫《西廂記》二本一折夫人白：「孩兒，你知道麼？如今孫飛虎將半萬賊兵……要擄你做壓寨夫人，孩兒，怎生是了也！」

〔一七〇〕呵　表條件。元刊本岳伯川《鐵拐李》二折外末白：「好了病呵，爺爺要用你。」臧本喬夢符《金錢記》二折王府尹白：「張千，與我吊將起來！　等他酒醒呵，慢慢的問他。」

〔一七一〕五裂　五馬分屍。

〔一七二〕將　帶。《太平廣記》卷六十三引《玄怪録》：「明日，女車騎復至。女乘一馬，崔生亦乘一馬從之。……青衣百許迎拜曰：『無行崔郎，何必將來。』於是捧入，留崔生於門外。」

〔一七三〕阿媽　原作「那媽」，從王季烈本、隋樹森本、北京大學本、吴國欽本、王學奇本、王季思本改。吴曉鈴本校勘記云：「王本（按，即王季烈本）校改爲『阿媽』，從之。」吴本正文却作「那阿媽」，誤存「那」字。

〔一七四〕五車争了你里　王季烈本、吴國欽本、王季思本「争」改作「裂」。按，争，猶拽，此處意猶裂。《説文解字》四下𠬪部：「爭，引也，從𠬪丁。」段玉裁注：「凡言爭者，皆謂引之使歸於己。」丁，余制切，抴也。抴，引也。」徐灝箋：「爭之本義爲兩手爭一物。」五馬分屍，即争拽之意。趙校「里」改作「哩」，各本從。按，里，哩。元刊本岳伯川《鐵拐李》二折正末白：「俺親眷，你爺娘都肯了，則有你不肯里。」劉仲璟《遇恩録》：「你每這幾個也年紀小里，讀書學好勾當。」

〔一七五〕哏　王季思本改作「狠」。參見《調風月》第一折校注〔一六〕。

〔一七六〕罪過　罪。《京本通俗小説・碾玉觀音》：「這裏是帝輦之下，不比邊庭上面，若有罪過，只消解去臨安府施行。」

〔一七七〕不争　不打緊。參看《詩詞曲語辭匯釋》卷二「不争(三)」。

〔一七八〕豈知我死也　豈，哪裏。《全唐詩》卷三九四李賀《嘲少年》：「豈知劚地種苗家，官税頻催勿人織。」王學奇本「死」誤作「心」。

〔一七九〕虎磕腦　虎皮頭巾。《張協狀元》戲文一出：「虎皮磕腦虎皮袍，兩眼光輝志氣豪。」

〔一八〇〕是　似。《唐宋諸賢絶妙詞選》卷五王通叟《卜算子·送鮑浩然之湘東》：「水是眼横波，山是眉峰聚，欲問行人去那邊，眉眼盈盈處。」

〔一八一〕我命一身亡　王季烈本、隋樹森本改作「我一命身亡」，王季思本作「我身一命亡」。按，元劇説死習用「一身亡」。見高文秀《遇上皇》一折、王實甫《麗春堂》一折、尚仲賢《三奪槊》一折、鄭廷玉《冤家債主》一折。此外還有「一身虧」、「一身卒」，例不贅。

〔一八二〕眼見的去赴雲陽　眼見的，馬上。白仁甫《東墻記》四折【越調鬥鵪鶉】：「眼見的枕剩衾空，怎捱這更長漏永！」雲陽，秦地名，韓非、李斯死於此。《史記·秦始皇本紀》：「韓非使秦，秦用李斯謀，留非，非死雲陽。」《鹽鐵論·毁學》：「李斯相秦……及其囚于囹圄，車裂于雲陽之市。」元劇習以雲陽作爲行刑之所的代稱。

〔一八三〕除是南柯夢一場　王學奇本「除」下增一「非」字。按，除是，猶惟有。劉淇《助字辨略》卷一

「除」：「《宋史・岳飛傳》：『楊幺云：欲犯我者，除是飛來。』除是，猶云惟有，今云除非是也。」南柯夢，李公佐《南柯太守傳》載：淳于棼夢入大槐安國作了南柯太守，享盡榮華富貴，醒來發現大槐安國原來是他家大槐樹下的蟻穴。此處用以比喻不能實現的夢想。

〔一八四〕裁排　王學奇本、王季思本「裁」改作「栽」。參見《調風月》第一折校注〔八二〕。

〔一八五〕牧羊子死限催來　「羊」原作「養」，除吴曉鈴本、北京大學本外，各本已改。催，到。《魯齋郎》二折【感皇恩】：「雖然道我災星現，也是他的花星照，你的福星催。」

〔一八六〕惡　吴國欽本誤作「恒」。

〔一八七〕愁　慘淡。《董解元西廂記》卷七【正宫】【賺】：「似恁地凄凉，恁地愁絶，下場知他看怎者！」

〔一八八〕兀的不苦痛殺我也　兀的不，猶云這豈不。參看《詩詞曲語辭匯釋》卷六「兀的」。殺，極甚之辭。參同上卷四「煞(一)」。

〔一八九〕俺　我們。《切鱠旦》三折楊衙内白：「小娘子，俺慢慢的飲幾杯。」

〔一九〇〕金風　秋風。古代以陰陽五行解釋季節演變，秋屬金，故名。

〔一九一〕事有足濯，物有故然　王季烈本、王學奇本、王季思本「濯」改作「詑」，隋樹森本作「論」。吴國欽本「疑爲懼」。按，《集韻》入聲覺韵：「濯，明也。《詩》『鈎膺濯濯』」；仕角切。事有足濯，物有故然，猶云事出必然。亦見於高文秀《澠池會》二折趙成公白、闕名氏《千里獨行》二折劉備白。《史記・孟嘗君列傳》：「馮驩曰：『……夫物有必至，事有固然，君知之乎？』」與此意同。

〔九二〕直　徑直。《董解元西廂記》卷二【大石調】【玉翼蟬】【尾】：「扯住那半扇雲衲。屹搭搭地直驅來馬直下。」直驅來馬直下，徑直驅趕到馬下。

〔九三〕用計鋪謀　策劃計謀。鋪，安排。朱凱《黄鶴樓》一折【尾聲】：「他那裏明明的捧着瑶觴，暗暗的藏着軍將，用計鋪謀怎防？」

〔九四〕怎的支吾　怎的，同「怎地」，怎麽。參見《調風有》第二折校注〔三三〕。支吾，搪塞。徐渭《南詞叙録》：「支吾，一作『枝梧』，猶言遮攔也。」元刊本尚仲賢《氣英布》一折【後庭花】：「我如今唤你來從頭兒問，隨何，看你支吾咱説個甚末？」

第三折

（劉夫人上，云）描鸞刺綉不曾習〔一〕，劣馬彎弓敢戰敵，圍場隊裏能射虎，臨軍對陣兵機識〔二〕。老身劉夫人是也。昨日引將存孝孩兒來阿媽行欲待説也〔三〕，不想亞子在圍場中落馬，我親到圍場中看孩兒，原來不曾落馬，都是李存信、康君立的智量〔四〕。未知存孝孩兒怎生〔五〕，使一個小番探聽去了，這早晚敢待〔六〕來也。（正旦扮莽古歹〔七〕上，云）自家莽古歹便是。奉阿者的言語，着吾打探存孝去。不想阿媽〔八〕醉了，信着康君立、李存信的言語，將存孝五裂了。不敢久停久住〔九〕，回阿者的話走一遭去也〔一〇〕。

【中呂粉蝶兒】頗柰這兩個奸邪，看承做當職忠烈〔一一〕，想俺那無正事好酒的爹爹！他兩個似蚖蛇〔一二〕，如蝮〔一三〕蝎，心腸乖劣〔一四〕。我呸呸的走似風車〔一五〕，不付能盼到宅舍〔一六〕。

【醉春風】一托炁〔一七〕走將來，兩隻脚不〔一八〕暫歇；從頭一一對阿者，我這裏〔一九〕便説、説。世做的潑水難收〔二〇〕，至死也無對，今日個一庄也不借〔二一〕。

（劉夫人云）阿的〔二二〕好小番也！暖帽貂裘最〔二三〕堪宜，小番平步走如飛；吾兒存孝分訴罷，盡在來人是與非。你見了存孝，他阿媽醉了，康君立、李存信説是〔二四〕麽來？喘息定，慢慢的説一遍〔二五〕。

【上小樓】則俺那阿媽醉也心中乖劣〔二六〕；他兩個巧語花〔二七〕言，鼓腦争頭〔二八〕，損壞〔二九〕英傑。他兩個厮間别〔三〇〕，犯口舌，不教分説；他兩個傍〔三一〕邊相倚强作孽。

（劉夫人云）小番，他阿媽説是〔三二〕麽來？存孝説是麽來〔三三〕？李阿媽醺醺酒𥖁〔三四〕，李存孝忠心仁義，子父每兩意相投，犯脣舌存信、君立。他阿媽〔三五〕與存孝誰的是，誰的不是，再説一遍咱〔三六〕。

【上小樓】〔三七〕做兒的會做兒，做爺的會做爺，子父每無一個差遲，生各扎的意斷恩絶〔三八〕！阿媽那裏緊當者〔三九〕，緊攔者，不着疼熱〔四〇〕，他道是：「你這姓安的怎做李家枝葉〔四一〕！」

（劉夫人云）小番，阿媽那裏有兩個逆賊麽？（莽古歹云）是那兩個？（劉夫人云）一個是康君立，雙尾蝎侵人〔四二〕骨髓；一個〔四三〕李存信，兩頭蛇讒言佞〔四四〕語。他則要損忠良〔四五〕英雄虎將，他全無那安邦計赤心報國。那兩個怎生支吾來〔四六〕？（莽古歹云）阿者，聽您〔四七〕孩兒從頭至尾説與阿者，則是休煩惱也〔四八〕！

【十二月】則您那康君立哏絶〔四九〕，則你〔五〇〕那李存信似蝎蜇；可端的憑着他劣缺〔五一〕，端的是今古皆絶。枉了他那眠霜卧雪，阿媽他水性隨邪。

（劉夫人云）俺想存孝孩兒，華嚴川捨命，大破黄巢定邊疆；他是那擎天白玉柱，端的是駕海紫金梁〔五二〕。他兩個無徒怎生害存孝來〔五三〕？

【堯民歌】他把一條紫金梁生砍做〔五四〕兩三截，阿者，休〔五五〕波，是他便那裏每分説〔五六〕！想着十八騎長安城内逞豪傑，今日個則落的足律律的旋風趕〔五七〕，我可便〔五八〕傷也波嗟。將存孝見時節〔五九〕，阿者，則除是〔六〇〕水底下撈明月！

（劉夫人云）小番，你要説來〔六一〕又不説，可是爲甚麽來〔六二〕？（莽古歹云）李存信、康君立的言語，將存孝五車争〔六三〕死了也！（劉夫人云）苦死的兒也！他臨死時，將存孝棍棒臨身，毁罵了千言萬語，眼見的命掩黄泉〔六四〕，存孝兒銜冤負屈〔六五〕。孩兒怎生死了來〔六六〕？

【耍孩兒】則聽的喝一聲馬下如雷裂〔六七〕，恰便似鶻打寒鳩哏〔六八〕絶。那兩個快走向前來，那存孝待分説怎的分説？一個指着嘴縫連駡到有三十句，一個扶着軟肋裏撲撲撲的撞到五六靴〔六九〕。委實的難割捨，將存孝五車争〔七〇〕壞，霎時間七段八節。

（劉夫人云）想必那厮取〔七一〕存孝有罪招狀，責口詞〔七二〕無冤文書，知賺〔七三〕的推在法場，暗送了七尺身軀〔七四〕。

【三煞】又不曾取罪名，又不曾點紙節〔七五〕，可是他前推後擁强〔七六〕牽拽，軍兵鐵桶周圍鬧，棍棒麻林前後遮〔七七〕，撲碌碌推到法場也。稱了那兩個賊漢的心願，屈殺了一個英傑！

（劉夫人云）想當日俺那存孝孩兒多有功勞：活挾了孟截海，殺了鄧天王，槍架殺張歸霸，十八騎入長安，撾打殺耿彪，火燒了永豐倉，有九牛之力，打虎之威。怎生死了我那孩兒來〔七八〕！（莽古歹云）存孝道〔七九〕：

【二煞】我也曾把一個鄧天王來旗下斬，我也曾把孟截海馬上挾，我也曾將大蟲打的流鮮血，我也曾雙撾打殺千員將，今日九牛力當〔八〇〕不的五輛車，五下裏〔八一〕把身軀拽。將軍死的苦痛，見了的那一個不傷嗟！

（劉夫人云）五輛車，五五二十五頭牛，一齊的拽，存孝怎生者〔八二〕？

【尾聲】打的那頭口門驚驚跳跳〔八三〕，叫道是「打打俫俫」，則見那忽刺鞭颼颼的摔動一齊拽，將您那打虎的將軍命送了也！（下）

（劉夫人云）李克用，你信着這兩個賊子的言語，將俺存孝孩兒屈死〔八四〕了，李克用，你好哏〔八五〕也！五輛車五下〔八六〕齊拽，鐵石人嚎咷痛哭；將身軀骨肉分開，血染赤黄沙地土。再不能子母團圓，越思量越添凄楚；劉夫人苦痛哀哉，李存孝身歸地府。（做哭科，云）哎約〔八七〕！存孝孩兒也，則〔八八〕被你痛殺我也！（下）

校注

〔一〕習 學。《吕氏春秋·聽言》：「造父始習於大豆，蠭門始習於甘蠅。」高誘注：「習，學也。」

〔二〕兵機識 王學奇本乙改作「識兵機」。識，知。《詩·大雅·瞻卬》：「如賈三倍，君子是識。」鄭箋：「識，知也。」

〔三〕昨日引將存孝孩兒來阿媽行欲待説也　引將，帶。參見第二折校注〔一三〕。欲，猶正。參看《詩詞曲語辭例釋》「欲(二)」。也，表語氣停頓。元刊本宫天挺《范張鷄黍》三折正末白：「今日不得已也，且隨衆還家。」闕名氏《千里獨行》三折曹操白：「雲長，既然你要去也，你下馬來滿飲一杯。」

〔四〕智量　計謀。元刊本馬致遠《陳摶高卧》四折【梅花酒】：「使智量，俺樂處是天堂。」

〔五〕怎生　怎麽樣。脈望館鈔本鄭廷玉《冤家債主》二折正末白：「婆婆，大哥怎生也？」

〔六〕敢待　大概要。李行道《灰闌記》一折搽旦白：「我蚤使人唤他去了，這早晚敢待來也。」

〔七〕莽古歹　蒙古語。蒙古人，或用作人名。歹，接尾詞，猶的。亦作「忙古歹」。《太平樂府》卷九曾瑞卿套數【般涉調】哨遍「羊訴冤」：「火裏赤磨了快刀，忙古歹燒下熱水，若客都來抵九千鴻門會。」

〔八〕媽　原作「駄」，趙校改，各本從。

〔九〕久停久住　停留久了。王實甫《破窰記》一折吕蒙正白：「哥哥説的有理，不索久停久住，同哥哥走一遭去來。」

〔一〇〕回阿者的話走一遭去也　王季烈本下補「(正旦唱)」，隋樹森本、北京大學本、吴國欽本、王學奇本、王季思本補「(唱)」。

〔一一〕看承做當職忠烈　看承，猶看待。參看《詩詞曲語辭匯釋》卷五「看承」。當職，稱職。

〔一二〕蚖蛇　王季烈本、隋樹森本、王季思本「蚖」改作「虺」。按，《廣韻》平聲桓韻：「蚖，毒蛇」；五丸切。《敦煌變文集》卷四《破魔變文》：「蚖虵盤結，遍地盈川。」「虵」即「蛇」。

〔一三〕蝮　原作「腹」，趙校改，除吴曉鈴本外，各本從。

〔一四〕乖劣　惡劣。《劉知遠諸宫調》第二【中吕調】【牧羊關】：「洪義心腸倒大來乖劣。」

〔一五〕呸呸的走似風車　呸呸，象聲詞，猶噗噗。脈望館鈔本闕名氏《硃砂擔》一折【後庭花】：「則聽的擦擦的鞋底鳴，呸呸的大步行，好教我便可吐吐心頭怕，覺一陣滲滲的身上冷。」「車」原作「草」，趙校改，各本從。

〔一六〕不付能盼到宅舍　王季思本「付」改作「甫」。按，不付能、不甫能，猶方纔，好容易。參看《詩詞曲語辭匯釋》卷二「甫能」。「盼」原作「盻」，從各本改。

〔一七〕一托炁　隋樹森本、王學奇本、王季思本「炁」改作「氣」。按，炁，古「氣」字（見《改併五音類聚四聲篇海》卷十三曉母火部）。一托炁，一口氣。陳以仁《存孝打虎》四折【黄鍾醉花陰】：「一托氣直奔數十里，遍體汗渾如水洗。」

〔一八〕不　未，没有。《孟子·梁惠王上》：「直不百步耳，是亦走也。」

〔一九〕這裏　襯字，無義。元刊本岳伯川《鐵拐李》四折【上小樓】：「把我這玉鎖頓開，金枷不帶。我這裏弃了酒色，辭了財氣，跳出塵埃。」脈望館鈔本楊梓《敬德不伏老》二折【迎仙客】：「唐十宰衆公卿這裏有，我這裏向前來，忙問候。」《金貂記》附刻本「我這裏」作「我可便」。可便，亦襯字。

〔二〇〕世做的潑水難收　趙校「世」改作「是」，除吴曉鈴本外，各本從。按，世，猶已。參看《詩詞曲語辭匯釋》卷一「世（二）」。或作「勢」，參見頭折校注〔一三〕。潑水難收，相傳漢朱買臣妻因貧求離去，後買臣爲會稽太守，復又求合，買臣取盆水潑地，令其收取，以示既已離异便不能再合。見《漢書·朱買臣傳》。後用以比喻不可挽回的局面。

〔二一〕一庄也不借　王季思本「庄」改作「樁」。按，庄，樁，件。脈望館息機子本武漢臣《生金閣》三折正末白：「你將那銜冤負屈的鬼魂都着他開封府裏來，老夫親自問這庄公事。」不借，同「不藉」，猶不顧。參看《詩詞曲語辭匯釋》卷五「藉」。

〔二二〕阿的　同「兀的」，這。《盛世新聲》戌集闕名氏小令【水仙子】：「阿的般人兒孤孤另另，些娘大房兒冷冷清清。」

〔二三〕最　正。參看《詩詞曲語辭例釋》「最」。

〔二四〕是　趙校改作「甚」，王季烈本、隋樹森本、北京大學本、吴國欽本、王季思本從。王學奇本改作「什」。參見頭折校注〔四八〕。

〔二五〕慢慢的説一遍　除吴曉鈴本外，各本下補「（正旦唱）」。

〔二六〕則俺那阿媽醉也心中乖劣　王季思本「那」字奪。乖劣，糊塗。《盛世新聲》酉集闕名氏套數【雙調】珍珠馬：「暗想當年，羅帕上把新詩寫，偷綰同心結，心猿乖，意馬劣。」

〔二七〕花　原作「化」，趙校改，各本從。

〔二八〕鼓腦争頭　争相出頭。脈望館鈔本馬致遠《任風子》一折【鵲踏枝】：「您空這般鼓腦争頭，怎生來便赤手空拳。」

〔二九〕損壞　殺害。《前漢書平話》卷中：「有張良知漢王損壞三將，張良即日將靴笏、襴袍、官爵於漢王面前納了。」

〔三〇〕間别　離間。賈仲明《對玉梳》一折【村裏迓鼓】：「間别了俺故人恩愛，便絶了喒子母情分。」

〔三一〕傍　王學奇本、王季思本改作「旁」。參見頭折校注〔一五〕。

〔三二〕是　趙校改作「甚」，王季烈本、隋樹森本、北京大學本、吴國欽本、王季思本從。王學奇本改作「什」。參見頭折校注〔四八〕。

〔三三〕存孝説是麽來　趙校「是」改作「甚」，王季烈本、隋樹森本、北京大學本、吴國欽本、王季思本從。王學奇本改作「什」。參見頭折校注〔四八〕。原本「來」下有一「由」字，趙校删，除吴曉鈴本外，各本從。

〔三四〕殢　王學奇本改作「醉」。

〔三五〕嫣　原本奪，從各本補。

〔三六〕再説一遍咱　除吴曉鈴本外，各本下補「（正旦唱）」。王季烈本「咱」改作「者」。按，咱，表命令語氣。臧本馬致遠《漢宮秋》一折駕白：「小黄門，你看那紗籠内燭光越亮了，你與我挑起來看咱。」楊梓《豫讓吞炭》三折【雪裏梅】：「則聽的人語鬧交雜，呼『左右，快搜咱！』」

〔三七〕【上小樓】　隋樹森本改作「【幺篇】」。

〔三八〕生各扎的意斷恩絶　生各扎，活活地。各扎，語助。參看《元劇俗語方言例釋》「生各支」。王學奇本、王季思本「意」改作「義」。按，意，情。參見《調風月》第二折校注〔一〇〇〕。意斷恩絶，恩情斷絶。亦作「恩斷意絶」。元刊本馬致遠《任風子》三折【普天樂】：「我和你恩斷意絶，花殘月缺，再誰戀錦被羅幃。」

〔三九〕阿嫣那裏緊當者　「阿」原作「那」，趙校改，各本從。吴國欽本「當」改作「擋」。按，當，擋。《莊子·人間世》：「汝不知夫螳螂乎，怒其臂以當車，不知其不勝任也。」

〔四〇〕不着疼熱　無關痛癢。王仲文《救孝子》一折王脩然白：「我想這大的個小廝，必然是你乞養過房螟蛉之子，不着疼熱。」

〔四一〕枝葉　宗親。《太平廣記》卷二百三十八引《南楚新聞》：「適來王君，資歷頗雜，的非吾之枝葉也。」

〔四二〕侵人　侵，傷。《莊子·駢拇》：「待繩約膠漆而固者，是侵其德者也。」成玄英疏：「侵，傷也。」王學奇本「人」誤作「入」。

〔四三〕一個　王季思本下衍一「是」字。

〔四四〕佞　王季思本誤作「亂」。

〔四五〕他則要損忠良　則要，只顧。亦作「只要」。闕名氏《陳州糶米》二折【煞尾】：「河涯邊趲運下些糧，倉廒中囤塌下些籌，只要肥了你私囊也不管民間瘦。」損，害，殺。《清平山堂話本·西湖三塔記》：「告我師可饒恕，不曾損他姓（性）命。」

〔四六〕來　原作「又」，趙校改，各本從。

〔四七〕您　王季思本改作「你」。按，您，你。參見頭折校注〔六五〕。

〔四八〕則是休煩惱也　除吴曉鈴本外，各本下補「（唱）」。則是，不過是，不過。元刊本高文秀《遇上皇》二折【隔尾】：「小人則是隨驢把馬喬男女，你須是説古論文士大夫。」

〔四九〕哏絶　王季思本「哏」改作「狠」。按，哏，狠。參見《調風月》第一折校注〔二六〕。絶，極。《助字辨略》卷五「絶」：「《世説》：『謝太傅絶重褚公。』此絶字，極也，甚也。」

〔五〇〕你　王季思本改作「您」。參見頭折校注〔六五〕。

〔五一〕劣缺　狠毒。脈望館息機子本秦簡夫《趙禮讓肥》二折【倘秀才】：「這厮那不劣缺的心腸决烈姦狡。」

〔五二〕他是那擎天白玉柱，端的是駕海紫金梁　吴曉鈴本校勘記云：「『駕』字疑當作『架』字。」吴國欽本、王學奇本改作「架」。按，駕，通「架」。《淮南子·本經》：「大構駕，興宫室。」高誘注：「駕，材木相乘駕也。」擎天柱，托住天的柱子。《楚辭·天問》：「八柱何當。」王逸注：「言天有八山爲柱。」洪興祖補注引《神異經》：「崑崙有銅柱，其高入天，所謂天柱也。」駕海梁，支撑水宫的棟梁。擎天白玉柱，駕海紫金梁，比喻大材幹。脈望館鈔本闕名氏《賺蒯徹》四折【雙調新水令】：「我想那辭朝歸去漢張良，早賺的個韓元帥一時身喪，苦也波擎天白玉柱，痛也波架海紫金梁！」

〔五三〕他兩個無徒怎生害存孝來　除吴曉鈴本外，各本下補「（正旦唱）」。他，那。《太平廣記》卷四百九十八引《玉泉子》：「蝙蝠不自見，笑他梁上燕。」「來」原作「又」，趙校改，各本從。

〔五四〕生砍做　生，猶硬。參看《詩詞曲語辭匯釋》卷二「生（一）」。「砍」原作「破」，趙校改，除吴曉鈴本外，各本從。

〔五五〕休　猶算了。《太平廣記》卷二百四十四引《嘉話録》：「休休，擺鬮之事爛也。獨不見王舍乎？擺鬮陳少遊，少遊刎其頭。今我與公飯吃，過猶不及也。」

〔五六〕是他便那裏每分説　是，這。《三國志·蜀書·諸葛亮傳》："誠如是，則霸業可成，漢室可興矣。"那裏每，怎麽。參看《詩詞曲語辭匯釋》卷四"那裏每"。

〔五七〕足律律的旋風趄　代指死。元劇每以此類語句描寫鬼魂行動。《竇娥冤》四折【雙調新水令】："慢騰騰昏地裏走，足律律旋風中來。"闕名氏《神奴兒》四折【折桂令】："『見一陣旋風兒打個盤渦，足律律繞定階痕。"足律律，形容旋風轉動。趄，旋轉，轉。王實甫《西厢記》四本四折【錦上花】："四野風來，左右亂趄。"

〔五八〕可便　真，真是。脈望館息機子本武漢臣《生金閣》一折【青哥兒】："你這般喬爲喬爲胡做，你可便敗壞敗壞風俗。"

〔五九〕時節　猶啊。王實甫《西厢記》三本四折【煞尾】："來時節肯不肯盡由他，見時節親不親在於您。"元刊本馬致遠《陳摶高卧》二折【梁州第七】："進時節道行天下，退時節獨善其身。"

〔六〇〕則除是　惟有，除非是。王實甫《西厢記》三本二折【朝天子】："病患、要安，則除是出幾點風流汗。"參見第二折校注〔六三〕。

〔六一〕來　表停頓。息機子本李壽卿《度柳翠》一折【後庭花】："哎，柳也，我道來你則是天生下羅漢身。"劉君錫《來生債》一折磨博士白："我想他來是有福的，可便消受得起。"

〔六二〕來　原作"又"，趙校改，各本從。

〔六三〕争　王季烈本、吴國欽本、王季思本改作「裂」。參見第二折校注〔二四〕。

〔六四〕他臨死時，將存孝棍棒臨身，毁駡了千言萬語，眼見的命掩黄泉　吴國欽本、王季思本「據文意」上補「（莽古歹云）」。

〔六五〕存孝兒銜冤負屈　吴國欽本、王季思本「據文意」上補（劉夫人云）」。

〔六六〕孩兒怎生死了來　除吴曉鈴本外，各本下補「（正旦唱）」。「怎」下原衍一「有」字，趙校删，除吴曉鈴本外，各本從。「來」下原有一「又」字，趙校删，各本從。了來，猶啦。脈望館古名家本鄭廷玉《後庭花》四折外旦白：「兀的不是我男兒李順，怎生死了來？」

〔六七〕裂　原作「烈」，今改。吴曉鈴本校勘記亦云：「疑當作『裂』字。」

〔六八〕哏　王季思本改作「狠」。按，哏，狠。參見《調風月》第一折校注〔三六〕。

〔六九〕一個扶着軟肋裏撲撲撲的撞到五六靴　扶，疑應是「撲」字，冲也，朝也。脈望館鈔本闕名氏《馬陵道》三折【雙調新水令】：「自知翎毛短，怎敢撲天飛。」裏，猶處。《董解元西廂記》卷一【雙調】【文如錦】：「到經藏北，法堂西，厨房南面，鐘樓東裏。」「撞」原作「裝」，除吴曉鈴本外，各本已改。

〔七〇〕争　王季烈本、吴國欽本、王季思本改作「裂」。參見第二折校注〔二四〕。

〔七一〕取　定。《樂府雅詞》卷三陳瑩中《蝶戀花》：「仙籙有名天賜與，致君事業安排取。」

〔七二〕責口詞　録口供。臧本闕名氏《盆兒鬼》四折包待制白：「取官綿紙一張，着司房責下口詞，等他夫妻兩個畫了准伏，當堂判個斬字，即日押赴市曹……凌遲處死。」

〔七三〕知賺　誘騙。知，同「智」。用計之意。亦作「智賺」。高文秀《澠池會》二折廉頗白：「主公，想昭公心生奸詐，故設此會，智賺主公，不可赴會。」

〔七四〕暗送了七尺身軀　除吴曉鈴本外，各本下補「（正旦唱）」。

〔七五〕點紙節　即點指，在供狀或契約等上面摁手印。亦作「點紙」。陳元靚《事林廣記》前集卷十「婚書須用點紙畫字」：「請嫁娶兩家，并用點紙畫字，寫立合同文約，明白具載往回聘禮。」

〔七六〕强　硬。《董解元西廂記》卷四【中吕調】【雙聲疊韵】：「强合眼，睡一覺，怎禁夢魂顛倒，夜難熬！」

〔七七〕遮　圍。《太平廣記》卷一百二十七引《紀聞》：「因爲諸火遮繞，驅之令入縣門。及入則不見火。」

〔七八〕來　猶啊。《董解元西廂記》卷五【仙吕調】【河傳令纏】：「那紅娘道：『張先生，快道來！』」臧本馬致遠《青衫泪》四折正旦白：「誰想有今日來！　興奴質本下賤，幸得瞻天仰聖，非同小可也呵！」

〔七九〕存孝道　除吴曉鈴本外，各本下補「（唱）」。

〔八〇〕當　吴國欽本、王季思本改作「擋」。參見校注〔三九〕。

〔八一〕下裏　猶方面。參看《詩詞曲語辭匯釋》卷六「下裏」。

〔八二〕存孝怎生者　除吴曉鈴本外，各本下補「(正旦唱)」。「者」原作「又」，趙校改，各本從。者，用於句末，表疑問。闕名氏《陳州糶米》楔子范仲淹白：「老夫請衆大人來商議，可着誰人去陳州爲倉官糶米者？」臧本闕名氏《合同文字》四折包待制白：「兀那劉安住，你可怎生不着實打者？」

〔八三〕打的那頭口門驚驚跳跳　「的」原作「你」，趙校改，各本從。頭口，牲口。《宋人話本七種・拗相公》：「就是兩個夫子，緩緩而行也罷，只是少一個頭口。」方言稱牲口爲「頭口」的不鮮見，如《山西通志》卷一百、《新絳縣志》卷一、《趙城縣志》卷十八、《寧河縣志》卷十五、《青縣志》卷十一。趙校「門」改作「們」，王季烈本、隋樹森本從。按，門，同「們」，用於指物的名詞後，表複數。亦作「每」。隋樹森校本《陽春白雪》後集卷五劉時中套數【雙調】新水令「代馬訴冤」：「若論着今日，索輪與這驢群隊。果必有征敵，這驢每怎用的！」《元代白話碑集録・一二八〇年虚仙飛泉觀碑》：「那説謊捏合來底經文每、印板每，一半不曾燒了。」

〔八四〕屈死　冤殺。死，處死。《後漢書・劉盆子傳》：「吾子犯小罪，不當死，而爲宰所殺。殺人當死，又何請乎？」

〔八五〕哏　王季思本改作「狠」。按，哏，狠。參見《調風月》第一折校注〔三六〕。

〔八六〕下　面。《董解元西廂記》卷二【正宫】【文序子】：「何曾敢與他和尚争鋒，望着直南下便迓。」

〔八七〕約　吴國欽本、王季思本改作「喲」。

〔八八〕則　猶真。石君寶《紫雲亭》三折【快活三】：「則交我烘地了半晌口難合，不覺我這身起是多來大。」《太平樂府》卷一闕名氏小令【雙調】蟾宫曲「酒」：「這酒則是漢鍾離的葫蘆，葫蘆兒裏救命的靈丹。」

第四折

（李克用、李存信、康君立領番卒子上）（李克用云）塞上羌管韵，北風戰馬嘶；縷金畫面鼓，雲月皂雕旗。某乃李克用是也。昨朝與衆番官飲酒，我十分帶酒，説道存孝孩兒來了也。小番，與我唤存孝孩兒來者。（李存信云）如之奈何？（劉夫人上，云）李克用，你做的好勾當！信着兩個醜生，每日飲酒，怎生將存孝孩兒五裂了？我親到的邢州，并不曾改了名姓，都是康君立、李存信這兩個賊醜生的見識〔一〕，着他改做安敬思。昨日我領着存孝孩兒來見你，你怎生教那兩個賊子五車争〔二〕了？存孝媳婦兒將着骨殖〔三〕，背將鄧家莊去了〔四〕。孩兒也，兀的不痛殺我也！（李克用云）夫人，你不説，我怎生知道！都是這兩個送了我那孩兒也！我説道：「五裂篾迭，我醉了也。」他怎生將孩兒五裂了！把這兩個無徒拿到鄧家莊上殺壞了，剖腹剜心，與俺孩兒報了冤讎也〔五〕！便安排靈位祭物，便差人趕回媳婦兒來者。（做哭科，云）哎約〔六〕！存孝兒也！我聽言説罷泪千行，過如〔七〕刀攪我心腸。義兒家將都悲慼，只因帶酒損忠良。頗柰存信康君立，五裂存孝一身亡。大小兒郎都挂孝，家將番官痛悲傷。哎！你個有仁有義忠孝子，休怨我無恩無義的老爹娘！（同下）

（正旦拿引魂幡哭上，云）閃殺〔八〕我也，存孝也！痛殺我也，存孝也〔九〕！

【雙調新水令】我將這引魂幡招颭〔一〇〕到兩三遭，存孝也，則你這一靈兒休忘了陽關大道。我撲簌簌泪似傾，急穰穰意〔一一〕如燒。我避不得水遠山遥，須有一個日頭定〔一二〕到。

【水仙子】我將這引魂幡執定在手〔一三〕中摇，我將這骨殖匣輕輕的自背着。則你這悠悠的魂魄兒無消耗〔一四〕，（帶云）你這裏不是飛虎峪那，（唱）你可休冥冥杳杳差去了〔一五〕！忍不住、忍不住痛哭嚎咷，一會兒赤留乞良〔一六〕氣，一會家迷留没亂倒，天那，痛煞煞的心癢難撓〔一七〕！

（劉夫人上，云）兀的不是媳婦兒鄧夫人！我是叫他一聲咱〔一八〕。媳婦兒，鄧夫人，你住者〔一九〕！

【慶東原】踏踏的忙那〔二〇〕步，呸呸的不住脚，是誰人吖吖〔二一〕的腦背後高聲叫？（劉夫人云）鄧夫人，是我也。（做見哭科，云）痛殺〔二二〕我也，存孝孩兒也！（正旦云）〔二三〕阿者，你把我這存孝來送也〔二四〕！（劉夫人云）我説是〔二五〕麽來？（唱〔二六〕）你可道「不〔二七〕着落，保〔二八〕到頭來須有個歸着」。（劉夫人云）媳婦兒也，你不曾忘了一句兒也。（唱〔二九〕）這煩惱我心知，待〔三〇〕對着阿誰道？

（劉夫人云）孩兒，你且放下骨殖匣兒，你阿媽將二賊子拿將來與存孝孩兒報讎雪恨也。（李克用同周德威領番卒子拿李存信、康君立上）（李克用云）媳婦兒也，你也〔三一〕辭我一辭去，怕做是麽〔三二〕？將那祭祀的物件來，將虎磕腦、螭虎帶、鐵飛撾供養〔三三〕在存孝靈前，將康君立、李存信繩纏索綁祭祀了，慢慢的殺壞了這兩個賊子。周將軍，與我讀祭文咱〔三四〕。（周德威讀祭文科）維大□□九月上旬日〔三五〕，忻、代、石、嵐、雁門關都招討使破黃巢兵馬大元帥李克用等，致祭於故男飛虎將軍李存孝之靈曰〔三六〕：惟靈生居朔漠，長在飛虎，累遇敵戰，猿臂〔三七〕善射。兩張弓，兩袋箭，左右能射之。手舞鐵撾，艾將不及三合〔三八〕。曾打虎在山峪之中，破賊兵禁城之內。撾打死耿彪，立誅三將，殺壞五虎。擊破一字長蛇陣，殺敗葛從周。渭南三戰，十八騎悞入長安。箭射黃巨天〔三九〕，惡戰傅〔四〇〕存審，力伏李罕之，活挾鄧天王，病戰〔四一〕高思繼，生擒孟截海，大敗王彥章。救黎民復入長安城，享太平再臨京兆府。祭奠英靈，親藩悔罪。今克用因殢酒聽信狂言〔四二〕，故損壞義男家將。今將賊子盡該〔四三〕誅戮，與公雪冤。衆將縞素，俺哭的那無情草木改色，青山天地無顏。將軍陽世不將金印掛，陰司却掌鬼兵權。衆將番官痛嚎咷，壁上飛撾血未消，階下枉拴龍駒馬，帳前空掛虎皮袍。英雄存孝今朝喪，多曾出力建功勞，赤心報國安天下，萬古清風把姓摽〔四四〕。嗚呼哀哉，伏惟尚饗〔四五〕！

【川撥棹】則聽的父親道將孩兒屈送了，家將每痛哭嚎咷，想着蓋世功勞，萬載名摽。都與他持服〔四六〕掛孝，衆兒郎膝跪〔四七〕着。

【七弟兄】你兀的據着，枉了建〔四八〕功勞。沉默默兩柄燕撾落，骨剌剌〔四九〕雜彩綉旗搖，撲鼕鼕畫鼓征鼙操〔五〇〕。

【梅花酒】你戴一頂虎磕腦，馬跨着黃驃〔五一〕，箭插着鋼鑿〔五二〕，弓控着花稍〔五三〕，經了些地寒氈帳冷，殺氣陣雲高〔五四〕。我這裏猛覷了，則被你痛殺我也李存孝！

【收江南】呀，可怎生帳前空挂着虎皮袍？枉了你忘生捨死立〔五五〕唐朝！枉了你橫槍縱馬過溪橋！兀的是下稍〔五六〕，枉了你一十八騎破黃巢！

（李克用云）小番，將李存信、康君立拿在靈前，與我殺壞了者！（番卒子做拿二净科，云）理會得〔五七〕。（李存信云）阿媽，怎生可憐見，饒了我兩個罷！（康君立云）阿媽，若是饒我這一遭，下次再不敢了也〔五八〕！

【沽美酒】康君立你自道〔五九〕，李存信禍來到。把存孝賺入法場屈送了，粹碎了我渾家大小〔六〇〕，任究竟罪難逃〔六一〕。

【太平令】也是你争弱〔六二〕，拿住你該剮該敲。聚集的人員好鬧，準備車馬繩索，把這廝綁了，五車裂了，可與俺李存孝一還一報〔六三〕！

（李克用云）小番，將二賊子五裂了者！（番卒子做殺李存信、康君立科，云）理會的。（李存信云）我死也。（下）

（李克用云）既然將二賊子五裂了，與我存孝孩兒報了冤讎，將孩兒墓頂上封官。鄧夫人，與你一座好城池養老。您聽者：李存信妬能害賢，飛虎將負屈銜冤。鄧夫人哀哉苦慟，爲夫主遇難遭愆。康君立存信賊子，五車裂死在街前。設一個黃籙大醮〔六四〕，超度俺存孝生天〔六五〕。

校注

〔一〕見識　計謀。《京本通俗小説·錯斬崔寧》：「殺死丈夫，劫了錢，又使見識往鄰舍家借宿一夜，却與漢子通同計較，一處逃走。」

〔二〕争　王季烈本、吴國欽本、王季思本改作「裂」。參見第二折校注〔二五〕。

〔三〕骨殖　屍骨，骨灰。《二程語録》卷三：「如言軍人出戍，許令燒焚，將骨殖歸。」

〔四〕背將鄧家莊去了　原本下有二「又」字，趙校删，各本從。

〔五〕也　表命令語氣。闕名氏《猿聽經》三折禪師白：「既是堅心在此修行，行者，就與我打掃的僧房乾净，與先生居止也。」

〔六〕約　吴國欽本、王季思本改作「喲」。

〔七〕過如　勝過。元刊本宫天挺《范張鷄黍》三折【青哥兒】：「一介寒儒，過如個萬户侯。」

〔八〕殺　吴國欽本、王季思本改作「煞」。按，殺，極甚之辭。參見第二折校注〔二六〕。下「痛殺我也」的「殺」同，不另出校。

〔九〕存孝也　王季烈本下補「（正旦唱）」，隋樹森本、北京大學本、吴國欽本、王學奇本、王季思本補「（唱）」。

〔一〇〕招颭　招展。《劉知遠諸宫調》第二【仙吕調】【六幺令】【尾】：『飄飄招颭任風吹，布望高懸長三尺。」

〔一一〕意　心緒。息機子本闕名氏《合同文字》三折【普天樂】：「我意荒速，心猶豫，若無顯證，怎辨親疏？」

〔一二〕定　趙校改作「走」，除吴曉鈴本外，各本從。

〔一三〕手　原本空闕，從各本補。

〔一四〕悠悠的魂魄兒無消耗　悠悠，飄忽不定的樣子。元稹《元氏長慶集》卷二十一《酬樂天得微之詩知通州事因成四首》之一：「知得共君相見否，近來魂夢轉悠悠。」消耗，消息。司馬光《涑水記聞》卷十一：「近西界雖遣人議和，自楊守素回後，又經月餘，寂無消耗。」

〔一五〕去了　猶了。《五侯宴》二折外白：「大小軍卒，趕着這白兔兒，我有心待不趕來，可惜了我那枝艾葉金鈚箭去了。」參見頭折校注〔七六〕。

〔一六〕赤留乞良　象聲詞。狀悲泣之聲。亦作「乞留乞良」。《魯齋郎》三折【上小樓幺】：「空教我乞留乞良、迷留没亂、放聲啼哭。」

〔一七〕痛煞煞的心癢難撓　痛煞煞，形容痛苦的樣子。脈望館古名家本白仁甫《秋夜梧桐雨》三折【殿前歡】：「他那裏一身受死，我痛煞煞獨立難加。」心癢難撓，心緒撩亂，不知怎樣才好。王實甫《西厢記》一本四折【折桂令】：「着小生迷留没亂，心癢難撓。」

〔一八〕我是叫他一聲咱　趙校「是」改作「試」，除吴曉鈴本外，各本從。按，是，用同「試」。參看《詩詞曲語辭匯釋》卷二「是（二）」。王季烈本「咱」改作「者」。按，咱，猶吧。參見《調風月》第二折校注〔三五〕。

〔一九〕你住者　除吴曉鈴本外，各本下補「（正旦唱）」。

〔二〇〕那　吴國欽本、王季思本改作「挪」。按，那，同「挪」。參見《調風月》第二折校注〔三七〕。

〔二一〕吖吖　象聲詞。叫喊聲。元刊本張國賓《薛仁貴》二折【集賢賓】：「子聽的吖吖地叫了我一聲薛大伯，天！是那一個迤逗我的小敲才？」

〔二二〕殺　吴國欽本、王季思本改作「煞」。參見第二折校注〔六〕。

〔二三〕（正旦云）　原作「（唱）」，從隋樹森本改。王季烈本、王學奇本、王季思本作「（正旦唱）」。

〔二四〕你把我這存孝來送也　從隋樹森本改小字，作爲説白。

〔二五〕是　趙校改作「甚」，王季烈本、隋樹森本、北京大學本、吴國欽本、王季思本從，王學奇本改作「什」。參見頭折校注〔四八〕。

〔二六〕唱　除吴曉鈴本外，各本上補「正旦」。

〔二七〕不　無，没有。《左傳·襄公二十三年》：「不德而有功。」

〔二八〕保　吴曉鈴本、王季思本此字斷屬上句。誤。

〔二九〕唱　除吴曉鈴本外，各本上補「正旦」。

〔三〇〕待　讓。《張協狀元》戲文三十五出：「待它自説。」

〔三一〕也　王季思本改作「亦」。非。

〔三二〕怕做是麽　趙校「是」改作「甚」，王季烈本、隋樹森本、北京大學本、吴國欽本、王季思本從，王學奇本改作「什」。按，怕做是麽，即怕做甚麽，猶言有何不可。李文蔚《圯橋進履》二折正末白：「哦，原來是一個貨卜的先生，我向前問他一個緣故，怕做是麽？」參見頭折校注〔四八〕。

〔三三〕供養　供奉。《東京夢華録》卷八「中元節」：「（七月）十五日供養祖先素食，纔明即賣穄米飯，巡門叫賣，亦告成意也。」

〔三四〕咱　王季烈本改作「者」。參見第三折校注〔三六〕。

〔三五〕維大□□九月上旬日　維，助詞，用於句首，無實義。亦作「惟」。《孟子·滕文公下》：「惟士無田，則亦不祭。」趙岐注：「惟，辭也。」「大」字下原本空闕二字。待考。

〔三六〕曰　原本此字誤置下句「惟靈」二字後，從各本乙改。

〔三七〕猿臂　形容臂長。《史記·李將軍列傳》：「廣爲人長，猿臂，其善射亦天性也。」

〔三八〕艾將不及三合　「艾」原作「愛」，今改。王季烈本「愛」字下雙行小注云：「愛當是斬之誤。」吴曉鈴本校勘記謂王注是，吴國欽本、王學奇本、王季思本從改。按，《中原音韻》皆來韵去聲「艾」「愛」同音，「愛」當是「艾」之誤。艾通「刈」，斬也。《漢書·項籍傳》：「今日固決死，願爲諸君快戰，必三勝，斬將，艾旗，乃後死。」合，回合。《董解元西厢記》卷二【大石調】【玉翼蟬】：「只助我，一聲喊，只一合，活把髡徒捉。」

〔三九〕夭　王季思本誤作「天」。

〔四〇〕傅　原作「傳」，從各本改。

〔四一〕病戰　苦戰。病，苦。《孟子·離婁下》：「歲十一月徒杠成，十二月輿梁成，民未病涉也。」趙岐注：「當以時修橋梁，民何由病苦涉水乎。」

〔四二〕今克用因殢酒聽信狂言　今，句首語助詞，猶夫。《荀子·性惡》：「今人之性，生而有好利焉。」狂言，誑言，謊言。狂，通「誑」。《韓非子·顯學》：「今或謂人曰：『使子必智而壽。』則世必以爲狂。」王先慎集解引張榜曰：「狂與誑同。」

〔四三〕盡該　全，都。該，全。《方言》卷十二：「該，咸也。」

〔四四〕萬古清風把姓摽　清風，比喻高潔的品格。劉勰《文心雕龍·誄碑》：「標序盛德，必見清風之華。」各本「摽」改作「標」。按，摽，通「標」。朱駿聲《説文通訓定聲》小部：「摽……假借爲標。《漢書·王莽傳》：『及至青戎摽末之功。』」後同，不另出校。

〔四五〕伏惟尚饗　除吴曉鈴本外，各本下補「（正旦唱）」。

〔四六〕持服　服喪。《魏書·石文德傳》：「縣令黄宣在任喪亡，宣單貧無期親，文德祖父苗以家財殯葬，持服三年。」

〔四七〕膝跪　跪。《宣和遺事》利集：「既至内門，金主登殿，左右執帝及后膝跪於地，皆再拜訖。」

〔四八〕建　原作「見」，今改。

〔四九〕骨剌剌　象聲詞，狀旌旗飄動、開門等聲音。尚仲賢《三奪槊》一折【賞花時幺篇】：「則見那骨剌剌征旗遮了太陽，赤力力征鼙振動上蒼。」

〔五〇〕征鼙操　征鼙，戰鼓。陳以仁《存孝打虎》四折【出隊子】：「撲鼕鼕振地凱征鼙，赤力力遮天磨綉旗，不剌剌追風戰馬嘶。」吴國欽本「操」改作「噪」。按，操，擊。楊梓《敬德不伏老》三折末白：「兩陣對員，操古(鼓)摇旗。」《畿輔通志》卷七十二：「操，椎擊也。」

〔五一〕驃　原作「膘」，從王季思本改。

〔五二〕鏖　鏃，箭頭。《董解元西厢記》卷二【黄鍾宫】【柳葉兒】：「春笋般指頭兒十個，與張弓怎發金鏖？」

〔五三〕弓控着花稍　控，挎。《單鞭奪槊》四折徐懋功白：「我則見金環雙插雉雞翎，背控金稍鵲畫弓。」除隋樹森本外，各本「稍」改作「梢」。按，稍，通「弰」。弓的末端。《集韻》平聲肴韵：「弰，弓末」；師交切。

〔五四〕殺氣陣雲高　戰鬥的氣氛如雲層籠罩着。《劉知遠諸宫調》卷十二【仙吕調】【一斛叉】：「征鼙擂，兩軍助喊，殺氣陣雲高。」

〔五五〕立　扶立。臧本《單鞭奪槊》一折【後庭花】：「俺將你真心兒酬待，則要你立唐朝顯手策，立唐朝顯手策。」脈望館鈔本、古名家本第二句作「則要你扶立起俺唐朝世界」。

〔五六〕兀的是下稍　兀的是，這就是。元刊本紀君祥《趙氏孤兒》楔子【賞花時】：「晋靈公江山合是休，屠岸賈賊臣權在手，挾天子令諸侯，把俺雲陽中斬首，兀的是出氣力下場頭！」各本「稍」改作「梢」。按，稍，通「梢」。下稍，下場。李開先《詞謔》卷二「詞謔」二十三引【醉太平】「嘲子弟」：「尋葫蘆鋸瓢，拾磚瓦攢窑。乞窮儉相死軀老，不凍倒是餓倒。……這的是子弟每下稍。」

〔五七〕得　北京大學本、吴國欽本、王學奇本、王季思本改作「的」。參見頭折校注〔五六〕。

〔五八〕下次再不敢了也　除吴曉鈴本外，各本下補「（正旦唱）」。王學奇本「再」下增一「也」字。

〔五九〕道　通「導」，引也。《漢書・張騫傳》：「唯王使人道送我。」顔師古注：「道讀曰導。」

〔六〇〕粹碎了我渾家大小　王季烈本、隋樹森本、吴國欽本、王學奇本、王季思本「粹」改作「捽」。隋本「碎」并改作「破」。按，粹，通「碎」。《荀子・儒效》：「故能小而事大，辟之是猶力之少而任重也，舍粹折無適也。」楊倞注：「粹讀爲碎。」粹碎，猶言粉碎。渾，猶全。參看《詩詞曲語辭匯釋》卷二「渾（一）」。

〔六一〕任究竟罪難逃　「任」疑是「恁」之誤。章黼《韻學集成》卷十二侵韵引《中原雅音》：「恁，你也。」「竟」原作「禁」，從王季烈本、隋樹森本、王學奇本改。

〔六二〕争弱　競相做壞事。弱，壞。《廣韻》入聲藥韵：「弱，劣弱」；而灼切。《劉知遠諸宫調》第十一【般涉調】【沁園春】：「好飯好食充你驢肚，試想俺咱無弱意，稱（暢？）鰲氣。」弱意，壞意。

〔六三〕一還一報　報仇雪恨。臧本紀君祥《趙氏孤兒》四折【二煞】：「誰着你使英雄忒使過，做冤讎能做毒？少不的一還一報無虛誤。」

〔六四〕黄籙大醮　「黄」字原殘損，從各本補。黄籙，道教醮名。設壇普祭天神、地祇、人鬼，以懺罪祈福。《舊唐書·哀帝紀》：「天文變見，合事祈禳，宜於太清宫置黄籙道場，三司支給齋料。」

〔六五〕超度俺存孝生天　超度，僧、尼、道士爲人誦經拜懺，以救度亡者魂靈超越苦難。《水滸傳》一百十五回：「我若得了杭州寧海軍時，重重地請僧人設齋做好事，追薦超度衆兄弟。」吴國欽本「生」改作「升」。按，生天，佛教謂人死後魂靈生於天界。《法苑珠林》卷三一引《雜寶藏經》：「我聞石室比丘尼，若能信心出家，一日必得生天。」

王季烈本末行補尾題「鄧夫人苦痛哭存孝終」。

脈望館鈔本卷末有趙琦美注「内本校録清常記」。

包待制三勘蝴蝶夢

説　明

天一閣本《録鬼簿》、《太和正音譜》、《元曲選》卷首曲目關氏名下著録。孟本《録鬼簿》、曹本《録鬼簿》蕭德祥名下有同名一目，有人因疑此劇非關氏作。

關氏此劇現存脈望館古名家本、臧本。今以前者爲底本，後者爲校本，并用吴曉鈴本（自脈望館古名家本出）、盧冀野本、中華書局本、北京大學本、吴國欽本、王學奇本、王季思本（以上自臧本出）參校。原本書口標目「蝴蝶夢」。總題下題「元關漢卿撰」，今略去。臧本作「包待制三勘蝴蝶夢雜劇」，下題「元大都關漢卿撰明吴興臧晋叔校」。

劇叙王氏兄弟爲報父仇，打死皇親葛彪，開封府尹包拯感王母大賢，盡釋王氏兄弟，封獎王氏全家事。

劉向《列女傳》卷五：「齊義繼母者，齊二子之母也。當宣王時，有人鬥死於道者，吏訊之，被一創。二子兄弟立其傍，吏問之，兄曰：『我殺之。』弟曰：『非兄也，乃我殺之。』期年，吏不能决，言之於相。相不能决，言之於王。王曰：『今皆赦之，是縱有罪也；皆殺之，是誅無辜也。寡人度其母能知子善惡，試問其母，聽其所欲殺活。』相召其母問之曰：『母子之殺人，兄弟欲相代死，吏不能决，言之於王，王有仁惠，故問母何所欲殺活。』其母泣而對曰：『殺其少者。』相受其言，因而問之曰：『夫少子者，人之所愛也，今欲殺之，何也？』其母對曰：『少者，妾之子也，長者，前妻之子也。其父疾且死之時，屬之於妾曰：「善養視之。」妾曰：「諾。」今既受人之托，許人以諾，豈可以忘人之托，而不信其諾邪？且殺兄活弟，是以私愛廢公義也；背言忘信，是欺死者也。夫言不約束，已諾不分，何以居於世哉！子雖痛乎，獨謂行何！』泣下沾襟。相入言於王，王美其義，高其行，皆赦不殺，而尊其母，號曰義母。君子謂：義母信而好義，絜而有讓。詩曰：『愷悌君子，四方爲則。』此之謂也。」

包待制，包拯，宋仁宗時曾任監察御史、天章閣待制、龍圖閣直學士。知開封府時，以廉潔著稱，執法嚴峻，不畏權貴，時語云「關節不到，有閻羅包老」。《宋史》有傳。

第一折〔一〕

（孛老同旦引三末上）〔二〕月過十五光明少，人到中年萬事休〔三〕。老漢姓王，是這開封府中牟縣人氏。嫡親的五口兒家屬。這是我的婆婆〔四〕。生下這〔五〕三個孩兒，不肯做農莊生活〔六〕，只是讀書寫字。孩兒也，幾時是那峥嶸〔七〕發迹的時節也呵！（王大〔八〕）父親母親在上：做農莊有甚好處？您孩兒受十年苦苦孜孜，博一任歡歡喜喜〔九〕。（孛老同旦云）好兒，好兒！（王二〔一〇〕）父親，母親，你孩兒十年窗下無人問，一舉成名天下知。

（孛老同旦云）好兒，好兒！（王三〔一一〕）父親在上，母親在下，（孛老〔一二〕）胡説！怎麽「母親在下」？（王三〔一三〕）我小時看見俺爺在上頭，俺娘在底下，一同床上睡覺來。（孛老〔一四〕）你看這厮！（王大〔一五〕）父親，母親，我道是「文章可立身」〔一六〕。（孛老〔一七〕）好兒，好兒〔一八〕！（旦）〔一九〕老子〔二〇〕，雖然如此，你還替孩兒尋一個長久立身之計〔二一〕。

【賞花時〔二二〕】且休説「文章可立身」，争柰〔二三〕家私時下窘。枉了寒窗下受辛勤。如今街市上小民〔二四〕，宜假不宜真〔二五〕。

【幺】〔二六〕子〔二七〕敬衣衫不敬人，我言語從來無向順〔二八〕。若〔二九〕三個兒到開春，有甚實誠定準〔三〇〕，怎生便都能勾跳龍門〔三一〕？（同下）〔三二〕

（孛老上）〔三三〕老漢來到這長街市上〔三四〕，替〔三五〕孩兒買些紙筆，走的乏了，且歇一歇咱〔三六〕。（净上）〔三七〕將相本無種，男兒當自强〔三八〕。自家葛彪是也。我是個權豪勢要〔三九〕之家，我〔四〇〕打死人不償命，如常〔四一〕的則是坐牢。今日無甚事，長街市上閑耍去咱。（做撞孛老科）（净〔四二〕）這老子是甚麽人，敢冲〔四三〕着我馬頭？好打這老驢〔四四〕！（做打科〔四五〕。孛老死科，下）（净）〔四六〕這老子詐死賴我。馬咬馬咬，馬踢馬踢，馬㕷馬㕷〔四七〕！（下）（付末上）〔四八〕王大王二王三在家麽？（三人上）〔四九〕叫怎的〔五〇〕？（付末）〔五一〕我是地方〔五二〕。不知甚麽人打死你父親在長街上里〔五三〕！（三人〔五四〕云）是真實？母親，禍事了也！（衆〔五五〕哭科，王三〔五六〕）我那兒也〔五七〕，打死俺老子〔五八〕！母親，你〔五九〕來！（旦）〔六〇〕孩兒，爲甚麽大驚小怪的？（王三〔六一〕）不知是誰打死了俺父親也！（旦）〔六二〕海〔六三〕！可是怎地來〔六四〕！

【仙呂點絳唇】子〔六五〕細尋思，兩回三次，這場蹊蹺事。走的我氣咽聲絲〔六六〕，恨不的兩肋生雙翅。

【混江龍】俺男兒負天何事？拿住那殺人賊我乞個罪名兒。他又不曾時連外境〔六七〕，又無甚過犯公私〔六八〕。若是俺軟弱男兒有些死活〔六九〕，索共那倚勢的喬才〔七〇〕打會官司。我這裏過六街、穿三市〔七一〕，行行裏撓腮撧耳〔七二〕、抹泪揉眵。

（旦做行見屍科）〔七三〕

【油葫蘆】你覷那着傷處一埚兒青間紫〔七四〕，可早停着死屍。你可便從來憂念俺家私〔七五〕，昨朝怎曉今朝死，今日不知來日事。血糢糊〔七六〕污了一身，軟答剌〔七七〕冷了四肢，黄甘甘〔七八〕面色如金紙，干〔七九〕叫了一炊時。

【天下樂】救不活將咱没亂死〔八〇〕！咱家私、自三〔八一〕思，到明朝若是出殯時，又没他一陌〔八二〕紙，空〔八三〕排着三個兒，這正是家貧也〔八四〕顯孝子。

（三人〔八五〕云）母親，人説是葛彪殺了俺父親來〔八六〕。俺如今尋見那厮，扯到官償命來〔八七〕。（下）（旦）〔八八〕

【那吒令】他本是太學中殿試〔八九〕，怎想他拳頭上便死，今日個則落得長街上檢屍〔九〇〕！更做道見職官〔九一〕，俺是個窮儒士，也索稱詞〔九二〕。

（净上）〔九三〕自家葛彪是也〔九四〕。飲了幾杯酒，無甚事〔九五〕，且回家中去來。（三人上）〔九六〕兀的不是那凶徒？拿

住這廝！（做拿住科）〔九七〕是你打死俺父親來？（净）〔九八〕就是我來〔九九〕，我不怕你！（旦）〔一〇〇〕

【鵲踏枝】若是俺到官時，更做您一枝兒〔一〇一〕，使不着〔一〇二〕國戚皇親、玉葉金枝；便是他龍孫帝子，打殺人也〔一〇三〕吃官司！

（三人打科。净死科〔一〇四〕。三人〔一〇五〕云）這凶徒妝醉不起來。（旦）〔一〇六〕我試問〔一〇七〕他。（旦問科）〔一〇八〕哥哥，俺老的〔一〇九〕怎生撞着你，你就打死他？你如何推〔一一〇〕醉睡在地下不起來？則這般干罷〔一一一〕了？你起來，你起來！呀！你三人〔一一二〕可不打殺他也！（王三〔一一三〕）好也，我并不曾動手。（旦）〔一一四〕可怎了也〔一一五〕！

【寄生草】你可便斟量着做〔一一六〕，似這般有甚意思〔一一七〕？你三人非是閑周次〔一一八〕，你三人打死雖然是，你三人到惹下刑名事〔一一九〕。則被這清風明月兩閑人，送了你玉堂金馬三學士〔一二〇〕。

（旦指净唱）〔一二一〕

【金盞兒】想當時，你可也不三思，這一還一報從來是，想皇天報應不容私〔一二二〕。則道你長街上妝好漢〔一二三〕，誰想你血泊内也停屍！正是「將軍着痛箭，還似射人時」〔一二四〕。

（三人）〔一二五〕喒家無有錢鈔〔一二六〕，打這官司〔一二七〕使些甚麽？（旦）〔一二八〕

【醉中天】咱每日一瓢飲一簞食，有幾雙箸幾張匙，若到官司使鈔時，則除典當了閑文字〔一二九〕。便這等也不濟事〔一三〇〕。你合死呵今朝便死，雖道是殺人公事〔一三一〕，也落個孝順名兒。

（祗候上）〔一三二〕休教走了，拿住這殺人賊者！（旦）〔一三三〕

【金盞兒】苦孜孜〔一三四〕，泪絲絲，這場煩惱由天賜〔一三五〕，把俺横拖倒拽怎推辭！一壁廂磣可可〔一三六〕停着老子，一壁廂眼睁睁送了孩兒。可知道「福無重受日〔一三七〕，禍有併來時」。

（祗候）〔一三八〕殺人事不同小可，咱見官去來。（旦悲科）〔一三九〕

【後庭花】想天公不受私，正是一還一報時。恨小非君子，無毒不丈夫。你好不尋思，這場公事，你三人痛莫支。你集賢爲秀士〔一四〇〕，跳龍門折桂枝〔一四一〕，爲親爺遭横死〔一四二〕，須當是報怨私〔一四三〕。若官司拿住爾〔一四四〕，審情真問口詞〔一四五〕，下腦箍使桚子〔一四六〕。

【柳葉兒】不想這場禍從天至，你可打得來血泊停屍〔一四七〕。你爲親爺雪恨合當是〔一四八〕，便當刑死赴陰司〔一四九〕，也得個孝順名兒〔一五〇〕。

（祗候〔一五一〕）見官去罷〔一五二〕。（旦）〔一五三〕孩兒〔一五四〕，你每做下這事，可怎了也？（三人）〔一五五〕母親，可怎了也？

（旦）〔一五六〕

【賺煞】爲甚我教你看詩書、習經史？俺待學孟母當時教子〔一五七〕。不能勾金榜上分明題姓字〔一五八〕，則落得犯由牌〔一五九〕書寫名兒。想當時，也是不得已而〔一六〇〕爲之。止不過罪若當刑〔一六一〕，奏過聖旨，不過是〔一六二〕一人處死，須斷不了王家宗祀，且不致滅門絶户了俺一家兒〔一六三〕！（同下）

校注

〔一〕第一折　臧本作「楔子」。

〔二〕（孛老同旦引三末上）　臧本作「（外扮孛老，同正旦引冲末扮王大、王二，丑扮王三上，詩云）」。

〔三〕人到中年萬事休　臧本下有「兒孫自有兒孫福，莫爲兒孫作遠憂」兩句。

〔四〕婆婆　老妻。《京本通俗小説·碾玉觀音》：「璩公歸去與婆婆説了，到明日寫一紙獻狀，獻來府中。」

〔五〕這　臧本無。

〔六〕不肯做農莊生活　臧本上有一「都」字。生活，活兒。《五代史平話》周史卷上：「長者問郭威曰：『您而今在這裏做個甚的生活？』郭威道：『咱待去爲人雇傭挑擔東西，胡亂糊口度日。』」

〔七〕峥嶸　榮顯。高文秀《襄陽會》楔子卜兒白：「孩兒也，你則待游山玩水，辦道修行，侍奉老身，幾時是你那發達峥嶸之日也！」

〔八〕王大　臧本下有「云」。

〔九〕您孩兒受十年苦苦孜孜，博一任歡歡喜喜　吴國欽本校記、王季思本校記「您」誤作「你」。參見《哭存孝》頭折校注〔六五〕。臧本作「您孩兒一舉首登龍虎榜，十年身到鳳凰池」。苦苦孜孜，形容勤苦的樣子。亦見楊顯之《瀟湘雨》一折崔甸士白。博，争取。《五代史平話》周史卷下：「您今日怎不取我頭獻唐主博節度使耶？」一任，任從。《才調集》卷五元稹《古决絶詞》：「那能朝開暮飛去，一任東西南北吹。」

〔一〇〕王二　臧本下有「云」。

〔一一〕王三　臧本下有「云」。

〔一二〕孛老　臧本下有「云」。

〔一三〕王三　臧本下有「云」。

〔一四〕孛老　臧本下有「云」。

〔一五〕王大　原作「王三」，據臧本改。臧本下有「云」。

〔一六〕我道是「文章可立身」　「我道是」疑應是「有道是」，臧本作「從古道」，句下有「這不是讀書的好處」一句。

〔一七〕孛老　臧本下有「云」。

〔一八〕好兒，好兒　臧本作「孩兒，你説的是」。

〔一九〕（旦）　臧本作「（正旦云）」。

〔二〇〕子　臧本作「的」。

〔二一〕你還替孩兒尋一個長久立身之計　臧本下有「(唱)」。尋，謀。王實甫《西廂記》三本二折【上小樓幺篇】：「你也赸，我也赸，請先生休訕，早尋個酒闌人散。」

〔二二〕賞花時　臧本上有「仙吕」。

〔二三〕柰　臧本作「奈」。

〔二四〕如今街市上小民　臧本作「却被那愚民暗哂」。

〔二五〕宜假不宜真　臧本上有「多喒是」三字。北京大學本、吴國欽本、王學奇本、王季思本「喒」改作「咱」。按，多喒，猶大概，總之。參看《詩詞曲語辭匯釋》卷四「多喒」。

〔二六〕【幺】　臧本作「【幺篇】」。

〔二七〕子　臧本作「只」，上有一「他」字。

〔二八〕向順　偏向。王實甫《西廂記》五本三折【聖藥王】：「這廝喬議論，有向順。」

〔二九〕若　這。《公羊傳·定公四年》：「君如有憂中國之心，則若時可矣。」

〔三〇〕有甚實誠定準　臧本「甚」作「甚麽」。實誠，定準。楊梓《豫讓吞炭》二折【倘秀才】：「説着呵無憑驗，做着呵有實誠。」

〔三一〕都能勾跳龍門　臧本同。吴國欽本、王季思本「勾」改作「够」。按，勾，通「够」。參見《調風月》第二折校注〔二六〕。《太平廣記》卷四百六十六引《三秦記》：「龍門山在河東界，禹鑿山斷門，闊一里餘，黄河自中流下，兩岸不通車馬。每暮春之際，有黄鯉魚逆流而上，得者便化爲龍。」科場中考試中第，亦喻之爲跳龍門。彭大翼《山堂肆考》商集三六引《東漢地理志》注：「唐人比進士登科爲登龍門。」《董解元西厢記》卷四【黄鍾宫】【黄鶯兒】：「踏實了地，兼能把戲，你還待要跳龍門，不到得恁的。」

〔三二〕（同下）　臧本以上爲楔子，以下爲第一折。

〔三三〕（孛老上）　臧本前標「第一折」，「上」下有「云」。

〔三四〕長街市上　大街上。李文蔚《圯橋進履》正末白：「今日長街市上算了一卦，説道我今朝日當卓午，必遇名師也。」

〔三五〕替　臧本下有「三個」二字。

〔三六〕歇一歇咱　臧本作「坐一坐歇息咱」。

〔三七〕（净上）　臧本作「（净扮葛彪上，詩云）」。

〔三八〕將相本無種，男兒當自强　臧本作「有權有勢儘着使，見官見府没廉耻；若與小民共一般，何不隨他帶帽子」。

〔三九〕權豪勢要　很有權勢。豪，大；要，重。脈望館息機子本武漢臣《生金閣》一折净白：「我是權豪勢要之家，累代簪纓之子。我嫌官小不做，馬瘦不騎，打死人不償命。」

〔四〇〕我　臧本無。

〔四一〕如常　臧本作「時常」。如常，平時。《水滸傳》一回：「貧道等如常亦難得見，怎生教人請得下來！」

〔四二〕净　臧本作「云」。

〔四三〕冲　臧本作「衝」。

〔四四〕老驢　詈辭。猶言老畜生。《元典章》刑部十六「違枉」：「這謝徹廣老驢曾告我。」

〔四五〕科　臧本無。

〔四六〕（净）　臧本作「（葛彪云）」。

〔四七〕馬咬馬咬，馬踢馬踢，馬㕷馬㕷　臧本作「我也不怕，只當房檐上揭片瓦相似，隨你那裏告來」。㕷，穢辭。俗謂交媾。亦作「日」、「入」、「肏」。

〔四八〕付末上　臧本作「（副末扮地方上，云）」。付末，元劇角色名，末中之次要角色。

〔四九〕（三人上）　臧本作「（王大兄弟上，云）」。

〔五〇〕怎的　甚麽。脈望館古名家本孫仲章《勘頭巾》一折正末白：「便我家狗兒咬了你，可也好商量，没來由鬧怎的？」

〔五一〕（付末）　臧本作「（地方云）」。

〔五二〕地方　地保，里長。《京本通俗小説·錯斬崔寧》：「你若真個不去，叫起地方：有殺人賊在此，煩爲一捉。」

〔五三〕里　臧本作「哩」。

〔五四〕三人　臧本作「王大兄弟」。

〔五五〕衆　臧本無。

〔五六〕王三　臧本下有「云」。

〔五七〕我那兒也　臧本同。吴國欽本校云：「此句疑有脱訛。」

〔五八〕老子　父親。陸游《老學庵筆記》卷一：「予在南鄭，見西陲俚俗謂父曰老子。雖年十七八，有子，亦稱老子。乃悟西人所謂大范老子、小范老子，蓋尊之以爲父也。」

〔五九〕你　臧本作「快」。

〔六〇〕旦　臧本作「（正旦上，云）」。

〔六一〕王三　臧本下有「云」。

〔六二〕（旦）　臧本作「（正旦云）」。

〔六三〕海　臧本作「呀」。

〔六四〕可是怎地來　臧本下有「（唱）」。怎地，怎麼回事。亦作「怎的」。顧曲齋本楊顯之《瀟湘夜雨》三折：「（解云）你又怎的？（旦云）吊了我棗木梳兒也。」

〔六五〕子　臧本作「仔」。

〔六六〕氣咽聲絲　氣堵胸膛，聲音微弱。闕名氏《抱粧盒》三折【梅花酒】：「打的你氣咽聲絲，倒着我抹泪揉眵。」

〔六七〕時連外境　臧本作「身耽疾病」。時連外境，常勾結外人。連，聯。《孟子·離婁上》：「故善戰者服上刑，連諸侯者次之。」

〔六八〕過犯公私　犯公罪和犯私罪。過犯，犯法。公私，公罪和私罪。康與之《昨夢録》：「又甚久，又一卒持片紙如前，問李：『出身以來有何公私過犯？』李答：『并無過犯。惟前真决命官，是爲罪犯。』」臧本闕名氏《殺狗勸夫》四折【十二月】：「這便是情由終始，有甚的過犯公私？」

〔六九〕軟弱男兒有些死活　臧本「弱」下有一「的」字。死活，猶好歹。

〔七〇〕喬才　壞東西。《清平山堂話本·快嘴李翠蓮記》：「堪笑喬才你好差，端的是個野莊家。」

〔七一〕我這裏過六街、穿三市　臧本「裏」下有「急忙忙」三字。六街，唐代的長安和宋代的汴京都有六條主要的街道，見《資治通鑑·唐睿宗景雲元年》胡三省注及《宋史·魏丕傳》。三市，泛指鬧市。六街三市，街市總稱。《董解元西厢記》卷一【仙吕調】【醉落魄】：「六街三市通車馬，風流人物類京華。」

〔七二〕撓腮撧耳　抓臉龐，揪耳朵。形容焦急的樣子。《盛世新聲》戊集闕名氏小令【雙調】折桂令：「急煎煎抹泪柔（揉）眵，意遲遲揉腮撧耳。」

〔七三〕（旦做行見屍科）　臧本作「（做行見屍哭科，唱）」。

〔七四〕着傷處一堝兒青間紫　着傷，受傷。息機子本喬夢符《兩世姻緣》一折旦白：「子弟每來俺家裏，豈止不容易，還有那些着傷哩！」「一堝兒」，臧本同。吴國欽本、王季思本「堝」改作「窩」。按，一堝兒，一片。脈望館息機子本鄭廷玉《忍字記》四折【上小樓】：「這裏則是五畝來多大一堝，你常好是心粗膽大，你把俺這墳前地倚强耕過。」

〔七五〕憂念俺家私　憂念，憂慮。《史記·酈生陸賈列傳》：「足下位爲上相，食三萬户侯，可謂極富貴無欲矣。然有憂念，不過患諸吕、少主耳。」臧本「俺」作「没」。

〔七六〕模糊　臧本同。除王季思本外，各本「模」改作「模」。按，模糊，同模糊。《集註分類東坡先生詩》卷二《鳳翔八觀·石鼓歌》：「古器縱横猶識鼎，衆星錯落僅名斗，模糊半已似瘢胝，詰曲猶能辨跟肘。」後同，不另出校。

〔七七〕軟答刺　臧本「刺」誤作「刺」，除盧冀野本外，各本已正。軟答刺，形容軟綿綿的樣子。答刺，語助。亦作「軟刺答」。息機子本闕名氏《鴛鴦被》二折【小梁州】：「諕的我手脚兒軟刺答，怎行踏？」

〔七八〕黄甘甘　即黄乾乾，形容面色乾黄。

〔七九〕干　臧本作「乾」。

〔八〇〕没亂死　急煞。参看《元劇俗語方言例釋》「没亂煞」。

〔八一〕三　臧本作「暗」。

〔八二〕陌　通「佰」。一百。沈括《夢溪筆談》卷四：「今之數錢，百錢謂之『陌』者，借『陌』字用之，其實只是『佰』字，如『什』與『伍』耳。」這裏用作量詞，猶串，挂。

〔八三〕空　只。参看《詩詞曲語辭例釋》「空（一）」。

〔八四〕也　襯字，無義。脈望館鈔本闕名氏《殺狗勸夫》二折【滚綉毬】：「可不道一部笙歌出入隨，底（抵）多少水盡也鵝飛。」

〔八五〕三人　臧本作「王大兄弟」。

〔八六〕説是葛彪殺了俺父親來　臧本上有一「都」字，「殺」上有一「打」字。

〔八七〕來　猶去。元刊本鄭廷玉《看錢奴》三折正末白：「婆婆，咱兩口兒泰安州還了香願，却來曹州曹南打聽孩兒消息咱。」臧本闕名氏《合同文字》四折：「（包待制云）……那小厮恰纔無病，怎生下在牢裏便有病？張千，你再去看來。（張千又報云）病重九分了也。（包待制云）你再看去。」

〔八八〕（旦） 臧本作「（正旦唱）」。

〔八九〕太學中殿試　太學，封建時代政府設在京城的大學，爲傳授儒家經典的最高學府。宋時有國子學、太學，八品以下官的子弟和庶民的俊秀之士可以入太學。元時只有國子學、蒙古國子學、回回國子學，没有太學。學生中成績最好的每年貢若干人，在禮部及殿廷中考試。「太學中殿試」，這裏只是「讀書人」的意思。

〔九〇〕長街上檢屍　長街，大街。元刊本鄭廷玉《看錢奴》二折【滾綉毬】：「三口兒敢凍倒在長街。」參見校注〔三四〕。檢屍，驗屍。《雜纂》卷中王君玉《續纂·重難》：「暑月檢屍。」

〔九一〕職官　官。《新唐書·陸贄傳》：「財賦不足以供賜，而職官之賞興焉。」

〔九二〕稱詞　遞狀子，告狀。鄭德輝《周公攝政》四折【甜水令】：「他每個個稱詞，一一從實，老臣頻頻加額，折證的文狀明白。」

〔九三〕（浄上） 臧本作「（葛彪上，云）」。

〔九四〕是也　臧本無。

〔九五〕無甚事　臧本作「有些醉了也」。

〔九六〕（三人上） 臧本作「（王大兄弟上，云）」。

〔九七〕做拿住科　臧本下有「云」。

〔九八〕（净） 臧本作「（葛彪云）」。

〔九九〕來 表肯定語氣。《太平廣記》卷一百九十六引《劇談録》：「我偷枕來。不怕他人，唯懼於爾。」闕名氏《神奴兒》四折搽旦白：「氣殺伯伯也是我來，混賴家私也是我來，勒殺侄兒也是我來。是我來，都是我來。」

〔一〇〇〕（旦） 臧本作「（正旦唱）」。

〔一〇一〕更做您一枝兒 臧本作「和您去對情詞」。更做，猶即使。參看《詩詞曲語辭匯釋》卷一「做」。一枝兒，猶一塊兒。

〔一〇二〕使不着 不行。王實甫《西厢記》四本二折【越調鬥鵪鶉】：「老夫人心數多，情性㑇，使不着我巧語花言，將没做有。」

〔一〇三〕也 臧本作「要」。

〔一〇四〕三人打科。净死科 臧本作「王大兄弟打葛死科」。

〔一〇五〕三人 臧本作「兄弟」。

〔一〇六〕（旦） 臧本作「（正旦云）」。

〔一〇七〕試問 問問，問一問。《董解元西厢記》卷八【雙調】【文如錦】：「怕賢不信，試問普救裏僧行、我手下兵卒。」

〔一〇八〕（旦問科）　臧本作「（問科，云）」。

〔一〇九〕老的　老年婦女稱丈夫，猶云老伴。王實甫《破窰記》二折：「（劉員外同卜兒上，云）……婆婆。（卜兒云）老的，爲甚的？（劉員外云）喒兩口兒看孩兒去來。」

〔一一〇〕推　托，假裝。《董解元西厢記》卷六【中吕調】【牧羊關】：「早晚時分，迤逗得鶯鶯去，推探張生病。」

〔一一一〕干罷　臧本「干」作「乾」。干罷，罷休。闕名氏《陳州糶米》一折正末白：「他假公濟私，我怎肯和他干罷了也呵！」

〔一一二〕三人　臧本作「兄弟」。

〔一一三〕王三　臧本下有「云」。

〔一一四〕（旦）　臧本作「（正旦云）」。

〔一一五〕可怎了也　臧本下有「（唱）」。

〔一一六〕你可便斟量着做　可便，應。陳以仁《存孝打虎》一折【鵲踏枝幺篇】：「你可便用智謀計策，與唐家百姓除灾。」斟量，斟酌。《劉知遠諸宫調》第十二【南吕宫】【一枝花】：「早是難將恩報得，失甚斟量，更敢要金冠霞帔。」

〔一一七〕有甚意思　臧本作「甚意兒」。

〔二八〕非是閑周次　臧本作「平昔無瑕玼」。閑，通「閒」。隨意。《董解元西廂記》卷八【大石調】【伊州衮】：「怎禁當，衙門外，打牙打令，諢匹似閑咕哨！」「次」疑應是「比」。周比，結黨營私。《新唐書·楊虞卿傳》：「御史大夫李固言素疾虞卿周比，因傅左端倪。帝大怒，下虞卿詔獄。」這裏意爲同謀。閑周比，即隨意合謀。

〔二九〕到惹下刑名事　臧本「到」作「倒」。刑名，刑律。《史記·秦始皇本紀》：「秦聖臨國，始定刑名。」

〔三〇〕則被這清風明月兩閑人，送了你玉堂金馬三學士　許顗《許彥周詩話》：「(歐陽修)《會老堂口號》曰：『金馬玉堂三學士，清風明月兩閑人。』初謂『清風明月』古通用語，後讀《南史·謝譓傳》曰：『入吾室者但有清風，對吾飲者惟當明月。』歐陽文忠公文章雖優，辭亦精緻如此。」玉堂，漢宮殿名，在建章宮南。又，漢侍中有玉堂署，宋時翰林院亦稱玉堂。金馬，漢宮門名，門傍有銅馬，故名。漢武帝令學士待詔金馬門。元曲常用歐陽修這兩句詩喻指高人雅士。這裏的意思是：王父和葛彪這兩個閑人死了，害得有前途的三個讀書人丢了性命。

〔三一〕(旦指净唱)　臧本作「(做指葛彪科，唱)」。

〔三二〕這一還一報從來是，想皇天報應不容私　臧本作「似這般逞凶撒潑干行止，無過恃着你有權勢、有金貲」。是，這樣。《荀子·王霸》：「若是則百吏莫不畏法而遵繩矣。」

〔二三〕則道你長街上妝好漢　臧本「你」作「是」。吳國欽本、王季思本「妝」改作「裝」。按，妝，假裝。《董解元西厢記》卷六【仙吕調】【相思會】：「君瑞真個欠！我道你，佯小心，妝大膽。」

〔二四〕將軍着痛箭，還似射人時　熟語，猶言一報還一報。

〔二五〕（三人）　臧本作「（王大兄弟云）」。

〔二六〕喒家無有錢鈔　臧本上有「這事少不的要吃官司，只是」，「無」作「没」。北京大學本、吳國欽本、王學奇本、王季思本「喒」改作「咱」。按，喒，咱們。參見《哭存孝》頭折校注〔二四〕。

〔二七〕打這官司　臧本無。

〔二八〕（旦）　臧本作「（正旦唱）」。

〔二九〕則除典當了閑文字　則除，惟有，除非。參見《哭存孝》第三折校注〔六〇〕。臧本「閑」作「閒」。閑文字，無用的書。閑，通「閒」。無用的。《唐宋諸賢絶妙詞選》卷七周美成《解連環・怨别》：「謾記得當日音書，把閑言閑語，待總燒却。」文字，書籍。《二程語録》卷十：「某於《易傳》，全部已自成書，但逐旋修改。……《春秋》之書，待劉絢文字到，却用功亦不多也。」《夢粱録》卷十三「鋪席」有「太廟前尹家文字鋪」。

〔三〇〕便這等也不濟事　臧本上有「（帶云）」，下有「（唱）」。

〔三一〕公事　案件。《京本通俗小説・錯斬崔寧》：「那府尹聽得有殺人公事，即便升堂。」

〔三二〕（祇候上）　臧本作「（净扮公人上，云）」。祇候，衙署吏役。《張協狀元》戲文第二十一出：「公相升廳，着個祇候。」參見《哭存孝》第二折校注〔九〇〕。

〔三三〕旦　臧本作「（正旦唱）」。

〔三四〕苦孜孜　形容痛苦的樣子。

〔三五〕煩惱由天賜　臧本作「灾禍從天至」。

〔三六〕磣可可　凄慘的樣子。闕名氏《替殺妻》四折【夜行船】：「這的長離飯，永別杯，磣可可我嘗酒味。」北京方言猶説凄慘爲「磣」。

〔三七〕可知道福無重受日　可知道，猶真是。於引用成言舊語時用之。元刊本孟漢卿《魔合羅》二折【四門子】：「靠着時呀的門開了，仰刺叉吃一交，可知道『嚴霜偏殺枯根草』。」尚仲賢《三奪槊》三折【新水令】：「可知道『家貧顯孝子』，直到『國難用功臣』。如今面南稱尊，便撇在三限裏不倸問。」日，猶時。《敦煌變文集》卷六《大目乾連冥間救母變文》：「汝母生存在日，與我行業不同。」

〔三八〕（祇候）　臧本作「（公人云）」。

〔三九〕（旦悲科）　臧本作「（正旦悲科，云）兒也！（唱）」。

〔四〇〕想天公不受私，正是一還一報時。恨小非君子，無毒不丈夫。你好不尋思，這場公事，你三人痛莫支。你集賢爲秀士　臧本無。受私，徇私。鄭廷玉《金鳳釵》四折【梅花酒】：「料青天不受私，説不盡口中語。」一還一報，報應。元刊本岳伯川《鐵拐李》一折【尾聲】：「是做的千錯萬錯，大綱來一還一報，則你那禍之門便是俺斬身刀！」集賢，唐代設集賢殿，宋代設集賢院，掌理秘書圖籍等事。集賢爲秀士，意指在集賢院供職。

〔四一〕跳龍門折桂枝　臧本上有「再休想」三字。中華書局本「枝」字下未點斷。按，「枝」字韵。折桂枝，比喻科舉及第。又叫「折桂」。葉夢得《石林避暑録話》卷四：「世以登科爲折桂。此謂郤詵對策東堂，自云桂林一枝也。自唐以來用之。温庭筠詩云：『猶喜故人新折桂，自憐羈客尚飄蓬。』」《張協狀元》戲文第二出：「詩書未必困男兒，飽學應須折桂枝。一舉首登龍虎榜，十年身到鳳凰池。」

〔四二〕爲親爺遭横死　臧本上有「少不得」三字。

〔四三〕須當是報怨私　臧本作「從來個人命當還報，料應他天公不受私。（帶云）兒也！（唱）不由我不嗟咨，幾回家看視」。報怨私，復仇。

〔四四〕若官司拿住爾　王季思本校記「爾」誤作「你」。臧本「若官司」作「現如今」。官司，官府。《董解元西厢記》卷八【雙調】【文如錦】：「你甚倚强壓弱，厮欺厮負，把官司誑謼，全無畏懼？」

〔四五〕審情真問口詞　臧本「審情真」作「到公庭」，「問」作「責」。情，實情。《史記·高祖本紀》：

「列侯諸將無敢隱朕，皆言其情。」口詞，口供。《清平山堂話本·錯認屍》：「安撫聽罷，着外郎録了王青口詞，押了公文。」參見《哭存孝》第三折校注〔七三〕。

〔四六〕下腦箍使栲子　臧本下有「這其間痛怎支」一句。腦箍，箍頭的刑具。《宋史·刑法志二》：「纏繩於首，加以木楔，名曰『腦箍』。」栲子，又叫栲指，刑具之一，以繩穿五根小木棍，套入手指，用力收緊，使其疼痛。臧本高文秀《誶范叔》四折【太平令】：「你個須賈也哥哥休罪，早準備栲子麻槌。」

〔四七〕不想這場禍從天至，你可打得來血泊停屍　臧本作「怕不待的一確二，早招承死罪無辭。（帶云）兒也！（唱）」。

〔四八〕合當是　臧本作「當如是」。合當，應該。《朱子語類》卷第一百一十四：「你身己有多多少少底事合當理會，有多多少少底病未曾去，却來説甚盛衰興亡治亂，這個直是自欺。」

〔四九〕便當刑死赴陰司　臧本作「便相次赴陰司」。當刑，處死。臧本岳伯川《鐵拐李》一折【混江龍】：「減一筆教當刑的責斷，添一筆教爲從的該敲。」

〔五〇〕也得個孝順名兒　臧本作「我也甘心做郭巨埋兒」。吴國欽本、王季思本據古名家本改。

〔五一〕祗候　臧本下有「云」。

〔五二〕見官去罷　臧本上有一「快」字。

〔五三〕（旦）　臧本作「（正旦云）」。

〔五四〕孩兒　臧本作「兒也」。

〔五五〕（三人）　臧本作「（王大兄弟云）」。

〔五六〕（旦）　臧本作「（正旦唱）」。

〔五七〕孟母當時教子　臧本「當時」作「三移」。劉向《列女傳》卷一：「鄒孟軻之母也，號孟母。其捨近墓。孟子之少也，嬉游爲墓間之事，踴躍築埋。孟母曰：『此非吾所以居處子也。』乃去，舍市傍。其嬉戲爲賈人衒賣之事。孟母又曰：『此非吾所以居處子也。』復徙學宮之傍。其嬉戲乃設俎豆，揖讓進退。孟母曰：『真可以居吾子矣。』遂居之。及孟子長，學六藝，卒成大儒之名。」元闕名氏有《守貞節孟母三移》雜劇，宋元戲文有《孟母三遷》。

〔五八〕不能勾金榜上分明題姓字　臧本同，惟「字」作「氏」。吴國欽本、王季思本「勾」改作「够」。按，勾，通「够」。參見《調風月》第二折校注〔三六〕。金榜，科舉時代殿試揭曉的榜。《董解元西廂記》卷七【正宮】【梁州令纏令】：「才優不讓賈馬，金榜名標高甲。」

〔五九〕犯由牌　寫着犯人罪狀的牌子。景方諸生本王實甫《西廂記》四本二折王伯良注云：「蓋犯由者，犯罪之由，即今招供之類。」《梨園樂府》卷下闕名氏小令【寨兒令】：「犯由牌寫得精細，疋先里拿下王魁。」

〔一六〇〕而　臧本無。

〔一六一〕止不過罪若當刑　臧本作「便做道審得情真」。若，而。《易・夬》：「君子夬夬獨行，遇雨若濡。」

〔一六二〕不過是　臧本上有一「止」字。吴國欽本、王季思本「止」改作「只」。按，止，只。參見《調風月》第一折校注〔二七〕。

〔一六三〕且不致滅門絶户了俺一家兒　臧本「且不致」作「那裏便」。且，將。《太平廣記》卷三百五十八引《玄怪録》：「此屋豈是汝腥穢之所乎？亟移去，不然，且及禍。」兒，人。參看《詩詞曲語辭例釋》「兒」。

第二折

（張千領祇候排衙走科〔一〕。張〔二〕在衙〔三〕人馬平安，喏〔四〕！（孤扮包待制上〔五〕冬冬衙鼓響，公吏兩邊排，閻王生死殿，東岳攝魂臺〔六〕。老夫姓包，名拯，字希文，廬州金斗郡四望鄉老兒村人也。官拜龍圖閣待制學士，正授〔七〕開封府府尹。今日升廳〔八〕，坐起早衙〔九〕。張千，有合僉押的文書〔一〇〕，將來老夫僉押。（張）〔一一〕六房吏典〔一二〕，有甚麽合僉押的文書？（内應科）（張）〔一三〕可不〔一四〕早説？早是我問你。喏〔一五〕！酸棗縣解到一起偷馬賊趙頑驢。（孤）〔一六〕與我領〔一七〕過來！（祇候押犯人跪科）（孤）〔一八〕開了那行枷〔一九〕者。兀那小斷〔二〇〕，你是趙頑驢？是你偷馬來？（趙）〔二一〕是小的偷馬來。（孤）〔二二〕張千，上了長枷〔二三〕，下在死囚牢裏去。（押下）（孤）〔二四〕老夫這一會兒困倦，張千，你與六房吏典休要大驚小怪的，老夫暫時歇息咱。（張）〔二五〕大小屬官，兩廊吏典，休要大驚小怪的，大人歇息里〔二六〕。（孤做伏案睡做夢科〔二七〕）老夫公事操心，那裏睡的到眼裏〔二八〕？老夫閑游玩咱〔二九〕。來到這開封府廳後，一個小角門〔三〇〕，我推開這門，我試看則〔三一〕。是一個好花園也。你看那百花爛熳〔三二〕，春景融和。兀那花叢裏一個撮角亭子〔三三〕，亭子上結下個蜘蛛羅網，花間飛將一個蝴蝶兒來，正打在羅〔三四〕網中。包拯暗暗傷懷〔三五〕，蝴蝶曾〔三六〕打飛來；休道人無生死，草蟲也有非灾〔三七〕。呀！蠢動〔三八〕含靈，皆有佛性〔三九〕：飛將一個大蝴蝶來，救出這蝴蝶去了。呀！又飛了一個小蝴蝶，打在羅〔四〇〕網中，那大蝴蝶必定來救他。好奇怪也！那大蝴蝶兩次三番，只〔四一〕在花叢上飛，不救那小蝴蝶，佯常〔四二〕飛去了。聖人〔四三〕道：「惻隱之心，人皆有之。」你不救，等〔四四〕我救。（做放科）（張）〔四五〕喏！午時了也。（孤醒科，云）〔四六〕草蟲之胡蝶〔四七〕，一命在參差〔四八〕；撒然〔四九〕夢驚覺，張千報午時。張千，有甚麼應審的罪囚，將來我勘問〔五〇〕。（張）〔五一〕兩房吏典，有甚麼合審的罪囚，領來〔五二〕勘問。（內應科）（張）〔五三〕喏！中牟縣解到一起犯人，弟兄三人，打死平人〔五四〕葛彪。解至也〔五五〕。（孤）〔五六〕小縣中〔五七〕百姓怎敢打死平人！解到也〔五八〕未？（張）〔五九〕解到也〔六〇〕。（孤）〔六一〕與我一步一棍，打上廳來！（解子押三人上〔六二〕。旦上〔六三〕唱）

【南吕一枝花】解到這無人情御史臺〔六四〕，早來到〔六五〕有官法開封府。把三個未發迹小秀士，生扭做〔六六〕吃勘問死囚徒。空教我意下惆憪〔六七〕，把不定心驚懼，赤緊的〔六八〕賊兒膽底虛。教我把罪犯私下招伏〔六九〕，不比那小處官司孔目〔七〇〕。

【梁州】〔七一〕這開封府王條〔七二〕清正，不比〔七三〕那中牟縣官吏糊塗。撲冬冬階下升衙鼓，諕的我手忙脚亂，使不得膽大心粗〔七四〕，驚的我魂飛魄喪，走的我力盡筋舒。這公事不比尋俗〔七五〕，就中間擔負公徒〔七六〕。嗨、嗨、嗨，一壁廂老夫主〔七七〕在地停屍，更〔七八〕、更、更，赤緊地〔七九〕子母每坐牢係獄，呀、呀、呀，眼見的弟兄每受刃遭誅。早是怕怖，我向這屏墻〔八〇〕邊側耳偷睛覰，誰曾見這〔八一〕官府！則今日當廳定禍福，別辨個實虛〔八二〕。

（旦〔八三〕同衆見官跪科）（張）〔八四〕犯人當面。（孤）〔八五〕張千，開了行枷，與那解子批〔八六〕回去。（做開枷科）（王三）〔八七〕母親，哥哥，喒〔八八〕家去來。（孤）〔八九〕那裏去？這裏比你那中牟縣那〔九〇〕？張千，這三個小廝是打死人的，那婆子〔九一〕是甚麽人？必定是證見人；若不是呵，敢與這小廝關親〔九二〕？兀那婆子，這兩個是你甚麽人？（旦）〔九三〕這兩個是大孩兒。（孤）〔九四〕這個小的呢？（旦）〔九五〕是我弟三的孩兒〔九六〕。（孤）〔九七〕噤聲〔九八〕！你可甚〔九九〕治家有法！想當日孟母教子，居必擇鄰；陶母教子，剪髮待賓〔一〇〇〕；陳母教子，衣紫腰金〔一〇一〕。你個村婦教子，打死平人。從實招了者〔一〇二〕！（旦）〔一〇三〕

【賀新郎】孩兒每萬千死罪犯公徒，那廝每〔一〇四〕情理難容，俺孩兒殺人可恕。俺窮滴滴〔一〇五〕寒賤爲黎庶，告爺爺〔一〇六〕與孩兒每做主。這三個自小來攻考文書〔一〇七〕，他子會依文典〔一〇八〕、習禮義，那裏會定計策、厮虧圖〔一〇九〕？百般的拷打難分訴。豈不聞「三人悞〔一一〇〕大事，六耳不通謀」？

（孤）〔一一一〕不打不招。張千，與我加力打者！（旦悲〔一一二〕唱）

【隔尾】俺孩兒犯着徒流絞斬蕭何律〔一一三〕，枉讀了恭儉温良〔一一四〕孔聖書。拷〔一一五〕打的渾身上怎生覷！打的來傷觔動骨，更疼似懸頭刺股〔一一六〕。他每爺飯娘羹〔一一七〕，何曾受這般苦！

（孤）〔一一八〕三個人必有一個爲首的，是誰先打死人來？（王大〔一一九〕）也不干母親事，也不干兩個兄弟事，是孩兒〔一二〇〕打死人來。（王二〔一二一〕）爺爺，也不干母親事，也不干哥哥兄弟事，是孩兒〔一二二〕打死人來。（王三〔一二三〕）大人〔一二四〕爺爺，也不干母親事，也不干兩個哥哥事〔一二五〕，也不干我事。（旦）〔一二六〕并不干三個孩兒事，當時是皇親葛彪先打死妾身夫主，妾身疼忍〔一二七〕不過，一時乘忿争鬥，將他打死。委的〔一二八〕是妾身來！（孤）〔一二九〕胡説！你也招承〔一三〇〕，我也招承，想是串定〔一三一〕的。必須要一人抵命。張千，與我着寔〔一三二〕打者！（旦）〔一三三〕

【鬥蝦蟆】静巉巉〔一三四〕無人救，眼睁睁活受苦，孩兒每索與他招伏〔一三五〕。官人〔一三六〕跟前拜覆：那厮將人欺負〔一三七〕，打死咱家〔一三八〕丈夫。官人監收媳婦〔一三九〕，公人〔一四〇〕如狼似虎，相公停嗔息怒〔一四一〕。休説麻槌〔一四二〕腦箍，六問三推〔一四三〕，刑獄勘問〔一四四〕，有甚數目，打的渾身血污。大哥聲冤叫屈，官人〔一四五〕不由分訴；二哥活受地獄，疼痛如何擔負；三哥打的更毒，老身牽腸割肚〔一四六〕。這壁厢那壁厢由由忬忬〔一四七〕，眼眼厮覷，來來去去，啼啼哭哭。則被你打殺人也待制龍圖！暗想當初老子〔一四八〕，可不〔一四九〕「兒孫自有兒孫福」，難吞吐，没氣路〔一五〇〕，短嘆長吁，愁腸似火，泪雨〔一五一〕如珠。

（孤）〔一五二〕我試看看〔一五三〕這來文咱。（做看科）〔一五四〕中牟縣官好生不才也〔一五五〕，如何這文書上寫着「王大王二王三打死平人葛彪」？這縣裏就無個排房吏典〔一五六〕？這三個小廝必有名諱，更不呵〔一五七〕，也有個小名兒。兀那婆子，你大小廝叫做甚麼？（旦）〔一五八〕叫做金和。（孤）〔一五九〕第二的小廝叫做甚麼？（旦）〔一六〇〕叫做鋉〔一六一〕和。（孤）〔一六二〕這第三個呢？（旦）〔一六三〕叫做石和。（王三〔一六四〕）尚。（孤）〔一六五〕甚麼尚？（王三〔一六六〕）石和尚。（孤）〔一六七〕嗨，可知打死人里〔一六八〕！庶民人家，取這等剛硬名字！敢是金和打死人來？（旦）〔一六九〕

【牧羊關】這個是金呵，有甚麼難鎔處〔一七〇〕？（孤）〔一七一〕敢是石和打死人來？（旦）〔一七二〕這個是石呵，怎做的虛？（孤）〔一七三〕敢是鋉和打死人來？（旦）〔一七四〕這個便是鋉呵，怎當那官法如爐〔一七五〕？（孤）〔一七六〕打這賴肉頑皮〔一七七〕！（旦）〔一七八〕非干〔一七九〕是孩兒每賴肉頑皮，委的銜冤負屈。（孤）〔一八〇〕張千，便好道〔一八一〕「殺人的償命，欠債的還錢」，把那大的小廝拿出去與人〔一八二〕償命。（旦）〔一八三〕眼睜睜難搭救，簇擁着下階除〔一八四〕。教我兩下裏難顧瞻〔一八五〕，百般裏無是處〔一八六〕。

包待制爺爺好葫蘆提也〔一八七〕！（孤）〔一八八〕我着那大的兒子償命，兀那婆子説甚麼？（張）〔一八九〕那婆子手扳定枷梢〔一九〇〕，説包待制爺爺胡〔一九一〕蘆提。（孤）〔一九二〕那婆子他道我胡〔一九三〕蘆提？與我拿過來！（旦〔一九四〕跪科）（孤）〔一九五〕着你大兒子償命，你怎生説我葫蘆提？（旦）〔一九六〕老婆子怎敢説大人胡〔一九七〕蘆提？則是我孩兒孝順，不爭殺壞了他，教誰人〔一九八〕養活老身？（孤）〔一九九〕既是他母親説大小廝孝順，又多鄰家保舉〔二〇〇〕，這是老夫差了。留着大的養活他。張千，着第二的償命。（旦）〔二〇一〕

【隔尾】一壁廂大哥行牽掛着親腸肚〔二〇二〕，一壁廂二哥行關連着痛肺腑。要償命留下孩兒，寧可將婆子去。似這般狠毒，又無處告訴，手扳定枷稍叫聲屈〔二〇三〕。

包待制爺爺好胡蘆提〔二〇四〕！（孤）〔二〇五〕又做甚麽大驚小怪的？（張）〔二〇六〕那婆子又説大人胡蘆提〔二〇七〕。（孤）〔二〇八〕與我拿過來！（旦〔二〇九〕跪科）（孤）〔二一〇〕兀那婆子，將你第二的小厮償命，怎生又説我胡〔二一一〕蘆提？（旦）〔二一二〕怎敢説大人胡蘆提〔二一三〕？則是第二的小厮會營運生理〔二一四〕，不爭着他償命，誰養活老婆子？（孤）〔二一五〕着大的償命，你説他孝順；着第二的償命，你説他營運生理〔二一六〕；却〔二一七〕着誰去償命？（王三自帶枷科）（孤）〔二一八〕兀那厮做甚麽？（王三〔二一九〕大哥又〔二二〇〕不償命，二哥又不償命，眼見的是我了，不如早做個人情。（孤）〔二二一〕也罷，張千，拿那小的出去償命。（做推轉〔二二二〕科）（孤）〔二二三〕兀那婆子〔二二四〕，這第三的小厮償命可中〔二二五〕麽？（旦）〔二二六〕是了，可不道「三人同行小的苦」？他償命的是。（孤）〔二二七〕我不胡蘆提〔二二八〕？（旦）〔二二九〕大人爺爺不胡蘆提〔二三〇〕。（孤）〔二三一〕噤聲！張千，拿回來！争些〔二三二〕着婆子瞞過老夫。眼前放着個前房後繼〔二三三〕，這兩個小厮必是你親生的；這一個小厮，必是你乞養過房螟蛉之子〔二三四〕，不着疼熱，所以着他償命。兀那婆子，説的是呵，我自有個主意；説的不是呵，我不道饒了你里〔二三五〕！（旦）〔二三六〕三個都是我的孩兒，着我説些甚麽？（孤）〔二三七〕你若不實説，張千，與我打着者！（旦）〔二三八〕大哥、二哥、三哥，我説則〔二三九〕説，你則休生分了〔二四〇〕。（孤）〔二四一〕這大小厮是你的親兒麽？（旦）〔二四二〕

【牧羊關】這孩兒雖不曾〔二四三〕親生養，却須是咱乳哺〔二四四〕。（孤）〔二四五〕這第二的呢？（旦）〔二四六〕這一個偌大小〔二四七〕是老婆子擡舉。（孤）〔二四八〕兀那小的呢？（旦打悲科）〔二四九〕這一個是我的親兒，這兩個我是他的繼母。（孤）〔二五〇〕兀那婆子，近前來，你差了也！前家兒〔二五一〕着一個償命，留着你親生孩兒養活你，可不好那〔二五二〕？（旦）〔二五三〕大人差了也〔二五四〕！不争着前家兒償了命，顯得後堯婆〔二五五〕忒心毒。

我若學嫉妒的桑辛婦〔二五六〕，不羞見那賢達的魯義姑〔二五七〕！

（孤）〔二五八〕兀那婆子，你還着他三人心服，果〔二五九〕是誰打死人來？（旦）〔二六〇〕

【紅芍藥】渾身是口怎支吾〔二六一〕？恰似個没口的葫蘆〔二六二〕。打的來皮開肉綻損肌膚，鮮血模糊，恰渾似〔二六三〕活地獄。三個兒都教死去，你都官官相爲〔二六四〕倚親屬，更做道〔二六五〕國戚皇族。

（旦打悲科）〔二六六〕

【菩薩梁州】大哥罪犯〔二六七〕遭誅，二哥死生別路，三哥身歸地府，干閃下我這老業身軀〔二六八〕。大哥孝順識親疏，二哥留下着當門户〔二六九〕，第三個哥哥休言語，你償命正合去，常言道「三人同行小的苦」，公人每〔二七〇〕大叫高呼。

（孤）〔二七一〕聽了這婆子所言，始信道「良賈深藏若虚，君子盛德，容貌若愚」〔二七二〕。這件事，老夫見爲母者大賢，爲子者至孝。爲母者與陶孟同列，爲子者與曾閔〔二七三〕無二。適間〔二七四〕老夫晝寐，夢見一個胡〔二七五〕蝶墜在蛛網中，一大胡蝶〔二七六〕救出；次者亦然；後來一小胡〔二七七〕蝶亦墜網中，大胡〔二七八〕蝶雖見不救，飛騰而去。老夫心存惻隱，救小胡蝶出離羅網〔二七九〕。天使老夫預知先兆之事，救這小的之命。恰才我依條犯法分輕重〔二八〇〕，不想這分外却有別詞訟〔二八一〕。殺死平人怎干休〔二八二〕？莫言罪犯難輕縱〔二八三〕。先教長男赴雲陽，爲〔二八四〕言孝順能供奉；後教次子去餐刀，又言營運〔二八五〕充日用；我着那最小的幼〔二八六〕男去當刑，他歡喜緊將兒發送〔二八七〕。他將那前家兒子苦哀矜〔二八八〕，自見〔二八九〕親兒不悲痛。似這等三從四德可褒封〔二九〇〕，貞烈賢達宜請俸〔二九一〕。忽然一事上心來〔二九二〕，天使游魂先〔二九三〕驚動，三個草蟲傷蛛絲，便和那子母官司都一等〔二九四〕。三番繼母弃親兒，正應着午時一枕胡蝶夢〔二九五〕。張千，把一干〔二九六〕人都下在死囚牢中去！（旦慌向前扯科〔二九七〕，唱）

【水仙子】則見他前推後擁厮揪捽〔二九八〕，我與你〔二九九〕扳住枷梢高叫屈。眼睜睜有去路無回路，好教我百般的没是處。這堝兒便死待何如〔三〇〇〕？好和弱〔三〇一〕隨將去，死共〔三〇二〕活攔當住，我這裏緊揝住衣服〔三〇三〕。

（張千推旦科，押三人下）（旦〔三〇四〕唱）

【收尾】〔三〇五〕包龍圖往常斷事曾着數〔三〇六〕，今日爲官不大古〔三〇七〕。枉教你坐黄堂〔三〇八〕、帶虎符〔三〇九〕，受〔三一〇〕榮華、請俸禄。俺孩兒、忒〔三一一〕冤屈，不睹事〔三一二〕、下牢獄。割捨〔三一三〕了、待潑做〔三一四〕：告都堂、訴省部〔三一五〕，撅皇城、打怨鼓〔三一六〕，見鑾輿〔三一七〕、便唐突。呆〔三一八〕老婆、唱今古〔三一九〕，又無人、肯做主，則不如、覓死處，眼不見鰥寡孤獨，也强如〔三二〇〕没歸着，痛煞煞、哭啼啼、活受苦。（下）

（孤）〔三二一〕張千，你近前來，可是〔三二二〕恁的……（張）〔三二三〕可是中也不中〔三二四〕？（孤）〔三二五〕賊禽獸，我的言語可是中也不中！我扶立當今聖明主〔三二六〕，欲播清風千萬古，這些公事斷不開〔三二七〕，怎坐南衙開封府〔三二八〕！（同下）

校注

〔一〕排衙走科　臧本無「走」字。排衙，官員升堂前衙役站班，陳列儀仗。臧本鄭廷玉《後庭花》三折：「（正末云）……張千，將這一行人都拿到開封府裏去。（做到，排衙科）（正末云）張千，將那一行人拿過來者。」

〔二〕張　臧本作「喝云」。

〔三〕在衙　本衙。《劉知遠諸宫調》第十二【仙吕調】【整花冠】：「自言是經略在衙本破。」

〔四〕喏　呼喊聲。李行道《灰闌記》四折：「（冲末扮包待制引丑張千祇候上）（張千喝云）喏！在衙人馬平安，擡書案！」參見《哭存孝》頭折校注〔四五〕。

〔五〕孤扮包待制上　臧本下有「詩云」，「孤」作「外」。

〔六〕閻王生死殿，東岳攝魂臺　閻王，即閻羅，主管地獄之神，掌人世的罪福生死，故名其殿「生死殿」。東岳，即東岳大帝，道教崇奉的泰山神，所掌管的七十二司的第二司管「生死勾押推勘」，即「攝魂臺」。

〔七〕正授　正式任命。元稹《元氏長慶集》卷四十《處分幽州德音》：「管内州縣官吏肅存古等二百餘人，悉是劉總選任材能，久令假攝，并與正授，用奬勤勞。」

〔八〕升廳　登上廳堂。《宋史·禮志二十一》：「四赤縣令初見尹，趨庭，受拜後升廳如客禮。」

〔九〕坐起早衙　官長在公堂上治事叫「坐衙」。白居易《白氏長慶集》卷五十四《喜罷郡》：「樽前免被催迎使，枕上休聞報坐衙。」

〔一〇〕有合僉押的文書　臧本上有「分付司房」一句。王季思本「僉」改作「簽」。按，僉，同「簽」。俞文豹《吹劍四録》：「年終驅磨，則比部郎中赴内東門具位端坐，但數瑺數艦從旁算畢，令郎中僉尾而已。」後同，不另出校。僉押，在文書上簽名畫押。這裏意猶處理。闕名氏《陳州糶米》四折州官白：「外郎，你與我將各項文卷打點停當，等僉押者。」文書，公文。《元典章》刑部一「刑名」：「但屬您管的，省裏臺裏休問者。……是實呵，您根底文書裏説將來者。」

〔一一〕（張）　臧本作「（張千云）」。

〔一二〕六房吏典　州縣衙門裏分管吏、户、禮、兵、刑、工六個部分的屬吏。脈望館古名家本孟漢卿《魔合羅》三折正末白：「自家姓張名鼎，字平叔，在這河南府做着個六案都孔目，掌管六房事務。」李行道《灰闌記》四折趙令史白：「小的做個吏典，是衙門裏人，豈不知法度？」

〔一三〕（張）　臧本作「（張千云）」。

〔一四〕可不　何不。可，通「何」。《晏子春秋·外篇上二》：「自是觀之，茀又將出，天之變，彗星之出，庸可悲乎？」王念孫《讀書雜志》云：「可，讀曰何。何可古字通。」脈望館息機子本武漢臣《生金閣》四折：「（魂子云）門神户尉當住我，因此上過不去。（婁青云）你可不早説？」臧本「可」作「何」。

〔一五〕早是我問你。喏　臧本無「我問你。喏」。吴國欽本據脈望館古名家本補。中華書局本「早是」二字斷屬上句。誤。按，據臧本，早是，猶已是；據古名家本，則猶幸虧。參看《詩詞曲語辭匯釋》卷二「早是（一）（二）」。喏，敬禮，同時嘴裏出聲致敬。陸游《老學庵筆記》卷八：「古所謂揖，但舉手而已。今所謂喏，乃始於江左諸王。方其時，惟王氏子弟爲之。故支道林入東，見王子猷兄弟，還，人問：『諸王何如？』答曰：『見一群白項烏，但聞啞啞聲。』即今喏也。」

〔一六〕（孤）　臧本作「（包待制云）」。

〔一七〕領　臧本作「拿」。

〔一八〕（孤）　臧本作「（包待制云）」。

〔一九〕行枷　押解罪犯時所上的枷，比長枷較小。《水滸傳》五十一回：「朱仝只得帶上行枷，兩個防送公人領了文案，押送朱仝上路。」

〔二〇〕小厮　男孩。《元典章》刑部四「雜例」：「到碾上，見作耍小厮一個在西北碾槽内手脚動但掙揣，其餘三個小厮碾北立地。喜僧向前抱出小底，覷得頭上有血，抱於西墻下卧地。」《萊陽縣志》卷三之二：「子曰孩子，男曰小厮。」

〔二一〕（趙）　臧本作「（犯人云）」。

〔二二〕（孤）　臧本作「（包待制云）」。

〔二三〕長枷　比行枷長而重的枷。《水滸傳》一百二回：「叫牢中提出王慶，除了長枷，斷了二十脊杖。」

〔二四〕（孤）　臧本作「（包待制云）」。

〔二五〕（張）　臧本作「（張千云）」。

〔二六〕里　臧本作「哩」。

〔二七〕孤做伏案睡做夢科　臧本下有「云」，「孤」作「包」。

〔二八〕睡的到眼裏　睡得着。《雍熙樂府》卷十闕名氏套數【南吕】一枝花「蚊蟲」：「想着那癢撒撒些滋味，有你時幾曾睡到眼底？」睡到眼底，即睡到眼裏，睡得着。

〔二九〕老夫閑游玩咱　臧本作「待老夫閒步遊玩咱」。

〔三〇〕角門　側門。洪邁《夷堅乙志》卷九「劉正彦」：「宅屋百間，西偏一位素多鬼，每角門開，必見紫衣金章人。」

〔三一〕我試看則　試看，看看。元刊本闕名氏《博望燒屯》四折正末白：「嗒出帳房，試看兄弟住的宅舍咱。」臧本「則」作「者」。則，猶吧。史九敬先《莊周夢》二折生白：「我素不認的李府尹，今在窮途，試叫門則。」闕名氏《藍采和》四折正末白：「我揭開帳幔則。」

〔三二〕熳　臧本同。王季思本改作「漫」。

〔三三〕撮角亭子　檐角向上翹起的亭子。闕名氏《争報恩》二折花榮白：「遠遠的一個撮角亭子裏點着明燈蠟燭。」

〔三四〕羅　臧本無。

〔三五〕包拯暗暗傷懷　臧本上有「（詩云）」。

〔三六〕曾　竟。《三國志·魏書·倉慈傳》：「慈躬往省閱，料簡輕重，自非殊死，但鞭杖遣之，一歲決刑曾不滿十人。」

〔三七〕草蟲也有非灾　草蟲，泛指活於植物間的蟲類。鮑照《鮑氏集》卷五《咏採桑》：「乳燕逐草蟲，巢蜂拾花蕊。」「非」疑應是「飛」字，飛灾，意外的灾禍。

〔三八〕蠢動　蟲類蠕動。這裏指昆蟲。《全唐詩》卷三三九韓愈《苦寒》：「其餘蠢動儔，俱死誰恩嫌。」

〔三九〕佛性　佛教用語。謂覺悟之性。一切衆生皆有。性者不改之義，通因果而不改自體是云性。《北齊書·杜弼傳》：「聞卿精學，聊有所問，經中佛性、法性，爲一爲异？」

〔四〇〕羅　臧本無。

〔四一〕只　猶總。參看《詩詞曲語辭例釋》「只（二）」。

〔四二〕佯常　臧本同。王季思本改作「揚長」。王學奇本校注云：「佯常——同『揚長』。」是。

〔四三〕聖人　尊稱孔子、孟子。此處稱孟子。

〔四四〕等　讓。《清平山堂話本·快嘴李翠蓮記》：「只見媽媽拿出鈔來，翠蓮接過手，便道：『等我分。』」

〔四五〕（張）　臧本作「（張千云）」。

〔四六〕（孤醒科，云）　臧本作「（包待制做醒科，詩云）」。

〔四七〕草蟲之胡蝶　「之」原作「致」，據臧本改。臧本「胡」作「蝴」。

〔四八〕參差　頃刻。《全唐詩》卷八三一貫休《古塞曲》之三：「百萬精兵動，參差便渡遼。」

〔四九〕撒然　猛然。參看《詩詞曲語辭例釋》「撒的」。

〔五〇〕勘問　原作「看問」，據下文改。臧本作「問」。勘問，審問。《元典章》刑部七「指姦」：「各處僧人，多被一等無徒之輩，因事在官挾仇妄指誣告指姦事理，有司徑直捉拿，苦楚勘問，逼勒招承。」

〔五一〕（張）　臧本作「（張千云）」。

〔五二〕領來　臧本作「押上」。

〔五三〕（張）　臧本作「（張千云）」。

〔五四〕平人　良人，平民。王溥《五代會要》卷九「議刑輕重」：「其或妄被攀引，終是平人，以此致死者，減故殺罪一等。」

〔五五〕解至也　臧本無。

〔五六〕（孤）　臧本作「（包待制云）」。

〔五七〕中　臧本無。

〔五八〕也　抑或，還是。《敦煌變文集》卷一《漢將王陵變》：「既是巡營，有號也無？」元刊本張國賓《汗衫記》三折【脱布衫】：「問俺那少年兒在也不在？」

〔五九〕（張）　臧本作「（張千云）」。

〔六〇〕也　臧本上有一「了」字。

〔六一〕（孤）　臧本作「（包待制云）」。

〔六二〕解子押三人上　解子，押解罪犯的公差。顧曲齋本楊顯之《瀟湘夜雨》二折崔甸士白：「張千，便差個能行快走的解子，將這逃奴解到沙門島。」臧本「三人」作「王大兄弟」。

〔六三〕旦上　臧本作「正旦隨上」。

〔六四〕解到這無人情御史臺　解，押送。《水滸傳》八回：「開封府公文只叫解活的去，却不曾教結果了他。」無人情，無情。亦作「没人情」。《董解元西厢記》卷八【中吕調】【古輪臺】：「我尋思，那張珙哥哥好没人情！」御史臺，中央負責監察的機構。漢時中央設御史府，西漢末年改稱御史臺。宋時御史臺也爲中央監察機構，包拯曾任監察御史，故云。

〔六五〕早來到　臧本作「元來是」。吴國欽本、王季思本「元」改作「原」。參見《調風月》第四折校注〔三五〕。

〔六六〕生扭做　硬擰成，硬顛倒成。參看《詩詞曲語辭匯釋》卷三「生（一）」。

〔六七〕空教我意下惆㤪　空，獨。參看《詩詞曲語辭例釋》「空（二）」。意下，心裏。《五代史平話》唐史卷上：「那時黄巢在長安，夜夢黑鴉無千無萬……睡醒後，意下思量李克用渾名做李鴉兒，諸軍皆着黑衣。」「惆㤪」，臧本同。吴國欽本、王季思本改作「躊躇」。按，惆㤪，悲感。《盛世新聲》午集闕名氏套數【雙調】風入松：「心惆㤪，剛道不思慮，除飲香醪，醉時節睡足。但合眼見他來，欲語從初。想起俺那當初，言不盡受過無限苦。」

〔六八〕赤緊的　真正是，實在是。參看《詩詞曲語辭匯釋》卷四「赤緊」。

〔六九〕把罪犯私下招伏　罪犯，罪行。魏泰《東軒筆録》卷一：「罪犯深重，感聖恩不殺，死無以報，敢訴苦耶？」臧本「伏」作「承」。招伏，招認。《元典章》刑部五「燒埋」：「莫若今後有被死之人，官司檢驗明白，行凶人招伏是實，隨於本囚犯屬名下追燒埋銀鈔責付苦主收領，以爲燒埋之資。」

〔七〇〕小處官司孔目　臧本「處」上有一「去」字。孔目，衙門裏管理文書和案卷的小吏。《資治通鑑·唐玄宗天寶十年》胡三省注：「孔目官，衙前吏職也，唐世始有此名，言凡使司之事，一孔一目皆須經由其手也。」

〔七一〕【梁州】 臧本作「【梁州第七】」。

〔七二〕王條 王法，法律。闕名氏《替殺妻》一折【後庭花】：「你休要犯王條成罪愆，則索辨人倫依正典。」

〔七三〕不比 不像。臧本《救風塵》三折【黄鍾尾】夾白：「我若還嫁了你，我不比那宋引章，針指油麵，刺綉鋪房，大裁小剪，都不曉得一些兒的。」參見《哭存孝》頭折校注〔三三〕。

〔七四〕使不得膽大心粗 使不得，不行。《京本通俗小説·志誠張主管》：「使不得。第一，家中母親嚴謹；第二，道不得『瓜田不納履，李下不整冠』。……斷然使不得！」膽大心粗，膽大。隋樹森校本《陽春白雪》後集卷三劉時中套數【正宫】端正好：「倚仗着幾文錢百般胡做，將官府覷得如無。則這素無行止喬男女，都整扮衣冠學士夫，一個個膽大心粗。」

〔七五〕尋俗 尋常。元刊本尚仲賢《氣英布》四折【醉花陰】：「此一陣不尋俗，英布誰如，據慷慨堪推舉。」

〔七六〕擔負公徒 擔負，忍受。《劉知遠諸宫調》第十二【般涉調】【墻頭花】：「兄嫂自思慮，十二三年發狠毒，休言道是俺夫妻，佛也應難擔負。」公徒，刑罰。元刊本孟漢卿《魔合羅》三折【集賢賓】：「俺倒大來擔公徒利害，筆尖上定生死存亡。」

〔七七〕夫主　丈夫。《後漢書·列女傳·班昭》:「正色端操,以事夫主。」

〔七八〕更　又。蘇鶚《杜陽雜編》卷下:「勿使内官知,言出於外,更使諫官上疏也。」

〔七九〕赤緊地　無奈。「地」亦作「的」。《盛世新聲》巳集闕名氏套數【南吕】一枝花:「我如今賣着領雪練般狐裘赤緊的遇着炎熱,本錢不折,上手來便撇。我怕不待求善價沽諸,這行貨背時也。」

〔八〇〕屏墻　照壁。劉肅《大唐新語》卷十三:「又令嘲屏墻,略曰:『高下八九尺,東西六七步。突兀當廳坐,幾許遮賢路。』」

〔八一〕這　這樣。闕名氏《凍蘇秦》三折【黄鍾尾】:「這賚發,這覷當,兩錠銀,重百兩,遮莫便十年呵休想我貴人多忘。」

〔八二〕别辨個實虚　臧本作「誰實誰虚」。别辨,辨。元刊本張國賓《薛仁貴》一折【混江龍】:「我與你定奪個功罪,别辨個實虚。」參見《哭存孝》第二折校注〔三九〕。

〔八三〕旦　臧本作「正旦」。

〔八四〕(張)　臧本作「(張千云)」。

〔八五〕(孤)　臧本作「(包待制云)」。

〔八六〕批　回文。李行道《灰闌記》三折董超白:「哥哥不勞分付,只要到府時,早些打發我批回。」

〔八七〕（王三）　臧本作「（王大兄弟云）」。北京大學本、吳國欽本、王學奇本、王季思本「據古名家本改」作「（王三云）」。

〔八八〕喒　臧本同。北京大學本、吳國欽本、王學奇本、王季思本改作「咱」。參見《哭存孝》頭折校注〔二四〕。

〔八九〕（孤）　臧本作「（包待制云）」。

〔九〇〕這裏比你那中牟縣那　比，是。《竇娥冤》四折【沉醉東風】：「我是那提刑的女孩，須不比現世的妖怪，怎不容我到燈影前，却攔截在門桯外？」「中牟縣那」之「那」，語助詞，表質問、斥責語氣。脈望館古名家本鄭廷玉《後庭花》三折【川撥棹】：「我敢搠碎你口中牙，不剌，這是你家裏説話那？」闕名氏《陳州糶米》一折二斗子白：「秤上現秤八兩，我吃了你一塊兒那？」

〔九一〕婆子　老婦。羅大經《鶴林玉露》天集卷二「進青魚」：「秦檜之夫人常入禁中，顯仁太后言：『近日子魚大者絶少。』夫人對曰：『妾家有之，當以百尾進。』……進青魚百尾。顯仁拊掌笑曰：『我道這婆子村，果然！』蓋青魚似子魚而非，特差大耳。」

〔九二〕敢與這小厮關親　敢，莫非。《董解元西厢記》卷四【雙調】【芰荷香】【尾】：「你更做摟慌，敢不開眼？」關親，有親屬關係。同上卷八【高平調】【于飛樂】：「杜太守端的是何人，與自家是舊友關親？」

〔九三〕（旦）　臧本作「（正旦云）」。

〔九四〕（孤）　臧本作「（包待制云）」。

〔九五〕（旦）　臧本作「（正旦云）」。

〔九六〕是我弟三的孩兒　臧本「弟」作「第」。吴曉鈴本校云：「臧本作『第』字，是。」按，弟，即「第」。參見《調風月》第四折校注〔六三〕。的，用在數量詞後。脈望館鈔本鄭廷玉《冤家債主》四折正末白：「你是我第二的兒。」臧本高文秀《黑旋風》二折【醉扶歸】：「我和你疾忙趕上者，將他一雙的在馬前拽。」

〔九七〕（孤）　臧本作「（包待制云）」。

〔九八〕噤聲　喝斥之辭，猶言「住嘴」。金仁傑《追韓信》三折【堯民歌】：「息怒波豁達大度聖明君。噤聲波低頭切肉大將軍！」

〔九九〕可甚　算甚麼。楊梓《霍光鬼諫》二折【剔銀燈】：「干身事別無甚麼拜見，將一個親姊妹向君王行托獻。大古裏是布衣走上黄金殿，子俺那漢官家可甚納士招賢！」參看《詩詞曲語辭匯釋》卷二「可（一）」。

〔一〇〇〕陶母教子，剪髮待賓　陶母，東晉陶侃之母湛氏。鄒之麟《女俠傳·陶母》：「陶侃母湛氏，豫章新淦人，初侃父丹聘爲妾，生侃。而陶氏貧賤，湛每紡績資給之，使交結勝己。……鄱陽孝廉范逵寓宿於侃，時大雪，湛氏乃撤所卧新薦自剉給其馬，又密剪髮賣與鄰人供殽饌。逵聞之，嘆息曰：『非此母不生此子。』侃竟以功名顯。」元秦簡夫有《晉陶母剪髮待賓》雜劇。

〔一〇二〕陳母教子，衣紫腰金　臧本「金」作「銀」。宋時陳堯叟、陳堯佐、陳堯咨弟兄三人，在母親馮氏教育下，都中了狀元，做了大官。陳氏弟兄同時貴顯，時推爲盛族。《宋史·陳堯佐傳》：「論曰：咸平、天聖間，父子兄弟以功名著聞於時者，於陳堯佐、宋庠見之。……君子以爲陳之家法，宋之友愛，有宋以來不多見也，嗚呼賢哉！」關氏《狀元堂陳母教子》雜劇即叙其事。衣紫腰金，挂金章戴紫綬。魏晋以後光禄大夫得假金章紫綬，因用以指做高官。

〔一〇三〕從實招了者　臧本上有「你好好的」四字。

〔一〇四〕（旦）　臧本作「（正旦唱）」。

〔一〇五〕每　用於人稱代詞或名詞後，不表複數。參見《調風月》第三折校注〔三八〕。

〔一〇六〕窮滴滴　形容貧苦。元刊本鄭廷玉《看錢奴》二折【煞尾】：「青湛湛高天眼不開，窮滴滴飢民苦怎捱！」

〔一〇七〕爺爺　尊稱官吏。陸游《老學庵筆記》卷一：「建炎初，宗汝霖留守東京，群盜降附者百餘萬，皆謂汝霖曰『宗爺爺』。」

〔一〇八〕自小來攻考文書　來，以來。《太平廣記》卷三百一十九引《法苑珠林》：「卿亡來初無音影，今夕那得忽還?」《張協狀元》戲文四十五出:「這貧女底,從幼來在廟中,旦夕裏是我周濟。」臧本「攻考」作「便學」。文書,書籍。《董解元西厢記》卷七【正宫】【賺】:「守着窗兒悶悶地坐,把引睡的文書兒强披閲。」

〔一〇八〕他子會依文典　臧本「子」作「則」,「文典」作「經典」。文典,文獻典籍。

〔一〇九〕虧圖　謀害。景方諸生本王實甫《西厢記》五本四折【折桂令】:「那厮本意囂虚,將足下虧圖。」王伯良云:「虧圖,謀害也。」

〔一一〇〕悮　臧本同。各本改作「誤」。按,悮,同「誤」。見《廣韻》去聲暮韵五故切。

〔一一一〕(孤)　臧本作「(包待制云)」。

〔一一二〕(旦悲)　臧本作「(正旦悲科)」。

〔一一三〕徒流絞斬蕭何律　法律。徒流絞斬,古代刑罰。陶宗儀《輟耕録》卷二「五刑」:「國初立法以來,有笞、杖、徒、流、死之制。」徒即徒刑,監禁。流即流刑,放逐。《董解元西厢記》卷八【大石調】【還京樂】:「有刑罰徒流絞斬,吊拷綁把。」蕭何律,代指法律。蕭何,劉邦的功臣,漢初任相,曾制訂典制律令,故云。闕名氏《陳州糶米》四折【得勝令】:「你犯了蕭何律難寬縱,便自有蒯通謀怎救解。」

〔一一四〕恭儉温良　指孔子的幾種美德。《論語·學而》:「子貢曰:『夫子温良恭儉讓以得之,夫子之求之也，其諸异乎人之求之與？』」朱熹集注：「温，和厚也；良，易直也；恭，莊敬也；儉，節制也；讓，謙遜也。五者，夫子之盛德光輝，接於人者也。」

〔二五〕拷　臧本同。吴國欽本誤作「挎」。

〔二六〕更疼似懸頭刺股　似，過。《樂府雅詞》卷三賀方回《浣溪沙》：「東風寒似夜來些。」懸頭刺股，孫敬、蘇秦事。《太平御覽》卷三百六十三引《漢書》：「孫敬字文寶，好學，晨夕不休。及至眠睡疲寢，以繩繫頭，懸屋梁。後爲當世大儒。」《戰國策·秦策一》：「（蘇秦）讀書欲睡，引錐自刺其股。」後以「懸頭刺股」形容刻苦讀書。

〔二七〕爺飯娘羹　依賴父母生活。楊梓《霍光鬼諫》一折【青哥兒】：「爺飯娘羹嬌養，夫貴妻榮休望。」

〔二八〕（孤）　臧本作「（包待制云）」。

〔二九〕王大　臧本下有「云」。

〔三〇〕孩兒　臧本作「小的」。

〔三一〕王二　臧本下有「云」。

〔三二〕孩兒　臧本作「小的」。

〔三三〕王三　臧本下有「云」。

〔二四〕大人　臧本無。

〔二五〕也不干兩個哥哥事　臧本下有「是他肚兒疼死的」一句。

〔二六〕（旦）　臧本作「（正旦云）」。

〔二七〕疼忍　忍痛。

〔二八〕委的　確實。《清平山堂話本·曹伯明錯勘贓》：「相公，委的與倘都軍來往情密，後被曹伯明娶了妾，因此與倘都軍設計。」

〔二九〕（孤）　臧本作「（包待制云）」。

〔三〇〕招承　招認。《元典章》刑部二「獄具」：「比年以來，外路官府酷法虐人，有不招承者，跪於瓷芒碎瓦之上，不勝楚痛，人不能堪。」

〔三一〕定　猶了。《唐宋諸賢絶妙詞選》卷六趙德麟《天仙子·春情》：「宿雨洗空臺榭瑩，下盡珠簾寒未定。」《董解元西廂記》卷四【仙吕調】【綉帶兒】：「如今俺肯推窮到底胡追究？思量定不必閑合口，且看當日把子母每曾救。」

〔三二〕寔　臧本作「實」。寔，通「實」。《禮記·坊記》：「寔受其福。」孔穎達疏：「寔，實也。」

〔三三〕（旦）　臧本作「（正旦唱）」。

〔三四〕静巉巉　沉寂的樣子。巉巉，語助。賈仲明《金安壽》三折正末白：「這裏知他是那裏？則見高山遠澗，老樹橫橋，静巉巉的無一個人，好怕人也！」

〔三五〕招伏　「伏」原作「狀」，據臧本改。按，此本曲第三句，末字韻，「狀」字失韻。招伏，招認。參見校注〔六九〕。

〔三六〕官人　臧本作「相公」。官人，稱官吏。張端義《貴耳集》卷下：「御前雜劇，三個官人：一曰京尹，二曰常州太守，三曰衢州太守。」

〔三七〕負　臧本作「侮」。

〔三八〕咱家　咱，我。家，人稱代詞及稱人的名詞後綴。臧本闕名氏《碧桃花》楔子：「（做見張科，云）……你是什麼人？白日裏跳過墻來俺花園中，待做賊那？（興兒云）咱家不是賊。」息機子本「咱家」作「小人」。參看《詩詞曲語辭匯釋》卷三「家（二）」。

〔三九〕官人監收媳婦　臧本「官人」作「如今」。監收，拘禁。《董解元西厢記》卷四【雙調】【攪箏琶】：「明日告州衙，教賢分別。官人每更做擔饒你，須監收得你幾夜。」媳婦，婦人自謙稱。《京本通俗小説·西山一窟鬼》：「教授問：『婆婆高壽？』婆子道：『老媳婦犬馬之年，七十有五。』」

〔四〇〕公人　衙役。《京本通俗小説·菩薩蠻》：「臨安府差人去靈隱寺印長老處要可常，長老離不得安排酒食，送些錢鈔與公人。」

〔四一〕停嗔息怒　臧本作「又生嗔發怒」。

〔四二〕麻槌　刑具之一，用麻扎成的一種粗而短的鞭子，行刑前用水浸濕。脈望館古名家本孟漢卿《魔合羅》四折【迎仙客】：「比及下拶指，先浸了麻槌。行杖的腕頭加氣力，直打得紫連青，青間赤。」

〔四三〕六問三推　反復審問。問，審訊；推，推勘。脈望館古名家本孟漢卿《魔合羅》三折旦白：「我是個婦人家怎熬這六問三推，胡蘆提屈畫了招狀。」

〔四四〕刑獄勘問　臧本「刑獄」作「不住」。王季思本「不住」斷屬上句，「勘問」屬下句。刑獄，刑罰。《晉書·元帝紀》：「其有政績可述，刑獄得中……各以名聞。」

〔四五〕人　臧本作「府」。

〔四六〕牽腸割肚　心疼。息機子本闕名氏《合同文字》三折【紅綉鞋】：「全無那半點兒牽腸割肚，全無那半星兒短嘆長吁，莫不您叔嫂妯娌不和睦？」

〔四七〕這壁廂那壁廂由由忬忬　壁廂，邊。景方諸生本王實甫《西廂記》五本三折【收尾】：「只好偷韓壽下風頭香，傅何郎左壁廂粉。」王伯良云：「左壁廂，猶言左邊。」「由由忬忬」，臧本同。王季思本改作「猶猶豫豫」。按，由由，疑是「怞怞」的省寫。怞忬，猶悲感。《梨園樂府》卷上商政叔套數【雙調】風入松：「心怞忬，剛道不思慮，除飲香醪，醉時節睡足。」悲感一義，除寫作「怞忬」外，亦作「惆憪」、「躊躇」。怞怞忬忬，猶悲悲戚戚。參見校注〔六七〕。

〔一四八〕暗想當初老子　臧本無。

〔一四九〕可不　臧本作「可不道」。可不，猶豈不。用法同「可不道」。脈望館古名家本馬致遠《漢宫秋》二折【牧羊關】：「興廢從來有，干戈不肯休，可不『食君禄命懸君手』？太平時賣你宰相功勞，有事處把俺佳人遞流。」參見《哭存孝》第二折校注〔六二〕。

〔一五〇〕没氣路　無處可出氣泄忿。

〔一五一〕泪雨　臧本作「雨泪」。

〔一五二〕（孤）　臧本作「（包待制云）」。

〔一五三〕試看看　疑衍一「看」字。臧本即作「試看」。參見校注〔三二〕。

〔一五四〕做看科　臧本下有「云」。

〔一五五〕不才也　臧本作「糊塗」。不才，無才。《左傳・成公三年》：「二國治戎，臣不才，不勝其任，以爲俘馘。」

〔一五六〕排房吏典　州縣衙門裏的屬吏，因理事的地方在衙門正廳兩旁的廊房，故云。參見校注〔一三〕。

〔一五七〕更不呵　臧本同。吴國欽本、王季思本「更」改作「便」。按，更不，再不。盧前校本《樂府群珠》卷四張雲莊小令【朱履曲】「警世」：「那的是爲官榮貴，止不過多吃筵席。更不呵安插些舊相知，家庭中添些蓋作，囊篋裏攢些東西。交好人每看做甚的？」呵，表讓步。王實甫《西廂記》三本三折【沉醉東風】：「便做道摟得慌呵，你也索覷咱。」

〔一五八〕（旦）　臧本作「（正旦云）」。

〔一五九〕（孤）　臧本作「（包待制云）」。

〔一六〇〕（旦）　臧本作「（正旦云）」。

〔一六一〕銕　「鐵」的古文（見《説文解字》十四上金部）。

〔一六二〕（孤）　臧本作「（包待制云）」。

〔一六三〕（旦）　臧本作「（正旦云）」。

〔一六四〕王三　臧本下有「云」。

〔一六五〕（孤）　臧本作「（包待制云）」。

〔一六六〕王三　臧本下有「云」。

〔一六七〕（孤）　臧本作「（包待制云）」。

〔一六八〕可知打死人里　可知，猶云難怪。參看《詩詞曲語辭匯釋》卷一「可知」。臧本「里」作「哩」。

〔一六九〕（旦）　臧本作「（正旦唱）」。

〔一七〇〕處　臧本作「鑄」。

〔一七一〕（孤）　臧本作「（包待制云）」。

〔一七二〕（旦） 臧本作「（正旦唱）」。

〔一七三〕（孤） 臧本作「（包待制云）」。

〔一七四〕（旦） 臧本作「（正旦唱）」。

〔一七五〕爐 臧本作「罏」。北京大學本、吴國欽本、王學奇本、王季思本據古名家本改。

〔一七六〕（孤） 臧本作「（包待制云）」。

〔一七七〕賴肉頑皮 頑劣不遜。闕名氏《神奴兒》三折外郎白：「這厮賴肉頑皮，不打不招，張千，着實打者！」

〔一七八〕（旦） 臧本作「（正旦唱）」。

〔一七九〕非干 不是。李清照《漱玉詞·鳳凰臺上憶吹簫》：「今年瘦，非干病酒，不是悲秋。」

〔一八〇〕（孤） 臧本作「（包待制云）」。

〔一八一〕便好道 常言説得好。參看《詩詞曲語辭匯釋》卷四「便好道」。

〔一八二〕人 臧本作「他」。人，他。《董解元西厢記》卷四【中吕調】【鶻打兔】：「適來恁地，把人奚落。」

〔一八三〕（旦） 臧本作「（正旦唱）」。

〔一八四〕階除 「除」原作「基」，據臧本改。按，此本曲第七句，末字韵，「基」字失韵。階除，臺階。闕名氏《九世同居》一折【那吒令】：「陳饌饈，排樽俎，排列在階除。」

〔一八五〕顧瞻　照看。《全唐詩》卷三三九韓愈《苦寒》：「天王哀無辜，惠我下顧瞻。」

〔一八六〕百般裏無是處　臧本「裏」作「的」，「無」作「没」。無是處，不知怎樣才好。王仲文《救孝子》三折【迎仙客】：「怕不要倩外人，那裏取工夫，正農忙百般無是處。」參見《調風月》第四折校注〔七〇〕。

〔一八七〕包待制爺爺好葫蘆提也　臧本上有「（云）」。吴曉鈴本「葫」誤作「胡」。

〔一八八〕（孤）　臧本作「（包待制云）」。

〔一八九〕（張）　臧本作「（張千云）」。

〔一九〇〕枷梢　本指枷的一端，這裏指木枷。孔文卿《東窗事犯》一折【混江龍】：「不能够名標簿上，剗地屈向廳前，想兒曹反謀帝王前，不由英雄泪滴枷梢上！」

〔一九一〕胡　臧本同。吴曉鈴本誤校云：「臧本『胡』字作『葫』字。」除盧冀野本外，各本改作「葫」。

〔一九二〕（孤）　臧本作「（包待制云）」。

〔一九三〕胡　臧本作「葫」。

〔一九四〕旦　臧本作「正旦」。

〔一九五〕（孤）　臧本作「（包待制云）」。

〔一九六〕（旦）　臧本作「（正旦云）」。

〔一九七〕胡　臧本作「葫」。

〔一九八〕誰人　誰。《太平廣記》卷一百一十六引《地獄苦記》：「先所負錢，當付誰人？」

〔一九九〕（孤）　臧本作「（包待制云）」。

〔二〇〇〕保舉　擔保。

〔二〇一〕（旦）　臧本作「（正旦唱）」。

〔二〇二〕親腸肚　臧本「親」作「娘」。親，母。《詩·豳風·東山》：「親結其縭，九十其儀。」孔穎達疏：「其母親自結其衣之縭。」腸肚，心，心裏。脈望館息機子本鄭廷玉《忍字記》二折【採茶歌】：「必定是他親娘將孩兒無事打，我是他親爺腸肚可憐他。」

〔二〇三〕手扳定枷稍叫聲屈　「稍」，臧本同。各本改作「梢」。按，枷稍，同「枷梢」。稍，通「梢」。臧本石君寶《曲江池》三折【滿庭芳】：「常搊着枷稍上長釘釘。你只問臨川縣令，可不道『惺惺的自古惜惺惺』！」參見校注〔一九〇〕。臧本「聲」下有一「兒」字。

〔二〇四〕包待制爺爺好胡蘆提　臧本上有「（云）」，下有一「也」字，「胡」作「葫」。

〔二〇五〕（孤）　臧本作「（包待制云）」。

〔二〇六〕（張）　臧本作「（張千云）」。

〔二〇七〕大人胡蘆提　臧本「大人」作「老爺」，「胡」作「葫」。

〔二〇八〕（孤）　臧本作「（包待制云）」。

〔二〇九〕旦　臧本作「正旦」。

〔二一〇〕（孤）　臧本作「（包待制云）」。

〔二一一〕胡　臧本作「葫」。

〔二一二〕（旦）　臧本作「（正旦云）」。

〔二一三〕大人胡蘆提　臧本「大人」作「爺爺」，「胡」作「葫」。

〔二一四〕營運生理　做買賣。營運，經營。《京本通俗小説·志誠張主管》：「家有十萬資財，用兩個主管營運。」生理，指買賣。臧本王日華《桃花女》楔子老旦白：「我夫主亡化之後，全虧這孩兒早起晚眠，營幹生理，養活老身。」

〔二一五〕（孤）　臧本作「（包待制云）」。

〔二一六〕營運生理　臧本上有一「會」字。

〔二一七〕却　究竟。《清平山堂話本·楊温攔路虎傳》：「官人，你没錢如何將息？我交官人撰百十錢把來將息，你却肯也不肯？」

〔二一八〕（孤）　臧本作「（包待制云）」。

〔二九〕王三　臧本下有「云」。

〔三〇〕又　猶也。《太平廣記》卷二十引《仙傳拾遺》：「兒爲仙官，不當久有人世。雖父母憶念，又不宜作此祠廟。」《張協狀元》戲文四出：「（丑）員夢錢。（末）六文。（丑）聽聲錢。（末）又要？也支六文。」

〔三一〕（孤）　臧本作「（包待制云）」。

〔三二〕推轉　推出處死。「轉」疑爲「斬」字之誤。《五代史平話》周史卷上：「命左右將推出斬了。」然戲曲小説習用「推轉」。金仁傑《追韓信》三折正末白：「衆軍拿下者！既爲元帥，軍有常刑。推轉者！」

〔三三〕（孤）　臧本作「（包待制云）」。

〔三四〕子　原作「了」，據臧本改。

〔三五〕中　行。參看《詩詞曲語辭匯釋》卷四「中」。

〔三六〕（旦）　臧本作「（正旦云）」。

〔三七〕（孤）　臧本作「（包待制云）」。

〔三八〕我不胡蘆提　臧本下有一「麽」字，「胡」作「葫」。

〔三九〕（旦）　臧本作「（正旦云）」。

〔三〇〕大人爺爺不胡蘆提　臧本無「大人」二字，「胡」作「葫」。

〔三一〕（孤）　臧本作「（包待制云）」。

〔三二〕争些　差一點兒。參看《詩詞曲語辭匯釋》卷二「争（一）」。

〔三三〕前房後繼　前妻的兒，後繼的母。亦作「前家後繼」。見王仲文《救孝子》一折。

〔三四〕乞養過房螟蛉之子　臧本「過房」作「來的」。螟蛉之子，養子。《詩·小雅·小宛》：「螟蛉有子，蜾蠃負之。」蜾蠃捕螟蛉蛾的幼蟲餵其幼子，古人誤以爲蜾蠃養螟蛉爲子，後因以「螟蛉」或「螟蛉之子」作養子的代稱。《舊唐書·昭宗紀》：「太原李克用上章言王重榮有功於國，其子珂宜承襲，請賜節鉞。邠州王行瑜、鳳翔李茂貞、華州韓建各上章，言珂螟蛉，不宜纘襲。」

〔三五〕不道饒了你里　不道，不會。元刊本張國賓《汗衫記》二折【紫花兒序】：「天罔（網）恢恢，不道漏了纖掐。」臧本「里」作「哩」。

〔三六〕（旦）　臧本作「（正旦云）」。

〔三七〕（孤）　臧本作「（包待制云）」。

〔三八〕（旦）　臧本作「（正旦云）」。

〔三九〕則　猶雖。參看《詩詞曲語辭匯釋》卷一「則（二）」。

〔四〇〕你則休生分了　則，表强調。道山先生《道山清話》：「又問：『庭堅學佛有得否？』公曰：

『這個則如何知得？且佛亦如何恁地學得？』」臧本張國賓《薛仁貴》一折張士貴白：「薛仁貴，你則平心着，我的功勞，你要賴了我的，又着我射垜子。」生分，生疏。闕名氏《摭青雜説》：「若司户左右要針線人，姊得我爲之，則素相諳委，勝如生分人也。」

〔二四一〕（孤）臧本作「（包待制云）」。

〔二四二〕（旦）臧本作「（正旦唱）」。

〔二四三〕曾　是。《竇娥冤》四折【雁兒落】：「你看這文卷曾道來不道來，則我這冤枉要忍耐如何耐？」

〔二四四〕却須是咱乳哺　却，猶可。王實甫《西厢記》四本二折紅娘白：「姐姐，事發了也，老夫人喚我哩，却怎了？」須，猶本。參看《詩詞曲語辭匯釋》卷一「須（三）」。咱，我。黄生《字詁》：「咱（側皆切）之爲我，則自家二字所合也。」乳哺，哺育。《法苑珠林》卷六：「時有羅刹婦，名曰驢神，見兒不污，念言福子，遂於空中接取洗持，將往雪山，乳哺畜養，猶如己子。」

〔二四五〕（孤）臧本作「（包待制云）」。

〔二四六〕（旦）臧本作「（正旦唱）」。

〔二四七〕偌大小　「偌」原作「喏」，從吴曉鈴本改。臧本即作「偌」。按，偌，這樣。闕名氏《謝金吾》一折【混江龍】：「這樓呵起初修蓋，也不知費他府藏偌多財。」大小，大。《董解元西厢記》卷二

【大石調】【玉翼蟬】：「賊頭領，聞此語，佛也應煩惱。嚼碎狼牙，睁察大小。」

〔二四八〕（孤）　臧本作「（包待制云）」。

〔二四九〕（旦打悲科）　臧本作「（正旦打悲科，唱）」。

〔二五〇〕（孤）　臧本作「（包待制云）」。

〔二五一〕前家兒　前妻生的子女。狄君厚《介子推》二折【梁州第七】：「前家兒功翻成罪，後堯婆恩變爲仇。」平遥方言稱前妻的子女爲「前家兒」。家，妻。《敦煌變文集》卷三《孔子項托相問書》：「婦死更娶，必得賢家。」銀川方言稱某人之妻爲某「家」。

〔二五二〕那　猶麽。鄭德輝《三戰吕布》二折吕布白：「某暗想你足生一瘤，尚有五霸諸侯之分，某足生雙瘤，我福分更小似你那？」元刊本闕名氏《博望燒屯》四折正末白：「有真命皇帝，咱弟兄廝守，只不好那？」

〔二五三〕（旦）　臧本作「（正旦云）」。

〔二五四〕大人差了也　臧本下有「（唱）」，「大人」作「爺爺」。

〔二五五〕後堯婆　繼母。古名家本楊顯之《酷寒亭》三折【賀新郎】：「前家兒招了個後堯婆。小媳婦近日成親，大渾家近新來亡過。」亦叫「姚婆」。《鄢陵縣志》卷五：「姚婆，是再醮婦，言繼母不善待其前室子女也。」

〔二五六〕桑辛婦　臧本作「桑新婦」。「辛」疑應作「新」。桑新婦，不賢婦女的代稱。新婦，即媳婦。《詩·鄘風》有《桑中》篇，《詩序》云：「刺奔也。衛之公室淫亂，男女相奔，至于世族在位，相竊妻妾。」元劇所用，疑源於此。

〔二五七〕魯義姑　春秋時，齊攻魯，魯一婦女携子與侄逃難，在不得不抛掉一個孩子的情況下，她捨棄了親子。齊兵感動，遂回軍。魯君聞之，賜束帛，號曰「義姑」。事見《列女傳》。《録鬼簿》著録元武漢臣有《棄子全侄魯義姑》雜劇。元劇中常用以代稱賢德的婦女。

〔二五八〕（孤）　臧本作「（包待制云）」。

〔二五九〕果　究竟。吴昌齡《張天師》一折陳世英白：「你只説小生來年應舉，果是如何？」

〔二六〇〕（旦）　臧本作「（正旦唱）」。

〔二六一〕支吾　答對。《董解元西厢記》卷四【仙吕調】【綉帶兒】：「恰纔據俺對面不敢支吾，白受恁閑驚怖。」

〔二六二〕没口的葫蘆　臧本「口」作「嘴」。没口的葫蘆，比喻有話説不出來。脈望館古名家本鄭廷玉《後庭花》二折【牧羊關】：「你則一聲問的我似没嘴的葫蘆。」

〔二六三〕恰渾似　簡直就像。楊景賢《西遊記》三本十一齣【好觀音】：「今日相逢莫怨嗟，是吾師的功業，恰渾似枯樹生花葉。」參看《詩詞曲語辭匯釋》卷二「渾（一）」。

〔二六四〕官官相爲　官官相護。爲，衛護。息機子本闕名氏《鴛鴦被》四折劉員外白：「好也！你兩個官官相爲，我死了。」

〔二六五〕更做道　兼之是。《北詞廣正譜》商政叔小令【般涉調】三煞：「只有今宵無明夜，都因自家緣分拙，更做道走馬兒恩情，甚前時聚會，昨宵飲宴，今朝祖送，來日離別。」

〔二六六〕（旦打悲科）　臧本作「（做打悲科，唱）」。

〔二六七〕罪犯　犯罪。《元典章》刑部一「刑名」：「隨路府州司縣官員，俱係朝廷命官，遇有罪犯，取責明白招伏，申部呈省詳斷。」

〔二六八〕干閃下我這老業身軀　臧本「干」作「乾」。「業」，臧本同。吴國欽本、王季思本改作「孽」。按，業，梵語羯磨。佛教指人們身口意善惡無記之所作。其善性惡性必感苦樂之果。《妙法蓮華經·序品》：「生死所趨，善惡業緣。」特指惡業，元劇常用作自怨詛咒之辭。王實甫《西廂記》一本二折【耍孩兒】：「業身軀雖是立在迴廊，魂靈兒已在他行。」

〔二六九〕當門户　當家，主持家業。《全唐詩》卷二六張籍《築城詞》：「家家養男當門户，今日作君城下土。」

〔二七〇〕公人每　臧本作「再不須」。

〔二七一〕（孤）　臧本作「（包待制云）」。

〔二七二〕始信道「良賈深藏若虚，君子盛德，容貌若愚」　臧本「始」作「方」。「良賈」云云，語出《史記·老子韓非列傳》。意謂：好的商人讓人看不出他有多少財貨，仿佛什麽也没有一樣；有學問道德的人由於修養很高，從外表看反而好像什麽也不懂似的。

〔二七三〕曾閔　曾參、閔子騫，春秋時人，孔子的學生，同以孝行著稱。《史記·仲尼弟子列傳》：「曾參……孔子以爲能通孝道，故授之業，作《孝經》。」「孔子曰：『孝哉閔子騫！人不間於其父母昆弟之言。』」

〔二七四〕適間　剛才。《五代史平話》晋史卷上：「適間咱在樓上望着兩個比試武藝，但見那小廝頭上有一片紫雲蓋着。」

〔二七五〕胡　臧本作「蝴」。

〔二七六〕一大胡蝶　臧本作「一個大蝴蝶來」。

〔二七七〕胡　臧本作「蝴」。

〔二七八〕胡　臧本作「蝴」。

〔二七九〕小胡蝶出離羅網　臧本上有一「這」字，「胡」作「蝴」。出離，出。《水滸傳》五十六回：「計算了房錢，出離店肆，投東便走。」

〔二八〇〕恰才我依條犯法分輕重　臧本上有「（詞云）」。條，法律。《朱文公校昌黎先生集》卷二十二

《祭河南張員外文》：「明條謹獄，氓獠户歌。」

〔二六一〕分外却有別詞訟　分外，另外。《元典章》臺綱二「體察」：「去年監察每、廉訪司官每不守根脚裏行來的體例，分外行來的上頭，近附二百人被無體例倚氣力革罷了來。」詞訟，官司。這裏意猶情況。

〔二六二〕干休　罷休。孔文卿《東窗事犯》三折【禿厮兒】：「臣望寫黄閣千年不朽，標青史萬代名留。臣做了個充飢畫餅風内燭！這寃仇，這寃仇，怎肯干休。」

〔二六三〕罪犯難輕縱　臧本「犯」作「律」。輕，輕易。《晉書·張華傳》：「時大臣皆以爲未可輕進，獨華堅執，以爲必克。」

〔二六四〕爲　猶則。《莊子·寓言》：「與己同則應，不與己同則反。同於己爲是之，异於己爲非之。」

〔二六五〕營運　做買賣。臧本李文蔚《燕青博魚》二折【仙吕點絳唇】：「借人資本，爲營運，避不得艱辛，則要這兩字衣食準。」參見校注〔三四〕。

〔二六六〕幼　原作「幻」，據臧本改。

〔二六七〕他歡喜緊將兒發送　臧本「他」下有一「便」字。發送，打發。脈望館古名家本馬致遠《漢宮秋》二折外白：「陛下割恩斷愛，以社稷爲念，早早發送娘娘去罷。」

〔二六八〕他將那前家兒子苦哀矜　臧本「他將那」作「只把」。苦，猶甚。參看《詩詞曲語辭匯釋》卷二

「苦」。

〔二八九〕自見　臧本作「自己」，上有「倒是」二字。

〔二九〇〕似這等三從四德可褒封　臧本「這等」作「此」。三從四德，封建社會對婦女所要求的道德標準。《儀禮·喪服·子夏傳》：「婦人有三從之義，無專用之道，故未嫁從父，既嫁從夫，夫死從子。」《周禮·天官·九嬪》：「掌婦學之法，以教九御婦德、婦言、婦容、婦功。」褒封，受皇帝的褒獎、誥封。

〔二九一〕請俸　領俸禄。葉夢得《石林燕語》卷十：「杜祈公居官清介，每請俸必過初五。家人嘗前期誤請者，公怒，即以付有司劾治。」

〔二九二〕一事上心來　臧本作「省起這事來」。

〔二九三〕先　臧本作「預」。

〔二九四〕便和那子母官司都一等　臧本「便和那」作「何異」，「都一等」作「向誰控」。一等，一樣。王安石《臨川先生文集》卷二十《景福殿前柏》：「知君勁節無榮慕，寵辱紛紛一等看。」

〔二九五〕正應着午時一枕胡蝶夢　應，應驗。《漢書·終軍傳》：「故周至成王，然後制定，而休徵之應見。」臧本「胡」作「蝴」。

〔二九六〕一干　有相互關係的一群。《元典章》刑部十六「違枉」：「委官取問得寄贓人余曾六等避怕拷勘，轉於事主等處買絲作元盜正贓納官。一干人招證明白。」

〔二九七〕旦慌向前扯科　臧本「旦」作「正旦」。向前，上前。吴昌齡《張天師》三折天師白：「梅花，你也向前對詞來。」

〔二九八〕揪捽　揪。《董解元西厢記》卷二【大石調】【玉翼蟬】【尾】：「欲待揪捽没頭髮，扯住那半扇雲衲，屹搭搭地直驅來馬直下。」

〔二九九〕與你　襯字。無義。元刊本馬致遠《任風子》二折正末白：「兀底是那庵兒。閉着門子里。我與你跳過墻去咱。」《陽春白雪》後集卷五蒲察善長套數【雙調】新水令：「聽長空孤雁聲，我與你暫出門庭。聽我丁寧：自别情人，雁兒，我其實捱不過衾寒枕冷，相思病積漸成。」

〔三〇〇〕這堝兒便死待何如　「堝」原作「禍」，據臧本改。吴國欽本、王季思本改作「窩」。按，堝，地。《遼史·營衛志中》：「鴨子河濼東西二十里，南北三十里，在長春州東北三十五里，四面皆沙堝，多榆柳杏林。」這堝兒，這裏。闕名氏《替殺妻》二折【滚綉毬】：「你是婦人家絮叨叨不嫌口困。這堝兒比不得你祭臺邊唬鬼瞞神。」待，又。《董解元西厢記》卷三【越調】【雪裏梅】：「莫道是亂軍，便是六丁黑煞，待子甚麽？」元刊本岳伯川《鐵拐李》二折旦白：「他見我待怎的？」

〔三〇一〕好和弱　好或壞，好壞。《董解元西厢記》卷一【仙吕調】【風吹荷葉】：「打拍不知個高下，誰曾慣對人唱他説他？好弱高低且按捺。」和，或。《劉知遠諸宮調》第十一【般涉調】【沁園春】：「吃和不吃，也即由伊。」

〔三〇二〕共　襯字。無義。元刊本孟漢卿《魔合羅》四折【紅綉鞋】：「你管惹場六問共三推。」元刊本宮天挺《范張鷄黍》三折【元和令】：「元來是喪賢人地慘共天愁。」

〔三〇三〕我這裏緊揝住衣服　臧本「這裏」作「只得」。北京大學本「揝」改作「揪」。按，揝，即攥。景方諸生本王實甫《西廂記》二本二折【正宮端正好】：「殺人心逗起英雄膽，兩隻手將烏龍尾鋼椽揝。」王伯良云：「北人以握爲揝。」

〔三〇四〕旦　臧本作「正旦」。

〔三〇五〕【收尾】　臧本作「【黄鍾尾】」。

〔三〇六〕着數　數得着。《東坡志林》卷八：「吕稺卿言：芍藥不及牡丹者，以重耳。戴芍藥一枝，比牡丹三四，花間猶當着數品。」闕名氏《墨娥小録》卷十四「行院聲嗽·人物」：「有名字人：着數。」

〔三〇七〕不大古　臧本作「忒慕古」。大古，猶特别。參看《詩詞曲語辭滙釋》卷四「大古(二)」。不大古，即無大古，無特别之處，猶今言不怎麽樣。《玉鏡臺》四折【掛玉鈎】：「我從小裏文章不大古，到今日甚日辰見言語，年紀大也，如今老模糊。」

〔三〇八〕黄堂　《後漢書·郭丹傳》：「太守杜詩請爲功曹，丹薦鄉人長者自代而去。……（太守）敕以丹事編署黄堂以爲後法。」李賢注：「黄堂，太守之廳事。」後以「黄堂」爲知府的代稱。包拯因做開封府尹，故云。

〔三〇九〕虎符　古代爲兵符，是調兵遣將的信物。元時，武官裏的萬户由政府發給金虎符做爲職務的證物。又叫「虎頭牌」、「金牌」。

〔三一〇〕受　享。《張協狀元》戲文十三出：「知它享了多少榮華，受了多少富貴。」

〔三一一〕忒　臧本作「好」。忒，猶太。《中興以來絶妙詞選》卷一李漢老《洞仙歌·柳花》：「記那回深院静、簾幕低垂，花陰下、霎時留住。又只恐、伊家忒疏狂，驀地和春、帶將歸去。」方言亦説太爲「忒」。《吴縣志》卷五二下：「太曰忒。」

〔三一二〕不睹事　不懂事。參看《詩詞曲語辭匯釋》卷四「不睹事」。

〔三一三〕割捨　拚着。《全宋詞》三趙長卿《虞美人·清婉亭賞酴醾》：「檀心應共酒相宜，割捨花前猛飲，倒金巵。」

〔三一四〕潑做　蠻幹。

〔三一五〕告都堂、訴省部　都堂，唐代尚書省的中廳。宋代中書門下沿唐制稱政事堂，別稱都堂。省部，尚書、中書、門下三省和吏、户、禮、兵、刑、工六部。「告都堂」云云，指越衙上訴。

〔二六〕撅皇城、打怨鼓　撅，投，到。《廣雅・釋詁三》：「撅，投也。」怨鼓，古時設在朝堂外的登聞鼓。百姓如有冤屈，可擊鼓上達。「撅皇城」云云，指到皇城去告御狀。

〔二七〕鑾輿　皇帝的車駕，亦用以代指皇帝。《舊唐書・肅宗紀論》：「故兩都再復於鑾輿，九廟復歆於黍稷。」

〔二八〕呆　癡。《董解元西厢記》卷七【雙調】【文如錦】：「您姐姐休呆，我比張郎，是不好門地？不好家業？」

〔二九〕唱今古　即「唱古今」。田汝成《西湖遊覽志餘》卷二十記杭州有「唱古今小説、平話」。這裏意爲像唱古今小説平話的一樣，講了許多話。

〔三〇〕强如　勝過。《全唐詩》卷五五王勃《採蓮曲》：「葉翠本羞眉，花紅强如頰。」

〔三一〕（孤）　臧本作「（包待制云）」。

〔三二〕可是　可。脈望館鈔本李文蔚《燕青博魚》二折：「（正末做打耳喑科，云）哥也，可是這般……（燕大云）我知道了也。」

〔三三〕（張）　臧本作「（張千云）」。

〔三四〕可是中也不中　可是，表委婉語氣。顧曲齋本喬夢符《金錢記》二折王府尹白：「知章學士，老夫有一句話，可是敢説麽？」不中，不行。參見校注〔三五〕。

〔三五〕（孤）　臧本作「（包待制云）」。

〔三六〕我扶立當今聖明主　臧本上有「（詩云）」。

〔三七〕這些公事斷不開　這些，這點兒。元刊本宮天挺《范張鷄黍》一折【醉扶歸】：「量這些薄人事別無甚孝順。」開，明。《太平廣記》卷三百二引《廣異記》：「此書生頗開人意，不宜挫辱。」

〔三八〕南衙開封府　北宋時習慣稱開封府的官署爲「南衙」。陶穀《清異録》卷一「官志」：「本朝以親王尹開封，謂之判南衙。」

第三折

（張千上）〔一〕手執無情棒，懷揣滴泪錢；曉行狼虎路，夜伴死屍眠。自家張千便是。有王大王二王三下在死囚牢中，與我拿將他三個出來。（王大王二上〔二〕）哥哥可憐見！（張）〔三〕别〔四〕過枷梢來，打三下殺威棒〔五〕！（打三下科）（張〔六〕）那第三個在那裏？（王三上〔七〕）我先〔八〕來了。（張）〔九〕李萬，擡過押床〔一〇〕來，丢過這滚肚索〔一一〕去，扯緊着。（做扯科）（三人叫科）（張）〔一二〕李萬，你家去吃飯去〔一三〕，我看着，則怕提牢官來〔一四〕。

（旦上）〔一五〕我三個孩兒都下在死囚牢中，我叫化〔一六〕了些殘湯剩飯，送與孩兒每吃去〔一七〕。

【正宫端正好】遥望着死囚牢，恰離了悲田院〔一八〕，誰敢道半步俄延！排門兒叫化都尋遍〔一九〕，討了些潑〔二〇〕剩飯和雜麵。

【滚繡毬】俺孩兒本待〔二一〕做狀元，坐琴堂〔二二〕、請俸錢，誰曾遭這般刑憲〔二三〕，又不曾犯「五刑之屬三千」〔二四〕。我不亞吃、不亞穿〔二五〕，燒地臥、炙地眠〔二六〕，誰曾受這般貧賤！正按着陳婆婆〔二七〕古語常言，他須不求金玉重重貴，却甚兒孫個個賢〔二八〕，受煞熬煎〔二九〕。

（做到牢門科〔三〇〕）早來到也〔三一〕。我拽動這鈴索則〔三二〕。（張）〔三三〕則怕是提牢官來，我開開這門看看〔三四〕。是誰拽動鈴索來〔三五〕？（旦）〔三六〕是我拽來。（張打科〔三七〕）老村婆子〔三八〕！這是你家裏？你來做甚麽？（旦）〔三九〕我與三個孩兒送飯來。（張）〔四〇〕燈油錢〔四一〕也無，冤苦錢也無，俺吃着死囚的衣飯，有鈔將些來使。（旦）〔四二〕哥哥憐憫〔四三〕，可憐見一個老的被人打死了，三個孩兒又在死囚牢内；老身吃了早晨，無有〔四四〕晚夕，前街後巷叫化了些殘湯剩飯，與孩兒每充饑。哥哥可憐見〔四五〕！

【倘秀才】叫化的剩飯重煎再煎，補衲的破襖兒番穿了正穿〔四六〕。哥哥，則這件舊衣服送你罷〔四七〕！有這個舊褐袖〔四八〕，與哥哥且做些冤苦錢。（張）〔四九〕我也不要你的。（旦）〔五〇〕謝哥哥相覷當〔五一〕，斷周全〔五二〕，把孩兒每可憐。

（張）〔五三〕罪已問〔五四〕定也，救不的了。（旦）〔五五〕

【脱布衫】争柰一家一計腸肚縈牽〔五六〕，一上一下語話熬煎，一左一右把孩兒顧戀，一捋一把雨泪漣漣。

【醉太平】數説起罪愆〔五七〕，委實的銜冤，我這裏煩煩惱惱怨青天，告哥哥可憐。他三個足丢没亂眼腦剔抽禿刷轉〔五八〕，依柔乞煞手脚滴羞篤速戰〔五九〕，迷留没亂救他叫破喉咽〔六〇〕，氣的我〔六一〕前合後偃。

（張）〔六二〕放你進來，我掩上這門。（旦進見科〔六三〕）兀的不是我孩兒！（衆〔六四〕悲科）（王大〔六五〕）母親，你做甚麽來？（旦）〔六六〕我與你送飯來。（旦〔六七〕向張千云）哥哥，怎生放我孩兒吃些飯也好。（張）〔六八〕你没手？兀那婆子，喂你那孩兒。（旦喂王大王二科〔六九〕）

【笑和尚】我、我、我兩三步走向前，將、將、將把飯食從頭勸。我、我、我一匙匙都抄〔七〇〕遍。你、你、你胡噎饑〔七一〕，你、你、你潤喉咽。（王三〔七二〕）娘也，我也吃些兒。（旦）〔七三〕石和尚好共歹一口口剛剛〔七四〕嚥。

（旦將飯都傾在地上科〔七五〕，云）大哥，這裏有個燒餅，你吃，休教石和看見。兀〔七六〕二哥，這裏有個燒餅，你吃，休教石和看見〔七七〕。

【叨叨令】叫化的些殘湯剩飯，那裏有重羅麪〔七八〕？你不想堂食玉酒瓊林宴〔七九〕，想當初長枷釘出中牟縣，却不道〔八〇〕布衣走上黄金殿。兀的不苦殺人也麽哥！苦殺人也麽哥〔八一〕！告你個提牢押獄休埋怨〔八二〕。

大哥〔八三〕，我去也，你有甚麽説話〔八四〕？（王大〔八五〕）母親，家中有一本《四書》〔八六〕，賣了替父親買些紙燒。（旦）〔八七〕二哥〔八八〕有甚麽話説？（王二〔八九〕）母親，我有一本《孟子》，賣了替父親做些經懺〔九〇〕。（王三哭云）我也没的分付〔九一〕你，你把你的頭來我摻一摻〔九二〕。（旦〔九三〕出科）（張千云）兀那婆子，你要歡喜麽？（旦）〔九四〕我可知要歡喜里〔九五〕！（張千入牢科，云）那個是大的？（王大〔九六〕）小人是大的。（張）〔九七〕放水火〔九八〕！（王大做出科）（張）〔九九〕兀那婆子，你這大的孝順，保領出去養活你。你見了這大的兒子，你歡喜麼？（旦）〔一〇〇〕我可知歡喜里〔一〇一〕！（張）〔一〇二〕我着你大歡喜。（做入牢科，云）那個是第二的？（王二）〔一〇三〕小人便是。（張）〔一〇四〕起來，放水火！（做放出科）（張）〔一〇五〕兀那婆子，再與你這第二的，能營運養活你。（旦）〔一〇六〕哥哥，那第三個孩兒呢？（張）〔一〇七〕把他盆吊〔一〇八〕死，替葛彪償命去。明日早墻底下來認屍。（旦）〔一〇九〕

【上小樓】將兩個哥哥放免〔一一〇〕，把第三的孩兒推轉〔一一一〕，想着我嚥苦吞甘，十月懷躭〔一一二〕，乳哺三年。不争教大哥哥二哥哥身遭刑憲，教人道桑辛〔一一三〕婦不分良善。

【幺】〔一一四〕你本待冤報冤，到做了顛倒顛〔一一五〕！豈不聞殺人償命，罪而當刑〔一一六〕，死而無怨？（做看王三科〔一一七〕）若是我兩三番將他留戀，教人道後堯婆兩頭三面〔一一八〕。

（王大、王二〔一一九〕母親，我怎捨得兄弟也！（旦）〔一二〇〕大哥、二哥家去來，休煩惱〔一二一〕。

【快活三】教他死去煞可憐〔一二二〕，教〔一二三〕你小兄弟喪黄泉。（做覷王三悲科〔一二四〕）教我扭回身，忍不注泪漣漣。（王大、王二悲科）（旦）〔一二五〕罷、罷〔一二六〕！喒回去來〔一二七〕。教他便死而無怨〔一二八〕。

【朝天子】我可便可憐，孩兒忒少年〔一二九〕，何日得重相見？不争將前家兒一命掩黄泉〔一三〇〕，枉惹得後代人埋怨。我這裏自攧自推〔一三一〕到三十餘遍，暢好是苦痛也麼天〔一三二〕！到來日一刀兩段，屍横在市廛〔一三三〕，再不見〔一三四〕石和面。

【尾聲】〔一三五〕做爺的不曾燒一陌紙錢，做兒的又當了罪愆〔一三六〕，爺和兒要見何時見？若要

再相逢一面，則除是夢兒中咱子母團圓。（下）〔一三七〕（王大、王二隨下）

（王三云）張千哥哥，我大哥、二哥都那裏去了？（張）〔一三八〕大人〔一三九〕的言語，你大哥、二哥都饒了，着養活你母親去了〔一四〇〕，只着你替葛彪償命。（王三〔一四一〕）饒了我兩個哥哥，着我償命去，把這兩面枷我都帶上。雖然我死，正是三家斷葷。哥哥〔一四二〕，我明日怎麼死〔一四三〕？（張）〔一四四〕把你盆吊死，三十板〔一四五〕高墻丟過去。（王三）〔一四六〕哥哥，你丟我時放子〔一四七〕細些，我肚子上有個癤子里〔一四八〕。（張）〔一四九〕你性命也不保里〔一五〇〕！（王三）〔一五一〕

【端正好】腹攬五車書〔一五二〕，（張）〔一五三〕你怎麼唱〔一五四〕？（王三〔一五五〕）是曲尾〔一五六〕。學成〔一五七〕《禮記》和《周易》。眼睁睁死限相隨，指望待〔一五八〕爲官爲相身榮貴，今日個畢罷〔一五九〕了名和利。

【滚綉毬】包待制比問牛的〔一六〇〕省氣力，俺父親比那教子的少見識〔一六一〕，俺秀才每比那題橋人無那五陵豪氣〔一六二〕，眼睁睁棍棒淋漓〔一六三〕。包待制又胡〔一六四〕蘆提，令史每妝不知〔一六五〕。兩邊厢列着祗候人役〔一六六〕，貌堂堂都是一火灑日娘的〔一六七〕！隔牢攛徹墻頭去〔一六八〕，却甚「一舉成名天下知」〔一六九〕。張千〔一七〇〕，等我日你妳妳歪屄〔一七一〕。（下）〔一七二〕（張千隨下）

校注

〔一〕（張千上）　臧本作「（張千同李萬上，詩云）」。

〔二〕王大王二上　臧本下有「云」。

〔三〕（張）　臧本作「（張千云）」。

〔四〕別　轉。《全唐詩》卷五二四杜牧《陪昭應盧郎中》：「泥情斜拂印，別臉小低頭。」

〔五〕殺威棒　新犯人收監時施行的杖刑。《水滸傳》九回：「太祖武德皇帝留下舊制，新入配軍，須吃一百殺威棒。」

〔六〕張　臧本作「云」。

〔七〕王三上　臧本下有「云」。

〔八〕先　臧本無。

〔九〕（張）　臧本作「（張千云）」。

〔一〇〕押床　「押」，臧本同。應作「柙」。吴國欽本、王季思本已改。柙，古代囚禁或解送罪犯的木籠。《管子·小匡》：「遂生束縛而柙以予齊。」柙床，獄中鎖囚犯的刑具。俗稱「匣床」。《元典章》刑部二「繫獄」：「切見江南有司見禁重囚，晝杻雙手，匣其一足，夜則并匣雙足。……内郡江南諸處官府，在牢設置匣床，本爲防備所禁囚徒畏罪疏虞之患。然各處所行，事有不同，從前未有定制。」

〔一二〕滚肚索　捆綁犯人腹部的繩索。脈望館鈔本高文秀《黑旋風》三折牢子白：「將軍柱上拴了頭髮，上了脚鐐手杻，擡上匣床，使上滚肚索，拽，拽，拽。」

〔一三〕（張）　臧本作「（張千云）」。

〔一三〕去　臧本無。

〔一四〕則怕提牢官來　臧本下有「（李萬下）」。提牢官，管理牢獄的小吏。提，管理。臧本孫仲章《勘頭巾》二折：「（令史上，云）可早來到也。我拽動這鈴索。（張千云）提牢官來了，這厮可怎生是好？」

〔一五〕（旦上）　臧本作「（正旦上，云）」。

〔一六〕叫化　乞討。元刊本張國賓《汗衫記》二折【收尾】：「兒呵！俺從那水胡花擡舉的你惹來大，交俺兩個老業人色（索）排門兒叫化。」

〔一七〕送與孩兒每吃去　臧本下有「（唱）」。

〔一八〕悲田院　「田」原作「天」，據臧本改。佛家以布施貧窮爲悲田，施貧即會得到福益。唐時有悲田養病坊，爲賑濟貧病無依者之所（見《舊唐書·武宗紀》）。宋元時之悲田院，爲乞丐養濟所。賈似道《悦生隨抄》：「蘇子瞻泛愛天下士，無賢不肖，歡如也。嘗自言：『上可以陪玉皇大帝，下可以陪悲田院乞兒。』」

〔一九〕排門兒叫化都尋遍　排門兒，挨門挨户。《東京夢華録》卷十「十二月」：「初八日，街巷中有僧尼三五人，作隊念佛，以銀銅沙羅或好盆器，坐一金銅或木佛像……排門教化。」尋，求。臧本闕名氏《殺狗勸夫》三折【感皇恩】：「吃酒時只和那兩個賊徒，背人時來尋我這窮丁。」天津方言說討要爲「尋」。

〔二〇〕潑　怨詈之辭。惡劣。參看《詩詞曲語辭匯釋》卷五「潑」。

〔二一〕待　臧本作「思量」。

〔二二〕琴堂　稱縣令的公署。《全唐詩》卷一六九李白《贈從孫義興宰銘》：「退食無外事，琴堂向山開。」這裏當官署解。

〔二三〕刑憲　刑罰。《元典章》刑部十九「禁賭博」：「切恐有司不爲申明舊章，使下民枉遭刑憲，都省議擬到各各罪名，開坐前去。」

〔二四〕「五刑之屬三千」　《孝經·五刑章第十一》：「子曰：『五刑之屬三千，而罪莫大於不孝。』」唐玄宗注：「五刑，謂墨、劓、剕、宮、大辟也。條有三千。」周祁《名義考》卷七：「古五刑：墨、劓、臏、宫、大辟。墨，黥面。劓，割鼻。臏，去膝蓋骨。宫，男子去勢，婦人幽閉。大辟，死刑。」《舊唐書·刑法志》：「有笞、杖、徒、流、死，爲五刑。」

〔二五〕不聖吃、不聖穿　吴曉鈴本二「聖」字改作「肯」。臧本二「聖」字作「肯」。按，聖，通「詌」。騙也。《説文解字》三下臣部：「聖……讀若詌。」

〔二六〕燒地卧、炙地眠　没有熱炕睡，地上燒一堆火，就睡在地上。又作「燒地眠、炙地卧」。臧本孫仲章《勘頭巾》一折王小二白：「母子二人，别無眷屬。家中窮窘，朝趁暮食，燒地眠、炙地卧。」

〔二七〕陳婆婆　參見第二折校注〔一〇二〕。

〔二八〕他須不求金玉重重貴，却甚兒孫個個賢　須，猶雖。參看《詩詞曲語辭匯釋》卷一「須（六）」。却甚，猶云却算甚麽或却説甚麽。參同上「可（一）」。「不求金玉重重貴，只願兒孫個個賢」，爲元劇習用語。《陳母教子》一折【後庭花】曲，陳母唱云：「且休説金玉重重貴，則願的俺兒孫每個個强。」此處轉引陳母的話，意謂王母含辛茹苦，是爲了把兒子們教養成人，結果却落得如此下場。

〔二九〕受煞熬煎　煞，極甚之辭。參看《詩詞曲語辭匯釋》卷四「煞（一）」。臧本「熬煎」作「迍邅」。吴國欽本、王學奇本、王季思本據古名家本改。

〔三〇〕做到牢門科　臧本下有「云」。

〔三一〕早來到也　臧本作「這裏是牢門首」。

〔三二〕則　臧本作「者」。

〔三三〕（張）　臧本作「（張千云）」。

〔三四〕看　臧本無。

〔三五〕來　表疑問語氣。《董解元西廂記》卷五：「怎見得有如此事來？」臧本張國賓《合汗衫》二折卜兒白：「媳婦兒，你兩口兒如今要到那一處去擲杯珓兒來？」

〔三六〕（旦）　臧本作「（正旦云）」。

〔三七〕張打科　臧本下有「云」。

〔三八〕老村婆子　老野婆子。參見《調風月》第一折校注〔二七〕。

〔三九〕（旦）　臧本作「（正旦云）」。

〔四〇〕（張）　臧本作「（張千云）」。

〔四一〕燈油錢　管牢人向犯人或犯人家屬勒索錢財的名目之一。下句「冤苦錢」同。

〔四二〕（旦）　臧本作「（正旦云）」。

〔四三〕憐憫　臧本無。

〔四四〕有　臧本作「了」。

〔四五〕哥哥可憐見　臧本下有「（唱）」，「哥哥」下有一「只」字。

〔四六〕補衲的破襖兒番穿了正穿　補衲，縫補。「番」，臧本同。北京大學本、吴國欽本、王學奇本、王季思本改作「翻」。按，番，反。脈望館息機子本秦簡夫《趙禮讓肥》一折【後庭花】：「我則見他番穿着綿納甲，斜披着一片破背褡。」

〔四七〕哥哥，則這件舊衣服送你罷　臧本上有「（云）」，下有「（唱）」。

〔四八〕褐袖　粗布衫。臧本闕名氏《貨郎旦》二折外旦白：「李彦和，你着三姑把我這褐袖來曬一曬。」褐，粗布衣。《後漢書·趙典傳》：「身從衣褐之中致位上列。」李賢注：「褐，織毛布之衣，貧者所服。」袖，衫，以部分代整體。

〔四九〕（張）　臧本作「（張千云）」。

〔五〇〕（旦）　臧本作「（正旦唱）」。

〔五一〕覷當　照顧。當，後綴。參看《金元戲曲方言考·補遺》、《敦煌變文字義通釋》第六篇「當」。

〔五二〕周全　關照。《水滸傳》八回：「此事果是屈了林冲，只可周全他。」

〔五三〕（張）　臧本作「（張千云）」。

〔五四〕問　判。脈望館古名家本孫仲章《勘頭巾》二折令史白：「在城王小二殺了劉員外，贜伏（仗）明白，問成死罪，只等大人判個斬字，拿過去殺了罷。」

〔五五〕（旦）　臧本作「（正旦唱）」。

〔五六〕争奈一家一計腸肚縈牽　臧本「柰」作「奈」。一家一計，一家人。闕名氏《漁樵記》三折【醉春風】：「道不的個一夫一婦，一家一計，你可甚麼一親一近？」

〔五七〕數説起罪愆　數説，説。數亦猶説。臧本楊顯之《瀟湘雨》四折張天覺白：「恰纔與我那孩兒數説當年淮河渡相别之事，不知是甚麼人驚覺我這夢來。」罪愆，罪。尚仲賢《三奪槊》四折【快活三】：「謝吾皇把罪愆免，打元吉喪黄泉。」

〔五八〕足丢没亂眼腦剔抽禿刷轉　足丢没亂，慌亂的樣子。「眼腦」，臧本同。盧冀野本在「眼」字下點斷。按，眼腦，眼。毛西河本王實甫《西厢記》卷一第四折【駐馬聽】：「害相思的饞眼腦。」毛注云：「北人稱眼爲眼腦。」腦，金元戲曲稱身體之某部分，用爲後綴。又習用「老」字。參看《詩詞曲語辭匯釋》卷六「老」。剔抽禿刷，形容眼珠轉動，猶今言「滴里嘟嚕」。脈望館古名家本鄭廷玉《後庭花》四折正末白：「張千，休驚諕着他，你看這小厮來到這開封府裏，諕的他眼腦剔抽禿刷的。」

〔五九〕依柔乞煞手脚滴羞篤速戰　「依柔乞煞」，臧本同。盧冀野本在「依柔」下點斷，屬上句。按，依柔乞煞，手足無措的樣子。滴羞篤速，形容戰慄，顫抖。楊梓《霍光鬼諫》二折【蔓菁菜】：「一口氣不回來抵住喉咽，氣的我手兒脚兒滴羞篤速戰！」亦作「滴羞蹀躞」。參見《哭存孝》頭折校注〔一四五〕。

〔六〇〕迷留没亂救他叫破喉咽　「迷留没亂」，臧本同。盧冀野本在「迷留」下點斷，屬上句。按，迷留没亂，心緒繚亂，精神恍惚。參見《哭存孝》頭折校注〔一四六〕。臧本「叫破」下有一「俺」字。「喉咽」原作「咽喉」，據臧本乙改。按，此本曲第七句，末字韵，「喉」字失韵。

〔六一〕我　臧本作「來」。

〔六二〕（張）　臧本作「（張千云）」。

〔六三〕旦進見科　臧本下有「云」，「旦」作「正旦」。

〔六四〕衆　臧本作「做」。

〔六五〕王大　臧本下有「云」。

〔六六〕（旦）　臧本作「（正旦云）」。

〔六七〕旦　臧本作「正旦」。

〔六八〕（張）　臧本作「（張千云）」。

〔六九〕旦喂王大王二科　臧本下有「唱」，「旦」作「正旦」。

〔七〇〕抄　用匙取食物。《杜工部集》卷九《與鄠縣源大少府宴渼陂》：「飯抄雲子白，瓜嚼水精寒。」

〔七一〕噎饑　充饑。《敦煌變文集》卷四《降魔變文》：「雖然不飽我一頓，且得噎饑。」

〔七二〕王三　臧本下有「云」。

〔七三〕（旦）　臧本作「（正旦唱）」。

〔七四〕剛剛　勉强。元刊本闕名氏《博望燒屯》二折【紅芍藥】：「都不到二十個敗殘軍卒，殺得東歪西倒中金鍾，剛剛的强整立的身軀。」

〔七五〕將飯都傾在地上科　臧本作「做傾飯科」。

〔七六〕兀　臧本無。兀，那。脈望館息機子本武漢臣《生金閣》三折正老人白：「兀老子，你要替我唱喏，你便道：『唱喏哩！』我便知道，可怎麽不言不語……諕我這一跳。」臧本「兀老子」作「兀那老子」。太原方言稱「那」爲「兀」。

〔七七〕休教石和看見　臧本下有「（唱）」。

〔七八〕重羅麵　細麵，用羅篩過不止一次的麵。

〔七九〕堂食玉酒瓊林宴　堂食，唐代宰相辦公處政事堂的公膳。《太平廣記》卷一百四十七引《定命録》：「張文瓘少時，曾有人相云：『當爲相，然不得堂飯食吃。』及在此位，每昇堂欲食，即腹脹痛霍亂，每日唯一碗漿水粥。後數年，因犯堂食一頓，其夜便卒。」後泛指公署膳食。瓊林，宋内苑名，即瓊林苑。在汴京（今開封）城西。太平興國九年至政和二年，天子賜宴新科進士於此。《宋史·選舉志一》：「（太平興國九年）進士始分三甲，自是錫宴就瓊林苑。」因有瓊林宴之稱。《全宋詞》三辛棄疾《婆羅門引·用韵别郭逢道》：「見君何日？待瓊林宴罷醉歸時。」

〔八〇〕不道　不是。參看《詩詞曲語辭匯釋》卷四「道（二）」。

〔八一〕兀的不苦殺人也麼哥！苦殺人也麼哥　吴曉鈴本第二句「苦」字上增補「兀的不」三字。臧本第二句重「兀的不」三字。按，【叨叨令】曲連綴「也麼哥」或「也波哥」三字格，作爲五字語，兩句重唱，是其通例。原本第二句爲六個重文符號，顯然只重「苦殺人也麼哥」，不重「兀的不」。第二句襯字不重的，還見於馬致遠《薦福碑》二折第三曲（不重「兀的不」）、石子章《竹塢聽琴》三折第四曲（不重「其實」）。吴本增字未妥。

〔八二〕告你個提牢押獄休埋怨　提牢押獄，管理牢獄。提、押，管理。臧本尚仲賢《氣英布》三折：「（隨何云）這一位是建成侯曹參。（正末云）好曹參，他會提牢押獄哩。」臧本「休埋怨」作「行方便」。

〔八三〕大哥　臧本上有「（云）」。

〔八四〕説話　臧本同。盧冀野本、王學奇本乙倒作「話説」。按，説話，話。羅大經《鶴林玉露》人集卷六：「（王）十朋向來與史浩書，稱『古則伊周，今則閣下』，是何説話？」湖州方言猶稱話爲「説話」。

〔八五〕王大　臧本下有「云」。

〔八六〕《四書》　臧本作「《論語》」。

〔八七〕（旦）　臧本作「（正旦云）」。

〔八八〕二哥　臧本下有一「你」字。

〔八九〕王二　臧本下有「云」。

〔九〇〕做些經懺　做佛事的一種。僧道替人念經，拜禱懺悔，超度亡靈。經懺，拜懺所誦的經卷。楊景賢《西遊記》一本四齣丹霞白：「七歲入寺讀書，十五歲通經懺。」

〔九一〕分付　臧本同。王季思本改作「吩咐」。

〔九二〕搊一搊　臧本作「抱一抱」。搊，壓緊。《全唐詩》卷三四〇韓愈《辛卯年雪》：「崩騰相排搊，龍鳳交橫飛。」

〔九三〕旦　臧本作「正旦」。

〔九四〕（旦）　臧本作「（正旦云）」。

〔九五〕我可知要歡喜里　可知，當然。參看《詩詞曲語辭匯釋》卷一「可知」。臧本「里」作「哩」。

〔九六〕王大　臧本下有「云」。

〔九七〕（張）　臧本作「（張千云）」。

〔九八〕放水火　放犯人出去大小便。這裏是借「放水火」釋放犯人。水火，大小便。《水滸傳》五十一回：「朱仝獨自帶過雷橫，只做水火，來後面僻静處開了枷，放了雷橫。」

〔九九〕（張）　臧本作「（張千云）」。

〔一〇〇〕（旦）　臧本作「（正旦云）」。

〔一〇一〕里　臧本作「哩」。

〔一〇二〕（張）　臧本作「（張千云）」。

〔一〇三〕王二　臧本下有「云」。

〔一〇四〕（張）　臧本作「（張千云）」。

〔一〇五〕（張）　臧本作「（張千云）」。

〔一〇六〕（旦）　臧本作「（正旦云）」。

〔一〇七〕（張）　臧本作「（張千云）」。

〔一〇八〕盆吊　宋元時處死囚犯的一種酷刑。《水滸傳》二十八回：「他到晚把兩碗乾黄倉米飯來與你吃了，趁飽帶你去土牢裏，把索子捆翻，着藁薦捲了你，塞了你七竅，顛倒竪在壁邊。不消半個更次便結果了你性命：這個唤做『盆吊』。」

〔一〇九〕（旦）　臧本作「（正旦悲科，唱）」。

〔一一〇〕放免　赦免。王明清《玉照新志》卷四：「昨金人迫脅張邦昌僭號，實非本心，已復歸舊班，其應干供奉行事之人，并與放免法寺。」

〔一一一〕推轉　處死。《五代史平話》晋史卷下：「下令後，有軍卒盗人紙錢一摞，被擒。知遠曰：『軍卒犯令，請行軍法。』喝左右將去推轉了來。」參見第二折校注〔三三〕。

〔一二〕懷躭　懷胎。《敦煌變文集》卷五《父母恩重講經文》：「不會懷躭煞苦辛，豈知乳甫（哺）多疲倦。」

〔一三〕辛　臧本作「新」。

〔一四〕【幺】　臧本作「【幺篇】」。

〔一五〕到做了顛倒顛　臧本「到」作「倒」。顛倒顛，顛倒。顧曲齋本石君寶《曲江池》一折【賺煞】：「更做道如今顛倒顛，奚落的女娘每倒接了絲鞭。」

〔一六〕當刑　判刑。《漢書·黥布傳》：「少時客相之，當刑而王。及壯，坐法黥，布欣然笑曰：『人相我當刑而王，幾是乎？』」

〔一七〕做看王三科　臧本下有「唱」。

〔一八〕兩頭三面　表裏不一。脈望館息機子本闕名氏《連環記》四折【雙調新水令】：「空教我兩頭三面用心機，則爲這漢江山半生勞力。」

〔一九〕王大、王二　臧本下有「云」。

〔二〇〕（旦）　臧本作「（正旦云）」。

〔二一〕休煩惱　臧本下有一「者」字，句末有「（唱）」。

〔二二〕教他死去煞可憐　臧本作「眼見的你兩個得生天」。中華書局本、王學奇本「生」改作「升」。參見《哭存孝》第四折校注〔六五〕。

〔二三〕教　臧本作「單則」。

〔二四〕做覷王三悲科　臧本下有「唱」。

〔二五〕（旦）　臧本作「（正旦云）」。

〔二六〕罷、罷　臧本作「罷、罷、罷」。

〔二七〕喒回去來　臧本作「但留的你兩個呵，（唱）」。

〔二八〕教他便死而無怨　臧本作「他便死也我甘心情願」。

〔二九〕少年　年輕。劉向《列女傳・陳寡孝婦》：「母曰：『吾憐汝少年早寡也。』」

〔三〇〕一命掩黃泉　臧本作「身首不完全」。一命掩黃泉，死。《左傳・隱公元年》：「不及黃泉，無相見也。」杜注：「地中之泉，故曰黃泉。」人死葬於地下，故云。

〔三一〕自攧自推　臧本作「自推自攧」。攧，頓足。《董解元西廂記》卷六【黃鍾宮】【寨兒令】：「把腳兒攧了，耳朵兒搓，没亂煞，也自摧挫。」推，即捶。自攧自推，獨自頓足捶胸。亦作「自跌自推」。盧前校本《樂府群珠》卷三劉廷信小令【折桂令】：「獨言獨語，不斷不絕，自跌自推，無休無歇。叫一聲負德冤家，送了人當甚麼豪傑！」

〔三二〕暢好是苦痛也麽天　暢好是，真是。參看《詩詞曲語辭匯釋》卷二「暢」。也麽，語氣助詞，猶啊。《董解元西厢記》卷二【中吕調】【喬捉蛇】：「威風大，抜前馬上一個將軍坐，肩擔着鐵斧來也麽！」關氏套數【二十换頭】【雙調新水令】：「再要團員，動是經年。思量殺俺也麽天！」

〔三三〕屍横在市廛　臧本「屍横」作「横屍」。市廛，商店集中之所，鬧市。《宋書·謝靈運傳》：「即事也，山居良有异乎市廛。」

〔三四〕再不見　臧本下有「我這」二字。

〔三五〕【尾聲】　臧本作「【尾煞】」。

〔三六〕當了罪愆　判了罪。當，判處。《史記·李將軍列傳》：「博望侯留遲後期，當死，贖爲庶人。」罪愆，罪。參見校注〔二六〕、〔五七〕。

〔三七〕（下）　臧本無。

〔三八〕（張）　臧本作「（張千云）」。

〔三九〕大人　臧本作「老爺」。吴曉鈴本校云：「大人——臧本作『爺爺』。」按，吴校誤。

〔四〇〕了　臧本無。

〔四一〕王三　臧本下有「云」。

〔四二〕雖然我死，正是三家斷靠。哥哥　臧本無。

〔四三〕我明日怎麼死　臧本上有「只是」二字，「麼」下有一「樣」字。

〔四四〕（張）　臧本作「（張千云）」。

〔四五〕板　築土墻用的夾板。《左傳・宣公十一年》：「平板榦。」孔穎達疏：「板，在兩旁卧鄣土者。」此處用作量詞。《韓非子・難三》：「灌以晋水，城之未沈者三板。」

〔四六〕王三　臧本下有「云」。

〔四七〕子　臧本作「仔」。

〔四八〕里　臧本作「哩」。

〔四九〕（張）　臧本作「（張千云）」。

〔五〇〕你性命也不保里　臧本無「里」字，下有「還管你甚麼癰子」一句。

〔五一〕王三　臧本下有「唱」。

〔五二〕五車書　《莊子・天下》：「惠施多方，其書五車。」後以「五車」或「五車書」稱人博學。《董解元西厢記》卷三【中吕調】【碧牡丹纏令】：「開六鈞弓，閲八陣法，讀五車書。」

〔五三〕（張）　臧本作「（張千云）」。

〔五四〕你怎麼唱　臧本下有「起來」二字。

〔五五〕王三　臧本下有「云」。

〔一五六〕是曲尾　臧本下有「（唱）」。曲尾，套曲【尾聲】後面增加的曲子。

〔一五七〕學成　臧本作「都是些」。

〔一五八〕待　能。《玉鏡臺》一折【醉扶歸】：「你待把我做真個的哥哥講，我欲説話别無甚伎倆。」

〔一五九〕畢罷　撇開，拋去。元刊本范康《竹葉舟》三折【哭皇天】：「快頓脱了金枷連玉鎖，早畢罷了燕侶共鶯儔。」

〔一六〇〕問牛的　指漢宣帝時丞相丙吉。《漢書・丙吉傳》：「吉又嘗出，逢清道群鬥者，死傷横道，吉過之不問，掾史獨怪之。吉前行，逢人逐牛，牛喘吐舌。吉止駐，使騎吏問：『逐牛行幾里矣？』掾史獨謂丞相前後失問，或以譏吉。吉曰：『民鬥相殺傷，長安令、京兆尹職所當禁備逐捕，歲竟丞相課其殿最，奏行賞罰而已。宰相不親小事，非所當於道路問也。方春少陽用事，未可大熱，恐牛近行用暑故喘，此時氣失節，恐有所傷害也。三公典調和陰陽，職所當憂，是以問之。』掾史迺服。」《録鬼簿》著録元李寬甫有《漢丞相丙吉問牛喘》雜劇。

〔一六一〕比那教子的少見識　教子的，指五代周竇禹鈞。李元綱《厚德録》引范文正公《竇諫議事迹記》：「竇禹鈞，范陽人，爲左諫議大夫致仕，諸子登第，義風家法爲一時標表。馮道贈禹鈞詩曰：『燕山竇十郎，教子以義方。靈椿一枝老，仙桂五枝香。』人多傳誦。生五子：長曰儀、次曰儼、曰侃、曰偁、曰僖。儀禮部尚書，儼禮部侍郎，皆爲翰林學士；侃左補闕；偁左諫議大夫，參知政事；僖起居郎。……世稱教子者，必曰『燕山竇十郎』云。」見識，見解。《董解元西厢記》卷二【大石調】【伊州衮】：「衆僧三百餘人，只管絮聒聒地，空有身材，枉了吃饅頭没見識！」

〔一六二〕比那題橋人無那五陵豪氣　題橋人，指漢司馬相如。《史記》本傳司馬貞索隱引《華陽國志》云：「蜀大城北十里有升仙橋，有送客地也，相如初入長安，題其門云：不乘赤車駟馬，不過汝下也。」曹本《録鬼簿》著録關氏有《昇仙橋相如題柱》雜劇，已佚。五陵，指漢代長安附近五個皇帝的陵墓。《文選》卷一班固《西都賦》：「則南望杜霸，北眺五陵。」李善注：「宣帝葬杜陵、文帝葬霸陵、高帝葬長陵、惠帝葬安陵、景帝葬陽陵、武帝葬茂陵、昭帝葬平陵。」豪富之家，多聚居在五陵一帶，詩文中因稱豪俠少年、富家公子爲「五陵年少」。五陵豪氣，豪邁的氣派。金仁傑《追韓信》一折【村裏迓鼓】：「憑着我五陵豪氣，不信道一生窮暴。」

〔一六三〕眼睁睁棍棒淋漓　臧本作「打的個遍身家鮮血淋漓」。

〔一六四〕胡　臧本作「葫」。

〔一六五〕令史每妝不知　令史，衙門裏的佐吏，即外郎。《水滸傳》二十七回：「知縣叫那令史先問了王婆口詞。」「妝」，臧本同。吴國欽本、王季思本改作「裝」。參見第一折校注〔一二三〕。

〔一六六〕人役　役吏。

〔一六七〕一火灑日娘的　「火」，臧本同。王季思本改作「伙」。按，一火灑，即一伙，一群。灑，後綴。

《舊唐書・兵志》：「府兵十人爲火，火有長。」引申爲同在一起的人也爲一火。臧本「日」作「合」。日，穢辭。俗謂交媾。《水滸傳》十七回：「這日娘賊恨殺洒家，分付寺裏長老不許俺掛搭。」參見第一折校注〔四七〕。

〔一六八〕攛徹墻頭去　攛，抛，擲。《京本通俗小説・錯斬崔寧》：「收拾了刀仗，將老王屍首攛入澗中。」徹，過。《唐宋諸賢絶妙詞選》卷四秦少游《阮郎歸・旅況》：「湘天風雨破寒初，深沉庭院虚。麗譙吹徹小單于，迢迢清夜徂。」

〔一六九〕却甚「一舉成名天下知」　臧本作「抵多少平空尋覓上天梯」。

〔一七〇〕張千　臧本上有「（帶云）」，下有「（唱）」。

〔一七一〕等我日你妳妳歪㞞　「等」原作「得」，據臧本改。等，猶讓。參見第二折校注〔四四〕。臧本「日」作「合」。妳妳，母親。《集韻》上聲蟹韵：「嬭，女蟹切。《博雅》：母也。或作㚷。」「㚷」即「妳」。元刊本張國賓《汗衫記》三折【脱布衫】：「被你盼望殺這爹爹妳妳，問俺那少年兒在也不在？」《順義縣志》卷十二：「滿人稱母親亦曰奶奶。」「㞞」，臧本同，「音釋」：「鄙平聲。」亦作「屄」。《正字通》尸部：「屄，布非切，音卑，女人陰户。」

〔一七二〕（下）　臧本無。北京大學本、王學奇本據古名家本補。

第四折

（王三背趙頑驢屍上，伏定）（王大、王二上〔一〕）喒〔二〕同母親尋三哥屍首去來，母親行動些〔三〕！（旦上）〔四〕聽的説石和孩兒盆吊死了，他兩個哥哥擡屍首去了，我叫化了些紙錢，將着柴火，燒埋孩兒去〔五〕。

【雙調新水令】我從未拔白〔六〕悄悄出城來，恐怕外人知大驚小怪。我叫化的亂烘烘一陌紙，拾得粗坌坌〔七〕幾根柴，俺孩兒落不得〔八〕席捲椽擡，誰想有這一解〔九〕！

（打悲科）〔一〇〕

【駐馬聽】孩兒呵〔一一〕，你那報怨心懷〔一二〕，和那横死爺相逢在分界牌〔一三〕。若相見時呵〔一四〕，您兩個施呈手策〔一五〕，把那殺人賊推下望鄉臺〔一六〕。黑洞洞天色恰拔白〔一七〕，静巉巉迥野〔一八〕荒郊外，隱隱似有人來，覷絶〔一九〕時教我添驚駭。

（王大、王二背屍上〔二〇〕）母親那裏？這不是三哥屍首？（旦做認悲科〔二一〕）

【夜行船】荒急列〔二二〕教咱覷了面色，血模糊污盡屍骸。我與你荒解下麻繩，急忺〔二三〕開衣帶，您疾忙〔二四〕向前來扶策。

【挂玉鈎】你與我揪住頭心〔二五〕掐下頦，我與你高阜處招魂魄。石和，哎！貪荒處〔二六〕孩兒落了鞋，喚着越不揪採〔二七〕，悶轉加〔二八〕、愁無柰〔二九〕，空教我〔三〇〕哭哭啼啼、怨怨哀哀。

石和孩兒呵〔三一〕！

【沽美酒】我將這老精神强打拍〔三二〕，小名兒叫的明白，你個孝順的石和安在哉？則被他抛殺您奶奶，教我空没亂〔三三〕把地皮擓。

【太平令】空教我哭啼啼自敦自摔〔三四〕，百般的唤不回來。越教我自生殘害〔三五〕，急煎煎不寧不耐〔三六〕。石和孩兒呵〔三七〕！（王三上，應云）我在這裏！（旦）〔三八〕教我左猜右猜，不知是那裏應來？莫不是山精水怪〔三九〕？

（王三上〔四〇〕）母親，孩兒來了。（旦荒科）〔四一〕有鬼！有鬼！（王三〔四二〕）母親休怕，是石和孩兒〔四三〕。

（旦）〔四四〕

【風入松】我前行他隨後趕將來，諕的我撧耳撏腮〔四五〕，教我戰篤速〔四六〕忙把孩兒拜，我與你收拾壘七修齋〔四七〕。（王三〔四八〕）母親，我是人。（旦）〔四九〕不是鬼疾言個皂白〔五〇〕，怎地得却回來〔五一〕？

（王三〔五二〕）大人把偷馬賊趙頑驢盆吊死〔五三〕，着我拖〔五四〕出來，饒了你孩兒也。（旦）〔五五〕

【川撥棹】這場灾，一時間命運衰；早則〔五六〕解放愁懷，喜笑盈腮，我則道石沉大海。大哥〔五七〕、二哥休怨我〔五八〕，您兩個管甚麽〔五九〕？這言語休見責〔六〇〕。您兩個不子細〔六一〕，擡這屍首來做甚〔六二〕？

【小婦孩兒】〔六三〕你也合把眼睜開，却把誰家屍首背將來〔六四〕？也〔六五〕不是提魚穿柳歡心大，也不是鬼使神差。你小名兒上把命該〔六六〕，爲甚你無妨礙〔六七〕？（王三〔六八〕）孩兒知道没事〔六九〕。（旦）〔七〇〕常言道「老實的終須〔七一〕在」。把錯擡的屍首，你與我土内藏埋。

（孤冲上〔七二〕，云）你怎生又打死人？（旦衆荒科）〔七三〕（孤）〔七四〕你休荒〔七五〕。他是偷馬賊〔七六〕趙頑驢，替你償葛彪之命。你一家聽聖人的命〔七七〕：你本是龍袖嬌民〔七八〕，堪可〔七九〕爲報國賢臣。大兒去隨朝勾當〔八〇〕，第二的冠帶榮身。石和做中牟縣令，母親做〔八一〕賢德夫人。國家重義夫節婦，更愛那孝子順孫。聖明主加官賜賞〔八二〕，一齊的望闕謝恩〔八三〕。（衆〔八四〕云）萬歲！萬歲！萬萬歲！（旦）〔八五〕

【水仙子】九重天〔八六〕飛下紙赦書來，您三下裏休將招狀責〔八七〕，一齊的望闕疾參拜，願的聖明君千萬載。更勝如枯樹花開，捱了些膿血債〔八八〕，受徹〔八九〕了牢獄灾，今日個苦盡甘來。

【尾煞】〔九〇〕不甫能還了恓惶債〔九一〕，黑漫漫打出迷魂寨〔九二〕，願待制位列三公〔九三〕，日轉千階〔九四〕。唱道娘加做賢德夫人〔九五〕，兒加做中牟縣宰〔九六〕，赦得俺子母每今後無妨礙，大小無灾；則願得龍椅上君王萬萬載〔九七〕！

題目　葛皇親挾勢〔九八〕行凶横　趙頑驢偷馬殘生〔九九〕送

正名　王婆婆賢德撫前兒〔一〇〇〕　包待制三勘胡蝶夢〔一〇一〕

校注

〔一〕王大、王二上　臧本下有「云」。

〔二〕喒　臧本同。除盧冀野本、中華書局本外，各本改作「咱」。按，喒，咱們。參見《哭存孝》頭折校注〔二四〕。

〔三〕行動些　走快點兒。脈望館鈔本鄭廷玉《冤家債主》四折：「（鬼力做拿正末上，云）行動些。（正末云）去來，去來。」

〔四〕（旦上）　臧本作「（正旦上，云）」。

〔五〕燒埋孩兒去　臧本下有一「呵」字及「（唱）」。燒埋，燒化埋葬。元代刑法，對枉死者的屍首經官驗明，犯罪者除判刑外，其家屬須出燒埋錢予苦主，作爲燒埋屍體的費用。見《元史·刑法志》。

〔六〕從未拔白　從，在。《太平廣記》卷一百四十一引《續異記》：「又見床前有頭髮從土中，稍稍繁多，見一頭出，乃是方相頭。」拔白，破曉。脈望館古名家本馬致遠《青衫泪》一折【仙吕點絳唇】：「從天未拔白，酒旗挑在歌樓外，呀地門開，早送舊客迎新客。」闕名氏《墨娥小録》卷十四「行院聲嗽·時令」：「早：拔白。」

〔七〕粗坌坌　形容粗劣的樣子。坌，粗劣。脈望館鈔本王日華《桃花女》頭折【混江龍】：「您穿的是輕紗异錦，俺穿的是坌絹的這粗紬。」

〔八〕落不得　落得。「不」字無義。元刊本紀君祥《趙氏孤兒》楔子【賞花時幺】：「落不的身埋土一丘，分付了腮邊雨泪流。」落不的，即落的，落得。參看《敦煌變文字義通釋》第六篇「不」。

〔九〕解　回，次。脈望館鈔本高文秀《黑旋風》楔子【越調金蕉葉】：「也則是看覷俺爲人在客，我恰纔囑付了三回五解。」

〔一〇〕（打悲科）　臧本作「（打悲科，云）孩兒呵！（唱）」。

〔一一〕孩兒呵　臧本無。

〔一二〕你那報怨心懷　臧本上有「想着」二字，無「那」字。報怨，復仇。怨，怨仇。《文選》卷五十一賈誼《過秦論》：「胡人不敢南下而牧馬，士不敢彎弓而報怨。」

〔一三〕分界牌　俗世謂陽世與陰間隔界的地方。鄭廷玉《金鳳釵》三折【二煞】：「赤緊的敬客坊緊靠着迷魂寨，莫不狀元店連着分界牌？」

〔一四〕若相見時呵　臧本上有「（帶云）」，下有「（唱）」。

〔一五〕施呈手策　施呈，施展。《大唐三藏取經詩話·過獅子林及樹人國第五》：「莫將妖法亂施呈，我見黄河九度清。」手策，手段。《董解元西厢記》卷二【正宫】【甘草子】：「倚仗着他家有手策，欲反唐朝世界。」

〔一六〕望鄉臺　俗世謂陰間有望鄉臺，人死後魂靈可登臺眺望陽間家裏的情況。闕名氏《争報恩》二折【快活三】：「我一靈兒直到望鄉臺，猛聽的招魂魄。」

〔一七〕恰拔白　臧本作「尚昏霾」。

〔一八〕迥野　臧本同。北京大學本、吴國欽本、王學奇本「迥」誤作「迴」。按，迥野，原野。迥，借作「坰」。《劉知遠諸宫調》第一【歇指調】【枕屏兒】：「至天明，辭七翁，重游迥野。」

〔一九〕絶　猶了。參看《詩詞曲語辭匯釋》卷三「絶」。

〔二〇〕王大、王二背屍上　臧本下有「云」。

〔二一〕旦做認悲科　臧本下有「唱」。

〔二二〕荒急列　臧本「荒」作「慌」。荒急列，驚慌的樣子。急列，語助。荒，慌。參見《調風月》第二折校注〔五二〕。後同，不另出校。

〔二三〕惚　臧本作「鬆」。參見《調風月》第二折校注〔三七〕。

〔二四〕疾忙　趕快。楊梓《霍光鬼諫》一折【鵲踏枝】：「疾忙分付江山，遞納龍床。」

〔二五〕頭心　鼻子上端兩眉之間。

〔二六〕貪荒處　臧本「荒」作「慌」，「處」下有一「將」字。貪荒，慌忙。鄭德輝《周公攝政》一折正末白：「嗨！不想貪荒，將先天祝册錯放在金縢中，待取去，争奈宣唤緊。」處，猶中。參看《詩詞曲語辭例釋》「處（二）」。

〔二七〕唤着越不揪採　臧本作「你便叫殺他，怎得他瞅睬」。吴國欽本、王季思本「殺」改作「煞」。按，《詩詞曲語辭匯釋》卷四「煞（一）」：「煞，甚辭。字亦作噍，作殺。」越，根本，全然。《董解元西廂記》卷一：「越睡不着，只是想着鶯鶯。」揪採，似應從臧本作「瞅睬」，或作「瞅采」、「偢睬」、「偢采」、「偢保」。理睬之意。李調元《卍齋瑣録》卷八：「俗言偢睬，音秋彩。填詞家多用此字。蜀人翻用，謂人不禮曰不偢不睬。」禮，猶理。

〔二八〕悶轉加　臧本上有「空教我」三字。轉，更。《樂府詩集》卷五十九蔡琰《胡笳十八拍》：「製兹八拍兮擬排憂，何知曲成兮轉悲愁。」

〔二九〕柰　臧本作「奈」。

〔三〇〕空教我　臧本作「只落得」。

〔三一〕石和孩兒呵　臧本上有「（帶云）」，下有「（唱）」。

〔三二〕打拍　振作。石君寶《紫雲亭》一折【混江龍】：「你覷波比及攛斷那唱叫，先索打拍那精神。」

〔三三〕没亂　急。參見第一折校注〔八〇〕。

〔三四〕自敦自摔　獨自頓足打手。「敦摔」亦作「敦摲」。《董解元西廂記》卷四【中吕調】【雙聲疊韵】：「哭得燭又滅，香又消，轉轉心情惡。自埋怨，自失笑，自解歎，自敦摲。」

〔三五〕越教我自生殘害　臧本作「也是我多災多害」。越，更。《董解元西廂記》卷六【越調】【山麻稭】：「做得個蟲蟻兒天生的劣，特故把愁人做脾憋，更深後越切。」

〔三六〕急煎煎不寧不耐　急煎煎，焦急。《宋元戲文輯佚·王祥卧冰》：「冷冷清清也，急煎煎睡不成，好教奴成孤另。」不寧不耐，不能忍耐。寧耐，忍耐。參看《詩詞曲語辭匯釋》卷二「奈」。

〔三七〕石和孩兒呵　臧本上有「（云）」。

〔三八〕（旦）　臧本作「（正旦唱）」。

〔三九〕莫不是山精水怪　臧本上有一「呀」字。

〔四〇〕王三上　臧本下有「云」。

〔四一〕（旦荒科）　臧本作「（正旦慌科，云）」。

〔四二〕王三　臧本下有「云」。

〔四三〕是石和孩兒　臧本下有「不是鬼」一句。

〔四四〕（旦）　臧本作「（正旦唱）」。

〔四五〕撧耳撏腮　臧本「撏」作「撓」。撧耳撏腮，揪耳朵，抓臉龐。參見第一折校注〔七三〕。

〔四六〕戰篤速　戰抖抖。脈望館息機子本秦簡夫《破家子弟》三折【蔓菁菜】：「諕的他手兒脚兒戰篤速，特古裏我根前你有甚麽怕怖？」

〔四七〕收拾壘七修齋　收拾，準備。《董解元西廂記》卷五【大石調】【吴音子】：「收拾雲雨，爲郎今夜更相訪。」壘七修齋，逢七營齋祭奠。壘，積。俗世，人死之後，每七日爲忌，修佛事追薦，至七七而止。《北史·胡國珍傳》：「詔自始薨至七七，皆爲設千僧齋。」

〔四八〕王三　臧本下有「云」。

〔四九〕（旦）　臧本作「（正旦唱）」。

〔五〇〕皂白　清楚，明白。

〔五一〕怎地得却回來　臧本作「怎免得這場灾」。却回來，回來。參看《詩詞曲語辭匯釋》卷一「却（五）」。

〔五二〕王三　臧本下有「云」。

〔五三〕大人把偷馬賊趙頑驢盆吊死　臧本下有一「了」字，「大人」作「包爺爺」。

〔五四〕拖　臧本下有一「他」字。

〔五五〕（旦）　臧本作「（正旦唱）」。

〔五六〕早則　早，已。則，後綴。闕名氏《替殺妻》二折【滚綉毬】：「早則陽臺有故人，羅幃中會雨雲。」

〔五七〕大哥　臧本上有「（云）」。

〔五八〕休怨我　臧本無。

〔五九〕您兩個管甚麽　臧本作「您兩個管着甚麽哩？（唱）」。

〔六〇〕見責　見怪。息機子本武漢臣《玉壺春》一折旦白：「先生，争柰老母嚴惡，勿得見責。」

〔六一〕您兩個不子細　臧本作「（云）您兩個好不仔細」。

〔六二〕擡這屍首來做甚　臧本下有「（唱）」。做甚，幹甚麽。白仁甫《東墻記》二折梅香白：「姐姐，這早晚不燒香做甚？」

〔六三〕【小婦孩兒】　「【　】」原無，趙琦美校增圓括號「（　）」。臧本作「【殿前歡】」，下有「孩兒」二字。《太和正音譜》卷上「樂府共三百三十五章・雙調一百章」之「殿前歡」下注云：「即小婦孩兒、鳳將雛。」

〔六四〕却把誰家屍首背將來　誰家，誰。家，後綴。參看《詩詞曲語辭匯釋》卷三「家（二）」。臧本「背」上有「與我」二字。

〔六五〕也　猶又。《切鱠旦》三折：「（親隨去衙内鬢邊做拿科）……（張稍去衙内鬢邊做拿科。衙内云）張稍，你也怎的？」

〔六六〕你小名兒上把命該　臧本作「雖然道死是他命該」。

〔六七〕爲甚你無妨礙　臧本「爲甚你」作「你爲甚」。妨礙，灾禍。《水滸傳》十回：「不知甚麽樣人，小人心下疑，只怕恩人身上有些妨礙。」

〔六八〕王三　臧本下有「云」。

〔六九〕孩兒知道没事　臧本下有「是包爺爺分付教我背出來的」一句。王季思本「分付」改作「吩咐」。

〔七〇〕（旦）　臧本作「（正旦唱）」。

〔七一〕終須　終歸。《董解元西廂記》卷六【大石調】【驀山溪】：「這事體，你尋思，定物終須要。」參看《詩詞曲語辭匯釋》卷二「須（四）」。

〔七二〕孤冲上　臧本作「包待制衝上」。冲上，元劇用語。角色突然上場或匆匆上場。

〔七三〕（旦衆荒科）　臧本作「（正旦慌科）」。王季思本據古名家本「正旦」改作「旦衆」。

〔七四〕（孤）　臧本作「（包待制云）」。

〔七五〕休荒　臧本作「休慌莫怕」。

〔七六〕賊　臧本作「的」。

〔七七〕你一家聽聖人的命　臧本作「你一家兒都望闕跪者，聽我下斷」。

〔七八〕你本是龍袖嬌民　臧本上有「（詞云）」。龍袖嬌民，京城裏的百姓。周密《武林舊事》卷六：「都民素驕，非惟風俗所致，蓋生長輦下，勢使之然。」楊維楨《東維子文集》卷六《送朱女士桂英演史序》：「錢塘爲宋行都，男女痡峭尚嫵媚，號籠（龍）袖驕民。」

〔七九〕堪可　正好。脈望館息機子本鄭廷玉《忍字記》楔子旦兒白：「員外，常言道風雪是酒家天，雖然是這等，堪可飲取幾杯酒也。」

〔八〇〕隨朝勾當　隨朝，隨王伴駕。楊梓《霍光鬼諫》二折【上小樓】：「打這厮才低智淺，怎消的隨朝遷轉。」勾當，做事。《五代史平話》漢史卷上：「您好生小心勾當，事濟有賚。」

〔八一〕做　臧本作「封」。

〔八二〕聖明主加官賜賞　王季思本校記「賜賞」誤倒作「賞賜」。臧本「聖明主」作「今日的」。

〔八三〕一齊的望闕謝恩　臧本作「一家門望闕霑恩」。闕，古代宫殿門外左右相對的高建築物。此處指皇帝的宫殿。《文選》卷三十九江淹《詣建平王上書》：「日者謬得升降承明之闕，出入金華之殿。」

〔八四〕衆　臧本作「正旦同三兒拜謝科」。

〔八五〕（旦）　臧本作「（唱）」。

〔八六〕九重天　古人認爲天有九層，「九重天」即最高的一層。一般用以指帝王或朝廷。《朱文公校昌黎先生集》卷十《左遷至藍關示侄孫湘》：「一封朝奏九重天，夕貶潮州路八千。」

〔八七〕休將招狀責　休，不用。《杜工部集》卷十五《諸將》之三：「洛陽宫殿化爲烽，休道秦關百二重。」招狀，案犯供認的罪狀。《宣和遺事》元集：「楊志上了枷，取了招狀，送獄推勘。」責，供。脈望館古名家本孫仲章《勘頭巾》二折【牧羊關】：「這的是行惡的招伏狀，這是打家賊責下口詞。」

〔八八〕膿血債　因别人而受杖責。這裏指拷打。參看《元劇俗語方言例釋》「膿血債」。

〔八九〕徹　盡。《杜工部集》卷十二《江畔獨步尋花絶句》之一：「江上被花惱不徹，無處告訴只顛狂。」

〔九〇〕【尾煞】　臧本作「【鴛鴦煞】」。

〔九一〕不甫能還了恓惶債　不甫能，同「不付能」。參見《哭存孝》第三折校注〔一六〕。臧本「還了恓惶債」作「黑漫漫填滿這沉冤海」。恓惶，悲傷。《董解元西厢記》卷八【黄鍾宫】【間花啄木兒第一】：「俺道了不恁恓惶，心腸除是鐵！」恓惶債，令人悲傷的精神負擔。

〔九二〕黑漫漫打出迷魂寨　臧本作「昏騰騰打出了迷魂寨」。打出，出。迷魂寨，令人喪魂落魄的環境。

〔九三〕位列三公　「位」原作「户」，從吴曉鈴本改。臧本即作「位」。三公，古代中央的最高級官員。周以太師、太傅、太保爲三公。西漢以丞相、太尉、御史大夫爲三公。東漢以太尉、司徒、司空爲三公。宋沿東漢之制，元與周同。

〔九四〕日轉千階　一日陞很多級。階，官階。孔文卿《東窗事犯》四折【柳葉兒】：「今日都撇在九霄雲外，不能够位三公日轉千階。」

〔九五〕唱道娘加做賢德夫人　唱道，【鴛鴦煞】第五句開頭用此二字作襯字，爲其通例，猶【叨叨令】之用「也麼哥」然。此處意猶正是。王實甫《西厢記》一本四折【鴛鴦煞】：「唱道是玉人歸去得疾，好事收拾得早，道場畢諸人散了。」參看《詩詞曲語辭匯釋》卷二「暢」。加，封。《陳母教子》一折二末白：「自到帝都闕下，攛過卷子，見了聖人，日不移影，應對百篇，聖人見喜，加小官頭名狀元。」

〔九六〕兒加做中牟縣宰　加，任。《孟子·公孫丑上》：「夫人加齊之卿相，得行其道焉。」縣宰，縣令。《全唐詩》卷六九三杜荀鶴《再經胡城縣》：「今來縣宰加朱紱，便是生靈血染成。」

〔九七〕赦得俺子母每今後無妨礙，大小無灾；則願得龍椅上君王萬萬載　臧本作「赦得俺一家兒今後都安泰；且休提這恩德無涯，單則是子母團圓大古裏彩」。

〔九八〕挾勢　倚仗權勢。《新唐書·柳仲郢傳》：「大吏邊章簡挾勢肆貪，前帥不能制。」

〔九九〕殘生　性命。《劉知遠諸宫調》第二【般涉調】【麻婆子】：「入舍爲女婿，俺爺爺護向着。到此殘生看怎脱。」

〔一〇〇〕前兒　前妻生的子女。參見第二折校注〔三三〕。

〔一〇一〕胡蝶夢　臧本「胡」作「蝴」。

臧本「題目正名」後末行有尾題「包待制三勘蝴蝶夢雜劇終」。

脈望館古名家本卷末有趙琦美注「萬曆四十四年十一月十三日長至未刻校清常道人」。

關大王單刀會

説　明

《録鬼簿》著録。現存元刊本、脈望館鈔本。今以前者爲底本，後者爲校本，并用何煌本、覆元槧本、盧冀野本、鄭騫本、徐沁君本、甯希元本、王季思附録本（以上自元刊本出）、王季烈本、吴曉鈴本、隋樹森本、北京大學本、吴國欽本、王學奇本、王季思本（以上自脈望館鈔本出）參校。原本總題上有「古杭新刊的本」六字，從盧冀野本、鄭騫本、甯希元本删。甯本總題下增「雜劇」二字。脈望館鈔本作「單刀會」，書口標目「關大王獨赴單刀會」，總題下題「元關漢卿」。王季烈本、隋樹森本、北京大學本、吴國欽本、王學奇本、王季思本總題作「關大王獨赴單刀會」，隋本并下增「雜劇」二字。

劇敘三國時蜀將關羽匹馬單刀，過江赴魯肅宴會，捍衛蜀漢對荆州的主權事。

羽字雲長，河東解人。初封漢壽亭侯。劉備爲漢中王，拜羽爲前將軍，假節鉞，督荆州事。後遭吴將吕蒙襲擊，被殺。追謚壯繆侯。《三國志》有傳。宋元時曾加封爲義勇武安王。

《三國志·吴書·魯肅傳》：「肅住益陽，與羽相拒。肅邀羽相見，各駐兵馬百步上，但諸將軍單刀俱會。肅因責數羽曰：『國家區區，本以土地借卿家者，卿家軍敗遠來，無以爲資故也。今已得益州，既無奉還之意，但求三郡，又不從命。』語未竟，坐有一人曰：『夫土地者惟德所在耳，何常之有？』肅厲聲呵之，辭色甚切。羽操刀起，謂曰：『此自國家事，是人何知！』目之使去。」

傳奇有《關大王獨赴單刀會》，見《宦門子弟錯立身》戲文第五出。

第一折〔一〕

（駕一行上，開住）（外末上，奏住，云）（駕云）（外末云住）（正末扮喬國老上住）（外末云）（尋思云）今日三分已定，恐引干戈，又交生靈受苦。您衆宰相每也合諫天子咱！（過去見禮數了）（駕云）（云）陛下萬歲！萬歲！據微臣愚見，那荆州不可取！（駕又云）（云）不可取！不可取〔二〕！

【點絳唇〔三〕】咱〔四〕本是漢國臣僚，欺負他漢君軟弱〔五〕，興心〔六〕鬧。當日五處鎗刀〔七〕，併了〔八〕董卓，誅了袁紹〔九〕。

【混江龍】存的〔一〇〕孫劉曹操，平分一國作三朝。不付能〔一一〕河清海晏，雨順風調，兵器改爲農器用，征旗不動酒旗摇，軍罷戰，馬添膘〔一二〕，殺氣散，陣雲消〔一三〕，役將校〔一四〕，作臣僚，脱金甲，着羅袍〔一五〕，帳前旗捲虎潛竿，腰間劍插龍歸鞘〔一六〕，撫治的民安國泰〔一七〕，却又早將老兵喬〔一八〕。

（駕云）啗合與它這漢上九州。想當日曹操本來取□□吴，生被那弟兄每當住。（駕末云住）〔一九〕

【油葫蘆】他兄弟每雖多軍將少〔二〇〕，赤緊的把陽夏城先困了〔二一〕。肯分的周瑜和蔣幹是布衣交〔二二〕，殷肱臣諸葛施韜略〔二三〕，苦肉計黄蓋添粮草〔二四〕。那軍多半向〔二五〕火内燒，三停來水上漂〔二六〕。若不是天交〔二七〕有道伐無道，這其間吴國亦屬曹〔二八〕，

【天下樂】銅雀春深鎖二喬〔二九〕！這三朝，恰定交〔三〇〕，不争咱一日錯番爲一世錯〔三一〕，你待使霸道〔三二〕，起戰討〔三三〕，欺負〔三四〕關雲長年紀老。

（等云了）〔三五〕

【那吒令】收〔三六〕西川白帝城，把周瑜送了〔三七〕；漢江邊張翼德〔三八〕，把屍靈當着〔三九〕；船頭上把〔四〇〕魯大夫，險〔四一〕幾乎間諕倒。將西蜀地面争〔四二〕，關將軍聽的又鬧〔四三〕，敢亂下風雹〔四四〕。

（外云住）你道關將軍會甚的〔四五〕？

【鵲踏枝】它誅文醜騁麤操〔四六〕，刺顔良顯英豪〔四七〕，向〔四八〕百萬軍中，將首級輕梟〔四九〕。那赤壁時〔五〇〕相看的是好，今日不比往常，他每怕不口和咱好説話〔五一〕。他每都喜孜孜的笑裏藏刀〔五二〕。

【寄生草】倖然〔五三〕天無禍，是咱〔五四〕這人自招，全不肯施仁發政〔五五〕行王道。你小可如多謀足智雄曹操〔五六〕？豈不知南陽諸葛應難料〔五七〕。

【金盞兒】上陣處三綹美須飄〔五八〕，將九尺虎軀摇〔五九〕，五百個爪關西簇捧定個活神道〔六〇〕。

敵軍見了〔六一〕，諕得〔六二〕七魄散，五魂消〔六三〕。你每多披取幾副甲〔六四〕，剩穿取幾層袍〔六五〕。您的呵敢蕩番那千里馬〔六六〕，迎住那三停刀〔六七〕？

【醉扶歸】〔六八〕你當初口快將它〔六九〕保，做的個膽大把身包。您待暗暗的埋伏緊緊的邀〔七〇〕？你若是〔七一〕請得它來到，若見了那勇列威風〔七二〕相貌，那其間自不敢把荆州要。

【金盞兒】〔七三〕你道〔七四〕三條計決難逃？若是一句話不相饒〔七五〕，那其間使不着武官麤鹵文官狡〔七六〕。那漢酒中火〔七七〕性顯英豪，圪塔的腰間揝住寶帶〔七八〕，項上按着剛刀〔七九〕。雖然你岸邊頭藏了戰船〔八〇〕，却索與他水面上搭起浮橋〔八一〕。

【後庭花】〔八二〕您子道關公心見小〔八三〕，您須知曹公心量〔八四〕高。一個主意〔八五〕争天下，一個封金謁故交〔八六〕。上的霸陵橋〔八七〕，曹操便不合神道〔八八〕，把軍兵先暗〔八九〕了。

【賺煞尾】〔九〇〕送路酒手中擎〔九一〕，送行禮盤中托〔九二〕，没亂殺侄兒共嫂嫂〔九三〕。曹孟德心多能做小〔九四〕，倚着漢雲長善與人交〔九五〕。高聲叫〔九六〕，驚殺〔九七〕許褚、張遼。那神道須追風騎、輕輪動偃月刀〔九八〕。曹操埋伏將校，隱慝軍兵〔九九〕，準備下千般奸狡〔一〇〇〕，施窮智力，費盡機謀〔一〇一〕，臨了也則落的一場談笑〔一〇二〕，到陪了一領西川十樣錦征袍〔一〇三〕！

〔云了〕〔一〇四〕

校注

〔一〕第一折　原本分折未標出，從盧冀野本、鄭騫本、徐沁君本、甯希元本、王季思附録本校增。後同，不另出校。鈔本亦未標折，王季烈本、吴曉鈴本、隋樹森本、北京大學本、吴國欽本、王學奇本、王季思本已校增。後同，不另出校。

〔二〕（駕一行上，開住）（外末上，奏住，云）（駕云）（外末云住）（正末扮喬國老上住）（外末云）（尋思云）今日三分已定，恐引干戈，又交生靈受苦。您衆宰相每也合諫天子咱！（過去見禮數了）（駕云）（云）陛下萬歲！萬歲！據微臣愚見，那荆州不可取！（駕又云）（云）不可取！不可取　駕，車駕，古時帝王的車乘，借指帝王。《舊唐書·王希夷傳》：「及玄宗東巡，敕州縣以禮徵召，至駕前，年已九十六。」此處駕扮孫權。開住，即開了。孫楷第《述也是園舊藏古今雜劇》下篇云：「開者，脚色初上場時開端之語也。……凡開或指念，或指白。其指念者下文爲詩。……其指白者，下文爲通姓名述本末之語。」參見《調風月》第一折校注〔五〕。外末，元劇角色名，正末之外又一末。此處外末扮魯肅。徐沁君本、甯希元本、王季思附録本删「外末上，奏住，云」的「云」。甯希元本「正末扮喬國老上住」的「住」上補一「開」字。喬國老，即橋公。《三國志·吴書·周瑜傳》：「時得橋公兩女，皆國色也，策自納大橋，瑜納小橋。」徐沁君本於「尋思云」上補「正末」二字，王季思附録本補「外末」。恐，若。王實甫《西厢記》一本四折潔白：「先生拈香，恐夫人問呵，則説是老僧的親。」盧冀野本「又交生靈受苦」的「交」改作「教」。按，《詩詞曲語辭匯釋》卷一「教（一）」：「教，猶使也。通作交。」見禮數，見禮。徐沁君本、王季思附録本「（駕云）」及「（駕又云）」下兩處「（云）」補作「（正末云）」。「不可取！不可取」二「取」字原作「去」，今據上文改。徐沁君本校記亦疑「當作『取』」，并於其下補「（唱）」。王季思附録本補同。

脈望館鈔本全异，作「（冲末魯肅上，云）三尺龍泉萬卷書，皇天生我意何如？山東宰相山西將，彼丈夫兮我丈夫。小官姓魯，名肅，字子敬，見在吴王麾下爲中大夫之職。想當日俺主公孫仲謀占了江東，魏王曹操占了中原，蜀王劉備占了西川。有我荆州，乃四衝用武之地，保守無虞，分天下爲鼎足之形。想當日周瑜死於江陵，小官爲保，勸主公以荆州借與劉備，共拒曹操。主公又以妹妻劉備。不料此人外親内疏，挾詐而取益州，遂併漢中，有霸業興隆之志。我今欲取索荆州，料關公在那裏鎮守，必不肯還我。今差守將黄文，先設下三計，啓過主公，説：關公韜略過人，有兼併之心，且居國之上游，不如取索荆州。今據長江形勢，第一計：趁今日孫劉結親，已爲唇齒，就江下排宴設樂，修一書以賀近退曹兵，玄德稱主於漢中，讚其功美，邀請關公江下赴會爲慶，此人必無所疑；若渡江赴宴，就於飲酒席中間，以禮取索荆州。如還，此爲萬全之計；倘若不還，第二計：將江上應有戰船，盡行拘收，不放關公渡江回去。淹留日久，自知中計，默然有悔，誠心獻還；更不與呵，第三計：壁衣内暗藏甲士，酒酣之際，擊金鐘爲號，伏兵盡舉，擒住關公，囚於江下。此人是劉備股肱之臣，若將荆州復還江東，則放關公還益州；如其不然，主將既失，孤兵必亂，乘勢大舉，覷荆州一鼓而下，有何難哉！雖則三計已定，先交黄文請的喬公來商議則個。（正末喬公上，云）老夫喬公是也。想三分鼎足以定：曹操占了中原，孫仲謀占了江東，劉玄德占了西蜀。想玄德未濟時，曾問俺東吴家借荆州爲本，至今未還。魯子敬常有索取之心，沉疑未發。今日令人來請老夫，不知有甚事，須索走一遭去。我想漢家天下，誰想變亂到此也呵！（唱）」。王季思本「見」改作「現」。按，見，即「現」。《史記·張丞相列傳》：「高帝時大臣又皆多死，餘見無可者，乃以御史大夫嘉爲丞相。」吴國欽本、王季思本「取索」乙改作「索取」。後同，不另出校。除吴曉鈴本外，各本「腋」改作「肱」。是。隋樹森本、吴國欽本、王季思本「三分鼎足以定」的「以」改作「已」。吴曉鈴本校勘記亦謂「疑應作『已』字」。按，以，通「已」。《諸葛武侯文集》卷一《後出師表》：「曹操拊手，謂天下以定。」王季思本「問俺東吴家」的「問」誤作「向」。

〔三〕點絳唇　鄭騫本、徐沁君本、甯希元本、王季思附録本上補「仙吕」。鈔本上有「仙吕」二字。

〔四〕咱　鈔本作「俺」。

〔五〕欺負他漢君軟弱　鈔本無「欺負他」，「君」作「皇」。

〔六〕興心　有意，故意。元刊本紀君祥《趙氏孤兒》一折【天下樂】：「他興心使歹心，道賢臣是反臣，朦朧向君王行胡奏准。」

〔七〕當日五處鎗刀　鈔本「當日」作「惹起那」，「鎗」作「兵」。

〔八〕了　鈔本無。

〔九〕誅了袁紹　鈔本無「了」字。「紹」原作「詔」，從覆元槧本、盧冀野本、鄭騫本、徐沁君本、甯希元本、王季思附録本改。鈔本即作「紹」。袁紹，字本初。漢末大亂，占據北方一帶，軍勢最盛。後爲曹操所破。《後漢書》有傳。

〔一〇〕存的　鈔本作「止留下」。吴國欽本、王季思本「止」改作「只」。參見《調風月》第一折校注〔二七〕。

〔一一〕不付能　王季思附録本「付」改作「甫」。鈔本同元刊本，王季思本亦改。按，不付能，同「不甫能」。參見《哭存孝》第三折校注〔一六〕。

〔一二〕臁　原作「漂」，從何煌本、盧冀野本、鄭騫本、徐沁君本、甯希元本、王季思附録本改。鈔本即作「臁」。

〔一三〕消　鈔本作「高」。吴國欽本、王季思本據元刊本改。

〔一四〕役將校　「校」原作「投」，從覆元槧本、盧冀野本、鄭騫本、徐沁君本、甯希元本、王季思附録本及吴曉鈴本校勘記改。鈔本「役將校」作「爲將帥」。

〔一五〕着羅袍　盧冀野本「袍」字下未點斷。按，「袍」字韵。

〔一六〕帳前旗捲虎潛竿，腰間劍插龍歸鞘　盧冀野本「鞘」字下未點斷。按，「鞘」字韵。「帳」原作「帳」，從盧冀野本、鄭騫本、徐沁君本、甯希元本、王季思附録本改。鈔本即作「帳」，上有「則他這」三字。「虎潛竿」云云，司馬光《司馬温公詩話》：「惠崇詩有『劍静龍歸匣，旗閑虎繞竿』……惠崇，沙門也。」古代軍旗上畫有龍虎等形象，旗子捲起，旗上畫的虎即隨旗捲在竿上，故云「虎潛竿」。龍，寶劍。張表臣《珊瑚鉤詩話》卷二：「杜詩云：『虎氣必騰上，龍身寧久藏。』蓄劍詩也。□傳虎丘常有劍氣，狀如虎延津，劍躍化爲龍也。」戰旗收捲，寶劍入鞘，意謂息戰事。

〔一七〕撫治的民安國泰　鈔本作「人强馬壯」。撫治，治理。《前漢書平話》卷下：「權時整治朝綱，等關外十王齊到，選有分洪福，撫治萬民。」

〔一八〕却又早將老兵喬　盧冀野本、鄭騫本、徐沁君本、甯希元本、王季思附録本及北京大學本校勘記「喬」改作「驕」。按，喬，通「驕」。《禮記·樂記》：「齊音敖辟喬志。」陸德明釋文：「喬，徐音驕。本或作驕。」孔穎達疏：「言齊音既敖很辟越，所以使人意志驕逸也。」鈔本無「却又早」，「喬」作「驕」。

〔一九〕（駕云）喒合與它這漢上九州。想當日曹操本來取□□吴，生被那弟兄每當住。（駕末云住）

徐沁君本「（駕云）」下補「（正末云）」。鄭騫本、王季思附録本「喒」改作「咱」。按，喒，咱們。參見《哭存孝》頭折校注〔三四〕。盧冀野本、鄭騫本、徐沁君本、甯希元本、王季思附録本「它」改作「他」。按，它，即「他」。參見《調風月》第二折校注〔三七〕。「取」下二格原爲墨釘，盧本補一「東」字，鄭本、徐本、王本補「咱東」二字，吴曉鈴本校云：「疑墨釘當作『喒東』二字。」甯本補「俺東」二字。徐本、甯本「當住」的「當」改作「擋」。按，當，擋。參見《哭存孝》第三折校注〔三九〕。徐本「（駕末云住）」下補「（正末唱）」。

鈔本作「（云）可早來到也。左右報伏去，道喬公來了也。（卒子報云）報的大夫得知：有喬公來到了也。（魯云）道有請。（卒云）老相公有。（末見魯云）大夫今日請老夫來，有何事幹？（魯云）今日請老相公，别無甚事，商量取索荆州之事。（末云）這荆州斷然不可取。相關雲長好生勇猛，你索荆州呵，他弟兄怎肯和你甘罷？（魯云）他弟兄雖多，兵微將寡。（末唱）」。北京大學本、吴國欽本、王季思本「報伏」的「伏」改作「復」。按，報伏，同「報復」，通禀。脈望館古名家本鄭廷玉《後庭花》一折王慶白：「早來到也。報伏去，道王慶來了也。」參見《哭存孝》頭折校注〔五二〕。「老相公有」下疑奪一「請」字，王季烈本、隋樹森本、北京大學本、吴國欽本、王學奇本、王季思本已補，吴曉鈴本校勘記亦謂「疑『有』字下脱『請』字」。「相關雲長」的「相」疑爲「想」字之誤，王季烈本、隋樹森本、北京大學本、吴國欽本、王學奇本、王季思本已改，吴曉鈴本校勘記亦謂「疑當作『想』字」。

〔二〇〕他兄弟每雖多軍將少　甯希元本「兄弟」倒作「弟兄」，「軍」改作「兵」。按，軍，兵。參見《哭存孝》頭折校注〔二六〕。

鈔本作「你道他弟兄雖多兵將少」，下有「（云）大夫，你知博望燒屯那一事麽？（魯云）小官不知，老相公試説則。（末唱）」。吳國欽本「多兵」二字誤倒。王季烈本、隋樹森本「則」改作「者」，王季思本改作「只」，吳曉鈴本校云：「似應作『咱』字。」按，則，表祈求語氣。陳以仁《存孝打虎》二折正末白：「大人不嫌絮繁，聽小人説一遍則。」下同，不另出校。

〔二一〕赤緊的把陽夏城先困了　「陽夏城」原作「夏陽城」，從甯希元本乙改。徐沁君本、王季思附録本改作「夏侯惇」。甯本校云：「漢陽、夏口，合稱爲『陽夏』。……〔油葫蘆〕一曲，純叙赤壁之戰一事，與博望燒屯殺敗夏侯惇全然無涉。」

鈔本「把」作「將」，「夏（陽）陽（夏）城」作「夏侯敦」。各本「敦」改作「惇」。鈔本此句下有「（云）這隔江鬥智你知麽？（魯云）隔江鬥智，小官知便知道，不得詳細。老相公試説則。（末唱）」。

〔二二〕肯分的周瑜和蔣幹是布衣交　鈔本「肯分的」作「則他那」。肯分，猶恰好。參看《詩詞曲語辭匯釋》卷二「肯（五）」。鈔本無「和」字。「蔣」原作「將」，從盧冀野本、鄭騫本、徐沁君本、甯希元本、王季思附録本改。鈔本即作「蔣」。

〔二三〕 股肱臣諸葛施韜略　鈔本上有「那一個」三字。「諸葛」原作「諸亮」，從徐沁君本、王季思附録本改。鈔本即作「諸葛」。

〔二四〕 苦肉計黄蓋添粮草　鈔本上有「虧殺那」三字，下有「（云）赤壁鏖兵，那場好厮殺也！（魯云）小官知道。老相公再説一遍則。（末云）燒折弓弩如殘葦，燎盡旗旛似亂柴。半明半暗花腔鼓，横着撲着伏獸牌。帶鞍帶轡燒死馬，有袍有凱死屍骸。哀哉百萬曹軍敗，個個難逃水火災！（唱）」。各本「璧」改作「壁」，「凱」改作「鎧」。是。

〔二五〕 向　原作「晌」，從甯希元本、王季思附録本改。鈔本即作「向」。盧冀野本、鄭騫本、徐沁君本改作「晌」，吴曉鈴本校勘記亦謂「疑是『晌』字」。鄭本校云：「〔多半晌〕疑當作多半向，與下句三停來對文。」是。按，向，在。參看《詩詞曲語辭例釋》「向（二）」。

〔二六〕 三停來水上漂　停，成。李肩吾《蠙州詞·拋毬樂》：「冷地思量着，春色三停早二停。」鈔本「來」作「在」。來，在。闕名氏《抱粧盒》一折【油葫蘆】：「這一個鑽入葉底藏，那一個坐來枝上喘。」

〔二七〕 交　盧冀野本改作「教」。鈔本亦作「交」。王季烈本、隋樹森本改作「教」。參見校注〔三〕。

〔二八〕 這其間吴國亦屬曹　鈔本「亦」作「盡」。亦，已。參看《詩詞曲語辭例釋》「亦（六）」。鈔本此句下有「（魯云）曹操英雄智略高，削平僭竊篡劉朝；永安宫裏擒劉備，銅雀宫中鎖二喬。（末）」。吴國欽本、王季思本「宫中」改作「春深」。王季烈本、隋樹森本、北京大學本、吴國欽本、王學奇本「末」下補「唱」字。吴曉鈴本校云：「『末』字下似應有『唱』字。」王季思本「（末）」改作「（唱）」。

〔二九〕銅雀春深鎖二喬　鈔本上有「你道是」三字。銅雀，銅雀臺。《三國志·魏志·武帝紀》：「（建安）十五年……冬，作銅爵臺。」「銅雀春深鎖二喬」，杜牧《赤壁》詩句。

〔三〇〕恰定交　盧冀野本「交」字下未點斷。按，「交」字韻。鈔本「交」原作「文」，有校筆改作「交」。各本從。定交，停歇。臧本鄭德輝《倩女離魂》一折【後庭花】：「俺氣氳氳喟然聲不定交。」

〔三一〕不爭咱一日錯番爲一世錯　不爭，猶只爲。參看《詩詞曲語辭匯釋》卷二「不爭（一）」。「日」原作「月」，鄭騫本、徐沁君本、甯希元本據鈔本改，王季思附録本亦改。何煌本「番」改作「翻」，徐本、甯本、王本改同。按，番，用同「翻」，變也。《張協狀元》戲文二十九出：「這些兒分福，早番作憂怨。」鈔本「番爲」作「便是」。一日錯番爲一世錯，俗語，意謂一時的錯鑄成永久的錯。亦見楊景賢《西遊記》三本九齣【勝葫蘆幺】。鈔本下有「（魯云）俺這裏有雄兵百萬，戰將千員，量他到的那裏」。各本下補「（末唱）」。

〔三二〕你待使霸道　盧冀野本「待」下補一空圍。非。鈔本「待」上有一「則」字，下有一「要」字，「使」

作「行」。王季思本「據下句句例」删「則」字。

〔三三〕起戰討　「討」原作「計」，從鄭騫本、徐沁君本、甯希元本、王季思附録本改。吴曉鈴本校勘記亦云：「元刊本……『討』字作『計』字，誤。」鈔本即作「討」。盧冀野本仍作「計」，下補三空圍。非。戰討，征戰。尚仲賢《三奪槊》二折【一枝花】：「我往常雄糾糾的陣面上相持，惡喑喑的沙場上戰討。」鈔本「起」上有「你待要」三字，此句下有「（魯云）我料關雲長年邁，雖勇無能。（末唱）」。

〔三四〕欺負　鈔本上有「你休」二字。

〔三五〕（等云了）　徐沁君本、王季思附録本下補「（正末唱）」。徐本校云：「『等』下疑脱『外末』二字。趙本（按，即趙琦美脈望館鈔本）爲『魯云』，可證。」按，元刊雜劇在標注外貼角色「某云了」的上頭，有時冠上一個「等」字，這個標識外貼角色科白的「等」與「云了」之間的角色名稱，或者不省，或者省去。此處即省去了角色名稱，非脱字。元刊本第一折爲魯肅、孫權和喬國老串演，與鈔本之魯肅同喬國老折辯不同，「等云了」的「等」字下省去的當不僅僅是「外末」魯肅。鈔本作「（云）收西川一事，我説與你聽。（魯云）收西川一事，我不得知，你試説一遍。（末唱）」。

〔三六〕收　攻取。《左傳·隱公元年》：「大叔又收貳以爲己邑。」

〔三七〕把周瑜送了　鈔本「把」作「將」，「送」上有一「來」字。

〔三八〕翼德　原誤作「習單」，從鄭騫本、徐沁君本、甯希元本、王季思附録本改。鈔本即作「翼德」。

〔三九〕把屍靈當着　徐沁君本、甯希元本、王季思附録本「當」改作「擋」。按，當，擋。參見《哭存孝》第三折校注〔三九〕。鈔本「把」作「將」，「屍靈」作「屍骸」，「骸」下有一「來」字。屍靈，即屍體。參看《敦煌變文字義通釋》第二篇「屍靈」。

〔四〇〕把　鈔本無。

〔四一〕險　鈔本無。

〔四二〕將西蜀地面爭　鈔本上有「你待」二字，「西蜀」作「荆州」，「面」下有一「來」字。

〔四三〕關將軍聽的又鬧　鈔本「將軍」作「雲長」，無「又」字。

〔四四〕敢亂下風雹　鈔本「敢」作「他可便」。亂下風雹，亂施威勢。元刊本紀君祥《趙氏孤兒》三折【水仙子】：「老的來没顛倒，便死也死得着，一任你亂下風雹。」

〔四五〕（外云住）你道關將軍會甚的　徐沁君本「外」作「外末」。鄭騫本「你道」上補「（云）」，徐沁君本、王季思附録本補「（正末云）」。徐本、王本「甚的」下補「（唱）」。鈔本作「（魯云）他便有甚本事？（末唱）」。

〔四六〕它誅文醜騁 <字>操　盧冀野本、鄭騫本、徐沁君本、甯希元本、王季思附録本「它」改作「他」。參見《調風月》第二折校注〔二七〕。鈔本「它」作「他」。「醜」原作「丑」，從盧冀野本、鄭騫本、甯希元本、王季思附録本改。鈔本同，除王學奇本外，各本亦改。文醜，袁紹的大將。見《後漢書·袁紹傳》。鈔本「騁」作「逞」。「麤」原作「鹿」，從盧冀野本正。按，「鹿」爲「麄」或「麁」的省寫，「麄」「麁」乃「麤」之俗字（見《集韻》平聲模韵，聰徂切）。吴曉鈴本校勘記云：「『鹿操』當是『麤躁』之誤。」鄭騫本、徐沁君本、王季思附録本從鈔本改作「粗躁」，甯希元本作「粗懆」。按，操，急迫。《公羊傳·莊公三十年》：「蓋以操之爲已蹙矣。」何休注：「操，迫也。」阮元校勘記：「操，古本作躁。」麤操，粗魯暴躁。亦作「麄躁」。脈望館古名家本闕名氏《鎖魔鏡》五折【喬牌兒】：「則爲那二郎神性麄躁，他將那寶雕弓拽滿懷中抱，⿰王吉玎的把青銅射破了。」

〔四七〕刺顔良顯英豪　盧冀野本「豪」字下未點斷。按，「豪」字韵。

〔四八〕向　鈔本作「他去那」。

〔四九〕將首級輕梟　盧冀野本「梟」字下未點斷。按，「梟」字韵。鈔本「將」上有一「他」字，下有一「那」字，「梟」下有「（魯云）想赤壁之戰，我與劉備有恩來。（末唱）」。

〔五〇〕赤壁時　鈔本作「時間」。

〔五一〕今日不比往常，他每怕不口和咱好説話　鄭騫本、王季思附録本上補「（云）」。徐沁君本上補「（帶云）」，下補「（唱）」。「不口」二字疑有誤，待校。鈔本無此夾白。

〔五二〕他每都喜姿姿的笑裏藏刀　甯希元本「姿姿」改作「孜孜」。鈔本作「他可便喜孜孜笑裏藏刀」，下有「（魯云）他若與我荆州，萬事罷論；若不與荆州呵，我將他一鼓而下。（末云）不争你舉兵呵，（唱）」。

〔五三〕倖然　鄭騫本、徐沁君本、甯希元本、王季思附録本「倖」改作「幸」。鈔本「倖然」作「幸然是」。按，倖，用同「幸」。倖然，本來。

〔五四〕咱　鈔本作「喒」。北京大學本、吴國欽本、王學奇本、王季思本改作「咱」。參見《哭存孝》頭折校注〔三四〕。

〔五五〕施仁發政　鈔本作「施恩布德」。施仁發政，施行仁政。發，行。《吕氏春秋·重言》：「齊桓公與管仲謀伐莒，謀未發而聞於國。」高誘注：「發，行。」

〔五六〕你小可如多謀足智雄曹操　鈔本「你小可如」作「怎比那」。小可如，難道如。參看《詩詞曲語辭匯釋》卷四「小可如」。雄，傑出。《後漢書·荀彧傳》：「彧聞操有雄略。」

〔五七〕豈不知南陽諸葛應難料　鄭騫本按律據鈔本下補「你則待千軍萬馬惡相持，全不想生靈百萬遭殘暴」二句。徐沁君本、甯希元本、王季思附録本補同，惟徐本無「則」字。鈔本「豈不知」作「你須知」，「難料」下有「（魯云）他若不與可，我大勢軍馬，好歹奪了荆州。（末唱）你則待千軍萬馬惡相持，全不想生靈百萬遭殘暴。（魯云）小官不曾與此人相會，老相公，你細説，關公威猛如何？（末云）想關雲長但上陣處，憑着他坐下馬、手中刀、鞍上將，有萬夫不當之勇。（唱）」。各本「可」改作「呵」。是。

應，實。《敦煌曲子詞集》卷上《蘇莫遮》：「弓馬學來陣上騁，似虎入丘山，勇猛應難比。」

〔五八〕上陣處三綹美須飄　盧冀野本、鄭騫本、甯希元本、王季思附録本「須」改作「鬚」，鄭本并校云：「應從鈔本作髯。」按，須，「鬚」本字。《説文解字》九上須部：「須，面毛也。」鈔本「上陣處」上有一「他」字，下有「赤力力」三字，「須」作「髯」。

〔五九〕將九尺虎軀摇　何煌本、覆元槧本「九」作「七」，盧冀野本、鄭騫本、王季思附録本從。吴曉鈴本校勘記亦誤謂元刊本作「七」。鈔本「將九尺」作「雄糾糾一丈」。吴國欽本「軀」誤作「驅」。

〔六〇〕五百個爪關西簇捧定個活神道　甯希元本「爪」改作「懆」。按，爪關西，稱關西大漢。《雙赴夢》三折【迎仙客】：「往常爪關西把他圍繞合，今日小校無多，一部從十餘個。」徐州方言猶稱山西人爲「山爪子」。鈔本「五百個爪關西」作「恰便似六丁神」，「定」下有一「一」字。神道，神。孫穆《雞林類事》：「神曰神道。」神者，有靈妙不測之德者的通稱。

〔六一〕敵軍見了　鈔本上有一「那」字，「軍」下有「若是」二字。

〔六二〕得　鈔本作「的」，下有一「他」字。

〔六三〕五魂消　鈔本下有「（云）你若和他厮殺呵，（唱）」。

〔六四〕你每多披取幾副甲　「披」原作「波」，從鄭騫本、徐沁君本、甯希元本、王季思附録本改。吴曉鈴本校勘記亦云：「『波』字當是『披』字之誤。」鈔本此句作「你則索多披上幾副甲」。取，猶着。參看《詩詞曲語辭匯釋》卷三「取」。

〔六五〕剩穿取幾層袍　盧冀野本「袍」字下未點斷。按，「袍」字韵。甯希元本「剩」改作「賸」。鈔本「剩穿取」作「賸穿上」。吴國欽本、王學奇本「賸」改作「剩」。按，剩、賸均猶多。參看《詩詞曲語辭匯釋》卷二「賸」。

〔六六〕您的呵敢蕩番那千里馬　甯希元本、王季思附録本「您」改作「恁」。按，您的，即恁的，如此。元時「您」「恁」通用，「恁」常借作「您」，「您」也偶用作「恁」。闕名氏《隔江鬥智》一折「（魯肅做打耳喑科，云）主公，可是您的……」。盧冀野本、鄭騫本、徐沁君本、甯希元本、王季思附録本「番」改作「翻」。按，番，用同「翻」。《劉知遠諸宮調》第一【南吕宮】【應天長】：「客人又不曾番轉。」鈔本此句作「便有百萬軍，當不住他不刺刺千里追風騎」。吴國欽本、王季思本「當」改作「擋」。參見《哭存孝》第三折校注〔三九〕。蕩，衝。《晋書·劉曜載記》：「丈八蛇矛左右盤，十蕩十決無當前。」

〔六七〕迎住那三停刀　鈔本作「你便有千員將，閃不過明明偃月三停刀」。三停刀，鋒刃部分約占刀鋒及刀柄全長三分之一的一種長柄刀。

〔六八〕【醉扶歸】 鈔本無此曲。

〔六九〕它 何煌本、盧冀野本、鄭騫本、徐沁君本、甯希元本、王季思附録本改作「他」。吴國欽本校記改同。按，它，即「他」。參見《調風月》第二折校注〔一七〕。下同，不另出校。

〔七〇〕您待暗暗的埋伏緊緊的邀 何煌本、甯希元本、王季思附録本「您」改作「你」。按，您，你。參見《哭存孝》頭折校注〔六五〕。緊緊，急急，急忙。元刊本孟漢卿《魔合羅》二折【尾聲】：「應有東西共財寶，一星星不落半分毫，他緊緊將馬馱將去了！」參見《調風月》第一折校注〔一〇三〕。盧冀野本「邀」改作「遮」。誤。

〔七一〕是 北京大學本校勘記改作「蚤」。按，元刊本「是」字或草作「夃」，北本誤辨。

〔七二〕勇列威風 何煌本、盧冀野本、鄭騫本、徐沁君本、甯希元本、王季思附録本「列」改作「烈」。吴曉鈴本校勘記、北京大學本校勘記、吴國欽本校記改同。按，列，通「烈」。參見《哭存孝》第二折校注〔二四〕。何本「風」改作「靈」。誤。

〔七三〕【金盞兒】 原本此曲前有「【金盞兒】你道三條計決難逃，若是一句話不相饒，那其間自不敢把荊州要」。與上下文重複，顯係衍文，從何煌本、盧冀野本、鄭騫本、徐沁君本、甯希元本、王季思附録本删。北京大學本校勘記、吴國欽本校記亦謂「係衍文」。

鈔本此曲前有「（魯云）老相公不知，我有三條妙計，索取荊州。（末云）是那三條妙計？（魯云）第一計：趁今日孫劉結親，以爲唇齒，就於江下排宴設樂，作書一封，以賀近退曹兵，玄德稱主於漢中，讚其功美，邀請關公江下赴會爲慶。此人必無所疑。若渡江赴宴，就於飲酒中間，以禮索取荆州。如還，此爲萬全之計；如不還，第二計：將江上應有戰船，盡行拘收，不放關公回還。淹留日久，自知中計，默然有悔，誠心獻還；更不與呵，第三條計：壁衣内暗藏甲士，酒酣之際，擊金鐘爲號，伏兵盡舉，擒住關公，囚於江下。此人乃是劉備股肱之臣，若將荆州復江東，則放關公歸益州；如其不然，主將既失，孤兵必亂，領兵大舉，乘機而行，覷荆州一鼓而下，有何難哉！這三條決難逃。（末云）休道是三條計，就是千條計，也近不的他。（唱）」。除吴曉鈴本外，各本「復」字下補一「還」字。按，復，還也。《書·咸有一德》：「伊尹既復政厥辟，將告歸，乃陳戒于德。」復政厥辟，孔傳：「還政太甲。」吴國欽本、王季思本「據下文〔金盞兒〕曲首句」「這三條」下補一「計」字。王季思本「也」改作「亦」。非。

〔七四〕你道　鈔本下有一「是」字。

〔七五〕若是一句話不相饒　鈔本無「若是」，「饒」原作「遶」，從盧冀野本、鄭騫本、徐沁君本、甯希元本、王季思附録本改。鈔本即作「饒」。相饒，相讓。參看《詩詞曲語辭匯釋》卷二「饒（一）」。

〔七六〕那其間使不着武官麤鹵文官狡　鈔本無「那其間」，「着」作「的」。王季思本「的」改作「得」。按，的，得。參看《詩詞曲語辭匯釋》卷四「的（二）」。使不着，無須，用不上。參看《詩詞曲語辭例釋》「使不的」。「麤鹵」原作「鹿卤」，從鄭騫本及吴曉鈴本校勘記改。盧冀野本改作「麤魯」，徐沁君本、王季思附録本作「粗魯」，甯希元本作「粗卤(鹵)」。鈔本作「粗慥」。參見校注〔四六〕。「狡」原作「校」，從鄭騫本、徐沁君本、甯希元本、王季思附録本改。吴曉鈴本校勘記亦云：「『校』字當是『狡』字之訛。」鈔本即作「狡」。鈔本下有「(魯云)關公酒性如何？(末)」。各本「末」下均補「唱」。

〔七七〕火　鈔本作「劣」。

〔七八〕圪塔的腰間揞住寶帶　覆元槧本「圪」字空闕，盧冀野本從作空圍。吴曉鈴本校勘記、徐沁君本校記誤謂元刊本空「圪」字。圪塔，形容動作很快，猶言一下子。亦作「扢搭」。王實甫《西廂記》二本三折【得勝令】：「急攘攘因何，扢搭地把雙眉鎖納合。」王季思附録本「揞」改作「抓」。按，揞，攥。參見《蝴蝶夢》第二折校注〔三三〕。鈔本無「腰間」二字，「揞」作「揪」。

〔七九〕項上按着剛刀　徐沁君本、甯希元本、王季思附録本及吴曉鈴本校勘記「剛」改作「鋼」。按，剛，鋼。《北史·綦毋懷文傳》：「懷文造宿鐵刀，其法，燒生鐵精以重柔鋌，數宿則成剛。」剛刀，即鋼刀。《劉知遠諸宫調》第十二【般涉調】【墻頭花】：「卓下剛刀，摘了弓箭，脱却袍凱(鎧)。」鈔本此句作「没揣的舉起鋼刀」，下有「(魯云)我把岸邊戰船拘了。(末唱)」。

〔八〇〕雖然你岸邊頭藏了戰船　鈔本作「你道是岸邊厢拘了戰船」，下有「(云)他若要回去呵，

（唱）」。邊頭，邊。臧本闕名氏《殺狗勸夫》三折【牧羊關】：「怎麽的口邊頭拔了七八根家狗毛，臉兒上拿了三四個狗蠅？」

〔八一〕却索與他水面上搭起浮橋　却索，只好。脈望館古名家本馬致遠《青衫泪》二折【二煞】：「不見他青燈黄卷，却索共漁火對愁眠。」鈔本此句作「你則索水面上搭座浮橋」，下有「（魯云）老相公不必轉轉議論，小官自有妙策神機。乘此機會，荆州不可不取也。（末云）大夫，你這三條計，比當日曹公在灞陵橋上三條計如何？到了出不的關雲長之手。（魯云）小官不知，老相公試説一遍我聽咱。（末唱）」。王季烈本、吴曉鈴本、隋樹森本「轉轉」改作「展轉」。按，轉轉，猶展轉。《董解元西厢記》卷三【中吕調】【雙聲疊韵】：「燭熒煌，夜未央，轉轉添惆悵。」王本、隋本「咱」改作「者」。按，咱，猶吧，表祈求語氣。參見《哭存孝》頭折校注〔三〕。

〔八二〕【後庭花】　鈔本無此曲。

〔八三〕您子道關公心見小　盧冀野本、徐沁君本及吴國欽本校記「您」改作「你」。按，您，你。參見《哭存孝》頭折校注〔六五〕。盧冀野本「子」改作「祇」，王季思附録本及吴國欽本校記改作「只」。按，子，猶只，還。《樂府群珠》卷一闕名氏小令【中吕】快活三過朝天子四换頭：「無榮無辱，堪笑朝中都宰輔，韓信埋伏，蕭何法律，張良見世途，子不如聞早歸山去。」「心」字原爲一重文符號，從盧冀野本、徐沁君本、甯希元本、王季思附録本及吴國欽本校記改。

〔八四〕心量　「量」原作「亮」，從鄭騫本、徐沁君本、甯希元本、王季思附録本及吴國欽本校記改。心量，襟懷。《雍熙樂府》卷十八汪元亨小令【中吕】朝天子「歸隱」：「塵土衣冠，江湖心量，出皇家麟鳳網。」

〔八五〕主意　覆元槧本「主」誤作「生」，盧冀野本及吴曉鈴本校勘記沿誤。鄭騫本校勘記云：「主原作生，據文義改。主意猶云立意，元曲中常用語。」按，「原作生」者非元刊本，鄭校辨誤釋是。

〔八六〕封金謁故交　指關羽辭曹操奔劉備事。《三國志·蜀書·關羽傳》：「建安五年，曹公東征，先主奔袁紹。曹公禽羽以歸，拜爲偏將軍，禮之甚厚。……及羽殺顔良，曹公知其必去，重加賞賜。羽盡封其所賜，拜書告辭，而奔先主於袁軍。」《三國志平話·關公獨行》、元闕名氏《關雲長千里獨行》雜劇、明朱有燉《關雲長義勇辭金》雜劇叙其事。

〔八七〕霸陵橋　「陵」原作「時」，從鄭騫本、徐沁君本、甯希元本、王季思附録本及吴國欽本校記改。下文第三折【快活三】「霸陵橋上氣昂昂」，即作「陵」。鈔本第二隻【金盞兒】曲後末白亦作「陵」。甯本、王本并改「霸」作「灞」。按，霸陵橋，即霸橋。跨灞水上，亦名「灞橋」。因附近有漢文帝霸陵，故又稱「霸陵橋」、「灞陵橋」。

〔八八〕不合神道　違背天理。《董解元西厢記》卷七【南吕宫】【一枝花纏】：「這畜生腸肚惡，全不合神道。着言厮間諜、忒奸狡。」

〔八九〕暗　鄭騫本校勘記謂「疑當作按」。甯希元本改作「掩」。按，暗，「揞」之同音替代。《集韻》去聲勘韵「揞」「暗」同音（烏紺切），「揞」字下注云：「掩也。」掩，藏也。

〔九〇〕【賺煞尾】　鈔本作「【尾聲】」。王季思本改作「【賺煞】」。

〔九一〕送路酒手中擎　「送」原作「旡」，「手」原作「年」，「擎」原作「敬」，從鄭騫本、徐沁君本、甯希元本、王季思附録本改。吴曉鈴本校勘記云：「『年』字當是『手』字之訛，『敬』字當是『擎』字之省。」北京大學本校勘記「年」「敬」二字亦改。鈔本此句作「曹丞相將送路酒手中擎」。送路，送行。脈望館鈔本《單鞭奪槊》二折末白：「將酒過來，與敬德遞一杯送路。」臧本「送路」作「送行」。

〔九二〕送行禮盤中托　鈔本「送」作「餞」。「盤」原作「月」，從鄭騫本、徐沁君本、甯希元本、王季思附録本改。鈔本即作「盤」。吴曉鈴本校勘記、北京大學本校勘記亦云「月」字「疑訛」。

〔九三〕没亂殺侄兒共嫂嫂　「殺」，鈔本同。吴國欽本、王季思本改作「煞」。按，《詩詞曲語辭匯釋》卷四「煞（一）」：「煞，甚辭。字亦作[illegible]，作殺。」没亂殺，急煞。參看《元劇俗語方言例釋》「没亂煞」。鈔本「共」作「和」。

〔九四〕曹孟德心多能做小　「德」原作「得」，從盧冀野本、鄭騫本、徐沁君本、甯希元本、王季思附録本改。鈔本即作「德」。做小，低聲下氣。高文秀《澠池會》楔子廉頗白：「若相如語言之中爲國呵，我則做小，負荆請罪。」

〔九五〕倚着漢雲長善與人交　「倚」原作「奇」，從盧冀野本、鄭騫本、徐沁君本、王季思附録本及北京大學本校勘記改。吴曉鈴本校勘記亦云：「『奇』字當是『倚』字。」甯希元本改作「欺」。鈔本無「倚着」二字，「漢」作「關」。善與人交，俗語，善於周旋應付。金仁傑《追韓信》一折【柳葉兒】：「却才那齊管仲行無道，又見魯義姑㨂粗豪，咱呵可甚晏平仲善與人交？」

〔九六〕高聲叫　盧冀野本「叫」字下未點斷。按，「叫」字韵。「高」原作「万」，從鄭騫本、徐沁君本、甯希元本、王季思附録本改。鄭本校云：「高字形近誤作萬，又省作万。」盧本及吴曉鈴本校勘記作「萬」。鈔本此句作「早來到灞陵橋」。

〔九七〕驚殺　「驚」原作「得与」，從徐沁君本改。鄭騫本、甯希元本、王季思附録本據鈔本改作「險諕殺」。盧冀野本作「得急殺」。

〔九八〕那神道須追風騎、輕輪動偃月刀　鄭騫本校云：「〔須追風騎〕須字待校，此句似有脱誤。鈔本作勒着追風騎，可從。」徐沁君本、王季思附録本「須」字下據鈔本補「勒着」二字。甯希元本「須」改補作「順着」。鈔本「那神道須」作「他勒着」。按，「須」疑「徐」字之誤，二字音近，同屬魚模韵平聲。據譜，此句爲【仙吕】【賺煞尾】之第八句，七字（「神道輕輪偃月刀」）。徐本校補，於譜無礙，於義可通，似可從。追風騎，千里馬。《中興以來絶妙詞選》卷七劉伯寵《六州歌頭·上廣西張帥》：「看追風騎，攢雲槊，雷野轂，激天鉦。」

〔九九〕曹操埋伏將校，隱慝軍兵　盧冀野本大字，誤作曲文。鄭騫本、徐沁君本、王季思附録本上補「（帶云）」，徐本下補「（唱）」。「校」原作「役」，從何煌校改。何校云：「役疑校。」鄭騫本疑同。徐沁君本、甯希元本、王季思附録本亦改。鄭本、王本「慝」改作「匿」。按，慝，匿。《集韻》入聲職韵：「慝，隱情（情？）飾非曰慝」；昵力切。鈔本無此二句帶白。

〔一〇〇〕準備下千般奸狡　鈔本「準備下」作「曹操有」，「奸狡」作「計較」。

〔一〇一〕施窮智力，費盡機謀　盧冀野本大字，誤作曲文。鄭騫本、徐沁君本、王季思附録本上補「（帶云）」，徐本下補「（唱）」。「窮」原作「家」，「費」原作「廢」，從何煌本、盧冀野本、鄭騫本、徐沁君本、甯希元本、王季思附録本及北京大學本校勘記改。鈔本無此二句帶白。

〔一〇二〕臨了也則落的一場談笑　盧冀野本「則」改作「只」。按，則，猶只。參看《詩詞曲語辭匯釋》卷一「則（三）」。鈔本無「臨了也」，此句下有「（云）關雲長道：『丞相勿罪，某不下馬了也。』（唱）」。

〔一〇三〕到陪了一領西川十樣錦征袍　何煌本、徐沁君本、甯希元本「到」改作「倒」。按，到，倒。參看《詩詞曲語辭匯釋》卷四「到（二）」。「陪」原作「倚」，今改。鄭騫本校云：「倚字待校。」徐沁君本改作「賠」，甯希元本及北京大學本校勘記改作「倍」。按，賠償的「賠」本作「陪」，《元典章》、容與堂本《水滸傳》裏也多見，例不贅。「賠」字後起。「倚」爲「倍」之形誤，「倍」爲「陪」的錯字。到陪，倒貼。闕名氏《千里獨行》三折【尾聲】：「哎，你個奸雄曹操，到陪了西川十樣錦征袍。」十樣錦，十種錦緞。戚輔之《佩楚軒客談》：「（後蜀）孟氏在蜀時製十樣錦，名長安竹、天下樂、雕團、宜男、寶界地、方勝、獅團、象眼、八搭韵、鐵梗衰荷。」這裏指其中一種。徐本據鈔本於此句後補「（下）」。鈔本此句作「他把那刀尖兒斜挑錦征袍」。

〔一四〕（云了）盧冀野本移至第二折開頭。徐沁君本「云了」上補「外末」二字，校云：「趙本（按，即趙琦美脈望館鈔本）第一折末，有魯肅對部將黄文説白一段，分付黄文請司馬徽來作宴請關羽席上的伴客。吴本（按，即吴曉鈴本）校勘記云：『元刊本無此賓白八十七字，僅注云「云了」。』從之，并補『外末』二字，因本劇以外末一角扮演魯肅故也。」按，元刊本本折與鈔本排場不同，此處有説白的外貼角色，恐不僅魯肅一人，徐本校補「外末」，未妥。參見校注〔三五〕。王季思附録本下補「（下）」。鈔本無此二字，另有「（魯云）黄文，你見喬公説關公如此威風，未可深信。俺這江下有一賢士，覆姓司馬，名徽，字德操。此人與關公有一面之交，就請司馬先生爲伴客，就問關公平昔知勇謀略、酒中德性如何。黄文，就跟着我去司馬菴中相訪一遭去。（下）」。王學奇本、王季思本「覆」改作「複」。是。吴國欽本、王季思本「知」改作「智」。王學奇本校注云：「知——同『智』。」是。《禮記・中庸》：「好學近乎知，力行近乎仁。」

第二折

（正末重扮先生引道童上〔一〕，坐定〔二〕。云〔三〕）貧道是司馬德操的便是了。自襄陽會罷，與劉皇叔相見，本人有高皇之氣。將門生寇封與皇叔爲義子，舉南陽卧龍爲軍師，分了西川。向山間林下，自看了十年龍争虎鬥。貧道絶名利，無寵辱，到亦快活〔四〕。

【端正好〔五〕】我本是個釣鰲人〔六〕，却做了扶犁叟〔七〕。嘆〔八〕英布彭越韓侯！斂我這一身外兩隻拿雲手〔九〕，再不出麻袍袖！

【滚綉毬〔一〇〕】我如今〔一一〕聚村叟，會詩友，喫的是〔一二〕活魚新酒，問甚瓦盆、砂鉼、磁甌〔一三〕。睡推臺〔一四〕不換盞，高歌自打手〔一五〕。任從他陰晴昏晝〔一六〕，我直吃的醉時眠衲被蒙頭〔一七〕。徹窗外三竿日〔一八〕，爲的傲殺人間萬户侯〔一九〕，到大優游〔二〇〕。

【倘秀才】林泉下酒生爽口，御宴上堂食惹手，留的殘生喝下酒。你道這一粗漢，共那壽亭侯，是故友〔二一〕，

【滚綉毬】你着我就席上央他幾甌〔二二〕。那漢劣性子輸了半籌〔二三〕？問甚麽安排來後〔二四〕，目前〔二五〕鮮血交流。你爲漢上九座州，我爲筵前一醉酒〔二六〕，咱兩個落不得個完全屍首〔二七〕，

我共你伴客同病相憂〔二八〕。你爲兩朝作保十年恨〔二九〕，我却甚一盞能消萬古愁〔三〇〕？說起來魂魄悠悠〔三一〕！

【倘秀才】你子索躬着身將他來問候〔三二〕，跪膝着悠悠勸酒〔三三〕，他待吃候吃、側候側、那裏交他受候受〔三四〕。他道東你隨着東去〔三五〕，他道西呵你順着西流〔三六〕，他醉時節你便走〔三七〕。

【滚綉毬】他鍾前有半點兒言〔三八〕，筵前帶二分酒，那漢酒性操不中調鬥〔三九〕，你是必挂口兒則休提着那荆州〔四〇〕。圓睁開殺人眼〔四一〕，輕舒開〔四二〕捉將手，那神道横將卧蠶眉皺〔四三〕，登時敢五藴山列火難收〔四四〕。若是他玉山低趄你則頻斟酒〔四五〕，若是他寶劍離匣你則準備着頭〔四六〕！枉送了八十座軍州〔四七〕！

【倘秀才】你道〔四八〕東吴國魯大夫仁兄下手，則消的西蜀郡諸葛亮先生啓口〔四九〕，奏與那海量仁慈的漢皇叔〔五〇〕。那先生操琴風雪降〔五一〕，彈劍鬼神愁〔五二〕，則怕您急難措手〔五三〕。

【滚綉毬】黄漢升勇似彪〔五四〕，趙子龍膽如斗〔五五〕，馬孟起是殺人的領袖〔五六〕，那煞漢虎牢關立伏了十八鎮諸侯〔五七〕，騎一匹千里騅〔五八〕，横一條丈八矛〔五九〕，當陽阪〔六〇〕有如雷吼，曾當住曹丞相一百萬帶甲貔貅〔六一〕，叫一聲混天塵土紛紛的橋先斷〔六二〕，喝一聲拍岸驚濤厭厭的〔六三〕水逆流：這一火怎肯干休〔六四〕！

【叨叨令】〔六五〕若是你鼕鼕戰鼓聲相輳〔六六〕，不剌剌〔六七〕戰馬望前驟，他惡喑喑揎起征袍袖〔六八〕，不鄧鄧惱犯難收救〔六九〕。您索與他死去也末哥！索與他死去也末哥〔七〇〕！那一柄青龍刀落處都多〔七一〕透！

【煞尾】〔七二〕席條兒□怕勢着我手〔七三〕，樹葉兒隄防〔七四〕打破我頭。他〔七五〕千里獨行覓二友，匹馬單刀鎮九州。人似巴〔七六〕山越嶺彪，馬跨番江混海虬〔七七〕。他輕舉龍泉〔七八〕殺車胄，怒拔昆吾壞文醜，〔七九〕麾蓋下顏良劍梟了首〔八〇〕，蔡陽英雄立取了〔八一〕頭。這個避是非的先生決應了口〔八二〕，吾兄阿〔八三〕！那殺人的關公更怕他下不的手〔八四〕！

（下）〔八五〕

校注

〔一〕正末重扮先生引道童上　「先生」原作「正」，從徐沁君本、甯希元本、王季思附録本改。徐本校云：「『正』爲『生』之形誤，『生』上當脱『先』字。元代稱道士爲先生。本折司馬德操自稱『貧道』，固一道士打扮也。」鄭騫本疑「正」字衍。鈔本此句作「正末扮司馬徽領道童上」。

〔二〕坐定　鈔本無。

〔三〕云　鈔本上有一「末」字。

〔四〕貧道是司馬德操的便是了。自襄陽會罷，與劉皇叔相見，本人有高皇之氣。將門生寇封與皇叔爲義子，舉南陽卧龍爲軍師，分了西川。向山間林下，自看了十年龍争虎鬥。貧道絶名利，無寵辱，到亦快活　「司馬德操」原作「同馬得操」，從盧冀野本、鄭騫本、徐沁君本、甯希元本、王季思附録本及吴曉鈴本校勘記改。襄陽會，指劉表請劉備赴襄陽宴會事。元高文秀有《劉玄德獨赴襄陽會》雜劇叙其事。本，此。洪邁《夷堅乙志》卷十七「女鬼惑仇鐸」：「仇鐸……請蓬萊大島真仙，爲愛本人年少，遂降箕筆。」「寇封」原作「里封」，從盧本、徐本、甯本、王本及吴本校勘記改。鄭本校云：「〔里封〕疑當作劉封或寇封。」《三國志·蜀書·劉封傳》：「劉封者，本羅侯寇氏之子，長沙劉氏之甥也。先主至荆州，以未有繼嗣，養封爲子。」「義子」原作「一子」，從甯本改。「軍師」原作「半師」，從盧本、徐本、甯本、王本及吴本校勘記改。鄭本校云：「〔一子半師〕疑當作義子軍師；但原文義亦可通，且一子與半師對文，似非偶然巧合，故未改。」下，猶裹。徐鉉《稽神録》卷六「僧德林」：「善守此人，明日送至桐城縣下。」自，猶已。參看《詩詞曲語辭例釋》「自(三)」。「鬥」原作「闘」，「無」原作「舜」，從盧本、鄭本、徐本、甯本、王本及吴本校勘記改。「寵」原作「罡」，從鄭本、甯本、王本改。盧本作「榮」，吴本校勘記亦謂「疑是『榮』字」。徐本作「罣」。按，寵辱，尊榮與耻辱。《世説新語·棲逸》：「此君近不驚寵辱，雖古之沈冥，何以過此！」鄭本、徐本、甯本、王本「到」改作「倒」。按，到，倒。參看《詩詞曲語辭匯釋》卷四「到(二)」。「亦」原作「一」，從徐本改。鄭本、甯本、王本改作「大」。徐本、王本「快活」下補「(唱)」。

鈔本作「貧道覆姓司馬，名徽，字德操，道號水鑑先生。想漢家天下，鼎足三分。貧道自劉皇叔相別之後，又是數載。貧道在此江下結一草菴，修行辨道，是好幽哉也呵！(唱)」。王學奇本、王季思本「覆」改作「複」。王季烈本、吴曉鈴本、隋樹森本、北京大學本、吴國欽本、王學奇本、王季思本「辨」改作「辦」。吴國欽本、王季思本「幽」改作「悠」。

〔五〕端正好　鄭騫本、徐沁君本、甯希元本、王季思附録本上補「正宮」。鈔本上有「正宮」二字。

〔六〕我本是個釣鰲人　鈔本無「我」字。「鰲」原作「魚」，從甯希元本改。鈔本即作「鰲」。釣鰲，比喻本領高强和抱負不凡。《全唐詩》卷一六八李白《贈薛校書》：「未誇觀濤作，空鬱釣鰲心。」

〔七〕却做了扶犁叟　鈔本「却」作「倒」。「犁」原作「利」，從鄭騫本、徐沁君本、甯希元本、王季思附録本改。鈔本即作「犁」。

〔八〕嘆　鈔本作「笑」。

〔九〕斂我這一身外兩隻拿雲手　徐沁君本改小字，作爲帶白。「斂」原作「險」，從鄭騫本、甯希元本改。鈔本無此字，「這一身外」作「如今緊抄定」。拿雲，比喻本領高强。《全唐詩》卷三九一李賀《致酒行》：「少年心事當拿雲，誰念幽寒坐嗚呃。」

〔一〇〕滚綉毬　原省寫作「衮秀求」，從盧冀野本、鄭騫本、徐沁君本、甯希元本、王季思附録本正。後同，不另出校。

〔一一〕如今　「今」原作「令」，從何煌本、盧冀野本、鄭騫本、徐沁君本、甯希元本、王季思附録本及吴曉鈴本校勘記改。鈔本「如今」作「則待要」。

〔一二〕喫的是　盧冀野本「喫」改作「吃」。按，喫，本義爲噴，這裏意猶吃。鈔本「喫」作「受用」，無「是」字。

〔一三〕問甚瓦盆、砂鉼、磁甌　問，猶管。《中興以來絶妙詞選》卷七劉潛夫《摸魚兒・賞海棠》：「傾城色，懊惱佳人薄命，墻頭岑寂誰問？」鈔本「甚」作「甚麽」，「盆」作「鉢」。何煌本「鉼」改作「鉼」。吴曉鈴本校勘記亦謂「鉼」字是。徐沁君本、甯希元本作「瓶」，王季思附録本作「鉢」。按，鉼，即「鉼」。戴孚《廣異記・楚寔》：「忽見小兒持琉璃鉼大角碗寫藥。」鈔本無「砂鉼」。磁，「瓷」俗字。謝肇淛《五雜俎》卷十二「物部四」：「今俗語窑器，謂之磁器者，蓋河南磁州窑最多，故相沿名之。」

〔一四〕推臺　甯希元本誤辨，「推」改作「椎」。按，推臺，讓酒，勸酒。推，讓也。《史記・淮陰侯列傳》：「（漢王）解衣衣我，推食食我。」臺，臺盞。參見《哭存孝》頭折校注〔一〇七〕。

〔一五〕高歌自打手　「歌」原作「哥」，從盧冀野本、鄭騫本、徐沁君本、甯希元本、王季思附録本改。鈔本即作「歌」。鈔本「打」作「摑」。

〔一六〕陰晴昏晝　盧冀野本「晝」字下未點斷。按，「晝」字韻。「晴」字原爲一重文符號，從鄭騫本、徐沁君本、甯希元本、王季思附録本改。鈔本即作「晴」。

〔一七〕我直吃的醉時眠袖被蒙頭　「蒙」原作「濛」，從盧冀野本、鄭騫本、徐沁君本、甯希元本、王季思附録本改。鈔本即作「蒙」。鈔本無「我直吃的」，「時」作「時節」，無「眠」字。

〔一八〕睡徹窗外三竿日　「睡」原作「也」，從鄭騫本、徐沁君本、甯希元本、王季思附録本改。鈔本此句作「我向這矮窗睡徹三竿日」。徹，猶到。《全唐詩》卷四六八劉言史《代胡僧留别》：「定知不徹南天竺，死在條支陰磧中。」三竿日，日出三竿，形容天時不早。《南齊書·天文志上》：「永明五年十一月丁亥，日出高三竿，朱色赤黄，日暈，虹抱珥直背。」

〔一九〕爲的傲殺人間萬户侯　盧冀野本「侯」字下未點斷。按，「侯」字韻。鈔本「爲的」作「端的是」。

〔二〇〕到大優游　鄭騫本、徐沁君本、甯希元本、王季思附録本「到」改作「倒」。按，到大，多麽大，多麽。《北宫詞紀》卷三湯菊莊套數【南吕】一枝花「贈錢塘鑷者」：「雖小道，莫輕易，也藏着桑柘連村雨一犂，到大便宜。」參看《詩詞曲語辭匯釋》卷四「到(二)」。「游」原作「由」，從盧冀野本、鄭騫本，徐沁君本、王季思附録本改。甯希元本改作「悠」。

鈔本此句作「自在優游」，下有「(云)道童，門首觀者，看有甚麽人來。(道童云)理會的。(魯肅上，云)可早來到也，接了馬者。(見道童科，魯云)道童，先生有麽？(童云)俺師父有。

（魯云）你去説：魯子敬特來相訪。（童云）你是子敬？你和那松木在一答里。我報師父去。（見末，云）師父弟子孩兒，（末云）這廝怎麽駡我？（童云）不是駡。師父是師父，弟子是徒弟，就是孩兒一般。師父弟子孩兒，（末云）這廝潑説！有誰在門首？（童云）有魯子敬特來相訪。（末云）道有請。（童云）理會的。（童出見魯，云）有請。（曾見末科）（末云）稽首。（魯云）區區俗冗，久不聽教。（末云）數年不見，今日何往？（魯云）小官無事不來，特請先生江下一會。（末云）貧道在此江下修行，方外之士，有何德能，敢勞大夫置酒張筵？（唱）」。「斜」字誤，各本均改作「科」。是。除吴曉鈴本外，各本「你是子敬」的「子敬」改作「紫荆」。王季思本「答」改作「搭」。按，答，用同「搭」。猶處，塊。鈔本《陽春白雪》後集卷三孫叔順套數【南吕】一枝花：「誰待想錦衣玉食，甘心守淡飯黄虀。向林泉選一答兒清幽地，閑時一曲，悶後三杯。」「曾」字誤，各本均改作「魯」。是。

〔三〕林泉下酒生爽口，御宴上堂食惹手，留的殘生喝下酒。你道這一粗漢，共那壽亭侯，是故友「林」原作「休」，從盧冀野本、鄭騫本、徐沁君本、甯希元本、王季思附録本改。吴曉鈴本校勘記亦謂「疑是『林』字」。「酒生」原作「濁生」，從盧本、徐本、王本改。徐本校云：「『酒生』指『生酒』。《水滸傳》第二十七回：『武松看了道：這個正是好生酒，只宜熱吃最好。』」吴本校勘記亦疑「濁」是「酒」字。甯本改作「濁腥」。吴本校勘記謂「堂」「疑是『嘗』字」。非。參見《蝴蝶夢》第三折校注〔七〕。何煌本「惹」作二空圍，甯本改作「熱」。均非。按，惹，沾染。《全唐詩》卷二〇〇岑參《寄左省杜拾遺》：「曉隨天仗入，暮惹御香歸。」「殘」原作「前」，從徐本改。「喝下酒」的「酒」原作「濁」，從盧本、鄭本、徐本、甯本、王本改。吳本校勘記亦謂「疑是『酒』字」。「粗」原作「出」，從甯本改。盧本改作「村」，鄭本、王本作「山」，徐本作「拙」。「亭」原作「單」，從何本、盧本、鄭本、徐本、甯本、王本及吳本校勘記改。關羽曾封漢壽亭侯，見《三國志》本傳。鈔本全异，作「我又不曾垂釣在磻溪岸口，大夫也，我可也無福吃你那堂食玉酒；我則待溪山學許由。（云）大夫請我呵，再有何人？（魯云）別無他客，止有先生故友壽亭侯關雲長一人。（末云唱）你道是舊相識壽亭侯，和咱是故友。（云）若有關公，貧道風疾舉發，去不的！去不的！（魯云）先生初聞魯肅相邀，慨然許諾，今知有關公，力辭不往，是何故也？想先生與關公有一面之交，則是筵間勸幾杯酒。（末唱）」。吳國欽本、王季思本「止」改作「只」。按，止，只。參見《調風月》第一折校注〔二七〕。「（末云唱）」的「云」字衍，各本刪。王學奇本「勸幾杯酒」的「酒」字奪。

〔三二〕你着我就席上央他幾甌　盧冀野本「甌」字下未點斷。按，「甌」字韻。「着」原作「看」，從鄭騫本、徐沁君本、甯希元本、王季思附録本改。鈔本即作「着」，此句上有説白「大夫」二字，無「就」字，「席上」作「筵前」，「央他」作「勸」。就，在。《水滸傳》二十三回：「武松就廳前將打虎的本事説了一遍。」央，求告。參看《詩詞曲語辭匯釋》卷五「央及」。

〔二三〕那漢劣性子輸了半籌　「輸」原作「翰」，從何煌本、盧冀野本、鄭騫本、徐沁君本、甯希元本、王季思附録本及吴曉鈴本校勘記改。輸了半籌，吃半點兒虧。鈔本此句作「那漢劣性怎肯道折了半籌」，下有「（魯云）將酒央人，終無惡意。（末唱）」。

〔二四〕問甚麽安排來後　鈔本作「你便休題安排着酒肉」。安排，準備。《玉鏡臺》三折【中吕粉蝶兒】：「安排下丹方一味：他若是皺一對雙眉，我則索牙床前告他一會。」

〔二五〕目前　鈔本上有「他怒時節」，下有一「見」字。

〔二六〕我爲筵前一醉酒　鈔本下有帶白「大夫，你和貧道」。各本帶白上補「（云）」，下補「（唱）」。

〔二七〕咱兩個落不得個完全屍首　鈔本作「喒兩個都落不的完全屍首」，下有「（魯云）先生是客，怕做甚麽？（末唱）」。北京大學本、吴國欽本、王學奇本、王季思本「喒」改作「咱」。按，喒，咱們。參見《哭存孝》頭折校注〔二四〕。

〔二八〕我共你伴客同病相憂　鈔本作「我做伴客的少不的和你同病同憂」，下有「（魯云）我有三條計取索荆州。（末唱）」。

〔二九〕你爲兩朝作保十年恨　「作」原作「你」，從鄭騫本、徐沁君本、甯希元本、王季思附録本改。盧冀野本、徐沁君本「恨」改作「限」。鈔本此句作「只爲你千年勳業三條計」。

〔三〇〕我却甚一盞能消萬古愁　鈔本「却」作「可」，「盞」作「醉」。

〔三一〕説起來魂魄悠悠　「魄」原爲一重文符號，從盧冀野本、鄭騫本、徐沁君本、甯希元本、王季思附録本改。鈔本即作「魄」。鈔本「説」作「題」，此句下有「（魯云）既然是先生故友，同席飲酒何妨？（末云）大夫既堅意要請雲長，若依的貧道兩三椿兒，你便請他；若依不得，便休請他。（魯云）你説來，小官聽者。（末云）依着貧道説，雲長下的馬時節，（唱）」。吴國欽本、王季思本「題」改作「提」。按，題，提。參見《調風月》第二折校注〔五七〕。

〔三二〕你子索躬着身將他來問候　盧冀野本「子」改作「祇」，王季思附録本改作「只」。按，子，通「只」。子索，猶只須。參看《詩詞曲語辭匯釋》卷一「子（一）」、卷四「索」。鈔本「子索」作「與我」，此句下有「（云）你依的麼？（魯云）關雲長下的馬來，我躬着身問候。不打緊，也依的。（末唱）」。吴國欽本、王季思本「也依的」之「的」改作「得」。按，的，得。參同上卷四「的（一）」。

〔三三〕跪膝着悠悠勸酒　鄭騫本、徐沁君本、甯希元本、王季思附録本「跪膝着」改作「跪着膝」。吴曉鈴本校勘記亦謂「當作『跪着膝』」。按，跪膝，跪。參見《哭存孝》頭折校注〔一〇七〕。亦作「膝跪」。參同上第四折校注〔四七〕。「悠悠」原作「愁愁」，從何煌本改。鄭本作「慇慇」，徐本、王本作「殷殷」。鈔本此句作「你與我跪着膝連忙的勸酒」。「着膝」二字誤倒，吴國欽本已正。

〔三四〕他待吃候吃、側候側、那裏交他受候受　「待」原作「侍」，從何煌本、盧冀野本、鄭騫本、徐沁君本、甯希元本、王季思附録本改。吴曉鈴本校勘記亦謂「當是『待』字」。鄭本、甯本、王本「候」改作「後」。鄭本校云：「三後字原俱作候，同音假借，據文義改。」甯本校云：「『後』，猶『呵』，語氣詞。」按，候，猶時。《雍熙樂府》卷十九湯式小令【中吕】滿庭芳「京口感懷」：「斜陽候，吟登舵樓，燈火望揚州。」側，斜靠。《字彙》人部：「側，偏卧也。」盧本「交」改作「教」。按，交，讓。參見《調風月》第一折校注〔三二〕。鈔本此句作「飲則飲、吃則吃、受則受」。

〔三五〕他道東你隨着東去　鈔本作「道東呵隨着東去」。王季烈本、隋樹森本未審鈔本上的何煌元刊過録本，而於鈔本「呵」字下誤增入元刊本之「你」字。

〔三六〕他道西呵你順着西流　鈔本作「説西去順着西流」，下有「（云）這一樁兒最要緊也！（唱）」。王季烈本、隋樹森本、王學奇本、王季思本第一個「西」字下誤增何煌過録元刊本之「呵」字，隋樹森本、王學奇本、王季思本并删「去」字。隋本「呵」下又增何煌過録元刊本之「你」字。北京大學本、吴國欽本、王學奇本、王季思本「順」改作「隨」。均非。

〔三七〕他醉時節你便走　鈔本作「他醉了呵你索與我便走」，下有「（魯云）先生，關公酒後德性如何？（末唱）」。

〔三八〕他鍾前有半點兒言　「鍾」原作「終」，從徐沁君本改。盧冀野本、鄭騫本、王季思附録本改作

「尊」，甯希元本作「樽」。吴曉鈴本校勘記謂「疑當作『鐘』字」。按，東鍾韵「鍾」「終」同音。鍾，酒器。王充《論衡・語增》：「文王飲酒千鍾。」鍾前，猶席上。鈔本此句作「他尊前有一句言」。

〔三九〕那漢酒性操不中調門　盧冀野本「操」改作「燥」，鄭騫本、徐沁君本、王季思附録本作「躁」，甯希元本作「懆」。參見第一折校注〔四六〕。鈔本此句作「他酒性躁不中撩門」。不中，不堪。《全唐詩》卷二九八王建《春去曲》：「老夫不比少年兒，不中數與春別離。」

〔四〇〕你是必挂口兒則休提着那荆州　是必，務必。參看《詩詞曲語辭匯釋》卷一「是(五)」。「掛」原作「桂」，從何煌本、盧冀野本、鄭騫本、徐沁君本、甯希元本、王季思附録本改。吴曉鈴本校勘記亦謂「當是『挂』字」。挂口兒，談到，提及。《集註分類東坡先生詩》卷二十《送劉攽倅海陵》：「君不見阮嗣宗，臧否不挂口。」盧本「則」改作「只」。按，則，猶只。參看《詩詞曲語辭匯釋》卷一「則(三)」。鈔本此句作「你則綻口兒休題着索取荆州」，下有「(魯云)我便索荆州有何訪？(末云)他聽的你索荆州呵，(唱)」。吴國欽本、王季思本「題」改作「提」。按，題，提。參見《調風月》第二折校注〔五七〕。各本「訪」改作「妨」。是。

〔四一〕圓睁開殺人眼　「圓睁」原作「完争」，從盧冀野本、鄭騫本、徐沁君本、甯希元本、王季思附録本及北京大學本校勘記改。吴曉鈴本校勘記亦云：「『完争』即『圓睁』。」鈔本此句作「他圓睁開丹鳳眸」。

〔四二〕開　鈔本作「出」。

〔四三〕那神道横將卧蠶眉皺　「横」原作「恒」，從徐沁君本及吴曉鈴本校勘記改。甯希元本、王季思附録本改作「但」。「皺」原作「坡」，從鄭騫本、徐沁君本、甯希元本、王季思附録本及吴曉鈴本校勘記、北京大學本校勘記改。盧冀野本改作「縐」。鈔本此句作「他將那卧蠶眉緊皺」。

〔四四〕登時敢五藴山列火難收　盧冀野本、鄭騫本、徐沁君本、甯希元本、王季思附録本及北京大學本校勘記「列」改作「烈」。按，列，通「烈」。參見《哭存孝》第二折校注〔四〕。五藴，又叫「五蔭」，佛教語。慧能《壇經》四五：「何名五蔭？色蔭、受蔭、想蔭、行蔭、識蔭是。」五藴山，即指此五者假合而成的身心。五藴山烈火難收，謂人控制不住自己的感情，發起怒來。鈔本此句作「五雲山烈火難收」。吴國欽本、王季思本「雲」改作「藴」。吴曉鈴本校勘記云：「元刊本作『五藴山』，是。」

〔四五〕若是他玉山低趄你則頻斟酒　盧冀野本「酒」字下未點斷。按，「酒」字韵。鈔本此句作「他若是玉山低趄你安排着走」。玉山，指身體。芮挺章《國秀集》卷中鄭審《酒席賦得匏瓢》：「挂影憐紅壁，傾心向緑杯，何曾斟酌處，不使玉山頽。」玉山低趄，身體傾斜。《太平樂府》卷二李愛山小令【雙調】壽陽曲「飲興」：「玉液殷勤勸，金杯莫斷絶，拚了玉山低趄。」

〔四六〕若是他寶劍離匣你則準備着頭　盧冀野本「頭」字下未點斷。按，「頭」字韵。鈔本「若是他」作「他若是」，無「你則」。吴國欽本、王學奇本、王季思本「匣」字下補「你則」二字。

〔四七〕枉送了八十座軍州　甯希元本「八十」下補「一」字。宋代地方行政區劃，在路之下，分爲府、州、軍、監。這裏沿用宋代的制度和名稱來稱三國時孫吴所管轄的地區。鈔本此句作「枉送了你那八十一座軍州」，下有「（魯云）先生不須多慮，魯肅料關公勇有餘而智不足。到來日我壁間暗藏甲士，擒住關公，便插翅也飛不過大江去。我待要先下手爲强。（末云）大夫，量你怎生近的那關雲長」。除吴曉鈴本外，各本「關雲長」下補「（唱）」。

〔四八〕你道　鈔本作「比及你」。

〔四九〕則消的西蜀郡諸葛亮先生啓口　盧冀野本「則」改作「只」。按，則，猶只。則消的，猶只須。高文秀《澠池會》二折【尾聲】：「不須軍馬多，則消的數騎隨。」參看《詩詞曲語辭匯釋》卷一「則（三）」、卷二「消（一）」。鈔本此句「的」作「得」，「郡」作「國」，「啓」作「舉」。

〔五〇〕海量仁慈的漢皇叔　鈔本「海量」作「有德行」，無「的」字。

〔五一〕操琴風雪降　甯希元本「風」改作「霜」。鈔本「操」作「撫」，「風」作「霜」。

〔五二〕彈劍鬼神愁　「彈」原作「撣」，從盧冀野本、鄭騫本、徐沁君本、甯希元本、王季思附録本改。鈔本即作「彈」。愁，怕。《全唐詩》卷一四三王昌齡《送魏二》：「憶君遥在瀟湘月，愁聽清猿夢裏長。」

〔五三〕則怕您急難措手　「怕」原作「帕」，從盧冀野本、鄭騫本、徐沁君本、甯希元本、王季思附録本改。鈔本即作「怕」。鈔本「您」作「你」，此句下有「（魯云）我觀諸葛亮也小可，除他一人，也再無用武之人。（末云）關雲長他弟兄五個，他若是知道呵，怎肯和你甘罷！（魯云）可是那五個？（末唱）」。

〔五四〕黄漢升勇似彪　「升」原作「昇」，從徐沁君本、甯希元本改。《三國志》本傳即作「升」。鈔本此句作「有一個黄漢升猛似彪」。

〔五五〕趙子龍膽如斗　鈔本作「有一個趙子龍膽大如斗」。

〔五六〕馬孟起是殺人的領袖　鈔本作「有一個馬孟起他是個殺人的領袖」。

〔五七〕那煞漢虎牢關立伏了十八鎮諸侯　「煞」原作「杀」，從徐沁君本改。徐本校云：「『殺』疑爲『煞』字之同音借用。煞，舊謂凶神。」何煌本改作「條」，盧冀野本作「黑」。「鎮」原作「車」，從甯希元本改。盧冀野本、鄭騫本、徐沁君本、王季思附録本改作「路」。「侯」原作「候」，從盧本、鄭本、徐本、甯本、王本正。鈔本此句作「有一個莽張飛虎牢關力戰了十八路諸侯」。北京大學本校云：「『力戰』元刊本作『立伏』，疑作『立伏』是，指討伐董卓時與吕布作戰，《關張雙赴西蜀夢》第四折『虎牢關酣戰温侯』一語可證。」「侯」字誤，各本已正。

〔五八〕千里騅　鈔本作「閉月烏」。王季烈本、隋樹森本「閉」改作「豹」，王季思本作「畢」。吴曉鈴本校云：「當作『畢』字。」

〔五九〕横一條丈八矛　「矛」原作「牟」，從盧冀野本、鄭騫本、徐沁君本、甯希元本、王季思附録本改。鈔本此句作「使一條丈八矛」。

〔六〇〕當陽阪　「阪」原作「坡」，今改。《三國志·蜀書·張飛傳》：「（劉）表卒，曹公入荆州，先主奔江南。曹公追之，一日一夜，及於當陽之長阪。」徐沁君本據鈔本改作「坂」。鈔本上有「他在那」三字。

〔六一〕曾當住曹丞相一百萬帶甲貔貅　何煌本「當」改作「黨」，盧冀野本、徐沁君本、甯希元本、王季思附録本作「擋」。按，當，擋。參見《哭存孝》第三折校注〔三九〕。鈔本「曾當住」作「喝退了」，「帶」作「鐵」。貔貅，傳説中的猛獸名，這裏比喻勇猛的軍士。

〔六二〕叫一聲混天塵土紛紛的橋先斷　鈔本上有一「他」字，「叫一聲」作「矁一矁」，「混」作「漫」，無「紛紛的」。北京大學本、吴國欽本、王學奇本、王季思本「矁一矁」改作「瞅一瞅」。

〔六三〕厭厭的　鈔本無。厭厭，盛貌。《詩·周頌·載芟》：「厭厭其苗，緜緜其麃。」鄭箋：「厭厭其苗，衆齊等也。」脈望館古名家本鄭德輝《倩女離魂》二折【小桃紅】：「趁着這厭厭露華，立在這澄澄月下，驚的那呀呀寒雁起平沙。」

〔六四〕這一火怎肯干休　盧冀野本、徐沁君本、甯希元本、王季思附録本「火」改作「伙」。按，火，伙。參見《蝴蝶夢》第三折校注〔一〇〕。肯，會。《宣和遺事》利集：「金人狡計，必未止於擇賢，禍有不可勝言者，二宫必不肯留於京師。」鈔本「這」作「那」，此句下有「（魯云）先生若肯赴席呵，就與關公一會何防？（末云）不中中，休説貧道不曾勸你。（唱）」。吴國欽本、王季思本「火」改作「伙」。「不中中」的第二個「中」字原爲一重文符號，各本均疊作「不中，不中」。是。

〔六五〕【叨叨令】　鈔本無此曲。

〔六六〕輳　何煌本、徐沁君本、王季思附録本及吴國欽本校記改作「凑」。按，輳，加。《水滸傳》二十一回：「竈裏現成燒着一鍋脚湯，再輳上些柴頭。」

〔六七〕不剌剌　擬聲詞，狀急馳時的馬蹄聲。尚仲賢《三奪槊》二折【梁州第七】：「這些時但做夢早和敵軍對壘，才合眼早不剌剌地戰馬相交。」

〔六八〕惡喑喑揎起征袍袖　惡喑喑，惡狠狠。元刊本張國賓《薛仁貴》二折【醋葫蘆幺】：「見幾個惡喑喑的公吏人兩邊排。」覆元槧本「袍」作「抱」。按，原本「袍」字偏旁俗寫作「礻」，覆本誤辨。吴曉鈴本校勘記誤謂元刊本作「抱」。

〔六九〕不鄧鄧惱犯難收救　「不鄧鄧」原作「不鄧」，從鄭騫本、徐沁君本、甯希元本、王季思附録本及吴國欽本校記補。吴曉鈴本校勘記亦疑「不鄧」下脱一「鄧」字。不鄧鄧，形容怒氣上升的樣子。元刊本紀君祥《趙氏孤兒》三折【川撥棹】：「將這小孩兒尋覓着，不鄧鄧生怒惡。」何煌本「難」誤作「誰」。惱犯，觸犯；收救，挽救。《雍熙樂府》卷十九闕名氏小令【小桃紅】「西厢百咏」：「家翻宅亂鬧啾啾，諕的我難開口，惱犯尊顔怎收救？」

〔七〇〕您索與他死去也末哥！ 索與他死去也末哥　何煌本、盧冀野本、鄭騫本、王季思附録本及吴曉鈴本校勘記、北京大學本校勘記第二句上重「您」字。參見《蝴蝶夢》第三折校注〔八二〕。與他，襯字，無義。脈望館鈔本張國賓《汗衫記》三折【普天樂】：「哎，婆婆也，喒去來也波，可則我又索與他日轉千街。」

〔七一〕都多　甯希元本「多」改作「剁」。按，都多，多半。

〔七二〕【煞尾】　原作「【尾】」，從鄭騫本、徐沁君本、甯希元本、王季思附録本改。鈔本作「【尾聲】」。

〔七三〕席條兒□怕剺着我手　盧冀野本「席」字作空圍。「條」原作「你」，從徐沁君本、王季思附録本改。甯希元本改作「篾」。「兒」下一字原不清，覆元槧本空闕，徐本作「子」，甯本作「我」，王本作「只」。「怕」原作「帕」，從何本、盧本、鄭本、徐本、甯本、王本改。「剺」原作「利」，從徐本、甯本、王本改。鄭本作「刺」。按，《說文解字》四下刀部：「剺，劃也。」《定海縣志》卷十六：「俗謂以刀劃之曰剺。」鈔本此句作「我則怕刀尖兒觸抹着輕剺了你手」。

〔七四〕隄防　「隄」原作「低」，從盧冀野本、鄭騫本、徐沁君本、甯希元本改。王季思附録本改作「提」。

鈔本作「隄防」。吴國欽本、王季思本「隄」改作「提」。按，隄防，防備。《漢書·董仲舒傳》：「夫萬民之從利也，如水之走下。不以教化隄防之，不能止也。」參見《哭存孝》頭折校注〔四三〕。

〔七五〕他　鈔本作「關雲長」。

〔七六〕巴　徐沁君本、甯希元本改作「爬」。按，巴，爬。《水滸傳》三十六回：「行了半日，巴過嶺頭。」

〔七七〕番江混海虬　盧冀野本、鄭騫本、徐沁君本、甯希元本、王季思附録本「番」改作「翻」。鈔本同，各本亦改。參見第一折校注〔六六〕。鈔本「虬」作「獸」。

〔七八〕他輕舉龍泉　鈔本無「他」字。龍泉，劍。《晋書·張華傳》：「華大喜，即補（雷）焕爲豐城令。焕到縣，掘獄屋基。入地四丈餘，得一石函，光氣非常，中有雙劍，并刻題，一曰龍泉，一曰太阿。」

〔七九〕怒拔昆吾壞文醜　鈔本「拔」作「扯」。甯希元本「昆吾」改作「錕鋙」。昆吾，劍。李承勛《名劍記》：「昆吾，一爲錕鋙。子順對魏王曰：周穆王時，西戎獻昆吾之劍，長尺有咫，鍊鋼赤刃，用之切玉如泥。」壞，殺。《五代史平話》梁史卷上：「喝令李罕芝將朱温推去法場斬了。欲待下手間，聽得有人喝道：『不得枉壞勇士！』」「文醜」原作「文丑」，從盧冀野本、鄭騫本、甯希元本、王季思附録本改。鈔本同，除王學奇本外，各本亦改。

〔八〇〕麾蓋下顔良劍梟了首　「麾」原作「魔」，從盧冀野本、鄭騫本、徐沁君本、甯希元本、王季思附録本改。吴曉鈴本校勘記亦謂「魔」字誤。鈔本即作「麾」。鈔本「梟」作「標」。

〔八一〕了　鈔本無。

〔八二〕這個避是非的先生決應了口　鈔本「個」作「一個」，「避」作「躲」。應口，説中。《太平樂府》卷七曾瑞卿套數【大石調】青杏子「騁懷」：「展放征旗任誰走，妙算神機必應口。」

〔八三〕吾兄阿　何煌本、鄭騫本、徐沁君本、甯希元本、王季思附録本「阿」改作「呵」。鈔本無此句帶白。

〔八四〕那殺人的關公更怕他下不的手　鈔本作「那一個殺人的雲長，（云）稽首，（唱）我更怕他下不的手」。吴國欽本、王季思本「下不的」之「的」改作「得」。按，的，得。參看《詩詞曲語辭匯釋》卷四「的（一）」。

〔八五〕（下）　鈔本作「（末下）」，下有「（道童云）魯子敬，你愚眉肉眼，不識貧道。你要取索荆州，他來問我。關雲長是我酒肉朋友，我交他兩隻手送與你那荆州來。（魯云）道童，你師父不去，你去走一遭去罷。（童云）我下山赴會走一遭去，我着老關兩手送你那荆州。（唱）【隔尾】我則待拖條藜杖家家走，着對麻鞋處處游。（云）我這一去，（唱）惱犯雲長歹事頭，周倉哥哥快争鬥，輪起刀來劈破了頭，諕的我恰便似縮了頭的烏龜則向那汴河裏走。（下）（魯云）我聽那先生説了這一會，交我也怕上來了。我想三條計已定了，怕他怎的？黄文，你與我持這一封請書，直至荆州，請關公去來，着我知道，疾去早來者。（下）」。隋樹森本、吴國欽本，王季思本「取索」乙改作「索取」。王季烈本、隋樹森本、王季思本「他來問我」的「他」改作「不」，吴曉鈴本校勘記亦謂王季烈本改「可從」。吴國欽本改作「他不」。北京大學本校勘記謂「當是『你』字之誤」，王學奇本改作「你」。王季思本「是我酒肉朋友」的「我」下增一「的」字。王季思本删「着我知道」。

第三折

（净開，一折）（關舍人上，開，一折）（净上）（都下了）（正末扮尊子燕居，扮將麈拂子上，坐定，云）方今天下鼎峙三分：曹公占了中原，吴王占了江東，尊兄皇叔占了西川。封關某爲荆王，某在荆州撫鎮。關某暗想，日月好疾也！自從秦始皇滅，早三百餘年也。又想起楚漢分争，圖王霸業，不想有今日〔一〕！

【粉蝶兒〔二〕】天下荒荒〔三〕，却周秦早屬了劉項〔四〕，庭君臣遥指咸陽〔五〕。一個力拔山，一個量容海，這兩個一時開創〔六〕。想當日黄閣〔七〕、烏江：一個用了三傑〔八〕，一個立誅了八將〔九〕；

【醉春風】一個短劍〔一〇〕一身亡，一個净鞭三下響〔一一〕。暗想祖宗傳授與兒孫〔一二〕，却都是枉！枉〔一三〕！獻帝又無靠無挨〔一四〕，董〔一五〕卓又不仁不義，吕布又一冲一撞〔一六〕。

【十二月】那時節兄弟在范陽，兄長在樓桑〔一七〕，關某在解梁〔一八〕，諸葛在南陽〔一九〕。一時〔二〇〕英雄四方，結義了皇叔關張〔二一〕。

【堯民歌〔二二〕】一年三謁卧龍崗〔二三〕，早鼎足三分漢家邦〔二四〕。俺哥哥稱孤道寡作蜀王〔二五〕，關某〔二六〕匹馬單刀鎮荆襄。長江，經今〔二七〕幾戰場，恰便似後浪催前浪〔二八〕。

【石榴花】兩朝相鬲〔二九〕漢陽江，寫着道〔三〇〕「魯肅請雲長」。這的每安排着筵宴不尋常〔三一〕，休想道〔三二〕畫堂别是風光，休想〔三三〕鳳凰杯滿捧瓊花釀，决然〔三四〕安排着巴豆砒霜。玳瑁筵擺列着英雄將〔三五〕，休想肯開宴出紅妝。

【鬥鵪鶉〔三六〕】安排下打鳳撈龍〔三七〕，準備着天羅地網〔三八〕。那裏〔三九〕是待客筵席，則是個殺人〔四〇〕的戰場。他每誠意誠心便休想〔四一〕，全不怕〔四二〕後人講。既然他〔四三〕謹謹相邀，我與你親身便往〔四四〕。

【上小樓】你道他「兵多將廣，人强馬壯」，大丈夫雙手俱全〔四五〕，一人拚命，萬夫難當〔四六〕。你道「鬲漢江〔四七〕，起戰場，急難侵傍〔四八〕」，交他每鞠躬鞠躬送的我來船上〔四九〕。

【幺】〔五〇〕你道「先下手强，後下手殃」〔五一〕，一隻手揝住寶帶〔五二〕，臂展猿猱，劍扯秋霜〔五三〕。他待暗暗藏〔五四〕，緊緊防〔五五〕，都是狐朋狗黨〔五六〕，小可如我千里獨行〔五七〕，五關斬將〔五八〕。

【快活三】小可如我携親侄訪冀王〔五九〕，引阿嫂覓蜀皇〔六〇〕。霸〔六一〕陵橋上氣昂昂，側坐在雕鞍上。

【鮑老兒】戰鼓才撾斬了蔡陽〔六二〕，血濺在沙場〔六三〕上。刀挑了征袍離了許昌〔六四〕，怔了〔六五〕曹丞相。向單刀會上，對兩朝〔六六〕文武，更小可如三月襄陽〔六七〕。

【剔銀燈】折末他雄糾糾軍排成殺場〔六八〕，威凛凛兵屯合虎帳〔六九〕，大將軍氣鋭在孫吴上〔七〇〕，倚着〔七一〕馬如龍人似金剛。不是我十分强，硬主仗〔七二〕，題着厮殺去磨拳擦掌〔七三〕。

【蔓菁菜】〔七四〕他便有快對才，能征將〔七五〕，排戈戟〔七六〕，列旗槍〔七七〕，對仗〔七八〕，三國英雄漢雲長，端的豪氣有三千丈〔七九〕。

【柳青娘】〔八〇〕他止不過擺金釵〔八一〕六行，教仙音院奏笙簧〔八二〕，按《承雲》樂章〔八三〕。教光禄寺準備瓊漿〔八四〕，他那珍羞百味□□□□□□金杯玉觴〔八五〕。暗〔八六〕藏着闊劍長槍，我不用三停刀□□□□□□□衣郎〔八七〕。

【道和】〔八八〕我斟量，我斟量〔八九〕，東吴子敬□□□□□□□□無謙讓〔九〇〕，把咱把咱閑磨障〔九一〕。我這龍泉□□□□□□□都只爲竟邊〔九二〕，你見了咱搊搜〔九三〕相，交它家難□□□□□□□交它交它情神喪〔九四〕，綺羅叢血水似鑊湯〔九五〕。覓□□□□□□□□〔九六〕，殺的死屍骸屯滿屯滿漢陽江〔九七〕。

【尾】〔九八〕須□□□□□□公〔九九〕，又無那宴鴻門〔一〇〇〕楚霸王，折末滿筵人都□□□□□

□□□你前日上〔一〇一〕，放心〔一〇二〕！小可如我萬軍中下馬刺□〔一〇三〕。

校注

〔一〕（净開，一折）（關舍人上，開，一折）（净上）（都下了）（正末扮尊子燕居，扮將麈拂子上，坐定，云）方今天下鼎峙三分：曹公占了中原，吴王占了江東，尊兄皇叔占了西川。封關某爲荆王，某在荆州撫鎮。關某暗想，日月好疾也！自從秦始皇滅，早三百餘年也。又想起楚漢分争，圖王霸業，不想有今日　尊子，稱上界天神。因關羽屢被加封，宋元時已被民間奉爲神明，故云。元刊本鄭廷玉《看錢奴》一折「（聖帝一行上，開了。問净云了）（尊子云了）（净云了）（正末披秉扮增福神上，開）小神乃天曹增福之神。今聞聖帝呼召，不知有甚事，只索走一遭去。（做見尊子了）」。燕居，閑居。燕，通「宴」。《史記·李斯列傳》：「二世燕居，乃召高，與謀事。」「麈」原作「主」，從徐沁君本、甯希元本、王季思附録本改。徐本校云：「『主』爲『麈』字之簡省。拂子即拂麈，以麈尾爲之，故稱『麈拂子』。」「峙」原作「時」，從盧冀野本、鄭騫本、徐沁君本、甯希元本、王季思附録本改。吴曉鈴本校勘記亦謂「當是『峙』字」。「封關某」的「某」原作「公」，從盧本、徐本、甯本、王本改。徐本校云：「元本『某』字本簡作『厶』，因誤作『公』。」按，厶，古「某」字。陸游《老學庵筆記》卷六：「今人書某爲厶，皆以爲俗從簡便，其實古某字也。」撫鎮，治理鎮守。《魏書·上黨王天穆傳》：「靈太后詔流人所在，皆置命屬郡縣，選豪右爲守令以撫鎮之。」徐本、甯本、王本「分争」的「分」改作「紛」。按，分，同「紛」。《曹子建集》卷六《盤石篇》：「蒹葭彌斥土，林木無分重。」徐本、王本「不想有今日」下補「（唱）」。鈔本作「（正末扮關公領關平、關興、周倉上，云）某姓關，名羽，字雲長，蒲州解良人也。見隨劉玄德爲其上將。自天下三分，形如鼎足：曹操占了中原，孫策占了江東，我哥哥玄德公占了西蜀。着某鎮守荆州，久鎮無虞。我想當初楚漢争鋒，我漢皇仁義用三傑，霸主英雄憑一勇。三傑者，乃蕭何、韓信、張良；一勇者，喑嗚叱咤，舉鼎拔山。大小七十餘戰，逼霸主自刎烏江。後來高祖登基，傳到如今，國步艱難，一至此！（唱）」。「解良」應是「解梁」。王季思本「見」改作「現」。按，見，即「現」。參見第一折校注〔二〕。吴曉鈴本校勘記疑二「霸主」的「主」字當作「王」，吴國欽本第二個「主」字改作「王」。各本「至」字下均補一「於」字。

〔二〕粉蝶兒　鄭騫本、徐沁君本、甯希元本、王季思附録本上補「中吕」。鈔本上有「中吕」二字。

〔三〕天下荒荒　鈔本上有「那時節」三字。荒荒，形容社會動亂。《劉知遠諸宫調》第一【商調】【迴戈樂】【尾】：「自從一個黄巢反，荒荒地五十餘年，交天下黎民受塗炭。」

〔四〕却周秦早屬了劉項　鈔本「却」作「恰」。却，猶恰。《全唐詩》卷六二八陸龜蒙《和襲美重題後池》：「却是陳王詞賦錯，枉將心事托微波。」早，猶又。《敦煌變文集》卷一《李陵變文》：「入他漢界，早行二千，收兵却回。」脈望館古名家本王實甫《麗春堂》四折【雙調五供養】：「我恰離了這雲水窟，早來到是非鄉。」

〔五〕庭君臣遥指咸陽　鄭騫本、王季思附録本「庭」改作「楚」，徐沁君本作「建」，甯希元本作「定」。按，庭，定。甯本證之已詳，不贅。鈔本此句作「分君臣先到咸陽」。《史記·高祖本紀》：「趙數請救，懷王乃以宋義爲上將軍，項羽爲次將，范增爲末將，北救趙。令沛公西略地入關。與諸將約，先入定關中者王之。」

〔六〕這兩個一時開創　鈔本「這」作「他」。一時，同時。《太平廣記》卷五十一引《續仙傳》：「全家人物雞犬，一時飛去。」

〔七〕黄閣　漢代丞相官署門塗黄色，故稱「黄閣」。衛宏《漢舊儀》上：「丞相……聽事閣曰黄閣。」

〔八〕三傑　陳元靚《事林廣記》後集卷二《歷代類》：「漢三傑：張良、蕭何、韓信。」

〔九〕立誅了八將　盧冀野本「八」改作「大」。非。鈔本無「立」字。

〔一〇〕短劍　鈔本下有一「下」字。

〔一一〕浄鞭三下響　徐沁君本、甯希元本「浄」改作「静」。「響」字原奪，從盧冀野本、鄭騫本、甯希元本、王季思附録本補。吴曉鈴本校勘記亦謂「元刊本無此字，疑脱」。徐沁君本以下句的「暗」字爲「響」字之誤而斷屬此句。鈔本「浄」作「静」，「響」字不奪。按，浄，通「静」。《史記·曹參世家》：「治道貴清净，而民自定。」净鞭，亦作「静鞭」，朝儀之一，其形如鞭，揮動出聲，使人肅静。《秦併六國平話》卷上：「四聲萬歲響連天，三下静鞭人寂静。」

〔一二〕暗想祖宗傳授與兒孫　甯希元本「暗」字奪。「傳」原作「專」，從盧冀野本、鄭騫本、徐沁君本、甯希元本、王季思附録本改。吴曉鈴本校勘記亦指其誤。「授」字原壞，從覆元槧本、鄭本、徐本、甯本、王本正。盧本「授」作「受」。吴本校云：「明鈔本『授』字原作『受』字。」按，鈔本「傳授」二字不誤，吴本誤校。鈔本無「暗想」二字。

〔一三〕却都是枉！枉　第一個「枉」字下原有二重文符號，作三疊，從甯希元本作二疊。盧冀野本及吴曉鈴本校勘記此句作「却都是枉，是枉」。鄭騫本、徐沁君本、王季思附録本疊三「枉」字。鈔本此句作「到今日享，享」。却，竟。《水滸傳》二十六回：「且説西門慶和那婆娘，終朝取樂，任意歌飲，交得熟了，却不顧外人知道。」

〔一四〕挨　鈔本作「依」。

〔一五〕董　原作「重」，從盧冀野本、鄭騫本、徐沁君本、甯希元本、王季思附録本改。鈔本即作「董」。

〔一六〕吕布又一冲一撞　鈔本下有「（云）某想當日，俺弟兄三人，在桃園中結義，宰白馬祭天，宰烏牛祭地，不求同日生，只願同日死。（唱）」。

〔一七〕樓桑　「桑」原作「桒」，疑爲「桑」之俗寫「桒」（見《廣韻》平聲唐韻息郎切）的變體，徐沁君本、甯希元本以爲「葉」字，恐非是。盧冀野本「樓桑」作「汴梁」。非。鈔本亦作「樓桑」。吴曉鈴本校勘記云：「樓桑——元刊本作『汴梁』。」徐本校記已指其誤，云：「作『汴梁』者，實爲盧本，而非元刊本也。」

〔一八〕解梁　「梁」原作「良」，從徐沁君本、甯希元本改。鈔本作「蒲州解良」。

〔一九〕諸葛在南陽　鈔本上有「更有」二字。

〔二〇〕一時　鈔本下有一「出」字。

〔二一〕張　原誤作「厶」，從盧冀野本、鄭騫本、徐沁君本、甯希元本、王季思附録本改。吴曉鈴本校勘記亦云「疑誤」。鈔本即作「張」。

〔二二〕歌　原作「哥」，從盧冀野本、鄭騫本、徐沁君本、甯希元本、王季思附録本改。鈔本同，各本亦改。

〔二三〕崗　鈔本作「岡」。

〔二四〕早鼎足三分漢家邦　鈔本上有「却又」二字，「鼎足三分」作「鼎分三足」。

〔二五〕俺哥哥稱孤道寡作蜀王　「稱孤」原作「你吉」，從鄭騫本、甯希元本、王季思附録本改。甯本校云：「原本『孤』字，當假作『古』。『稱孤』二字，遂形誤爲『你吉』。」盧冀野本作「你只」，徐沁君本作「稱君」。鈔本此句作「俺哥哥稱孤道寡世無雙」。

〔二六〕關某　鈔本上有一「我」字。

〔二七〕經今　鈔本作「今經」。經今，已經。《太平廣記》卷三百四十七引《傳奇》：「道遭黨羌所虜，至此撾殺，劫其首飾而去。後爲路人所悲，掩於沙内，經今三載。」

〔二八〕恰便似後浪催前浪　「催」原作「崔」，從盧冀野本、鄭騫本、徐沁君本、甯希元本、王季思附録本改。鈔本此句作「却正是後浪催前浪」，下有「（云）孩兒，門首覷者，看甚麼人來。（關平云）理會的。（黄文上，云）某乃黄文是也。將着這一封請書，來到荆州，請關公赴會。早來到也。左右報伏去，有江下魯子敬差上將拖地膽黄文持請書在此。（平云）你則在這裏者，等我報伏去。（平見正末，云）報的父親得知：今有江東魯子敬差一員首將持請書來見。（正云）着他過來。（平云）着你過去里。（黄文見斜）（正末）兀那厮甚麼人？（黄荒云）小將黄文。江東魯子敬差我下請書在此。（正云）你先回去，我隨後便來也。（黄文云）我出的這門來。看了關公英雄，一相個神道。魯子敬，我替你愁里。小將是黄文，特來請關公。髯長一尺八，面如挣棗紅。青龍偃月刀，九九八十斤；脖子裹着一下，那裏尋黄文？來便吃筵席，不來豆腐酒吃三鍾。（下）（正末云）孩兒，魯子敬請我赴單刀會，走一遭去。（平云）父親，他那裏筵無好會，則怕不中云？（正云）不妨事。（唱）」。北京大學本、吴國欽本、王學奇本、王季思本二「報伏」的「伏」均改作「復」。按，報伏，同「報復」。參見第一折校注〔一九〕。隋樹森本、王學奇本、王季思本「（正云）」「（正末）」均作「（正末云）」。北京大學本、吴國欽本、王學奇本、王季思本「着你過去里」、「我替你愁里」的「里」均改作「哩」，吴曉鈴本「替你愁里」的「里」作「哩」。按，里，哩。參見《哭存孝》第二折校注〔一三〕。各本「黄文見斜」的「斜」改作「科」。是。王季烈本「（正末）」之「末」下補「云」字。除吴曉鈴本外，各本「荒」改作「慌」。按，荒，慌。參見《調風月》第二折校注〔五三〕。王季烈本、隋樹森本、王學奇本「看了關公英雄，一相個神道」的「相」改作「像」。北京大學本校云：「疑『一相』二字誤倒，此句當作『看了關公英雄相，一個神道！』」吴國欽本、王季思本作「看了關公英雄一個神道相」。按，北本、吴本、王本誤。一，竟。《史記·范睢蔡澤列傳》：「范叔一寒如此哉！」隋樹森本「八十斤」作「八十一斤」。王季烈本、隋樹森本舊式標點，黄文下場詩之末四句斷作：「脖子裏着一下。那裏尋黄文來。便吃筵席不來。豆腐酒吃三鍾。」非。各本「則怕不中云」的「云」改作「麽」。吴曉鈴本校云：「『云』當係『么』字之誤」。是。

〔二九〕鬲　盧冀野本、鄭騫本、徐沁君本、甯希元本、王季思附録本改作「隔」。按，鬲，通「隔」。《漢書·武五子傳》：「群邪錯謬，是以親戚之路鬲塞而不通。」顔師古注：「鬲，與隔同。」鈔本作「隔」。後同，不另出校。

〔三〇〕寫着道　鈔本上有一「上」字。

〔三一〕這的每安排着筵宴不尋常　「排」原作「非」，從盧冀野本、鄭騫本、徐沁君本、甯希元本、王季思附録本改。後同，不另出校。鈔本無「這的每」與「着」。這的每，這些人。《元典章》兵部一「出征」：「這的每根脚裏是匠人有，阿里海牙使見識，交軍數目裏入去來。」

〔三二〕道　鈔本作「道是」。王季思本删「是」字。道，猶是。參看《詩詞曲語辭匯釋》卷四「道（二）」。

〔三三〕休想　鈔本作「那裏有」。

〔三四〕決然　鈔本作「他」。

〔三五〕玳瑁筵擺列着英雄將　玳瑁筵，盛列山珍海味的筵席。孟棨《本事詩·情感第一》：「雲雨分飛二十年，當時求夢不曾眠。今來頭白重相見，還上襄王玳瑁筵。」「擺」原作「摇」，「英」原作「央」，從鄭騫本、徐沁君本、甯希元本、王季思附録本改。覆元槧本「雄」作「誰」。吴曉鈴本校勘記云：「元刊本作『玳瑁筵摇列着央誰將』，『摇』字當是『擺』字之誤，『央誰』二字當是『英雄』二字之誤。」按，作「誰」者乃覆元槧本，非元刊本，吴校誤。鈔本此句作「玳筵前擺列着英雄將」。

〔三六〕鵪鶉　原省寫作「奄享」，從盧冀野本、鄭騫本、徐沁君本、甯希元本、王季思附録本正。

〔三七〕打鳳撈龍　鈔本「撈」作「牢」。是。打鳳牢龍，誘人的圈套。古名家本喬夢符《詩酒揚州夢》二折【小梁州幺】：「怎承望曉來悮入桃源洞，又則怕公孫弘打鳳牢龍。」

〔三八〕準備着天羅地網　盧冀野本「網」字下未點斷。按，「網」字韵。

〔三九〕那裏　鈔本作「也不」。

〔四〇〕殺人　鈔本「人」字下有一重文符號。疑奪一重文符號。各本均疊「殺人」二字。

〔四一〕他每誠意誠心便休想　鈔本作「若説那重意誠心更休想」。

〔四二〕怕　原作「帕」，從盧冀野本、鄭騫本、徐沁君本、甯希元本、王季思附録本改。鈔本即作「怕」。

〔四三〕他　鈔本無。

〔四四〕我與你親身便往　鈔本「與你」作「則索」，此句下有「（平云）那魯子敬是個足智多謀的人；他又兵多將廣，人强馬壯。則怕父親去呵，落在他彀中。（正）」。王季烈本、吴曉鈴本、北京大學本、吴國欽本「正」下補「唱」，隋樹森本、王學奇本、王季思本補「末唱」。

〔四五〕雙手俱全　鈔本作「敢勇當先」。

〔四六〕萬夫難當　鈔本下有「（平云）許來大江面，俺接應的人可怎生接應？（正唱）」。王學奇本、王季思本「正」下補一「末」字。

〔四七〕道鬲漢江　鈔本作「道是隔着江」。

〔四八〕侵傍　徐沁君本、甯希元本據鈔本「侵」改作「親」。按，侵傍，靠近。參見《調風月》第一折校注〔九二〕。

〔四九〕交他每鞠躬鞠躬送的我來船上　何煌本「交」改作「教」。按，交，讓。參見《調風月》第一折校注〔三二〕。第一個「鞠躬」下原爲一重文符號，從鄭騫本補疊「鞠躬」二字。盧冀野本誤重文符號爲「又」字，作「鞠躬又」，徐沁君本、甯希元本、王季思附録本作「鞠躬躬」。鈔本此句作「我着那厮鞠躬躬送我到船上」。第二個「躬」字亦爲一重文符號，除王季思本外，各本均補疊作「鞠躬」二字。鈔本此句下有「（平云）你孩兒到那江東，旱路裏擺着馬軍，水路裏擺着戰船，直殺一個血衚衕。我想來，先下手的爲强。（正唱）」。「衚衕」原作「胡同」，又改作「衚衕」。王季思本作「胡同」。隋樹森本、王學奇本、王季思本「正」下補一「末」字。

〔五〇〕【幺】　徐沁君本、甯希元本作「【幺篇】」。

〔五一〕你道「先下手强，後下手殃」　「殃」原作「央」，從盧冀野本、鄭騫本、徐沁君本、甯希元本、王季思附録本改。徐本校云：「趙本（按，即趙琦美脈望館鈔本）正作『殃』。」按，鈔本此句作「你道是先下手强，後下手央」，徐校誤。除王季烈本、隋樹森本外，各本「央」改作「殃」。

〔五二〕一隻手揝住寶帶　王季思附録本「揝」改作「抓」。鈔本此句上有一「我」字。北京大學本、吴國欽本、王學奇本「揝」改作「揪」。按，揝，攥。參見《蝴蝶夢》第二折校注〔三三〕。

〔五三〕劍扯秋霜　鈔本「扯」作「掣」，是，此句下有「（平云）父親，則怕他那裏有埋伏。（正唱）」。隋樹森本、王學奇本、王季思本「正」下補一「末」字。

〔五四〕待暗暗藏　鈔本作「那裏暗暗的藏」。

〔五五〕緊緊防　徐沁君本據鈔本上補「我索」二字，「和上句『他待』相對成文」。甯希元本、王季思附録本從。按，「暗暗藏，緊緊防」，二三字句，文意自明，不煩校補。鈔本此句作「我須索緊緊的防」。

〔五六〕都是狐朋狗黨　鈔本作「都是些狐朋狗黨」，下有「（云）單刀會不去呵，（唱）」。

〔五七〕小可如我千里獨行　鈔本無「我」字。小可如，猶云不過如。參看《詩詞曲語辭匯釋》卷四「小可如」。

〔五八〕五關斬將　鈔本下有「（云）孩兒，量他到的那裏！（平云）想父親私出許昌一事，您孩兒不知，父親慢慢説一遍。（正唱）」。隋樹森本、王學奇本、王季思本「正」下補一「末」字。

〔五九〕携親侄訪冀王　指辭曹尋劉備事。冀王，指袁紹。參見第一折校注〔八六〕。

〔六〇〕引阿嫂覓蜀皇　盧冀野本「皇」字下未點斷。按，「皇」字韵。鈔本「蜀」作「劉」。

〔六一〕霸　甯希元本、王季思附録本改作「灞」。鈔本作「灞」。參見第一折校注〔八七〕。

〔六二〕戰鼓才撾斬了蔡陽　鈔本作「俺也曾撾鼓三鼕斬蔡陽」。各本「撾」改作「撾」。是。《集韻》平聲麻韵：「撾，擊也」；張瓜切。

〔六三〕沙場　鈔本「沙」作「殺」。吴國欽本、王季思本「據元刊本」「殺」改作「沙」。按，殺場，戰場。

參見《哭存孝》第二折校注〔五八〕。

〔六四〕刀挑了征袍離了許昌　鈔本無二「了」字，「離」作「出」。

〔六五〕怔了　「怔」原作「撣」，今改。鄭騫本、王季思附録本改作「辭」，徐沁君本作「掙」，甯希元本作「癱」。按，「撣」疑爲「掙」之誤，「掙」「撣」形近；「掙」又爲「怔」之誤，「怔」「掙」音近。《廣韻》平聲清韵：「怔，怔忪，懼貌」；諸盈切。鈔本「怔了」作「險唬殺」，其意益明。

〔六六〕朝　鈔本作「班」。

〔六七〕更小可如三月襄陽　鈔本無「更」字，此句下有「（平云）父親，他那裏雄糾糾排着戰場。（正唱）」。隋樹森本、王學奇本、王季思本「正」下補一「末」字。三月襄陽，指劉備襄陽赴會事。《三國志·蜀書·先主傳》裴松之注引《世語》曰：「備屯樊城，劉表禮焉，憚其爲人，不甚信用。曾請備宴會，蒯越、蔡瑁欲因會取備，備覺之，僞如厠，潛遁出。所乘馬名的盧，騎的盧走，渡襄陽城西檀溪，水中溺不得出。備急曰：『的盧，今日厄矣，可努力！』的盧乃一踊三丈，遂得過，乘桴渡河，中流而追者至。」元高文秀有《劉玄德獨赴襄陽會》雜劇叙其事。其第一折劉表云：「今三月三請玄德公赴襄陽會。」故曰「三月襄陽」。

〔六八〕折末他雄糾糾軍排成殺場　「折」原作「拆」，從鄭騫本、徐沁君本、甯希元本改。吴曉鈴本校勘記亦云：「『拆』字當是『折』字之誤。」王季思附録本「拆（折）末」改作「遮莫」。按，《詩詞曲語辭匯釋》卷一「遮莫(一)」：「遮莫，猶云儘教也。此《鶴林玉露》説。字亦作折莫、折末、折麽、折摸、者莫、者麽、者磨。」鈔本此句作「折莫他雄糾糾排着戰場」。王季思本「折」改作「遮」。

〔六九〕威凛凛兵屯合虎帳　盧冀野本「帳」字下未點斷。按，「帳」字韵。「威」原作「咸」，覆元槧本誤作「滅」，今從盧冀野本、鄭騫本、徐沁君本、甯希元本、王季思附録本正。「帳」原作「悵」，從盧本、鄭本、徐本、甯本、王本改。鈔本無「合」字。屯合，聚集。王實甫《西廂記》五本三折【天净沙】：「半萬賊屯合寺門，手横着霜刃，高叫道要鶯鶯做壓寨夫人。」

〔七〇〕大將軍氣鋭在孫吴上　盧冀野本「上」字下未點斷。按，「上」字韵。「氣」原作「奇」，從徐沁君本、甯希元本改。徐本校云：「鄭光祖《王粲登樓》第四折：『你元來爲咱氣鋭加涵養。』氣鋭，志氣昂揚。」鈔本「奇(氣)鋭」作「智」。

〔七一〕倚着　鈔本無。

〔七二〕不是我十分强，硬主仗　盧冀野本「硬」字斷屬上句，與「强」字連爲一詞，「主仗」二字屬下句。按，此二三字句，末字均叶韵。盧本此斷，於譜不合，於意難通。鄭騫本、甯希元本、王季思附録本「仗」改作「張」，鄭本校云：「據鈔本改，此字應用平聲。」按，此【剔銀燈】曲第六句，末字雖多用平聲，然亦有用仄聲例，如元刊本孟漢卿《魔合羅》第四折、鄭廷玉《後庭花》第四折。主仗，即主張。《元典章》吏部三「軍官」：「世祖皇帝立定體例來。在後……别了大體例，主仗着委付了的也有。」

〔七三〕題着廝殺去磨拳擦掌　盧冀野本「殺」字下點斷，連上句之「主仗」作「主仗題着廝殺」。非。王季思附録本「題」改作「提」。按，題，提。參見《調風月》第二折校注〔五七〕。去，猶啊。參看《詩詞曲語辭匯釋》卷三「去（一）」。鄭騫本、徐沁君本「磨」改作「摩」。鈔本此句作「但題起廝殺呵麽拳擦掌」。吴國欽本、王季思本「題」改作「提」。王季烈本、吴曉鈴本、北京大學本、吴國欽本、王學奇本、王季思本「麽」改作「磨」，隋樹森本作「摩」。

〔七四〕【蔓菁菜】　鈔本無，曲文屬【剔銀燈】。吴國欽本、王季思本「據元刊本補」。

〔七五〕他便有快對才，能征將　何煌本奪「有」字。快，猶能，善。參看《詩詞曲語辭匯釋》卷五「快（二）」。「才」原作「不」，從徐沁君本改。鄭騫本、王季思附録本改作「付」，甯希元本作「兵」。鈔本無此二句。吴國欽本、王季思本據鄭本改補「他便有快對付能征將」。

〔七六〕排戈戟　覆元槧本「戟」誤作「戰」。鈔本「戟」作「甲」。吴曉鈴本校云：「元刊本……『甲』字作『戰』字。」按，作「戰」者乃覆元槧本，非元刊本，吴校誤。吴國欽本、王季思本「據元刊本」「甲」改作「戟」。

〔七七〕旗槍　原省作「其倉」，從盧冀野本、鄭騫本、徐沁君本、甯希元本、王季思附録本及北京大學本校勘記正。惟盧本、鄭本、王本「倉（槍）」作「鎗」。鈔本作「旗鎗」。

〔七八〕對仗　「仗」原作「幛」，從徐沁君本、王季思附録本改。徐本校云：「對仗，指兩軍作戰。趙本（按，即趙琦美脈望館鈔本）作『各分戰場』，亦兩軍對仗之意。」鄭騫本校勘記亦謂「此二字疑當作對仗」。何煌本「幛（仗）」誤作「幢」，甯希元本作「陣」。吴國欽本、王季思本「各分戰場」改作「對仗」。

〔七九〕三國英雄漢雲長，端的豪氣有三千丈　鈔本上有「我是」，「端的」下有一「是」字。吴國欽本錯簡，此二句誤置上文【剔銀燈】「但題起厮殺呵」的「起」與「厮」之間。鈔本此二句下有「（云）孩兒，與我準備下船隻，領周倉赴單刀會走一遭去。（平云）父親去呵，小心在意者！（正唱）」。隋樹森本、王學奇本、王季思本「正」下補一「末」字。

〔八〇〕【柳青娘】　鈔本無此曲。

〔八一〕金釵　何煌本疊。金釵，代指美女。孔文卿《東窗事犯》一折【元和令】：「我與恁奪旗扯鼓統兒郎，不能勾列金釵十二行。」

〔八二〕教仙音院奏笙簧　仙音院，元中統元年設立的掌管樂工的機構，復改爲玉宸院（見《元史·世祖紀》）。亦用以泛稱宫廷音樂機構。脈望館古名家本王實甫《麗春堂》一折【混江龍】：「光禄寺醖江釀海，尚食局炮鳳烹龍，教坊司承歡奉喜，仙音院擺佈施呈：一時向御島來供奉。」「奏」原作「秦」，從何煌本、鄭騫本、徐沁君本、甯希元本、王季思附録本及吴國欽本校記改。

「笙」原作「生」；「簧」字漫漶，覆元槧本空闕，盧冀野本奪，從何本、鄭本、徐本、甯本、王本及吴國欽本校記改補。吴曉鈴本校勘記亦謂「生」「疑是『笙』字」。笙簧，樂器。

〔八三〕按《承雲》樂章　何煌本「樂」字奪。按，演奏。《全唐詩》卷五六七鄭嵎《津陽門詩》「象牀塵凝罨颯被」下自注云：「上止華清，罨颯公主嘗爲上晨召，聽按《新水調》。」承雲，古樂名。《楚辭·遠遊》：「張樂《咸池》奏《承雲》兮，二女御《九韶》歌。」王逸注：「《承雲》即《雲門》，黄帝樂也。」

〔八四〕教光禄寺準備瓊漿　「寺」原作「司」，從徐沁君本及吴國欽本校記改。北齊設光禄寺卿，兼管皇室膳食，唐以後成爲專掌酒醴膳羞之官（見《通典》二五「職官」七「光禄卿」）。「備」字原脱，從盧冀野本、徐沁君本、甯希元本、王季思附録本及吴國欽本校記補。吴曉鈴本校勘記亦謂「疑脱『備』字」。「漿」原作「將」，從何煌本、盧冀野本、鄭騫本、徐沁君本、甯希元本、王季思附録本及吴國欽本校記改。瓊漿，美酒。

〔八五〕他那珍羞百味□□□□□□金杯玉觴　「味」字原壞，殘存右角，從覆元槧本、何煌本、盧冀野本、鄭騫本、徐沁君本、甯希元本、王季思附録本及吴曉鈴本校勘記補。「味」字下「金」字上原闕約六字。盧本闕字作四空圍。徐本「據上下文義」補作「也尋常，更休題」。吴國欽本校記從補。

〔八六〕暗　原作「按」，從何煌本、徐沁君本、甯希元本及吴國欽本校記改。吴曉鈴本校勘記亦謂「疑當作『暗』字」。

〔八七〕我不用三停刀□□□□□□□□衣郎　「刀」字下「衣」字上原闕約七字。盧冀野本闕字作九空圍。鄭騫本於「衣」字上「據文義補錦字」，「刀」字下注「原缺六字」。王季思附録本補同。徐沁君本於「刀」字下意補「千里騎，和那百萬鐵」。吴國欽本校記從補。甯希元本「衣」字上「依文義」補「鐵」字，校云：「鄭本補『錦』字，亦可。」「刀」字下作六空圍。

〔八八〕【道和】　鈔本無此曲。

〔八九〕我斟量，我斟量　第一個「斟」字原本筆劃模糊，但仍可辨，覆元槧本誤作「尚」，何煌本、盧冀野本、鄭騫本、王季思附録本沿誤作「商」。吴曉鈴本校勘記誤同。徐沁君本校云：「按，曲譜，本曲首二句疊。」斟量，猶斟酌。參見《蝴蝶夢》第一折校注〔二六〕。

〔九〇〕東吴子敬□□□□□□□□□□無謙讓　「敬」字下「無」字上原闕約十字，「敬」下一字殘存上部，「無」上二字爲二重文符號。覆元槧本殘字并闕。何煌本「敬」字下補一「有」字，下作七空圍及二重文符號。徐沁君本「敬」字下補「有謀量」三字，下空闕三字，再「據下句句式補」「把咱把咱」四字。甯希元本及吴國欽本校記同何本「敬」下補「有」字，從徐本「無」上補「把咱把咱」四字。王季思附録本闕字作八空圍。

〔九一〕磨障　徐沁君本及吴國欽本校記「磨」改作「魔」。按，佛教稱能奪人生命、障礙善事的惡鬼神爲磨。舊譯之佛教經論作「磨」，梁武帝改爲「魔」。磨障，即魔王設置的障礙。此處意猶麻煩。《元代白話碑集録·一二三八年鳳翔長春觀公據碑》：「據全真道人張志洞等連狀告稱：『前去磻溪谷復建掌教丘真人古迹長春觀院宇，田地在手，別無憑驗，恐有磨障，乞給公據事。』」

〔九二〕我這龍泉□□□□□□□都只爲竟邊　「泉」字下「都」字上原闕約八字，第一字僅存上部一横。覆元槧本殘劃并闕。盧冀野本闕字作三空圍。鄭騫本「據文義補三尺掣秋霜五字，仍缺三字」。王季思附録本及吴國欽本校記補闕同鄭本。鄭本、王本「竟」改作「鏡」，徐沁君本及吴國欽本校記作「競」。按，竟，通「境」。《漢書·徐樂傳》：「故諸侯無竟外之助。」顔師古注：「竟，讀曰境。」竟邊，邊境

〔九三〕搊搜　原作「㑇㑀」，從鄭騫本、徐沁君本、甯希元本、王季思附録本及吴國欽本校記改。盧冀野本作二空圍。搊搜，勇猛。參看《詩詞曲語辭匯釋》卷五「㤘」。

〔九四〕交它家難□□□□□□□□交它交它情神喪　何煌本第二、三個「交」字改作「教」，盧冀野本三「交」字均改作「教」。按，交，讓。參見《調風月》第一折校注〔三二〕。盧冀野本第二、三個「它」字改作「他」，鄭騫本、徐沁君本、甯希元本、王季思附録本及吴國欽本校記三「它」字均改作「他」。按，它，他。參同上第二折校注〔二七〕。它家，即他。家，後綴。參看《詩詞曲語辭匯

釋》卷三「家(二)」。「難」字下「交」字上原闕約八字，第一字僅存上半，似「侵」字。覆元槧本此字并闕。何本補「侵」字。盧本「難」字下點斷，闕字空圍脱。鄭本、徐本、王本及吴國欽本校記補「侵傍」二字，仍闕六字。甯本補同，仍闕七字。鄭本、徐本、甯本、王本及吴國欽本校記「情」改作「精」。按，情神，神情。酈道元《水經注・洛水》：「臧榮緒《晋書》稱，孫登嘗登宜陽山，作炭人見之，與語。登不應。作炭者覺其情神非常，咸共傳説。」「喪」原作「袁」，從鄭本、徐本、甯本、王本及吴國欽本校記改。吴曉鈴本校勘記亦謂「當是『喪』字」。盧本作「繞」，并與下句之「綺羅叢」三字連爲一句，作「教他教他情神繞綺羅叢」。非。

〔九五〕綺羅叢血水似鑊湯　綺羅叢，人叢。「鑊」原作「䪝」，從盧冀野本、鄭騫本、徐沁君本、甯希元本、王季思附録本及吴曉鈴本校勘記、吴國欽本校記改。鑊，鼎鑊。湯，水。米芾《畫史》：「古畫至唐初皆生絹，至吴生、周昉、韓幹，後來皆以熱湯半熟入粉，捶如銀板，故作人物精彩入筆。」

〔九六〕覓□□□□□□□　「覓」字下闕約八字，第一字僅存上部。覆元槧本殘字并闕。盧冀野本闕字作五空圍。

〔九七〕殺的死屍骸屯滿屯滿漢陽江　何煌本「屯」作「平」，盧冀野本及吴曉鈴本校勘記作「流」。均非。按，屯，聚。第一個「滿」字下原爲二重文符號，鄭騫本疊作「屯滿滿滿」。失律。

〔九八〕【尾】　鄭騫本「據律改題」，作「【啄木兒煞】」。甯希元本、王季思附録本改同。鈔本作「【尾聲】」。

〔九九〕須□□□□□□□公　「須」字下「公」字上闕約八字，第一字僅存上部。覆元槧本殘字并闕。盧冀野本闕字作五空圍。鄭騫本、徐沁君本、甯希元本、王季思附録本補「無那會臨潼秦穆」七字。鈔本此句作「須無那臨潼會秦穆公」，何煌「臨潼會」乙改作「會臨潼」。

〔一〇〇〕宴鴻門　鈔本作「鴻門會」。鴻門，在今陝西臨潼縣東項王營。楚漢相争時，項羽曾駐兵於此，請劉邦赴會，席間，劉邦幾乎被殺。事見《史記·項羽本紀》。

〔一〇一〕折末滿筵人都□□□□□□你前日上　「折末」原作「行下」，從徐沁君本、甯希元本改。「都」字下「你」字上闕約八字，盧冀野本作五空圍，鄭騫本、甯希元本、王季思附録本補「列着先鋒將」五字，徐沁君本補「擺列着先鋒將」六字。鄭本、甯本、王本「你」上作三空圍。徐本「你前日上」與下句「放心」作爲夾白，上補「（帶云）」下補「（唱）」，校云：「『你』字上疑有脱字。」吴曉鈴本校勘記亦謂元刊本「似有夾白，今僅存『你前日上放心』六字」。鈔本此句作「折麽他滿筵人列着先鋒將」。

〔一〇二〕放心　鈔本無。

〔一〇三〕小可如我萬軍中下馬刺□　徐沁君本「萬」字上補一「百」字。「軍」原作「尹」，有校筆改作「軍」，盧冀野本、鄭騫本、徐沁君本、甯希元本、王季思附録本從。「刺」字下部殘損，但仍可辨，覆元槧本、盧本闕去，鄭本、徐本、甯本、王本存。「刺」字下闕字數不明。盧本「馬」字下作二空圍。鄭本、王本「刺」字下補「顏良」二字及「（下）」。徐本、甯本下補「顏良時那一場攘」七字。

鈔本此句作「小可如百萬軍刺顏良時那一場攘」，下有「（下）（周倉云）關公赴單刀會，我也走一遭去」。志氣凌雲貫九霄，周倉今日逞英豪。人人開弓并蹬弩，個個貫甲與披袍。旌旗閃閃龍蛇動，惡戰英雄膽氣高。假饒魯肅千條計，怎勝關公這口刀！赴單刀會走一遭去也。（下）（關興云）哥哥，父親赴單刀會去了，我和你接應一遭去。大小三軍，跟着我接應父親去。到那裏古刺刺彩磨征旗，撲鼕鼕畫鼓凱征鼙，齊臻臻鎗刀如流水，密匝匝人似朔風疾。直殺的苦淹淹屍骸遍郊野，哭啼啼父子兩分離；恁時節喜孜孜鞭敲金鐙響，笑吟吟齊和凱歌回。（下）（關平云）父親、兄弟都去也，我隨後接應走一遭去。大小三軍，聽吾將令：甲馬不許馳驟，金鼓不許交頭接耳，不許語笑喧譁。弓弩上弦，刀劍出鞘，十分人人敢勇戰，個個威風。我到那裏，一刃刀，兩刃劍，齊排雁翅；三股叉，四楞鍊，耀日争光；五方旗，六沉鎗，遮天映日；七稍弓，八楞棒，打碎天靈；九股索，紅綿套，漫頭便起；十分戰，十分殺，顯耀高强。俺這裏雄兵浩浩渡長江，漢陽兩岸列刀鎗，水軍不怕江心浪，旱軍豈懼鐵衣郎。關公殺入單刀會，顯耀英雄戰一休交俺弟兄每廝間別〔四三〕。我這裏聽者〔四四〕，你個魯大夫休喬怯〔四五〕！暢好是隨邪〔四六〕，休怪我十分酒醉也〔四七〕！

【攪箏琶】鬧炒炒軍兵列〔四八〕，上來的休遮當莫攔截〔四九〕。我都交這劍下爲紅〔五〇〕，目前見〔五一〕血！你好似趙盾，我飽如靈輒。使不着你片口張舌，枉念的你文竭〔五二〕！壯士一怒，別話休提。來，來，來〔五三〕，好生〔五四〕的送我到船上者！咱慢慢的相別〔五五〕！

【離亭宴帶歇指煞】〔五六〕見紫衫銀帶公人列〔五七〕，晚天涼江水冷蘆花謝〔五八〕，心中喜悅〔五九〕。見〔六〇〕昏慘慘晚霞收，冷颼颼〔六一〕江風起，急颭颭雲帆扯〔六二〕。承重待〔六三〕，多承謝〔六四〕。道與梢工且慢者〔六五〕，早纜解放岸邊雲〔六六〕，船分開波中浪，棹〔六七〕攪碎江心月。辯談有甚盡期〔六八〕，飲會分甚明夜〔六九〕。兩國事須當去也〔七〇〕！遂不了老兄心〔七一〕，去不了俺漢朝節〔七二〕！

【沽美酒】〔七三〕魯子敬没道理〔七四〕，請我來吃筵席〔七五〕，誰想您狗幸狼心使見識〔七六〕，偷了我衝敵軍的軍騎，拿住也怎支持〔七七〕！

【太平令】〔七八〕交下麻繩牢拴子行下省會〔七九〕，與愛殺人潎烈關西〔八〇〕，用刀斧手施行可忒到爲疾〔八一〕。快將斗來大銅鎚準備〔八二〕，將頭稍定起〔八三〕，大□□掂只〔八四〕，打爛大腿，尚古自豁不盡我心下惡氣〔八五〕！

題目　喬國老諫吳帝

司□□休官職〔八七〕

正名〔八六〕　□□敬〔八八〕索荊州

□大王單刀會〔八九〕

校注

〔一〕（舍人云住）（一行都下）（净上，云）□（正末扮文子席間引卒子做船上坐□□□□□□□□你是小可　徐沁君本「舍人」上增補一「闕」字。「净上」的「上」原作「一」，從鄭騫本、徐沁君本、甯希元本、王季思附録本改。「云」字下有闕文，字數不明，盧冀野本、鄭騫本、徐沁君本、甯希元本、王季思附録本删。徐本又校云：「『云』字下有缺文。」鄭本「據第三折【粉蝶兒】前白」改「文子」作「尊子」。似可從。甯本校勘記亦謂鄭本改「似是」。「間」原作「尚」，從鄭本、徐本、甯本、王本改。吴曉鈴本校勘記亦謂「疑是『間』字」。「卒」原作「辛」，從鄭本、徐本、甯本、王本改。「坐」字下原闕約九字。盧本闕字空圍脱。鄭本補「定云」二字，下注「原缺約七字」。王本補同。徐本補一「云」字，下作九空圍。甯本補同，下作七空圍。徐本「你是小可」下補「（唱）」。

鈔本作「（魯肅上，云）歡來不似今朝，喜來那逢今日。小官魯子敬是也。我使黄文持書去請關公，欣喜許今日赴會。荆襄地合歸還俺江東。英雄甲士已暗藏壁衣之後，令江人上相候，見船到便來報我知道。（正末關公引周倉上，云）周倉，將到那裏也？（周云）來到大江中流也。（正云）看了這大江，是一派好水也呵！（唱）」。有校筆圈去「令江人上相候」的「人」字。王季烈本、吴曉鈴本、隋樹森本從。北京大學本、吴國欽本、王學奇本、王季思本此句改作「令人江上相候」。吴國欽本、王學奇本并校云：「原作『令江上人相候』。」二本誤校。按，此句似應作「令人，江上相候」。令人，供使令之人，如祇從、祇候之類。臧本秦簡夫《趙禮讓肥》四折外白：「令人，你與某請將馬武來者。」隋樹森本、王學奇本、王季思本「正」下補一「末」字。

〔二〕新水令　鄭騫本、徐沁君本、甯希元本、王季思附録本上補「雙調」。鈔本上有「雙調」二字。

〔三〕大江東去□□□□□□□□□舟一葉　「東」字筆劃原有殘損，覆元槧本作「東」，從盧冀野本、鄭騫本、徐沁君本、甯希元本、王季思附録本正。「去」字下「舟」字上闕約十字，第一字殘存上部。覆元槧本殘字并闕。盧本「去」字下作七空圍。鄭本補「浪千疊，趁西風駕着這小」十字，校云：「原缺此十字，據集成曲譜補。鈔本此曲首兩句作『大江東去浪千疊。引着這數十人駕着這小舟一葉』。若從鈔本，則須補十三字，與原本所缺字數相差過多；集成則與原缺字數恰好相符，故從之。」徐本、甯本據鈔本補「浪千疊，引着這數十人駕着這小」十三字。王本補同。

〔四〕不比九重龍鳳闕　「闕」原作「𠃊」，從盧冀野本、鄭騫本、徐沁君本、甯希元本、王季思附録本正。鈔本此句上有二「又」字。

〔五〕這裹是千□□□□□□□□□　「千」字下原闕約十字。鈔本作「可正是千丈虎狼穴，大夫心別」。王季烈本「大夫心別」作「大丈夫心烈」，雙行小注云：「原抄作大夫心別，不可解，據今本改。」吴曉鈴本、吴國欽本、王季思本作「大丈夫心別」。吴曉鈴本校云：「『別』——王本（按，即王季烈本）『據今本』改爲『烈』字，可不必。」盧冀野本「千」字下作五空圍。鄭騫本據鈔本及王季烈本補「丈虎狼穴，大丈夫心別」九字，校云：「鈔本此九字作丈虎狼穴大夫心別八字，孤本（按，即王季烈《孤本元明雜劇》本）作丈虎狼穴大丈夫心烈九字。今據孤本添大丈夫之丈字，別字仍從鈔本，不從孤本作烈。心別，謂與衆不同也。」徐沁君本、甯希元本、王季思附録本補同。徐本校記云：「『心別』一語，元曲中習見，關氏《拜月亭》第三折『爺娘行特地心別』，即用之。」并引吴曉鈴等選注《大戲劇家關漢卿傑作集》云：「所謂今本，當即舞臺演出本，不可據。」

〔六〕來，來，來　鈔本無。

〔七〕我覷的單刀會似村會社　「村」原作「材」，從覆元槧本、盧冀野本、鄭騫本、徐沁君本、甯希元本、王季思附録本改。鈔本此句作「我覷這單刀會似賽村社」，下有「（云）好一派江景也呵！（唱）」。村會社，鄉村中群衆自己組織的團體，常在節日表演各種技藝。

〔八〕駐馬聽　原本闕，第一字僅存上部。覆元槧本殘字并闕。從鄭騫本、徐沁君本、甯希元本、王季思附録本補。

〔九〕□□□□年少周郎何處也　「年」字上闕約四字。盧冀野本闕字空圍脱。鄭騫本據集成曲譜補「依舊的水湧山疊」七字。王季思附録本補同。徐沁君本、甯希元本據鈔本補「水湧山疊」四字。何處，何在。參看《詩詞曲語辭例釋》「何處（七）」。

〔一〇〕不覺　「覺」原作「着」，從徐沁君本、甯希元本改。鄭騫本據鈔本補改作「不覺的」。王季思附録本補改同。

〔一一〕可憐□□□□□□□□□當時絶　「憐」原似「怜」的省寫「令」，下部闕去。覆元槧本、盧冀野本作「令」。鄭騫本、徐沁君本、甯希元本、王季思附録本已正。鈔本即作「憐」。元刊本「令（憐）」字下「當」字上闕約九字。盧本作六空圍。鄭本、徐本據鈔本補「黄蓋轉傷嗟，破曹檣櫓」九字。甯本、王本補同，惟甯本「曹」下增一「的」字。鈔本「曹」字下有一「的」字，「當時」作「一時」。當時，現在。絶，無。

〔一二〕鏖兵江水尤然熱　「鏖」原作「塵」，從盧冀野本、鄭騫本、徐沁君本、甯希元本、王季思附録本改。甯本「兵」下增一「的」字。「尤」原作「元」，今改。鄭本、甯本、王本改作「猶」。按，「尤」「元」形近致誤。尤，用同「猶」。《朱文公校昌黎先生集》卷二十三《祭十二郎文》：「汝時尤小，當不復記憶。」鈔本此句作「鏖兵的江水由然熱」。王季烈本、隋樹森本、吴國欽本、王季思本「由」改作「猶」。吴曉鈴本校勘記亦云：「當是『猶』字。」按，由，猶。《荀子·富國》：「雖爲之逢蒙視，詘要橈膕，君盧屋妾，由將不足以免也。」楊倞注：「由與猶同。」

〔一三〕好交我心下□□□□□□□□□不盡英雄血　盧冀野本「交」改作「教」。參見第一折校注〔三〕。「下」字下「不」字上闕約九字。盧本作五空圍，「不」字上補一「流」字。鄭騫本據集成曲譜補「慘切，這是二十年流」八字。徐沁君本參鈔本補「情慘切！二十年流」七字。王季思附録本補同，惟「二十年」上增「這是」二字。甯希元本校勘記謂「下」「爲文字待勘符號『卜』之形誤」，改補「下□」作「慘切」，下據鈔本補帶白「這也不是江水」及曲文「二十年流」十字。鈔本作「好交我情慘切！（云）這也不是江水，（唱）二十年流不盡的英雄血」，下有「（云）却早來到也，報伏去。（卒報科）（做相見科）（魯云）江下小會，酒非洞裏之長春，樂乃塵中之菲藝，猥勞君侯屈高就下，降尊臨卑，實乃魯肅之萬幸也！（正云）量某有何德能，着大夫置酒張筵？既請必至。（魯云）黄文，將酒來。二公子滿飲一杯。（正云）大夫飲此杯。（把盞科）（正云）想古今咱這人過日月好疾也呵！（魯云）過日月是好疾也。光陰似駿馬加鞭，浮世似落花流水。（正唱）」。各本「交」改作「教」。吴國欽本、王季思本「（云）這也不是江水」的「云」上補一「帶」字。北京大學本、吴國欽本、王季思本「伏」改作「復」。參見第一折校注〔一九〕。「猥」原作「威」，有校筆改作「猥」，各本從。隋樹森本、王學奇本、王季思本三處「（正云）」及一處「（正唱）」的「正」均作「正末」。北京大學本、吴國欽本、王學奇本、王季思本「喒」改作「咱」。按，喒，咱們。參見《哭存孝》頭折校注〔二四〕。

〔一四〕【風入松】 鈔本無此曲。

〔一五〕文學得行與□□□□□□□□國能謂不休説 鄭騫本、徐沁君本、甯希元本、王季思附録本及吴國欽本校記「得」改作「德」。按，得，通「德」。《荀子・成相》：「舜授禹，以天下，尚得推賢不失序。」「與」字下「國」字上闕約九字。盧冀野本、甯希元本作十空圍。鄭騫本及吴國欽本校記謂「原缺八字」，徐本、王本作八空圍。

〔一六〕一時多少豪傑 何煌本「少」作「小」。「傑」原作「旡」，從何煌本、盧冀野本、鄭騫本、徐沁君本、甯希元本、王季思附録本改。吴曉鈴本校勘記亦云：「疑此字當作『杰』字。」

〔一七〕人生百年□□□□□□□不耆 「年」字下部原壞闕，覆元槧本已補，各本從。「年」字下「不」字上闕約八字。盧冀野本、王季思附録本作七空圍，鄭騫本亦謂「原缺七字」。徐沁君本作六空圍，吴國欽本校記亦謂「原缺六字」。甯希元本作九空圍。

〔一八〕恰一國興，早一朝滅　鈔本作「想古今立勛業」。

〔一九〕那□□□□□□□□二朝阻鬲六年别　「那」字下「二」字上闕約八字。盧冀野本作五空圍。鄭騫本、徐沁君本、甯希元本據鈔本補「裹也舜五人、漢三傑」八字。王季思附録本補同。徐本據鈔本「二」改作「兩」。鈔本作「那裏也舜五人、漢三傑？兩朝相隔數年别」。

〔二〇〕不付能見也　甯希元本、王季思附録本「付」改作「甫」。按，不付能、不甫能，方才。參看《詩詞曲語辭匯釋》卷二「甫能」。「付」，鈔本同。王季思本改作「甫」。鈔本「也」作「者」。

〔二一〕却又早老□□□□□□□□心兒笑一夜　徐沁君本「却」改作「恰」。非。「老」字下「心」字上闕約八字，第一字殘存上部。覆元槧本殘字并闕。盧冀野本作六空圍。鄭騫本、徐沁君本、甯希元本據鈔本補「也，開懷的飲數杯，盡」八字。王季思附録本補同。鈔本作「却又早老也！開懷的飲數杯，（云）將酒來。（唱）盡心兒待醉一夜」，下有「（把盞）（正云）你知『以德報德，以直報怨』麽？（魯云）既然將軍言『以德報德，以直報怨』，借物不還者爲之怨。想君侯文武全材，通練兵書，習《春秋》《左傳》，濟拔顛危，匡扶社稷，可不謂之仁乎？待玄德如骨肉，覷曹操若仇讎，可不謂之義乎？辭曹歸漢，弃印封金，可不謂之禮乎？坐服于禁，水淹七軍，可不謂之智乎？且將軍仁義禮智俱足，惜乎止少個信字，欠缺未完。再若得全個信字，無出君侯之右也。（正云）我怎生失信？（魯云）非將軍失信，皆因令兄玄德公失信。（正云）我哥哥怎生失信來？（魯云）想昔日玄德公敗於當陽之上，身無所歸，因魯肅之故，屯軍三江夏口。魯肅又與孔明同見我主公，即日興師拜將，破曹兵於赤壁之間。江東所費鉅萬，又拆了首將黃蓋。因將軍賢昆玉無尺寸地，暫借荆州以爲養軍之資。數年不還。今日魯肅低情曲意，暫取荆州，以爲救民之急。待倉廪豐盈，然後再獻與將軍掌領。魯肅不敢自專，君侯台鑒不錯。（正云）你請我吃筵席來那，是索荆州來？（魯云）没、没、没，我則這般道。孫劉結親，以爲唇齒，兩國正好和諧。（正唱）」。各本「把盞」下均補一「科」字。隋樹森本、王學奇本、王季思本四處「（正云）」及一處「（正唱）」的「正」均作「正末」。吳國欽本、王學奇本、王季思本「爲之」改作「謂之」。各本「拆」均改作「折」。王季烈本、隋樹森本舊式標點斷句，「你請我吃筵席來那，是索荆州來」斷作「你請我吃筵席來。那是索荆州來」。非。

〔二〕心下待　徐沁君本、甯希元本據鈔本「心下」改作「真心」。鈔本「心下待」作「真心兒待」。按，心下，猶心裏，元劇習用，例不贅。心下待，亦真心相待之意，文義自通，不煩校改。

〔三〕將□□□□□□□今覽古閑支節　「將」字原殘損，存上部，尚可辨認。覆元槧本「將」字并闕去。盧冀野本從。「將」字下「今」字上闕約七字。盧本作四空圍。鄭騫本、徐沁君本、甯希元本據鈔本補「將」及「筵宴設，你這般攀」共八字。王季思附録本補同。「覽」原作「□」，徐本已據鈔本改。覆元槧本作「日」。盧本從。鄭本、徐本及吳曉鈴本校勘記均謂元刊本作「日」。非。

鄭本并據集成改作「弔」。王本改同。甯本改作「攬」。按，覽，通「攬」。《戰國策・齊策》：「大王覽其説而不察其至實。」攬今覽古，猶談今説古。息機子本闕名氏《風雪漁樵》一折官人白：「此人貧則貧，攀今覽古，賢士也。」徐本、甯本據鈔本「支」改作「枝」。王本改同。按，支，即枝。《漢書・揚雄傳》：「支葉扶疏，獨説十餘萬言。」支節，即枝節，生枝節也。鈔本作「將筵宴設，你這般攀今覽古分甚枝葉」。王季烈本、隋樹森本「覽」改作「攬」。

〔二四〕之乎者也　鈔本上有「我根前使不着你」七字。王季思本「根」改作「跟」。參見《調風月》第二折校注〔三六〕。

〔二五〕詩云子曰　「云」字原脱，從盧冀野本、鄭騫本、徐沁君本、甯希元本、王季思附録本補。吳曉鈴本校勘記亦謂「疑脱『云』字」。鈔本「云」字不脱。

〔二六〕這句話早□□□□□□□道説孫劉　「早」字下「道」字上闕約七字。盧冀野本作五空圍。鄭騫本據鈔本補「該豁口截舌，有」六字。王季思附録本補同。徐沁君本、甯希元本補「該豁口截舌，有意」七字。鈔本作「早該豁口截舌，有意説孫劉」。道説，説。

〔二七〕生被您般的如吳越　盧冀野本、徐沁君本、甯希元本「您」改作「你」。按，您，你。參見《哭存孝》頭折校注〔六五〕。鄭騫本、徐沁君本、甯希元本、王季思附録本「般」改作「搬」。吳曉鈴本校勘記亦謂「當作『搬』字」。按，般，通「搬」，演也。《東京夢華録》卷八「中元節」：「勾肆樂人，鄭騫本據鈔本及文義補「皇叔把温侯滅。是」七字。王季思附録本補同。徐沁君本據鈔本補「皇叔把温侯滅。俺」七字。甯希元本補同。「皇親」原作「王親」，從鄭本、徐本、甯本、王本改。鈔本作「漢皇叔把温侯滅。俺哥哥合情受漢家基業」。各本「候」改作「侯」。是。温侯，吕布。見《後漢書》本傳。王季思本「情」改作「承」。按，情受，睛受，承受。脈望館鈔本闕名氏《馬陵道》二折【滚綉毬】：「這江山和宇宙，山川共府州，都待着俺邦情受。」

〔三二〕則您那吴天子是俺□□□□□□你個不克己的先生自説　盧冀野本「則您」改作「只你」。參見《哭存孝》頭折校注〔九三〕、〔六五〕。覆元槧本「俺」誤作「茷」，鄭騫本再誤作「花」。「俺」字下「你」字上闕約六字。盧本「是」字下「你」字上作三空圍。鄭本據文義及鈔本補「兒的甚枝葉。請」六字。徐沁君本、甯希元本參合鈔本補「劉家甚枝葉？請」六字。王季思附録本補同。盧本「己」誤作「已」。按，不克己，不能克制自己的偏見。

鈔本作「則你這東吴國的孫權和俺劉家却是甚枝葉？請你個不克己先生自説」，下有「（魯云）那裏甚麽響？（正云）這劍界二次也。（魯云）却怎麽説？（正云）這劍按天地之靈，金火之精，陰陽之氣，日月之形；藏之則鬼神遁迹，出之則魑魅潛踪；喜則戀鞘沉沉而不動，怒則躍匣錚錚而有聲。今朝席上，倘有争鋒，恐君不信，拔劍施呈。吾當攝劍，魯肅休驚。這劍果有神威不可當，廟堂之器豈尋常；今朝索取荆州事，一劍先交魯肅亡。（唱）」。隋樹森本、王學奇本、王季思本兩處「(正云)」的「正」均作「正末」。王季烈本、隋樹森本「交」改作「教」。參見第一折校注〔二〕。

〔三四〕則爲□□□□□□犯這三尺無情鐵　盧冀野本「則」改作「只」。按，則，猶只。參看《詩詞曲語辭匯釋》卷一「則(三)」。「爲」字下「犯」字上闕約七字，「爲」下一字殘存左旁及右上部，盧冀野本、鄭騫本、徐沁君本、甯希元本、王季思附録本作「你」。盧本「你」字下「犯」字上作五空圍。鄭本、徐本、甯本「你」字下據鈔本補「三寸不爛舌，惱」六字。王本補同。鈔本作「則爲你三寸不爛舌，惱犯我三尺無情鐵」。三尺鐵，劍。脈望館鈔本高文秀《黑旋風》二折【尾聲】：「我去呵也不用一條槍，也不用三尺鐵，則俺這壯士怒目前見血。」

〔三五〕這鐵　盧冀野本、徐沁君本作大字，與下句連讀。甯希元本「鐵」改作「劍」。鈔本「鐵」作「劍」。

〔三六〕飢食上將頭　鄭騫本、徐沁君本、甯希元本據鈔本「食」改作「飡」。鄭本校云：「食字義雖可通，聲響太啞，應是形近致誤。」王季思附録本改作「餐」。

〔三七〕渴飲讎人血　「渴」原作「匕」，盧冀野本、王季思附録本改作「渴」，鄭騫本、徐沁君本、甯希元本亦據鈔本改。「血」字末筆闕，覆元槧本已正，盧本、鄭本、徐本、甯本、王本同。

〔三八〕得　上部原壞闕，從鄭騫本、徐沁君本、甯希元本、王季思附録本補。盧冀野本作「德」。非。

〔三九〕子是條龍在鞘中蟄　盧冀野本「子」改作「衹」，王季思附録本作「只」。按，子，猶這。王伯成《貶夜郎》二折【尾】：「那是安禄山義子台意怒，子是楊貴妃賊兒膽底虚。」子是，這是。鈔本「子」作「則」，「在」作「向」。

〔四〇〕諕得人向座間呆　「間」原作「閆」，從盧冀野本、鄭騫本、徐沁君本、甯希元本、王季思附録本改。北京大學本校勘記「呆」改作「朵」。吴國欽本校記亦誤爲「躲」。按，【得勝令】曲此處押車遮韻，「呆」字韻，讀如「爺」，意猶癡傻。鈔本此句作「虎在坐間趄」。有校筆「趄」字旁書「歇」字，又圈去。北京大學本校勘記謂「疑當作『趄』」。是。參見《哭存孝》第三折校注〔五七〕。吴國欽本「據元刊本」此句改作「唬得人向座間躲」，王季思本改作「唬得人向座間呆」。按，坐，座。《論語·憲問》：「蘧伯玉使人於孔子，孔子與之坐而問焉。」

〔四一〕俺這故友才相見　鈔本「俺這」作「今日」，「故友」下有一「每」字。

〔四二〕劍阿　何煌本、鄭騫本、徐沁君本、甯希元本、王季思附録本「阿」改作「呵」。鈔本無此二字。

〔四三〕休交俺弟兄每厮間别　何煌本、盧冀野本「交」改作「教」。參見第一折校注〔二〕。「間」原作「閆」，從鄭騫本、徐沁君本、甯希元本、王季思附録本改。鈔本「交」作「着」，「厮」作「相」。

〔四四〕我這裏聽者　鈔本「我這裏」作「魯子敬」。北京大學本校勘記「者」改作「着」。按，「者」字韻。者，表祈使語氣。參見《哭存孝》頭折校注〔八〇〕。

〔四五〕你個魯大夫休喬怯　鈔本「你個魯大夫」作「你心内」。喬怯，驚恐。施惠《幽閨記》三十二齣：「那喬怯，無言俛首紅暈滿腮頰。」

〔四六〕隨邪　「隨」字筆劃有殘損，但仍可辨認，覆元槧本誤作「暗」，盧冀野本、鄭騫本及吴曉鈴本校勘記沿誤。隨邪，無主見。參看《詩詞曲語辭例釋》「隨邪」。

〔四七〕休怪我十分酒醉也　鈔本作「吾當酒醉也」，下有「（魯云）臧宫動樂。（臧宫上，云）天有五星，地攢五嶽，人有五德，樂按五音。五星者：金、木、水、火、土。五嶽者：常、恒、泰、華、嵩。五德者：温、良、恭、儉、讓。五音者：宫、商、角、徵、羽。（甲士擁上科）（魯云）埋伏了者。（正擊案，怒云）有埋伏也無埋伏？（魯云）并無埋伏。（正云）若有埋伏，一劍揮之兩斷。（做擊案科）（魯云）你擊碎菱花。（正云）我特來破鏡。（唱）」。吴國欽本、王季思本「據元刊本」「吾當」改作「休怪我十分」。隋樹森本、王學奇本、王季思本「正擊案」及兩處「（正云）」的「正」均作「正末」。吴國欽本、王季思本「斷」改作「段」。按，斷，猶段。《莊子·天地》：「百年之木，破爲犧尊，青黄而文之，其斷在溝中，比犧尊於溝中之斷，則美惡有閒矣。」

〔四八〕鬧炒炒軍兵列　徐沁君本、甯希元本、王季思附録本「炒炒」改作「吵吵」。鈔本上有「却怎生」三字。王季思本「炒炒」改作「吵吵」。

〔四九〕上來的休遮當莫攔截　徐沁君本、甯希元本、王季思附録本「當」改作「擋」。按，當，擋。參見

《哭存孝》第三折校注〔三九〕。鈔本此句作「休把我當攔者」，下有「（云）當着我的，呵呵」。吳國欽本、王季思本「據元刊本」「休把我當攔者」改作「上來的休遮當莫攔截」。王本校記「當攔」誤作「擋攔」，各本「呵呵」下均補「（唱）」。

〔五〇〕我都交這劍下爲紅　何煌本、盧冀野本「交」改作「教」。參見《調風月》第一折校注〔三二〕。甯希元本「這」字奪。「紅」原作「江」，從盧冀野本、甯希元本及吴曉鈴本校勘記、北京大學本校勘記改。徐沁君本據鈔本「爲江（紅）」改作「身亡」。王季思附録本改同。鈔本此句作「我着他劍下身亡」。

〔五一〕見　鈔本作「流」。

〔五二〕你好似趙盾，我飽如靈輒。使不着你片口張舌，枉念的你文竭　「好」原作「奸」，從甯希元本改。「盾」原作「遁」，從盧冀野本、鄭騫本、徐沁君本、甯希元本、王季思附録本及吴曉鈴本校勘記、北京大學本校勘記改。「輒」原作「下」，從鄭本、徐本、甯本、王本改。盧本作「轍」，吴本校勘記亦謂「當作『轍』字」。甯本校勘記謂「『下』乃文字待勘符號『卜』之形誤」。北本校勘記謂「下」字「失韵，當有誤」。趙盾、靈輒事見《左傳·宣公二年》。徐本「片」改作「騗」，校云：「『片』、『騗』音同，疑『片』爲『騗』之借用。」按，片，疑借作「諞」，誇耀也。甯本改作「諞」。諞口張舌，猶掉弄唇舌。「枉」原作「往」，從鄭本、徐本、甯本、王本及北本校勘記改。吴本校勘記亦謂「當作『枉』字」。鈔本這幾句作「便有那張儀口、蒯通舌，休那裏躲閃藏遮」。

〔五三〕壯士一怒，別話休提。來，來，來　原作大字，與上下曲文連寫。盧冀野本「壯士一怒，別話休提」改爲小字。吴曉鈴本校勘記亦謂「以上八字疑是夾白」。徐沁君本從，并於「壯」字上補「（帶云）」，「提」字下補「（唱）」。鄭騫本「來，來，來」改爲小字。今從甯希元本、王季思附録本并改小字，作爲夾白。鈔本無此夾白。

〔五四〕好生　好好。《朱子語類》卷十四：「這都是不曾好生去讀書。」

〔五五〕咱慢慢的相別　鈔本作「我和你慢慢的相別」，下有「（魯云）你去了，到是一場伶俐。（黄文云）將軍，有埋伏里。（魯云）遲了我的也。（關平領衆將上，云）請父親上船。孩兒每來迎接里。（正云）魯肅，休惜殿後。（唱）」。王季烈本、隋樹森本、吴國欽本、王季思本「到」改作「倒」。按，到，倒。參看《詩詞曲語辭匯釋》卷四「到（二）」。吴曉鈴本、北京大學本、吴國欽本、王學奇本、王季思本二「里」字改作「哩」。按，里，哩。參見《哭存孝》第二折校注〔一四〕。隋樹森本、王學奇本、王季思本「（正云）」之「正」作「正末」。

〔五六〕【離亭宴帶歇指煞】　鈔本作「【離亭宴帶歇拍煞】」。吴曉鈴本、北京大學本、吴國欽本、王學奇本、王季思本「歇拍煞」改作「歇指煞」，是；王季烈本、隋樹森本作「歇拍煞」。

〔五七〕見紫衫銀帶公人列　甯希元本「衫」改作「袍」。鈔本上有「我則」二字，「衫」作「袍」。紫衫、銀帶爲古時官員服飾，此處之公人指官員。

〔五八〕晚天凉江水冷蘆花謝　「冷」原作「一」，從鄭騫本、甯希元本、王季思附録本改。何煌本無此字，徐沁君本以爲衍字，從刪。吴曉鈴本校勘記謂「疑是『上』字之訛」。甯希元本校勘記謂「由文字待勘符號『卜』形誤爲『一』」。按，元刊雜劇有以一横代替某字的用例，如宫天挺《范張鷄黍》、闕名氏《替殺妻》、《小張屠》等劇常見，例多不贅。「一」非衍字，亦非字訛。鈔本此句作「晚天凉風冷蘆花謝」。

〔五九〕心中喜悦　鈔本上有一「我」字。

〔六〇〕見　鈔本無。

〔六一〕冷颼颼　原作「令颷颷」，盧冀野本、王季思附録本已改，鄭騫本、徐沁君本、甯希元本亦據鈔本改。吴曉鈴本校勘記亦謂元刊本誤。

〔六二〕急颭颭雲帆扯　急颭颭，快疾飄動的樣子。闕名氏《射柳捶丸》三折【越調鬥鵪鶉】：「急颭颭雜彩旗摇，明晃晃槍刀器械。」鈔本「雲帆扯」作「帆招惹」。吴國欽本、王季思本「據元刊本改」。

〔六三〕承重待　「承」原作「重」，「重」原作一重文符號。元曲庚青、東鍾兩韵字偶有通押，疑「重」乃「承」字之誤，今改。鄭騫本、甯希元本、王季思附録本此句改作「重管待」。鈔本作「承管待、承管待」。吴國欽本二「管」字均改作「款」。按，管待，即款待。《京本通俗小説·菩薩蠻》：「(郡王)回到方丈，長老設宴管待。」

〔六四〕多承謝　鈔本同，下疊三重文符號。

〔六五〕道與梢工且慢者　「梢」原作「悄」，從盧冀野本、鄭騫本、徐沁君本、甯希元本、王季思附録本及吴曉鈴本校勘記正。鈔本「道與」作「唤」，無「且」字。

〔六六〕早纜解放岸邊雲　鈔本無「早」字，「放」作「開」，「雲」作「龍」。

〔六七〕棹　原作「掉」，從盧冀野本、鄭騫本、徐沁君本、甯希元本、王季思附録本改。鈔本即作「棹」。

〔六八〕辯談有甚盡期　「辯」原作「下」，從徐沁君本、王季思附録本改。徐本校云：「元本『辯』字原以『卞』字代替，『下』與『卞』形似致誤。」甯希元本改作「笑」。鈔本此句作「正歡悮有甚進退」。各本「悮」改作「娱」。是。

〔六九〕飲會分甚明夜　甯希元本及北京大學本校勘記「飲」改作「歡」。按，飲會，宴飲。《太平廣記》卷二百五十七引《王氏見聞》：「次至漢中，伶人已知全州事，憂之。及飲會，又曰：『麥秀兩歧。』亦如全之筵。」鈔本作「且談笑分明夜」。除北京大學本外，各本「分」字上補一「不」字。

〔七〇〕兩國事須當去也　須當，應當。元刊本宫天挺《范張鷄黍》四折【堯民歌】：「仲尼徒不願比孫龐，死生交當可似蘇張，清白吏須當效龔黄。」參看《詩詞曲語辭匯釋》卷一「須(一)」。去，了。

洪希文《去華山人詞·洞仙歌·早梅》：「占得百花頭上，積雪層冰，捱不去，只恁地皚皚白。」鈔本此句作「説與你兩件事先生記者」。

〔七一〕遂不了老兄心　「遂」原作「虽」，今改。鄭騫本、甯希元本改作「隨」，徐沁君本、王季思附録本作「称(稱)」。徐本校云：「『虽』爲『称(稱)』字形誤。」按，二字形體相遠，疑當是「遂」字之誤，「雖」「遂」音近。遂，順也。《晋書·王羲之傳》：「今僕坐而獲逸，遂其宿心，其爲慶幸，豈非天賜！」「了」原作「下」，從徐本、甯本、王本改。「兄」字原脱，從鄭本、徐本、甯本、王本補。鈔本此句作「百忙裏趁不了老兄心」。吴國欽本、王季思本「趁」改作「稱」。按，趁，用同「稱」。《董解元西廂記》卷八【南吕宫】【瑶臺月】：「從此趁了文君深願，酬了相如素志。」

〔七二〕去不了俺漢朝節　「去不」原作「不去」，從鄭騫本、徐沁君本、甯希元本、王季思附録本乙改。節，符節，這裏指威權。鄭本、王本此句後次行補「散場」二字。鈔本此句作「急且裏倒不了俺漢家節」。次行有何煌注「雜記卷終也」五字。

〔七三〕【沽美酒】　鈔本無此曲。

〔七四〕魯子敬没道理　「理」字原不清，從何煌本、徐沁君本、甯希元本、王季思附録本及吴國欽本校記正。徐本校云：「『理』字叶韵。」

〔七五〕請我來吃筵席　「請」原作「也」，從盧冀野本、徐沁君本、甯希元本、王季思附録本及吴國欽本校記改。「筵」原作「延」，從何煌本、盧冀野本、鄭騫本、徐沁君本、甯希元本、王季思附録本及吴國欽本校記改。吴曉鈴本校勘記亦謂「當作『筵』字」。

〔七六〕誰想您狗幸狼心使見識　盧冀野本、甯希元本「您」改作「你」。按，您，你。參見《哭存孝》頭折校注〔六五〕。鄭騫本、徐沁君本、甯希元本、王季思附録本及吴國欽本校記「幸」改作「行」，盧冀野本及吴曉鈴本校勘記作「肺」。按，幸，即行。參見《調風月》第二折校注〔九〇〕。狗幸狼心，即狗行狼心，也即狗的品行，狼的心腸。脈望館鈔本闕名氏《雲窗夢》四折【折桂令】：「再休題孟母三移，你狗幸狼心，短命相識！」隋樹森《元曲選外編》本「幸」改作「行」。徐本校記引文從改。何煌本、盧冀野本及吴曉鈴本校勘記「使」作「便」，吴本并在「心」字下點斷。「識」原作「了」，鄭本、徐本據文義及用韻改，甯本、王本改同。使見識，用計謀。《元典章》臺綱一「内臺」：「内外但是勾當裏行的官人每，使見識行無體例的勾當呵，體察者。」

〔七七〕支持　對付。元刊本孟漢卿《魔合羅》四折【柳青娘】：「已招伏，難擘劃，怎支持。」

〔七八〕【太平令】　鈔本無此曲。

〔七九〕交下麻繩牢拴子行下省會　何煌本「交」改作「教」。按，交下同義連文，猶交付。下，付。《漢書·武帝紀》：「將軍已下廷尉，使理正之，而又加法於士卒，二者并行，非仁聖之心。」顔師古注：「下，謂以身付廷尉也。」徐沁君本及吴國欽本校記「子」改作「了」。甯希元本校云：

「『子』爲語助。徐本依孫楷第説改爲『了』。似可不必。」按，子，猶着。元刊本馬致遠《陳摶高卧》一折【醉中天】：「交我空踏子斷麻鞋神倦疲，您君臣每元來在這答兒相隨定。」盧冀野本在第二個「下」字下點斷，吴曉鈴本校勘記在「行」字下點斷，均不合律，且割裂文義。按，行下，行文下達。《續資治通鑑·宋高宗紹興五年》：「時宣撫司未有行下，玠曰：『事急矣，諸將不能辦，我當自行。』」吴曉鈴本校勘記「省」改作「着」。按，省會，審理處刑。徐本校記證之已詳，不贅。

〔八〇〕與愛殺人敝烈關西　盧冀野本「西」字下未點斷。按，「西」字韻。覆元槧本「敝」字空闕，盧冀野本及吴曉鈴本校勘記從作空圍，鄭騫本作「×」。徐沁君本改作「勇」，校云：「『勇』字變形作『敝』。」王季思附録本及吴國欽本校記改同。甯希元本改作「憋」。何煌本「烈」改作「列」。按，敝烈，猶暴烈。敝，借作「憋」。亦作「憋劣」。脈望館古名家本鄭廷玉《後庭花》三折【雙調新水令】：「憑着我憋劣村沙，誰敢道僥倖奸猾？」何本「關」作「閒」。非。

〔八一〕用刀斧手施行可忒到爲疾　盧冀野本及吴曉鈴本校勘記「疾」字下未點斷。按，「疾」字韻。「忒」原作「忒」，從盧冀野本、鄭騫本、徐沁君本、甯希元本、王季思附録本及吴曉鈴本校勘記、吴國欽本校記改。何煌本改作「成」。非。施行，處決。脈望館古名家本白仁甫《秋夜梧桐雨》三折【鴈兒落】：「元來是陳將軍號令明，把楊國忠施行罷。」

〔八二〕快將斗來大銅鎚準備　盧冀野本及吳曉鈴本校勘記「備」字下未點斷。按，「備」字韵。「鎚」字右旁不辨，覆元槧本空闕，從徐沁君本、甯希元本、王季思附録本及吳國欽本校記正。盧冀野本及吳曉鈴本校勘記作空圍，鄭騫本作「×」。

〔八三〕將頭稍定起　何煌本、徐沁君本、王季思附録本及吳曉鈴本校勘記、吳國欽本校記「稍」改作「梢」。按，稍，通「梢」。頭稍，頭髮。李行道《灰闌記》二折【後庭花】：「他每緊揝住我頭稍。」甯希元本「定」改作「釘」。按，定，釘。臧本闕名氏《貨郎旦》一折外旦白：「甚麼勾當！釘子定着他哩，怎麼不還禮？」起，着。徐晅《殺狗記》二十五齣：「將狗兒扯將來忙殺取，看起垂珠泪，怎的割捨得，願你超生去。」

〔八四〕大□□掂只　盧冀野本及吳曉鈴本校勘記「只」字下未點斷。按，「只」字韵。徐沁君本、甯希元本及吳國欽本校記「大」改作「待」。按，大，通「待」。參看《詩詞曲語辭匯釋》卷一「待（一）」。「大」字下「掂」字上壞闕二字。盧冀野本作二空圍，徐沁君本及吳國欽本校記補「腿脡」二字。「掂」字右上角壞闕，尚可辨認，覆元槧本空闕，盧本闕去，吳本校勘記從作空圍。掂，折斷。脈望館古名家本白仁甫《墻頭馬上》三折【收江南】：「玷玎璫掂做了兩三截，有鸞膠難接玉簪早折。」只，猶了。亦作「着」。參見《哭存孝》第二折校注〔八三〕。

〔八五〕尚古自豁不盡我心下惡氣　尚古自，還，仍然。參看《詩詞曲語辭匯釋》卷六「兀自」。豁，消散。《杜工部集》卷二《北征》：「仰觀天色改，坐覺袄氣豁。」「盡」字原作「尽」，墨淡不清，尚可辨認，覆元槧本作「子」，吴曉鈴本校勘記從。盧冀野本、徐沁君本及吴國欽本校記改作「了」。均非。

〔八六〕題目正名　「正名」二字原無，從盧冀野本、鄭騫本、徐沁君本、甯希元本、王季思附録本及吴國欽本校記補。鈔本即作「題目正名」，四句云：「孫仲謀獨占江東地，請喬公言定三條計，魯子敬設晏索荆州，關大王獨赴單刀會。」除王季烈本外，各本「晏」改作「宴」。按，晏，通「宴」。《南齊書·江斅傳》：「（袁粲）數與晏賞，留連日夜。」

〔八七〕司□□休官職　「司」字左下角殘損，下二字壞闕。盧冀野本「休」字上作三空圍。何煌本、鄭騫本、徐沁君本、甯希元本、王季思附録本及北京大學本校勘記、吴國欽本校記「司」字下補「馬徽」二字。吴曉鈴本校勘記空同盧本，括注云：「疑是『司馬徽』三字。」是。休，辭官。《杜工部集》卷十四《旅夜書懷》：「名豈文章著，官應老病休。」

〔八八〕□□敬　「敬」上二字壞闕。何煌本、盧冀野本、鄭騫本、徐沁君本、甯希元本、王季思附録本及北京大學本校勘記、吴國欽本校記補「魯子」二字。吴曉鈴本校勘記亦謂「疑是『魯子』二字」。是。

〔八九〕□大王單刀會　「大」上一字壞闕。何煌本、盧冀野本、鄭騫本、徐沁君本、甯希元本、王季思附録本及北京大學本校勘記、吴國欽本校記補一「關」字。吴曉鈴本校勘記亦謂「疑是『關』字」。是。

題目正名後原本末行有尾題「古杭新刊的本關大王單刀會」，從王本删。盧本、甯本作「關大王單刀會雜劇終」，鄭本作「關大王單刀會終」。何本尾題下有何煌雙行小字注「雍正乙巳八月十日用元刻本校」。

王本劇後有「附録二　《關大王單刀會》雜劇异曲　【太平令】好教俺渾身是口怎的樣分説，腦背後將軍猛烈，那素白旗上他就明明得這標寫。則聽得撲通通鼓聲兒未絶，忽剌剌征鞍上驟也，卒律律刀過去似雪，人頭兒落也，才能够（按，《九宫大成》作「彀」）兄弟哥哥們歡悦」。「説明」云：「此曲見《九宫大成南北詞宫譜》卷六十五《雙角隻曲》，題作《單刀會》，不注撰人。」「此曲所屬宫調爲《雙調》、所用韵部爲『車遮』，與現存《單刀會》劇第四折相符。此曲内容是關羽會見魯肅時向其炫耀當年與張飛在古城相會時斬蔡陽的英雄業績，亦符合該劇第四折的規定情境，故此曲很有可能是《單刀會》劇已佚的另一個本子的佚曲。」

中國古典文學基本叢書

關漢卿集校注

第二册

藍立蓂 校注

中華書局

趙盼兒風月救風塵

説　明

《録鬼簿》著録。現存脈望館古名家本、臧本。今以前者爲底本、後者爲校本，并用吴曉鈴本（自脈望館古名家本出）、盧冀野本、中華書局本、北京大學本、吴國欽本、王學奇本、王季思本（以上自臧本出）參校。原本「盼」作「眄」，今改。後同，不另出校。臧本即作「盼」。吴曉鈴本校勘記亦謂「疑『盼』字是」。盼，眼珠白黑分明貌。《詩・衛風・碩人》：「巧笑倩兮，美目盼兮。」毛傳：「盼，白黑分。」原本書口標目「救風塵」。總題下題「元關漢卿譔」，今略去。臧本劇名下有「雜劇」二字，下題「元大都關漢卿撰明吴興臧晉叔校」。

劇叙妓女趙盼兒爲救同行姐妹宋引章而與官宦子弟周舍周旋事。

第一折

（冲末周舍上）〔一〕酒肉場中三十載，花星〔二〕整照二十年；一生不識柴米價，只少花錢共酒錢。自家鄭州人氏，周同知〔三〕的孩兒周舍是也。自小上花臺做子弟〔四〕。這汴梁城中有一歌者〔五〕，乃是宋引章。他一心待嫁我，我一心待娶〔六〕他，争奈他母親不肯〔七〕。我今做買賣回來，今日是吉日良辰〔八〕，一來探望他母親〔九〕，二來題〔一〇〕這門親事，走一遭去〔一一〕。（下〔一二〕）

（卜兒同外旦上〔一三〕）花有重開日，人無再少年〔一四〕。老身汴梁人氏，自身姓李，夫主姓宋，早年亡化已過〔一五〕。止有這個女孩兒，名〔一六〕做宋引章。俺孩兒拆白道字〔一七〕，頂真續麻〔一八〕，無般不曉，無般不會。有鄭州周舍與孩兒作伴〔一九〕，一個待〔二〇〕要娶，一個待〔二一〕要嫁，只是老身謊徹梢虚〔二二〕，則怕久後受苦〔二三〕。（外旦〔二四〕）妳妳，不妨事，我一心則待要嫁他。（卜）〔二五〕隨你，隨你！（周舍上〔二六〕）自家〔二七〕周舍。來到這門首也〔二八〕，只索〔二九〕進去。（做見科）（外旦〔三〇〕）周舍，你來了也〔三一〕。（周）〔三二〕我一徑的〔三三〕來問親事，母親如何？（外旦〔三四〕）母親許了親事也。（周）〔三五〕我見母親去。（做見科〔三六〕）母親，我一徑的來問這親事里〔三七〕。（卜）〔三八〕則〔三九〕今日好日辰，我許了你，則休欺負俺孩兒。（周）〔四〇〕我并〔四一〕不敢欺負大姐。母親，把你那姊妹弟兄都請下者，我便收拾來取則〔四二〕。（下）〔四三〕（卜）〔四四〕大姐，你在家執料〔四五〕，我去請那一般的老姊妹去〔四六〕。（下）〔四七〕（外旦）母親去了。看有甚麽人來〔四八〕。（安秀實上〔四九〕）屈子投江千古恨，顔回樂道一生貧〔五〇〕。小生姓安，名秀實，洛陽人氏。平生以花酒爲念〔五一〕。到此汴梁，有一歌者宋引章，和小生作伴。當初他要嫁我來，如今却嫁了周舍。他有個八拜交的姐姐，是趙盼兒，我如今央他勸他一勸〔五二〕。早來到也〔五三〕。趙大姐在家麽？（正旦上）〔五四〕妾身趙盼兒是也。恰待做些針指生活〔五五〕，只〔五六〕聽的有人叫門，我開開這門試看則〔五七〕。（見科〔五八〕）我道是誰，原來是妹夫。你那裏去來〔五九〕？（安）〔六〇〕我一徑的來相煩你。當初姨姨引章要嫁我來〔六一〕，如今却要嫁周舍，我央〔六二〕你勸他一勸。（正旦〔六三〕）當初這親事不許你來？如今又要嫁别人，姻緣事非同容易也呵〔六四〕！

【仙吕點絳唇】妓女追陪〔六五〕，覓錢一世，臨收計，怎做的百縱千隨〔六六〕，知重咱風流婿〔六七〕。

【混江龍】我想這姻緣匹配，少一時一刻强〔六八〕難爲。如何可意？怎的相知？怕不便脚搭着腦杓成事早〔六九〕，久以後手拍着胸脯悔時遲〔七〇〕！尋前程，覓下稍〔七一〕，恰便似〔七二〕黑海也似難尋覓。人心料的不問〔七三〕，天理何爲〔七四〕。

【油葫蘆】姻緣簿〔七五〕全憑我共你？誰不待揀一個聰俊的〔七六〕？他每都揀來揀去轉一回〔七七〕，待嫁一個老實的，又怕盡世兒難相配〔七八〕；待嫁一個聰俊的，又怕半路裏相〔七九〕抛弃。遮莫向狗溺處藏〔八〇〕，遮莫向牛屎裏堆〔八一〕，忽地便吃了一個合撲地〔八二〕，那時節睁着眼怨他誰！

【天下樂】我想這先嫁人一般女伴每〔八三〕，折倒的容儀瘦似鬼〔八四〕，受了些〔八五〕難分説，難告訴，閑氣息〔八六〕！我看了尋前程俊女娘〔八七〕，我判了這幾日〔八八〕，我一世没男兒直甚頹〔八九〕！

妹夫〔九〇〕，我可也待嫁個客人〔九一〕，有個比喻。（安）〔九二〕喻將何比？（旦）〔九三〕

【那吒〔九四〕令】待妝一個老實〔九五〕，學三從四德，争柰是匪妓〔九六〕，都三心二意。端的是那的是三梢末尾〔九七〕？俺雖居〔九八〕在柳陌中、花街内，可是那件兒便宜？

【鵲踏枝】俺説是賣虚脾〔九九〕，他可得逞狂爲〔一〇〇〕；一個個敗壞人倫，不辨賢愚〔一〇一〕，出來一個個綽皮〔一〇二〕。但來兩三遭〔一〇三〕，不〔一〇四〕問那厮要錢，他便道：「這弟子敲謾兒里〔一〇五〕。」到説俺女娘每不省越着迷〔一〇六〕。

【寄生草】他每有人愛爲娼妓，有人愛作次妻〔一〇七〕。幹家的落取些虛名利〔一〇八〕，買虛的看取些羊羔利〔一〇九〕，嫁人的見放着傍州例〔一一〇〕。他正是南頭做了北頭開，東行不見西行例〔一一一〕。

妹夫〔一一二〕，你且坐一坐，我去勸他。勸的省時，你休歡喜；勸不省時，休煩惱。（安）〔一一三〕我不必坐〔一一四〕，我〔一一五〕且回家去等信罷。大姐留心者。（下）（旦見外旦〔一一六〕云）鹿牙這科子糯手，他撇着坐〔一一七〕。你那裏人情去里〔一一八〕？（外旦〔一一九〕）我不人情去，我待嫁人里〔一二〇〕。（旦）〔一二一〕正來與你保親來〔一二二〕。（外旦〔一二三〕）你保誰？（旦）〔一二四〕保安秀才〔一二五〕。（外旦怒〔一二六〕云）我嫁了安秀才呵，一對兒好打蓮花落〔一二七〕。（旦）〔一二八〕你待嫁誰？（外旦〔一二九〕）我嫁周舍。（旦）〔一三〇〕你如今嫁人，莫不還早里〔一三一〕？（外旦〔一三二〕）有甚麼早不早！今日也大姐，明日也大姐，出了一包兒膿〔一三三〕。我嫁了一個〔一三四〕張郎家婦，李郎家妻，立個婦名，我做鬼也風流〔一三五〕。

（旦）〔一三六〕

【村裏迓鼓】你也合三思，然後再思可矣〔一三七〕。你如今年紀小里〔一三八〕，我與你慢慢的別尋個姻配。你可便宜〔一三九〕，守着銅斗兒家緣家計〔一四〇〕，則你歹姐姐衷腸話勸妹妹〔一四一〕，則怕受不過男兒氣息〔一四二〕。

那做丈夫的做的子弟〔一四三〕，做子弟的做不的丈夫。（外旦〔一四四〕）你說我聽咱。（旦）〔一四五〕

【元和令】做丈夫的做子弟，他終不解其意〔一四六〕，做子弟的他影兒裏會虛脾〔一四七〕，那做丈夫的忒老實。（外旦〔一四八〕）那周舍穿着一架子〔一四九〕衣服，可也堪愛也〔一五〇〕。（旦）〔一五一〕那廝雖穿着幾件蛇蜋皮〔一五二〕，人倫事曉的〔一五三〕甚的？

妹子也〔一五四〕，你爲甚麼就要嫁他？（外旦〔一五五〕）則爲他知重您妹子，因此要嫁他。（旦）〔一五六〕他怎麼知重你？（外旦〔一五七〕）一年四季，夏天我好的一覺晌睡〔一五八〕，他替你妹子打着扇；冬天替你妹子温的鋪蓋兒暖了，着你妹子歇息；但你妹子那裏人情去，你妹子穿那一套衣服〔一五九〕，戴那一付頭面〔一六〇〕，替你妹子提領系，整釵鐶。只爲他這等知重你妹子，因此上我要嫁他〔一六一〕。（旦）〔一六二〕你原來爲這般嫁他〔一六三〕。

【上馬嬌】我聽的説就裏，你原來爲這的〔一六四〕，引的我〔一六五〕忍不住笑微微。你道是暑月間扇子扇着你睡，冬月間着炭火煨，烘炙着綿衣〔一六六〕；

【游四門】吃飯處把匙頭挑了筋共皮；出門去提領系整衣袂，戴插頭面整梳篦〔一六七〕：衠〔一六八〕一味是虚脾！女娘每不省越着迷。

【勝葫蘆】休想這子弟道求食〔一六九〕，娶到他家裏〔一七〇〕，多無半載相抛弃〔一七一〕。又不敢把他禁害〔一七二〕，着〔一七三〕拳椎脚踢，打的〔一七四〕你哭啼啼。

【幺】〔一七五〕恁〔一七六〕時節船到江心補漏遲，煩惱怨他誰〔一七七〕？事要前思免勞〔一七八〕後悔。我也勸你不得，有朝一日準備着搭救你塊望夫石〔一七九〕。

久以後你受苦呵〔一八〇〕，休來告我。（外旦〔一八一〕）我便有那該死的罪，我也不來央告〔一八二〕你。（周舍上〔一八三〕）小的〔一八四〕每，把這禮物擺的好看些。（旦）〔一八五〕來的敢是周郎〔一八六〕？那厮不言語便罷，他若但〔一八七〕言，着他吃我幾嘴〔一八八〕好的。（周）〔一八九〕那壁〔一九〇〕姨姨敢是趙盼兒麽？（旦）〔一九一〕然也。（周）〔一九二〕請姨姨吃些茶飯波。

(旦)〔一九三〕你請我〔一九四〕？ 家裏餓皮臉也〔一九五〕，揭了鍋兒底也〔一九六〕；喑子裏秋月——不曾見這等食〔一九七〕。(周)〔一九八〕央及〔一九九〕姨姨，保門親事。(旦)〔二〇〇〕你着我保誰？(周)〔二〇一〕保宋引章。(旦)〔二〇二〕你着我保宋引章那些兒？保他那針指油麵，刺綉鋪房〔二〇三〕，大裁小剪，生兒長女〔二〇四〕？(周)〔二〇五〕這婆娘〔二〇六〕好歹嘴也。我已成了事了〔二〇七〕，不索〔二〇八〕央你。(旦)〔二〇九〕我去罷。(做出門科)(安冲上〔二一〇〕，云)姨姨，勸的引章如何？(旦)〔二一一〕不濟事了也。(安)〔二一二〕這等呵，我上朝求官應舉去也〔二一三〕。(旦)〔二一四〕你且休去，我有用你處里〔二一五〕。(安)〔二一六〕依着姨姨説，我去客店中安下去〔二一七〕。(下)(旦)〔二一八〕

【賺煞】這妮子是狐魅人女妖精，纏郎君天魔祟〔二一九〕。則他那褌兒裏休猜做〔二二〇〕有腿，吐下鮮紅血、則當做蘇木水〔二二一〕。耳邊休採那等閑食〔二二二〕，那的〔二二三〕是最容易、剜眼睛嫌的，則除是親近，隨〔二二四〕着他便歡喜。着他疾省呵〔二二五〕，哎，你個雙郎〔二二六〕子弟，安排下金冠霞帔〔二二七〕。一個夫人也來到自家手裏了〔二二八〕，却則爲三千張茶引〔二二九〕，嫁了馮魁。(下)

(周)〔二三〇〕去〔二三一〕辭了母親，着大姐上轎，喒回鄭州去來〔二三二〕。(同外旦下〔二三三〕)

校注

〔一〕(冲末周舍上)　臧本作「(冲末扮周舍上，詩云)」。宋元時稱宦家子弟曰舍人，亦曰舍。黄雪蓑《青樓集·般般醜》：「時有劉廷信者，南臺御史劉廷翰之族弟，俗呼曰黑劉五……與馬氏各相聞而未識。一日，相遇於道，偕行者曰：『二人請相見。』曰：『此劉五舍也。』『此即馬般般醜也。』」《潮州府志》卷十二：「潮陽、普寧稱宦家子曰某舍。」參見《調風月》第一折校注〔四三〕。

〔二〕花星　指有關女色方面的命運。舊稱妓女爲「花」（見《武林舊事》卷六「歌館」）。《陽春白雪》後集卷二王嘉甫套數【仙呂】八聲甘州：「花星兒照，彩雲兒飄，不隄防壞美衆生攪。」

〔三〕同知　府或州的副長官。宋代府州軍有同知府事、同知州軍事。元代因之，府或州設同知一員，爲知府、知州的副職。

〔四〕上花臺做子弟　花臺，妓院。脈望館鈔本鄭廷玉《冤家債主》頭折【油葫蘆】：「引着些個潑男潑女相扶策，你則待每日上花臺。」「子弟」，臧本同。盧冀野本改作「弟子」。非。按，宋元俗語稱嫖客爲「子弟」。《雜纂》卷中王君玉《續纂・不數料》：「老子弟争行首。」李開先《詞謔》卷一「詞謔」二六【雙調】「吃杖妓」：「子弟每攔街立捧酒漿，姨夫每沿城走討藥方，老虔婆氣瞞心跳八丈，醜撅丁手捶胸泪兩行。哭一聲親娘，五百劫逢冤障；叫一聲情郎，八千人惱斷腸。」

〔五〕歌者　歌妓，妓女。顧曲齋本石君寶《曲江池》一折净白：「這歌者是劉桃花，與我作伴。」

〔六〕娶　臧本作「妻」。北京大學本、吴國欽本、王學奇本、王季思本據古名家本改。按，妻，娶。《孟子・萬章上》：「好色，人之所欲，妻帝之二女，而不足以解憂。」

〔七〕争柰他母親不肯　臧本「柰」作「奈」，「母親」作「媽兒」。

〔八〕是吉日良辰　臧本作「特到他家去」。

〔九〕探望他母親　臧本作「去望嫣兒」。

〔一〇〕題　臧本上有一「就」字。吴國欽本、王季思本「題」改作「提」。按，題，提。參見《調風月》第二折校注〔五七〕。

〔一一〕走一遭去　臧本作「多少是好」。

〔一二〕下　臧本作「正」。北京大學本、吴國欽本、王學奇本、王季思本改作「下」。吴曉鈴本校勘記謂「『正』字疑衍」。

〔一三〕卜兒同外旦上　臧本下有「云」。

〔一四〕花有重開日，人無再少年　臧本無。

〔一五〕亡化已過　死去。脈望館古名家本鄭德輝《倩女離魂》一折夫人白：「夫主姓張，早年間亡化已過。」

〔一六〕名　臧本作「叫」。

〔一七〕拆白道字　將一個字拆做兩個字或變成一句話的一種語言遊戲。臧本范子安《竹葉舟》楔子：「（〔行童〕做入見科，云）師父，外面有個故人，自稱耳東禾子即夕，特來相訪。（惠安云）這廝胡説！世上那有這等姓名的人？……（行童云）我説與你，這個叫做『拆白道字』。耳東是個陳字，禾子是個季字，即夕是個卿字。却不是你的故人陳季卿來了也！」

〔一八〕頂真續麻　「真」應是「針」或「鍼」字。頂針續麻，一種語言游戲。下句首字和上句末字相同，如此接連不斷。又叫連珠格。周德清《中原音韻·正語作詞起例·定格》所引【越調】小桃紅「情」就是其例：「斷腸人寄斷腸詞，詞寫心間事。事到頭來不由自。自尋思，思量往日真誠志。志誠是有，有情誰似，似俺那人兒。」

〔一九〕與孩兒作伴　臧本下有「多年」二字。

〔二〇〕待　臧本無。

〔二一〕待　臧本無。

〔二二〕謊徹梢虛　即謊徹虛梢。謊言説盡，虛假至極。參見《調風月》第四折校注〔六四〕。

〔二三〕則怕久後受苦　臧本作「只怕你久後自家受苦」，上有「怎麽便肯？引章，那周舍親事，不是我百般板障」。

〔二四〕外旦　臧本下有「云」。

〔二五〕（卜）　臧本作「（卜兒云）」。

〔二六〕周舍上　臧本下有「云」。

〔二七〕自家　臧本作「咱家」。北京大學本、吴國欽本、王學奇本「咱」改作「自」。

〔二八〕來到這門首也　臧本作「來此正是他門首」。

〔二九〕只索　只好。元刊本鄭廷玉《看錢奴》一折正末白：「今聞聖帝呼召，不知有甚事，只索走一遭去。」參見《調風月》第四折校注〔三六〕。

〔三〇〕外旦　臧本下有「云」。

〔三一〕了也　猶啦。脈望館息機子本武漢臣《生金閣》三折婁青白：「哥哥，你回來了也，改日與你洗塵。」

〔三二〕（周）　臧本作「（周舍云）」。

〔三三〕一徑的　特意地。顧曲齋本石君寶《曲江池》二折張千白：「好教相公知道：元和小哥來到長安，不曾進取功名，共一個行首李亞仙作伴……我一徑的來報知相公。」

〔三四〕外旦　臧本下有「云」。

〔三五〕（周）　臧本作「（周舍云）」。

〔三六〕做見科　臧本上有「卜兒」二字，下有「周舍云」。王季思本「卜兒做見科」乙改作「做見卜兒科」。

〔三七〕里　臧本作「哩」。

〔三八〕（卜）　臧本作「（卜兒云）」。

〔三九〕則　臧本無。

〔四〇〕（周） 臧本作「（周舍云）」。

〔四一〕并 絶，斷乎。《敦煌變文集》卷一《漢將王陵變》：「前後修書招兒，兒并不信。」

〔四二〕取則 臧本作「也」。取，接。《五代史平話》梁史卷上：「昨日張古來説您在這裏，李將軍教我二人來取你。」有校筆改「則」作「者」。按，則，猶吧。參見《蝴蝶夢》第二折校注〔三二〕。

〔四三〕（下） 臧本無。

〔四四〕（卜） 臧本作「（卜兒云）」。

〔四五〕執料 料理。脈望館息機子本武漢臣《生金閣》二折【紫花兒序】：「早辰間封鎖倉庫，綽掃了花園，我又索執料厨房。」保定方言猶説料理爲「執料」。

〔四六〕我去請那一般的老姊妹去 臧本「一般的」作「一輩兒」，句末有一「來」字。般，通「班」，等同。《敦煌變文集》卷四《降魔變文》：「六師自道無般比，化出兩個黄頭鬼。」一般，同輩。劉唐卿《降桑椹》一折興兒白：「老員外不惜資財，在映雪堂上安排酒餚，請他那一般富豪長者賞雪飲酒。」

〔四七〕（下） 臧本無。

〔四八〕（外旦）母親去了。看有甚麼人來 臧本無，另作「（周舍詩云）數載間費盡精神，到今朝纔許成親。（外旦云）這都是天緣注定。（卜兒云）也還有不測風雲。（同下）」。

〔四九〕安秀實上　臧本上有「外扮」二字，下有「詩云」。

〔五〇〕屈子投江千古恨，顔回樂道一生貧　臧本作「劉蕡下第千年恨，范丹守志一生貧；料得蒼天如有意，斷然不負讀書人」。

〔五一〕平生以花酒爲念　臧本作「自幼頗習儒業，學成滿腹文章，只是一生不能忘情花酒」。

〔五二〕我如今央他勸他一勸　臧本作「我去與他勸一勸，有何不可」。北京大學本、吴國欽本、王學奇本、王季思本「據古名家本」「與」改作「央」。按，與，猶請。參看《詩詞曲語辭滙釋》卷四「與（九）」。

〔五三〕早來到也　臧本無。

〔五四〕（正旦上）　臧本作「（正旦扮趙盼兒上，云）」。

〔五五〕恰待做些針指生活　臧本無。針指，即針黹。針指生活，針線活兒。參見《蝴蝶夢》第一折校注〔六〕。

〔五六〕只　臧本無。

〔五七〕開開這門試看則　臧本作「開門看咱」。

〔五八〕見科　臧本下有「云」。

〔五九〕去來　臧本作「來」。去來，來。闕名氏《村樂堂》四折正末白：「孩兒，你那裏去來？怎生不言語？」

〔六〇〕（安）　臧本作「（安秀實云）」。

〔六一〕當初姨姨引章要嫁我來　臧本同。吴國欽本、王季思本據文意乙改作「當初姨姨要引章嫁我來」。非。姨姨，嫖客稱妓女。顧曲齋本石君寶《曲江池》一折净白：「這歌者是劉桃花，與我作伴。今日……安排小酌，請我這姨姨李亞仙同賞春景。」

〔六二〕央　臧本下有一「及」字。

〔六三〕正旦　臧本下有「云」。

〔六四〕姻緣事非同容易也呵　臧本上有「端的」二字，下有「（唱）」。

〔六五〕追陪　追隨陪伴。李直夫《虎頭牌》二折【大拜門】：「到處裏追陪下些親眷，我也曾吹彈那管絃。」

〔六六〕百縱千隨　猶百依百順。楊文奎《兒女團圓》一折【鵲踏枝】：「可怎生全不依三從波四德，也是我不合將你來百縱千隨。」

〔六七〕知重喒風流婿　知重，敬重。脈望館鈔本闕名氏《博望燒屯》四折【堯民歌】：「則俺這劉玄德堪知重。」「喒」，臧本同。北京大學本、吴國欽本、王學奇本、王季思本改作「咱」。按，喒，咱們。參見《哭存孝》頭折校注〔三四〕。臧本「婿」作「媚」。王學奇本「據古名家本」改。

〔六八〕强　甚。參看《詩詞曲語辭例釋》「强(二)」。

〔六九〕怕不便脚搭着腦杓成事早　怕不便，儘管是。怕不，儘管。《陽春白雪》後集卷三劉時中套數【正宫】端正好「上高監司」：「怕不你人心姦巧，争念有造物乘除。」便，猶是。劉君錫《來生債》二折【煞尾】：「我其實便作不的這業、當不的這家、受不的這苦。」脚搭着腦杓，快跑時脚後跟幾乎碰着後腦杓。形容迅速，快。臧本馬致遠《薦福碑》二折曳刺白：「好塊子馬！脚打着腦杓子走趕不上。」

〔七〇〕久以後手拍着胸脯悔時遲　臧本「久以後」作「怎知他」，「時」作「後」。盧冀野本「他」改作「也」。

〔七一〕下稍　臧本同。吴國欽本、王季思本「稍」改作「梢」。下稍，此處意猶歸宿。參見《哭存孝》第四折校注〔五六〕。

〔七二〕似　臧本作「是」。

〔七三〕人心料的不問　臧本作「料的來人心不問」。

〔七四〕何爲　臧本作「難欺」。

〔七五〕簿　原作「薄」，從吴曉鈴本改。臧本即作「簿」。

〔七六〕誰不待揀一個聰俊的　不待，不想。施惠《幽閨記》三十齣：「趁春風桃李花開日，誰不待去尋芳拾翠。」「俊」字原爲一墨釘，有校筆在墨釘上改「明」字，旁補「俊」字。今從旁補。本曲下文「待嫁一個聰俊的」，即作「俊」。吴曉鈴本作一空圍。臧本無「一」字，「聰俊」作「稱意」。

〔七七〕轉一回　臧本作「百千回」。

〔七八〕又怕盡世兒難相配　盡世兒，一輩子。賈仲明《對玉梳》三折【滿庭芳】：「與這厮待一時間鶯儔燕侣，我情願盡世兒鳳隻鸞孤。」臧本「相配」作「成對」。

〔七九〕相　臧本作「輕」。

〔八〇〕遮莫向狗溺處藏　遮莫，儘管。參看《詩詞曲語辭匯釋》卷一「遮莫(一)」。向，往。參看《詩詞曲語辭例釋》「向(四)」。

〔八一〕遮莫向牛屎裏堆　臧本同。盧冀野本「遮」字斷屬上句。誤。

〔八二〕忽地便吃了一個合撲地　臧本同。盧冀野本「忽地」二字斷屬上句。誤。合撲地，面向前摔倒。臧本闕名氏《盆兒鬼》三折：「【慶元貞】扭回身疾便入房内，(做跌科，唱)被門桯絆我一個合撲地。」

〔八三〕先嫁人一般女伴每　臧本作「先嫁的還不曾過幾日」。

〔八四〕折倒的容儀瘦似鬼　臧本作「早折的容也波儀瘦似鬼」。折倒，折磨。《董解元西厢記》卷一【雙調】【攪箏琶】：「一個少年身己，多因爲那薄倖種，折倒得不戲。」徐州方言猶説折磨爲「折倒」。

艷》卷一蘭楚芳小令【折桂令】「相思」：「嫩者屬村，村方學俊，俊也成賊。殢亞仙元和麪脾，趕蘇卿雙漸杓頹。那個爲魁？恨殺王魁，笑殺馮魁。」

〔一〇三〕但來兩三遭　臧本上有「(云)」。

〔一〇四〕不　臧本同。吴國欽本、王季思本「據文意」删。

〔一〇五〕這弟子敲謾兒里　臧本下有「(唱)」，「謾」作「鏝」，「里」作「哩」。弟子，妓女。朱彧《萍州可談》卷三：「娼婦，州郡隸獄官以伴女囚。近世擇姿容、習歌舞、迎送使客侍宴好，謂之弟子；其魁謂之行首。」謾、鏝，錢背。楊慎《丹鉛雜録》卷五：「今按京師呼錢背爲鏝兒。」借以稱錢。敲謾兒、敲鏝兒，猶今言敲竹槓。

〔一〇六〕到説俺女娘每不省越着迷　臧本作「但見俺有些兒不伶俐，便説是女娘家要哄騙東西」。北京大學本校勘記云：「古名家本作『到説俺女娘們每不省越着迷』。」誤增一「們」字。越，猶格外。參看《詩詞曲語辭例釋》「越様」。

〔一〇七〕次妻　小老婆，妾。《元典章》刑部四「殺奴婢娼佃」：「不合於至元五年三月内將引次妻并軀婦乞赤斤前去上都住坐。」

〔一〇八〕幹家的落取些虚名利　臧本作「幹家的乾落得淘閒氣」。幹家，持家。脈望館古名家本張國賓《羅李郎》一折【賺煞】：「我一片幹家心話不相投，無來由，枉把他收留。」落取，落得，得到。

取，猶得。參看《詩詞曲語辭匯釋》卷三「取」。

〔一〇九〕買虛的看取些羊羔利　「買」疑是「賣」字之誤。賣虛，玩虛情假意。看取，看到，得到。羊羔利，一種年利加倍的高利貸。王惲《秋澗先生大全文集》卷四十八《開府儀同三司中書右丞相忠武史公家傳》：「自乙未版籍後，政煩賦重，急於星火，以民蕭條，猝不易辦。有司貸賈胡子錢代輸，積累倍稱，謂之羊羔利。歲月稍集，驗籍來徵，民至賣田業鬻妻子有不能給者。」

〔一一〇〕見放着傍州例　臧本作「早中了拖刀計」。傍州例，可援的例子。闕名氏《替殺妻》四折【得勝令】：「你再休貪杯，現放着傍州例。」

〔一一一〕他正是南頭做了北頭開，東行不見西行例　他，猶這。脈望館古名家本鄭德輝《倩女離魂》三折【醉春風】：「空服遍晒眩藥不能痊，知他這腤臢病何日起。」他這同義連文，意同這。「南頭」云云，謂不接受前人教訓而重蹈覆轍。亦作「東行不見西行例」。見闕名氏《百花亭》三折。

〔一一二〕妹夫　臧本上有「（云）」。

〔一一三〕（安）　臧本作「（安秀實云）」。

〔一一四〕不必坐　臧本作「不坐了」。

〔一一五〕我　臧本無。

〔一一六〕旦見外旦　臧本作「正旦做行科，見外旦」。

〔一七〕鹿牙這科子糨手，他撇着坐　臧本無。鹿牙，猶駡人「小畜生」。牙，小。《後漢書·崔駰傳》：「甘羅童牙而報趙。」李賢注：「童牙，謂幼小也。」科子，亦作「窠子」，稱婦人。闕名氏《墨娥小録》卷十四「行院聲嗽·人物」：「婦：窠子。」《膠澳志·民社志》：「科子，女子不正之謂。」糨，粘也。糨手，粘手，引申爲討厭。撇，猶别，轉也。撇着坐，轉過身坐着。

〔一八〕你那裏人情去里　臧本上有「妹子」二字，無「里」字。人情，應酬交往。元刊本高文秀《遇上皇》一折正末白：「這三日吃呵，有些人情來。」

〔一九〕外旦　臧本下有「云」。

〔二〇〕里　臧本作「哩」。

〔二一〕（旦）　臧本作「（正旦云）」。

〔二二〕正來與你保親來　臧本上有一「我」字，無第二個「來」字。保親，做媒。《玉鏡臺》二折【紅芍藥】：「保親的堪信憑，答配的兩下裏相應。」

〔二三〕外旦　臧本下有「云」。

〔二四〕（旦）　臧本作「（正旦云）」。

〔二五〕保安秀才　臧本上有一「我」字。

〔二六〕怒　臧本無。

〔二七〕打蓮花落　當乞丐。蓮花落，乞丐行乞時唱的曲子。脈望館鈔本闕名氏《舉案齊眉》三折馬良甫白：「你久以後是打蓮花落的相識。」

〔二八〕（旦）　臧本作「（正旦云）」。

〔二九〕外旦　臧本下有「云」。

〔三〇〕（旦）　臧本作「（正旦云）」。

〔三一〕莫不還早里　莫不，莫非。脈望館鈔本李文蔚《燕青博魚》頭折【六國朝】：「你有甚娘忙公事，莫不去雲陽中赴法？」參見《調風月》第二折校注〔三〕。臧本「里」作「哩」。

〔三二〕外旦　臧本下有「云」。

〔三三〕今日也大姐，明日也大姐，出了一包兒膿　嫖客稱妓女爲「大姐」，與「大癤」諧音，故云「出了一包兒膿」。

〔三四〕一個　臧本上有一「做」字。

〔三五〕我做鬼也風流　臧本下有一「的」字。

〔三六〕（旦）　臧本作「（正旦唱）」。

〔三七〕你也合三思，然後再思可矣　臧本「三思」下有「而行」二字，無「然後」。《論語・公冶長》：「季文子三思而後行。子聞之，曰：『再，斯可矣。』」

〔三八〕里　臧本作「哩」。

〔三九〕便宜　合算。《京本通俗小説·拗相公》：「逍遥快樂是便宜，到老方知滋味别。」

〔四〇〕守着銅斗兒家緣家計　臧本上有一「只」字。守，保守。《易·繫辭下》：「何必守位？曰仁。」孔穎達疏：「言聖人何以保守其位，必信仁愛。」銅斗兒家緣家計，比喻殷實穩固的家産。亦作「銅斗兒家緣」，見王實甫《破窑記》二折，又作「銅斗兒家計」，見秦簡夫《東堂老》楔子。

〔四一〕則你歹姐姐衷腸話勸妹妹　臧本「則」作「也是」，「衷腸話」上有一「把」字。

〔四二〕則怕受不過男兒氣息　臧本「則怕」作「我怕你」。「息」原作「思」，據臧本改。氣息，氣。參見校注〔八六〕。

〔四三〕那做丈夫的做的子弟　臧本上有「（云）妹子」。吴國欽本「據下文【元和令】曲」「做的」改補作「做不的」。王學奇本、王季思本補同。

〔四四〕外旦　臧本下有「云」。

〔四五〕（旦）　臧本作「（正旦唱）」。

〔四六〕做丈夫的做子弟，他終不解其意　臧本作「做丈夫的便做不的子弟」。吴國欽本、王學奇本、王季思本「據古名家本」下補「他終不解其意」一句。

〔四七〕做子弟的他影兒裏會虚脾　臧本上有一「那」字。影兒裏，猶背地裏。影，隱藏。虚脾，虚情假意。參見校注〔九〕。

〔一四八〕外旦 臧本下有「云」。

〔一四九〕一架子 一套。邵伯温《邵氏聞見録》卷十七：「男女衣服各一架，不分彼此。」脈望館息機子本鄭廷玉《冤家債主》一折賈仁白：「我若做了財主呵，穿一架子好衣服，乘騎着一匹那馬。」

〔一五〇〕也 臧本作「哩」。

〔一五一〕（旦） 臧本作「（正旦唱）」。

〔一五二〕虼蜋皮 臧本同。盧冀野本「蜋」誤作「娘」。虼蜋，蜣螂，俗名屎殼郎。虼蜋皮，借喻華美的外衣。亦作「蛣蜋皮」。息機子本李壽卿《度柳翠》三折【滿庭芳】：「你今日個脱身利己，柳翠也，從今後早則去了你那蛣蜋皮。」

〔一五三〕的 臧本作「得」。

〔一五四〕妹子也 臧本上有「（云）」，無「也」字。

〔一五五〕外旦 臧本下有「云」。

〔一五六〕（旦） 臧本作「（正旦云）」。

〔一五七〕外旦 臧本下有「云」。

〔一五八〕好的一覺晌睡 好的，美美地，舒舒服服地。《説文解字》十二下女部：「好，美也。」臧本「晌」

送至此山，立望其夫，而化爲石，因名焉。」

〔一八〇〕久以後你受苦呵　臧本上有「（云）妹子」。久以後，以後。息機子本闕名氏《鴛鴦被》楔子官人白：「他要立一紙文書，姑姑是保人，着你也畫一個字，久以後好要你還錢。」

〔一八一〕外旦　臧本下有「云」。

〔一八二〕央告　求，求告。

〔一八三〕周舍上　臧本下有「云」。

〔一八四〕小的　稱僕隸。吴昌齡《張天師》楔子净白：「老哥，等我囑付家裏小的咱。丁香奴！」參見《調風月》第三折校注〔三八〕。

〔一八五〕（旦）　臧本作「（正旦云）」。

〔一八六〕郎　臧本作「舍」。

〔一八七〕若但　若。

〔一八八〕嘴　猶句。顧曲齋本石君寶《曲江池》二折旦白：「他不説呵便罷，若再説呵，着他吃我幾嘴。」

〔一八九〕（周）　臧本作「（周舍云）」。

〔一九〇〕那壁　那邊。《全宋詞》四陳著《沁園春·丁未春補游西湖》：「那壁喧囂，這邊清麗，咫尺中間夐不同。」

〔一九二〕（旦）臧本作「（正旦云）」。

〔一九二〕（周）臧本作「（周舍云）」。

〔一九三〕（旦）臧本作「（正旦云）」。

〔一九四〕你請我　臧本同。盧冀野本、中華書局本「我」字下未點斷。未妥。

〔一九五〕家裏餓皮臉也　臧本同。盧冀野本「也」字下未點斷。中華書局本「臉」字下點斷，「也」字屬下句。均非。

〔一九六〕揭了鍋兒底也　揭，顯露。《詩·大雅·蕩》：「人亦有言，顛沛之揭。」毛傳：「揭，見根貌。」孔穎達疏：「樹倒故根見。」臧本無「也」字。王學奇本「據古名家本補」。

〔一九七〕喑子裏秋月——不曾見這等食　「喑」疑應是「窨」字。臧本即作「窨」。窨子，地窨。「食」諧「事」。此爲歇後語，意謂地窨裏出月亮——没見過這樣的事。

〔一九八〕（周）臧本作「（周舍云）」。

〔一九九〕央及　求，求告。參看《詩詞曲語辭匯釋》卷五「央及」。

〔二〇〇〕（旦）臧本作「（正旦云）」。

〔二〇一〕（周）臧本作「（周舍云）」。

〔二〇二〕（旦）臧本作「（正旦云）」。

莖和皮浸成的紅色液體可作染料。闕名氏《新刻時尚華筵趣樂談笑酒令》卷一：「蘇木水染磚街——紫地。」

〔三〕耳邊休採那等閑食　採，睬，理睬。《北史·后妃列傳》：「后既以陸爲母，提婆爲家，更不採輕霄。」吴國欽本、王季思本「食」改作「事」。按，閑食，諧「閑事」。

〔三〕的確。參看《詩詞曲語辭匯釋》卷四「的（一）」。

〔三四〕隨　臧本無。

〔三五〕着他疾省呵　臧本上有「（帶云）」，下有「（唱）」。省，醒悟。《杜工部集》卷一《游龍門奉先寺》：「欲覺聞晨鐘，令人發深省。」

〔三六〕雙郎　民間傳説：書生雙漸與妓女蘇小卿相愛，雙漸趕考，鴇母賣小卿與茶商馮魁。船過金山，小卿題詩於寺，表示對雙漸的懷念。雙漸考中爲官，途經金山寺，見題詩，趕至豫章，把她贖回，結成夫婦。這個故事，宋元以來戲文、院本、雜劇均有敷演（見《永樂大典》、《南詞叙録》、《輟耕録》、《録鬼簿》等）。

〔三七〕金冠霞帔　命婦的服飾。《宋史·劉文裕傳》：「封其母清河郡太夫人，賜翠冠霞帔。」冠上飾金翠，故稱翠冠或金冠。

〔三八〕一個夫人也來到自家手裏了　原本「自家」與「手裏」誤倒，今乙改。吴曉鈴本連下句的「却」

字，斷作：「一個夫人也。來到手裏。自家了却。」句意難通。臧本作「（帶云）一個夫人來到手兒裏了，（唱）」。夫人，命婦的封號。唐文武一品及國公母妻爲國夫人，三品以上母妻爲郡夫人。宋執政以上之妻封夫人。

〔二九〕茶引　茶商所領的經商憑證。引，商賈納税後官府發給的運銷貨物的憑證。沈括《本朝茶法》：「本朝茶法……淳化二年，令商賈就園户買茶，公于官場貼射，始行貼射法。淳化四年初，行交引，罷貼射法。」這裏代指錢財。

〔三〇〕（周）　臧本作「（周舍云）」。

〔三一〕去　臧本無。

〔三二〕喒回鄭州去來　臧本「喒回」作「回喒」。北京大學本、吴國欽本、王學奇本、王季思本「喒」改作「咱」。按，喒，我。參見《哭存孝》頭折校注〔五四〕。吴本并據古名家本乙改作「咱回」。臧本此句下有「（詩云）纔出娼家門，便作良家婦。（外旦詩云）只怕吃了良家虧，還想娼家做」。

〔三三〕同外旦下　臧本無「外旦」二字。

第二折

（周舍上）〔一〕自家周舍是也。我騎馬一世，驢背上失了一脚。我爲娶這婦人呵，磨了半截舌頭〔二〕。今日是吉日良辰〔三〕，着這婦人上了轎先行〔四〕，我騎了馬，離了汴京，來到鄭州。讓他轎子先行〔五〕，怕那一般的舍人説：「周舍娶了宋引章。」怕〔六〕人笑話。則見那轎子一晃一晃的，我向前打那擡轎的小厮〔七〕，道：「你這等欺辱人〔八〕！」舉起鞭子就打。問他道：「你走便走，晃怎麽？」那小厮道：「不干我事，妳妳〔九〕在裏邊不知做甚麽。」我着鞭子挑起轎簾〔一〇〕一看，則見他精赤條條地在裏面打斤斗〔一一〕。來到家中，我説：「你套一床被我蓋。」我到房裏，只見被子到〔一二〕高似床。我便叫：「那婦人在那裏？」則聽的被子裏答應道：「周舍，我在被子裏面里〔一三〕。」我道：「被子裏面〔一四〕做甚麽？」他道：「我套綿被〔一五〕，把我番〔一六〕在裏頭了。」我拿〔一七〕起棍來，恰待要打，他道：「周舍，打我不打緊，休打了隔壁王婆婆。」我道：「好也〔一八〕！把鄰舍都番〔一九〕在被裏面。」我褡護上掉了一根帶兒，着他綴一綴。他道：「我綴了。」我道：「在那裏？」他道：「我綴的牢牢的里。」着我衣裳高處看，無有。可那裏去了？拿過鏡子則一照，把根帶兒綴在肩頭上。兀的是你的生活〔二〇〕！兀那婦〔二一〕人，我手裏有打殺的，無有買休賣休〔二二〕的。我吃酒去也〔二三〕，回來慢慢的打你。（下）（外旦上〔二四〕）不信好人言，必有恓惶事。當初趙家姐姐勸我不信〔二五〕，進的門來〔二六〕，打了我五十殺威棒〔二七〕。我這隔壁有個王貨郎，他如今去汴梁做買賣，我寫一封書稍將去〔二八〕，着俺母親和趙家姐姐來救我。若來遲了，我無那活的人也。天也〔二九〕，只〔三〇〕被你打殺我也！（下）

（卜兒哭上〔三一〕）滿懷心腹事，盡在不言中〔三二〕。自家宋引章的母親是也〔三三〕。有我女孩兒從嫁了周舍，昨日王貨郎寄信來，上寫着道：「從到他家，進門打了五十殺威棒。如今朝打暮罵〔三四〕。急急〔三五〕央趙家姐姐來救我。」我拿着書去與趙家姐姐説知〔三六〕，怎生救他去。引章孩兒，則被你痛殺我也！（下）

（旦上）〔三七〕自家趙盼兒是也〔三八〕。這門衣飯幾時是了也呵〔三九〕！我也待尋個前程，這些時消息也甚好〔四〇〕？

【商調集賢賓】咱收心待嫁人，早引起那話頭〔四一〕，聽的道誰揭債誰買休〔四二〕。他每待强巴劫〔四三〕深宅大院，便待折摧〔四四〕了舞榭歌樓。一個個眼張狂〔四五〕似漏了網的游魚，一個個嘴盧都似跌了彈的斑鳩〔四六〕。御園中可不道是栽路柳〔四七〕，好人家怎容這等娼優。他便初間時有些志誠〔四八〕，臨老也没來由〔四九〕。

【逍遥樂】那一個不因循成就？那一個不頃刻前程〔五〇〕？那一個不等閑間罷手？他每一做一個水上浮漚。和爺娘結下不厮見的冤仇〔五一〕，恰便似日和月參辰卯酉〔五二〕，正中那男兒機彀〔五三〕。他使那千般貞烈，萬種恩情，到如今一筆都勾。

看有甚麽人來〔五四〕。（卜兒上〔五五〕）可早來到也〔五六〕，我索過去。（做見科，云）大姐，煩惱殺我也！（旦）〔五七〕妳妳，你爲甚麽哭哭啼啼〔五八〕？（卜）〔五九〕好〔六〇〕教大姐知道：引章不聽你勸，嫁了周舍。進門去打了五十殺威棒，如今打的看看〔六一〕至死，不久身亡。姐姐，怎生是好？（旦）〔六二〕引章吃打也〔六三〕！

【金菊香】想當日他暗成公事今日决成仇〔六四〕。我當初作念你的言詞〔六五〕今日都應口。則你那説着去時恰便似去秋〔六六〕。似這般燕侣鶯儔〔六七〕，暢好是容易〔六八〕恩愛結綢繆。

【醋葫蘆】你鋪排着天長和地久〔六九〕，指望并肩携素手〔七〇〕，驀〔七一〕入門知滋味便合休。幾番家眼睁睁打乾净〔七二〕待離了我這手，趙盼兒〔七三〕，你做的個〔七四〕見死不救，羞見這〔七五〕桃園中殺白馬宰烏牛。

你道當初這般呵〔七六〕，誰着你嫁來〔七七〕？（卜）〔七八〕大姐，周舍説誓來。（旦）〔七九〕

【醋葫蘆】〔八〇〕那一個不嗲可可〔八一〕道横死亡？那一個不實丕丕拔了短籌〔八二〕？則你這亞仙〔八三〕子母老實頭。普天下愛女娘〔八四〕的子弟口，妳妳，不則周舍説謊也〔八五〕，那一個不拚麻〔八六〕各般説咒？恰似秋風過耳休休〔八七〕！

（卜）〔八八〕姐姐，怎生搭救引章孩兒？（旦）〔八九〕妳妳，我有兩個壓被的銀子〔九〇〕，喒〔九一〕兩個拿着買休去來。（卜）〔九二〕他説來：「則有打死的，無有買休賣休的。」（旦尋思科〔九三〕，做與卜耳語科，云）……則除是這般。（卜）〔九四〕可是中也不中？（旦）〔九五〕不妨事，將書來我看。（卜遞書科，旦〔九六〕念云）「引章拜上姐姐并奶奶：自別之後，果應其言〔九七〕。當初不信好人言，果有恓惶事〔九八〕。進他門來〔九九〕，打我五十殺威棒〔一〇〇〕。如今朝打暮駡〔一〇一〕。你來的早，還得見我；來得遲呵，不能勾〔一〇二〕見我面了。只此〔一〇三〕拜上。」妹子也〔一〇四〕，當初誰教你這等來〔一〇五〕！

【醋葫蘆】〔一〇六〕想當初有憂呵同共憂，有愁呵一處愁。他道是殘生早晚〔一〇七〕喪荒丘，做了個游街野巷村務酒〔一〇八〕；你道是百年之後，妹子也〔一〇九〕，你不道來——「這個也大姐，那個也大姐，出了一包膿；不如嫁個張郎婦，李郎妻〔一一〇〕，立一個婦名兒，做鬼也風流」？

妳妳〔一一一〕，那寄書的〔一一二〕去了不曾？（卜）〔一一三〕還不曾去里〔一一四〕。（旦）〔一一五〕我寫一封書寄與引章去。（做寫科〔一一六〕）

【後庭花】我將這知心書〔一一七〕親自修，教他把天機休泄漏。傳示與休莽戇收心〔一一八〕女，拜上你渾身疼的歹事頭〔一一九〕。寫就了也。到那裏呵〔一二〇〕，我則索再梳頭〔一二一〕，身穿上些錦綉〔一二二〕。那斯每日家不住手〔一二三〕，無情的棍棒丟〔一二四〕，渾身上〔一二五〕鮮血流，逐朝家如暴囚〔一二六〕。扭捏的身分兒搊，貼翠鈿上額顱，繞珍珠銜鳳口，梳妝的我不見醜〔一二七〕，

【雙雁兒】我着這粉臉兒搭救你個女春牛〔一二八〕。割捨了〔一二九〕一不做二不休，拚了〔一三〇〕由他咒也波咒。不是我說大口〔一三一〕，怎出我烟月手〔一三二〕！

妳妳，你放心〔一三三〕。（卜）〔一三四〕姐姐，到那裏子細着〔一三五〕。煩惱殺了我也〔一三六〕！（旦）〔一三七〕

【浪裏來煞】不須你心内憂〔一三八〕，你可便莫僝愁〔一三九〕，我直着花葉不損覓歸秋〔一四〇〕。那斯愛女娘的心，見的便似驢共狗，賣弄他那玲瓏剔透〔一四一〕。我到那裏〔一四二〕，三言兩句，肯寫休書〔一四三〕，萬事俱休；若是不肯寫休書，我將他掐一掐，拈一拈〔一四四〕，摟一摟，抱一抱，着那斯通身酥，遍體麻。鼻凹上抹上一塊砂糖〔一四五〕，着那斯舔又舔不着，吃又吃不着。賺得那斯寫了休書，引章將的休書來，淹的〔一四六〕撇了。我這裏出的門兒〔一四七〕，可不是一場風月，我着那漢一時〔一四八〕休。（下）

校　注

〔一〕（周舍上）　臧本作「（周舍同外旦上，云）」。

〔二〕磨了半截舌頭　臧本上有「整整」二字，下有「纔成得事」。

〔三〕今日是吉日良辰　臧本無。

〔四〕着這婦人上了轎先行　臧本上有「如今」二字，無「先行」。

〔五〕先行　臧本作「在頭裏走」。

〔六〕怕　臧本作「被」。

〔七〕小廝　僕役。《五代史平話》晋史卷上：「謔得敬瑭不敢回家見着父親，浪蕩走出外州去，得個婁忒没家收拾去做小廝，教敬瑭去牧羊。」

〔八〕欺辱人　臧本作「欺我」。

〔九〕妳妳　尊稱婦人。劉唐卿《降桑椹》一折：「（卜兒云）兀那壯士……我有心認義你做個侄兒，你意下如何？（延岑云）妳妳，你休逗小人耍。」

〔一〇〕我着鞭子挑起轎簾　臧本無「着鞭子」三字，「挑」作「揭」。

〔一一〕精赤條條地在裏面打斤斗　臧本「地」作「的」，「斤」作「筋」。

〔一二〕到　臧本作「倒」。

〔一三〕里　臧本作「哩」。

〔一四〕被子裏面　臧本上有一「在」字。

〔一五〕被　臧本作「子」。

〔一六〕番　臧本作「翻」。番、翻，覆也。

〔一七〕拿　臧本同。盧冀野本誤作「掌」。

〔一八〕也　猶啊，表斥責語氣。《張協狀元》戲文二四出：「好也！好也！店主人奈何你不得，也須有店主婆。」

〔一九〕番　臧本作「翻」。

〔二〇〕我褡護上掉了一根帶兒，着他綴一綴。他道：「我綴了。」我道：「在那裏？」他道：「我綴的牢牢的里。」着我衣裳高處看，無有。可那裏去了？拿過鏡子則一照，把根帶兒綴在肩頭上。兀的是你的生活　王季思本校記「牢牢的里」之「里」改作「哩」。按，里，哩。參見《哭存孝》第二折校注〔二四〕。王本校記「則」又誤作「照」。褡護，蒙古語。襖子。《元朝秘史》卷二「自桑古兒河邊起了」一節，「答忽」旁注「襖子」。「答忽」即「褡護」。綴，縫。《禮記·內則》：「衣裳綻裂，紉箴請補綴。」高處，上面。參看《詩詞曲語辭例釋》「高處」。則，這。元刊本武漢臣《老生兒》一折【尾】：「則兩件兒消磨了半世兒灾：再休尋便宜放解，再不惹官司征債，自然一天好事過門來。」

臧本無，另作「（外旦云）我那裏有這等事？（周舍云）我也説不得這許多」。

〔二一〕婦　臧本作「賤」。

〔二二〕買休賣休　買方用錢娶被休之婦，或女方付給男方錢物而離异，叫買休；賣方以休妻爲名，將妻賣給別人，叫賣休。《元史·刑法志》：「諸夫婦不睦，賣休買休者，禁之。和離者不坐。」

〔二三〕我吃酒去也　臧本上有「且等」二字，無「也」字。

〔二四〕上　臧本作「云」。

〔二五〕信　臧本作「聽」。

〔二六〕進的門來　臧本上有「果然」二字。

〔二七〕打了我五十殺威棒　臧本下有「朝打暮駡，怕不死在他手裏」二句。

〔二八〕我寫一封書稍將去　臧本同。吴國欽本「寫」誤作「與」。北京大學本、吴國欽本、王學奇本、王季思本「稍」改作「捎」。按，稍，通「捎」。顧曲齋本尚仲賢《柳毅傳書》一折柳毅白：「你家在深水之中，我便要替你稍書，塵凡隔絶，怎生入得你那洞庭湖也？」

〔二九〕也　臧本作「那」。

〔三〇〕只　猶真。鄭廷玉《金鳳釵》一折旦白：「小二哥，只是多累你。明日趙鶚但賣的些小錢鈔，先還你房錢。」參見《哭存孝》第三折校注〔八八〕。

〔三一〕卜兒哭上　臧本下有「云」。

〔三二〕滿懷心腹事，盡在不言中　臧本無。

〔三三〕是也　臧本作「便是」。

〔三四〕如今朝打暮罵　臧本下有「看看至死」一句。

〔三五〕急急　臧本上有一「可」字。

〔三六〕與趙家姐姐説知　與，猶對，向。參看《詩詞曲語辭匯釋》卷四「與(二)」。説知，説。臧本石子章《竹塢聽琴》四折夫人白：「孩兒，你早和俺説知，也省得我這般聒絮。」

〔三七〕(旦上)　臧本作「(正旦上，云)」。

〔三八〕是也　臧本無。

〔三九〕這門衣飯幾時是了也呵　臧本上有「我想」二字，下有「(唱)」。

〔四〇〕我也待尋個前程，這些時消息也甚好　臧本無。

〔四一〕咱收心待嫁人，早引起那話頭　臧本作「咱這幾年來待嫁人心事有」。盧冀野本在「事」字下點斷，「有」字屬下句。非。按，「有」字韵。

〔四二〕誰揭債誰買休　揭債，舉債。柯丹丘《荆釵記》六齣：「錢難揭債，物無借貸。」買休，參見校注〔三二〕。

〔四三〕强巴劫　强，竭力。《戰國策·趙策》：「太后不肯，大臣强諫。」「劫」，臧本同。吴國欽本、王季思本改作「結」。按，巴劫，盼望。參看《詩詞曲語辭例釋》「巴劫」。

〔四四〕便待折摧　臧本作「怎知道摧折」。

〔四五〕張狂　慌張。闕名氏《醉寫赤壁賦》一折【游四門】：「報一聲金釵斜墜烏雲上，舉手意張狂，忙，將羅帕緊遮藏。」

〔四六〕嘴盧都似跌了彈的斑鳩　嘴盧都，嘟着嘴。臧本闕名氏《合同文字》三折【堯民歌】：「怎知俺伯娘呵他是個不冠不帶潑無徒，纔説起劉家安住便早嘴盧都。」跌了彈的斑鳩，形容人懊喪煩惱的情態。亦見於《四春園》二折、《陳母教子》二折及鄭德輝《三戰吕布》二折。跌了彈，掉了蛋。太原方言猶説掉爲「跌」。彈，蛋。周密《武林舊事》卷六「蒸作從食」有「鵝彈」一色。「鵝彈」即鵝蛋。《雍熙樂府》卷十四闕名氏套數【商調集賢賓】：「鴛鴦彈圓滴溜石上掂。」「鴛鴦彈」即鴛鴦蛋。

〔四七〕可不道是栽路柳　可不道是，豈是，那裏是。亦作「可不道」。脈望館鈔本闕名氏《殺狗勸夫》二折【滚綉毬】：「兀的般滿身風雪你那蹲跧卧，可不道一部笙歌出入隨？底（抵）多少水盡也鵝飛。」「不」字無義，參看《敦煌變文字義通釋》第六篇「不」；道，猶是，參看《詩詞曲語辭匯釋》卷四「道（二）」。路柳，喻娼妓。顧曲齋本石君寶《曲江池》一折【那吒令】：「他管初逢着路柳絲，他管乍見墻花片。」

〔四八〕他便初間時有些志誠　臧本「便」作「每」，「初間時」作「初時間」，「志誠」作「實意」。便，猶只。闕名氏《凍蘇秦》二折【朝天子】：「俺嫂嫂也不爲炊，妻也不下機，哎喲，天那，我這裏便則落的那幾點兒凄惶淚！」便則同義連文。初間，起初。《董解元西廂記》卷三【中呂調】【木魚兒】：「初間典郡城，一方盜賊没。」

〔四九〕没來由　臧本作「没回頭」。没來由，無緣無故。莊季裕《雞肋編》卷下：「車駕渡江……獨張俊一軍常從行在。擇卒之少壯長大者自臀而下文刺至足，謂之花腿。……般運花石，皆役軍兵。衆卒謡曰：『張家寨裏没來由，使他花腿擡石頭，二聖猶自救不得，行在蓋起太平樓。』」

〔五〇〕前程　婚姻。王實甫《西廂記》一本三折【拙魯速幺篇】：「恁時節風流嘉慶，錦片也似前程，美滿恩情，咱兩個畫堂春自生。」

〔五一〕不斷見的寃仇　斷見，相見。《唐宋諸賢絶妙詞選》卷七周邦彦《風流子·初夏》：「天便教人，霎時斷見何妨！」臧本「仇」作「讎」。

〔五二〕日和月參辰卯酉　臧本作「日月參辰和卯酉」。日和月參辰卯酉，猶言對頭。日和月、參宿和心宿此出彼没，互不相見，卯和酉是對立的兩個時辰，故云。亦説「日月參辰」，見闕名氏《殺狗勸夫》一折。亦説「參辰卯酉」，見王實甫《西廂記》四本二折。

〔五三〕機彀　計謀。狄君厚《介子推》二折【罵玉郎】：「是君王傳的聖旨，麗后定的見識，是賊子施的機彀。」

〔五四〕看有甚麽人來　臧本無。

〔五五〕卜兒上 臧本下有「云」。

〔五六〕可早來到也 臧本作「這是他門首」。

〔五七〕(旦) 臧本作「(正旦云)」。

〔五八〕哭哭啼啼 臧本作「這般啼哭」。

〔五九〕(卜) 臧本作「(卜兒云)」。

〔六〇〕好 可。《全唐詩》卷三四四韓愈《左遷至藍關示侄孫湘》:「知汝遠來應有意,好收吾骨瘴江邊。」

〔六一〕看看 眼看。《宣和遺事》亨集:「陛下看看遭囚被虜,由自信邪臣向此行踏。」

〔六二〕(旦) 臧本作「(正旦云)」。

〔六三〕引章吃打也 臧本作「呀! 引章吃打了也。(唱)」。

〔六四〕想當日他暗成公事今日决成仇 暗成公事,指偷偷成親。公事,事。此處指婚事。參見《哭存孝》第二折校注〔一三〕。臧本「今日决成仇」作「只怕不相投」。

〔六五〕我當初作念你的言詞 臧本無「當初」二字。吴國欽本、王學奇本、王季思本「據古名家本補」。作念,咒駡。參看《詩詞曲語辭例釋》「作念」。

〔六六〕説着去時恰便似去秋 臧本無「説着」二字。去秋,即去就,着落,有着落。參直《詩詞曲語辭例釋》「去秋」。

〔六七〕似這般燕侶鶯儔　臧本作「他本是薄倖的班頭」。北京大學本、王學奇本「倖」改作「幸」。按，薄倖，即薄行，薄情。《才調集》卷四杜牧《題揚州》：「十年一覺揚州夢，贏得青樓薄倖名。」

〔六八〕暢好是容易　臧本作「還説道有」。

〔六九〕天長和地久　臧本作「鴛衾和鳳幬」。

〔七〇〕并肩携素手　臧本作「效天長共地久」。

〔七一〕驀　邁，越。陸游《劍南詩稿》卷六九《夜投山家》：「驀溝上坂到山家，牧豎膺門兩髻丫。」

〔七二〕打乾净　「打乾净毬兒」的省語，喻置身事外，與己無關。「打乾净毬兒」，見康進之《李逵負荆》二折。

〔七三〕趙盼兒　臧本上有「（帶云）」，下有「（唱）」。

〔七四〕做的個　「個」原作「今」，乃「个」字之誤，今改。臧本即作「個」。做的個，落得個。元刊本尚仲賢《氣英布》二折【牧羊關】：「却不見客如爲客，您做的個輕人還自輕。」參見《調風月》第三折校注〔七三〕。

〔七五〕羞見這　臧本上有「可不」二字，「見」作「殺」。盧冀野本、中華書局本「這」字奪。這，猶那。闕名氏《抱粧盒》三折劉皇后白：「這一日你見我來，你就躲在那金水橋邊垂楊樹下去，可不是這太子你曾看見那？」「這一日」即那日，也即上文「我想當日親到金水橋看去」的「當日」。

〔七六〕你道當初這般呵　臧本上有「（云）」，「你道當初」作「既然是」。道，猶知。參看《詩詞曲語辭匯釋》卷四「道（五）」。

〔七七〕誰着你嫁來　臧本「嫁」下有一「他」字。來，表反詰語氣。白仁甫《東墻記》一折：「（梅云）……他在那壁，你在這壁，如何得會？（旦云）想當初卓文君怎生私奔相如來？」王實甫《西廂記》四本二折夫人白：「鶯鶯，我怎生擡舉你來？今日做這等的勾當！」

〔七八〕（卜）　臧本作「（卜兒云）」。

〔七九〕（旦）　臧本作「（正旦唱）」。

〔八〇〕【醋葫蘆】　臧本作「【幺篇】」。

〔八一〕嗲可可　同「磣可可」。參見《蝴蝶夢》第一折校注〔一三六〕。

〔八二〕實丕丕拔了短籌　實丕丕，實實在在。脈望館古名家本戴善夫《風光好》三折【滚綉毬】：「昨夜個我雖改换的衣袂新，須是模樣真，咱只得眼前厮趁，我可更實丕丕與你情親。」拔了短籌，短命。籌，竹簽，上刻數目，用以計數，數目小的叫短籌。息機子本喬夢符《兩世姻緣》二折【高過隨調煞】：「心事人拔了短籌，有情人太薄倖。」

〔八三〕亞仙　妓女李亞仙，即李娃。白行簡《李娃傳》記：貴公子鄭生戀妓女李娃，床頭金盡，被鴇兒逐出，流落街頭行乞。後得李娃接濟，考中做官。話本有《李亞仙》（見羅燁《醉翁談録》），雜劇有元石君寶《李亞仙花酒曲江池》叙其事。

〔八四〕愛女娘　好女色。亦作「愛女」。《董解元西廂記》卷八【南吕宫】【瑶臺月】：「這厮一生愛女，今番入死。」

〔八五〕妳妳，不則周舍説謊也　臧本上有「（帶云）」，下有「（唱）」。不則，不只。參看《詩詞曲語辭匯釋》卷二「則（三）」。

〔八六〕搶麻　臧本作「指皇天」。搶麻，未詳。

〔八七〕秋風過耳休休　臧本「休休」上有一「早」字。秋風過耳——休休，歇後語。意爲漠不關心。趙曄《吴越春秋·吴王壽夢傳》：「富貴之於我，如秋風之過耳。」

〔八八〕（卜）　臧本作「（卜兒云）」。

〔八九〕（旦）　臧本作「（正旦云）」。

〔九〇〕壓被的銀子　私房錢。

〔九一〕喒　臧本同。盧冀野本誤作「喈」。後同，不另出校。北京大學本、吴國欽本、王學奇本、王季思本改作「咱」。按，喒，咱們。參見《哭存孝》頭折校注〔三四〕。

〔九二〕（卜）　臧本作「（卜兒云）」。

〔九三〕旦尋思科　臧本「旦」作「正旦」。盧冀野本「思」誤作「卜」。

〔九四〕（卜）　臧本作「（卜兒云）」。

〔九五〕（旦）　臧本作「（正旦云）」。

〔九六〕旦　臧本作「正旦」。

〔九七〕自别之後，果應其言　臧本無。

〔九八〕當初不信好人言，果有恓惶事　臧本「好人」、「恓惶」下并有一「之」字。

〔九九〕進他門來　臧本作「進得他門」。

〔一〇〇〕打我五十殺威棒　臧本上有一「便」字；「棒」誤作「俸」，各本已改。

〔一〇一〕如今朝打暮駡　臧本下有「禁持不過」一句。

〔一〇二〕勾　臧本同。吴國欽本、王季思本改作「够」。按，勾，通「够」。參見《調風月》第二折校注〔一六〕。

〔一〇三〕只此　就此。只，猶就。《全唐詩》卷五七四賈島《尋隱者不遇》：「松下問童子，言師採藥去。只在此山中，雲深不知處。」

〔一〇四〕妹子也　臧本同。盧冀野本「子」字下點斷，「也」字屬下句。誤。

〔一〇五〕當初誰教你這等來　臧本下有「（唱）」，「這等」作「做這事」。

〔一〇六〕【醋葫蘆】 臧本作「【幺篇】」。

〔一〇七〕早晚 遲早。王鼎《焚椒録》：「老婢婬案已得，況可汗性忘，早晚見其白練掛粉胒也。」

〔一〇八〕做了個游街野巷村務酒 做了個，落了個。孔文卿《東窗事犯》三折【禿廝兒】：「臣做了個充飢畫餅風内燭！ 這冤仇，這冤仇，怎肯干休！」「游」疑應是「幽」字。幽街野巷村務酒，意謂僻靜街巷和鄉村酒店裏人們閑談的材料。務是宋時州縣的交易場和税收處，俗語因稱酒店爲「酒務」或「務」。王楙《燕冀詒謀録》：「余曩仕山陽，中元下元酒務張燈賣酒，豈北方遺俗猶有存者耶！」《劉知遠諸宮調》第一【正宮】【錦纏道】：「陌驚疑，元來却是，務中昨日要酒吃，我曾與了一頓死拳踢。」村務酒，即村酒務，鄉村酒店。

〔一〇九〕妹子也 臧本上有「（云）」。盧冀野本「子」字下點斷，「也」字屬下句。誤。

〔一一〇〕不如嫁個張郎婦，李郎妻 臧本下有「（唱）」。

〔一一一〕妳妳 臧本上有「（云）」。

〔一一二〕寄書的 臧本下有二「人」字。寄，捎。《敦煌變文集》卷二《韓朋賦》：「意欲寄書與人，恐人多言。」

〔一一三〕（卜） 臧本作「（卜兒云）」。

〔一一四〕里 臧本作「哩」。

〔一五〕（旦） 臧本作「（正旦云）」。

〔一六〕做寫科 臧本下有「唱」。

〔一七〕知心書 臧本作「情書」。吴國欽本、王季思本「據古名家本改」。按，情書，告知情況的書信。情，實情。參見《蝴蝶夢》第一折校注〔一四五〕。

〔一八〕收心 臧本下有一「的」字。

〔一九〕歹事頭 倒霉的人。闕名氏《醉寫赤壁賦》二折【哭皇天】：「傳與俺這壞風俗歹事頭，一個在潮陽路上，一個在采石渡口。」

〔二〇〕寫就了也，到那裏呵 臧本作「（帶云）引章，我怎的勸你來？（唱）」。盧冀野本「勸」誤作「歡」。

〔二一〕我則索再梳頭 臧本作「你好没來由」。

〔二二〕身穿上些錦綉 臧本作「遭他毒手」。盧冀野本「遭」誤作「漕」。

〔二三〕那廝每日家不住手 臧本無。

〔二四〕丢 臧本作「抽」。丢，揮擊。臧本李文蔚《燕青博魚》一折【六國朝】：「那廝雨點也似馬鞭子丢，不俫，偏不的我風團般着這拄杖打。」

〔二五〕渾身上 臧本作「赤津津」。

〔二六〕暴囚 「暴」應是「報」字。報囚，被判決了的罪犯。報，判決罪犯。《史記·酷吏列傳》：「是日皆報，殺四百餘人。」

〔二七〕扭捏的身分兒搊，貼翠鈿上額顱，繞珍珠銜鳳口，梳妝的我不見醜 王季思本校記「分」改作「份」。按，身分，模樣，身段。參見《調風月》第一折校注〔九〕。搊，漂亮。參看《詩詞曲語辭匯釋》卷五「傷」。

臧本作「怕不將性命丢！況家鄉隔鄭州，有誰人相睬瞅，空這般出盡醜。（卜兒哭科，云）我那女孩兒那裏打熬得過！大姐，你可怎生的救他一救。（正旦云）妳妳，放心。（唱）【柳葉兒】則教你怎生消受，我索合再做個機謀。把這雲鬟蟬鬢妝梳就，（帶云）還再穿上些錦綉衣服，（唱）珊瑚鈎、芙蓉扣，扭捏的身子兒別樣嬌柔」。北京大學本、吴國欽本、王學奇本、王季思本「你可怎生的救他一救」句末作問號。非。按，此句非疑問句。怎生，務必也。參看《詩詞曲語辭匯釋》卷二「怎生」。

〔二八〕搭救你個女春牛 「春」原作「眷」，有校筆旁注「×」號，從北京大學本校勘記改。吴曉鈴本校勘記亦謂「眷」字誤。古時有「鞭春」之俗，春牛即打春用的土牛。孟元老《東京夢華録》卷六「立春」：「立春前一日，開封府進春牛入禁中鞭春。開封、祥符兩縣，置春牛於府前。至日絶早，府僚打春，如方州儀。」女春牛，代指宋引章。臧本此句作「搭救你女骷髏」。

〔二九〕了　臧本作「的」。

〔三〇〕拚了　臧本下有一「個」字。

〔三一〕説大口　誇口。《七國春秋平話》卷中：「爾一身在吾計中，不能自保，何須説大口也！」

〔三二〕怎出我烟月手　臧本「出」下有一「得」字，「我」下有一「這」字。烟月，妓女。陶穀《清異録·人事》：「四方指南海爲烟月作坊，以言風俗尚淫故也。」

〔三三〕妳妳，你放心　臧本無。

〔三四〕（卜）　臧本作「（卜兒云）」。

〔三五〕到那裏子細着　臧本同。吴國欽本、王季思本「子」改作「仔」。按，子細，即仔細。《北史·源賀傳》：「爲政貴當舉綱，何必須太子細也。」着，與「者」同，表囑付語氣。《太平廣記》卷二百九十四引《搜神記》：「爲卿留赤筆十餘枝，在薦下，可與人使着。」臧本高文秀《黑旋風》三折正本白：「早看覷着，不要遲了，怕變做疔瘡哩。」參見《哭存孝》頭折校注〔六〇〕。

〔三六〕煩惱殺了我也　臧本上有「（哭科，云）孩兒，則被你」。

〔三七〕（旦）　臧本作「（正旦唱）」。

〔三八〕不須你心内憂　臧本作「你收拾了心上憂」。

〔三九〕你可便莫僝愁　臧本作「你展放了眉間皺」。僝愁，即僝僽，煩惱。參看《詩詞曲語辭滙釋》卷五「僝僽（四）」。

〔四〇〕我直着花葉不損覓歸秋　直，定。《董解元西厢記》卷二【中吕調】【香風合纏令】【尾】：「你道是可憎麽？被你直羞落庭前無數花。」花葉不損覓歸秋，猶言「好去好回」。

〔四一〕賣弄他那玲瓏剔透　臧本無「那」字。玲瓏剔透，聰明伶俐。《雍熙樂府》卷十四闕名氏套數【商調】集賢賓：「彈弦品竹最精熟，吟詩作賦時下有，一團兒玲瓏剔透。」

〔四二〕我到那裏　臧本上有「（云）」。

〔四三〕休書　離弃妻子的文書。施德操《北窗炙輠》卷下：「乃謂其妻曰：『無他策，惟有逃耳！』顧難相挈以行，乃譌作一休書遺之。」

〔四四〕掂一掂　捏一捏。掂，捏。《敦煌曲子詞集》中卷《天仙子》：「泪珠若得似真珠，掂不散，知何限，串向紅絲應百萬。」

〔四五〕鼻凹上抹上一塊砂糖　臧本上有「將他」二字，「鼻凹」下有一「兒」字，第一個「上」字無。鼻凹，鼻翼兩旁凹下去的地方。《太平樂府》卷七曾瑞卿套數【越調鬥鵪鶉】「風情」：「假真誠好話兒親曾驗，鼻凹裏沙糖怎餂？貪顧戀眼前甜，不隄防背後閃。」鼻凹裏沙糖，喻可望而不可即之物。

〔四六〕淹的　很快地。淹，通「奄」。臧本鄭廷玉《楚昭公》一折【醉扶歸】：「我只怕你人疲意懶，早淹的過了程期限。」

〔四七〕我這裏出的門兒　臧本下有「（唱）」，「的」作「了」。

〔四八〕一時　即時。《世説新語·容止》：「始入門，諸客望其神姿，一時退匿。」

第三折

（周舍同店小二上〔一〕）萬事分已定，浮生空自忙〔二〕。店小二，你開着客店〔三〕，我那裏希罕你那房錢養家；有那等好科子來你這客店裏〔四〕，你便來叫我。（小二〔五〕）我知道。一時那裏尋你去〔六〕？（周）〔七〕你來粉房裏尋我〔八〕。（小二〔九〕）粉房裏没有呵？（周）〔一〇〕賭房裏來尋。（小二〔一一〕）賭房裏没有呵？（周）〔一二〕牢〔一三〕房裏來尋。（下）（小閑挑籠上〔一四〕）釘靴雨傘爲活計，偷寒送暖作營生〔一五〕。自家小閑〔一六〕的便是。平生做不的買賣，止〔一七〕是與歌者姐姐每叫些人，兩頭往來，傳消寄信都是我〔一八〕。這裏有個大姐趙盼兒，着我收拾兩箱子衣服行李，往鄭州去。都收拾〔一九〕了，請姐姐上馬。（旦上）〔二〇〕小閑，我這等打扮，可冲動〔二一〕那厮麼？（小閑倒科〔二二〕）（旦）〔二三〕你做甚麼里〔二四〕？（小閑〔二五〕）休道冲動那厮，這一會兒連小閑也酥倒了。（旦）〔二六〕

【正宫端正好】則爲他滿懷愁，心間悶，做的個進退無門。那婆娘家一湧性〔二七〕，無思忖，我可也〔二八〕强打入迷魂陣。

【滚綉毬】我這裏微微〔二九〕把氣噴，輸個信音〔三〇〕，怎不教〔三一〕那厮背槽抛糞！更做道普天下無他這等郎君〔三二〕。想着容易情，忒獻勤，幾番家待要不問；第一來我則是可憐見無主娘親，第二來是我慣曾爲旅偏憐客，第三來也是我自己貪杯惜醉人〔三三〕。到那裏呵〔三四〕，也索費些精神。

早來到鄭州地方了〔三五〕。小閑，接了馬者。且在柳陰下歇一歇咱。（小閑〔三六〕）我知道。（旦）〔三七〕小閑，喒閑口論閑話〔三八〕：這好人家好舉止，惡〔三九〕人家惡家法。（小閑〔四〇〕）姐姐，你説我聽。（旦）〔四一〕

【倘秀才】縣君〔四二〕的則是縣君，妓人的則是妓人。怕不扭捏着身子驀入他門，怎禁他使數〔四三〕的到支分，背地裏暗忍。

【滚綉毬】那好人家將粉撲兒淺淡勻，那裏像喒乾茨臘手搶着粉〔四四〕；好人家將那篦梳兒慢慢地鋪鬢〔四五〕，那裏像喒解了那襻胸帶〔四六〕，下頦上勒一道深痕。好人家知個遠近，覷個向順〔四七〕，那些個好人家風韵〔四八〕；那裏像喒門〔四九〕，恰便似空房鎖定個胡孫〔五〇〕，有那千般不實喬軀老〔五一〕，有萬種虚囂歹議論〔五二〕，斷不了風塵〔五三〕。

（小閑〔五四〕）這裏一個客店，姐姐好住下罷。（旦）〔五五〕叫店家來。（店小二見科）（旦）〔五六〕小二哥〔五七〕，你打掃一間乾净房兒，放下行李。你與我請將周舍來，説我在這裏久等多時也。（小二〔五八〕）我知道。（做行科）〔五九〕小哥〔六〇〕在那裏？（周舍上〔六一〕）店小二，有甚麽事？（小二〔六二〕）店裏有個好女子請你里〔六三〕。（周）〔六四〕喒去來〔六五〕。（做見科）〔六六〕是好一個科子也。（旦）〔六七〕周舍，來了也〔六八〕。

【滚綉毬】〔六九〕俺那妹子兒有見聞〔七〇〕，可〔七一〕有福分，擡〔七二〕舉的個丈夫俊上添俊，年紀兒恰正〔七三〕青春。（周）〔七四〕我那裏曾見你來？我在客火〔七五〕裏，你彈着一架箏，我不與了你個褐紬段兒〔七六〕？（旦）〔七七〕小的不知道〔七八〕？（小閑〔七九〕）不是他與褐紬〔八〇〕。（周）〔八一〕早起杭州散了〔八二〕，趕到陝西客火裏吃酒，我不與了大姐一分飯來？（旦）〔八三〕小的每不曾見〔八四〕？ 你則是忒現新〔八五〕，忒忘昏〔八六〕。更做道你眼鈍〔八七〕，那唱詞話〔八八〕的有兩句留文：「喒也曾武陵溪畔曾相識〔八九〕，今日佯推〔九〇〕不認人。」我爲你斷夢勞魂〔九一〕。

（周）〔九二〕我想起來了，你敢是〔九三〕趙盼兒麼？（旦）〔九四〕然也。（周）〔九五〕然你妳妳那耳根〔九六〕！當初破親也是你來。關了店門〔九七〕，則打這小閑。（小閑〔九八〕）你休要打我。俺姐姐將着錦綉衣服，一房一臥〔九九〕來嫁你，你到〔一〇〇〕打我？（旦）〔一〇一〕，周舍，你坐的〔一〇二〕，你聽我説。你在南京時，人説個〔一〇三〕周舍名字，説的耳滿鼻滿的〔一〇四〕，則是不曾見你。自見了你呵〔一〇五〕，我不茶不飯〔一〇六〕。聽的你娶了宋引章〔一〇七〕，我待嫁你，你却着我保親〔一〇八〕。

【倘秀才】我當初倚大呵妝儇主婚〔一〇九〕，須是我火性起特故裏破親〔一一〇〕。你這厮外相兒通疏就裏村〔一一一〕！你今日結婚姻，喒罷論〔一一二〕。

我好意將着車輛鞍馬、奩房斷送來〔一一三〕，你剗地將我打罵。小閑，攔回〔一一四〕車兒，喒〔一一五〕家去來。（周）〔一一六〕早知姐姐來嫁我，怎肯打舅舅〔一一七〕？（旦）〔一一八〕你真個不知道？你既不知，你休出店門，只守着我坐的〔一一九〕。（周）〔一二〇〕休説一兩日，就是一兩年，您兒也坐的將去〔一二一〕。（外旦上〔一二二〕）周舍兩三日不家去，我尋到這店門首，我試看則〔一二三〕。原來是趙盼兒和周舍坐的〔一二四〕。兀那老弟子不識羞，直趕到這裏來。周舍，你放心〔一二五〕，等你來家呵〔一二六〕，我拿一把刀子，你拿一把刀子，和你一遞一刀子截里〔一二七〕。（下）（周）〔一二八〕我和你搶生吃里〔一二九〕。不是妳妳在這裏，我打〔一三〇〕殺你。（旦）〔一三一〕

【脱布衫】我更是〔一三二〕的不待饒人，我爲甚不敢明聞〔一三三〕？肋底下插柴自忍〔一三四〕。不忍〔一三五〕你便打他一頓，

【小梁州】可不道一夜夫妻百夜恩，你可便息怒停嗔。你村時節背地裏使些村〔一三六〕，對〔一三七〕着我合思忖：那一個雙同叔打殺麒麟〔一三八〕？

【幺】〔一三九〕則見他惡哏哏摸按着無情棍〔一四〇〕，有火性的〔一四一〕不似你個郎君。你拿着偌粗的棍棒〔一四二〕，倘或打殺他呵，可怎了？（周）〔一四三〕丈夫打殺老婆，不該償命。（旦）〔一四四〕這等説，誰敢嫁你？（背唱〔一四五〕）

我假意兒瞞，虛科兒噴〔一四六〕，着這厮有家難逩〔一四七〕。妹子〔一四八〕，你試看風月救風塵〔一四九〕。

周舍〔一五〇〕，你好道兒〔一五一〕，你這裏坐着，點的〔一五二〕你媳婦來罵我這一場。小閑，攔回車兒，喒〔一五三〕回去來。（周）〔一五四〕好妳妳，請坐。我不知道他來；我若知道他來，我就就〔一五五〕該死。（旦）〔一五六〕你真個不曾使他來？這妮子不賢惠，打一棒快毬子〔一五七〕，你舍〔一五八〕的宋引章，我一發〔一五九〕嫁你。（周）〔一六〇〕我到家裏就休了他〔一六一〕。（背云）且慢着，那個婦人是我打怕了的〔一六二〕，與他〔一六三〕一紙休書，那婦人便〔一六四〕去了，這女子他可不嫁〔一六五〕，不弄的尖擔兩頭脱了〔一六六〕？休的容易〔一六七〕，把這女子〔一六八〕摇撼的實着。（向旦云）妳妳，您孩兒肚腸〔一六九〕是驢馬的見識，我今家去把媳婦休了呵，妳妳，你把肉吊窗兒放下來〔一七〇〕，可不嫁我〔一七一〕，做的個尖擔兩頭脱。妳妳，你説下個誓〔一七二〕。（旦）〔一七三〕周舍，你真個教〔一七四〕我賭咒？你若休了媳婦，我不嫁你呵，我着

堂子〔一七五〕裹馬踏殺，燈草打折臁兒骨〔一七六〕。你逼的我賭這般重咒也〔一七七〕！（周）〔一七八〕將酒來〔一七九〕。（旦）〔一八〇〕休買酒，我車兒上有十瓶酒里〔一八一〕。（周）〔一八二〕買羊來〔一八三〕。（旦）〔一八四〕休買羊，我車上有個熟羊里〔一八五〕。（周）〔一八六〕買紅去〔一八七〕。（旦）〔一八八〕休買紅，我箱子裏有一對大紅羅。周舍，爭甚麼那〔一八九〕？你的便是我的，我的就是你的〔一九〇〕。

【煞尾】〔一九一〕則這緊的到頭終是緊〔一九二〕，親的原來〔一九三〕只是親。憑着我花朵兒身軀，笋條般〔一九四〕年紀，爲這錦片也似前程〔一九五〕，倒陪了十萬貫家緣〔一九六〕，十米九糠〔一九七〕，問甚麼兩婦三妻〔一九八〕，受了些萬苦千辛。我着人頭上氣忍，不枉了一世做郎君〔一九九〕。

【尾聲】〔二〇〇〕你窮殺呵甘心受〔二〇一〕分捱貧困，你富呵休笑我飽暖生淫惹人〔二〇二〕議論。您中心覷個意順〔二〇三〕，休了你門內人〔二〇四〕，教的錢財不使半文〔二〇五〕，領將來人到陪了幾定銀〔二〇六〕。家業家私待你六親，肥馬輕裘待你一身，到陪了家緣和你爲眷姻〔二〇七〕。我若還嫁了你〔二〇八〕，我不比宋引章針指油麪、刺綉鋪房、大裁小剪〔二〇九〕？我將你寫了的休書正了本。（同下）

校注

〔一〕周舍同店小二上　臧本下有「詩云」。店小二，客店、酒店裏的夥計。

〔二〕萬事分已定，浮生空自忙　臧本下有「無非花共酒，惱亂我心腸」二句。空自，空。自，後綴。

〔三〕《全唐詩》卷五五王勃《滕王閣》：「閣中帝子今何在，檻外長江空自流。」

〔四〕你開着客店 臧本上有「我着」二字，「客店」上有「這個」二字。

〔五〕有那等好科子來你這客店裏 臧本上有「不問官妓私科子，只等」，無「那等」二字，「好科子」作「好的」，無「這」字。科子，私娼。脈望館鈔本闕名氏《百花亭》二折净白：「我苦着個科子，喚做白捉鬼……他又偷上這個柳秀才。」

〔六〕小二 臧本下有「云」。

〔七〕一時那裏尋你去 臧本上有「只是你脚頭亂」一句，「一時」下有二「間」字。

〔八〕(周) 臧本作「(周舍云)」。

〔九〕來粉房裏尋我 粉房，妓院。妓女稱「粉頭」(見臧本《金線池》二折)，妓院又稱「粉館」(見《中興以來絶妙詞選》卷二張安國《木欄花·離思》)或「粉營花寨」(見《樂府群珠》卷一曾瑞卿小令【喜春來】)，故云。「我」，臧本同。王學奇本誤作「找」。

〔一〇〕小二 臧本下有「云」。

〔一一〕(周) 臧本作「(周舍云)」。

〔一二〕小二 臧本下有「云」。

〔一三〕(周) 臧本作「(周舍云)」。

〔一三〕牢　臧本同。盧冀野本誤作「牟」。

〔一四〕小閑挑籠上　臧本上有「丑扮」二字，下有「詩云」。小閑，在酒樓、妓院幫閑的年輕男子。孟元老《東京夢華録》卷二「飲食果子」：「更有百姓入酒肆，見子弟少年輩飲酒，近前小心供過，使令買物命妓、取送錢物之類，謂之『閑漢』。」

〔一五〕釘靴雨傘爲活計，偷寒送暖作營生　臧本下有「不是閑人閑不得，及至得了閑時又閑不成」二句。釘靴，鞋底釘有鐵釘的鞋。「釘靴雨傘」云云，意謂不論天晴下雨，都在做拉皮條的買賣。活計，生計。《朱文公校昌黎先生集》卷四《崔十六少府攝伊陽以詩及書見投因酬三十韵》：「謀拙日焦拳，活計似鋤剗。」營生，職業。《張協狀元》戲文八出：「販私鹽，賣私茶，是我時常道業；剥人牛，殺人犬，是我逐日營生。」

〔一六〕小閑　臧本上有一「張」字。

〔一七〕止　臧本同。吴國欽本改作「只」。按，止，只。參見《調風月》第一折校注〔二七〕。

〔一八〕傳消寄信都是我　臧本同。盧冀野本「我」字下未點斷，「都是我」三字屬下句。非。吴國欽本「信」改作「息」。按，信，信息。《全唐詩》卷一二四齊己《驚秋》：「褰簾聽秋信，晚傍竹聲歸。」

〔一九〕收拾　臧本下有「停當」二字。

〔二〇〕（旦上）　臧本作「（正旦上，云）」。

〔二一〕冲動　臧本「冲」作「衝」，下同，不另出校；「動」下有一「得」字。冲動，打動。王實甫《西厢記》五本三折浄白：「休説别個，則這一套衣服也衝動他。」

〔二二〕倒科　臧本上有一「做」字。

〔二三〕（旦）　臧本作「（正旦云）」。

〔二四〕里　臧本作「哩」。

〔二五〕小閑　臧本下有「云」。

〔二六〕（旦）　臧本作「（正旦唱）」。盧冀野本「唱」誤作「云」。

〔二七〕一湧性　一時冲動。康進之《李逵負荆》三折王林下場詩：「但愁他一湧性殺了假宋江，連累我滿堂嬌要帶前夫孝。」

〔二八〕可也　猶才。可、也均有才義，二字連文意同。參見《哭存孝》第二折校注〔四七〕、〔二〕。

〔二九〕微微　臧本下有一「的」字。

〔三〇〕輸個信音　輸，送。《戰國策·秦策》：「陳軫爲王臣，常以國情輸楚。」「信音」原作「姓因」，今改。臧本誤同。吴國欽本注謂疑爲「婚姻」之訛。非。

〔三一〕教　臧本同。盧冀野本誤作「救」。

〔三二〕郎君　稱青年男子。趙翼《陔餘叢考》卷三十七：「吴斗南云：漢制，二千石以上得任其子爲郎，故謂人之子弟爲『郎』。又其時稱相國爲『相君』，尚書令、中書令爲『令君』，使者曰『使君』，太守曰『府君』，故謂郎亦曰『郎君』云云。」

〔三三〕第二來是我慣曾爲旅偏憐客，第三來也是我自己貪杯惜醉人　「慣曾爲旅」云云，意謂經常在外飄泊流浪，所以對於和自己一樣在外做旅客的人特别同情；自己喜歡喝酒，因此也憐惜别的喝醉了的人。比喻同病相憐。鄭廷玉《金鳳釵》三折【鬥蝦蟆】：「爲甚交疾把門開，我須是慣曾爲旅偏憐客。」鄭氏《後庭花》一折【天下樂】：「哥也，你可甚自己貪杯惜醉人？」

〔三四〕到那裏呵　此句係帶白，臧本作爲曲文。

〔三五〕早來到鄭州地方了　臧本上有「（云）説話之間」。

〔三六〕小閑　臧本下有「云」。

〔三七〕（旦）　臧本作「（正旦云）」。

〔三八〕喒閑口論閑話　「喒」，臧本同。北京大學本、吴國欽本、王學奇本、王季思本改作「咱」。按，喒，咱們。參見《哭存孝》頭折校注〔二四〕。閑口論閑話，隨便聊聊。臧本武漢臣《老生兒》三折正末白：「婆婆，孩兒每也未來哩，喒閑口論閑話。」論，説。《文選》卷三十謝靈運《石門新營所住四面高山迴溪石瀨修竹茂林詩》：「匪爲衆人説，冀與智者論。」李善注：「司馬遷書曰：可爲智者説，難爲俗人言。」

〔三九〕惡　壞。張表臣《珊瑚鈎詩話》卷三：「予嘗語晁次膺曰：『公緑頭鴨琵琶詞誠妙絶……然某亦曾有一詩。』公曰：『云何？』曰：『白鴿潛來入紫槽，朱鸞飛去唳青霄。……』曰：『詩亦不惡。』」

〔四〇〕小閑　臧本下有「云」。

〔四一〕（旦）　臧本作「（正旦唱）」。

〔四二〕縣君　命婦的封號。唐四品官之母妻爲郡君，五品爲縣君（見《通典·職官十六》）。元與唐同（見《續通典·職官十六》）。

〔四三〕使數　奴婢。景方諸生本王實甫《西厢記》五本四折【喬牌兒】：「我只見丫鬟使數都厮覷，莫不我身邊有甚事故？」王伯良云：「使數，猶言使用人也，亦係方語，元詞屢用。」

〔四四〕那裏像喒乾茨臘手搶着粉　臧本同。北京大學本、吴國欽本、王學奇本、王季思本「喒」改作「咱」。按，喒，我。參見《哭存孝》頭折校注〔二四〕。乾茨臘，乾巴巴。茨臘，語助。亦作「乾支剌」。《北宫詞紀》卷六湯菊莊套數【南吕】一枝花「和劉庭信夏景題情」：「軟兀剌弱身軀，顛不剌喬證候，乾支剌瘦肌膚。」搶，嵌。周密《武林舊事》卷三「西湖游幸」：「理宗時亦嘗製一舟，悉用香楠木，搶金爲之，亦極華侈。」

〔四五〕鋪鬢　整平臉頰兩旁的頭髮。

〔四六〕那裏像喒解了那襻胸帶　臧本同。北京大學本、吴國欽本、王學奇本、王季思本「喒」改作「咱」，參見《哭存孝》頭折校注〔三四〕。襻胸帶，兜肚上的帶子。襻胸，兜肚。

〔四七〕覷個向順　臧本同。盧冀野本「順」字下未點斷。按，「順」字韵。覷向順，識親疏。

〔四八〕那些個好人家風韵　臧本「那些個」作「衒一味」，「好」作「良」。那些個，真個是。《張協狀元》戲文四十八出：「（丑）吏人，這官人曾做三百單八隻詞，博得個屯田員外郎，（净）耆卿也吟得詩，做得詞，超得烘兒，品得樂器，射得弩，踢得氣毬。（末）那些個浪子班頭。」風韵，風度韵致。《太平廣記》卷二百八十一引《河東記》：「中有一女郎，憂傷摧悴，側身下坐，風韵若似遐叔之妻。」

〔四九〕喒門　臧本作「喒們」。北京大學本、吴國欽本、王學奇本、王季思本「喒」改作「咱」。參見《哭存孝》頭折校注〔三四〕。門，們。道山先生《道山清話》：「學士，學士，他門取了富貴，做了好官，不枉了恁地，自家做甚來陪奉他門？」

〔五〇〕空房鎖定個胡孫　臧本「房」下有一「中」字，「胡」作「猢」。

〔五一〕喬軀老　扭揑作態的樣子。喬，假裝，裝模做樣。參看《詩詞曲語辭匯釋》卷五「喬」。軀老，軀，身段。老，後綴。參同上卷六「老」。

〔五二〕有萬種虚嚻歹議論　虚嚻，虚假。《詞謔》一「詞謔」七【滿庭芳】「嘲狂儒」：「氅衣、雲履、坡仙帽，一弄虚嚣。」「歹」原作「反」，有校筆改作「歹」，吴曉鈴本已從改。臧本即作「歹」。盧冀野本「論」字下未點斷。按，「論」字韵。

〔五三〕風塵　喻娼妓。段安節《樂府雜録》：「泊漁陽之亂，六宫星散，永新爲一士人所得。……後士人卒，與其母之京師，竟殁於風塵。及卒，謂其母曰：『阿母，錢樹子倒矣！』」

〔五四〕小閑　臧本下有「云」。

〔五五〕（旦）　臧本作「（正旦云）」。

〔五六〕（旦）　臧本作「（正旦云）」。

〔五七〕小二哥　稱店夥。參見校注〔一〕。

〔五八〕小二　臧本下有「云」。

〔五九〕（做行科）　臧本作「（做行叫科，云）」。

〔六〇〕小哥　稱青年男子。《張協狀元》戲文十二出：「小哥是誰家令嗣？」

〔六一〕周舍上　臧本下有「云」。

〔六二〕小二　臧本下有「云」。

〔六三〕店裹有個好女子請你里　臧本「里」作「哩」。王學奇本「裹」改作「中」。

〔六四〕（周）　臧本作「（周舍云）」。

〔六五〕喒去來　臧本「喒」下有「和你就」三字。北京大學本、吴國欽本、王學奇本、王季思本「喒」改作「咱」。參見《哭存孝》頭折校注〔一五四〕。

〔六六〕做見科　臧本下有「云」。

〔六七〕（旦）　臧本作「（正旦云）」。

〔六八〕來了也　臧本上有「你」字，下有「（唱）」。

〔六九〕【滚綉毬】　臧本作「【幺篇】」。

〔七〇〕有見聞　有眼光。

〔七一〕可真。《董解元西厢記》卷三【黄鍾宫】【出隊子】【尾】：「怪得新來可喞嚁，折到得個臉兒清瘦。」

〔七二〕擡　臧本同。盧冀野本誤作「檯」。

〔七三〕恰正　正，正好。史九敬先《莊周夢》三折【正宫端正好】：「展雙眸按落雲頭，到人間恰正黄昏後。」參見《調風月》第四折校注〔四七〕。

〔七四〕（周）　臧本作「（周舍云）」。

〔七五〕客火　臧本同。王季思本「火」改作「伙」。按，客火，即客夥，一群客人。參見《蝴蝶夢》第三折校注〔一六七〕。下同，不另出校。

〔七六〕褐紬段兒　臧本「褐」下有一「色」字。「紬」原作「袖」，據臧本改。王季思本「紬段」改作「綢緞」。按，「紬」即「綢」。參見《調風月》第一折校注〔三〕。段，緞。陳垣《元典章校補釋例》卷三：「緞字古有之，然元時紬段之段不用緞。」下同，不另出校。

〔七七〕（旦）　臧本作「（正旦云）」。

〔七八〕不知道　臧本作「你可見來」。

〔七九〕小閑　臧本下有「云」。

〔八〇〕不是他與褐紬　「紬」原作「袖」，從吴曉鈴本改。臧本此句作「不曾見他有甚麼褐色紬段兒」。

〔八一〕（周）　臧本作「（周舍云）」。

〔八二〕早起杭州散了　臧本上有一「哦」字。吴國欽本、王學奇本「據上下文」於「杭州」下補「客火」二字。王季思本補同，惟「火」作「伙」。

〔八三〕（旦）　臧本作「（正旦云）」。

〔八四〕小的每不曾見　臧本作「小的每，你可見來？（小閑云）我不曾見。（正旦唱）」。小的每，稱僕隸。「每」字不表複數。參見第一折校注〔四〕。

〔八五〕你則是忒現新　則是，真是。元刊本武漢臣《老生兒》一折【賺煞尾】：「我塵世六十年，做富漢三十載，則是無明夜擔着利害。」參見《哭存孝》第三折校注〔八〕。「現」疑應是「忺」字。忺新，喜新。參見《調風月》第一折校注〔二四〕。

〔八六〕忘昏　健忘。亦作「忘渾」。闕名氏《替殺妻》二折【滾綉毬】：「母親又無甚症候，只有些老忘渾。」

〔八七〕更做道你眼鈍　臧本同。北京大學本、吴國欽本、王學奇本、王季思本「鈍」字下斷作句號，而於上句「昏」字下作逗號。非。按，更做道，猶即使是，乃表假設兼讓步的連詞，句末不宜作句號。參看《詩詞曲語辭匯釋》卷二「做」。

〔八八〕唱詞話　説唱詞話。詞話是宋元以來流行的一種説唱文學形式。説的部分是散文，即話；唱的部分是韻文，即詞。一般來講，是一段散文和一段韻文交叉使用。内容多以歷史傳説爲主。

〔八九〕喒也曾武陵溪畔曾相識　臧本同。北京大學本、吴國欽本、王學奇本、王季思本「喒」改作「咱」。參見《哭存孝》頭折校注〔三〕。武陵溪，傳説中晋時漁人發現桃花源處，後人混用爲劉晨阮肇事。民間傳説：東漢劉晨、阮肇入天台山採藥，在武陵桃源遇仙女，留住半年。迨還鄉，鄉邑零落，已歷十世。事見《太平廣記》卷六十一引《神仙記》。《北詞廣正譜》三帙仙吕宫【醉扶歸】附引曾瑞卿《留鞋記》：「有緣千里能相會，劉晨曾誤入武陵溪。」明王子一有《劉晨阮肇誤入桃源》雜劇叙其事。

〔九〇〕佯推　假裝。徐畛《殺狗記》二十九齣：「一人心痛一個腰疼，假意佯推病。」參見《蝴蝶夢》第一折校注〔二〇〕。

〔九一〕斷夢勞魂　夢魂牽掛。臧本闕名氏《碧桃花》一折【鵲踏枝】：「元來是惱春色孤眠不穩，早難道爲賤妾斷夢勞魂？」

〔九二〕（周）　臧本作「（周舍云）」。

〔九三〕是　臧本同。盧冀野本誤作「者」。

〔九四〕（旦）　臧本作「（正旦云）」。

〔九五〕（周）　臧本作「（周舍云）」。

〔九六〕然你妳妳那耳根　臧本作「你是趙盼兒，好，好」。然，諧「撚」，捏也。

〔九七〕關了店門　臧本上有「小二」二字。

〔九八〕小閑　臧本下有「云」。

〔九九〕一房一臥　一套嫁妝。脈望館鈔本鄭廷玉《冤家債主》三折正末白：「兩個媳婦兒，你來。兩個孩兒又死了……你有爺和娘，您收拾了一房一臥，你自歸宗去。」

〔一〇〇〕到　臧本作「倒」。

〔一〇一〕（旦）　臧本作「（正旦云）」。

〔一〇二〕的　臧本作「下」。的，猶下。臧本尚仲賢《氣英布》四折隨何白：「這一遭戰，臣敢立的包狀，只有勝無有敗。」下文樊噲白「立的」作「立下」。

〔一〇三〕個　臧本作「你」。

〔一〇四〕説的耳滿鼻滿的　吴曉鈴本「説的」下增一「我」字，校云：「我——臧本無此字。」按，臧本「説的」下有二「我」字。吴校誤。耳滿鼻滿，聽飽了。

〔一〇五〕自見了你呵　臧本作「後得見你呵」。

〔一〇六〕我不茶不飯　臧本上有「害的」二字，下有「只是思想着你」一句。

〔一〇七〕聽的你娶了宋引章　臧本下有「教我如何不惱？周舍」。

〔一〇八〕你却着我保親　臧本下有「（唱）」。

〔一〇九〕我當初倚大呵妝儇主婚　倚大，自恃年長。《七國春秋平話》卷下：「兄然倚大，識此陣麼？」妝儇，假作聰明。儇，聰明。《説文解字》八上人部：「儇，慧也。」

〔一一〇〕須是我火性起特故裏破親　臧本「須是我火性起」作「怎知我嫉妒呵」。特故，特意。《董解元西厢記》卷六【越調】【山麻稭】：「做得個蟲蟻兒天生的劣，特故把愁人做脾憋，更深後越切。」裏，猶地。參見《哭存孝》第二折校注〔一四〕。

〔一一一〕外相兒通疏就裏村　通疏，通達。《董解元西厢記》卷七【中吕調】【古輪臺】：「所爲身分，舉止得人嫌，事事不通疏，没些靈變。」就裏，内裏。元刊本尚仲賢《氣英布》三折【剔銀燈】：「就裏則是個大村叟，龍椅上把身軀不收。」村，蠢。《清平山堂話本·快嘴李翠蓮記》：「可耐伊家忒恁村，冷飯將來與我吞。」

〔一二〕喒罷論　臧本「喒」下有「就肯」二字。北京大學本、吴國欽本、王學奇本、王季思本「喒」改作「咱」。按，喒，我。參見《哭存孝》頭折校注〔二四〕。

〔一三〕我好意將着車輛鞍馬、奩房斷送來　鞍馬，馬。《典章新集》刑部「禁聚衆」：「江東寧國等處流民騎坐鞍馬，執把弓箭旗鎗，擾害百姓，打奪錢物等事……合行革撥。」「奩房斷送來」原作「奩房來斷送」，今乙改。奩房斷送，妝奩。參看《詩詞曲語辭匯釋》卷五「斷送（五）」。臧本此句上有「（云）」，「奩房斷送來」作「奩房來尋你」。

〔一四〕攔回　撤回。

〔一五〕喒　臧本同。北京大學本、吴國欽本、王學奇本、王季思本改作「咱」。按，喒，咱們。參見《哭存孝》頭折校注〔二四〕。

〔一六〕（周）　臧本作「（周舍云）」。

〔一七〕怎肯打舅舅　臧本上有一「我」字。王季思本「怎」誤作「剗」。舅舅，舅子。《劉知遠諸宫調》第十二【般涉調】【墻頭花】：「舅舅妗子休憂，有一事須管隨某。」

〔一八〕（旦）　臧本作「（正旦云）」。

〔二九〕的　臧本作「下」。

〔三〇〕（周）　臧本作「（周舍云）」。

〔三一〕您兒也坐的將去　臧本同。盧冀野本「您」改作「你」。按，您，你。參見《哭存孝》頭折校注〔六五〕。坐的，坐。的，蒙古語動詞後加詞尾變静動詞的直譯。參同上校注〔五四〕。去，下去。《太平樂府》卷八侯克中套數【正宫】菩薩蠻「客中寄情」：「待寫個平安字樣，都是俺虚脾拍塞，一封愁信息。向銀臺畔讀不去也傷悲！」

〔三二〕外旦上　臧本下有「云」。

〔三三〕則　臧本作「咱」。

〔三四〕的　臧本作「哩」。的，猶哩。臧本范子安《竹葉舟》楔子行童白：「怪不得自古以來儒門和俺兩家做對頭的。」臧本闕名氏《百花亭》二折柳殿試白：「元來老兄也深曉風月中趣味的。」

〔三五〕放心　臧本作「再不要來家」。

〔三六〕家呵　臧本作「時」。

〔三七〕和你一遞一刀子截里　一遞一刀子，兩個人你一刀子我一刀子地你來我去。遞，交替。王實甫《西厢記》四本三折【朝天子】：「一個這壁，一個那壁，一遞一聲長吁氣。」一遞一聲長吁氣，兩個人你一聲我一聲地更互嘆氣。有校筆改「截」作「戳」。臧本亦作「截」。吴國欽本、王季思本改作「戳」。按，截，即所謂遮截架格之截。這裏意猶拼。臧本闕名氏《小尉遲》二折【柳青娘】：「磣磕磕的鐙相磨，亂紛紛的鎗相截。」一遞一刀子截，即你一刀子我一刀子相拼。臧本「里」作「哩」。

〔二八〕（周）臧本作「（周舍取棍科，云）」。

〔二九〕搶生吃里　搶生吃，不等食物熟就搶着吃，意猶打架。臧本「里」作「哩」。

〔三〇〕打　臧本同。盧冀野本誤作「不」。

〔三一〕（旦）　臧本作「（正旦唱）」。

〔三二〕更是　更加。

〔三三〕明聞　明白地表示出來讓人知道。脈望館古名家本闕名氏《藍采和》二折【烏夜啼】：「眼睜睜不敢往前進，不敢明聞。」

〔三四〕肋底下插柴自忍　臧本「忍」作「穩」。中華書局本「穩」字下未點斷。吴國欽本、王季思本「據古名家本」「穩」改作「忍」。按，「穩」乃「隱」字之誤。「穩（隱）」字韵。肋底下插柴自忍、肋底下插柴自隱，歇後語。意謂有痛苦也只好自己隱忍着。亦作「脅底下插柴内忍」，見闕名氏《凍蘇秦》四折。

〔三五〕不忍　臧本作「怎見」。

翁》：「無何天寶大征兵，户有三丁點一丁。」的，猶得。參看《詩詞曲語辭匯釋》卷四「的（二）」。

〔一五三〕喒　臧本同。北京大學本、吴國欽本、王學奇本、王季思本改作「咱」。按，喒，咱們。參見《哭存孝》頭折校注〔三四〕。

〔一五四〕（周）　臧本作「（周舍云）」。

〔一五五〕就就　第二個「就」字原闕，係校筆補。從。臧本不疊。

〔一五六〕（旦）　臧本作「（正旦云）」。

〔一五七〕打一棒快毬子　宋元毬戲用語。此處用以比喻用迅速的手段解決問題，猶言痛快，乾脆。

〔一五八〕舍　臧本作「捨」。

〔一五九〕一發　一心一意。范鎮《東齋記事》卷四：「蜀有孫太古知微，善畫山水仙官星辰人物……又有李懷衮者，成都人，亦善山水……又有趙昌者，漢州人，善畫花。……三人者，平生至意精思，一發于畫，故其畫爲工而能名于世。」

〔一六〇〕（周）　臧本作「（周舍云）」。

〔一六一〕就休了他　「就」字原壞，存左半，從吴曉鈴本補正。臧本即作「就」。休，離棄妻子。《清平山堂話本·簡帖和尚》：「只有小娘子見丈夫不要他，把他休了，哭出州衙門來。」參見第二折校注〔一三〕。

〔一六二〕是我打怕了的　臧本「我」下有「平日間」三字，無「了」字。

〔一六三〕與他　臧本作「若與了」。

〔一六四〕便　臧本作「就」，下有「一道烟」三字。

〔一六五〕這女子他可不嫁　臧本作「這婆娘他若是不嫁我呵」。盧冀野本「若」誤作「著」。

〔一六六〕不弄的尖擔兩頭脱了　臧本上有一「可」字，無「了」字。

〔一六七〕休的容易　休的，休得，别。闕名氏《隔江鬥智》三折【浪裏來煞】：「便排下那幾千番筵席你也休的再來邀。」臧本「容易」作「造次」。

〔一六八〕女子　臧本作「婆娘」。

〔一六九〕肚腸　心思。《五代史平話》唐史卷上：「王彦章也是這般的肚腸，那裏更顧惜家小也。」

〔一七〇〕把肉吊窗兒放下來　閉上眼睛不理人。肉吊窗，眼皮。臧本石君寶《曲江池》一折【金盞兒】：「常則是肉吊窗放下遮他面，動不動便抓錢。」

〔一七一〕我　原作「你」，據臧本改。吴曉鈴本校勘記亦謂「你」字「疑誤，應從臧本」。

〔一七二〕你說下個誓　「說」字字書未見，疑是「説」字之誤。臧本即作「説」。臧本「誓」下有一「着」字。

〔一七三〕（旦）　臧本作「（正旦云）」。

〔一七四〕教　臧本作「要」。

〔一七五〕堂子　臧本同。吴國欽本、王季思本「堂」改作「塘」。按，堂子，澡堂。臧本楊顯之《瀟湘雨》二折【醉太平】：「弄的來身兒上精赤條條的，我去那堂子裏把個澡洗。」

〔一七六〕燈草打折臁兒骨　臧本同。盧冀野本「燈草」二字斷屬上句。非。「臁」原作「膁」，臧本同，從吴國欽本、王學奇本改。《集韻》平聲鹽韵：「臁，脛臁也」；離鹽切。臁兒骨，小腿骨。

〔一七七〕也　臧本作「哩」。

〔一七八〕（周）　臧本作「（周舍云）」。

〔一七九〕將酒來　臧本上有「小二」二字。

〔一八〇〕（旦）　臧本作「（正旦云）」。盧冀野本「旦」誤作「舍」。

〔一八一〕里　臧本作「哩」。

〔一八二〕（周）　臧本作「（周舍云）」。

〔一八三〕買羊來　臧本上有「還要」二字，無「來」字。

〔一八四〕（旦）　臧本作「（正旦云）」。

〔一八五〕里　臧本作「哩」。

〔一八六〕（周）　臧本作「（周舍云）」。

〔一八七〕買紅去　臧本上有「好，好，好，待我」。

〔一八八〕（旦）　臧本作「（正旦云）」。

〔一八九〕争甚麽那　臧本上有「你」字。盧冀野本「那」字斷屬下句。非。按，那，語助詞。參見《蝴蝶夢》第二折校注〔九〇〕。

〔一九〇〕我的就是你的　臧本下有「（唱）」。

〔一九一〕【煞尾】　臧本作「【二煞】」。

〔一九二〕則這緊的到頭終是緊　則這，這。《陽春白雪》後集卷三劉時中套數【正宫】端正好：「則這素無行止喬男女，都整扮衣冠學士夫，一個個膽大心粗。」參見《調風月》第二折校注〔三〕。「緊」，臧本同。王學奇本注云：「疑爲『近』。」按，緊，近。顧曲齋本石君寶《曲江池》二折【梁州】：「俺娘錢親，鈔緊，女心裏憎惡娘親近。」

〔一九三〕原來　終究。息機子本闕名氏《合同文字》二折【滚綉毬】：「兀的不壓了魂，諕殺人！原來是至誠的神順，這般呵可又早動鬼驚神。古來孝子擔繼母，感得園林兩處分，脚底生雲。」

〔一九四〕筭條般　臧本「般」作「兒」。筭條，比喻人年輕。賈仲明《金安壽》二折【感皇恩】：「你覷花枝般淹潤妖嬈，我更筭條般風流年少。」

〔一九五〕錦片也似前程　臧本「也似」作「兒」。錦片也似前程，美滿的婚姻。參見第三折校注〔五〇〕。也似，似。

〔一九六〕倒陪了十萬貫家緣　臧本「陪」作「賠」，「十萬貫家緣」作「幾錠兒花銀」。倒陪，即倒賠。參見《單刀會》第一折校注〔二三〕。家緣，家産。參看徐嘉瑞《金元戲曲方言考》「家緣」。

〔一九七〕十米九糠　「糠」原作「康」，據臧本改。十米九糠，意謂不會算計，吃虧上當。臧本上有「捹着個」三字。

〔一九八〕兩婦三妻　喻三心二意。《玉鏡臺》三折【三煞】：「忺得你一年半載，他可早兩婦三妻。」

〔一九九〕不枉了一世做郎君　不枉了，没有白做。《董解元西厢記》卷五【仙吕調】【河傳令纏】：「誰指望是他劣相的心腸先改，想咱家不枉了爲他害。」郎君，丈夫。《樂府詩集》卷四十四清商曲辭一《子夜四時歌·夏歌》：「郎君未可前，待我整容儀。」

〔二〇〇〕【尾聲】　臧本作「【黄鍾尾】」。

〔二〇一〕受　臧本作「守」。

〔二〇二〕人　臧本無。

〔二〇三〕您中心覷個意順　「您」，臧本同。盧冀野本改作「喒」。非。臧本「中心」作「心中」。中心，即心中。《詩·王風·黍離》：「行邁靡靡，中心摇摇。」覷個意順，拿個主意。

〔二〇四〕休了你門内人　臧本上有一「但」字，「門内人」作「這眼下人」。盧冀野本「人」字下未點斷。按，「人」字韵。吴國欽本「據古名家本」「這眼下人」改作「門内人」。王季思本改同，惟仍留

「這」字。

〔二〇五〕教的錢財不使半文　臧本「教的」作「不要你」，無「不」字。教的，即教，猶使。參見《哭存孝》頭折校注〔五四〕。

〔二〇六〕領將來人到陪了幾定銀　臧本作「早是我走將來自上門」。領將，帶。《魯齋郎》一折正末白：「見一人急心疼，我領將來，你與他一服藥吃，救他性命。」定，錠。《金史·鄯陽傳》：「殺一人者賞銀一定。」

〔二〇七〕到陪了家緣和你爲眷姻　臧本「到陪」作「倒貼」，「家緣」作「奩房」。爲眷姻，成婚。王實甫《西厢記》五本三折【麻郎兒幺篇】：「硬打捱强爲眷姻，不睹事强諧秦晉。」

〔二〇八〕我若還嫁了你　臧本上有「（云）」。若還，如果。《全唐詩》卷八九九許岷《木蘭花》：「若還猜妾倩人書，誤了平生多少事。」

〔二〇九〕我不比宋引章針指油麵、刺綉鋪房、大裁小剪　臧本「不比」下有一「那」字，「大裁小剪」下有「都不曉得一些兒的。（唱）」。針指，參見第一折校注〔五五〕。

第四折

（外旦上〔一〕）周舍敢待來也〔二〕。（周舍上，見科）（外旦〔三〕）周舍，你吃〔四〕甚麽茶飯？（周怒云）〔五〕好也，將紙筆來，寫與你一紙休書，你快走。（外旦接休書〔六〕科，云）我有甚麽不是，你休了我？（周）〔七〕你還在這裏？你快走！（外旦〔八〕）你真個休了我也〔九〕？（出門科，云）〔一〇〕我出的這門來。周舍也〔一一〕，你好癡也！趙盼兒姐姐，你好强也！我將着這休書，直至店肆中去望姐姐去也〔一二〕。（下）（周）〔一三〕我却去店肆中娶那婦人去來〔一四〕。（下）〔一五〕

（店小二上）這早晚不見周小哥來〔一六〕。（周舍上）〔一七〕店小二，恰纔成的那婦人〔一八〕在那裏？（小二）〔一九〕你剛出門，他也上馬去了。（周）〔二〇〕到着他道兒了〔二一〕。將馬來，我趕將他去。（小二）〔二二〕馬揣駒〔二三〕了。（周）〔二四〕鞴〔二五〕騾子。（小二）〔二六〕騾子思糞〔二七〕。（周）鞴驢子。（小二）驢子漏蹄〔二八〕。（周）〔二九〕我步行趕將他去〔三〇〕。（下）〔三一〕（小二）〔三二〕我也趕將〔三三〕他去。（下）〔三四〕

（旦同卜兒〔三五〕、外旦上）（卜〔三六〕云）若不是姐姐，怎能勾出的這門也〔三七〕！（旦）〔三八〕走，走，走〔三九〕！

【雙調新水令】笑吟吟案板〔四〇〕似寫着休書，則俺脱空故人何處〔四一〕？賣弄他能愛女〔四二〕，有權術，怎禁他得勝葫蘆〔四三〕説到有九千句。

引章，你再嫁人呵，我將這休書與周舍去。將那休書來，我試看咱。再嫁人呵，只來問我〔四四〕。（周舍趕上科〔四五〕）那裏去〔四六〕？宋引章，你是我的老婆〔四七〕。（外旦〔四八〕）周舍，你與了我休書，趕出我來了。（周）〔四九〕休書上手模印五個指頭，那裏四個指頭〔五〇〕是休書？（外旦展看科）（周奪科）（外旦不與科）（周咬碎科）〔五一〕（外旦〔五二〕）姐姐，周舍咬了我的〔五三〕也。（旦上救科）（周）〔五四〕你也是我的老婆。（旦）〔五五〕我怎麽是你的老婆？（周）〔五六〕你吃了我的酒來。（旦）〔五七〕我車上有十瓶好酒，怎麽是你的？（周）〔五八〕你可受我的羊來。（旦）〔五九〕

我自有一隻熟羊，怎麼是你的？（周）〔六〇〕你受我的紅定來。（旦）〔六一〕我自有大紅羅，怎麼是你的〔六二〕？

【喬牌兒】酒和羊車上物，大紅羅自將去〔六三〕。你一心淫濫無是處〔六四〕，要將人白〔六五〕賴取。

（周）〔六六〕你說了誓〔六七〕嫁我來。（旦）〔六八〕

【慶東原】俺須是賣空虛〔六九〕，憑着那說來了言咒誓〔七〇〕爲活路。怕你不信呵〔七一〕，走遍花街請妓女〔七二〕，道死了全家誓，說道無重數，論報應全無〔七三〕。若依着〔七四〕咒盟言，死的來滅門户〔七五〕。

引章妹子〔七六〕，你跟將他去。（外旦怕科，云）姐姐，跟了他去就是死。（旦）〔七七〕

【落梅風】則爲你無重數、恰模糊〔七八〕，（周）〔七九〕休書已毀了，你不跟我去待怎麼〔八〇〕？（外旦怕科）（旦）〔八一〕妹子，休荒〔八二〕莫怕，咬碎的是假休書〔八三〕。我特故抄與你個休書題目，我跟前見放着你親模〔八四〕。（周奪休書科）〔八五〕（旦）〔八六〕便有九頭牛也拽不出去。

（周扯二旦〔八七〕，云）明有王法〔八八〕，我和你告官去來。（同下）

（孤一行上）〔八九〕聲名德化九重〔九〇〕聞，良夜家家不閉門；雨後有人耕緑野，月明無犬吠花村。小官鄭州守〔九一〕李公弼是也。今日升起早衙〔九二〕。看有甚麼人來〔九三〕。張千，喝攛箱〔九四〕。（張）〔九五〕理會的。（周舍同二旦、卜兒〔九六〕上）（周云〔九七〕）冤屈〔九八〕！（孤〔九九〕）告甚麼事？（周）〔一〇〇〕大人可憐見，混賴〔一〇一〕我媳婦。（孤〔一〇二〕）誰混賴你的媳婦？（周）〔一〇三〕是趙盼兒設計混賴我媳婦宋引章。（孤〔一〇四〕）那婦人，怎麼說？（旦）〔一〇五〕

【雁兒落】這厮心狠毒，這厮家豪富，衠一味虛肚腸〔一〇六〕，不幹些實活路〔一〇七〕。

【得勝令】宋引章有親夫〔一〇八〕，他强占作妻室〔一〇九〕。淫亂心情〔一一〇〕歹，凶頑膽氣粗，無徒！到處裏胡爲做〔一一一〕。見〔一一二〕放着休書，望恩官明鑒取〔一一三〕。

大人，宋引章是有丈夫的，被周舍强占爲妻。昨日又與了休書了。（孤）他丈夫是誰？（旦）是安秀才〔一一四〕。（孤〔一一五〕）周舍，他是有丈夫的〔一一六〕，你怎生還賴是你的妻〔一一七〕？這樁事我盡知也〔一一八〕。若不看你父親面上，送你有司問罪。您一行人聽我下斷〔一一九〕：周舍杖六十，與民一體當差〔一二〇〕；宋引章仍歸安秀才爲妻；趙盼兒等寧家住坐〔一二一〕。只爲老虔婆愛賄貪錢〔一二二〕，趙盼兒細説根原〔一二三〕，呆周舍不安本業，安秀才夫婦團圓〔一二四〕。（旦）〔一二五〕

【收尾】對恩官一一説詳細〔一二六〕，分剖〔一二七〕開貪夫怨女；麵糊盆〔一二八〕再休説死生交，風月所別尋鶯燕侶〔一二九〕。

題目　念彼觀音力　還着於本人

正名　虚脾瞞俏倬　風月救風塵〔一三〇〕

校　注

〔一〕外旦上　臧本下有「云」。

〔二〕周舍敢待來也　臧本上有「這些時」三字。

〔三〕外旦　臧本下有「云」。

〔四〕吃　臧本上有一「要」字。

〔五〕（周怒云）　臧本作「（周舍做怒科，云）」。

〔六〕接休書　臧本下有「不走」二字。

〔七〕（周）　臧本作「（周舍云）」。

〔八〕外旦　臧本下有「云」。

〔九〕你真個休了我也　臧本無「也」字，下有「你當初要我時怎麽樣説來？你這負心漢，害天灾的！你要去，我偏不去」。

〔一〇〕（出門科，云）　臧本作「（周舍推出門科）（外旦云）」。

〔一一〕也　臧本無。

〔一二〕直至店肆中去望姐姐去也　臧本無「肆」字，「望」作「尋」，「也」作「來」。

〔一三〕（周）　臧本作「（周舍云）」。

〔一四〕我却去店肆中娶那婦人去來　臧本上有「這賤人去了」一句，無「却」字，第一個「去」字作「到」，無「肆」與「來」字。却，猶再。參看《詩詞曲語辭匯釋》卷一「却（七）」。去來，去。參見《哭存孝》第二折校注〔三五〕。

〔四〇〕案板　厨房裏做麵食用的木板。比喻穩妥。

〔四一〕則俺脱空故人何處　臧本「俺」下有一「這」字，「脱空」下有一「的」字。脱空，弄虚作假。陶岳《五代史補》卷二：「周主之入京師也，少主崩於北崗。周主命宰相馮道迎湘陰公，將立之。至宋州，高祖已爲三軍擁戴。忠恕知事變，乃正色責道曰：『令公累朝大臣，誠信著於天下，四方談士，無賢不肖，皆以爲長者。今一旦返作脱空漢，前功業并弃，令公之心安乎？』」

〔四二〕愛女　好女色。參見第二折校注〔八四〕。

〔四三〕怎禁他得勝葫蘆　臧本「他」作「那」。得勝葫蘆，能説會道的一張嘴。葫蘆，喻嘴。參見《蝴蝶夢》第二折校注〔二三〕。

〔四四〕引章，你再嫁人呵，我將這休書與周舍去。將那休書來，我試看咱。再嫁人呵，只來問我　臧本作「（云）引章，你將那休書來與我看咱。（外旦付休書）（正旦换科，云）引章，你再要嫁人時，全憑這一張紙是個照證，你收好者。（外旦接科）」。

〔四五〕科　臧本作「喝云」。

〔四六〕那裏去　臧本上有「賤人」二字。

〔四七〕你是我的老婆　臧本下有「如何逃走」一句。

〔四八〕外旦　臧本下有「云」。

〔四九〕（周）　臧本作「（周舍云）」。

〔五〇〕四個指頭　臧本下有一「的」字。

〔五一〕（外旦展看科）（周奪科）（外旦不與科）（周咬碎科）　臧本作「（外旦展看，周奪咬碎科）」。

〔五二〕外旦　臧本下有「云」。

〔五三〕周舍咬了我的　臧本下有「休書」二字。吴國欽本、王季思本「據文意」「咬了」改作「咬碎」，王學奇本改作「咬碎了」。

〔五四〕（周）　臧本作「（周舍云）」。

〔五五〕（旦）　臧本作「（正旦云）」。

〔五六〕（周）　臧本作「（周舍云）」。

〔五七〕（旦）　臧本作「（正旦云）」。

〔五八〕（周）　臧本作「（周舍云）」。

〔五九〕（旦）　臧本作「（正旦云）」。

〔六〇〕（周）　臧本作「（周舍云）」。

〔六一〕（旦）　臧本作「（正旦云）」。

〔六二〕怎麽是你的　臧本下有「（唱）」。

〔六三〕去　猶來。參看《詩詞曲語辭匯釋》卷三「去(一)」。

〔六四〕無是處　不得了。參看《詩詞曲語辭匯釋》卷四「無是處」。

〔六五〕白　平白。《董解元西厢記》卷四【仙吕調】【綉帶兒】：「恰纔據俺對面不敢支吾，白受恁閑驚怖。」

〔六六〕(周)　臧本作「(周舍云)」。

〔六七〕説了誓　臧本上有一「曾」字，「了」作「過」。

〔六八〕(旦)　臧本作「(正旦唱)」。

〔六九〕賣空虚　玩假的。

〔七〇〕説來了言咒誓　臧本「來了」作「來的」。來了、來的，均襯字，無義。吴國欽本注云：「『言』上疑脱『盟』字。」王學奇本「言」上補「盟」字。

〔七一〕怕你不信呵　臧本上有「(帶云)」，下有「(唱)」。

〔七二〕走遍花街請妓女　臧本無「走」字，「請」下有一「到」字，「妓」作「娼家」。花街，妓院聚集之處。《宦門子弟錯立身》戲文十二出：「緣何在花街，共人歡愛？」參見《調風月》第二折校注〔九六〕。請，問。《董解元西厢記》卷一：「法本請其從來。」

〔七三〕道死了全家誓，説道無重數，論報應全無　第二個「全」字原作「金」，有校筆改作「全」，吴曉鈴本及北京大學本校勘記、吴國欽本校記、王季思本校記已從改。「説道無重數」之「道」，猶到。參看《詩詞曲語辭匯釋》卷四「道（三）」。

臧本作「那一個不對着明香寶燭？那一個不指着皇天后土？那一個不睹着鬼戮神誅」。

〔七四〕依着　臧本作「信這」。

〔七五〕死的來滅門户　臧本上有一「早」字，無「來」字，「滅」作「絶」。

〔七六〕引章妹子　臧本上有「（云）」。

〔七七〕（旦）　臧本作「（正旦唱）」。

〔七八〕無重數、恰模糊　臧本作「無思慮、忒模糊」。北京大學本、吴國欽本、王學奇本、王季思本「模」改作「模」。參見《蝴蝶夢》第一折校注〔七六〕。

恰，猶真。闕名氏《替殺妻》二折【滚綉毬】：「俺哥哥恰路上受苦辛，幹事忒謹勤。」模糊，糊塗。王仲文《救孝子》三折【三煞】：「令史每偏向，官長每模糊。」

〔七九〕（周）　臧本作「（周舍云）」。

〔八〇〕怎麽　幹甚麽。王實甫《西厢記》五本四折末白：「鄭恒，你來怎麽？」

〔八一〕（旦）　臧本作「（正旦云）」。

〔八二〕荒　臧本作「慌」。

〔八三〕咬碎的是假休書　臧本下有「（唱）」。

〔八四〕見放着你親模　臧本「你」作「這」。王季思本「見」改作「現」。按，見，即「現」。參見《單刀會》第一折校注〔二〕。親模，自己的手印。

〔八五〕（周奪休書科）　臧本作「（周舍奪科）」。

〔八六〕（旦）　臧本作「（正旦唱）」。

〔八七〕周扯二旦　臧本下有「科」。

〔八八〕明有王法　成語。明擺着有國家的法律。《水滸傳》十五回：「好呀！明有王法，暗有神靈，你如何商量這等的勾當！」

〔八九〕（孤一行上）　臧本作「（外扮孤引張千上，詩云）」。

〔九〇〕九重　指帝王或朝廷。《全唐詩》卷三六五劉禹錫《逢王十二學士入翰林因以詩贈》：「定知欲報淮南詔，促召王褒入九重。」參見《蝴蝶夢》第四折校注〔八六〕。

〔九一〕守　秦漢時郡的行政長官太守的省稱，後世指州或府的長官。《新唐書·張九齡傳》：「臣愚謂欲治之本莫若重守令，守令既重則能者可行。」

〔九二〕升起早衙　官長登上公堂治事，叫「升衙」。《董解元西厢記》卷八【大石調】【還京樂】：「鼕鼕地鼓響，正廳上太守升衙。」

〔九三〕看有甚麼人來　臧本作「斷理些公事」。

〔九四〕喝攛箱　開庭審案的代名詞。官員升堂，令衙役「喝攛箱」，受狀審案。闕名氏《爭報恩》二折外白：「今日升廳坐早衙。張千，喝攛箱，擡放告牌出去。」攛箱，將狀詞投入官府所設的告狀箱中。攛，投。楊瑀《山居新話》：「桑哥丞相當國擅權之時……是時都省告狀攛箱，乃暗令人作一狀投之箱中。」

〔九五〕（張）　臧本作「（張千云）」。

〔九六〕卜兒　臧本同。盧冀野本「兒」誤作「回」。

〔九七〕云　臧本上有一「叫」字。

〔九八〕冤屈　臧本下有一「也」字。

〔九九〕孤　臧本下有「云」。

〔一〇〇〕（周）　臧本作「（周舍云）」。

〔一〇一〕混賴　騙取。《董解元西厢記》卷八【雙調】【文如錦】【尾】：「平白地混賴他人婦，若不看您朝廷裏的慈父，打一頓教牒將家去。」

〔一〇二〕孤　臧本下有「云」。

〔一〇三〕（周）　臧本作「（周舍云）」。

〔一二五〕孤　臧本下有「云」。

〔一二六〕他是有丈夫的　臧本「他」作「那宋引章」，無「是」字，「有」上有「明明」二字。

〔一二七〕怎生還賴是你的妻　賴，將他人所有的據爲己有。脈望館鈔本張國賓《汗衫記》三折倈兒白：「媽媽，我打殺的大蟲，你兒子説他打殺的大蟲，他賴我的。」臧本「妻」作「妻子」。

〔一二八〕這樁事我盡知也　臧本無。

〔一二九〕您一行人聽我下斷　一行人，與某一案件有關的一干人。臧本闕名氏《合同文字》三折包待制白：「張千，將一行人都與我帶到開封府裏來。」下斷，判決。臧本岳伯川《鐵拐李》四折韓魏公白：「這樁事着老夫怎生下斷？」

〔一三〇〕與民一體當差　元時規定，官員及其子弟享有免除差役的特權。此處説「與民一體當差」，是指周舍犯了罪，取消其特權，判他和百姓一樣承當差役。一體，一樣。《史記·張耳陳餘列傳》：「陳餘張耳一體有功於趙。」

〔一三一〕寧家住坐　回家安分地過日子。寧家，回家。《京本通俗小説·菩薩蠻》：「當差將新荷杖八十，發錢塘縣轉發寧家。」住坐，居住。《元典章》刑部三「謀叛」：「本賊供指出同徒賊人一百餘人，俱係南安、贛州、南雄、循州管下住坐民户。」

〔一三二〕只爲老虔婆愛賄貪錢　臧本上有「（詞云）」。老虔婆，憎稱鴇母。脈望館古名家本馬致遠《青衫泪》二折正旦白：「自從與白侍郎相公別後，儘着老虔婆百般啜哄，與奴再不肯接客求食。」愛，貪。《宋史·岳飛傳》：「文臣不愛錢，武臣不惜死，天下平矣。」

〔一二三〕原　臧本同。北京大學本、吴國欽本、王學奇本改作「源」。按，原，源。《左傳·昭公九年》：「猶衣服之有冠冕，木水之有本原。」

〔一二四〕安秀才夫婦團圓　臧本下有「（衆叩謝科）」。

〔一二五〕（旦）　臧本作「（正旦唱）」。

〔一二六〕詳細　臧本作「緣故」。

〔一二七〕分剖　訴説。王實甫《西厢記》三本二折末白：「小娘子此一遭去，再着誰與小生分剖？」

〔一二八〕麵糊盆　比喻糊塗人。闕名氏《村樂堂》四折【喜江南】：「過來波包龍圖門中麵糊盆。」

〔一二九〕風月所別尋鶯燕侣　風月所，妓院。息機子本武漢臣《玉壺春》二折【賀新郎】：「我向這花柳營調鼎鼐，風月所理陰陽。」臧本「别尋」作「重諧」，「鶯燕」作「燕鶯」。

〔一三〇〕念彼觀音力，還着於本人。　虚脾瞞俏倬，風月救風塵　臧本作「安秀才花柳成花燭，趙盼兒風月救風塵」。着，猶受。參看《詩詞曲語辭匯釋》卷三「着（七）」。俏倬，風流俊俏。《董解元西厢記》卷二【仙吕調】【醉落魄纏令】：「不曾胡來，俏倬是生涯。」臧本題目正名後末行有尾題「趙盼兒風月救風塵雜劇終」。

閨怨佳人拜月亭

説　明

《録鬼簿》著録。現僅存元刊本。今用覆元槧本、盧冀野本、吴曉鈴本、隋樹森本、鄭騫本、北京大學本、徐沁君本、甯希元本、吴國欽本、王學奇本、王季思本參校。原本總題上有「新刊關目」四字，從盧冀野本、吴曉鈴本、隋樹森本、鄭騫本、北京大學本、徐沁君本、甯希元本、吴國欽本、王學奇本、王季思本删。隋本、甯本總題下增「雜劇」二字。

劇以金元之交的戰亂爲背景，叙述金兵部王尚書之女瑞蘭與書生蔣世隆悲歡離合的愛情故事。

楔子〔一〕

（孤、夫人上，云了）（打唤〔二〕了）（旦扮〔三〕引梅香上了，見孤科）（孤云了）（情理打别〔四〕科）（把盞科〔五〕）父親年紀高大，鞍馬〔六〕上小心咱！（孤云了）（做掩泪科〔七〕）

【賞花時〔八〕】捲地狂風吹塞沙，映日疏林啼暮鴉。滿滿的捧流霞〔九〕，相留得半霎〔一〇〕，咫尺隔天涯。

【幺】〔一一〕行色一鞭催瘦馬。（孤云了）〔一二〕你直待白骨中原如卧麻〔一三〕。雖是這戰伐〔一四〕，負着個天摧地塌，是必想着俺子母〔一五〕每早來家。（下）

（孤、夫人云了）〔一六〕

校注

〔一〕楔子　原本未標出，從各本校增。楔子，元劇於四折之外所加的部分，類似序幕或過場戲。王國維《宋元戲曲考》十一「元劇之結構」云：「元劇……大抵四折，或加楔子。案《説文》〔六〕：『楔，櫼也。』今木工於兩木間有不固處，則斫木札入之，謂之楔子，亦謂之櫼。雜劇之楔子亦然。四折之外，意有未盡，則以楔子足之。……元劇楔子，或在前，或在各折之間，大抵用仙吕賞花時或端正好二曲。」

〔二〕打唤　唤，召唤。《宦門子弟錯立身》戲文二出：「你如今和我去勾闌内打唤王金榜，來書院中與它説話。」

〔三〕旦扮　徐沁君本、吴國欽本、王學奇本、王季思本上補一「正」字。甯希元本「扮」字奪。

〔四〕打别　别，告别。

〔五〕把盞科　鄭騫本下補「云」。徐沁君本、王學奇本、王季思本上補「正旦」二字，下補「云」。

〔六〕鞍馬　借指旅途。《水滸傳》五十二回：「大官人鞍馬風塵不易，初到此間，且省煩惱。」

〔七〕做掩泪科　徐沁君本、王學奇本、王季思本上補「正旦」二字，下補「唱」。甯希元本「做」改作「作」。非。

〔八〕賞花時　隋樹森本、鄭騫本、徐沁君本、甯希元本、吳國欽本、王學奇本、王季思本上補「仙吕」。

〔九〕流霞　仙酒名。此指美酒。張能臣《酒名記》：「高陽店流霞、清風、玉髓。」《唐宋諸賢絶妙詞選》卷六毛澤民《西江月·春夕》：「玉人細細酌流霞，醉裏將春留下。」

〔一〇〕半霎　極短的時間。《宋元戲文輯佚·王魁負桂英》：「自共伊，半霎時，怎離身畔？」

〔一一〕【幺】　徐沁君本、甯希元本、王學奇本、王季思本作「【幺篇】」。

〔一二〕（孤云了）　徐沁君本、王學奇本、王季思本下補「（正旦唱）」。

〔一三〕卧麻　盧冀野本「卧」改作「亂」。鄭騫本校云：「卧麻謂白骨縱横散卧地上如麻，用字確切，不應改。」鄭説是。

〔一四〕戰伐　戰争。《三國志·魏書·辛毗傳》：「連年戰伐，而介胄生蟣蝨。」

〔一五〕子母　母子。《宣和遺事》亨集：「却説子母知道官家，跪在地上，諕得魂飛天外，魄散九霄。」

〔一六〕（孤、夫人云了）　盧冀野本、隋樹森本劃歸第一折。非。徐沁君本校云：「孤已於楔子中出發離家，第一折開頭似不應再有孤出場。」徐説是。

第一折〔一〕

（末、小旦云了〔二〕）（打救外了〔三〕）（共夫人相逐荒走上了〔四〕）（夫人云了）怎想有這場禍事〔五〕！（做住了〔六〕）

【點絳唇〔七〕】錦綉華夷〔八〕，忽從西北，天兵〔九〕起。覷那關口城池，馬到處□□地〔一〇〕。

【混江龍】許來大中都城内〔一一〕，各家煩惱各家知。且説君□□□〔一二〕，想俺父子別離。遥想着尊父東行何日還？又隨着車駕、車駕南遷甚時迴〔一三〕？（夫人云了）（做嗟嘆科）〔一四〕這青湛湛碧悠悠天也知人意，早是秋風颯颯，可更暮雨凄凄。

【油葫蘆】分明是風雨催人辭故國！行一步一嘆息，兩行愁泪臉邊垂。一點雨間一行恓惶泪，一陣風對一聲長吁氣。（做滑擦科〔一五〕）嚦〔一六〕！百忙裏一步一撒〔一七〕，海〔一八〕！索〔一九〕與他一步一提。這一對綉鞋兒分不得幫和底，稠緊緊粘軟軟〔二〇〕帶着淤泥。

【天下樂】阿者！你這般没亂荒張到得那裏〔二一〕？（夫人云了）（做意了〔二二〕）兀的般〔二三〕雲低，天欲黑，至輕的道店〔二四〕十數里。上面風雨，下面泥水。阿者！慢慢的枉步，顯的你没氣力〔二五〕。

（夫人云了）（對夫人云了〔二六〕）

【醉扶歸】阿者！我都拆毁盡些新鐶鏸〔二七〕，關扭碎〔二八〕些舊釵篦，把兩付藤纏兒輕輕得按的扁秕〔二九〕，和我那壓釧通三對〔三〇〕，都綳在我那睡裏肚〔三一〕薄綿套裏，我緊緊的着身繫。

（夫人云了）（哨馬上，叫住了）（夫人云了）（做慘科）〔三二〕（夫人云了，閃下）（小旦上了）〔三三〕（便自上了，做尋夫人科〔三四〕）阿者！阿者！（做叫兩三科，没亂科）（末〔三五〕云了）（猛見末〔三六〕，打慘〔三七〕害羞科）（末〔三八〕云了）（做住了〔三九〕）不見俺母親，我這裏尋里〔四〇〕。（末云了）（做意）（末云）呵〔四一〕！我每常幾曾和個〔四二〕男兒一處説話來！今日到這裏無柰處也〔四三〕，怎生呵是那〔四四〕！

【後庭花】每常我聽得綽的〔四五〕説個女婿，我早豁地離了坐位〔四六〕，悄地低了咽頸〔四七〕，緼地〔四八〕紅了面皮。如今索强支持，如何迴避？藉〔四九〕不的那羞共耻。

（末〔五〇〕云了）（做陪笑科）〔五一〕

【金盞兒】您昆仲〔五二〕各東西，俺子母兩分離，怕哥哥不嫌相辱呵權爲個妹。（末〔五三〕云了）（尋思了〔五四〕）哥哥道做：軍中男女若相隨〔五五〕，有兒夫〔五六〕的不擄掠，無家長的落便宜〔五七〕。（做意了〔五八〕）這般者波〔五九〕，怕不問時權做弟兄〔六〇〕，問着後〔六一〕道做夫妻。

（末〔六二〕云了）（隨着末行科〔六三〕）（外〔六四〕云了）（打慘科〔六五〕，隨末見外科〔六六〕）（外末共正末斷認住了〔六七〕）（做住了，云〔六八〕）怎生這秀才却共這漢是弟兄來？（做住了〔六九〕）

【醉扶歸】你道您祖上侵文墨〔七〇〕，昆仲〔七一〕曉書集，從上流傳直到你〔七二〕，輩輩〔七三〕兒都及第。您端的是姑舅也那叔伯也那兩姨〔七四〕？偏怎生養下這個賊兄弟！

（外末云了）（末〔七五〕云了）哥哥〔七六〕，你有此心，莫不錯尋思了末〔七七〕？

【金盞兒】你心裏把褐衲襖脊梁上披〔七八〕，强似着紫朝衣，論盆家飲酒壓着詩詞會〔七九〕。嫌這攀蟾折桂〔八〇〕做官遲，爲那筆尖上發禄〔八一〕晚，見這刀刃上變錢疾，你也待風高學放火，月黑做强賊！

（正末云了）（外末做住了）〔八二〕本不甚吃酒了〔八三〕。（正末云了）你休吃酒也〔八四〕，恐酒後疏狂。（末云了）〔八五〕

【賺煞尾】〔八六〕然〔八七〕是弟兄心，殷勤意，本酒量窄推辭少吃。樂意開懷雖您地〔八八〕，也省可裏不記東西〔八九〕。（做扶着末〔九〇〕科，做尋思科〔九一〕）阿〔九二〕！ 我自思憶〔九三〕，想我那從你〔九四〕的行爲，被這地亂天番交我做不的伶俐〔九五〕。假妝些厮收厮拾〔九六〕，佯做個一家一計，且着這脱身術謾過這打家賊〔九七〕！（下）

校注

〔一〕第一折　原本分折未標出，從各本校增。後同，不另出校。

〔二〕末、小旦云了　徐沁君本、王學奇本「末」上補一「正」字。按，本劇係旦本，不必補。本劇中末爲蔣世隆。小旦，元劇角色名。飾演少女。王國維《古劇脚色考》：「至元劇，而末旦二色支派彌多。……旦則正旦外，有老旦、大旦、小旦、色旦、搽旦、外旦、旦兒。」本劇中小旦爲蔣世隆之妹瑞蓮。

〔三〕打救外了　徐沁君本、王學奇本上補「正末」二字，「外」下補一「末」字。按，外，外末之省。參見《調風月》第四折校注〔一〕。據《幽閨記》，本劇中外爲陀滿福興。

〔四〕共夫人相逐荒走上了　徐沁君本、吴國欽本、王學奇本、王季思本上補「正旦」二字，甯希元本補「旦」字。盧冀野本「人」誤作「了」。相逐，相隨。《才調集》卷四崔珏《和友人鴛鴦之什》：「蘭深芷密無人見，相逐相呼何處歸？」吴曉鈴本、鄭騫本、北京大學本、徐沁君本、甯希元本、吴國欽本、王學奇本、王季思本「荒」改作「慌」。按，荒，慌。參見《調風月》第二折校注〔五三〕。

〔五〕怎想有這場禍事　鄭騫本上補「（云）」，徐沁君本、王學奇本、王季思本補「（正旦云）」。「怎」字上半壞，從隋樹森本、鄭騫本、北京大學本、徐沁君本、甯希元本、吴國欽本、王學奇本、王季思本補正。北本校云：「據上半部殘存筆劃并聯繫上下文義推斷，當爲『怎』字。」覆元槧本作「心」，盧冀野本、吴曉鈴本沿誤。盧冀野本「禍」誤作「福」。吴曉鈴本校云：「禍——元刊本此字係壞字，僅存『礻』旁，今讀爲『禍』字。」按，僅有「礻」旁者乃覆元槧本，元刊本「禍」字筆劃模糊，隱約可辨。

〔六〕做住了　徐沁君本、王學奇本、王季思本下補「唱」。做住了，即「做住」，角色做完某動作。王伯成《貶夜郎》三折「（外末、旦做住了）（外末同旦與正末禮了）」。參見《調風月》第二折校注〔六四〕。

〔七〕點絳唇　「點絳」二字原壞闕，從各本補。隋樹森本、鄭騫本、徐沁君本、甯希元本、吴國欽本、王學奇本、王季思本并上補「仙吕」。

〔八〕錦綉華夷　盧冀野本「錦」誤作「綿」。華夷，華夏地區和少數民族地區。這裏指天下，海内。《劉知遠諸宫調》第二【仙吕調】【六幺令】：「有朝福至，須交名播滿華夷。」

〔九〕天兵　指元兵。金貞祐元年，蒙古大舉攻金。

〔一〇〕馬到處□□地　「地」字殘存下半部，其上壞闕二字。覆元槧本三字均空闕。鄭騫本「處」字下「地」字上「據文義補」「成平」二字。甯希元本、吴國欽本、王學奇本、王季思本從補。徐沁君本校記亦云：「據上文語意，似爲『成平地』三字。」盧冀野本「處」字下作九空圍。非。

〔一一〕許來大中都城内　許來大，這樣大。參看《詩詞曲語辭匯釋》卷三「許（二）」。中都，今北京。金貞元元年遷都燕京，改稱燕京爲中都，汴京爲南京。

〔一二〕且説君□□□　且説，試看。參看《詩詞曲語辭匯釋》卷一「且道」。「君」下三字原壞闕，第三字殘存下半部。覆元槧本殘字并闕。鄭騫本「據文義補」「臣失散」三字，王季思本補同。徐沁君本、甯希元本、吴國欽本據《幽閨記》補「臣分散」，王學奇本補同。

〔一三〕又隨着車駕、車駕南遷甚時迴　甯希元本「車駕」二字不疊。車駕，皇帝的車乘，借指皇帝。《漢書·高帝紀》：「是日車駕西都長安。」顔師古注：「凡言車駕者，謂天子乘車而行，不敢指斥也。」南遷，指金貞祐二年，蒙古繼續南進，金遷都南京（開封）。覆元槧本「時」誤作「的」，盧冀野本、吴曉鈴本、隋樹森本、鄭騫本、北京大學本沿誤。吴國欽本、王季思本「據《幽閨記》」改作「日」。

〔一四〕（夫人云了）（做嗟嘆科）　隋樹森本作「（夫人云了做嗟嘆科）」，北京大學本、吴國欽本作「（夫人云了，做嗟嘆科）」。按，「做嗟嘆科」屬正旦科介，三本誤斷。參見《調風月》第一折校注〔四〕。徐沁君本、王學奇本「做嗟嘆科」上補「正旦」二字，下補「唱」。

〔一五〕做滑擦科　徐沁君本、王學奇本下補「唱」。「擦」原作「捺」，從徐本改。盧冀野本改作「步」。吴曉鈴本校勘記謂「疑當作『倒』字」，吴國欽本、王季思本從改。甯希元本改作「鞋」。按，擦，滑也。范鎮《東齋紀事》卷一：「優人入戲，各執紙筆，若吟詠狀。其一人忽仆於界石上，衆扶掖起之。既起，曰：『數日來作一首賞花釣魚詩，準備應製，却被這石頭擦倒！』」滑擦，又疊擦字作「滑擦擦」，見楊顯之《瀟湘雨》三折。徐州方言猶説路滑難行爲「滑滑擦擦」。

〔一六〕嚥　嘆詞。表示驚嘆。

〔一七〕百忙裏一步一撒　百忙裏，慌忙中。《金線池》四折【沉醉東風】：「本待要大着膽、挺着身、行靠前，百忙裏倉惶倒偃。」撒，脱落。脈望館古名家本鄭德輝《倩女離魂》四折【古水仙子】：「疏剌剌刷鞴雕鞍撒了鎖鞓。」

〔一八〕海　盧冀野本、隋樹森本、北京大學本、徐沁君本、甯希元本、吴國欽本、王學奇本、王季思本改作「嗨」。

〔一九〕索　盧冀野本此字下點斷。非。按，索，只好。《董解元西厢記》卷七【大石調】【玉翼蟬】：「似恁地埋怨，教人怎下得？索剛拖帶與他前去。」

〔二〇〕輭輭　原作「粳粳」，從徐沁君本、甯希元本、吴國欽本、王學奇本、王季思本改。徐本校云：「『輭』亦寫作『輭』，又與上『粘』字左旁類化，因成『粳』字。」

〔二一〕你這般没亂荒張到得那裏　鄭騫本、北京大學本、徐沁君本、甯希元本、吴國欽本、王學奇本、王季思本「荒」改作「慌」。按，没亂荒張，即慌急。參見《蝴蝶夢》第一折校注〔八〇〕、《調風月》第二折校注〔五二〕。到得那裏，猶言「有甚麽用」。楊梓《豫讓吞炭》一折智伯白：「你不見六卿之家，大半歸我，韓魏各已獻地，你就强梁，到得那裏？」

〔二二〕做意了　徐沁君本、王學奇本、王季思本上補「正旦」二字，下補「唱」。做意，元劇用語。角色做出某種表情。

〔二三〕兀的般　這般。參看《詩詞曲語辭匯釋》卷六「兀的」。

〔二四〕至輕的道店　盧冀野本、甯希元本、吴國欽本、王季思本「輕」改作「近」。按，至輕，最快。輕，猶快，疾。臧本秦簡夫《東堂老》一折【六幺序幺篇】：「那虔婆一對剛牙爪，遮莫你手輕脚疾，敢可也立做了骨化形銷。」盧冀野本、隋樹森本「道」改作「到」。按，道店，旅店。元刊本鄭廷玉

《看錢奴》三折【集賢賓】：「盼了些州城縣鎮，經了些道店村坊。」

〔二五〕慢慢的枉步，顯的你没氣力　甯希元本「慢慢的」改小字，作爲帶白，「顯」辨作「寧」，改作「擰」，連上讀，校云：「『步擰』，即『擰步』之倒文。北方方言以用脚跟走路爲『擰』。」按，「枉」疑應是「徃」字。《集韻》上聲養韵「徃」「枉」聲近，「徃」字下注云「遠行也」，俱往切。

〔二六〕對夫人云了　徐沁君本、王學奇本、王季思本上補「正旦」二字，下補「唱」。

〔二七〕拆毁盡些新鐶鑢　「拆」原作「折」，今改。拆毁，拆。毁，改。亦作「毁拆」。《經進東坡文集事略》卷三十六《乞賜度牒修廨宇狀》：「上件屋宇，皆錢氏所創，規摹高大，無由裁撙。使爲小屋，若頓行毁拆，改造低小，則目前蕭然，便成衰陋。」「鑢」疑應是「瓗」字。《集韻》去聲霽韵「瓗」「鑢」聲近，「瓗」字下注云「玉名」，睽桂切。鐶瓗，金環珮玉。

〔二八〕關扭碎　關扭，彎扭。關，通「彎」。《孟子·告子下》：「越人關弓而射之。」碎，小。《全唐詩》卷六五二方干《石門瀑布》：「直是銀河分派落，兼聞碎滴濺天台。」

〔二九〕把兩付藤纏兒輕輕得按的扁秕　藤纏兒，未詳。得，猶地。石君寶《紫雲亭》四折【梅花酒】：「到求樓軟門外，你却則末得荒張。」「扁秕」原作「揙玭」，今改。徐沁君本校云：「揙玭——疑即『扁秕』二字。」是。吴國欽本、王季思本「玭」亦改作「秕」。按，秕，癟也。《書·仲虺之誥》：「若苗之有莠，若粟之有秕。」甯希元本校勘記謂「疑當作『匾㢢』」。王學奇本校注謂「疑即『扁平』

的聲假字」。按，「秕」字韵，「平」字不叶。

〔三〇〕壓釧通三對　壓釧，鐲子。通，共。葉夢得《石林燕語》卷五：「自是連放五榜，通取八百一人，一時名臣，悉自此出矣。」

〔三一〕裹肚　腰巾或睡覺時圍繫在腰腹間的兜子。《京本通俗小説·碾玉觀音》：「適來郡王在轎裏看見令愛身上繫着一條綉裹肚。」

〔三二〕（夫人云了）（哨馬上，叫住了）（夫人云了）（做慘科）　盧冀野本誤置下文科介「（便自上了，做尋夫人科）」下。徐沁君本、王學奇本「做慘科」上補「正旦」二字。慘，怕。元刊本尚仲賢《氣英布》一折：「（怒云）小校，拿着這漢！　咱見楚王去來。（等外云了）（做慘科，背云）我若拿將這漢見楚王去，這漢是文字官，不曾問一句，敢説一堆老婆舌頭，我是個武職將，幾時折辨過來？」

〔三三〕小旦上了　徐沁君本、王學奇本下補「閃下」二字。徐本校云：「上『夫人閃下』，演王瑞蘭與母親的失散；這裏『小旦閃下』，演蔣瑞蓮與兄世隆的失散。」似可從。

〔三四〕便自上了，做尋夫人科　鄭騫本下補「云」。徐沁君本、王學奇本、王季思本上補「正旦」二字，下補「云」。便自，便，即。自，後綴。《太平廣記》卷一百二十七引《逸史》：「奴有過但言，必爲科決，何得便自打也？」

〔三五〕末　徐沁君本、王學奇本上補一「正」字。

〔三六〕猛見末　徐沁君本、王學奇本上補「正旦」二字，「末」上補一「正」字。王季思本上補「正旦」二字。

〔三七〕打慘　王學奇本「打」字奪。按，打慘，怕。《董解元西廂記》卷四【中呂調】【鶻打兔】：「打慘了多時，癡呆了半晌。」參見校注〔三三〕。

〔三八〕末　徐沁君本、王學奇本上補一「正」字。

〔三九〕做住了　鄭騫本下補「云」。徐沁君本、王學奇本、王季思本上補「正旦」二字，下補「云」。

〔四〇〕里　鄭騫本、北京大學本、徐沁君本、甯希元本、吴國欽本、王學奇本、王季思本改作「哩」。按，里，哩。參見《哭存孝》第二折校注〔二四〕。

〔四一〕（末云了）（做意）（末云）呵　鄭騫本「末云」下補一「了」字，賓白「呵」上補「（云）」。徐沁君本、王學奇本二「末」上均補一「正」字，「做意」上補「正旦」二字，「末云」下補一「了」字，賓白「呵」上補「（正旦云）」。王季思本「末云」下補一「了」字，「呵」上補「（正旦云）」。按，云，同「云了」。參見《調風月》第一折校注〔四〕。隋樹森本第二、三處科介斷作「做意末云」。誤。按，「做意」屬正旦科介，與末之「云」不屬一色。參同上校注〔四〕。盧冀野本、吴曉鈴本第三處科介與賓白「呵」作「末云呵」，北京大學本作「（末云：）呵」。按，本劇係旦本，所列賓白均屬正旦，盧本等誤斷。參同上校注〔四一〕。徐本校記亦指出北本誤斷：「這樣一標點，正旦王瑞蘭的説白……就變成了正末蔣世隆的語言，顯然是不符合劇中人物的語氣的。」吳國欽本「末云」的「末」改作「旦」，亦不妥。

〔四二〕個　甯希元本上衍一「一」字。

〔四三〕今日到這裏無柰處也　鄭騫本、北京大學本、徐沁君本、甯希元本、吳國欽本、王學奇本、王季思本「柰」改作「奈」。按，柰，同「奈」。參見《調風月》第一折校注〔九六〕。盧冀野本、隋樹森本、鄭騫本、王季思本「也」字斷屬下句。誤。按，也，猶了。參同上第二折校注〔四〕。

〔四四〕怎生呵是那　徐沁君本、王學奇本下補「（唱）」。怎生，怎麼辦。王實甫《西廂記》二本一折夫人白：「小姐，却是怎生？」是，好。元刊本馬致遠《任風子》三折末白：「有任嫂兒問徒弟要休書，與的是，不與的是？」那，表感嘆語氣。闕名氏《符金錠》二折正旦白：「兄弟也，你怎生就這等清減了那！」

〔四五〕綽的　忽然地。

〔四六〕豁地離了坐位　豁地，忽地。《京本通俗小説・錯斬崔寧》：「門兒拽上不關，那賊略推一推，豁地開了。」甯希元本「坐」改作「座」。按，坐，座。參見《單刀會》第四折校注〔四〇〕。

〔四七〕咽頸　「頸」原作「脛」，除吳曉鈴本外，各本已改。參見《調風月》第三折校注〔九二〕。

〔四八〕緼地　吴國欽本注云：「緼，本字當作暈。」按，緼地，忽地羞慚起來。緼，紅色。《小爾雅·廣詁》：「緼，朱也。」

〔四九〕藉　顧。《中興以來絶妙詞選》卷四危逢吉《沁園春·壽許貳車》：「藉甚聲名，門闌相種，文章世科。算當年瑞世，正當夏五仙家毓德，全是春和。」

〔五〇〕末　徐沁君本、王學奇本上補一「正」字。

〔五一〕（做陪笑科）　徐沁君本、王學奇本「做」上補「正旦」二字，「科」下補「唱」。王季思本「（做陪笑科）」下補「（正旦唱）」。

〔五二〕您昆仲　盧冀野本、甯希元本「您」改作「你」。按，您，你。參見《哭存孝》頭折校注〔六五〕。昆仲，這裏指兄妹。

〔五三〕末　徐沁君本、王學奇本上補一「正」字。

〔五四〕尋思了　徐沁君本、王學奇本、王季思本上補「正旦」二字，下補「唱」。

〔五五〕哥哥道做：軍中男女若相隨　鄭騫本斷作「哥哥道，做軍中男女若相隨」，校云：「〔做軍中〕做字待校。」王季思本作「哥哥道『做軍中男女若相隨』」。均非。按，道做，説是。史九敬先《莊周夢》一折【天下樂】：「我欲待説是西，他却來道做東。」軍中，兵火之中。

〔五六〕兒夫　丈夫。參看《詩詞曲語辭匯釋》卷六「兒夫」。

〔五七〕無家長的落便宜　家長，丈夫。《三國志平話》卷上：「賤妾本姓任，小字貂蟬，家長是吕布。」落便宜，吃虧。《董解元西厢記》卷二【正宫】【文序子】：「將軍敗，有機變。不合追趕，趕上落便宜，輸他方便。」

〔五八〕做意了　鄭騫本、徐沁君本、王季思本下補「云」。

〔五九〕這般者波　原作大字，從吳曉鈴本、鄭騫本、北京大學本、徐沁君本、甯希元本、吴國欽本、王季思本改小字，作爲夾白。徐本下補「（唱）」。盧冀野本、隋樹森本仍作大字，「波」字下未點斷。非。者波，語助詞，猶吧。臧本高文秀《黑旋風》一折正末白：「既要我改，我改做山兒者波。」

〔六〇〕權做弟兄　做，裝做。《水滸傳》三十回：「武松早睃見，自瞧了八分尷尬，只安在肚裏，却且只做不見。」甯希元本「弟兄」乙改作「兄弟」。按，弟兄，兄妹。弟，妹。《史記·管蔡世家》：「蔡侯怒，嫁其弟。」司馬貞索隱：「弟，女弟。」

〔六一〕後　猶時。《五代史平話》漢史卷上：「臨陣時勇如子路，决勝後謀似張良。」

〔六二〕末　徐沁君本、王學奇本上補一「正」字。

〔六三〕隨着末行科　徐沁君本、王學奇本上補「正旦」二字，「末」上補一「正」字。王季思本上補「正旦」二字。

〔六四〕外　徐沁君本、王學奇本下補一「末」字。

〔六五〕打慘科　徐沁君本、王學奇本上補「正旦」二字。

〔六六〕隨末見外科　徐沁君本、王學奇本「末」上補一「正」字，「外」下補一「末」字。王季思本「隨」上補「正旦」二字。

〔六七〕外末共正末廝認住了　「正末」之「正」字疑衍，似應刪。後同，不另出校。廝認，相認。臧本闕名氏《小尉遲》四折【駐馬聽】：「當日離分，痛煞煞生抛掌上珍；今朝廝認，笑吟吟還猜做夢中人。」住了，元雜劇用語，表示角色做完某一動作。王伯成《貶夜郎》一折「（駕上，云了）……（外末宣住了）（正末扮上）」。元刊本闕名氏《博望燒屯》一折「（外抱倈兒過來見住了）」。參見《調風月》第一折校注〔五一〕。

〔六八〕做住了，云　徐沁君本、王學奇本上補「正旦」二字。王季思本「云」上補「正旦」二字。

〔六九〕做住了　徐沁君本、王學奇本下補「唱」，王季思本補「（正旦唱）」。

〔七〇〕您祖上侵文墨　盧冀野本「您」改作「你」。按，您，你。參見《哭存孝》頭折校注〔六五〕。盧冀野本「侵」改作「精」。鄭騫本、徐沁君本、甯希元本、吳國欽本、王學奇本、王季思本改作「親」，吳曉鈴本校勘記亦謂「疑當作『親』字」。北京大學本校勘記謂「疑當作『浸』」。均非。按，侵，近。《元典章》刑部四「戲殺」：「（高萬奴）與張歪頭相撲作戲，萬奴用拳於歪頭左耳近下侵咽嗓打訖一拳，倒地身死。」

〔七二〕仲　原闕，從盧冀野本、隋樹森本、鄭騫本、北京大學本、徐沁君本、甯希元本、吴國欽本、王學奇本、王季思本補。吴曉鈴本校勘記亦謂「疑是『仲』字」。

〔七三〕從上流傳直到你　盧冀野本「你」字下未點斷。按，「你」字韻。

〔七三〕輩輩　盧冀野本奪一「輩」字。

〔七四〕您端的是姑舅也那叔伯也那兩姨　盧冀野本「您」改作「你」。參見《哭存孝》頭折校注〔六五〕。「舅」原作「旧」，從各本改。盧本在第一個「也」字下點斷。非。按，也那，疑問語助詞，表選擇問。元刊本武漢臣《老生兒》四折【落梅風】：「順着這夫婦情，忘了養育恩，你這老爺娘恨也那不恨？」

〔七五〕末　徐沁君本、王學奇本上補一「正」字。

〔七六〕哥哥　徐沁君本、王學奇本、王季思本上補「（正旦云）」。

〔七七〕莫不錯尋思了末　徐沁君本、王學奇本、王季思本下補「（唱）」。盧冀野本「末」字加括弧，作爲角色名稱。鄭騫本校勘記已指明其誤。隋樹森本「末」改作「麽」。按，末，同「麽」。參看《詩詞曲語辭匯釋》卷三「末」。

〔七八〕你心裏把褐衲襖脊梁上披　「裏」原作「里」，甯希元本改作「思」。褐衲襖，粗布襖子。褐，粗布衣。參見《蝴蝶夢》第三折校注〔四八〕。衲襖，襖子。脈望館古名家本王實甫《麗春堂》一折【鵲踏枝】：「衲襖子綉攙絨，兔鶻碾玉玲瓏。」

〔七九〕論盆家飲酒壓着詩詞會　盧冀野本「詞」字下點斷，「會」字屬下句。非。壓着，賽過。《董解元西厢記》卷三【中吕調】【鶻打兔】：「自古有的英雄，這將軍，皆不許。壓着一萬個孟賁，五千個吕布。」

〔八〇〕攀蟾折桂　科舉及第。《北宮詞紀》卷六荆幹臣套數【黄鍾】醉花陰「春怨」：「攀蟾折桂爲卿相，成就了風流情况。」參見《蝴蝶夢》第一折校注〔四二〕。

〔八一〕發禄　發迹。隋樹森校本《陽春白雪》前集卷三貫酸齋小令【中吕醉高歌帶過紅綉鞋】：「秦甘羅疾發禄，姜吕望晚登壇。」

〔八二〕（外末做住了）　徐沁君本、王學奇本下補「（正旦云）」。王季思本「做住了」下補「云」，將下句「本不甚吃酒了」作爲外末説白。誤。

〔八三〕本不甚吃酒了　盧冀野本、吴曉鈴本、隋樹森本、鄭騫本、甯希元本此句加括弧，作爲科介。隋本、甯本并改「本」作「末」。甚，怎麽。《中興以來絶妙詞選》卷六姜夔《法曲獻仙音·張彦功官舍》：「象筆鸞箋，甚而今，不道秀句？」

〔八四〕你休吃酒也　鄭騫本上補「（云）」，徐沁君本、王學奇本、王季思本補「（正旦云）」。

〔八五〕（末云了）　徐沁君本、王學奇本「末」上補一「正」字，「（末云了）」下補「（正旦唱）」。王季思本下補「（正旦唱）」。

〔八六〕【賺煞尾】　原作「【賺尾】」，從徐沁君本改。

〔八七〕然　盧冀野本、王季思本上增一「雖」字。吴曉鈴本校勘記謂「疑當作『煞』」。按，然，雖。參看《詩詞曲語辭匯釋》卷一「然」。

〔八八〕樂意開懷雖您地　盧冀野本「樂」誤作「藥」。鄭騫本、徐沁君本、甯希元本、吴國欽本、王學奇本、王季思本「您」改作「恁」。按，您地，即恁地。參見《單刀會》第一折校注〔六六〕。

〔八九〕也省可裏不記東西　盧冀野本「也」字斷屬上句。非。省可裏，免得。參看《詩詞曲語辭匯釋》卷五「省（三）」。

〔九〇〕末　徐沁君本上補一「正」字。

〔九一〕做尋思科　徐沁君本、王學奇本下補「唱」。

〔九二〕阿　原作大字，從吴曉鈴本、鄭騫本、北京大學本、徐沁君本、甯希元本、吴國欽本、王學奇本、王季思本改小字。徐沁君本、王季思本并改作「呵」。盧冀野本、隋樹森本仍作大字，并與下曲文相連。非。

〔九三〕思憶　想。脈望館古名家本鄭德輝《倩女離魂》三折【哨遍】：「將往事從頭思憶，百年情只落得一口長吁氣。」

〔九四〕你　原字不清，尚可辨認。北京大學本、王學奇本作「小」。非。

〔九五〕被這地亂天番交我做不的伶俐　被，因。《劉知遠諸宮調》第二【仙吕調】【勝葫蘆】：「只被夫妻恩重，跳離陌案，脚一似線兒牽。」盧冀野本、隋樹森本、北京大學本、徐沁君本、甯希元本、吴國欽本、王學奇本、王季思本「番」改作「翻」。按，番，用同「翻」，覆也。參見《救風塵》第二折校注〔一六〕。盧冀野本、隋樹森本「交」改作「教」。按，《詩詞曲語辭匯釋》卷一「教（一）」：「教，猶使也。通作交。」甯希元本「的」改作「得」。按，的，得。參同上卷四「的（二）」。「伶俐」原作「耿俐」，從鄭騫本、徐沁君本、吴國欽本、王學奇本、王季思本改。吴曉鈴本校勘記、北京大學本校勘記亦謂疑當作「伶俐」。甯希元本改作「精俐」。按，伶俐，乾净。參同上卷五「伶俐」。

〔九六〕假妝些斷收斷拾　盧冀野本「假」誤作「做」。甯希元本、吴國欽本、王季思本「妝」改作「裝」。按，妝，做。參看《詩詞曲語辭例釋》「妝」。「斷拾」原作「拾拾」，從盧冀野本、隋樹森本、鄭騫本、徐沁君本、甯希元本、吴國欽本、王學奇本、王季思本改。北京大學本校勘記亦謂「『拾拾』疑是『斷拾』之聲誤」。吴曉鈴本校勘記云：「疑下『拾』字上脱一『收』字。」斷收斷拾，收拾。施惠《幽閨記》二十齣：「（生）相促相催行步緊，（旦）斷收斷拾去心頻。」謂「收拾」爲「斷收斷拾」，與謂「牽惹」爲「斷牽斷惹」（白仁甫《墻頭馬上》三折）、「拖拽」爲「斷拖斷拽」（王仲文《救孝子》四折)、「推搶」爲「厮推厮搶」(鄭廷玉《冤家債主》三折)、「將領」爲「厮將厮領」(闕名氏《神奴兒》二折)等同列。

〔九七〕謾過這打家賊　盧冀野本、吴國欽本、王季思本「謾」改作「瞞」。吴曉鈴本校勘記亦謂「疑當作『瞞』字」。按,「謾」字是,不煩校改。《説文解字》三上言部:「謾,欺也。」四上目部「瞞」字下段玉裁注云:「今俗借爲欺謾字。」謾過,瞞。元刊本尚仲賢《氣英布》一折【收尾】:「你這裏怕不千般兒啜摩,却將我一時間謾過。」打家賊,打家劫舍的强盗。元刊本岳伯川《鐵拐李》一折【天下樂】:「我這裏先交、先交他省會了,把他似打家賊并排押定脚。」

第二折

(夫人、小旦云了)(孤云了)(店家〔一〕云了)(便扶末上了〔二〕)(末卧地做住了〔三〕)阿〔四〕!從生來誰曾受他這般〔五〕煩惱!(做嘆科)〔六〕

【一枝花〔七〕】干戈動地來,横禍事從天降。耶娘三不歸〔八〕,家國一時亡。龍門來魚傷,情願受消疏〔九〕况。怎生般不應當〔一〇〕,脱着衣裳,感得這些天行好纏仗〔一一〕。

【梁州】〔一二〕恰似悒悒的錐挑太陽〔一三〕,忽忽的火燎胸膛〔一四〕,身沉體重難回項,口乾舌澀,聲重言狂〔一五〕。可又别無使數,難倩〔一六〕街坊,則我獨自一個婆娘,與他無明夜過藥煎湯。

阿〔一七〕！早是俺兩口兒背井離鄉，嚥！則快他一路上湯風打浪〔一八〕，海〔一九〕！誰想他百忙裹〔二〇〕卧枕着床。內傷？外傷？怕不大傾心吐膽盡筋截力〔二一〕把個牙推請，則怕小處盡是打當〔二二〕。只願的依本分傷家没變證〔二三〕，慢慢的傳受陰陽〔二四〕。

（末〔二五〕云了）（店家云了）（做尋思科〔二六〕）試請那〔二七〕大夫來，交〔二八〕覷咱。（大夫上，云了）（做意了〔二九〕）郎中，仔細的評〔三〇〕這脉咱。（末共大夫〔三一〕云了）（做稱許科〔三二〕）

【牧羊關】這大夫好，調理的是，診候的强〔三三〕。這的十中九敢藥病相當。阿的是五夜其高〔三四〕，六日向上〔三五〕，解利呵過了時晌〔三六〕，下過〔三七〕呵正是時光。不用那百解通聖散〔三八〕，教吃這三化承氣湯〔三九〕。

（大夫裹藥了）（做送出來了〔四〇〕）但較〔四一〕些呵，郎中行別有酬勞。（孤上，云了）是不沙〔四二〕，（做叫老孤的科〔四三〕）阿馬！認得瑞蘭末〔四四〕？（孤云了）〔四五〕

【賀新郎】自從都下對尊堂〔四六〕，走馬離朝，阿馬間別無恙？（孤認了）〔四七〕則恁的由自常思想〔四八〕，可更隨車駕南遷汴梁，教俺去住無門〔四九〕徊徨！家緣都撇漾，人口〔五〇〕盡逃亡，閃的俺一雙子母每無歸向〔五一〕！自從身體上一朝出帝輦〔五二〕，俺這夢魂無夜不遼陽〔五三〕！

（孤云了）（做打悲科〔五四〕）車駕起行了，傾城的百姓都走。俺隨那衆老小每出的中都城子來，當日〔五五〕天色又昏闇，刮〔五六〕着大風，下着大雨，早是趕不上大隊，又被哨馬趕上，轟散俺子母兩人，不知阿者那裏去了。（末〔五七〕云了）（做着忙的科〔五八〕）（孤云了）（做害羞科〔五九〕）是您女婿，不快理〔六〇〕。（孤云了）（做説關子了〔六一〕）（孤云了）

（做羞科〔六二〕）

【牧羊關】您孩兒無挨靠〔六三〕，没倚仗〔六四〕，深得他本人將傍〔六五〕。（孤云了）（做意了〔六六〕）當日目下〔六七〕有身亡，眼前是殺場，刀劍明晃晃，士馬〔六八〕鬧荒荒。那其間這錦綉紅妝女，那裏不見個〔六九〕銀鞍白面郎？

（孤云了）是個秀才〔七〇〕。（孤交〔七一〕外扯住了）（做荒打慘打悲的科〔七二〕）阿馬！你可怎生便與〔七三〕這般狠心！（做没亂意了）〔七四〕

【鬥蝦蟆】爹爹〔七五〕！俺便似遭嚴臘，久盼望、久盼望你個東皇〔七六〕，望得些春光艷陽，東風和暢。好也囉〔七七〕！剗地凍□□的雪上加霜〔七八〕！（末〔七九〕云了）（没亂科〔八〇〕）無些情腸〔八一〕，緊揪住不把我衣裳放〔八二〕。見〔八三〕個人殘生喪，一命亡，世人也慚惶〔八四〕。你不肯哀憐憫恤，我怎不感嘆悲傷！

（孤云了）父親息怒〔八五〕，寬容瑞蘭一步，分付〔八六〕他本人三兩句言語呵，噜〔八七〕便行波！（孤云了）父親不知〔八八〕，本人於您孩兒〔八九〕有恩處！（孤云了）〔九〇〕

【哭皇天】教了數個賊漢把我相侵傍〔九一〕，阿馬想波〔九二〕，這恩臨〔九三〕怎地忘？閃的他活支沙〔九四〕三不歸，强交俺生吃扎兩分張〔九五〕。覷着兀的般着床卧枕，叫喚聲疼，撇在他個〔九六〕没人的店房。常言道相逐百步，尚有徘徊〔九七〕，你怎生便交我眼睁睁的不問當〔九八〕？（做分付末了〔九九〕）男兒呵！如今俺父親將我去也，你好生的覷當你身起〔一〇〇〕！（末〔一〇一〕云了）（做艱難科〔一〇二〕）男兒，兀的是俺親耶的惡黨〔一〇三〕，休把您這妻兒怨悵〔一〇四〕。

【烏夜啼】天那！一霎兒把這世間愁都撮〔一〇五〕在我眉尖上，這場愁不許隄防〔一〇六〕。（末云了）〔一〇七〕既相別此語伊休忘〔一〇八〕：怕你那換脉交陽〔一〇九〕，是必省可裏掀揚〔一一〇〕。俺這風雹亂下的紫袍郎〔一一一〕，不識你個雲雷未至的白衣相〔一一二〕。嗜這片霎中〔一一三〕如天樣，一時哽噎，兩處淒涼。

（末〔一一四〕云了）（孤打催〔一一五〕科）（做住了）〔一一六〕

【三煞】男兒，怕你大曠藥時〔一一七〕準備春衫當，探〔一一八〕食後隄防百物傷。（末〔一一九〕云了）（做艱難科〔一二〇〕）這側近的佳期休承望〔一二一〕！直等你身體安康，來尋覓夷門〔一二二〕街巷，恁時節再相訪〔一二三〕。你這旅店消疏病客況，我那驛路上恓惶！

【二煞】則明朝你索綺〔一二四〕窗曉日聞鷄唱，我索立馬西風數雁行。（末〔一二五〕云了）男兒，我交你放心未波〔一二六〕！只願的南京有俺親娘，我寧可獨自孤〔一二七〕孀，怕他大抑勒我別尋個家長〔一二八〕，那話兒便休想〔一二九〕！（末〔一三〇〕云了）你見的差了也〔一三一〕！那玉砌朱簾與畫堂，我可也覷得尋常。

【收尾】〔一三二〕休想我爲翠屏紅燭流蘇〔一三三〕帳，撇了你這黃卷青燈映雪窗〔一三四〕。（孤云了）（末〔一三五〕云了）（打別了〔一三六〕。囑咐末科〔一三七〕）你心間莫惛忘〔一三八〕，你心間索記當〔一三九〕，我言詞更無妄，

不須伊再審詳〔一四〇〕。喒兀的做夫妻三個月時光〔一四一〕，你末不曾見您這歹渾家説個謊〔一四二〕！（下）〔一四三〕

校注

〔一〕店家　客店、酒店裏的夥計。鄭廷玉《金鳳釵》三折【鬥蝦蟆】：「店家不下單客，我做保人知在。」

〔二〕便扶末上了　徐沁君本、吴國欽本、王學奇本、王季思本上補「正旦」二字。吴國欽本、王季思本「據第三折」「便」下補一「扮」字。徐沁君本「末」上補一「正」字。

〔三〕末卧地做住了　徐沁君本、王學奇本上補一「正」字。盧冀野本「地」誤作「他」。按，地，猶着。參看《詩詞曲語辭匯釋》卷三「地」。

〔四〕阿　鄭騫本、王季思本上補「（云）」，徐沁君本、王學奇本補「（正旦云）」。徐沁君本、甯希元本、王學奇本、王季思本改作「呵」。

〔五〕他這般　這樣。他這，這。闕名氏《神奴兒》四折【折桂令】：「囑付那開封府户尉門神：當住他那外道邪魔，放過他這屈死冤魂。」參見《救風塵》第一折校注〔二〕。

〔六〕（做嘆科）　徐沁君本「做嘆科」下補「唱」。王學奇本「（做嘆科）」下補「（唱）」，王季思本補

「（正旦唱）」。

〔七〕一枝花　隋樹森本、鄭騫本、徐沁君本、甯希元本、吴國欽本、王學奇本、王季思本上補「南呂」。

〔八〕三不歸　無着落。參看《詩詞曲語辭匯釋》卷四「三不歸」。

〔九〕消疏　凄凉。消，用同「蕭」。

〔一〇〕怎生般不應當　盧冀野本「應」字下點斷，「當」字屬下句。誤。怎生般，猶多，多麽。脈望館古名家本白仁甫《秋夜梧桐雨》三析【落梅風】：「怎生般愛他看待他，怎下的教横挼在馬嵬坡下！」

〔一一〕感得這些天行好纏仗　感得，遇上。《張協狀元》戲文九出：「感得聖道去也。」這些，這。王實甫《西厢記》三本四折【收尾】：「遍人間煩惱填胸臆，量這些大小車兒如何載得起？」天行，流行病。《太平廣記》卷一百一十一引《廣異記》：「及患天行，恒置刀床頭，以自衛護。」纏仗，糾纏。亦作「纏障」。《水滸傳》十八回：「哥哥，你休要多説，只顧安排走路，不要纏障。」

〔一二〕【梁州】　徐沁君本、甯希元本、王學奇本、王季思本作「【梁州第七】」。

〔一三〕悒悒的錐挑太陽　「悒悒」原作「邑邑」，從徐沁君本、吴國欽本、王季思本改。太陽，太陽穴。

〔一四〕膛　原作「堂」，從各本改。

〔一五〕狂　亂。《荀子・王霸》：「愚者之知，固以少矣，有以守多，能無狂乎！」

〔一六〕倩　原作「猜」，從鄭騫本、徐沁君本、王學奇本改。盧冀野本、隋樹森本、甯希元本、吴國欽本、王季思本改作「請」，吴曉鈴本校勘記、北京大學本校勘記亦謂「疑當作『請』」。徐本校記辨之已詳，不贅。

〔一七〕阿　徐沁君本、王學奇本、王季思本改作「呵」。

〔一八〕則怏他一路上湯風打浪　盧冀野本「怏」改作「怪」。鄭騫本、甯希元本、王季思本改作「央」。按，怏，猶强，勉强。參看《詩詞曲語辭匯釋》卷五「怏」。吴國欽本「湯」改作「蕩」。按，湯風打浪，冒着風寒雨濕。湯，猶頂，冒。《敦煌變文集》卷一《漢將王陵變》：「不但今夜斫營去，前頭風火亦須湯。」

〔一九〕海　除吴曉鈴本、鄭騫本外，各本改作「嗨」。

〔二〇〕百忙裏　一時之間，一下子。鈔本《單刀會》四折【離亭宴帶歇指煞】：「百忙裏趁不了老兄心，急且裏倒不了俺漢家節。」

〔二一〕怕不大傾心吐膽盡筋截力　鄭騫本、徐沁君本、甯希元本、王季思本「大」改作「待」。按，大，通「待」。參看《詩詞曲語辭匯釋》卷一「待（一）」。盧冀野本、隋樹森本、甯希元本、吴國欽本、王季思本「截」改作「竭」，徐沁君本校記亦謂「疑當作『竭』」。按，截，猶拚。參見《救風塵》第三折校注〔三七〕。盧本并改「筋」作「精」。按，「筋」字可通，不煩校改。筋力，氣力。《樂府詩集》

卷七十一張籍《行路難》：「弊裘羸馬苦難行，僮僕飢寒少筋力。」盡筋截力，即盡力，拚力。

〔二二〕打當　冒充。《元典章》刑部十九「禁毒藥」：「今後凡有村野説謊聚衆，打當行醫，不通經書，不著科目之人，盡行禁斷，庶免妄行鍼藥，誤人性命。」

〔二三〕依本分傷家没變證　吴國欽本「分」改作「份」。按，本分，本來。古名家本張壽卿《紅梨花》二折正旦詩：「本分天然白雪香，誰知今日却濃妝。」傷家，病人。甯希元本校云：「傷家：疑當作『傷寒』，因劇中蔣世隆所患正爲此病。……傷寒患者或亦可稱之爲『傷家』。」除吴曉鈴本、鄭騫本外，各本「證」改作「症」（王季思本作「癥」）。按，證，症。《列子·周穆王》：「過陳，遇老聃，因告其子之證。」

〔二四〕傳受陰陽　甯希元本「傳」改作「轉」。按，傳，轉。《墨子·節葬下》：「然則姑嘗傳而爲政乎，國家萬民而觀之。」徐沁君本「受」改作「授」。按，受，授。《韓非子·外儲説上》：「因能而受官。」傳受，轉化。中醫以陰陽表示病理的好壞。此處「陰陽」意指好。

〔二五〕末　徐沁君本、王學奇本上補一「正」字。

〔二六〕做尋思科　鄭騫本下補「云」。徐沁君本、王學奇本、王季思本上補「正旦」二字，下補「云」。

〔二七〕試請那　王學奇本下衍一「個」字。試，姑且。《全唐詩》卷一六七李白《永王東巡歌》之十一：「試借君王玉馬鞭，指揮戎虜坐瓊筵。」

〔二八〕交　盧冀野本、隋樹森本改作「教」。按，交，讓。參見《調風月》第一折校注〔三二〕。

〔二九〕做意了　鄭騫本下補「云」。徐沁君本、王學奇本上補「正旦」二字，下補「云」。王季思本下補「正旦云」。

〔三〇〕評　診。《太平廣記》卷二百一十九引《續異録》：「從事御史崔某……請革評其脉。革診其臂曰：『二十春無疾之人也。』」

〔三一〕末共大夫　徐沁君本、王學奇本上補一「正」字。「大夫」原作「夫人」，從北京大學本、徐沁君本、甯希元本、吴國欽本、王學奇本、王季思本改。

〔三二〕做稱許科　徐沁君本、王學奇本、王季思本上補「正旦」二字，下補「唱」。

〔三三〕這大夫好，調理的是，診候的强　盧冀野本、吴曉鈴本、隋樹森本、北京大學本、徐沁君本、吴國欽本、王學奇本斷作「這大夫好調理，的是診候的强」。此從鄭騫本、甯希元本、王季思本斷句，并從甯本「這大夫好」改小字，作爲帶白。甯本校云：「［牧羊關］曲首二句必爲三字對句。」「診」原作「胗」，從各本改。診候，診察。候，察。

〔三四〕其高　以上。參看《詩詞曲語辭匯釋》卷三「其高」。

〔三五〕向上　以上。參看《詩詞曲語辭匯釋》卷三「向（一）」。

〔三六〕解利呵過了時晌　解利，未詳。時晌，片刻。此處意猶時候。

〔三七〕下過　未詳。

〔三八〕百解通聖散　「聖」原作「神」，從甯希元本改。甯本校云：「百解通聖散：金代名醫劉完素方，即防風通聖散。……由於用藥較多，內消外解，表裏并治，故稱『百解通聖散』。」

〔三九〕三化承氣湯　「化」原作「一」，從甯希元本改。甯本校云：「三化承氣湯：金代名醫劉完素，在張仲景『小承氣湯』（由大黄、枳實、厚朴三味組成）的基礎上，外加羌活一味，以治傷寒中因中風閉實，二便不通諸症，俗稱『三化湯』，即『三化承氣湯』。」

〔四〇〕做送出來了　鄭騫本下補「云」。徐沁君本、王學奇本、王季思本上補「正旦」二字，下補「云」。

〔四一〕較　病情減輕。參看《詩詞曲語辭匯釋》卷二「較（二）」。

〔四二〕是不沙　鄭騫本上補「（云）」，徐沁君本、王學奇本補「（正旦云）」。徐本「沙」改作「吵」。沙，語氣助詞，猶啊。亦作「吵」。《董解元西厢記》卷六【仙吕調】【相思會】：「我到那裏見夫人吵，有甚臉？」

〔四三〕做叫老孤的科　鄭騫本、徐沁君本、王學奇本下補「云」。王季思本上補「正旦」二字，下補「云」。

〔四四〕末　隋樹森本、王季思本改作「麽」。按，末，同「麽」。參看《詩詞曲語辭匯釋》卷三「末」。王學奇本誤作「來」。

〔四五〕（孤云了）　徐沁君本、王學奇本、王季思本下補「（正旦唱）」。

〔四六〕尊堂　父。闕名氏《獨角牛》二折【越調】【梅花引】：「將我個年老的尊堂恁厮拍，年紀小的妻兒迤逗來，好着我忿怒夯胸懷！」

〔四七〕（孤認了）　徐沁君本、王學奇本下補「（正旦唱）」。

〔四八〕由自常思想　鄭騫本、甯希元本、吴國欽本、王季思本「由」改作「猶」。按，由，猶。參見《單刀會》第四折校注〔三〕。由自，即猶自，猶，尚。自，後綴。參看《詩詞曲語辭匯釋》卷二「由」。思想，思念。《文選》卷四十二應璩《與侍郎曹長思書》：「足下去後，甚相思想。」

〔四九〕無門　徐沁君本、王學奇本删。

〔五〇〕人口　人。《陽春白雪》後集卷三劉時中套數【正宫】端正好「上高監司」：「有錢的納寵妾買人口偏興旺，無錢的受飢餒填溝壑遭灾障。」

〔五一〕歸向　着落。鄭德輝《三戰吕布》四折【小梁州】：「吕温侯方天畫戟怎隄防？殺的他無歸向。」

〔五二〕上一朝出帝輦　上一朝，前些日子。帝輦，京城。《張協狀元》戲文七出：「何日得臨帝輦，步雲衢稱人心願？」

〔五三〕遼陽　今瀋陽西南，晋時曾被高麗占領，隋唐時幾經大戰，復歸中國。詩詞中常用「遼陽」代指遥遠的戰場或征人駐戍之地。《唐宋諸賢絶妙詞選》卷一毛文錫《河滿子》：「夢斷遼陽音信，那堪獨守香閨。」

〔五四〕做打悲科　鄭騫本下補「云」。徐沁君本、王學奇本、王季思本上補「正旦」二字，下補「云」。打悲，悲，悲痛。元刊本馬致遠《任風子》三折【二煞】：「一任你打悲呵休想我還俗意。」

〔五五〕當日　當時。《劉知遠諸宫調》第一【商調】【迴戈樂】：「共工當日征於不周，蚩尤播塵寰，湯伐桀，周武動兵，取了紂江山。」

〔五六〕刮　覆元槧本誤作「到」，盧冀野本、吴曉鈴本沿誤。吴本并校云：「到——疑當作『刮』字。」

〔五七〕末　徐沁君本、王學奇本上補一「正」字。

〔五八〕做着忙的科　徐沁君本、王學奇本上補「正旦」二字。

〔五九〕做害羞科　鄭騫本下補「云」。徐沁君本、王學奇本、王季思本上補「正旦」二字，下補「云」。

〔六〇〕不快理　不快，患病。參看《詩詞曲語辭匯釋》卷五「快（一）」。鄭騫本、北京大學本、徐沁君本、甯希元本、吴國欽本、王學奇本、王季思本「理」改作「哩」。吴曉鈴本校勘記亦謂「疑當作『哩』字」。

〔六一〕做説關子了　徐沁君本、王學奇本上補「正旦」二字。關子，情節。元刊本高文秀《遇上皇》二折「（等駕認做兄弟科）（做過來吃酒科，做啼哭）（駕問了）（做説關子了）」。

〔六二〕做羞科　徐沁君本、王學奇本、王季思本上補「正旦」二字，下補「唱」。

〔六三〕您孩兒無挨靠　盧冀野本「您」改作「你」。按，您，你。參見《哭存孝》頭折校注〔六五〕。挨靠，依靠。《古本董解元西厢記》卷六【大石調】【驀山溪】：「小生客寄，没個人挨靠。」

〔六四〕倚仗　依靠。周密《齊東野語》卷九「李全」：「全狼子野心，不可倚仗。」

〔六五〕深得他本人將傍　深，多。鄭德輝《三戰吕布》楔子【仙吕賞花時】：「你那厮丁建陽身亡可也不駕車，去你那董卓跟前深唱喏。」將傍，照應。闕名氏《小張屠》一折【青哥兒】：「誰想道舍死回生便離床，兀的是天將傍。」

〔六六〕做意了　徐沁君本、王學奇本、王季思本上補「正旦」二字，下補「唱」。

〔六七〕目下　立刻。孟元老《東京夢華録》卷二「大内」：「其品味若數十分，客要一二十味下酒，隨索目下便有之。」

〔六八〕士馬　兵馬。《太平廣記》卷三百一十引《河東記》：「時營中士馬極衆，每二三百人，則同一井。」

〔六九〕不見個　隋樹森本、甯希元本、吴國欽本、王季思本「不見」改作「覓」。「個」原作「个」，盧冀野本誤作「了」。

〔七〇〕是個秀才　鄭騫本上補「（云）」，徐沁君本、王學奇本、王季思本補「（正旦云）」。

〔七一〕交　盧冀野本、隋樹森本、王季思本改作「教」。參見第一折校注〔九五〕。

〔七二〕做荒打慘打悲的科　鄭騫本下補「云」。徐沁君本、王學奇本、王季思本上補「正旦」二字，下補「云」。除盧冀野本、隋樹森本外，各本「荒」改作「慌」。按，荒，慌。參見《調風月》第二折校注〔五二〕。

〔七三〕與　助詞，用於句中，無義。參看《詩詞曲語辭匯釋》卷四「與（十一）」。

〔七四〕（做没亂意了）　徐沁君本、王學奇本「做没亂意了」下補「唱」。王季思本「（做没亂意了）」下補「（正旦唱）」。

〔七五〕爹爹　原作大字，從吴曉鈴本、鄭騫本、北京大學本、徐沁君本、甯希元本、吴國欽本、王學奇本、王季思本改小字。

〔七六〕久盼望、久盼望你個東皇　原本「盼」作「盻」，第二個「久盼望」作三重文符號，今從各本改正。東皇，司春之神。《杜工部集》卷三《幽人》：「風帆倚翠蓋，暮把東皇衣。」

〔七七〕好也囉　盧冀野本、隋樹森本改作大字。非。按，此句係帶白，原本作小字，是。也囉，語氣助詞，猶啊，表斥責語氣。脈望館息機子本武漢臣《生金閣》二折龐衙内白：「好也囉！我養着你個家生哨哩，你駡的我好也！」

〔七八〕剗地凍□□的雪上加霜　王季思本「剗」誤作「劃」。按，剗地，猶反而。參看《詩詞曲語辭匯釋》卷四「剗地(二〇)」。「凍」下二字原壞闕，鄭騫本、徐沁君本、甯希元本、吴國欽本、王學奇本、王季思本補作「剥剥」二字。似可從。北京大學本校云：「第二個空缺字從殘存字迹看，疑爲『冷』字。」按，第二個字乃重文符號「々」，北本誤辨。

〔七九〕末　徐沁君本、王學奇本上補一「正」字。

〔八〇〕没亂科　徐沁君本、王學奇本、王季思本上補「正旦」二字，下補「唱」。

〔八一〕情腸　感情。《董解元西厢記》卷六【般涉調】【沁園春】【尾】：「我還待送斷你子個，却又子母情腸意不過。」

〔八二〕緊揪住不把我衣裳放　盧冀野本「裳」字下點斷，「放」字奪。

〔八三〕見　盧冀野本上增一「眼」字。

〔八四〕慚惶　悲惘。慚，借作「慘」。脈望館鈔本高文秀《遇上皇》一折【賺煞】：「八番家攞街拽巷，七世親娘休過當，尚自六親見也慚惶。」元刊本「慚」作「慘」。

〔八五〕父親息怒　鄭騫本上補「(云)」，徐沁君本、王學奇本、王季思本補「(正旦云)」。

〔八六〕分付　鄭騫本「付」改作「咐」。王季思本「分付」改作「吩咐」。

〔八七〕喒　北京大學本、吴國欽本、王學奇本、王季思本改作「咱」。按，喒，咱們。參見《哭存孝》頭折校注(三四)。

〔八八〕父親不知　鄭騫本上補「（云）」，徐沁君本、王學奇本、王季思本補「（正旦云）」。

〔八九〕本人於您孩兒　吴國欽本、王季思本「據上句」上補一「他」字。按，本，此。參見《單刀會》第二折校注〔四〕。甯希元本「您」改作「你」。按，您，你。參見《哭存孝》頭折校注〔六五〕。

〔九〇〕（孤云了）　徐沁君本、王學奇本、王季思本下補「（正旦唱）」。

〔九一〕教了數個賊漢把我相侵傍　「教」原作「較」，從盧冀野本、吴國欽本改。北京大學本校勘記云：「『較』疑當作『教』。」王學奇本校注云：「較——疑是『教』字之誤。『教了』，讓的意思。」盧冀野本「傍」改作「謗」。按，侵傍，侵犯。《劉知遠諸宫調》第一【般涉調】【墻頭花】：「想料郎君也性剛，料不識此個凶徒，你如今却待侵傍。」

〔九二〕阿馬想波　盧冀野本、隋樹森本、王學奇本改作大字。按，此句係帶白，不當改大字。鄭騫本、王季思本上補「（帶云）」。

〔九三〕恩臨　盧冀野本「臨」改作「德」。按，恩臨，恩情。闕名氏《替殺妻》二折正末白：「兄弟想着哥哥山海也似恩臨未曾報答，哥哥受兄弟四拜。」

〔九四〕活支沙　活活地。支沙，語助。亦作「活支煞」。脈望館古名家本白仁甫《秋夜梧桐雨》三折【沽美酒】：「把死限俄延了多半霎，活支煞勒殺。」

〔九五〕强交俺生吃扎兩分張　盧冀野本、隋樹森本、鄭騫本、王季思本「交」改作「教」。參見第一折校注〔九五〕。隋樹森本、甯希元本「吃」改作「扢」。按，生吃扎，同生各扎，猶活活地。吃扎、各扎，并語助，無定字，不煩校改。參見《哭存孝》第三折校注〔三八〕。分張，分離。《太平廣記》卷三百八十一引《冥祥記》：「汝往時某處食我，頭脚四肢，節節分張，人各飲啖，何諱之？」

〔九六〕他個　這個。參見《救風塵》第一折校注〔三〕。

〔九七〕常言道相逐百步，尚有徘徊　原作大字，與上下曲文連寫，從盧冀野本、隋樹森本、徐沁君本、甯希元本、王學奇本改小字，作爲帶白。徐本、王本并於其上補「（帶云）」，下補「（唱）」。王季思本「常言道」改作小字。

〔九八〕怎生便交我眼睁睁的不問當　盧冀野本、隋樹森本、甯希元本、王季思本「交」改作「教」。參見第一折校注〔九五〕。「睁睁」原作「争争」，從各本改。問當，問。當，後綴。參看《金元戲曲方言考》「問當」、《敦煌變文字義通釋》第六篇「當」。

〔九九〕做分付末了　徐沁君本、王學奇本「末」上補一「正」字，「了」下補「云」。王季思本「分付」改作「吩咐」。

〔一〇〇〕身起　盧冀野本、隋樹森本「起」改作「體」。按，身起，即身體。參見《調風月》第二折校注〔六二〕。

〔一〇一〕末　徐沁君本、王學奇本上補一「正」字。

〔一〇二〕做艱難科　徐沁君本、王學奇本上補「正旦」二字，下補「唱」。

〔一〇三〕兀的是俺親耶的惡黨　兀的，這。參看《詩詞曲語辭匯釋》卷六「兀的」。「黨」原作「儻」，從徐沁君本、吴國欽本、王季思本改。惡黨，凶狠。

〔一〇四〕休把您這妻兒怨悵　盧冀野本「您」改作「你」。按，您，你。參見《哭存孝》頭折校注〔六五〕。妻兒，妻。《劉知遠諸宮調》第十一【高平調】【賀新郎】：「洪信和洪義好鱉懆，引兩個妻兒，盡總來到。」「悵」原作「暢」，從甯希元本改。「暢（悵）」字上原本有一字空。盧冀野本、王季思本「怨暢（悵）」改作「怨一場」。吴曉鈴本、隋樹森本、北京大學本作「怨□暢」，吴本校勘記、北本校勘記并疑空闕處應作「一」字，「暢」當作「場」字。甯本校勘記亦謂「原本誤作『怨一暢』」。鄭騫本校云：盧改「全不合律，文法亦似通非通」。按，原本白文低一格，曲文頂格。本曲這兩句曲文前有一段正旦夾白與科介，書刻者可能將這兩句曲文誤作白文，以致「暢（悵）」字轉行時上空一格。怨悵，怨恨。《水滸傳》十六回：「那十一個厢禁軍口裏喃喃吶吶地怨悵，兩個虞候在老都管面前絮絮聒聒地搬口。」湖州方言猶説抱怨爲「怨悵」。

〔一〇五〕撮　聚。《後漢書・袁紹傳》：「擁一郡之卒，撮冀州之衆。」

〔一〇六〕隄防　「隄」原作「低」，從盧冀野本、隋樹森本、鄭騫本、北京大學本、徐沁君本、甯希元本、王學奇本改。吴國欽本、王季思本改作「提」。參見《單刀會》第二折校注〔七四〕。下同，不另出校。

〔一〇七〕（末云了）　徐沁君本、王學奇本「末」上補一「正」字，「（末云了）」下補「（正旦唱）」。

〔一〇八〕既相别此語伊休忘　既，雖。脈望館古名家本《謝天香》一折：「（末）兄弟去的急，不必安排茶飯。（錢）既如此，張千，便卧番羊，就訟廳上管待學士。」臧本「既」作「雖然」。伊，你。《世説新語·品藻》：「勿學汝兄，汝兄自不如伊。」

〔一〇九〕換脉交陽　病情變好。

〔一一〇〕省可裏掀揚　省可裏，休要，别。參看《詩詞曲語辭匯釋》卷五「省（三）」。「揚」原作「楊」，從各本改。按，揚，亦猶掀。《文選》卷四十五漢武帝《秋風辭》：「泛樓船兮濟汾河，横中流兮揚素波。」掀揚，即掀，翻騰。

〔一一一〕風雹亂下的紫袍郎　風雹亂下，亂施威勢。參見《單刀會》第一折校注〔四〕。紫袍郎，指瑞蘭之父。據《幽閨記》，瑞蘭父爲金兵部尚書，故云。參同上第四折校注〔五七〕。郎，稱父。顧炎武《日知録》卷二十四：「北朝人子呼其父，亦謂之郎。」

〔一一二〕不識你個雲雷未至的白衣相　「識」原作「失」，從徐沁君本、甯希元本、吴國欽本、王學奇本、王季思本改。雲雷，喻人的際遇。亦作「風雷」。《劉知遠諸宫調》第二【黄鍾宫】【出隊子】：「若風雷稍遂顯榮華，却來莊中取艷娃。」白衣相，身爲平民而有卿相之質的人。白衣，尚未取得功名的讀書人。《全宋詞》一柳永《鶴冲天》：「才子詞人，自是白衣卿相。」

〔一三〕喒這片霎中　北京大學本、徐沁君本、吴國欽本、王學奇本、王季思本「喒」改作「咱」。按，喒，咱們。參見《哭存孝》頭折校注〔二四〕。片霎，片刻。

〔一四〕末　徐沁君本、王學奇本上補一「正」字。

〔一五〕打催　催，催促。

〔一六〕（做住了）　徐沁君本、王學奇本「做住了」上補「正旦」二字，下補「唱」。王季思本「（做住了）」下補「（正旦唱）」。

〔一七〕大贖藥時　鄭騫本、徐沁君本、甯希元本、吴國欽本、王季思本「大」改作「待」。按，大，通「待」。參看《詩詞曲語辭匯釋》卷二「待（一）」。贖，買。闕名氏《劉弘嫁婢》一折【寄生草】：「你道要女兒着錢贖個婢，要厮兒着鈔買一個軀。」

〔一八〕探　伸手取。《新五代史·南唐世家》：「取江南如探囊中物爾。」

〔一九〕末　徐沁君本、王學奇本上補一「正」字。

〔二〇〕做艱難科　徐沁君本、王學奇本上補「正旦」二字，下補「唱」。

〔二一〕側近的佳期休承望　側近，近期。承望，指望。張文成《遊仙窟》：「但若得口子，餘事不承望。」

〔二二〕夷門　戰國時魏國都城大梁（開封）城門名（見《史記·魏公子列傳》）。金貞祐二年遷都於開封（稱南京）（見《金史·宣宗紀》），此處「夷門」即代指開封。

〔二三〕訪　甯希元本改作「彷」。按，訪，尋。《杜工部集》卷十三《玉臺觀》：「浩劫因王造，平臺訪古游。」

〔二四〕綺　吴國欽本改作「倚」。

〔二五〕末　徐沁君本、王學奇本上補一「正」字。

〔二六〕男兒，我交你放心末波　原本除「末波」二字爲小字外，餘均大字，今從各本改小字，作爲夾白。鄭騫本上補「（云）」。徐沁君本、王學奇本上補「（正旦云）」，下補「（唱）」。王季思本上補「（正旦云）」。盧冀野本、隋樹森本、鄭騫本、王季思本「交」改作「教」。按，交，讓。參見《調風月》第一折校注〔三二〕。隋樹森本「末波」改作「麼波」，鄭騫本、王季思本改作「者波」。按，末波同義連文，猶麽。參同上第一折校注〔四〇〕、第二折校注〔四五〕。

〔二七〕孤　盧冀野本誤作「狐」。

〔二八〕大抑勒我別尋個家長　鄭騫本、徐沁君本、甯希元本、王季思本「大」改作「待」。參見校注〔二七〕。抑勒，逼迫。《元典章》刑部三「不義」：「（錢萬二）將妻狄四娘沿身刁刺青繡，不從，用拳將本婦行打抑勒，於背上、兩腿刁刺龍鬼。」「別」原作「則」，從鄭騫本、徐沁君本、甯希元本、吴國欽本、王學奇本、王季思本改。北京大學本校勘記亦謂「疑爲『別』字之誤」。

〔二九〕那話兒便休想　話兒，事。《董解元西厢記》卷三【黄鍾調】【侍香金童】【尾】：「把山海似深恩掉在腦後，轉關兒便是舌頭，許了的話兒都不應口。」便，猶再。《四春園》三折【鬼三臺】：「贓仗要分明，不索你便折證。」

〔三〇〕末　徐沁君本、王學奇本上補一「正」字。

〔三一〕你見的差了也　原作大字，今從各本改小字。鄭騫本上補「（云）」。徐沁君本、王學奇本上補「（正旦云）」，下補「（唱）」。王季思本上補「（正旦云）」。

〔三二〕【收尾】　徐沁君本改作「【黄鍾尾】」。

〔三三〕蘇　原作「酥」，除吴曉鈴本外，各本已改。

〔三四〕撇了你這黄卷青燈映雪窗　「撇」字原本模糊，尚可辨認。覆元槧本空闕。盧冀野本、隋樹森本作「負」。鄭騫本、王季思本作「忘」。吴曉鈴本作一空圍，校云：「元刊本原缺一字。」按，缺字者乃覆元槧本，非元刊本，吴校誤。黄卷，書。陳子兼《窗間記聞》：「古人寫書皆用黄紙，以蘗染之，所以辟蠹，故曰黄卷。」青燈，油燈，上發青焰，故云。《全唐詩》卷一八七韋應物《寺居獨夜寄崔主簿》：「坐使青燈曉，還傷夏衣薄。」映雪，用晋孫康好學苦讀事。《初學記》卷二引《宋齊語》：「孫康家貧，常映雪讀書。」《録鬼簿》著録關氏有《孫康映雪》雜劇。佚。

〔三五〕末　徐沁君本、王學奇本上補一「正」字。

〔三六〕打别了　徐沁君本、王學奇本上補「正旦」二字。

〔三七〕囑咐末科　「囑」原作「吐」，覆元槧本作「吐」，除吴曉鈴本沿作「吐」外，各本已改。徐沁君本、王學奇本「末」上補一「正」字，「科」下補「唱」。盧冀野本「科」誤作「云」。

〔三八〕惛忘　原作「緍望」，今改。徐沁君本、甯希元本、吴國欽本、王季思本改作「昏忘」。王學奇本校注作「昏忘」，正文作「昏望」。徐本校云：「『緍』爲『惛』之形誤，『惛』同『昏』。『望』『忘』音同借用。」按，惛忘，即忘，健忘。徐本證之已詳，例不贅。鄭騫本「據文義」改作「絶望」。甯希元本校云：「本字或當爲『忘魂』。」參見《救風塵》第三折校注〔八六〕。

〔三九〕記當　記着。參看《詩詞曲語辭匯釋》卷三「當」。

〔四〇〕不須伊再審詳　須，需。《漢書·馮奉世傳》：「不須復煩大將。」審詳，細察。《後漢書·郎顗傳》：「陛下宜審詳明堂布政之務，然後妖异可消，五緯順序矣。」

〔四一〕喒兀的做夫妻三個月時光　北京大學本、吴國欽本、王學奇本、王季思本「喒」改作「咱」。按，喒，咱們。參見《哭存孝》頭折校注〔三四〕。兀的，襯字，無義。元刊本張國賓《薛仁貴》三折【收尾煞】：「你那一雙老爺娘兀的正盼望殺你。」

〔四二〕你末不曾見您這歹渾家説個謊　隋樹森本、鄭騫本、甯希元本、吴國欽本、王季思本「末」改作「莫」。按，末不，即莫不，猶莫非。參見《調風月》第二折校注〔三三〕。盧冀野本「您」改作「你」。

按，您，你。參見《哭存孝》頭折校注〔六五〕。渾家，妻。錢大昕《恒言録》卷三：「稱妻曰渾家。」

〔四三〕（下） 吴曉鈴本奪。

第三折

（夫人一折了）（末〔一〕一折了）（小旦云了）（便扮上了〔二〕）自從俺父親就那客店上生扭散〔三〕俺夫妻兩個，我不曾有片時忘的下俺那染病的男兒，知他如今是死那活那〔四〕？不知俺耶心是怎生主意，提着個秀才便不喜：「窮秀才幾時有發迹？」自古及今，那個人生下〔五〕來便做大官享富貴那！（做嘆息科〔六〕）

【端正好〔七〕】我想那受官廳〔八〕，讀書舍，誰不曾虎困龍蟄？信着我父親呵〔九〕，世間人把丹桂都休折〔一〇〕，留着手把雕弓拽。

【滚綉毬〔一一〕】俺這個背晦〔一二〕耶，聽的把古書説，他便惡忿忿〔一三〕的腦裂，粗豪〔一四〕的今古皆絶。您〔一五〕這些，富産業，更怕我雇戀情惹〔一六〕？俺向那筆尖上自闌闥得些豪奢〔一七〕。捌起柄夫榮婦貴三檐傘〔一八〕，抵多少耶飯娘羹駟馬車〔一九〕：兩件兒渾别。

（小旦云了）阿也〔二〇〕！是敢大較些去也〔二一〕。（小旦云了）〔二二〕

【倘秀才】阿〔二三〕！我付能把這殘春捱徹〔二四〕，海〔二五〕！剗地是俺愁人瘦絶〔二六〕。（小旦云了）依着妹子只波〔二七〕。（做意了〔二八〕）恰隨妹妹閑行散悶些，到池沼，陌觀絶，越交人嘆嗟〔二九〕。

【呆古朵】不似這朝昏晝夜，春夏秋冬〔三〇〕，這供愁的景物好依時月〔三一〕！浮着個錢來〔三二〕大綠嵬嵬荷葉。荷葉似花子般團欒〔三三〕，陂塘似鏡面般瑩潔。阿〔三四〕！幾時交〔三五〕我腹内無煩惱，心上無縈惹〔三六〕？似這般青銅〔三七〕對面妝，翠鈿侵鬢貼〔三八〕！

（做害羞科〔三九〕）早是没外人，阿的是甚末言語那〔四〇〕！這個妹子咱〔四一〕。（小旦云了）你説的這話，我猜着也囉〔四二〕。

【倘秀才】休着個濫名兒將咱來引惹〔四三〕。嚒！待不〔四四〕你個小鬼頭春心兒動也？（小旦云了）放心，放心〔四五〕。我與你寬打周遭向父親行説〔四六〕。（小旦云了）你不要呵，我要則末那〔四七〕？（小旦云了）（唱〔四八〕）我又不風欠，不癡呆，要則甚迭〔四九〕？

（小旦云了）喒無那女婿呵快活〔五〇〕，有女婿呵受苦。（小旦云了）你聽我説波〔五一〕。

【滚綉毬〔五二〕】女婿行但沾惹〔五三〕，六親每早是説。又〔五四〕道是丈夫行親熱，耶娘行特地〔五五〕心别。而今要衣呵滿箱篋，要食呵儘餔啜〔五六〕，到晚來〔五七〕更綉衾鋪設，我這心兒裏牽掛無些。直睡到冷清清寶鼎沉烟滅〔五八〕，明皎皎紗窗月影斜，有甚唇舌？

（做入房裏科）（小旦云了）夜深也〔五九〕，妹子，你歇息去波。我也待睡也。（小旦云了）梅香〔六〇〕，安排香卓〔六一〕兒去，我大〔六二〕燒炷夜香咱。（梅香云了）〔六三〕

【伴讀書】你靠欄檻臨臺榭，我準備名香爇〔六四〕。心事悠悠憑誰説〔六五〕？只除向金鼎焚龍麝〔六六〕，與你殷勤參拜遥天月〔六七〕，此意也無別。

【笑和尚】韵悠悠比及把角品絶〔六八〕，碧熒熒投至〔六九〕那燈兒滅，薄設設衾共枕空舒設，冷清清不恁迭〔七〇〕，閑遥遥身枝節〔七一〕，悶懨懨怎捱〔七二〕他如年夜！

（梅香云了）（做燒香科〔七三〕）

【倘秀才】天那！這一炷香〔七四〕，則願削減了俺尊君狠切〔七五〕；這一炷香〔七六〕，則願俺那抛閃下的男兒較些〔七七〕。那一個耶娘不問諜〔七八〕，不似〔七九〕俺，忒唓嗻〔八〇〕，劣缺！

（做拜月科。云〔八一〕）願天下心廝愛的夫婦永無分離！教俺兩口兒早得團圓〔八二〕！（小旦云了）（做羞科〔八三〕）

【叨叨令】元來你深深的花底將身兒遮〔八四〕，搽搽的背後把鞋兒捻〔八五〕，澀澀〔八六〕的輕把我裙兒拽，熅熅的羞得我腮兒熱〔八七〕。小鬼頭〔八八〕，直到撞破我也末哥，直到撞破我也末哥〔八九〕，我一星星〔九〇〕的都索從頭兒説。

（小旦云了）妹子〔九一〕，你不知，我兵火中多得他本人氣力〔九二〕來，我已此〔九三〕上忘不下他。（小旦云了）（打悲了）〔九四〕您〔九五〕姐夫姓蔣，名世隆，字彦通，如今二十三歲也。（小旦打悲了）（做猛問科〔九六〕）

【倘秀才】來波〔九七〕！我怨感〔九八〕，我合哽咽；不剌〔九九〕！你啼哭，你爲甚迭〔一〇〇〕？（小旦云了）〔一〇一〕你莫不元是俺男兒的舊妻妾〔一〇二〕？阿是，阿是〔一〇三〕！當時只爭個，字兒別，我錯呵了應者〔一〇四〕！

（小旦云了〔一〇五〕）您兩個是親弟兄〔一〇六〕？（小旦云了）（做歡喜科〔一〇七〕）

【呆古朵】似恁的呵〔一〇八〕，喒從今後越索着疼熱〔一〇九〕，休想〔一一〇〕似在先時節。你又是我妹妹、姑姑，我又是你嫂嫂、姐姐。（小旦云了）這般者〔一一一〕，俺父母多宗派〔一一二〕，您〔一一三〕昆仲無枝葉，從今後休從俺耶娘家根脚排〔一一四〕，只做俺兒夫家親眷者。

（小旦云了）若説着俺那相别呵，話長〔一一五〕。

【三煞】他正天行汗病，换脉交陽〔一一六〕，那其間被俺耶把我横拖倒拽出招商舍〔一一七〕，硬厮强扶〔一一八〕上走馬車。誰想俺舞燕啼鶯，翠鸞嬌鳳，撞着那猛虎獰狼，蝮蝎蚖蛇〔一一九〕！又不敢號咷悲哭，又不敢囑付丁寧〔一二〇〕，空〔一二一〕則索感嘆咨嗟。據着那凄凉慘切，則那裏一霎兒似癡呆！

【二】〔一二二〕則就〔一二三〕那裏先肝腸眉黛千千結，烟水雲山萬萬疊。他便似烈焰飄風〔一二四〕，劣心卒性〔一二五〕，怎禁那後擁前推，亂棒胡枷〔一二六〕。阿〔一二七〕！誰無個老父？誰無個尊君？誰無個親耶？從頭兒看來，都不似俺那〔一二八〕狠爹爹！

【尾】〔一二九〕他把世間毒害收拾徹〔一三〇〕，我將天下憂愁結攬絶〔一三一〕。（小旦云了）〔一三二〕没盤纏〔一三三〕，在店舍，有誰人，厮擡貼〔一三四〕？那〔一三五〕消疏，那悽切，生分離，厮抛撇。從相别，恁時節，音書無，信息絶。我這些時眼跳腮紅耳輪熱，眠夢交雜〔一三六〕不寧貼。您哥哥暑濕風寒從較

些〔一三七〕，多〔一三八〕被那煩惱憂愁上送了也！（下）

校注

〔一〕末　徐沁君本上補一「正」字。王學奇本改作「孤」，校注云：「因這折戲中，蔣世隆根本没出場，當是『孤』（瑞蘭父）字。」

〔二〕便扮上了　鄭騫本下補「云」。徐沁君本、王學奇本上補「正旦」二字，下補「云」。便扮，常服打扮。

〔三〕扭散　擰開，拆散。

〔四〕死那活那　那，語氣助詞，表選擇問。《董解元西厢記》卷一【正宫】【萬金臺】：「比及相逢奈何時下窨！你尋思悶那不悶？」《元典章》臺綱二「體察」：「您和省官人每商量來的勾當，行了來那不曾？」

〔五〕下　盧冀野本誤作「不」。

〔六〕做嘆息科　徐沁君本、王學奇本、王季思本下補「唱」。

〔七〕端正好　隋樹森本、鄭騫本、徐沁君本、甯希元本、吴國欽本、王學奇本、王季思本上補「正宫」。

〔八〕受官廳　官衙的大堂。脈望館鈔本闕名氏《殺狗勸夫》四折【尾聲】：「交這兩個忍飢居士，就受官廳上拖出個狗皮兒。」

〔九〕信着我父親呵　原作大字，與上下曲文連寫，從吴曉鈴本、鄭騫本、北京大學本、徐沁君本、甯希元本、吴國欽本、王學奇本、王季思本改小字，作爲夾白。鄭騫本、吴國欽本、王季思本上補「（帶云）」。徐沁君本、王學奇本上補「（帶云）」，下補「（唱）」。

〔一〇〕把丹桂都休折　參見《蝴蝶夢》第一折校注〔四二〕。

〔一一〕滚綉毬　原省寫作「衮秀求」，從各本正。

〔一二〕背晦　「晦」原作「會」，從徐沁君本、吴國欽本、王季思本改。鄭騫本校云：「（背會）悖憒（或作悖晦）之同音假借字。」甯希元本校勘記亦謂「本字或當爲『悖憒』」。王學奇本校注謂「『背』應作『悖』，『會』應作『晦』」。參見《哭存孝》第二折校注〔八七〕。

〔一三〕惡忿忿　「忿忿」原作「紛紛」，從吴國欽本、王季思本改。惡忿忿，發怒的樣子。

〔一四〕粗豪　「豪」原作「毫」，從各本改。粗豪，粗魯，魯莽。《杜工部集》卷十一《少年行》：「不通姓字粗豪甚，指點銀瓶索酒嘗。」

〔一五〕您　盧冀野本改作「你」。按，您，你。參見《哭存孝》頭折校注〔六五〕。

〔一六〕更怕我雇戀情惹　更怕，猶難道。參看《詩詞曲語辭匯釋》卷一「更（一）」、卷五「怕（一）」。各本「雇」改作「顧」。按，雇，用同「顧」。本劇四折【慶東原】：「不雇自家嫌，則要傍人羡。」甯希元本「惹」改作「熱」。按，惹，牽掛。王實甫《西廂記》一本二折【哨遍】：「待颺下教人怎颺？赤緊的情沾了肺腑，意惹了肝腸。」

〔一七〕自鬧閧得些豪奢　盧冀野本「鬧閧」改作「挣挫」。王季思本改作「挣扎」。按，鬧閧，争取。脈望館鈔本鄭廷玉《冤家債主》頭折【油葫蘆】：「你搭手在心頭自監解，這家私端的是誰鬧閧？」豪奢，富貴。《張協狀元》戲文四十五出：「奴本世豪奢，爹娘憐妾多。」

〔一八〕夫榮婦貴三檐傘　甯希元本「婦」改作「妻」。三檐傘，儀仗所用的傘蓋，傘邊三層。《文獻通考·王禮十四》：「皇太子用三檐青羅傘，紫花羅掌扇四。」

〔一九〕駟馬車　四匹馬拉的車，顯貴者所乘。《漢書·于定國傳》：「始定國父于公，其閭門壞，父老方共治之，于公謂曰：『少高大閭門，令容駟馬高蓋車。我治獄多陰德，未嘗有所冤，子孫必有興者。』」

〔二〇〕阿也　盧冀野本「也」字下未點斷，與下句連讀。鄭騫本、王季思本上補「（云）」，徐沁君本、王學奇本補「（正旦云）」。阿也，嘆詞，猶啊。

〔二一〕是敢大較些去也　是，用同「時」。這時候。《史記·項羽本紀》：「廣陵人召平，於是爲陳王徇廣陵，未能下……乃渡江矯陳王命，拜梁爲楚王上柱國。」徐沁君本、甯希元本、吴國欽本、王季思本「大」改作「待」。按，敢大，即敢待。參見《調風月》第二折校注〔一三〕、《哭存孝》第三折校注〔六〕。去也，猶了。隋樹森校本《樂府新聲》卷上張彥文套數【南吕】一枝花：「你個聰明的小姐寧心兒記者，喒這説下的盟言應去也。」參見《哭存孝》頭折校注〔七六〕，《調風月》第二折校注〔四四〕。

〔二二〕（小旦云了）　徐沁君本、王學奇本、王季思本下補「（正旦唱）」。

〔二三〕阿　盧冀野本、隋樹森本作大字，與下曲文連讀。非。徐沁君本、王學奇本、王季思本改作「呵」。

〔二四〕付能把這殘春捱徹　鄭騫本、王季思本「付」改作「甫」。按，付能、甫能，方才，好容易。參看《詩詞曲語辭匯釋》卷二「甫能」。「捱」原作「㧙」，當是「捱」之壞字，今從各本改正。覆元槧本誤作「𢫫」。吳曉鈴本校勘記謂元刊本作「𢫫」。非。覆元槧本「徹」作「撤」。盧冀野本沿誤。吳本作「徹」，校勘記謂元刊本作「撤」。亦誤。

〔二五〕海　除吳曉鈴本、鄭騫本外，各本改作「嗨」。盧冀野本、隋樹森本作大字，與下句連讀。非。

〔二六〕剗地是俺愁人瘦絶　王季思本「剗」誤作「劃」。按，剗地，只是。參看《詩詞曲語辭匯釋》卷四「剗地（一）」。「絶」原作「色」，從鄭騫本、甯希元本、吳國欽本、王季思本改。按，「絶」字韵，猶了。參同上卷三「絶」。隋樹森本「色（絶）」字下補一空圍。無據。

〔二七〕依着妹子只波　鄭騫本上補「（云）」，徐沁君本、王學奇本、王季思本補「（正旦云）」。只波，語助詞，猶吧。亦作「者波」。參見第一折校注〔五九〕。

〔二八〕做意了　徐沁君本、王學奇本上補「正旦」二字，下補「唱」。

〔二九〕恰隨妹妹閑行散悶些，到池沼，陌覷絶，越交人嘆嗟　盧冀野本作小字，誤曲爲白。些，猶啊。《董解元西厢記》卷八【黄鍾宫】【四門子】：「你好毒，你好呆，恰纔那裏相見些！你好羞，你好呆，虧殺人也姐姐！」鄭騫本、徐沁君本、甯希元本、吴國欽本、王季思本「陌」改作「驀」。按，陌，通「驀」，猶突然。《劉知遠諸宫調》第一【歇指調】【枕屏兒】：「陌地臨莊院，榆槐相接。」盧冀野本、隋樹森本「交」改作「教」。按，《詩詞曲語辭匯釋》卷一「教（一）」：「教，猶使也。通作交。」

〔三〇〕不似這朝昏晝夜，春夏秋冬　原作大字，與下曲文連寫，今從鄭騫本、徐沁君本、甯希元本、王學奇本、王季思本改小字，作爲説白。徐沁君本、王學奇本并移置曲牌名前，上補「（云）」，下補「（唱）」。王季思本亦置曲牌名前，上補「（帶云）」，下補「（唱）」。

〔三一〕好依時月　好，正。元稹《元氏長慶集》卷十九《贈童子郎》：「衛瓘諸孫衛玠珍，可憐雛鳳好青春。」時月，節令。《宋書·明帝紀》：「自今鱗介羽毛，肴核衆品，非時月可採，器味所須，可一皆禁斷，嚴爲科制。」

〔三二〕來　猶般。《董解元西厢記》卷七【中吕調】【牧羊關】：「早是軃軸來粗細腰，穿領布袋來寬布衫。」

〔三三〕團欒　各本「欒」改作「圞」。團欒，圓貌。亦作「團圞」。《太平樂府》卷一盧疎齋小令【蟾宫曲】「橙杯」：「波潋灧宜斟玉漿，樣團圞雅稱金觴。」

〔三四〕阿　盧冀野本、隋樹森本作大字，與下曲文連讀。非。徐沁君本、王學奇本、王季思本改作「呵」。

〔三五〕交　盧冀野本、隋樹森本、鄭騫本、吴國欽本、王季思本改作「教」。按，交，讓。參見《調風月》第一折校注〔三三〕。

〔三六〕縈惹　牽掛。《小孫屠》戲文二出：「同出西郊，聽乳鶯枝上，一聲啼起。縈情惹恨，恰似報人明媚。」參見校注〔一六〕。

〔三七〕青銅　鏡。《全唐詩》卷六五九羅隱《傷華髮》：「青銅不自見，只擬老他人。」

〔三八〕翠鈿侵鬢貼　翠鈿，翠玉製的頭飾。《全宋詞》一賀鑄《菩薩蠻》之四：「簾下小凭肩，與人雙翠鈿。」甯希元本「侵」改作「近」。按，侵，近。參見第一折校注〔七〇〕。

〔三九〕做害羞科　鄭騫本、徐沁君本、王學奇本、王季思本下補「（云）」。惟王學奇本「云」誤作「唱」。

〔四〇〕阿的是甚末言語那　王季思本「末」改作「麽」。按，末，同「麽」。參看《詩詞曲語辭匯釋》卷三「末」。盧冀野本「那」字斷屬下句。非。參見《蝴蝶夢》第二折校注〔九〇〕。

〔四一〕咱　嘆詞，猶啊。臧本李文蔚《燕青博魚》一折正末白：「哥也，您那裏知道咱！」臧本張國賓《合汗衫》二折卜兒白：「老的，眼見一家兒燒的光光兒了也，教俺怎生過活咱！」

〔四二〕你説的這話，我猜着也囉　鄭騫本上補「（正旦云）」，下補「（唱）」。也囉，猶了。張知甫《張氏可書》：「童貫以燕山功遂封同安郡王，有改晋公平淮西詩以譏曰：『長樂坡頭十萬戈，碧油幢下一婆娑，今朝始覺爲奴貴，夜聽元戎報也囉。』」息機子本闕名氏《風雪漁樵》二折正末白：「止不過無錢也囉，你理會的『好人家好家法』，你這等『惡人家惡舉止』！」

〔四三〕休着個濫名兒將咱來引惹　濫名兒，壞名。濫，惡，壞。《資治通鑑·唐則天后聖曆元年》：「金銀器皆行濫，非真物。」胡三省注：「濫，惡也。開元八年，頒租庸調法於天下，好不過精，惡不過濫。濫者，惡之極者也。」引惹，招惹。夏伯和《青樓集》：「劉婆惜，樂人李四之妻也。……時賓朋滿座，全帽上簪青梅一枝行酒，全口占《清江引》曲云『青青子兒枝上結』，令賓朋續之。衆未有對者。劉歛衽進前曰：『能容妾一辭乎？』全曰：『可。』劉應聲曰：『青青子兒枝上結，引惹人攀折。其中全子仁，就裏滋味別，只爲你酸留意兒難棄舍。』全大稱賞。」

〔四四〕待不　甯希元本「待」改作「莫」。按，待不，要不。臧本楊顯之《瀟湘雨》四折【鮑老兒】：「我和他有甚恩情相顧戀？待不沙又怕背了這恩人面。」

〔四五〕放心，放心　原作大字，從盧冀野本、吴曉鈴本、鄭騫本、北京大學本、徐沁君本、甯希元本、吴國欽本、王學奇本、王季思本改小字，作爲夾白。鄭騫本并上補「（云）」。徐沁君本、王學奇本上補「（正旦云）」，下補「（唱）」。王季思本上補「（正旦云）」。

〔四六〕我與你寬打周遭向父親行説　盧冀野本作小字，誤曲爲白。寬打周遭，大繞圈子。「周遭」亦作「周摺」。臧本高文秀《黑旋風》二折【醉扶歸】：「兩下裏慌速速怕甚麽路途賒，必然個寬打着大周摺。」

〔四七〕你不要呵，我要則末那　原作大字，從各本改小字，作爲説白。鄭騫本上補「（云）」，徐沁君本、王學奇本、王季思本補「（正旦云）」。隋樹森本、王季思本「末」改作「麽」。按，末，同「麽」。參看《詩詞曲語辭匯釋》卷三「末」。則末，即怎麽。闕名氏《替殺妻》二折【滚綉毬】：「我這酒腸寬宋玉才挪動脚，被你這色膽大巫娥你則末攔住了門？」那，猶呢。狄君厚《介子推》三折【三煞】：「我如今有兒無兒皆如此，你今日有爺無爺争甚那？」

〔四八〕唱　徐沁君本、王學奇本、王季思本上補「正旦」二字。

〔四九〕我又不風欠，不癡呆，要則甚迭　盧冀野本作小字，誤曲爲白。風欠，瘋傻。景方諸生本王實甫《西厢記》二本二折【滿庭芳】：「文魔秀士，風欠酸丁。」王伯良云：「風欠，言其如風狂而且呆癡也。」則甚迭，做甚麽。迭，同「的」。亦作「則甚的」。元刊本闕名氏《博望燒屯》一折【天下樂】：「請下這卧龍岡待則甚的？」

〔五〇〕喒無那女婿呵快活　鄭騫本上補「（云）」，徐沁君本、王學奇本、王季思本補「（正旦云）」。北京大學本、吴國欽本、王學奇本、王季思本「喒」改作「咱」。按，喒，我。参見《哭存孝》頭折校注〔二五〕。

〔五一〕你聽我説波　鄭騫本上補「（云）」。徐沁君本、王學奇本、王季思本上補「（正旦云）」，下補「（唱）」。

〔五二〕滚綉毬　原省寫作「衮秀求」，從各本正。

〔五三〕沾惹　牽纏。《太平樂府》卷六曾瑞卿套數【雙調】行香子「嘆世」：「榮貴路景稠粘，沾惹情忺。」

〔五四〕又　甯希元本、王季思本改作「説」。甯本校勘記謂「又」是重文符號，重上句末字「説」。

〔五五〕特地　突地。参看《詩詞曲語辭例釋》「特地」。

〔五六〕儘餔啜　儘，儘管。楊文奎《兒女團圓》二折【黄鍾尾】：「我這裏或是典或是賣，儘着他言。」「餔」原作「鋪」，從各本改。餔啜，吃喝。

〔五七〕來　時。唐臨《報應記》：「問在生作善作惡……問曰：『作何善？』對曰：『小來持《金剛經》。』」

〔五八〕寶鼎沉烟滅　寶鼎，香爐。劉唐卿《降桑椹》一折【天下樂】：「寶鼎内香篆焚，暖爐中獸炭燒。」沉，沉香，亦名沉水香。《本草綱目》卷三十四木之一：「沉香……煎香，同是一樹，出天竺諸國。」「嶺南諸郡悉有，傍海處尤多。」《劉知遠諸宫調》第三【商調】【玉抱肚】：「漸熒煌絳爐，沉煎寶鴨，烟裊金猊。」

〔五九〕夜深也　鄭騫本上補「（云）」，徐沁君本、王學奇本、王季思本補「（正旦云）」。

〔六〇〕梅香　鄭騫本上補「（云）」，徐沁君本、王學奇本、王季思本補「（正旦云）」。

〔六一〕卓　盧冀野本、吴曉鈴本、隋樹森本、北京大學本、徐沁君本、甯希元本、吴國欽本、王學奇本、王季思本改作「桌」，鄭騫本改作「棹」。按，卓，即「桌」。孔平仲《孔氏談苑》卷二：「兩府踞受開讀次，已見小黄門設矮卓子具筆硯矣。」

〔六二〕大　隋樹森本、鄭騫本、徐沁君本、甯希元本、吴國欽本、王季思本改作「待」。吴曉鈴本校勘記亦謂「疑當作『待』字」。按，大，通「待」。參看《詩詞曲語辭匯釋》卷一「待（一）」。盧冀野本改作「要」。亦誤。

〔六三〕（梅香云了）　徐沁君本、王學奇本、王季思本下補「（正旦唱）」。

〔六四〕名香爇　名，借作「明」，潔净。爇，燒。《董解元西厢記》卷四【中吕調】【滿庭霜】：「獸爐香爇龍涎。」

〔六五〕心事悠悠憑誰説　悠悠，憂思的樣子。《後漢書·章帝紀》：「中心悠悠，將何以寄？」憑，向。參看《詩詞曲語辭例釋》「憑」。

〔六六〕只除向金鼎焚龍麝　只除，惟有。《董解元西厢記》卷二【道宫】【解紅】：「心下徘徊自籌度，只除會聖一命難逃。」參見《哭存孝》第三折校注〔六〇〕。龍麝，香。《全唐詩》卷六三三司空圖《白菊雜書》之一：「却笑誰家扃綉户，正熏龍麝暖鴛衾。」

〔六七〕殷勤參拜遥天月　殷勤，懇切。《太平廣記》卷一百一十二引《異苑》：「思報其恩，汝可具絹十疋奉之，并陳意殷勤。」遥天，參見《調風月》第三折校注〔四八〕。

〔六八〕比及把角品絶　比及，及至。參看《詩詞曲語辭匯釋》卷二「比及(一)」。角，一種樂器。《晋書·樂志下》：「胡角者本以應胡笳之聲，後漸用之横吹，即胡樂也。」

〔六九〕投至　及至。參看《詩詞曲語辭匯釋》卷二「投」。

〔七〇〕恁迭　同「恁的」。迭，同「的」。參見《哭存孝》頭折校注〔一三〕。

〔七一〕身枝節　甯希元本、吴國欽本、王季思本「身」改作「生」。按，身枝節，身體。枝，通「肢」。《史記·范雎蔡澤列傳》：「吴起定楚國之政，兵震天下，威服諸侯，功已成矣，而卒枝解。」

〔七二〕捱　原作「堐」，從各本改正。

〔七三〕做燒香科　徐沁君本、王學奇本、王季思本上補「正旦」二字，下補「唱」。

〔七四〕天那！這一炷香　盧冀野本、隋樹森本、王學奇本作大字，誤白爲曲。覆元槧本「炷」誤作「注」。吴曉鈴本校勘記云：「炷——元刊本作『注』字。」吴校誤。

〔七五〕削減了俺尊君狠切　尊君，父。石君寶《紫雲亭》二折【收尾】：「您尊居（君），忒情理！割舍了，怕甚的！」狠切，凶狠嚴厲。臧本武漢臣《玉壺春》二折【牧羊關】：「誰想花柳亭鳴珂巷，撞着你個嘴巴巴狠切的娘。」

〔七六〕這一炷香　盧冀野本、隋樹森本、王學奇本作大字，誤白爲曲。

〔七七〕俺那抛閃下的男兒較些　抛閃，撇，丢。《京本通俗小説·錯斬崔寧》：「得官不得官，早早回來，休抛閃了恩愛夫妻。」盧冀野本「較」改作「輕」。誤。參見第二折校注〔四二〕。

〔七八〕間諜　「諜」原作「疊」，從徐沁君本改。吴國欽本改作「迭」。間諜，離間。徐本校記證之已詳，例不贅。

〔七九〕不似　不如，不及。《魯齋郎》三折【迎仙客】：「看成的似玉顆神珠，終不似他娘腸肚。」

〔八〇〕啅嗻　盧冀野本「嗻」字下未點斷。按，「嗻」字韵。啅嗻，很，厲害。徐渭《南詞叙録》：「啅嗻，能而大也。」參看《元劇俗語方言例釋》「啅嗻」。

〔八一〕云　盧冀野本奪。

〔八二〕願天下心廝愛的夫婦永無分離！教俺兩口兒早得團圓　盧冀野本作大字，誤白爲曲。

〔八三〕做羞科　徐沁君本、王學奇本、王季思本上補「正旦」二字，下補「唱」。

〔八四〕元來你深深的花底將身兒遮　吴國欽本、王季思本「元」改作「原」。按，元，原。參見《調風月》第四折校注〔二五〕。盧冀野本「兒」誤作「見」。

〔八五〕搽搽的背後把鞋兒捻　吴國欽本、王季思本「搽搽」改作「擦擦」。按，搽搽，象聲詞，嚓嚓。捻，用同「躡」。放輕脚步。《水滸傳》四回：「門子只得捻脚捻手拽了栓，飛也似閃入房裏躲了。」

〔八六〕澀澀　瑟瑟，輕輕。

〔八七〕熅熅的羞得我腮兒熱　熅熅，臉紅的樣子。《玉篇》火部：「熅，煐也。」盧冀野本「兒」誤作「見」。

〔八八〕小鬼頭　王學奇本上補「（云）」，下補「（唱）」。盧冀野本、隋樹森本、徐沁君本、甯希元本作大字，誤白爲曲。

〔八九〕直到撞破我也末哥，直到撞破我也末哥　盧冀野本、吴曉鈴本、隋樹森本、北京大學本、甯希元本、吴國欽本、王學奇本第二句不重「直到」二字。直到，猶真是。參見《調風月》第一折校注〔一三〕。到，猶道，是也。參看《詩詞曲語辭匯釋》卷四「到（一）」、「道（二）」。破，猶着。參同上卷三「破（一）」。盧冀野本、隋樹森本、王季思本「末」改作「麽」。

〔九〇〕一星星　一點點，一件件。參看《元劇俗語方言例釋》「一星星」。

〔九一〕妹子 鄭騫本上補「（云）」，徐沁君本、王學奇本、王季思本補「（正旦云）」。

〔九二〕氣力 幫助。《五代史平話》晋史卷上：「乘快許之，雖足得其氣力，然他日反爲中國之患，不無生受麽？」元代皇帝聖旨，開頭每云「長生天氣力裏」，即靠上天幫助之意。

〔九三〕已此 隋樹森本、鄭騫本、北京大學本、徐沁君本、甯希元本、吴國欽本、王學奇本、王季思本「已」改作「以」。吴曉鈴本校勘記亦謂「疑當作『以』字」。按，已，同「以」。《正字通》已部：「已，與目古共一字。隸作目、以。」已此，因此。《劉知遠諸宫調》第二：「兼着傍人勸免，已此洪義方休。」

〔九四〕（打悲了） 鄭騫本下補「（云）」。徐沁君本、王學奇本、王季思本「打悲了」上補「正旦」二字，下補「云」。

〔九五〕您 盧冀野本改作「你」。按，您，你。參見《哭存孝》頭折校注〔六五〕。

〔九六〕做猛問科 徐沁君本、王學奇本、王季思本上補「正旦」二字，下補「唱」。猛，急。皮日休《皮子文藪》卷一《桃花賦》：「狂風猛雨，一陣紅去。」

〔九七〕來波 盧冀野本、隋樹森本作大字，誤白爲曲。來波，語助詞，猶啊。

〔九八〕怨感 怨恨。感，通「憾」。《左傳·昭公十一年》：「王貪而無信，唯蔡於感。」杜預注：「蔡，近楚之大國，故楚常恨其不服順。」

〔九九〕不剌　盧冀野本、隋樹森本、北京大學本、吴國欽本作大字，誤白爲曲。不剌，語助詞，表轉接語氣。參看《詩詞曲語辭匯釋》卷六「不剌（一）」。

〔一〇〇〕爲甚迭　爲甚麽。迭，同「的」。亦作「爲甚的」。元刊本鄭廷玉《楚昭王》四折【沉醉東風】：「惶恐荒張爲甚的？又怕是南柯夢裏。」

〔一〇一〕（小旦云了）　徐沁君本、王學奇本、王季思本下補「（正旦唱）」。

〔一〇二〕元是俺男兒的舊妻妾　吴國欽本、王季思本「元」改作「原」。按，元，原。參見《調風月》第四折校注〔二五〕。盧冀野本「兒」誤作「見」。

〔一〇三〕阿是，阿是　第一個「阿是」下原作二重文符號，隋樹森本疊作「阿是是是」。盧冀野本、隋樹森本作大字，誤白爲曲。盧本并與下句曲文「當時只争個字兒别」連爲一句，隋本與下句曲文的「當時」連爲一句。

〔一〇四〕我錯呵了應者　「應」原作「噟」，下有一重文符號，「者」字原無，今從徐沁君本、甯希元本、王季思本改補。盧冀野本「噟（應）」改作「咦」。盧冀野本、吴曉鈴本、鄭騫本「噟（應）」下重文符號删。隋樹森本「噟（應）」下作二空圍。北京大學本重一「噟」字。吴國欽本改作「應者」。王學奇本「噟（應）」下作「者」字。吴曉鈴本、隋樹森本、鄭騫本、北京大學本、吴國欽本此句作小字，誤曲爲白。鄭本并於此句上補「（云）」，校云：「〔字兒别〕此下少一句，按律應是二字或四字。」甯本校云：「我錯呵了應者：此爲［倘秀才］末句。」甯説是。呵了，猶了。

〔一〇五〕小旦云了　「小旦」二字原闕，「云」字隱約可辨。覆元槧本「小旦云」三字并闕。除吴曉鈴本外，各本已補。吴本「小旦云」作三空圍。

〔一〇六〕您兩個是親弟兄　鄭騫本上補「（云）」，徐沁君本、王學奇本、王季思本補「（正旦云）」。盧冀野本、吴曉鈴本作大字，誤白爲曲。盧本并改「您」作「你」。按，您，你。參見《哭存孝》頭折校注〔六五〕。

〔一〇七〕做歡喜科　徐沁君本、王學奇本、王季思本上補「正旦」二字，下補「唱」。

〔一〇八〕似恁的呵　盧冀野本、隋樹森本、王學奇本作大字，誤白爲曲。

〔一〇九〕喒從今後越索着疼熱　北京大學本、吴國欽本、王學奇本、王季思本「喒」改作「咱」。按，喒，咱們。參見《哭存孝》頭折校注〔三四〕。越索，更得。參《蝴蝶夢》第四折校注〔三五〕、《詩詞曲語辭匯釋》卷四「索」。着疼熱，知疼着熱。形容十分關心。《太平樂府》卷八喬夢符套數【南吕】一枝花「雜情」：「但些兒頭疼眼熱我早心驚訝，着疼熱只除咱。」

〔一一〇〕想　盧冀野本改作「像」。非。

〔一一一〕這般者　原作大字，從吴曉鈴本、鄭騫本、徐沁君本、甯希元本、王學奇本、王季思本改小字，作爲夾白。鄭騫本上補「（云）」。徐沁君本、王學奇本上補「（正旦云）」，下補「（唱）」。王季思本上補「（正旦云）」。者，猶吧。臧本武漢臣《老生兒》三折卜兒白：「投到孩兒每來時，喒老兩口兒先拜了墳者。」孟本「者」作「罷」。

〔一三〕宗派　宗枝。《全漢三國晋南北朝詩·全梁詩》卷八何遜《仰贈從兄興寧寘南》：「宗派已孤狹，財産又貧微。」

〔一三〕您　盧冀野本、甯希元本改作「你」。按，您，你。參見《哭存孝》頭折校注〔六五〕。

〔一四〕休從俺耶娘家根脚排　從，依照。《列子·黄帝》：「若能入火取錦者，從所得多少賞若。」根脚，家世，出身。《通雅》卷二十六「事制」：「宋時未參選者具脚色狀，謂之根脚。邇來下司初見上司，猶遞手本，上開出身履歷曰脚色是也。」

〔一五〕若説着俺那相别呵，話長　鄭騫本上補「（云）」，徐沁君本、王學奇本、王季思本補「（正旦云）」。

〔一六〕他正天行汗病，换脉交陽　原作大字，與下曲文連寫，今從鄭騫本、徐沁君本、甯希元本、王學奇本、王季思本改小字，作爲説白。徐沁君本、王學奇本、王季思本并移置曲牌名前，下補「（唱）」。天行汗病，流行病。參見第二折校注〔一二〕。

〔一七〕招商舍　旅店。亦作「招商店」。闕名氏《獨角牛》三折【正宫端正好】：「我來到這泰安州，我可便不住您兀那招商店。」

〔一八〕硬斷强扶　甯希元本、吴國欽本、王季思本「斷」改作「撕」。甯本校云：「硬撕强扶：與上句『横拖倒拽』一語相對。」似可從。

〔一九〕蝮蝎虮蛇　「蝮」原作「蝠」，從盧冀野本、北京大學本、徐沁君本、甯希元本、吴國欽本、王學奇本改。「虮」原作「頑」，從徐沁君本、甯希元本、吴國欽本、王學奇本、王季思本改。參見《哭存孝》第三折校注〔三〕。

〔二〇〕囑付丁寧　「囑」原作「咮」，除吴曉鈴本外，各本已改。甯希元本、吴國欽本、王學奇本、王季思本「付」改作「咐」。吴國欽本、王季思本「丁寧」改作「叮嚀」。

〔二一〕空　獨自。《董解元西厢記》卷七【道宫】【大聖樂】：「悶抵着牙兒，空守定妝臺。」

〔二二〕【二】　鄭騫本、徐沁君本、甯希元本、王學奇本、王季思本作「【二煞】」。

〔二三〕則就　就。臧本岳伯川《鐵拐李》一折【金盞兒】：「或是他粉壁遲水瓮小拖出來我則就這當街拷。」參見《調風月》第一折校注〔二〕。

〔二四〕飄風　暴風。馬總《大唐奇事·廉廣》：「筆纔絶，雲蒸霧起，飄風倏至，畫龍忽乘雲而上。」

〔二五〕劣心卒性　暴烈的性子。劣，假作「烈」。參見《哭存孝》頭折校注〔四〕。卒，即「猝」。《漢書·陳湯傳》：「興卒暴之作。」顔師古曰：「卒讀曰猝。」

〔二六〕亂棒胡枷　「棒」原作「捧」，從吴曉鈴本、鄭騫本、北京大學本、徐沁君本、甯希元本、吴國欽本、王學奇本、王季思本改。「枷」原作「茄」，從徐沁君本、甯希元本、吴國欽本、王學奇本、王季思本改。亂棒胡枷，胡亂敲打。徐本校云：「棒、枷都是刑具。胡亂用刑，元劇中頗多反映。『胡枷亂棒』，致成爲當時口頭習語。」甯本校云：「然『枷』爲『家麻』，失協。或當如《中原音韻·正語作詞起例》『爺有衙』、『也有雅』之例，『枷』，仍當如原本讀『茄』。」甯説是。《廣韻》平聲戈韻「茄」「枷」同音，「枷」字下注云：「刑具。又音加」；求迦切。《盛世新聲》戌集闕名氏小令【越調】寨兒令：「若論蛇蝎，尚有潛蟄，不似你娘風火性不曾絶，一覓的亂棒胡茄。」「茄」亦應是「枷」，讀如「茄」。

〔二七〕阿　原作大字，從北京大學本、徐沁君本、甯希元本、吴國欽本、王學奇本、王季思本改小字。徐沁君本、王學奇本、王季思本改作「呵」，甯希元本作「啊」。盧冀野本、吴曉鈴本、隋樹森本、鄭騫本仍作大字，并與下曲文連讀。非。

〔二八〕那　原字左旁有斷筆，覆元槧本誤作「耶」。盧冀野本、吴曉鈴本、北京大學本、吴國欽本沿誤。

〔二九〕【尾】　鄭騫本「據律改題」作「【煞尾】」。甯希元本、王季思本改同。徐沁君本改作「【黄鍾尾】」。

〔三〇〕把世間毒害收拾徹　毒害，狠毒。《全唐詩》卷六九三杜荀鶴《將過湖南經馬當山廟因書三絶》之二：「貪殘官吏虔誠謁，毒害商人瀝膽過。祇怕馬當山下水，不知平地有風波。」收拾，收聚。

《中興以來絶妙詞選》卷九吴毅甫《酹江月・暇日登新樓望揚州於雲烟縹緲之間寄趙南仲端明》：「半空樓閣，把江山、圖畫一時收拾。」

〔三一〕絶 猶盡。參看《詩詞曲語辭匯釋》卷三「絶」。

〔三二〕（小旦云了） 徐沁君本、王學奇本下補「（正旦唱）」。

〔三三〕盤纏 費用。《五代會要》卷二十七「倉」：「人户送納之時，如有使官布袋者，每一布袋，使百姓納錢八文，内五文與擎布袋人，餘三文即與倉司充吃食鋪襯紙筆盤纏。」

〔三四〕擡貼 照顧體貼。亦作「擡迭」。《五侯宴》二折【賀新郎】：「富豪家安穩把孩兒好擡迭，這孩兒脱命逃生，媳婦兒感承多謝！」

〔三五〕那 又。參看《詩詞曲語辭例釋》「那（一）」。

〔三六〕雜 盧冀野本誤作「離」。甯希元本誤作「加」。

〔三七〕您哥哥暑濕風寒從較些 盧冀野本「您」改作「你」。按，您，你。參見《哭存孝》頭折校注〔六五〕。甯希元本誤作「恁」。除吴曉鈴本、鄭騫本外，各本「從」改作「縱」。按，從，即「縱」，即使。《左傳・宣公二年》：「從其有皮，丹漆若何？」盧本「較」改作「輕」。誤。參見第二折校注〔四二〕。

〔三八〕多 多半。《全唐詩》卷八三八齊己《酬元員外見寄》：「且有吟情撓，都無俗事煎。時聞得新意，多是此忘緣。」

第四折

（老孤、夫人、正末、外末上了）（媒人云了）（旦[一]扮上了）（小旦云了）可是由我那不那[二]！

【新水令[三]】我眼懸懸整盼了一周年[四]，你也枉把您[五]這不自由的姐姐來埋怨。恰才投至我貼上這縷金鈿，一霎兒向鏡臺傍[六]邊，媒人每催逼[七]了我兩三遍。

（小旦云了）妹子阿[八]，你好不知福，猶古自不滿意沙[九]！我可怎生過呵是也[一〇]？（小旦云了）那的是你有福如我處那[一一]！我說與你波[一二]。

【駐馬聽】你貪[一三]着個斷簡殘編，恭儉溫良好繾綣；我貪着個輕弓短箭，粗豪勇猛惡因緣[一四]。（小旦云了）可知噷是也[一五]。您的管[一六]夢回酒醒誦詩篇，俺的敢燈昏人淨誇征戰[一七]。少不的[一八]向我綉幃邊，說的些磣[一九]可可落得的冤魂現。

（小旦云了）這意有甚難見處那[二〇]！

【慶東原】他則圖[二一]今生貴，豈問咱夙世[二二]緣。違着孩兒心，只要遂他家願。則怕他夫妻百年，召[二三]了這文武兩員，他家裏要將相雙權[二四]。不雇[二五]自家嫌，則要傍人羨[二六]。

（外[二七]云了）（做住了[二八]）（正、外二末做住了）[二九]

【鎮江迴】俺兀那姊妹兒的新郎又忒醜覥。俺這新女婿那嘲掀[三〇]，瞅[三一]的我兩三番，斜僻〔三二〕了新妝面，查查胡胡的向玳筵前〔三三〕。知他〔三四〕俺那主婚人是見也那不見？

（孤云了）（外末把盞科）〔三五〕

【步步嬌】見他那鴨子綠衣服〔三六〕上圈金線，這打扮早〔三七〕難坐瓊林宴。俺這新狀元，早難道〔三八〕花壓得烏紗帽檐偏。把這盞許親酒又不敢慢俄延，則索扭回頭半口兒家剛剛的嚥〔三九〕。

（孤云了）（正末把盞科）（打認末科）〔四〇〕

【雁兒落】你而今病疾兒都較痊〔四一〕？你而今身體兒全康健？當初喒那塌兒各間別〔四二〕，怎承望這答兒裏〔四三〕重相見！

【水仙子】今日這半邊鸞鏡得團圓〔四四〕，早則那一紙魚封〔四五〕不更傳。（末云了〔四六〕）你説這話〔四七〕！（做意了。唱）須是俺狠毒耶强匹配我成因眷〔四八〕，不剌〔四九〕，可是誰央及你個蔣狀元〔五〇〕？一投得官也接了絲鞭〔五一〕。我常把伊思念〔五二〕，你不將人挂戀，虧心的上有青天！

（末〔五三〕云了）（做分辨科〔五四〕）

【胡十八】我便渾身上都是口，待交我怎分辨〔五五〕？枉了我情脉脉，恨綿綿，我晝忘飲饌夜無眠。則兀那〔五六〕瑞蓮，便是證見，怕你不信後〔五七〕，没人處問一遍。

（末〔五八〕云了）兀的不是您妹子瑞蓮那〔五九〕？（末〔六〇〕共小旦打認了）（告孤科〔六一〕）（末〔六二〕云了）（老夫人云

了）（老孤云了）你試問您那兄弟去〔六三〕，我勸和您姊妹去〔六四〕。（正末云了）（小旦云了）妹子〔六五〕，我和您〔六六〕哥哥厮認得了也，你却召取兀那武舉狀元呵〔六七〕，如何？（小旦云了）你便信我子末那〔六八〕！（小旦云了）〔六九〕

【挂玉鈎〔七〇〕】二百口家屬語笑喧，如此般深宅院，休信我一時間在口言〔七一〕，便那裏有〔七二〕冤魂現？（小旦云了）〔七三〕我特故裏説的別，包彈〔七四〕遍，不嫌些蹬弩開弓，怎説他袒臂揮拳？

【喬牌兒】兀的須〔七五〕顯出我那不樂願，量這的有甚難見？每日我緑窗前不整閑針線，不曾將眉黛展〔七六〕。

【夜行船】須是我心上斜横〔七七〕着這美少年，你可別無甚悶縷愁牽。便坐駟馬高車〔七八〕，管〔七九〕着滿門良賤，但出入唾盂掌扇〔八〇〕。

【幺】〔八一〕但行處兩行朱衣列馬前。箄〔八二〕個文章士發禄是何年？你想那陋巷顔淵，簞瓢原憲〔八三〕，你又不是不曾受秀才的貧賤。

（外〔八四〕云了）休，休〔八五〕，教他不要則休！昝没事則管央及他則末〔八六〕？

【殿前歡】忒心偏，覷重裀列鼎不直錢〔八七〕，把黄齏〔八八〕淡飯相留戀，要徹老終年〔八九〕。召〔九〇〕新郎更揀選，忒姻眷〔九一〕，不得可〔九二〕將人怨。可須因緣數定〔九三〕，則這人命關天。

（小旦云了）（使命上，封外末了）〔九四〕

【沽美酒】驟將他職位遷，中京内做行院〔九五〕，把虎頭金牌〔九六〕腰内懸。見那金花誥帝宣〔九七〕，没因由得要團圓。

【阿忽令】〔九八〕昝却且儘教佯呆着休勸〔九九〕，請夫人更等三年。你既愛青燈黄卷，却不要隨機而變。把你這眼前、厭倦、物件，分付與他别人請佃〔一〇〇〕。

（孤云了）（散場）〔一〇一〕

校注

〔一〕旦　徐沁君本、吴國欽本、王學奇本、王季思本上補一「正」字。

〔二〕可是由我那不那　鄭騫本上補「（云）」。徐沁君本、王學奇本、王季思本上補「（正旦云）」，下補「（唱）」。

〔三〕新水令　隋樹森本、鄭騫本、徐沁君本、甯希元本、吴國欽本、王學奇本、王季思本上補「雙調」。

〔四〕眼懸懸整盼了一周年　眼懸懸，形容盼望迫切。《董解元西廂記》卷三【仙吕調】【戀香衾】【尾】：「癢如如把心不定，肚皮兒裹骨轆轆地雷鳴，眼懸懸地專盼着人來請。」「整盼」的「盼」原作「眄」，從各本改。

〔五〕枉把您　「枉」原作「柱」，從覆元槧本及各本改。盧冀野本、甯希元本「您」改作「你」。按，您，你。參見《哭存孝》頭折校注〔六五〕。

〔六〕傍　徐沁君本、王學奇本、王季思本改作「旁」。按，傍，旁。參見《哭存孝》頭折校注〔一五〕。

〔七〕媒人每催逼　盧冀野本「每」改作「們」。按，每，們。參見《調風月》第一折校注〔二六〕。催逼，催。吴昌齡《張天師》三折【正宫端正好】：「則被你催逼得我兩三番，喝掇得我十餘次。」

〔八〕妹子阿　鄭騫本上補「（云）」，徐沁君本、王學奇本、王季思本補「（正旦云）」。鄭騫本、徐沁君本、甯希元本、王學奇本、王季思本「阿」改作「呵」。

〔九〕猶古自不滿意沙　猶古自，還。參看《詩詞曲語辭匯釋》卷六「兀自」。徐沁君本、王學奇本「沙」改作「吵」。

〔一〇〕我可怎生過呵是也　盧冀野本「呵」字下點斷。鄭騫本、王季思本斷作：「我可怎生過呵？是也！」按，呵，用於句中，表語氣停頓。參見《哭存孝》頭折校注〔三〇〕。也，表反詰。參同上校注〔三三〕。

〔一一〕那的是你有福如我處那　鄭騫本上補「（云）」，徐沁君本、王學奇本、王季思本補「（正旦云）」。那的，那。脈望館鈔本闕名氏《殺狗勸夫》三折【尾聲】：「那的是添茶添酒的枯乾井，那的是填肉填食的没底坑。」盧冀野本、吴曉鈴本、北京大學本、吴國欽本「福」字下點斷。按，「有福如我」，比我有福。如，猶於，表示比較。王引之《經傳釋詞》卷七：「如，猶於也。……《吕氏春秋·愛士篇》曰：『人之困窮，甚如饑寒。』言甚於饑寒也。」

〔一二〕我説與你波　徐沁君本、王學奇本、王季思本下補「（唱）」。

〔一三〕貪　甯希元本改作「攤」。王學奇本校注亦云：「貪着——即『攤着』。……『貪』，『攤』的借字。」按，貪，通「探」，求，得。《國語・周語上》：「淫而得神是謂貪禍。」俞樾平議：「貪當讀爲探。貪與探聲近而義通。」

〔一四〕因緣　吴國欽本「因」改作「姻」。按，因，通「姻」。《金史・世戚傳・徒單銘傳贊》：「蓋古者异姓世爵公侯與天子爲昏因，他姓不得參焉。」因緣，即姻緣。

〔一五〕可知噷是也　原作大字，從各本改小字，作爲夾白。鄭騫本上補「（云）」。徐沁君本、王學奇本上補「（正旦云）」，下補「（唱）」。王季思本上補「（正旦云）」。除吴曉鈴本、鄭騫本、北京大學本外，各本「噷」改作「煞」。按，噷，同「煞」。參看《詩詞曲語辭匯釋》卷四「煞」。噷是同義連文，猶是。參見《調風月》第四折校注〔四六〕。

〔一六〕您的管　盧冀野本「您」改作「你」。按，您，你。參見《哭存孝》頭折校注〔六五〕。管，猶準，定。參看《詩詞曲語辭匯釋》卷一「管」。

〔一七〕燈昏人净誇征戰　除吴曉鈴本外，各本「净」改作「静」。按，净，通「静」。參見《單刀會》第三折校注〔一二〕。誇，説。《謝天香》四折柳耆卿上場詩：「昔日齷齪不足誇，今朝放蕩思無涯。」

〔一八〕少不的　王學奇本「的」改作「得」。按，的，得。參看《詩詞曲語辭匯釋》卷四「的（二）」。少不的，免不了。元刊本張國賓《薛仁貴》三折【哨遍】：「那廝早死遲生，落塹拖坑，下場少不的木驢上坐地。」

〔一九〕磣　盧冀野本改作「慘」。非。參見《蝴蝶夢》第一折校注〔三六〕。

〔二〇〕這意有甚難見處那　鄭騫本上補「（云）」。徐沁君本、王學奇本、王季思本上補「（正旦云）」，下補「（唱）」。甯希元本「依語義」「意」下補一「思」字。按，意，意思。《易・繫辭上》：「書不盡言，言不盡意。」見，明白。陸游《劍南詩稿》卷二十五《示兒》：「齒豁頭童方悟此，乃翁見事可憐遲。」

〔二一〕則圖　盧冀野本「則」改作「只」。按，則，猶只。參看《詩詞曲語辭匯釋》卷一「則（三）」。圖，要。參看《詩詞曲語辭例釋》「圖」。

〔二二〕夙世　前世。高晦叟《珍席放談》卷下：「夏文莊（竦）豪俊之流也，然操行多疵，清論寡與。慶曆中，自前執政拜樞密使，言者排之不已，即罷。時石守道進《德頌》，其序云：『（皇帝）用御史諫官十一疏，追竦白麻……退奸進賢，發於至誠，奮於睿斷，見於剛克。』公怏怏銜之深，歲設水陸齋，常旁設一位，立牌書曰『夙世冤家石介』。」

〔二三〕召　原字壞，似「召」字。覆元槧本作「召」。除吴曉鈴本外，各本作「招」。

〔二四〕將相雙權　吴曉鈴本校云：「『權』字疑當作『全』字。」非。按，將相雙權，謂掌握文武兩方面的權力。徐沁君本校記引證已詳，例不贅。

〔二五〕雇　除吴曉鈴本外，各本改作「顧」。參見第三折校注〔一六〕。

〔二六〕則要傍人羨　盧冀野本「則」改作「只」。按，則猶只，則要即只要。臧本李文蔚《燕青博魚》二折【仙吕點絳唇】：「避不得艱辛，則要這兩字衣食準。」徐沁君本、甯希元本、王學奇本、王季思本「傍」改作「旁」。按，傍，旁。參見《哭存孝》頭折校注〔二五〕。「羨」字原壞闕，從覆元槧本及各本補。

〔二七〕外　徐沁君本、王學奇本下補一「末」字。

〔二八〕做住了　「做」字上部殘損，覆元槧本空闕，盧冀野本、吴曉鈴本、隋樹森本、鄭騫本、王季思本從。北京大學本、徐沁君本、甯希元本、吴國欽本、王學奇本已補，徐本、王本并上補「正旦」二字。

〔二九〕（正、外二末做住了）　徐沁君本、王學奇本、王季思本下補「（正旦唱）」。

〔三〇〕那嘲掀　那，真。息機子本喬夢符《兩世姻緣》四折【喬牌兒】：「見他裹着烏紗帽那氣概，秉着白象笏那尊大，寬綽綽紫羅袍偏稱金魚帶，氣昂昂立在白玉階。」嘲掀，不安静。嘲，鳥鳴。師曠《禽經》：「林鳥朝嘲。」張華注：「林鳥朝之將翔也，聚而噍啁。」掀，翻騰。白居易《白氏長慶集》卷十七《風雨晚泊》：「青苔撲地連春雨，白浪掀天盡日風。」

〔三一〕睺　北京大學本、徐沁君本、甯希元本、吴國欽本、王學奇本、王季思本改作「瞅」。按，睺，即「瞅」。閔遇五《五劇箋疑》：「斜視而瞬曰睺。」

〔三二〕斜僻　鄭騫本、吴國欽本、王季思本「僻」改作「避」，徐沁君本、甯希元本、王學奇本改作「擗」。按，僻，避。常璩《華陽國志》卷八：「成都北鄉，有人嘗見女子僻入草中。往視，物如人，有身形頭目口，無手足。」斜僻，側斜着避開。

〔三三〕查查胡胡的向玳筵前　甯希元本「查查胡胡」改作「咋咋呼呼」。吴國欽本注云：「查查胡胡：即咋咋呼呼。」吴説是。北京方言猶説叫嚷爲「咋呼」。「向」原作「尚」，從鄭騫本、徐沁君本、甯希元本、吴國欽本、王學奇本、王季思本改。吴曉鈴本校勘記亦謂「疑當作『向』字」。盧冀野本、隋樹森本改作「上」。北京大學本校勘記謂「疑當作『上』或『向』」。向，在。參看《詩詞曲語辭例釋》「向(二)」。玳筵，盛列山珍海味的筵席。《唐宋諸賢絶妙詞選》卷一魏承班《菩薩蠻》：「羅衣隱約金泥畫，玳筵一曲當秋夜。」參見《單刀會》第三折校注〔三五〕。

〔三四〕他　襯字，無所指。參看《詩詞曲語辭例釋》「他」。

〔三五〕(外末把盞科)　徐沁君本、王學奇本、王季思本下補「(正旦唱)」。

〔三六〕鴨子緑衣服　鴨緑色衣服。金制：進士考試，考中者分上中下三甲，中下甲服緑，賜銀帶。這裏泛指進士的服色。

〔三七〕早　實在。羅貫中《風雲會》二折【哭皇天】:「那裏也兵嚴刑法重，則末早人怨語聲高。」

〔三八〕早難道　哪裏是。參看《詩詞曲語辭例釋》「早難道（一）」。

〔三九〕則索扭回頭半口兒家剛剛的噷　盧冀野本「索」誤作「素」。按，則索，只好。參見《調風月》第四折校注〔三六〕。「剛剛」原作「岡岡」，除鄭騫本外，各本已改。剛剛，勉强。參見《蝴蝶夢》第三折校注〔七四〕。

〔四〇〕（打認末科）　徐沁君本「打認」上補「正旦」二字，「末」上補一「正」字，「科」下補「唱」。王學奇本、王季思本「打認」上補「正旦」二字，「（打認末科）」下補「（正旦唱）」。打認，認。脈望館息機子本闕名氏《連環記》二折：「（吕布做打認科，背云）這不是貂蟬？他怎生得到這裏來？」

〔四一〕較痊　痊癒。亦作「痊較」。《董解元西廂記》卷五【中吕調】【碧牡丹】:「小詩便是得效藥，讀罷頓然痊較。」

〔四二〕喒那堝兒各間别　北京大學本、吴國欽本、王學奇本、王季思本「喒」改作「咱」。按，喒，咱們。參見《哭存孝》頭折校注〔二四〕。王季思本「堝」改作「窩」。按，那堝兒，那裏。脈望館息機子本武漢臣《生金閣》二折【鬼三台】:「你道他昨來個那堝兒裏殺壞了范杞梁，今日個這堝兒裏没亂殺這女孟姜。」參見《蝴蝶夢》第二折校注〔三〇〕。間别，離别。《董解元西廂記》卷八【黄鍾宫】【啄木兒第二】：「兩口兒合是成間别，天教受此恓惶苦。」

〔四三〕這答兒裏　盧冀野本「答」改作「塔」，鄭騫本、甯希元本、王季思本改作「搭」。王學奇本「裏」字奪。這答兒裏，這裏。元刊本尚仲賢《氣英布》二折【烏夜啼】：「敢交你這漢隨何這答兒裏償了俺那天臣命！」

〔四四〕半邊鸞鏡得團圓　用南朝陳樂昌公主破鏡重圓事。陳政方亂，太子舍人徐德言與妻樂昌公主分離，破一鏡，各執其半，後來夫妻相會。事見孟棨《本事詩·情感第一》。鸞鏡，飾有鸞鳥圖案的鏡。《才調集》卷五秦韜玉《詠手》：「鸞鏡巧梳匀翠黛，畫樓閑望擘珠簾。」

〔四五〕魚封　書信。參見《調風月》第一折校注〔二六〕。

〔四六〕末云了　徐沁君本、王學奇本上補一「正」字。

〔四七〕你説這話　鄭騫本上補「（云）」，徐沁君本、王學奇本、王季思本補「（正旦云）」。

〔四八〕須是俺狠毒耶强匹配我成因眷　須是，是。臧本紀君祥《趙氏孤兒》一折【賺煞尾】：「你你你要殷勤，照覷晨昏，他須是趙氏門中一命根。」參看《詩詞曲語辭匯釋》卷一「須（二）」。盧冀野本、吴曉鈴本、隋樹森本、北京大學本、徐沁君本、甯希元本、吴國欽本、王學奇本「因」改作「姻」，鄭騫本、王季思本改作「婚」。按，因，通「姻」。參見校注〔二四〕。因眷，即姻眷，婚姻。

〔四九〕不刺　盧冀野本、隋樹森本作大字，誤白爲曲。

〔五〇〕可是誰央及你個蔣狀元　王季思本「元」字下未點斷。按，「元」字韻。

〔五一〕一投得官也接了絲鞭　一投，及至。參看《詩詞曲語辭匯釋》卷二「投」。古時招親，女方贈給男方絲鞭，作爲一種締結姻親的儀式。男方接受，以示同意。《張協狀元》戲文二十七出：「料想君家多是不曾取，君且接取絲鞭又妨甚底！」

〔五二〕念　盧冀野本誤作「着」。

〔五三〕末　徐沁君本、王學奇本上補一「正」字。

〔五四〕做分辨科　徐沁君本、王學奇本、王季思本上補「正旦」二字，下補「唱」。徐沁君本、甯希元本「辨」改作「辯」。按，辨，通「辯」。王安石《臨川先生文集》卷七十三《答司馬諫議書》：「故略上報，不復一一自辨。」

〔五五〕交我怎分辨　隋樹森本、吳國欽本、王季思本「交」改作「教」。按，交，讓。參見《調風月》第一折校注〔三二〕。徐沁君本、甯希元本、吳國欽本「辨」改作「辯」。參見校注〔五四〕。

〔五六〕則兀那　那。脈望館古名家本鄭德輝《倩女離魂》三折：「【紅綉鞋】……（梅）姐姐，你可曾卜一卦麽？（正旦）則兀那龜兒卦無定準枉央及。」

〔五七〕後　吳曉鈴本校云：「疑當作『呵』字。」按，後，猶啊。參看《詩詞曲語辭匯釋》卷三「後」。

〔五八〕末　徐沁君本、王學奇本上補一「正」字。

〔五九〕兀的不是您妹子瑞蓮那　鄭騫本上補「(正旦云)」，徐沁君本、王學奇本、王季思本補「(正旦云)」。盧冀野本「您」改作「你」。按，您，你。參見《哭存孝》頭折校注〔六五〕。

〔六〇〕末　徐沁君本、王學奇本上補一「正」字。

〔六一〕告孤科　徐沁君本、王學奇本上補「正旦」二字。

〔六二〕末　徐沁君本、王學奇本上補一「正」字。

〔六三〕你試問您那兄弟去　鄭騫本上補「(云)」，徐沁君本、王學奇本、王季思本補「(正旦云)」。盧冀野本「您」改作「你」。參見《哭存孝》頭折校注〔六五〕。

〔六四〕我勸和您姊妹去　勸和，勸。《元典章》刑部四「因姦殺人」：「因爲周千六嚇姦蘇小二男婦吳二娘，勸和上，被周千六用瓦鉢頭毆打。」盧冀野本「您」改作「你」。參見《哭存孝》頭折校注〔六五〕。「去」原作「丢」，從各本改。

〔六五〕妹子　鄭騫本上補「(云)」，徐沁君本、王學奇本、王季思本補「(正旦云)」。

〔六六〕您　盧冀野本、徐沁君本改作「你」。參見《哭存孝》頭折校注〔六五〕。

〔六七〕你却召取兀那武舉狀元呵　却，猶就。脈望館古名家本馬致遠《漢宮秋》三折【得勝令】：「您但聽的刀鎗，却早小鹿兒心頭撞。」除盧冀野本、吳曉鈴本、隋樹森本外，各本「召」改作「招」。按，召，招。召取，招。取，後綴。《劉知遠諸宮調》第一：「□(三)娘無得逆父，召取少年，交爲入舍。」

〔六八〕你便信我子末那　鄭騫本上補「（云）」，徐沁君本、王學奇本、王季思本補「（正旦云）」。隋樹森本「子末」改作「怎麽」，王季思本改作「則麽」。按，子末，猶怎麽。參看《詩詞曲語辭匯釋》卷三「作麽」。

〔六九〕（小旦云了）　徐沁君本、王學奇本、王季思本下補「（正旦唱）」。

〔七〇〕鈎　原省寫作「勾」，從各本正。

〔七一〕一時間在口言　一時間，偶爾。《董解元西厢記》卷二【中吕調】【香風合纏令】：「一時間見了他，十分地慕想他。」吴國欽本、王季思本「在」改作「狂」。按，在口，隨口。參看《詩詞曲語辭例釋》「在（一）」。

〔七二〕有　吴國欽本奪。

〔七三〕（小旦云了）　徐沁君本、王學奇本下補「（正旦唱）」，王季思本補「（唱）」。

〔七四〕包彈　批評，指摘。包，借作「駁」。參看《詩詞曲語辭匯釋》卷五「包彈」。

〔七五〕須　猶正。參看《詩詞曲語辭匯釋》卷一「須（二）」。

〔七六〕不曾將眉黛展　「曾」字原壞闕，從覆元槧本及各本補。眉黛，眉。古時女子以黛畫眉，故云。白居易《白氏長慶集》卷六十六《喜小樓西新柳抽條》：「須教碧玉羞眉黛，莫與紅桃作麴塵。」

〔七七〕斜横　横，搁。

〔七八〕駟馬高車　「高」字原無，「車」字下有一重文符號，從盧冀野本、隋樹森本、鄭騫本、徐沁君本、王學奇本、王季思本改。甯希元本、吴國欽本改作「駟馬香車」。參見第三折校注〔一九〕。

〔七九〕管　盧冀野本誤作「官」。

〔八〇〕唾盂掌扇　唾盂，痰盂。掌扇，障扇，儀仗所用。《東京夢華録》卷六「十四日駕幸五嶽觀」：「執御從物，如金交椅、唾盂、水罐、菓壘、掌扇、纓紼之類。」程大昌《演繁露》卷十五：「今人呼乘輿所用扇爲掌扇，殊無義，蓋障扇之訛也。」

〔八一〕【幺】　徐沁君本、甯希元本、王學奇本、王季思本作「【幺篇】」。

〔八二〕筭　北京大學本校云：「疑爲『等』字之誤。」吴國欽本、王季思本改作「等」。按，筭，同「算」。《爾雅·釋詁下》「算，數也」陸德明釋文：「算，字又作筭。」這裏意猶看來。

〔八三〕陋巷顔淵，簞瓢原憲　盧冀野本「瓢」誤作「瓠」。顔淵、原憲，孔子弟子。顔淵貧居陋巷，簞食瓢飲，不改其樂。原憲在孔子卒後亡在草澤，居貧不以爲苦。《史記》有傳。

〔八四〕外　徐沁君本、王學奇本下補一「末」字。

〔八五〕休，休　鄭騫本上補「（云）」，徐沁君本、王學奇本、王季思本補「（正旦云）」。

〔八六〕眢没事則管央及他則末　徐沁君本、王季思本下補「（唱）」。盧冀野本、吴曉鈴本、隋樹森本、徐沁君本、甯希元本「咎」改作「喒」，鄭騫本、北京大學本、吴國欽本、王學奇本、王季思本改作「咱」。按，咎，即「喒」。參見《哭存孝》頭折校注〔二四〕。鄭騫本、王季思本「咱（咎）」字斷屬上句。非。「事」原作「是」，從隋樹森本、徐沁君本、甯希元本、吴國欽本、王學奇本、王季思本改。没事，無緣無故。《京本通俗小説·碾玉觀音》：「郡王怎知得你兩個在這裏？我没事却説甚麽？」則管，只管。元刊本馬致遠《陳摶高卧》一折【醉中天】：「這五代史裏胡厮殺不曾住程，休則管埋名隱姓，却交誰救那苦厭厭天下生靈？」「央」原作「殃」，除盧本、隋本、徐本外，各本已改。央及，求，求告。參看《詩詞曲語辭匯釋》卷五「央及」。

〔八七〕覰重裀列鼎不直錢　重裀列鼎，重裀而卧，列鼎而食。王實甫《破窰記》一折寇準白：「有一日步青霄折桂蟾宫，跨青鸞釣鰲北海，卧重裀天下名知，食列鼎家門盡改。」參見《哭存孝》第二折校注〔五六〕。除吴曉鈴本、鄭騫本外，各本「直」改作「值」。按，直，值。參見《調風月》第二折校注〔七四〕。

〔八八〕黄齏　鹹腌菜。《董解元西廂記》卷三【高平調】【木蘭花】：「我見春了幾升陳米，煮下半甕黄齏。」

〔八九〕徹老終年　到死，一輩子。徹，猶到。參見《單刀會》第二折校注〔一八〕。老，死。《劉知遠諸宫調》第二：「據三娘恩愛，盡老永不分離。」

〔九〇〕召　鄭騫本、徐沁君本、甯希元本、王季思本改作「招」。參見校注〔六七〕。

〔九一〕忒姻眷　甯希元本上補二空圍，校云：「依律，［殿前歡］五、六、七各句，須五字作扇面對，故本句應脱二字。」忒，差錯。《宋書·律曆志》：「元和所用，即與古曆相符也。逮至景初，而終無毫忒。」姻眷，姻緣。《張協狀元》戲文十五出：「試看今歲裏，必有個好姻眷。」

〔九二〕可　甯希元本改作「呵」。按，可，猶再。王實甫《破窰記》二折長老白：「小和尚，每日都吃了齋時，可與我聲鐘。」

〔九三〕可須因緣數定　王學奇本「可」改作「何」。按，可，通「何」。參見《蝴蝶夢》第二折校注〔一四〕。可須，何須。甯希元本「因」改作「姻」。參見校注〔一四〕。

〔九四〕（使命上，封外末了）　徐沁君本、王學奇本、王季思本下補「（正旦唱）」。使命，皇帝所派的負有專門使命的官員。闕名氏《醉寫赤壁賦》四折：「（使官上，云）小官天朝使命是也。今奉聖人命，上黄州請蘇子瞻還朝，着他依舊還職。」

〔九五〕中京内做行院　中京，洛陽。金興定元年改河南府爲金昌府，建號中京。行院，「行樞密院」的省稱。《元史·百官志二》：「國初有征伐之事，則置行樞密院。爲一方事而設，則稱某處行樞密院，或與行省代設，事已則罷。」李直夫《虎頭牌》三折狗兒白：「自家狗兒的便是。伏侍着這行院相公，好生的愛我。」「行院相公」，即上文「見統征南行樞密院事先鋒都統領勾當」的完顔阿可。

〔九六〕虎頭金牌　皇帝發給官員行使最高權力的信物，符趺爲伏虎形。孟珙《蒙韃備録》：「韃人襲金虜之俗，亦置太師、元帥等，所佩金牌，第一等貴官帶兩虎相向，曰虎鬥牌，其次素金牌。」

〔九七〕金花誥帝宣　金花誥，皇帝封贈的詔書。用五色綾羅製成，上有金色花飾，故俗稱金花誥，或五花官誥、五花誥。宇文懋昭《大金國志》卷三十五：「五品以上方用誥，誥用五色綾。」宣，皇帝告諭臣下的詔書。沈括《夢溪筆談》卷一「故事一」：「唐故事，中書舍人職掌詔誥，皆寫四本，一本爲底，一本爲宣。此『宣』謂行出耳，未以名書也。晚唐樞密使自禁中受旨，出付中書，即謂之『宣』。中書承受，録之於籍，謂之『宣底』。」

〔九八〕【阿忽令】　有校筆改作「【太平令】」。鄭騫本「據律改題」作「【太平令】」。甯希元本、吴國欽本、王季思本改同。

〔九九〕昝却且儘教佯呆着休勸　盧冀野本、吴曉鈴本、隋樹森本、徐沁君本、甯希元本「昝」改作「喒」，鄭騫本、北京大學本、吴國欽本、王學奇本、王季思本改作「咱」。按，昝，即「喒」。參見《哭存孝》頭折校注〔二四〕。却且同義連文，猶還是。《清平山堂話本·洛陽三怪記》：「只見婆子取一個大鷄籠把小員外罩住……潘松用力推不動，用手盡平日氣力也却推不動。」《北夢瑣言》卷一：「或遇堯舜禹湯作禮部侍郎，陛下不免且落第！」儘教，儘管。

〔一〇〇〕分付與他別人請佃　分付，交給。錢希白《洞微志》：「僧便聰於五臺將還京師，寺有老僧寄以書，其上題云：『東京城北尋勃賀分付。』」請佃，接受。參看《詩詞曲語辭匯釋》卷三「請佃」。

〔一〇一〕（散場）　原本無「題目正名」，盧冀野本於「（散場）」後補「題目正名」四字及四行二十八個空圍。「（散場）」後原本末行有尾題「新編關目閨怨佳人拜月亭終」，從吳曉鈴本、隋樹森本、北京大學本、吳國欽本、王學奇本、王季思本删。盧冀野本、甯希元本作「閨怨佳人拜月亭雜劇終」，鄭騫本作「閨怨佳人拜月亭終」。

杜蕊娘智賞金線池

説明

《録鬼簿》著録。現存脈望館古名家本、顧曲齋本、臧本、孟本。今以前一種爲底本，後三種爲校本，并用吴曉鈴本（自脈望館古名家本出）、盧冀野本、京都大學本、中華書局本、北京大學本、吴國欽本、王學奇本、王季思本（以上自臧本出）參校。原本書口標目「金線池」。總題下題「元關漢卿撰」，今略去。顧曲齋本同，惟「撰」作「譔」，卷首有「正目　韓解元輕負花月約，老虔婆間阻燕鶯期；石好問復任濟南府，杜蕊娘智賞金線池」。吴曉鈴本校勘記「正目」誤作「正名」。臧本作「杜蕊娘智賞金線池雜劇」，下題「元大都關漢卿撰明吴興臧晋叔校」。孟本作「智賞金線池」，下題「元關漢卿著明孟稱舜評點朱曾莱訂正」，卷首有「正目」四句，「間阻」作「故阻」，餘同顧曲齋本。

劇叙上廳行首杜蕊娘與書生韓輔臣相愛以及兩人在石府尹幫助下圓和事。《曲海總目提要》：「《唐詩紀事》云：『杜牧佐宣城，游湖州，刺史崔君張水戲，使州人畢觀，令牧閑行閲奇麗，得垂髫者十餘歲。劇中石府尹爲韓作合，蓋仿佛崔刺史之意。』」

第一折〔一〕

（孤領張千上）〔二〕農事已隨春雨辦，科差尤比去年稀；短窗睡足遲遲日，花落閑庭燕子飛〔三〕。老夫姓石，名敏，字好問。幼年進士及第，隨朝數載，累蒙擢用，謝聖恩可憐，除授〔四〕濟南府尹之職。我有個同窗故友，姓韓，名輔臣。不知兄弟進取功名了也那可是游學於四方〔五〕？音信皆無〔六〕。老夫〔七〕今日無甚事，私宅閑坐〔八〕。張千，門首看〔九〕者，有事報伏我知道〔一〇〕。（張千〔一一〕）理會的。（末上）〔一二〕萬般皆下品，惟有讀書高〔一三〕。小生姓韓，名輔臣，洛陽人氏。幼習經史，頗看詩書，學成滿腹文章，未曾進取功名〔一四〕。今欲上朝取應〔一五〕，路經濟南府〔一六〕，有我個〔一七〕八拜交的哥哥，是石好問，在此爲理，我〔一八〕與哥哥相見一面，便索長行〔一九〕。説話中間，早來到也〔二〇〕。左右報伏〔二一〕去，道韓輔臣特來參見〔二二〕。（張千報云）相公〔二三〕，有韓輔臣在於門首。（孤）〔二四〕老夫語未懸口〔二五〕，兄弟到來〔二六〕。有請〔二七〕！（張千〔二八〕）有請〔二九〕。（做見〔三〇〕科）（末）〔三一〕哥哥，數載不見，失於拜望〔三二〕，受你兄弟兩拜〔三三〕。（孤）〔三四〕自〔三五〕京師一別，幾經寒暑，有失動問〔三六〕。賢弟請坐。張千，看〔三七〕酒來。（張千〔三八〕）酒在此。（把盞科〔三九〕）（孤）〔四〇〕兄弟滿飲一杯〔四一〕！（末）〔四二〕哥哥也飲〔四三〕一杯！（孤）〔四四〕筵前無樂，不成歡樂。與我喚的上廳行首杜蕊娘來伏侍兄弟〔四五〕。（張千〔四六〕）理會的。出的這門來。這是杜蕊娘門首。杜大姐在家麽？（正旦上）〔四七〕誰喚門里〔四八〕？我開了這門看。（見科〔四九〕）（張千〔五〇〕）府尹相公喚官身里〔五一〕。（正旦〔五二〕）要官衫〔五三〕麽？（張千〔五四〕）免了官衫〔五五〕。（做行科）（張千〔五六〕）大姐，你在門首〔五七〕，我報伏去〔五八〕。（報科〔五九〕）（孤）〔六〇〕着他過〔六一〕來。（正旦見科）〔六二〕相公喚妾身有何事〔六三〕？

（孤）〔六四〕喚你來别無事〔六五〕，這一位是〔六六〕白衣卿相，是我的故交朋友〔六七〕，把體面相見咱〔六八〕。（正旦拜科〔六九〕）（末）〔七〇〕嫂嫂請起！（孤）〔七一〕兄弟也，這是上廳行首杜蕊娘〔七二〕。（末）〔七三〕哥哥，我則道是嫂嫂。（末〔七四〕背云）一個好婦人也！（正旦云〔七五〕）一個好秀才也！（孤）〔七六〕將酒來，蕊娘行酒〔七七〕。（正旦與末〔七八〕連遞三杯科）（孤）〔七九〕住，住！兄弟，我也吃一鍾兒。（末）〔八〇〕呀，呀〔八一〕！却忘了哥哥〔八二〕！（正旦與孤遞酒科）〔八三〕（正旦〔八四〕）秀才姓甚名誰〔八五〕？（末）〔八六〕小生洛陽人氏，姓韓名輔臣。小娘子〔八七〕誰氏之家？姓甚〔八八〕名誰？（正旦〔八九〕）妾身姓杜，小字〔九〇〕蕊娘。（末）〔九一〕聞名不曾見面〔九二〕，見面勝似聞名〔九三〕。（孤）〔九四〕蕊娘，問秀才告珠玉〔九五〕。（末）〔九六〕兄弟對着哥哥根前〔九七〕，怎敢提筆？正是運斧於班門〔九八〕。（孤）〔九九〕兄弟休謙。（末）〔一〇〇〕將紙筆來〔一〇一〕。（做寫科，云〔一〇二〕）寫就了也〔一〇三〕。蕊娘，你看〔一〇四〕咱。（正旦念科〔一〇五〕，云）詞寄〔南鄉子〕〔一〇六〕。 嫋娜復輕盈，都是宜描上翠屏。語若流鶯聲似燕，丹青，燕語鶯聲怎畫成？難道〔一〇七〕不關情，欲語還〔一〇八〕羞便似曾。占斷〔一〇九〕楚城歌舞地，娉婷，天上人間第一名。寫染得好也〔一一〇〕！（孤）〔一一一〕兄弟〔一一二〕且休去，住〔一一三〕三朝五日，老夫賫發你上朝進取去〔一一四〕。張千，打掃了〔一一五〕後花園，教兄弟書房中安下〔一一六〕。（末）〔一一七〕更是不中〔一一八〕。（孤）〔一一九〕既然〔一二〇〕如此，就在蕊娘家安歇可如何〔一二一〕？（末）〔一二二〕願隨鞭鐙。（孤）〔一二三〕一讓一個肯〔一二四〕。蕊娘，這是我至交的朋友，與你兩錠銀子，與你母親做茶錢〔一二五〕。（正旦〔一二六〕）謝了老爹〔一二七〕。（末）〔一二八〕多謝了哥哥〔一二九〕。大姐，到你家中拜母親〔一三〇〕去來。（正旦〔一三一〕）秀才，俺娘忒愛錢〔一三二〕。（末）〔一三三〕大姐，不妨事，我多與他些錢鈔便了也。（正旦〔一三四〕）

【端正好〔一三五〕】（楔子）〔一三六〕説鄭生遇妖狐〔一三七〕，崔韜逢雌虎〔一三八〕，恰向那大曲内盡都是寒儒〔一三九〕。想那〔一四〇〕知今曉古人家女，都待與秀才每爲夫婦。

【幺】〔一四一〕既不呵〔一四二〕，那一片俏心腸那裏每〔一四三〕堪分付？那蘇小卿不辨賢愚〔一四四〕，我若是五十年不見雙通叔〔一四五〕，休道是蘇媽媽，也不是醉驢驢〔一四六〕，我是他親生的女，又不是買來〔一四七〕奴，遮莫拷的我皮肉爛，煉的我骨髓酥〔一四八〕，我怎肯跟將那販茶的馮魁去！（同末下〔一四九〕）

（孤）〔一五〇〕兄弟去了也〔一五一〕。待三朝五日探望兄弟去〔一五二〕。無甚事，且回後堂中去也〔一五三〕。（下）〔一五四〕

（卜兒上〔一五五〕）花有重開日，人無再少年〔一五六〕。老身濟南府人氏，自身〔一五七〕姓李，夫主姓杜，所生了一個女孩兒〔一五八〕，是上廳行首杜蕊娘。近日有一〔一五九〕個秀才，是韓輔臣〔一六〇〕，我女兒和他作伴〔一六一〕。俺這妮子一心待嫁他，那廝也要娶〔一六二〕；中間被我不肯，把他趕〔一六三〕出去了。這一會不見俺那妮子〔一六四〕，知他在那裏？敢待來也〔一六五〕。（正旦上）〔一六六〕韓秀才，你則〔一六七〕在房裏坐，不要出來，我和俺那虔婆頹鬧一場去〔一六八〕。（末內應云）〔一六九〕我知道。（正旦〔一七〇〕）自從和韓輔臣作伴，又早〔一七一〕半年光景，我一心要嫁他，他一心要娶我，則是俺娘〔一七二〕不肯許這門親事。我想這一百二十行〔一七三〕，門門都是求衣飯〔一七四〕；偏〔一七五〕俺這一門，却是誰人〔一七六〕製下的？好低微也呵〔一七七〕！

【仙呂點絳唇】則俺這不義之門，那裏有買賣營運，無資〔一七八〕本，全憑着五個字迭辦〔一七九〕金銀。可是那五個字〔一八〇〕？惡、劣、乖、毒、狠〔一八一〕。

【混江龍】無錢的可要親近，則除是驢生戟角瓮生根〔一八二〕。佛留下四百八〔一八三〕門衣飯，俺占着七十二〔一八四〕位凶神。纔定脚謝館接迎新子弟〔一八五〕，轉回頭霸陵誰識舊將軍〔一八六〕。投奔我的都是矜爺害娘，凍妻餓子，折屋賣田〔一八七〕，提瓦罐爻槌運〔一八八〕。惡劣爲本〔一八九〕，板障爲門〔一九〇〕。

梅香〔一九一〕，你看妳妳做甚麽里〔一九二〕？（梅）〔一九三〕妳妳看經里〔一九四〕。（正旦）〔一九五〕俺娘口業〔一九六〕作罪，你這般心腸，多少經文懺的過來？枉作的業深了也〔一九七〕！

【油葫蘆】炕頭上燒埋人顯道神〔一九八〕，没事哏，燊麻頭斜皮臉老魔君〔一九九〕。拿着一串數珠是唬子弟降魔印〔二〇〇〕，輪着一條柱杖是打鸂鶒無情棍〔二〇一〕。茶房裏火老業人〔二〇二〕，有多少閑議論〔二〇三〕，頻頻的間阻休熟分〔二〇四〕，三夜早趕離了門〔二〇五〕。

那厮每走幾遭，便丢開了，便休教趕門趕户的〔二〇六〕。

【天下樂】抵多少「西出陽關無故人」〔二〇七〕。殷勤〔二〇八〕，報答你養育恩〔二〇九〕；不關心則是咱不孝順〔二一〇〕。今日漾人頭厮捽，含熱血厮噴〔二一一〕，定奪俺心上人。

（做見科〔二一二〕）（正旦〔二一三〕）母親，吃甚麽茶〔二一四〕飯那？（卜）〔二一五〕竈窩裏燒了個乾燈盞〔二一六〕，吃甚麽飯來！

（正旦〔二一七〕）

【醉扶歸】〔二一八〕有句話多多的苦告你老年尊，累累的囑托〔二一九〕近比鄰，「一片花飛減却〔二二〇〕春」，我如今不老也非爲嫩，年紀小呵須〔二二一〕是有氣分，年紀老無人問。

母親〔二二二〕，嫁了您〔二二三〕孩兒罷，孩兒年紀大了也！（卜）〔二二四〕丫頭，拿鑷子來，鑷了你鬢邊〔二二五〕白髮，還着你

覓錢〔二二六〕！（正旦〔二二七〕）

【金盞兒】〔二二八〕老實淳〔二二九〕，性兒村〔二三〇〕，提起那人情來往佯妝鈍〔二三一〕。有幾個打踅客旅輩〔二三二〕，丢下些刷牙掠頭〔二三三〕，問妳妳要盤纏家去〔二三四〕，他可早耳朵閉眼睛昏〔二三五〕；前門裏統鏝〔二三六〕客，後門裏一個使錢勤〔二三七〕，揉開汪泪眼，打拍老精神。

母親〔二三八〕，嫁了你孩兒者！（卜）〔二三九〕我不嫁，我不嫁〔二四〇〕！（正旦〔二四一〕）

【賺煞】〔二四二〕十載苦攻書〔二四三〕，九天上風雷迅〔二四四〕，八位裏安然坐穩〔二四五〕，七步文章爲縣君〔二四六〕。六街中百姓居民〔二四七〕，你待要〔二四八〕改家門，做的個五花誥夫人〔二四九〕，駟馬高車錦綉裀。道俺是玉堂内不剋的上婚〔二五〇〕，後來有二十年好運〔二五一〕。且待如何〔二五二〕？怎肯教「一年春盡一年春」〔二五三〕！（下）

（卜）〔二五四〕俺女兒心心念念〔二五五〕只要嫁韓秀才，我好歹不許他嫁〔二五六〕。如今無甚事，和俺那一般老姊妹茶房中吃茶去來〔二五七〕。（下）

校注

〔一〕第一折　顧曲齋本「折」作「齣」。臧本、孟本「第一折」作「楔子」。

〔二〕（孤領張千上）　臧本作「（外扮石府尹引張千上，詩云）」。孟本同臧本，惟「詩云」作「云」。

〔三〕農事已隨春雨辦，科差尤比去年稀；短窗睡足遲遲日，花落閑庭燕子飛　顧曲齋本同。京都大學本注「辦」誤作「耕」。臧本作「少小知名建禮闈，白頭猶未解朝衣，年來屢上陳情疏，怎奈君恩不放歸。」吴國欽本、王季思本「建」改作「達」。

〔四〕除授　任命。白居易《白氏長慶集》卷四十二《論孫璹張奉國狀》：「況今聖政日明，朝綱日舉，每命一官一職，人皆側耳聽之，則除授之間，深宜重慎。」

〔五〕不知兄弟進取功名了也那可是游學於四方　臧本、孟本上有「這幾時」三字，「功名」下有一「去」字，無「也那」，「可是」作「還只是」，無「於」字。可是，還是。表選擇問。脈望館鈔本李文蔚《燕青博魚》頭折燕二白：「君子，你這眼是從小裏壞了可是半路裏壞了的也？」游學，求學。《後漢書・鄭玄傳》：「玄自游學餘年，迺歸鄉里。」

〔六〕音信皆無　臧本、孟本上有「一向」二字，「皆」作「杳」，「無」下有「使老夫不勝懸念」一句。

〔七〕老夫　臧本、孟本無。

〔八〕私宅閑坐　臧本、孟本上有一「在」字。

〔九〕看　臧本、孟本作「覷」。

〔一〇〕有事報伏我知道　臧本、孟本「有事」作「若有客來時」，「伏」作「復」。

〔一一〕張千　臧本下有「云」。

〔一二〕（末上）　臧本作「（末扮韓輔臣上，詩云）」。孟本同臧本，惟「詩云」作「云」。

〔一三〕萬般皆下品，惟有讀書高　臧本、孟本作「流落天涯又幾春，可憐辛苦客中身，怪來喜鵲迎頭噪，濟上如今有故人」。

〔一四〕未曾進取功名　臧本、孟本作「争奈功名未遂」。

〔一五〕取應　應試。胡仔《苕溪漁隱叢話》前集卷十二引《桐江詩話》：「道輔恃才豪縱，不能忍一時之忿，毆主文幾死，坐是不許取應。」

〔一六〕路經濟南府　臧本、孟本下有一「過」字。

〔一七〕有我個　臧本同。吴國欽本、王季思本乙改作「我有個」。孟本作「我有個」。

〔一八〕我　臧本、孟本作「且去」。

〔一九〕便索長行　臧本、孟本「便索」作「然後」。長行，登程。高文秀《襄陽會》一折劉備白：「你則今日便索長行。」

〔二〇〕早來到也　臧本作「早來到府門了也」。孟本同臧本，惟「早」作「蚤」。

〔二一〕伏　臧本、孟本作「復」。

〔二二〕道韓輔臣特來參見　臧本、孟本「道」下有「有故人」三字，「參見」作「相訪」。

〔二三〕相公　臧本、孟本作「禀老爺得知」。

〔二四〕（孤）　臧本、孟本作「（府尹云）」。

〔二五〕語未懸口　話未説完。脈望館古名家本鄭德輝《倩女離魂》一折夫人白：「我語未懸口，孩兒早到了。」懸，絶。《黄帝内經素問》卷十三「病能論」：「藏有所傷及，精有所之寄則安。故人不能懸其病也。」

〔二六〕到來　臧本作「早到」。京都大學本「到」誤作「來」。孟本同臧本，惟「早」作「蚤」。

〔二七〕有請　臧本、孟本上有一「快」字。

〔二八〕張千　臧本下有「云」。

〔二九〕有請　吴曉鈴本誤作「請進」。臧本、孟本作「請進」。

〔三〇〕做見　孟本作「相見」。

〔三一〕（末）　臧本作「（韓輔臣云）」。

〔三二〕失於拜望　臧本、孟本作「有失問候」。

〔三三〕受你兄弟兩拜　臧本、孟本上有「請上」二字。臧本下有「（做拜科）」，孟本有「（拜科）」。

〔三四〕（孤）　臧本作「（府尹云）」。

〔三五〕自　臧本、孟本無。

〔三六〕有失動問　臧本、孟本作「不意今日惠顧，殊慰鄙懷」。

〔三七〕看　備。鄭廷玉《金鳳釵》三折店小二白：「我看茶與你吃。」

〔三八〕張千　臧本下有「云」。

〔三九〕把盞科　臧本上有一「做」字。

〔四〇〕（孤）　臧本作「（府尹云）」。

〔四一〕兄弟滿飲一杯　臧本、孟本下有「（做回酒科）」。

〔四二〕（末）　臧本作「（韓輔臣云）」。

〔四三〕飲　臧本、孟本作「請」。

〔四四〕（孤）　臧本作「（府尹云）」。

〔四五〕與我唤的上廳行首杜蕊娘來伏侍兄弟　臧本、孟本上有「張千」二字，「上廳行首」上有一「那」字，「兄弟」下有「飲幾杯酒」四字。王季思本「伏」改作「服」。按，伏，通「服」。參見《調風月》第一折校注〔一〇〕。上廳行首，宋元時稱承應官府之需、居班行之首的官妓。亦泛指名妓。《水滸傳》七十二回：「這是東京上廳行首，唤做李師師。」

〔四六〕張千　臧本下有「云」。

〔四七〕（正旦上）　顧曲齋本「上」誤作「土」。臧本、孟本作「（正旦扮杜蕊娘上，云）」。

〔四八〕里　臧本、孟本作「哩」。

〔四九〕見科　臧本、孟本上有一「做」字。

〔五〇〕張千　臧本下有「云」。

〔五一〕府尹相公喚官身里　臧本、孟本「府尹相公」作「府堂上」，「里」作「哩」。官妓列入樂籍，承應官府使喚，故謂之「官身」。脈望館古名家本馬致遠《青衫泪》一折正旦白：「妾身裴興奴是也。在這教坊樂籍中見應官妓。雖則學了幾曲琵琶，争奈叫官身的無一日空閑。」

〔五二〕正旦　臧本下有「云」。

〔五三〕官衫　官妓到官府供奉時所穿的官府規定的服裝。

〔五四〕張千　臧本下有「云」。

〔五五〕免了官衫　臧本、孟本上有「是小酒」一句。

〔五六〕張千　臧本下有「云」。

〔五七〕在門首　臧本、孟本作「立在這裏」。

〔五八〕我報伏去　臧本、孟本上有一「待」字，「伏」作「復」。

〔五九〕報科　臧本上有一「做」字。

〔六〇〕（孤）　臧本作「（府尹云）」。

〔六一〕過　臧本、孟本作「進」。

〔六二〕（正旦見科）　臧本作「（正旦做見科，云）」。孟本作「（正旦進見科，云）」。

〔六三〕事　臧本、孟本作「分付」。

〔六四〕（孤）　臧本作「（府尹云）」。

〔六五〕事　臧本、孟本上有一「他」字。

〔六六〕是　臧本、孟本無。

〔六七〕故交朋友　臧本、孟本作「同窗故交」。

〔六八〕把體面相見咱　臧本、孟本上有一「你」字。把體面，以禮。闕名氏《陳州糶米》楔子劉衙内白：「您兩個來了也，把體面見衆大人去咱。」

〔六九〕拜科　臧本上有一「做」字。

〔七〇〕（末）　臧本作「（韓輔臣慌回禮，云）」。孟本作「（末慌回禮科）」。

〔七一〕（孤）　臧本作「（府尹云）」。

〔七二〕上廳行首杜蕊娘　孟本作「此間一個上廳行首」。

〔七三〕（末）　臧本作「（韓輔臣云）」。

〔七四〕末　臧本、孟本無。

〔七五〕云　孟本無。云，同「背云」。

〔七六〕（孤）　臧本作「（府尹云）」。

〔七七〕行酒　斟酒。《史記·魏其武安侯列傳》：「（灌夫）起行酒，至武安，武安膝席曰：『不能滿觴。』」

〔七八〕末　臧本作「韓」。

〔七九〕（孤）　臧本作「（府尹云）」。

〔八〇〕（末）　臧本作「（韓輔臣云）」。

〔八一〕呀，呀　臧本、孟本作「呀」。

〔八二〕却忘了哥哥　臧本、孟本「哥哥」上有一「送」字。却，原來。《全宋詞》三楊萬里《昭君怨·咏荷上雨》：「却是池荷跳雨，散了真珠還聚。」

〔八三〕（正旦與孤遞酒科）　臧本作「（正旦遞府尹酒，飲科）」。孟本作「（正旦遞酒，孤飲科）」。

〔八四〕正旦　臧本下有「云」。

〔八五〕姓甚名誰　臧本、孟本作「高姓大名」。誰，甚麽。參看《詩詞曲語辭匯釋》卷一「誰」。

〔八六〕（末）　臧本作「（韓輔臣云）」。

〔八七〕小娘子　稱年輕女子。闕名氏《秀師言記》：「崔家小娘子，容德無比，年已及笄……求秦晋之匹可乎？」

〔八八〕甚　原作「字」，據臧本、孟本改。

〔八九〕正旦　臧本下有「云」。

〔九〇〕小字　小名。《後漢書·傅燮傳》：「燮慨然而嘆，呼幹小字曰：『別成，汝知吾必死邪？』」

〔九一〕（末）　臧本作「（韓輔臣云）」。

〔九二〕聞名不曾見面　臧本、孟本無。

〔九三〕見面勝似聞名　臧本上有「元來」二字，下有「（正旦云）果然才子豈能無貌」。吳國欽本、王季思本「元」改作「原」。按，元，原。參見《調風月》第四折校注〔三五〕。孟本同臧本，惟無「云」。

〔九四〕（孤）　臧本作「（府尹云）」。

〔九五〕問秀才告珠玉　臧本、孟本上有一「你」字。告珠玉，求請寫贈詩詞。脈望館古名家本鄭廷玉《後庭花》三折：「（旦）敢問秀才告珠玉咱。（劉云）小生有何才能，小娘子如此聰俊，就指爲題目作〔後庭花〕一闋。」珠玉，美稱詩詞作品。《杜工部集》卷十《奉和賈至舍人早朝大明宮》：「朝罷香烟携滿袖，詩成珠玉在揮毫。」

〔九六〕（末）　臧本作「（韓輔臣云）」。

〔九七〕兄弟對着哥哥根前　臧本同。北京大學本、吳國欽本、王學奇本、王季思本「根」改作「跟」。按，根，跟。參見《調風月》第二折校注〔三六〕。孟本「兄弟」作「小弟」，「根」作「跟」。

〔九八〕運斧於班門　臧本、孟本作「弄斧班門」，下有「徒遺笑耳」一句。

〔九九〕（孤） 臧本作「（府尹云）」。

〔一〇〇〕（末） 臧本作「（韓輔臣云）」。

〔一〇一〕將紙筆來 臧本、孟本作「這等，兄弟呈醜也」。

〔一〇二〕云 孟本無。

〔一〇三〕也 臧本、孟本無。

〔一〇四〕看 臧本、孟本上有一「試」字。

〔一〇五〕科 臧本、孟本無。

〔一〇六〕詞寄〔南鄉子〕 臧本下有「（詞云）」。詞寄〔南鄉子〕，即按照〔南鄉子〕這個詞牌填的詞。《廣雅·釋詁四》：「寄，依也。」

〔一〇七〕難道 豈是。石君寶《紫雲亭》三折【耍孩兒】：「俺娘難道那風雲氣少，您爺却甚末兒女情多！」

〔一〇八〕還 已。《全唐詩》卷六九二杜荀鶴《下第東歸將及故園有作》：「上國獻詩還不遇，故園經亂又空歸。」《董解元西厢記》卷五【仙吕調】【朝天急】【尾】：「我眼巴巴的盼今宵，還二更左右不來到。」

〔一〇九〕斷 猶盡。參看《詩詞曲語辭匯釋》卷三「斷」。

〔二〇〕寫染得好也　臧本作「好高才也」，下有「（韓輔臣云）兄弟此行，本爲上朝取應，只因與哥哥久闊，迂道拜訪。幸覩尊顔，復蒙嘉宴。争奈試期將近，不能久留，酒散之後，便當奉别」。孟本同臧本，惟「（韓輔臣云）」作「（末）」。寫染，寫。《張協狀元》戲文十五出：「百事盡皆能，試看它能寫染，强一京好宅眷。」

〔二一〕（孤）　臧本作「（府尹云）」。

〔二二〕兄弟　臧本、孟本作「賢弟」。

〔二三〕住　臧本、孟本上有一「略」字。盧冀野本「略」誤作「留」。

〔二四〕老夫賫發你上朝進取去　臧本、孟本作「待老夫賫發你一路鞍馬之費，未爲遲也」。賫發，資助。闕名氏《替殺妻》一折【天下樂】：「我想來今年、今年强似去年，若不是俺哥哥賫發有甚錢？」

〔二五〕了　臧本、孟本無。

〔二六〕教兄弟書房中安下　臧本、孟本作「請秀才在書房中安下者」。

〔二七〕（末）　臧本作「（韓輔臣云）」。

〔二八〕更是不中　臧本作「花園冷静，怕不中麽」。孟本同臧本，惟「冷」誤作「泠」。更是，猶絶對。參看《詩詞曲語辭匯釋》卷二「更（二）」。

〔一九〕（孤）　臧本作「（府尹云）」。

〔二〇〕然　臧本、孟本無。

〔二一〕就在蕊娘家安歇可如何　臧本、孟本無「可」字。安歇，住。《裴度還帶》二折正末白：「小生日日寺中三齋，到晚在這城南山神廟中安歇。」

〔二二〕（末）　臧本作「（韓輔臣云）」。

〔二三〕（孤）　臧本作「（府尹云）」。

〔二四〕一讓一個肯　臧本、孟本上有「你看他」三字。一讓一個肯，一説就同意，謂應允之快。顧曲齋本石子章《竹塢聽琴》三折：「（官云）既是這等，你還了俗，嫁了秦翛然，情受了五花官誥駟馬車，做了夫人縣君，可不好那？（旦云）多謝了老相公。（官）一讓一個肯。」

〔二五〕與你母親做茶錢　臧本、孟本作「拿去你那母親做茶錢」，下有「休得怠慢了秀才者」一句。

〔二六〕正旦　臧本下有「云」。

〔二七〕謝了老爹　臧本、孟本作「多謝相公」。

〔二八〕（末）　臧本作「（韓輔臣云）」。

〔二九〕多謝了哥哥　臧本、孟本上有「兄弟」二字，無「多」字。

〔三〇〕母親　臧本、孟本作「你那媽媽」。

〔三一〕正旦　臧本下有「云」。

〔三二〕俺娘忒愛錢　臧本、孟本下有一「哩」字。愛錢、貪財。石君寶《紫雲亭》一折【後庭花】：俺這個狠精靈，他那生時節決定，犯着甚愛錢巴鏝的星！」

〔三三〕（末）　臧本作「（韓輔臣云）」。

〔三四〕正旦　顧曲齋本、臧本下有「唱」。孟本無此二字。

〔三五〕端正好　臧本、孟本上有「仙吕」。孟本曲牌名下有「（正旦）」。

〔三六〕（楔子）　臧本、孟本無。

〔三七〕説鄭生遇妖狐　臧本、孟本無「説」字，「生」作「六」。唐人傳奇故事：有鄭六者，道中遇一白衣美婦，自稱姓任氏，鄭追而求愛，遂同居。後歲餘，鄭武調，邀與任氏俱去。至馬嵬，遇獵犬，任氏變狐而奔，爲犬所獲。見沈既濟《任氏傳》。諸宮調中有《鄭子遇妖狐》。見《董解元西廂記》卷二【般涉調】【柘枝令】。

〔三八〕崔韜逢雌虎　唐人傳奇故事：崔韜途中遇一虎怪，脱皮變爲美女，與之同寢。崔暗棄虎皮於井中，携女去，結爲夫婦。後復經舊處，崔取出虎皮，女穿之，復變爲虎，食崔及子而去。見薛用弱《集異記》。周密《武林舊事》卷十「官本雜劇段數」有《崔智韜艾虎兒》一本，又有《雌虎》一本，注云：「崔智韜。」諸宮調中有《崔韜逢雌虎》，見同上。

〔一三九〕恰向那大曲内盡都是寒儒　臧本、孟本無「恰向」、「都」。恰，猶却。參看《詩詞曲語辭例釋》「恰(三)」。大曲，泛指當時流行的戲曲。

〔一四〇〕那　臧本、孟本無。

〔一四一〕【幺】　臧本作「【幺篇】」。

〔一四二〕既不呵　不然的話。參看《詩詞曲語辭匯釋》卷六「既不沙」。

〔一四三〕那裏每　何處。參看《詩詞曲語辭匯釋》卷四「那裏每」。

〔一四四〕蘇小卿不辨賢愚　「辨」，臧本同。吴國欽本改作「辯」。非。蘇小卿，參見《救風塵》第一折校注〔三六〕。

〔一四五〕我若是五十年不見雙通叔　臧本、孟本「我若是」作「比如我」。雙通叔，即雙郎。參見《救風塵》第一折校注〔三六〕、第三折校注〔三六〕。

〔一四六〕醉驢驢　未詳。

〔一四七〕買來　臧本、孟本下有一「的」字。

〔一四八〕酥　臧本、孟本作「枯」。

〔一四九〕同末下　臧本「末」作「韓」。孟本上有「正旦」二字。

〔一五〇〕(孤)　臧本作「(府尹云)」。

〔一五一〕兄弟去了也　臧本、孟本作「你看我那兄弟，秀才心性，又是那吃酒的意兒，别也不别，徑自領着杜蕊娘去了也」。

〔一五二〕待三朝五日探望兄弟去　臧本、孟本上有一「且」字，「探望」上有「差人」二字。

〔一五三〕無甚事，且回後堂中去也　臧本無，另作「古語有云：『樂莫樂兮新相知。』豈不信然？（詩云）華省芳筵不待終，忙携紅袖去匆匆，雖然故友情能密，争似新歡興更濃」。孟本同臧本，惟無「（詩云）」。

〔一五四〕（下）　臧本、孟本以上爲楔子，以下爲第一折。

〔一五五〕卜兒上　臧本上有「搽旦扮」三字，下有「詩云」。孟本同臧本，惟「詩云」作「云」。

〔一五六〕花有重開日，人無再少年　臧本、孟本作「不紡絲麻不種田，一生衣飯靠皇天；盡道吾家皮解庫，也自人間賺得錢」。

〔一五七〕身　臧本、孟本作「家」。

〔一五八〕所生了一個女孩兒　臧本、孟本無「了」「孩」二字。所生，生。顧曲齋本石君寶《曲江池》一折孤白：「所生一子，是鄭元和，年當弱冠。」

〔一五九〕一　臧本、孟本無。

〔一六〇〕是韓輔臣　臧本、孟本作「叫做韓輔臣」，下有「却是石府尹老爺送來的」一句。

〔一六一〕我女兒和他作伴　臧本、孟本「我」作「與俺」，無「和他」。

〔一六二〕那廝也要娶　「也要娶」原作「要娶也」，今據臧本、孟本乙改。臧本、孟本作「那廝也要娶我女兒」。

〔一六三〕趕　臧本、孟本作「撚」。吴國欽本、王季思本改作「攆」。王學奇本改作「捻」。按，撚，攆。臧本尚仲賢《柳毅傳書》楔子小龍白：「我今到父王面前，搬唆幾句言語，撚他去了，却不好哩？」

〔一六四〕這一會不見俺那妮子　臧本、孟本上有「怎麽」二字，「會」下有一「兒」字。

〔一六五〕知他在那裏？敢待來也　臧本、孟本作「莫非又趕那廝去？待我唤他。蕊娘賤人那裏」。

〔一六六〕（正旦上）　臧本、孟本作「（正旦領梅香上，向古門道云）」。

〔一六七〕則　臧本、孟本下有一「躲」字。

〔一六八〕我和俺那虔婆頹鬧一場去　臧本、孟本上有一「待」字，無「俺」字。虔婆，詈辭，猶言賊婆。周祁《名義考》卷五：「方言謂賊爲虔。虔婆，猶賊婆也。」《清平山堂話本·快嘴李翠蓮記》：「親家不曾惹着你，如何駡他老虔婆？」頹鬧，猶言「鳥鬧」，即亂鬧。參見《救風塵》第一折校注〔八九〕。

〔一六九〕（末内應云）　臧本作「（韓輔臣做應云）」。孟本作「（末做内應云）」。

〔一七〇〕正旦　臧本下有「云」。

〔一七一〕又早　孟本「早」作「蚤」。又早，猶已。《唐宋諸賢絶妙詞選》卷八何子初《宴清都·春詞》：「羅幃綉幕高捲，又早是、歌慵笑懶。」

〔一七二〕則是俺娘　臧本、孟本作「則被俺娘板障」。則是，就是。參看《詩詞曲語辭匯釋》卷一「則（一）」。

〔一七三〕這一百二十行　臧本、孟本無「這」字。一百二十行，泛指各種行業。《水滸傳》三回：「這市井鬧熱，人烟輳集，車馬駢馳，一百二十行經商買賣行貨都有。」曹本《録鬼簿》著録鄭廷玉有《一百二十行販揚州》雜劇。佚。

〔一七四〕都是求衣飯　臧本、孟本作「都好着衣吃飯」。

〔一七五〕偏　單單。參看《詩詞曲語辭例釋》「偏（三）」。

〔一七六〕人　顧曲齋本無。

〔一七七〕好低微也呵　顧曲齋本、臧本下有「（唱）」。臧本、孟本「好」作「忒」。

〔一七八〕資　臧本、孟本作「貲」。

〔一七九〕迭辦　辦，籌措。陳以仁《存孝打虎》二折【哭皇天】：「只爲俺衣飯難迭辦，不得已在他人眉睫間。」

〔一八〇〕可是那五個字　臧本上有「（帶云）」，下有「（唱）」。

〔一八一〕 惡、劣、乖、毒，狠　「狠」原作「狼」，顧曲齋本同，吴曉鈴本已「從臧本、孟本改正」。臧本、孟本上有「無過是」三字。乖，壞。《畿輔通志》卷七十二：「壞呼作乖。」參見《哭存孝》第三折校注〔一四〕。

〔一八二〕 驢生戟角瓮生根　喻不可能。戟角，即犄角，角。亦作「笄角」。闕名氏《凍蘇秦》三折：「（張儀云）你怎生能勾爲官？我量着你一世兒不能發迹；你若能勾發迹呵，（詩云）則除是驢生笄角瓮生根，天教窮斷脊梁筋！」

〔一八三〕 四百八　表示很多。

〔一八四〕 七十二　亦表示很多。阮葵生《茶餘客話》卷十：「孔安國撰孔子弟子七十二人，劉向傳列仙亦七十二人，皇甫士安撰高士亦七十二人，陳長文撰耆舊亦七十二人：此小説家之得以借口也。」

〔一八五〕 謝館接迎新子弟　謝館，代指妓院。《詞林摘艷》卷一李邦祐小令【轉調淘金令】「思情」：「花衢柳陌，恨他去胡沾惹；秦樓謝館，怪他去閑游冶。」「接迎新子弟」，臧本同。王學奇本「接迎」倒作「迎接」。盧冀野本「新」字下點斷，「子弟」二字屬下句。非。

〔一八六〕 霸陵誰識舊將軍　漢代將軍李廣，因某戰失利，被革職閑居，「藍田南山中射獵，嘗夜從一騎出。……還至霸陵亭，霸陵尉醉，呵止廣。廣騎曰：『故李將軍。』尉曰：『今將軍尚不得夜行，

何乃故也！』止廣宿亭下。」（見《史記・李將軍列傳》）

〔一八七〕投奔我的都是矜爺害娘，凍妻餓子，折屋賣田　原作小字，從吳曉鈴本改。顧曲齋本作雙行小字，亦爲夾白。臧本、孟本「是」下有一「那」字。顧曲齋本「矜」作「禁」。京都大學本注云：「矜舊本作禁，當以舊本爲是。」按，矜，苦也。《莊子・在宥》：「愁其五藏以爲仁義，矜其血氣以規法度。」王引之《經義述聞》云：「《莊子・在宥篇》矜其血氣猶《孟子》言苦其心志耳。」投奔，到。折，變賣。

〔一八八〕提瓦罐叉槌運　叫化命。瓦罐、叉槌皆乞丐所帶。叉槌，亦作「搖搥」，叫化唱蓮花落時用以敲擊的槌。脈望館息機子本秦簡夫《破家子弟》一折【寄生草】：「你少不的撇搖搥學打一會蓮花落。」又二折【隨煞】：「你把那搖搥懸，瓦罐來擎，繞閭檐，乞殘剩。」

〔一八九〕惡歹爲本　臧本作「那些個慈悲爲本」。吳國欽本以「文意欠通」改「那些」作「哪裏」。京都大學本注云：「那些個猶曰那裏，反言其不然也。」是。參看《詩詞曲語辭匯釋》卷四「那些個」。

〔一九〇〕板障爲門　臧本上有「多則是」三字。板障，阻礙。參看《元劇俗語方言例釋》「板障」。

〔一九一〕梅香　顧曲齋本上有「（正旦）」。臧本上有「（云）」。

〔一九二〕里　臧本、孟本作「裡」。京都大學本注云：「裡當作哩，語辭。」吳國欽本、王學奇本、王季思本改作「哩」。

〔一九三〕（梅）　臧本作「（梅香云）」。

〔一九四〕里　臧本、孟本作「哩」。

〔一九五〕正旦　臧本下有「云」。

〔一九六〕口業　臧本同。吳國欽本、王季思本「業」改作「孽」。按，佛教以身、口、意爲三業。口業，亦曰語業。謂口之所作，即一切之言語。兩舌、惡口、妄言、綺語是。《蘇東坡集》續集卷十二《勝相院藏經記》：「結習口業，妄言綺語，論説古今，是非成敗。」參見《蝴蝶夢》第二折校注〔三六〕。

〔一九七〕枉作的業深了也　顧曲齋本、臧本下有「（唱）」。吳國欽本、王季思本「業」改作「孽」。按，作業，造作身口意之三業。《全唐詩》卷八五八呂巖《絶句》之二五：「起來旋點黄金買，不使人間作業錢。」

〔一九八〕炕頭上燒埋人顯道神　臧本、孟本「燒埋人」作「主燒埋的」。顯道神，亦作「險道神」，開路神君。左手執印，右手執戟，出柩時在前先行。

〔一九九〕檾麻頭斜皮臉老魔君　檾麻頭，檾麻，麻類植物。「檾」亦作「䔛」。羅願《爾雅翼·釋草八》：「䔛，枲屬，高四五尺，或六七尺，葉似苧而薄，實如大麻子，今人績以爲布及造繩索。」斜皮臉，厚臉皮。《元史·百官志六》有斜皮局，「掌每歲熟造内府各色野馬皮胯」。魔君，魔，佛教中指能奪人生命、障礙善事的惡鬼神。尚仲賢《三奪槊》三折【梅花酒】：「惱犯魔君，撞着喪門。」

〔二〇〇〕降魔印　道教用以降伏妖魔的玉印。

〔二〇一〕輪着一條柱杖是打鸂鶒無情棍　臧本、孟本「柱」作「拄」。柱杖，即拄杖。柱，通「拄」。《劉知遠諸宫調》第一【商角】【定風波】：「手把定笻竹柱杖。」「是」字上半部壞闕，從吴曉鈴本補正。顧曲齋本、臧本、孟本即作「是」。鸂鶒，水鳥。《本草綱目》卷四七禽之一：「其形大於鴛鴦，而色多紫，亦好并游，故謂之紫鴛鴦也。」

〔二〇二〕茶房裏火老業人　臧本、孟本「火」上有「那一」二字。王季思本「茶房」上增一「閒」字。無據。茶房，茶館。脈望館息機子本秦簡夫《破家子弟》一折户子傳白：「哥，喒茶房裏尋他去。」吴國欽本、王季思本「火」改作「伙」。按，火，伙。參見《蝴蝶夢》第三折校注〔一〇七〕。吴本、王本「業」并改作「孽」。按，老業人，造業的人。脈望館古名家本張國賓《羅李郎》四折【水仙子】：「親兒親女把親爺認，中間裏干閃下老業人。」參同上第二折校注〔三六〕。

〔二〇三〕有多少閑議論　臧本、孟本上有「酒杯間」三字。

〔二〇四〕頻頻的間阻休熟分　間阻，作梗。《董解元西厢記》卷三【商調】【玉抱肚】：「咫尺半，如天邊，謾長吁，奈何夫人間阻！」「休」原作「体」，據臧本、孟本改。顧曲齋本作「體」。休，猶没有。熟分，親熱。《古今小説·蔣興哥重會珍珠衫》：「這是第三次相聚，更覺熟分了。」

〔二〇五〕三夜早趕離了門　顧曲齋本、孟本「早」作「蚤」。臧本無「了」字。

〔二〇六〕那廝每走幾遭，便丢開了，便休教趄門趄户的　「休」原作「体」，有校筆改作「休」。從。北京大學本校勘記亦謂「古名家本硃校改作『休』，是」。顧曲齋本上有「（旦云）」，下有「（唱）」，「休」作「體」。臧本無，另作「（梅香云）姐姐，這話説差了！我這門户人家，巴不得接着子弟，就是錢龍入門，百般奉承他，常怕一個留他不住；怎麽剛剛三日，便要趕他出門？決無此理！（正旦云）梅香，你那裏知道！（唱）」。孟本「（梅香云）」作「（梅）」，「（正旦云）」作「（正旦）」，無「（唱）」，餘同臧本。趄門趄户，在門口轉來轉去。參見《哭存孝》第三折校注〔五七〕。

〔二〇七〕抵多少「西出陽關無故人」　臧本、孟本作「他只待夜夜留人夜夜新」。抵多少，猶云好比是。參看《詩詞曲語辭匯釋》卷四「抵多少」。「西出陽關」云云，謂離别。陽關，關名，漢置。程大昌《北邊備對·玉門陽關》：「漢之兩關，皆在敦煌郡壽昌縣，《通典》曰：漢龍勒縣也。玉門在縣之北，陽關在玉門之南，故曰陽。一陽而設兩關者，自此而趨西域，有南北道故也。」亦曲調名。唐代詩人王維《送元二使安西》：「渭城朝雨浥輕塵，客舍青青柳色新，勸君更盡一杯酒，西出陽關無故人。」後入樂府，以爲送别之曲，反復誦唱，謂之《陽關三疊》，又名《渭城曲》。田藝蘅《陽關三疊圖譜》：「謝疊山云：唐人餞别，必歌陽關三疊。《麓堂詩話》：……王摩詰『陽關無故人』之句，盛唐以前所未道，此辭一出，一時傳誦，不足，至爲三疊歌之。後之詠别者，千言萬語，殆不能出其意之外。」

〔二八〕殷勤　辛勤。參看《詩詞曲語辭例釋》「殷勤(三)」。

〔二九〕報答你養育恩　臧本、孟本作「顧甚的恩」。

〔三〇〕不關心則是咱不孝順　臧本、孟本「關心」作「依隨」，「則是」作「又道是」，「咱」作「我女孩兒」。

〔三一〕今日漾人頭厮摔，含熱血厮噴　臧本、孟本「今日」下有一「個」字。「漾人頭」云云，形容拼命相争。漾，拋。孔文卿《東窗事犯》四折【二煞】：「枉了他子父每舍死忘生，苦征惡戰，扯鼓奪旗，捉將挾人，漾人頭厮滚，噙熱血相噴。」

〔三二〕做見科　顧曲齋本上有「正旦」二字。

〔三三〕正旦　顧曲齋本、孟本無。臧本下有「云」。

〔三四〕茶　顧曲齋本無。

〔三五〕(卜)　臧本作「(卜兒云)」。孟本作「(卜兒)」。

〔三六〕竈窩裏燒了個乾燈盞　臧本、孟本「個」上有一「幾」字，無「乾」字。竈窩，竈洞。做飯菜時，竈窩裏需燒柴煤，説「燒了個乾燈盞」，意謂無飯菜可做。

〔三七〕正旦　臧本下有「(唱)」。孟本無此二字。

〔二八〕【醉扶歸】 原作「【醉中天】」，據曲譜改。臧本、孟本即作「【醉扶歸】」。孟本曲牌名下有「（正旦）」。

〔二九〕托 顧曲齋本、孟本作「託」。臧本同古名家本。中華書局本改作「託」。

〔三〇〕却 猶了。參看《詩詞曲語辭匯釋》卷一「却（一）」。

〔三一〕須 猶却。參看《詩詞曲語辭匯釋》卷一「須（五）」。

〔三二〕母親 顧曲齋本上有「（正旦）」。臧本上有「（云）」。

〔三三〕您 京都大學本注云：「陳本（按，即脈望館古名家本）作你。」按，京都本誤注。臧本作「恁」。中華書局本改作「您」。北京大學本亦「據古名家本、顧曲齋本、柳枝集本（按，即孟本）改」作「您」。吴國欽本、王學奇本、王季思本改同。按，恁、您，你也。參見《哭存孝》第四折校注〔六二〕、頭折校注〔六五〕。

〔三四〕（卜） 臧本作「（卜兒云）」。孟本作「（卜兒）」。

〔三五〕你鬢邊 臧本無「你」字，「邊」下有一「的」字。

〔三六〕還着你覓錢 臧本下有一「哩」字，「哩」下有「（正旦云）母親，你只管與孩兒撒性怎的？（卜兒云）我老人家如今性子淳善了，若發起村來，怕不筋都敲斷你的」。孟本同臧本，惟無二「云」字。

〔二七〕正旦　臧本下有「唱」。孟本無此二字。

〔二八〕【金盞兒】　孟本曲牌名下有「（正旦）」。

〔二九〕老實淳　臧本、孟本作「你道是性兒淳」。淳，善。王仲文《救孝子》二折【滾綉毬】：「媳婦兒也你心性兒淳，氣格兒温，比着那望夫石不差分寸。」

〔三〇〕性兒村　臧本、孟本作「我道你意兒村」。

〔三一〕佯妝鈍　「妝」，臧本同。吴國欽本、王季思本改作「裝」。按，妝，假裝。參見《蝴蝶夢》第一折校注〔一三〕。鈍，呆，蠢。參看《詩詞曲語辭例釋》「鈍」。

〔三二〕有幾個打趓客旅輩　原作大字，從吴曉鈴本改小字，作爲夾白。臧本、孟本即作小字。臧本上有「（帶云）」。打趓，周游。《水滸傳》五十一回：「此處近日有個東京新來打趓的行院，色藝雙絶，叫做白秀英。」徐州方言猶説鳥盤旋、打轉爲「打趓」。

〔三三〕刷牙掠頭　刷牙，牙刷。《夢粱録》卷十三「鋪席」有「凌家刷牙鋪」。掠頭，梳篦之屬。《名義考》卷十二：「魏武帝病眼，令華陀以金篦刮膜。篦乃掠器。」温嶺方言猶稱梳子爲「掠」。

〔三四〕問妳妳要盤纏家去　臧本下有「（唱）」。

〔三五〕他可早耳朵閉眼睛昏　臧本、孟本「他」作「你」。孟本「早」作「蚤」。可早，却。臧本闕名氏《漁樵記》四折王安道白：「相公，你可早忘了『知恩報恩，風流儒雅；知恩不報，非爲人也』。」

《詞林摘艷》卷二闕名氏套數【越調】小桃紅「題情」：「誰承望五陵人，可早先能勾了小蠻腰。」「眼睛昏」，臧本同。王季思本闕。

〔三六〕統鏝　有錢。《太平樂府》卷一貫酸齋小令【塞鴻秋】「代人作」：「這些時陡恁的恩情儉，推道是板障柳青嚴，統鏝姨夫欠，只被這俏蘇卿拋閃煞窮雙漸。」參見《救風塵》第一折校注〔一五〕。

〔三七〕勤　「勤兒」的省稱。元人稱出入娼家的風流子弟爲「勤兒」。闕名氏《墨娥小録》卷十四「行院聲嗽·人物」：「子弟：勤兒。」《小孫屠》戲文九出：「咱龐兒青春，青春俏勤，教人道果然斷稱。」

〔三八〕母親　顧曲齋本上有「（正旦）」。臧本上有「（云）」。

〔三九〕（卜）　臧本作「（卜兒云）」。孟本作「（卜兒）」。

〔四〇〕我不嫁，我不嫁　臧本、孟本作「我不許嫁，誰敢嫁？有你這樣生忿忤逆的」。

〔四一〕正旦　臧本下有「唱」，「（正旦唱）」下有「【醉中天】非是我偏生忿，還是你不關親，只着俺淡抹濃妝倚市門，積趲下金銀囤。（卜兒做怒科，云）你這小賤人，你今年纔過二十歲，不與我覓錢，教那個覓錢？（正旦唱）你道俺纔過二旬，有一日粉消香褪，可不道老死在風塵？（云）母親，你嫁了孩兒罷！（卜兒云）小賤人，你要嫁那個來？（正旦唱）【寄生草】告辭了鳴珂巷，待嫁那韓輔臣。這紙湯瓶再不向紅鑪頓，鐵煎盤再不使清油混，銅磨笴再不把頑石運。（卜兒云）

你要嫁韓輔臣這窮秀才，我偏不許你！（正旦唱）怎將咱好姻緣生折做斷頭香，休想道潑烟花再打入迷魂陣！（卜兒云）那韓輔臣有什麽好處，你要嫁他？（正旦唱）」。孟本無「正旦」二字，「【醉中天】」下有「（正旦）」，「（卜兒做怒科，云）」作「（卜兒怒云）」，「（正旦唱）」均作「（正旦）」，「母親」上無「（云）」，「（卜兒云）」均作「（卜兒）」，「【寄生草】」前無「（正旦唱）」、下有「（正旦）」，「你要嫁他」下無「（正旦唱）」，餘同臧本。

〔四二〕【賺煞】　孟本曲牌名下有「（正旦）」。

〔四三〕十載苦攻書　臧本、孟本作「十度願從良」。

〔四四〕九天上風雷迅　臧本、孟本作「長則九度不依允」。九天，指宮禁。《全唐詩》卷一二八王維《和賈舍人早朝大明宫之作》：「九天閶闔開宮殿，萬國衣冠拜冕旒。」風雷，喻人之際遇。《劉知遠諸宮調》第一【仙吕調】【六幺令】：「風雷若順，此人發迹，定和您也做官寮。」

〔四五〕八位裏安然坐穩　臧本、孟本作「也是我八個字無人主婚」。八位，指高官。息機子本高文秀《誶范雎》四折【雙調新水令】：「白身一跳到關西，坐都堂便登八位。」

〔四六〕七步文章爲縣君　臧本、孟本作「空盼上他七步才華遠近聞」。七步文章，形容才思敏捷，才華過人。傳説魏文帝曹丕忌其弟曹植，限他七步以内作詩一首，否則處死。曹植應聲在七步以内作成一首詩。見《世説新語·文學》。《録鬼簿》著録王實甫有《曹子建七步成章》雜劇。佚。

〔二四七〕六街中百姓居民　臧本、孟本作「六親中無不歡欣」。

〔二四八〕你待要　臧本、孟本無。

〔二四九〕做的個五花誥夫人　做的，做。的，蒙古語動詞後加詞尾變静動詞的直譯。參見《哭存孝》頭折校注〔五四〕。五花誥，參見《拜月亭》第四折校注〔九七〕。

〔二五〇〕是玉堂内不剋的上婚　臧本、孟本作「有三生福分」。王季思本「三」誤作「二」。

〔二五一〕後來有二十年好運　臧本、孟本作「正行着雙雙好運」。後來，以後。鍾輅《續前定録·王蒙》：「二人又不爲人所稱，（趙）憬何由身知之？必私也。後來陛下但詰其所自即知矣。」

〔二五二〕且待如何　臧本無此句帶白，另作「（卜兒云）好運好運，卑田院裏趕趁！你要嫁韓輔臣，這一千年不長進的，看你打蓮花落也！（正旦唱）」。孟本同臧本，惟無「云」及「唱」。且待，將。且，將。參見《蝴蝶夢》第一折校注〔一六三〕。待，亦將意。《董解元西廂記》卷三【高平調】【于飛樂】：「十分裏九分，多應待聘與我鶯鶯。」

〔二五三〕怎肯教「一年春盡一年春」　臧本、孟本上有一「他」字，「盡」字下有「又是」二字。「一年春盡一年春」，乞丐行乞時所唱蓮花落中的一句詞兒，元曲中亦用以代指行乞。元刊本張國賓《汗衫記》一折【青哥兒】：「你問毗鄰，繞户巡門，你也曾『一年春盡一年春』，這般窮身分。」

〔二四〕（卜）　臧本作「（卜兒云）」。孟本作「（卜兒）」。

〔二五〕心心念念　臧本同。吴國欽本第二個「心」字改作「中」。按，心心念念，念念不忘。《全宋詞》一晏幾道《風入松》：「心心念念憶相逢，别恨誰濃。」蘇州方言猶説一直挂在心上爲「心心念念」。

〔二六〕不許他嫁　臧本、孟本作「偏不嫁他」。

〔二七〕如今無甚事，和俺那一般老姊妹茶房中吃茶去來　臧本作「俺想那韓秀才是個氣高的人，他見俺有些閑言閑語，必然使性出門去；俺再在女孩兒根前調撥他，等他兩個不和，訕起臉來，那時另接一個富家郎，纔中俺之願也。正是：小娘愛的俏，老鴇愛的鈔，則除非弄冷他心上人，方纔是我家裏錢龍到」。孟本「根」作「跟」，「冷」誤作「泠」，餘同臧本。

第二折〔一〕

（孤上）老夫石好問是也。三年任滿朝京，聖人命老夫復任濟南府尹。不知兄弟韓輔臣進取功名去，還在此處？張千，門首覷者，看有甚麼人來。（張千）理會的。（末上）小生韓輔臣。聽的説哥哥復任濟南府，有杜蕊娘欺負我，哥哥行告狀去來。早來到也。張千，報伏去，道韓輔臣在於門首。（張千）相公，有韓秀才來見。（孤）道有請。（見科）（孤）兄弟也，你還在這裏？（末）哥哥，有人欺負我，你與我做主。（孤）是誰欺負你？我拿來處治。

（末）是杜蕊娘。（孤）兄弟也，你好無分曉，別人欺負你，我好做主，媳婦兒家務事，我管理不的。（末）哥哥，我唱喏。（孤）我也唱喏。（末）我下跪。（孤）我也下跪。（末）你肯也不肯？（孤）我難下斷。（末）石好問！我肚裏有私記手本，你便是清官，你若是不與我做主，我上司告你去！（孤）住，住，我若與你整理呵？（末）我便不告。（孤）我若不整理？（末）我便上司告去。（孤）那裏有個爲老婆放刁的理！兄弟也，我與你些錢鈔，你與他母親便了。（末）您兄弟去也。若成合了便罷，成合不的再有説的話。（下）（孤）兄弟去了也。爲一個婦人，這等用心。若是他成合了時，必然來報我知道[二]。（下）

（正旦引梅香上[三]）我想韓輔臣又無人惱着他，一去半月不來家。若還遇着個强似我的，無話説；都是我手下教道過的小妮子，我久以後街上行走呵[四]，教我怎生見人那[五]！

【南吕一枝花】東洋海洗不盡臉上羞，西華山遮不了身邊[六]醜，大力鬼頓不開眉上鎖[七]，揚子江流不斷腹中愁[八]。閃的我有國難投，抵多少南浦傷離後[九]。愛你個殺才没去就[一〇]，明知道你雨歇雲收[一一]，還指望他[一二]天長地久。

【梁州】[一三]這廝闌散了雖離我眼底[一四]，乞憎着又在我心頭[一五]。出門來信步閑行走，閑[一六]瞻遠岫，近俯清流。行行廝趁[一七]，步步相逐，知他在那答兒裏[一八]續上綢繆？知他是怎生來結做冤讎？俏哥哥不争你先和他暮雨朝雲[一九]，劣妳妳則有分吃他那閑茶浪酒[二〇]，小姐也[二一]，幾時得脱離了舞榭歌樓？不是我出乖弄醜[二二]，從良弃賤，我命裏有終須有，命裏無枉生受。撲地掀天無了休[二三]，着甚麽來由[二四]？

（梅〔二五〕）姐姐，你休煩惱，姐夫好歹來家也。（正旦〔二六〕）梅香，將過琵琶來，我散心適悶咱〔二七〕。（梅）〔二八〕姐姐，琵琶在此。（正旦彈科）（末走上〔二九〕，云）我半月不到大姐家也。來到門首，我過去。兀那小妮子，怎生地也不掃〔三〇〕？（正旦〔三一〕）那廝來家〔三二〕也，我則推看不見〔三三〕。

【牧羊關】不見他思量些〔三四〕舊，到有些意兒相投〔三五〕。我見了他撲鄧鄧〔三六〕火上澆油，恰便似鈎搭住魚腮，箭穿了雁口〔三七〕。（末）〔三八〕那舊性兒不改〔三九〕，還彈唱里〔四〇〕！（正旦）〔四一〕你怪我依舊拈〔四二〕音樂，則許你交錯勸觥籌？你不肯冷落了杯中物，我怎肯生疏了絃上手？

（末）我哀告姐姐咱。姐姐，我半月不曾來家，姐姐你休打麽。（正旦）我不採這廝。（三科了）（正旦）〔四三〕

【二煞】〔四四〕既你無情呵〔四五〕，休想我指甲兒湯〔四六〕着你皮肉。似往常有氣性〔四七〕，打的你見骨頭。免的〔四八〕年深了也難收救，則好聞早淺休〔四九〕，目下自僝自僽〔五〇〕。頑涎兒却依舊〔五一〕，我没福和你那鶯燕蜂蝶爲四友〔五二〕，甘分做跌了彈的斑鳩〔五三〕。

【三煞】〔五四〕有耨處散誕鬆寬着耨〔五五〕，有偷處寬行大步〔五六〕偷，强似你一番家把機泄漏〔五七〕，逼的你彈着唾、燒着香〔五八〕，却不管舒着手〔五九〕，説那〔六〇〕瞞心的謊、昧心的咒。你那手，怎掩傍〔六一〕人是非口？説的困須休。

【尾煞】高如我三板兒的耳性也出不的手〔六二〕，强如我十倍兒的聲名到處裏〔六三〕有；尋〔六四〕些虛脾，使些機勾〔六五〕，用些工〔六六〕夫，再去趁逐〔六七〕。你與我高揎起春衫酒淹〔六八〕袖，舒你那

攀蟾折桂的指頭，請先生別挽一枝章臺路傍柳〔六九〕。（下）

（末）〔七〇〕杜蕊娘真個不認我〔七一〕！我去告俺哥哥去〔七二〕。（下）

校注

〔一〕第二折　顧曲齋本「折」作「齣」。

〔二〕（孤上）老夫石好問是也。三年任滿朝京，聖人命老夫復任濟南府尹。不知兄弟韓輔臣進取功名去，還在此處？張千，門首覷者，看有甚麼人來。（張千）理會的。（末上）小生韓輔臣。聽的説哥哥復任濟南府，有杜蕊娘欺負我，哥哥行告狀去來。早來到也。張千，報伏去，道韓輔臣在於門首。（張千）相公，有韓秀才來見。（孤）道有請。（見科）（孤）兄弟也，你還在這裏？（末）哥哥，有人欺負我，你與我做主。（孤）是誰欺負你？我拿來處治。（末）是杜蕊娘。（孤）兄弟也，你好無分曉，別人欺負你，我好做主，媳婦兒家務事，我管理不的。（末）哥哥，我唱喏。（孤）我也唱喏。（末）我下跪。（孤）我也下跪。（末）你肯也不肯？（孤）我難下斷。（末）石好問！我肚裏有私記手本，你便是清官，你若是不與我做主，我上司告你去！（孤）住，住，我若與你整理呵？（末）我便不告。（孤）我若不整理？（末）我便上司告去。（孤）那裏有個爲老婆放刁的理！兄弟也，我與你些錢鈔，你與他母親便了。（末）您兄弟去也。若成合了便罷，成合不的再有説的話。（下）（孤）兄弟去了也。爲一個婦人，這等用心。若是他成合了時，必然來報我知道　臧本全异，作「（韓輔臣上，詩云）一生花柳幸多緣，自有嫦娥愛少年，留得黄金等身在，終須買斷麗春園。我韓輔臣，本爲進取功名，打從濟南府經過，適值哥哥石好問在此爲理，送我到杜蕊娘家安歇。一住半年以上，兩意相投，不但我要娶他，喜得他也有心嫁我，争奈這虔婆百般板障。俺想來，他只爲我囊中錢鈔已盡，况見石府尹滿考朝京，料必不來復任，越越的欺負我，發言發語，只要撚我出門去。我是個頂天立地的男子漢，怎生受得一口氣？出了他門，不覺又是二十多日。你道我爲何不去，還在濟南府淹閣？倒也不是盼俺哥哥復任，思量告他，只爲杜蕊娘，他把俺赤心相待，時常與這虔婆合氣，尋死覓活，無非是爲俺家的緣故。莫説我的氣高，那蕊娘的氣比我還高的多哩。他見我這日出門時節，竟自悻悻然去了，説也不和他説一聲兒，必然有些怪我。這個怪也只得由他怪，本等是我的不是。以此沉吟展轉，不好便離此處，還須親見蕊娘，討個明白。若他也是虔婆的見識，没有嫁我之心，却不我在此亦無指望了？不如及早上朝取應，幹我自家功名去。他若是好好的依舊要嫁我，一些兒不怪我，便受盡這虔婆的氣，何忍負之。今日打聽得虔婆和他一班兒老姊妹在茶房中吃茶，只得將我羞臉兒揣在懷裏，再到蕊娘家去走一遭。（詞云）我須是讀書人凌雲豪氣，偏遇這潑虔婆全無顧忌，天若使石好問復任濟南，少不的告他娘着他流遞」。王季思本「撚」改作

「攆」。參見第一折校注〔一三〕。王學奇本「少不的」之「的」改作「得」。按，的，得。參看《詩詞曲語辭匯釋》卷四「的（二）」。

孟本「（韓輔臣上，詩云）」作「（末上，云）」，「早」作「蚤」，無「（詞云）」，餘同臧本。

唱喏，作揖。李翊《俗呼小録》：「作揖謂之唱喏。」湖州方言猶説作揖爲「唱喏」。參見《蝴蝶夢》第二折校注〔一五〕。整理，處理。脈望館古名家本孟漢卿《魔合羅》二折：「（李）……嫂嫂養着姦夫，合毒藥殺死親夫，大人可憐見，與小人做主咱。……（張）大人，你與他整理。（净）我那裏整理？去請外郎來。」便了，就是了。《張協狀元》戲文三十九出：「只説與公婆道，尋不見張狀元便了。」參見《哭存孝》頭折校注〔七二〕。成合，成。《董解元西厢記》卷五【仙吕調】【勝葫蘆】：「待好事成合後别致謝。」

〔三〕正旦引梅香上　臧本、孟本下有「云」。

〔四〕我想韓輔臣又無人惱着他，一去半月不來家。若還遇着個强似我的，無話説；都是我手下教道過的小妮子，我久以後街上行走呵　臧本、孟本作「我杜蕊娘一心看上韓輔臣，思量嫁他，争奈我母親不肯，倒發出許多説話，將他趕逐出門去了。我又不曾有半句兒惱着他，爲何一去二十多日，再也不來看我？教我怎生放心得下？聞得母親説，他是爛黄齏，如今又纏上一個粉頭，道强似我的多哩。這話我也不信，我想，這濟南府教坊中人，那一個不是我手下教道過的小妮子？料必没有强似我的。若是他果然離了我家，又去踹别家的門，久以後我在這街上行走」。北京大學本、吴國欽本、王學奇本「教道」改作「教導」。按，教道，即教導。王仲文《救孝子》一折楊興祖白：「母親，有甚麽言語教道您孩兒咱。」王季思本「踹」改作「踩」。按，踹，踩。臧本闕名氏《鴛鴦被》三折【麻郎兒幺篇】：「我便死呵是張家婦名，怎肯踹劉家門徑？」

惱，惹。《雍熙樂府》卷十九闕名氏小令【小桃紅】「西厢百咏」：「夫人你去自量度，這病因誰惱？」小妮子，小丫頭。徐州方言猶稱小女孩或年輕女子爲「小妮子」。參見《調風月》第三折校注〔九六〕。

〔五〕教我怎生見人那　顧曲齋本、臧本下有「（唱）」。

〔六〕身邊　臉上。

〔七〕大力鬼頓不開眉上鎖　臧本同。盧冀野本「大」字斷屬上句。非。頓，挣。《董解元西厢記》卷四【般涉調】【柘枝令】：「頓不開眉尖上的悶鎖，解不開心頭愁結。」

〔八〕揚子江流不斷腹中愁　「揚」原作「楊」，從吴曉鈴本及北京大學本校勘記改。臧本、孟本「揚子江」作「巨靈神」，「流」作「劈」。

〔九〕南浦傷離後　南浦傷離，離别。《文選》卷十六江文通《别賦》：「送君南浦，傷如之何。」臧本、孟本「後」作「候」。吴國欽本、王季思本據古名家本、顧曲齋本「候」改作「後」。按，候、後，均猶時也。參見《單刀會》第二折校注〔三四〕、《拜月亭》第一折校注〔六二〕。

〔一〇〕愛你個殺才没去就　殺才，該殺的。此處是愛極而恨，反言用之。没去就，無着落。參看《詩詞曲語辭例釋》「去秋」。

〔一一〕明知道你雨歇雲收　臧本、孟本無「你」字。雨歇雲收，愛情中斷。脈望館古名家本馬致遠《漢宮秋》二折【梁州】：「情繫人心早晚休？則除是雨歇雲收。」雲雨，代指男女情愛。《文選》卷十九宋玉《高唐賦·序》記楚王游高唐，夢中會見巫山神女，兩情相愛。「去而辭曰：『妾在巫山之陽，高邱之岨，旦爲朝雲，暮爲行雨，朝朝暮暮，陽臺之下。』」

〔一二〕他　臧本、孟本作「待」。

〔一三〕【梁州】　臧本、孟本作「【梁州第七】」。

〔一四〕這廝闌散了雖離我眼底　臧本同。吴國欽本、王季思本「闌」改作「懶」。按，「散」疑應是「珊」。闌珊，衰落。白居易《白氏長慶集》卷五十四《咏懷》：「白髮滿頭歸得也，詩情酒興漸闌珊。」底，前。參看《詩詞曲語辭匯釋》卷一「底（四）」。

〔一五〕忔憎着又在我心頭　臧本、孟本無「我」字。「忔」，「圪」字之誤。圪憎，忽然。亦作「圪登」。《盛世新聲》戊集闕名氏小令【折桂令】：「忔（圪）登的人在心頭，没揣的愁來枕上。」着，無義。《五代史平話》晋史卷上：「他哥哥不伏，被敬瑭揮起手内鐵鞭一打，將當門兩齒一齊打落了，誆得敬瑭不敢回家見着父親，浪蕩走出外州去。」

〔一六〕閑　臧本、孟本作「遥」。

〔一七〕行行厮趁　行行，步步。《魯齋郎》一折：「【後庭花】是誰人墻外邊，只恁的没體面？我扢察望前去，（魯）張珪，你罵誰里？（末）誆的我行行的往後偃。」厮趁，相隨。脈望館息機子本秦簡夫《破家子弟》一折【油葫蘆】：「你和這般狗黨狐朋厮趁着，又不是你年紀小，怎生來一庄庄好事不曾學？」參見《哭存孝》第二折校注〔五〇〕。

〔一八〕那答兒裏　臧本、孟本「答」作「搭」。那答兒裏，哪裏。《盛世新聲》戍集闕名氏套數【南吕】一枝花：「今夜毛團爲甚不言語？知他你那答兒裏錯下了斷腸書？」參見《拜月亭》第四折校注〔四三〕。

〔一九〕不争你先和他暮雨朝雲　不争，不料。臧本鄭廷玉《忍字記》四折【煞尾】：「不争俺這一回還了俗，却原來倒做了佛。」暮雨朝雲，男女情愛。息機子本闕名氏《碧桃花》頭折【柳葉兒】：「休把我心兒困，索將這脚兒勤，喒兩個則索夢兒中暮雨朝雲。」參見校注〔一二〕。

〔二〇〕劣妳妳則有分吃他那閑茶浪酒　劣，狠。《董解元西厢記》卷四【中吕調】【碧牡丹】：「欲待踰墻，把不定心兒跳。怕的是月兒明，夫人劣，狗兒惡。」吃，受。《張協狀元》戲文三十九出：「一路自去時，是奴吃薄賤。」閑茶浪酒，猶閑言閑語。《北宫詞紀》卷五湯菊莊套數【南吕】一枝花

「贈妓」：「據標格是有那畫閣蘭堂分福，論嬌羞怎教他舞臺歌榭淹留，子落的閑茶浪酒相迤逗。」

〔二二〕小姐也　臧本、孟本作「好姐姐」。

〔二三〕出乖弄醜　出醜。乖，差。弄，露。《董解元西廂記》卷六【仙吕調】【六幺令】：「經今半載，雙雙每夜書幃裏宿，已恁地出乖弄醜，潑水再難收。」

〔二三〕撲地掀天無了休　臧本、孟本上有「只管」二字。撲地掀天，鬧騰。闕名氏《雲窗夢》一折【賺煞】：「山海恩情方欲堅，被俺愛錢娘撲地掀天，壞了這好姻緣。」

〔二四〕着甚麽來由　猶云「所爲何來」。着，猶憑。《董解元西廂記》卷八【般涉調】【哨遍纏令】：「您死後教人打官防，我尋思着甚來由？好出醜，夫妻大小大不會尋思，笑破貧僧口。」

〔二五〕梅　顧曲齋本下有「云」。臧本作「梅香云」。

〔二六〕正旦　臧本下有「云」。

〔二七〕我散心適悶咱　臧本、孟本上有一「待」字。散心，排遣煩悶。《董解元西廂記》卷一【黄鍾調】【侍香金童】：「清河君瑞，邸店權時住，又没個親知爲伴侶，欲待散心没處去。」「適」疑應是「釋」字，釋悶，亦排遣煩悶。同上卷五：「釋悶琴三弄，消愁酒一巵。」

〔二八〕（梅）　臧本、孟本作「（梅香取砌末科，云）」。

〔二九〕末走上　臧本作「韓輔臣上」。孟本作「末上」。走上，急上。

〔三〇〕我半月不到大姐家也。來到門首，我過去。兀那小妮子，怎生地也不掃　臧本、孟本作「這是杜大姐家門首。我去的半月其程，怎麼門前的地也没人掃，一剗的長起青苔來，這般樣冷落了也」。吴國欽本、王季思本「其」改作「期」。按，其程，時間。參看《詩詞曲語辭匯釋》卷三「其程」。

〔三一〕正旦　臧本、孟本下有「做聽科，云」。

〔三二〕家　臧本、孟本作「了」。

〔三三〕我則推看不見　顧曲齋本下有「（唱）」。臧本「看不見」作「不看見」，下有「（韓輔臣做入見科，云）大姐，祗揖！（正旦做彈科，唱）」。孟本「韓輔臣」作「末」，無「唱」，餘同臧本。看不見，没看見。

〔三四〕些　臧本、孟本無。

〔三五〕到有些意兒相投　臧本、孟本作「倒有些兩意兒投」。

〔三六〕撲鄧鄧　盛怒的樣子。元刊本尚仲賢《氣英布》二折【牧羊關】：「分明見劉沛公濯雙足，慢自家有四星，却交我撲鄧鄧按不住雷霆。」

〔三七〕鈎搭住魚腮，箭穿了雁口　形容説不出話。《水滸傳》十七回：「衆做公的都面面相覷，如箭穿雁嘴，鈎搭魚腮，盡無言語。」

〔三八〕（末） 臧本作「（韓輔臣云）」。

〔三九〕那舊性兒不改 臧本、孟本上有「元來你」三字。吴國欽本、王季思本「元」改作「原」。按，元，原。參見《調風月》第四折校注〔三五〕。

〔四〇〕里 顧曲齋本、臧本、孟本作「哩」。

〔四一〕（正旦） 臧本作「（正旦做起拜科）（唱）」。孟本同臧本，惟無「（唱）」。

〔四二〕拈 顧曲齋本誤作「拈」。拈，弄。脈望館鈔本張國賓《汗衫記》三折小末白：「十八般武藝，無有不拈，無有不會。」

〔四三〕（末）我哀告姐姐咱。姐姐，我半月不曾來家，姐姐你休打麽。（正旦）我不採這廝。（三科了）（正旦） 顧曲齋本「末」下有「云」，第二個「正旦」下有「唱」。臧本全异，另作「（韓輔臣云）那一日吃你家媽媽赶逼我不過，只得忍了一口氣，走出你家門，不曾辭别的大姐，這是小生得罪了！（正旦唱）【罵玉郎】這的是母親故折鴛鴦偶，須不是咱設下惡機謀，怎將咱平空抛落他人後？ 今日個何勞你貴脚兒又到咱家走？（韓輔臣云）大姐何出此言？你元許我嫁哩！（正旦唱）【感皇恩】咱本是潑賤娼優，怎嫁得你俊俏儒流！（韓輔臣云）這是有盟約在前的。（正旦唱）把枕畔盟，花下約，成虚謬。（韓輔臣云）我出你家門也只得半個多月，怎便見得虚謬了那？（正旦唱）你道是別匆匆無多半月，我覺的冷清清勝似三秋。（韓輔臣跪科，云）大姐，我韓輔臣不是了，我跪着你請罪罷！（正旦不採科，云）那個要你跪！（唱）越顯的你嘴兒甜，膝兒軟，情兒厚。（韓輔臣云）我和你生則同衾，死則同穴哩。（正旦唱）【採茶歌】往常個侍衾裯，都做了付東流，這的是娼門水局下場頭！（韓輔臣云）大姐，只要你有心嫁我，便是卓文君也情願當壚沽酒來。（正旦唱）再休提卓氏女親當沽酒肆，只被你雙通叔早掘倒了翫江樓。

（韓輔臣跪科，云）大姐，你休這般惱我，你打我幾下罷。（正旦唱）」。吳國欽本、王季思本「元」改作「原」。按，元，原。參見《調風月》第四折校注〔二五〕。吳國欽本、王學奇本、王季思本「我嫁」乙改作「嫁我」。吳國欽本、王學奇本「覺的」之「的」改作「得」。王學奇本「顯的」之「的」亦改作「得」。按，的，得。參看《詩詞曲語辭匯釋》卷四「的（二）」。中華書局本、北京大學本、吳國欽本、王學奇本、王季思本「採」改作「睬」。按，採，睬。參見《救風塵》第一折校注〔三三〕。

孟本「辭別的大姐」作「辭別大姐姐」；各曲前俱無「（正旦唱）」，而於曲牌名下有「（正旦）」；「（韓輔臣云）」均作「（末）」；【感皇恩】【採茶歌】曲中之「（正旦唱）」均作「（正旦）」；【感皇恩】曲中之「韓輔臣跪科」作「末跪科」；【採茶歌】曲後之「韓輔臣跪科」作「末做跪科」；「你打我幾下罷」之「打」字上有「就」字；此賓白後之「（正旦唱）」無；餘同臧本。

哀告，求，求告。《玉鏡臺》三折正末白：「我則索哀告你個媒人。」麽，猶吧，表祈求。王實甫《西厢記》二本四折末白：「月兒，你早些出來麽！」三科了，指某表演動作重複了數遍。參見《調風月》第一折校注〔三〕。

〔四四〕【二煞】 臧本、孟本作「【三煞】」。孟本曲牌名下有「（正旦）」。

〔四五〕既你無情呵 原作大字，從吴曉鈴本改小字，作爲説白。

〔四六〕湯 臧本同。吴國欽本、王季思本改作「蕩」。按，湯，碰，觸。王實甫《西厢記》一本二折【四邊静】：「休道是相親傍，若能彀湯他一湯，倒與人消灾障。」閔遇五云：湯，「猶俗言擦着之意。」

〔四七〕有氣性 有脾氣，脾氣大。歐陽修《歸田録》卷一：「（楊億）因亟求解職，真宗語宰相曰：『楊億不通商量，真有氣性。』」

〔四八〕免的 臧本、孟本作「我只怕」。

〔四九〕則好聞早淺休 臧本、孟本作「倒不如早早丢開」。則好，只好。脈望館古名家本馬致遠《薦福碑》二折【醉太平】：「第一封書已自無着落，第二封書打發誰行要？我將這第三封書扯做紙題條，張鎬，則好去深村裏教學。」參看《詩詞曲語辭匯釋》卷一「則（三）」。聞早，趁早。參同上卷五「聞」。淺，早。《董解元西厢記》卷一【中吕調】【碧牡丹】：「小春寒尚淺，前嶺早梅應綻。」

〔五〇〕目下自僝自僽　臧本「目下」作「也免的」，「自僝自僽」下有「（韓輔臣云）你不發放我起來，便跪到明日，我也只是跪着。（正旦唱）」。吴國欽本「的」改作「得」。參見校注〔四三〕。孟本「（韓輔臣云）」作「（末）」，「（正旦唱）」作「（正旦）」，餘同臧本。自僝自僽，獨自煩惱。《董解元西厢記》卷四【中吕調】【古輪臺】：「料來他一種芳心，盡知琴意，非不多情，自僝自僽。」參看《詩詞曲語辭匯釋》卷五「僝僽（四）」。

〔五一〕頑涎兒却依舊　頑涎，饞涎，形容死皮賴臉。史九敬先《莊周夢》三折【滚綉毬】：「你頑涎不肯收，舊病實是有，把一雙訴離情翠眉顰皺，休只待絮沾泥燕侣鶯儔。」頑，貪饞。《孟子·萬章下》：「故聞伯夷之風者，頑夫廉，懦夫有立志。」却，還。參看《詩詞曲語辭匯釋》卷一「却（六）」。

〔五二〕鶯燕蜂蝶爲四友　鶯燕蜂蝶，花間四友。脈望館古名家本喬夢符《金錢記》一折正末白：「我想從來這花間四友鶯燕蜂蝶與人做美，自古道蝶使蜂媒，我試央及你這四人記者：小生姓韓，名鴻（翃），字飛卿，你四人與小生在那嬌娘根前上復咱。」

〔五三〕甘分做跌了彈的斑鳩　顧曲齋本「斑」作「班」。甘分，心甘情願。元稹《元氏長慶集》卷二十四《陰山道》：「臣有一言昧死進，死生甘分答恩燾。」

〔五四〕【三煞】　臧本、孟本作「【二煞】」。

〔五五〕有搙處散誕鬆寬着搙　搙，弄，相昵。景方諸生本王實甫《西厢記》四本二折【小桃紅】：「一個恣情的不休，一個啞聲兒厮搙。」王伯良注引徐文長曰：「北人謂相昵曰搙。」散誕，自由自在。《全宋詞》四吴潛《八聲甘州·壽吴叔永文昌季永侍郎》：「我亦歸來巖壑，正不妨散誕，笑口頻開。」鬆寬，輕鬆爽快。

〔五六〕寬行大步　邁着大步。

〔五七〕强似你一番家把機泄漏　臧本、孟本作「何須把一家苦苦死淹留」。

〔五八〕逼的你彈着唾、燒着香　臧本、孟本作「也不管設誓拈香」。

〔五九〕却不管舒着手　臧本、孟本作「到處裏停眠整宿」。

〔六〇〕那　臧本、孟本作「着他」。

〔六一〕傍　臧本同。王學奇本、王季思本改作「旁」。按，傍，旁。參見《哭存孝》頭折校注〔二五〕。

〔六二〕高如我三板兒的耳性也出不的手　臧本、孟本「耳性」作「人物」。臧本「出不的」之「的」作「得」。耳性，未詳。

〔六三〕到處裏　臧本、孟本作「道着處」。

〔六四〕尋　用。《左傳·僖公五年》：「三年將尋師焉。」杜預注：「尋，用也。」

〔六五〕機勾　臧本同。吴國欽本、王季思本「勾」改作「彀」。按，機勾，即機彀。元刊本鄭廷玉《楚昭王》二折【鬼三臺】：「俺兩口兒死後，子怕一家兒潑水難收，四口兒都遭機勾。」參見《救風塵》第二折校注〔五三〕。

〔六六〕工 臧本同。王學奇本改作「功」。非。

〔六七〕趁逐 追求。王實甫《西厢記》五本一折【後庭花】：「當時五言詩緊趁逐，後來因七絃琴成配偶。」

〔六八〕淹 濕。《雙赴夢》一折【混江龍】：「急煎煎御手頻槌飛鳳椅，撲簌簌痛泪常淹袞龍衣。」

〔六九〕章臺路傍柳 臧本同。王季思本「傍」改作「旁」。按，傍，旁。參見《哭存孝》頭折校注〔一五〕。章臺柳，唐人傳奇故事：韓翃和章臺妓女柳氏相愛，因别離阻隔，韓題詩曰：「章臺柳，章臺柳，昔日青青今在否？縱使長條依舊垂，亦應攀折他人手。」後經周折，柳氏歸韓。見許堯佐《柳氏傳》、孟棨《本事詩·情感第一》。後來人們常以「章臺柳」作爲妓女的代詞。宋有話本《章臺柳》，見《醉翁談録》。金院本有《楊柳枝》。

〔七〇〕（末） 臧本作「（韓輔臣做嘆科，云）」。孟本作「（末嘆云）」。

〔七一〕杜蕊娘真個不認我 臧本、孟本上有一「嗨」字，下有一「了」字。

〔七二〕我去告俺哥哥去 臧本全异，另作「我只道是虔婆要錢趕我出去，誰知杜蕊娘的心兒也變了。他一家門這等欺負我，如何受的過？只得再消停幾日，等我哥哥一個消耗，來也不來，又作處置。（詩云）怪他紅粉變初心，不獨虔婆太逼臨；今日牀頭看壯士，始知顔色在黄金」。吴國欽本「來也不來」上增補「看他」二字，「又」改作「再」。按，又，再。《五代史平話》梁史卷上：「賀喜哥哥射雁得詩，分明是教取哥哥行這一條活路。便無果足，又做商量。」

孟本無「（詩云）」，餘同臧本。

第三折

（孤上）〔一〕老夫石好問〔二〕。有我兄弟這一樁事，未知成就了不曾〔三〕？張千，門首看〔四〕者，有事報伏我知道〔五〕。（末上）〔六〕行説着話，來到哥哥門首〔七〕。張千，報伏去，道小生來了也〔八〕。（張千報住〔九〕）（孤）〔一〇〕道有請。（見科〔一一〕）（末）〔一二〕哥哥，有人欺負我〔一三〕，哥哥，你與我做主〔一四〕。（孤）〔一五〕又是弟媳婦兒〔一六〕？我難整理〔一七〕。（末）〔一八〕您兄弟唱喏。（孤）〔一九〕我也唱喏〔二〇〕。（末）〔二一〕我下跪。（孤）〔二二〕我也下跪〔二三〕。（末）〔二四〕你真個不肯整理〔二五〕？我上司告你去也。（孤）你可早兩遭了也。兄弟，我難以整理，將些錢鈔，卧番一隻羊〔二六〕，此處有個所在〔二七〕，是金線池〔二八〕，你請他那一班姊妹弟兄飲酒〔二九〕，中間你哀告他〔三〇〕，那其間必然收留你在家也〔三一〕。（末）〔三二〕哥哥説的是〔三三〕。則今日金線池上安排酒果走一遭去〔三四〕。（下）

（孤）〔三五〕兄弟去了也。這一遭好共歹成就〔三六〕了他兩口兒，可來回老夫的話〔三七〕。（下）

（浄同外旦上）〔三八〕小官人姓閔，雙名人去〔三九〕。今日在金線池上安排酒果〔四〇〕，請韓輔臣、杜蕊娘兩口兒圓和〔四一〕。先請姨姨來者〔四二〕。（正旦上〔四三〕）妹子也！爲我呵，着你置酒張筵也〔四四〕。

【中吕粉蝶兒】明知道書生教門兒負心薄倖〔四五〕，儘教〔四六〕他海角飄零，無來由〔四七〕强風情，剛可喜〔四八〕男婚女聘？往常我千戰千嬴〔四九〕，透風處使心作倖〔五〇〕。

【醉春風】能照顧眼前坑，不隄〔五一〕防腦後井。人跟前不恁的吃場撲騰〔五二〕，呆賤人幾時能勾〔五三〕醒、醒？雖是今番，係干宿世〔五四〕，事關前定。

（衆旦云〔五五〕）姐姐請坐席尊〔五六〕。（正旦〔五七〕）看了這金線池，好傷感人也〔五八〕！

【石榴花】恰便似藕絲兒分破鏡花明〔五九〕，我則見一派碧澄澄，東關裏猶自〔六〇〕不曾經，到如今整整半載其程。眼前面兜率〔六一〕神仙境，有他呵怎肯道驀出門庭。那時節眼札毛〔六二〕和他厮拴定，矮房裏相撲〔六三〕着悶懷縈。

【鬥鵪鶉】虚度了麗日韶華〔六四〕，枉悮〔六五〕了良辰美景。往常俺動脚是熬煎，回頭是撞挺〔六六〕，拘束的剛剛轉過雙眼睛，到如今各自托生〔六七〕：我依舊安業着家〔六八〕，你〔六九〕依舊離鄉背井。

（衆旦〔七〇〕）俺衆妹子都與姐姐奉一杯酒〔七一〕。（正旦〔七二〕）

【普天樂】〔七三〕小妹子是愛蓮兒，你都將我相欽敬；茶兒〔七四〕是妹子，你與我好好的看承；小妹子是玉伴哥，從來有些獨强性〔七五〕。岸上雙雙〔七六〕人歡慶，引的〔七七〕些鴛鴦兒交頸和鳴，忽的見了，愠的〔七八〕面赤，兜的心疼。

（净）〔七九〕姨姨，俺則這等吃酒，可不冷清〔八〇〕？（正旦〔八一〕）妹夫〔八二〕，我行個酒令〔八三〕，行的便吃酒，行不的罰金線池裏涼水〔八四〕。（净）〔八五〕都依着姨姨行〔八六〕。（正旦〔八七〕）你則休題着「韓輔臣」〔八八〕。（净）〔八九〕衆人都知道〔九〇〕。（正旦〔九一〕）

【醉高歌】〔九二〕或是曲兒中唱幾個花名〔九三〕。（净）〔九四〕我不省得〔九五〕。（正旦〔九六〕）詩句裏包籠着尾聲〔九七〕。（净）〔九八〕我不省得。（正旦〔九九〕）續麻道字真真頂〔一〇〇〕。（净）〔一〇一〕不省的〔一〇二〕。（正旦〔一〇三〕）止題目當筵合笙〔一〇四〕。

（净〔一〇五〕我不省的〔一〇六〕，則吃酒罷〔一〇七〕。（正旦〔一〇八〕）拆〔一〇九〕白道字，頂真〔一一〇〕續麻，搊箏撥阮〔一一一〕，你都不省的〔一一二〕，是不如韓輔臣。（净）〔一一三〕呀呀〔一一四〕！姨姨，你可犯了令也！罰涼水〔一一五〕。（正旦〔一一六〕）

【十二月】想那廝着人贊稱，天生的濟楚〔一一七〕才能，只除了心不志誠，諸餘的所事兒聰明〔一一八〕。本分的從來老成，聰俊的到底雜情。

【堯民歌】麗春園〔一一九〕則説一個俏蘇卿，到後來不能勾嫁雙生〔一二〇〕；明知道你秀才每没前程〔一二一〕，畫船兒趕到豫章城。撇甚清〔一二二〕！投至你寡情〔一二三〕，先接了馮魁定〔一二四〕。

【上小樓】閃的我孤孤另另，説的話涎涎鄧鄧〔一二五〕。俺也曾輕輕喚着，躬躬前來，喏喏連聲。但酒醒硬打挣〔一二六〕，强詞奪正，則除是醉時節酒淘真性。

（正旦醉科〔一二七〕，衆旦扶科）（末上，唤科）〔一二八〕（净〔一二九〕下）（正旦〔一三〇〕）

【幺】〔一三一〕不死心想着舊情，他將我廝看廝待〔一三二〕，廝知廝重〔一三三〕，廝欽廝敬。不是我把不定，無記性，言多傷幸〔一三四〕。扶咱的小哥每〔一三五〕是何名姓？

（末）〔一三六〕是小生韓輔臣。（正旦）〔一三七〕你靠後〔一三八〕！

【耍孩兒】我爲你逼綽了當官令〔一三九〕。謝那大尹相公〔一四〇〕，烟花簿〔一四一〕上除抹了姓名，絶交了怪友狂朋〔一四二〕，打併〔一四三〕的户净門清。試金石上把你這子弟每從頭兒畫，分兩等上把郎君子細稱〔一四四〕。我立的其身正，倚仗着我潑天似名姓〔一四五〕，愁甚麽錦片也似前程！

【二煞】我比那窗〔一四六〕墻賊蝎螫索自忍，我比那俏郎君掏摸須噤聲〔一四七〕，那裏也惡茶白賴尋争競〔一四八〕？最不愛打揉人七八道猫煞爪〔一四九〕，掐紐的三十馱鬼捏青〔一五〇〕。看破你傳槽病，摑着手分開雲雨〔一五一〕，騰的似線斷風箏。

【尾煞】我和你一二三年繾綣心〔一五二〕，往常時恩愛情〔一五三〕，交新年〔一五四〕歲數三十整。弃了四十載的功未成〔一五五〕，無梁桶兒——休提，納實□兒噤聲〔一五六〕，你與我慢慢等〔一五七〕！（下〔一五八〕）

（末）〔一五九〕他真個不肯順從〔一六〇〕，更待干罷〔一六一〕！告我哥哥去〔一六二〕。（下）

校　注

〔一〕（孤上）　臧本作「（石府尹上，云）」。孟本作「（孤引張千上，云）」。

〔二〕老夫石好問　臧本、孟本下有「是也」二字。

〔三〕有我兄弟這一樁事，未知成就了不曾　臧本、孟本作「三年任滿朝京，聖人道俺賢能清正，着復任濟南。不知俺那兄弟韓輔臣進取功名去了，還是淹留在杜蕊娘家？使老夫時常懸念。已曾着人探聽他踪迹，未見回報」。

成就，成。闕名氏《玉泉子真録》：「崔公鉉之在淮南，嘗俾集其家僮，教以諸戲。一日，其樂工告以成就，且請試焉。」

〔四〕看　臧本、孟本作「覰」。

〔五〕有事報伏我知道　臧本、孟本「有事」作「待探聽韓秀才的人來」。「伏」，臧本同。中華書局本、北京大學本、吴國欽本、王學奇本、王季思本改作「復」。京都大學本注云：「伏讀爲復，《中原音韻》復伏皆入作平。下『伏任濟南』放此。」是。報伏，同報復。參見《單刀會》第一折校注〔一九〕。後同，不另出校。

〔六〕（末上）　臧本作「（韓輔臣上，云）」。孟本作「（末上，云）」。

〔七〕行説着話，來到哥哥門首　臧本、孟本作「聞得哥哥伏任濟南，被我等着了也。來到此間，正是濟南府門首」。

行，一邊，一面。《太平廣記》卷四百二十七引《廣異記》：「開元末，渝州多虎暴，設機穽，恒未得之。月夕，人有登樹候望，見一倀鬼如七八歲小兒……來發其機。及過，人又下樹正之。須臾，一虎徑來，爲陷機所中而死。久之，小兒行哭而返，因入虎口。」參見《調風月》第四折校注〔三二〕。

〔八〕小生來了也　臧本、孟本作「韓輔臣特來拜訪」。

〔九〕住　顧曲齋本、臧本、孟本作「科」。

〔一〇〕（孤）　臧本作「（石府尹云）」。

〔一一〕見科　孟本上有一「相」字。

〔一二〕（末）　臧本作「（韓輔臣云）」。

〔一三〕哥哥，有人欺負我　臧本全异，另作「恭喜哥哥復任名邦，做兄弟的久客空囊，不曾具得一杯與哥哥拂塵，好生慚愧！（石府尹做笑科，云）我已謂賢弟扶摇萬里，進取功名去了，却還淹留妓館，志嚮可知矣！（韓輔臣云）這幾時你兄弟被人欺侮，險些兒一口氣死了，還説那功名怎的！（石府尹云）賢弟，你在此盤纏缺少，不能快意是有的；那一個就敢欺負着你？（韓輔臣云）哥哥不知，那杜家老鴇兒欺負兄弟也罷了，連蕊娘也欺負我」。中華書局本、王季思本「已謂」改作「以爲」。按，已，同「以」。參見《拜月亭》第三折校注〔九三〕。謂，以爲。《全唐詩》卷一二五王維《桃源行》：「自謂經過舊不迷，安知峰壑今來變。」北京大學本、吴國欽本、王學奇本、王季思本「嚮」改作「向」。按，嚮，向。梅堯臣《宛陵先生集》卷四十一《咏懷》：「苟合而异嚮，世道當何如？」中華書局本「負」均改作「侮」。非。孟本「（石府尹做笑科，云）」作「（孤做笑科，云）」，「（石府尹云）」作「（孤）」，「（韓輔臣云）」均作「（末）」，餘同臧本。

〔一四〕你與我做主　臧本、孟本下有一「咱」字。

〔一五〕（孤）　臧本作「（石府尹云）」。

〔一六〕又是弟媳婦兒　臧本、孟本作「這是你被窩兒裏的事」。

〔一七〕我難整理　臧本、孟本作「教我怎麼整理」。

〔一八〕（末）　臧本作「（韓輔臣云）」。

〔一九〕（孤）　臧本作「（石府尹不禮科，云）」。孟本作「（孤不禮科）」。中華書局本「禮」改作「理」。按，禮，借作「理」。參看《詩詞曲語辭匯釋》卷五「禮」。後同，不另出校。

〔二〇〕唱喏　臧本、孟本上有一「會」字。

〔二一〕（末）　臧本作「（韓輔臣云）」。

〔二二〕（孤）　臧本作「（石府尹又不禮科，云）」。孟本作「（孤又不禮科）」。

〔二三〕下跪　臧本、孟本上有一「會」字。

〔二四〕（末）　臧本作「（韓輔臣云）」。

〔二五〕你真個不肯整理　臧本、孟本上有「哥哥」二字。

〔二六〕我上司告你去也。（孤）你可早兩遭了也。兄弟，我難以整理，將些錢鈔，臥番一隻羊　臧本作「教我那裏告去？您兄弟在這濟南府裏，倚仗哥哥勢力，那個不知？今日白白的吃他娘兒兩個一場欺負，怎麼還在人頭上做人，不如就着府堂觸階而死罷了！（做跳科）（石府尹忙扯住，云）你怎麼使這般短見？你要我如何整理？（韓輔臣云）只要哥哥差人拿他娘兒兩個來，扣廳責他四十，纔與您兄弟出的這一口臭氣。（石府尹云）這個不難。但那杜蕊娘肯嫁你時，你還要他麼？（韓輔臣云）怎麼不要？（石府尹云）賢弟不知，樂户們一經責罰過了，便是受罪之人，做不得士人妻妾」。中華書局本「負」改作「侮」。孟本「負」作「侮」，「石府尹忙扯住」作「孤忙扯住」，「（韓輔臣云）」均作「（末）」，「（石府尹云）」均作「（孤）」，餘同臧本。

〔二七〕此處有個所在　臧本、孟本上有「我想」二字。臥番，宰殺。番，用同「翻」。亦作「臥翻」。臧本王日華《桃花女》四折周公白：「我則今日臥翻羊，窨下酒，教彭祖去請那任二公并石婆婆母子兩個，都到我家裏來吃慶喜筵席。」

〔二八〕是金線池　臧本、孟本作「叫做金線池」，下有「是個勝景去處。我與你兩錠銀子，將的去臥番羊，窨下酒，做個筵席」。

〔二九〕你請他那一班姊妹弟兄飲酒　臧本、孟本作「請他一班兒姊妹來到池上賞宴」。

〔三〇〕中間你哀告他　臧本、孟本作「央他們替你賠禮」。王學奇本「賠」改作「陪」。

〔三一〕那其間必然收留你在家也　臧本、孟本無「也」字，下有「可不好那」一句。

〔三二〕（末）　臧本作「（韓輔臣做揖科，云）」。孟本作「（末揖云）」。

〔三三〕哥哥説的是　臧本、孟本作「多謝哥哥厚意」。

〔三四〕金線池上安排酒果走一遭去　臧本、孟本上有「便往」二字，下有一「也」字。

〔三五〕（孤）　臧本作「（石府尹云）」。

〔三六〕成就　成全。王實甫《西厢記》五本四折【隨尾】：「只因月底聯詩句，成就了怨女曠夫。」

〔三七〕可來回老夫的話　臧本下有「（詩云）錢爲心所愛，酒是色之媒，會看鴛鴦羽，雙雙池上歸」。孟本無「（詩云）」，餘同臧本。

〔三八〕（浄同外旦上）　臧本、孟本作「（外旦三人上，云）」。

〔三九〕小官人姓閔，雙名人去　臧本、孟本作「妾身張嬷嬷，這是李妗妗，這是閔大嫂：俺們都是杜蕊娘姨姨的親眷」。小官人，稱富家子弟。王闢之《澠水燕談録》卷二「名臣」：「吾女不妻先生，不過爲一小官人妻。先生德高天下，幸婿李氏，榮貴莫大於此。」

〔四〇〕安排酒果　臧本、孟本無。

〔四一〕請韓輔臣、杜蕊娘兩口兒圓和　臧本、孟本「請」作「專爲要勸」。圓和，和解。高文秀《澠池會》四折趙成公白：「自澠池會上以回，廉頗將軍與大夫相如不睦，某使令人與他二人圓和，廉將軍負荆請罪，結爲刎頸之交。」

〔四二〕先請姨姨來者　臧本作「這席面不是俺們設的，恐怕蕊娘姨姨知道是韓姨夫出錢安排酒果，必然不肯來赴，因此只説是俺們請他。酒席中間，慢慢的勸他回心，成其美事。道猶未了，蕊娘姨姨早來也」。孟本「早」作「蚤」，餘同臧本。

〔四三〕正旦上　顧曲齋本下有「云」。臧本、孟本下有「相見科，云」。

〔四四〕妹子也！爲我呵，着你置酒張筵也　顧曲齋本下有「（唱）」。臧本作「妾身有何德能，着列位奶奶們置酒張筵，何以克當？（唱）」。孟本同臧本，惟無「（唱）」。

〔四五〕明知道書生教門兒負心薄倖　臧本、孟本「薄倖」作「短命」。教門兒，這一類人。闕名氏《破風詩》三折【滚綉毬】：「他道我不識人，無眼睛，吾師行怎當這場惡問，則您這教門兒背義忘恩。」

〔四六〕儘教　讓，任。《董解元西厢記》卷二【大石調】【還京樂】：「欲要亂軍不生怒惡，恁獻與妾身屍殼，儘教他陣前亂刀萬斫，假如死也名全貞孝。」

〔四七〕無來由　臧本、孟本「無」作「没」。無來由，没來由。參見《救風塵》第二折校注〔四九〕。

〔四八〕可喜　喜歡。《董解元西厢記》卷三【仙吕調】【戀香衾】：「多慧多嬌性靈變，平生可喜秦箏。」

〔四九〕千戰千贏　臧本第二個「千」字誤作「干」，各本已改。「贏」，臧本同。中華書局本、王學奇本、王季思本改作「嬴」。按，嬴，通「贏」。《史記·蘇秦列傳》：「困則使太后弟穰侯爲和，嬴則兼欺舅與母。」

〔五〇〕透風處使心作倖　透風，走漏風聲。《水滸傳》四十九回：「伯伯，你的樂阿舅透風與我們了，一就去劫牢，一就去取行李不遲。」「倖」，臧本同。北京大學本、王學奇本改作「幸」。參見《調風月》第三折校注〔一四〕。

〔五一〕隄　臧本同。吴國欽本、王季思本改作「提」。參見《單刀會》第二折校注〔七四〕。

〔五二〕人跟前不恁的吃場撲騰　臧本「恁」作「您」。北京大學本、吴國欽本、王學奇本據古名家本、顧曲齋本、孟本改作「恁」。王季思本改同。按，您的，即恁的。參見《單刀會》第一折校注〔六六〕。盧冀野本「場」字下點斷，「撲騰」二字屬下句。非。按，吃場撲騰，猶言跌一回跟頭，受一回挫折。

〔五三〕勾　顧曲齋本作「彀」。臧本同古名家本。吴國欽本、王季思本改作「够」。按，勾，通「够」。參見《調風月》第二折校注〔二六〕。

〔五四〕係干宿世　臧本同。盧冀野本「宿」字下點斷，「世」字屬下句。非。

〔五五〕云　孟本無。

〔五六〕姐姐請坐席尊　臧本、孟本作「這是首席，姨姨請坐」。

〔五七〕正旦　臧本下有「云」。

〔五八〕好傷感人也　臧本下有「（唱）」。

〔五九〕恰便似藕絲兒分破鏡花明　臧本同。盧冀野本「分」字下點斷。非。

〔六〇〕猶自　已。自，後綴。參看《詩詞曲語辭例釋》「猶（二）」。

〔六一〕兜率　佛教稱欲界六天的第四層叫兜率天。道教太上老君住處也叫兜率。

〔六二〕眼札毛　臧本同。王季思本「札」改作「睫」。按，眼札毛，眼睫毛。

〔六三〕撲　拂。《全唐詩》卷一九九岑參《韋員外家花樹歌》：「朝回花底恒會客，花撲玉缸春酒香。」

〔六四〕韶華　臧本、孟本作「和風」。

〔六五〕悮　吴曉鈴本改作「誤」。臧本同古名家本。除京都大學本外，各本亦改作「誤」。按，悮，同「誤」。參見《蝴蝶夢》第二折校注〔一〇〕。

〔六六〕撞挺　頂撞。挺，頂。《雍熙樂府》卷十四闕名氏套數【商調】集賢賓「佳遇」：「想着我朋友上費了些搶白，想着他母親行受了些撞挺，我也曾霎時間不見便心驚。」

〔六七〕各自托生　顧曲齋本「托」作「託」。各自托生，各奔前程。

〔六八〕安業着家　安於本業，待在家裏。桓寬《鹽鐵論》卷七「備胡」：「是以行者勸務，而止者安業。」

《董解元西厢記》卷二【仙吕調】【整金冠】：「每日價疏散不曾着家。」

〔六九〕你　臧本、孟本作「他」。

〔七〇〕衆旦　顧曲齋本、臧本下有「云」。

〔七一〕俺衆妹子都與姐姐奉一杯酒　臧本、孟本「衆妹子」作「們」，「姐姐」作「姨姨」。

〔七二〕正旦　顧曲齋本、臧本下有「唱」。孟本無此二字。

〔七三〕【普天樂】　孟本曲牌名下有「（正旦）」。

〔七四〕茶兒　年輕女子的美稱。元好問《元遺山詩集》卷七《德華小女五歲能誦余詩數首以此詩爲贈》：「牙牙嬌語總堪誇，學念新詩似小茶。」自注云：「唐人以茶爲小女美稱。」

〔七五〕從來有些獨强性　臧本下有「（衆旦云）姨姨，你爲何嗟聲嘆氣的？今日這樣好天氣，又對着這樣好景致，務要開懷暢飲，做一個歡慶會纔是。（正旦唱）」。孟本同臧本，惟無「云」「唱」。獨强，倔强。《玉鏡臺》二折【牧羊關】：「幾時迤逗的獨强性，引逗的把人憎。」

〔七六〕岸上雙雙　臧本、孟本作「説甚麽」。

〔七七〕的　臧本、孟本作「得」。

〔七八〕愠的　「愠」疑應是「緼」字。緼的，忽地羞慚起來。參見《拜月亭》第一折校注〔四八〕。

〔七九〕（净）　顧曲齋本作「（净云）」。臧本作「（衆旦云）」。孟本作「（衆旦）」。

〔八〇〕冷清　臧本作「冷静」。孟本同臧本，惟「冷」誤作「泠」。

〔八一〕正旦　臧本下有「云」。

〔八二〕妹夫　臧本、孟本無。

〔八三〕我行個酒令　臧本、孟本上有一「待」字。

〔八四〕行不的罰金綫池裏凉水　臧本同。王學奇本「的」改作「得」。按，的，得。參看《詩詞曲語辭匯釋》卷四「的（一）」。王本并於「罰」下補一「飲」字。

〔八五〕（浄）　臧本作「（衆旦云）」。孟本作「（衆旦）」。

〔八六〕都依着姨姨行　臧本、孟本上有「俺們」二字，「姨姨」下有「的令」二字。

〔八七〕正旦　臧本下有「云」。

〔八八〕你則休題着「韓輔臣」　臧本、孟本作「酒中不許題着『韓輔臣』三字」，下有「但道着的，將大觥來罰飲一大觥」二句。吴國欽本、王學奇本、王季思本「題」改作「提」。按，題，提。參見《調風月》第二折校注〔五七〕。

〔八九〕（浄）　臧本作「（衆旦云）」。孟本作「（衆旦）」。

〔九〇〕衆人都知道　顧曲齋本下有一「了」字。臧本、孟本無「衆人都」三字。

〔九一〕正旦　顧曲齋本、臧本下有「唱」。孟本無此二字。

〔九二〕【醉高歌】 孟本曲牌名下有「（正旦）」。

〔九三〕曲兒中唱幾個花名　把花名編在曲裏面唱。花名，教坊伎藝之一。《輟耕録》載院本名目有「花名」。

〔九四〕（净）　臧本作「（衆旦云）」。孟本作「（衆旦）」。

〔九五〕不省得　不懂，不明白。王實甫《西厢記》五本一折：「（僕云）……我來時，哥哥去吃游街棍子去了。（旦云）這禽獸不省得，狀元唤做誇官，游街三日。」

〔九六〕正旦　臧本下有「唱」。

〔九七〕詩句裏包籠着尾聲　做一首詩，末尾和曲之尾聲一樣，能唱出來。此即所謂「詩頭曲尾」。《輟耕録》有「唱尾聲」。包籠，包含。《董解元西厢記》卷四【雙調】【攪筝琶】：「不須姐姐高聲叫，懷兒裏兀自有簡帖，寫着『啓户迎風，西厢待月』。明道暗包籠，是您姐姐。」

〔九八〕（净）　臧本作「（衆旦云）」。孟本作「（衆旦）」。

〔九九〕正旦　臧本下有「唱」。

〔一〇〇〕續麻道字真真頂　「真真」應作「鍼鍼」或「針針」。臧本、孟本「真真」即作「鍼鍼」。續麻道字鍼鍼頂，即拆白道字、頂鍼續麻。參見《救風塵》第一折校注〔一七〕、〔一八〕。

〔一〇一〕（净）　臧本作「（衆旦云）」。孟本作「（衆旦）」。

〔一〇二〕不省的　顧曲齋本上有一「我」字，「的」作「得」。臧本、孟本上有一「我」字。不省的，同「不省得」。元刊本范康《竹葉舟》四折外末白：「弟子不省的。」參見校注〔九五〕。

〔一〇三〕正旦　臧本下有「唱」。

〔一〇四〕止題目當筵合笙　「止」疑當作「正」。吴曉鈴本校勘記亦疑「止」字誤。臧本、孟本「止」作「正」。吴國欽本「笙」改作「生」。似是。此句意謂：在筵席上，任指一題，由一人隨口編唱詩詞戲曲之類的歌詞。洪邁《夷堅支志》乙集卷六：「江浙間路岐伶女，有慧黠知文墨，能於席上指物題詠，應命輒成者，謂之合生。」高承《事物紀原》卷九：「合生，今人亦謂之唱題目。」

〔一〇五〕（浄）　臧本作「（衆旦云）」。孟本作「（衆旦）」。

〔一〇六〕的　顧曲齋本作「得」。

〔一〇七〕則吃酒罷　臧本、孟本「吃」作「罰」。則，還是。臧本闕名氏《舉案齊眉》一折梅香白：「我梅香看來，小姐則不要嫁那窮秀才好。」

〔一〇八〕正旦　臧本下有「云」。

〔一〇九〕拆　顧曲齋本、臧本、孟本誤作「折」。北京大學本、吴國欽本、王學奇本據古名家本改。王季思本改同。

〔一一〇〕真　臧本作「鍼」。孟本作「針」。

〔二一〕阮　阮咸，樂器名。相傳爲晋人阮咸所造。李匡乂《資暇集》卷下：「樂器有似琵琶而圓者，曰『阮咸』。……往中宗朝，元賓客行沖爲太常少卿，時有人於古冢獲其銅鑄成者獻之。元曰：此阮仲容所造。乃命工人木爲之，音韵清朗，頗難爲名，權以仲容姓名呼焉。」

〔二二〕你都不省的　臧本、孟本「你」下有一「們」字，「的」作「得」。

〔二三〕（净）　臧本作「（衆旦云）」。孟本作「（衆旦）」。

〔二四〕呀呀　臧本、孟本作「呀」。

〔二五〕罰涼水　臧本、孟本作「將酒來，罰一大觥」。

〔二六〕正旦　臧本下有「飲科，唱」。孟本下有「飲酒科」。

〔二七〕濟楚　出色。《全宋詞》一柳永《木蘭花》：「心娘自小能歌舞，舉意動容皆濟楚。」

〔二八〕諸餘的所事兒聰明　諸餘，一切，種種。參看《詩詞曲語辭匯釋》卷三「諸餘」。所事兒，事事，件件。參同上「所事」。

〔二九〕麗春園　蘇小卿的住處。曹本《録鬼簿》著録，庾天錫有《蘇小卿麗春園》雜劇。雙生、蘇卿的故事，參見《救風塵》第一折校注〔三六〕。

〔三〇〕到後來不能勾嫁雙生　顧曲齋本「勾」作「彀」。臧本、孟本「到後來」作「明知道」。吴國欽本、王季思本「勾」改作「够」。按，勾，通「够」。參見《調風月》第二折校注〔二六〕。

〔二一〕明知道你秀才每没前程　臧本、孟本作「向金山壁上去留名」。

〔二二〕撇甚清　臧本、孟本「甚」下有一「麽」字。撇清，假裝正經。《雍熙樂府》卷十九闕名氏小令【小桃紅】「西厢百咏」：「這邊你撇清，那厢他督併，好着我兩下裏費精神。」

〔二三〕投至你寡情　臧本、孟本作「投至得你秀才每忒寡情」。

〔二四〕先接了馮魁定　臧本下有「（正旦做嘆氣科，云）我不合道着韓輔臣，被罰酒也。（衆旦云）姨姨又犯令了！再罰一大觥。（正旦做飲科。唱）」。孟本「（正旦做嘆氣科，云）」作「（做嘆氣科）」，「（衆旦云）」作「（衆旦）」，「做飲科」作「飲酒科」，無「唱」，餘同臧本。定，彩禮。《五代史平話》漢史卷上：「阿蘇得判後，召得劉洪爲媒，説那卧龍村慕容三郎姻事……無過是着定了，下個追陪財禮，選取良辰吉日，慕容三郎取那阿蘇歸家。」參見《調風月》第三折校注〔六四〕。

〔二五〕涎涎鄧鄧　迷迷糊糊，顛顛倒倒。亦作「涎涎澄澄」。《太平樂府》卷九闕名氏套數【般涉調】要孩兒「拘刷行院」：「玉天仙般作念到三千句，救命水似連吞了五六甌，盼得它來到，早涎涎澄澄，抹抹彫彫。」

〔二六〕打掙　支吾。臧本孫仲章《勘頭巾》四折【梅花酒】：「因此上葫蘆提逞機變，强打掙做質辨。」

〔二七〕正旦醉科　臧本作「正旦做醉跌科」。孟本作「做醉跌科」。

〔一八〕（末上，唤科）　臧本作「（韓輔臣上，换科）」。孟本同古名家本，惟「唤」作「换」。疑作「换」字是。

〔一九〕净　臧本、孟本作「衆旦」。

〔二〇〕正旦　臧本下有「唱」。孟本無此二字。

〔二一〕【幺】　臧本作「【幺篇】」。孟本曲牌名下有「（正旦）」。

〔二二〕厮看厮待　相看待。看待，猶照顧。《宦門子弟錯立身》戲文十二出：「我把你相看待，它把我相拶壞。」

〔二三〕厮知厮重　相敬重。參見《救風塵》第一折校注〔六七〕。

〔二四〕言多傷幸　臧本、孟本「幸」作「行」。言多傷幸，話多易出問題。石君寶《紫雲亭》一折【混江龍】：「他那裏問言多傷倖，絮得些家宅神長是不安寧。」幸、倖借作「行」。參見《調風月》第二折校注〔九〇〕。

〔二五〕小哥每　即小哥，「每」字不表複數。參見《救風塵》第三折校注〔六〇〕、《調風月》第三折校注〔三八〕。

〔二六〕（末）　顧曲齋本「末」下有「云」。臧本作「（韓輔臣云）」。

〔二七〕正旦　臧本下有「云」。

〔三八〕你靠後　顧曲齋本、臧本下有「（唱）」。臧本、孟本「你」下有「是韓輔臣」四字。

〔三九〕逼綽了當官令　逼綽，擺脱。賈仲明《昇仙夢》一折呂洞賓白：「斷絶了利鎖名韁，逼綽了酒色財氣。」當官令，本處官府的使喚。此指喚官身。當，猶本。《太平廣記》卷四百七十四引《玄怪録》：「科斗郎君姓威，即當府秀才也。」

〔四〇〕謝那大尹相公　臧本作「（帶云）謝你那大尹相公呵！（唱）」。孟本無「（帶云）」及「（唱）」，餘同臧本。

〔四一〕烟花簿　在官府登記的樂籍名册。脈望館古名家本戴善夫《風光好》四折【中呂粉蝶兒】：「一自當時，向烟花簿豁除了名氏。」烟花，妓女。《宣和遺事》亨集：「這個佳人，是兩京酒客烟花帳子頭京師上停（廳）行首，姓李名做師師。」

〔四二〕絶交了怪友狂朋　臧本、孟本「絶交」作「交絶」，「怪友」下有一「和」字。

〔四三〕打併　清除。併，通「屏」。《朱子語類》卷十二：「克己，則和根打併了，教他净盡。」

〔四四〕分兩等上把郎君子細稱　吴曉鈴本「分」字斷屬上句。非。臧本、孟本「稱」作「秤」。吴國欽本「等」改作「戥」。按，等，即戥。等子常用的單位是分、兩，故云「分兩等」。李廌《濟南先生師友談記》：「邢和叔嘗曰：子之文銖兩不差，非秤上秤來，乃等子上等來也。」吴國欽本「子」改作「仔」。按，子細，即仔細。參見《救風塵》第一折校注〔三五〕。

〔一四五〕潑天似名姓　臧本、孟本作「花枝般模樣」。潑天，形容極大。張端義《貴耳集》卷中：「一公長老，生鐵面皮，潑天聲價。」

〔一四六〕窗　有校筆改作「窬」。

〔一四七〕俏郎君掏摸須噤聲　掏摸，偷。此指偷情。須，猶只好。《董解元西廂記》卷七【越調】【雪裏梅花】：「恨他恨他，索甚言破？是他須自隱。」

〔一四八〕那裏也惡茶白賴尋争競　那裏也，猶説甚麽，説不上。參看《詩詞曲語辭例釋》「那裏也」。惡茶白賴，無賴。參看《詩詞曲語辭匯釋》卷六「惡叉白賴」。

〔一四九〕打揉人七八道猫煞爪　臧本同。王季思本「揉」改作「探」。按，打揉，抓撓。猫煞爪，形容被抓破的皮膚，其爪痕有如猫爪。

〔一五〇〕掐紐的三十馱鬼捏青　臧本同。吴國欽本、王季思本「紐」改作「扭」。按，紐，用同「扭」。《元詩選初集》己集周權《湘桐吟》：「誰栽鳴鳳千年枝，蛇蚹龍紋巧蟠紐。」馱，塊。四川方言猶如此説。睡中皮膚上起一片青紫，俗世間認爲是鬼擰的，謂「鬼捏青」。臧本李文蔚《燕青博魚》三折【滚綉毬幺篇】：「（正末唱）誰捏的你這腮斗兒的青？（搽旦云）我恰纔睡着了，是鬼捏青來。」

〔一五一〕分開雲雨　中斷愛情。參見第二折校注〔一二〕。

〔五二〕二三年繾綣心　臧本、孟本作「半年多衾枕恩」。

〔五三〕往常時恩愛情　臧本、孟本作「一片家繾綣情」。

〔五四〕新年　臧本、孟本作「明春」。

〔五五〕弃了四十載的功未成　臧本、孟本無。

〔五六〕無梁桶兒——休提，納實□兒噤聲　吴曉鈴本作大字，誤白爲曲。北京大學本校勘記、吴國欽本校記誤同。無梁桶兒，「休提」的歇後語。脈望館鈔本馬致遠《任風子》三折【六煞】：「哎！你個無梁桶的哥哥枉了提，休則管閑淘氣。」「實」字下原闕一字，吴曉鈴本作一空圍。北京大學本校勘記、吴國欽本校記謂「實」下闕二字。非。按，此二句係帶白，「實」字下轉行，「兒」字上作墨釘，占兩格。據原本刻寫體例，白文均低一格，曲中夾白亦不例外，故「兒」上只闕一字。顧曲齋本「實」下「兒」上空一格，是爲證。「納實□兒」，未詳。

臧本作「（帶云）我老了也，你要我怎的？（唱）」。孟本無「（帶云）」及「（唱）」，餘同臧本。

〔五七〕你與我慢慢等　「你與我」原作「我與你」，今參臧本、孟本乙改。臧本、孟本此句作「你且把這不志誠的心腸與我慢慢等」。

〔五八〕下　臧本、孟本上有「做摔開科」四字。

〔五九〕（末）　臧本作「（韓輔臣云）」。

〔一六〇〕他真個不肯順從 「肯」原作「宜」，今改。吴曉鈴本校云：「疑『宜』字係『肎』字之誤。」所疑甚是。顧曲齋本即作「肯」。「肎」「肯」即「肯」。臧本、孟本此句作「嗨，他真個不歡喜我了」。

〔一六一〕更待干罷 豈能算了。參見《哭存孝》第二折校注〔一五〕。

〔一六二〕告我哥哥去 臧本、孟本作「只得到俺哥哥那裏告他去」。

第四折〔一〕

（孤引張千上〔二〕）老夫石好問。爲兄弟韓輔臣、杜蕊娘在金線池上，着他兩口兒成合〔三〕，這早晚不見來回話〔四〕。（末上，見云）〔五〕哥哥〔六〕。（孤）〔七〕兄弟，完成了你兩口兒也〔八〕？（末）〔九〕哥哥，不濟事，他委實不肯〔一〇〕。（孤）〔一一〕委實不肯〔一二〕便罷了，教我怎生斷理〔一三〕？（末）〔一四〕你不肯斷，我上司告去〔一五〕。（孤）〔一六〕那個愛女娘的放刁來〔一七〕？罷，罷，罷！我完成〔一八〕了你兩口兒。張千，與我拿將杜蕊娘來者！（張千〔一九〕）理會的。（喚科，云〔二〇〕）杜蕊娘悮了官身〔二一〕，衙門裏有勾〔二二〕！（正旦上〔二三〕）喚我做甚麼里〔二四〕？（張）〔二五〕你失悮了官身也〔二六〕。（正旦〔二七〕）可怎了也〔二八〕？

【雙調新水令】相公台旨你親傳〔二九〕，我則道〔三〇〕除抹了舞裙歌扇。逢個節朔，遇個冬年〔三一〕，我拿〔三二〕這一盞兒茶錢，告哥哥可憐見！

（張千）你則在門首，我報伏去〔三三〕。（報科〔三四〕）相公〔三五〕，喚將杜蕊娘來了也。（孤）〔三六〕拿將過來！（末）〔三七〕哥哥，你則狠着些！（孤）〔三八〕我知道。拿將過來〔三九〕！（正旦見科，云〔四〇〕）妾身〔四一〕杜蕊娘來了也。（孤）〔四二〕張千，準備下大棍子者，將枷來，司房裏責詞去〔四三〕。（正旦〔四四〕）可着誰人救我那？兀的不是韓輔臣〔四五〕？我揣着羞臉兒哀告他去〔四六〕。

【沽美酒】使不着撒腼腆，山獐了不是行院〔四七〕，我這裏忍恥耽羞行靠前〔四八〕。韓輔臣〔四九〕，你與我搜尋出些巧言，去俺〔五〇〕那官人行勸一勸。

（末）〔五一〕我不認的他〔五二〕。（正旦〔五三〕）

【太平令】實與你爲了姻眷〔五四〕，却來這席上尊前〔五五〕。想着你告卧房〔五六〕般般逞遍，今日紫褙子將咱欺騙〔五七〕。受了你萬千，冷言〔五八〕，那些兒〔五九〕體面？不似你〔六〇〕浪短命隨機應變！

（末）你隨了我便罷。（正旦）我隨順了你。（孤）張千，將棒子來！（末）哥哥也，似這般呵，教百姓每怎麽過那？（孤）你搬的我這等來！（張千）兀的不是枷？（孤）你帶去。（張千）干我甚麽屌事〔六一〕！（孤）〔六二〕杜蕊娘〔六三〕，老夫出十兩花銀〔六四〕，與你母親爲〔六五〕財禮，則今日嫁了韓輔臣，却不好那〔六六〕？（末）〔六七〕多謝了哥哥〔六八〕。（正旦〔六九〕）多謝了老爹〔七〇〕。

【川撥棹】似這等好姻緣，人都道全在天。若是俺無福無緣〔七一〕，衡告青天〔七二〕，也間阻的山長水遠〔七三〕，幾時得人月圓？

【七兄弟】喒早則〔七四〕對面、并肩、緑窗前，從今後稱了平生願。你對〔七五〕青燈黄卷賦詩篇，我〔七六〕剪紅綃翠錦學針線。

【梅花酒】俺〔七七〕分離自去年，謝尊官哀憐，看本人顔面，得相公周全〔七八〕。爲老母相間阻，俺夫妻死熬煎〔七九〕，兩下裏正念戀〔八〇〕，累謝承可憐見〔八一〕；來時節助財錢，去時節送盤纏〔八二〕，

【收江南】教相公一春常費買花錢〔八三〕。是連枝長出并頭蓮〔八四〕，得官呵相守赴臨川〔八五〕，隨着俺解元〔八六〕，也〔八七〕不索哭啼啼扶上販茶船。

（孤）兩口兒完成了也。天下喜事，無過夫婦團圓。殺羊造酒，做個慶喜筵席〔八八〕。

題目　韓解元輕負花月約　老虔婆間阻燕鶯期

正名　石好問復任濟南府　杜蕊娘智賞金線池〔八九〕

校注

〔一〕第四折　顧曲齋本「折」作「齣」。

〔二〕孤引張千上　臧本作「石府尹引張千上」，下有「（詩云）三載爲官卧治過，别無一事繫心窩，唯餘故友鴛鴦會，金線池頭竟若何」。孟本科介同古名家本，惟下有「云」，上場詩同臧本。

〔三〕成合　和解。

〔四〕這早晚不見來回話　臧本、孟本「早」作「蚤」，此句下有「多喒是圓和了也。張千，擡放告牌出去」。北京大學本、吴國欽本、王學奇本、王季思本「蚤」改作「早」。按，蚤，通「早」。《詩·豳風·七月》：「四之日其蚤，獻羔祭韭。」孔穎達疏：「四之日其早朝，獻黑羔於神。」後同，不另出校。北本、吴本、王本、王本并改「喒」作「咱」。按，多喒，大概。參看《詩詞曲語辭匯釋》卷四「多喒」。

〔五〕（末上，見云）　臧本作「（韓輔臣上，云）」。孟本作「（末上，云）」。

〔六〕哥哥　臧本作「門上的，與俺通報去，説韓輔臣是告狀的，要見！（張千報科）（韓輔臣做入見科，云）哥哥，拜揖」。孟本「門上的」作「門上人」，「韓輔臣做入見科」作「末入見科」，餘同臧本。

〔七〕（孤）　臧本作「（石府尹云）」。

〔八〕完成了你兩口兒也　臧本作「您兩口兒完成了麼」。孟本「您」作「你」，餘同臧本。完成，解決。闕名氏《符金錠》三折鄭恩白：「今日事已完成，衆兄弟每，俺一同回去來。」

〔九〕（末）　臧本作「（韓輔臣云）」。

〔一〇〕哥哥，不濟事，他委實不肯　臧本、孟本作「若完成了時，這蚤晚正好睡哩，也不到你衙門裏來了。那杜蕊娘只是不肯收留我，今日特來告他」。

〔一二〕（孤）　臧本作「（石府尹云）」。

〔一三〕委實不肯　臧本、孟本上有一「他」字。

〔一三〕斷理　處置。《小孫屠》戲文二十一出：「感龍圖今朝斷理，生離死别心痛，梅香免得爲怨鬼。」

〔一四〕（末）　臧本作「（韓輔臣云）」。

〔一五〕你不肯斷，我上司告去　臧本作「哥哥，你不肯斷理，您兄弟唱喏。（做揖）（石府尹不禮科，云）我不會唱喏那？（韓輔臣云）您兄弟下跪。（做跪）（石府尹不禮科，云）我不會下跪那？（韓輔臣云）你再四的不肯斷理，我只是死在你府堂上，教你做官不成。（做觸階）」。孟本「石府尹」均作「孤」，「（韓輔臣云）」均作「（末）」，「（做跪）（石府尹不禮科）」作「（做跪）（孤又不禮科）」，餘同臧本。

〔一六〕（孤）　臧本作「（石府尹忙扯科，云）」。孟本作「（孤忙扯科，云）」。
斷，處置。《元典章》刑部十五「告攔」：「有司不詳原斷，便行接狀歸問。」

〔一七〕放刁來　臧本、孟本上有「似你這般」四字。

〔一八〕完成　成全。闕名氏《雲窗夢》四折孤白：「人間天上，方便第一，就着這筵席，與狀元兩口兒今日完成夫婦團圓，您意下如何？」

〔一九〕張千　臧本下有「云」。孟本作「張」。

〔二〇〕云　孟本無。

〔二一〕悮了官身　臧本、孟本無。

〔二二〕勾　傳，傳呼。《東京夢華録》卷九「宰執親王宗室百官入内上壽」：「第五盞御酒……參軍色執竹竿子作語，勾小兒隊舞。」

〔二三〕正旦上　臧本、孟本下有「云」。

〔二四〕唤我做甚麽里　顧曲齋本「里」作「哩」。臧本、孟本上有「哥哥」二字，無「里」。

〔二五〕（張）　顧曲齋本作「（張千）」。臧本作「（張千云）」。

〔二六〕你失悮了官身也　臧本、孟本無「也」字，下有「老爺在堂上好生着惱哩」一句。除京都大學本外，各本「悮」改作「誤」。按，悮，同「誤」。參見《蝴蝶夢》第二折校注〔二〇〕。後同，不另出校。

〔二七〕正旦　臧本下有「云」。

〔二八〕可怎了也　顧曲齋本、臧本下有「（唱）」。

〔二九〕相公台旨你親傳　臧本、孟本作「忽傳台旨到咱麗春園」。

〔三〇〕我則道　臧本、孟本作「則道是」。

〔三一〕逢個節朔，遇個冬年　節朔，年節。朔，初，指一年的開始。《唐人説薈》卷十八朱慶餘《冥音録》：「（長女）每至節朔，輒舉觴酹地，哀咽流涕。」冬年，冬年節，即冬至。《東京夢華録》卷十

「冬至」：「十一月冬至。京師最重此節，雖至貧者，一年之間，積累假借，至此日更易新衣，備辦飲食，享祀先祖。官放關撲，慶賀往來，一如年節。」

〔三二〕我拿　臧本、孟本作「拿着」。

〔三三〕（張千）你則在門首，我報伏去　顧曲齋本「張千」下有「云」。臧本全异，另作「（云）可蚤來到府門首也。哥哥，你與我做個肉屏風兒，等我偷覷咱。（張千云）這使的。（正旦做偷覷）（内幺喝科）（旦唱）【沉醉東風】則道是喜孜孜設席肆筵，爲甚的怒哄哄列杖擎鞭？ 好教我足未移心先戰，一步步似毛裹拖氈。本待要大着膽、挺着身、行靠前，百忙裏倉惶倒偃」。孟本無「（云）」，「（張千云）」作「（張）」，無「（旦唱）」，【沉醉東風】曲牌名下有「（正旦）」，餘同臧本。

〔三四〕報科　臧本上有「張千」二字，下有「云」。孟本無「科」，餘同臧本。

〔三五〕相公　臧本、孟本作「稟爺」。

〔三六〕（孤）　臧本作「（石府尹云）」。

〔三七〕（末）　臧本作「（韓輔臣云）」。

〔三八〕（孤）　臧本作「（石府尹云）」。

〔三九〕拿將過來　臧本無，另作「（張千云）當面」。孟本「（張千云）」作「（張）」，餘同臧本。

〔四〇〕正旦見科，云　臧本無「見科」。孟本無「見科，云」。

〔四一〕妾身　女子自謙稱。《樂府詩集》卷五十九蔡琰《胡笳十八拍》：「忽逢漢使兮稱近詔，遣千金兮贖妾身。」

〔四二〕（孤）　臧本作「（石府尹云）」。

〔四三〕司房裏責詞去　臧本、孟本上有「發到」二字。司房，元明州縣衙門裏的六房之一，即刑房，負責記録口供、管理案卷。元刊本岳伯川《鐵拐李》一折【油葫蘆】：「不索司房中插狀子當官告，消得我三指大一個紙題條。」責詞，録口供。參見《哭存孝》第三折校注〔七三〕。

〔四四〕正旦　臧本下有「云」。

〔四五〕兀的不是韓輔臣　臧本上有「（做回顧見科，云）」。孟本「見」下有一「末」字，無「云」，餘同臧本。

〔四六〕我揣着羞臉兒哀告他去　顧曲齋本下有一「哩」字，「哩」下有「（唱）」。臧本「我」作「俺」，「俺」下有「不免」二字，「去」下有「（唱）」。孟本無「（唱）」，餘同臧本。

〔四七〕山獐了不是行院　臧本、孟本作「仗那個替方便」。「獐」疑應是「障」。山障，障礙。王實甫《西厢記》三本三折【離亭宴帶歇指煞】：「山障了隔墻花影動，緑慘了待月西厢下。」行院，妓院，也指妓女。王國維《宋元戲曲考》六：「行院者，大抵金元人謂倡伎所居。」

〔四八〕我這裏忍耻眈羞行靠前　臧本、孟本「我這裏」作「俺只得」，「行靠前」作「求放免」。眈，忍。

《董解元西厢記》卷二【仙吕調】【賞花時】【尾】：「受寂寥，耽瀟灑，身到處他便爲家，似當年未遇的狂司馬。」

〔四九〕韓輔臣　臧本上有「（云）」，下有「你與我告一告兒。（韓輔臣云）誰着你失悮官身，相公惱的狠哩。（正旦唱）」。王季思本「狠」改作「很」。按，狠，很。臧本武漢臣《老生兒》一折【油葫蘆】：「有那等守護賢良老秀才，他説的來狠利害。」孟本上無「（云）」，「（韓輔臣云）」作「（末）」，無「（唱）」，餘同臧本。

〔五〇〕俺　臧本、孟本無。

〔五一〕（末）　顧曲齋本作「（末云）」。臧本作「（韓輔臣云）」。

〔五二〕我不認的他　臧本、孟本作「你今日也有用着我時節？只要你肯嫁我，方纔與你告去。」

〔五三〕正旦　顧曲齋本下有「唱」。臧本下有「（云）我嫁你便了。（唱）」。孟本無「（云）」及「（唱）」，餘同臧本。

〔五四〕實與你爲了姻眷　臧本、孟本作「從今後我情願實爲姻眷」。實，通「寔」，既。《魯齋郎》四折：「（衆云）你還了俗罷！（末）我實到此際，如何肯再還俗！」爲了姻眷，成了婚。參見《救風塵》第三折校注〔二〇七〕。

〔五五〕却來這席上尊前　臧本作「你只要蚤些兒替我周全」，下有「（韓輔臣云）我替你告便告去，倘相公不肯饒你，如何？（正旦唱）」。孟本「（韓輔臣云）」作「（末）」，無「唱」，餘同臧本。

〔五六〕想着你告卧房　臧本、孟本作「想當初羅帳裏」。

〔五七〕今日紫褙子將咱欺騙　臧本、孟本作「今日個紙褙子又將咱欺騙」。褙子，官妓所穿的常服。亦作「背子」。翟灝《通俗編》卷二五「服飾」：「今背子爲妓妾輩之常服，良貴唯燕褻服之，乃元明時樂伎所著皂褙遺製。」

〔五八〕冷言　臧本、孟本作「作賤」。

〔五九〕那些兒　猶哪裏是。參看《詩詞曲語辭例釋》「那些兒」。

〔六〇〕不似你　臧本、孟本作「誰似您」，上有一「呀」字。

〔六一〕（末）你隨了我便罷。（正旦）我隨順了你。（孤）張千，將棒子來！（末）哥哥也，似這般呵，教百姓每怎麽過那？（孤）你搬的我這等來！（張千）兀的不是枷？（孤）你帶去。（張千）干我甚麽屌事　臧本作「（石府尹云）張千，將大棒子來者！（韓輔臣云）哥哥，看您兄弟薄面，饒恕杜蕊娘初犯罷！（石府尹云）張千，帶過杜蕊娘來。（正旦跪科）（石府尹云）你在我衙門裏供應多年，也算的個積年了，豈不知衙門法度？失悞了官身，本該扣廳責打四十，問你一個不應罪名；既然韓解元在此替你哀告，這四十板便饒了，那不應的罪名却饒不的。（韓輔臣云）那杜蕊娘許嫁您兄弟了，只望哥哥一發連這公罪也饒了罷！（做跪科）（石府尹忙扯起科，云）

杜蕊娘，你肯嫁韓解元麼？（正旦云）妾委實願嫁韓輔臣」。孟本「（石府尹云）」均作「（孤）」，「（韓輔臣云）」均作「（末）」，「石府尹忙扯起科」的「石府尹」作「孤」，「正旦」下無「云」，餘同臧本。

搬，搬弄，挑撥。脈望館鈔本闕名氏《殺狗勸夫》四折旦白：「每日着這兩個幫閑鑽懶的哄着結義爲兄弟，搬的俺弟兄每不和。」去，猶吧。闕名氏《符金錠》三折符彦卿白：「未知你心裏要嫁那一處，你對我説去，我自有個主意。」

〔六二〕（孤）　臧本作「（石府尹云）」。

〔六三〕杜蕊娘　臧本、孟本作「既如此」。

〔六四〕十兩花銀　臧本、孟本作「花銀百兩」。花銀，白銀。臧本張國賓《合汗衫》四折【太平令】：「與你這花銀權當做些經錢。」

〔六五〕爲　臧本、孟本作「做」。

〔六六〕則今日嫁了韓輔臣，却不好那　臧本、孟本作「則今日準備花燭酒筵，嫁了韓解元者」。却，猶豈。參看《詩詞曲語辭匯釋》卷二「却（八）」。

〔六七〕（末）　臧本作「（韓輔臣云）」。

〔六八〕多謝了哥哥　臧本、孟本作「多謝哥哥完成我這椿美事」。「椿」應是「樁」。各本已改。吴曉鈴本校勘記亦指其誤。

〔六九〕正旦　臧本下有「云」。

〔七〇〕多謝了老爹　顧曲齋本「老爹」作「老爺」，下有「（唱）」。臧本作「多謝相公擡舉。（唱）」。孟本無「（唱）」，餘同臧本。

〔七一〕無福無緣　臧本、孟本作「福過灾纏」。

〔七二〕衡告青天　臧本、孟本作「空意惹情牽」。衡，單。鄭廷玉《金鳳釵》三折【二煞】：「莫不住着太歲凶宅，可怎生行一步衡踏着不快？」

〔七三〕也間阻的山長水遠　臧本、孟本無「也」字。間阻，阻隔。脈望館鈔本鄭廷玉《楚昭公》三折【紅綉鞋】：「你道是船兒小不堪裝載，則要你大肚量救俺家屬，則願的過長江無間阻。」

〔七四〕喒早則　臧本、孟本作「蚤則是」。

〔七五〕你對　臧本、孟本作「一個向」。

〔七六〕我　臧本　孟本作「一個」。

〔七七〕俺　臧本、孟本作「憶」。

〔七八〕謝尊官哀憐，看本人顏面，得相公周全　臧本作「争些兒打散文鴛，折破芳蓮，咽斷頑涎」。孟本「折」作「拆」，餘同臧本。

〔七九〕俺夫妻死熬煎　臧本、孟本「俺」作「使」，「熬煎」作「纏綿」。

〔八〇〕念戀　臧本、孟本作「熬煎」。念戀，眷戀。

〔八一〕累謝承可憐見　臧本、孟本作「謝公相肯矜憐」。吴曉鈴本校勘記「公相」誤作「相公」。按，公相，尊稱地方大員。《小孫屠》戲文二十一出：「是當初不合同謀，告公相周全寬恕。」

〔八二〕來時節助財錢，去時節送盤纏　臧本、孟本無。

〔八三〕教相公一春常費買花錢　臧本、孟本上有一「呀」字，「教相公」作「不枉了」。「一春常費買花錢」，宋太學生俞國寶《風入松》詞句（見《武林舊事》卷三「西湖游幸」）。花，指妓女。參見《救風塵》第一折校注〔二〕。

〔八四〕是連枝長出并頭蓮　臧本、孟本作「也免得佳人才子只孤眠」。連枝，即連理枝。參見《調風月》第四折校注〔四二〕。并頭蓮，亦喻夫婦結合。臧本曾瑞卿《留鞋記》四折【梅花酒】：「休拗折并頭蓮，莫掐殺雙飛燕。」

〔八五〕得官呵相守赴臨川　用販茶船故事。參見《救風塵》第一折校注〔三六〕。臨川，江西地名。雙漸得官後曾任臨川令。

〔八六〕解元　唐制：進士由鄉而貢稱解。宋元時尊稱士人曰解元。《張協狀元》戲文四出：「先生少待，男女請出那解元來。」

〔八七〕也　臧本、孟本作「再」。

〔八八〕（孤）兩口兒完成了也。天下喜事，無過夫婦團圓。殺羊造酒，做個慶喜筵席　顧曲齋本「孤」下有「云」。臧本全异，另作「（韓輔臣同正旦拜謝科，云）哥哥請上，您兄弟拜謝。（石府尹答拜科，云）賢弟，恭喜你兩口兒圓和了也！但這法堂上是斷合的去處，不是你配合的去處。張千，近前來，聽俺分付：你取我俸銀二十兩，付與教坊司色長，着他整備鼓樂，從衙門首迎送韓解元到杜蕊娘家去，擺設個大大筵席，但是他家親眷，前日在金線池上勸成好事的，都請將來飲宴，與韓解元、杜蕊娘慶喜。宴畢之後，着來回話者。（詞云）韓解元雲霄貴客，杜蕊娘花月妖姬，本一對天生連理，被虔婆故意凌欺；擔閣的男游别郡，抛閃的女怨深閨。若不是黄堂上聊施巧計，怎能勾青樓裏蚤遂佳期」。北京大學本、吴國欽本、王學奇本「擔」改作「耽」。按，擔，用同「耽」。《全宋詞》一王安石《千秋歲引·秋景》：「無奈被些名利縛，無奈被他情擔閣。」王季思本「勾」改作「够」。按，勾，通「够」。參見《調風月》第二折校注〔二六〕。孟本「韓輔臣同正旦拜謝科，云」的「韓輔臣」作「末」，無「云」，「石府尹」作「孤」，無「（詞云）」，「蚤遂佳期」下有「（同下）」，餘同臧本。

無過，沒有勝過。《董解元西厢記》卷一【商調】【玉抱肚】：「普天下佛寺無過普救，有三檐經閣，七層寶塔，百尺鐘樓。」

〔八九〕題目正名　韓解元輕負花月約，老虔婆間阻燕鶯期；石好問復任濟南府，杜蕊娘智賞金線池

顧曲齋本、孟本作「正目」四句，置卷首。參見總題「説明」。臧本「間阻」作「故阻」。

臧本「題目正名」後末行有尾題「杜蕊娘智賞金線池雜劇終」。

關張雙赴西蜀夢

説　明

《録鬼簿》著録。現僅存元刊本。今用覆元槧本、盧冀野本、吴曉鈴本、隋樹森本、鄭騫本、北京大學本、徐沁君本、甯希元本、吴國欽本、王學奇本、王季思本參校。原本總題上有「大都新編」四字，下有二「全」字，從盧冀野本、吴曉鈴本、隋樹森本、鄭騫本、北京大學本、甯希元本、吴國欽本、王學奇本、王季思本删。隋本、甯本總題下增「雜劇」二字。徐本删「全」字。

劇叙關羽、張飛遇害後鬼魂前往西蜀與劉備相聚事。

第一折〔一〕

【點絳唇〔二〕】織履編席〔三〕，能勾〔四〕做大蜀皇帝，非容易。官裏旦暮朝夕〔五〕，悶似三江水。

【混江龍】唤了聲關張仁〔六〕弟，無言低首泪〔七〕雙垂。一會家眼前活見〔八〕，一會家口内掂提〔九〕。急煎煎御手頻槌〔一〇〕飛鳳椅，撲簌簌痛泪常淹衮龍衣〔一一〕。每日家獨上龍樓上，望荆州感嘆，閬州傷悲。

【油葫蘆】每日家作念煞關雲長張翼德〔一二〕，委得俺宣限〔一三〕急，西川途路受驅馳〔一四〕。每日知它過幾重深山谷〔一五〕，不曾行十里平田地。恨征駹〔一六〕四隻蹄，不這般插翅般疾。踴虎軀〔一七〕縱徹黄金轡，果然道心急馬行遲。

【天下樂】緊跐定葵花鐙踅鞭催，走似飛墜的雙鏑，此腿脡無氣力〔一八〕。換馬處側一會兒身〔一九〕，行行裏〔二〇〕吃一口兒食，無明夜不住地。

【醉扶歸】〔二一〕若到荆州內，半米兒〔二二〕不宜遲，發送的關雲長向北歸；然後向閬州路上轉馳驛〔二三〕。把關張分付在君王手裏，交〔二四〕它龍虎風雲會。

【金盞兒】關將軍但相持，無一個敢欺敵〔二五〕。素衣匹馬單刀會，覷敵軍如兒戲，不若土和泥。殺曹仁七〔二六〕萬軍，刺顔良萬丈威〔二七〕。今日被歹人〔二八〕將你算，暢則〔二九〕爲你大膽上落便宜。

【醉扶歸】義赦了嚴顔罪，鞭打的督郵虧〔三〇〕，當陽橋喝回個曹孟德〔三一〕。倒大個張車騎〔三二〕，今日被人死羊兒般剁了首級，全不見石亭驛〔三三〕。

【金盞兒】俺〔三四〕馬上不曾離，誰敢惚動滿身衣〔三五〕？恰〔三六〕離朝兩個月零十日，勞而無役〔三七〕枉驅馳。一個鞭挑魂魄去〔三八〕，一個人和的哭聲回。宣的個孝堂裏關美髯〔三九〕，紙幡兒漢張飛〔四〇〕。

【尾】〔四一〕殺的那東吴家死屍骸堰住江心水〔四二〕，下溜頭淋流〔四三〕着血汁。我交的茸茸蓑衣渾染的赤〔四四〕，變做了通紅〔四五〕獅子毛衣。殺的它敢血淋漓〔四六〕，交吴越托推〔四七〕，一霎兒番爲做太湖石〔四八〕。青鴉鴉岸堤〔四九〕，黄壤壤田地，馬蹄兒踏做搗椒泥。

校注

〔一〕第一折　原本分折未標出，從各本校增。後同，不另出校。

〔二〕點絳唇　隋樹森本、鄭騫本、徐沁君本、甯希元本、吴國欽本、王學奇本、王季思本上補「仙吕」。

〔三〕編席　「編」原作「媥」，從各本改。盧冀野本、吴曉鈴本、隋樹森本「席」改作「蓆」。按，席，即「蓆」。《詩·邶風·柏舟》：「我心匪席，不可卷也。」

〔四〕勾　盧冀野本、隋樹森本、甯希元本、吴國欽本、王季思本改作「够」。按，勾，通「够」。參見《調風月》第二折校注〔二六〕。後同，不另出校。

〔五〕官裏旦暮朝夕　官裏，皇帝。趙彦衛《雲麓漫鈔》卷三：「今人曰官家，禁中又相語曰官裏。」《宣和遺事》亨集：「我有姑夫曹輔，見做諫議大夫，若知，必諫官裏，不敢私行。」「旦」原壞作「口」，從鄭騫本、徐沁君本、甯希元本、吴國欽本、王季思本改。盧冀野本、吴曉鈴本、隋樹森本、北京大學本、王學奇本改作「日」。

〔六〕仁　吴國欽本、王季思本改作「二」。

〔七〕泪　吴國欽本奪。

〔八〕一會家眼前活見　一會家，一會兒。家，後綴。參看《詩詞曲語辭匯釋》卷三「家(一)」。徐沁君本、甯希元本、王季思本「見」改作「現」。按，見，即「現」。《三國志・吴書・吴主權傳》：「黄龍元年……夏四月，夏口武昌并言黄龍鳳皇見。」

〔九〕掂提　念叨。亦作「咭提」。元刊本張國賓《汗衫記》四折【雁兒落】：「一日家咭提到千萬言，片時間作念勾三十遍。」

〔一〇〕槌　盧冀野本、吴曉鈴本、隋樹森本、鄭騫本、北京大學本、甯希元本、吴國欽本、王季思本改作「搥」。徐沁君本、王學奇本改作「捶」。按，槌，捶。《樂府詩集》卷七十三古辭《焦仲卿妻》：「阿母得聞之，槌床便大怒。」

〔一一〕衮龍衣　天子所穿綉有龍形的禮服。《周禮・春官・司服》：「享先王則衮冕。」鄭玄注引鄭司農曰：「衮，卷龍衣也。」孫詒讓正義：「案卷龍者，謂畫龍於衣，其形卷曲。」

〔一二〕作念煞關雲長張翼德　作念，念叨。參看《詩詞曲語辭例釋》「作念」。「翼」原作「翌」，從各本改。後同，不另出校。

〔一三〕宣限　皇帝命令的期限。宣，皇帝的詔書。參見《拜月亭》第四折校注〔九七〕。

〔一四〕受驅馳　「受」下原有一重文符號，從鄭騫本、北京大學本、徐沁君本、王學奇本、王季思本删。吴曉鈴本校勘記亦云：「『受受』下一『受』字疑衍。」盧冀野本改作「受了驅馳」，隋樹森本作「受受驅馳」，甯希元本、吴國欽本作「受盡驅馳」。驅馳，辛苦。參看《元劇俗語方言例釋》「驅馳」。

〔一五〕每日知它過幾重深山谷　除吴曉鈴本外，各本「它」改作「他」。按，它，即「他」。參見《調風月》第二折校注〔三七〕。除吴本外，諸本後同，不另出校。甯希元本以「谷」字失韵改作「脊」。

〔一六〕征騗　「騗」原作「豌」，從各本改。征騗，戰馬。元刊本尚仲賢《氣英布》三折【道和】：「遥觀着征騗驟，都交他望風走。」

〔一七〕踴虎軀　「踴」原作「勇」，從吴曉鈴本、鄭騫本、北京大學本、徐沁君本、甯希元本、吴國欽本、王學奇本、王季思本改。盧冀野本、隋樹森本「軀」改作「驅」。非。

〔一八〕緊跐定葵花鐙趓鞭催，走似飛墜的雙鏑，此腿脡無氣力　緊，牢。闕名氏《陳州糶米》三折正末白：「如有人欺負我，打我，你也不要來勸，緊記者。」「跐」原作「跐」，覆元槧本殘作「䟛」。從北京大學本、徐沁君本、甯希元本、吴國欽本、王學奇本、王季思本正。盧冀野本、鄭騫本作「踏」。吴曉鈴本作一空圍，校勘記謂「疑是『蹲』字」。隋樹森本從覆元槧本。按，跐，踏。《莊子·秋水》：「且彼方跐黄泉而登大皇。」陸德明音義：「跐，音此。郭時紫反，又側買反。《廣雅》云：「蹋也，蹈也，履也。」《牟平縣志》卷十：「足踏曰跐。」「⿱折皮」原析作「折皮」二字，從徐沁君本、王學奇本正。吴國欽本作「⿺走旦」。吴曉鈴本校云：「折——疑當作『⿺走旦』字。」吴本并與「皮鞭」連讀。王學奇本校注已指其誤。甯希元本「折」改作「靼」。按，⿱折皮，⿺走旦，揮動。元刊本馬致遠《任風子》一折【金盞兒】：「這個滴溜班⿱折皮(⿱折皮)的似風車轉，拳來躲過似放過一疊椽。」「鏑」原作「滴」，從盧冀野本、北京大學本、徐沁君本、吴國欽本、王學奇本改。吴曉鈴本校勘記亦謂「疑當作『鏑』字」。按，鏑，箭。《史記·匈奴列傳》：「冒頓乃作爲鳴鏑。」裴駰集解：「《漢書音義》曰：鏑，箭也。」甯希元本、王季思本「此」改作「溜」，與「滴(鏑)」連讀成一詞。盧冀野本、吴曉鈴本、北京大學本、吴國欽本在「鐙」字、「鏑」(「滴」)字下點斷。隋樹森本、鄭騫本、甯希元本在「皮」「催」「飛」下點斷。王季思本在「折」「催」「飛」下點斷。此從徐沁君本、王學奇本斷句。

〔一九〕側一會兒身　「側」原作「惻」，從各本改。側身，身子斜靠着，即假寐。參見《單刀會》第二折校注〔三四〕。

〔二〇〕裹　原作「至」，徐沁君本、甯希元本、吴國欽本、王學奇本、王季思本改作「里」。是。

〔二一〕【醉扶歸】　原作「【醉中天】」，從鄭騫本、徐沁君本、甯希元本、吴國欽本、王季思本改。下同，不另出校。

〔二二〕半米兒　半點兒。朱凱《黄鶴樓》四折【梁州】：「若有些個争競，半米兒疏失，來來來，我和你做一個頭敵。」

〔二三〕向閬州路上轉馳驛　「上」原作「十」，除吴曉鈴本外，各本已改。馳驛，趕着驛馬快跑。驛，驛馬，古代驛站供傳遞公文或官員來往使用的馬。

〔二四〕交　盧冀野本、隋樹森本改作「教」。按，交，讓。參見《調風月》第一折校注〔三二〕。後同，不另出校。

〔二五〕欺敵　抵擋。

〔二六〕七　徐沁君本、吴國欽本、王學奇本、王季思本改作「十」。

〔二七〕刺顔良萬丈威　「刺」原作「剌」，從各本改。「萬」字下原爲一重文符號，從徐沁君本、甯希元本、吴國欽本、王學奇本、王季思本改。

〔二八〕歹人　「歹」原作「不」，從盧冀野本、隋樹森本、徐沁君本、甯希元本改。鄭騫本改作「小」。吴國欽本改作「一个」。王學奇本改作「坏」，王季思本改作「壞」。吴曉鈴本校勘記謂「疑『不』字下脱一字」，北京大學本校勘記亦謂「『不人』二字疑有訛脱」。

〔二九〕暢則　暢，猶正。參看《詩詞曲語辭匯釋》卷二「暢」。盧冀野本「則」改作「只」。按，則，猶只。參同上卷二「則(三)」。後同，不另出校。

〔三〇〕虧　原字殘損，甯希元本改補爲「亏」。從。覆元槧本空闕，盧冀野本、吴曉鈴本、隋樹森本、北京大學本從空。鄭騫本、王季思本改作「廢」，鄭本校云：「補碎字亦可。」徐沁君本、吴國欽本、王學奇本改作「死」。

〔三一〕當陽橋喝回個曹孟德　「喝」原殘作「曷」，從各本改補。「曹孟德」原作「曹子夘盛」，從盧冀野本、隋樹森本、鄭騫本、徐沁君本、甯希元本、吴國欽本、王學奇本、王季思本改。吴曉鈴本校勘記云：「『子夘盛』三字疑有錯簡，疑『夘』字當作『殤』字，『盛』字衍文。盧本校改爲『曹孟德』三字，不從。」北京大學本校勘記亦謂「『子夘盛』三字當有訛誤」。按，張飛於當陽長阪拒曹操一事，徐本校記引證已詳，亦見於《三國志·蜀書·張飛傳》。又據曲譜，此爲【醉扶歸】曲第三句，上四下三句法，且用韵。盧改於史相符，於譜亦合，吴校則於譜不合，於史亦不知所云矣。

〔三二〕倒大個張車騎　倒大，多麽大。參見《單刀會》第二折校注〔三〇〕。張車騎，張飛。飛於章武元年遷車騎將軍（見《三國志·蜀書·張飛傳》）。

〔三三〕石亭驛　指張飛在石亭驛摔死袁術之子袁襄事（見《三國志平話》卷上）。

〔三四〕俺　鄭騫本「據文義改」作「鞍」。甯希元本、王季思本改同。

〔三五〕惚動滿身衣　「惚」原作「惚」，從鄭騫本正。徐沁君本改作「松」，校記亦謂「『惚』爲『惚』之形誤」。吴國欽本、王學奇本、王季思本改同。甯希元本改作「鬆」。按，惚，「憁」的俗寫。憁，鬆。

徐本「身」「衣」二字誤倒。

〔三六〕恰　盧冀野本誤作「記」。

〔三七〕勞而無役　費了力氣，却於事無助。《廣雅·釋詁二》：「役，助也。」

〔三八〕鞭挑魂魄去　盧冀野本「挑」下增一「的」字。「魂」原作「塊」，從各本改。

〔三九〕宣的個孝堂裏關美髯　宣，傳達皇帝的詔命。《後漢書·种劭傳》：「遣劭宣詔止之。」孝堂，靈堂。蘇舜欽《蘇學士文集》卷十五《廣陵郡太君墓誌銘》：「一日，指旁室曰：『此可作孝堂，吊者至，爾哭於某處。』」

〔四〇〕紙幡兒漢張飛　「幡」原作「播」，從鄭騫本、徐沁君本、甯希元本、吴國欽本、王學奇本、王季思本改。「兒」字模糊不清，覆元槧本空闕，盧冀野本、吴曉鈴本、隋樹森本、北京大學本從空。今從徐沁君本、甯希元本、王學奇本補。鄭騫本、吴國欽本、王季思本改作「上」。「張」原作「蚊」，除吴曉鈴本外，各本已改。吴本校勘記亦云：「盧本校改爲『張』字，可通。」

〔四一〕【尾】　鄭騫本、徐沁君本、甯希元本、王季思本改作「【賺煞】」。

〔四二〕殺的那東吴家死屍骸堰住江心水　「東」字形壞如「求」，從各本改正。家，國。《書·洪範》：「俊民用章，家用平康。」孔傳：「賢臣顯用，國家平寧。」堰，擋，堵。《全唐詩》卷二五盧照鄰《行路難》：「誰家能駐西山日？誰家能堰東流水？」

〔四三〕淋流　「淋」原作「林」，從盧冀野本、隋樹森本、鄭騫本、北京大學本、徐沁君本、甯希元本、王學奇本、王季思本改。吴曉鈴本校勘記云：「林流——疑當作『淋漓』。」吴國欽本從改。

〔四四〕我交的茸茸蓑衣渾染的赤　交的，教。參見《哭存孝》頭折校注〔五四〕。第一個「茸」字下截原殘損，下作一重文符號，從徐沁君本、吴國欽本、王學奇本、王季思本補。盧冀野本「茸茸」改作「茜茜」。吴曉鈴本、隋樹森本、北京大學本改作「茜茜」。鄭騫本闕疑，作「××」。甯希元本改作「件件」。鄭騫本「蓑」字亦作「×」。甯希元本改作「縗」。「渾」原作「洋」，從鄭騫本、北京大學本、徐沁君本、甯希元本、吴國欽本、王學奇本、王季思本正。覆元槧本作「洋」。盧冀野本、吴曉鈴本、隋樹森本改作「滿」。非。按，渾，猶全。參看《詩詞曲語辭匯釋》卷二「渾（一）」。

〔四五〕紅　原字左旁模糊，覆元槧本作「江」，吴曉鈴本、隋樹森本、北京大學本、吴國欽本沿誤。

〔四六〕殺的它敢血淋漓　吴曉鈴本「它」改作「他」。參見校注〔二五〕。「敢」原作「憨」，從鄭騫本、徐沁君本、甯希元本、吴國欽本、王季思本改。「漓」原作「離」，從盧冀野本、隋樹森本、鄭騫本、徐沁君本、甯希元本、吴國欽本、王季思本改。吴曉鈴本校勘記云：「憨血淋離——疑當作『背血淋漓』。」徐本校記辨之已詳，不贅。

〔四七〕托推　「托」原作「秖」，從盧冀野本、吴曉鈴本、隋樹森本、北京大學本、徐沁君本、吴國欽本、王學奇本、王季思本改。鄭騫本闕疑，作「×」。甯希元本改作「扒」。按，托推，推托。

〔四八〕番爲做太湖石　徐沁君本、甯希元本、吴國欽本、王季思本「番」改作「翻」。按，番，用同「翻」。參見《單刀會》第一折校注〔三二〕。盧冀野本、吴曉鈴本、隋樹森本、北京大學本、王學奇本「石」改作「鬼」。鄭騫本校勘記云：「原本石字尚可辨識，太湖石是現成名詞，此處借喻人死後僵硬如石。全集（按，即盧冀野本）作太湖鬼，語意生造，且與原本字形不類。」

〔四九〕堤　覆元槧本誤作「兒」，盧冀野本、吴曉鈴本、鄭騫本、北京大學本、徐沁君本、甯希元本、吴國欽本、王學奇本、王季思本沿誤。隋樹森本作「提」。

第二折

【一枝花】〔一〕早晨間占《易經》〔二〕，夜後觀乾象〔三〕。據賊星增焰彩〔四〕，將星短光芒。朝野内度量〔五〕，正俺南邊上，白虹貫日光〔六〕。低首參詳〔七〕，怎有這場景象？

【梁州】〔八〕單注着東吴國一員驍將，砍〔九〕折俺西蜀家兩條金梁。這一場苦痛誰承望〔一〇〕！再靠誰挾人捉將？再靠誰展土開疆？做宰〔一一〕相幾曾做卿相？做君王那個做君王？布衣間昆仲心腸〔一二〕。再不看官渡口劍〔一三〕刺顏良，古城下刀誅〔一四〕蔡陽，石亭驛手捽〔一五〕袁襄！殿上帝王，行思坐想，正南下望，知禍起自天降。宣到我朝下若問當〔一六〕，着甚話聲揚〔一七〕？

【隔尾】這南陽耕〔一八〕叟村諸亮，輔佐着洪福齊天蜀帝王〔一九〕，一自〔二〇〕爲臣不曾把君誑。這場，勾當，不由我索向〔二一〕君王行醞釀個謊。

【牧羊關】張達那賊〔二二〕禽獸，有甚早難近傍〔二三〕？不走了糜竺糜芳〔二四〕！咱西蜀家威風，俺敢將東吳家滅相〔二五〕。我直交金鼓震傾人膽〔二六〕，土雨濺的日無光〔二七〕，馬蹄兒踏碎金陵府，鞭梢兒蘸乾揚子江〔二八〕。

【賀新郎】官裏行行坐坐〔二九〕則是關張，常則是挑在舌尖〔三〇〕，不離了心上。每日家作念的如心癢〔三一〕，没日不心勞意攘〔三二〕，常則是心緒悲傷。白晝間頻作念，到晚後越思量。方信道夢是心頭想：但合眼早〔三三〕逢着翼德，才做夢可早見雲長〔三四〕。

【牧羊關】板築的商傅説〔三五〕，釣魚兒姜吕望〔三六〕，這兩個夢善感〔三七〕動歷代君王。這夢先應〔三八〕先知，臣則是悮打悮撞〔三九〕。蝴蝶迷莊子〔四〇〕，宋玉赴高唐〔四一〕。世事雲千變，浮生夢一場。

【收尾】不能勾侵天松柏長三〔四二〕丈，則落的蓋世功名紙半張！關將軍美形狀〔四三〕，張將軍猛勢況〔四四〕，再何時得相訪〔四五〕？英雄歸九泉壤！則落的河邊堤土坡上釘下個纜樁〔四六〕，坐着條擔杖〔四七〕，則落的村酒漁樵話兒講〔四八〕！

校注

〔一〕一枝花　隋樹森本、鄭騫本、徐沁君本、甯希元本、吴國欽本、王學奇本、王季思本上補「南吕」。

〔二〕經　覆元槧本誤作「理」，盧冀野本、吴曉鈴本、隋樹森本、鄭騫本、北京大學本、吴國欽本、王季思本沿誤。

〔三〕乾象　天象。乾，天。《易・説卦》：「乾爲天，爲圜，爲君，爲父。」

〔四〕據賊星增焰彩　據，真個，確實。《董解元西厢記》卷四【仙吕調】【綉帶兒】：「恰纔據俺對面不敢支吾，白受恁閑驚怖。」焰彩，光。焰、彩，光。《全唐詩》卷三三六韓愈《元和聖德詩》：「紫焰嘘呵，高靈下墮。」卷五三四許渾《鶴林寺中秋夜玩月》：「輪彩漸移金殿外，鏡花猶掛玉樓前。」

〔五〕朝野内度量　朝野，朝廷。脈望館鈔本高文秀《遇上皇》四折【折桂令】：「朝野裏誰人似俺，衕懵懂愚濁癡憨。」「量」原作「星」，從鄭騫本、甯希元本、王季思本改。度量，測量。顔之推《顔氏家訓》卷下「歸心篇十六」：「夫遥大之物，寧可度量？」

〔六〕白虹貫日光　甯希元本「虹」「日」二字誤倒。

〔七〕參詳　考慮。《敦煌變文集》卷四《破魔變文》：「心頭託（托）手細參詳，世事從來不久長。」

〔八〕【梁州】　徐沁君本、甯希元本、王季思本作「【梁州第七】」。

〔九〕砍　原作「坎」，從各本改。

〔一〇〕承望　料到。王實甫《西厢記》二本三折【得勝令】：「誰承望這即即世世老婆婆，着鶯鶯做妹妹拜哥哥。」

〔一一〕宰　甯希元本改作「卿」。

〔一二〕布衣間昆仲心腸　甯希元本下補七空圍，校云：「依譜，此處當脱一上三下四的七字句，與上句『布衣間昆仲心腸』作對。」

〔一三〕劍　原作「劎」，除吴曉鈴本、北京大學本外，各本已改。

〔一四〕誅　原作「誎」，從各本改。

〔一五〕捽　原作「挎」，從徐沁君本改。

〔一六〕宣到我朝下若問當　覆元槧本「下」誤作「不」，盧冀野本、吴曉鈴本、隋樹森本、鄭騫本、北京大學本沿誤。按，下，猶裏。參見《單刀會》第二折校注〔四〕。「問」原作「何」，乃「问」之形誤，從徐沁君本、甯希元本、王學奇本改。鄭騫本「問」作「何」，并在其下讀斷，「當」字屬下句。按，問當，問。當，後綴。參看《金元戲曲方言考》「問當」、《敦煌變文字義通釋》第六篇「當」。

〔一七〕着甚話聲揚　「話」原作「括」，從徐沁君本、甯希元本、吴國欽本、王學奇本、王季思本改。聲揚，説。《董解元西厢記》卷六【雙調】【豆葉黄】：「這事體休聲揚，着人看不好。」

〔一八〕耕　原作「排」，從徐沁君本、王學奇本改。甯希元本改作「逃」。鄭騫本校勘記云：「疑是俳字。」

〔一九〕輔佐着洪福齊天蜀帝王　徐沁君本「佐」改作「助」。非。「齊」原簡作「斉」，下半斷筆，覆元槧本誤作「吝」。「蜀」原作「㨯」，從甯希元本改。諸本改作「漢」。「王」原作「五」，從各本改。

〔二〇〕一自　自從。《杜工部集》卷十五《復愁》之五：「一自風塵起，猶嗟行路難。」

〔二一〕向　原本無，從盧冀野本、隋樹森本、鄭騫本、甯希元本、王季思本補。鄭本校云：「無此字則句法不合。」

〔二二〕賊　原作「胝」，從隋樹森本、鄭騫本、北京大學本、徐沁君本、甯希元本、吴國欽本、王學奇本、王季思本改。盧冀野本、吴曉鈴本改作「斷」。

〔二三〕近傍　碰。脈望館息機子本武漢臣《生金閣》二折【鬼三台】：「你待要插狀呈詞，姐姐也，誰敢道將他近傍？」

〔二四〕不走了縻竺縻芳　不，不要，别。《孟子・滕文公上》：「病愈，我且往見。夷子不來！」盧冀野本「走」誤作「是」。「縻竺」「縻芳」原作「梅竹」「梅方」，從各本改。後同，不另出校。

〔二五〕滅相　「相」原作「祖」，從各本改。滅相，蔑視。徐沁君本校記引證已詳，例不贅。

〔二六〕金鼓震傾人膽　「鼓」原作「破」，從徐沁君本、吴國欽本、王學奇本、王季思本改。盧冀野本改作「被」。甯希元本改作「鈸」。甯希元本、王季思本「依下句」於「震」字下補一「的」字。「傾」原作

「腥」，從徐沁君本、吳國欽本、王學奇本改。甯希元本改作「喪」。吳曉鈴本校勘記云：「金破震——疑有脱文，似當作『金□震破』。」北京大學本校勘記亦謂「『金破震腥』四字疑有訛舛」。按，傾人膽，使人喪膽。傾，喪。《太平廣記》卷一六一引《會稽先賢傳》：「（陳）業兄渡海傾命。」

〔二七〕土雨湔的日無光　「雨」原作「兩」，從各本改。盧冀野本「土」字下點斷，屬上句。按，土雨，塵土落下有如下雨。暖紅室本王實甫《西厢記》二本一折【六幺序】：「征雲冉冉，土雨紛紛。」眉注云：「土雨，董解元記中語『滿空紛紛土雨』，言人馬沓來，而塵土紛起如雨也。」徐沁君本、吳國欽本、王季思本「湔」改作「濺」。按，湔，同「濺」。《集韻》去聲綫韵：「濺淺，水激也，或省。通作湔」；子賤切。《戰國策·齊策三》：「臣請以臣之血湔其衽。」

〔二八〕鞭梢兒蘸乾揚子江　「梢」原作「捎」，從各本改。「蘸」原作「醮」，從吳曉鈴本、鄭騫本、北京大學本、徐沁君本、甯希元本、吳國欽本、王學奇本、王季思本改。盧冀野本、隋樹森本改作「醮」。「乾」原作「屹」，從各本改。

〔二九〕行行坐坐　第一個「行」字下原爲一重文符號，再下作「行坐」二字。覆元槧本前二字空闕。今從徐沁君本、甯希元本、吳國欽本、王學奇本、王季思本改。盧冀野本、鄭騫本改作「無行坐」。吳曉鈴本、隋樹森本作「□行坐」。北京大學本作「行行坐」。

〔三〇〕常則是挑在舌尖　常則是，常是。臧本石君寶《曲江池》一折【金盞兒】：「常則是肉吊窗放下遮他面，動不動便抓錢。」挑在舌尖，挂在嘴上。

〔三一〕心癢 「癢」原作「庠」，從各本改。心癢，心緒撩亂。參見《哭存孝》第四折校注〔一七〕。

〔三二〕心勞意攘 「攘」原作「穰」，從盧冀野本、隋樹森本、鄭騫本、北京大學本、徐沁君本、甯希元本、吴國欽本、王學奇本、王季思本改。吴曉鈴本改作「穰」。按，攘，亂。《淮南子·兵略》：「此四君者，皆有小過而莫之討也，故至于攘天下。」心勞意攘，心煩意亂。羅貫中《風雲會》三折【倘秀才】：「憂的是百姓苦向御榻心勞意攘，憂的是天下小教寡人眠思夢想。」

〔三三〕早 就。臧本闕名氏《殺狗勸夫》二折【六煞】：「我便噇了你這一鐘酒當下霑些醉？我便吃了你那半碗麵早登時掙的肥？」

〔三四〕才做夢可早見雲長 才，猶一。參看《詩詞曲語辭匯釋》卷二「纔」。可早，就。闕名氏《争報恩》楔子【仙呂賞花時】：「好鬥打相争俺這厮，但吃虧了些兒他可早推詐死。」

〔三五〕板築的商傅説 殷代賢士傅説爲奴隸時版築於傅險，高宗夢得之。《史記·殷本紀》：「武丁夜夢得聖人，名曰説，以夢所見視群臣百吏，皆非也，於是迺使百工營求之野，得説於傅險中。」

〔三六〕釣魚兒姜吕望 太公吕望，姓姜氏，文王遇之於渭水之陽。後佐武王滅商，封於齊。《史記·齊太公世家》：「太公望吕尚者，東海上人。……吕尚蓋嘗窮困，年老矣，以漁釣奸周西伯。西伯將出獵，卜之，曰：『所獲非龍非彲，非虎非羆，所獲霸王之輔。』於是周西伯獵，果遇太公於渭之陽。與語，大説，曰：『自吾先君太公曰當有聖人適周，周以興。子真是邪？吾太公望子久矣。』故號之曰『太公望』。載與俱歸，立爲師。」

〔三七〕感　原作「威」，除吴曉鈴本外，各本已改。

〔三八〕應　受。《管子·小匡》：「應公之賜，殺之黄泉，死且不朽。」

〔三九〕悮打悮撞　除吴曉鈴本外，各本「悮」均改作「誤」。按，悮，同「誤」。參見《蝴蝶夢》第二折校注〔三〇〕。悮打悮撞，亂碰，胡猜亂想。

〔四〇〕蝴蝶迷莊子　《莊子·齊物論》：「昔者莊周夢爲胡蝶，栩栩然胡蝶也，自喻適志與，不知周也；俄然覺則蘧蘧然周也。不知周之夢爲胡蝶與？胡蝶之夢爲周與？周與胡蝶則必有分矣，此之謂物化。」後人用以比喻浮生如夢。馬致遠套數【雙調】夜行船：「百歲光陰一夢蝶，重回首往事堪嗟。」

〔四一〕宋玉赴高唐　參見《金線池》第二折校注〔二〕。

〔四二〕三　吴國欽本、王季思本「據文意」改作「千」。

〔四三〕形狀　形相。《史記·刺客列傳》：「居頃之，豫讓又漆身爲厲，吞炭爲啞，使形狀不可知，行乞於市。」

〔四四〕勢况　樣子。《劉知遠諸宮調》第一：「知遠勢况，渾如夯浪出波龍。」

〔四五〕訪　甯希元本改作「仿」。誤。按，訪，尋。參見《拜月亭》第二折校注〔三〕。

〔四六〕則落的河邊堤土坡上釘下個纜椿　「落」原作「𡊨」，從隋樹森本、徐沁君本、甯希元本、吳國欽本、王學奇本、王季思本改。盧冀野本改作「掘」。鄭騫本從，校云：「全集（按，即盧本）改作掘，又似與下釘字意複，姑從之。若以玖字之音推測，疑是就字。」北京大學本校云：「『𡊨』字疑訛。」王季思本「的」改作「得」。按，的，得。參看《詩詞曲語辭匯釋》卷四「的（二）」。「纜」原作「鏡」，從徐沁君本、吳國欽本、王學奇本、王季思本改。甯希元本改作「井」。鄭騫本校云：「鏡字待校。」

〔四七〕坐着條擔杖　「條」原作「𢆉」，從鄭騫本、徐沁君本、甯希元本、吳國欽本、王學奇本、王季思本正。盧冀野本改作「齊」。吳曉鈴本、隋樹森本、北京大學本改作「舉」。徐本校記云：「擔杖即扁擔，是以『條』稱的。上句『纜椿』云云指漁，這句『擔杖』云云指樵。」甚是。

〔四八〕村酒漁樵話兒講　村酒，鄉村酒店。話兒，故事。《董解元西廂記》卷一【仙吕調】【風吹荷葉】：「話兒不提朴刀桿棒，長槍大馬。」

第三折

【粉蝶兒】〔一〕運去〔二〕時過，誰承望有這場喪身災禍？憶當年鐵馬金戈。自桃園初〔三〕結義，把尊兄輔佐，共敵軍擂鼓鳴鑼，誰不怕俺弟兄三個！

【醉春風】安喜縣把督郵鞭，當陽橋將曹操喝，共吕温侯配戰〔四〕九十合，那其間也是我，我！壯志消磨，暮年折剉〔五〕，今日向匹夫行伏落〔六〕。

【紅綉鞋】九尺軀陰雲裏惹大〔七〕，三縷髯把玉帶垂過，正是俺荆州裏的二哥哥。咱是陰鬼，怎敢隨它〔八〕？諕的我向陰雲中無處趓。

【迎仙客】居在人間〔九〕世，則合把〔一〇〕路上經過，向〔一一〕陰雲中步行因甚麼？往常爪關西把它圍繞合〔一二〕，今日小校無多，一部從〔一三〕十餘個。

【石榴花】往常開懷〔一四〕常是笑呵呵，絳雲也似丹臉若頻婆〔一五〕，今日卧蠶眉瞅定〔一六〕面没羅。却是爲〔一七〕何，雨泪如梭〔一八〕？割捨了向前先攙逐〔一九〕，見咱呵恐怕收羅〔二〇〕。行行裏恐懼明聞破〔二一〕，省可裏到把虎軀那〔二二〕。

【鬥鵪鶉】哥哥道你是陰魂，兄弟是甚麼？用捨行藏〔二三〕，盡言始末〔二四〕：則爲帳下張達那厮厮嗔喝〔二五〕，兄弟更性似火〔二六〕，我本意待侑〔二七〕它，誰想它興心〔二八〕壞我！

【上小樓】則爲咱當年勇過，將人折剉〔二九〕，石亭驛上袁襄怎生結末〔三〇〕？惱犯我，拿住它，天靈摔破。虧圖了我〔三一〕怎生饒過！

【幺】〔三二〕哥哥你自暗約〔三三〕，這事非小可。投至的〔三四〕曹操孫權，鼎足三分，社稷山河，筋斷鎖，俺三個，同行同坐，怎先亡了咱弟兄兩個？

【哨遍】提起來把荆州摔破，争柰小兄弟也向壕中卧〔三五〕！雲霧裏自評薄〔三六〕：劉封那廝於禮如何？把那廝碎剮割！糜芳糜竺，帳下張達，顯見的東吴趓〔三七〕。先驚覺〔三八〕與軍師諸葛，後入宫庭托夢與哥哥：軍〔三九〕臨漢上馬嘶風，屍堰滿江心血流波〔四〇〕。休想逃亡，没處潛藏，怎生的趓〔四一〕！

【耍孩兒】西蜀家炁〔四二〕勢威風大，助鬼兵全無坎坷。糜芳糜竺共張達，待奔波〔四三〕怎地奔波？直取了漢上纔還國，不殺了賊臣不講和。若是都拿了，好生的將護〔四四〕，省可裏拖磨〔四五〕。

【三】〔四六〕君王索〔四七〕懷痛憂，報了讎也快活。除了劉封，檻車裏囚着三個。并無喜況敲金鐙，有甚心情和凱歌！若是將賊臣破〔四八〕，君王將咱祭奠，也不用道場鑼鈸〔四九〕。

【二】〔五〇〕燒殘半堆柴〔五一〕，支起九鼎鑊〔五二〕，把那廝四肢梢一節節剮刀剉〔五三〕，虧圖了腸肚鷄鵶喿〔五四〕，數算了肥膏猛虎拖〔五五〕。咱可靈位上端然坐〔五六〕，也不用僧人持咒〔五七〕，道士宣科〔五八〕。

【尾聲】〔五九〕也不須〔六〇〕香共燈，酒共果，□〔六一〕得那腔子裏的熱血往空潑，超度了哥哥發奠〔六二〕我！

校注

〔一〕粉蝶兒　隋樹森本、鄭騫本、徐沁君本、甯希元本、吴國欽本、王學奇本、王季思本上補「中吕」。

〔二〕去　原字筆劃不清，覆元槧本誤作「失」，盧冀野本、吴曉鈴本、鄭騫本、北京大學本、王學奇本及王季思本校記沿誤。

〔三〕初　徐沁君本誤作「三」。

〔四〕配戰　配，匹敵。《文選》卷六左思《魏都賦》：「元勳配管敬之績，歌鐘析邦君之肆。」王季思本「戰」誤作「戟」。

〔五〕暮年折剉　「年」原作「𠀾」，從吴曉鈴本、隋樹森本、鄭騫本、北京大學本、徐沁君本、甯希元本、吴國欽本、王學奇本、王季思本改。盧冀野本改作「軍」。鄭騫本、甯希元本、吴國欽本、王季思本「剉」改作「挫」。按，剉，挫。《淮南子·詮言》：「行未固於無非而急求名者，必剉也。」折剉，受挫。亦作「剉折」。《後漢書·馮異傳》：「偏城獲全，虜兵剉折。」

〔六〕向匹夫行伏落　「匹」原作「四」，從各本改。伏落，認輸。

〔七〕九尺軀陰雲裏惹大　盧冀野本「軀」改作「驅」。非。「裏」原作「里」，覆元槧本誤作「黑」，盧冀野本、吴曉鈴本、鄭騫本、北京大學本沿誤。盧本、吴本、北本并在「黑（裏）」字下點斷。吴曉鈴本、北京大學本、甯希元本、吴國欽本、王季思本「惹」改作「偌」。按，惹，與「偌」同。參看《詩詞曲語辭匯釋》卷一「惹」。盧冀野本「大」改作「得」，「惹得（大）」二字斷屬下句。吴曉鈴本、北京大學本「偌（惹）大」二字亦屬下句。按譜，此本曲首句，用韵，「大」字韵，盧本、吴本、北本誤。

〔八〕隨它　覆元槧本「隨」誤作「陷」，盧冀野本、吴曉鈴本、隋樹森本、北京大學本、徐沁君本、王學奇本沿誤。鄭騫本校勘記云：「覆刻及石印誤作陷字，格律不合，文理不通。（此字應用平聲。）」吴國欽本「據文意」改作「見」。吴曉鈴本「它」改作「他」。參見第一折校注〔一五〕。

〔九〕問　原作「问」，從各本改。

〔一〇〕把　從。《三國志平話》卷中：「夏侯惇敗了必把你手内過也。」

〔一一〕向　盧冀野本删。無據。

〔一二〕往常爪關西把它圍繞合　「爪」原作「瓜」，從鄭騫本、徐沁君本、吴國欽本、王學奇本、王季思本改。盧冀野本、隋樹森本改作「時」。甯希元本改作「懆」。吴曉鈴本校勘記謂「疑是『從』字」。徐本校記辨之已詳，不贅。吴曉鈴本「它」改作「他」。參見第一折校注〔一五〕。「圍」原作「闈」，從盧冀野本、隋樹森本、鄭騫本、徐沁君本、甯希元本、吴國欽本、王學奇本、王季思本改。徐本校云：「『闈』乃『闡』之誤。元刊本『圍』『闈』二字，常以音同互用。……本曲先誤『圍』爲『闈』，再誤爲『闡』。」吴曉鈴本校勘記謂「疑是『闌』字」。北京大學本校勘記云：「此句疑有訛誤。」

〔一三〕部從　隨從。脈望館古名家本馬致遠《漢宮秋》二折末白：「如今就差一番官，率領部從，寫書與漢天子，求索王昭君與俺和親。」

〔一四〕懷　原作「傢」，從吴曉鈴本、隋樹森本、鄭騫本、北京大學本、徐沁君本、甯希元本、吴國欽本、王學奇本、王季思本改。盧冀野本改作「顏」。

〔一五〕丹臉若頻婆　「臉」原作「揄」，覆元槧本僅存左半，今從隋樹森本、鄭騫本、徐沁君本、甯希元本、吴國欽本、王學奇本、王季思本改。盧冀野本、北京大學本改作「頰」。吴曉鈴本校勘記謂「疑是『眼』字」。盧冀野本、王季思本「頻」改作「蘋」。按，頻婆，柰，蘋果之一種。李時珍《本草綱目》果部卷三十：「柰，梵言謂之頻婆。」

〔一六〕卧蠶眉瞛定　「蠶」原作「巫」，從各本改。「瞛」原作「瞛」，從盧冀野本、隋樹森本、鄭騫本改。北京大學本、徐沁君本、甯希元本、吴國欽本、王學奇本、王季思本改作「瞅」。參見《拜月亭》第四折校注〔三二〕。

〔一七〕爲　原作「鳴」，從徐沁君本、吴國欽本、王學奇本、王季思本改。盧冀野本、隋樹森本、鄭騫本、北京大學本改作「因」。甯希元本改作「无」。吴曉鈴本校勘記云：「『鳴』字不文，疑有誤。」

〔一八〕雨泪如梭　盧冀野本、吴曉鈴本、隋樹森本、北京大學本、王學奇本「雨」改作「兩」。「梭」原作

「恢」，從吳曉鈴本、隋樹森本、鄭騫本、北京大學本、徐沁君本、甯希元本、吳國欽本、王學奇本、王季思本改。盧冀野本改作「梳」。

〔一九〕攙逐　甯希元本「攙」改作「參」。鄭騫本、甯希元本、吳國欽本、王季思本「逐」改作「過」。按，攙逐，搶步跟隨。攙，搶先。《三國志・蜀書・魏延傳》：「延大怒，攙儀未發，率所領徑先南歸。」逐，隨。《樂府詩集》卷四十一鮑照《東武吟行》：「始隨張校尉，召募到河源。後逐李輕車，追虜出塞垣。」

〔二〇〕收羅　停步。

〔二一〕明聞破　徐沁君本、甯希元本「聞」改作「開」。按，「聞」字可通，不煩校改。參見《救風塵》第三折校注〔三三〕。破，猶了。參看《詩詞曲語辭匯釋》卷三「破(一)」。

〔二二〕到把虎軀那　徐沁君本、甯希元本、吳國欽本「到」改作「倒」。按，到，倒。參看《詩詞曲語辭匯釋》卷四「到(二)」。除吳曉鈴本外，各本「那」改作「挪」。吳本校勘記云：「那——即『挪』字。」是。

〔二三〕用捨行藏　《論語・述而》：「子謂顏淵曰：『用之則行，舍之則藏，唯我與爾有是夫！』」後以「用舍行藏」謂被任用則出仕，不被任用則退隱。此處謂形迹。

〔二四〕末　原作「未」，從各本改。

〔二五〕張達那廝廝嗔喝　第二個「廝」字原爲一重文符號，盧冀野本、隋樹森本「那廝廝嗔喝」改作「那廝那廝嗔喝」。鄭騫本校勘記云：「上廝字是名詞，下廝字是副詞。全集（按，即盧本）作那廝那廝嗔喝，非。」參見《調風月》第二折校注〔五四〕、《哭存孝》頭折校注〔一五九〕。

〔二六〕更性似火　「性」原作「往」，從各本改。吴國欽本「更」「性」二字誤倒。

〔二七〕侑　原作「併」，從徐沁君本、甯希元本、吴國欽本、王學奇本、王季思本改。盧冀野本、鄭騫本改作「饒」。北京大學本改作「倂」。

〔二八〕興心　盧冀野本「心」字奪。興心，起意。高文秀《澠池會》三折正末白：「主公，想秦昭公這一番興心不善也。」

〔二九〕將人折剉　「人」原作「夂」，從各本改。鄭騫本、甯希元本、吴國欽本、王學奇本、王季思本「剉」改作「挫」。按，折剉，折辱。《劉知遠諸宮調》第二【般涉調】【麻婆子】：「記得村酒務，將人恁折剉。」

〔三〇〕結末　「末」原作「未」，從吴曉鈴本、隋樹森本、鄭騫本、北京大學本、徐沁君本、甯希元本、吴國欽本、王學奇本、王季思本改。盧冀野本改作「果」。鄭本校勘記云：「結末爲曲中常用語，與結果結束同意。」

〔三一〕虧圖了我　「虧圖」原作「亐固」。覆元槧本作「亐固」。「亐」乃「虧」字之省，「固」乃「圖」字之誤。今從隋樹森本、鄭騫本、北京大學本、徐沁君本、甯希元本、吳國欽本、王學奇本、王季思本改。盧冀野本改作「若遇」。吳曉鈴本從覆本。參見《蝴蝶夢》第二折校注〔二九〕。「我」原作「他」，從徐沁君本、王學奇本改。

〔三二〕【幺】　徐沁君本、甯希元本、王學奇本、王季思本作「【幺篇】」。

〔三三〕暗約　盧冀野本「暗」改作「暗」。非。按，暗約，忖度。尚仲賢《三奪槊》二折【梁州】：「近新來病體兒直然較。我自暗約，也枉了醫療。」

〔三四〕投至的　同「投至得」。參見《哭存孝》第二折校注〔五六〕。

〔三五〕争柰小兄弟也向壕中卧　各本「柰」改作「奈」。按，柰，同「奈」。參見《調風月》第一折校注〔九六〕。「壕」原作「嚎」，從各本改。徐沁君本校記云：「壕中卧，謂人死埋葬土壕中。」

〔三六〕評薄　原作「抨溥」，從隋樹森本、北京大學本、徐沁君本、吳國欽本、王學奇本改。覆元槧本「抨」下增一重文符號。盧冀野本改作「拼搏」。吳曉鈴本作「抨搏」。鄭騫本作「評博」。甯希元本、王季思本作「評跋」。甯本校云：「其他各本或有作『評薄』者，亦通。」評薄，忖度。參看《詩詞曲語辭匯釋》卷五「評泊」。

〔三七〕趓　原字殘損，今據本曲末字改。覆元槧本此字空闕，盧冀野本、吳曉鈴本、隋樹森本、北京大學本從空。鄭騫本「依韵及文義補」「躲」字，徐沁君本、甯希元本、吳國欽本、王學奇本、王季思本同。按，趓，即「躲」。《全宋詞》五陳德武《清平樂·詠蟬》：「三疊琴心音一縷，趓在緑陰深處。」

〔三八〕驚覺　驚醒。《劉知遠諸宫調》第二：「雨濕煞火，知遠驚覺，方知洪義所爲。」

〔三九〕軍　原作「罕」，從各本改。

〔四〇〕屍堰滿江心血流波　原本「屍」作「尸」，字模糊可辨，覆元槧本空闕，吴曉鈴本、隋樹森本從空。吴本校勘記云：「元刊本原缺，然恐非缺字。」按，闕字者乃覆元槧本，非元刊本，吴校誤。盧冀野本「江」字下點斷。誤。

〔四一〕趓　除吴曉鈴本外，各本改作「躲」。參見校注〔三七〕。

〔四二〕炁　各本改作「氣」。按，炁，古「氣」字。參見《哭存孝》第三折校注〔一七〕。

〔四三〕奔波　逃跑。

〔四四〕將護　保護。《後漢書·王昌傳》：「昔遭趙氏之禍，因以王莽篡殺，賴知命者將護朕躬，解形河濱，削迹趙魏。」

〔四五〕拖磨　拖延。

〔四六〕【二三】　鄭騫本、徐沁君本、甯希元本、王季思本作「【三煞】」。

〔四七〕索　盧冀野本、甯希元本改作「素」。按，索，猶啊。闕名氏《劉弘嫁婢》一折【天下樂】：「你倚仗着我這幾貫錢索則麽以（抑）擲的些窮人家每着他無是處！」《雍熙樂府》卷十六闕名氏套數【商調】二郎神「秋恨」：「多因他意重我情薄，既不索可怎生雁貼魚沉音信杳！」

〔四八〕破　原字稍殘損，覆元槧本作「报」，盧冀野本、吴曉鈴本、隋樹森本、鄭騫本、北京大學本，王季思本沿誤。盧本將下句與本句連讀，吴本、北本將下句「君王」二字斷屬本句。均非。徐沁君本校記云：「曲譜：本句三字，叶韵。」「破」字韵。破，獲。

〔四九〕鑼鈸　「鑼」原作「鋌」。「鈸」字右半殘損，覆元槧本作「鈷」。今從鄭騫本、甯希元本、吴國欽本、王季思本改。盧冀野本改作「鐙鈷」。吴曉鈴本、隋樹森本、北京大學本、徐沁君本、王學奇本作「鑌鈷」。

〔五〇〕【二】　鄭騫本、徐沁君本、甯希元本、王季思本作「【二煞】」。

〔五一〕燒殘半堆柴　「殘」原作「𢦏」，從吴曉鈴本、隋樹森本、北京大學本、徐沁君本、甯希元本、吴國欽本、王學奇本、王季思本改。盧冀野本改作「賤」。鄭騫本作「×」，校勘記云：「全集（按，即盧本）第二字作賤，不合格律，此字應用平聲，疑是殘字。」「堆」原作「椎」，覆元槧本僅存左半「木」旁，隋樹森本從。今從北京大學本、甯希元本、吴國欽本、王學奇本、王季思本改。北本校勘記云：「元刊本作『椎』，當是『槌』字。蓋『堆』字形近而誤爲『椎』，『椎』又寫作『槌』。」盧冀野本改作「樹」。徐沁君本作「橛」。吴曉鈴本空闕。鄭騫本作「×」。「柴」原作「棐」。覆元槧本空闕，盧冀野本、吴曉鈴本、鄭騫本從空。今從隋樹森本、北京大學本、徐沁君本、甯希元本、吴國欽本、王學奇本、王季思本改。

〔五二〕九鼎鑊　「鼎」原作「頂」，從徐沁君本、甯希元本、吴國欽本、王學奇本改。九鼎鑊，大鍋，一種刑具。元刊本紀君祥《趙氏孤兒》二折【感皇恩】：「怕甚三尺霜鋒，折末九鼎鑊中，快刀誅，毒藥吃，滚油烹。」

〔五三〕把那厮四肢梢一節節剛刀剉　四肢梢，四肢。「肢」「梢」同義連文。各本「剛」改作「鋼」。按，剛，鋼。參見《單刀會》第一折校注〔七九〕。甯希元本、吴國欽本「剉」改作「挫」。按，剉，鍘。《世説新語·賢媛》：「剉諸薦以爲馬草。」

〔五四〕虧圖了腸肚鵶鵶哚　「虧圖」原作「亏閚」，從徐沁君本、吴國欽本改。北京大學本校勘記亦謂「疑當作『亏圖』」。盧冀野本改作「虧刳」。隋樹森本作「虧閚」。鄭騫本、甯希元本、王季思本作「刳開」。王學奇本校注亦疑是「刳開」。徐本校記云：「元本從『口』與從『門』之字，往往相誤，蓋以『門』字簡寫爲『门』，與『口』形近似之故。」虧圖，殺。闕名氏《馮玉蘭》三折【逍遥樂】：「告他將父親殺死，兄弟虧圖，娘親來占了。」盧冀野本、吴曉鈴本、隋樹森本、北京大學本、徐沁君本、王學奇本「鵶」改作「鴨」。鄭騫本校勘記云：「『鵶啄人腸』語見《七里灘》雜劇，古樂府中亦有同樣寫法，不必改鴨。」盧冀野本、隋樹森本「哚」改作「朵」。吴曉鈴本、北京大學本、徐沁君本、王學奇本作「剁」。鄭騫本、吴國欽本、王季思本作「啄」。甯希元本作「奪」。吴曉鈴本、鄭騫本、北京大學本、徐沁君本、甯希元本、吴國欽本、王學奇本并謂原作「朵」。按，元刊本、覆元槧本原作「朶」，左邊「㇇」乃「口」旁俗寫。吴本等誤辨。哚，啄。今北方方言猶有此説。

〔五五〕數算了肥膏猛虎拖　數算，殺。《元典章》刑部四「謀殺」：「李政説合何餕頭妾何阿安與劉天璋通姦。在後，劉天璋對李政道：『咱兩個數算何餕頭，咱要這兩個婦女做媳婦。』」「猛」字左半原殘壞，從隋樹森本、鄭騫本、北京大學本、徐沁君本、甯希元本、吴國欽本、王學奇本、王季思本正。盧冀野本改作「溢」。吴曉鈴本作「孟」。「虎」原作「虚」，從隋樹森本、鄭騫本、甯希元本、吴國欽本、王季思本改。徐沁君本、王學奇本改作「覷」。徐本、王本并改「拖」作「他」。

〔五六〕咱可靈位上端然坐　「可」字下半原殘損，尚可辨識，覆元槧本空闕。盧冀野本改作「們」。鄭騫本作「人」。甯希元本作「呵」。吴曉鈴本校勘記謂「疑當作『在』字」。均非。「靈」字上半殘損，僅存「灭」，覆元槧本作「灵」，是。各本亦正。

〔五七〕僧人持咒　吴國欽本「人」誤作「斷」。持咒，念經。持，猶念誦。段成式《金剛經鳩異》：「江陵開元寺般若院僧法正，日持《金剛經》三七遍。長慶初得病卒，至冥司，見若王者，問：『師生平作何功德？』答曰：『常念《金剛經》。』」咒，佛教經文之一。梵語陀羅尼。譯作總持。能持能遮。以名持善法不使散，持惡法不使起之力用。趙彦衛《雲麓漫鈔》卷三：「自《楞嚴經房氏筆受》，有咒一卷，後每經必有咒。」

〔五八〕宣科　「科」原作「料」，從各本改。宣科，亦念誦經文。

〔五九〕【尾聲】　原作「【收尾】」，今按律改。徐沁君本改作「【煞尾】」。

〔六〇〕不須　「須」原作「炽」，從徐沁君本、王學奇本改。盧冀野本、鄭騫本、吴國欽本、王季思本改作「用」。吴曉鈴本、隋樹森本、北京大學本作「烟」。吴本校勘記、北本校勘記并謂「不」下疑脱一「用」字。徐本校記云：「『香燈酒果四物之上，着一『烟』字，則爲贅詞。」甯希元本作「煩」。

〔六一〕□　原字殘損太甚，覆元槧本空闕。吴曉鈴本校勘記謂「元刊本原缺一字」。按，闕字者乃覆元槧本，非元刊本，吴校誤。盧冀野本作二空圍。徐沁君本「據上下語意補」作「但」字。甯希元本、吴國欽本、王學奇本、王季思本補同。然從殘存點劃看，恐非是「但」字。

〔六二〕發奠　舉行祭奠，祭奠。發，行。《吕氏春秋·重言》：「齊桓公與管仲謀伐莒，謀未發而聞於國。」高誘注：「發，行。」

第四折

【端正好〔一〕】任劬勞〔二〕，空生受，死魂〔三〕兒有國難投。横亡〔四〕在三個賊臣手，無一個親人救。

【滚綉毬〔五〕】俺哥哥丹鳳之目〔六〕，兄弟虎豹頭，中它人機彀〔七〕，死的來不如個蝦蟹泥鰍〔八〕！我也曾鞭督郵〔九〕，俺哥哥誅文醜，暗梟了車胄〔一〇〕，虎牢關酣戰温侯。咱人〔一一〕三寸氣在千般用，一日〔一二〕無常萬事休，壯志難酬！

【倘秀才】往常真户尉見咱當胸叉手〔一三〕，今日見紙判官趨前退後〔一四〕，元〔一五〕來這做鬼的比陽人不自由！立在丹墀内，不由我泪交流，不見一班兒〔一六〕故友。

【滚綉毬】那其間正〔一七〕暮秋，九月九，正是帝王的天壽〔一八〕，烈丹墀宰相王侯〔一九〕。擺的我奉玉甌〔二〇〕，進御酒，一齊山壽〔二一〕，官裏回言道臣宰千秋。往常擺滿宫綵女在堦基下〔二二〕，今日駕一片愁雲在殿角頭，痛泪〔二三〕交流！

【叨叨令】碧粼粼緑水波紋皺〔二四〕，疎刺刺玉殿香風透〔二五〕。早朝靴跐不響玻璃甃〔二六〕，白象笏打不響黄金獸。元來咱死了也麽哥，元來咱死了也麽哥〔二七〕，耳聽銀箭〔二八〕和更漏。

【倘秀才】官裏向龍床上高聲問候，臣向燈影内恓惶〔二九〕頓首，躲避着君王倒退着走〔三〇〕。只管裏問緣由〔三一〕，歡容兒抖擻。

【呆古朵】終是三十年交契懷着愁〔三二〕，咱心相愛志意相投〔三三〕。繞着一兄長根〔三四〕前，不離了小兄弟左右。一個是頡頏〔三五〕雲間鳳，一個是威凜〔三六〕山中獸。昏慘慘風内燈，虚飄飄水上漚。

【倘秀才】官裏身軀在龍樓鳳樓，魂魄赴荆州閬州，争知兩座磚城換做土丘！天曹不受，地府難收，無一個去就〔三七〕！

【滚綉毬】官裏恨不休，怨不休，更怕俺不知你那勤厚〔三八〕，爲甚俺死魂兒全不相瞅〔三九〕！叙故舊〔四〇〕，厮問候，想那説來的前咒〔四一〕，桃園中宰白馬烏牛。結交兄長存終始，俺伏〔四二〕侍君王不到頭，心緒〔四三〕悠悠！

【三煞】來日交諸葛將二愚男將引丁寧奏〔四四〕，兩行泪才那〔四五〕不斷頭。官裏緊緊的相留，怕不待〔四六〕慢慢的等候，怎禁那滴滴銅壺〔四七〕，點點更籌〔四八〕。久停久住，頻去頻來，添悶添愁！　來時節玉蟾〔四九〕出東海，去時節殘月下西樓。

【二】〔五〇〕相逐着古道狂風走，趕定長江〔五一〕雪浪流。痛哭悲凉〔五二〕，少添僝僽〔五三〕。拜辭了龍顔，苦度春秋。今番若不説，後遍難來〔五四〕，千則千休〔五五〕！丁寧説透〔五六〕，分明的報冤讎！

【尾】〔五七〕飽諳世事慵開口，會盡人間只點頭〔五八〕。火速的驅軍統〔五九〕戈矛，駐馬向長江雪浪流，活拿住糜芳共糜竺，閬州裏張達檻車内囚。杵尖上挑〔六〇〕定四顆頭，腔子内血向成都鬧市裏流，强如與俺一千小盞黄封頭祭奠酒〔六一〕！

校注

〔一〕端正好　隋樹森本、鄭騫本、徐沁君本、甯希元本、吴國欽本、王學奇本、王季思本上補「正宫」。

〔二〕任劬勞　鄭騫本「據文義」「任」改作「枉」。甯希元本改同。按，任，受。《左傳·僖公十五年》：「重怒難任，背天不祥。」杜注：「任，當也。」當亦猶受。劬勞，勞苦。《詩·小雅·蓼莪》：「哀哀父母，生我劬勞。」

〔三〕死魂　二字原殘損，覆元槧本空闕，盧冀野本、吴曉鈴本、隋樹森本從空。今從北京大學本、徐沁君本、甯希元本、吴國欽本、王學奇本、王季思本補。吴曉鈴本校勘記謂「疑是『那答』二字」。鄭騫本「據文義補」「一靈」二字。

〔四〕横亡　「横」字筆劃簡化，盧冀野本、吴曉鈴本、北京大學本及甯希元本校勘記、吴國欽本校記、王學奇本校注誤辨作「梗」。隋樹森本作「頓」。亦非。横亡，凶死。徐沁君本校記證之已詳，例不贅。參見《調風月》第三折校注〔七四〕。

〔五〕【滚綉毬】　原簡作「衮秀求」，從各本正。後同，不另出校。

〔六〕丹鳳之目　「目」原作「具」，今改。徐沁君本校記亦云：「『具』疑是『目』之形誤。『丹鳳目』指關羽，下句『虎豹頭』張飛自指。」王學奇本校注疑同。鄭騫本、王季思本改作「眼」。甯希元本、吴國欽本作「軀」。

〔七〕機轂　「轂」原作「㲉」，從各本改。參見《救風塵》第二折校注〔五三〕。

〔八〕鰍　原作「湫」，從各本改。

〔九〕鞭督郵　「鞭督」原作「粮及」，從盧冀野本、吴曉鈴本、隋樹森本、鄭騫本、徐沁君本、甯希元本、王學奇本、王季思本改。吴本校勘記又云：「又疑或作『鞭及督郵』。」北京大學本、吴國欽本作「鞭及督郵」。非。徐本校記云：「『及』爲『督』之殘字，當改作『督』，不應『及』『督』并存。」

〔一〇〕暗梟了車胄　「梟」字筆劃殘損，尚可辨識，從鄭騫本、甯希元本、王季思本正。盧冀野本、隋樹森本改作「殺」。吴曉鈴本、北京大學本、徐沁君本、吴國欽本、王學奇本作「滅」。甯本校勘記云：「此處當須平聲。」盧本并誤「胄」爲「胃」。《三國志·蜀書·關羽傳》：「先主之襲殺徐州刺史車胄，使羽守下邳城，行太守事，而身還小沛。」

〔一一〕咱人　咱們。孔文卿《東窗事犯》二折【鬥鵪鶉】：「咱人事要尋思，免勞後悔。」

〔一二〕一日　一旦。《韓非子·五蠹》：「今之縣令，一日身死，子孫累世絜駕，故人重之。」

〔一三〕真户尉見咱當胸叉手　户尉，指守衛宫門的軍官。叉手，拱手。厲静薌《事物異名録》卷十三：「《增韻》：俗呼拱手曰叉手。柳宗元詩：入郡腰常折，逢人手盡叉。」

〔一四〕見紙判官趨前退後　判官，閻王屬下掌管生死簿的官。「前」字筆劃殘損，從各本正。鄭騫本校勘記又云：「『趨前』原本似是趨承，義亦可通。」按，趨前退後，形容欲進又退的猶豫之狀。

臧本曾瑞卿《留鞋記》楔子【仙呂賞花時】：「我見他趨前退後，待言語却又早緊低頭。」

〔一五〕元　吳國欽本、王季思本改作「原」。按，元，原。參見《調風月》第四折校注〔三五〕。後同，不另出校。

〔一六〕一班兒　同輩。參見《救風塵》第一折校注〔四六〕。

〔一七〕正　原作「王」，從各本改。

〔一八〕天壽　皇帝的生日。金元時以皇帝的生日爲天壽節。《金史·章宗紀》：「詔以生辰爲天壽節。」《元史·禮樂志》：「遇八月帝生日，號曰天壽聖節。」

〔一九〕烈丹墀宰相王侯　各本「烈」改作「列」。按，烈，通「列」。《詩·鄭風·大叔于田》：「叔在藪，火烈俱舉。」毛傳：「烈，列。」鄭箋：「列人持火俱舉。」覆元槧本「丹」誤作「舟」。吳國欽本校記、王季思本校記謂「丹」原作「舟」。按，作「舟」者乃覆元槧本，非元刊本，吳本、王本誤校。「侯」字原殘損，覆元槧本空闕，吳曉鈴本從空。今從盧冀野本、隋樹森本、鄭騫本、北京大學本、徐沁君本、甯希元本、吳國欽本、王學奇本、王季思本正。吳曉鈴本校勘記亦謂「疑當作『侯』字」。吳國欽本校記云：「侯字空缺。」按，空闕者乃覆元槧本，非元刊本，吳校誤。

〔二〇〕攘的我奉玉甌　「攘」原作「衮」，字形長，似兩字，且中部殘損，今從徐沁君本、吳國欽本、王學奇本、王季思本改。盧冀野本改作「□朱衣」。吳曉鈴本、隋樹森本作「□衣」。鄭騫本作「×

衣」。北京大學本作「方衣」。甯希元本作「讓」。按，攘，推讓。《説文解字》十二上手部：「攘，推也。」段玉裁注：「推手使前也。古推讓字如此作。」奉，捧。《韓非子·和氏》：「楚人和氏得玉璞楚山中，奉而獻之厲王。」

〔二一〕山壽　盧冀野本、鄭騫本、王季思本「山」改作「上」。非。按，《詩·小雅·天保》：「如南山之壽，不騫不崩。」這裏用以祝頌長壽。

〔二二〕擺滿宮綵女在堦基下　「擺」原作「擺」，從徐沁君本、甯希元本、王學奇本、王季思本正。覆元槧本作「擇」，盧冀野本、吴曉鈴本、隋樹森本、鄭騫本、北京大學本、吴國欽本從。「綵」字原殘損，覆元槧本空闕，吴曉鈴本、隋樹森本、北京大學本從空。今從盧冀野本、鄭騫本、徐沁君本、甯希元本、吴國欽本、王季思本補。王學奇本作「彩」。「堦」原作「堦」，顯係「堦」之壞字。覆元槧本作「皆」。吴曉鈴本校勘記、徐沁君本校記、吴國欽本校記、王季思本校記謂原作「皆」。誤校。

〔二三〕泪　王學奇本誤作「愁」。

〔二四〕波紋皺　「紋」字原殘損，右半可認，覆元槧本空闕，盧冀野本、吴曉鈴本從空。「皺」字不清，覆元槧本作「忽」，盧冀野本、吴曉鈴本從。吴本「忽(皺)」字并斷屬下句。非。今從隋樹森本、鄭騫本、北京大學本、徐沁君本、甯希元本、吴國欽本、王學奇本、王季思本正。

〔二五〕疎剌剌玉殿香風透　「疎」原作「竦」，從吴曉鈴本、隋樹森本、鄭騫本、北京大學本、徐沁君本、甯希元本、吴國欽本、王學奇本、王季思本改。盧冀野本此字奪。徐本「香」改作「金」。非。

〔二六〕早朝靴跐不響玻璃甃　鄭騫本、徐沁君本、甯希元本、吴國欽本、王季思本「早」改作「皂」。王學奇本作「阜」。按，《廣雅·釋器》：「早，黑也。」王念孫疏證：「陸璣《毛詩疏》云：『早斗殼爲汁，可以染早。』《説文》作草，俗作阜。」「跐」字原不清，覆元槧本空闕，吴曉鈴本、隋樹森本從空。今從北京大學本、徐沁君本、甯希元本、吴國欽本、王學奇本正。盧冀野本、鄭騫本、王季思本作「踏」。參見第一折校注〔八〕。「甃」字殘損，從覆元槧本及各本補。玻璃甃，琉璃瓦。

〔二七〕元來咱死了也麼哥，元來咱死了也麼哥　盧冀野本、吴曉鈴本、隋樹森本、北京大學本、徐沁君本、甯希元本、吴國欽本第二句不疊「元來」二字。王學奇本第二句奪。參見《蝴蝶夢》第三折校注〔八二〕。

〔二八〕箭　原作「前」，從各本改。箭，漏箭，插在漏壺中的刻有分度的杆。《杜工部集》卷十《奉和賈至舍人早朝大明宫》：「五夜漏聲催曉箭，九重春色醉仙桃。」

〔二九〕恓惶　「恓」原作「栖」，從盧冀野本、吴曉鈴本、鄭騫本、北京大學本、徐沁君本、甯希元本、吴國欽本、王學奇本、王季思本改。隋樹森本改作「悽」。參見《蝴蝶夢》第四折校注〔九二〕。

〔三〇〕躲避着君王倒退着走　「躲」原作「挅」，從各本改。甯希元本「退」改作「褪」。盧冀野本、吴曉鈴本「走」誤作「後」。

〔三一〕由　原作「田」，從各本改。

〔三二〕懷着愁　「懷」原作「擡」，從各本改。「愁」字變形難認，從徐沁君本、王學奇本改。盧冀野本改作「心」。隋樹森本、北京大學本作一空圍。鄭騫本作「×」。甯希元本作「旧」。吴國欽本、王季思本作「熟」。吴本校記并謂「熟」字「原缺」。誤。按，愁，恨。《廣雅·釋詁二》：「愁，恚也。」白居易《白氏長慶集》卷十二《琵琶行》：「别有幽愁暗恨生，此時無聲勝有聲。」

〔三三〕咱心相愛志意相投　盧冀野本、吴曉鈴本「咱心」二字合爲一字，作「想」，「愛」作「處」。誤。志意，思想。《荀子·修身》：「志意修則驕富貴，道義重則輕王公。」

〔三四〕根　王季思本改作「跟」。按，根，跟。參見《調風月》第二折校注〔三六〕。

〔三五〕頡頏　原作「吉亢」，從甯希元本改。甯本校云：「『頡頏』，倔强貌。……原本『頡頏』二字當省借爲『吉亢』，『亢』字形誤作『亢』。」盧冀野本、鄭騫本作「吉瑞」。隋樹森本作「吉佑」。徐沁君本、吴國欽本、王學奇本、王季思本作「急颩颩」。北京大學本校勘記謂「『亢』字疑訛」。

〔三六〕威凛　徐沁君本、吴國欽本、王學奇本、王季思本下增一「凛」字。

〔三七〕去就　着落。參看《詩詞曲語辭例釋》「去秋」。

〔三八〕勤厚　殷勤厚重。元刊本尚仲賢《氣英布》三折【小梁州】：「陡恁的納諫如流，輕賢傲士慢諸侯。無勤厚，惱犯我如潑水怎生收！」

〔三九〕俫　吴曉鈴本改作「倈」。鄭騫本作「睞」。吴國欽本、王季思本作「瞅」。按，俫，即瞅，猶理睬。《董解元西厢記》卷五【大石調】【玉翼蟬】：「您不俫人，俺怎敢嗔他？」

〔四〇〕舊　原作「旧」，覆元槧本誤作「由」，盧冀野本、吴曉鈴本、鄭騫本、北京大學本、吴國欽本、王季思本沿誤。

〔四一〕説來的前咒　來，猶過。《梨園樂府》卷上侯正卿套數【黄鍾】醉花陰：「瞞不過天地神明，説來的咒誓終朝應。」楊循古《吴中故語・嚴都堂剛鯁》：「老子也曾在都察院勾當來，識法度底豈肯如此？」咒，誓。關氏套數【大石調】青杏子「離情」：「坐想行思，傷懷感舊，各辜負了星前月下深深咒。」

〔四二〕伏　吴國欽本、王季思本改作「服」。按，伏，通「服」。參見《調風月》第一折校注〔一〇〕。

〔四三〕緒　原作「暗」，從徐沁君本、甯希元本、吴國欽本、王學奇本、王季思本改。

〔四四〕將二愚男將引丁寧奏　盧冀野本「二」字奪。將引，帶。羅貫中《風雲會》一折石守信白：「既如此，今日將引賢士赴闕，見帝封官去咱。」吴國欽本、王季思本「丁寧」改作「叮嚀」。按，丁寧，詳細。《張協狀元》戲文四十二出：「聽得丁寧祝付，小心伏事恩家。」後同，不另出校。

〔四五〕那　原作「刑」，從各本正。鄭騫本校勘記云：「那爲挪之省文。」按，那，用於句中，表語氣之停頓。鄭德輝《三戰吕布》三折楊奉白：「我也不敢久停久住，元帥府裏回話那走一遭去。」

〔四六〕怕不待　「怕」原作「快」，從甯希元本、吴國欽本、王季思本改。徐沁君本校記亦謂「疑當作『怕』」。怕不待，豈不要。參看《詩詞曲語辭匯釋》卷五「怕（一）」。

〔四七〕銅壺　計時用的漏壺。《全唐詩》卷二六六顧况《樂府》：「玉醴隨觴至，銅壺逐漏行。」

〔四八〕更籌　計時報更的竹簽。這裏指時間。元刊本范康《竹葉舟》三折【採茶歌】：「不索你問更籌，子看水雲收，明滴溜半輪殘月在柳梢頭。」

〔四九〕玉蟾　「蟾」原作「焙」，從各本改。玉蟾，月。《全唐詩》卷一八五李白《初月》：「玉蟾離海上，白露濕花時。」

〔五〇〕【二】　鄭騫本、徐沁君本、甯希元本、王學奇本、王季思本作「【二煞】」。

〔五一〕長江　原作「湘江」，從徐沁君本、吴國欽本、王學奇本、王季思本改。徐本校記云：「吴蜀交兵，與湘江無涉。本折【尾】：『駐馬向長江雪浪流。』據改。」

〔五二〕涼　原作「京」，從隋樹森本、鄭騫本、北京大學本、徐沁君本、甯希元本、吴國欽本、王學奇本、王季思本改。吴曉鈴本校勘記亦謂「疑當作『涼』字」。

〔五三〕少添僝僽　少，猶頗。闕名氏《凍蘇秦》一折王長者白：「聽其談吐，少開茅塞。」參看《詩詞曲語辭匯釋》卷二「稍（一）」。「僝」原作「潺」，除吴曉鈴本外，各本已改。僝僽，煩惱。參同上卷五「僝僽（四）」。

〔五四〕後遍難來　覆元槧本「遍」作「過」，除隋樹森本外，各本沿誤作「過」。徐沁君本校記、王學奇本校注又謂「疑當作『遍』」。甯希元本「來」改作「求」。

〔五五〕千則千休　覆元槧本第一個「千」字誤作「十」，盧冀野本、吳曉鈴本、隋樹森本沿誤。千則千休，猶言全完了。楊梓《霍光鬼諫》三折【二煞】：「也是我前世前緣，自遺自受，染病耽疾，千則千休。」

〔五六〕透　猶了。《劉知遠諸宮調》第十一【黄鍾宮】【願成雙】：「李三娘聽説透，孩兒果然實有。」闕名氏《陳州糶米》二折【小梁州】：「他每都穿連透，我則怕關節兒枉生受。」

〔五七〕【尾】　鄭騫本「據律改題」作「【煞尾】」。甯希元本、王季思本改同。徐沁君本作「【隨煞尾】」。

〔五八〕飽諳世事慵開口，會盡人間只點頭　盧冀野本「事」誤作「裏」。按，「飽諳世事」云云，俗語。見史九敬先《莊周夢》三折、闕名氏《翫江亭》三折。亦單説「飽諳世事慵開口」。見楊梓《霍光鬼諫》三折、王日華《桃花女》一折。

〔五九〕統　原作「怰」，從鄭騫本改。盧冀野本、吳曉鈴本、隋樹森本、北京大學本、徐沁君本、甯希元本、王學奇本改作「校」。吳國欽本、王季思本作「炫」。

〔六〇〕挑　除鄭騫本、王季思本外，各本改作「排」。按，挑，挂。陸游《劍南詩稿》卷四十九《自題傳神》：「檐挑雙草屨，壁倚一烏藤。」

〔六一〕强如與俺一千小盞黄封頭祭奠酒　「酒」字原闕，從鄭騫本、徐沁君本、甯希元本、吴國欽本、王季思本補。吴曉鈴本「奠」字下作二空圍，隋樹森本作一空圍。北京大學本校勘記亦謂疑有脱文。王學奇本「奠」改作「酒」。

原本末行有尾題「大都新編關張雙赴西蜀夢全」，從吴曉鈴本、隋樹森本、北京大學本、吴國欽本、王學奇本、王季思本删。徐沁君本「赴」誤作「赶」。盧冀野本、甯希元本作「關張雙赴西蜀夢雜劇終」。鄭騫本作「關張雙赴西蜀夢終」。

望江亭中秋切鱠旦

説明

《録鬼簿》著録。現存脈望館息機子本、顧曲齋本、臧本。今以前一種爲底本，後二種爲校本，并用吴曉鈴本（自脈望館息機子本出）、盧冀野本、中華書局本、北京大學本、吴國欽本、王學奇本、王季思本（以上自臧本出）參校。原本書口標目「切鱠旦」。總題下題「關漢卿」，今略去。顧曲齋本同，下題「元關漢卿譔」，卷首有「正目　洞庭湖半夜賺金牌，望江亭中秋切鱠旦」。臧本作「望江亭中秋切鱠雜劇」，書口標目「望江亭」，總題下題「元大都關漢卿撰明吴興臧晋叔校」。王學奇本據息機子本、顧曲齋本「切鱠」下補一「旦」字。

切鱠，片魚片。又叫斫鱠。段成式《酉陽雜俎》卷四「物革」：「進士段碩嘗識南孝廉者，善斫鱠，縠薄絲縷，輕可吹起。」

劇叙譚記兒爲維護美滿婚姻而與惡勢力鬥争事。

第一折

（冲末净扮白姑姑上，云〔一〕）道可道，非常道；名可名，非常名〔二〕。貧姑乃白姑姑是也〔三〕。在這清庵觀〔四〕

裏做着個住持。幼年捨俗出家〔五〕。此處有一女人，乃是譚記兒，生的模樣過人，不幸夫主亡逝已過〔六〕，此個女人家中守寡〔七〕，逐朝每日來俺這清庵觀裏與貧姑攀話〔八〕。貧姑有一個侄兒，姓白〔九〕，是白士中，數年不見，音信皆無。近來聞知得了官也〔一〇〕，未能相會〔一一〕。今日無甚〔一二〕事。看有甚麽人來〔一三〕。（白士中上，云）〔一四〕萬般皆下品，惟有讀書高；一自登科甲，金榜姓名標〔一五〕。小官白士中，前往潭州爲理，路打清庵觀過〔一六〕，觀中有我的姑娘，是白姑姑，在此觀中〔一七〕做住持。小官今日與白姑姑相見一面，便索履任〔一八〕。來到門首也〔一九〕。無人報復〔二〇〕，我自過去。（做〔二一〕見科，云）姑姑，你〔二二〕侄兒除授潭州爲理，一徑的來望姑姑來〔二三〕。（姑姑〔二四〕云）白士中孩兒也，喜得美除〔二五〕！我恰纔道罷，孩兒果然來了也。孩兒，你媳婦兒好麽？（白士中〔二六〕云）不瞞姑姑説，媳婦兒亡逝以過了也〔二七〕。（姑姑〔二八〕云）侄兒也〔二九〕，這裏有個女人，乃是譚記兒，大有顔色〔三〇〕，逐朝每日在我這庵〔三一〕裏與我攀話；等他來時，我圓成〔三二〕與你做個夫人，意下如何？（白士中〔三三〕云）姑姑，莫非不中麽？（姑姑云）〔三四〕不妨事，都在我身上。你壁衣〔三五〕後頭躲者，我咳嗽爲令〔三六〕，你便出來。（白士中〔三七〕云）理會的〔三八〕。（虚下）〔三九〕（姑姑〔四〇〕云）這早晚夫人〔四一〕敢待來也。（正旦上，云）〔四二〕妾身乃學士李〔四三〕希顔的夫人，姓譚，小字記兒。不幸夫主亡化過了三年光景也〔四四〕。我每日在清庵觀和白姑姑閑攀話〔四五〕。今日無甚麽事，望白姑姑走一遭去〔四六〕。我想這婦人身無主也呵〔四七〕！

【仙吕點絳唇】則爲這鳳隻鸞單〔四八〕，綉衾香散，身歸〔四九〕晚，粉淡香殘〔五〇〕，我〔五一〕日暮愁無限。

【混江龍】我爲甚一聲長嘆，玉容寂寞泪闌干〔五二〕？則這落花裏外〔五三〕，竹影中間，氣吁的紛紛花似雨〔五四〕，淚灑的珊珊青竹滴殘斑〔五五〕。但生三分顏色〔五六〕，有一點聰明〔五七〕，把兒夫不顧，守服三年〔五八〕，這愁煩恰便似海來深，憂和悶却兀的無邊岸〔五九〕！那廝每荒淫好欲〔六〇〕，一個個鑽懶幫閑〔六一〕。

（正旦云）〔六二〕可早來到也。這觀門首無人報復〔六三〕，我自過去。（做見姑姑科，云〔六四〕）姑姑萬福〔六五〕。（姑姑〔六六〕云）夫人請坐。（正旦〔六七〕云）我每日定害〔六八〕姑姑，多承雅意；妾身有心跟的姑姑出家，姑姑意下如何〔六九〕？（姑姑〔七〇〕云）夫人，你那裏出的〔七一〕家？這出家的〔七二〕，要餐松啗柏〔七三〕，熬齏受淡〔七四〕；如此般淒涼〔七五〕，白日由閑可〔七六〕，到晚來獨自一個孤恓〔七七〕，不如嫁一個丈夫，可不好〔七八〕？（正旦云）〔七九〕姑姑，你差矣也〔八〇〕。

【村裏迓鼓】我待學恁〔八一〕這出家兒清静，到大來一身散袒〔八二〕。難熬他這日月韶光，似相隨相伴〔八三〕。怕不俺這世間，無危難，俺便多曾經慣。則我這玉鬢環，黄粱飯，則是一夢間。姑姑也，都來與您燒藥煉丹〔八四〕。

（姑姑〔八五〕云）夫人，你怎生熬的這一頓素齋食〔八六〕？你不可出家也呵〔八七〕！

【元和令】則您那素齋食則一餐〔八八〕，休道我粗米飯幾曾慣〔八九〕。把心猿意馬緊牢拴〔九〇〕，將繁華不挂眼〔九一〕。（姑姑云）〔九二〕姐姐〔九三〕，常言道〔九四〕：「雨裏〔九五〕孤村雪裏山，看時容易畫時難；當初不解俗人意〔九六〕，多買胭脂畫牡丹。」你出不的家也〔九七〕。這的是〔九八〕看時容易畫時難，雖不燒藥，不煉丹，不住山，不坐圜〔九九〕。

(姑姑〔一〇〇〕云)比似這般受苦呵〔一〇一〕，放着這一表人物〔一〇二〕，嫁個丈夫可不好〔一〇三〕？(正旦〔一〇四〕云)若有似俺男兒知重我的，便嫁他〔一〇五〕。(姑姑做咳嗽科)(白士中上，見正旦科，云)〔一〇六〕衹揖〔一〇七〕。(正旦云)〔一〇八〕萬福〔一〇九〕。姑姑，兀的不有人來也〔一一〇〕，我索回去也。(姑姑〔一一一〕云)你那裏去〔一一二〕？他便是你的夫主〔一一三〕。(正旦〔一一四〕云)姑姑，甚麼言語那〔一一五〕！

【上馬嬌】喒則是因語間〔一一六〕，好是干〔一一七〕？姑姑〔一一八〕，倒做了曹仙家撮合山〔一一九〕。(姑姑云)〔一二〇〕你夫婦之禮多曾經慣也〔一二一〕。你道我鸞交鳳友從來慣〔一二二〕。(姑姑云)〔一二三〕關了門者，我不放你出去〔一二四〕。把門來關了〔一二五〕，將人來廝邀攔〔一二六〕。

【遊四門】〔一二七〕你却便引的人來心惡煩〔一二八〕，你可甚撒手不爲姦〔一二九〕！你暗埋伏隱藏着誰家〔一三〇〕漢，將我來緊遮攔？暢好是奸！相待數年間，語話兒拴〔一三一〕，則今日索分顔〔一三二〕！【勝葫蘆】〔一三三〕姑姑，抵多少雨裏前村雪裏山〔一三四〕。(姑姑云)〔一三五〕您兩個今日成就了這夫婦罷〔一三六〕。枉展污了你七星壇。你自做的着人下眼看！依本分明窗紙帳，藥爐經卷，姑姑，抵多少叉手告人難〔一三七〕。

(姑姑云)〔一三八〕兀那君子〔一三九〕，誰着你來〔一四〇〕這裏來？(白士中〔一四一〕云)這小娘子着我來〔一四二〕。(正旦〔一四三〕云)甚麼言語〔一四四〕！我至死也不隨順〔一四五〕你！(姑姑云)〔一四六〕你要官休也〔一四七〕私休？(正旦〔一四八〕云)怎生是官休？怎生是私休？(姑姑〔一四九〕云)你要官休呵，我這裏是個祝壽的道院〔一五〇〕，你不守志〔一五一〕，領着人來打攪，我告到官中，三推六問〔一五二〕，枉打壞〔一五三〕了你；若是私休呵〔一五四〕，你又青春，他又年少〔一五五〕，我與你做個落花的媒人〔一五六〕，成合了您兩口兒〔一五七〕，可不省事也〔一五八〕？（正旦〔一五九〕云）姑姑，等我自尋思咱。（姑姑云）〔一六〇〕千求不如一嚇〔一六一〕。（正旦〔一六二〕云）那個出家兒的放刁來〔一六三〕？姑姑，他依的我兩庄事〔一六四〕，我便就隨順他〔一六五〕；他〔一六六〕若不依着我呵，我斷然是不肯隨順他〔一六七〕。（白士中〔一六八〕云）休道兩庄事〔一六九〕，十庄我也依的〔一七〇〕。

【後庭花】依着我休離了我行坐間〔一七一〕，則這十個字不放閑〔一七二〕，豈不聞法正天心順〔一七三〕，則他這官清民自安〔一七四〕。姑姑，着他看，今番我着實稱贊。姑姑，你念經處不放閑，閑管處手段犇。你東山裏做謝安，南山南指弱蘭〔一七五〕。

【柳葉兒】姑姑〔一七六〕，你若題着這庄兒公案〔一七七〕，則他那觀名兒喚做清庵〔一七八〕。你道是鸞交鳳友〔一七九〕從來慣，怕有人擔疾患〔一八〇〕，來〔一八一〕你行求丸散，則你〔一八二〕與他這一服靈丹；姑姑〔一八三〕，你專醫您那〔一八四〕枕冷衾寒。

（正旦云）〔一八五〕罷、罷、罷！我依着姑姑，成就了這門親事罷。（姑姑云）〔一八六〕白士中，這庄〔一八七〕事虧了我麼？（白士中云）〔一八八〕你專醫人〔一八九〕枕冷衾寒，虧了姑姑。您孩兒履任罷〔一九〇〕，便〔一九一〕來相謝也。（正旦〔一九二〕云）相公也〔一九三〕，你就辭〔一九四〕了姑姑，喒〔一九五〕便索長行也。（白士中云）夫人說的是也〔一九六〕。（姑姑〔一九七〕云）白士中，你一路上小心在意者〔一九八〕。您兩口兒正是兩個郎才女貌皆相配也〔一九九〕。

【賺煞尾】〔二〇〇〕這行程則宜疾〔二〇一〕不宜晚。休想我着那別人絆番〔二〇二〕，不用追求相趁趕〔二〇三〕，則他這等閑人〔二〇四〕，怎得見我這〔二〇五〕容顏？姑姑〔二〇六〕，你放心安，不索恁〔二〇七〕語話相關。收了纜〔二〇八〕，撅〔二〇九〕了樁，跳踏板〔二一〇〕，掛起這秋風布帆，試看那碧雲梯兩岸〔二一一〕，端的他比〔二一二〕輕舟已過萬重山。（同白士中下）

（姑姑〔二一三〕云）誰想成合了我侄兒白士中這門親事也〔二一四〕，我心中甚是歡喜〔二一五〕。今朝無甚事，施主人家化些道糧走一遭去〔二一六〕。非是貧姑亂主張〔二一七〕，只因譚記〔二一八〕守空房；觀中怕惹風情事，故使機關配俊〔二一九〕郎。

（下）

校注

〔一〕冲末浄扮白姑姑上，云　顧曲齋本無「浄」字及「云」。臧本「冲末浄」作「旦兒」。齊如山《戲劇脚色名詞考》第四章「論浄行」云：「并且浄脚，常常扮演老旦，如《合汗衫》雜劇中的趙氏、《老生兒》雜劇中李氏等等，都用浄脚扮演。」參見《哭存孝》頭折校注〔二〕。姑姑，稱女僧、女道。

〔二〕道可道，非常道；名可名，非常名　臧本無。語出老子《道德經》。宋元戲曲小説常用這幾句話來表明道士或道姑的身份。

〔三〕貧姑乃白姑姑是也　臧本「姑」作「道」，「也」下有「從幼年間便捨俗出家」一句。

〔四〕清庵觀　「清」字原無，從趙琦美校增。顧曲齋本作「清庵觀」。臧本作「清安觀」。

〔五〕幼年捨俗出家　臧本無。

〔六〕亡逝已過　死去。脈望館息機子本武漢臣《生金閣》二折正旦白：「他父親不幸早年亡逝已過。」

〔七〕此個女人家中守寡　臧本「此個女人」作「他在」，「守寡」下有「無男無女」一句。

〔八〕來俺這清庵觀裏與貧姑攀話　顧曲齋本無「這清庵」。臧本「來」作「到」，無「清庵」二字，「裏」下有一「來」字。攀話，閑談。李壽卿《伍員吹簫》二折【烏夜啼】：「芳草洲，垂楊路，無人攀話，閑殺樵夫。」

〔九〕姓白　臧本無。

〔一〇〕近來聞知得了官也　臧本作「也不知他得官也未」。

〔一一〕未能相會　臧本作「使我心中好生記念」。

〔一二〕甚　臧本無。

〔一三〕看有甚麽人來　臧本作「且閉上這門者」。

〔一四〕（白士中上，云）　顧曲齋本無「云」。臧本作「（正末扮白士中上，詩云）」。

〔一五〕萬般皆下品，惟有讀書高；一自登科甲，金榜姓名標　臧本作「昨日金門去上書，今朝墨綬已懸魚；誰家美女顔如玉，綵毬偏愛擲貧儒」。

〔一六〕路打清庵觀過　臧本「庵」作「安」，「過」上有一「經」字。

〔一七〕觀中　臧本無。

〔一八〕履任　顧曲齋本「履」作「理」，臧本作「赴」。履任，赴任。

〔一九〕也　臧本無。

〔二〇〕復　顧曲齋本作「覆」。

〔二一〕做　顧曲齋本作「相」。

〔二二〕你　臧本作「您」。

〔二三〕來　臧本無。

〔二四〕姑姑　顧曲齋本作「姑」。

〔二五〕喜得美除　喜，恭喜。《董解元西厢記》卷七：「喜學士别繼良姻！」美除，好官職。陳亮《龍川文集》卷二十六《吏部侍郎章公德文行狀》：「今春銓試，已中者率待五六年闕，而黜落者乃得美除。」

〔二六〕白士中　顧曲齋本作「白」。

〔二七〕媳婦兒亡逝以過了也　臧本上有一「您」字。顧曲齋本、臧本「以」作「已」。亡逝以過，死去。以，通「已」。參見校注〔六〕、《單刀會》第一折校注〔二〕。

〔二八〕姑姑　顧曲齋本作「姑」。

〔二九〕也　臧本無。

〔三〇〕大有顏色　頗有姿色，十分漂亮。顧曲齋本喬夢符《金錢記》一折正末白：「一個好女子也！生得十分大有顏色，使小生蚤魂不附體也。」

〔三一〕庵　臧本作「觀」。

〔三二〕圓成　成全。息機子本闕名氏《鴛鴦被》一折劉員外白：「你若圓成了我呵，重重的相謝你。」

〔三三〕白士中　顧曲齋本作「白」。

〔三四〕（姑姑云）　顧曲齋本作「（姑）」。

〔三五〕壁衣　帷幕。《全唐詩》卷一九九岑參《玉門關蓋將軍歌》：「暖屋綉簾紅地爐，織成壁衣花氍毹。」

〔三六〕令　臧本作「號」。

〔三七〕白士中　顧曲齋本作「白」。

〔三八〕理會的　臧本作「謹依來命」。

〔三九〕（虛下）　臧本作「（下）」。

〔四〇〕姑姑　顧曲齋本作「姑」。

〔四一〕夫人　臧本上有一「譚」字。

〔四二〕（正旦上，云）　顧曲齋本無「云」。臧本作「（正旦扮譚記兒上，云）」。

〔四三〕李 臧本作「季」。北京大學本、吴國欽本、王學奇本、王季思本改作「李」。

〔四四〕不幸夫主亡化過了三年光景也 臧本無「也」字。亡化，死。參見《救風塵》第一折校注〔一五〕。過了同義連文，猶了。參見《調風月》第三折校注〔五三〕。

〔四五〕我每日在清庵觀和白姑姑閑攀話 臧本「我」下有「寡居無事」四字，「在」上有一「只」字，「庵」作「安」，「閑攀話」作「攀些閑話」。

〔四六〕今日無甚麼事，望白姑姑走一遭去 顧曲齋本無「麼」字、「白」字。臧本無此二句。

〔四七〕我想這婦人身無主也呵 顧曲齋本下有「（唱）」。臧本作「我想做婦人的没了丈夫，身無所主，好苦人也呵！（唱）」。

〔四八〕則爲這鳳隻鸞單 顧曲齋本「則」作「只」。臧本作「我則爲錦帳春闌」。

〔四九〕身歸 臧本作「深閨」。似應從臧本改。

〔五〇〕粉淡香殘 臧本作「粉謝脂殘」。

〔五一〕我 臧本作「到的這」。

〔五二〕闌干 原作「欄杆」，據臧本改。顧曲齋本作「欄干」。闌干，從横交錯貌。《杜工部集》卷二《彭衙行》：「從此出妻孥，相視涕闌干。」

〔五三〕則這落花裏外 顧曲齋本「則」作「只」。臧本「落花」作「花枝」。

〔五四〕紛紛花似雨　臧本作「片片飛花紛似雨」。

〔五五〕青竹滴殘斑　臧本作「翠竹染成斑」，下有「我想着香閨少女」一句。

〔五六〕但生三分顏色　吴國欽本校記「生」「分」二字誤倒。臧本作「但生的嫩色嬌顏」。

〔五七〕有一點聰明　臧本作「都只愛朝雲暮雨」。

〔五八〕把兒夫不顧，守服三年　顧曲齋本「服」下衍一「孝」字。王季思本校記云：「息機子本與顧曲齋本作：『……把兒夫不顧，守服三年。』」王校將息機子本與顧曲齋本混一，二本异同不辨。後多類此，不另逐處出校。臧本作「那個肯鳳隻鸞單」。盧冀野本「單」字下未點斷。按，「單」字韵。守服，服喪。臧本武漢臣《老生兒》楔子正末白：「爲這妯娌兩個不和，我那兄弟媳婦兒要領着孩兒到他爺娘家裏守服去了。」

〔五九〕憂和悶却兀的無邊岸　臧本無「憂和悶」三字，「却」作「可」。却兀的，加强語氣。參《蝴蝶夢》第二折校注〔二四〕、《詩詞曲語辭匯釋》卷六「兀的」。

〔六〇〕那廝每荒淫好欲　臧本作「怎守得三貞九烈」。

〔六一〕一個個鑽懶幫閑　臧本「一個個」作「敢早着了」。鑽懶幫閑，指不務正業，逢迎湊趣之徒。鑽，結交，攀附。脈望館鈔本闕名氏《殺狗勸夫》四折【鬥鵪鶉】：「似這般鑽懶幫閑，何時得封妻蔭子？你講不得《毛詩》，念不得《孟子》，你温習下坑人狀本兒，動不動掐人的顙子。」

〔六二〕（正旦云）　顧曲齋本作「（旦云）」。臧本作「（云）」。

〔六三〕復　顧曲齋本作「覆」。

〔六四〕云　顧曲齋本無。

〔六五〕萬福　古時婦女請安問候，雙手在衿前合拜，口稱「萬福」。羅大經《鶴林玉露》卷五：「陸象山家……每晨興，家長率衆子弟致恭于祖禰祠堂，聚揖于廳，婦女道『萬福』于堂。暮安置，亦如之。」

〔六六〕姑姑　顧曲齋本作「姑」。

〔六七〕正旦　顧曲齋本作「旦」。

〔六八〕定害　打擾。參看《詩詞曲語辭匯釋》卷六「定害」。

〔六九〕姑姑意下如何　臧本上有「不知」二字，「如何」作「何如」。

〔七〇〕姑姑　顧曲齋本作「姑」。

〔七一〕的　臧本作「得」。

〔七二〕的　臧本無。

〔七三〕要餐松啗柏　「啗」原作「啗」，今改。吴曉鈴本校勘記亦謂「『啗』字應作『啗』字」。臧本此句作「無過草衣木食」。

〔七四〕熬齏受淡　臧本「齏」作「枯」。熬齏受淡，忍受極清苦的生活。齏，鹹菜。

〔七五〕如此般淒涼　臧本無。

〔七六〕白日由閑可　臧本上有一「那」字，「由」作「也還」。閑可，輕可，無關緊要。參看《詩詞曲語辭匯釋》卷二「可（九）」。

〔七七〕孤恓　臧本上有「好生」二字。

〔七八〕不如嫁一個丈夫，可不好　臧本上有「夫人只」三字，「嫁」上有「早早」二字，「可不」作「去」。

〔七九〕（正旦云）　顧曲齋本作「（旦云）」。臧本作「（正旦唱）」。

〔八〇〕姑姑，你差矣也　顧曲齋本無「也」字，「矣」下有「（唱）」。臧本無此句。

〔八一〕我待學恁　顧曲齋本「恁」作「你」。臧本作「怎如得您」。北京大學本校勘記云：「息機子本作『恁』，疑爲『您』字之誤。」按，恁，你。參見《哭存孝》第四折校注〔六〕。

〔八二〕散袒　臧本「袒」作「誕」。散袒，自由自在。楊景賢《劉行首》四折正末詩：「散袒消遥躲是非，壺中日月有誰知？」參見《金線池》第二折校注〔五五〕。

〔八三〕難熬他這日月韶光，似相隨相伴　臧本作「自從俺兒夫亡後，再没個相隨相伴」。盧冀野本「伴」字下未點斷。按，「伴」字韵。

〔八四〕怕不俺這世間，無危難，俺便多曾經慣。則我這玉鬢環，黄粱飯，則是一夢間。姑姑也，都來與您燒藥煉丹「粱」原作「梁」，從吴曉鈴本及北京大學本校勘記、吴國欽本校記、王季思本校記改。顧曲齋本「慣」誤作「憎」，「則」均作「只」，「您」作「你」，餘同息機子本。臧本作「俺也曾把世味親嘗，人情識破，怕甚麽塵緣羈絆？俺如今罷掃了蛾眉，浄洗了粉臉，卸下了雲鬟。姑姑也，待甘心捱您這粗茶淡飯」。盧冀野本「俺也曾」的「俺」斷屬上句。非。王季思本「緣」誤作「録」。

便，已。《太平廣記》卷三百二十九引《廣異記》：「瑒如其言往，見鬼便在樹頭，欲往錫舍，爲狗所咋，未能得前。」經慣，經歷。吴自牧《夢粱録》卷十六「酒肆」：「小分下酒，或命妓者，被此輩索唤珍品，下細食次，使其高擡價數，惟經慣者不墮其計。」黄粱飯，沈既濟《枕中記》記，盧生家貧，思建功樹名，出將入相。後在邯鄲客店遇道士吕翁，吕翁授一青瓷枕命睡。盧生夢中娶清河崔氏女，中進士，官至户部尚書兼御史大夫，後又爲中書令，封燕國公，歷五十年崇盛赫奕，壽八十餘而終。及醒，吕翁仍坐在旁，主人蒸黄粱未熟。都來，不過。《董解元西厢記》卷三【般涉調】【麻婆子】：「亂軍都來半萬餘，便做天蓬黑煞般盡刁厥。」

〔八五〕姑姑　顧曲齋本作「姑」。

〔八六〕你怎生熬的這一頓素齋食　臧本作「你平日是享用慣的，且莫説别來，只那一頓素齋，怕你也熬不過哩」。

〔八七〕你不可出家也呵　顧曲齋本無「呵」字，下有「（旦唱）」。臧本無此句，另有「（正旦唱）」。

〔八八〕則您那素齋食則一餐　顧曲齋本「則」均作「只」，「您」作「你」。臧本「則」作「剛」。

〔八九〕休道我粗米飯幾曾慣　顧曲齋本「米」誤作「光」。臧本「休道」作「怎知」，「幾」作「也」。慣，經歷。《唐宋諸賢絶妙詞選》卷三王晋卿《燭影摇紅・春恨》：「早是縈心可慣，更那堪頻頻顧盼。幾回得見，見了還休，争如不見。」參見校注〔八四〕。

〔九〇〕把心猿意馬緊牢拴　臧本上有「俺從今」三字。

〔九一〕挂眼　瞧得起。《全唐詩》卷三四〇韓愈《贈張籍》：「吾老嗜讀書，餘事不挂眼。」

〔九二〕（姑姑云）　顧曲齋本作「（姑）」。

〔九三〕姐姐　顧曲齋本、臧本作「夫人」。

〔九四〕常言道　臧本作「你豈不如」。「如」乃「知」字之誤，各本已改。吴曉鈴本校勘記亦謂「『如』字疑『知』字之誤」。吴國欽本「你」改作「您」。非。

〔九五〕雨裏　顧曲齋本誤作「榆柳」。

〔九六〕當初不解俗人意　臧本作「早知不入時人眼」。

〔九七〕你出不的家也　顧曲齋本下有「（旦唱）」。臧本作「夫人，你怎生出的家來」，下有「（正旦唱）」。

〔九八〕這的是　臧本作「您道是」。吴曉鈴本校勘記「您」誤作「你」。這的是，這真是。參看《詩詞曲語辭例釋》「這的是」。

〔九九〕雖不燒藥，不煉丹，不住山，不坐圜　顧曲齋本「圜」誤作「園」。北京大學本校勘記已指其誤。臧本作「俺怎生就住不的山，坐不的關，燒不的藥，煉不的丹」。雖，猶本來。參看《詩詞曲語辭例釋》「雖」。不，未，没有。參見《哭存孝》第三折校注〔一八〕。住山，出家。元刊本馬致遠《陳摶高卧》二折【烏夜啼】：「我則有住山緣，那裏有爲官分。」坐圜，佛道教徒静心修行修煉。「圜」亦作「寰」。元刊本范康《竹葉舟》四折【元和令】：「我庵静坐寰，你爲功名往來幹」。

〔一〇〇〕姑姑　顧曲齋本作「姑」。

〔一〇一〕比似這般受苦呵　臧本作「夫人」。比似，與其。《宋人話本七種·碾玉觀音》：「比似只管等待，何不今夜我和你先做夫妻？」

〔一〇二〕放着這一表人物　臧本「這」上有一「你」字。人物，人才。孫光憲《北夢瑣言》卷五：「盧雖人物甚陋，觀其文章有首尾，斯人也，以是卜之，他日必爲大用乎？」

〔一〇三〕嫁個丈夫可不好　臧本作「怕没有中意的丈夫嫁一個去？只管説那出家做甚麽？這須了不的你終身之事」。

〔一〇四〕正旦　顧曲齋本作「旦」。

〔一〇五〕若有似俺男兒知重我的，便嫁他　臧本上有「嗨！姑姑，這終身之事我也曾想來」，下有「去也罷」。

〔一〇六〕（白士中上，見正旦科，云）　顧曲齋本作「（白上，見旦）」。臧本作「（白士中見旦科，云）」。

〔一〇七〕衹揖　古時男子向人行禮，口稱「衹揖」。王君玉《續纂・凡惡》：「上馬扠手衹揖。」

〔一〇八〕（正旦云）　顧曲齋本作「（旦云）」。臧本作「（正旦回禮科，云）」。

〔一〇九〕萬福　臧本無。

〔一一〇〕兀的不有人來也　臧本無「也」字。兀的不，這不。參看《詩詞曲語辭匯釋》卷六「兀的」。

〔一一一〕姑姑　顧曲齋本作「姑」。

〔一一二〕你那裏去　臧本上有「夫人」二字，下有「我正待與你做個媒人」一句。

〔一一三〕他便是你的夫主　臧本上有一「只」字，無「的」字，下有「可不好那」一句。

〔一一四〕正旦　顧曲齋本作「旦」。

〔一一五〕甚麽言語那　顧曲齋本上有「這是」二字，下有「（唱）」。臧本上有「這是」二字，「言語」作「説話」，無「那」字，下有「（唱）」。

〔一一六〕喒則是因語間　顧曲齋本「則」作「只」，「語」下有一「言」字。「喒」，臧本同，北京大學本、吳國欽本、王學奇本、王季思本改作「咱」。按，喒，咱們。參見《哭存孝》頭折校注〔三四〕。臧本無「因」字，「語」下有一「話」字。因，相就。《國語·鄭語》：「公曰：『謝西之九州，何如？』對曰：『其民沓貪而忍，不可因也。』」韋昭注：「因，就也。」

〔二七〕好是干　「干」原作「千」，從趙校改。吴曉鈴本校勘記亦謂「墨改『干』字，是」。臧本作「有甚干」。好是，豈是。《全唐詩》卷五一〇張祜《題程氏書齋》：「緣君尋小阮，好是更題詩？」干，招惹。《國語·魯語下》：「公父文伯退朝，朝其母，其母方績，文伯曰：『以歜之家，而主猶績，懼干季孫之怒也！其以歜爲不能事主乎？』」

〔二八〕姑姑　臧本下有一「也」字。

〔二九〕倒做了曹仙家撮合山　「家」原作「嫁」，從北京大學本校勘記改。臧本作「您便待做了筵席上撮合山」。

〔三〇〕（姑姑云）　顧曲齋本作「（姑）云」。

〔三一〕你夫婦之禮多曾經慣也　顧曲齋本下有「（旦唱）」。臧本作「便與您做個撮合山，也不悮了你」，下有「（正旦唱）」。各本「悮」改作「誤」。按，悮，同「誤」。參見《蝴蝶夢》第二折校注〔二〇〕。後同，不另校出。

〔三二〕你道我鸞交鳳友從來慣　臧本作「怎把那隔墻花强攀做連枝看」，下有「（做走介）」。王季思本「介」改作「科」。參見《哭存孝》第二折校注〔六〕。

〔二三〕（姑姑云） 顧曲齋本作「（姑）」。

〔二四〕我不放你出去 顧曲齋本下有「（旦唱）」。臧本下有「（正旦唱）」。

〔二五〕把門來關了 趙校「來」改作「了」，并删「關」下之「了」字。按，此本曲第五句。王玉章《元詞斠律》卷四云：「【上馬嬌】曲「第五語，一字句，且須調韵，最不易作。上列《小尉遲》曲，于一字句下，特加二字，作爲語尾，實不多覯。」按，闕名氏《小尉遲》一折【上馬嬌】四、五、六句是：「他若是掿鋼鞭款款把征騗鞚，敢着你轟的呵，一命早丢空。」「轟」，一字句，押韵，其上「敢着你」爲襯字，其下「的呵」即王氏所云「語尾」。本劇「關」字韵，「把門來」襯字，「了」字語尾。顧曲齋本此句作「把門子關」。「子」字疑誤。臧本作「把門關」。盧冀野本「關」字下未點斷。誤。

〔二六〕厮邀攔 「厮」原作「似」，從趙校改。顧曲齋本即作「厮」。臧本作「緊遮攔」。邀攔，攔阻。《樂府新聲》卷下闕名氏小令【罵玉郎過感皇恩採茶歌】：「牛羊猶恐他驚散，我子索手不住緊邀攔。」

〔二七〕【遊四門】 顧曲齋本、臧本作「【勝葫蘆】」。

〔二八〕你却便引的人來心惡煩 却便，却。《董解元西厢記》卷六【中吕調】【香風合纏令】：「行待紝針關，却便紝針尖。」參看《詩詞曲語辭例釋》「便（二）」。惡，甚辭。猶極。參看《詩詞曲語辭匯釋》卷二「惡」。

〔二九〕你可甚撒手不爲姦　臧本無「你」字，「可甚」下有一「的」字。撒手不爲姦，意謂丢開不管就不算做了壞事。

〔三〇〕誰家　甚麼。《杜工部集》卷十一《少年行》：「馬上誰家薄媚郎，臨階下馬坐人床，不通姓字粗豪甚，指點銀瓶索酒嘗。」

〔三一〕將我來緊遮攔？暢好是奸！相待數年間，語話兒拴　臧本作「俺和你幾年價來往，傾心兒契合」。遮攔，攔阻。《董解元西廂記》卷一【仙呂調】【惜黄花】：「不是廝遮攔，解元聽分辯：這一位也非是佛殿。」相待，相處。《左傳·僖公三十三年》：「初，臼季使，過冀，見冀缺耨，其妻饁之，敬，相待如賓。」

〔三二〕則今日索分顔　臧本下有「（姑姑云）你兩個成就了一對夫妻，把我這座清安觀權做高唐，有何不可？（正旦唱）」。分顔，翻臉。元刊本鄭廷玉《楚昭王》一折【混江龍】：「只爲君臣争氣，將相分顔。」

〔三三〕【勝葫蘆】　顧曲齋本、臧本作「【幺篇】」。

〔三四〕抵多少雨裏前村雪裏山　臧本作「你只待送下我高唐十二山，枉展污了你這七星壇」。中華書局本「展」改作「沾」。按，展污，玷污。參見《調風月》第二折校注〔六三〕。

〔一三五〕(姑姑云)　顧曲齋本作「(姑)」。

〔一三六〕您兩個今日成就了這夫婦罷　顧曲齋本「您」作「你」，無「這」字，「婦」作「妻」，句下有「(旦唱)」。臧本作「我成就了你錦片也似夫妻，美滿恩情，有甚麽不好處」，下有「(正旦唱)」。吴國欽本、王季思本「夫妻」改作「前程」。成就，結成。李開先《詞謔》一「詞套」二六闕名氏【雙調】鴛鴦煞：「唱道美滿姻緣，新婚燕爾，成就了鸞鳳雄雌。」

〔一三七〕枉展污了你七星壇。你自做的着人下眼看！　依本分明窗紙帳，藥爐經卷，姑姑，抵多少叉手告人難　王季思本校記「叉手」誤作「義乎」。顧曲齋本同息機子本，惟無「看」字。臧本作「説甚麽錦片前程真個罕。(姑姑云)夫人，你不要這等妝幺做勢，那個着你到我這觀裏來？(正旦唱)一會兒甜言熱趲，一會兒惡叉白賴，姑姑也，只被你直着俺兩下做人難」。王季思本「妝」改作「裝」。按，妝，假裝。參見《蝴蝶夢》第一折校注〔一三〕。王本「叉」誤作「義」。七星壇，道家祭祀作法的壇台，因要「步斗(北斗七星)」，故名。《全唐詩》卷六二四陸龜蒙《上元日道室焚修寄襲美》：「唯有世塵中小兆，夜來心拜七星壇。」下眼看，瞧不起。紙帳，用藤皮繭紙做的帳子。元刊本范康《竹葉舟》四折【勝葫蘆】：「蒲團紙帳，高卧得清閑」。

〔一三八〕(姑姑云)　顧曲齋本作「(姑姑)」。

〔三九〕君子　尊稱男子。《太平廣記》卷四百一十九引《異聞録》：「夫人泣謂毅曰：『骨肉受君子深恩，恨不得展愧戴，遂至睽别。』」

〔四〇〕來　臧本無。

〔四一〕白士中　顧曲齋本作「白」。

〔四二〕這小娘子着我來　「娘」下原奪一「子」字，「着」上原衍一「來」字，今據顧曲齋本删補。吴曉鈴本已補「子」字。臧本作「就是小娘子着我來」。

〔四三〕正旦　顧曲齋本作「旦」。

〔四四〕甚麽言語　臧本作「你倒將這言語贜誣我來」。

〔四五〕隨順　臧本作「順隨」。隨順，順從。尚仲賢《三奪槊》三折【尾】：「向那龍床側近，調泛得君王一星星都隨順。」

〔四六〕（姑姑云）　顧曲齋本作「（姑）」。

〔四七〕也　顧曲齋本無。

〔四八〕正旦　顧曲齋本作「旦」。

〔四九〕姑姑　顧曲齋本作「姑」。

〔五〇〕祝壽的道院　臧本無「的」字。祝壽的道院，私人出資爲祖先祈求冥福久遠的庵觀寺院。祝，祝禱；壽，長久。

〔一五一〕守志　守節。《董解元西厢記》卷七【雙調】【文如錦】：「他别求了婦，你只管裹守志吵，當甚貞烈？」

〔一五二〕三推六問　反復審問。闕名氏《争報恩》三折花榮白：「如今把姐姐拖到官中，三推六問，屈打成招，早晚押上法場去。」鄂州方言稱詳細盤問爲「三推六問」。參見《蝴蝶夢》第二折校注〔四三〕。

〔一五三〕打壞　打死。壞，猶死。錢世昭《錢氏私誌·吴山井》：「紹興間吴山下有大井，每年有落水淹死者，董德之太尉率衆作大方木，以石板蓋合井口，止能下水桶，遂無損人之患。有人夜行，聞井中叫出錢者云：『你幾個怕壞了活人，我幾個幾時托生？』」《雲陽縣志》卷十四：「壞，死也。」

〔一五四〕呵　臧本無。

〔一五五〕年少　臧本作「少年」。吴國欽本、王季思本改作「年少」。

〔一五六〕落花的媒人　顧曲齋本無「的」字。臧本作「撮合山媒人」。落花媒人，現成的媒人。脈望館鈔本闕名氏《百花亭》一折正末白：「王小二，你也知道我妝孤愛女，你肯與我做個落花的媒人，與那賀家姐姐做一程兒伴，我便與我（你）接（换）上蓋也。」

〔一五七〕成合了您兩口兒　臧本「成合」作「成就」。顧曲齋本「您」作「你」。成合，成全。《董解元西廂記》卷三【仙吕調】【賞花時】：「這一門親事，全在你成合。」

〔一五八〕也　臧本無。

〔一五九〕正旦　顧曲齋本作「旦」。

〔一六〇〕（姑姑云）　顧曲齋本作「（姑）云」。

〔一六一〕千求不如一嚇　臧本上有「可不道來」一句。

〔一六二〕正旦　顧曲齋本作「旦」。

〔一六三〕那個出家兒的放刁來　顧曲齋本無「的」字。臧本作「好個出家人，偏會放刁」。

〔一六四〕兩庄事　趙校「庄」改作「樁」。按，庄，樁。參見《哭存孝》第三折校注〔二〕。後同，不另出校。臧本作「一句話兒」。

〔一六五〕我便就隨順他　臧本作「我便隨他去罷」。便就，就。參見《調風月》第一折校注〔三五〕。

〔一六六〕他　臧本無。

〔一六七〕我斷然是不肯隨順他　顧曲齋本、臧本無「是」字。臧本無「順」字。

〔一六八〕白士中　顧曲齋本作「白」。

〔一六九〕兩庄事　臧本作「一句話兒」。

〔一七〇〕十庄我也依的　顧曲齋本下有「（旦唱）」。臧本作「便一百句我也依的」，下有「（正旦唱）」。

〔一七一〕依着我休離了我行坐間　第一個「我」字原作「他」，今改。臧本作「你着他休忘了容易間」。

〔一七二〕則這十個字不放閑　顧曲齋本「則」作「只」。臧本「不」作「莫」。放閑，忘。《董解元西廂記》卷一【中吕調】【碧牡丹】【尾】：「没一個日頭兒心放閑，没一個時辰兒不挂念，没一個夜兒不夢見。」

〔一七三〕法正天心順　臧本作「芳槿無終日」。

〔一七四〕則他這官清民自安　顧曲齋本「則」作「只」。臧本作「貞松耐歲寒」。

〔一七五〕姑姑，着他看，今番我着實稱贊。姑姑，你念經處不放閑，閑管處手段犇。你東山裏做謝安，南山南指弱蘭　顧曲齋本「着實」作「着他實實」，「做」作「倣」，「弱蘭」上有一「秦」字。吴國欽本校記云：「息機子《雜劇選》本與顧曲齋《古雜劇》本曲文作『……我着實稱贊。……南山南指秦弱蘭』。」吴校將二本混一，异同不辨。後偶有類此，不另出校。臧本作「姑姑也，非是我要拿班，只怕他將咱輕慢。我、我、我攛斷的上了竿，你、你、你掇梯兒着眼看。他、他、他把鳳求凰暗裏彈，我、我、我背王孫去不還；只願他肯、肯、肯做一心人不轉關，我和他守、守、守白頭吟非浪侃」，下有「（姑姑云）你兩個久後休忘我做媒的這一片好心兒！（正旦唱）」。北京大學本校勘記云：犇，「此字失韵，疑有誤。」按，此處寒山、真文通押。犇，意猶利害。鄭德輝《三戰吕布》一折【那吒令】關末夾白：「騎一匹捲毛赤兔馬，好生犇劣也。」謝安，東晋時人，曾寓居會稽，棲遲東山，與王羲之等游處，雖受朝寄，然始終不渝東山之志。《晋書》有傳。曹本《録鬼簿》著録李文蔚有《謝安東山高卧》雜劇。弱蘭，即秦蒻蘭，宋初江南名妓。洪遂《侍兒小名録·蒻蘭》：「國初，朝廷遣陶穀使江南，以假書爲名，實使覘之。……（韓）熙載謂所親曰：『陶秀實非端介者，其守可隳，當使諸君一笑。』……熙載使歌姬秦蒻蘭衣弊衣，爲驛卒女。穀見之而喜，遂犯慎獨之戒，作長短句贈之。明日，中主燕客，穀凜然不可犯。中主持觥立，使蒻蘭出，歌『續斷絃』之曲侑觴。穀大慚而罷。」戴善甫有《陶學士醉寫風光好》雜劇叙其事。

〔七六〕姑姑　臧本下有一「也」字。

〔七七〕題着這庄兒公案　「題」，臧本同。吴國欽本、王季思本改作「提」。按，題，提。參見《調風月》第二折校注〔五七〕。臧本「庄」作「樁」。公案，事。《中興以來絶妙詞選》卷十黄叔暘《感皇恩·送饒溪臺游浙》：「騎鶴上揚州，腰纏十萬，拈起詩人舊公案。」

〔七八〕則他那觀名兒喚做清庵　顧曲齋本「則」作「只」，「他」作「你」。臧本「他」作「你」，「庵」作「安」。

〔七九〕鸞交鳳友　臧本作「蜂媒蝶使」。

〔八〇〕擔疾患　患病。亦作「擔疾」。元刊本孟漢卿《魔合羅》一折【尾】：「自己擔疾難家去，或交他借馬尋驢。」

〔一八一〕來　臧本作「到」。

〔一八二〕則你　趙校乙改作「你則」。顧曲齋本作「你只」。臧本作「你則」。

〔一八三〕姑姑　臧本下有一「也」字。

〔一八四〕您那　顧曲齋本、臧本無「您」字。顧曲齋本「那」字上空一格。吴曉鈴本校勘記謂「顧曲齋本作『你』字」。誤。您，借作「恁」。參見《單刀會》第一折校注〔六六〕。您那，那。

〔一八五〕（正旦云）　顧曲齋本作「（旦云）」。臧本作「（云）」。

〔一八六〕（姑姑云）　顧曲齋本作「（姑）」。

〔一八七〕庄　臧本作「樁」。

〔一八八〕（白士中云）　顧曲齋本作「（白）」。

〔一八九〕你專醫人　顧曲齋本、臧本下有一「那」字。

〔一九〇〕您孩兒履任罷　顧曲齋本「您」作「你」，「履」作「理」。臧本作「您孩兒只今日就携着夫人同赴任所」。

〔一九一〕便　臧本作「另差人」。

〔一九二〕正旦　顧曲齋本作「旦」。

〔一九三〕相公也　臧本作「既然相公要上任去」。

〔一九四〕你就辭　臧本作「我和你拜辭」。

〔一九五〕喒　臧本無。

〔一九六〕（白士中云）夫人説的是也　顧曲齋本作「（白云）夫人説的是」。臧本無。

〔一九七〕姑姑　顧曲齋本作「姑」。

〔一九八〕你一路上小心在意者　顧曲齋本無「者」字。小心在意，小心。元刊本闕名氏《博望燒屯》二折正末白：「衆將軍每，小心在意咱！」

〔一九九〕您兩口兒正是兩個郎才女貌皆相配也　顧曲齋本無「兩個」二字，下有「（旦唱）」。臧本作「您兩口兒正是郎才女貌，天然配合，端不枉了也」，下有「（正旦唱）」。

〔二〇〇〕【賺煞尾】　顧曲齋本作「【尾聲】」。

〔二〇一〕這行程則宜疾　顧曲齋本「則」作「只」。行程，起程。脈望館古名家本鄭德輝《倩女離魂》一折夫人白：「孩兒且住一兩日，行程也未遲里。」疾，早。王實甫《西厢記》四本三折【滚綉毬】：「恨相見得遲，怨歸去得疾。」

〔二〇二〕番　臧本作「翻」。

〔二〇三〕趁趕　追逐。

〔二〇四〕則他這等閑人　「人」字原奪，從趙校及顧曲齋本、臧本補。顧曲齋本「則」作「只」。則他這，那。《雍熙樂府》卷六闕名氏套數【中吕】粉蝶兒「西湖十景」：「則他這遠峰倒影湛着清波，晴嵐翠鎖，怪石嵯峨。」

〔二〇五〕這　臧本無。

〔二〇六〕姑姑　臧本下有一「也」字。

〔二〇七〕恁　顧曲齋本作「你」。

〔二〇八〕收了纜　臧本同。盧冀野本「纜」字下未點斷。按，「纜」字韻。

〔二〇九〕撅　拔。《韓詩外傳》卷二：「草木根荄淺，未必撅也。飄風興，暴雨墜，則撅必先矣。」

〔二一〇〕跳踏板　臧本作「踹跳板」。盧冀野本「板」字下未點斷。按，「板」字韻。

〔二一一〕試看那碧雲梯兩岸　臧本「試」作「是」。吴國欽本、王季思本「是」改作「試」。按，是，用同「試」。參看《詩詞曲語辭匯釋》卷一「是(二)」。「梯」疑應是「天」字。臧本無「梯」字。

〔二一二〕端的他比　臧本作「落可便」。盧冀野本、中華書局本「落」字斷屬上句。非。按，落可便，發語辭，用於句首。參看《詩詞曲語辭匯釋》卷六「落可便」。

〔二一三〕姑姑　顧曲齋本作「姑」。

〔二一四〕誰想成合了我侄兒白士中這門親事也　臧本「誰想」下有「今日」二字，無「也」字。

〔三五〕甚是歡喜　臧本作「可煞喜也」。

〔三六〕今朝無甚事，施主人家化些道糧走一遭去　顧曲齋本無「人」字。臧本無此二句。

〔三七〕非是貧姑亂主張　臧本上有「（詩云）」，「亂」作「硬」。

〔三八〕只因譚記　臧本作「爲他年少」。

〔三八〕俊　臧本作「白」。吳國欽本、王季思本據息機子本、顧曲齋本改。

第二折

（楊衙内上，云）〔一〕花花太歲爲第一，浪子喪門世無對；街下小民聞吾怕〔二〕，則我是勢力并行楊衙内〔三〕。某乃楊衙内是也。聞知有亡過〔四〕了的李希顔夫人譚記兒大有顔色，我〔五〕一心要他做個小夫人，頗柰白士中無理〔六〕，他在潭州爲官〔七〕，不期他倒〔八〕娶了譚記兒做夫人。便好道〔九〕「恨小非君子，無毒不丈夫」，量他到的那裏〔一〇〕。你妒我爲冤，我妒你爲讎〔一一〕。小官今日奏知聖人：有白士中貪花戀酒，不理公事。奉着〔一二〕聖人的命，差人去摽〔一三〕了白士中首級。小官〔一四〕道：别人去不會幹事〔一五〕，小官親自到潭州取白士中首級〔一六〕。張千，你説與親隨張稍〔一七〕，駕起小舟，直到潭州，取白士中首級走一遭去〔一八〕。某已心下自尋思，一時要娶譚記兒；不期做了别人婦，我摽他首級在片時〔一九〕。（下）（白士中上，云）〔二〇〕小官白士中。自到任以來〔二一〕，一郡黎民，各安其業，頗得民〔二二〕心。托賴我夫人大賢，我别無甚勾當〔二三〕。當日有楊衙内要圖他爲妾，不期我娶了做夫人〔二四〕。誰想此女子十分賢達〔二五〕，聰明智慧〔二六〕，是佳人的領袖，美女的班頭〔二七〕，天然聰明〔二八〕。聞知楊衙内十分〔二九〕懷恨我，我也恐怕他害我〔三〇〕，每日懸懸在心。今朝無甚事〔三一〕，衙門中已回〔三二〕，在於前廳上閑坐〔三三〕。看有甚麼人來〔三四〕。（院公上，云〔三五〕）老漢最殷勤，答應在白門；謹遵老母命，持書見大人〔三六〕。老漢是白士中家的老院公〔三七〕。有俺白士中大人在潭州爲理〔三八〕，楊衙內暗奏聖人〔三九〕，摽取首級〔四〇〕；俺老夫人得知，差我〔四一〕先至潭州，報知大人去〔四二〕。可早來到潭州也〔四三〕。我將着這封書見相公去〔四四〕。不必報復〔四五〕，我自過去。（見科，云〔四六〕）相公將息〔四七〕的好也！（拜科）〔四八〕（白士中云）〔四九〕院公，你來做甚麼來〔五〇〕？（院公〔五一〕云）相公的老母着我將着這書來與相公〔五二〕，不知有甚事〔五三〕。（白士中〔五四〕云）有母親的書呵，將來我看。（院公遞書，云）〔五五〕書在此。（白士中〔五六〕看書科，云）書中的〔五七〕意，我知道了也〔五八〕。果中此賊之計〔五九〕！院公，你吃飯去。（院公〔六〇〕云）理會的〔六一〕。（下）〔六二〕（白士中〔六三〕云）誰想楊衙內爲我娶了譚記兒，挾這讎氣〔六四〕，奏了聖人〔六五〕，要梟取我首級〔六六〕，似此，如之奈〔六七〕何？我在前廳上納悶，看有甚麼人來〔六八〕。（正旦〔六九〕上，云）妾身譚記兒。自從相公履任〔七〇〕以來，頗得民心〔七一〕。俺在這衙門後面〔七二〕居住，相公每日坐罷早衙，便與妾身閑〔七三〕攀話，今日這早晚不見來〔七四〕，我親自望相公走一遭去〔七五〕。

【中呂粉蝶兒】不聽的報喏〔七六〕聲齊，待道是〔七七〕坐衙來恁時節不退，多管是接新官通報咱知〔七八〕，又無甚緊文書忙〔七九〕公事，可着我心兒裏不會〔八〇〕。轉過這影壁觀窺〔八一〕，可怎生獨自個死臨侵地？

（正旦〔八二〕云）我且不〔八三〕過去，我試〔八四〕看咱。相公手裏拿着一張紙〔八五〕。我也猜着了也呵〔八六〕！

【醉春風】常言道人死不知心，則他這〔八七〕海深也須見底。多管是前妻將書至，知他娶了新妻，他心兒裏悔，悔。你做的個弃舊憐新，他則〔八八〕是見咱有意，使這巧謀之計〔八九〕。

（正旦云）〔九〇〕無人報復，我自過去〔九一〕。（做見科，云〔九二〕）相公！（白士中〔九三〕云）夫人有甚麽勾〔九四〕當，自來〔九五〕前廳上來？（正旦〔九六〕云）敢問相公：爲甚麽不回後堂中去？敢是前妻寄書來那〔九七〕？（白士中〔九八〕云）夫人，并無甚麽前妻寄書來〔九九〕，我自有兩庄公事也〔一〇〇〕。（正旦〔一〇一〕云）相公，不可瞞着妾身，你定有夫人在家，今日稍〔一〇二〕書來也。（白士中〔一〇三〕云）夫人不要多心，小官并不敢欺心也〔一〇四〕。

【紅綉鞋】把似你守着一家一計〔一〇五〕，誰着你收拾〔一〇六〕下兩婦三妻？你常好是七八下裏不伶俐〔一〇七〕。堪相守留着相守，可〔一〇八〕別離與個別離，這公事合行的不在〔一〇九〕你！

（白士中〔一一〇〕云）我若無這〔一一一〕些公事呵，與夫人白頭相守，小官之心，惟天可表〔一一二〕！并無前妻也〔一一三〕。（正旦〔一一四〕云）我見相公手中將着一張紙，必然是在家夫人〔一一五〕寄來的書。相公休瞞妾身。我試猜〔一一六〕這書中的意咱。（白士中云）〔一一七〕夫人，你試猜咱〔一一八〕。

【普天樂】弃舊的委實難，迎新的終容易；新的是半路裏姻眷〔一一九〕，舊的是綰角兒夫妻〔一二〇〕。我須是個婦女身〔一二一〕，我須〔一二二〕是個裙釵輩，見別人瞷眼〔一二三〕擡頭，我早先知來意〔一二四〕。不是我賣弄所事精細，（正旦云）〔一二五〕相公，妾身若不依命呵〔一二六〕，直等的恩斷意絶〔一二七〕，眉南面北〔一二八〕，恁時節水盡鵝飛。

（白士中〔一二九〕云）夫人，小官不是負心的人，那得那前妻來〔一三〇〕！（正旦云）〔一三一〕相公，你說也不說？（白士中〔一三二〕云）夫人，我無前妻〔一三三〕，你着我說甚麽？（正旦〔一三四〕云）既然真個不〔一三五〕說，我覓個死處也〔一三六〕！

（白士中〔一三七〕云）住，住，住！夫人，你死了，那裏發付我那〔一三八〕？我〔一三九〕説則説，夫人休〔一四〇〕煩惱。（正旦〔一四一〕云）相公，你説，我不煩惱，（白士中〔一四二〕云）夫人不知：今有楊衙内要圖謀你爲妾〔一四三〕，不期我娶了你做夫人，他恨〔一四四〕小官，他〔一四五〕在聖人前妄奏，説我貪花戀酒，不理正事〔一四六〕，要摽我首級〔一四七〕。這個是家中老院公，奉我老母的〔一四八〕命，稍此事來，着我知會〔一四九〕；我因此上〔一五〇〕煩惱。（正旦〔一五一〕云）原來是〔一五二〕爲這般！相公，你怕他做甚麼那〔一五三〕？（白士中〔一五四〕云）夫人，休要〔一五五〕惹他，則他是花花太歲〔一五六〕！

【十二月】你道他是花花太歲，敢也他怎生强要人爲妻〔一五七〕？全不學知文達禮〔一五八〕，則待要雨約雲期〔一五九〕。這句話專心兒記者〔一六〇〕：我怎肯和他步步相隨〔一六一〕！

【堯民歌】呀，着那廝得便宜番做了落便宜〔一六二〕，着那廝滿船空載月明歸〔一六三〕；休那裏乞留乞良椎跌謾傷悲〔一六四〕。你看我淡掃梳妝〔一六五〕畫蛾眉，今日今日〔一六六〕我親身到那裏，着〔一六七〕那廝有備應無備。

（白士中〔一六八〕云）似這般如之柰何也〔一六九〕？（正旦〔一七〇〕云）相公，不妨事。你將耳趓來〔一七一〕，……則除是恁的〔一七二〕。（白士中云）〔一七三〕則怕落在他勾中麼〔一七四〕？（正旦〔一七五〕云）相公〔一七六〕，不妨事〔一七七〕。

【煞尾】〔一七八〕我着那廝磕着頭見一番，恰便似神羊兒〔一七九〕忙跪膝；着他此一來〔一八〇〕船横纜斷在江心裏，我可便智賺了人金牌〔一八一〕，着他便〔一八二〕去不得。（下）

（白士中〔一八三〕云）夫人去了也。據着夫人的機謀見識〔一八四〕，休説一個楊衙内，一百個〔一八五〕楊衙内也出不得我夫人之手也〔一八六〕。我眼觀旌節旗，耳聽好消息〔一八七〕。（下）

校注

〔一〕（楊衙内上，云）　顧曲齋本無「云」。臧本作「（浄扮楊衙内引張千上，詩云）」。五代及宋初，藩鎮親衛官多以子弟充任，有「牙内都指揮使」等名目。「牙」同「衙」。後世因呼官府子弟爲「衙内」。孔平仲《珩璜新論》卷四：「或以衙爲廨舍……兒子謂之衙内。」

〔二〕街下小民聞吾怕　臧本作「普天無處不聞名」。

〔三〕則我是勢力并行楊衙内　顧曲齋本「則」作「只」。臧本「勢力并行」作「權豪勢宦」。是，就是。《謝天香》二折錢大尹白：「則你是柳耆卿心上的謝天香？」

〔四〕過　顧曲齋本、臧本作「故」。

〔五〕我　顧曲齋本作「吾」。

〔六〕頗柰白士中無理　顧曲齋本「頗」作「叵」，「理」作「禮」。臧本「柰」作「奈」。

〔七〕他在潭州爲官　臧本下有「未經赴任，便去清安觀中央道姑爲媒」二句。

〔八〕不期他倒　顧曲齋本「倒」作「到」。臧本無「不期他」三字。

〔九〕便好道　臧本作「常言道」。

〔一〇〕量他到的那裏　「的」原作「我」，據顧曲齋本改。到的那裏，元劇習用，猶言「有甚麼用」。臧本鄭廷玉《楚昭公》一折芊（羋）旋白：「憑着俺這裏兵多將廣，馬壯人强，量吴國姬光到的那裏，就怕着他哩！」參見《拜月亭》第一折校注〔三〕。臧本作「論這情理，教我如何容得他過」。

〔二〕你妒我爲冤，我妒你爲讎　臧本二「你」字均作「他」。

〔三〕着　臧本無。

〔三〕摽　顧曲齋本、臧本作「標」。《左傳・哀公十二年》：「長木之斃，無不摽也。」杜注：「摽，擊。」此處意猶斬。

〔四〕小官　臧本下有「就順着」三字。

〔五〕别人去不會幹事　臧本作「此事别人去不中」。

〔六〕小官親自到潭州取白士中首級　臧本上有「只除非」三字，下有「伏命」二字，又多「方纔萬無一悮。聖人准奏，賜小官勢劍金牌」三句。除盧冀野本外，各本「伏」改作「復」。

〔一七〕説與親隨張稍　臧本作「分付李稍」。稍，通「梢」。在船尾駕船的人叫「梢公」。張稍既是楊衙内的隨從，又是駕船人，故名。

〔一八〕走一遭去　顧曲齋本上有一「索」字。臧本「去」下有一「來」字。

〔一九〕某已心下自尋思，一時要娶譚記兒；不期做了别人婦，我摽他首級在片時　顧曲齋本「一時」作「一准」，無「我」字。臧本作「（詩云）一心要娶譚記兒，教人日夜費尋思。若還奪得成夫婦，這回方是運通時」。自，猶本。參看《詩詞曲語辭例釋》「自（一）」。

〔二〇〕（白士中上，云）　顧曲齋本無「云」，下有「自娶夫人後，歡會永團圓」二句。吳國欽本據補此二句，然「圓」誤作「園」。

〔二一〕自到任以來　臧本下有「只用清静無事爲主」一句。吳國欽本、王季思本「主」改作「理」。吳本校云：「原作『爲主』，文意欠通，今改。」按，用，猶以。《孟子·滕文公上》：「吾聞用夏變夷者，未聞變於夷者也。」用清静無事爲主，即以清静無事爲主，文意明暢，改字未妥。

〔二二〕民　臧本作「衆」。

〔二三〕托賴我夫人大賢，我别無甚勾當　顧曲齋本「勾」作「彀」。臧本作「單只一件，我這新娶譚夫人」。

〔二四〕不期我娶了做夫人　臧本「我」上有一「被」字，無「了」字，下有「同往任所」一句。

〔二五〕誰想此女子十分賢達　臧本作「我這夫人十分美貌，不消説了」。

〔二六〕聰明智慧　臧本上有「更兼」二字，下有「事事精通」四字。

〔二七〕是佳人的領袖，美女的班頭　顧曲齋本「是」下有一「那」字。臧本上有「端的」二字，無二「的」字。班頭，首領。《張協狀元》戲文四十八出：「（净）耆卿也吟得詩，做得詞，超得烘兒，品得樂器，射得弩，蹴得氣毬。（末）那些個浪子班頭。」

〔二八〕天然聰明　臧本作「世上無雙，人間罕比」。天然，天生。《史記·平津侯主父列傳》：「臣竊以爲陛下天然之聖，寬仁之資，而誠以天下爲務，則湯武之名不難侔，而成康之俗可復興也。」

〔二九〕十分　臧本作「至今」。

〔三〇〕害我　臧本上有「要來」二字。

〔三一〕今朝無甚事　顧曲齋本「朝」作「日」。臧本作「今早坐過衙門」。

〔三二〕衙門中已回　臧本作「别無勾當」。

〔三三〕在於前廳上閑坐　顧曲齋本無「於」字。臧本作「且在這前廳上閑坐片時」。

〔三四〕看有甚麼人來　臧本作「休將那段愁懷使我夫人知道」。

〔三五〕院公上，云　顧曲齋本無「云」。臧本「云」作「詩云」。院公，年長的家僕。

〔三六〕老漢最殷勤，答應在白門；謹遵老母命，持書見大人　「書」原作「言」，據下文及顧曲齋本改。臧本作「心忙來路遠，事急出家門；夜眠侵早起，又有不眠人」。答應，支應。闕名氏《雲窗夢》四折孤白：「我今日招婿，您衆人在意答應者。」

〔三七〕白士中家的老院公　臧本「的」字下有「一個」二字。

〔三八〕有俺白士中大人在潭州爲理　臧本「有俺白士中大人」作「我家主人」，「在」上有一「今」字。

〔三九〕楊衙内暗奏聖人　臧本上有一「被」字，下有「賜他勢劍金牌」一句。

〔四〇〕摽取首級　顧曲齋本、臧本「摽」作「標」。吴曉鈴本校勘記云：「摽取——顧曲齋本同。」誤。

參見校注〔一三〕。臧本「取」下有「我家主人」四字。

〔四一〕差我　臧本下有「將着一封家書」六字。

〔四二〕報知大人去　臧本作「報知這個消息，好預做準備」。

〔四三〕可早來到潭州也　臧本上有「説話之間」四字。

〔四四〕我將着這封書見相公去　臧本無。

〔四五〕復　顧曲齋本作「覆」。

〔四六〕云　顧曲齋本無。臧本同息機子本。吴曉鈴本校勘記云：「臧本無『云』字。」誤。吴國欽本、王季思本「云」字奪。

〔四七〕將息　生活。臧本武漢臣《老生兒》一折卜兒白：「老的，你在這莊兒上好將息，倒大來耳根清静也。」

〔四八〕（拜科）　臧本無。

〔四九〕（白士中云）　顧曲齋本作「（白）」。

〔五〇〕你來做甚麽來　顧曲齋本「甚」作「什」。臧本無第二個「來」字。

〔五一〕院公　顧曲齋本作「院」。

〔五二〕相公的老母着我將着這書來與相公　臧本作「奉老夫人的分付，着我將着這書來，送相公親拆」。王季思本「分付」改作「吩咐」。

〔五三〕不知有甚事　臧本無。

〔五四〕白士中　顧曲齋本作「白」。

〔五五〕（院公遞書，云）　顧曲齋本作「（院做遞書科）」。臧本作「（院公做遞書科，云）」。

〔五六〕白士中　顧曲齋本作「白」。

〔五七〕的　臧本作「之」。

〔五八〕也　臧本無。

〔五九〕果中此賊之計　臧本上有一「嗨」字。

〔六〇〕院公　顧曲齋本作「院」。

〔六一〕理會的　顧曲齋本下重一「的」字，吴曉鈴本校勘記云：「疑爲『下』字之誤。」所疑似是。

〔六二〕（下）　顧曲齋本無。

〔六三〕白士中　顧曲齋本作「白」。

〔六四〕挾這讎氣　顧曲齋本「這」作「着」。臧本作「挾着讎恨」。

〔六五〕奏了聖人　臧本上有「朦朧」二字，「了」作「過」。

〔六六〕要梟取我首級　臧本「梟」作「標」，「我」下有一「的」字。

〔六七〕 柰　臧本作「奈」。

〔六八〕 我在前廳上納悶，看有甚麼人來　臧本作「兀的不悶殺我也」。納悶，發悶。顧曲齋本尚仲賢《柳毅傳書》三折【尾聲】：「我則索去俺那龍宫納悶，怎禁那水村山館自黄昏。」

〔六九〕 正旦　顧曲齋本作「旦」。

〔七〇〕 履任　臧本「履」作「理」。履任，就職。

〔七一〕 頗得民心　臧本無。

〔七二〕 面　臧本作「堂」。

〔七三〕 閑　臧本無。

〔七四〕 來　臧本上有一「回」字。

〔七五〕 我親自望相公走一遭去　顧曲齋本無「去」字，下有「（旦唱）」。臧本下有一「波」字及「（唱）」。

〔七六〕 報喏　衙門裏官員升堂和退堂時，差役們齊聲吶喊，這種儀式叫「報喏」，亦名「喊堂威」。參見《哭存孝》頭折校注〔四五〕。

〔七七〕 待道是　顧曲齋本「待」作「大」。臧本作「大古裏」。待道是，要是。《謝天香》三折【二煞】：「相公又不是戲笑，又不是沉醉，又不是昏迷；待道是顛狂睡語，兀的不青天這白日！」

〔七八〕多管是接新官通報咱知　臧本「多管是」作「你便要」，「官」字下有「也合」二字。多管，大概。脈望館古名家本馬致遠《漢宮秋》一折【賺尾】：「到明日多管是醉臥在昭陽玉(御)榻。」

〔七九〕忙　急。《杜工部集》卷五《憶昔》之一：「張后不樂上爲忙。」

〔八〇〕我心兒裏不會　顧曲齋本無「我」字。會，明白。吴處厚《青箱雜記》卷六：「劉昌言，泉州人……未百日爲樞密副使，時有言其太驟者，太宗不聽。言者不已，乃謂昌言閩人，語獠，恐奏對間陛下難會。太宗怒曰：『我自會得！』其眷如此。」

〔八一〕觀窺　臧本「觀」作「偷」。觀窺，看。《劉知遠諸宫調》第一【正宫】【錦纏道】：「是大嫂忙呼大哥，劉知遠試與觀窺。」

〔八二〕正旦　顧曲齋本作「旦」。臧本無。

〔八三〕不　臧本下有一「要」字。

〔八四〕我試　臧本作「且再」。

〔八五〕相公手裏拿着一張紙　臧本上有一「呀」字，下有「低着頭左看右看」一句。

〔八六〕我也猜着了也呵　顧曲齋本、臧本無第一個「也」字，無「呵」字，下并有「(唱)」。也，猶已。「也猜着」，已猜着。王實甫《破窑記》頭折浄白：「綉毬兒也抛與了别人，我和你等些什麽……去了罷。」也呵，猶啊，表肯定語氣。闕名氏《符金錠》一折趙匡義白：「小娘子，我便着官媒來議親也呵。」

〔八七〕則他這　襯字，無義。闕名氏《陳州糶米》一折【元和令】：「却不道家家門外千丈坑，則他這得填平處且填平，你可也被人推更不輕。」闕名氏《翫江亭》二折【南吕一枝花】：「良辰曉霧濃，美景韶光麗，草茵輕荏苒，則他這桃李任芳菲。」

〔八八〕則　顧曲齋本作「只」。

〔八九〕使這巧謀之計　顧曲齋本「這」下有一「般」字。臧本作「使這般巧謀姦計」。

〔九〇〕（正旦云）　顧曲齋本作「（旦云）」。臧本無。

〔九一〕無人報復，我自過去　顧曲齋本「復」作「覆」。臧本無此二句。

〔九二〕云　顧曲齋本無。

〔九三〕白士中　顧曲齋本作「白」。

〔九四〕勾　顧曲齋本作「彀」。

〔九五〕來　臧本作「到」。

〔九六〕正旦　顧曲齋本作「旦」。

〔九七〕敢是前妻寄書來那　顧曲齋本「那」作「麽」。臧本「前妻」作「你前夫人」，「那」作「麽」。寄，托人遞送。《杜工部集》卷二《述懷》：「寄書問三川，不知家在否？」

〔九八〕白士中　顧曲齋本作「白」。

〔九九〕并無甚麽前妻寄書來　顧曲齋本「甚」作「什」，「前妻」作「前前妻」，無「來」字。臧本「甚」作「什」，「前妻」作「前夫人」。

〔一〇〇〕我自有兩庄公事也　臧本作「我自有一樁兒擺不下的公事，以此納悶」。自，另。《漢書·張湯傳》：「上曰：『吾自爲掖庭令，非爲將軍也。』安世乃止，不敢復言。」

〔一〇一〕正旦　顧曲齋本作「旦」。

〔一〇二〕稍　臧本同。盧冀野本、中華書局本、吴國欽本、王學奇本、王季思本改作「捎」。按，稍，通「捎」。參見《救風塵》第二折校注〔三八〕。後同，不另出校。

〔一〇三〕白士中　顧曲齋本作「白」。

〔一〇四〕小官并不敢欺心也　顧曲齋本下有「（旦唱）」。臧本下有「（正旦唱）」。欺心，昧心。臧本王日華《桃花女》三折彭大白：「我這老性命也是他救我的，不指望我去報答他，倒做這等魘鎮事，欺心刺刺的，我不去，我不去，我不去。」

〔一〇五〕把似你守着一家一計　顧曲齋本「你」下有一「只」字。臧本「你」下有一「則」字。把似，不如。參看《詩詞曲語辭匯釋》卷二「把似」。一家一計，一夫一妻的家室。息機子本闕名氏《風雪漁樵》三折【醉春風】：「道不的個一婦一夫一家一計，你可甚麽一親一近！」

〔一〇六〕收拾　收。《五代史平話》晋史卷上：「敬瑭……浪蕩走出外州去，得個婁忒没家收拾去做小厮，教敬瑭去牧羊。」

〔一〇七〕你常好是七八下裹不伶俐　臧本同。王季思本「常」改作「暢」。按，常，借作「暢」。參見《哭存孝》頭折校注〔九〇〕。七八下裹，各方面。《太平樂府》卷八宋方壺套數【南吕】一枝花「妓女」：「打發了這壁，安排下那壁，七八下裹郎君都應付得喜。」

〔一〇八〕可　該。《史記·陳丞相世家》：「及平長，可娶妻，富人莫肯與者。」

〔一〇九〕在　猶任，隨。參看《詩詞曲語辭例釋》「在（一）」。

〔一一〇〕白士中　顧曲齋本作「白」。

〔一一一〕這　顧曲齋本無。

〔一一二〕表　鑒察。《董解元西厢記》卷七【南吕宫】【轉青山】：「負心的天地表！天地表！」

〔一一三〕并無前妻也　臧本無。

〔一一四〕正旦　顧曲齋本作「旦」。

〔一一五〕在家夫人　臧本作「家中」。

〔一一六〕試猜　臧本「試」作「是」。北京大學本、吴國欽本、王學奇本、王季思本據息機子本、顧曲齋本改作「試」。按，是，用同「試」。參看《詩詞曲語辭匯釋》卷一「是（二）」。後同，不另出校。試猜，猜一猜。

〔一七〕(白士中云) 顧曲齋本作「(白)」。

〔一八〕你試猜咱 顧曲齋本下有「(旦唱)」。臧本「試」作「是」，「咱」作「波」，下有「(正旦唱)」。

〔一九〕姻眷 夫妻。《劉知遠諸宫調》第一【商調】【抛毬樂】：「陽盤村一個豪民見，求母親同爲姻眷。」

〔二〇〕綰角兒夫妻 結髮夫妻。綰，繫。角，孩童頭上兩邊繫的髽髻。臧本孟漢卿《魔合羅》三折旦白：「我須是李德昌綰角兒夫妻，怎下的胡行亂做？」

〔二一〕我須是個婦女身 顧曲齋本「女」作「人」。臧本「須」作「雖」。

〔二二〕須 臧本作「雖」。

〔二三〕睜眼 趙校「睜」改作「斬」。顧曲齋本作「撒」。臧本同息機子本。吴國欽本、王季思本改作「眨」。按，睜眼，即眨眼。息機子本闕名氏《風雪漁樵》二折旦白：「投到你得做官呵，直等的那日頭不紅，月明帶黑，星宿睜眼，北斗打呵欠！」參見《調風月》第二折校注〔一〇六〕。

〔二四〕我早先知來意 臧本同。盧冀野本「意」字下未點斷。按，「意」字韵。

〔二五〕(正旦云) 顧曲齋本無。臧本作「(帶云)」。

〔二六〕妾身若不依命呵 顧曲齋本下有「(唱)」。臧本作「你瞞妾身怎的」，下有「(唱)」。

〔二七〕直等的恩斷意絶　臧本「直等的」作「你休等的我」。吴國欽本、王季思本據息機子本、顧曲齋本改。等的，等到。脈望館息機子本武漢臣《生金閣》三折【黄鍾尾】：「直等的初更殘二鼓交，把冤魂攝來到，審個真實，問個下落。」王學奇本「意」改作「義」。按，意，情。恩斷意絶，恩情斷絶。參見《調風月》第二折校注〔一〇〇〕、《哭存孝》第三折校注〔三八〕。

〔二八〕眉南面北　形容彼此不和，感情對立。《盛世新聲》辰集闕名氏套數【中吕】粉蝶兒：「美恩情眉南面北，好姻緣鴛鴦折（拆）對。」

〔二九〕白士中　顧曲齋本作「白」。

〔三〇〕那得那前妻來　臧本第二個「那」字作「還有」，「妻」作「夫人」。那得，那有。《張協狀元》戲文四十五出：「廟中那得婦女？我入裏面去看。」

〔三一〕（正旦云）　顧曲齋本作「（旦）」。

〔三二〕白士中　顧曲齋本作「白」。

〔三三〕妻　臧本作「夫人」。

〔三四〕正旦　顧曲齋本作「旦」。

〔三五〕真個不　臧本作「你不肯」。

〔三六〕覓個死處也　臧本作「只覓一個死處便了」。

〔三七〕白士中　顧曲齋本作「白」。

〔三八〕那裏發付我那　那裏，怎麽。脈望館鈔本闕名氏《殺狗勸夫》三折：「【牧羊關】……（帶云）却是那裏來？（唱）口邊頭拔了七八根家毛衣，臉上拿了三四個家狗蠅。」發付，打發。《朱子語類》卷一百六：「凡下書者，須令當廳投下，却將書於背處觀之。觀畢，方發付其人，令等回書。」顧曲齋本「我那」的「那」作「耶」，吴曉鈴本校勘記云：「疑誤。」

〔三九〕我　顧曲齋本無。

〔四〇〕休　臧本下有一「要」字。

〔四一〕正旦　顧曲齋本作「旦」。

〔四二〕白士中　顧曲齋本誤作「旦」。

〔四三〕今有楊衙内要圖謀你爲妾　臧本「今有」作「當日」，「要」上有一「曾」字。

〔四四〕恨　顧曲齋本、臧本上有一「懷」字。

〔四五〕他　顧曲齋本、臧本無。

〔四六〕不理正事　趙校「正」改作「政」。按，正，通「政」。《漢書·陸賈傳》：「夫秦失其正，諸侯豪傑并起。」顔師古注：「正，亦政也。」臧本「正」作「公」，「事」下有「現今賜他勢劍金牌，親到潭州」二句。

〔四七〕要摽我首級　顧曲齋本、臧本「摽」作「標取」。臧本「我」下有一「的」字。

〔四八〕的　臧本作「之」。

〔四九〕知會　知道。《七國春秋平話》卷下：「吾布一陣，你若知會，俺便降你」。

〔五〇〕上　臧本無。

〔五一〕正旦　顧曲齋本作「旦」。

〔五二〕是　顧曲齋本、臧本無。

〔五三〕你怕他做甚麽那　顧曲齋本「甚」作「什」，無「那」字。臧本無「那」字。

〔五四〕白士中　顧曲齋本作「白」。

〔五五〕要　顧曲齋本、臧本無。

〔五六〕則他是花花太歲　顧曲齋本下有「（旦唱）」。臧本下有「（正旦唱）」。

〔五七〕敢也他怎生强要人爲妻　顧曲齋本「也」作「惹」。誤。按，也，表語氣停頓。參見《哭存孝》第三折校注〔三〕。臧本此句作「要强逼的我步步相隨」。敢，猶可。參看《詩詞曲語辭匯釋》卷一「敢（一）」。

〔五八〕全不學知文達禮　臧本作「我呵，怕甚麽天翻地覆」。知文達禮，知書識禮。

〔五九〕則待要雨約雲期　顧曲齋本「則」作「只」。臧本「則待要」作「就順着他」。雨約雲期，謂男女幽會。《小孫屠》戲文十三出：「雨約雲期，最苦情濃處變成間離。」參見《金線池》第二折校注〔二二〕。

〔六〇〕這句話專心兒記者　臧本作「這樁事你只睜眼兒覷者」。

〔六一〕我怎肯和他步步相隨　臧本作「看怎生的發付他賴骨頑皮」。步步相隨，指做夫妻。

〔六二〕得便宜番做了落便宜　臧本「番」作「翻」。中華書局本句末未點斷。按，「落便宜」的「宜」字韵。得便宜番做了落便宜，熟語，意謂想得到好處反而吃了虧。闕名氏《千里獨行》一折【混江龍】：「本來也無戰爭平白的起戰爭，你正是得便宜番做了落便宜。」

〔六三〕滿船空載月明歸　比喻勞而無功，一無所得。費唐臣《貶黃州》三折【聖藥王】：「我滿船空載月明歸，猶自説兵機。」

〔六四〕休那裏乞留乞良椎跌謾傷悲　顧曲齋本「休」作「你」。疑誤。臧本「休那裏」作「你休得便」。乞留乞良，狀悲泣之聲。參見《哭存孝》第四折校注〔一六〕。「椎」原作「堆」。顧曲齋本同。疑是「推」之壞，應是「椎」字，今改。《廣韻》平聲脂韵：「椎，亦棒椎也」；直追切。《中原音韻》齊微韵平聲陽「鎚垂陲」後王文璧補「椎」，注：「木椎也。」這裏用如動詞，義同「搥」。臧本即作「搥」。椎跌，捶胸頓足之謂。臧本「謾」作「自」。謾，猶徒，空。參看《詩詞曲語辭匯釋》卷二「漫（一）」。

〔一六五〕淡掃梳妝　臧本作「淡妝不用」。掃，畫。《中興以來絶妙詞選》卷一康伯可《風入松·閨思》：「翠黛不忺重掃，佳時每恨難同。」

〔一六六〕今日今日　趙校改作「今也波日」。顧曲齋本、臧本作「今也波日」。

〔一六七〕着　臧本作「看」。

〔一六八〕白士中　顧曲齋本作「白」。

〔一六九〕似這般如之柰何也　臧本作「他那裏必然做下準備，夫人，你斷然去不得」。

〔一七〇〕正旦　顧曲齋本作「旦」。

〔一七一〕你將耳趓來　顧曲齋本「趓」作「朵」。臧本作「（做耳暗科）」。

〔一七二〕則除是恁的　顧曲齋本「則」作「只」，「恁」作「您」。

〔一七三〕（白士中云）　顧曲齋本作「（白）」。

〔一七四〕則怕落在他勾中麼　顧曲齋本「則」作「只」，「在」誤作「花」。臧本作「則怕反落他勾中」，下有「夫人，還是不去的是」二句。吴國欽本、王季思本「勾」改作「彀」。按，勾中，即彀中，本指弓箭能射到的有效範圍，後比喻牢籠，圈套。王定保《唐摭言》卷一「述進士上篇」：「（太宗）私幸端門，見新進士綴行而出，喜曰：『天下英雄入吾彀中矣。』」元劇亦作「勾中」。高文秀《襄陽會》一折正末白：「我若不説與叔父知道呵，必然落在這二賊子勾中。」

〔一七五〕正旦　顧曲齋本作「旦」。

〔一七六〕相公　顧曲齋本無。

〔一七七〕不妨事　顧曲齋本下有「（旦唱）」。臧本下有「（唱）」。

〔一七八〕【煞尾】　顧曲齋本作「【尾聲】」。

〔一七九〕恰便似神羊兒　顧曲齋本「恰」作「怕」。神羊兒，祭祀用的羊。闕名氏《小張屠》一折【青哥兒】：「仰告穹蒼，許下明香，兒做神羊。」

〔一八〇〕着他此一來　臧本作「直着他」。

〔一八一〕我可便智賺了人金牌　可便，襯字，無義。石君寶《秋胡戲妻》二折【滾綉毬】：「則俺那青春子，何年可便甚日回？」「人」疑應是「恁」字。顧曲齋本、臧本無此字。金牌，即虎頭金牌。參見《拜月亭》第四折校注〔九六〕。

〔一八二〕便　臧本無。

〔一八三〕白士中　顧曲齋本作「白」。

〔一八四〕據着夫人的機謀見識　據着，憑，憑着。王實甫《西厢記》二本三折【攪箏琶】：「據着他舉將除賊，也消得家緣過活。」臧本無「的」字。

〔一八五〕一百個　顧曲齋本、臧本作「便是十個」。

〔一八六〕夫人之手也　顧曲齋本無「之」字。臧本無「也」字。

〔一八七〕我眼觀旌節旗，耳聽好清息　臧本「我」作「正是」。顧曲齋本「節」作「捷」。眼觀旌節旗，耳聽好消息，熟語，本指等待戰勝的捷報，後用以指等待事情的成功。旌節旗，指揮作戰的戰旗。旌節，指軍權。樂史《廣卓異記》卷九「出入六十年富貴」：「十擁旌節，兩登相位，三掌邦計，再領鹽鐵。」

第三折

（衙内領浄親隨、張稍上）〔一〕（衙内云）〔二〕小官楊衙内是也。頗柰白士中無禮〔三〕，量你到的那裏！我舉保你爲官，單爲譚記兒〔四〕，誰想此人背我之恩〔五〕，他娶了譚記兒爲妻〔六〕，此恨非淺！小官〔七〕親身到潭州，取〔八〕白士中首級。別的人爲甚麼不帶的來〔九〕？這個是親隨〔一〇〕，這個是張稍〔一一〕。這兩個小的〔一二〕，聰明乖乖〔一三〕，則是我心腹人〔一四〕，我因此上衹帶的這兩個人來〔一五〕。（親隨去衙内鬢邊做拿科〔一六〕）（衙内〔一七〕云）嗯〔一八〕！親隨〔一九〕，你做甚〔二〇〕麽？（親隨云）〔二一〕相公鬢邊一個虱子。（衙内〔二二〕云）這廝倒〔二三〕也說的是。我在這船隻上個月期程〔二四〕，也不曾梳篦的〔二五〕頭。好兒乖乖也〔二六〕！（張稍去衙内鬢邊做拿科〔二七〕）（衙内〔二八〕云）張〔二九〕稍，你也怎的？（張稍云）〔三〇〕相公鬢上一個狗鼈〔三一〕。（衙内〔三二〕云）你看這廝！（親隨、張稍同去衙内鬢邊做拿科〔三三〕）（衙内〔三四〕云）弟子孩兒〔三五〕！直恁般多〔三六〕？（張稍云）〔三七〕親隨，今日是八月十五日中秋節令，我每安排些酒果，與大人玩月，可不好？（親隨云）〔三八〕你說的是也〔三九〕。等我和你稟一稟大人〔四〇〕。（親隨同張稍做見科）〔四一〕（衙内云）您兩個做甚麼〔四二〕！（張稍云）〔四三〕大人，今日是〔四四〕八月十五日中秋節令，對着如此般〔四五〕月色，俺與大人把一杯賞月也〔四六〕。（衙内做怒科，云〔四七〕）嗯！這個弟子孩兒，甚麼言語〔四八〕！我來幹事來〔四九〕，怎麼教我吃酒？（親隨云）〔五〇〕大人，您孩兒〔五一〕并無歹意，是孝順的心腸。大人便食用〔五二〕，孩兒〔五三〕一點不敢吃。（衙内〔五四〕云）親隨，你若吃酒呵呢〔五五〕？（親隨云）〔五六〕我若吃一點酒〔五七〕，吃血〔五八〕。（衙内云〔五九〕）正是，休要吃酒。張〔六〇〕稍，你若吃酒呵〔六一〕呢？（張稍〔六二〕云）我若吃酒呵〔六三〕，害疔瘡。（衙内〔六四〕云）既是你兩個不敢吃酒〔六五〕，也罷，也罷，我則〔六六〕飲三杯。安排酒果來〔六七〕。（親隨云）〔六八〕張〔六九〕稍，擡果卓〔七〇〕，將酒來〔七一〕。（張稍做擡果卓科，云〔七二〕）果卓〔七三〕在此。我執壺，你遞酒。（親隨云）〔七四〕我兒，釀滿着。（遞酒科，云〔七五〕）大人飲〔七六〕一杯。（衙内做接酒科〔七七〕）（親隨倒褪自飲科〔七八〕）（衙内〔七九〕云）親隨，你怎麼自吃了？（親隨云）〔八〇〕大人，這個是攝毒的盞兒〔八一〕。這酒不是家裏帶來的酒〔八二〕，大人吃下去，若有些〔八三〕好歹，藥殺了大人，我可怎麼了？（衙内〔八四〕云）説的是。你是我心腹人。（張稍做遞酒科，云〔八五〕）你説嘴兒〔八六〕，你則是要吃酒〔八七〕。大人滿飲一杯。（衙内〔八八〕接科）（張〔八九〕稍自飲科）（衙内〔九〇〕云）張稍也，怎的了〔九一〕？（張稍云）〔九二〕大人，他吃的〔九三〕，我也吃的。（衙内〔九四〕云）你看這厮！我和你慢慢的飲酒〔九五〕。把船趕開〔九六〕。看有甚麼人來〔九七〕。（正旦拿魚上，云〔九八〕）這裏也無人。妾身白士中的夫人譚記兒是也。妝〔九九〕扮做個賣魚的，見楊衙内去也〔一〇〇〕。好魚也！這魚在那江波〔一〇一〕游戲，趁〔一〇二〕浪尋食，我駕一孤舟〔一〇三〕，撒網打出三尺錦鱗〔一〇四〕。細切着拖泥，新鮮有味〔一〇五〕。絶好魚也〔一〇六〕！

【越調鬥鵪鶉】則〔一〇七〕這今晚開筵，宜時按節〔一〇八〕，飲味歌歡〔一〇九〕，花殘月缺〔一一〇〕。見了的珍奇，不消的〔一一一〕咱說，則這魚更鮮〔一一二〕滋味別。這魚不宜那水煮油煎，則是那薄批細切〔一一三〕。

（正旦〔一一四〕云）我這一來，非同容易也〔一一五〕！

【紫花兒序】俺則待稍關打節〔一一六〕，怕有那慣施捨的經商的〔一一七〕請言賒。則俺這盤中魚尾〔一一八〕，又不比那岸〔一一九〕上羅列，活計全別。俺則是一撒網〔一二〇〕，一蓑衣，一簍〔一二一〕笠，俺則是先圖些打捏〔一二二〕，怕有那慣買的哥哥照顧些些〔一二三〕。

（正旦〔一二四〕云）我纜住〔一二五〕這船，上的〔一二六〕岸來。（做見張稍，云〔一二七〕）哥哥，萬福！（張稍云）〔一二八〕這個阿娘〔一二九〕，我有些面熟也〔一三〇〕。（正旦〔一三一〕云）你道我是誰？（張稍云）〔一三二〕阿娘敢是張二嫂〔一三三〕？（正旦〔一三四〕云）我便是張二嫂〔一三五〕。你怎麼不認的我了？你是誰？（張稍云）〔一三六〕則我便是張阿鱉〔一三七〕。（正旦〔一三八〕云）你是張〔一三九〕阿鱉？（正旦做打科，云〔一四〇〕）兒子〔一四一〕，這些兒吃的好了〔一四二〕，我想你來。（張稍云）〔一四三〕阿娘〔一四四〕，你見我親麼？（正旦〔一四五〕云）兒子，我見了〔一四六〕你，可〔一四七〕知親哩。你如今過去，和相公說一聲，着我過去切鱠，得些錢鈔，養活娘也〔一四八〕。（張稍云）〔一四九〕我知道了。親隨，你來。（親隨云）〔一五〇〕弟子孩兒，喚我做甚〔一五一〕麼？（張稍云）〔一五二〕有我個張阿娘〔一五三〕，要與大人切鱠。（親隨云）〔一五四〕甚麼張阿娘〔一五五〕？（正旦見親隨科，云〔一五六〕）媳婦孝順的心腸，將這一尾金色鯉魚特獻新〔一五七〕，望與相公說一聲咱。（親隨云）〔一五八〕也罷，也罷〔一五九〕，我與你說去。得的錢鈔，與我些買酒吃。你身背後跟着我走〔一六〇〕。（做見衙內科，云〔一六一〕）大人，有個張二嫂〔一六二〕，要與大人切鱠。（衙內〔一六三〕云）甚麼張二嫂〔一六四〕？（正旦見科，云〔一六五〕）

相公，萬福！（衙内做意兒科，云〔一六六〕）一個好〔一六七〕婦人也！（親隨云）一個好娘子也〔一六八〕！（張稍云）一個好媽兒也〔一六九〕！（衙内云）〔一七〇〕小娘子，你來做甚麼？（正旦〔一七一〕云）媳婦孝順的心腸，將〔一七二〕這尾金色鯉魚，一徑的來切鱠來〔一七三〕。將〔一七四〕砧板、刀子來，我切鱠〔一七五〕。（衙内〔一七六〕云）着小娘子如此般用心〔一七七〕！怎敢着小娘子切鱠，村〔一七八〕了手！張〔一七九〕稍，拿了去，與我薑辣煎爝了來〔一八〇〕。（張稍云）〔一八一〕大人，你〔一八二〕就村了。（衙内〔一八三〕云）多謝小娘子來意！擡過果卓〔一八四〕來，我和小娘子飲三杯。將酒來，娘子滿飲一杯。（親隨〔一八五〕做吃酒科）（衙内云）〔一八六〕你怎的？（親隨云）〔一八七〕吃不吃，請，請，請〔一八八〕。（衙内〔一八九〕云）你看這廝〔一九〇〕！靠後！將酒來，小娘子滿飲此一〔一九一〕杯。（正旦〔一九二〕云）相公請。（親隨云）〔一九三〕你吃便吃，不吃我便〔一九四〕來也。（正旦做跪科）〔一九五〕（衙内扯正旦〔一九六〕科，云）小娘子請起，請起〔一九七〕！我受了禮呵〔一九八〕，做不的夫妻了〔一九九〕。（正旦〔二〇〇〕云）媳婦來到這裏，受了禮也做的夫妻〔二〇一〕。（親隨同張稍云）〔二〇二〕相公，你此一來妙哉〔二〇三〕！（衙内〔二〇四〕云）小娘子請坐。（正旦〔二〇五〕云）相公何往〔二〇六〕？（衙内〔二〇七〕云）小官有公差事〔二〇八〕。（張稍云）〔二〇九〕阿娘〔二一〇〕，殺白士中來〔二一一〕。（衙内〔二一二〕云）你説的甚麼那〔二一三〕！（正旦〔二一四〕云）相公若拿了白士中呵，也除〔二一五〕潭州一害。爲甚的不着人來接待相公〔二一六〕？（衙内〔二一七〕云）小娘子，你〔二一八〕不知，我怕人知道〔二一九〕。

【金蕉葉】相公，你道是報一聲着官人遠接〔二二〇〕，這船兒上有五十座笙歌間别〔二二一〕。你爲公差事來到這些〔二二二〕，不知你怎生做兀的關節〔二二三〕？

（衙内〔二二四〕云）小娘子，早是〔二二五〕來的早，若來的遲呵，小官歇息了〔二二六〕。

【調笑令】若是賤妾晚來些〔二二七〕，相公船兒上黑鼾鼾的熟睡者〔二二八〕。則你那金牌虎符旁邊列〔二二九〕，見官人遠離一舍〔二三〇〕，索甚用〔二三一〕從人攔當者，俺這裏拖狗皮的考斷他腰截〔二三二〕。

（衙内〔二三三〕云）張〔二三四〕稍，我央及你，你替我做個落花媒人。你和張二嫂説，大夫人不許他，第二個夫人〔二三五〕，包髻團衫綉手帕都是他受用〔二三六〕。（張稍云）〔二三七〕相公放心，都在我身上。（做見正旦科，云〔二三八〕）阿娘〔二三九〕，你有福也！相公説來，大夫人不許你，做第二個夫人〔二四〇〕，包髻團衫袖綉項帕〔二四一〕……（正旦〔二四二〕云）敢是綉手帕〔二四三〕？（張稍云）〔二四四〕是綉手帕，綉手帕〔二四五〕。（正旦〔二四六〕云）我不信，我〔二四七〕問相公去。（正旦見衙内，云〔二四八〕）相公，恰纔張〔二四九〕稍説的那話，説道是〔二五〇〕相公説來？（衙内〔二五一〕云）是小官説來。（正旦〔二五二〕云）量媳婦有何才能，着相公如此般錯愛也。（衙内云）〔二五三〕不敢，不敢〔二五四〕。小娘子〔二五五〕靠着小官坐一坐，可也無傷也〔二五六〕。（正旦〔二五七〕云）妾身不敢〔二五八〕。

【鬼三台】不是我誇貞烈，世不曾心腸趄〔二五九〕。我醜則醜刁决古懒〔二六〇〕，不由我見官人便心邪〔二六一〕，我也立不的志節〔二六二〕。官人，你救黎民爲人須爲徹，拿濫官殺人須見血〔二六三〕。我和你雨約雲期〔二六四〕，（正旦與衙内做意兒科〔二六五〕）使不着〔二六六〕冰清玉潔。

（衙内做喜科，云〔二六七〕）吻，吻，吻〔二六八〕！（親隨同張稍做喜科，云）〔二六九〕吻，吻，吻〔二七〇〕！（衙内〔二七一〕云）你兩個怎的〔二七二〕！（張稍云）〔二七三〕大家耍一會〔二七四〕。

【聖藥王】珠冠兒怎生〔二七五〕戴者，霞帔是那裏挂者〔二七六〕，這三檐傘下怎向頂門上遮〔二七七〕？喚侍妾引領〔二七八〕者，我來打魚船上身子兒扭的來別〔二七九〕，替你穩坐七香車。

（衙内[二八〇]云）我出一對你對[二八一]：羅袖半翻鸚鵡盞[二八二]。（正旦[二八三]云）妾對個[二八四]：玉纖重整鳳凰杯[二八五]。（親隨同張稍做拍卓子科，云）[二八六]妙也，妙也[二八七]！（衙内云）[二八八]小娘子莫非[二八九]識字麽？（正旦[二九〇]云）妾身須識個撇竪點劃[二九一]。（衙内[二九二]云）小娘子原來[二九三]識字。小官出一題[二九四]：鷄頭個個不舒頭[二九五]。（正旦[二九六]云）妾對個[二九七]：龍眼團團不轉眼[二九八]。（親隨同張稍做拍卓子科，云）[二九九]妙，妙，妙！（正旦云）張稍，我和你出個對句[三〇〇]。（張稍云）我正好和你對哩[三〇一]。（正旦云）我是阿娘，休胡説。天上仙鶴對對飛[三〇二]。（張稍云）地下夫妻對對兒[三〇三]。（正旦[三〇四]云）相公[三〇五]，告[三〇六]珠玉。（衙内云）[三〇七]張[三〇八]稍，將紙墨筆硯[三〇九]來。（張稍做拿筆硯科，云）[三一〇]理會的[三一一]。相公，紙墨筆硯在此。（衙内[三一二]云）我寫就了也[三一三]。詞寄是[三一四]〔西江月〕。（正旦[三一五]云）相公，表白[三一六]一遍咱。（衙内做念科，云[三一七]）夜月一天秋露，冷風萬里江湖，好花須有美人扶，情意[三一八]不堪會處。似[三一九]仙子初離月浦，姮[三二〇]娥忽下雲衢，小詞倉卒[三二一]對君書，付與你個[三二二]知心人物。（正旦[三二三]云）好高才也[三二四]！我回一首[三二五]，詞寄是[三二六]〔夜行船〕。（衙内[三二七]云）小娘子，你表白一遍咱。（正旦做念科，云[三二八]）花底雙雙鶯燕語，也勝如[三二九]鳳隻鸞孤。一霎兒[三三〇]恩情，片時雲雨，關連着宿緣前注。天保今生爲眷屬，但則[三三一]願似水如魚。冷落江湖，團圞[三三二]人月，相連着夜行船去。（衙内[三三三]云）如此高才也[三三四]！小娘子，俺慢慢的飲幾杯[三三五]。（正旦[三三六]云）敢問衙内[三三七]：因甚殺白士中也[三三八]？（衙内[三三九]云）你休問他，小娘子[三四〇]。（張稍[三四一]云）小娘子[三四二]，有勢劍[三四三]。（衙内[三四四]云）休與他看。（正旦[三四五]云）這個是勢劍？衙内見愛媳婦，借與我持三日魚[三四六]。（衙内[三四七]云）借與他[三四八]。（親隨云）[三四九]還有金牌哩。（正旦[三五〇]云）這個是金牌？衙内見愛我，與我打戒指兒帶[三五一]罷。再有甚麽也[三五二]？（張稍云）[三五三]這個是文書。（正旦云)〔三五四〕這個便是買賣的合同？(正旦做袖文書科，云〔三五五〕)相公再飲一杯。(衙内〔三五六〕云)酒勾了也〔三五七〕。小娘子休唱前篇〔三五八〕，則唱么篇〔三五九〕。(做醉科)(正旦〔三六〇〕云)冷落江湖，團圞人月〔三六一〕，相隨着夜行船去。

(親隨同張稍〔三六二〕做睡科)(正旦云)〔三六三〕這厮都睡着了也〔三六四〕。

【禿厮兒】那厮着懞懂玉山低趄〔三六五〕，有鬼祟醉眼横斜〔三六六〕，我將這金牌虎符袖褪者〔三六七〕。我〔三六八〕唤相公，快疾些〔三六九〕，來者〔三七〇〕。

【絡絲娘】我且回身將楊衙内深深拜謝〔三七一〕，您娘回向他那急颭颭船兒上去也〔三七二〕。到家對兒夫盡説〔三七三〕，那一場歡悦〔三七四〕。

(正旦云)〔三七五〕慚愧也〔三七六〕！

【尾】〔三七七〕兩口兒在玩月樓不放金杯歇，携素手懷揣着趔趄。兩口兒吃的醉醺醺緊相偎，向他那冷清清船兒上覺來也〔三七八〕。(下)

(衙内〔三七九〕云)張二嫂，張二嫂〔三八〇〕，(做失驚科，云)張稍〔三八一〕，張二嫂那裏〔三八二〕去了？看我的勢劍金牌也〔三八三〕！(親隨云)〔三八四〕就〔三八五〕不見了金牌，還有勢劍共文書哩〔三八六〕！(張稍唱)〔三八七〕

【馬鞍兒】想着想着跌脚兒熬〔三八八〕。(親隨〔三八九〕唱)想着想着我難熬〔三九〇〕。(衙内唱)酩子裏〔三九一〕愁腸酩子裏焦。(衆合唱)又不敢旁〔三九二〕人知道；則把他這〔三九三〕好香燒、好香燒，咒〔三九四〕的他熱肉兒跳。

(張稍云)黄昏無旅店，(親隨云)今夜宿誰家〔三九五〕？(衙内〔三九六〕云)這厮每扮南戲〔三九七〕那！(衆同下)

校注

〔一〕（衙内領净親隨、張稍上）「净」字原置「親隨」下「張稍」上，今改。第四折即作「（衙内同净親隨、張稍上）」。參見《哭存孝》頭折校注〔三〕。顧曲齋本「衙内」上有一「楊」字，無「净」字。臧本作「（衙内領張千、李悄上）」。吴曉鈴本校云：「『悄』字應是『稍』字之誤。」盧冀野本、中華書局本、北京大學本、吴國欽本、王學奇本、王季思本均改。親隨，貼身的奴僕。《水滸傳》二回：「隨即寫回書，收留高俅在府内做個親隨。」

〔二〕（衙内云）　顧曲齋本無。

〔三〕頗柰白士中無禮　臧本「柰」作「奈」。顧曲齋本、臧本「禮」作「理」。

〔四〕我舉保你爲官，單爲譚記兒　臧本作「豈不知我要取譚記兒爲妾」。

〔五〕誰想此人背我之恩　臧本作「他就公然背了我」。

〔六〕他娶了譚記兒爲妻　臧本無「他」字，下有「同臨任所」一句。

〔七〕小官　臧本作「如今我」。

〔八〕取　臧本上有一「標」字。

〔九〕别的人爲甚麽不帶的來　顧曲齋本「甚」作「什」。臧本上有「你道」二字，「不帶的」作「我不帶他」。

〔一〇〕這個是親隨　臧本作「這一個是張千」。

〔一一〕這個是張稍　臧本作「這一個是李稍」。

〔一二〕小的　顧曲齋本無。

〔一三〕乖乖　顧曲齋本、臧本作「乖覺」。

〔一四〕則是我心腹人　顧曲齋本「則」作「只」，「只」下有一「他」字。臧本「則」作「都」，「心腹」下有一「之」字。

〔一五〕我因此上祇帶的這兩個人來　臧本無「我」字。顧曲齋本「祇」作「只」，臧本作「則」。

〔一六〕親隨去衙內鬢邊做拿科　臧本「親隨」作「張千」。顧曲齋本無「去」字。去，在。參看《詩詞曲語辭例釋》「去」。

〔一七〕衙内　顧曲齋本作「楊」。

〔一八〕嗯　呵斥之辭。臧本闕名氏《漁樵記》四折：「（張千喝云）嗯！這廝是甚麽人？怎敢叫俺相公的諱字？」

〔一九〕親隨　臧本無。

〔二〇〕甚　顧曲齋本、臧本作「什」。

〔二一〕（親隨云）　顧曲齋本無「云」。臧本作「（張千云）」。

〔二二〕衙内　顧曲齋本作「楊」。

〔二三〕倒　顧曲齋本作「到」。

〔二四〕個月期程　顧曲齋本作「一個月期」，吴曉鈴本校勘記云：「不成詞。」按，「期」下疑奪一「程」字。期程，時間。參看《詩詞曲語辭匯釋》卷三「其程」。

〔二五〕的　猶過。也作「得」。參見《調風月》第一折校注〔七一〕。

〔二六〕好兒乖乖也　顧曲齋本同。吴曉鈴本校勘記謂「顧曲齋本『乖乖』上有『好』字」。吴校誤。臧本作「我的兒好乖」。

〔二七〕張稍去衙内鬢邊做拿科　顧曲齋本無「去」字。臧本「張」作「李」，「邊」作「上」。

〔二八〕衙内　顧曲齋本作「楊」。

〔二九〕張　臧本作「李」。

〔三〇〕（張稍云）　顧曲齋本無「云」。臧本作「（李稍云）」。

〔三一〕狗鼈　狗虱。

〔三二〕衙内　顧曲齋本作「楊」。

〔三三〕親隨、張稍同去衙内鬢邊做拿科　顧曲齋本無「去」字。臧本「張」作「李」，「邊」作「上」。

〔三四〕衙内　顧曲齋本作「楊」。

〔三五〕弟子孩兒　詈辭，猶言「婊子養的」。參見《救風塵》第一折校注〔一〇五〕。

〔三六〕直恁般多　直，真。吕居仁《軒渠録》：「窟賴兒自爺去後，直是忔憎，每日恨特特地笑，勃騰騰地跳。」顧曲齋本「恁」作「您」，臧本作「恁的」。吴曉鈴本校勘記云：「顧曲齋本作『您般』，非。」按，您般即恁般，如此般。「您」「恁」通用。參見《單刀會》第一折校注〔六六〕。

〔三七〕（張稍云）　顧曲齋本無「云」。臧本作「（李稍云）」。

〔三八〕（親隨云）　顧曲齋本無「云」。臧本作「（張千云）」。

〔三九〕也　顧曲齋本、臧本無。

〔四〇〕等我和你稟一稟大人　顧曲齋本無「等」字。臧本無此句。

〔四一〕（親隨同張稍做見科）　臧本作「（張千同李稍做見科，云）」。

〔四二〕（衙内云）您兩個做甚麽　顧曲齋本「（衙内云）」作「（楊）」，「您」作「你」，「甚」作「什」。臧本無。

〔四三〕（張稍云）　顧曲齋本無「云」。臧本無。

〔四四〕是　顧曲齋本無。

〔四五〕般　臧本無。

〔四六〕俺與大人把一杯賞月也　顧曲齋本「杯」下有一「酒」字。臧本「俺」作「孩兒每」，「杯」下有一

〔四七〕「酒」字，無「也」字，下有「何如」二字。把一杯，敬一杯酒。

〔四八〕衙内做怒科，云　顧曲齋本「衙内」作「楊」，無「云」。

〔四九〕甚麽言語　顧曲齋本「甚」作「什」。臧本作「説什麽話」。

〔五〇〕來幹事來　臧本作「要來幹公事」。

〔五一〕（親隨云）　顧曲齋本無「云」。臧本作「（張千云）」。

〔五二〕您孩兒　顧曲齋本「您」作「你」。臧本下有一「每」字。

〔五三〕便食用　顧曲齋本同。吴曉鈴本校勘記謂「顧曲齋本作『不用』二字」。吴校誤。臧本作「不用」。吴國欽本據息機子本改。

〔五四〕孩兒　臧本下有一「每」字。

〔五五〕衙内　顧曲齋本作「楊」。

〔五六〕呵呢　臧本無「呵」字。呵呢，猶呢。脈望館鈔本闕名氏《博望燒屯》二折張飛曰：「我若贏了你呵呢？」闕名氏《黄花峪》二折宋江白：「你三日不殺人呵呢？」

〔五七〕（親隨云）　顧曲齋本無「云」。臧本作「（張千云）」。

〔五八〕我若吃一點酒　顧曲齋本、臧本下有一「呵」字。

〔五九〕吃血　詈辭，意謂不是人，是吃血的動物。

〔五九〕（衙内云）　顧曲齋本作「（楊）」。

〔六〇〕張　臧本作「李」。

〔六一〕呵　臧本無。

〔六二〕張稍　顧曲齋本作「張」。臧本「張」作「李」。

〔六三〕呵　臧本無。

〔六四〕衙内　顧曲齋本作「楊」。

〔六五〕既是你兩個不敢吃酒　臧本「你」作「您」，無「敢」字。

〔六六〕則　顧曲齋本作「只」。

〔六七〕來　臧本上有「過」字。

〔六八〕（親隨云）　顧曲齋本無「云」。臧本作「（張千云）」。

〔六九〕張　臧本作「李」。

〔七〇〕擡果卓　顧曲齋本「卓」作「棹」。臧本同息機子本，下有「過來」二字。盧冀野本、北京大學本、吴國欽本、王學奇本、王季思本「卓」改作「桌」。按，卓，即「桌」。參見《拜月亭》第三折校注〔六二〕。果卓，吃飯用的桌子。劉唐卿《降桑椹》一折員外白：「興兒，我今日要賞雪飲酒，果卓都安排下了麽？」

〔七一〕將酒來　臧本無。

〔七二〕張稍做擡果卓科，云　顧曲齋本無「做」字，「卓」作「棹」，無「云」。臧本「張」作「李」，餘同息機子本。除中華書局本外，各本「卓」改作「桌」。參見校注〔七〇〕。

〔七三〕卓　顧曲齋本作「棹」。臧本同息機子本。除盧冀野本、中華書局本外，各本改作「桌」。參見校注〔七〇〕。

〔七四〕（親隨云）　顧曲齋本無「云」。臧本作「（張千云）」。

〔七五〕遞酒科，云　顧曲齋本上有一「做」字，無「云」。臧本上有一「做」字。

〔七六〕飲　趙校上增一「滿」字。顧曲齋本、臧本上有一「滿」字。

〔七七〕衙内做接酒科　顧曲齋本「衙内」作「楊」，無「做」字。

〔七八〕親隨倒褪自飲科　臧本「親隨」作「張千」，餘同息機子本。中華書局本、吴國欽本、王季思本「褪」改作「退」。按，褪，退。元曲習用。《樂府新聲》卷中闕名氏小令【水仙子】「喻敵」：「捲旗幡到褪咽喉路，不篩鑼不擂鼓，權做個詐敗佯輸。」盧冀野本「科」誤作「云」。

〔七九〕衙内　顧曲齋本作「楊」。

〔八〇〕（親隨云）　顧曲齋本無「云」。臧本作「（張千云）」。

〔八一〕攝毒的盞兒　銀質酒杯斟上毒酒會變黑，故可用來檢查酒中是否有毒。這裏指檢查酒中是否有毒的一杯酒。

〔八二〕這酒不是家裏帶來的酒　「裏」原作「童」，據顧曲齋本、臧本改。趙校句下增「是買來的」一句。顧曲齋本、臧本下有「是買的酒」一句。

〔八三〕些　臧本無。

〔八四〕衙内　顧曲齋本作「楊」。

〔八五〕張稍做遞酒科，云　顧曲齋本無「云」。臧本「張」作「李」。

〔八六〕你説嘴兒　臧本無。説嘴兒，耍貧嘴。臧本張國賓《薛仁貴》一折張士貴白：「你不要説嘴，您都有甚麽功勞在那裏？」

〔八七〕你則是要吃酒　顧曲齋本「則」作「只」。臧本無「則是」二字，句下有「弄這等嘴兒。待我送酒」二句。

〔八八〕衙内　顧曲齋本作「楊」。

〔八九〕張　臧本作「李」。

〔九〇〕衙内　顧曲齋本作「楊」。

〔九一〕張稍也，怎的了　趙校「也」上增一「你」字，圈去「了」字。顧曲齋本「也」上有一「你」字，無「了」字。臧本作「你也怎的」。

〔九二〕（張稍云）　顧曲齋本無「云」。臧本作「（李稍云）」。

〔九三〕的　臧本同。王季思本改作「得」。按，的，得。參看《詩詞曲語辭匯釋》卷四「的（二）」。下句「的」同，不另出校。

〔九四〕衙内　顧曲齋本作「楊」。

〔九五〕我和你慢慢的飲酒　臧本作「我且慢慢的吃幾杯」。

〔九六〕把船趕開　臧本作「親隨，與我把別的民船都趕開者」。

〔九七〕看有甚麽人來　顧曲齋本「甚」作「什」。臧本無此句。

〔九八〕正旦拿魚上，云　顧曲齋本「正旦」作「旦」，無「云」。

〔九九〕妝　臧本同。王季思本改作「裝」。按，妝，假裝。參見《蝴蝶夢》第一折校注〔三三〕。

〔一〇〇〕也　臧本無。

〔一〇一〕那江波　顧曲齋本「那」下有一「裏」字。臧本「波」作「邊」。

〔一〇二〕趁　隨。《唐宋諸賢絶妙詞選》卷七周美成《蘭陵王·柳》：「閑尋舊踪迹，又酒趁哀絃，燈照離席。」

〔一〇三〕我駕一孤舟　臧本上有「却被」二字。

〔一〇四〕撒綱打出三尺錦鱗　臧本「撒綱」作「撒開網去」。錦鱗，魚。陳巖肖《庚溪詩話》：「光堯壽聖太上皇帝……一時閑適遇景而作，則有《漁父辭》十五章……又曰：『青草開時已過船，錦鱗躍處浪痕圓。竹葉酒，柳花毡，有意沙鷗伴我眠。』」

〔一〇五〕細切着拖泥，新鮮有味　臧本作「還活活潑潑的亂跳」。拖泥，未詳。

〔一〇六〕絶好魚也　顧曲齋本無「絶」字。臧本作「好鮮魚也」，下有「（唱）」。

〔一〇七〕則　顧曲齋本作「只」。

〔一〇八〕宜時按節　臧本作「正是中秋令節」。

〔一〇九〕飲味歌歡　臧本作「只合低唱淺斟」。飲味，吃喝。味，吃。《韓非子·難四》：「屈到嗜芰，文王嗜菖蒲菹……所味不必美。」

〔一一〇〕花殘月缺　臧本上有「莫待他」三字。

〔一一一〕的　顧曲齋本無。

〔一一二〕則這魚更鮮　顧曲齋本「則」作「只」，「鮮」作「新」。臧本「更」作「鱗甲」。

〔一一三〕則是那薄批細切　顧曲齋本「則」作「只」，「那」下重一「那」字。則是，正好。王仲文《救孝子》四折：「【駐馬聽】……（云）夜來則是半夜前後，（唱）聽的把犯罪的赦免出牢房，當軍的釋放還鄉黨。……覺來時我心兒裏空悒怏，呀！原來夢是我心頭想。」薄批細切，片魚片的技巧。批，削。《杜工部集》卷九《房兵曹胡馬》：「竹批雙耳峻，風入四蹄輕。」這裏指片魚片。參見總題「説明」。

〔一四〕正旦　顧曲齋本作「旦」。臧本無。

〔一五〕非同容易也　顧曲齋本下有「（唱）」。臧本無「同」字，「也」下有一「呵」字，句下有「（唱）」。

〔一六〕俺則待稍關打節　顧曲齋本「則」作「只」。稍關打節，打通關節。稍，通「捎」，打。參見《哭存孝》第二折校注〔五二〕。

〔一七〕的　趙校改作「不」。顧曲齋本、臧本作「不」。

〔一八〕則俺這盤中魚尾　顧曲齋本「則」作「只」。「盤」疑應是「籃」字。臧本即作「籃」。魚尾，魚。

〔一九〕那岸　顧曲齋本無「那」字。臧本作「案」。

〔二〇〕俺則是一撒網　顧曲齋本「則」作「只」。撒網，網。

〔二一〕簑　顧曲齋本誤作「蔓」。臧本作「篛」。

〔二二〕俺則是先圖些打捏　顧曲齋本「則」作「只」。臧本無「俺則是」三字。先，猶本。參看《詩詞曲語辭匯釋》卷二「先」。打捏，收益。

〔二三〕怕有那慣買的哥哥照顧些些　臧本「怕有」作「只問」，「慣」作「肯」，「顧」下有「俺也」二字。慣，常。《董解元西廂記》卷二【般涉調】【麻婆子】：「不道飛虎慣相持，思量法聰怎當賭？」

〔二四〕正旦　顧曲齋本作「旦」。臧本無。

〔一二五〕住　顧曲齋本無。

〔一二六〕的　顧曲齋本無。

〔一二七〕做見張稍，云　顧曲齋本無「云」。臧本「張」作「李」。

〔一二八〕（張稍云）　顧曲齋本無「云」。臧本作「（李稍云）」。

〔一二九〕阿娘　臧本作「姐姐」。阿娘，對婦女的敬稱。

〔一三〇〕面熟也　臧本「熟」作「善」，無「也」字。

〔一三一〕正旦　顧曲齋本作「旦」。

〔一三二〕（張稍云）　顧曲齋本無「云」。臧本作「（李稍云）」。

〔一三三〕阿娘敢是張二嫂　「嫂」原作「娘」，從趙校及臧本改。臧本「阿娘」作「姐姐你」，「嫂」下有一「麽」字。

〔一三四〕正旦　顧曲齋本作「旦」。

〔一三五〕嫂　顧曲齋本作「娘」。

〔一三六〕（張稍云）　顧曲齋本無「云」。臧本作「（李稍云）」。

〔一三七〕則我便是張阿鱉　顧曲齋本「則」作「只」。臧本「張」作「李」。

〔一三八〕正旦　顧曲齋本作「旦」。

〔一三九〕張　臧本作「李」。

〔一四〇〕正旦做打科，云　顧曲齋本「正旦」作「旦」，無「云」。

〔一四一〕兒子　顧曲齋本無。

〔一四二〕這些兒吃的好了　顧曲齋本上有一「只」字，「兒」作「時」。臧本「兒」作「時」，「的」作「得」。這些兒，近來。《盛世新聲》戊集劉庭信小令【雙調】折桂令：「這些兒信音稀，有也無也，獨言獨語，不斷不絕，自跌自堆（推），無休無歇，叫一聲負德冤家，送了人當甚麽豪傑！」

〔一四三〕（張稍云）　顧曲齋本無「云」。臧本作「（李稍云）」。

〔一四四〕阿娘　臧本作「二嫂」。

〔一四五〕正旦　顧曲齋本作「旦」。

〔一四六〕了　顧曲齋本、臧本無。

〔一四七〕可　臧本下有一「不」字。

〔一四八〕娘也　臧本作「我來也好」。吴國欽本、王季思本據息機子本及顧曲齋本改。

〔一四九〕（張稍云）　顧曲齋本無「云」。臧本作「（李稍云）」。

〔一五〇〕（親隨云）　顧曲齋本無「云」。臧本作「（張千云）」。

〔一五一〕甚　臧本作「什」。

晉公曰：『今來封禪禮畢，大駕往回，凡百事須俱總辦集，感卿用心。』」

〔一七八〕村　臧本作「俗」。村，玷污。王實甫《西廂記》五本三折【紫花兒序】：「枉蠢了他梳雲掠月，枉羞了他惜玉憐香，枉村了他殢雨尤雲。」

〔一七九〕張　臧本作「李」。

〔一八〇〕與我薑辣煎爨了來　臧本同。吳國欽本「爨」改作「炸」。按，爨，燴。司膳内人《玉食批》：「爨石首魚。」了來，猶了。臧本喬夢符《金錢記》三折：「（王府尹云）……這金錢我與你懸帶着來，怎生到這厮手裏？（旦云）您孩兒在九龍池上掉了來。」《元典章》刑部三「不道」：「在先，一個厭（魘）鎮底人，阿合馬平章覷面皮，不曾殺了，放了來。」

〔一八一〕（張稍云）　顧曲齋本無「云」。臧本作「（李稍云）」。

〔一八二〕你　臧本作「不要他切」。

〔一八三〕衙内　顧曲齋本作「楊」。

〔一八四〕卓　顧曲齋本作「棹」。臧本同息機子本。除盧冀野本、中華書局本外，各本改作「桌」。參見校注〔七〇〕。

〔一八五〕親隨　臧本作「張千」。

〔一八六〕（衙内云）　顧曲齋本作「（楊）」。

〔一八七〕（親隨云） 顧曲齋本無「云」。臧本作「（張千云）」。

〔一八八〕吃不吃，請，請，請 臧本作「你請他，他又請你，你又不吃，他又不吃，可不這杯酒冷了？不如等親隨乘熱吃了，倒也乾净」。吴國欽本「乘」改作「趁」。按，乘，趁。《孟子·公孫丑上》：「雖有智慧，不如乘勢。」

〔一八九〕衙内 顧曲齋本作「楊」。

〔一九〇〕你看這厮 臧本作「哇」。

〔一九一〕一 顧曲齋本、臧本無。

〔一九二〕正旦 顧曲齋本作「旦」。

〔一九三〕（親隨云） 顧曲齋本無「云」。臧本作「（張千云）」。

〔一九四〕便 臧本作「又」。

〔一九五〕（正旦做跪科） 顧曲齋本作「（旦做跪衙科）」。臧本作「（正旦做跪衙内科）」。

〔一九六〕正旦 顧曲齋本作「旦」。

〔一九七〕請起 臧本無。

〔一九八〕我受了禮呵 「呵」原作「物」，從趙校及顧曲齋本改。臧本作「我受了你的禮」。

〔一九九〕做不的夫妻了 臧本上有一「就」字，「的」作「得」。

〔二〇〇〕正旦　顧曲齋本作「旦」。

〔二〇一〕受了禮也做的夫妻　臧本上有一「便」字，「的」作「得」。

〔二〇二〕（親隨同張稍云）　臧本作「（張千同李稍拍卓科，云）」。除中華書局本外，各本「卓」改作「桌」。參見校注〔七〇〕。

〔二〇三〕相公，你此一來妙哉　顧曲齋本、臧本作「妙、妙、妙」。

〔二〇四〕衙内　顧曲齋本作「楊」。

〔二〇五〕正旦　顧曲齋本作「旦」。

〔二〇六〕相公何往　趙校「何」上增「你此一來」四字。顧曲齋本、臧本「何」上并有「你此一來」。

〔二〇七〕衙内　顧曲齋本作「楊」。

〔二〇八〕事　顧曲齋本無。

〔二〇九〕（張稍云）　顧曲齋本無「云」。臧本作「（李稍云）」。

〔二一〇〕阿娘　臧本作「二嫂」。

〔二一一〕殺白士中來　臧本上有「專爲要」三字。

〔二一二〕衙内　顧曲齋本作「楊」。

〔二一三〕你説的甚麽那　顧曲齋本無「的」字，「那」作「哩」。臧本作「哇！你説什麽」。

〔二四〕正旦　顧曲齋本作「旦」。

〔二五〕除　顧曲齋本、臧本下有一「了」字。

〔二六〕爲甚的不着人來接待相公　顧曲齋本「的」作「麼」，無「待」字。臧本作「只是這州裏怎麼不見差人來迎接相公」。

〔二七〕衙内　顧曲齋本作「楊」。

〔二八〕你　臧本下有一「却」字。

〔二九〕我怕人知道　顧曲齋本「怕」作「恐怕」，「道」下有一「哩」字，句下有「（旦唱）」。臧本「怕」作「恐怕」，句下有「走了消息，故此不要他們迎接」二句及「（正旦唱）」。

〔三〇〕你道是報一聲着官人遠接　臧本「道」作「若」，無「官」字。道是，助詞，加强語氣，無義。關氏套數【中吕】古調石榴花「顛狂柳絮」：「俺也自知，鸞臺懶傍塵土迷。道是俺也自知，絶鱗翼，斷信息，幾時回？」

〔三一〕這船兒上有五十座笙歌間別　臧本「這」作「怕不的」，「間別」作「擺設」。間別，與衆不同。

〔三二〕你爲公差事來到這些　顧曲齋本「公差」作「官」。臧本無「差」字。盧冀野本「些」字下未點斷。按，「些」字韵。這些，這裏。《小孫屠》戲文六出：「本官心地，事由公理。踢脱這些兒，果有陰德處。」

〔二三〕關節 機謀。息機子本闕名氏《風雪漁樵》四折【太平令】：「這關節有甚難見，故意的將咱解勸。」

〔二四〕衙内 顧曲齋本作「楊」。

〔二五〕早是 臧本下有一「你」字。

〔二六〕小官歇息了 顧曲齋本、臧本下有一「也」字。顧曲齋本句下有「（旦唱）」，臧本下有「（正旦唱）」。

〔二七〕晚來些 原作「晚些來」，據顧曲齋本、臧本乙改。曲譜，本曲首句末字韵，「些」字韵。

〔二八〕黑齁齁的熟睡者 黑齁齁，鼾聲。亦作「黑嘍嘍」、「齁嘍嘍」，例不贅。臧本「者」作「歇」。

〔二九〕則你那金牌虎符旁邊列 顧曲齋本「則」作「只」，「旁」作「傍」。臧本「虎符」作「勢劍」，「旁邊」作「身傍」。王季思本「傍」改作「旁」。按，傍，即旁。參見《哭存孝》頭折校注〔二五〕。後同，不另出校。金牌虎符，即虎頭金牌。參見《拜月亭》第四折校注〔九六〕。

〔三〇〕一舍 顧曲齋本、臧本「舍」作「射」。古以三十里爲一舍，這裏泛指較遠的距離。

〔三一〕索甚用 臧本作「索用甚」。索甚，無須。尚仲賢《三奪槊》一折【醉扶歸】：「索甚把自己千般獎，齊王呵，不如交別人道一聲强。」

〔三二〕俺這裏拖狗皮的考斷他腰截 臧本「這裏」作「只待」，「考」作「拷」。拖狗皮，詈辭，披狗皮。

元刊本尚仲賢《氣英布》三折【脱布衫】：「早晨間露水裏尋牛，驪山驛監夫步走，拖狗皮醉眠石臼。」考，通「拷」。《後漢書·戴就傳》：「收就于錢塘縣獄，幽囚考掠，五毒參至。」腰截，腰。《盛世新聲》戊集闕名氏小令【折桂令】：「見一個母猫兒早引了魂靈，見一個玉天仙敢軟下腰截。」

〔二三〕衙内　顧曲齋本作「楊」。

〔二四〕張　臧本作「李」。

〔二五〕第二個夫人　顧曲齋本上有一「做」字。臧本上有「許他做」三字。吴曉鈴本校云：「疑息機子本及顧曲齋本并有脱文。」

〔二六〕包髻團衫綉手帕都是他受用　團衫，元代漢族婦女的禮服。陶宗儀《輟耕録》卷十一「賢孝」：「國朝婦人禮服，達靼曰袍，漢人曰團衫，南人曰大衣，無貴賤皆如之。」顧曲齋本、臧本「綉手帕」作「繡手巾」。臧本「用」下有一「的」字。「綉」「繡」疑應作「紬」。參見《調風月》第一折校注〔三〕。下文「綉手帕」「繡手巾」的「綉」「繡」同，不另出校。

〔二七〕（張稍云）　顧曲齋本無「云」。臧本作「（李稍云）」。

〔二八〕做見正旦科，云　顧曲齋本「正旦」作「旦」，無「云」。

〔二九〕阿娘　臧本作「二嫂」。

〔二四〇〕做第二個夫人　臧本上有「許你」二字。

〔二四一〕袖綉項帕　顧曲齋本、臧本作「袖腿綳」。「袖」「綉」疑應作「紬」。參見《調風月》第一折校注〔三三〕。

〔二四二〕正旦　顧曲齋本作「旦」。

〔二四三〕綉手帕　顧曲齋本、臧本作「繡手巾」。

〔二四四〕（張稍云）　顧曲齋本無「云」。臧本作「（李稍云）」。

〔二四五〕是綉手帕，綉手帕　顧曲齋本作「是繡手巾，是繡手巾」。臧本作「正是繡手巾」。

〔二四六〕正旦　顧曲齋本作「旦」。

〔二四七〕我　臧本上有一「等」字，下有一「自」字。

〔二四八〕正旦見衙内，云　顧曲齋本「正旦」作「旦」，「見衙内」下有一「科」字，無「云」。臧本「見衙内」下有一「科」字。

〔二四九〕張　臧本作「李」。

〔二五〇〕説道是　顧曲齋本無「説」字。臧本作「可真個是」。道是，是。參看《詩詞曲語辭匯釋》卷四「道（二）」。

〔二五一〕衙内　顧曲齋本作「楊」。

〔二五二〕正旦　顧曲齋本作「旦」。

〔二五三〕（衙内云）　顧曲齋本作「（楊）」。

〔二五四〕不敢，不敢　臧本作「多謝，多謝」。

〔二五五〕小娘子　顧曲齋本「子」字奪。臧本下有一「就」字。

〔二五六〕也　臧本無。

〔二五七〕正旦　顧曲齋本作「旦」。

〔二五八〕妾身不敢　顧曲齋本、臧本下有「（唱）」。

〔二五九〕世不曾心腸趄　世，從來。參看《詩詞曲語辭匯釋》卷一「世（一）」。臧本「心腸趄」作「和個人兒熱」。趄，斜。《董解元西廂記》卷七【正宫】【甘草子】：「一向志誠，不道他心趄。」

〔二六〇〕我魄則魄刁決古憋　臧本同。盧冀野本「憋」誤作「撇」，其下未點斷。按，「憋」字韵。刁決，很，十分。古憋，固執。闕名氏《陳州糶米》一折小憋古白：「父親，則一件，你平日間是個性兒古憋的人，倘若到的那買米處，你休言語則便了也。」

〔二六一〕便心邪　顧曲齋本作「心便邪」。邪，通「斜」。《後漢書·崔寔傳》：「期于補綻決壞，枝柱邪傾。」

〔二六二〕立不的志節　不能守節。立，堅守。《字彙》立部：「立，堅也。」志節，節操。

〔二六三〕救黎民爲人須爲徹，拿濫官殺人須見血　爲人須爲徹，殺人須見血，俗語，謂做事應貫徹始終。亦單作上半句「爲人須爲徹」。王實甫《西厢記》四本四折【喬牌兒】：「你是爲人須爲徹，將衣袂不藉。繡鞋兒被露水泥沾惹，脚心兒管踏破也。」濫官，壞官。濫，惡，壞。參見《拜月亭》第三折校注〔四三〕。

〔二六四〕我和你雨約雲期　臧本作「我呵，只爲你這眼去眉來」。

〔二六五〕正旦與衙内做意兒科　顧曲齋本無「正旦」二字，下有「唱」。臧本下有「唱」。吴曉鈴本校勘記云：「臧本『科』字下有『旦』字。」吴校誤。

〔二六六〕使不着　臧本下有「我那」二字。

〔二六七〕云　顧曲齋本無。

〔二六八〕吻，吻，吻　臧本作「匆，匆，匆」。吻，同啂，象聲詞。《水滸傳》九十二回：「無移時那飛樓已被燒燬，吻喇喇傾折下來。」吻喇喇，即啂喇喇。

〔二六九〕（親隨同張稍做喜科，云）　顧曲齋本無「云」。臧本作「（張千與李稍做喜科，云）」。

〔二七〇〕吻，吻，吻　臧本作「匆，匆，匆」。

〔二七一〕衙内　顧曲齋本作「楊」。

〔二七二〕怎的　同「怎地」，怎麽回事。參見《蝴蝶夢》第一折校注〔六四〕。

〔二七三〕（張稍云）　顧曲齋本無「云」。臧本作「（李稍云）」。

〔二七四〕大家耍一會　顧曲齋本下有「（旦唱）」。臧本「會」作「耍」，下有「（正旦唱）」。

〔二七五〕生　臧本無。

〔二七六〕霞帔是那裏挂者　臧本「霞帔」下有一「兒」字，「是那裏」作「怎」。是，在。參看《詩詞曲語辭例釋》「是（二）」。挂，穿。《大唐三藏取經詩話・過長坑大蛇嶺處第六》：「雲霧之中，有一白衣婦人，身挂白羅衣，腰繫白裙，手把白牡丹花一朵。」

〔二七七〕這三檐傘下怎向頂門上遮　臧本無「下」「上」二字。「下」字疑衍。

〔二七八〕引領　臧本作「簇捧」。

〔二七九〕我來打魚船上身子兒扭的來別　臧本作「我從來打魚船上扭的那身子兒別」。

〔二八〇〕衙内　顧曲齋本作「楊」。

〔二八一〕我出一對你對　臧本上有「小娘子」三字，「一對」下有一「與」字。

〔二八二〕半翻鸚鵡盞　「半」疑應是「絆」字。鸚鵡盞，酒杯。曹昭《格古論・鸚鵡杯》：「即海螺。廣南土人雕木類鸚鵡，或用銀厢足作酒杯，故謂之鸚鵡杯。」

〔二八三〕正旦　顧曲齋本作「旦」。

〔二八四〕個　臧本無。

〔二六五〕玉纖重整鳳凰杯　玉纖，比喻美女的手指。《中興以來絶妙詞選》卷九劉静甫《金菊對芙蓉·沙邑宰綰琴妓用舊韵戲之》：「淺拂春山，慢横秋水，玉纖閑理絲桐。」臧本「杯」作「衾」。

〔二六六〕（親隨同張稍做拍卓子科，云）　顧曲齋本「卓」作「桌」，無「云」。臧本作「（衙内拍卓科，云）」。除中華書局本外，各本「卓」改作「桌」。參見校注〔七〕。

〔二六七〕妙也，妙也　臧本作「妙，妙，妙」。

〔二六八〕（衙内云）　顧曲齋本作「（楊云）」。臧本無。

〔二六九〕莫非　臧本上有一「你」字。

〔二七〇〕正旦　顧曲齋本作「旦」。

〔二七一〕妾身須識個撇竪點劃　顧曲齋本「劃」作「畫」。臧本「須」作「略」，「個」作「些」。須，不過。元刊本張國賓《薛仁貴》三折【耍孩兒】：「我恰罵了你幾句權休罪，須是咱間别了多年不認得。」

〔二七二〕衙内　顧曲齋本作「楊」。

〔二七三〕原來　臧本作「既然」。

〔二七四〕小官出一題　臧本「小官」下有一「再」字，「題」作「對」。

〔二七五〕不舒頭　臧本作「難舒頸」。

〔二九六〕正旦　顧曲齋本作「旦」。

〔二九七〕個　臧本無。

〔二九八〕龍眼團團不轉眼　團團，簇聚的樣子。《全唐詩》卷六九五韋莊《登漢高廟閑眺》：「天畔晚峰青簇簇，檻前春樹碧團團。」臧本「轉眼」作「轉睛」。

〔二九九〕（親隨同張稍做拍卓子科，云）　顧曲齋本「卓」作「桌」，無「云」。臧本作「（張千同李稍拍卓科，云）」。除中華書局本外，各本「卓」改作「桌」。參見校注〔七〇〕。

〔三〇〇〕（正旦云）張稍，我和你出個對句　顧曲齋本「正旦」作「旦」。臧本無此科白。

〔三〇一〕（張稍云）我正好和你對哩　顧曲齋本無「云」。臧本無此科白。

〔三〇二〕（正旦云）我是阿娘，休胡說。天上仙鶴對對飛　顧曲齋本「正旦」作「旦」，「休」下有一「要」字。臧本無此科白。

〔三〇三〕（張稍云）地下夫妻對對兒　顧曲齋本「張稍」作「張」。臧本無此科白。

〔三〇四〕正旦　顧曲齋本作「旦」。

〔三〇五〕相公　臧本上有「妾身難的遇着」六字。王季思本「的」改作「得」。按，的，得。參看《詩詞曲語辭匯釋》卷四「的（二）」。

〔三〇六〕告　臧本作「乞賜」。

〔三〇七〕（衙内云）　顧曲齋本作「（楊云）」。臧本下有「哦！　你要我贈你什麽詞賦？　有、有、有」。

〔三〇八〕張　臧本作「李」。

〔三〇九〕紙墨筆硯　臧本作「紙筆硯墨」。

〔三一〇〕（張稍做拿筆硯科，云）　顧曲齋本無「云」。臧本作「（李稍做拿砌末科，云）」。

〔三一一〕理會的　臧本無。

〔三一二〕衙内　顧曲齋本作「楊」。

〔三一三〕也　顧曲齋本無。

〔三一四〕是　臧本無。

〔三一五〕正旦　顧曲齋本作「旦」。

〔三一六〕表白　念誦。息機子本武漢臣《玉壺春》二折旦白：「妾身表白這一首〔玉壺春〕詞。」

〔三一七〕云　顧曲齋本無。

〔三一八〕情意　心情。薛用弱《集異記·李清》：「清巡視院宇，兼啓東西門，情意飄飄然，自謂永栖真境。」

〔三一九〕似　臧本無。

〔三二〇〕姮　顧曲齋本、臧本作「嫦」。

〔二一〕倉卒　即倉猝。卒，即「猝」。《史記·仲尼弟子列傳》：「慮不先定，不可以應卒。」司馬貞索隱：「卒，謂急卒也。」

〔二二〕個　顧曲齋本無。

〔二三〕正旦　顧曲齋本作「旦」。

〔二四〕好高才也　臧本作「高才！高才」。

〔二五〕我回一首　顧曲齋本無「我」字。臧本作「我也回奉相公一首」。

〔二六〕是　臧本無。

〔二七〕衙内　顧曲齋本作「楊」。

〔二八〕正旦做念科，云　顧曲齋本「正旦」作「旦」，無「云」。

〔二九〕如　臧本作「他」。

〔三〇〕兒　臧本無。

〔三一〕但則　只。《雍熙樂府》卷八闕名氏套數【南吕】一枝花「梅花深處」：「但則覺花氣氤氲襲毳袍，白茫茫萬樹千條。」參見《哭存孝》頭折校注〔二〇〕。

〔三二〕團圞　團圓。《全唐詩》卷六九一杜荀鶴《亂後山中作》：「兄弟團圞樂，羈孤遠近歸。」

〔三三〕衙内　顧曲齋本作「楊」。

〔三四〕如此高才也　臧本作「妙、妙、妙！你的更勝似我的」。

〔三五〕俺慢慢的飲幾杯　臧本「俺」下有「和你」二字，「的」下有一「再」字。

〔三六〕正旦　顧曲齋本作「旦」。

〔三七〕衙内　臧本作「相公」。

〔三八〕因甚殺白士中也　顧曲齋本「甚」作「甚麼」。臧本「甚」作「甚麼」，「麼」下有一「要」字，無「也」字。

〔三九〕衙内　顧曲齋本作「楊」。

〔四〇〕你休問他，小娘子　趙校删「小娘子」三字。顧曲齋本、臧本作「小娘子，你休問他」。他，這，這個。參見《救風塵》第一折校注〔三〕。

〔四一〕張稍　顧曲齋本作「張」。臧本「張」作「李」。

〔四二〕小娘子　臧本作「張二嫂」。

〔四三〕有勢劍　臧本作「俺相公有勢劍在這裏」。勢劍，皇帝授予的代表皇上權力的信物，即上方寶劍。王仲文《救孝子》四折王脩然白：「賜與我勢劍金牌，先斬後奏。」

〔四四〕衙内　顧曲齋本作「楊」。

〔四五〕正旦　顧曲齋本作「旦」。

〔二四六〕借與我持三日魚　臧本「我」下有「拿去」二字，「持」作「治」，「魚」下有「好那」二字。持，殺。臧本作「治」。馬純《陶朱新録》：「俗傳漢高帝食膾，庖人治魚及半而楚軍至，倉皇棄魚井中而遁。此語固無根難信，然已刳之魚而游泳不死，亦可怪也。」

〔二四七〕衙内　顧曲齋本作「楊」。

〔二四八〕借與他　臧本上有一「便」字。

〔二四九〕（親隨云）　顧曲齋本無「云」。臧本作「（張千云）」。

〔二五〇〕正旦　顧曲齋本作「旦」。

〔二五一〕帶　臧本無。

〔二五二〕再有甚麽也　臧本「甚」作「什」，無「也」字。

〔二五三〕（張稍云）　顧曲齋本無「云」。臧本作「（李稍云）」。

〔二五四〕（正旦云）　顧曲齋本作「（旦）」。

〔二五五〕正旦做袖文書科，云　顧曲齋本「正旦」作「旦」，無「云」。袖，把東西藏在袖子裏。《史記·魏公子列傳》：「朱亥袖四十斤鐵椎，椎殺晉鄙。」

〔二五六〕衙内　顧曲齋本作「楊」。

〔二五七〕酒勾了也　顧曲齋本「勾」作「彀」，無「也」字。臧本同息機子本。吳國欽本、王季思本「勾」改作「够」。按，勾，通「够」。闕名氏《樂府群玉》卷一曹德小令【沉醉東風】「村居」：「江糯吹香滿穗秋，又打勾重陽釀酒。」

〔三五八〕前篇　顧曲齋本「前」字奪。吴曉鈴本校勘記亦云：「顧曲齋本無『前』字，疑脱。」

〔三五九〕則唱么篇　顧曲齋本「則」作「只」。么篇，後篇。么或作「幺」，「後」字的省寫。毛西河注《西廂》云：「么，後曲也，唐人么篇皆疊唱，故後曲名么。」

〔三六〇〕正旦　顧曲齋本作「旦」。

〔三六一〕月　原作「物」，據上文及臧本改。顧曲齋本誤同。

〔三六二〕張稍　「稍」原作「千」，今改。顧曲齋本作「張稍」。臧本作「李稍」。

〔三六三〕（正旦云）　顧曲齋本作「（旦）」。

〔三六四〕這厮都睡着了也　顧曲齋本、臧本下有「（唱）」。

〔三六五〕那厮着懞懂玉山低趄　顧曲齋本「懞懂」作「懞憧」。臧本「着」作「也」，「懞懂」作「懵懂」。盧冀野本連同下句斷作「那厮也忒懵懂，玉山低趄着鬼祟」。非。按，「趄」字韵，其下應讀斷。着，猶有。參看《詩詞曲語辭匯釋》卷三「着（二）」。

〔三六六〕有鬼祟醉眼横斜　臧本「有」作「着」，「横斜」作「乜斜」。盧冀野本「醉」誤作「醋」。

〔三六七〕袖褪者　臧本上有一「都」字。袖褪，把東西藏在袖子裏。脈望館鈔本闕名氏《百花亭》一折小二白：「懷揣十大曲，袖褪樂章集。」

〔三六八〕我　臧本無。

〔三六九〕快疾些　顧曲齋本「快」誤作「快」。臧本作「早醒些」。盧冀野本「些」字下未點斷。按，「些」字韵。快疾，快。元刊本孟漢卿《魔合羅》四折末白：「你藥殺李德昌來！你快疾招了！」

〔三七〇〕來者　臧本作「快迭」。

〔三七一〕我且回身將楊衙内深深拜謝　顧曲齋本、臧本「深深」下有一「的」字。盧冀野本「拜」字下點斷，「謝」字屬下句。非。按，「謝」字韵。且，再。《太平廣記》卷四百五十三引《宣室志》：「其子他疾雖愈，而神魂不足，往往狂語，或笑哭不可禁。高生每至，裴君即以此且祈之。」

〔三七二〕您娘回向他那急颭颭船兒上去也　顧曲齋本「您」作「你」，無「回」字。臧本無「回」、「他那」。急颭颭，快疾行進的樣子。

〔三七三〕説　臧本上有一「分」字。

〔三七四〕那一場歡悦　臧本作「那一番周折」。吴國欽本據息機子本、顧曲齋本改。

〔三七五〕（正旦云）　顧曲齋本作「（旦云）」。臧本作「（帶云）」。

〔三七六〕慚愧也　顧曲齋本下有「（唱）」。臧本作「慚愧，慚愧」，下有「（唱）」。

〔三七七〕【尾】　顧曲齋本作「【尾聲】」。臧本作「【收尾】」。

〔三七八〕兩口兒在玩月樓不放金杯歇，携素手懷揣着趔趄。兩口兒吃的醉醺醺緊相偎，向他那冷清清船兒上覺來也　臧本作「從今不受人磨滅，穩情取好夫妻百年喜悦。俺這裏美孜孜在芙蓉帳笑春風，只他那冷清清楊柳岸伴殘月」。放，讓。王溥《五代會要》卷二十二「進士」：「其李覃、何儼、楊徽之、趙鄰幾等四人，宜放及第。」

〔三七九〕衙内　顧曲齋本作「楊」。

〔三八〇〕張二嫂　臧本下有「那裏去了」一句。

〔三八一〕（做失驚科，云）張稍　顧曲齋本無「云」。吴曉鈴本校勘記云：「顧曲齋本無『云』字，是。」臧本「張稍」作「（李稍云）」。北京大學本參照息機子本、顧曲齋本删「李稍云」的「云」字。吴國欽本、王學奇本、王季思本同。

〔三八二〕那裏　臧本作「怎麽」。

〔三八三〕看我的勢劍金牌也　臧本無「也」字，下有「可在那裏」四字。

〔三八四〕（親隨云）　顧曲齋本無「云」。臧本作「（張千云）」。

〔三八五〕就　就是。臧本武漢臣《老生兒》一折卜兒白：「説道走了就走了，那個哄你？」

〔三八六〕還有勢劍共文書哩　臧本下有「（李稍云）連勢劍文書都被他拿去了！（衙内云）似此怎了也」。

〔三八七〕（張稍唱）　原無，據顧曲齋本補。臧本作「（李稍唱）」。

〔三八八〕想着想着跌脚兒熬　跌脚兒，頓足。脈望館古名家本馬致遠《黄粱夢》二折【商調集賢賓】：「我這裏傷心空跌脚，低首自慚胲。」顧曲齋本「熬」作「傲」，臧本作「叫」。熬，借作「嗷」或「嶅」。

〔三八九〕親隨　臧本作「張千」。

〔三九〇〕熬　顧曲齋本作「煞」。疑誤。

〔三九一〕酩子裏　暗地裏。毛西河本王實甫《西厢記》一卷四折【鴛鴦煞】：「酩子裏各歸家，葫蘆提鬧到曉。」毛云：「酩子，亦作瞑子，暗地裏也。」闕名氏《墨娥小録》卷十四「行院聲嗽・人事」：「暗地，瞑子。」

〔三九二〕旁　顧曲齋本，臧本作「傍」。臧本上有一「着」字。

〔三九三〕則把他這　顧曲齋本「則」作「只」，無「他」字。

〔三九四〕兕　顧曲齋本作「呢」。吴曉鈴本校勘記已指其誤。

〔三九五〕（張稍云）黄昏無旅店，（親隨云）今夜宿誰家　「旅」原作「放」，從趙校及顧曲齋本改。顧曲齋本二「云」字無。臧本無此科白。吴國欽本、王學奇本據息機子本、顧曲齋本補。二本「（張稍云）」作「（李稍云）」，王學奇本「（親隨云）」作「（張千云）」。誰家，何處。《全唐詩》卷一八四李白《春夜洛城聞笛》：「誰家玉笛暗飛聲，散入春風滿洛城。」

〔三六〕衙内　顧曲齋本作「楊」。

〔三七〕扮南戲　扮，演。闕名氏《藍采和》一折【鵲踏枝】：「你道我謊人錢，胡將這傳奇扮。」臧本無「南」字。吴國欽本、王季思本據息機子本、顧曲齋本補。吴本校記云：「此處由衙内與張千、李稍三人分唱與合唱，屬南戲體例，故云。」南戲，宋元時流行於南方的戲曲，即南曲戲文。徐渭《南詞叙録》：「南戲始于宋光宗朝，永嘉人所作《趙貞女》、《王魁》二種實首之，號曰『永嘉雜劇』。」

第四折

（白士中領張千上，云〔一〕）民無争訟差徭減，四野歡聲樂太平〔二〕。小官白士中。今日無甚事，在衙門閑坐。看有甚麽人來〔三〕。（衙内同浄親隨、張稍上）〔四〕（衙内云）〔五〕小官楊衙内是也。如今取白士中的首級去。可早來到門首也〔六〕，我自過去。（做見白士中科，云〔七〕）令人，與我拿下白士中去〔八〕！（親隨〔九〕做拿科）理會的〔一〇〕。（白士中〔一一〕云）你憑甚麽文書來拿我〔一二〕？（衙内〔一三〕云）我有文書〔一四〕。我念與你聽〔一五〕。（衙内做讀文書科，云〔一六〕）詞寄〔西江月〕……（白末做搶科，云〔一七〕）這個是淫詞！（衙内云）〔一八〕這個不是，還别有〔一九〕哩。（衙内做讀文書科，云〔二〇〕）詞寄〔夜行船〕……（白末做搶文書科，云〔二一〕）這個又〔二二〕是淫詞！（衙内〔二三〕云）這厮倒〔二四〕挾制我，不妨事，又無〔二五〕原告，怕他做甚麽？（白士中云）怎麽得個原告人可也好也〔二六〕。（正旦冲上），云〔二七〕妾身白士中的夫人譚記兒是也〔二八〕。頗奈這楊衙内無禮也呵〔二九〕！

【雙調新水令】有這等倚權豪貪酒色濫官員，將俺這〔三〇〕有兒夫的媳婦來欺騙。使官府逼臨的連理枝〔三一〕，倚勢力唬嚇的并頭蓮〔三二〕。我其實〔三三〕負屈銜冤，將俺這〔三四〕窮百姓可憐見！

（正旦〔三五〕做見跪科，云）大人可憐見！有楊衙内在半〔三六〕江心裏欺騙我來！告大人與我做〔三七〕主。（白士中〔三八〕云）司房裏責口詞〔三九〕去。（旦〔四〇〕云）理會的。（下）（白士中〔四一〕云）楊衙内〔四二〕，有人告你哩！你如今怎麽説？（衙内〔四三〕云）可怎麽了〔四四〕？我則索央及他〔四五〕。相公，我〔四六〕有説的話。（白士中〔四七〕云）你有甚麽話説〔四八〕？（衙内〔四九〕云）相公，如今你的罪過我也饒了你，你也饒過我罷。又〔五〇〕一件，則〔五一〕説你有個好夫人，請出來我見一面。（白士中〔五二〕云）也罷，也罷，張千〔五三〕，請出夫人來〔五四〕。（張千云）〔五五〕理會的〔五六〕。夫人，相公有請哩〔五七〕。（正旦上，云〔五八〕）妾身乃是白士中的夫人是也〔五九〕。我〔六〇〕如今過去，看那厮怎生意兒也〔六一〕？

【雁兒落】諕的他口不開怎的言〔六二〕？脚不離花街串，數〔六三〕年聞姓名，今日重相見〔六四〕。

【得勝令】請你個楊衙内恕生面〔六五〕。（衙内〔六六〕云）這個小娘子〔六七〕好面熟也。（張稍云）〔六八〕則他便是〔六九〕張二嫂。（衙内〔七〇〕云）你又來也〔七一〕！你〔七二〕好見識，被你瞞過小官也〔七三〕！諕的他半晌家口難言〔七四〕。又無那八棒十挾〔七五〕罪，止不過三交兩句言。這一隻魚船，半夜工夫纏〔七六〕，俺兩個今年〔七七〕，一個中秋人月圓〔七八〕。

（李秉忠冲上，云〔七九〕）緊驟青驄馬，星火赴潭州〔八〇〕。小官乃府官〔八一〕李秉忠是也。因爲楊衙内妄奏不實，奉上司台旨〔八二〕，着小官親身體察〔八三〕。可早來到也〔八四〕。白士中，楊衙内，您這庄事小官盡知也〔八五〕。聽我下斷〔八六〕：楊衙内倚勢挾權〔八七〕，棟梁材負屈銜寃〔八八〕。譚記兒聰明〔八九〕智慧，賺金牌答救英賢〔九〇〕。奉上司差吾問理〔九一〕，將衙内削職身閑〔九二〕。做一個慶喜的會〔九三〕，白士中夫婦團圓〔九四〕。

題目　洞庭湖半夜賺金牌

正名　望江亭中秋切鱠旦〔九五〕

校注

〔一〕白士中領張千上，云　顧曲齋本無「云」。臧本「張千」作「祗候」。

〔二〕民無争訟差徭減，四野歡聲樂太平　臧本無。

〔三〕今日無甚事，在衙門閑坐。看有甚麽人來　「無甚事」的「甚」原作「其」，據顧曲齋本改。顧曲齋本「來」下有一「也」字。臧本作「因爲楊衙内那厮妄奏聖人，要標取小官首級，且喜我夫人施一巧計，將他勢劍金牌智賺了來。今日端坐衙門，看那厮將着甚的好來奈何的我？左右，門首覷者，倘有人來，報復我知道」。

〔四〕（衙内同净親隨、張稍上）　顧曲齋本「衙内」上有一「楊」字，無「净」字。臧本作「（衙内同張千、李稍上）」。

〔五〕（衙内云） 顧曲齋本無。

〔六〕也 臧本無。

〔七〕云 顧曲齋本無。

〔八〕去 顧曲齋本、臧本作「者」。

〔九〕親隨 臧本作「張千」。

〔一〇〕理會的 臧本無。

〔一一〕白士中 顧曲齋本作「白」。

〔一二〕你憑甚麽文書來拿我 顧曲齋本「憑」下有一「着」字。臧本「憑」下有一「着」字，「文書」作「符驗」。

〔一三〕衙内 顧曲齋本作「楊」。

〔一四〕我有文書 臧本上有「我奉聖人的命，有勢劍金牌被盗失了」二句。

〔一五〕我念與你聽 臧本無，另作「（白士中云）有文書，也請來念與我聽」。

〔一六〕云 顧曲齋本無。

〔一七〕白末做搶科，云 顧曲齋本無「末」及「云」。白末，扮演白士中的末角的省稱。參見《調風月》

二字。

〔二一〕白末做搶文書科，云 「文書」二字疑衍。顧曲齋本無「末」、「文書」及「云」。臧本無「文書」

〔二〇〕衙内做讀文書科，云 顧曲齋本「内」作「又」，無「云」。臧本「衙内」下有一「又」字。

〔一九〕别有 顧曲齋本作「有别」。

〔一八〕（衙内云） 原奪，據臧本補。顧曲齋本作「（楊云）」。

第一折校注〔二〕。

〔二二〕又 臧本作「也」。

〔二三〕衙内 顧曲齋本作「楊」。

〔二四〕倒 顧曲齋本作「到」。

〔二五〕無 顧曲齋本、臧本下有一「有」字。

〔二六〕（白士中云）怎麼得個原告人可也好也 顧曲齋本「白士中」作「白」，「人」下有一「來」字。臧本無此科白。可也，猶就。臧本紀君祥《趙氏孤兒》三折屠岸賈白：「那老匹夫既然撞死，可也罷了。」

〔二七〕正旦冲上，云 顧曲齋本「正旦」作「旦」，無「云」。臧本無「冲」字。

〔二八〕譚記兒是也 顧曲齋本「譚」誤作「人」。臧本無「是也」二字。

〔二九〕頗奈這楊衙内無禮也呵　顧曲齋本「奈」作「柰」，「楊衙内」下有一「好」字，「禮」作「理」，句下有「（唱）」。臧本作「頗奈楊衙内這厮好無理也呵」，下有「（唱）」。

〔三〇〕這　臧本作「個」。

〔三一〕使官府逼臨的連理枝　臧本作「他只待强拆開我長攙攙的連理枝」。使官府，逞官府之威。闕名氏《謝金吾》四折【折桂令】：「那一個王樞密氣昂昂腆着胸脯，納胯妝幺，使盡些官府。」逼臨，逼，逼迫。狄君厚《介子推》二折【一枝花】：「致令得申生遭罪囚，逼臨得重耳私奔走。」

〔三二〕倚勢力唬嚇的并頭蓮　「唬」原作「虎」，從趙校改。臧本作「生擺斷我顫巍巍的并頭蓮」。

〔三三〕我其實　臧本無「我」字。其實，確實。洪楩《雨窗集·戒指兒》：「若非師父，其實難成。」

〔三四〕將俺這　臧本作「好將俺」。

〔三五〕正旦　顧曲齋本作「旦」。

〔三六〕半　顧曲齋本無。

〔三七〕做　臧本作「作」。

〔三八〕白士中　顧曲齋本作「白」。

〔三九〕詞　顧曲齋本作「祠」。吴曉鈴本校勘記已指其誤。

〔四〇〕旦　臧本作「正旦」。

〔四一〕白士中　顧曲齋本作「白」。

〔四二〕楊衙内　臧本下有「你可見來」一句。

〔四三〕衙内　顧曲齋本作「楊」。

〔四四〕怎麼了　怎麼辦。劉唐卿《降桑椹》二折蔡員外白：「他便好了，我可怎麼了？」

〔四五〕他　原作「你」，據顧曲齋本、臧本改。

〔四六〕我　臧本下有一「自」字。

〔四七〕白士中　顧曲齋本作「白」。

〔四八〕話説　顧曲齋本作「説話」。

〔四九〕衙内　顧曲齋本作「楊」。

〔五〇〕又　臧本作「則」。

〔五一〕則　顧曲齋本作「只」。臧本無。

〔五二〕白士中　顧曲齋本作「白」。

〔五三〕張千　臧本作「左右」。

〔五四〕請出夫人來　顧曲齋本作「請夫人出來者」。臧本作「擊雲板，後堂請夫人出來」。盧冀野本「擊」誤作「繫」。

〔五五〕（張千云） 顧曲齋本作「云」。臧本作「（左右云）」。

〔五六〕理會的 臧本無。

〔五七〕哩 顧曲齋本、臧本無。

〔五八〕正旦上，云 顧曲齋本作「旦上」。臧本「正旦」下有「改妝」二字。

〔五九〕妾身乃是白士中的夫人是也 顧曲齋本無「乃是」二字。臧本無「乃是」及「是也」。

〔六〇〕我 臧本無。

〔六一〕看那廝怎生意兒也 顧曲齋本無「意兒」二字，句下有「（旦唱）」。臧本作「看那廝可認的我來」，下有「（唱）」，又有【沉醉東風】楊衙内官高勢顯，昨夜個説地談天，只道他仗金牌將夫婿誅，恰元來擊雲板請夫人見。只聽的叫吖吖嚷成一片，抵多少笙歌引至畫堂前。看他可認的我有些面善？（與衙内見科，云）衙内，恕生面，少拜識。（唱）」。王季思本「元」改作「原」。按，元，原。參見《調風月》第四折校注〔三五〕。盧冀野本「擊」誤作「繫」。

〔六二〕怎生，什麽。脈望館古名家本戴善夫《風光好》四折【哨遍】：「你這般背約違期，負德辜恩，怎生意思？」意兒，反應。王實甫《西厢記》三本一折【青歌兒】：「看喜怒其間覷個意兒。」

〔六三〕諕的他口不開怎的言 臧本作「只他那身常在柳陌眠」。盧冀野本「眠」字下未點斷。按，「眠」字韵。

〔六三〕數　臧本作「幾」。

〔六四〕重相見　臧本作「逢顔面」。

〔六五〕請你個楊衙内恕生面　臧本上有一「呀」字，「恕生面」作「少埋冤」。吴國欽本「冤」改作「怨」。按，冤，怨。《全唐詩》卷五八九李頻《哭賈島》：「恨聲流蜀魄，冤氣入湘雲。」埋冤，即埋怨。《稼軒詞編年箋注》卷一《南鄉子》：「只記埋冤前夜月，相看，不管人愁獨自圓。」生面，没見過面。顧曲齋本楊顯之《瀟湘夜雨》一折崔甸士白：「小姐，恕生面也。」

〔六六〕衙内　顧曲齋本作「楊」。

〔六七〕這個小娘子　臧本作「這一位夫人」。

〔六八〕(張稍云)　顧曲齋本無「云」。臧本作「(李稍云)」。

〔六九〕則他便是　顧曲齋本「則」作「只」。臧本作「兀的不是」。

〔七〇〕衙内　顧曲齋本作「楊」。

〔七一〕你又來也　臧本作「嗨！夫人」。

〔七二〕你　臧本下有「使的」二字。

〔七三〕被你瞞過小官也　顧曲齋本下有「(旦唱)」。臧本上有一「直」字，下有「(正旦唱)」。

〔七四〕諕的他半晌家口難言　顧曲齋本無「諕的他」三字。「晌」原作「餉」，據臧本改。臧本無「家」

字，「口難言」作「只茫然」。

〔七五〕八棒十挾　原作「人挾十棒」，從趙校及顧曲齋本改。臧本作「八棒十枷」。八棒十挾，泛指拷掠刑罰。挾，借作「枷」。棒、枷均是刑具。臧本白仁甫《墻頭馬上》三折【太平令】：「勘姦情八棒十挾。」脈望館古名家本「挾」作「枷」。參見《拜月亭》第三折校注〔三六〕。

〔七六〕半夜工夫纏　臧本上有「只費得」三字。盧冀野本在「夫」字下點斷，「纏」字屬下句。非。按，「纏」字韵。

〔七七〕俺兩個今年　臧本「個」作「口兒」。盧冀野本「年」字下未點斷。按，「年」字韵。

〔七八〕一個中秋人月圓　「圓」原作「團」，今改。臧本「一」上有「一做」字。顧曲齋本、臧本「人月圓」作「八月圓」。吴國欽本、王季思本據息機子本「八」改作「人」。按，作「人」字是。詞牌有「人月圓」，曲牌「黄鍾」也有「人月圓」。《録鬼簿續編》著録有闕名氏雜劇《豫章城人月兩團圓》。此處謂月圓人也團圓。息機子本喬夢符《兩世姻緣》一折【賺煞尾】：「則願的早三年，人月團圓，休教妾常倚東風泣斷絃。」

〔七九〕李秉忠冲上，云　顧曲齋本無「云」。臧本上有「外扮」二字。

〔八〇〕緊驟青驄馬，星火赴潭州　臧本無。吴國欽本、王季思本據息機子本、顧曲齋本補。

〔八一〕府官　臧本作「巡撫湖南都御史」。

〔八二〕上司台旨　臧本作「聖人的命」。

〔八三〕着小官親身體察　臧本「親身體察」作「暗行體訪」，下有「但得真情，先自勘問，然後具表申奏」三句。體察，考察。司馬光《温國文正司馬公集》卷五十四《乞趁時收糴常平斛㪷白劄子》：「今欲特降指揮下諸路提點刑獄司，乘有此糴本之時，委豐熟州縣官員，各體察在市斛㪷實價，多添錢數，以廣行收糴。」

〔八四〕可早來到也　臧本作「來到此間，正是潭州衙舍」。

〔八五〕您這庄事小官盡知也　顧曲齋本「您」作「你」。臧本「庄」作「樁」，「也」上有一「了」字，句下有「（正旦唱）【錦上花】不甫能擇的英賢，配成姻眷，没來由遇着無徒，使盡威權。我只得親上漁船，把機關暗展；若不沙，那勢劍金牌，如何得免？【么篇】呀，只除非天見憐；奈天、天又遠。今日個幸對清官，明鏡高懸。似他這强奪人妻，公違律典，既然是體察端的，怎生發遣」。

〔八六〕聽我下斷　臧本上有「（李秉忠云）一行人俱望闕跪者」，下有「（詞云）」。

〔八七〕楊衙内倚勢挾權　吴曉鈴本及王季思本校記「倚」誤作「依」。顧曲齋本上有「只爲這」三字。倚勢挾權，倚仗權勢。挾，倚仗。脈望館鈔本高文秀《黑旋風》四折宋江白：「白衙内倚勢挾權，害良人施逞凶頑，孫孔目含冤負屈，遭刑憲累受熬煎。」

〔八八〕棟梁材負屈銜冤　臧本作「害良民罪已多年」，下有「又興心奪人妻妾，敢妄奏聖主之前」二句。

〔八九〕聰明　臧本作「天生」。

〔九〇〕答救英賢　臧本作「親上漁船」。

〔九一〕奉上司差吾問理　臧本作「奉敕書差咱體訪」，下有「爲人間理枉伸冤」一句。問理，審理。闕名氏《馮玉蘭》三折金御史白：「左右，分付開了船者，徑到清江浦官廳邊灣船，問理這一樁公事也。」

〔九二〕將衙内削職身閑　臧本作「將衙内問成雜犯」，下有「杖八十削職婦田」一句。北京大學本「雜犯」改作「杀犯」。誤。按，《元典章》刑部有諸惡、諸殺、諸毆、諸姦、諸贓、諸盜、詐僞、雜犯等論罪處刑的條格和判例。「雜犯」一章中之非違一節，内容多係恣逞威權、陵轢善良之類，處杖決并降職（或罷職不叙）。

〔九三〕做一個慶喜的會　「一」字原奪，據顧曲齋本補。吴曉鈴本亦補。趙校「的」改作「筵」。顧曲齋本「的」作「筵」。臧本作「白士中照舊供職」。

〔九四〕白士中夫婦團圓　顧曲齋本下有「（下）」。臧本作「賜夫妻偕老團圓」，下有「（白士中夫妻謝恩科）（正旦唱）【清江引】雖然道今世裏的夫妻夙世的緣，畢竟是誰方便；從此無别離，百事長如願，這多謝你個賽龍圖恩不淺」。

〔九五〕題目正名　洞庭湖半夜賺金牌，望江亭中秋切鱠旦　顧曲齋本作「正目」二句，置卷首。參見總題「説明」。臧本作「題目正名　清安觀邂逅説親，望江亭中秋切鱠」。脈望館息機子本「題目正名」後末行有尾題「望江亭中秋切鱠旦雜劇終」，今略去。顧曲齋本無「雜劇」二字。臧本無「旦」字。

脈望館息機子本卷末有趙琦美注「萬曆四十二年甲寅十二月二十日校内本于真如邸中清常道人」。

中國古典文學基本叢書

關漢卿集校注

第三册

藍立蓂 校注

中華書局

温太真玉鏡臺

説明

《録鬼簿》著録。現存脈望館古名家本、顧曲齋本、臧本、孟本。今以前一種爲底本，後三種爲校本，并用吴曉鈴本（自脈望館古名家本出）、盧冀野本、中華書局本、北京大學本、吴國欽本、王學奇本、王季思本（以上自臧本出）參校。原本書口標目「玉鏡臺」。總題下題「元關漢卿撰」，今略去。顧曲齋本同，惟「撰」作「譔」，卷首有「正目　王府尹水墨宴，温太真玉鏡臺」。臧本作「温太真玉鏡臺雜劇」，下題「元大都關漢卿撰明吴興臧晋叔校」。孟本作「玉鏡臺」，下題「元關漢卿著明孟稱舜評點朱曾萊訂正」，卷首有「正目」二句，同顧曲齋本。

劇叙温太真騙娶表妹事。温太真，名嶠，東晋人。《晋書》有傳。玉鏡臺事本《世説新語·假譎》：「温公喪婦。從姑劉氏，家值亂離散，唯有一女，甚有姿慧。姑以屬公覓婿，公密有自婚意，答云：『佳婿難得，但如嶠比云何？』姑云：『喪敗之餘，乞粗存活，便足慰吾餘年，何敢希汝比。』却後少日，公報姑云：『已覓得婚處，門地粗可，婿身名宦，盡不減嶠。』因下玉鏡臺一枚。姑大喜。既婚交禮，女以手披紗扇，撫掌大笑曰：『我固疑是老奴，果如所卜。』玉鏡臺是公爲劉越石長史北征劉聰所得。」

戲文有《温太真》，《宋元戲文輯佚》存殘曲二支。傳奇有明朱鼎《玉鏡臺記》、范文若《花筵賺》。

第一折〔一〕

（老夫人引梅香上）〔二〕花有重開日，人無再少年；休道黄金貴，安樂最值錢〔三〕。老身姓温，夫主姓劉，早年辭世；別無兒男，止生得一個女兒，小字倩英，年長一十八歲，未曾許聘他人。夫主在日，教孩兒讀書寫字〔四〕，未至精妙〔五〕，老身有意教孩兒〔六〕寫字撫琴，無個好明師〔七〕。我有個從侄〔八〕温嶠，見〔九〕任翰林學士，今〔一〇〕將老身子母搬取來京舊宅居住，説道要來拜望老身，争奈侄兒公事忙，不得空便〔一一〕。昨夜燈花爆，今朝喜鵲噪〔一二〕。梅香，門首覷着〔一三〕，看有甚麽人來〔一四〕。（梅香〔一五〕）理會的。（正末扮温嶠上〔一六〕）小官姓温，名嶠，字太真，官拜翰林學士。小官別無親眷，止有一個從姑〔一七〕，年老寡居，近日取來京師居住。連日公衙事冗，不曾拜候，今日稍閑，姑娘是尊行〔一八〕，須索拜候一遭。我想方今賢臣登用〔一九〕，際遇聖主，覷的富貴容易。自古及今，那得志與不得志的多有不齊。我先將這得志的説一遍則個〔二〇〕。

【仙吕點絳唇】車蓋軒昂〔二一〕，詣門稽顙，來咨訪。剖決條章〔二二〕，出語言無讓〔二三〕。

【混江龍】食前方丈〔二四〕，望塵遮拜路途傍〔二五〕。出則高牙大纛〔二六〕，入則峻宇雕墻。萬里雷霆驅號令，一天星斗焕文章。武夫前喝，從者塞途；無欲不得，無求不成〔二七〕；喜則鵷鸞并進，怒則虎豹平驅〔二八〕；生前不懼獬豸冠〔二九〕，死後圖畫麒麟像〔三〇〕；分茅列土〔三一〕，拜將封王〔三二〕。

却説那不得志的也有一等〔三三〕。

【油葫蘆】一個白髮書生無伎倆〔三四〕，一年一度等〔三五〕選場，守着那聚螢積雪看書窗〔三六〕，幾時得出爲破虜三軍將，入爲治國頭廳相〔三七〕？上古佐着舜堯，立着禹湯〔三八〕，黄金〔三九〕結作漫天網，收俊傑、攬賢良。

【天下樂】當日天下誰家得鳳凰〔四〇〕？爲甚成湯基業昌〔四一〕？就商岩有莘求宰相〔四二〕，傅説版築裏生〔四三〕，伊尹稼穡中長〔四四〕，做的朝爲田舍郎〔四五〕。

自古來有德的好難説也呵〔四六〕！

【那吒令】孔子爲素王，訓一人萬邦；門生每受講，立三綱五常；軒車離故鄉，走四面八方。他是萬代天子師，爲四海生靈望，剗地到陳國絶糧〔四七〕。

【鵲踏枝】孟子亦荒荒，走齊梁。更不算紂剖桀誅比干龍逢，屈原投大江。周公禱上蒼，直到啓金縢，纔感悟成王〔四八〕。

非我自己矜誇呵〔四九〕！

【寄生草】我正行功名運，我正在富貴鄉。俺祖宗入世高名望〔五〇〕，伯兄萬人無誹謗〔五一〕，孩兒累代爲卿相〔五二〕。俺〔五三〕帽檐相接御樓前，俺〔五四〕靴踪不離金階上。

【幺】〔五五〕不枉了開着金屋〔五六〕、空着畫堂〔五七〕，酒醒夢覺無情況〔五八〕，好天良夜成虛曠〔五九〕，臨風對月空惆悵。不見可情受錦屋鳳凰衾〔六〇〕，堪消在〔六一〕玉枕鴛鴦帳。

行説着話〔六二〕，來到姑姑門首〔六三〕。報復去〔六四〕，説温嶠在于門首〔六五〕。（梅香）理會得。（報科）〔六六〕報的奶奶得知：有温嶠在于門首。（夫人〔六七〕）老身恰纔説罷，哥哥〔六八〕真個來了。道有請！（梅香〔六九〕）有請〔七〇〕。（正末做見夫人，拜科）〔七一〕（夫人〔七二〕）哥哥王事勤勞〔七三〕。將〔七四〕坐兒來，教哥哥穩便〔七五〕。將酒來〔七六〕，與學士遞一杯。（梅香〔七七〕）有〔七八〕酒在此。（夫人〔七九〕）學士滿飲一杯。（末接酒飲科〔八〇〕）（夫人〔八一〕）梅香，綉房中叫小姐來拜哥哥者〔八二〕。（梅香〔八三〕）理會的〔八四〕。小姐，有請。（旦扮倩英上〔八五〕）妾身倩英，正在房中習針指，梅香説母親在前廳呼喚，不知有甚事，須索走一遭去。（旦見科）〔八六〕母親叫孩兒有甚事？（夫人〔八七〕）孩兒，喚你來無別事，把體面拜哥哥〔八八〕。（旦〔八九〕）理會的。（夫人〔九〇〕）且住者〔九一〕，休拜！梅香，前廳上將老相公坐的栲栳圈銀交椅〔九二〕來，請學士坐着，小姐拜〔九三〕。（末）〔九四〕老相公的交椅，侄兒如何敢坐？（夫人〔九五〕）學士休謙，恭敬不如從命。（末）〔九六〕謹依尊〔九七〕命。（夫人〔九八〕）小姐把體面拜哥哥〔九九〕。（旦）理會的〔一〇〇〕。（旦做拜科）（末做〔一〇一〕欠身科）（夫人〔一〇二〕）妹拜兄〔一〇三〕，豈有欠身之理〔一〇四〕？（末）〔一〇五〕禮無不答，焉可坐受？（夫人〔一〇六〕）好一個有道理的人〔一〇七〕。（末〔一〇八〕背云）一個好女子也〔一〇九〕！

【六幺序】兀的不消人魂魄，綽〔一一〇〕人眼光！説神仙那的是天上〔一一一〕？則見脂粉馨香，環佩丁當〔一一二〕，藕絲〔一一三〕嫩新織仙裳，但風流都在他身上，添分毫便不停當〔一一四〕。見他的不動情，你便都休强，則除是鐵石肝膽〔一一五〕，也索惱〔一一六〕斷柔腸。

【幺】〔一一七〕我這裏端詳，他那模樣：花比腮龐〔一一八〕，花不成妝；玉比肌肪，玉不生光。宋玉襄王，想像高唐〔一一九〕，止不過蝶夢悠揚〔一二〇〕，朝朝暮暮陽臺上，害的他病在膏肓〔一二一〕；若還來此相親傍，形消骨化〔一二二〕，命喪身亡。

（夫人〔一二三〕）梅香，將酒來，小姐與哥哥把盞。（旦）〔一二四〕將酒來〔一二五〕。哥哥滿飲一杯。（做遞酒〔一二六〕科）

（末）〔一二七〕

【醉扶歸】〔一二八〕雖是付輕臺盞無斤兩〔一二九〕，則他這手纖細怎擎將？久立着神仙也不當〔一三〇〕。你待把我做〔一三一〕真個的哥哥講，我欲説話別無甚伎倆〔一三二〕，把一盞酒淹〔一三三〕一半在階基上。

（夫人〔一三四〕）老身欲教小姐寫字彈琴，争奈〔一三五〕無個明師。學士肯看老身薄面，教你妹子〔一三六〕彈琴寫字？（末）〔一三七〕姑娘在上，據你侄兒所學，怎生教的小姐？（夫人〔一三八〕）哥哥〔一三九〕休謙。梅香，取曆日〔一四〇〕來，教哥哥〔一四一〕選個好日子，教小姐彈琴寫字。（末）〔一四二〕温嶠今日出來時有別勾〔一四三〕當，也曾選日子，來日是個好日辰〔一四四〕。

【金盞兒】來日不空亡〔一四五〕，恰相當〔一四六〕。天生〔一四七〕壬申癸酉全家旺，這長星交語不相妨〔一四八〕。大綱來選好日子，何必開個學堂〔一四九〕；豈不聞成開皆大吉，閉破莫商量〔一五〇〕。

（夫人〔一五一〕）哥哥休謙〔一五二〕。（末）〔一五三〕謹依尊命！來〔一五四〕日温嶠自來。但〔一五五〕温嶠無學，怎生教的小姐？（夫人〔一五六〕）老身無面皮〔一五七〕，且看你下世姑夫的面皮〔一五八〕。（末）〔一五九〕

【醉中天】〔一六〇〕白日短，無時晌〔一六一〕，兼〔一六二〕夜教，正更長，便悮了翰林院編修有甚忙〔一六三〕？我待〔一六四〕做師爲學長，只得一件後十分應當〔一六五〕，離了天堂上〔一六六〕，別收拾個〔一六七〕幽静書房。

（夫人〔一六八〕）教〔一六九〕小姐辭別了哥哥，回綉房去。（旦〔一七〇〕）理會的。（拜科，下）（夫人〔一七一〕）多謝哥哥不違阻〔一七二〕，是必明日早來。（末）〔一七三〕隨姑娘尊意〔一七四〕。

【賺煞】〔一七五〕恰纔立一朵海棠嬌，捧一盞梨花釀〔一七六〕，把我雙送入愁鄉醉鄉。我這裏下得階基無個頓放〔一七七〕，畫堂中別是風光。恰纔則挂垂楊，一抹斜陽〔一七八〕，改變了黯黯陰雲蔽了〔一七九〕上蒼。眼見得〔一八〇〕人倚緑窗，又則怕燈昏羅帳，天那，休添上畫檐間疏雨滴愁腸〔一八一〕。（下）

（夫人〔一八二〕）梅香〔一八三〕，便收拾了〔一八四〕萬卷堂，來日是吉日良辰，請學士來教你姐〔一八五〕姐彈琴寫字。收拾的停當〔一八六〕，可教我知道〔一八七〕。（下）〔一八八〕（梅香〔一八九〕）奉老夫人言語，便與姐姐説知，收拾萬卷堂去〔一九〇〕。（下）〔一九一〕

校注

〔一〕第一折　孟本作「楔子」。誤。

〔二〕（老夫人引梅香上）　臧本作「（老旦扮夫人引梅香上，詩云）」。孟本同臧本，惟無「詩」字。

〔三〕花有重開日，人無再少年；休道黄金貴，安樂最值錢　臧本、孟本作「花有重開時，人無再少日；生女不生男，門户憑誰立」。安樂，平安無恙。羅大經《鶴林玉露》地集卷三「安樂直錢多」：「周益公退休，欲以『安樂直錢多』五字題燕居之室，思之累日，未得其對。一士友請以『富貴非吾願』爲對，公欣然用之。」

〔四〕寫字　臧本、孟本無。

〔五〕未至精妙　臧本、孟本無。

〔六〕有意教孩兒　臧本、孟本作「如今待教他」。

〔七〕無個好明師　吴曉鈴本「個」下衍一「要」字。臧本、孟本上有「只是」二字。

〔八〕從侄　臧本、孟本作「侄兒」。從侄，堂房侄子。牛肅《紀聞·吴保安》：「其鄉人郭仲翔，即元振從侄也。」

〔九〕見　臧本同。王季思本改作「現」。按，見，即「現」。參見《單刀會》第一折校注〔二〕。

〔一〇〕今　已。高文秀《襄陽會》一折劉表白：「玄德公，吾今年邁，我也掌把不住這荆襄九郡，將這荆襄九郡牌印讓與玄德公掌管，你意下若何？」

〔一一〕争奈侄兒公事忙，不得空便　顧曲齋本「奈」作「柰」。臧本、孟本無此二句。不得，不。《單刀會》一折【油葫蘆】冲末夾白：「隔江鬥智，小官知便知道，不得詳細。」空便，空閑。《雍熙樂府》卷十九闕名氏小令【小桃紅】「西廂百咏」：「你修封錦箋，我瞧些空便，替你把情傳。」

〔一二〕昨夜燈花爆，今朝喜鵲噪　臧本、孟本無。

〔一三〕着　臧本、孟本作「者」。

〔一四〕看有甚麽人來　臧本、孟本作「只等學士來時，報復我知道」。

〔一五〕梅香　臧本、孟本下有「云」。

〔一六〕正末扮温嶠上　臧本、孟本下有「云」。

〔一七〕止有一個從姑　「止」，臧本同。吴國欽本改作「只」。按，止，只。參見《調風月》第一折校注〔二七〕。臧本、孟本「從姑」作「姑娘」。從姑，堂房姑母。《晋書·皇甫謐傳》：「城陽太守梁柳，謐從姑子也。」

〔一八〕姑娘是尊行　臧本、孟本無。尊行，長輩。

〔一九〕登用　選拔任用。《杜工部集》卷九《上韋左相二十韵》：「才傑俱登用，愚蒙但隱淪。」

〔二〇〕我先將這得志的説一遍則個　顧曲齋本、臧本下有「（唱）」。則個，猶罷。莊季裕《雞肋編》卷上：「京師凡賣熟食者，必爲詭异，標表語言，然後所售益廣。嘗有貨環餅者，不言何物，但長嘆曰：『虧便虧我也！』謂價廉不稱耳。紹聖中，昭慈被廢，居瑶華宫。而其人每至宫前，必置擔太息大言，遂爲開封府捕而究之。無他，猶斷杖一百罪。自是改曰：『待我放下歇則個！』」

〔二一〕車蓋軒昂　臧本、孟本作「車騎成行」。

〔二二〕剖決條章　臧本作「無非那今古興亡」。剖决，决斷。《北史·裴政傳》：「簿案盈几，剖决如流。」

〔二三〕出語言無讓　臧本、孟本作「端的是語出人皆仰」。讓，遜色。《宋史·太祖紀贊》：「考論聲明文物之治，道德仁義之風，宋於漢唐，蓋無讓焉。」

〔二四〕食前方丈　臧本作「也只爲平生名望」。食前方丈，言享用之奢侈。《孟子·盡心下》：「食前方丈，侍妾數百人，我得志弗爲也。」趙岐注：「極五味之饌食列於前方一丈，侍妾衆多至數百人也。」

〔二五〕望塵遮拜路途傍　臧本上有「博得個」三字。王季思本「傍」改作「旁」。按，傍，即旁。參見《哭存孝》頭折校注〔二五〕。後同，不另出校。

〔二六〕高牙大纛　牙，牙旗，古時將軍之旗。《三國志·吴書·胡綜傳》：「又作黄龍大牙，常在中軍，諸軍進退，視其所向。」纛，古時軍隊或儀仗隊用的大旗。《全唐詩》卷五三六許渾《中秋夕寄大梁劉尚書》：「柳營出號風生纛，蓮幕題詩月上樓。」

〔二七〕武夫前喝，從者塞途；無欲不得，無求不成　臧本、孟本作「威儀赫奕，徒御軒昂」。

〔二八〕喜則鵷鸞并進，怒則虎豹平驅　臧本、孟本作「喜時節鵷鸞并篭，怒時節虎豹潛藏」。鵷鸞，比喻傑出的人物。鵷，鵷鶵，傳説中與鸞鳳同類的鳥。《全唐詩》卷一七五李白《對雪奉餞任城六父秩滿歸京》：「龍虎謝鞭策，鵷鸞不司晨。」平，一起。《後漢書・黨錮傳・李膺》：「及遭黨事，當考實膺等。案經三府，太尉陳蕃却之……不肯平署。」李賢注：「平署，猶連署也。」

〔二九〕獬豸冠　法冠。《後漢書・輿服志》：「法冠……或謂之獬豸冠。獬豸，神羊，能别曲直，楚王嘗獲之，故以爲冠。」這裏代指執法者。

〔三〇〕死後圖畫麒麟像　臧本、孟本「後」作「來」。麒麟，閣名，在漢未央宫内。宣帝甘露三年，畫功臣霍光等十一人圖像於閣上，以表彰其功績。後以圖畫麒麟像代指獲得最高的榮譽。楊梓《霍光鬼諫》一折【青哥兒】：「似這等油炸猢猻般性輕狂，他怎圖畫作麒麟像？」

〔三一〕分茅列土　臧本、孟本作「何止是析圭儋爵」。分茅列土，分封王侯爵位和土地。《全唐詩》卷六五五羅隱《秋日有酬》：「分茅列土纔三十，猶擬迴頭賭錦袍。」

〔三二〕拜將封王　臧本、孟本上有「都只待」三字。王季思本錯簡，「封王」二字誤置【六幺序】「環珮丁噹」下。

〔三三〕却説那不得志的也有一等　臧本上有「（云）」，下有「（唱）」。一等，一類。趙令畤《侯鯖録》卷五「辨傳奇鶯鶯事」：「每觀其文，撫卷嘆息，未知張生果爲何人，意其非微之一等人，不可當也。」

〔三四〕一個白髮書生無伎倆　臧本、孟本作「還有那苦志書生才學廣」。伎倆，本領。《太平廣記》卷二百五十七引《王氏見聞録》：「驢弟，我爲你有多少伎倆，畢竟還搭在老兄身上。」

〔三五〕一年一度等　臧本、孟本作「一年年守」。

〔三六〕守着那聚螢積雪看書窗　臧本、孟本作「早熬的蕭蕭白髮滿頭霜」。聚螢積雪，用晉人車胤、孫康事。《晉書·車胤傳》：「胤恭勤不倦，博學多通。家貧不常得油，夏月則練囊盛數十螢火以照書，以夜繼日焉。」孫康事參見《拜月亭》第二折校注〔二三〕。

〔三七〕頭廳相　宰相。尚仲賢《三奪槊》一折【油葫蘆】：「比及武官砌壘個元戎將，文官掙揣個頭廳相，知它是幾個死？知它是幾處傷？」

〔三八〕上古佐着舜堯，立着禹湯　臧本、孟本作「只願的聖主興，世運昌」。

〔三九〕黄金　臧本、孟本上有一「把」字。

〔四〇〕當日天下誰家得鳳凰　臧本、孟本「當日」下有一「個」字，無「天下」二字。得鳳凰，獲得優秀人才。

〔四一〕爲甚成湯基業昌　臧本、孟本作「翺也波翔，在那天子堂」。

〔四二〕就商岩有莘求宰相　臧本、孟本作「争知他朝爲田舍郎」。商岩，即傅險，商王武丁（殷高宗）之相傳説爲奴隸時版築處。參見《雙赴夢》第二折校注〔三五〕。有莘，古國名。故址在今河南陳留東北（一説在今山東曹縣北）。求，尋找。《史記・留侯世家》：「吾求公數歲，公避逃我。」

〔四三〕傅説版築裏生　顧曲齋本「傅」作「傳」，吴曉鈴本校勘記已指其誤。臧本、孟本「傅説」下有「呵在」二字，「裏」作「處」。

〔四四〕伊尹稼穡中長　臧本、孟本「伊尹」下有「呵從」二字。伊尹曾在有莘之野從事農耕，湯知其賢，聘之，任以國政。見《史記・殷本紀》。鄭德輝有《伊尹耕莘》雜劇叙其事。

〔四五〕做的朝爲田舍郎　臧本、孟本作「他兩個也不是出胞胎便顯揚」。做的，做了。臧本武漢臣《老生兒》四折引孫白：「您孩兒則做的一日財主。」孟本「的」作「了」。參見《調風月》第二折校注〔六〕。「朝爲田舍郎，暮登天子堂」，俗語，元劇習用。這裏用前半句，意在後半句。

〔四六〕自古來有德的好難説也呵　臧本作「（云）雖然如此，那得志不得志的，都也由命不由人，非可勉强。（唱）」。孟本同臧本，惟無「（云）」及「（唱）」。吴曉鈴本校勘記謂「孟本從徐本（按，即脈望館古名家本）」。按，吴校誤。

〔四七〕孔子爲素王，訓一人萬邦；門生每受講，立三綱五常；軒車離故鄉，走四面八方。他是萬代天子師，爲四海生靈望，剗地到陳國絶糧　臧本作「他每都恃着口强，便儀秦呵怎敢比量？都恃着力强，便賁育呵怎敢賭當？元來都恃着命强，便孔孟呵也没做主張。這一個是王者師，這一個是蒼生望，到底捱不徹雪案螢窗」。孟本同臧本，惟「螢」作「營」。吴曉鈴本校勘記云：

「『營』字誤。」北京大學本、吴國欽本、王季思本「元」改作「原」。按，元，原。參見《調風月》第四折校注〔三五〕。素王，稱孔子。漢儒認爲孔子修《春秋》是代王者立法，有王者之道，而無王者之位，故稱之爲「素王」。王充《論衡·超奇》：「孔子之《春秋》，素王之業也。」一人，指天子。《書·太甲下》：「一人元良，萬邦以貞。」孔傳：「一人，天子。」孔子陳國絶糧事，見《史記·孔子世家》：「聞孔子在陳蔡之間，楚使人聘孔子。孔子將往拜禮，陳蔡大夫……乃相與發徒役圍孔子於野。不得行，絶糧。從者病，莫能興。」

〔四八〕孟子亦荒荒，走齊梁。更不算紂剖桀誅比干龍逢，屈原投大江。周公禱上蒼，直到啓金縢，纔感悟成王　顧曲齋本同，惟「干」作「千」。吴曉鈴本校勘記已指其誤。臧本作「只落的意徬徨，走四方，昨日燕陳，明日齊梁。若不是聚生徒來聽講，怎留得這詩書萬古傳芳」。孟本同臧本，惟「只落的意徬徨」作「他每都意荒荒」，「若不是」作「剛則是」，「怎留得這」作「博得個述」。荒荒，急急。《劉知遠諸宫調》第十二【仙吕調】【綉帶兒】：「走吏荒荒告道，言有機密公文，專來至本府。」比干，商紂王的叔父，因屢諫紂王，被剖心而死。見《史記·殷本紀》。《録鬼簿》著録鮑天祐有《諫紂惡比干剖腹》雜劇。龍逢，關龍逢。夏之賢臣。夏桀無道，因直諫被殺。見《莊子·人間世》等。屈原投江，見《史記·屈原列傳》。周公事，見《史記·魯周公世家》。鄭德輝有《輔成王周公攝政》雜劇敘其事。

〔四九〕非我自己矜誇呵　吴曉鈴本「呵」誤作「也」。臧本作「（云）我今日也非敢擅自誇獎，端的不在古人之下。（唱）」。孟本同臧本，惟無「（云）」及「（唱）」。

〔五〇〕俺祖宗入世高名望　顧曲齋本「入」作「八」。王季思本校記云：「古名家本、顧曲齋本作：『俺祖宗八世高名望……』」將脈望館古名家本與顧曲齋本混一，异同不辨。後偶有類此，不另出校。臧本、孟本作「俺家聲先世無誹謗」。

〔五一〕伯兄萬人無誹謗　臧本、孟本作「俺書香今世無虛誑」。伯兄，長兄。《孟子·告子上》：「鄉人長於伯兄一歲，則誰敬？」無誹謗，無可指摘。誹謗，批評，指摘。《左傳·襄公十四年》杜預注：「庶人不與政，聞君過則誹謗。」

〔五二〕孩兒累代爲卿相　臧本、孟本作「俺功名奕世無謙讓」。

〔五三〕俺　臧本、孟本作「遮莫是」。

〔五四〕俺　臧本、孟本無。

〔五五〕【幺】　臧本作「【幺篇】」。

〔五六〕不枉了開着金屋　不枉了，枉了，白做。「不」字無義。尚仲賢《三奪槊》一折【混江龍】：「不枉了截髮搓繩穿斷甲，征旗作帶勒金瘡。」金屋，華麗的房屋。班固《漢武故事》：「（膠東王）

數歲，長公主嫖抱置膝上，問曰：『兒欲得婦不？』膠東王曰：『欲得婦。』長主指左右長御百餘人，皆云不用。末指其女問曰：『阿嬌好不？』于是乃笑對曰：『好！若得阿嬌作婦，當作金屋貯之也。』」

〔五七〕畫堂　華麗的堂舍。《全唐詩》卷一三〇崔顥《王家少婦詩》：「十五嫁王昌，盈盈入畫堂。」

〔五八〕情況　情緒。息機子本喬夢符《兩世姻緣》二折梅香白：「姐姐，你這等情況無聊，我將管絃來，你略吹彈上一回消遣咱。」

〔五九〕虚曠　臧本、孟本「虚」作「疏」。吴國欽本、王季思本據古名家本及顧曲齋本改。按，疏猶虚，疏曠，虚廢也。

〔六〇〕不見可情受錦屋鳳凰衾　臧本、孟本作「怎能彀可情人消受錦幄鳳凰衾」。盧冀野本「幄」字下點斷，「鳳凰衾」屬下句。非。吴國欽本、王學奇本、王季思本「彀」改作「够」。按，彀，用同「够」。能彀，即能够。《新唐書・張巡傳》：「至是食盡，士……皆癯劣不能彀，救兵不至。」可情，可意，指稱心如意之人。屋，即幄。《禮記・雜記上》：「素錦以爲屋而行。」

〔六一〕堪消在　臧本、孟本作「把愁懷都打撇在」。消，受，消受。參看《詩詞曲語辭匯釋》卷二「消（四）」。

〔六二〕行説着話　顧曲齋本上有「（正末云）」。臧本作「（云）一頭説話」。孟本同臧本，惟無

「（云）」。

〔六三〕來到姑姑門首　臧本、孟本上有一「早」字，「姑姑」作「姑娘」。

〔六四〕報復去　臧本、孟本上有「梅香」二字。

〔六五〕在于門首　臧本、孟本作「特來問候」。

〔六六〕（梅香）理會得。（報科）　臧本、孟本作「（梅香報科云）」。

〔六七〕夫人　臧本、孟本下有「云」。

〔六八〕哥哥　臧本、孟本作「學士」。

〔六九〕梅香　臧本、孟本下有「云」。

〔七〇〕有請　臧本、孟本作「請進」。

〔七一〕（正末做見夫人，拜科）　臧本、孟本作「（正末做見科）」。

〔七二〕夫人　顧曲齋本、臧本、孟本下有「云」。

〔七三〕哥哥王事勤勞　臧本、孟本「哥哥」作「學士」。勤勞，辛苦。《隋書·循吏傳·辛公義》：「此蓋小事，何忍勤勞使君。」

〔七四〕將　臧本、孟本作「取個」。

〔七五〕教哥哥穩便　臧本、孟本「哥哥」作「學士」。穩便，客套語，猶言請便。參看《詩詞曲語辭匯釋》

卷六「穩便」。

〔七六〕將酒來　臧本、孟本上有「一面」二字。

〔七七〕梅香　臧本、孟本下有「云」。

〔七八〕有　臧本、孟本無。

〔七九〕夫人　臧本、孟本下有「云」。

〔八〇〕末接酒飲科　臧本、孟本「末」作「正末」，無「酒」字。

〔八一〕夫人　臧本、孟本下有「云」。

〔八二〕拜哥哥者　臧本作「拜見學士咱」。

〔八三〕梅香　臧本、孟本下有「云」。

〔八四〕理會的　臧本、孟本無。

〔八五〕旦扮倩英上　臧本、孟本下有「云」。

〔八六〕（旦見科）　臧本、孟本作「（做見科，云）」。

〔八七〕夫人　臧本、孟本下有「云」。

〔八八〕把體面拜哥哥　臧本作「只爲温家哥哥在此，你須拜見」。

〔八九〕旦　臧本、孟本下有「云」。

〔九〇〕夫人　臧本、孟本下有「云」。

〔九一〕者　臧本同。中華書局本改作「著」。非。參見《哭存孝》頭折校注〔八〇〕。

〔九二〕栲栳圈銀交椅　鑲銀圓椅。栲栳，用柳條或竹篾編成的橢圓形盛物器，因借作圓的比喻。交椅，又名胡床，一種可折疊的坐具。張端義《貴耳集》：「今之交椅，古之胡床也，自來只有栲栳樣。」息機子本闕名氏《風雪漁樵》三折正末白：「那相公滾鞍下馬，在那道旁邊放下那栲栳圈銀交椅，着兩個公吏人把老漢按在那栲栳圈銀交椅上，那相公納頭的拜了我四拜。」

〔九三〕拜　臧本、孟本下有一「見」字。

〔九四〕（末）　臧本、孟本作「（正末云）」。

〔九五〕夫人　臧本、孟本下有「云」。

〔九六〕（末）　臧本、孟本作「（正末云）」。

〔九七〕尊　顧曲齋本作「從」。

〔九八〕夫人　臧本、孟本下有「云」。

〔九九〕小姐把體面拜哥哥　臧本、孟本下有一「者」字。

〔一〇〇〕（旦）理會的　臧本、孟本無。

〔一〇一〕末做　臧本、孟本「末」作「正末」。孟本無「做」字。

〔一〇二〕夫人　臧本、孟本下有「云」。

〔一〇三〕妹拜兄　臧本、孟本作「妹妹拜哥哥」。

〔一〇四〕理　孟本作「禮」。

〔一〇五〕（末）　臧本、孟本作「（正末云）」。

〔一〇六〕夫人　臧本、孟本下有「云」。

〔一〇七〕好一個有道理的人　臧本、孟本下有一「也」字。有道理，明理。元刊本鄭廷玉《看錢奴》二折【倘秀才】：「撞見個有道理爺娘是他修福來。」

〔一〇八〕末　臧本、孟本作「正末」。

〔一〇九〕一個好女子也　顧曲齋本下有「（唱）」。臧本作「是好一個女子也呵！（唱）」。孟本同臧本，惟無「（唱）」。

〔一一〇〕綽　攬。《太平樂府》卷七曾瑞卿套數【商調】集賢賓「宮詞」：「入孤幃强眠尋夢境，被相思鬼綽了魂靈，縱有夢也難成。」

〔一一一〕上　臧本、孟本作「堂」。

〔一一二〕環佩丁當　顧曲齋本「當」作「璫」。王季思本「當」下誤置「封王」二字。參見校注〔三〕。

〔一一三〕藕絲　藕色。《全唐詩》卷三九〇李賀《天上謡》：「粉霞紅綬藕絲裙，青洲步拾蘭苕春。」

〔二四〕停當　妥當。王實甫《西厢記》一本二折【上小樓幺篇】：「遠着南軒，離着東墻，靠着西厢。近主廊，過耳房，都皆停當。」

〔二五〕肝膽　臧本、孟本作「兒郎」。

〔二六〕惱　撩撥。《唐宋諸賢絶妙詞選》卷四秦少游《風流子·初春》：「見梅吐舊英，柳摇新緑，惱人春色，還上枝頭。」

〔二七〕【幺】　臧本作「【幺篇】」。

〔二八〕花比腮龐　有校筆改作「貌比蓮芳」。臧本「龐」作「厖」。吴國欽本、王學奇本「厖」改作「龐」。按，厖，用同「龐」。臧本喬夢符《揚州夢》三折【感皇恩】：「端詳着厖兒俊，思量着口兒甜。」

〔二九〕想像高唐　想像，仿佛。參看《詩詞曲語辭例釋》「想像」。高唐，參見《金線池》第二折校注〔一一〕。

〔三〇〕蝶夢悠揚　臧本、孟本「蝶」作「魂」。蝶夢，參見《雙赴夢》第二折校注〔四〇〕。悠揚，長遠的樣子。《全唐詩》卷八九四顧敻《虞美人》：「緑荷相倚滿池塘，露清枕簟藕花香，恨悠揚。」

〔三一〕膏肓　「肓」原誤作「盲」，據臧本、孟本改。吴曉鈴本校勘記亦云：「臧本、孟本并作『膏肓』，甚是。」

〔三二〕形消骨化　臧本、孟本上有「怕不就」三字。

〔二三〕夫人　顧曲齋本、臧本、孟本下有「云」。

〔二四〕（旦）　臧本、孟本作「（旦奉酒科，云）」。

〔二五〕將酒來　臧本、孟本無。

〔二六〕酒　孟本作「盞」。

〔二七〕（末）　臧本作「（正末唱）」。孟本無。

〔二八〕【醉扶歸】　孟本曲牌名下有「（正末）」。

〔二九〕雖是付輕臺盞無斤兩　臧本、孟本「付」作「副」。「臺」原作「擡」，據臧本、孟本改。參見《哭存孝》頭折校注〔一〇七〕。

〔三〇〕不當　受不了。

〔三一〕做　當作。《董解元西厢記》卷四【般涉調】【急曲子】：「思量可煞作怪，夜静也私離了書齋，走到寡婦人家裏，是别人早做賊捉敗。」

〔三二〕伎倆　辦法。《謝天香》二折【尾聲】：「便使盡些伎倆，干愁斷我肚腸，覓不的個脱殻金蟬這一個謊！」

〔三三〕淹　臧本同。吴國欽本「據第三折『便瀽到一兩瓮香醪在地』一句改」作「瀽」。王季思本改同。按，淹，灑。《董解元西厢記》卷一【正宫】【應天長】：「淹不斷眼中淚，揾不退臉上啼痕。」

〔三四〕夫人　顧曲齋本、臧本、孟本下有「云」。

〔三五〕奈　顧曲齋本作「柰」。

〔三六〕子　臧本同。中華書局本改作「妹」。

〔三七〕（末）　臧本、孟本作「（正末云）」。

〔三八〕夫人　臧本、孟本下有「云」。

〔三九〕哥哥　臧本、孟本作「學士」。

〔四〇〕曆日　曆書。《周禮·春官宗伯下·馮相氏》「以會天位」鄭玄注：「會天位者，合此歲日月辰星宿五者，以爲時事之候，若今曆日大歲在某月某日某甲朔日直某也。」

〔四一〕哥哥　臧本、孟本作「學士」。

〔四二〕（末）　臧本、孟本作「（正末云）」。

〔四三〕勾　顧曲齋本作「彀」。

〔四四〕來日是個好日辰　顧曲齋本、臧本下有「（唱）」。

〔四五〕不空亡　不是凶辰。不，非，不是。《墨子·非命上》：「上之所賞，命固且賞，非賢固賞也；上之所罰，命固且罰，不暴故罰也。」孫詒讓閒詁引王引之云：「不，與非同義，故互用。」空亡，術數用語，古用干支紀日，十干配十二支，餘二，故謂爲凶辰，做事不利。《全唐詩》卷三六五劉禹錫《燕爾館破屏風所畫至精人多嘆賞題之》：「畫時應遇空亡日，賣處難逢識別人。」

〔一四六〕恰相當　臧本作「没相妨」。

〔一四七〕天生　注定。《董解元西厢記》卷四【黄鍾宫】【黄鶯兒】：「君瑞，君瑞，墻東裏一跳，在墻西裏撲地。聽一人高叫道：『兀誰？』生曰：『天生會在這裏！』」

〔一四八〕這長星交語不相妨　臧本作「不比那長星赤口要隄防」。吴國欽本、王季思本「隄」改作「提」。參見《單刀會》第二折校注〔七四〕。後同，不另出校。孟本作「長星赤口不相妨」。長星，彗星之屬。俗世以爲主不吉利。《漢書・文帝紀》：「八年夏，封淮南厲王長子四人爲列侯，有長星出于東方。」顔師古注引文穎曰：「長星多爲兵革事。」交語，交談。《三國志・魏書・武帝紀》裴松之注引《魏書》：「公與虜交語，不宜輕脱，可爲木行馬以爲防遏。」不相妨，相妨。「不」字無義。參看《敦煌變文字義通釋》第六篇「不」。

〔一四九〕大綱來選好日子，何必開個學堂　臧本、孟本作「大綱來陰陽偏有准，擇日要端詳」。大綱來，同「大剛來」。參見《調風月》第一折校注〔二六〕。

〔一五〇〕成開皆大吉，閉破莫商量　成功順利都是大吉大利，障礙失敗則不必去考慮。商量，考慮。《唐宋諸賢絶妙詞選》卷一王建《古調笑》之一：「玉顔憔悴三年，誰復商量管絃。」

〔一五一〕夫人　顧曲齋本、臧本、孟本下有「云」。

〔一五二〕哥哥休謙　臧本、孟本作「既如此，就是明日，要勞動學士者」。

〔一五三〕（末）　臧本、孟本作「（正末云）」。

〔一五四〕來　臧本、孟本作「明」。

〔一五五〕但　只是。《文選》卷四十二曹丕《與吴質書》：「已成老翁，但未白頭耳。」

〔一五六〕夫人　臧本、孟本下有「云」。

〔一五七〕老身無面皮　臧本作「學士休得推辭」。孟本作「學士休謙」。

〔一五八〕且看你下世姑夫的面皮　臧本、孟本「且」作「只」，句下有「教訓女孩兒則個」一句。

〔一五九〕（末）　顧曲齋本作「（末唱）」。臧本作「（正末唱）」。孟本無。

〔一六〇〕【醉中天】　孟本曲牌名下有「（正末）」。

〔一六一〕時晌　臧本同。盧冀野本「晌」誤作「晌」。按，時晌，時間。

〔一六二〕兼　連，連着。《杜工部集》卷十五《秋興八首》之一：「江間波浪兼天湧，塞上風雲接地陰。」

〔一六三〕便悮了翰林院編修有甚忙　顧曲齋本「悮」作「誤」。臧本同古名家本。盧冀野本、中華書局本、北京大學本、吴國欽本、王學奇本、王季思本改作「誤」。按，悮，同「誤」。參見《蝴蝶夢》第二折校注〔二〇〕。後同，不另出校。編修，官名。元代翰林國史院設編修，負責起草文告、編纂國史。

〔一六四〕待　如果。《董解元西廂記》卷五【仙吕調】【勝葫蘆】：「不是我佯呆，待有一句兒虚脾天地折。」

〔一六五〕只得一件後十分應當　臧本、孟本「只得一件後」作「拚的個」。吴國欽本「拚」誤作「拼」。王學奇本「個」字奪。十分，完全。《董解元西廂記》卷八【黄鍾宫】【柳葉兒】：「後來更不相逢，十分捨了休也！」應當，應承。元刊本宫天挺《范張鷄黍》四折【普天樂】：「要不壞了官人勾當，關節的令史應當，安排個總領承當。」

〔一六六〕離了天堂上　臧本、孟本作「再無推讓」。

〔一六七〕别收拾個　臧本、孟本「别」作「早」，無「個」字。

〔一六八〕夫人　顧曲齋本、臧本、孟本下有「云」。

〔一六九〕教　臧本、孟本作「梅香，伏侍」。

〔一七〇〕旦　臧本、孟本下有「云」。

〔一七一〕夫人　臧本、孟本下有「云」。

〔一七二〕多謝哥哥不違阻　臧本、孟本「哥哥」作「學士」，「不」上有一「幸」字。違阻，拒絶。臧本闕名氏《殺狗勸夫》三折孫大白：「你哥哥特來投央你，只要你休違阻我。」

〔一七三〕（末）　臧本、孟本作「（正末云）」。

〔一七四〕隨姑娘尊意　顧曲齋本下有「（唱）」。臧本作「敢不惟命。（唱）」。孟本同臧本，惟無「（唱）」。

〔一七五〕【賺煞】　臧本、孟本作「【賺煞尾】」。

〔一七六〕梨花釀　梨花春酒。白居易《白氏長慶集》卷二十《杭州春望》：「紅袖織綾誇柿蔕，青旗沽酒趁梨花。」自注云：「其俗釀酒，趁梨花時熟，號爲『梨花春』。」這裏泛指美酒。

〔一七七〕無個頓放　形容手足無措。頓放，放，放置。《五代史平話》梁史卷上：「宗旦……遣伴當每送放曠野名佐青草村，將這孩兒要頓放烏鳶巢内。」

〔一七八〕恰纔則挂垂楊，一抹斜陽　吴曉鈴本「楊」字下未點斷。臧本同。盧冀野本、中華書局本、北京大學本、吴國欽本、王學奇本「楊」字下均未點斷。按，此本曲第六、七句，王玉章《元詞斠律》云：「此章……第六語三字，第七語四字，均須調韵。」「挂垂楊」爲第六句正字，「楊」字韵。抹，輕微的痕迹。《唐宋諸賢絶妙詞選》卷二歐陽修《木蘭花·西湖》：「舞餘羅帶緑雙垂，酒入香腮紅一抹。」

〔一七九〕了　臧本、孟本無。

〔一八〇〕眼見得　馬上。參見《哭存孝》第二折校注〔一八三〕。

〔一八一〕休添上畫檐間疏雨滴愁腸　臧本同。北京大學本「雨」字下點斷。按，此本曲末句，據譜，七字，「檐間疏雨滴愁腸」爲本句正字，餘皆襯字，北本誤斷。

〔一八二〕夫人　顧曲齋本、臧本、孟本下有「云」。

〔一八三〕梅香　臧本、孟本上有「學士去了也」一句。

〔一八四〕了　臧本、孟本無。

〔一八五〕姐　臧本、孟本作「小」。

〔一八六〕收拾的停當　吴曉鈴本校勘記「當」誤作「留」。臧本、孟本下有一「時」字。

〔一八七〕可教我知道　臧本、孟本作「可來回我話」。臧本下有「（詩云）只因愛女要多才，收拾書堂待教來」。

〔一八八〕（下）　臧本、孟本無。

〔一八九〕梅香　臧本下有「詩云」。孟本下有「云」。

〔一九〇〕奉老夫人言語，便與姐姐説知，收拾萬卷堂去　臧本作「從來男女不親授，也不是我把引賊過門胡亂猜」。吴國欽本删「把」字。孟本作「理會的」。

〔一九一〕（下）　臧本、孟本作「（同下）」。

第二折

（老夫人上〔一〕）昨日選定今日是吉日良辰。梅香，門首覷者，則怕哥哥來〔二〕。（梅香〔三〕）理會的。（正末上〔四〕姑娘選定今日好日辰〔五〕，不曾衙門裏去。肯分的姑娘又來請，便不來請，我也索去。可早來到門首也〔六〕。報伏去〔七〕，道温嶠在門首〔八〕。（梅香〔九〕）理會的〔一〇〕。温學士來了也〔一一〕。（夫人〔一二〕）道有請。（梅香〔一三〕）有請〔一四〕。（末做見科）〔一五〕（夫人〔一六〕）今日哥哥怎生來的早〔一七〕？（末）〔一八〕領尊命〔一九〕教小姐琴書，就不曾赴公衙去〔二〇〕。（夫人〔二一〕）因爲老身薄面，悮了學士公事，老身知感不盡。快教小姐出來拜哥哥〔二二〕。（梅香〔二三〕）理會的〔二四〕。小姐，有請。（旦上〔二五〕）妾身正在綉房中，聽的母親呼喚，説哥哥來了〔二六〕，須索見去。（做見拜科）〔二七〕（夫人〔二八〕）倩英，你拜哥哥，今日爲始便是你師父了也。（旦）理會的〔二九〕。（做拜科〔三〇〕）（末〔三一〕背云）小姐比昨日打扮的又別了〔三二〕，真神仙中人也〔三三〕！

【南吕一枝花】藕絲翡翠裙，玉膩蝤蠐〔三四〕頸。妲己〔三五〕空破國，西子枉傾城〔三六〕。天上飛瓊〔三七〕，散下風流病。若是寢正濃，夢乍醒，且休問斜月殘燈〔三八〕，直睡到東窗日影。

將琴來〔三九〕，教小姐操一曲〔四〇〕。

【梁州】〔四一〕兀的不可喜〔四二〕煞羅幃綉幕，風流煞金屋銀屏！這七條絃興亡禍福都相應，聖賢可對〔四三〕，神鬼堪驚，俗懷頓爽，塵慮皆清。一弄兒指法非輕〔四四〕，不比那出塞鶴鳴〔四五〕。金徽〔四六〕彈流水潺湲，冰絃打餘聲齊整〔四七〕，玉纖點逸韵輕盈。聰明，怎生〔四八〕，得〔四九〕口訣手未到心先應！海棠色、蕙蘭性〔五〇〕，天地氣都將來結秀成〔五一〕，一團兒〔五二〕智巧心靈。

（夫人〔五三〕）再操一曲〔五四〕，則怕有不是處〔五五〕，教哥哥〔五六〕聽，有不是處再教。（末）〔五七〕

【牧羊關】〔五八〕縱然道肌如雪、腕似冰，雖是一段玉，却是幾樣磨成：指頭是三節兒瓊瑤，指甲似十顆水晶。穩坐的有那穩坐堪人愛〔五九〕，但舉動有那舉動可人憎〔六〇〕。他兀自〔六一〕未揎起金衫袖，我又早先聽的玉釧鳴。

（夫人〔六二〕）小姐彈〔六三〕不打緊，裝香來〔六四〕，請哥哥在相公抱角床〔六五〕上坐着，小姐拜哥哥。一日爲師，終身爲父。哥哥教小姐寫字〔六六〕。（旦寫字科）（末）〔六七〕腕平着，筆直着。小姐，不是這等。（末起身把筆科，搭旦手科〔六八〕（旦〔六九〕）是何道理，妹子根前捻手捻腕〔七〇〕！（末）〔七一〕小生豈有他意？（夫人〔七二〕）小鬼頭，但得哥哥拿手搭腕〔七三〕，你早〔七四〕十分有福也。（旦〔七五〕）「男女七歲，不可同席」。（夫人〔七六〕）哥哥根前調書袋兒〔七七〕。

（末）〔七八〕

【隔尾】〔七九〕女孩兒更温柔起手裏須當硬〔八〇〕，我呆想望迎頭兒撇會清，儘教我恰纔輕搭着春纖算有幸〔八一〕。似這等酥蜜般搶白〔八二〕，折莫發作半生，我也忍得四星〔八三〕，也强如編修院裏書生每壯斷挺〔八四〕。

小姐〔八五〕，不是了也，腕平着，筆直着。（旦怒云）哥哥，你又來也！（末）〔八六〕

【四塊玉】〔八七〕兀的紫霜毫〔八八〕燒甚香，班竹管有餘慶〔八九〕，到能勾柔荑般指尖擎〔九〇〕。你那雙勾手腕兒先索平正〔九一〕。我不曾將你玉筭湯〔九二〕，他又早星眼〔九三〕睁，好打我這没氣性〔九四〕。

（夫人〔九五〕）小姐辭了哥哥，回綉房去。（旦）理會的〔九六〕。（旦拜科，下）（末）〔九七〕温嶠更衣去咱。（做行科〔九八〕）見小姐下的階基，往這裏去了。見小姐中柱模樣〔九九〕，不曾見小姐脚兒大小。沙土上〔一〇〇〕印下小姐脚踪兒，早〔一〇一〕是我來的早，若來的遲了〔一〇二〕呵，一陣風吹了這脚踪兒〔一〇三〕，怎能勾見小姐生的十全也呵〔一〇四〕！

【牧羊關】婦人〔一〇五〕每鞋襪裏多藏着病，塘土兒没面情〔一〇六〕，除底外四周圍并無餘剩。幾般兒〔一〇七〕窄窄狹狹，幾般兒周周正正。幾時迤逗〔一〇八〕的獨强性，引逗的把人憎〔一〇九〕？幾時得使性氣由他跐〔一一〇〕，惡心煩自在〔一一一〕蹬？

小姐去了也〔一一二〕。幾時得見，着小官撇不下也呵〔一一三〕！

【賀新郎】你便是醉中茶，一啜瞟然醒。都爲他皓齒明眸，不由我使心作倖〔一一四〕。待尋條妙計無踪影，姑姑手把着頭稍自領〔一一五〕。索什麽囑付丁寧〔一一六〕，似取水垂轆轤，用酒打猩猩。到這裏惜甚廉耻，敢傾人命〔一一七〕。休、休〔一一八〕！做一頭海來深不本分，使一場天來大昧前程〔一一九〕！

【隔尾】他藉妝梳顔色花難并〔一二〇〕，宜環佩腰肢柳笑輕，一對不倒踏〔一二一〕窄小金蓮尚古自剩。天公是怎生〔一二二〕？這世情〔一二三〕，教他獨占人間第一等。

（末〔一二四〕回科）（夫人〔一二五〕）哥哥〔一二六〕穩便，老身有句話。想小姐年長一十八歲，不曾許聘他人，翰林院有一般學士，煩哥哥保一門親事。（末〔一二七〕背云）小官暗想來，只得如此，若不恁的呵不濟事。（做向夫人云）姑娘，翰林院有個學士，才學文章不在侄兒之下。（夫人〔一二八〕）似你這般才學少有。那學士多大年紀？怎生模樣？哥哥你説一遍。（末）〔一二九〕

【紅芍藥】〔一三〇〕年紀和温嶠不多争〔一三一〕，和温嶠一樣身形。據文學〔一三二〕比温嶠更聰明，温嶠怎及他豪英？保親的堪信憑，答〔一三三〕配的兩下裏相應。不隄防〔一三四〕對面説才能，遠不出門庭。

【菩薩梁州】古人親事，把閨門禮正，人心至誠〔一三五〕，更休問禮物微輕〔一三六〕。點燈吃飯兩分明：緱山〔一三七〕無夢碧瑶笙，玉臺有主菱花鏡〔一三八〕。更有場大廝併〔一三九〕，月夜高燒絳蠟〔一四〇〕燈，只愁那煩擾非輕。

温嶠與那學士説成〔一四一〕，擇定日子同來。（夫人〔一四二〕多勞哥哥〔一四三〕用心。（末做出門笑科〔一四四〕）温嶠，你早則人生三事皆全了也。（末〔一四五〕下，將砌末上科。做見夫人科〔一四六〕）告的姑娘得知：您〔一四七〕侄兒徑去與那學士説了。今日是吉日良辰，將這玉鏡臺權爲定物〔一四八〕，别使官媒人來通信〔一四九〕，央您侄兒替那學士謝了親者〔一五〇〕。

【煞尾】俺待麝蘭腮、粉香臂、鴛鴦頸，由你水銀漬〔一五一〕、朱砂斑〔一五二〕、翡翠青。到春來小重樓、策〔一五三〕杖登，曲闌邊、把臂〔一五四〕行，閑尋芳〔一五五〕、悶選勝〔一五六〕。到夏來秋千〔一五七〕院、鬥草亭〔一五八〕，碧紗厨〔一五九〕、绿窗净，針穿珠、扇撲螢。到秋來霜天凉、露氣清〔一六〇〕，入蘭堂〔一六一〕、開畫屏，看銀河、牛女星，伴添香、拜月亭。到冬來〔一六二〕摘疏梅、浸〔一六三〕古瓶，歡尋常〔一六四〕、樂餘剩〔一六五〕。那時節、趁心性〔一六六〕，由他嬌癡、儘他索憎〔一六七〕，善也偏〔一六八〕宜、惡也相稱。朝至暮不轉我這眼睛，孜孜〔一六九〕覷定，端的寒忘熱、飢忘飽、凍忘冷。（下）

（夫人）侄兒去了也。梅香，門首覷者，看有甚麽人來〔一七〇〕。（媒人上）〔一七一〕全憑説合爲活計，一生作媒做營生〔一七二〕。老身是個官媒人〔一七三〕。温學士着我去老夫人家説知，選吉日良辰娶小姐過門。可早來到也。無人報伏〔一七四〕，我自過去。（做見科〔一七五〕）老夫人，萬福〔一七六〕！（夫人〔一七七〕）媒人〔一七八〕何來？（媒）〔一七九〕奉學士言語，着我見老夫人，選日辰娶小姐過門。（夫人〔一八〇〕）是那個學士？（媒）〔一八一〕是温學士。（夫人〔一八二〕）他是保親人〔一八三〕。（媒）〔一八四〕他不是保親人〔一八五〕，則他是女婿。（夫人〔一八六〕）何爲定物？（媒）〔一八七〕玉鏡臺便是定禮。（夫人〔一八八〕）我把這玉鏡臺摔碎了罷〔一八九〕！（媒）〔一九〇〕住，住！這玉鏡臺不打緊，是聖人御賜之物，不争你摔碎了，做的個不敬上來〔一九一〕。（夫人〔一九二〕）嗨，吃他瞞過了我也！梅香，便説與小姐知道，收拾停當，選定吉日，送小姐過門去〔一九三〕。我且回後堂中去來〔一九四〕。（下）

校注

〔一〕老夫人上　臧本、孟本下有「云」。

〔二〕則怕哥哥來　臧本、孟本作「則怕學士來時，報我知道」。

〔三〕梅香　臧本、孟本下有「云」。

〔四〕正末上　顧曲齋本、臧本、孟本下有「云」。

〔五〕日辰　日子。顧曲齋本楊顯之《瀟湘夜雨》一折孛老白：「則今日好日辰，就成合了這門親事。」

〔六〕不曾衙門裏去。肯分的姑娘又來請，便不來請，我也索去。可早來到門首也　臧本無句末「也」字。孟本作「我昨日回來，巴不得便是今日也。如今不曾衙門去，則索就到姑娘家裏」。索，猶應。參看《詩詞曲語辭匯釋》卷四「索」。

〔七〕報伏去　顧曲齋本「伏」作「復」。臧本、孟本上有「梅香」二字，「伏」作「復」。

〔八〕在門首　臧本、孟本作「來了也」。

〔九〕梅香　臧本、孟本下有「報科云」。

〔一〇〕理會的　臧本、孟本無。

〔一一〕也　臧本、孟本無。

〔一二〕夫人　臧本、孟本下有「云」。

〔一三〕梅香　臧本、孟本下有「云」。

〔一四〕有請　臧本、孟本作「請進」。

〔一五〕（末做見科）　臧本作「（正末做見科）」。孟本作「（正末見科）」。

〔一六〕夫人　臧本、孟本下有「云」。

〔一七〕今日哥哥怎生來的早　臧本、孟本「哥哥」作「學士」，「早」上有一「恁」字。

〔一八〕（末）　臧本、孟本作「（正末云）」。

〔一九〕領尊命　臧本、孟本上有一「爲」字。

〔二〇〕赴公衙去　臧本、孟本作「到衙門去」。

〔二一〕夫人　臧本、孟本下有「云」。

〔二二〕快教小姐出來拜哥哥　臧本上有「梅香」二字，「教」作「請」，「哥哥」作「學士」，下有一「者」字。孟本上有「梅香」二字，「教」作「請」。

〔二三〕梅香　臧本、孟本下有「云」。

〔二四〕理會的　臧本、孟本無。

〔二五〕旦上　臧本、孟本下有「云」。

〔二六〕説哥哥來了　臧本、孟本無。

〔二七〕(做見拜科)　臧本作「(做見科)」。孟本作「(見科)」。

〔二八〕夫人　臧本、孟本下有「云」。

〔二九〕(旦)理會的　臧本、孟本無。

〔三〇〕做拜科　臧本、孟本上有一「旦」字。

〔三一〕末　臧本、孟本作「正末」。

〔三二〕了　臧本、孟本無。

〔三三〕真神仙中人也　顧曲齋本、臧本下有「（唱）」。

〔三四〕蝤蠐　天牛的幼蟲，色白如脂。《詩·衛風·碩人》：「領如蝤蠐。」

〔三五〕妲己　有蘇氏美女，商紂王寵妃。因助紂爲虐，周武王滅商時被殺。見《史記·殷本紀》。

〔三六〕西子枉傾城　西子，越國美女西施。越王將她獻給吴王，以荒其政。見《吴越春秋》、《越絶書》。曹本《録鬼簿》著録關氏有《姑蘇臺范蠡進西施》雜劇。佚。傾城，形容女子容貌極美。《漢書·外戚傳·孝武李夫人》李延年歌：「北方有佳人，絶世而獨立；一顧傾人城，再顧傾人國。」

〔三七〕天上飛瓊　臧本同。盧冀野本「瓊」字下未點斷。按，「瓊」字韵。飛瓊，許飛瓊，傳説中的仙女。孟棨《本事詩·事感第二》：「詩人許渾，嘗夢登山，有宫室凌雲，人云：此崑崙也。既入，見數人方飲酒，招之，至暮而罷。賦詩云：『曉入瑶臺露氣清，坐中唯有許飛瓊。塵心未斷俗緣在，十里下山空月明。』他日復夢至其處，飛瓊曰：『子何故顯余姓名於人間？』座上即改爲『天風吹下步虛聲』。曰：『善。』」

〔三八〕且休問斜月殘燈　臧本同。盧冀野本「燈」字下未點斷。按，「燈」字韵。

〔三九〕將琴來　顧曲齋本上有「（末云）」。臧本上有「（云）」，「來」上有一「過」字。孟本同臧本，惟無「（云）」。

〔四〇〕教小姐操一曲　臧本下有一「咱」字及科介「(旦學操琴科)(正末唱)」。孟本同臧本，惟無「(正末唱)」。操，彈奏。《左傳·成公九年》：「使與之琴，操南音。」

〔四一〕【梁州】　臧本、孟本作「【梁州第七】」。孟本曲牌名下有「(正末)」。

〔四二〕可喜　可愛。參看《詩詞曲語辭匯釋》卷五「可喜」。

〔四三〕聖賢可對　臧本、孟本上有「端的個」三字。對，比。脈望館息機子本武漢臣《生金閣》一折龐衙内白：「花花太歲爲第一，浪子喪門世無對。」

〔四四〕一弄兒指法非輕　臧本、孟本「非輕」作「泠泠」。一弄兒，一支曲子。《世説新語·任誕》「王子猷出都」劉孝標注引檀道鸞《續晋陽秋》：「帝命伊吹笛……既吹一弄，乃放笛，云：『臣於箏乃不如笛。』」輕，輕佻。《左傳·僖公三十三年》：「秦師輕而無禮，必敗。」

〔四五〕不比那出塞鶴鳴　臧本、孟本作「早合着古操新聲」。出塞，漢横吹曲名。武帝時，李延年因胡曲造新聲二十八解，内有出塞、入塞曲。見《晋書·樂志下》。《詩·小雅·鶴鳴》：「鶴鳴于九皋，聲聞于野……鶴鳴于九皋，聲聞于天。」

〔四六〕金徽　代指琴。徽，琴徽，琴上繫弦的繩。《全唐詩》卷一六〇孟浩然《贈道士參寥》：「絲脆弦將斷，金徽色尚榮。」

〔四七〕冰絃打餘聲齊整　臧本、孟本「聲」作「音」。冰絃，琴絃。這裏代指琴。《董解元西厢記》卷四

【仙吕調】【賞花時】：「冰絃重理，聲漸辨雄雌。」

〔四八〕聰明，怎生　臧本、孟本同。孟本「明」字下未點斷。吴曉鈴本及中華書局本、北京大學本、吴國欽本、王學奇本「生」字下未點斷。按，曲譜，此本曲第十三、十四句，各二字，「明」字「生」字韵。

〔四九〕得　知。《韓非子·外儲説左下》：「臣昔者不知所以治鄴，今臣得矣，願請璽，復以治鄴。」

〔五〇〕性　姿色。《淮南子·脩務》：「曼頰皓齒，形夸骨佳，不待脂粉芳澤而性可説者，西施、陽文也。」高誘注：「性，猶姿也。」

〔五一〕天地氣都將來結秀成　臧本、孟本作「想天地全將秀結成」。結，聚積。《文選》卷二十八陸機《挽歌》：「悲風徽行軌，傾雲結流藹。」李善注：「結，猶積也。」

〔五二〕一團兒　十分。《中興以來絶妙詞選》卷一李漢老《洞仙歌·柳花》：「一團嬌軟，是將春揉做，撩亂隨風到何處？」

〔五三〕夫人　顧曲齋本、臧本、孟本下有「云」。

〔五四〕曲　臧本、孟本作「遍」。

〔五五〕則怕有不是處　臧本「有」上有一「還」字。孟本「有」上有一「還」字，下有一「些」字，「是」下有一「的」字。

〔五六〕哥哥　臧本作「學士」。

〔五七〕（末）　顧曲齋本作「（末唱）」。臧本作「（正末唱）」。孟本無。

〔五八〕【牧羊關】　孟本曲牌名下有「（正末）」。

〔五九〕愛　臧本、孟本作「敬」。

〔六〇〕可人憎　值得人愛。顧曲齋本喬夢符《金錢記》一折【寄生草】：「那小姐怕不待龐兒俊俏可人憎，知他那眉兒淡了教誰畫。」

〔六一〕兀自　還，尚。參看《詩詞曲語辭匯釋》卷六「兀自」。

〔六二〕夫人　顧曲齋本、臧本、孟本下有「云」。

〔六三〕彈　臧本、孟本下有一「琴」字。

〔六四〕裝香來　臧本、孟本上有一「須」字。裝香，把香點燃插在香爐上。釋道原《景德傳燈録》卷二十四「地藏和尚」：「打開殿門，裝香换水。」

〔六五〕抱角床　一種扶手向内彎的靠背椅。抱，向内彎曲。《註釋音辯柳先生集》卷二《牛賦》：「垂耳抱角，毛革疏厚。」床，坐具。《世説新語·自新》：「淵在岸上，據胡床指麾左右。」

〔六六〕哥哥教小姐寫字　臧本、孟本「哥哥」作「學士」，「字」下有一「者」字。

〔六七〕（末）　臧本、孟本作「（正末云）」。

〔六八〕末起身把筆科，揣旦手科　臧本、孟本「末」作「正末」，無「身」字及第一個「科」字，「揣」作「捻」。

〔六九〕旦　顧曲齋本、臧本、孟本下有「云」。

〔七〇〕妹子根前捻手捻腕　臧本同。北京大學本、吴國欽本、王學奇本、王季思本「根」改作「跟」。按，根前，即跟前。參見《調風月》第二折校注〔三六〕。捻，捏。《世説新語・容止》：「但恭坐捻鼻顧睞，便自有寢處山澤間儀。」

〔七一〕（末）　臧本、孟本作「（正末云）」。

〔七二〕夫人　臧本、孟本下有「云」。

〔七三〕但得哥哥拿手揣腕　臧本、孟本「拿手揣腕」作「捻手捻腕」。但，若。王實甫《西廂記》一本一折法聰白：「但有探長老的，便記着，待師父回來報知。」拿，握。陳以仁《存孝打虎》二折李克用白：「雕弓硬弩隨身挂，短劍長鎗手内拿。」

〔七四〕早　顧曲齋本作「蚤」。

〔七五〕旦　臧本、孟本下有「云」。

〔七六〕夫人　臧本、孟本下有「笑科云」。

〔七七〕哥哥根前調書袋兒　「根」，臧本同。北京大學本、吴國欽本、王季思本改作「跟」。參見校注〔七〇〕。

「調」，臧本同。王季思本改作「掉」。按，調，用同「掉」。《水滸傳》二十一回：「你這精賊也瞞老娘，正是魯般手裏調大斧。」「袋」原作「帶」，顧曲齋本、臧本、孟本同誤，從王季思本改。調書袋兒，即掉書袋。《單鞭奪槊》一折【鵲踏枝】：「説話處調書袋，施禮數傲吾儕。」

〔七八〕（末）　顧曲齋本作「（末唱）」。臧本作「（正末唱）」。孟本無。

〔七九〕【隔尾】　孟本曲牌名下有「（正末）」。

〔八〇〕女孩兒更温柔起手裏須當硬　吴曉鈴本「柔」字下點斷。按，此本曲第一句，據譜，與第二句各七字，且多相對，點斷不妥。臧本、孟本「女孩兒更」作「你便」。更，猶縱，即使。參看《詩詞曲語辭匯釋》卷一「更（二）」。硬，有力。《杜工部集》卷七《李潮八分小篆歌》：「苦縣光和尚骨立，書貴瘦硬方通神。」

〔八一〕儘教我恰纔輕搭着春纖算有幸　臧本、孟本無「儘教我」三字，「纖」作「葱」，「算有幸」作「儘僥倖」。儘教，讓，被。春纖，形容女子纖細的手指。張孝祥《于湖集》卷三二《滿江紅·思歸寄柳州》：「倩春纖縷鱠擣香齏，新篘熟。」

〔八二〕似這等酥蜜般搶白　「蜜」原誤作「密」，今改。吴曉鈴本校勘記亦疑是「蜜」字之誤。顧曲齋本、臧本、孟本誤同。吴國欽本、王學奇本、王季思本已改。北京大學本校勘記亦疑是「蜜」字之誤。臧本句上有「（帶云）」，下有「（唱）」。

〔八三〕折莫發作半生，我也忍得四星　臧本、孟本作「遮莫你罵我盡情，我斷不敢回你半聲」。四星，十分。王季思校注本王實甫《西廂記》一本三折【綿搭絮】：「今夜凄凉有四星。」王注引徐士範曰：「古人以二分半爲一星，四星言十分也。」

〔八四〕書生每壯斷挺　臧本、孟本上有一「和」字，「壯斷挺」作「斷强挺」。壯斷挺，竭力相頂。挺，頂撞。《太平樂府》卷九曾瑞卿套數【般涉調】哨遍「村居」：「漁説他强，樵説他能，我攢頦抱膝可寧聽，閑看會漁樵壯斷挺。」

〔八五〕小姐　顧曲齋本上有「（末云）」。臧本上有「（云）」。

〔八六〕（末）　顧曲齋本作「（末唱）」。臧本作「（正末唱）」。孟本無。

〔八七〕【四塊玉】　孟本曲牌名下有「（正末）」。吴曉鈴本校勘記云：「【四塊玉】——孟本下有『（正旦）』二字。」按，吴校誤。

〔八八〕紫霜毫　筆。臧本岳伯川《鐵拐李》一折【混江龍】：「想前日解來强盜，都只爲昧心錢買轉了這管紫霜毫。……這一管扭曲作直取狀筆，更狠似圖財致命殺人刀。」

〔八九〕班竹管有餘慶　吴曉鈴本「班」改作「斑」。按，班，通「斑」。《文選》卷三十二屈原《離騷》：「紛總總其離合兮，班陸離其上下。」班竹管，筆。臧本、孟本「班」作「斑」，「餘慶」作「何幸」。餘慶，大福。餘，多；慶，福。《易·坤·文言》：「積善之家，必有餘慶；積不善之家，必有餘殃。」

〔九〇〕到能勾柔荑般指尖擎　臧本、孟本「到」作「倒」。顧曲齋本「勾」作「彀」。吴國欽本、王季思本「勾」改作「够」。按，勾，通「够」。參見《調風月》第二折校注〔三六〕。後同，不另出校。柔荑，柔軟而白的茅草嫩芽。《詩·衛風·碩人》：「手如柔荑。」朱熹集傳：「茅之始生曰荑，言柔而白也。」

〔九一〕你那雙勾手腕兒先索平正　臧本、孟本上有一「只」字，「雙勾」作「纖纖的」，「先」作「須」。勾，彎曲。《史記·秦始皇本紀》：「鉏櫌棘矜，非錟於勾戟長鎩也。」

〔九二〕玉笋湯　玉笋，比喻美女的手指。《全唐詩》卷六八三韓偓《咏手》：「腕白膚紅玉笋芽，調琴抽線露尖斜。」「湯」，臧本同。吴國欽本、王季思本改作「蕩」。按，湯，碰，觸。參見《金線池》第二折校注〔四六〕。後同，不另出校。

〔九三〕星眼　明亮的眼睛。《劉知遠諸宫調》第三【商調】【玉抱肚】：「嬌羞可慣羅幃裏，如描星眼情似癡。」

〔九四〕好打我這没氣性　臧本、孟本「打」作「駡」，「這」下有「潑頑皮」三字。没氣性，没脾氣。脈望館古名家本白仁甫《墻頭馬上》三折【尾聲】：「與相公乾駕了會香車，把這個没氣性的文君送了也！」參見《金線池》第二折校注〔四七〕。

〔九五〕夫人　顧曲齋本、臧本、孟本下有「云」。

〔九六〕（旦）理會的　臧本、孟本無。

〔九七〕（末）　臧本、孟本作「（正末云）」。

〔九八〕做行科　臧本、孟本下有「云」。

〔九九〕見小姐中柱模樣　臧本、孟本上有「我只」二字，「柱」作「注」。吴曉鈴本校勘記云：「中柱——臧本、孟本作『中注』，是。」中注，宋代除授官吏，登記姓名年貌的册子。後用以爲相貌的代稱。臧本闕名氏《鴛鴦被》三折張瑞卿白：「我道小娘子中注模樣，不是受貧的，爲甚麽在這個酒店中替他賣酒？」

〔一〇〇〕上　原作「⊥」，從吴曉鈴本正。顧曲齋本、臧本、孟本即作「上」。

〔一〇一〕早　顧曲齋本作「蚤」。

〔一〇二〕了　臧本、孟本無。

〔一〇三〕吹了這脚踪兒　臧本、孟本「踪」作「跡」，「兒」下有一「去」字。

〔一〇四〕怎能勾見小姐生的十全也呵　顧曲齋本「勾」作「彀」。顧曲齋本、臧本句下有「（唱）」。

〔一〇五〕人　吴曉鈴本誤作「女」。

〔一〇六〕塘土兒没面情　臧本、孟本「塘」作「灰」。塘，道路。賈仲明《對玉梳》三折【上小樓幺篇】：

「這裏是大道官塘，怎没個行人南來北去？」没面情，不講情面。闕名氏《陳州糶米》二折衙内白：「老府尹好没面情，我兩次三番與你陪話，你看着這勢劍説這上頭看覷他。」

〔一〇七〕幾般兒　臧本同。王季思本「兒」誤作「見」。幾般兒，多麽。《董解元西厢記》卷二【仙呂調】【綉帶兒】：「早見女孩兒家心腸軟，諕得顫着一團，幾般兒害羞赧！」

〔一〇八〕淹逗　挑逗。參看《詩詞曲語辭匯釋》卷三「逗(五)」。

〔一〇九〕引逗的把人憎　臧本、孟本「引逗」作「勾引」。把人憎，讓人愛。把，叫，讓。臧本闕名氏《殺狗勸夫》二折柳胡白：「這明明是天賜我兩個横財，不取了他的，倒把别人取了去。」

〔一一〇〕跐　踹，蹬。

〔一一一〕自在　任意。《漢書·王嘉傳》：「大臣舉錯，恣心自在。」

〔一一二〕小姐去了也　顧曲齋本上有「(末云)」。臧本上有「(帶云)」。

〔一一三〕着小官撇不下也呵　顧曲齋本下有「(唱)」。臧本無「也」字，句下有「(唱)」。孟本同臧本，惟無「(唱)」。

〔一一四〕倖　臧本同。北京大學本、王學奇本改作「幸」。按，「倖」「幸」通。參見《調風月》第三折校注〔一〇四〕。

〔一一五〕姑姑手把着頭稍自領　臧本、孟本「姑姑」作「老姑娘」。「稍」，臧本同。王季思本改作「梢」。

按，稍，通「梢」。參見《單刀會》第四折校注〔八三〕。

〔二六〕索什麼屬付丁寧　索什麼，無須。臧本闕名氏《小尉遲》四折【太平令】：「索甚麼拔樹尋根，將逆賊不留齠齓，做功勞好將身進。」參見《切鱠旦》第三折校注〔三二〕。臧本、孟本「丁寧」作「叮嚀」。

〔二七〕傾人命　使人喪命。參見《雙赴夢》第二折校注〔二六〕。

〔二八〕休、休　臧本、孟本作「休、休、休」。休，猶罷。元刊本馬致遠《任風子》三折【鬥鵪鶉】：「休、休、休！今世裏饒人不是癡。咱兩個善厮離，我來到林下山間，再誰想星前月底。」

〔二九〕昧前程　騙婚。昧，欺騙。《董解元西廂記》卷五【仙呂調】【哈哈令】：「蒲關巡檢與我相知，捉賊兵免了灾危。恁時許我爲親戚。不望把心欺也哈哈！好昧神祇也哈哈！」前程，婚姻。參見《救風塵》第二折校注〔五〇〕。

〔三〇〕他藉妝梳顔色花難并　此本曲首句，七字，與第二句對，「梳」字原奪，今據臧本、孟本補。顧曲齋本「藉」作「籍」，「梳」字亦奪。妝梳，梳妝。并，比。《全唐詩》卷五三九李商隱《荷花》：「都無色可并，不奈此香何。」

〔三一〕不倒踏　形容步履輕盈。倒，借作「搗」，踩。此處意猶重。

〔三二〕天公是怎生　臧本、孟本上有一「想」字。

〔一三〕世情　勢利。《全唐詩》卷四九四施肩吾《及第後過揚子江》：「江神也世情，爲我風色好。」

〔一四〕末　臧本、孟本作「正末」。

〔一五〕夫人　顧曲齋本、臧本、孟本下有「云」。

〔一六〕哥哥　臧本、孟本作「學士」。

〔一七〕末　臧本、孟本作「正末」。

〔一八〕夫人　臧本、孟本下有「云」。

〔一九〕（末）　顧曲齋本作「（末唱）」。臧本作「（正末唱）」。孟本無。

〔二〇〕【紅芍藥】　孟本曲牌名下有「（正末）」。

〔二一〕不多争　差不多。争，差。參看《詩詞曲語辭匯釋》卷二「争（一）」。

〔二二〕文學　才學。《北史·魏收傳》：「收從叔季景有文學，歷官著名，并在收前。」

〔二三〕答　臧本、孟本作「搭」。

〔二四〕不隄防　不料。《竇娥冤》三折【正宮端正好】：「没來由犯王法，不隄防遭刑憲，叫聲屈動地驚天！」

〔二五〕人心至誠　臧本、孟本上有「但得」二字。

〔二六〕更休問禮物微輕　臧本、孟本作「也不須禮物豐盈」。

〔一三七〕緱山　劉向《列仙傳·王子喬》：「王子喬者，周靈王太子晋也。好吹笙作鳳凰鳴。游伊洛之間，道士浮丘公接以上嵩高山。三十餘年後求之于山上，見恒良曰：『告我家，七月七日待我于緱山之巔。』至時果乘白鶴駐山頭，望之不得到，舉手謝時人，數日而去。」

〔一三八〕玉臺有主菱花鏡　玉臺，鏡臺。《全唐詩》卷一四三王昌齡《朝來曲》：「盤龍玉臺鏡，唯待畫眉人。」菱花鏡，鏡。李開先《詞謔》二「詞套」十四馬致遠套數【雙調】殿前歡「昭君和番」：「一會家想菱花鏡裏妝，風流况忽的來心上。」

〔一三九〕厮併　相拼。併，用同「拼」。《水滸傳》二回：「我們盡數都去和他死併如何？」

〔一四〇〕絳蠟　紅燭。《集註分類東坡先生詩》卷二三《次韵代留别》：「絳蠟燒殘玉斝飛，離歌唱徹萬行啼。」

〔一四一〕温嶠與那學士説成　顧曲齋本上有「（末云）」。臧本上有「（云）」。

〔一四二〕夫人　臧本、孟本下有「云」。

〔一四三〕哥哥　臧本、孟本作「學士」。

〔一四四〕末做出門笑科　臧本、孟本「末」作「正末」，「科」下有「云」。

〔一四五〕末　臧本、孟本作「虚」。

〔一四六〕做見夫人科　臧本、孟本下有「云」。

〔一四七〕您　原作「怎」，據顧曲齋本改。臧本、孟本作「適纔」。

〔一四八〕定物　彩禮。《劉知遠諸宮調》第二：「知遠沉吟，不得已，把定物收了。」參見《調風月》第三折校注〔六四〕、《金線池》第三折校注〔二四〕。

〔一四九〕通信　表達誠意。信，誠。《史記·屈原賈生列傳》：「信而見疑，忠而被謗。」

〔一五〇〕央您侄兒替那學士謝了親者　顧曲齋本、臧本下有「（唱）」。者，猶哩。楊景賢《西遊記》第四本十四齣：「（行者云）小娘子，你那丈夫好醜臉。（裴女背云）則你也不可覷者。」

〔一五一〕由你水銀漬　由，欲，想。《墨子·明鬼下》：「齊君由謙殺之，恐不辜；猶謙釋之，恐失有罪。」王念孫《雜志》云：「由、猶皆欲也。」水銀漬，形容膚色白。漬，染。《周禮·冬官考工記》：「鍾氏染羽以朱湛丹秫，三月而熾之，淳而漬之。」鄭玄注：「漬猶染也。」

〔一五二〕朱砂斑　形容嘴唇紅潤美艷。斑，燦爛。《文選》卷十二郭璞《江賦》：「鱗甲鏙錯，煥爛錦斑。」

〔一五三〕策　拄。曹植《曹子建集》卷六《苦思行》：「策杖從我游，教我要忘言。」

〔一五四〕把臂　握臂。《後漢書·呂布傳》：「相待甚厚，臨別把臂言誓。」

〔一五五〕尋芳　游賞美景。《全唐詩》卷五〇〇姚合《游陽河岸》：「尋芳愁路盡，逢景畏人多。」

〔一五六〕選勝　游賞美景。《全唐詩》卷三八四張籍《和令狐尚書平泉東莊近居李僕射有寄十韵》：「探幽皆一絶，選勝又雙全。」

〔一五七〕秋千　「千」原作「丰」，有校筆改作「千」。從。吴曉鈴本亦改。顧曲齋本即作「千」。臧本、孟本「秋千」作「追凉」。

〔一五八〕門草亭　臧本、孟本作「近水庭」。

〔一五九〕碧紗厨　緑紗幃帳。《全唐詩》卷三〇〇王建《贈王處士》：「松樹當軒雪滿地，青山掩障碧紗厨。」

〔一六〇〕霜天凉、露氣清　「露」原作「雪」，有校筆改作「露」；「清」原作「晴」，有校筆改作「清」。從。顧曲齋本作「霜天凉、雪氣晴」。臧本、孟本無。清，寒。《杜工部集》卷十《端午日賜衣》：「自天題處濕，當暑著來清。」

〔一六一〕蘭堂　芳香高雅的廳堂。《文選》卷四張衡《南都賦》：「揖讓而升，宴于蘭堂。」

〔一六二〕到冬來　臧本、孟本下有「風加嚴、雪乍晴」六字。

〔一六三〕浸　原作「浸」，有校筆改作「浸」。從。吴曉鈴本亦改。顧曲齋本、臧本、孟本即作「浸」。

〔一六四〕尋常　經常。尋，常。《杜工部集》卷十七《江南逢李龜年》：「岐王宅裏尋常見，崔九堂前幾度聞。」

〔一六五〕餘剩　無窮。餘、剩，多。參看《詩詞曲語辭例釋》「餘（二）」、《詩詞曲語辭匯釋》卷二「賸」。

〔一六六〕趁心性　稱心。趁，用同「稱」。參見《單刀會》第四折校注〔七二〕。心性，心。鄭德輝《周公攝政》四折【落梅風】：「聽道罷痛連心性，氣夯胸懷。」

〔一六七〕儘他索憎　臧本、孟本「索」作「怒」。儘，任。白居易《白氏長慶集》卷十六《題山石榴花》：「争及此花檐户下，任人採弄儘人看？」索，表示强調。顧曲齋本尚仲賢《柳毅傳書》四折龍王白：「柳先生，你索喜也！」憎，嫌。王充《論衡・譴告》：「憎酸而沃之以鹹，惡淡而灌之以水。」

〔一六八〕偏　頗。參看《詩詞曲語辭例釋》「偏（一）」。

〔一六九〕孜孜　仔細。參看《詩詞曲語辭例釋》「孜孜」。

〔一七〇〕（夫人）侄兒去了也。梅香，門首覷者，看有甚麼人來　顧曲齋本「夫人」下有「云」，奪「甚麼人」的「人」字，餘同古名家本。臧本、孟本無此科白。

〔一七一〕（媒人上）　顧曲齋本「上」下有「云」。臧本作「（官媒上，詩云）」。孟本作「（官媒上，云）」。

〔一七二〕全憑説合爲活計，一生作媒做營生　臧本、孟本作「析薪如何，匪斧弗克；娶妻如何，匪媒弗得」。

〔一七三〕老身是個官媒人　臧本、孟本「老身」作「自家」，無「人」字。

〔一七四〕伏　顧曲齋本、臧本、孟本作「復」。

〔一七五〕做見科　臧本、孟本下有「云」。

〔一七六〕萬福　臧本、孟本作「磕頭」。

〔一七七〕夫人　臧本、孟本下有「云」。

〔一七八〕人　臧本、孟本作「婆」。

〔一七九〕（媒）　臧本作「（官媒云）」。孟本作「（媒云）」。

〔一八〇〕夫人　臧本、孟本下有「云」。

〔一八一〕（媒）　臧本作「（官媒云）」。孟本作「（媒云）」。

〔一八二〕夫人　臧本、孟本下有「云」。

〔一八三〕人　臧本、孟本作「的」。

〔一八四〕（媒）　顧曲齋本、孟本作「（媒云）」。臧本作「（官媒云）」。

〔一八五〕人　臧本、孟本作「的」。

〔一八六〕夫人　臧本、孟本下有「云」。

〔一八七〕（媒）　臧本作「（官媒云）」。孟本作「（媒云）」。

〔一八八〕夫人　臧本、孟本下有「云」。

〔一八九〕我把這玉鏡臺摔碎了罷　臧本、孟本上有「有這等事」一句。

〔九〇〕（媒） 臧本作「（官媒云）」。孟本作「（媒云）」。

〔九一〕做的個不敬上來 臧本、孟本作「做的個大不敬，爲罪非小」。上來，表示結果。

〔九二〕夫人 臧本、孟本下有「云」。

〔九三〕送小姐過門去 臧本、孟本下有一「罷」字。

〔九四〕我且回後堂中去來 臧本、孟本無。

第三折

（正末引媒人扶旦鼓樂迎上）（鼓樂住）〔一〕（末）〔二〕

【中呂粉蝶兒】〔三〕怕不動的鼓樂聲齊，若是女孩兒不諧魚水〔四〕，我自索自拖拽〔五〕，這一場出醜揚疾〔六〕。安排下丹方一味〔七〕：他若是皺一對〔八〕雙眉，我則索牙床前告他一會。

媒人〔九〕，你遮我一遮，我試看咱。（媒）〔一〇〕我遮着你看。（末〔一一〕做看科）（旦〔一二〕）這老子好是無禮也！

（末）〔一三〕

【紅綉鞋】〔一四〕則見他無發付氳氳惡氣〔一五〕，急節裏不能勾步步相隨〔一六〕。我那五言詩作上天梯，首榜上標了名姓，當殿下脱了白衣〔一七〕，今夜管洞房中抓了面皮。

媒人〔一八〕，喒都過去來〔一九〕。

【迎仙客】到這裏論〔二〇〕甚使數，問甚官媒，緊逐定一團兒休厮離〔二一〕。和他守何親〔二二〕，等甚喜，一發的走到跟底〔二三〕，大家吃一會没滋味〔二四〕。

（旦〔二五〕）兀那老子，若近前來，我抓了你那臉！教他外邊去。媒人〔二六〕，你來，我和你説，這老子當初來時節，俺母親言道〔二七〕：「教小姐拜哥哥。」他曾受我的禮來。（媒）〔二八〕學士，小姐説起初時你曾受他禮來〔二九〕。（末）〔三〇〕我那裏受他禮來？你與小姐説去。（媒）〔三一〕小姐，學士説那裏受你禮來？（旦〔三二〕）在俺先父銀栲栳圈交椅上坐着，受我的禮來。（媒）〔三三〕小姐説學士在他父親銀交椅上〔三四〕受他禮來。（末）〔三五〕

【醉高歌】〔三六〕我見他姿姿媚媚〔三七〕容儀，我幾曾穩穩安安坐地〔三八〕？向傍邊踢開一把銀交椅，我則是倚着個栲栳圈軋抸〔三九〕。

（旦〔四〇〕）媒人〔四一〕，你來，他又受我的禮來。（媒）〔四二〕學士，小姐説你又受他的禮來。（末）〔四三〕我那裏又受他禮來？（媒）〔四四〕小姐，學士説他那裏受〔四五〕你的禮來？（旦〔四六〕）這老子！俺母親着我彈琴寫字，他坐在俺先父抱角床上，我拜他爲師來。（媒）〔四七〕學士，小姐説你在老相公抱角床上受禮〔四八〕，拜你爲師來〔四九〕。（末）〔五〇〕

【醉春風】〔五一〕我坐着窄窄半邊床〔五二〕，受了怯怯兩拜禮〔五三〕，我這裏磕頭禮拜却回席〔五四〕，怎地須還了你、你〔五五〕。便得些歡娱，便談些好話，却有那般福氣。

（旦〔五六〕）媒人〔五七〕，你説與他去，我在正堂〔五八〕中做卧房，教他休來我根前來〔五九〕；若是他來〔六〇〕，我抓了他那老臉皮！從他那房裏去〔六一〕。（媒）〔六二〕學士，小姐説來，他在正堂中做卧房，教你休來他根前〔六三〕；若是你來〔六四〕，他抓了你老臉皮。從你那房裏去〔六五〕。（末）〔六六〕

【紅綉鞋】〔六七〕正堂裏夫人寢睡〔六八〕，小官在書房中依舊孤恓。遮莫待盡世兒不能勾到他這羅幃〔六九〕，人説道誰家女〔七〇〕被温嶠娶爲妻，落得個虚名兒則〔七一〕是美！

將酒來〔七二〕，我與小姐把盞咱。（末〔七三〕把酒科）（旦〔七四〕）我不吃。（媒）〔七五〕小姐接酒。（末）〔七六〕

【普天樂】〔七七〕初相見玉堂中〔七八〕，則想〔七九〕在天宫内，則索空閑中〔八〇〕偷覷，怎生敢整頓〔八一〕觀窺？得如今伏〔八二〕侍他，情願待爲奴婢。厨房中水陸烹炮珍羞〔八三〕味，箱櫃内無限錦綉珠翠，但能勾與你插戴些首飾〔八四〕，執料些飲食，則這的我早福共天齊。

（旦做濺酒科〔八五〕）我不吃。（末）〔八六〕

【滿庭芳】〔八七〕量這個直得甚的〔八八〕？忒斟的金杯瀲灔〔八九〕，因此上宫錦淋漓〔九〇〕。大人家展污了何須計〔九一〕，惡心煩弃嫌他更衣〔九二〕。儘教温夫人濺到一兩瓮香醪在地〔九三〕，澆到百十個襖子須心回〔九四〕。今夜我先知人來意〔九五〕，酒淹得袖濕，幾時花壓帽檐低〔九六〕？

（媒）〔九七〕這小姐則管不就親，做的個違宣抗敕〔九八〕。（末）〔九九〕媒人〔一〇〇〕，休説這般話〔一〇一〕。

【上小樓】休題着「違宣抗敕」〔一〇二〕，越逗的他煩天惱地。你則説遲了燕爾〔一〇三〕，過了新婚，悮了時刻；你説領着省事〔一〇四〕，掌着軍權，居着高位，又道會親處倚官挾勢〔一〇五〕。

我則索哀告你個媒人〔一〇六〕。（末〔一〇七〕跪科）（媒）〔一〇八〕學士，你爲何在老身跟前下禮〔一〇九〕？（末）〔一一〇〕

【幺】〔一一一〕我求竈頭不如告竈尾〔一一二〕。爲甚我今日媒人跟前做小伏低〔一一三〕？教他款慢裏勸諫的俺夫妻和會〔一一四〕，兀的是羅幃中用人之際。

（媒）〔一一五〕天色明了也。學士，你先往衙門中去，我投夫人跟前回話去也〔一一六〕。（末）〔一一七〕夫人，你的心事我已知道了，你聽我説〔一一八〕。

【耍孩兒】你這少年心則想着青春配〔一一九〕，不知這爭歲數男兒甚味〔一二〇〕。我心中常印着個不相宜〔一二一〕，你便萬般乖〔一二二〕，我則索〔一二三〕百縱千隨；你便獨强性〔一二四〕，我則滿面兒相陪笑；與些好氣呵〔一二五〕，我〔一二六〕渾身兒都是喜。把你看承的家宅土地〔一二七〕，本命神祇。

【六煞】〔一二八〕且論咱、休説誰，娶得個幼年嬌艷爲妻室，久以後拿動針則是乞巧樓穿珠網〔一二九〕，蘸手濕〔一三〇〕則除是芙蓉盆洗面水。宰相人家合當禮，張口吃飯，舒手穿衣。

【五煞】〔一三一〕我將駕車馬也選下，把車〔一三二〕人也準備。打的輛細車子樣制都無比〔一三三〕：着緑絲結穗頭，内金鐸子銀裹〔一三四〕釘，雕輪上漆壤泥。無大〔一三五〕人在車箱内，綰搭〔一三六〕得异樣，裝裹〔一三七〕得希奇。

【四煞】你便有王侯將相孫，穿着虛囂謊詐衣，走的匹馬汗如湯洗〔一三八〕，這廝每黄昏鸞鳳團欒寢〔一三九〕，清曉鴛鴦各自飛，覷的你如兒戲〔一四〇〕；把你千金體似糞堆般看待〔一四一〕，泥土般抛〔一四二〕擲。

【三煞】你攢着眉〔一四三〕熬夜闌，側着耳聽馬嘶，悶心欲睡何曾睡。燈昏錦帳郎何在？香盡金爐〔一四四〕人未歸，漸漸不成器〔一四五〕。忺得你〔一四六〕一年半載，他可早兩婦三妻。

【二煞】今日咱、守定伊，休道近前使喚丫鬟輩，便有王母瑤池〔一四七〕無心覷，月殿嫦娥不欲窺〔一四八〕。俺也〔一四九〕別無意，爲甚〔一五〇〕千般懼怕？只爲幾歲〔一五一〕年紀。

【煞尾】我都得知、都得知，你休執迷、休執迷，你若外事得〔一五二〕個年少輕狂婿，不似我這般看承敬重你〔一五三〕。（同下）

校注

〔一〕（正末引媒人扶旦鼓樂迎上）（鼓樂住）　臧本作「（正末引贊禮鼓樂上）（贊禮唱科，詩云）一枝花插滿庭芳，燭影搖紅晝錦堂；滴滴金杯雙勸酒，聲聲慢唱賀新郎。請新人出廳行禮！（梅香同官媒擁旦上）」。孟本同臧本，惟「詩云」作「云」。按，「晝」應是「畫」字，畫錦堂，詞牌名。

〔二〕（末）　顧曲齋本作「（末唱）」。臧本作「（正末唱）」。孟本無。

〔三〕【中吕粉蝶兒】　孟本曲牌名下有「（正末）」。

〔四〕若是女孩兒不諧魚水　臧本同。中華書局本「水」字下未點斷。按，「水」字韵。諧魚水，比喻夫婦情投意合。白仁甫《東墻記》三折【小梁州】：「你只要摟帶同心結不開，都只待魚水和諧。」

〔五〕我自索自拖拽　臧本、孟本無「自索」二字。自索，只好。《梨園樂府》卷中闕名氏小令【雙調】水仙子：「我正山長水遠憶佳期，傳與個瓶墜簪折歹信息，我自索酩子裏自揾了相思泪。」拖拽，招致。

〔六〕出醜揚疾　出醜。參看《詩詞曲語辭匯釋》卷六「唱叫揚疾」。

〔七〕安排下丹方一味　有校筆改「丹」作「單」。臧本、孟本「下」下有「佯小心妝大膽」六字。吴國欽本、王季思本「妝」改作「裝」。按，妝，假裝。參見《蝴蝶夢》第一折校注〔三〕。

〔八〕一對　臧本、孟本作「着」。

〔九〕媒人　顧曲齋本上有「（末云）」。臧本作「媒婆」，上有「（云）」。孟本作「媒婆」。

〔一〇〕（媒）　臧本作「（官媒云）」。孟本作「（媒云）」。

〔一一〕末　臧本、孟本作「正末」。

〔一二〕旦　顧曲齋本、臧本、孟本下有「云」。

〔一三〕（末）　臧本作「（正末唱）」。孟本無。

〔一四〕【紅綉鞋】　孟本曲牌名下有「（正末）」。

〔一五〕無發付氤氲惡氣　發付，發泄。闕名氏《謝金吾》二折【感皇恩】：「不争你沉沉不醒，撇下了即世的婆婆，却教俺怎支持，怎發付，怎結末！」氤氲，臉紅的樣子。臧本白仁甫《墻頭馬上》三折

【挂玉鈎】：「氲氲的臉上羞，撲撲的心頭怯。」參見《拜月亭》第三折校注〔八七〕。

〔一六〕急節裏不能勾步步相隨　顧曲齋本「勾」作「彀」。急節，緊急。亦作「急切」。戴孚《廣異記·白頭老人》：「某非生人，明公所出死因之父也。無以報德，倘有急切之求，或能致耳。」步步相隨，指夫婦和諧。吴昌齡《張天師》二折【感皇恩】：「怪不着你正是遥授夫妻，你可甚步步相隨？」

〔一七〕脱了白衣　指做了官。參見《拜月亭》第二折校注〔三〕。

〔一八〕媒人　顧曲齋本上有「（末云）」。臧本上有「（云）」。

〔一九〕喒都過去來　顧曲齋本下有「（唱）」。臧本作「待喒大了膽過去來。（唱）」。孟本同臧本，惟無「（唱）」。北京大學本、吴國欽本、王學奇本、王季思本「喒」改作「咱」。按，喒，我。參見《哭存孝》頭折校注〔五〕。後同，不另出校。

〔二〇〕論　管，顧及。《史記·李斯列傳》：「今取人則不然，不問可否，不論曲直，非秦者去，爲客者逐。」

〔二一〕緊逐定一團兒休厮離　「逐」原作「皺」，據臧本、孟本改。逐，隨。參見《雙赴夢》第三折校注〔一九〕。一團兒，一塊兒。厮離，相離。元刊本馬致遠《任風子》三折【鬥鵪鶉】：「咱兩個善厮離：我來到林下山間，再誰想星前月底。」

〔二二〕守何親　守，等。《樂府詩集》卷七十二王適《古別離》：「昔歲驚楊柳，高樓悲獨守。今年芳樹枝，孤栖怨別離。」親，近。《董解元西廂記》卷六【般涉調】【麻婆子】：「姐姐稍親文墨，張生博通今古。」

〔二三〕一發的走到跟底　一發的，索性。參看《詩詞曲語辭例釋》「一發」。的，副詞後綴。參見《哭存孝》第二折校注〔二三〕。跟底，跟前。參看《詩詞曲語辭匯釋》卷六「跟底」。

〔二四〕吃一會没滋味　討一場没趣。闕名氏《延安府》二折龐衙内白：「呸！吃了這場没滋味。」

〔二五〕旦　顧曲齋本、臧本、孟本下有「云」。

〔二六〕人　臧本、孟本作「婆」。

〔二七〕言道　臧本、孟本無。

〔二八〕（媒）　臧本作「（官媒云）」。孟本作「（媒云）」。

〔二九〕起初時你曾受他禮來　臧本、孟本「時」下有「他曾拜你做哥哥」七字，「曾受」作「受過」。

〔三〇〕（末）　臧本、孟本作「（正末云）」。

〔三一〕（媒）　臧本作「（官媒云）」。孟本作「（媒云）」。

〔三二〕旦　臧本、孟本下有「云」。

〔三三〕（媒）　臧本作「（官媒云）」。孟本作「（媒云）」。

〔三四〕他父親銀交椅上 臧本、孟本「父親」作「老相公」，「銀交椅」上有「栲栳圈」三字。

〔三五〕（末） 顧曲齋本作「（末唱）」。臧本作「（正末唱）」。孟本無。

〔三六〕【醉高歌】 孟本曲牌名下有「（正末）」。

〔三七〕姿姿媚媚 女子嬌媚的樣子。《全宋詞》一柳永《擊梧桐》：「香靨深深，姿姿媚媚，雅格奇容天與。」

〔三八〕我幾曾穩穩安安坐地 臧本同。盧冀野本「地」字下未點斷。按，「地」字韵。

〔三九〕我則是倚着個栲栳圈軋抸 吴曉鈴本「倚」改作「靠」，校勘記云：「靠——顧曲齋本、臧本、孟本俱作『倚』字。」按，臧本、孟本「倚」作「靠」。吴校誤。臧本、孟本「軋抸」作「站立」。軋抸，未詳。

〔四〇〕旦 顧曲齋本、臧本、孟本下有「云」。

〔四一〕人 臧本、孟本作「婆」。

〔四二〕（媒） 臧本作「（官媒云）」。孟本作「（媒云）」。

〔四三〕（末） 臧本、孟本作「（正末云）」。

〔四四〕（媒） 臧本作「（官媒云）」。孟本作「（媒云）」。

〔四五〕受 臧本、孟本上有一「又」字。

〔四六〕旦　臧本、孟本下有「云」。

〔四七〕（媒）　臧本作「（官媒云）」。孟本作「（媒云）」。

〔四八〕小姐説你在老相公抱角床上受禮　臧本、孟本「説」下有「學彈琴寫字，拜你爲師」九字，「受禮」作「受他禮來」。

〔四九〕拜你爲師來　臧本、孟本無。

〔五〇〕（末）　顧曲齋本作「（末唱）」。臧本作「（正末唱）」。孟本無。

〔五一〕【醉春風】　孟本曲牌名下有「（正末）」。

〔五二〕床　坐具。參見第二折校注〔六五〕。

〔五三〕受了怯怯兩拜禮　臧本、孟本「了」下有一「他」字。怯怯，羞怯的樣子。

〔五四〕却回席　已回禮。却，猶已。石君寶《紫雲亭》二折旦白：「這妮子，却整五日也，却四日不來。」却整五日，已整五天。回席，回禮。王實甫《破窰記》二折【滚綉毬】：「俺知他的情意，他待俺呵着甚回席？」

〔五五〕怎地須還了你、你　臧本、孟本「怎」作「剗」。按，疑「剗」字是。王季思本誤作「劃」。剗地，照樣。參看《詩詞曲語辭匯釋》卷四「剗地（一）」。須，猶是。參同上卷一「須（二）」。盧冀野本、中華書局本第二個「你」字斷屬下句。誤。按，此本曲第四句，正字一字，疊。參見《調風月》第二折校注〔三二〕。

〔五六〕旦　顧曲齋本、臧本、孟本下有「云」。

〔五七〕人　臧本、孟本作「婆」。

〔五八〕正堂　正屋。《字彙》土部：「堂，殿也，正寢也。」

〔五九〕休來我根前來　臧本、孟本作「再休想到我根前」。北京大學本、吴國欽本、王學奇本、王季思本「根」改作「跟」。參見第二折校注〔七〇〕。

〔六〇〕若是他來　臧本、孟子下有「時節」二字。

〔六一〕從他那房裏去　臧本、孟本作「看他好做得人」。從，到。《五代史平話》梁史卷上：「您是誰人？要從那裏去？」

〔六二〕（媒）　臧本作「（官媒云）」。孟本作「（媒云）」。

〔六三〕休來他根前　臧本、孟本「來」作「想到」。北京大學本、吴國欽本、王學奇本、王季思本「根」改作「跟」。參見第二折校注〔七〇〕。

〔六四〕若是你來　臧本、孟本下有「時節」二字。

〔六五〕從你那房裏去　臧本、孟本作「教你做人不得」。

〔六六〕（末）　顧曲齋本作「（末唱）」。臧本作「（正末唱）」。孟本無。

〔六七〕【紅綉鞋】 孟本曲牌名下有「（正末）」。

〔六八〕正堂裏夫人寢睡 臧本同。盧冀野本「睡」字下未點斷。按，「睡」字韵。

〔六九〕遮莫待盡世兒不能勾到他這羅幃 顧曲齋本「勾」作「彀」。臧本同古名家本。盧冀野本「幃」字下未點斷。按，「幃」字韵。待，猶啊。參看《詩詞曲語辭匯釋》卷二「待（二）」。

〔七〇〕人説道誰家女 臧本、孟本「説」作「都」，「誰」作「劉」。

〔七一〕則 猶也。孔文卿《東窗事犯》二折：「【快活三】……（帶云）便下雨呵，（唱）則是替岳飛天垂泪！」元刊本孟漢卿《魔合羅》四折【白鶴子】：「你道便死呵則是屈，硬抵定不招實。」

〔七二〕將酒來 顧曲齋本上有「（末云）」。臧本上有「（云）」。

〔七三〕末 臧本 孟本作「正末」。

〔七四〕旦 臧本、孟本下有「云」。

〔七五〕（媒） 臧本作「（官媒云）」。孟本作「（媒云）」。

〔七六〕（末） 顧曲齋本作「（末唱）」。臧本作「（正末唱）」。孟本無。

〔七七〕【普天樂】 孟本曲牌名下有「（正末）」。

〔七八〕初相見玉堂中 臧本同。北京大學本、吴國欽本、王學奇本「玉堂」上補一「在」字。玉堂，稱豪貴的宅第。《中興以來絶妙詞選》卷一李漢老《漢宫春·梅花》：「清淺小溪如練，問玉堂何似，茅舍疏籬。」

〔七九〕則想　臧本、孟本「則」作「常」。想，以爲。鄭德輝《老君堂》二折【耍孩兒】：「我自想英魂喪在金墉地，豈知道今朝還帝輦。」

〔八〇〕空閑中　臧本、孟本上有一「向」字，無「中」字。空閑，空隙。閑，借作「閒」，隙。

〔八一〕整頓　放肆。《劉知遠諸宮調》第一：「掇坐善能飲醉酒，冲席整頓吃饈糜。」

〔八二〕伏　臧本同。吴國欽本、王季思本改作「服」。按，伏，通「服」。參見《調風月》第一折校注〔一〇〕。

〔八三〕羞　臧本同。吴國欽本改作「饈」。按，羞，同「饈」。《全唐詩》卷一二五李白《行路難》之一：「金樽清酒斗十千，玉盤珍羞直萬錢。」

〔八四〕但能勾與你插戴些首餙　顧曲齋本「勾」作「彀」。顧曲齋本、臧本、孟本「餙」作「飾」。吴曉鈴本校勘記云：「顧曲齋本、臧本、孟本『餙』字并作『飾』字，是。」按，「餙」乃「飾」的俗字。焦竑《俗書刊誤》：「飾，俗作餙。」

〔八五〕旦做灑酒科　臧本、孟本下有「云」。

〔八六〕（末）　顧曲齋本作「（末唱）」。臧本作「（正末唱）」。孟本無。

〔八七〕【滿庭芳】　孟本曲牌名下有「（正末）」。

〔八八〕量這個直得甚的　臧本、孟本「個」作「些」，「得」作「個」。吴國欽本、王季思本「直」改作「值」。按，直，值。參見《調風月》第二折校注〔七四〕。

〔八九〕忒斟的金杯瀲灩　臧本、孟本「的」作「得」。瀲灩，水滿溢的樣子。《集註分類東坡先生詩》卷七《有美堂暴雨》：「十分瀲灩金樽凸，千杖敲鏗羯鼓催。」

〔九〇〕宫錦淋漓　臧本、孟本上有一「把」字。

〔九一〕計　計較。《資治通鑑·漢章帝建初八年》：「(竇)憲以賤直請奪沁水公主園田，主逼畏不敢計。」胡三省注：「計，猶今言計較也。」

〔九二〕惡心煩弃嫌他更衣　臧本、孟本無。

〔九三〕儘教温夫人瀽到一兩瓮香醪在地　臧本、孟本「儘教」作「只要你」，「温夫人」下有「略肯心回四字，「瀽」上有一「便」字。香醪，美酒。陸游《劍南詩稿》卷六《齋中夜坐有感》：「行當繫纜柳陰下，仰聽鶯語傾香醪。」

〔九四〕澆到百十個襖子須心回　臧本、孟本「襖子」作「公服朝衣」，無「須心回」三字。

〔九五〕今夜我先知人來意　臧本、孟本「夜」下有一「裹」字，「先」作「早」，「人」作「他」。盧冀野本「意」字下未點斷。按，「意」字韵。

〔九六〕花壓帽檐低　比喻愛情上得意。闕名氏《雲窗夢》四折【甜水令】：「你可甚花壓帽檐低？我則道地北天南，錦營花陣，偎紅倚翠，今日個水盡鵝飛。」

〔九七〕（媒）　顧曲齋本、孟本作「（媒云）」。臧本作「（官媒云）」。

〔九八〕做的個違宣抗敕　臧本、孟本下有一「哩」字。違宣抗敕，違抗君王的旨意。宣、敕，帝王告諭臣下的詔書。脈望館息機子本鄭德輝《傷梅香》四折媒婆白：「我奉聖人的命，你怎敢違宣抗敕？」

〔九九〕（末）　臧本、孟本作「（正末云）」。

〔一〇〇〕人　臧本、孟本作「婆」。

〔一〇一〕休說這般話　顧曲齋本、臧本下有「（唱）」。

〔一〇二〕休題着「違宣抗敕」　臧本同。吴國欽本、王季思本「題」改作「提」。按，題，提。參見《調風月》第二折校注〔五七〕。

〔一〇三〕遲了燕爾　誤了新婚。遲，誤。臧本馬致遠《任風子》一折衆屠户白：「近新來不知是那裏走的個師父來……化的俺這一方之人盡都吃了齋素，俺屠行買賣都遲了。」燕爾，代指新婚。《雍熙樂府》卷十九闕名氏小令【小桃紅】「西厢百咏」：「人生最苦是别離，恰燕爾成抛弃。」參見《調風月》第一折校注〔一二八〕。

〔一〇四〕領着省事　管着官署裏的事務。領，管領。《漢書·魏相傳》：「而相總領衆職，甚稱上意。」

省，官署。參見《蝴蝶夢》第二折校注〔三五〕。

〔一〇五〕會親處倚官挾勢　會親，成親。王實甫《西廂記》三本二折末白：「小生簡帖兒，是一道會親的符籙，則是小娘子不用心，故意如此。」倚官挾勢，倚仗官府的權勢。息機子本武漢臣《玉壺春》四折【落梅風】：「從公道，依正理，怎做的倚官挾勢？」

〔一〇六〕我則索哀告你個媒人　顧曲齋本上有「（末云）」。臧本上有「（云）」，「人」作「婆」，下有「做個方便者」五字。孟本同臧本，惟無「（云）」。

〔一〇七〕末　臧本、孟本作「做」。

〔一〇八〕（媒）臧本作「（官媒云）」。孟本作「（媒云）」。

〔一〇九〕下禮　施禮。楊景賢《西遊記》四本十三齣【寄生草】：「我見你須臾下禮有蹺蹊，我這裏囫圇吞個棗不知酸淡。」

〔一一〇〕（末）　顧曲齋本作「（末唱）」。臧本作「（正末唱）」。孟本無。

〔一一一〕【幺】　臧本作「【幺篇】」。孟本曲牌名下有「（正末）」。

〔一一二〕求竈頭不如告竈尾　俗語，比喻求人要求能解決問題的。告，求。亦作「求竈頭不如求竈尾」。闕名氏《陳州糶米》三折張千白：「你兩個真傻廝，豈不曉得求竈頭不如求竈尾？」

〔一一三〕媒人跟前做小伏低　臧本同。中華書局本「跟」改作「根」。做小伏低，低聲下氣。元刊本闕名氏《博望燒屯》一折【那吒令】：「用人時河泊裏尋，山林裏覓，這般做小伏低。」參見《單刀會》第一折校注〔九四〕。

〔二四〕款慢裏勸諫的俺夫妻和會　「款」原俗寫作「欵」，吴曉鈴本誤作「疑」。按，款慢同義連文，猶慢慢。楊梓《霍光鬼諫》三折【呆古朵】：「恐怕賊子將忠臣譖，你索款慢去君王行奏。」和會，和好。楊文奎《兒女團圓》一折【油葫蘆】：「則要您便歡歡喜喜相和會，不要你那般悲悲戚戚閑争氣。」

〔二五〕（媒）　顧曲齋本、孟本作「（媒云）」。臧本作「（官媒云）」。

〔二六〕我投夫人跟前回話去也　臧本、孟本「投」作「自」。中華書局本「跟」改作「根」。投，到。參看《詩詞曲語辭匯釋》卷二「投」。

〔二七〕（末）　臧本、孟本作「（正末云）」。

〔二八〕你聽我説　顧曲齋本、臧本下有「（唱）」。

〔二九〕你這少年心則想着青春配　臧本無「這」、「則」，「想」下有一「念」字，「青春」作「風流」。孟本同臧本，惟「少年」上有一「這」字。青春，青年人。《全唐詩》卷六八三韓偓《青春》：「櫻桃花謝梨花發，腸斷青春兩處愁。」

〔三〇〕不知這争歲數男兒甚味　臧本、孟本作「我老則老争多的幾歲」。

〔三〕我心中常印着個不相宜　吴國欽本校記「個」上衍一「這」字。臧本、孟本「我」上有「不知」二字。

〔三〕你便萬般乖　臧本、孟本無。乖，不如意。元稹《元氏長慶集》卷九《遣悲懷》之一：「謝公最小偏憐女，自嫁黔婁百事乖。」

〔三〕我則索　臧本、孟本作「索將你」。

〔亖〕獨强性　臧本、孟本作「不歡欣」。

〔亖〕與些好氣呵　臧本、孟本作「你便要打駡」。

〔三〕我　臧本、孟本下有一「也」字。

〔三〕把你看承的家宅土地　臧本、孟本上有一「我」字，「看承的」三字疊作「看承的看承的」。土地，社神。翟灝《通俗編》卷十九「神鬼」：「今凡社神，俱呼土地。」

〔三〕【六煞】　臧本無此曲。

〔元〕乞巧樓穿珠網　宗懔《荆楚歲時記》：「七月七日爲牽牛織女聚會之夜，是夕，人家婦女結彩樓，穿七孔針，或以金銀鍮石爲針，陳瓜菓於庭中，以乞巧。有喜子網於瓜上，則以爲符應。」

〔三〇〕濕　孟本誤作「飾」。

〔三〕【五煞】　臧本無此曲。孟本此曲作「我將合用的都選下，所事兒也準備：打的輛細車子樣制精無比；盈頭花翠般般妙，着體衣羅色色奇。只要稱得您夫人意，我將你千般珍惜，萬樣依隨」。王季思本校記「你」改作「您」。

〔三二〕把車　駕車。

〔三三〕打的輛細車子樣制都無比　細車子，小車。脈望館古名家本鄭德輝《倩女離魂》四折末白：「左右，收拾行裝，輛起細車兒，小官同夫人便索往衡州赴任去。」樣制，式樣。邵博《聞見後録》卷二七：「村落中有牧兒入古墓中求羊，得一黄磁小褊瓶，樣制甚樸。」都，美。《詩·鄭風·有女同車》：「彼美孟姜，洵美且都。」

〔三四〕裹　王季思本校記誤作「裏」。

〔三五〕大　疑是「夫」字之誤。

〔三六〕綰搭　裝飾。

〔三七〕裝裹　裝飾。亦作「妝裹」。楊景賢《西遊記》四本十三齣【三犯後庭花】：「將擡着花轎籃，妝裹着酒食擔，就小亭開宴破橙柑。」

〔三八〕你便有王侯將相孫，穿着虛囂謊詐衣，走的匹馬汗如湯洗　臧本作「論長安富貴家，怕青春子弟稀？有多少千金嬌艷爲妻室」。孫，後代子孫。《後漢書·孔融傳》：「孔融，字文舉，魯國人，孔子二十世孫也。」穿着虛囂謊詐衣，意謂外表虛僞。虛囂，虛假。參見《救風塵》第三折校注〔五二〕。謊詐，亦虚假意。脈望館鈔本高文秀《黑旋風》三折【夜行船】：「俺做莊家忒老實，俺可也不謊詐不虚脾。」

〔三九〕團欒寢　王季思本校記「欒」改作「圞」。臧本作「成雙宿」。團欒，團聚。《全唐詩》卷三七四孟郊《惜苦》：「可惜大雅旨，意此小團欒。」

〔四〇〕覷的你如兒戲　臧本作「那裏有半點兒真實意」。

〔四一〕把你千金體似糞堆般看待　吴國欽本校記「般」字奪。臧本無「千金體」三字。

〔四二〕抛　孟本作「棄」。

〔四三〕攢着眉　皺着眉。攢，聚。《中興以來絶妙詞選》卷六馬莊父《魚游春水·怨别》：「欲題紅葉憑誰寄？獨抱孤桐無心挑。眉間翠攢，鬢邊霜早。」

〔四四〕香盡金爐　臧本、孟本「盡」作「燼」，「爐」作「鑪」。

〔四五〕漸漸不成器　臧本、孟本「漸漸」下有一「的」字，「不成器」作「成憔悴」。不成器，不成體統。

〔四六〕忺得你　顧曲齋本「忺」作「懽」。臧本、孟本作「還不到」。

〔四七〕王母瑶池　臧本、孟本作「瑶池仙子」。王母，傳説中的西王母。《太平廣記》卷五十六引《集仙録》：「西王母，九靈太妙龜山金母也。……所居宫闕……左帶瑶池，右環翠水。其山之下，弱水九重，洪濤萬丈，非飈車羽輪，不可到也。」

〔四八〕月殿嫦娥不欲窺　臧本、孟本「不欲」作「懶去」。嫦娥，傳説中的月宫仙女。《淮南子·覽冥》：「羿請不死之藥于西王母，姮娥竊之以奔月。」

〔四九〕也　臧本、孟本上有一「可」字。

〔五〇〕爲甚　臧本、孟本作「你道因甚的」。

〔五一〕只爲幾歲　臧本、孟本作「也只爲差了這一分」。

〔五二〕外事得　臧本、孟本作「别尋的」。事，嫁。《全唐詩》卷二八四李端《雜歌》：「十三女兒事他家，顔色如花終索寞。」

〔五三〕不似我這般看承敬重你　臧本、孟本上有一「恐」字，「看承」作「十分」。看承，猶特别看待。參看《詩詞曲語辭匯釋》卷五「看承」。

第四折〔一〕

（孤扮府尹引祇從上〔二〕）龍樓鳳閣九重城〔三〕，新築沙堤〔四〕宰相行；我貴我榮君莫羨，十年前是一書生。老夫王府尹是也。今有温學士親事一節，老夫設一會，是玳瑁筵〔五〕，請學士同夫人赴鴛鴦會〔六〕，筵宴中間，則教他兩口〔七〕和會。等學士夫人來了〔八〕，自有主意。這早晚敢待來也。（末同旦上〔九〕）今日府尹相公設宴請雙〔一〇〕客，不知何意，須索走一遭去來也呵〔一一〕！

【雙調新水令】則爲鳳鸞失配送了蒼鶻〔一二〕，府尹設鴛鴦會，請俺綰角兒夫婦〔一三〕。前面我騎着三領馬〔一四〕，背後他坐着〔一五〕七香車；人道是村裏夫妻〔一六〕，直這〔一七〕般似水如魚，兩口兒不肯離了一步。

【駐馬聽】想當日沽酒當壚〔一八〕，拚了個三不歸白頭〔一九〕卓氏女；今日膝行肘步〔二〇〕，招了個百般嫌皓首漢相如。不肯好頭好面駕香車〔二一〕，我憋古，没牙没口題橋柱〔二二〕。誰跟前敢告訴，兀的是〔二三〕自招自攬風流苦！

可早來到也〔二四〕。報伏去〔二五〕，道温學士〔二六〕來了也。（祗從）理會的〔二七〕。（報科〔二八〕）温學士來了也〔二九〕。（府尹〔三〇〕）道有請。（見科）（府尹〔三一〕）小官奉聖人的命，設此玳瑁筵〔三二〕，請學士、夫人吟詩作賦。有詩的，學士金鍾飲酒，夫人插金鳳釵，搽官定粉；無詩的，學士瓦盆裏飲水，夫人頭戴〔三三〕草花，墨烏面皮。（旦〔三四〕）學士，你聽者，大人説，你若有詩便吃酒，無詩便吃冷水，你用心着！（末）〔三五〕

【喬牌兒】〔三六〕自從不應舉，對不的〔三七〕兩字句。昨日會賓朋飲到瑶天〔三八〕暮，今日酒渴的我没是處〔三九〕，

【挂玉鈎】恨不的巴得咽喉中嚥下去〔四〇〕。井墜着朱砂玉〔四一〕，與咱更壓瘴氣，凉心經，解大〔四二〕毒。夫人他自有規畫處〔四三〕，至如腫了面皮，瘡生眉目，也索蘸筆揮毫，咒水書符〔四四〕。

（府尹〔四五〕）無詩呵罰水〔四六〕，夫人〔四七〕墨烏面皮。（末）〔四八〕

【川撥棹】〔四九〕這官人待須臾，第一名走臟毒〔五〇〕。你道是付〔五一〕粉塗朱，妖艷妝梳，貌賽過神仙洛浦〔五二〕，把紫羅襴權當住〔五三〕。

（旦〔五四〕）學士着心〔五五〕吟詩。無詩的吃水，墨烏面皮，甚麽模樣！（末）〔五六〕休叫學士，你叫〔五七〕我丈夫。（旦〔五八〕）無計所奈〔五九〕，則索喚丈夫〔六〇〕。（末）〔六一〕

【豆葉黄】〔六二〕正是黑屹落裏〔六三〕欺你男兒，你這裏却不〔六四〕指斥鑾輿，也有禁住你限時〔六五〕，降了你乖〔六六〕處！兩個月今日〔六七〕方纔喚了我個丈夫，雖不曾徹膽〔六八〕歡娛，湯着皮膚，聽的叫了一聲兒夫〔六九〕，教〔七〇〕我渾身麻木。

（旦〔七一〕）丈夫，你着心吟詩〔七二〕。你見末〔七三〕，倘或罰水，烏墨搽面，教我怎了？（末）〔七四〕

【喬牌兒】〔七五〕如今〔七六〕面上筆落處，則是〔七七〕浮抹不生住，喒那新合來細香澡豆天生楚〔七八〕，到家銀盆中洗面去。

（旦〔七九〕）丈夫，着心在意〔八〇〕吟詩。（末）〔八一〕

【挂玉鈎】〔八二〕我從小裏文章不大古，到今日甚日辰見言語，年紀大也，如今老模糊〔八三〕。自今日我也有妝么處〔八四〕。見他〔八五〕害恐懼，我且〔八六〕身無措。且等指的他着忙，放出詩題句〔八七〕。

（府尹〔八八〕）教學士〔八九〕吟詩者。（末）〔九〇〕小官吟詩〔九一〕。（旦〔九二〕）丈夫〔九三〕着意者。（末）〔九四〕夫人放心〔九五〕。

【水仙子】你須聞得温嶠不塵俗〔九六〕，明知道鯫生飽看書〔九七〕；我可甚書中有女顏如玉〔九八〕，嫌的〔九九〕我無地縫鑽入去！ 少甚麽年少妻〔一〇〇〕夫；丈夫眼灌的白鄧鄧〔一〇一〕，媳婦〔一〇二〕臉抹的黑突突，空這般緑鬢何如〔一〇三〕？

（旦〔一〇四〕）學士吟詩波，休似吃凉水的。（末）〔一〇五〕夫人，我吟的詩好呵，你肯隨順我麽？（旦〔一〇六〕）你若吟得詩好，我插金釵、飲御酒，我便依隨你。（末）〔一〇七〕夫人，你放心〔一〇八〕。

【甜水令】我如今先取紙墨，拿將筆硯，收拾完聚。我則待依例飲一銀盂〔一〇九〕；這一盆凉水醒酒清神〔一一〇〕，自家看覷、看覷得渾似無物〔一一一〕。

【折〔一一二〕桂令】則我這秀才每胸捲江湖，不愛我這窮酸者也之乎。翰林院編修，把小生覷的似有如無〔一一三〕！ 則被你欺負得我千足萬足，我但輕還着早無情無緒〔一一四〕。恰纔款移蓮步〔一一五〕，似三謁茅廬〔一一六〕，爲咱不言不語〔一一七〕，不曾承伏〔一一八〕，醋支刺〔一一九〕走向前來，惡支煞倒褪回去〔一二〇〕。

（末吟詩科〔一二一〕）翰林學士坐華堂，揮筆吟詩動四方，御酒飲來花插帽，當今天子重賢良〔一二二〕。（府尹〔一二三〕）温學士，不枉了，好〔一二四〕高才大手，吟得好詩〔一二五〕！ 教夫人插鳳釵〔一二六〕、飲御酒〔一二七〕。（旦喜科）〔一二八〕學士，多虧了你也〔一二九〕！ （末）〔一三〇〕夫人，你又早歡喜了也〔一三一〕！ （府尹〔一三二〕）夫人，你肯依隨學士麽？ （旦〔一三三〕）妾身願隨學士。（府尹〔一三四〕）既然夫人一心成其夫婦〔一三五〕，老夫與學士準備做一個慶喜的筵席〔一三六〕。（末）〔一三七〕

【雁兒落】〔一三八〕你常好吃贏不吃輸〔一三九〕，你又索還報相思苦〔一四〇〕。你番悔了我告處〔一四一〕，這篇詩勒掯的情和睦〔一四二〕；

【得勝令】不弱如韓信嚇蠻書〔一四三〕，一字也不差悮〔一四四〕。他〔一四五〕着寶釵簪雲鬢，我着金杯飲醁醑〔一四六〕。把金珠，車載的還家去〔一四七〕。嬌姝〔一四八〕，早則不嫌你〔一四九〕老丈夫。

（府尹〔一五〇〕）人間喜事，無過夫婦會合〔一五一〕，殺羊造酒〔一五二〕，安排慶喜筵席〔一五三〕。金尊酒泛會賓筵，一派笙歌啓玳筵；慶喜今朝全四美，夫榮妻貴永團圓〔一五四〕。（末）多感盛情〔一五五〕！

【鴛鴦煞】冰人完月老姻緣簿〔一五六〕，巫娥全宋玉相思苦〔一五七〕。今日個錦帳歡娱〔一五八〕，索强如綉幕孤獨〔一五九〕。勝道執酒的相如〔一六〇〕，怎肯把駕車女文君負〔一六一〕？從今後琴趣詩篇吟和處〔一六二〕，風流句，則我這意見功夫〔一六三〕，會合了朝雲共莫雨〔一六四〕。（同下）〔一六五〕

題目　王府尹水墨宴

正名　温太真玉鏡臺〔一六六〕

校注

〔一〕折　顧曲齋本作「齣」。

〔二〕孤扮府尹引祇從上　顧曲齋本下有「云」。臧本作「外扮王府尹引祇從上，詩云」。孟本同臧本，惟無「詩」字。祗從，衙署吏役。王驥德《曲律》卷三「論部色第三十七」：「元雜劇中……從人曰『祗從』。」

〔三〕九重城　宫禁。《全唐詩》卷七五六徐鉉《納後夕侍宴又三絶》之一：「四海未知春色至，今宵先入九重城。」參見《救風塵》第四折校注〔九〇〕。

〔四〕沙堤　唐代習俗，新宰相上任，先爲其鋪築沙面大路，叫沙堤。李肇《唐國史補》卷下：「凡拜相，禮絶班行，府縣載沙填路，自私第至於子城東街，名曰沙堤。」

〔五〕老夫設一會，是玳瑁筵　臧本、孟本作「老夫奏過官裏，特設一宴，叫做水墨宴，又叫做鴛鴦會」。是，叫。《五侯宴》四折李嗣源白：「明日阿者設一筵宴，名是五侯宴，要犒賞俺五侯里。」

〔六〕請學士同夫人赴鴛鴦會　臧本、孟本上有一「專」字，「鴛鴦會」作「席」。

〔七〕兩口　臧本、孟本下有一「兒」字。

〔八〕來了　臧本、孟本作「到時」。

〔九〕末同旦上　顧曲齋本下有「云」。臧本、孟本「末」作「正末」，「上」下有「云」。

〔一〇〕雙　臧本、孟本無。

〔一一〕須索走一遭去來也呵　顧曲齋本下有「（唱）」。臧本無「來」字，句下有「（唱）」。孟本無「來」字。

〔二〕鳳鸞失配送了蒼鶻　失配，婚配不當。臧本、孟本「送」作「累」。送，害。《董解元西廂記》卷一【黄鍾調】【侍香金童】【尾】：「二哥不合盡説與，開口道不彀十句，把張君瑞送得來腌受苦。」蒼鶻，唐宋參軍戲角色名，即金院本中的副末（見陶宗儀《輟耕録》）。院本的副末即元雜劇中的外（見焦循《劇説》）。本場的王府尹，臧本、孟本均由外色扮演，蒼鶻即指王府尹。

〔三〕府尹設鴛鴦會，請俺綰角兒夫婦　臧本、孟本作「今日個玳筵開，專要把鴛鴦完聚」。

〔四〕前面我騎着三領馬　「領」疑應是「花」字。三花馬，馬鬃剪爲三辮者。胡仔《苕溪漁隱叢話後集·東坡一》：「晏元獻家張一畫《虢國出行圖》，其上亦有三花馬。蓋三花馬剪鬃爲三辮耳。」

臧本、孟本此句作「我前面騎的是五花驄」。

〔五〕背後他坐着　臧本、孟本作「他背後坐的是」。

〔六〕人道是村裏夫妻　臧本「道是」作「都道這」，「夫妻」作「妻夫」。孟本「道是」作「都道這」。

〔七〕這　臧本、孟本作「恁」。

〔八〕沽酒當壚　《史記·司馬相如列傳》：「文君夜亡奔相如，相如乃與馳歸成都。家居徒四壁立。……相如與俱之臨邛，盡賣其車騎，買一酒舍酤酒，而令文君當鑪。相如身自著犢鼻褌，與保庸雜作，滌器於市中。」

〔九〕白頭　臧本、孟本作「青春」。

〔二〇〕膝行肘步　跪下爬行。亦作「肘行膝步」。蘇鶚《杜陽雜編》卷下：「時有軍卒，斷左臂於佛前，以手執之，一步一禮，血流灑地。至於肘行膝步，齧指截髮，不可算數。」

〔二一〕不肯好頭好面駕香車　臧本、孟本上有一「偏」字，「駕香車」作「到成都」。好頭好面，好臉色。香車，即七香車。參見《調風月》第四折校注〔三八〕。

〔二二〕我懒古，没牙没口題橋柱　顧曲齋本「懒」作「撇」。臧本、孟本作「懒的我没牙没口題橋柱」。懒古，執拗。闕名氏《陳州糶米》一折正末白：「老漢陳州人氏，姓張，人見我性兒不好，都唤我做張懒古。」題橋柱，參見《蝴蝶夢》第三折校注〔一〇三〕。

〔二三〕兀的是　這真是。孔文卿《東窗事犯》一折【天下樂】：「戰沙場幾個死，破敵軍幾處傷，兀的是功名紙半張！」

〔二四〕可早來到也　顧曲齋本上有「（末云）」。臧本上有「（云）」。

〔二五〕報伏去　顧曲齋本「伏」作「復」。臧本、孟本上有「左右」二字，「伏」作「復」。

〔二六〕温學士　臧本、孟本下有「和夫人」三字。

〔二七〕理會的　臧本、孟本無。

〔二八〕報科　臧本、孟本下有「云」。

〔二九〕來了也　臧本、孟本作「和夫人到於門首」。

〔三〇〕府尹　臧本、孟本下有「云」。

〔三一〕府尹　臧本、孟本下有「云」。

〔三二〕玳瑁筵　臧本、孟本作「水墨宴」。

〔三三〕戴　孟本作「帶」。

〔三四〕旦　臧本、孟本下有「云」。

〔三五〕（末）　顧曲齋本作「（末唱）」。臧本作「（正末唱）」。孟本無。

〔三六〕【喬牌兒】　孟本曲牌名下有「（正末）」。

〔三七〕對不的　臧本、孟本作「何嘗對」。

〔三八〕瑶天　臧本、孟本「瑶」作「遥」。按，作「瑶」字是。瑶天，天。參見《調風月》第三折校注〔四八〕。

〔三九〕没是處　不得了。闕名氏《凍蘇秦》二折卜兒白：「頭裏我勸你時，搶白的我没是處。」

〔四〇〕巴得咽喉中嚥下去　臧本、孟本「得」作「到」，無「中」字。

〔四一〕井墜着朱砂玉　喝了酒。井，喻嘴。着，猶了。參見《哭存孝》第二折校注〔八三〕。玉，喻酒。吴之振《宋詩鈔初集》陳與義《簡齋詩鈔·竇園醉中前後五絶句》之四：「牘傾老子尊中玉，折盡繁枝不要春。」

〔四二〕大　臧本、孟本作「臟」。

〔四三〕夫人他自有規畫處　臧本「人」下有一「呵」字，「規畫處」作「通仙術」。孟本「人」下有一「呵」字。規畫，籌劃。亦作「規劃」。脈望館古名家本白仁甫《墻頭馬上》二折【牧羊關】：「將篩月簾垂簌，迎風户半開，你看這場風月規劃。」

〔四四〕咒水書符　道士的一種宗教活動。咒水，對水行咒作法，據云飲之能治病祛邪。書符，畫符。趙彦衛《雲麓漫鈔》卷八：「又有方士神仙家祠官太祝與夫按摩、導引、書符、咒水。」這裏比喻作詩。

〔四五〕府尹　顧曲齋本、臧本、孟本下有「云」。

〔四六〕無詩呵罰水　臧本、孟本上有一「若」字，「罰」上有「學士」二字。

〔四七〕夫人　臧本、孟本下有「頭戴草花」四字。

〔四八〕（末）　顧曲齋本作「（末唱）」。臧本作「（正末唱）」。孟本無。

〔四九〕【川撥棹】　孟本曲牌名下有「（正末）」。

〔五〇〕第一名走臟毒　有校筆旁注云：「一作走臟獨」。臧本、孟本作「休恁般相逼促」。走，去。《五代史平話》梁史卷上：「諕得尚讓頂門上喪了三魂，脚板下走了七魄。」

〔五一〕付　顧曲齋本、臧本、孟本作「傅」。付，通「敷」。曾慥《類説・紀異記》：「瓶中有藥如膏，曰：『以此付之即瘥。』如其言付，果愈。」

〔五二〕洛浦　洛水之神宓妃。《文選》卷十五張衡《思玄賦》：「召洛浦之宓妃。」

〔五三〕把紫羅襴權當住　「襴」原作「欄」，今改。吴曉鈴本校勘記亦云：「『欄』字疑『襴』字之誤。」顧曲齋本同誤。紫羅襴，紫袍，爲古時高官服飾。這裏温嶠自指。楊梓《敬德不伏老》一折【尾聲】：「脱了我入朝相的紫羅襴，摘了我出朝將的那黄金印。」臧本、孟本此句作「怎好把墨來烏」。

〔五四〕旦　顧曲齋本、臧本、孟本下有「云」。

〔五五〕着心　臧本、孟本「心」作「意」。着心，用心。脈望館古名家本馬致遠《黄粱夢》楔子高太尉白：「你休忘了我的話，着心記者。」

〔五六〕（末）　顧曲齋本作「（末云）」。臧本、孟本作「（正末云）」。

〔五七〕叫　原作「叶」，據顧曲齋本、臧本、孟本改。吴曉鈴本亦改。

〔五八〕旦　臧本、孟本下有「云」。

〔五九〕無計所奈　顧曲齋本「奈」作「柰」。無計所奈，無奈。康進之《李逵負荆》四折正末白：「黑旋風，你好是没來由也，爲着别人，輸了自己！我今日無計所奈，砍了這一束荆杖，負在背上，回山寨見俺公明哥哥去也呵。」

〔六〇〕則索唤丈夫　臧本、孟本下有「丈夫，須要着意者」。

〔六一〕（末）　顧曲齋本作「（末唱）」。臧本作「（正末唱）」。孟本無。

〔六二〕【豆葉黄】　孟本曲牌名下有「（正末）」。

〔六三〕正是黑屹落裏　臧本、孟本「正是」作「你在」，「屹」作「閣」。正是，只是。《董解元西廂記》卷二【黄鍾宫】【快活爾纏令】：「子母正是愁，大衆情無那。」黑屹落裏，背地裏。「屹落」亦作「閣落」，即角落，北方方言之「旮旯兒」。景方諸生本王實甫《西廂記》二本三折【喬牌兒】：「黑閣落甜話兒將人和。」王伯良云：「黑閣落，北人鄉語，謂屋角暗處，今猶以屋角爲閣落子。」

〔六四〕你這裏却不　臧本、孟本作「今日呵可不道」。

〔六五〕禁住你限時　禁，禁約。《禮記·緇衣》：「君子道人以言而禁人以行。」孔穎達疏：「禁，猶謹也。言禁約謹慎人以行，使行顧言也。」有校筆改「限」作「哏」。臧本同古名家本，王季思本改作「哏」。

〔六六〕乖　乖戾。顧曲齋本石君寶《曲江池》二折【南吕一枝花】：「俺娘眼上帶一對乖，心内隱着十分狠。」

〔六七〕今日　臧本、孟本無。

〔六八〕徹膽　盡情。徹，猶盡。參見《蝴蝶夢》第四折校注〔八九〕。膽，猶情。元稹《元氏長慶集》卷二《諭寶》：「鏡懸姦膽露，劍拂妖蛇裂。」

〔六九〕聽的叫了一聲兒夫　臧本作「剛聽的這一聲嬌似鶯雛」。孟本同古名家本，惟上有一「剛」字。

〔七〇〕教　臧本作「早着」。

〔七一〕旦　顧曲齋本、臧本、孟本下有「云」。

〔七二〕你着心吟詩　臧本、孟本無。

〔七三〕見末　有校筆改「末」作「末」。臧本、孟本作「知道麽」。

〔七四〕（末）　顧曲齋本作「（末唱）」。臧本作「（正末唱）」。孟本無。

〔七五〕【喬牌兒】　孟本曲牌名下有「（正末）」。

〔七六〕如今　臧本、孟本下有一「便」字。

〔七七〕則是　臧本、孟本下有一「也」字。

〔七八〕喒那新合來細香澡豆天生楚　臧本「那」作「自有」，無「細香」二字，「天生楚」作「香芬馥」。北京大學本、吴國欽本、王學奇本「芬」誤作「粉」。盧冀野本「芬馥」二字斷屬下句。誤。合，配製。朱暉《絶倒録·養脾丸》：「李生者，居餘杭門外，善貨殖，日賣養脾丸于市。嘗揭巨榜于前，曰：『不使丁香、木香合，則天誅地滅。』家蓄二婢，以事砲製。……或有問于妻曰：『爾夫修合不苟，天當佑之，何反報之酷耶？』」澡豆，洗滌用的粉劑，用豆末配合諸藥製成，以洗手面，可使皮膚光潤。《世説新語·紕漏》：「王敦初尚主，如厠……既還，婢擎金澡盤盛水，瑠璃碗盛澡豆。因倒著水中而飲之，謂是乾飯。群婢莫不掩口而笑之。」

〔七九〕旦　顧曲齋本、臧本、孟本下有「云」。

〔八〇〕着心在意　臧本、孟本作「着意」。着心在意，即着意，用心。參見校注〔五五〕、《調風月》第一折校注〔六二〕。

〔八一〕（末）　顧曲齋本作「（末唱）」。臧本作「（正末唱）」。孟本無。

〔八二〕【挂玉鈎】　孟本曲牌名下有「（正末）」。

〔八三〕到今日甚日辰見言語，年紀大也，如今老模糊　臧本作「年老也還有甚詞賦？則道我沉醉黄公舊酒罏」。孟本作「如今衰朽也還曉甚詞賦？你罵勾我萬句千聲老潑奴」。王季思本校記「勾」改作「够」。

〔八四〕自今日我也有妝么處　臧本「自今日」作「怎知」。孟本「自今日」作「怎知的」，無「我」字。自，到。臧本闕名氏《盆兒鬼》一折店小二白：「你且歇息，我自後面睡去也。」王季思本「妝」改作「裝」。按，妝，假裝。參見《蝴蝶夢》第一折校注〔三〕。妝么，故作姿態。徐渭《南詞叙録》：「妝么，猶裝模作樣也，古云作態。」

〔八五〕他　臧本同。盧冀野本誤作「我」。

〔八六〕且　臧本、孟本作「倒」。

毫，舒開繭紙，題成詩句，待費我甚工夫」。拿將，拿。《太和正音譜》卷下「樂府」引周仲彬《蘇武還鄉》二折【雪裏梅】：「我是漢武帝臣僚，這的是單于王五穀，我怎肯拿將來便吃？」參見《哭存孝》頭折校注〔六九〕。完聚，聚。《元朝秘史》卷二：「你離了的百姓，我與你收拾，漫散了的百姓，我與你完聚。」

〔二〇〕這一盆凉水醒酒清神　臧本、孟本上有「冷眼偷看」四字，無「一」及「醒酒清神」。

〔二一〕自家看覷、看覷得渾似無物　臧本、孟本作「何須憂慮，只當做醒酒之物」。看覷，看。息機子本喬夢符《兩世姻緣》三折【聖藥王】：「我勸諫他似水裏納瓜，他看覷咱如鏡裏觀花。」渾，猶簡直。參看《詩詞曲語辭匯釋》卷二「渾（一）」。

〔二二〕折　原誤作「拆」，從吴曉鈴本改。

〔二三〕則我這秀才每胸捲江湖，不愛我這窮酸者也之乎。翰林院編修，把小生覷的似有如無　臧本、孟本作「想着我氣捲江湖，學貫珠璣，又不是年近桑榆，怎把金馬玉堂、錦心綉口，都覷的似有如無」。

〔二四〕我但輕還着早無情無緒　臧本作「因此上我也還他佯醉佯愚」，下有「（旦云）丈夫，着意吟詩。倘罰水、墨烏面皮，教我怎了？（正末唱）」。孟本同臧本，惟無「唱」。輕，稍。《謝天香》一折【賺煞】：「我去這觸熱也似官人行將禮數使，若是輕咳嗽便有官司。」

〔二五〕恰纔款移蓮步　臧本無。款，緩。《後漢書・馬援傳》：「乘下澤車，御款段馬。」李賢注：「款，猶緩也。」參見第三折校注〔二四〕。蓮步，謂美人的脚步。《南史・齊本紀》：「（東昏侯）又鑿金爲蓮華以帖地，令潘妃行其上，曰：『此步步生蓮華也。』」《唐宋諸賢絶妙詞選》卷五柳耆卿《柳腰輕・贈妓》：「慢垂霞袖，急趨蓮步，進退奇容千變。」

〔二六〕似三謁茅廬　臧本「似」作「他如今做了」。三謁茅廬，三國初期劉備三請諸葛亮的故事。《文選》卷三十七諸葛亮《出師表》：「先帝不以臣卑鄙，猥自枉屈，三顧臣於草廬之中，諮臣以當世之事。」這裏指劉倩英多次請求温嶠作詩。

〔二七〕爲咱不言不語　臧本、孟本無。

〔二八〕不曾承伏　王季思本校記「承伏」改作「誠服」。臧本、孟本「不曾」作「勉强」。吴國欽本「承伏」改作「誠服」。按，承伏，應承。《元典章》刑部八「取受」：「及有各處官司，囑託彼中親舊人等，轉行過度推調，不肯承伏。」

〔二九〕醋支刺　「醋」應是「措」或「錯」字。參見《調風月》第四折校注〔六六〕。顧曲齋本誤作「酸支刺」。臧本、孟本作「軟兀刺」。

〔三〇〕惡支煞倒褪回去　惡支煞，凶狠的樣子。支煞，語助。亦作「惡支沙」。脈望館古名家本馬致遠《黃粱夢》二折【醋葫蘆】：「誰教你貪心兒愛他不義財，今日個脱空須敗，惡支沙將這等罪名揣。」王季思本校記「褪」改作「退」。「褪」，臧本同。中華書局本、吴國欽本、王學奇本改作「退」。按，褪，即退。参見《切鱠旦》第三折校注〔七八〕。

〔二二〕末吟詩科　臧本「末」作「正末」，「科」下有「云」。孟本無「末」字，「科」下有「云」。

〔二三〕翰林學士坐華堂，揮筆吟詩動四方，御酒飲來花插帽，當今天子重賢良　臧本、孟本作「不分君恩重，能憐玉鏡臺。花從仙禁出，酒自御厨來。設席勞京尹，題詩屬上才。遂令魚共水，由此得和諧」。

〔二四〕府尹　臧本、孟本下有「云」。

〔二五〕好　臧本、孟本無。

〔二六〕吟得好詩　臧本、孟本下有「賜金鍾飲酒」一句。

〔二七〕教夫人插鳳釵　臧本、孟本無「教」字，「鳳」下有一「頭」字。

〔二八〕飲御酒　臧本、孟本作「搽官定粉」。

〔二九〕旦喜科　臧本、孟本下有「云」。

〔三〇〕多虧了你也　臧本、孟本上有一「這」字。

〔三一〕（末）　臧本、孟本作「（正末云）」。

〔三二〕你又早歡喜了也　臧本、孟本作「我温嶠何如」。又早，猶可。顧曲齋本石君寶《曲江池》二折

【南吕一枝花】：「他拳起處又早着昏，那郎君若不帶傷必遭内損。」

〔三二〕府尹　臧本、孟本下有「云」。

〔三三〕旦　臧本、孟本下有「云」。

〔三四〕府尹　臧本、孟本下有「云」。

〔三五〕成其夫婦　臧本、孟本作「依隨學士」。

〔三六〕老夫與學士準備做一個慶喜的筵席　臧本、孟本「與學士」作「即當奏過官裏」，「準備」上有一「再」字，無「做」字。

〔三七〕（末）　臧本作「（正末唱）」。孟本無。

〔三八〕【雁兒落】　孟本曲牌名下有「（正末）」。

〔三九〕你常好吃贏不吃輸　「贏」原誤作「羸」，有校筆改作「贏」。從。吴曉鈴本改作「贏」。顧曲齋本同誤。臧本、孟本「常好」下有一「是」字，「贏」作「羸」。北京大學本、吴國欽本、王學奇本、王季思本「羸」改作「贏」。按，羸，通「贏」。參見《金線池》第三折校注〔四九〕。

〔四〇〕你又索還報相思苦　臧本、孟本作「虧的我能説又能做」。

〔四一〕你番悔了我告處　臧本、孟本作「你只要應承了這一首詩」。番悔，即翻悔。王實甫《西廂記》四本一折紅娘白：「你若又番悔，我出首與夫人，你着我將簡帖兒約下他來。」

〔四二〕這篇詩勒揹的情和睦　臧本、孟本「這篇詩」作「倒被我」。勒揹，逼迫。《京本通俗小説・錯斬崔寧》：「我自半路遇見小娘子，偶然伴他行了一程，路途上有甚皂絲麻線，要勒揹我回去？」

〔四三〕不弱如韓信嚇蠻書　臧本、孟本上有「呀，兀的不是一字一金珠」，「不弱如韓信」作「煞强似當日」。不弱如，不亞於。脈望館古名家本鄭德輝《倩女離魂》一折【寄生草】：「他拂素楮鵝溪蠒，蘸中山玉兔毫，不弱如駱賓王夜作論天表，也不讓李太白醉寫平蠻稿。」參見《拜月亭》第四折校注〔一二〕。韓信事未詳，嚇蠻書似應屬李白。《寶文堂書目》著録有闕名氏《李太白醉寫定夷書》雜劇。《警世通言》卷九有《李謫仙醉草嚇蠻書》。此處比喻温嶠的詩作得好。

〔四四〕一字也不差悮　臧本、孟本無。北京大學本校勘記、吳國欽本校記、王季思本校記「悮」改作「誤」。按，悮，同「誤」。參見《蝴蝶夢》第二折校注〔二〇〕。

〔四五〕他　臧本、孟本作「你」。

〔四六〕醁醑　美酒。竇革《酒譜・酒之名二》：「美酒曰醁。」又：「醑，厚酒也。」《劉知遠諸宮調》第一【南吕宮】【瑶臺月】：「問着後只言得一句，親身與斟醁醑。」參見《調風月》第四折校注〔七二〕。

〔四七〕把金珠，車載的還家去　臧本、孟本作「山呼，共謝得當今主」。

〔四八〕嬌姝　「姝」原作「妹」，失韵，顧曲齋本同誤，今據臧本、孟本改。吳曉鈴本將此句斷屬下句。

誤。按，此爲本曲第七句，與第五句同爲二字句，且叶韵。孟本「姝」字下未點斷，亦誤。

〔一四九〕你　臧本、孟本作「我」。

〔一五〇〕府尹　顧曲齋本、臧本、孟本下有「云」。

〔一五一〕會和　和好。亦作「和會」。參見第三折校注〔二四〕。

〔一五二〕殺羊造酒　臧本、孟本上有「就今日」三字。

〔一五三〕安排慶喜筵席　臧本、孟本下有「送學士夫人還宅去」一句。

〔一五四〕金尊酒泛會賓筵，一派笙歌啓玳筵；慶喜今朝全四美，夫榮妻貴永團圓　王季思本校記「賓筵」的「筵」改作「宴」。顧曲齋本「尊」作「罇」。臧本作「（詩云）金尊銀燭啓華筵，一派笙歌徹九天；若非恩賜鴛鴦會，焉能夫婦兩團圓」。吴國欽本「尊」改作「樽」。按，尊，盛酒器。元稹《元氏長慶集》卷二十五《有酒》之五：「有酒有酒香滿尊，君寧不飲開君顔？」孟本同臧本，惟無「（詩云）」。

泛，同「汎」，飲酒。《箋註陶淵明集》卷三《飲酒》之七：「汎此忘憂物，遠我遺世情。」四美，指良辰、美景、賞心、樂事。《文選》卷三十謝靈運《擬魏太子鄴中集詩·序》：「天下良辰、美景、賞心、樂事，四者難并。」

〔一五五〕（末）多感盛情　顧曲齋本下有「（唱）」。臧本作「（正末拜謝科）（唱）」。孟本同臧本，惟無

「(唱)」。

〔一五六〕冰人完月老姻緣簿　臧本作「從今後姻緣注定姻緣簿」。孟本同臧本，惟「從今後」作「喜的是」。冰人，媒人。《晉書·索紞傳》：「孝廉令狐策夢立冰上，與冰下人語。紞曰：『冰上爲陽，冰下爲陰，陰陽事也。士如歸妻，迨冰未泮，婚姻事也。君在冰上與冰下人語，爲陽語陰，媒介事也。君當爲人作媒，冰泮而婚成。』策曰：『老夫耄矣，不爲媒也。』會太守田豹因策爲子求鄉人張公徵女，仲春而成婚焉。」

〔一五七〕巫娥全宋玉相思苦　臧本、孟本作「相思還徹相思苦」。巫娥，巫山神女。參見《金線池》第二折校注〔一二〕。全，成全。《史記·司馬相如列傳》：「天下之壯觀，王者之丕業，不可貶也。願陛下全之。」

〔一五八〕今日個錦帳歡娱　臧本作「賸道連理歡濃」。吴國欽本、王學奇本「賸」改作「剩」。按，賸道，猶真是。「賸」「剩」通。參看《詩詞曲語辭匯釋》卷二「賸」。

〔一五九〕索强如綉幕孤獨　臧本作「于飛願足」。索强如，確勝如。參看《詩詞曲語辭匯釋》卷四「賽强如」。

〔一六〇〕勝道執酒的相如　臧本作「可憐你窈窕巫娥」。勝道，同「賸道」。

〔一六一〕怎肯把駕車女文君負　臧本作「不負了多情宋玉」。

〔一六二〕從今後琴趣詩篇吟和處　顧曲齋本「和」誤作「何」。臧本「從今後」作「則這」，「趣」作「曲」。孟本同古名家本，惟「趣」作「曲」。疑作「曲」字是。

〔一六三〕則我這意見功夫　臧本作「須不是我故意虧圖」。意見，識見。

〔一六四〕會合了朝雲共莫雨　吴國欽本校記、王季思本校記「莫」改作「暮」。按，莫，即「暮」。《禮記·聘義》：「日莫人倦，齊莊正齊，而不敢解惰。」臧本「會合」作「成就」，「了」下有一「那」字，「共」作「和」，「莫」作「暮」。孟本同古名家本，惟「莫」作「暮」。朝雲莫雨，指男女情愛。參見《金線池》第二折校注〔一二〕、〔一九〕。

〔一六五〕（同下）　原本無，據孟本補。

〔一六六〕題目正名　王府尹水墨宴，温太真玉鏡臺　顧曲齋本、孟本作「正目」二句，置卷首。參見總題「説明」。顧曲齋本於【鴛鴦煞】曲後末行下角有一「終」字。臧本同古名家本，後有尾題「温太真玉鏡臺雜劇終」。

王閏香夜月四春園

説明

天一閣本《録鬼簿》關氏名下著録「非衣夢」；孟本《録鬼簿》作「緋衣夢」，曹本《録鬼簿》作「錢大尹鬼報緋衣夢」。現存脈望館鈔本、脈望館古名家本、顧曲齋本。吴曉鈴《關漢卿雜劇全目》云：「《述古堂書目》及《也是園書目》『無名氏雜傳』類中有《王閏香夜月四春園》，即今傳世之明鈔本也。」今以鈔本爲底本，後二種爲校本，并用吴曉鈴本、北京大學本、吴國欽本、王季思本（以上自鈔本出；吴國欽本、王季思本總題改作「錢大尹智勘緋衣夢」）、王學奇本（自脈望館古名家本出）、鄭振鐸本、盧冀野本、隋樹森本（以上自顧曲齋本出）參校。原本總題下有「雜劇」二字，今略去。首頁書口標目「王閏香夜月四春園」。脈望館古名家本作「錢大尹智勘緋衣夢」，書口標目「緋衣夢」，總題下題「元關漢卿撰」。顧曲齋本同，惟「撰」作「譔」，卷首有「正目　王閏香夜鬧四春園，錢大尹智勘緋衣夢；李慶安絶處幸逢生，獄神廟暗中彰顯報」。盧冀野本、隋樹森本改作「題目正名」移置卷末。按，「非衣」乃劇中人「裴炎」之「裴」的離文析字，脈望館古名家本、顧曲齋本之「緋衣」似應從天一閣本《録鬼簿》作「非衣」。

劇以王員外女閨香與李十萬子慶安婚姻風波爲背景，敘述開封府尹錢可智斷李慶安冤案，成其姻眷事。

頭〔一〕折

（冲末王員外同姆姆上〔二〕）（王員外云）〔三〕耕牛無宿料，倉鼠有餘糧〔四〕；萬事分已定，浮生空自忙。老夫姓王，雙名得富，是這汴京人氏〔五〕。家中頗有萬貫資財，人口順都唤我做王半州〔六〕。在城有一人，也是個財主，姓李，唤做李十萬〔七〕。俺兩個當初指腹成親〔八〕。我根前得了個女孩兒〔九〕，唤做王〔一〇〕閏香，年一十六歲〔一一〕也；他根前得了個兒孩兒〔一二〕，唤做李〔一三〕慶安。他當初有錢時，我便和他做親家；他如今消乏了也，都唤他做叫化李家，我怎生與他做親家？老夫想來，怎生與他成親？我心中欲要悔了這門親事，姆姆，你意下如何？（姆姆云）老員外，喒如今有萬貫家財，小姐又生的如花似玉，年方二八，怎生與這等人家做親？不教傍人笑話也！（王員外云）姆姆，你也説的是。我如今與你十兩銀子，有閏香孩兒親手與李慶安做了一雙鞋兒，你將的去與李員外悔了這門親事。等他不肯悔親時，你便説：「既你不肯，俺員外説，着你選吉日良辰，下財置禮，娶的小姐去。」他那裏得那錢鈔來？必然悔了這門親事。停當了呵，可來回我的話。老夫無甚事，且回後堂中去也。（下）（姆姆云）老身將着銀子、鞋兒去李員外悔親走一遭去。堪笑喬才家道貧，凄凉終日受辛勤；難成鸞鳳雙飛友，却向他家去悔親。（下）〔一四〕

（外扮孛老兒薄藍上〔一五〕，云〔一六〕）月過十五光明少，人到中年萬事休〔一七〕。老漢汴梁〔一八〕人氏，姓李，雙名榮祖〔一九〕。嫡親的三口兒家屬，婆婆早年下世〔二〇〕，有個孩兒是李慶安〔二一〕，孩兒每日上學攻書。我當初也是巨富的財主來，喚我做李十萬。我如今窮暴了也，我一貧如洗，人都喚我做叫化李家〔二二〕。慶安孩兒當初我曾與王員外家指腹成親〔二三〕，他根前得了個女孩兒，我根前得了個兒孩兒，他見俺家窮暴了也，他數次家要悔了這門親事〔二四〕。孩兒上學去了也〔二五〕，老漢在家閑坐〔二六〕。看有甚麽人來。（姆姆〔二七〕上，云〔二八〕）老身是王員外家姆姆的便是。俺員外着我將着這十兩銀子、這雙鞋兒，直至李慶安家悔親走一遭去〔二九〕。來到門首也〔三〇〕。無人報復〔三一〕，我自過去。（做見孛老兒拜科，云）〔三二〕老的，你爺兒每好麽〔三三〕？（孛老兒云）姆姆，俺窮安樂。你今日來做甚麽〔三四〕？（姆姆云）〔三五〕無事可也不來〔三六〕，俺員外的〔三七〕言語，要和你悔了〔三八〕這門親事。與你這〔三九〕十兩銀子。這雙鞋兒是罷親的鞋兒〔四〇〕，着慶安踏斷線脚兒，便罷了這門親事也〔四一〕。（孛老兒云）姆姆，那裏有這等道理來！等我孩兒來家與他商量。（姆姆云）我不管你，鞋兒銀子交付與你，我回員外話去也〔四二〕。（下）（孛老兒云）〔四三〕嗨！似此怎了也〔四四〕？天那〔四五〕！欺侮俺這窮漢〔四六〕。孩兒敢待來家也〔四七〕。（李慶安上，云）〔四八〕自家李慶安的便是〔四九〕。俺當初有錢時，喚俺做李十萬家，今日窮暴了，都喚我做叫化李家〔五〇〕。在城有王半州和俺父親指腹成親來〔五一〕，他見俺窮暴了，他要悔了這門親事〔五二〕。我是個讀書人〔五三〕，量一個媳婦打甚麽不緊〔五四〕！我〔五五〕上學去來，一般的學生每笑話我無個風箏兒放〔五六〕，我見父親走一遭去〔五七〕。可早來到也，我自過去〔五八〕。父親，您孩兒來家了也〔五九〕。你這哭怎的〔六〇〕？（孛老兒云）〔六一〕孩兒，我啼哭里。（李慶安云）父親爲是麽煩惱？（孛老兒云）孩兒也〔六二〕，王員外差姆姆來，拿着十兩銀子，一雙鞋兒與你穿，踏斷線脚，也就罷了這門親事〔六三〕，因此上我煩惱也〔六四〕。（李慶安云）〔六五〕父親，你休煩惱〔六六〕，量這媳婦打是麽不緊〔六七〕！將這鞋兒我穿的上學去〔六八〕。一般的學生每笑話我，道我無個風箏兒放〔六九〕，父親有銀子與我買一個風箏兒放着要子〔七〇〕。（孛老兒云）〔七一〕孩兒也，我與你二百錢，你買個風箏兒放耍子去。休要惹事，疾去早來，休着我憂心也〔七二〕！（李慶安云）有了錢也，我買風箏兒去也。（下）（孛老兒云）孩兒買風箏兒去了，老漢無甚事，隔壁人家吃疙疸茶兒去也。（下）〔七三〕

（李慶安拿風箏兒上，云）〔七四〕自家李慶安的便是〔七五〕。買了個風箏兒放將起去〔七六〕，不想一陣大風刮在這家花園内梧桐樹上抓住了。這花園墻較低，我跳過墻，取我那風箏兒去。（做跳墻科，云）我跳過這墻來。一所好花園也。我來到這梧桐樹下〔七七〕，脱了我這鞋兒，我上樹取這風箏兒咱〔七八〕。看有甚麽人來〔七九〕。（正旦領梅香上，云）〔八〇〕妾身是王半州的女孩兒，小字閏香〔八一〕。時遇秋間天道，梅香，喒後花園中閑散心走一遭去來〔八二〕。（梅香云）姐姐，時遇秋間天氣，萬花綻拆，柳緑如烟，喒去後花園中閑散心去來〔八三〕。（正旦云）來到這後花園中，是好景致也呵〔八四〕！

【仙吕點絳唇】是看這〔八五〕天淡雲閑，幾行征雁，秋將晚。衰柳凋殘，我則見〔八六〕飛綿後開青眼。

【混江龍】更和這玉芙蓉相間〔八七〕，你看那〔八八〕戰西風疏竹兩三竿。則他這〔八九〕一年四季，更和這每歲其間〔九〇〕。則他這守紫塞的征夫愁夜永〔九一〕，和俺這倚庭軒家婦怯衣單〔九二〕。消寶篆〔九三〕、冷沉檀〔九四〕，珠簾捲〔九五〕、玉鈎彎，紗窗静、綉〔九六〕閨閑。則我這倦身軀暫把綉針停，繞着這後花園獨步雕欄看〔九七〕。則他那池塘中枯荷減翠〔九八〕，樹梢〔九九〕頭梨葉添顔。

（梅香云〔一〇〇〕）姐姐，你每日家不曾穿這等衣服，今日姐姐這般打扮着〔一〇一〕，可是爲何〔一〇二〕？

【油葫蘆】疑怪這老姆姆今朝這箱櫃來翻〔一〇三〕，把衣服全套兒揀；換上這大紅羅裙子綉鞋兒彎，揀的那大黄菊簪戴將時來按〔一〇四〕，揀的他這玉簪花直插學宫扮〔一〇五〕。則今番臨綉床有些兒不奈煩〔一〇六〕，則我這睡起來雲髻兒微〔一〇七〕偏軃，插不定秋色玉釵環。

（梅香云）姐姐，你天生的花容月貌，這幾日可怎生清減了？可端的爲何也〔一〇八〕？

【天下樂】想起俺那指腹的這成親李慶安〔一〇九〕。（梅香云〔一一〇〕）姐姐，你想那窮弟子孩兒怎的〔一一一〕？（正旦云）〔一一二〕這妮子，你也嫌他窮〔一一三〕！（唱）〔一一四〕噜人這家也波寒〔一一五〕，休將人小覷〔一一六〕看，今日個窮暴了也是他無奈間〔一一七〕。俺父親〔一一八〕是王半州，他父親〔一一九〕是李十萬，（帶云）人有七貧七富，人有且貧且富。（唱）天那〔一二〇〕，偏怎生他一家兒窮暴難〔一二一〕！

（梅香云）姐姐，比及你這般想他，你可不好瞞着父親母親送與他些金銀錢鈔，倒换過來做他的財禮錢，教他來娶你可不好？（正旦云）梅香，多承你顧愛，我怕不也有此心，争奈我是女孩兒家，一時間耽不下也！（梅香云）姐姐，放着梅香里，不妨事〔一二二〕。（正旦云）〔一二三〕梅香，俺繞着這花園内是看咱〔一二四〕。梅香，那樹〔一二五〕下不是一雙鞋兒？你取將來看咱〔一二六〕。（梅香云）〔一二七〕理會的。姐姐，委的是雙鞋兒，姐姐看〔一二八〕。（正旦看科〔一二九〕，云）這鞋兒不是我做與李慶安的〔一三〇〕？可怎生放在這裏〔一三一〕？梅香，樹上不是個人影兒〔一三二〕？（梅香云）〔一三三〕姐姐，樹上可知是個人里〔一三四〕。（正旦云）〔一三五〕梅香，你唤他下樹來，我問他咱〔一三六〕。（梅香唤科，云）〔一三七〕那小哥哥，你下來！俺姐姐唤你里〔一三八〕。（李慶安云）〔一三九〕理會的。我下來這樹來。小娘子，將我的鞋兒來，我見小姐去〔一四〇〕。（梅香云）〔一四一〕我與你鞋，穿上見俺姐姐去〔一四二〕。（李慶安做見正旦，云）〔一四三〕

小娘子支揖〔一四四〕！小生不合擅入花園，望小娘子寬恕咱〔一四五〕。（正旦云）〔一四六〕萬福。你那裏人氏？姓甚名誰〔一四七〕？（李慶安云）小生是李員外的孩兒，唤做李慶安。因放風箏兒耍子，不想落在你家梧桐樹上抓住了，我來取風箏兒來，小娘子恕小人之罪。（正旦云）誰是李慶安？（李慶安云）則我便是李慶安〔一四八〕。（正旦云）〔一四九〕你認的那〔一五〇〕指腹成親的王閏香麽？（李慶安云）〔一五一〕小生〔一五二〕不認的。（正旦云）〔一五三〕則我便是王閏香〔一五四〕。（李慶安云）〔一五五〕原來是王閏香小姐，天使其然在此相會。恕小生之罪也〔一五六〕！（正旦云）〔一五七〕你因何不來娶我〔一五八〕？（李慶安云）〔一五九〕小姐不知：俺家當初有錢時，唤俺做李十萬；如今窮暴了，唤俺做叫化李家。我無錢，將是麽來娶你？如今人有錢的相看好，無錢的人小看〔一六〇〕。（正旦云）〔一六一〕慶安，你休這般道〔一六二〕。

【後庭花】你道是無錢的〔一六三〕人小看，則俺這富豪家人見罕。則他這〔一六四〕富貴天之數，端的是出入有往還〔一六五〕。您〔一六六〕窮漢每得身安，則俺〔一六七〕這前程休怠慢！誰將你來小覷看〔一六八〕？天着喒〔一六九〕相會間，好將你來厮顧盼〔一七〇〕。我覷了你面顔，休憂愁，染病患。

（李慶安云）既然你家悔了親，我又無錢，將甚麽來娶你〔一七一〕？

【青哥兒】慶安也〔一七二〕，我和你難憑、難憑〔一七三〕魚雁，我每日家枕冷、枕冷衾寒〔一七四〕，則俺這夙〔一七五〕世姻緣休等閑！（李慶安云）則是萬望小姐憐憫小生也。（正旦云）慶安〔一七六〕，我今夜晚間收拾一包袱金珠財寶〔一七七〕，着梅香送與你〔一七八〕，倒换過來做你的財禮錢〔一七九〕，你可來娶我〔一八〇〕，你意下如何〔一八一〕？（李慶安云）〔一八二〕恁的呵，多謝姐姐〔一八三〕！我到多早晚來〔一八四〕？（唱）〔一八五〕你等到的夜静更闌〔一八六〕，柳影花間。

（李慶安云）〔一八七〕我知道了也。姐姐〔一八八〕，我回去也。（正旦云）〔一八九〕你且回來〔一九〇〕。（唱）〔一九一〕我則怕別時容易見時難，慶安〔一九二〕，你則將這佳期盼〔一九三〕。

（李慶安云）〔一九四〕小姐之恩小生不敢有忘〔一九五〕，今夜晚間在那些兒〔一九六〕相等？（正旦云）〔一九七〕你則在太湖石邊相等〔一九八〕，是必早些兒來〔一九九〕！

【尾聲】〔二〇〇〕你可也〔二〇一〕莫因循，休遲慢〔二〇二〕。天色兒真然向晚〔二〇三〕，倚着那梧桐樹，風箏兒遥望眼〔二〇四〕，你可便休忘了曲檻雕欄〔二〇五〕。那其間墻裏無人看〔二〇六〕，墻外行人則要你厮顧盼〔二〇七〕。（李慶安云）小姐有顧盼之意，小生怎肯失了信也！（唱）〔二〇八〕赴期的早些動憚〔二〇九〕，則我這呆心兒不慣〔二一〇〕；休着我倚着他這〔二一一〕太湖石，（正旦云）慶安也，你是必早些兒來！（李慶安云）理會的。（唱）〔二一二〕身化做〔二一三〕望夫山。（同梅香下）〔二一四〕

（李慶安云）姐姐回去了也。天色可也早里，回我家中去也。（下）〔二一五〕

校注

〔一〕頭　王季思本改作「第一」。脈望館古名家本、顧曲齋本作「第一」。

〔二〕冲末王員外同姆姆上　北京大學本、吴國欽本、王季思本「冲末」下增一「扮」字。王本「姆姆」改作「嬷嬷」。按，姆姆，用同「嬷嬷」。後同，不另出校。脈望館古名家本、顧曲齋本「冲末」下有一「扮」字,「姆姆」作「嬷嬷」。

〔三〕(王員外云)　脈望館古名家本、顧曲齋本無。王學奇本作「云」。

〔四〕耕牛無宿料,倉鼠有餘糧　「倉」原作「食」,有校筆改爲「倉」。從。各本亦從改。脈望館古名家本、顧曲齋本無此二句。

〔五〕老夫姓王,雙名得富,是這汴京人氏　脈望館古名家本、顧曲齋本作「小可是汴梁人氏,姓王」。

〔六〕家中頗有萬貫資財,人口順都喚我做王半州　王季思本「資」改作「家」。脈望館古名家本、顧曲齋本作「因有幾文錢,人順口都叫我做半州王員外」。

〔七〕在城有一人,也是個財主,姓李,喚做李十萬　脈望館古名家本、顧曲齋本作「在城有個李十萬」。在城,本城。《五代會要》卷二六「麴」:「(長興)二年五月敕,應三京諸道州府苗畝上所徵麴錢,便從今年夏并放,其麴官中自造,委逐州減舊價一半,於在城撲斷貨賣,除在城居人不得私造外,鄉村人户,或要供家,一任自造。」

〔八〕俺兩個當初指腹成親　脈望館古名家本、顧曲齋本「個」作「家」,無「當初」二字。

〔九〕我根前得了個女孩兒　王季思本「根」改作「跟」。按,根前,即跟前。參見《調風月》第二折校注〔三六〕。後同,不另出校。脈望館古名家本、顧曲齋本作「後來我家生了個女兒」。

〔一〇〕王　脈望館古名家本、顧曲齋本無。

〔二一〕年一十六歲　脈望館古名家本、顧曲齋本作「今年十七歲」。

〔二二〕他根前得了個兒孩兒　脈望館古名家本、顧曲齋本作「他家得了個小厮」。兒孩兒，男孩兒。元刊本武漢臣《老生兒》楔子正末白：「怕小梅分娩時分，若得個兒孩兒，千萬留存了咱！」

〔二三〕李　脈望館古名家本、顧曲齋本無。

〔二四〕他當初有錢時，我便和他做親家；他如今消乏了也，都唤他做叫化李家，我怎生與他做親家？老夫想來，怎生與他成親？我心中欲要悔了這門親事，姆姆，你意下如何？（姆姆云）老員外，喒如今有萬貫家財，小姐又生的如花似玉，年方二八，怎生與這等人家做親？不教傍人笑話也！（王員外云）姆姆，你也説的是。我如今與你十兩銀子，有閏香孩兒親手與李慶安做了一雙鞋兒，你將的去與李員外悔了這門親事。等他不肯悔親時，你便説：「既你不肯，俺員外説，着你選吉日良辰，下財置禮，娶的小姐去。」他那裏得那錢鈔來？必然悔了這門親事。停當了呵，可來回我的話。老夫無甚事，且回後堂中去也。（下）（姆姆云）老身將着銀子、鞋兒去李員外悔親走一遭去。堪笑喬才家道貧，凄凉終日受辛勤；難成鸞鳳雙飛友，却向他家去悔親。（下）　北京大學本、吴國欽本、王季思本「喒」改作「咱」。按，喒，咱們。參見《哭存孝》頭折校注〔二四〕。後同，不另出校。王本「傍」改作「旁」。按，傍，即旁。參同上校注〔一五〕。脈望館古名家本、顧曲齋本作「他如今窮了也。嬷嬷，你將這十兩銀子、一雙鞋兒，往李家悔親去。着慶安穿上這鞋，踏斷了線，就悔了親事。疾去早來。（同下）」。王學奇本「從下文」「線」下補一「脚」字。

「我便和他做親家」，我才和他做親家。便，才。闕名氏《凍蘇秦》二折孛老白：「做哥哥的要打要罵，你只該勸你那丈夫便好，你倒走將來火上澆油。」

〔一五〕外扮孛老兒薄藍上　吴國欽本、王季思本「藍」改作「籃」。按，薄藍，衣衫襤褸。臧本張國賓《合汗衫》三折：「（正末同卜兒薄藍上，云）叫化咱！叫化咱！……有那等捨貧的財主波，救濟俺老兩口兒佛囉！」脈望館古名家本、顧曲齋本作「窮李老上」。

〔一六〕云　吴曉鈴本、北京大學本、吴國欽本、王季思本奪。脈望館古名家本、顧曲齋本無。王學奇本補。

〔一七〕人到中年萬事休　「中」原作「終」，從吴國欽本、王季思本改。脈望館古名家本、顧曲齋本作「人過中年萬事休」。

〔一八〕梁　脈望館古名家本、顧曲齋本作「京」。

〔一九〕姓李，雙名榮祖　脈望館古名家本、顧曲齋本作「李十萬是也。我如今窮乏了」。

〔二〇〕嫡親的三口兒家屬，婆婆早年下世　脈望館古名家本、顧曲齋本無。

〔二一〕有個孩兒是李慶安　脈望館古名家本、顧曲齋本上有一「我」字。

〔二二〕孩兒每日上學攻書。我當初也是巨富的財主來，喚我做李十萬。我如今窮暴了也，我一貧如洗，人都喚我做叫化李家　有校筆改「暴」作「薄」。王季思本從改。按，窮暴，窮。金仁傑《追韓信》一折【村裏迓鼓】：「憑着我五陵豪氣，不信道一生窮暴。」脈望館古名家本、顧曲齋本無此賓白。

〔二三〕慶安孩兒當初我曾與王員外家指腹成親　脈望館古名家本、顧曲齋本作「曾與王員外指腹成親」。

〔二四〕他根前得了個女孩兒，我根前得了個兒孩兒，他見俺家窮暴了也，他數次家要悔了這門親事　有校筆改「暴」作「薄」。王季思本從改。脈望館古名家本、顧曲齋本無此賓白。

〔二五〕也　脈望館古名家本、顧曲齋本無。

〔二六〕老漢在家閑坐　脈望館古名家本、顧曲齋本無。

〔二七〕姆姆　脈望館古名家本、顧曲齋本作「嬷嬷」。

〔二八〕云　脈望館古名家本、顧曲齋本無。王學奇本補。

〔二九〕老身是王員外家姆姆的便是。俺員外着我將着這十兩銀子、這雙鞋兒，直至李慶安家悔親走一遭去　脈望館古名家本、顧曲齋本無。

〔三〇〕來到門首也　脈望館古名家本、顧曲齋本作「來到了也」。

〔三一〕無人報復　脈望館古名家本、顧曲齋本無。

〔三二〕（做見孛老兒拜科，云）　脈望館古名家本、顧曲齋本作「（見科）」。

〔三三〕老的，你爺兒每好麽　脈望館古名家本、顧曲齋本無。

〔三四〕（孛老兒云）姆姆，俺窮安樂。你今日來做甚麽　脈望館古名家本、顧曲齋本作「（李老）親家那裏去來」。王學奇本「李老」下補「云」。

〔三五〕（姆姆云）　脈望館古名家本、顧曲齋本作「（嬷嬷）」。王學奇本「嬷嬷」下補「云」。

〔三六〕無事可也不來　脈望館古名家本、顧曲齋本無。

〔三七〕的　脈望館古名家本、顧曲齋本無。

〔三八〕要和你悔了　脈望館古名家本、顧曲齋本作「着我來悔」。

〔三九〕這　脈望館古名家本、顧曲齋本無。

〔四〇〕這雙鞋兒是罷親的鞋兒　脈望館古名家本、顧曲齋本作「一雙鞋兒」。

〔四一〕着慶安蹅斷線脚兒，便罷了這門親事也　「線脚兒」原作「脚線兒」，從北京大學本、吴國欽本、王季思本改。北本「蹅」誤作「碴」。吴本校云：「『蹅，原音假爲『碴』。」王本亦校云：「『蹅』底本誤爲『碴』。」按，原本不誤，三本誤。脈望館古名家本、顧曲齋本作「踏斷了線脚兒，便罷了這親事。我回去也」。

〔四二〕（孛老兒云）姆姆，那裏有這等道理來！　等我孩兒來家與他商量。（姆姆云）我不管你，鞋兒銀子交付與你，我回員外話去也　脈望館古名家本、顧曲齋本無。

〔四三〕（孛老兒云）　脈望館古名家本、顧曲齋本作「（李老）」。王學奇本「李老」下補「云」。

〔四四〕嗨！　似此怎了也　脈望館古名家本、顧曲齋本無。

〔四五〕那　脈望館古名家本、顧曲齋本作「也」。

〔四六〕欺侮俺這窮漢　脈望館古名家本、顧曲齋本作「欺負殺俺窮漢也」。

〔四七〕孩兒敢待來家也　脈望館古名家本、顧曲齋本無。

〔四八〕（李慶安上，云）　脈望館古名家本、顧曲齋本作「（小末上）」。王學奇本「小末上」下補「云」。

〔四九〕自家李慶安的便是　脈望館古名家本、顧曲齋本無「的便是」。吴曉鈴本校云：「顧曲齋本『自家』作『自己』。」按，顧曲齋本作「自家」，吴校誤。鄭振鐸本、盧冀野本「自家」誤作「自己」。

〔五〇〕俺當初有錢時，喚俺做李十萬家，今日窮暴了，都喚我做叫化李家　有校筆改「暴」作「薄」。王季思本從改。　脈望館古名家本、顧曲齋本無此賓白。

〔五一〕在城有王半州和俺父親指腹成親來　脈望館古名家本作「俺家與王員外女孩兒指腹成親來」。顧曲齋本同脈望館古名家本，惟「王員外」下有一「家」字。吴曉鈴本校云：「顧曲齋本『與』字作『興』字。」按，顧曲齋本作「與」，吴校誤。盧冀野本「與」誤作「興」。

〔五二〕他見俺窮暴了，他要悔了這門親事　有校筆改「暴」作「薄」。王季思本從改。脈望館古名家本、顧曲齋本作「見俺窮乏了，要悔了親事」。

〔五三〕我是個讀書人　脈望館古名家本、顧曲齋本無。

〔五四〕量一個媳婦打甚麼不緊　脈望館古名家本、顧曲齋本作「也不打緊」。打甚麼不緊，有甚麼要緊。脈望館古名家本鄭廷玉《後庭花》一折：「（外旦向卜云）兀那婆婆，我對我丈夫説，饒了你性命，你把你那首飾頭面拿下來與我，你兩個走了罷，你心下如何？（卜）若肯饒了俺性命呵，這個打甚麼不緊！」

〔五五〕我　脈望館古名家本、顧曲齋本無。

〔五六〕一般的學生每笑話我無個風箏兒放　脈望館古名家本、顧曲齋本作「衆學生笑我無個風箏放」。

〔五七〕我見父親走一遭去　脈望館古名家本、顧曲齋本作「見我父親去咱。（見科）」。

〔五八〕可早來到也，我自過去　脈望館古名家本、顧曲齋本無。

〔五九〕您孩兒來家了也　脈望館古名家本、顧曲齋本無。

〔六〇〕你這哭怎的　「哭」原作「笑」，有校筆改作「哭」。從。各本亦從改。脈望館古名家本、顧曲齋本作「你爲甚麼煩惱」。

〔六一〕（孛老兒云） 脈望館古名家本、顧曲齋本作「（李老）」。王學奇本「李老」下補「云」。

〔六二〕孩兒，我啼哭里。（李慶安云）父親爲是麽煩惱？（孛老兒云）孩兒也 北京大學本、吴國欽本、王季思本「里」改作「哩」。按，里，哩。參見《哭存孝》第二折校注〔一四〕。後同，不另出校。北本、吴本、王本「是」改作「甚」。按，是，與「甚」同，音近假用。參看《詩詞曲語辭匯釋》卷一「是（三）」。後同，不另出校。 脈望館古名家本、顧曲齋本無此賓白。

〔六三〕王員外差姆姆來，拿着十兩銀子，一雙鞋兒與你穿，踏斷線脚，也就罷了這門親事 北京大學本「踏」誤作「碴」。脈望館古名家本作「王員外家送十兩銀子、一雙鞋兒，要悔了這親事里」。王學奇本「里」改作「哩」。顧曲齋本同古名家本，惟「里」作「哩」。

〔六四〕因此上我煩惱也 脈望館古名家本、顧曲齋本無。

〔六五〕（李慶安云） 脈望館古名家本、顧曲齋本作「（小末）」。王學奇本「小末」下補「云」。

〔六六〕父親，你休煩惱 脈望館古名家本、顧曲齋本無。

〔六七〕量這媳婦打是麽不緊 脈望館古名家本、顧曲齋本作「親事打甚麽緊」。打是麽不緊，即打甚麽不緊。鄭德輝《智勇定齊》二折晏嬰白：「公子，量那玉兔打是麽不緊，直趕到這裏。」參見《哭存孝》頭折校注〔四六〕、本劇本折校注〔五四〕。

〔六八〕將這鞋兒我穿的上學去 脈望館古名家本、顧曲齋本作「父親將鞋來」。

〔六九〕一般的學生每笑話我，道我無個風箏兒放　脈望館古名家本、顧曲齋本無。

〔七〇〕父親有銀子與我買一個風箏兒放着耍子　脈望館古名家本、顧曲齋本作「與我二百文錢，買個風箏耍子」。耍子，玩兒。《水滸傳》二回：「小官人若是不當真時，較量一棒耍子。」

〔七一〕（孛老兒云）　脈望館古名家本、顧曲齋本作「（李老）」。王學奇本「李老」下補「云」。

〔七二〕孩兒也，我與你二百錢，你買個風箏兒放耍子去。休要惹事，疾去早來，休着我憂心也　脈望館古名家本、顧曲齋本作「與你二百文錢，疾去早來。（同下）」。

〔七三〕（李慶安云）有了錢也，我買風箏兒去也。（下）（孛老兒云）孩兒買風箏兒去了，老漢無甚事，隔壁人家吃疙疸茶兒去也。（下）　脈望館古名家本、顧曲齋本無。疙疸茶兒，用茶餅冲泡的茶。息機子本闕名氏《風雪漁樵》三折劉二公白：「我着孩兒在家中炮下那疙疸茶兒，烙下些椽頭燒餅兒，等張懺古那老兒來。」

〔七四〕（李慶安拿風箏兒上，云）　脈望館古名家本、顧曲齋本作「（小末上）」。王學奇本「小末上」下補「云」。

〔七五〕自家李慶安的便是　脈望館古名家本、顧曲齋本無。

〔七六〕買了個風箏兒放將起去　脈望館古名家本、顧曲齋本上有一「我」字，無「兒」、「將」字。

〔七七〕不想一陣大風刮在這家花園内梧桐樹上抓住了。這花園墻較低，我跳過墻，取我那風箏兒去。

（做跳墻科，云）我跳過這墻來。一所好花園也。我來到這梧桐樹下　脈望館古名家本、顧曲齋本作「落在這人家梧桐樹上」。較，略。《杜工部集》卷十七《人日》之二：「冰雪鶯難至，春寒花較遲。」

〔七八〕脱了我這鞋兒，我上樹取這風箏兒咱　脈望館古名家本、顧曲齋本作「我脱下這鞋兒來，上這樹去取這風箏咱」。

〔七九〕看有甚麽人來　脈望館古名家本、顧曲齋本無。

〔八〇〕（正旦領梅香上，云）　脈望館古名家本、顧曲齋本「領」作「引」，無「云」。王學奇本補「云」。

〔八一〕妾身是王半州的女孩兒，小字閏香　脈望館古名家本、顧曲齋本作「妾身王閏香」。

〔八二〕時遇秋間天道，梅香，喒後花園中閑散心走一遭去來　脈望館古名家本、顧曲齋本作「時遇秋天氣候，喒去後花園中閑散心咱」。吴曉鈴本誤校云：「徐本（按即脈望館古名家本，下同）作『時遇秋天氣候，喒去後花園中閑散心咱是』十七字，疑有脱誤。顧曲齋本『咱是』作『是咱』，餘同徐本。」王學奇本「喒」改作「咱」。按，喒，咱們。參見《哭存孝》頭折校注〔二四〕。鄭振鐸本、盧冀野本誤將下句的「是」字斷屬上句，乙改作「閑散心是咱」。天道，天氣。參看《詩詞曲語辭匯釋》卷六「天道」。

〔八三〕（梅香云）姐姐，時遇秋間天氣，萬花綻拆，柳緑如烟，喒去後花園中閑散心去來　脈望館古名家本、顧曲齋本無。綻拆，開，開放。綻、拆，開。《全宋詞》二張元幹《念奴嬌》：「暮雲千里，桂華初綻寒玉。」《全唐詩》卷四八一李紳《杜鵑樓》：「杜鵑如火千房拆，丹檻低看晚景中。」

〔八四〕（正旦云）來到這後花園中，是好景致也呵　北京大學本、吴國欽本、王季思本下補「（唱）」。脈望館古名家本作「是好景致也呵！（唱）」。顧曲齋本同脈望館古名家本，惟「（唱）」作「（正唱）」。吴曉鈴本誤校云：「徐本作『好景致也呵。（唱）』六字。顧曲齋本同徐本，『唱』字作『正旦唱』三字。」鄭振鐸本、盧冀野本、隋樹森本「正」下補一「旦」字。

〔八五〕是看這　王季思本「是」改作「試」。按，是，用同「試」。參看《詩詞曲語辭匯釋》卷一「是（二）」。後同，不另出校。脈望館古名家本、顧曲齋本無此三字。吴國欽本從改。

〔八六〕我則見　脈望館古名家本、顧曲齋本無。吴國欽本從改。

〔八七〕更和這玉芙蓉相間　「間」原誤作「問」，從北京大學本、吴國欽本、王季思本改。吴曉鈴本校勘記亦云：「『問』字疑應作『間』字。」脈望館古名家本、顧曲齋本作「玉芙蓉相間」。更和，還有。脈望館鈔本闕名氏《鎖魔鏡》一折正末白：「爲因小聖神通廣大，變化多般，降了十大魔軍，更和四魔女。」

〔八八〕你看那　脈望館古名家本、顧曲齋本無。

〔八九〕則他這　脈望館古名家本、顧曲齋本無。

〔九〇〕更和這每歲其間　脈望館古名家本、顧曲齋本作「每歲循環」。吴國欽本、王季思本據改「其間」作「循環」。

〔九一〕則他這守紫塞的征夫愁夜永　脈望館古名家本、顧曲齋本無「則他這」、「的」，「愁」作「慊」。紫塞，長城，邊塞。崔豹《古今注》上「都邑」：「秦所築長城土色皆紫，漢亦然，故云紫塞也。」

〔九二〕和俺這倚庭軒家婦怯衣單　脈望館古名家本、顧曲齋本無「和俺這」，「家」作「思」。

〔九三〕寶篆　脈望館古名家本、顧曲齋本「篆」作「串」。寶篆，熏香。《全宋詞》一黄庭堅《畫堂春》：「寶篆烟消龍鳳，畫屏雲鎖瀟湘。」

〔九四〕沉檀　沉香與檀香。《梁書·諸夷傳·盤盤國》：「中大通元年五月，累遣使貢牙像及塔，并獻沉檀等香數十種。」

〔九五〕捲　脈望館古名家本、顧曲齋本作「簌」。

〔九六〕綉　脈望館古名家本、顧曲齋本作「緑」。

〔九七〕則我這倦身軀暫把綉針停，繞着這後花園獨步雕欄看　脈望館古名家本、顧曲齋本作「身獨自倚雕闌」。

〔九八〕則他那池塘中枯荷減翠　脈望館古名家本、顧曲齋本「則他那」作「看」，「枯荷」作「荷擎」。則他那，那。顧曲齋本喬夢符《金錢記》一折【油葫蘆】：「則他那殢風流天寶君王駕，簇擁着個嬌滴滴海棠花。」

〔九九〕梢　顧曲齋本作「稍」。鄭振鐸本、盧冀野本、隋樹森本改作「梢」。按，稍，通「梢」。參見《哭存孝》第四折校注〔五六〕。

〔一〇〇〕云　脈望館古名家本、顧曲齋本無。王學奇本補。

〔一〇一〕你每日家不曾穿這等衣服，今日姐姐這般打扮着　脈望館古名家本、顧曲齋本作「你這般打扮」。

〔一〇二〕可是爲何　北京大學本、吴國欽本、王季思本下補「（正旦唱）」。脈望館古名家本「可」作「却」，句下有「（旦唱）」。王學奇本「旦」作「正旦」。顧曲齋本同脈望館古名家本，惟「旦」作「正」。盧冀野本、隋樹森本「正」作「正旦」。吴曉鈴本校勘記云：「顧曲齋本下有『正旦唱』三字。」按，吴校誤。

〔一〇三〕疑怪這老姆姆今朝這箱櫃來翻　脈望館古名家本、顧曲齋本「姆姆」作「嬤嬤」，「這箱櫃」的「這」作「將」，「翻」作「番」。王季思本據脈望館古名家本與顧曲齋本改「這箱櫃」的「這」作「將」。王學奇本「番」改作「翻」。按，番，用同「翻」。參見《單刀會》第一折校注〔六六〕。

〔一〇四〕揀的那大黄菊簪戴將時來按　脈望館古名家本、顧曲齋本「簪」作「帔子」，無「戴將」，「時」作「時時」。

〔一〇五〕揀的他這玉簪花直插學宮扮　脈望館古名家本、顧曲齋本「他這」作「那」，「插」作「纏」。他這，那。脈望館息機子本武漢臣《生金閣》四折【雙調新水令】：「透襟懷一陣冷風吹，則他這閉遥天暮雲爽退，清耿耿月輝輝燈焰相窺，點照的似白日。」

〔一〇六〕柰煩　吴國欽本、王季思本「柰」改作「耐」。脈望館古名家本、顧曲齋本「柰」作「耐」。按，柰煩，即耐煩。參見《調風月》第二折校注〔一七〕。

〔一〇七〕微　脈望館古名家本、顧曲齋本作「覺」。

〔一〇八〕（梅香云）姐姐，你天生的花容月貌，這幾日可怎生清減了？可端的爲何也　北京大學本、吴國欽本、王季思本下補「（正旦唱）」。脈望館古名家本、顧曲齋本無此賓白。清減，瘦。王實甫《西厢記》四本三折【小梁州幺篇】：「雖然久後成佳配，奈時間怎不悲啼，意似癡，心如醉，昨宵今日，清減了小腰圍。」

〔一〇九〕想起俺那指腹的這成親李慶安　脈望館古名家本、顧曲齋本無「俺」、「的這」。的這，襯字，無義。臧本喬夢符《金錢記》二折【倘秀才】：「謝你個賀知章舉賢的這薦賢，便是這韓飛卿榮遷也那驟遷。」

〔一一〇〕云　脈望館古名家本、顧曲齋本無。王學奇本補。

〔一一一〕姐姐，你想那窮弟子孩兒怎的　脈望館古名家本、顧曲齋本作「説那窮厮做甚麼」。怎的，做甚麽。元刊本岳伯川《鐵拐李》二折旦白：「他見我待怎的？」

〔二二〕（正旦云）　脈望館古名家本、顧曲齋本作「（旦）」。王學奇本「旦」下補「云」。

〔二三〕這妮子，你也嫌他窮　脈望館古名家本無「這妮子」、「窮」。顧曲齋本同脈望館古名家本，惟「嫌」誤作「賺」。

〔二四〕（唱）　脈望館古名家本、顧曲齋本無。王學奇本補。

〔二五〕喒人這家也波寒　脈望館古名家本、顧曲齋本無「也波」。北京大學本、吴國欽本、王季思本、王學奇本「喒」改作「咱」。按，喒人，同咱人，咱們。脈望館息機子本秦簡夫《破家子弟》二折【正宫端正好】：「我則理會有錢的是吾能，今日個受貧困非人命，喒人便也須要一個幹運經營。」參見《雙赴夢》第四折校注〔二〕。

〔二六〕小覷　脈望館古名家本、顧曲齋本作「取次」。

〔二七〕今日個窮暴了也是他無柰間　有校筆改「暴」作「薄」。王季思本從改。北京大學本、吴國欽本、王季思本「柰」改作「奈」。按，柰，同「奈」。參見《調風月》第一折校注〔九六〕。後同，不另出校。脈望館古名家本無「他」，「柰」作「奈」。顧曲齋本同脈望館古名家本，惟「奈」作「柰」。吴曉鈴本校云：「徐本、顧曲齋本『暴』字并作『薄』字。」按，吴校誤。

〔二八〕父親　脈望館古名家本、顧曲齋本作「那」。

〔一九〕父親　脈望館古名家本、顧曲齋本作「敢」。

〔二〇〕（帶云）人有七貧七富，人有且貧且富。（唱）天那　脈望館古名家本、顧曲齋本無。且，或。《史記·封禪書》：「漢之聖者在高祖之孫且曾孫也。」

〔二一〕偏怎生他一家兒窮暴難　有校筆改「暴」作「薄」。王季思本從改。脈望館古名家本、顧曲齋本無「他」，「難」作「漢」。

〔二二〕（梅香云）姐姐，比及你這般想他，你可不好瞞着父親母親送與他些金銀錢鈔，倒換過來做他的財禮錢，教他來娶你可不好？（正旦云）梅香，多承你顧愛，我怕不也有此心，争柰我是女孩兒家，一時間耽不下也！（梅香云）姐姐，放着梅香里，不妨事　脈望館古名家本、顧曲齋本無。比及，既然。參看《詩詞曲語辭匯釋》卷二「比及（四）」。

〔二三〕（正旦云）　脈望館古名家本、顧曲齋本無。王學奇本補「（云）」。

〔二四〕梅香，俺繞着這花園内是看咱　王季思本「内」字奪。脈望館古名家本、顧曲齋本無此賓白。

〔二五〕樹　脈望館古名家本、顧曲齋本下有一「底」字。

〔二六〕你取將來看咱　脈望館古名家本、顧曲齋本無「將」字，「看」上有一「我」字。

〔二七〕（梅香云）　脈望館古名家本、顧曲齋本作「（梅取科）」。

〔二八〕理會的。姐姐，委的是雙鞋兒，姐姐看　脈望館古名家本、顧曲齋本作「我取將這鞋兒，姐姐你看咱」。

〔一一九〕正旦看科　脈望館古名家本、顧曲齋本作「旦看」。

〔一二〇〕這鞋兒不是我做與李慶安的　吴曉鈴本、北京大學本、吴國欽本、王季思本「兒」字奪。脈望館古名家本、顧曲齋本無「兒」字。吴曉鈴本校云：「顧曲齋本『與』字作『興』字。」按，吴校誤。盧冀野本「與」誤作「興」。

〔一二一〕可怎生放在這裏　脈望館古名家本、顧曲齋本無。

〔一二二〕梅香，樹上不是個人影兒　脈望館古名家本、顧曲齋本作「樹下不是人影兒」。

〔一二三〕（梅香云）　脈望館古名家本、顧曲齋本作「（梅）」。王學奇本「梅」下補「云」。

〔一二四〕姐姐，樹上可知是個人里　脈望館古名家本、顧曲齋本作「樹上是個人」。可知，可不。鄭德輝《三戰吕布》二折：「（卒子云）姓劉的將軍過來。（劉末云）喏，小官劉備。（孫堅云）大河裏淌下卧單來，可知流被哩。」

〔一二五〕（正旦云）　脈望館古名家本、顧曲齋本作「（旦）」。王學奇本「旦」下補「云」。

〔一二六〕梅香，你唤他下樹來，我問他咱　脈望館古名家本、顧曲齋本作「你唤他下樹來」。

〔一二七〕（梅香唤科，云）　脈望館古名家本、顧曲齋本作「（梅）」。王學奇本「梅」下補「云」。

〔一二八〕那小哥哥，你下來！　俺姐姐唤你里　脈望館古名家本、顧曲齋本作「兀那小的，你下來」。

〔一三九〕（李慶安云）　脈望館古名家本、顧曲齋本作「（小末）」。王學奇本「小末」下補「云」。

〔一四〇〕理會的。我下來這樹來。小娘子，將我的鞋兒來，我見小姐去　吳國欽本删「樹」下的「來」字。王季思本奪「下」下的「來」字。按，來，均猶了。參見《哭存孝》頭折校注〔七八〕。脈望館古名家本、顧曲齋本作「還我鞋兒來」。

〔一四一〕（梅香云）　脈望館古名家本、顧曲齋本作「（梅）」。王學奇本「梅」下補「云」。

〔一四二〕穿上見俺姐姐去　脈望館古名家本、顧曲齋本作「你下樹來」。

〔一四三〕（李慶安做見正旦，云）　脈望館古名家本、顧曲齋本作「（小末下，見旦科）」。王學奇本「科」下補「云」。

〔一四四〕小娘子支揖　脈望館古名家本、顧曲齋本作「姐姐祗揖」。支揖，同祗揖。參見《切鱠旦》第一折校注〔一〇七〕。

〔一四五〕小生不合擅入花園，望小娘子寬恕咱　脈望館古名家本、顧曲齋本無。

〔一四六〕（正旦云）　脈望館古名家本、顧曲齋本作「（旦）」。王學奇本「旦」下補「云」。

〔一四七〕你那裏人氏？姓甚名誰　「甚」原作「字」，從王季思本改。脈望館古名家本、顧曲齋本作「一個好俊秀小的也」。

〔一四八〕（李慶安云）小生是李員外的孩兒，喚做李慶安。因放風箏兒耍子，不想落在你家梧桐樹上抓住了，我來取風箏兒來，小娘子恕小人之罪。（正旦云）誰是李慶安？（李慶安云）則我便是李慶安　脈望館古名家本作「（小末）我還不曾洗臉里。（旦）兀那小的，你是誰家？（小末）我是叫化李家。（旦）你是那個叫化李家？（小末）俺父親比前是李十萬，如今無了錢，人叫做李叫化」。王學奇本「小末」「旦」下均補「云」，「里」改作「哩」。顧曲齋本同脈望館古名家本，惟「里」作「哩」。盧冀野本「比前」誤作「從前」。吴曉鈴本校勘記亦誤謂顧曲齋本作「從前」。按，比前，先前，從前。比，先。《儀禮·既夕禮》：「比奠，舉席埽室，聚諸變。」鄭玄注：「比，猶先也。」

〔一四九〕（正旦云）　脈望館古名家本、顧曲齋本作「（旦）」。王學奇本「旦」下補「云」。

〔一五〇〕那　脈望館古名家本、顧曲齋本無。

〔一五一〕（李慶安云）　脈望館古名家本、顧曲齋本作「（小末）」。王學奇本「小末」下補「云」。

〔一五二〕小生　脈望館古名家本、顧曲齋本作「我」。

〔一五三〕（正旦云）　脈望館古名家本、顧曲齋本作「（旦）」。王學奇本「旦」下補「云」。

〔一五四〕則我便是王閏香　脈望館古名家本、顧曲齋本作「我便是」。

〔一五五〕（李慶安云）　脈望館古名家本、顧曲齋本作「（小末）」。王學奇本「小末」下補「云」。

〔一五六〕原來是王閏香小姐，天使其然在此相會。恕小生之罪也　脈望館古名家本、顧曲齋本作「你是，可怎的」。

〔一五七〕（正旦云）　脈望館古名家本、顧曲齋本作「（旦）」。王學奇本「旦」下補「云」。

〔一五八〕你因何不來娶我　脈望館古名家本作「那小的到羞我。你怎生不來娶我」。顧曲齋本同脈望館古名家本，惟「怎生」作「怎」，「不」下有一字空。

〔一五九〕（李慶安云）　脈望館古名家本、顧曲齋本作「（小末）」。王學奇本「小末」下補「云」。

〔一六〇〕小姐不知：俺家當初有錢時，喚俺做李十萬；如今窮暴了，喚俺做叫化李家。我無錢，將是麼來娶你？　如今人有錢的相看好，無錢的人小看　王季思本「暴」改作「薄」。脈望館古名家本、顧曲齋本作「我家無錢」。

〔一六一〕（正旦云）　脈望館古名家本、顧曲齋本作「（旦）」。王學奇本「旦」下補「云」。

〔一六二〕慶安，你休這般道　北京大學本、吴國欽本、王季思本下補「（唱）」。脈望館古名家本、顧曲齋本作「你休説這般話」，下有「（唱）」。

〔一六三〕的　脈望館古名家本、顧曲齋本作「財」。鄭振鐸本、盧冀野本誤作「則」。吴曉鈴本校云：「顧曲齋本『的』字作『則』字。」按，吴校誤。

〔一六四〕則他這　脈望館古名家本、顧曲齋本無。

〔一六五〕端的是出入有往還　脈望館古名家本、顧曲齋本作「興衰有往還」。吴國欽本、王季思本據改「出入」作「興衰」。出入，出將入相，指官居高位。《杜工部集》卷十一《奉濟驛重送嚴公四韵》：「列郡謳歌惜，三朝出入榮。」

〔一六六〕您　脈望館古名家本、顧曲齋本無。

〔一六七〕俺　脈望館古名家本、顧曲齋本作「你」。

〔一六八〕誰將你來小覷看　脈望館古名家本、顧曲齋本「誰」作「難」，無「來」字。

〔一六九〕喒　脈望館古名家本、顧曲齋本同。吴曉鈴本誤校云：「顧曲齋本作『咱』字。」除吴本外，各本均改作「咱」。按，喒，咱們。參見《哭存孝》頭折校注〔二四〕。

〔一七〇〕好將你來厮顧盼　脈望館古名家本、顧曲齋本無「好」字。顧盼，照顧。闕名氏《替殺妻》一折【天下樂】：「人也似好人(覷)付，親兄弟厮顧盼。」

〔一七一〕(李慶安云)既然你家悔了親，我又無錢，將甚麼來娶你　北京大學本、吴國欽本、王季思本下補「(正旦唱)」。脈望館古名家本、顧曲齋本無此賓白。

〔一七二〕慶安也　脈望館古名家本、顧曲齋本無。

〔一七三〕難憑　脈望館古名家本、顧曲齋本此二字不疊。

〔一七四〕我每日家枕冷、枕冷衾寒　脈望館古名家本、顧曲齋本「家」作「價」，「枕冷」二字不疊。

〔一七五〕夙　脈望館古名家本、顧曲齋本作「宿」。

〔一七六〕（李慶安云）則是萬望小姐憐憫小生也。（正旦云）慶安　脈望館古名家本、顧曲齋本無。

〔一七七〕我今夜晚間收拾一包袱金珠財寶　脈望館古名家本、顧曲齋本作「我收拾一包袱金銀財物」。王學奇本上補「（帶云）」。

〔一七八〕着梅香送與你　脈望館古名家本、顧曲齋本作「今晚着梅香送出來」。

〔一七九〕倒換過來做你的財禮錢　脈望館古名家本、顧曲齋本上有一「你」字，無「來」、「錢」。

〔一八〇〕你可來娶我　脈望館古名家本、顧曲齋本作「下來娶我」。

〔一八一〕你意下如何　脈望館古名家本、顧曲齋本無。

〔一八二〕（李慶安云）　脈望館古名家本、顧曲齋本作「（小末）」。王學奇本「小末」下補「云」。

〔一八三〕恁的呵，多謝姐姐　脈望館古名家本、顧曲齋本無。

〔一八四〕我到多早晚來　到，在。多早晚，幾時。脈望館息機子本武漢臣《生金閣》三折：「（婁青云）您孩兒勾去。（正末云）天色早哩。（婁青云）多早晚去？」

〔一八五〕（唱）　北京大學本、吳國欽本、王季思本「唱」上增「正旦」二字。脈望館古名家本、顧曲齋本作「（旦）」。王學奇本「旦」下補「唱」。

〔一八六〕你等到的夜静更闌　脈望館古名家本、顧曲齋本作「直等的夜静更闌，人離雕欄」。

〔一八七〕（李慶安云）　脈望館古名家本、顧曲齋本作「（小末）」。王學奇本「小末」下補「云」。

〔一八八〕我知道了也。姐姐　脈望館古名家本、顧曲齋本無。

〔一八九〕（正旦云）　脈望館古名家本、顧曲齋本作「（旦）」。王學奇本「旦」下補「唱」。

〔一九〇〕你且回來　脈望館古名家本、顧曲齋本作「且住」。

〔一九一〕（唱）　脈望館古名家本、顧曲齋本無。

〔一九二〕慶安　脈望館古名家本、顧曲齋本無。

〔一九三〕你則將這佳期盼　脈望館古名家本、顧曲齋本無「你」字，「盼」上有一「來」字。

〔一九四〕（李慶安云）　脈望館古名家本、顧曲齋本作「（小末）」。王學奇本「小末」下補「云」。

〔一九五〕小姐之恩小生不敢有忘　脈望館古名家本、顧曲齋本無。

〔一九六〕那些兒　哪裏。

〔一九七〕（正旦云）　脈望館古名家本、顧曲齋本作「（旦）」。王學奇本「旦」下補「云」。

〔一九八〕相等　脈望館古名家本、顧曲齋本作「等候着」。

〔一九九〕是必早些兒來　北京大學本、吴國欽本、王季思本下補「（唱）」。脈望館古名家本、顧曲齋本無「是必」，句下有「（唱）」。

〔二〇〇〕【尾聲】　王季思本改作「【賺煞】」。脈望館古名家本、顧曲齋本作「【賺煞】」。

〔二〇一〕可也　可。加强語氣。臧本孫仲章《勘頭巾》四折【得勝令】：「我可也非專，只要他一點真情見，端的個無偏，恰便似一輪明鏡懸。」脈望館古名家本鄭德輝《王粲登樓》二折【倘秀才】：「如今那有錢的布衣人平登省臺，如今他可也不論文章只論財。」

〔二〇二〕休遲慢　脈望館古名家本、顧曲齋本上有「蚤些兒」三字。王學奇本、鄭振鐸本、盧冀野本「蚤」改作「早」。按，蚤，通「早」。參見《金線池》第四折校注〔四一〕。

〔二〇三〕天色兒真然向晚　脈望館古名家本、顧曲齋本無「兒」字，「真」作「直」，「向」作「交」。真然，真的。闕名氏《雲窗夢》三折【迎仙客】：「姐姐索廝敬重，真然是意重人情，把月蓮真個的人欽敬。」向，臨，將。參看《詩詞曲語辭匯釋》卷三「向（四）」。

〔二〇四〕風箏兒遥望眼　脈望館古名家本、顧曲齋本作「睁睁凝望眼」。王季思本據改。鄭振鐸本、盧冀野本第二個「睁」字誤作「睡」。吴曉鈴本校云：「顧曲齋本作『睁睡凝望眼』五字。」按，吴校誤。

〔二〇五〕你可便休忘了曲檻雕欄　脈望館古名家本、顧曲齋本無「你可便」，「忘」作「迷」。王季思本據改「忘」作「迷」。

〔二〇六〕無人看　脈望館古名家本、顧曲齋本作「蕭然」。

〔二〇七〕墻外行人則要你厮顧盼　脈望館古名家本、顧曲齋本「行」作「無」，無「則要你」。

〔二〇八〕（李慶安云）小姐有顧盼之意，小生怎肯失了信也！（唱）　北京大學本、吴國欽本、王季思本

「唱」上補「正旦」二字。脈望館古名家本、顧曲齋本無此科白。

〔二九〕赴期的早些動憚　脈望館古名家本、顧曲齋本「赴期的」作「赴佳期」，「些」下有一「兒」字。赴期，赴約。息機子本闕名氏《鴛鴦被》一折道姑白：「員外，且喜且喜，小姐説今夜晚間約定在玉清菴中與你赴期，教我先將的鴛鴦被來了也。」動憚，動彈。憚，用同「彈」。影金臺岳家刻本王實甫《西厢記》三本二折【朝天子】：「不思量茶飯，怕見動憚。」

〔三〇〕則我這呆心兒不慣　脈望館古名家本、顧曲齋本「則我這」作「你休要」，無「兒」字。呆心兒，癡心。《太平樂府》卷七喬吉套數【雙調】新水令「閨麗」：「唱道成時節準備着小意兒妝鰕，不成時怎肯呆心兒跳塔，哎，你個吃戲冤家，來來來將人休量抹。」

〔三一〕他這　脈望館古名家本、顧曲齋本無。

〔三二〕（正旦云）慶安也，你是必早些兒來！（李慶安云）理會的。（唱）北京大學本、吳國欽本、王季思本「唱」上補「正旦」二字。脈望館古名家本、顧曲齋本無此科白。

〔三三〕做　脈望館古名家本、顧曲齋本無。

〔三四〕（同梅香下）　脈望館古名家本作「（同下）」。顧曲齋本無。鄭振鐸本、盧冀野本、隋樹森本補「（同下）」。

〔三五〕（李慶安云）姐姐回去了也。天色可也早里，回我家中去也。（下）　脈望館古名家本、顧曲齋本無。可也，還。闕名氏《符金錠》一折鄭恩白：「二哥，還早哩，投到俺兩個賞罷春呵，天色可也未晚哩。」

第二折

（王員外上，云〔一〕）老夫王員外的便是〔二〕。自從悔了這門〔三〕親事，老夫心中十分歡喜〔四〕。今日開開這解典庫〔五〕。看有是〔六〕麽人來。（裴炎上，云）〔七〕兩隻脚穿房入户，一雙手偷東摸西。自家姓裴，名個炎字〔八〕，一生殺人放火，打家截道，偷東摸西〔九〕。但是别人的錢鈔，我劈手的奪將來我就要。我則做這等本分的營生買賣，似别的那等歹勾當我也不做他〔一〇〕。這兩日無買賣，拿着這件衣服去王員外解典庫裏當些錢鈔使用走一遭去〔一一〕。可〔一二〕早來到也。（做見王員外科，云）〔一三〕員外，我這件綿團襖質當些錢鈔使用〔一四〕。（王員外云）〔一五〕這廝好無禮也，是麽好衣服拿來當錢！值的多少？我不當〔一六〕！（裴炎云）〔一七〕我〔一八〕好也要當，歹也要當！（做摔在王員外懷裏科）〔一九〕（王員外云）〔二〇〕這廝好大膽也！我根前你來我去的，你不知道我的行止？我大衙門中告下你來，拷下你那下半截來〔二一〕！你原是個舊景撒潑的賊〔二二〕，還歇着案里〔二三〕，你快去！（裴炎云）〔二四〕員外息怒息怒，不當則便了也。我出的這門來。便好道恨小非君子，無毒不丈夫，一領綿團襖子你當不當便罷，他罵我是歇案的賊！便好道你妒我爲冤，我妒你爲仇〔二五〕，今夜晚間〔二六〕，提短刀在手，越墻而過〔二七〕，將〔二八〕他一家兒都殺了，方稱我平生願足。員外没來由，罵我是賊頭；磨的鋼刀快，今霄必報仇〔二九〕。（下）（王員外云）〔三〇〕裴炎去了也〔三一〕。着這廝〔三二〕惱了我這一場。無甚事，閉了解典庫〔三三〕，後堂中飲酒去來〔三四〕。

（下）

（裴炎上，云）〔三五〕短刀拿在手，專等夜闌時。自家裴炎的便是。頗柰王員外無禮，一領綿團襖當便當，不當便罷，罵我做歇案的賊！我今夜務要殺了他一家兒〔三六〕。天色〔三七〕晚也，來到這後花園中，我跳過這墻去。（做跳墻科，云）阿，可綽，我跳過這墻來。一所好花園也〔三八〕。我在這太湖石邊等候〔三九〕，看有甚麼人來。（梅香上，云〔四〇〕）自家梅香的便是。俺家閏香姐姐着我將這一包袱金珠財寶送與李慶安去〔四一〕。來到這〔四二〕後花園中，等慶安來赴期時先與他。可怎生不見慶安來？慶安，赤、赤、赤〔四三〕。（裴炎云）一個婦人來也，我先殺了他。（做拿住梅香殺科，云）黄泉做鬼休怨我。（梅香死科）〔四四〕（裴炎云）〔四五〕我殺便殺了，我是看咱〔四六〕。一包袱金珠財寶〔四七〕。罷、罷、罷，也勾了我的也，不殺王員外了，背着這包袱，跳過這墻去〔四八〕，還家中去也〔四九〕。（下）（李慶安上，云）〔五〇〕自家李慶安的便是。天色晚了也，瞞着我父親〔五一〕，來到這後花園中〔五二〕。有這苫墻的柳枝〔五三〕，我跳過這墻去〔五四〕。（做跳墻科，云）〔五五〕這的不是太湖石〔五六〕？梅香，赤、赤、赤〔五七〕。（絆倒科，云）〔五八〕是甚麼東西絆〔五九〕我一交？我是看咱〔六〇〕。原來是梅香，他等不將我來，睡着了。我喚他咱。梅香姐姐，我來了。這個梅香原來貪酒，吐了一身。（喚摇科，云）〔六一〕可怎生黏搊搊的〔六二〕？有些朧朧的月兒〔六三〕，我是看咱〔六四〕。可怎麼兩手血〔六五〕？不知甚麼人殺了他〔六六〕梅香，這事不中，我跳過這墻〔六七〕，望家中走、走、走〔六八〕。（下〔六九〕）（正旦上，云〔七〇〕）妾身王閏香，約下與李慶安赴期，先着梅香送一包金銀去了〔七一〕。這梅香好不會幹事也〔七二〕，這早晚可怎生不見來〔七三〕？好着我憂心也呵〔七四〕！

【南吕一枝花】去時節恰〔七五〕黄昏燈影中，看看的定夜鍾聲後〔七六〕。我可便〔七七〕本欲圖兩處喜，到翻做滿懷愁〔七八〕。心緒澆油，脚趔趄家前後〔七九〕，身倒在〔八〇〕門左右。覺一陣地慘天愁，遍體上寒毛抖擻〔八一〕。

【梁州】〔八二〕戰速速〔八三〕肉如鈎搭，森森〔八四〕的髮似人揪。本待要鋪謀定計〔八五〕不教透，送的我有家難奔，有事難收。脚下的鵝楣澀道〔八六〕，身倚定亮隔虬樓〔八七〕，我一片心搜尋遍四大神州〔八八〕。不中用野走嬌羞〔八九〕！俺、俺、俺，本是那一對兒未成就交頸的鴛鴦〔九〇〕，是、是、是，則爲那軟兀剌悞事的那禽獸〔九一〕，天那！天那〔九二〕！閃的我嘴碌都恰便似跌了彈的鵓鴿〔九三〕。我欲待問一個事頭〔九四〕，昏天黑地〔九五〕，誰敢向花園〔九六〕裏走？我從來又怯後〔九七〕。則爲那無用的梅香無去就〔九八〕，送的我〔九九〕潑水難收。

（正旦云）〔一〇〇〕我來到這後花園中也〔一〇一〕。兀的不是風箏兒〔一〇二〕！

【四塊玉】那風箏兒爲記號〔一〇三〕，他可便〔一〇四〕依然有，喒〔一〇五〕兩個相約在梧桐樹邊頭。（帶云）〔一〇六〕險不絆〔一〇七〕倒了我那！（唱）〔一〇八〕則我這綉鞋兒莫不蹦着那青苔溜〔一〇九〕？這泥污了我這鞋底尖〔一一〇〕，紅染了我這羅袴口〔一一一〕，可怎生血浸濕我這白那個襪頭〔一一二〕？

（正旦云）〔一一三〕我道是誰，原來是梅香倒在這花園中〔一一四〕。我是叫他咱〔一一五〕。梅香！梅香〔一一六〕！（做手摸科，云）〔一一七〕這妮子兀的不吃酒來，更吐了那〔一一八〕，摸了我兩手。有些朧朧的月兒〔一一九〕，我是〔一二〇〕看咱。（正旦做慌科，云）〔一二一〕可怎生兩手血〔一二二〕？兀的不諕殺我也〔一二三〕！不知是麽人殺了梅香〔一二四〕，不中，我與你喚出姆姆來者〔一二五〕。（叫科，云）〔一二六〕姆姆〔一二七〕！（姆姆上，云）〔一二八〕姐姐，你叫我怎麼〔一二九〕？（正旦云）〔一三〇〕您孩兒不瞞姆姆説〔一三一〕，我在後花園中見李慶安來〔一三二〕，我道：因何〔一三三〕不來娶我？他道，他家無了錢也〔一三四〕。我便道〔一三五〕：「今夜晚間收拾一包袱〔一三六〕金珠財寶，我着梅香送與你〔一三七〕，倒換過做〔一三八〕財禮，你來娶我〔一三九〕。」相約在太湖石邊等候〔一四〇〕。不知是麼人殺了梅香〔一四一〕，似此怎了也〔一四二〕？（姆姆云）〔一四三〕不干別人事〔一四四〕，這的就是李慶安殺了喒家梅香來〔一四五〕。（正旦云）〔一四六〕姆姆〔一四七〕，敢不是麼〔一四八〕。（姆姆云）〔一四九〕不是他可是誰〔一五〇〕？

【罵玉郎】這的也難同毆打相爭鬥，這的是〔一五一〕人命事怎干休？怎當那綳扒吊拷難禁受〔一五二〕。可若是取了招，審了囚，端的〔一五三〕着誰人救？

（姆姆云）姐姐，這件事敢隱藏不住〔一五四〕。

【感皇恩】慶安也〔一五五〕，你本是措大儒流〔一五六〕，少不的號令在街頭〔一五七〕。不想望至公樓春榜動〔一五八〕，剗的可便分秋〔一五九〕。你則爲鸞交鳳友，更和這〔一六〇〕燕侶鶯儔。則爲俺爺毒害〔一六一〕，分繾綣，折綢繆。

（姆姆云）姐姐，這愁煩何時是了？必要經官動府也〔一六二〕。

【採茶歌】往常則爲俺不成就，一重愁，到今日一重愁番做了兩重愁〔一六三〕。則俺那父母公婆記冤仇〔一六四〕，則管裏冤家相報可也幾時休〔一六五〕！

（姆姆云）〔一六六〕此一庄〔一六七〕事不敢隱諱，我叫將老員外來，我與他説〔一六八〕。老員外，你出來〔一六九〕！（王員外上，云）〔一七〇〕姆姆〔一七一〕，這早晚你叫我有甚事〔一七二〕？（姆姆云）〔一七三〕不知甚麼人殺了梅香〔一七四〕，丢下一把刀子〔一七五〕。（王員外云）〔一七六〕嗨〔一七七〕，有甚麼難見處，則是李慶安這個小弟子孩兒〔一七八〕！爲我悔了親事也〔一七九〕，他〔一八〇〕殺了我家梅香，更待干罷〔一八一〕！姆姆〔一八二〕，將着刀子〔一八三〕，我如今踏着脚踪兒直到李慶安家〔一八四〕，試探他那虚實走一遭去〔一八五〕。（正旦云）〔一八六〕姆姆〔一八七〕，你看這刀子〔一八八〕，則怕不是他麼〔一八九〕。

（姆姆云）〔一九〇〕可怎生便知不是他〔一九一〕？

【尾聲】這場人命則在這刀一口〔一九二〕，量這〔一九三〕個十四五的孩兒，姆姆也〔一九四〕，他怎做的這一手〔一九五〕？止不過傷了浮財，損了人口〔一九六〕；若打這場官司再窮究〔一九七〕，和父親解收〔一九八〕，休惹那〔一九九〕事頭。（正旦云）〔二〇〇〕常是〔二〇一〕慶安無話説，久後拿住殺人賊呵〔二〇二〕，（唱）〔二〇三〕我則怕屈壞了他平人，姆姆也，喒可敢到罷手〔二〇四〕。（下）〔二〇五〕

（王員外云）〔二〇六〕姆姆〔二〇七〕，將着刀子〔二〇八〕，跟我直至李慶安家中，問此人這庄事走一遭去來〔二〇九〕。（同下）

（李老兒上，云）〔二一〇〕自家李員外的便是〔二一一〕。俺孩兒李〔二一二〕慶安上學來家吃了飯，不知那裏去了。我關上這門。這早晚敢待來也。（李慶安上，做慌科，云）〔二一三〕自家李慶安的便是。小姐約我赴期，不知是麼人將梅香殺了，我害慌也，家中見父親去〔二一四〕。來到門首也〔二一五〕。父親開門來〔二一六〕！（李老兒云）〔二一七〕孩兒來了也，我開開這門。（開門科，見云）孩兒也，你慌做是麼〔二一八〕？（李慶安云）〔二一九〕不瞞父親説，我早晨間放風筝兒要子〔二二〇〕，不想抓在王員外家梧桐樹上〔二二一〕，我跳過花園墻取去〔二二二〕，不想正撞着王閏香〔二二三〕。他説〔二二四〕道：「你爲何不來娶我？」我道〔二二五〕：「因爲俺家窮暴了〔二二六〕，無錢娶你，你父親悔了這門親事〔二二七〕。」他便道：「你今夜晚間來我這後花園中太湖石邊等着〔二二八〕，我着梅香送與你〔二二九〕一包袱金珠財寶與你，你倒換過來娶我〔二三〇〕。」投到您孩兒去〔二三一〕，不知甚麼人把他梅香殺了〔二三二〕，摸了我兩手血〔二三三〕。孩兒不敢隱諱，敬告〔二三四〕父親説知。（李老兒云）〔二三五〕孩兒，你敢做下來〔二三六〕了也！（李慶安云）〔二三七〕不干您孩兒事〔二三八〕。（李老兒云）〔二三九〕孩兒〔二四〇〕，你不要大驚小怪的〔二四一〕，關上門，俺〔二四二〕歇息罷。（王員外同姆姆上）（王員外云）〔二四三〕來到也〔二四四〕。姆姆〔二四五〕，正是他殺了梅香來〔二四六〕，門上兩個血手印。開門來〔二四七〕！開門來！（開門科）（李老兒云）〔二四八〕我開開這門〔二四九〕。老員外，家裏來〔二五〇〕。有甚麼事，這早晚到俺這裏〔二五一〕？（王員外云）〔二五二〕老畜生！你還説嘴里〔二五三〕，你家慶安做的好勾〔二五四〕當！見俺悔了這門〔二五五〕親事，昨夜晚間把我家梅香殺了〔二五六〕，你還推不知道里！（李老兒云）俺孩兒是讀書的人，他怎肯做這等的勾當？不干俺孩兒之事。（王員外云）不是他可是誰？你舒出手來。（李慶安云）父親，不干您孩兒事。（王員外云）既然不是，你舒出手來。（李慶安做舒手科，云）兀的不是手〔二五七〕。（王員外云）〔二五八〕好阿！兩手鮮血，還不是你里！正是殺人賊，明有清官〔二五九〕，我和你〔二六〇〕見官去來！（王員外扯李慶安科）〔二六一〕（李慶安云）〔二六二〕天那，着誰人救我也！（同下）

（净扮官人賈虚同外郎、張千上）（净官人云）小官身姓賈，房上去跑馬，聘胖響一聲，蹦破一路瓦。小官姓賈，名虚，字蓼然。幼習儒業，頗看春秋，西廂之記，念的滑熟。嚷的飯飽，扒上城樓，望下一看，打個筋陡。撞破腦戴，鮮血直流，貼上膏藥，勒上包頭。疼的我戰，冷汗澆流，忙叫外郎，與我就揉。疼了兩日，害了一秋，不吃米飯，則咽骨頭。我在這開封府祥符縣做個理刑之官，但是那驢吃田，馬吃豆，鬥打相爭，人命等事，都來我根前伸訴。今日坐起早衙，外郎，喝攛廂放告！（外郎云）張千，喝攛廂！（張千云）理會的。攛廂放告！（王員外扯李慶安同李老兒上)(王員外云)老漢王員外的便是。李慶安殺了我家梅香,更待干罷!我扯他同這老子去衙門中告他去。可早來到也。大開着門里,我是叫冤屈咱。冤屈也!(净官人云)是麽人炒鬧?定是告狀的。我説外郎,買賣來了,我則憑着你。與我拿將過來!(張千云)理會的。當面!(王員外扯李慶安同李老兒跪科)(净官人云)兀那厮,你告是麽人?(王員外云)大人可憐見!小人姓王,是王半州;這個老子姓李,是李十萬。俺兩個曾指腹成親來,我根前生了個女孩兒,是王閏香;他生了這個小厮,唤做李慶安。他有錢時我便與他做親,因他窮暴了,我悔了這門親事。這小厮懷冤挾仇,越墻而過,圖財致命,殺了我家梅香。大人可憐見,與小的每做主!(净官人云)你來告狀,此乃人命之事,我也不管你們是的不是的,將這厮拿下去打着者!(張千云)理會的。(做拿王員外科)(王員外舒三個指頭科)(外郎云)那兩個指頭瘸?(王員外舒五個指頭科)(外郎云)相公,既是這等,將就他罷,他是原告,不必問他,着他隨衙聽候。(净官人云)提控説的是。王員外,你是無事的人,隨衙聽候,唤你便來。(王員外云)理會的。我還家中去也。(下)(净官人云)張千,將李慶安拿近前來!(張千云)理會的。(李慶安云)大人可憐見,小人是個讀書之人,把筆尚然腕勞,怎敢手持鋼刀殺人?并的梅香來?從實的説!(李慶安云)理會的。(净官人云)兀那李慶安,你是個窮漢家,怎麽圖財致命,殺了王員外會的。靠前説詞因!(李慶安云)大人可憐見,小人是個讀書之人,把筆尚然腕勞,怎敢手持鋼刀殺人?并不知此情。(外郎云)大人,這厮癩肉頑皮,不打不招。張千,與我打着者!(張千做打科)(外郎云)你招也不招?(李慶安云)大人,并不干小人之事。(外郎云)再與我打着者!(又做打科)(净官人云)你招也不招?(李慶安云)大人可憐見,打死小人并不知情。(外郎云)再與我打着者!(又做打科)(李慶安云)罷、罷、罷,父親,我那裏捱的這等打拷?我招了罷,是我殺了他家梅香來。(净官人云)可又來,這厮不打也不招。既是招了也,外郎,着他畫字,將枷來,下在死囚牢裏,等府尹相公下馬,判個斬字,便是了手。(外郎云)大人説的是。張千，將枷來，將這小厮押赴牢中去！（張千做拿枷科，云）理會的。上枷，牢裏收人！（李老兒同李慶安哭科，云）哎約，兀的不屈殺人也！（下）（外郎云）大人，聽知的新官下馬，你慢在。張千，跟着我接新官去來。（外郎同張千下）（净官人云）外郎這厮無禮也，問了一日人命事，我也不知道怎麼了了，他把艮老又挾了，又領的張千接新官去了。倘或新官下馬，問我這庄公事，我可怎麼了？（做打滚叫科，云）天也，兀的不欺負殺我也！他都去了，卓兒也没人擡，罷、罷、罷，我自家收拾了家去。（頂桌兒云）炒豆兒，量炒米。（下）（張千上，排衙住，云）在衙人馬平安，擡書案〔二六三〕！（官人領外郎上）〔二六四〕（官人云）〔二六五〕誦《詩》知國正〔二六六〕，講〔二六七〕《易》見天心；筆題〔二六八〕忠孝子，劍斬不平人。老夫姓錢，名可，字可道〔二六九〕，累任爲官，今御筆親除〔二七〇〕開封府府尹之職。爲因老夫滿面鬍髯〔二七一〕，貌類波厮〔二七二〕，滿朝中皆呼老夫波厮錢大尹〔二七三〕。我平日所行〔二七四〕正直公平，所斷之事〔二七五〕并無冤枉。今日升〔二七六〕廳，坐起早衙〔二七七〕。當該司吏〔二七八〕，有甚麼合僉押的文書，決斷的重囚〔二七九〕，押〔二八〇〕上廳來。（外郎遞文書科，云）有〔二八一〕。（官人云）〔二八二〕令史〔二八三〕，這一宗是甚麼文卷？（外郎云）〔二八四〕在城有一人是〔二八五〕李慶安，殺了王員外家梅香，招狀是實，等大人判個斬字〔二八六〕。（官人云）〔二八七〕那罪囚有麼〔二八八〕？（外郎云）有。（官人云）〔二八九〕與我拿將過來〔二九〇〕。（張千云）理會的〔二九一〕。（李慶安帶枷同李老兒上）〔二九二〕（李老兒云）〔二九三〕孩兒，怎生是好〔二九四〕？如今〔二九五〕新官下馬，如之奈何〔二九六〕？（李慶安云）〔二九七〕父親，你看那蜘蛛羅網裏打住個蒼蠅〔二九八〕，父親，你與我救了者〔二九九〕。（李老兒云）〔三〇〇〕孩兒，你的命也顧不的，且救他〔三〇一〕？（李慶安云）〔三〇二〕父親，依着你孩兒，替我救了者〔三〇三〕。（李老兒云）〔三〇四〕依着你，我與你救了者〔三〇五〕。（李慶安云）〔三〇六〕我救了你非灾〔三〇七〕，何人救我這横禍〔三〇八〕？（外郎云）〔三〇九〕拿過來！（張千云〔三一〇〕）當面！（李慶安見官人，跪下科）（官人云）〔三一一〕令史，則這個小厮便是殺人賊〔三一二〕？（外郎云）〔三一三〕

則他〔三一四〕便是。（官人云）〔三一五〕這個小廝他怎生行凶殺人〔三一六〕？其中必有冤枉。兀那〔三一七〕李慶安，是你殺了他家梅香來〔三一八〕？有甚麼不盡的詞因〔三一九〕，你説〔三二〇〕，老夫與你做主。（李慶安云）〔三二一〕大人可憐見，我無了詞因也〔三二二〕。（官人云）〔三二三〕既然〔三二四〕無詞因，令史，他有行凶的贓仗〔三二五〕麼？（外郎云）〔三二六〕有這把行凶的〔三二七〕刀子。（官人云）〔三二八〕將來我看。（外郎遞刀子科，云）〔三二九〕則〔三三〇〕這個便是。（官人云）〔三三一〕這小的便怎生拿的偌大一把刀子〔三三二〕？這把刀子必是個屠家使的〔三三三〕，其中必然暗昧〔三三四〕。（外郎云）〔三三五〕大人〔三三六〕，前官斷定〔三三七〕，請〔三三八〕大人判個斬字，便是典刑〔三三九〕。（官人云）〔三四〇〕既然前官斷定〔三四一〕，將筆來，我判個〔三四二〕斬字。（判字科〔三四三〕，云）一個蒼蠅落在筆尖上〔三四四〕，令史，趕了者〔三四五〕！（外郎云）理會的〔三四六〕。（做趕科〔三四七〕）（官人又判字科〔三四八〕，云）可怎生又一個蒼蠅抱住筆尖〔三四九〕？令史，與我趕了者〔三五〇〕！（外郎趕科，云）〔三五一〕理會的〔三五二〕。（官人判字科〔三五三〕，云）你看〔三五四〕這個蒼蠅，兩次三番抱住這筆尖〔三五五〕，令史，與我拿住者〔三五六〕！（外郎拿住科，云）〔三五七〕大人，我捉住了也〔三五八〕。（官人云）〔三五九〕裝在我這筆管裏〔三六〇〕，將紙來塞住〔三六一〕，看他怎生出來〔三六二〕？（外郎拿住，入筆管塞住科）〔三六三〕（官人又判字科）〔三六四〕（爆破筆〔三六五〕科）（官人云）〔三六六〕好是奇怪也〔三六七〕！我本是依條斷〔三六八〕罪錢大尹，又不是舞文弄法漢蕭曹〔三六九〕；兩次三番判斬字，可怎生蒼蠅爆破紫霜毫〔三七〇〕？這事必有〔三七一〕冤枉。令史，將這小廝枷鎖開了〔三七二〕，拿〔三七三〕他去獄神廟裏歇息；將着一陌黃錢〔三七四〕，燒了那紙〔三七五〕，祈禱了〔三七六〕，你到拽上那獄神廟門〔三七七〕，你將着紙筆，看〔三七八〕那小廝睡中説的言語，你與我寫將來〔三七九〕。（外郎云）〔三八〇〕理會的。（開枷鎖科〔三八一〕，云）開枷〔三八二〕！（李慶安見李老兒科）〔三八三〕（李老兒云）〔三八四〕孩兒，爲是〔三八五〕麼開了枷？（李慶安云）〔三八六〕可是那蒼蠅救了我也〔三八七〕。（李老兒云）〔三八八〕既然這等，你若無了事，我替你〔三八九〕蓋個蒼蠅菩薩廟兒。（外郎云）可早來到也，你入廟去。我倒拽上這門，我將着這紙筆，聽他説甚麼。（李慶安云）大人教我獄神廟裏歇息去。我到這廟中也。我燒了紙，我歇息咱〔三九〇〕。（睡科，云）〔三九一〕非衣兩把火，殺人賊是我；趕的無處藏，走在井底躲。（外郎云）這小廝真個説睡話！我寫在這紙上，見大人去〔三九二〕。（外郎做見官人科，云）〔三九三〕大人〔三九四〕，那小厮到的廟中則説睡語〔三九五〕，我都寫將〔三九六〕來了，大人是看〔三九七〕。（官人云）〔三九八〕你讀〔三九九〕，有殺人賊就與我拿住〔四〇〇〕。（外郎云）〔四〇一〕「非衣兩把火，殺人賊是我……」（官人云）〔四〇二〕原來是你殺〔四〇三〕人，與我拿下去〔四〇四〕！（張千拿外郎科）〔四〇五〕（外郎云）〔四〇六〕大人，是那小厮説的話〔四〇七〕！（官人云）〔四〇八〕這的是我差了〔四〇九〕。將來我看〔四一〇〕。「非衣兩把火，殺人賊是我……」（外郎拿官人科，云）〔四一一〕哦〔四一二〕？（官人云）〔四一三〕哏〔四一四〕！你怎的？（外郎云）〔四一五〕你恰纔是這等來〔四一六〕！（官人〔四一七〕云）「趕的無處藏，走在井底躲」。——這四句詩内必有殺人賊〔四一八〕！我再看咱。「非衣兩把火」〔四一九〕，這名字則在這頭一句裏面〔四二〇〕。這「衣」字在上面，「非」字在下面，不成個字〔四二一〕；「非」字在上，「衣」字在下，可〔四二二〕不是個「裴」字！那〔四二三〕「兩把火」，并着兩個「火」字，可也不成個字〔四二四〕；上下兩個「火」字，不是炎熱的〔四二五〕「炎」字！這殺人賊不是姓炎名裴，便是姓裴名炎〔四二六〕。第二句〔四二七〕「殺人賊是我」，正是前面的〔四二八〕這個人。這〔四二九〕第三句「趕的無處藏」，拿的那厮慌也〔四三〇〕！第四句説〔四三一〕「走在井底躲」，莫不這殺人賊趕的慌，投井而死麼〔四三二〕？不是這等説〔四三三〕。這城中街巷橋梁必有按着個「井」之一字的去處〔四三四〕！可着誰人幹這件事〔四三五〕？則除是竇鑑、張弘方可〔四三六〕。與我喚將竇鑑、張弘〔四三七〕來者！（竇鑑同張弘上〔四三八〕）（竇鑑云）手搭無情棒，懷揣滴泪錢；曉行狼虎路，夜伴死屍眠〔四三九〕。自家竇鑑的便是〔四四〇〕，這個兄弟是張弘〔四四一〕，俺二人在這開封府做着個五衙都首領〔四四二〕。我這個兄弟爲他能辦事，喚他做磨眼裏鬼〔四四三〕。俺管的是橋梁道路，風火盜賊〔四四四〕。有〔四四五〕錢大尹大人呼喚，不知有甚事，須索走一遭去〔四四六〕。（見科，云）〔四四七〕大人喚竇鑑、張弘那裏使用〔四四八〕？（官人云）你兩個管着是麼里？（竇鑑云）小人每管的是風火賊盜〔四四九〕。（官人云）〔四五〇〕既管的是風火賊盜〔四五一〕，有李慶安人命之〔四五二〕事，你怎麼〔四五三〕不捉拿？（竇鑑云）〔四五四〕不曾得大人的言語〔四五五〕，未敢擅便捉拿〔四五六〕。（官人云）〔四五七〕這街巷橋梁有按着個「井」之一字的麼〔四五八〕？（竇鑑云）〔四五九〕大人，俺這裏有個棋盤街井底巷〔四六〇〕。（官人云）〔四六一〕你近前來〔四六二〕，我分付〔四六三〕你：李慶安這庄人命公事都在你二人身上〔四六四〕！與你行凶的〔四六五〕刀子，又四句詩〔四六六〕。頭一句〔四六七〕，那殺人賊若不是姓炎名裴，便是姓裴名炎〔四六八〕。你則去那棋盤街井底巷尋那殺人賊去〔四六九〕。與你三日假限〔四七〇〕，拿將來有賞，拿不將來必然見罪〔四七一〕！你聽者〔四七二〕：我平生心量最公〔四七三〕直，堪〔四七四〕與國家作柱石；我救那負屈銜冤忠孝子〔四七五〕，問你要那圖財致命的殺人賊〔四七六〕。

（同下）

校注

〔一〕云　脈望館古名家本、顧曲齋本無。王學奇本補。

〔二〕老夫王員外的便是　脈望館古名家本、顧曲齋本無。

〔三〕這門　脈望館古名家本、顧曲齋本作「李家」。

〔四〕老夫心中十分歡喜　脈望館古名家本、顧曲齋本無「老夫」二字，「十分」作「甚是」。

〔五〕開開這解典庫　脈望館古名家本、顧曲齋本作「在典解庫中閑坐」。解典庫，當鋪。臧本闕名氏《貨郎旦》一折正旦白：「妾身姓劉，夫主是李彥和……開着座解典庫。」

〔六〕是　脈望館古名家本、顧曲齋本作「甚」。

〔七〕（裴炎上，云）　脈望館古名家本、顧曲齋本「裴炎」作「邦老」，無「云」。王學奇本「邦老」下補「云」。

〔八〕自家姓裴，名個炎字　脈望館古名家本、顧曲齋本作「某裴炎的便是」。

〔九〕一生殺人放火，打家截道，偷東摸西　脈望館古名家本、顧曲齋本作「一生好打家截舍」。

〔一〇〕但是別人的錢鈔，我劈手的奪將來我就要。我則做這等本分的營生買賣，似別的那等歹勾當我也不做他　脈望館古名家本、顧曲齋本無。

〔一一〕拿着這件衣服去王員外解典庫裏當些錢鈔使用走一遭去　脈望館古名家本、顧曲齋本作「將這件衣服去王員外家當些錢鈔去來」。

〔一二〕可　脈望館古名家本、顧曲齋本無。

〔一三〕（做見王員外科，云）　脈望館古名家本、顧曲齋本無。

〔一四〕我這件綿團襖質當些錢鈔使用　「質」原作「值」，今改。質當，典當。《元典章》户部八「雜課」：「段阿李質當人户房舍，不行投稅，取訖招伏。」脈望館古名家本、顧曲齋本作「這件衣服當些錢鈔」。

〔一五〕（王員外云）　脈望館古名家本、顧曲齋本作「（員外）」。王學奇本「員外」下補「云」。

〔一六〕這廝好無禮也，是麽好衣服拿來當錢！　值的多少？　我不當　脈望館古名家本、顧曲齋本作「舊衣服要做甚麽」。

〔一七〕（裴炎云）　脈望館古名家本、顧曲齋本作「（邦老）」。王學奇本「邦老」下補「云」。

〔一八〕我　脈望館古名家本、顧曲齋本無。

〔一九〕（做摔在王員外懷裹科）　脈望館古名家本、顧曲齋本無。

〔二〇〕（王員外云）　脈望館古名家本、顧曲齋本作「（員外）」。王學奇本「員外」下補「云」。

〔二一〕這廝好大膽也！　我根前你來我去的，你不知道我的行止？　我大衙門中告下你來，拷下你那下半截來　脈望館古名家本、顧曲齋本無。行止，脾氣。

〔二二〕你原是個舊景撒潑的賊　「景」原作「境」，今改。舊景，舊時。景，時。《文選》卷二六謝靈運《登江中孤嶼》：「懷新道轉迥，尋异景不延。」脈望館古名家本、顧曲齋本作「你舊景潑皮」。

〔二三〕還歇着案里　脈望館古名家本、顧曲齋本無「還」字。歇案，罪行記載在案。歇，停，記載。

〔二四〕（裴炎云）　脈望館古名家本、顧曲齋本作「（邦老）」。王學奇本「邦老」下補「云」。

〔二五〕員外息怒息怒，不當則便了也。我出的這門來。便好道恨小非君子，無毒不丈夫，一領綿團襖子你當不當便罷，他駡我是歇案的賊！　便好道你妒我爲冤，我妒你爲仇　脈望館古名家本、

脈望館古名家本、顧曲齋本作「（邦老殺梅香科）」。拿，捉。《太平廣記》卷三百零三引《戎幕閒談》：「且拿我入城，投楊氏姊，匄三二百千。」

〔四五〕（裴炎云）　脈望館古名家本作「（邦老）」。王學奇本「邦老」下補「云」。顧曲齋本作「（邦老云）」。

〔四六〕我殺便殺了，我是看咱　脈望館古名家本、顧曲齋本無。

〔四七〕一包袱金珠財寶　脈望館古名家本、顧曲齋本上有「得了這」三字。

〔四八〕罷、罷、罷，也勾了我的也，不殺王員外了，背着這包袱，跳過這墻去　吴國欽本、王季思本「勾」改作「够」。按，勾，通「够」。參見《切鱠旦》第三折校注〔三七〕。脈望館古名家本、顧曲齋本無此賓白。

〔四九〕還家中去也　脈望館古名家本、顧曲齋本作「還我家去來」。

〔五〇〕（李慶安上，云）　脈望館古名家本、顧曲齋本作「（小末上）」。王學奇本「小末上」下補「云」。

〔五一〕天色晚了也，瞞着我父親　脈望館古名家本、顧曲齋本無。

〔五二〕來到這後花園中　脈望館古名家本、顧曲齋本無「這」、「中」。

〔五三〕有這苦墻的柳枝　脈望館古名家本、顧曲齋本無。

〔五四〕我跳過這墻去　脈望館古名家本無「我」、「這」、「去」。顧曲齋本無「這」、「去」。

〔五五〕（做跳墻科，云） 脈望館古名家本、顧曲齋本無。

〔五六〕這的不是太湖石 脈望館古名家本、顧曲齋本作「來到這太湖石邊」。

〔五七〕赤、赤、赤 脈望館古名家本、顧曲齋本作「赤、赤」。

〔五八〕（絆倒科，云） 脈望館古名家本、顧曲齋本無。

〔五九〕絆 脈望館古名家本、顧曲齋本下有一「了」字。

〔六〇〕我是看咱 脈望館古名家本、顧曲齋本「是」作「試」。句下有「（做看科）」。

〔六一〕他等不將我來，睡着了。我喚他咱。梅香姐姐，我來了。這個梅香原來貪酒，吐了一身。（喚搖科，云） 王季思本「將」改作「得」。按，將，猶得。參見《哭存孝》頭折校注〔六六〕。脈望館古名家本、顧曲齋本作「你起來」。

〔六二〕可怎生黏搵搵的 脈望館古名家本、顧曲齋本作「怎麼濕搵搵的」。黏搵搵，黏糊糊。

〔六三〕朧朧的月兒 王季思本「朧朧」改作「朦朧」。按，朧朧，微明貌。徐堅《初學記》卷三夏侯湛《秋可哀》：「月翳翳以隱雲，星朧朧以投光。」脈望館古名家本、顧曲齋本作「月色」。

〔六四〕我是看咱 脈望館古名家本、顧曲齋本「是」作「試」，「咱」作「則」。鄭振鐸本「則」字斷屬下句。誤。按，則，猶吧。參見《蝴蝶夢》第二折校注〔三二〕。

〔六五〕可怎麽兩手血 脈望館古名家本、顧曲齋本作「兩手鮮血」。

〔六六〕他 脈望館古名家本、顧曲齋本無。

〔六七〕這墻 脈望館古名家本、顧曲齋本作「墻來」。

〔六八〕望家中走、走、走 脈望館古名家本作「我走還家去咱」。王學奇本「咱」改作「者」。按，咱，猶吧。參見《調風月》第二折校注〔三五〕。顧曲齋本同脈望館古名家本，惟「咱」作「者」。

〔六九〕下 脈望館古名家本、顧曲齋本上有一「荒」字。王學奇本、隋樹森本「荒」改作「慌」。按，荒，慌。參見《調風月》第二折校注〔五三〕。

〔七〇〕云 脈望館古名家本、顧曲齋本無。王學奇本補。

〔七一〕妾身王閏香，約下與李慶安赴期，先着梅香送一包金銀去了 脈望館古名家本、顧曲齋本無。

〔七二〕這梅香好不會幹事也 脈望館古名家本、顧曲齋本「梅香」作「妮子」，無「會」字。

〔七三〕這早晚可怎生不見來 脈望館古名家本、顧曲齋本作「那早晚去了，這早晚不見來」。

〔七四〕好着我憂心也呵 北京大學本、吴國欽本、王季思本下補「（唱）」。脈望館古名家本、顧曲齋本無「好」字，句下有「（唱）」。

〔七五〕恰 脈望館古名家本、顧曲齋本無。

〔七六〕看看的定夜鍾聲後 脈望館古名家本、顧曲齋本同，惟顧曲齋本「鍾」作「鐘」。鄭振鐸本、盧冀野本「的」改作「約」。吴曉鈴本校云：「徐本、顧曲齋本『的』字并作『約』字。」按，吴校誤。

〔七七〕我可便　脈望館古名家本、顧曲齋本無。

〔七八〕到翻做滿懷愁　吴國欽本、王季思本「到」改作「倒」。按，到，倒。參看《詩詞曲語辭匯釋》卷四「到（二）」。後同，不另出校。脈望館古名家本、顧曲齋本「翻」作「番」，「愁」作「憂」。

〔七九〕脚趔趄家前後　吴曉鈴本「趔趄」下點斷。按，家，猶地。吴本誤斷。參看《詩詞曲語辭匯釋》卷三「家（一）」。脈望館古名家本、顧曲齋本「脚」作「足」。

〔八〇〕在　脈望館古名家本、顧曲齋本作「偃」。

〔八一〕抖擻　脈望館古名家本、顧曲齋本「擻」作「搜」。抖擻，顫動。亦作「斗藪」。白居易《白氏長慶集》卷三《驃國樂》：「花鬘斗藪龍蛇動，曲終王子啓聖人。」

〔八二〕【梁州】　王季思本改作「【梁州第七】」。

〔八三〕戰速速　脈望館古名家本、顧曲齋本作「簌簌的」。戰速速，戰抖的樣子。亦作「戰簌簌」。臧本武漢臣《生金閣》三折【烏夜啼】：「諕的他戰簌簌的把不定腿脡摇，可撲撲的按不住心頭跳。」

〔八四〕森森　脈望館古名家本、顧曲齋本作「依依」。

〔八五〕鋪謀定計　脈望館古名家本、顧曲齋本下有「風也」二字。吴國欽本、王季思本據補。鋪謀定計，制定計謀。鋪，安排。高文秀《澠池會》一折【混江龍】：「出口誇言離趙國，鋪謀定計入潼關。」

〔八六〕脚下的鵝棝澀道　脈望館古名家本、顧曲齋本作「脚根不定，眉黛蒙愁」。鵝棝，疑應是「峨嵋」，高而陡的樣子。石君寶《紫雲亭》四折【梅花酒】：「將蛾（峨）眉（嵋）址（澀）道登，到求樓軟門外。」澀道，刻有花紋的石砌。參看《詩詞曲語辭匯釋》卷六「澀道」。

〔八七〕身倚定亮隔虬樓　脈望館古名家本、顧曲齋本「定」作「偏」，「亮隔虬樓」作「謀事溜裘」。吴曉鈴本校勘記、北京大學本校勘記、王季思本校記均謂脈望館古名家本、顧曲齋本「定」作「遍」，王學奇本徑改作「遍」。按，偏，即「偏」，不正。《集韻》平聲僊韵：「偏，《説文》：『頗也。』……亦作偏」；紕延切。亮隔虬樓，雕鏤圖案的透光的窗或門。闕名氏《魏徵改詔》二折【黄薔薇】：「大踏步走上階基，躧亮隔虬樓粉碎。」

〔八八〕我一片心搜尋遍四大神州　脈望館古名家本、顧曲齋本無「我」字，「遍」作「偏」，「州」作「洲」。王學奇本「偏」改作「遍」。是。佛教指住須彌山四方鹹海之四大洲，即東勝神洲、南贍部洲（舊云南閻浮提）、西牛貨洲、北瞿盧洲。

〔八九〕不中用野走嬌羞　脈望館古名家本作夾白「這奴才不中用，却那裏去了」。王學奇本上補「（帶云）」，下補「（唱）」，「却」字奪。顧曲齋本同脈望館古名家本，惟無「却」字。嬌羞，代指少女。

〔九〇〕俺、俺、俺，本是那一對兒未成就交頸的鴛鴦　脈望館古名家本、顧曲齋本無「俺、俺」、「那」。

〔九一〕是、是、是，則爲那軟兀剌悮事的那禽獸　北京大學本、吳國欽本、王季思本「悮」改作「誤」。按，悮，同「誤」。參見《蝴蝶夢》第二折校注〔二〇〕。脈望館古名家本、顧曲齋本作「做了那嘴古楞悮事的禽獸」。王學奇本、鄭振鐸本、盧冀野本、隋樹森本「悮」改作「誤」。軟兀剌，形容能力弱。

〔九二〕天那！天那　脈望館古名家本、顧曲齋本無。

〔九三〕恰便似跌了彈的瑪鳩　脈望館古名家本、顧曲齋本無「恰便」，「瑪」作「斑」。

〔九四〕我欲待問一個事頭　脈望館古名家本、顧曲齋本作「待休事頭」。事頭，事由。《古今小說·沈小霞相會出師表》：「嚴嵩父子深以爲恨，商議要尋個事頭殺却沈鍊。」

〔九五〕黑地　脈望館古名家本、顧曲齋本作「地黑」。

〔九六〕花園　脈望館古名家本、顧曲齋本上有一「這」字。

〔九七〕又怯後　脈望館古名家本、顧曲齋本作「有些怯候」。後，疑應是「候」。怯候，膽小的毛病，膽小。候，病徵。

〔九八〕則爲那無用的梅香無去就　脈望館古名家本、顧曲齋本無「則」字，「無用」作「吃創」。

〔九九〕送的我　脈望館古名家本、顧曲齋本作「到如今」。吳曉鈴本校云：「徐本、顧曲齋本并作『到如』二字。」按，吳校誤。鄭振鐸本、盧冀野本奪「今」字。

〔一〇〇〕（正旦云）　脈望館古名家本、顧曲齋本無。王學奇本補「（云）」。

〔一〇一〕我來到這後花園中也　脈望館古名家本、顧曲齋本無「這」、「也」。

〔一〇二〕兀的不是風箏兒　北京大學本、吴國欽本、王季思本下補「（唱）」。脈望館古名家本下有一「那」字。王學奇本下補「（唱）」。顧曲齋本同脈望館古名家本，惟句下有「（唱）」。

〔一〇三〕那風箏兒爲記號　「記」原作「計」，從北京大學本、吴國欽本、王季思本改。脈望館古名家本、顧曲齋本無「那」字，「計」作「記」。

〔一〇四〕他可便　脈望館古名家本、顧曲齋本無。

〔一〇五〕喒　脈望館古名家本、顧曲齋本作「俺」。

〔一〇六〕（帶云）　脈望館古名家本、顧曲齋本無。王學奇本補。

〔一〇七〕絆　脈望館古名家本、顧曲齋本無。

〔一〇八〕（唱）　脈望館古名家本、顧曲齋本無。王學奇本補。

〔一〇九〕則我這綉鞋兒莫不蹦着那青苔溜　脈望館古名家本、顧曲齋本「綉鞋兒」下有「滑呵」二字，「莫不」上有「可」字下有「錯」字，「蹦」作「躧」，無「那」字。蹦，踩。李壽卿《伍員吹簫》一折芊（芈）建白：「我怕費得雄早先到了，反出其後，以此擔饑忍餓，日夜奔來，兀的這兩脚上不蹦成了趼也。」

〔一〇〕這泥污了我這鞋底尖　脈望館古名家本、顧曲齋本無「這」、「我這鞋」。

〔一一〕紅染了我這羅袴口　脈望館古名家本、顧曲齋本無「我這」，「袴」作「褲」。

〔一二〕可怎生血浸濕我這白那個襪頭　脈望館古名家本、顧曲齋本作「血浸濕我那襪頭」。那個，襯字，無義。脈望館鈔本闕名氏《博望燒屯》四折【迎仙客】：「喒須是二十年布衣間布衣間可便舊那個弟兄。」

〔一三〕（正旦云）　脈望館古名家本無。王學奇本補「（云）」。顧曲齋本作「（旦）」。

〔一四〕倒在這花園中　脈望館古名家本、顧曲齋本作「這丫頭兀的不吃酒來」。

〔一五〕我是叫他咱　脈望館古名家本、顧曲齋本「是」作「試」。顧曲齋本無「咱」字。

〔一六〕梅香　脈望館古名家本、顧曲齋本無。

〔一七〕（做手摸科，云）　脈望館古名家本、顧曲齋本「手」上有一「着」字，無「云」。王學奇本補「云」。

〔一八〕這妮子兀的不吃酒來，更吐了那　脈望館古名家本、顧曲齋本作「這妮子可不吃酒來，吐了也」。

〔一九〕有些朧朧的月兒　王季思本「朧朧」改作「朦朧」。參見校注〔六三〕。脈望館古名家本、顧曲齋本作「趁着這朦朧月色」。吴曉鈴本校勘記及隋樹森本「朦朧」誤作「朧朧」。

〔二〇〕是　脈望館古名家本、顧曲齋本作「試」。

〔二一〕（正旦做慌科，云）　脈望館古名家本作「（做荒科）」。王學奇本「荒」改作「慌」，「做慌（荒）科」下補「云」。按，荒，慌。參見《調風月》第二折校注〔五三〕。顧曲齋本同脈望館古名家本，惟「荒」作「慌」。

〔二二〕可怎生兩手血　脈望館古名家本、顧曲齋本作「呀呀」。

〔二三〕諕殺我也　脈望館古名家本、顧曲齋本作「做下了也」。

〔二四〕不知是麼人殺了梅香　脈望館古名家本、顧曲齋本無。

〔二五〕我與你喚出姆姆來者　脈望館古名家本、顧曲齋本作「我索喚嬤嬤咱」。

〔二六〕（叫科，云）　脈望館古名家本作「（做喚科）」。王學奇本「喚」改作「叫」。顧曲齋本作「（做叫科）」。

〔二七〕姆姆　脈望館古名家本、顧曲齋本無。

〔二八〕（姆姆上，云）　脈望館古名家本、顧曲齋本作「（嬤嬤上）」。王學奇本「嬤嬤上」下補「云」。

〔二九〕怎麼　脈望館古名家本、顧曲齋本作「做甚麼」。

〔三〇〕（正旦云）　脈望館古名家本、顧曲齋本作「（旦）」。王學奇本「旦」下補「云」。

〔三一〕您孩兒不瞞姆姆説　脈望館古名家本、顧曲齋本「姆姆」作「嬤嬤」。吴曉鈴本校云：「您——徐本、顧曲齋本并作『你』字。」按，吴校誤。盧冀野本「您」改作「你」。按，您，你。參見《哭存孝》頭折校注〔六五〕。

〔三二〕我在後花園中見李慶安來　脈望館古名家本、顧曲齋本作「您女兒在後花園中見慶安來」。吴曉鈴本校云：「顧曲齋本『您』字作『你』字。」按，吴校誤。鄭振鐸本、盧冀野本「您」改作「你」。

〔三三〕因何　脈望館古名家本、顧曲齋本作「慶安，你怎生」。

〔三四〕他家無了錢也　脈望館古名家本、顧曲齋本作「我無錢」。

〔三五〕我便道　脈望館古名家本、顧曲齋本作「您孩兒道」。吴曉鈴本校云：「顧曲齋本『您』字作『你』字。」按，吴校誤。鄭振鐸本、盧冀野本「您」改作「你」。

〔三六〕袱　脈望館古名家本、顧曲齋本無。

〔三七〕我着梅香送與你　「你」原作「他」，從北京大學本、吴國欽本、王季思本改。脈望館古名家本、顧曲齋本作「着梅香送與你」。

〔三八〕做　吴曉鈴本奪。

〔三九〕你來娶我　脈望館古名家本、顧曲齋本無「你」字。吴曉鈴本校云：「顧曲齋本『我』字作『你』字。」按，吴校誤。盧冀野本「我」誤作「你」。

〔四〇〕相約在太湖石邊等候　脈望館古名家本、顧曲齋本「相約」作「你只」，「候」作「着」。

〔四一〕不知是麼人殺了梅香　脈望館古名家本、顧曲齋本作「不知是甚麼人將梅香殺了」。

〔一四二〕似此怎了也　脈望館古名家本、顧曲齋本無。

〔一四三〕（姆姆云）　脈望館古名家本、顧曲齋本作「（嬷嬷）」。王學奇本「嬷嬷」下補「云」。

〔一四四〕不干别人事　脈望館古名家本、顧曲齋本作「這個不是别人」。

〔一四五〕這的就是李慶安殺了喒家梅香來　脈望館古名家本、顧曲齋本作「就是李慶安殺了」。

〔一四六〕（正旦云）　脈望館古名家本、顧曲齋本作「（旦）」。王學奇本「旦」下補「云」。

〔一四七〕姆姆　脈望館古名家本、顧曲齋本作「嬷嬷」。

〔一四八〕麽　脈望館古名家本、顧曲齋本作「慶安」。

〔一四九〕（姆姆云）　脈望館古名家本、顧曲齋本作「（嬷嬷）」。王學奇本「嬷嬷」下補「云」。

〔一五〇〕不是他可是誰　北京大學本、吴國欽本、王季思本下補「（正旦唱）」。脈望館古名家本、顧曲齋本作「不是慶安却是誰那」，下有「（旦唱）」。

〔一五一〕這的是　脈望館古名家本、顧曲齋本無。

〔一五二〕怎當那綳扒吊拷難禁受　脈望館古名家本、顧曲齋本無「怎當那」。鄭振鐸本、盧冀野本「扒」字下點斷。誤。按，綳扒吊拷，捆綁吊打。王仲文《救孝子》三折【滿庭芳】：「盡都是那綳扒吊拷的招伏，把囚人百般拴住，打的來登時命卒。」

〔一五三〕端的　脈望館古名家本、顧曲齋本作「可」。

〔一五四〕（姆姆云）姐姐，這件事敢隱藏不住　北京大學本、吴國欽本、王季思本下補「（正旦唱）」。脈望館古名家本、顧曲齋本無此賓白。

〔一五五〕慶安也　脈望館古名家本、顧曲齋本無。

〔一五六〕你本是措大儒流　脈望館古名家本、顧曲齋本「你」作「他」。「措」應是「醋」。醋大，對讀書人的蔑稱，猶云窮酸。李匡乂《資暇集》：「代稱士流爲醋大。」毛西河注《西厢記》云：「措大，亦作醋大。與酸丁同。」

〔一五七〕少不的號令在街頭　脈望館古名家本、顧曲齋本無「在」字。號令，示衆。《元典章》刑部十九「禁遺漏」：「遺漏者但犯，於市曹枷項號令三日，斷决四十七下。」

〔一五八〕不想望至公樓春榜動　脈望館古名家本、顧曲齋本作「不肯盼志公樓春榜動」。至公樓，試院的别稱。洪皓《松漠紀聞》：「試闈用四柱，揭綵其上，目曰至公樓，主文登之以觀試。」春榜，春試中試的名榜。這裏代指春試。《京本通俗小説·錯斬崔寧》：「只因春榜動，選場開，魏生别了妻子，收拾行囊，上京應取。」

〔一五九〕可便分秋　脈望館古名家本、顧曲齋本作「等深秋」。分秋，秋分。

〔一六〇〕更和這　脈望館古名家本、顧曲齋本無。

〔一六一〕則爲俺爺毒害　脈望館古名家本、顧曲齋本作「則被俺毒害娘」。

〔一六二〕（姆姆云）姐姐，這愁煩何時是了？必要經官動府也　北京大學本、吴國欽本、王季思本下補「（正旦唱）」。脈望館古名家本、顧曲齋本無此賓白。

〔一六三〕往常則爲俺不成就，一重愁，到今日一重愁番做了兩重愁　王季思本據脈望館古名家本、顧曲齋本改作「往常則爲俺不成就，今日也禍臨頭，一重愁番做了兩重愁」。脈望館古名家本、顧曲齋本作「往常爲不成就，今日也禍臨頭，一重愁番做兩重愁」。

〔一六四〕則俺那父母公婆記冤仇　脈望館古名家本、顧曲齋本作「父母公婆計怨讎」。王學奇本「計」改作「記」。

〔一六五〕則管裏冤家相報可也幾時休　脈望館古名家本、顧曲齋本作「則這冤冤相報幾時休」。

〔一六六〕（姆姆云）　脈望館古名家本、顧曲齋本作「（嬷嬷拾刀子科，云）」。

〔一六七〕此一庄　脈望館古名家本、顧曲齋本作「這件」。

〔一六八〕我叫將老員外來，我與他説　脈望館古名家本、顧曲齋本作「須索報與老員外知道。（做報科）」。王學奇本「做報科」下補「云」。

〔一六九〕老員外，你出來　脈望館古名家本、顧曲齋本作「員外，員外」。

〔一七〇〕（王員外上，云）　脈望館古名家本、顧曲齋本作「（員外上）」。王學奇本「員外上」下補「云」。

〔一七一〕姆姆　脈望館古名家本、顧曲齋本作「嬷嬷」。

〔一七三〕這早晚你叫我有甚事　脈望館古名家本無「這」、「你」。王學奇本補「這」字。是。顧曲齋本無「你」字。

〔一七四〕（姆姆云）　脈望館古名家本、顧曲齋本作「（嬷嬷）」。王學奇本「嬷嬷」下補「云」。

〔一七五〕不知甚麽人殺了梅香　脈望館古名家本、顧曲齋本下有一「也」字。

〔一七六〕丢下一把刀子　脈望館古名家本、顧曲齋本無。

〔一七七〕（王員外云）　脈望館古名家本、顧曲齋本作「（員外）」。王學奇本「員外」下補「云」。

〔一七八〕嗨　脈望館古名家本、顧曲齋本無。

〔一七九〕則是李慶安這個小弟子孩兒　脈望館古名家本、顧曲齋本作「不是别人，就是李慶安」。

〔一八〇〕爲我悔了親事也　脈望館古名家本、顧曲齋本「爲我」作「他見」，無「也」字。

〔一八一〕他　脈望館古名家本、顧曲齋本作「便」。

〔一八二〕更待干罷　脈望館古名家本、顧曲齋本無。

〔一八三〕姆姆　脈望館古名家本、顧曲齋本作「嬷嬷」。

〔一八四〕將着刀子　脈望館古名家本、顧曲齋本上有一「你」字，「將」作「拿」。

〔一八五〕我如今躧着脚踪兒直到李慶安家　脈望館古名家本、顧曲齋本作「我踏着脚踪兒直到他家」。

〔一八六〕試探他那虚實走一遭去　脈望館古名家本、顧曲齋本作「打探一遭去」。

〔一八六〕（正旦云）　脈望館古名家本、顧曲齋本作「（旦）」。王學奇本「旦」下補「云」。

〔一八七〕姆姆　脈望館古名家本、顧曲齋本作「嬷嬷」。

〔一八八〕你看這刀子　脈望館古名家本、顧曲齋本無。

〔一八九〕他麽　脈望館古名家本、顧曲齋本「他」作「李慶安」，無「麽」字。

〔一九〇〕（姆姆云）　脈望館古名家本、顧曲齋本作「（嬷嬷）」。王學奇本「嬷嬷」下補「云」。

〔一九一〕可怎生便知不是他　北京大學本、吴國欽本、王季思本下補「（正旦唱）」。脈望館古名家本、顧曲齋本作「不是他是誰」，下有「（旦）嬷嬷，你看這刀。（唱）」。王學奇本「旦」下補「云」。

〔一九二〕這場人命則在這刀一口　脈望館古名家本、顧曲齋本作「割到有三千性命刀一口」。

〔一九三〕這　脈望館古名家本、顧曲齋本作「一」。

〔一九四〕姆姆也　脈望館古名家本、顧曲齋本無。

〔一九五〕他怎做的這一手　脈望館古名家本、顧曲齋本下有「好家緣似銅斗，他家私怎窮究，喒家私要的有」。北京大學本校勘記及王學奇本「喒」改作「咱」。按，喒，咱們。參見《哭存孝》頭折校注〔二四〕。

〔一九六〕止不過傷了浮財，損了人口　吴國欽本「止」改作「只」。按，止，只。參見《調風月》第一折校注〔二七〕。脈望館古名家本、顧曲齋本「傷了」「損了」下均有一「些」字，「人」作「軀」。損，失。

《文選》卷四十二曹丕《與鍾大理書》：「猥以蒙鄙之姿，得睹希世之寶，不煩一介之使，不損連城之價。」

〔一九七〕若打這場官司再窮究　脈望館古名家本、顧曲齋本作「則不如打滅這場官司免遖逗」。王季思本校記「逗」誤作「透」。

〔一九八〕解收　脈望館古名家本、顧曲齋本作「細謀」。吴國欽本、王季思本據改。

〔一九九〕休惹那　脈望館古名家本、顧曲齋本作「别尋個」。

〔二〇〇〕（正旦云）　脈望館古名家本、顧曲齋本無。王學奇本補「（帶云）」。

〔二〇一〕常是　真是。參看《詩詞曲語辭匯釋》卷二「暢」。

〔二〇二〕久後拿住殺人賊呵　脈望館古名家本、顧曲齋本同。吴曉鈴本校云：「賊——徐本、顧曲齋本上并有『殺』字，疑衍。」按，吴校誤。盧冀野本「賊」上衍一「殺」字。久後，以後。顔之推《顔氏家訓》卷上「勉學第八」：「舉朝驚駭，不解事義，久後尋迹，方知如此。」

〔二〇三〕（唱）　脈望館古名家本、顧曲齋本無。王學奇本補。

〔二〇四〕我則怕屈壞了他平人，姆姆也，喒可敢到罷手　脈望館古名家本、顧曲齋本作「我則怕屈殺了平人枉出醜」。平人，好人。柳公權《小説舊聞記》：「某雖小吏，慎密自防，細過既無，反招殘賊，豈有窺奪赤子，陰害平人！已訴于天，今來請命。」

〔二〇五〕（下）　脈望館古名家本、顧曲齋本作「（旦下）」。

〔二〇六〕（王員外云）　脈望館古名家本、顧曲齋本作「（員外）」。王學奇本「員外」下補「云」。

〔二〇七〕姆姆　脈望館古名家本、顧曲齋本作「嬤嬤」。

〔二〇八〕將着刀子　脈望館古名家本、顧曲齋本上有一「你」字。

〔二〇九〕跟我直至李慶安家中，問此人這庄事走一遭去來　脈望館古名家本、顧曲齋本作「跟着我直至李慶安家訪問一遭去」。

〔二一〇〕（孛老兒上，云）　脈望館古名家本、顧曲齋本作「（窮李老上）」。王學奇本「窮李老上」下補「云」。

〔二一一〕自家李員外的便是　脈望館古名家本、顧曲齋本無。

〔二一二〕俺孩兒李　脈望館古名家本、顧曲齋本無。

〔二一三〕（李慶安上，做慌科，云）　脈望館古名家本作「（小末荒上）」。王學奇本「荒」改作「慌」，「小末慌（荒）上」下補「云」。按，荒，慌。參見《調風月》第二折校注〔五三〕。顧曲齋本同脈望館古名家本，惟「荒」作「慌」。

〔二一四〕自家李慶安的便是。小姐約我赴期，不知是麼人將梅香殺了，我害慌也，家中見父親去　脈望館古名家本、顧曲齋本無。害慌，害怕。朱凱《黃鶴樓》四折劉封白：「我父親惱了，扯出劍來要殺我，我害慌躲避了。」

〔二五〕來到門首也　脈望館古名家本、顧曲齋本「門首」上有一「這」字，無「也」字。

〔二六〕來　脈望館古名家本、顧曲齋本無。

〔二七〕（李老兒云）　王季思本「李老兒」改作「孛老兒」。後同，不另出校。脈望館古名家本、顧曲齋本作「（李老）」。王學奇本「李老」下補「云」。

〔二八〕孩兒來了也，我開開這門。（開門科，見云）孩兒也，你慌做是麽　北京大學本、吳國欽本、王季思本「是」改作「甚」。按，做是麽，即做甚麽，甚麽。劉唐卿《降桑椹》二折：「（糊突蟲云）是。有請，有請！（外呈答云）慌做是麽？得也麽。」脈望館古名家本、顧曲齋本作「孩兒，你荒怎麽」。吳曉鈴本校云：「顧曲齋本『荒』字作『慌』字。」按，吳校誤。王學奇本、鄭振鐸本、盧冀野本、隋樹森本「荒」改作「慌」。按，荒，慌。參見《調風月》第二折校注〔五三〕。

〔二九〕（李慶安云）　脈望館古名家本、顧曲齋本作「（小末）」。王學奇本「小末」下補「云」。

〔三〇〕我早晨間放風箏兒耍子　脈望館古名家本、顧曲齋本作「我日間放風箏」。

〔三一〕不想抓在王員外家梧桐樹上　脈望館古名家本、顧曲齋本無「不想」、「王員外家」。

〔三二〕我跳過花園墻取去　脈望館古名家本、顧曲齋本作「我跳過墻去取風箏」。

〔三三〕不想正撞着王閏香　脈望館古名家本、顧曲齋本作「不想正是王員外家花園，正撞見王閏香小姐」。

〔二四〕他説　脈望館古名家本、顧曲齋本作「便問您孩兒」。

〔二五〕道　脈望館古名家本、顧曲齋本上有一「便」字。

〔二六〕因爲俺家窮暴了　王季思本「暴」改作「薄」。脈望館古名家本、顧曲齋本作「我家窮了」。

〔二七〕你父親悔了這門親事　脈望館古名家本、顧曲齋本「悔」上有一「又」字，無「這門」二字。

〔二八〕你今夜晚間來我這後花園中太湖石邊等着　脈望館古名家本、顧曲齋本無「我」、「後」，「邊」作「畔」。

〔二九〕與你　脈望館古名家本、顧曲齋本無。北京大學本、吴國欽本、王季思本據删。

〔三〇〕你倒换過來娶我　脈望館古名家本、顧曲齋本無「你」字，「娶」作「取」。王學奇本「取」改作「娶」。按，取，娶。參見《救風塵》第四折校注〔二四〕。

〔三一〕投到您孩兒去　脈望館古名家本、顧曲齋本無。投到，及至，等到。鄭德輝《三戰吕布》楔子孫堅白：「投到他拔出戟來，我走過蘆溝橋去也。」

〔三二〕不知甚麽人把他梅香殺了　脈望館古名家本、顧曲齋本「知」下有一「是」字，無「他」字。

〔三三〕摸了我兩手血　脈望館古名家本、顧曲齋本作「您孩兒去摸了兩手血」。鄭振鐸本、盧冀野本及吴曉鈴本校勘記「您」誤作「你」。

〔二三四〕敬告　脈望館古名家本、顧曲齋本作「對」。

〔二三五〕（李老兒云）　脈望館古名家本、顧曲齋本作「（李老）」。王學奇本「李老」下補「云」。

〔二三六〕來　脈望館古名家本、顧曲齋本無。

〔二三七〕（李慶安云）　脈望館古名家本、顧曲齋本作「（小末）」。王學奇本「小末」下補「云」。

〔二三八〕不干您孩兒事　脈望館古名家本「干」誤作「千」。王學奇本已正。吴曉鈴本校云：「您——顧曲齋本作『你』字。」按，顧曲齋本作「您」。吴校誤。鄭振鐸本、盧冀野本「您」改作「你」。

〔二三九〕（李老兒云）　脈望館古名家本、顧曲齋本作「（李老）」。王學奇本「李老」下補「云」。

〔二四〇〕孩兒　脈望館古名家本、顧曲齋本無。

〔二四一〕你不要大驚小怪的　脈望館古名家本、顧曲齋本無「你」、「的」。

〔二四二〕俺　脈望館古名家本、顧曲齋本無。

〔二四三〕（王員外同姆姆上）（王員外云）　脈望館古名家本、顧曲齋本作「（員外上）」。王學奇本「員外上」下補「云」。

〔二四四〕來到也　脈望館古名家本、顧曲齋本作「來到慶安門首也」。

〔二四五〕姆姆　脈望館古名家本、顧曲齋本作「嬷嬷」，下有「你看」二字。

〔二四六〕來　脈望館古名家本、顧曲齋本無。

〔二四七〕開門來　脈望館古名家本、顧曲齋本作「慶安」。

〔二四八〕（開門科）（李老兒云）　脈望館古名家本、顧曲齋本作「（李老開門科）」。王學奇本「李老開門科」下補「云」。

〔二四九〕我開開這門　脈望館古名家本、顧曲齋本無。

〔二五〇〕家裏來　脈望館古名家本、顧曲齋本無。

〔二五一〕這裏　脈望館古名家本、顧曲齋本作「家裏來」。

〔二五二〕（王員外云）　脈望館古名家本、顧曲齋本作「（員外）」。王學奇本「員外」下補「云」。

〔二五三〕老畜生！你還説嘴里　脈望館古名家本、顧曲齋本無。

〔二五四〕勾　顧曲齋本作「彀」。

〔二五五〕這門　脈望館古名家本、顧曲齋本無。

〔二五六〕昨夜晚間把我家梅香殺了　脈望館古名家本、顧曲齋本「昨」作「今」，無「我家」。

〔二五七〕你還推不知道里！（李老兒云）俺孩兒是讀書的人，他怎肯做這等的勾當？不干俺孩兒之事。（王員外云）不是他可是誰？你舒出手來。（李慶安云）父親，不干您孩兒事。（王員外云）既然不是，你舒出手來。（李慶安做舒手科，云）兀的不是手　脈望館古名家本作「（小末）我是個小孩兒，千我甚事」。王學奇本「小末」下補「云」。「千」應是「干」。王本已正。顧曲齋本同脈望館古名家本，惟「千」作「干」。吳曉鈴本校云：「顧曲齋本『甚事』作『甚麽』。」按，吳校誤。盧冀野本「甚事」誤作「甚麽」。

〔二五八〕（王員外云） 脈望館古名家本、顧曲齋本作「（員外）」。王學奇本「員外」下補「云」。

〔二五九〕好阿！ 兩手鮮血，還不是你里！ 正是殺人賊，明有清官 脈望館古名家本、顧曲齋本無。

〔二六〇〕我和你 脈望館古名家本、顧曲齋本作「喒」。王學奇本改作「咱」。按，喒，咱們。參見《哭存孝》頭折校注〔二四〕。

〔二六一〕（王員外扯李慶安科） 脈望館古名家本、顧曲齋本無。

〔二六二〕（李慶安云） 脈望館古名家本、顧曲齋本作「（小末）」。王學奇本「小末」下補「云」。

〔二六三〕（浄扮官人賈虛同外郎、張千上）……擡書案 「撞破」的「撞」原作「裝」，從北京大學本、吳國欽本、王季思本改。「同這老子」的「這」原作「住」，有校筆改作「這」。從。北本、吳本、王本亦從改。王季思本「依今常用法」「聘胖」改作「乒乓」。吳國欽本、王季思本「嚌」改作「嚵」。按，嚌，吃。劉唐卿《降桑椹》二折太醫白：「好飲美酒，快嚌肥鵝。」北京大學本、吳國欽本、王季思本「戴」改作「袋」。吳本「咽」改作「咽」，王本改作「啃」。按，咽，啃。臧本石君寶《曲江池》一折【金盞兒】：「他見兔兒颩鷹鸇，咽羊骨不嫌羶。」王本「窮暴」改作「窮薄」，「大人，這廝癩肉頑皮」

的「大人」二字奪，二「又做打科」上均補「張千」二字。吴本、王本「艮老」改作「銀老」。是。銀老，銀子。老，後綴。吴本、王本「欺負殺」的「殺」改作「煞」。按，殺，極甚之辭。參看《詩詞曲語辭匯釋》卷四「煞(一)」。後同，不另出校。北本、吴本、王本「卓」改作「桌」。按，卓即桌。參見《拜月亭》第三折校注〔六二〕。

脈望館古名家本、顧曲齋本無此段科白。

外郎，即令史，衙門裏的佐史。顧炎武《日知録》卷二十四「外郎」：「散郎謂之外郎。今以之稱吏員，乃世俗相褒之辭」。滑熟，熟。楊梓《敬德不伏老》二折【滿庭芳】：「他十八般武藝都學就，六韜書看的來滑熟。」包頭，頭巾。《醒世恒言·陸五漢硬留合色鞋》：「可憐壽兒從不曾出門，今日事在無奈，只得把包頭齊眉兜了，鎖上大門，隨衆人望杭州府來。」理刑，掌理刑獄。陳鴻《東城老父傳》：「及老人見四十三省郎吏，有理刑才名，大者出使郡，小者鎮縣。」放告，讓告，開庭受理案件。脈望館息機子本武漢臣《生金閣》四折正末白：「張千，喝攛箱放告！」參見《切鱠旦》第三折校注〔三八〕。瘸，殘廢。臧本白仁甫《墻頭馬上》三折【梅花酒】：「眼似瞎手如瘸，輕拈掇慢拿捻。」隨衙聽候，到衙門候審。《元典章》刑部五「燒埋」：「直至行移勘會結案待報，動經三五年間不能結絶，苦主隨衙聽候，犯屬淹延月日，供需囚飯，迤漸消乏。」提控，稱管事的役吏。《太平樂府》卷九闕名氏套數【般涉調】耍孩兒「拘刷行院」：「【三】……没一盞茶時候，道有教坊散樂，拘刷烟月班頭。**【二二】**提控有小朱，權司是老劉，更有那些隨從村禽獸。」詞因，訟詞。《元典章》刑部一「刑名」：「今後遇有須合申明裁決事理，令事發官司開寫犯人所招一干備細詞因，完備申覆，合干上司先行議擬，咨呈都省區處，或送本部復擬。」尚然，尚且。施惠《幽閨記》二十二齣：「娘子元來是宦家之女，我蔣世隆低眼覷畫堂，尚然消受不起，倒與娘子同行同坐。望娘子高擡貴手，饒恕蔣世隆之罪。」打拷，拷打。《元典章》刑部四「雜例」：「（周方大）爲蕭明二將伊銀盤藏去，指證明白，不說下落，因而打拷致死。」可又來，可不是嘛。李行道《灰闌記》二折：「（搽旦扯倈兒云）你說我是親娘，他是奶子。（倈兒云）這個是我親娘，你是我奶子。（正旦云）可又來，我的乖乖兒嚛！」下馬，官員到任。《水滸傳》六十四回：「你的那瞞心昧己的勾當，怕我不知……日後提刑官下馬，我吃不的這等官司！」便是，就。闕名氏《劉弘嫁婢》二折正末白：「你則請的他來呵，你身上的事務，便是完備了也。」了手，了結。《敦煌變文集》卷一《李陵變文》：「誅陵老母妻子了手，所司奏表於王。」在，猶着。參看《詩詞曲語辭匯釋》卷三「在」。挾，裹。《廣韻》入聲帖韵：「挾，懷也，持也」；胡頰切。

〔二四〕（官人領外郎上）　脈望館古名家本、顧曲齋本作「（孤引從人上）」。二本均自此處起爲第三折。官人，官。《左傳·哀公三年》：「百官官備，府庫慎守，官人肅給。」

〔二六五〕（官人云）　脈望館古名家本、顧曲齋本無。王學奇本補「云」。

〔二六六〕正　脈望館古名家本、顧曲齋本作「政」。吴國欽本、王季思本據改。按，正，通「政」。參見《切鱠旦》第二折校注〔一四六〕。

〔二六七〕講　讀。《陳母教子》三折【中吕粉蝶兒】：「他將那《孝經》來讀《論》《孟》講，後習《詩》《書》《禮記》。」

〔二六八〕題　脈望館古名家本、顧曲齋本作「提」。題，評。《後漢書·黨錮傳序》：「遂乃激揚名聲，互相題拂，品覈公卿，裁量執政，婞直之風，於斯行矣。」

〔二六九〕可道　脈望館古名家本、顧曲齋本作「可可」。

〔二七〇〕御筆親除　脈望館古名家本、顧曲齋本作「陞」。除，任命。《史記·魏其武安侯列傳》：「上乃曰：『君除吏已盡未？吾亦欲除吏。』」

〔二七一〕髯髯　脈望館古名家本、顧曲齋本作「虬鬚」。

〔二七二〕波厮　王季思本「厮」改作「斯」。下同，不另出校。脈望館古名家本、顧曲齋本作「色目人」。王學奇本「人」字奪。

〔二七三〕滿朝中皆呼老夫波厮錢大尹　脈望館古名家本、顧曲齋本「中」作「人」，「老夫」下有一「爲」字，「厮」作「斯」。

〔二五四〕所行　脈望館古名家本、顧曲齋本無。

〔二五五〕所斷之事　脈望館古名家本、顧曲齋本作「節操堅剛，剖决如流」。

〔二五六〕升　登。《論語·先進》：「由也，升堂矣，未入於室也。」

〔二五七〕坐起早衙　脈望館古名家本、顧曲齋本無。

〔二五八〕當該司吏　當該，當值。《元典章》刑部十五「書狀」：「若詞狀到鋪，妄行刁蹬……許令告人徑赴所屬官司陳告。取問是實，當該書狀人等黜罷。」司吏，衙門裏的小吏。元刊本孟漢卿《魔合羅》三折【尾】：「那劉玉娘罪責虛，張司吏口非强，把銜冤人提出是非鄉。」

〔二五九〕决斷的重囚　脈望館古名家本、顧曲齋本「囚」作「事」。决斷，判决。《元典章》刑部一「刑法」：「如今内外但是犯着法度的人，都經有司歸問，依體例决斷呵。」

〔二六〇〕押　脈望館古名家本、顧曲齋本作「帶」。

〔二六一〕（外郎遞文書科，云）有　脈望館古名家本、顧曲齋本作「（令史做送文書科）」。

〔二六二〕（官人云）　脈望館古名家本、顧曲齋本作「（孤）」。王學奇本「孤」下補「云」。

〔二六三〕令史　脈望館古名家本、顧曲齋本無。

〔二六四〕（外郎云）　脈望館古名家本、顧曲齋本作「（令史）」。王學奇本「令史」下補「云」。

〔二六五〕在城有一人是　脈望館古名家本、顧曲齋本作「是在城人」。

〔二八六〕等大人判個斬字　脈望館古名家本、顧曲齋本上有一「只」字。

〔二八七〕（官人云）　脈望館古名家本、顧曲齋本作「（孤）」。王學奇本「孤」下補「云」。

〔二八八〕那罪囚有麼　脈望館古名家本、顧曲齋本「罪囚」作「待報囚人」。有，在。脈望館鈔本闕名氏《殺狗勸夫》楔子：「（〔凈〕見旦科，云）嫂嫂，哥哥有末？俺兄弟兩個將一瓶兒酒來，與哥哥上壽來。」

〔二八九〕（外郎云）有。（官人云）　脈望館古名家本、顧曲齋本無。

〔二九〇〕拿將過來　脈望館古名家本、顧曲齋本作「拿上廳來」。

〔二九一〕（張千云）理會的　脈望館古名家本、顧曲齋本無。

〔二九二〕（李慶安帶枷同李老兒上）　脈望館古名家本、顧曲齋本作「（小末帶枷，李老隨上）」。

〔二九三〕（李老兒云）　脈望館古名家本、顧曲齋本作「（李老）」。王學奇本「李老」下補「云」。

〔二九四〕怎生是好　脈望館古名家本、顧曲齋本無。

〔二九五〕如今　脈望館古名家本、顧曲齋本無。

〔二九六〕如之柰何　脈望館古名家本「柰」作「奈」。顧曲齋本同鈔本。鄭振鐸本、盧冀野本、隋樹森本改作「奈」。按，柰，同「奈」。參見《調風月》第一折校注〔九六〕。如之柰何，怎麼辦。《水滸傳》四十三回：「倘或被眼疾手快的拿了送官，如之奈何？」

〔二九七〕（李慶安云）　脈望館古名家本、顧曲齋本作「（小末）」。王學奇本「小末」下補「云」。

〔二九八〕你看那蜘蛛羅網裏打住個蒼蠅　吴曉鈴本、北京大學本、吴國欽本、王季思本「個」上衍一「一」字。脈望館古名家本、顧曲齋本無「羅」字，「個」上有一「一」字。吴曉鈴本校云：「徐本、顧曲齋本并無『一』字。顧曲齋本『裏』字作『在』字。」按，吴校誤。鄭振鐸本、盧冀野本「裏」誤作「在」。

〔二九九〕你與我救了者　脈望館古名家本、顧曲齋本作「你救了他」。

〔三〇〇〕（李老兒云）　脈望館古名家本、顧曲齋本作「（李老）」。王學奇本「李老」下補「云」。

〔三〇一〕你的命也顧不的，且救他　脈望館古名家本、顧曲齋本作「你的性命顧不得，管他怎麽」。且，却。參看《詩詞曲語辭匯釋》卷一「且（三）」。

〔三〇二〕（李慶安云）　脈望館古名家本、顧曲齋本作「（小末）」。王學奇本「小末」下補「云」。

〔三〇三〕父親，依着你孩兒，替我救了者　脈望館古名家本、顧曲齋本作「依着我，救了他」。

〔三〇四〕（李老兒云）　脈望館古名家本作「（李老救科，云）」。顧曲齋本同脈望館古名家本，惟無「云」。

〔三〇五〕我與你救了者　脈望館古名家本、顧曲齋本作「救了」。

〔三〇六〕（李慶安云）　脈望館古名家本、顧曲齋本作「（小末）」。王學奇本「小末」下補「云」。

〔三〇七〕我救了你非灾　「非」應是「飛」字。參見《蝴蝶夢》第二折校注〔三七〕。脈望館古名家本、顧曲齋本上有「蒼蠅」二字。

〔三〇八〕何人救我這横禍　脈望館古名家本、顧曲齋本「何人」作「有誰」，無「這」。

〔三〇九〕（外郎云）　脈望館古名家本、顧曲齋本作「（令史）」。王學奇本「令史」下補「云」。

〔三一〇〕云　脈望館古名家本、顧曲齋本無。王學奇本補。

〔三一一〕當面！（李慶安見官人，跪下科）（官人云）　脈望館古名家本、顧曲齋本無。

〔三一二〕則這個小厮便是殺人賊　脈望館古名家本無「則」、「個」。王學奇本「賊」改作「的」。顧曲齋本同脈望館古名家本，惟「賊」作「的」。

〔三一三〕（外郎云）　脈望館古名家本、顧曲齋本作「（令史）」。王學奇本「令史」下補「云」。

〔三一四〕則他　脈望館古名家本、顧曲齋本作「這個」。

〔三一五〕（官人云）　脈望館古名家本、顧曲齋本作「（孤）」。王學奇本「孤」下補「云」。

〔三一六〕這個小厮他怎生行凶殺人　脈望館古名家本、顧曲齋本作「一個小孩兒，怎生殺了人」。吴曉鈴本校勘記謂脈望館古名家本「了」作「得」。按，吴校誤。王學奇本「了」改作「得」。顧曲齋本同脈望館古名家本，惟「了」作「得」。

〔三一七〕兀那　脈望館古名家本、顧曲齋本無。

〔二八〕來　脈望館古名家本、顧曲齋本無。

〔二九〕不盡的詞因　脈望館古名家本、顧曲齋本無「的」、「因」二字。

〔三〇〕你説　脈望館古名家本、顧曲齋本作「説來」。

〔三一〕（李慶安云）　脈望館古名家本、顧曲齋本作「（小末）」。王學奇本「小末」下補「云」。

〔三二〕我無了詞因也　脈望館古名家本、顧曲齋本作「教我説些甚麽」。王學奇本「教」改作「叫」。吴曉鈴本校云：「顧曲齋本『教』字作『叫』字。」按，吴校誤。鄭振鐸本、盧冀野本、隋樹森本「教」改作「叫」。

〔三三〕（官人云）　脈望館古名家本、顧曲齋本作「（孤）」。王學奇本「孤」下補「云」。

〔三四〕然　脈望館古名家本、顧曲齋本無。

〔三五〕贓仗　脈望館古名家本、顧曲齋本作「刀伏」。「伏」疑「仗」字之誤，鄭振鐸本、盧冀野本已改。吴曉鈴本校勘記亦謂脈望館古名家本「『伏』字誤」，然誤校云：「顧曲齋本作『刀仗』。」贓仗，贓證。仗，兵器總稱。鄭克《折獄龜鑑》：「主人踪迹捕獲送官，不堪掠治，遂自誣云：『……贓與刀在井旁，不知何人持去。』獄成，皆以爲然，敏中獨以贓仗不獲疑之。」

〔三六〕（外郎云）　脈望館古名家本、顧曲齋本作「（令史）」。王學奇本「令史」下補「云」。

〔三七〕行凶的　脈望館古名家本、顧曲齋本無。

〔三八〕（官人云）脈望館古名家本、顧曲齋本作「（孤）」。王學奇本「孤」下補「云」。

〔三九〕（外郎遞刀子科，云）脈望館古名家本、顧曲齋本作「（令史做與刀科）」。王學奇本「與刀科」下補「云」。

〔三〇〕則　脈望館古名家本、顧曲齋本無。

〔三一〕（官人云）　脈望館古名家本作「（孤看云）」。顧曲齋本作「（孤看科）」。

〔三二〕這小的便怎生拿的偌大一把刀子　脈望館古名家本「小的」作「小厮」，「便怎生」作「如何」。王學奇本「的」改作「得」。按，的，得。參看《詩詞曲語辭匯釋》卷四「的(二)」。顧曲齋本同脈望館古名家本，惟「的」作「得」。吴曉鈴本校勘記謂顧曲齋本「得」作「的」。按，吴校誤。

〔三三〕這把刀子必是個屠家使的　吴曉鈴本、北京大學本、吴國欽本、王季思本「把」字奪。脈望館古名家本、顧曲齋本無「把」、「必」，「家」作「户」。

〔三四〕其中必然暗昧　脈望館古名家本、顧曲齋本「然」作「有」。暗昧，可疑。脈望館古名家本孫仲章《勘頭巾》二折孤白：「老夫觀察人情，看了王小二中注模樣，不是個殺人的，就中必有暗昧。」

〔三五〕（外郎云）　脈望館古名家本、顧曲齋本作「（令史）」。王學奇本「令史」下補「云」。

〔三六〕大人　脈望館古名家本、顧曲齋本無。

〔三七〕斷定　脈望館古名家本、顧曲齋本作「問定的」。斷，判。《新唐書・太宗紀》：「是歲，天下斷死罪者二十九人。」

〔三八〕請　脈望館古名家本、顧曲齋本無。

〔三九〕便是典刑　脈望館古名家本、顧曲齋本「是」作「去」。吴國欽本、王季思本據改。按，便是，就。參見校注〔三六三〕。典刑，處決。《元典章》刑部十一「强竊盜」：「賊人偷豁開車子的，初犯打一百七，再犯流遠，三犯典刑者。」

〔四〇〕(官人云)　脈望館古名家本、顧曲齋本作「(孤)」。王學奇本「孤」下補「云」。

〔四一〕既然前官斷定　脈望館古名家本、顧曲齋本無「然」字，「斷」作「問」。

〔四二〕個　脈望館古名家本、顧曲齋本無。

〔四三〕判字科　脈望館古名家本、顧曲齋本上有「孤做」二字。

〔四四〕落在筆尖上　脈望館古名家本、顧曲齋本作「抱住筆尖」。

〔四五〕者　脈望館古名家本、顧曲齋本無。

〔四六〕(外郎云)理會的　脈望館古名家本、顧曲齋本無。

〔四七〕做趕科　脈望館古名家本、顧曲齋本上有「令史」二字。

〔四八〕官人又判字科　脈望館古名家本、顧曲齋本作「孤又判科」。

〔三七三〕拿　脈望館古名家本、顧曲齋本作「教」。

〔三七四〕將着一陌黄錢　脈望館古名家本、顧曲齋本無「將」字，下有「獄神廟裏祈禱」。

〔三七五〕燒了那紙　脈望館古名家本、顧曲齋本無「那」字，「紙」下有「一」「錢」字。

〔三七六〕祈禱了　脈望館古名家本、顧曲齋本無。

〔三七七〕你到拽上那獄神廟門　「門」原作「裏」，從北京大學本、吴國欽本、王季思本改。脈望館古名家本、顧曲齋本作「拽上廟門」。

〔三七八〕看　脈望館古名家本、顧曲齋本作「聽」。

〔三七九〕你與我寫將來　脈望館古名家本、顧曲齋本「你」作「都」，無「將」字。

〔三八〇〕（外郎云）　脈望館古名家本、顧曲齋本作「（令史）」。王學奇本「令史」下補「云」。

〔三八一〕開枷鎖科　脈望館古名家本、顧曲齋本上有「一」「做」字，無「鎖」字。

〔三八二〕開枷　脈望館古名家本、顧曲齋本作「我將這厮收在獄神廟裏，將着這紙筆，聽他説甚麽」。

〔三八三〕（李慶安見李老兒科）　脈望館古名家本、顧曲齋本作「（小末見李科）」。

〔三八四〕（李老兒云）　脈望館古名家本、顧曲齋本作「（李老）」。王學奇本「李老」下補「云」。

〔三八五〕是　脈望館古名家本、顧曲齋本作「甚」。

〔三八六〕（李慶安云）　脈望館古名家本、顧曲齋本作「（小末）」。王學奇本「小末」下補「云」。

〔三八七〕也　脈望館古名家本、顧曲齋本無。

〔三八八〕（李老兒云）　脈望館古名家本、顧曲齋本作「（李老）」。王學奇本「李老」下補「云」。

〔三八九〕既然這等，你若無了事，我替你　脈望館古名家本、顧曲齋本無。

〔三九〇〕（外郎云）可早來到也，你入廟去。我倒拽上這門，我將着這紙筆，聽他説甚麽。（李慶安云）大人教我獄神廟裏歇息去。我到這廟中也。我燒了紙，我歇息咱　脈望館古名家本、顧曲齋本無。

〔三九一〕（睡科，云）　脈望館古名家本、顧曲齋本作「（小末睡科，作寢語云）」。

〔三九二〕（外郎云）這小厮真個説睡話！我寫在這紙上，見大人去　脈望館古名家本、顧曲齋本無。

〔三九三〕（外郎做見官人科，云）　脈望館古名家本、顧曲齋本作「（令史做寫科，見孤科，云）」。

〔三九四〕大人　脈望館古名家本、顧曲齋本下有「通神」二字。

〔三九五〕到的廟中則説睡語　脈望館古名家本、顧曲齋本作「睡中説的言語」。

〔三九六〕將　脈望館古名家本、顧曲齋本無。

〔三九七〕大人是看　脈望館古名家本、顧曲齋本無。

〔三九八〕（官人云）　脈望館古名家本、顧曲齋本作「（孤）」。王學奇本「孤」下補「云」。

〔三九九〕你讀　脈望館古名家本、顧曲齋本上有「令史」二字。

〔四〇〇〕有殺人賊就與我拿住　脈望館古名家本、顧曲齋本「有」下有一「了」字，無「與我」。

〔四〇一〕（外郎云）　脈望館古名家本、顧曲齋本作「（令史念云）」。

〔四〇二〕（官人云）　脈望館古名家本、顧曲齋本作「（孤）」。王學奇本「孤」下補「云」。

〔四〇三〕殺　脈望館古名家本、顧曲齋本下有一「了」字。

〔四〇四〕與我拿下去　脈望館古名家本、顧曲齋本上有「張千」二字。

〔四〇五〕拿外郎科　脈望館古名家本、顧曲齋本作「做拿科」。

〔四〇六〕（外郎云）　脈望館古名家本、顧曲齋本作「（令史）」。王學奇本「令史」下補「云」。

〔四〇七〕說的話　脈望館古名家本、顧曲齋本上有「夢中」二字，「話」作「言語」。

〔四〇八〕（官人云）　脈望館古名家本、顧曲齋本作「（孤）」。王學奇本「孤」下補「云」。

〔四〇九〕這的是我差了　脈望館古名家本、顧曲齋本無。

〔四一〇〕將來我看　脈望館古名家本、顧曲齋本下有一「咱」字，句下有「（孤念云）」。

〔四一一〕（外郎拿官人科，云）　脈望館古名家本、顧曲齋本作「（令史做拿孤科）」。

〔四一二〕哦　脈望館古名家本、顧曲齋本無。

〔四一三〕（官人云）　脈望館古名家本、顧曲齋本作「（孤）」。王學奇本「孤」下補「云」。

〔四一四〕哏　脈望館古名家本、顧曲齋本無。

〔四五〕（外郎云）　脈望館古名家本、顧曲齋本作「（令史）」。王學奇本「令史」下補「云」。

〔四六〕你恰纔是這等來　脈望館古名家本「是」上有「也」字。顧曲齋本「你」作「大人」，「是」作「也」。吴曉鈴本校勘記謂脈望館古名家本、顧曲齋本「『是』字并作『也』字」，顧曲齋本「『恰纔』作『纔恰』」。按，吴校誤。鄭振鐸本、盧冀野本、隋樹森本「恰纔」誤倒作「纔恰」。

〔四七〕官人　脈望館古名家本、顧曲齋本作「孤」。

〔四八〕這四句詩内必有殺人賊　脈望館古名家本、顧曲齋本作「哦，這殺人賊在這四句詩裏面」。

〔四九〕「非衣兩把火」　脈望館古名家本、顧曲齋本下有「（孤做意計，云）」。吴曉鈴本校勘記及王學奇本、鄭振鐸本、盧冀野本、隋樹森本「做」改作「作」。

〔五〇〕這名字則在這頭一句裏面　脈望館古名家本、顧曲齋本「名字」作「賊人」，「則」作「只」，「句」下有一「詩」字。

〔五一〕這「衣」字在上面，「非」字在下面，不成個字　脈望館古名家本、顧曲齋本無。

〔五二〕可　脈望館古名家本、顧曲齋本無。

〔五三〕那　脈望館古名家本、顧曲齋本無。

〔五四〕并着兩個「火」字，可也不成個字　脈望館古名家本、顧曲齋本無。

〔五五〕炎熱的　脈望館古名家本、顧曲齋本作「個」。

〔四六〕這殺人賊不是姓炎名裴，便是姓裴名炎　吴曉鈴本、北京大學本、吴國欽本、王季思本「賊」下衍一「人」字。脈望館古名家本、顧曲齋本「殺人賊」作「賊人」，「不是」作「不」，「便是」作「必」。

〔四七〕第二句　脈望館古名家本、顧曲齋本上有一「看」字。

〔四八〕的　脈望館古名家本、顧曲齋本無。

〔四九〕這　脈望館古名家本、顧曲齋本作「看」。

〔五〇〕拿的那厮慌也　脈望館古名家本、顧曲齋本上有一「是」字，「慌」作「荒」，「也」作「了」。王學奇本、隋樹森本「荒」改作「慌」。按，荒，慌。參見《調風月》第二折校注〔五三〕。

〔五一〕第四句説　脈望館古名家本、顧曲齋本作「看第四句」。

〔五二〕莫不這殺人賊趕的慌，投井而死麽　王季思本「莫不」下衍一「是」字。脈望館古名家本、顧曲齋本作「莫不是這殺人賊趕的荒了，投井而死」。王學奇本、隋樹森本「荒」改作「慌」。按，荒，慌。鄭振鐸本、盧冀野本「荒」下衍「莫非不」三字。吴曉鈴本校勘記謂「顧曲齋本作『莫不是這殺人賊趕的荒，莫非不了，投井而死』十八字」。按，吴校誤。

〔五三〕不是這等説　脈望館古名家本、顧曲齋本上有「莫非」二字。鄭振鐸本、盧冀野本奪「莫非不」。隋樹森本「説」字誤屬下句。吴曉鈴本校勘記謂「顧曲齋本無『不』字」。按，吴校誤。

〔四四〕必有按着個「井」之一字的去處　脈望館古名家本、顧曲齋本作「果必有案着個井字」。按，含。《中興以來絶妙詞選》卷九劉静甫《金菊對芙蓉・沙邑宰縮琴妓用舊韵戲之》：「淺拂春山，慢橫秋水，玉纖閑理絲桐。按清冷繁露，淡泞悲風。」

〔四五〕可着誰人幹這件事　脈望館古名家本、顧曲齋本無。

〔四六〕則除是竇鑑、張弘方可　吴曉鈴本、北京大學本、吴國欽本、王季思本下衍「知道」二字。脈望館古名家本、顧曲齋本「張弘」作「城隍使」，「方可」作「知道」。

〔四七〕張弘　脈望館古名家本、顧曲齋本無。

〔四八〕同張弘上　脈望館古名家本、顧曲齋本作「引魔眼鬼上」。王學奇本「上」下補「云」。

〔四九〕（竇鑑云）手掿無情棒，懷揣滴泪錢；曉行狼虎路，夜伴死屍眠　脈望館古名家本、顧曲齋本無。

〔四〇〕自家竇鑑的便是　脈望館古名家本、顧曲齋本作「某姓竇，名鑑，見任城隍使」。

〔四一〕張弘　脈望館古名家本、顧曲齋本作「張千」。

〔四二〕俺二人在這開封府做着個五衙都首領　脈望館古名家本、顧曲齋本無。

〔四三〕我這個兄弟爲他能辦事，唤他做磨眼裏鬼　脈望館古名家本、顧曲齋本作「爲他能幹事，人唤他做魔眼鬼」。吴曉鈴本校勘記「幹」誤作「辦」。磨眼裏鬼，魔眼兒鬼。磨，魔。《劉知遠諸宫調》第十一：「兩個殺人磨君來。」裏，猶兒。《單鞭奪槊》四折徐懋功中場詞：「便似那撥番牙裏箭，扯斷緑韜鵰（弧）。」牙裏箭，牙兒箭。

〔四四〕俺管的是橋梁道路，風火盜賊　脈望館古名家本、顧曲齋本無「俺」，「道路」作「街道」，「盜賊」作「賊情」。

〔四五〕有　脈望館古名家本、顧曲齋本無。

〔四六〕走一遭去　脈望館古名家本、顧曲齋本作「見咱」。

〔四七〕（見科，云）　脈望館古名家本、顧曲齋本作「（做見科）」。王學奇本「做見科」下補「云」。

〔四八〕大人喚竇鑑、張弘那裏使用　脈望館古名家本、顧曲齋本作「大人呼喚，有何使用」。

〔四九〕（官人云）你兩個管着是麼里？（竇鑑云）小人每管的是風火賊盜　吴曉鈴本校勘記「小人」誤作「小的」。脈望館古名家本、顧曲齋本無此賓白。

〔五〇〕（官人云）　脈望館古名家本、顧曲齋本作「（孤）」。王學奇本「孤」下補「云」。

〔五一〕既管的是風火賊盜　脈望館古名家本、顧曲齋本上有一「你」字，「的是」作「着」。

〔五二〕之　脈望館古名家本、顧曲齋本作「公」。

〔五三〕麽　脈望館古名家本、顧曲齋本作「生」。

〔五四〕（竇鑑云）　脈望館古名家本、顧曲齋本作「（竇）」。王學奇本「竇」下補「云」。

〔四五五〕不曾得大人的言語　脈望館古名家本、顧曲齋本「得」作「領」，無「的」字，「言語」作「鈞旨」。

〔四五六〕捉拿　脈望館古名家本、顧曲齋本無。

〔四五七〕（官人云）　脈望館古名家本、顧曲齋本作「（孤）」。王學奇本「孤」下補「云」。

〔四五八〕這街巷橋梁有按着個「井」之一字的麽　吳曉鈴本奪「個」字。脈望館古名家本、顧曲齋本「這」下有「城中」二字，無「之一」。

〔四五九〕（竇鑑云）　脈望館古名家本、顧曲齋本作「（竇）」。王學奇本「竇」下補「云」。

〔四六〇〕俺這裏有個棋盤街井底巷　脈望館古名家本、顧曲齋本無「俺這裏」及「街」字。

〔四六一〕（官人云）　脈望館古名家本、顧曲齋本作「（孤）」。王學奇本「孤」下補「云」。

〔四六二〕你近前來　脈望館古名家本、顧曲齋本上有「竇鑑」二字。

〔四六三〕分付　脈望館古名家本、顧曲齋本下有一「與」字。

〔四六四〕李慶安這庄人命公事都在你二人身上　脈望館古名家本、顧曲齋本「庄」作「樁」，無「都在你二人身上」。

〔四六五〕的　脈望館古名家本、顧曲齋本無。

〔四六六〕又四句詩　脈望館古名家本、顧曲齋本作「又有四句詩說的明白」。

〔四六七〕頭一句　脈望館古名家本、顧曲齋本無。

〔四六八〕若不是姓炎名裴，便是姓裴名炎　脈望館古名家本、顧曲齋本作「不是炎裴，就是裴炎」。

〔四六九〕你則去那棋盤街井底巷尋那殺人賊去　脈望館古名家本、顧曲齋本無第一個「那」字，「尋那」作「尋拿」。吴曉鈴本校勘記謂脈望館古名家本、顧曲齋本「『那棋盤街井底巷』并作『棋盤井底巷』五字」。按，吴校誤。鄭振鐸本、盧冀野本奪「街」字。

〔四七〇〕假限　寬限。元刊本孟漢卿《魔合羅》四折【紅綉鞋】：「我得了嚴假限一朝兩日，你却才支吾到數次十回，你管惹場六問共三推。」

〔四七一〕見罪　脈望館古名家本、顧曲齋本作「有罰」。

〔四七二〕者　脈望館古名家本同。王學奇本改作「着」。按，者，表命令語氣。參見《哭存孝》頭折校注〔八〇〕。

〔四七三〕公　脈望館古名家本、顧曲齋本作「忠」。

〔四七四〕堪　脈望館古名家本、顧曲齋本作「偏」。

〔四七五〕我救那負屈銜冤忠孝子　脈望館古名家本「我」下有一「若」字，無「那」，「銜」作俗體「啣」。顧曲齋本同脈望館古名家本，惟「啣」誤作「哘」。隋樹森本「哘」改作「啣」。

〔四七六〕問你要那圖財致命的殺人賊　脈望館古名家本無「問」字，「你」下有「手裏」二字，無「那」、「的」。顧曲齋本同脈望館古名家本，惟「財」誤作「賊」，「致」誤作「救」。吴曉鈴本校勘記亦謂

「賊」「救」二字「疑誤」。隋樹森本已正。

第三折〔一〕

（浄扮茶博士上，云）〔二〕吃了茶的過去，吃了茶的過去。俺這裏茶迎三島客，湯送五湖賓，喝上七八盞，管情去出恭〔三〕。自家茶博士的便是〔四〕。在此棋盤街井底巷開着座茶房〔五〕，但是那經商客旅做買做賣的都來俺這裏吃茶。今日清早晨起來，燒的湯瓶兒熱，開開這茶鋪兒〔六〕，看有是〔七〕麽人來。（竇鑑、張弘各拿水火棍上，云）〔八〕自家竇鑑、張弘的便是。這裏前後可也無人。俺二人奉大人的言語，着俺緝訪殺人賊〔九〕。來到這棋盤街井底巷〔一〇〕。兄弟，喒去那茶房裏吃茶去來〔一一〕。（張弘云）去來，去來。（二人入茶房科）（竇鑑云）〔一二〕茶博士，茶三婆有麽？（茶博士云）有。（竇鑑云）〔一三〕你與我喚出茶三婆來〔一四〕。（茶博士喚科，云）茶三婆，有客官喚你里〔一五〕！（正旦扮茶三婆上，云）〔一六〕來也，來也。好年光也〔一七〕！俺這裏船臨汴水休舉棹〔一八〕，馬到夷門懶贈〔一九〕鞭；看了大海休誇水，除了梁園總是天〔二〇〕。俺這裏惟有一塔閑田地，不是栽花蹴氣毬。好京師也呵〔二一〕！

【越調鬭鵪鶉】俺這裏錦片也〔二二〕似夷門，蓬萊〔二三〕般帝城。端的是〔二四〕輳集人烟，駢闐市井，年稔時豐〔二五〕，太平光景。四海寧，樂業聲〔二六〕。休誇你四百座軍州〔二七〕，八十里汴京〔二八〕；俺這裏千軍聚會，萬國來朝，五馬攢營〔二九〕。

【紫花兒序】好茶也〔三〇〕，湯澆玉蕊〔三一〕，茶點〔三二〕金橙。茶局子〔三三〕提兩個茶瓶，一個要凉蜜水〔三四〕，答着味轉勝〔三五〕，客來要兩般茶名〔三六〕。南閣子裏啜盞會錢〔三七〕，東閣子裏賣煎提瓶〔三八〕。

（茶博士云）三婆，有客官喚你里。（正旦云）你看茶湯去。（茶博士云）理會的。（下）（正旦云）客官每敢在這閣子裏，我是覷咱〔三九〕。（做見科，云）〔四〇〕我道是誰？原來是司公哥哥〔四一〕、磨眼裏鬼〔四二〕哥哥。你吃個甚茶〔四三〕？（竇鑑云）〔四四〕你説你那茶名來我聽〔四五〕。（正旦云）〔四六〕造兩個建湯來〔四七〕。（裴炎上，做賣狗肉科，云）〔四八〕賣狗肉，賣狗肉，好肥狗肉〔四九〕！自家〔五〇〕裴炎的便是。四脚兒狗肉賣了三脚兒〔五一〕，剩下這一脚兒賣不出去〔五二〕，送與茶三婆〔五三〕去。可早來到也。（做見正旦，怒科，云）茶三婆，你今日怎生躲了我？（正旦云）我迎接哥哥來，怎敢躲了？這個是何物？（裴炎云）是肥狗肉。（正旦云）三婆吃七齋。（裴炎云）你吃八齋待怎的？收了者〔五四〕。（正旦云）〔五五〕三婆這些時没買賣〔五六〕。（裴炎怒云）〔五七〕我回來便要錢〔五八〕，你也知道我的性兒〔五九〕！我局子裏扳了你那窗櫺〔六〇〕，茶閣子裏摔碎你那湯瓶〔六一〕，我白日裏就見個簸箕星〔六二〕！我吃酒去〔六三〕也！（下）（正旦云）〔六四〕裴炎去了〔六五〕。被這廝欺負殺我也〔六六〕！（竇鑑云）〔六七〕三婆説誰里〔六八〕？（正旦云）〔六九〕三婆不曾説哥哥〔七〇〕。俺這裏有一人是裴炎〔七一〕，他好生的欺負俺百姓每〔七二〕。（竇鑑云）那廝是裴炎？你這裏是甚麼坊巷？（正旦云）是棋盤街井底巷；有一人是裴炎，好生的方頭不劣也！（竇鑑云）您可怎生怕那廝？（正旦云）哥哥不知，聽三婆説一遍咱。（竇鑑云）你説，俺是聽咱。

【金焦葉】那廝他每日家吃的十分酩酊，（竇鑑云）他怎麼方頭不劣？（唱）他見一日有三十場鬥爭。他吃的來涎涎鄧鄧，（竇鑑云）他這等利害，好是無禮也！（唱）他則待殺壞人的性命。

（竇鑑云）那廝這等凶潑，每日家做是麽買賣？（正旦云）他賣狗肉。他叫一聲呵〔七三〕，

【寨兒令】那廝可便舒着腿脡，他可早叉着門桯〔七四〕，精唇潑口毀罵人〔七五〕。那廝他〔七六〕嘴臉天生，鬼怪〔七七〕人憎。他則要尋炒鬧，要相爭〔七八〕。

（竇鑑云）這等凶惡！您若惱着他呵，他敢怎的你〔七九〕？

【幺篇】〔八〇〕他去那閣子裏扳了窗櫺〔八一〕，茶局子裏摔碎了湯瓶〔八二〕。他直挺挺的眉踢竪〔八三〕，骨碌碌的眼圓睁〔八四〕，叫一聲〔八五〕：白日裏要〔八六〕見簸箕星！

（張弘云）竇鑑哥，這廝好生無禮也！三婆，你看茶湯去。（正旦云）二位哥哥則在這裏，三婆看茶客去也。（下）〔八七〕（竇鑑云）〔八八〕兄弟，你近前〔八九〕來，可是這般恁的〔九〇〕……（張弘云）〔九一〕理會的。（下）（竇鑑云）兄弟這一去必有個主意。我且在此茶房裏閑坐，看有是麽人來〔九二〕。（張弘扮貨郎挑擔子插刀子上科，云）〔九三〕自家是個貨郎兒。來到這街市上，我摇動不郎鼓兒〔九四〕，看有是〔九五〕麽人來。（裴旦上，云）〔九六〕妾身〔九七〕是裴炎的渾家。我拿着這把刀鞘兒，去街上配一把刀子去〔九八〕。（做見張弘科）（裴旦云）〔九九〕肯分的遇着個貨郎兒〔一〇〇〕，我叫他過來是看咱〔一〇一〕。（拿刀子入鞘兒科，云）〔一〇二〕這刀子不是俺家的來〔一〇三〕！（張弘背云）誰道「是俺家的來」？這刀子是我賣的！（裴旦云）物見主必索取，是我的刀子！（張弘云）是我的！（裴旦云）是我的！（鬧科）（正旦上，云）街上炒鬧，我是看咱。（見科，云）原來是裴嫂嫂。你鬧做甚麽？（裴旦云）這廝偷了我的刀子〔一〇四〕！（正旦云）〔一〇五〕茶房〔一〇六〕裏有司公哥哥，你告〔一〇七〕去，他與你做個證見〔一〇八〕。（裴旦云）你說的是，我扯着他告去〔一〇九〕。（裴旦做見竇鑑科，云）〔一一〇〕哥哥〔一一一〕，這廝偷了我刀子〔一一二〕！（竇鑑云）怎麽是你的刀

過去，去。《謝天香》四折錢大尹白：「你去當街裏攔住新狀元柳耆卿，道錢府尹請狀元。他若不肯來時，你只把馬帶着，休放了過去，好歹請他來。」

〔四〕的便是　脈望館古名家本、顧曲齋本無。

〔五〕在此棋盤街井底巷開着座茶房　脈望館古名家本作「開開這茶坊」。顧曲齋本同脈望館古名家本，惟「開開」作「開了」。

〔六〕但是那經商客旅做買做賣的都來俺這裏吃茶。今日清早晨起來，燒的湯瓶兒熱，開開這茶鋪兒　脈望館古名家本、顧曲齋本無。湯瓶兒，盛茶水用的瓶。蔡襄《茶録》下篇「論茶器・湯瓶」：「瓶要小者易候湯，又點茶注湯有準。黄金爲上，人間以銀鐵或瓷石爲之。」

〔七〕是　脈望館古名家本、顧曲齋本作「甚」。

〔八〕（竇鑑、張弘各拿水火棍上，云）　脈望館古名家本、顧曲齋本作「（竇鑑同張千上）」。王學奇本「竇鑑同張千上」下補「云」。水火棍，衙役用的一頭塗黑色、一頭塗紅色的棍子（黑色屬水，紅色屬火，故云）。《水滸傳》八回：「（董超薛霸）拿了水火棍，便來使臣房裏取了林冲，監押上路。」

〔九〕自家竇鑑、張弘的便是。這裏前後可也無人。俺二人奉大人的言語，着俺緝訪殺人賊　脈望館古名家本、顧曲齋本無。可也，倒。李文蔚《圯橋進履》一折喬仙白：「你要我救你性命，你可也有緣，我救你。」

〔一〇〕來到這棋盤街井底巷　脈望館古名家本、顧曲齋本無「街」字，「巷」下有「茶坊前」三字。

〔一一〕兄弟，喒去那茶房裏吃茶去來　脈望館古名家本、顧曲齋本作「看有甚麼人來」。

〔一二〕（張弘云）去來，去來。（二人入茶房科）（竇鑑云）　脈望館古名家本、顧曲齋本無。

〔一三〕茶三婆有麽？（茶博士云）有。（竇鑑云）　脈望館古名家本、顧曲齋本無。三婆，稱以賣花、賣茶爲業的婦女。古名家本張壽卿《紅梨花》三折正旦白：「老身是賣花的三婆是也。」

〔一四〕你與我唤出茶三婆來　脈望館古名家本、顧曲齋本「與」作「替」，無「出」字。

〔一五〕（茶博士唤科，云）茶三婆，有客官唤你里　脈望館古名家本、顧曲齋本無。客官，尊稱顧客或旅客。《京本通俗小説·拗相公》：「主人迎接上坐，問道：『客官要往那裏去？』」

〔一六〕（正旦扮茶三婆上，云）　脈望館古名家本、顧曲齋本作「（茶三婆上）」。王學奇本「茶三婆上」下補「云」。

〔一七〕好年光也　脈望館古名家本、顧曲齋本作「好時也呵」。

〔一八〕俺這裏船臨汴水休舉棹　脈望館古名家本無「俺這裏」，「舉」作「摇」。顧曲齋本同脈望館古名家本，惟「棹」誤作「掉」。盧冀野本、隋樹森本已正。

〔一九〕贈　加。《詩·大雅·崧高》：「吉甫作誦，其詩孔碩。其風肆好，以贈申伯。」毛傳：「贈，增

〔三五〕答着味轉勝　北京大學本、吴國欽本、王季思本「答」改作「搭」。按，答，用同「搭」，加上。脈望館古名家本、顧曲齋本「答」作「搭」，「勝」作「增」。

〔三六〕客來要兩般茶名　脈望館古名家本、顧曲齋本無。

〔三七〕南閣子裏啜盞會錢　脈望館古名家本「閣」作「閤」。啜盞，疑即齪茶。《夢粱録》卷十六「茶肆」：「又有一等街司衙兵百司人，以茶水點送門面鋪席，乞覓錢物，謂之『齪茶』。」

〔三八〕東閣子裏賣煎提瓶　脈望館古名家本「閣」作「閤」，「提瓶」作「敲冰」。顧曲齋本同脈望館古名家本，惟「閤」作「閣」。煎，用蜜或糖浸漬的果品。《東京夢華録》卷三「天曉諸人入市」：「亦間或有賣洗面水、煎點湯茶藥者，直至天明。」提瓶，即提茶瓶。《都城紀勝·茶坊》：「提茶瓶，即是趁赴充茶酒人，尋常月旦望，每日與人傳語往還，或講集人情分子。」

〔三九〕（茶博士云）三婆，有客官唤你里。（正旦云）你看茶湯去。（茶博士云）理會的。（下）（正旦云）客官每敢在這閣子裏，我是覷咱　脈望館古名家本、顧曲齋本無。茶湯，茶水，茶。《全唐詩》卷三〇二王建《宫詞》之七：「天子下簾親考試，宫人手裏過茶湯。」

〔四〇〕（做見科，云）　脈望館古名家本作「（做見科，三婆）」。王學奇本改作「（三婆做見科，云）」。顧曲齋本作「（三婆做見科，云）」。

〔四一〕原來是司公哥哥　脈望館古名家本、顧曲齋本「原」作「元」。鄭振鐸本、盧冀野本、隋樹森本

「元」改作「原」。按，元，原。參見《調風月》第四折校注〔三五〕。司公，稱衙門裏的小吏。亦作「司功」。脈望館古名家本孫仲章《勘頭巾》三折【醋葫蘆】：「你把他眉眼口鼻不記的，怎生則有些苦唇髭髩？請你個司功由自説兵機。」

〔四二〕磨眼裏鬼　脈望館古名家本、顧曲齋本作「魔眼鬼」。

〔四三〕你吃個甚茶　脈望館古名家本、顧曲齋本作「二位哥哥，吃個甚麽茶」。

〔四四〕（竇鑑云）　脈望館古名家本、顧曲齋本作「（竇）」。王學奇本「竇」下補「云」。

〔四五〕你説你那茶名來我聽　吴曉鈴本、北京大學本、吴國欽本、王季思本第二個「你」字奪。脈望館古名家本、顧曲齋本作「造兩個建湯來」。

〔四六〕（正旦云）　脈望館古名家本、顧曲齋本作「（三婆）」。王學奇本「三婆」下補「云」。

〔四七〕造兩個建湯來　顧曲齋本同。吴曉鈴本校云：「顧曲齋本『建』字作『健』字。」按，吴校誤。盧冀野本「建」誤作「健」。建湯，建溪茶。建，建溪；湯，這裏指茶水。張舜民《畫墁録》：「有唐茶品，以易羨爲上供。……迨至本朝，建溪獨盛，採焙製作，前世所未有也。士大夫珍尚鑒别，亦過古先。丁晉公爲福建轉運使，始製爲鳳團，後又爲龍團，貢不過四十餅，專擬上供，雖近臣之家徒聞之而未嘗見也。」

〔四八〕（裴炎上，做賣狗肉科，云）　脈望館古名家本、顧曲齋本作「（邦老上）」。王學奇本「邦老上」

下補「云」。

〔四九〕賣狗肉，好肥狗肉　脈望館古名家本、顧曲齋本無。

〔五〇〕自家　顧曲齋本同。吴曉鈴本校云：「顧曲齋本作『自己』。」按，吴校誤。鄭振鐸本、盧冀野本「家」誤作「己」。

〔五一〕四脚兒狗肉賣了三脚兒　脈望館古名家本、顧曲齋本無。

〔五二〕剩下這一脚兒賣不出去　脈望館古名家本、顧曲齋本作「剩這一脚兒狗腿」。

〔五三〕茶三婆　脈望館古名家本、顧曲齋本上有一「那」字。

〔五四〕可早來到也。（做見正旦，怒科，云）茶三婆，你今日怎生躲了我？（正旦云）我迎接哥哥來，怎敢躲了？這個是何物？（裴炎云）是肥狗肉。（正旦云）三婆吃七齋。（裴炎云）你吃八齋待怎的？收了者　脈望館古名家本、顧曲齋本作「兀那茶三婆，一脚狗肉賣不了的」。怎的，怎麽樣。徐畛《殺狗記》十九齣：「此事且待院君出來，提起這話，看他怎的。」

〔五五〕（正旦云）　脈望館古名家本、顧曲齋本作「（三婆）」。王學奇本「三婆」下補「云」。

〔五六〕三婆這些時没買賣　脈望館古名家本、顧曲齋本作「婆子無買賣」。

〔五七〕（裴炎怒云）　脈望館古名家本、顧曲齋本作「（邦老）」。王學奇本「邦老」下補「云」。

〔五八〕我回來便要錢　脈望館古名家本、顧曲齋本上有「我不管你」一句。

〔五九〕你也知道我的性兒　脈望館古名家本、顧曲齋本「也」作「可」，無「的」字。

〔六〇〕我局子裏扳了你那窗欞　脈望館古名家本無「我」，「扳」作「掖」，無「你那」。王學奇本「掖」改作「扳」。按，掖，拉。《左傳·僖公二十五年》：「二禮從國子巡城，掖以赴外，殺之。」這裏意猶拔。顧曲齋本同脈望館古名家本，惟「掖」作「扳」。

〔六一〕茶閣子裏摔碎你那湯瓶　脈望館古名家本「閣」作「閤」，無「你那」。顧曲齋本同脈望館古名家本，惟「閤」作「閣」。

〔六二〕我白日裏就見個簸箕星　脈望館古名家本、顧曲齋本作「白日便見簸箕星」。吳曉鈴本校云：「徐本作『向日便見簸箕星』七字。顧曲齋本從徐本，『見』字作『要』字。」按，吳校誤。鄭振鐸本、盧冀野本「白」誤作「向」，「見」誤作「要」。隋樹森本「白」亦誤作「向」。

〔六三〕吃酒去　脈望館古名家本、顧曲齋本作「回去」。吳曉鈴本校云：「吃酒去——……顧曲齋本作『回來』二字。」按，吳校誤。盧冀野本「去」誤作「來」。

〔六四〕（正旦云）　脈望館古名家本、顧曲齋本作「（三婆）」。王學奇本「三婆」下補「云」。

〔六五〕裴炎去了　脈望館古名家本、顧曲齋本無。

〔六六〕被這厮欺負殺我也　脈望館古名家本、顧曲齋本無「被」，「欺負」作「定害」。

〔六七〕（竇鑑云）　脈望館古名家本、顧曲齋本作「（竇）」。王學奇本「竇」下補「云」。

〔六八〕三婆説誰里　脈望館古名家本作「荼三婆，你和誰人説話里」。顧曲齋本同脈望館古名家本，惟「里」作「哩」。吴曉鈴本校云：「顧曲齋本『里』字作『會』字。」按，吴校誤。盧冀野本「哩」誤作「會」。

〔六九〕（正旦云）　脈望館古名家本、顧曲齋本作「（三婆）」。王學奇本「三婆」下補「云」。

〔七〇〕三婆不曾説哥哥　脈望館古名家本、顧曲齋本作「不曾説甚麽」。

〔七一〕有一人是裴炎　脈望館古名家本、顧曲齋本作「有個裴炎」。

〔七二〕他好生的欺負俺百姓每　脈望館古名家本、顧曲齋本作「好生方頭不劣」，下有「（唱）」。

〔七三〕（竇鑑云）那厮是裴炎？……他叫一聲呵　北京大學本、吴國欽本、王季思本「俺是聽咱」下補「（正旦唱）」。吴本、王本「利害」改作「厲害」。北本、吴本、王本「他叫一聲呵」下補「（唱）」。方頭不劣，蠻横。不劣，語助。參看《詩詞曲語辭匯釋》卷六「方頭不劣」。見一日，每天。《太平樂府》卷九曾瑞卿套數【般涉調】哨遍「羊訴冤」：「見一日八十番覷我膘脂，除我柯杖外別有甚的！」

〔七四〕他可早叉着門桯　「桯」原誤作「程」，從北京大學本、吴國欽本、王季思本改。脈望館古名家本、顧曲齋本作「扠着門桯」。吴曉鈴本校云：「顧曲齋本作『權着門程』四字。」按，吴校誤。盧冀野本「扠」誤作「權」，「桯」誤作「程」。

可早，襯字，無義。《謝天香》二折【南吕一枝花】：「往常時唤官身可早眉黛舒，今日個叫祗候喉嚨響。」叉，卡，擋。脈望館鈔本闕名氏《博望燒屯》二折正末白：「等他入的城來，着鹿角叉住巷口，當住城門。」

〔七五〕精唇潑口毁駡人　脈望館古名家本、顧曲齋本作「精唇口毁駡不住聲」。「唇」下奪「潑」字。精唇潑口，惡言惡語。精，鋭利；潑，惡劣。顧曲齋本楊顯之《瀟湘夜雨》三折【山坡羊】：「哥哥你停嗔息怒，尋根拔樹，他精唇潑口駡道我有三十句。」

〔七六〕那厮他　脈望館古名家本、顧曲齋本無。

〔七七〕怪　脈望館古名家本、顧曲齋本作「惡」。吴國欽本、王季思本據改。按，怪，猶極。《董解元西廂記》卷五【仙吕調】【綉帶兒】：「鶯鶯何曾改，怪嬌癡似要人撋縱，丁香笑吐舌尖兒送。」

〔七八〕他則要尋炒鬧，要相争　脈望館古名家本、顧曲齋本作「尋歹鬥相争」。

〔七九〕（竇鑑云）這等凶惡！您若惱着他呵，他敢怎的你　北京大學本、吴國欽本、王季思本下補「（正旦唱）」。脈望館古名家本、顧曲齋本無此賓白。

〔八〇〕【幺篇】　脈望館古名家本、顧曲齋本無，以下曲文屬【寨兒令】。

〔八一〕他去那閤子裏扳了窗櫺　脈望館古名家本「去」作「待要」，無「那」字，「閤」作「閣」。顧曲齋本同脈望館古名家本，惟「閤」作「閣」。

〔八二〕茶局子裹捽碎了湯瓶　脈望館古名家本、顧曲齋本作「局子裹捽破湯瓶」。吴曉鈴本校云：「顧曲齋本『破』字作『了』字」。按，吴校誤。鄭振鐸本、盧冀野本「破」誤作「了」。

〔八三〕他直挺挺的眉踼竪　王季思本「踼」改作「剔」。脈望館古名家本、顧曲齋本作「直雙雙眉剔竪」。吴曉鈴本校勘記「剔」誤作「踼」。踼竪，同剔竪，竪立。《劉知遠諸宫調》第十一：「雙眉踼竪，便是收秋虎獬絡絲娘。」

〔八四〕骨碌碌的眼圓睁　脈望館古名家本、顧曲齋本「骨碌碌」作「古魯魯」，無「的」字。骨碌碌，同古魯魯，咕嚕嚕，形容轉動。高文秀《澠池會》三折【笑歌賞】：「我我我輕將這猿臂舒，是是是骨碌碌睁怪眼衝冠怒。」

〔八五〕叫一聲　脈望館古名家本、顧曲齋本作「聽」。

〔八六〕要　脈望館古名家本、顧曲齋本作「便」。

〔八七〕（張弘云）竇鑑哥，這厮好生無禮也！三婆，你看茶湯去。（正旦云）二位哥哥則在這裏，三婆看茶客去也。（下）　脈望館古名家本、顧曲齋本無。

〔八八〕（竇鑑云）　脈望館古名家本、顧曲齋本作「（竇）」。王學奇本「竇」下補「云」。

〔八九〕近前　脈望館古名家本、顧曲齋本無。

〔九〇〕可是這般恁的　脈望館古名家本、顧曲齋本作「則除是這般這般」。

〔九一〕（張弘云）　脈望館古名家本、顧曲齋本作「（張千）」。王學奇本「張千」下補「云」。

〔九二〕（寶鑑云）兄弟這一去必有個主意。我且在此茶房裏閑坐，看有是麼人來　脈望館古名家本、顧曲齋本無。

〔九三〕（張弘扮貨郎挑擔子插刀子上科，云）　脈望館古名家本、顧曲齋本作「（張千扮貨郎挑擔子上）」。王學奇本「上」下補「云」。

〔九四〕自家是個貨郎兒。來到這街市上，我搖動不郎鼓兒　脈望館古名家本、顧曲齋本無。

〔九五〕是　脈望館古名家本、顧曲齋本作「甚」。

〔九六〕（裴旦上，云）　脈望館古名家本、顧曲齋本作「（浄旦扮裴妻上）」。王學奇本「上」下補「云」。

〔九七〕妾身　脈望館古名家本、顧曲齋本作「我」。

〔九八〕去街上配一把刀子去　脈望館古名家本、顧曲齋本作「要配上一把刀子」。

〔九九〕（做見張弘科）（裴旦云）　脈望館古名家本、顧曲齋本無。

〔一〇〇〕肯分的遇着個貨郎兒　脈望館古名家本、顧曲齋本作「兀那貨郎擔上一把刀子」。

〔一〇一〕我叫他過來是看咱　脈望館古名家本、顧曲齋本無。

〔一〇二〕（拿刀子入鞘兒科，云）　脈望館古名家本、顧曲齋本作「（做看科）」。王學奇本「做看科」下補「云」。

〔一〇三〕這刀子不是俺家的來　脈望館古名家本、顧曲齋本「俺家」作「我」，句下有「你如何偷我的」一句。

〔一〇四〕（張弘云）誰道「是俺家的來」？這刀子是我賣的！（裴旦云）物見主必索取，是我的刀子！（張弘云）是我的！（裴旦云）是我的！（鬧科）（正旦上，云）街上炒鬧，我是看咱。（見科，云）原來是裴嫂嫂。你鬧做甚麽？（裴旦云）這厮偷了我的刀子　吴曉鈴本、北京大學本、吴國欽本、王季思本奪「（裴旦云）是我的」。脈望館古名家本、顧曲齋本無此段科白。做甚麽，甚麽。脈望館鈔本闕名氏《硃砂擔》二折邦老白：「你等我一等，慌做甚麽！」

〔一〇五〕（正旦云）　脈望館古名家本、顧曲齋本作「（三婆）」。王學奇本「三婆」下補「云」。

〔一〇六〕房　脈望館古名家本、顧曲齋本作「坊」。

〔一〇七〕告　脈望館古名家本、顧曲齋本下有一「他」字。

〔一〇八〕他與你做個證見　脈望館古名家本、顧曲齋本無。

〔一〇九〕（裴旦云）你説的是，我扯着他告去　脈望館古名家本、顧曲齋本無。

〔一一〇〕（裴旦做見竇鑑科，云）　脈望館古名家本、顧曲齋本作「（净旦見科）」。王學奇本「見科」下補「云」。

〔一一一〕哥哥　脈望館古名家本、顧曲齋本上有「司公」二字，下有「這刀子是我家的」一句。

〔一二〕這廝偷了我刀子　脈望館古名家本、顧曲齋本「廝」作「漢子」，「刀子」作「的」。

〔一三〕（竇鑑云）怎麽是你的刀子？（裴旦云）這刀子鞘兒見在我家裏，怎麽不是我的　王季思本「見」改作「現」。按，見，即「現」。參見《單刀會》第一折校注〔二〕。後同，不另出校。脈望館古名家本、顧曲齋本無此賓白。

〔一四〕（竇鑑云）　脈望館古名家本、顧曲齋本作「（竇）」。王學奇本「竇」下補「云」。

〔一五〕我不信　脈望館古名家本、顧曲齋本無。

〔一六〕（裴旦云）哥哥，你看這鞘兒是也不是？（竇鑑云）真個是這刀子的鞘兒。兄弟，與我拿住這婦人者！（張弘云）理會的。（做拿住打科，云）招了者！招了者！（裴旦云）哎約！他偷了我刀子，你着我招是麽　北京大學本、吴國欽本、王季思本下補「（正旦唱）」。王本「約」改作「喲」。

〔一七〕則這　脈望館古名家本、顧曲齋本作「（做看科）元來王員外家梅香是你殺了。（净旦）不干我事，我并不知道。（三婆唱）」。王學奇本「做看科」、「净旦」下均補「云」，「元」改作「原」。按，元，原。參見《調風月》第四折校注〔三五〕。吴曉鈴本校勘記謂顧曲齋本「元」作「原」。按，吴校誤。鄭振鐸本、盧冀野本、隋樹森本「元」改作「原」。

〔一八〕則這　脈望館古名家本、顧曲齋本下有一「是」字。

〔二八〕（裴旦云）這刀子委的是我的，你怎生打我？（唱）　北京大學本、吴國欽本、王季思本「唱」上補「正旦」二字。脈望館古名家本、顧曲齋本無此賓白。

〔二九〕走將來便把那頭稍來自領　脈望館古名家本、顧曲齋本作「把頭梢自領」。

〔三〇〕贓仗要分明　脈望館古名家本、顧曲齋本「要」作「忒」。吴國欽本、王季思本據改。按，要，終究。《文選》卷四十一孔文舉《論盛孝章書》：「今之少年，喜謗前輩，或能譏評孝章，孝章要爲有天下大名，九牧之人，所共稱嘆。」吴曉鈴本校云：「徐本『仗』字作『伏』字。」按，吴校誤。

〔三一〕不索你便折證　脈望館古名家本、顧曲齋本無「便」字。折證，辯白。闕名氏《争報恩》二折【中吕粉蝶兒】：「儘着他放蕩形骸，我可也萬千事，不折證，則我這心兒裹忍耐。」

〔三二〕死的來忒没影　脈望館古名家本、顧曲齋本無「來」字，「影」作「興」。没影，不明。

〔三三〕險些兒當重刑　脈望館古名家本「險」作「嶮」，顧曲齋本作「嶮」。盧冀野本「嶮」改作「險」。當，判處。《漢書·賈誼傳》：「大望夷之事，二世見當以重法者，投鼠而不忌器之習也。」顔師古注引如淳曰：「决罪曰當。」

〔三四〕惡業　佛教用語。乖理之行謂之惡，身口意三者作事謂爲業。釋惠洪《冷齋夜話》卷七：「（蘇軾）復官，歸自南海，監玉局觀，作偈戲答僧曰：『惡業相纏四十年，常行八棒十三禪，却着衲衣歸玉局，自然身是五通仙。』」參見《蝴蝶夢》第二折校注〔六八〕。

〔一二五〕也是那　脈望館古名家本、顧曲齋本無。

〔一二六〕（竇鑑云）　脈望館古名家本、顧曲齋本作「（竇）」。王學奇本「竇」下補「云」。

〔一二七〕兀那厮　脈望館古名家本、顧曲齋本作「與我拿下去」。

〔一二八〕你快招了者　脈望館古名家本、顧曲齋本下有「（三婆唱）」。

〔一二九〕（張弘脱衣打科，云）我打這厮，招了者！招了者！（裴旦云）打殺我也！本是我的刀子，可怎生屈棒打我？（張弘又打科，云）不打不招，你快招了者！（裴旦云）罷、罷、罷，我且屈招了北京大學本、吴國欽本、王季思本下補「（正旦唱）」。脈望館古名家本、顧曲齋本無此科白。

〔一三〇〕（正旦云）司公哥哥，你來。（張弘云）怎的？（唱）　王季思本「唱」上補「正旦」二字。脈望館古名家本、顧曲齋本無此賓白。

〔一三一〕比及　未及。參看《詩詞曲語辭匯釋》卷二「比及（二）」。

〔一三二〕黔　脈望館古名家本、顧曲齋本作「纏」。吴國欽本、王季思本據改。北京大學本校勘記亦謂「作『纏』是」。按，黔，疑借作「鉗」。控制。《中原音韻》廉纖韵「鉗」「黔」同音。

〔一三三〕批頭棍大腿上十分楞　脈望館古名家本、顧曲齋本「十分」下有一「的」字。批頭棍，棍頭散開的打人的刑具。批，借作「披」。脈望館古名家本孫仲章《勘頭巾》一折【油葫蘆】：「你先合該笞四十批頭棍。」十分，狠狠。元刊本鄭廷玉《看錢奴》二折【倘秀才】：「這孩兒差訛了一個字千般兒見責，查着五個指十分便摑。」楞，「棱」或字。有四角的木頭。這裏用作動詞，拷打。

〔一三四〕不由他怎不招承　「承」原作「成」，從北京大學本、吴國欽本、王季思本改。脈望館古名家本、顧曲齋本作「他不肯招承」。招承，招認。參見《蝴蝶夢》第二折校注〔一三〕。

〔一三五〕向雲陽鬧市必典刑　脈望館古名家本、顧曲齋本作「到來日雲陽鬧市中」。

〔一三六〕（裴旦云）三婆，你救我咱！（唱）　王季思本「唱」上補「正旦」二字。脈望館古名家本、顧曲齋本無此賓白。

〔一三七〕（裴炎帶酒上，云）　脈望館古名家本、顧曲齋本作「（邦老上）」，上有「（净旦）我招了者，是俺丈夫裴炎殺了王員外家梅香，圖財致命來」。王學奇本「净旦」下與「邦老上」下均補「云」。

〔一三八〕三婆　脈望館古名家本、顧曲齋本上有一「茶」字。

〔一三九〕（見正旦科，云）三婆，還我那狗肉錢來。（正旦云）哥哥，狗肉錢有。那閣子裏有人喚你里　脈望館古名家本、顧曲齋本無。

〔一四〇〕（裴炎見裴旦跪着賫鑑科，云）　脈望館古名家本、顧曲齋本作「（見净旦科）」。王學奇本「見净旦科」下補「云」。

着，向。元刊本尚仲賢《氣英布》三折：「（等駕跪着把盞科）（「正末」做接了盞兒，荒科，背云）後代人知，漢中王幾年幾月幾日在館驛内跪着英布，吃了盞酒，便死呵也死的着也！」跪着英布，向英布下跪。

〔四一〕大嫂　稱妻。《水滸傳》七回：「林冲立在胡梯上，叫道：『大嫂開門！』那婦人聽得是丈夫聲音，只顧來開門。」

〔四二〕跪　脈望館古名家本、顧曲齋本無。

〔四三〕（裴旦云）　脈望館古名家本、顧曲齋本作「（浄旦）」。王學奇本「浄旦」下補「云」。

〔四四〕我招了也　脈望館古名家本、顧曲齋本作「我來認刀子，拿住我，招了也」。

〔四五〕（裴炎云）　脈望館古名家本、顧曲齋本作「（邦老）」。王學奇本「邦老」下補「云」。

〔四六〕你既招了　脈望館古名家本、顧曲齋本下有「没的話説」一句。

〔四七〕喒　北京大學本、吴國欽本、王季思本改作「咱」。按，喒，我。參見《哭存孝》頭折校注〔一五〕。脈望館古名家本同。王學奇本亦改作「咱」。

〔四八〕（竇鑑云）　脈望館古名家本、顧曲齋本作「（竇）」。王學奇本「竇」下補「云」。

〔四九〕兄弟，有了殺人賊也！將這厮綁縛定，往開封府見大人去來　脈望館古名家本、顧曲齋本作「拿着賊漢，見大人去來」，下有「（三婆唱）」。

〔五〇〕（裴炎云）罷、罷、罷，好漢識好漢，跟着你去　北京大學本、吴國欽本、王季思本下補「（正旦唱）」。脈望館古名家本、顧曲齋本無此賓白。

〔一五二〕到來日裴炎不死呵教誰償命　脈望館古名家本、顧曲齋本作「裴炎不可誰償命」。疑「可」爲「死」之誤。吴曉鈴本校勘記亦謂「疑有脱誤」。

〔一五三〕醜生　脈望館古名家本、顧曲齋本上有一「賊」字。

〔一五四〕我想這　脈望館古名家本、顧曲齋本無。

〔一五五〕我道來則他這瓦罐破終須離不了井　吴曉鈴本、北京大學本、吴國欽本、王季思本「罐」下衍一「兒」字，王本「不」下又衍一「開」字。脈望館古名家本、顧曲齋本作「瓦罐兒須離不的井」。瓦罐破終須離不了井，俗語。打水的瓦罐終歸破碎於井上，喻勢所必至。《京本通俗小説·錯斬崔寧》：「自古道：『瓦罐不離井上破，將軍難免陣中亡。』」

〔一五六〕（竇鑑云）　脈望館古名家本、顧曲齋本作「（竇）」。王學奇本「竇」下補「云」。

〔一五七〕拿着賊人見大人去來　脈望館古名家本、顧曲齋本作「兄弟，喒押着這賊漢見大人去來」。王學奇本「喒」改作「咱」。按，喒，咱們。參見《哭存孝》頭折校注〔二四〕。

〔一五八〕大尹多才智，公事今完備；拿住殺人賊，少不的依律定其罪　脈望館古名家本、顧曲齋本無。完備，完畢。《小孫屠》戲文第六出：「夜來有張面前説李瓊梅一事，今日本官坐廳，與此人完備此勾當。」

第四折〔一〕

（官人領張千上，云）〔二〕老夫錢大尹是也〔三〕。因爲李慶安這庄事〔四〕，我着竇鑑、張弘察訪殺人賊去了〔五〕，這早晚〔六〕不見來回話。張千，門首覷者，若來時，報復我知道。（張千云）理會的〔七〕。（竇鑑同張弘拿裴炎上，云）〔八〕自家竇鑑、張弘的便是。拿着這厮見大人去。可早來到也。張千，報復去，道竇鑑、張弘拿的殺人賊來了也。（張千云）報的大人得知：有竇鑑、張弘拿的殺人賊來了也。（官人云）與我拿將過來！（張千云）理會的。拿過去！（竇鑑拿見科，云）當面〔九〕！大人，俺二人拿住殺人賊〔一〇〕，是〔一一〕裴炎。（官人云）果然是裴炎！兀那厮，是你殺了王員外的梅香來麽？（裴炎云）大人，委的不干李慶安事，是我殺了王員外的梅香來。饒便饒，不饒便殺了罷〔一二〕。（官人云）〔一三〕張千，將李慶安一行人都與我律上廳來〔一四〕。（張千云）理會的。將李慶安一行人律上廳來！（張千拿李慶安上，見官人科，云）當面〔一五〕！（官人云）〔一六〕李慶安，有了殺人賊也〔一七〕。張千〔一八〕，開了他那枷鎖〔一九〕。你無事了也，還你那家中去〔二〇〕。（李慶安云）〔二一〕你孩兒知道〔二二〕。我出的這衙〔二三〕門來。（李老兒上，見科，云）孩兒也，爲甚麽開了你這枷鎖？（李慶安云）〔二四〕父親，有了殺人賊也，大人爺放俺還家中去〔二五〕。父親，喒家中去來〔二六〕。（李老兒云）〔二七〕既然有了殺人賊，饒了你也，謝天地，歡喜殺我也！孩兒，那王員外告着你殺人，告人徒得徒，告人死得死〔二八〕，早〔二九〕是有了殺人賊，你便是無罪的人；若無殺人賊呵，你便與他償命，我偌大年紀，誰人養活我？我告那大人去！冤屈〔三〇〕！（官人云）兀那老的，爲是麽叫冤屈〔三一〕？（李老兒云）〔三二〕大人可憐見！早是有了殺人賊，俺便無事了；若無那殺人賊呵，將我孩兒對了命可怎了？大人可憐見！常言道告人徒得徒〔三三〕，告人死得死，王員外妄告不實〔三四〕，大人與老漢做主〔三五〕！（官人云）這老的也說的是。張千，與我喚將王員外那老子來。（張千云）理會的。王員外，喚你里！（王員外上，云）老漢王員外。衙門裏喚我，不知有甚事，我見大人去。（見科）（官人云）王員外，是裴炎殺了你家梅香，見今有了殺人賊也。這老的說告人徒得徒，告人死得死，您與他外邊商和去。（王員外云）理會的〔三六〕。（李老兒云）〔三七〕大人〔三八〕，我其實饒不過這老子〔三九〕！（同出衙門科）（王員外云）親家，親家，是我的不是了也，你饒了我罷！（李老兒云）甚麼親家！你怎生告我孩兒是殺人賊？我不和你商和〔四〇〕。（王員外云〔四一〕）既然不肯商和〔四二〕，我喚出女孩兒閏香來〔四三〕，看他說是麼。（做喚科，云）閏香孩兒，行動些〔四四〕！（正旦上，云〔四五〕）父親，喚我做是麼〔四六〕？（王員外云〔四七〕）孩兒，如今李員外告我妄告不實〔四八〕，你央浼他去，饒了我罷〔四九〕。（正旦云〔五〇〕）既然有了殺人賊，他告父親妄告不實，父親放心〔五一〕，不妨事〔五二〕，我與慶安陪話去。（王員外云）孩兒，你上緊救我咱！我倒陪緣房，斷送孩兒與慶安成合了舊親，則着他饒了我罷〔五三〕！

【雙調新水令】〔五四〕往常我綉幃中〔五五〕獨坐洞房春，誰曾見勘平人但常推問〔五六〕？罪人受十八重〔五七〕活地獄，公人立七十二惡凶神。如今〔五八〕富漢入衙門，便有那欺公事也不問〔五九〕。

（王員外云〔六〇〕）孩兒也〔六一〕，那老的說告人徒得徒，告人死得死，大人教俺商和里。孩兒也，他若饒了俺呵，我倒陪三千貫緣房斷送與他。你和他說去〔六二〕。（正旦云）理會的。（正旦見李老兒跪科，云）怎生看閏香孩兒的面，饒過俺父親咱！（李老兒云）閏香孩兒，我不饒過你那老子！（正旦見李慶安，云）慶安，看我之面，饒過俺父親者！（李慶安云）小姐，早是有了殺人賊，若無呵，我這性命可怎了也〔六三〕？

【喬牌兒】當日個悔親呵是俺父親，赤緊的俺先順。耽饒過俺便成秦晉，喒兩個效綢繆夫婦情〔六四〕。

（李慶安云）我便將就了，俺父親他可不肯里。（正旦云）我去公公行陪話去。（正旦見李老兒科，云）公公，可憐見俺父親咱！（李老兒云）孩兒也，不干你事，我饒不過他〔六五〕！

【雁兒落】我則是爲夫呵受苦辛〔六六〕，告尊父言婚娉〔六七〕，訪賢達窮孝順〔六八〕，不索你〔六九〕相盤問。

（李老兒云）閏香孩兒，不干你事，我饒不過你那父親〔七〇〕。

【得勝令】您孩兒須告老尊親，不索你記冤恨。我與那慶安言婚娉，成合了兩對門〔七一〕。也是俺前生〔七二〕，赤緊的俺兩個〔七三〕心先順。告你個公公〔七四〕，你則是耽饒過俺老父親〔七五〕！

（正旦云）慶安，俺父親說來，倒陪三千貫緣房斷送，着我與你依舊配合成親。你意下如何？（李慶安云）既是這等，我與父親說去。父親，俺丈人說來，若是俺饒了他，他倒陪三千貫緣房斷送，將閏香依舊與我爲妻。喒饒了他罷！（李老兒云）孩兒，當初他不告你來？（李慶安云）他告我，不曾告你。（李老兒云）大人將你三推六問，不打你來？（李慶安云）他打我，不曾打你。（李老兒云）若拿不住殺人賊呵，可不殺了你？（李慶安云）他殺我，可不曾殺你〔七六〕。（李老兒云）〔七七〕我把你個强小弟子孩兒〔七八〕！罷、罷、罷〔七九〕，我饒了他罷〔八〇〕。（王員外跪謝科，云）既然親家饒了我也〔八一〕，喒見大人去來。（做同見官人科）（李老兒云）〔八二〕大人，我饒了他也〔八三〕。（官人云）〔八四〕既然你兩家商和了也，一行人聽我下斷〔八五〕：裴炎圖財致命，殺了王員外家梅香，市曹中明正典刑〔八六〕。竇鑑、張弘能辦公事，每人賞花銀十兩〔八七〕。將老夫俸錢給與李員外做個慶喜的筵席〔八八〕，着〔八九〕李慶安夫婦團圓。您聽者：則爲他年少子銜寃負屈，潑賊漢致命圖錢。梅香死本家超度，將前官罷職停宣。富嫌貧悔了親事，倒陪與萬貫家緣。竇鑑等封官賜賞，李慶安夫婦團圓〔九〇〕。

題目　錢大尹智取賊名姓
正名　王閏香夜月四春園〔九一〕

校注

〔一〕第四折　脈望館古名家本、顧曲齋本無。王學奇本、隋樹森本標注同脈望館鈔本。

〔二〕（官人領張千上，云）　脈望館古名家本、顧曲齋本作「（孤引一行人上）」。王學奇本「上」下補「云」。

〔三〕是也　脈望館古名家本、顧曲齋本無。

〔四〕因爲李慶安這庄事　脈望館古名家本、顧曲齋本無。

〔五〕我着竇鑑、張弘察訪殺人賊去了　脈望館古名家本、顧曲齋本作「咋差竇鑑緝捕賊人」。

〔六〕這早晚　脈望館古名家本、顧曲齋本作「怎生」。

〔七〕張千，門首覷者，若來時，報復我知道。（張千云）理會的　脈望館古名家本、顧曲齋本無。

〔八〕（竇鑑同張弘拿裴炎上，云）　脈望館古名家本、顧曲齋本作「（竇鑑、魔眼鬼押邦老上，見孤科）」。王學奇本「見孤科」下補「云」。

〔九〕自家竇鑑、張弘的便是。拿着這厮見大人去。可早來到也。張千，報復去，道竇鑑、張弘拿的殺人賊來了也。（張千云）報的大人得知：有竇鑑、張弘拿的殺人賊來了也。（官人云）與我拿將過來！（張千云）理會的。拿過去！（竇鑑拿見科，云）當面　吴曉鈴本奪「（張千云）報的大人得知：有竇鑑、張弘拿的殺人賊來了也」，校勘記「（竇鑑同張弘拿裴炎上，云）」與「（竇鑑拿見科，云）」兩條誤重「（見孤科）」。脈望館古名家本、顧曲齋本無此段科白。

〔一〇〕俺二人拿住殺人賊　脈望館古名家本作「拿住殺人賊也」。王學奇本「也」誤作「來」。顧曲齋本同脈望館古名家本，惟「也」作「來」。吴曉鈴本校勘記謂脈望館古名家本、顧曲齋本「『殺人賊』下并有『來』字」。按，吴校誤。

〔一一〕是　脈望館古名家本、顧曲齋本上有「真個」二字。

〔一二〕（官人云）果然是裴炎！兀那厮，是你殺了王員外的梅香來麽？（裴炎云）大人，委的不干李慶安事，是我殺了王員外的梅香來。饒便饒，不饒便殺了罷　脈望館古名家本、顧曲齋本無。

〔一三〕（官人云）　脈望館古名家本、顧曲齋本作「（孤）」。王學奇本「孤」下補「云」。

〔一四〕張千，將李慶安一行人都與我律上廳來　脈望館古名家本、顧曲齋本作「且下在牢中，把那一行人取出來者」。吴國欽本、王季思本據改「律」作「取」。按，律，推。《文選》卷三十四枚乘《七發》：「上擊下律，有似勇壯之卒。」

〔一五〕（張千云）理會的。將李慶安一行人律上廳來！（張千拿李慶安上，見官人科，云）當面　吴國欽本、王季思本「律」改作「取」。脈望館古名家本、顧曲齋本作「（張千押邦老下）（一行人上，跪科）」。

〔一六〕（官人云）　脈望館古名家本作「（孤）」。王學奇本「孤」下補「云」。顧曲齋本作「（孤云）」。

〔一七〕也　脈望館古名家本、顧曲齋本無。

〔一八〕張千　脈望館古名家本、顧曲齋本無。

〔一九〕開了他那枷鎖　脈望館古名家本、顧曲齋本無「他那」、「鎖」。

〔二〇〕你無事了也，還你那家中去　脈望館古名家本、顧曲齋本作「放你回去」。

〔二一〕（李慶安云）　脈望館古名家本作「（小末出門科，云）」。顧曲齋本作「（小末謝科，出門云）」。

〔二二〕你孩兒知道　脈望館古名家本、顧曲齋本無。

〔二三〕衙　脈望館古名家本、顧曲齋本無。

〔二四〕（李老兒上，見科，云）孩兒也，爲甚麼開了你這枷鎖？（李慶安云）　脈望館古名家本、顧曲齋本無。

〔二五〕大人爺放俺還家中去　吴國欽本删「爺」字。脈望館古名家本、顧曲齋本作「放我家去里」。隋樹森本「里」改作「哩」。按，里，哩。參見《哭存孝》第二折校注〔二四〕。

〔二六〕父親，喒家中去來　脈望館古名家本、顧曲齋本無。

〔二七〕（李老兒云）　脈望館古名家本、顧曲齋本作「（窮李老）」。王學奇本「窮李老」下補「云」。

〔二八〕既然有了殺人賊，饒了你也，謝天地，歡喜殺我也！孩兒，那王員外告着你殺人，告人徒得徒，告人死得死　脈望館古名家本、顧曲齋本無。

〔二九〕早　顧曲齋本作「蚤」。

〔三〇〕你便是無罪的人；若無殺人賊呵，你便與他償命，我偌大年紀，誰人養活我？我告那大人去！冤屈　脈望館古名家本、顧曲齋本作「争些兒償了人命，我告他去」。

〔三一〕（官人云）兀那老的，爲是麽叫冤屈　北京大學本、吴國欽本、王季思本「是」改作「甚」。按，爲是麽，爲甚麽。闕名氏《翫江亭》三折正旦白：「躲的我好也！你爲是麽出了家？」參看《詩詞曲語辭匯釋》卷一「是(三)」。　脈望館古名家本、顧曲齋本無此賓白。

〔三二〕（李老兒云）　脈望館古名家本、顧曲齋本作「（做見孤科）」。王學奇本「做見孤科」下補「云」。

〔三三〕早是有了殺人賊，俺便無事了；若無那殺人賊呵，將我孩兒對了命可怎了？大人可憐見！常言道告人徒得徒　脈望館古名家本、顧曲齋本作「他告我孩兒是殺人賊，如今可不是我孩兒」。

對命，抵命。闕名氏《馮玉蘭》四折【駐馬聽】：「眼見的惡貫盈，今朝對了俺親爺命。」

〔三四〕王員外妄告不實　脈望館古名家本、顧曲齋本無。

〔三五〕大人與老漢做主　脈望館古名家本、顧曲齋本作「大人做主咱」。

〔三六〕（官人云）這老的也説的是。張千，與我喚將王員外那老子來。（張千云）理會的。王員外，喚你里！（王員外上，云）老漢王員外。衙門裏喚我，不知有甚事，我見大人去。（見科）（官人云）王員外，是裴炎殺了你家梅香，見今有了殺人賊也。這老的説告人徒得徒，告人死得死，您與他外邊商和去。（王員外云）理會的　脈望館古名家本、顧曲齋本作「（孤）官不斷和，你自家商量去」。王學奇本「孤」下補「云」。老的，老頭兒。脈望館鈔本闕名氏《盆兒鬼》二折外旦白：「休摔碎了，有張憋古老的問咱討個盆兒，你留着與他，可不好那？」商和，和解。脈望館鈔本闕名氏《百花亭》二折正末白：「二公休爭競，壞了名教，有玷於孔門，我請你吃了茶，商和了咱。」

〔三七〕（李老兒云）　脈望館古名家本、顧曲齋本作「（李老）」。王學奇本「李老」下補「云」。

〔三八〕大人　脈望館古名家本、顧曲齋本下有「教俺取和」。

〔三九〕其實饒不過這老子　脈望館古名家本、顧曲齋本作「決不饒他」。

〔四〇〕（同出衙門科）（王員外云）親家，親家，是我的不是了也，你饒了我罷！（李老兒云）甚麽親家！你怎生告我孩兒是殺人賊？我不和你商和 脈望館古名家本、顧曲齋本無。

〔四一〕云 脈望館古名家本、顧曲齋本作「上」。王學奇本「上」下補「云」。

〔四二〕不肯商和 脈望館古名家本、顧曲齋本作「親家不肯和」。

〔四三〕我喚出女孩兒閏香來 脈望館古名家本、顧曲齋本作「叫閏香孩兒出來」。

〔四四〕看他説是麽。（做喚科，云）閏香孩兒，行動些 脈望館古名家本、顧曲齋本無。

〔四五〕云 脈望館古名家本、顧曲齋本無。王學奇本補。

〔四六〕喚我做是麽 北京大學本、吴國欽本、王季思本「是」改作「甚」。按，做是麽，幹甚麽。闕名氏《翫江亭》二折先生白：「你來這裏做是麽來？」參看《詩詞曲語辭匯釋》卷一「是〔三〕」。脈望館古名家本作「喚你孩兒有何事」。顧曲齋本同脈望館古名家本，惟「你」作「您」。吴曉鈴本校勘記謂顧曲齋本「您」作「你」。按，吴校誤。鄭振鐸本、盧冀野本「您」誤作「你」。按，您，你。參見《哭存孝》頭折校注〔六五〕。

〔四七〕云 脈望館古名家本、顧曲齋本無。王學奇本補。

〔四八〕孩兒，如今李員外告我妄告不實 脈望館古名家本作「李親家告我里」。吴曉鈴本校勘記謂脈望館古名家本「里」作「哩」。按，吴校誤。顧曲齋本同脈望館古名家本，惟「告」上有一「要」字，「里」作「哩」。

〔四九〕你央浼他去，饒了我罷　「浼」原作「浼」，從吴國欽本、王季思本改。脈望館古名家本、顧曲齋本作「你勸他一勸」。央浼，求告。《水滸傳》三十回：「武松自從在張都監宅裏，相公見愛，但是人有些公事來央浼他的，武松對都監相公説了，無有不依。」

〔五〇〕云　脈望館古名家本無。王學奇本補。

〔五一〕既然有了殺人賊，他告父親妄告不實，父親放心　脈望館古名家本、顧曲齋本無。

〔五二〕不妨事　脈望館古名家本下有「（唱）」。顧曲齋本下有「（旦唱）」。

〔五三〕我與慶安陪話去。（王員外云）孩兒，你上緊救我咱！我倒陪緣房，斷送孩兒與慶安成合了舊親，則着他饒了我罷　北京大學本、吴國欽本、王季思本下補「（正旦唱）」。吴本、王本「緣」改作「奩」。按，緣房，妝奩。《前漢書平話》卷下：「吕后敕令劉肥、劉澤、劉長、劉建、劉恢、劉恒、劉友，將女妃子各各散配七王。……應有緣房，即日斷送。」後同，不另出校。脈望館古名家本、顧曲齋本無此賓白。上緊，趕緊。闕名氏《藍采和》一折正末白：「兄弟，有看的人麽？好時候也，上緊收拾。」斷送，打發。參看《詩詞曲語辭匯釋》卷五「斷送（三）」。

〔五四〕【雙調新水令】　此套僅四曲，脈望館古名家本、顧曲齋本同。鄭振鐸本注云：「按此套，當爲第四折的正曲。曲文尚餘數調未完，當係原書脱去末數頁。顧曲齋主人刊此劇時，强爲補入說白，將他當作全劇的。」

〔五五〕中　脈望館古名家本、顧曲齋本無。

〔五六〕勘平人但常推問　脈望館古名家本、顧曲齋本作「這般推訊」。勘，審問。《隋書·薛道衡傳》：「付執法者勘之。」但常，只顧。推問，審問。《元典章》刑部一「刑名」：「應有重刑，司縣略問是實，即合解赴各路州府推問，追勘結案。」

〔五七〕重　脈望館古名家本、顧曲齋本作「層」。

〔五八〕如今　脈望館古名家本、顧曲齋本無。

〔五九〕便有那欺公事也不問　脈望館古名家本、顧曲齋本作「私事問不問」。

〔六〇〕云　脈望館古名家本、顧曲齋本無。王學奇本補。

〔六一〕也　脈望館古名家本、顧曲齋本無。

〔六二〕那老的説告人徒得徒，告人死得死，大人教俺商和里。孩兒也，他若饒了俺呵，我倒陪三千貫緣房斷送與他。你和他説去　脈望館古名家本、顧曲齋本作「如今有了殺人賊，李親家説我妄告，他要告我里，你快勸他去」，下有「（正旦唱）」。隋樹森本「里」改作「哩」。按，里，哩。參見《哭存孝》第二折校注〔一四〕。

緣房斷送，妝奩。參看《詩詞曲語辭匯釋》卷五「斷送（五）」。

〔六三〕（正旦云）理會的。（正旦見李老兒跪科，云）怎生看閏香孩兒的面，饒過俺父親咱！（李老兒云）閏香孩兒，我不饒過你那老子！（正旦見李慶安，云）慶安，看我之面，饒過俺父親者！（李慶安云）小姐，早是有了殺人賊，若無呵，我這性命可怎了也　北京大學本、吴國欽本、王季思本下補「（正旦唱）」。吴本、王本「據下文王閏香説白」「怎生」上補「公公」二字。脈望館古名家本、顧曲齋本無此段科白。

〔六四〕當日個悔親呵是俺父親，赤緊的俺先順。耽饒過俺便成秦晉，喒兩個效綢繆夫婦情　脈望館古名家本、顧曲齋本作「終有四春園結下恩，輕言語便隨順，把你那受過的疼痛都忘盡，分毫間不記恨」。赤緊的，其實。參看《詩詞曲語辭匯釋》卷四「赤緊」。耽饒，寬恕。參同上卷一「饒（一）」。效，盡。《史記·淮陰侯列傳》：「顧恐臣計未必足用，願效愚忠。」

〔六五〕（李慶安云）我便將就了，俺父親他可不肯里。（正旦云）我去公公行陪話去。（正旦見李老兒科，云）公公，可憐見俺父親咱！（李老兒云）孩兒也，不干你事，我饒不過他　北京大學本、吴國欽本、王季思本下補「（正旦唱）」。脈望館古名家本作「公公，饒了父親罷。（小末）父親，饒了他罷。（李老）他當初不曾罵你？（小末）罵我，不曾罵你。（李老）他當初不曾打你？（小末）打我，不曾打你。（李老）我也强不過你，饒了他罷。（正旦唱）」。王學奇本「公公」上補「云」，「小末」「李老」下均補「云」。顧曲齋本同脈望館古名家本，惟「公公」上有「（旦云）」，

「饒了父親罷」作「饒了我父親罷」，「（李老）我也强不過你」的「李老」下有「云」，末句「饒了他罷」作「饒他罷了」。王季思本校記將二本混同。

〔六六〕我則是爲夫呵受苦辛　脈望館古名家本、顧曲齋本作「爲兒夫心受窘」。

〔六七〕告尊父言婚娉　吴國欽本、王季思本「娉」改作「聘」。按，娉，聘。《説文解字》十二下女部：「娉，問也。」段玉裁注：「凡娉女及聘問之禮，古皆用此字……而經傳概以聘代之。」婚娉，婚嫁。下同，不另出校。脈望館古名家本、顧曲齋本作「見老父言無信」。

〔六八〕訪賢達窮孝順　脈望館古名家本、顧曲齋本作「辨賢達盡孝情」。吴國欽本、王季思本據改「窮」作「盡」。按，窮，盡。《世説新語·豪爽》：「傾荆漢之力，窮舟車之勢，師次于襄陽。」

〔六九〕不索你　脈望館古名家本、顧曲齋本作「起事頭」。

〔七〇〕（李老兒云）閏香孩兒，不干你事，我饒不過你那父親　北京大學本、吴國欽本、王季思本下補（正旦唱）」。脈望館古名家本、顧曲齋本無此賓白。

〔七一〕您孩兒須告老尊親，不索你記冤恨。我與那慶安言婚娉，成合了兩對門　脈望館古名家本、顧曲齋本作「口是禍之門，要搭救莫因循。常言道世上無難事，厨中有熱人」。對門，夫妻。闕名氏《雲窗夢》二折【醉太平】：「夫人自有夫人分，百年誰是百年人？難尋這白頭的對門。」

〔七二〕也是俺前生　脈望館古名家本、顧曲齋本作「婚姻」。

〔七三〕俺兩個　脈望館古名家本、顧曲齋本無。

〔七四〕告你個公公　脈望館古名家本、顧曲齋本作「年尊」。

〔七五〕你則是耽饒過俺老父親　脈望館古名家本、顧曲齋本無「你則是」、「老」。則是，就。康進之《李逵負荆》一折宋剛白：「某乃宋剛，這個兄弟叫做魯智恩。俺與這梁山泊較近，俺兩個則是假名託姓，我便認做宋江，兄弟便認做魯智深。」

〔七六〕（正旦云）慶安，俺父親説來，倒陪三千貫緣房斷送，着我與你依舊配合成親。你意下如何？（李慶安云）既是這等，我與父親説去。父親，俺丈人説來，若是俺饒了他，他倒陪三千貫緣房斷送，將閏香依舊與我爲妻。喒饒了他罷！（李老兒云）孩兒，當初他不告你來？（李慶安云）他告我，不曾告你。（李老兒云）大人將你三推六問，不打你來？（李慶安云）他打我，不曾打你。（李老兒云）若拿不住殺人賊呵，可不殺了你？（李慶安云）他殺我，可不曾殺你　脈望館古名家本、顧曲齋本無。

〔七七〕（李老兒云）　脈望館古名家本作「（李老）」。王學奇本「李老」下補「云」。顧曲齋本作「（李老云）」。

〔七八〕我把你個强小弟子孩兒　吴國欽本、王季思本「强」改作「犟」。按，强，倔强。《世説新語·文學》：「殷乃語孫曰：『卿莫作强口馬，我當穿卿鼻！』」脈望館古名家本、顧曲齋本無此賓白。

〔七九〕罷　脈望館古名家本、顧曲齋本無。

〔八〇〕我饒了他罷　脈望館古名家本、顧曲齋本作「饒了你」。

〔八一〕（王員外跪謝科，云）既然親家饒了我也　脈望館古名家本、顧曲齋本無。

〔八二〕（做同見官人科）（李老兒云）　脈望館古名家本、顧曲齋本作「（做見孤科，云）」。

〔八三〕我饒了他也　脈望館古名家本作「俺講和了也」。顧曲齋本同脈望館古名家本，惟「俺」下有一「們」字。

〔八四〕（官人云）　脈望館古名家本、顧曲齋本作「（孤判云）」。

〔八五〕既然你兩家商和了也，一行人聽我下斷　脈望館古名家本、顧曲齋本作「既如此」。

〔八六〕裴炎圖財致命，殺了王員外家梅香，市曹中明正典刑　脈望館古名家本、顧曲齋本作「將裴炎償了梅香的命」。明正典刑，公開依法處决。陸游《避暑漫抄》：「藉使臣下果有不赦之罪，當明正典刑，豈宜用此？」

〔八七〕竇鑑、張弘能辦公事，每人賞花銀十兩　脈望館古名家本、顧曲齋本作「竇鑑賞白銀十兩」。

〔八八〕將老夫俸錢給與李員外做個慶喜的筵席　脈望館古名家本、顧曲齋本作「王員外做個筵席」。

〔八九〕着　脈望館古名家本、顧曲齋本作「與」。

〔九〇〕您聽者：則爲他年少子銜冤負屈，潑賊漢致命圖錢。梅香死本家超度，將前官罷職停宣。富嫌貧悔了親事，倒陪與萬貫家緣。竇鑑等封官賜賞，李慶安夫婦團圓　王季思本「緣」改作「奩」。按，家緣，家産。參看《金元戲曲方言考》「家緣」。

脈望館古名家本、顧曲齋本無此終場詞。

停宣，罷職。宣，傳達皇帝的詔命。參見《雙赴夢》第一折校注〔三九〕。

〔九二〕題目正名　錢大尹智取賊名姓，王閏香夜月四春園　脈望館古名家本「題目正名」四句作「王閏香夜鬧四春園，錢大尹智勘非衣夢；李慶安絶處幸逢生，獄神廟暗中彰顯報」。王學奇本「非」改作「緋」。顧曲齋本作「正目」，置卷首劇目後，四句同脈望館古名家本，惟「非」作「緋」。參見總題「説明」。吴曉鈴《關漢卿雜劇全目》云：脈望館古名家本、顧曲齋本之題目正名「不合元人雜劇標目慣例，孫楷第先生云有誤植，應作『獄神廟暗中彰顯報，李慶安絶處幸逢生。王閏香夜鬧四春園，錢大尹智勘緋衣夢』，極是。明鈔本之題目正名作『錢大尹智取賊名姓，王閏香夜月四春園』亦沿誤謬改也。」吴國欽本據脈望館古名家本、顧曲齋本改作「題目正名　王閏香夜鬧四春園，錢大尹智勘非衣夢」。王季思本同吴本，惟「鬧」作「月」，「非」作「緋」。吴曉鈴本校勘記誤謂脈望館古名家本「無『正名』二字」，并漏校題目正名的後二句。王季思本校記將脈望館古名家本與顧曲齋本混同。脈望館古名家本、顧曲齋本卷末有尾題「錢大尹智勘緋衣夢終」。

感天動地竇娥冤

説明

天一閣本《録鬼簿》、《太和正音譜》著録。現存脈望館古名家本、臧本、孟本。今以前一種爲底本，後二種爲校本，并用吴曉鈴本（自脈望館古名家本出）、盧冀野本、中華書局本、北京大學本、吴國欽本、王學奇本、王季思本（以上自臧本出）參校。原本書口標目「竇娥冤」。總題下題「元關漢卿撰」，今略去。臧本作「感天動地竇娥冤雜劇」，下題「元大都關漢卿撰明吴興臧晋叔校」。孟本作「竇娥冤」，下題「元關漢卿著明孟稱舜評點劉啓胤訂正」，卷首有「正目　秉鑑持衡廉訪法，感天動地竇娥冤」。

劇叙窮書生竇天章之女竇娥被賣作童養媳後，受流氓地痞欺壓誣陷，慘遭昏官殺害事。

第一齣〔一〕

（冲末扮卜兒上）〔二〕花有重開日，人無再少年〔三〕。老身蔡婆婆是也，楚州人氏，嫡親的〔四〕三口兒家屬。不幸夫主亡逝已過，止有一個孩兒，年長八歲也〔五〕。俺娘兒兩個過其〔六〕日月。家中頗〔七〕有些錢財。這山陽郡有個〔八〕竇秀才，從去年問我借了五兩銀子〔九〕，如今本利該銀拾〔一〇〕兩。我數次索取這銀兩〔一一〕，他兑付不起〔一二〕。竇秀才有個女兒〔一三〕，我有心看上與我做個媳婦〔一四〕，就準了拾兩銀子〔一五〕。他説今日好日辰，送來與我〔一六〕。老身今日〔一七〕且不索錢去，專在家中等候。這早晚竇先生〔一八〕敢待來也。（竇天章引保兒上）〔一九〕腹中曉盡世間事，命裏不如天下人〔二〇〕。小生姓竇，名天章，祖居〔二一〕長安京兆人也。幼習儒業，頗看詩書〔二二〕。小生未曾進取功名〔二三〕。不幸渾家亡化已過，撇下這個女孩兒，小字端雲，從三歲上〔二四〕亡了他母親，如今孩兒七歲也〔二五〕。小生一貧如洗，今在這楚州山陽郡住坐〔二六〕。此間有〔二七〕個蔡婆婆，子母二人過日〔二八〕。這婆婆有些〔二九〕錢物，小生因無盤纏，曾借了這婆婆五兩銀子〔三〇〕，到今本利對該銀拾兩〔三一〕。他數次問小生索取，我着〔三二〕甚麽還他？誰想蔡婆婆常着人來説，要小生女兒〔三三〕做他兒媳婦。況如今春榜動，選場〔三四〕開，小生待上朝取應去〔三五〕，争奈欠少盤纏〔三六〕。小生出于無奈，如今將孩兒竇端雲送與蔡婆婆做兒媳婦〔三七〕。那裏是做媳婦〔三八〕？分明是賣與他一般。就準了他那先取借的銀子〔三九〕，分外但借〔四〇〕些少東西，勾小生應舉盤纏〔四一〕，足可勾了也〔四二〕。端雲孩兒也，是你父親出于無奈〔四三〕！説話中〔四四〕間，可早來到也〔四五〕。婆婆在家麽？（卜）〔四六〕秀才請家裏坐，老身等候多時也。（做相見科）（竇）〔四七〕小生今日一徑〔四八〕的將女孩兒送來與婆婆，怎敢説做媳婦，只與婆婆早晚使用咱〔四九〕。小生目下進取功名去〔五〇〕，望婆婆看覷則個〔五一〕。（卜）〔五二〕秀才〔五三〕，你本利少我拾兩銀子〔五四〕，兀的是借錢的文書〔五五〕，還〔五六〕你；再借與你二兩銀子做盤纏〔五七〕。秀才〔五八〕，休嫌輕少〔五九〕。（竇）〔六〇〕多謝了婆婆。先少許多銀子〔六一〕，今又與小生盤纏銀子〔六二〕，此恩异日必當〔六三〕重報。婆婆，女孩兒早晚〔六四〕呆痴，看小生面看覷孩兒咱〔六五〕。（卜）〔六六〕秀才〔六七〕，你只管放心〔六八〕，我做親女一般看承〔六九〕。（竇跪下，云）〔七〇〕婆婆，端雲孩兒該打呵，看小生面則駡〔七一〕；當駡呵，則處分〔七二〕幾句。孩兒，你也不比在我跟前，我是你親父〔七三〕，將就的你；你若在這裏早晚若頑呵〔七四〕，你只討那打駡裡〔七五〕。兒呵〔七六〕，我這一去了呵，幾時再得相見也〔七七〕！（悲科）〔七八〕彈劍自傷悲，文章習仲尼。不幸妻先喪，父子兩分離〔七九〕。（下）

（卜）〔八〇〕竇秀才留下他這女孩兒與我做媳婦兒，他上朝應舉去了〔八一〕。老身無甚事，前後執料去也〔八二〕。

（下）〔八三〕

（賽盧醫上）〔八四〕行醫有斟酌，下藥依本草；死的醫不活，活的醫死了。自家賽盧醫〔八五〕，在這荆州〔八六〕開着生藥局。在城有個蔡婆婆，我問他借了拾〔八七〕兩銀子，本利該銀〔八八〕二十兩；數次來討這銀子，我又無的還他。若不來便罷，若來呵，我別〔八九〕有個主意。我在這藥鋪中坐的〔九〇〕，看有甚麼人來。（卜上）〔九一〕老身蔡婆婆〔九二〕。自十三年前竇天章秀才留下端雲孩兒與我做媳婦兒〔九三〕，改了他小名，唤做竇娥。自成親之後〔九四〕，不想我孩兒死了〔九五〕，又早三年光景也〔九六〕，竇娥孩兒守寡〔九七〕。我和媳婦〔九八〕説知，我去城裏賽盧醫家索錢去也〔九九〕。早來到他〔一〇〇〕門首。賽盧醫在家麽？（盧）〔一〇一〕婆婆，家裏來。（卜）〔一〇二〕我這兩個銀子長遠了，還了我罷〔一〇三〕。（盧）〔一〇四〕婆婆，我家裏無銀子，你跟我莊上〔一〇五〕取銀子還你。（卜）〔一〇六〕我跟你去。（做行科）（盧）〔一〇七〕出的城來〔一〇八〕，東也無人，西也無人，這裏不下手，等甚麽？我隨身帶着〔一〇九〕繩子。兀那婆婆，誰唤你裡〔一一〇〕？（卜）〔一一一〕在那裏？（做勒卜兒科）（孛老同付净趕上科）〔一一二〕（賽盧醫荒〔一一三〕走下）（孛老救卜〔一一四〕科）（付净〔一一五〕云）父親〔一一六〕，是個婆婆，争些勒殺了。（孛老〔一一七〕）兀那婆婆，你是那裏人氏？姓甚名誰？因甚着這個人將你勒死？（卜）〔一一八〕老身姓蔡，在城人氏，婆婦二人〔一一九〕過日。有個賽盧醫少我二十兩銀子〔一二〇〕，賺我到郊外勒死我〔一二一〕。若不是老的和哥哥呵〔一二二〕，那得老身性命來。（付净）〔一二三〕老子〔一二四〕，你聽的他説麽？他家還有個媳婦哩〔一二五〕。你要這婆子〔一二六〕，我要他媳婦兒〔一二七〕。你和他説去。（孛老〔一二八〕）兀那婆婆，你無丈夫〔一二九〕，我無渾家，你肯與我做個婆婆〔一三〇〕？意下如何？（卜）〔一三一〕是何言語！我當多與些錢鈔〔一三二〕相謝。（付净）〔一三三〕你不肯〔一三四〕，我也勒死你〔一三五〕。（卜）〔一三六〕哥哥，等我慢慢地尋思〔一三七〕。（付净）〔一三八〕你尋思〔一三九〕。你隨我老子，我便要你媳婦兒。（卜〔一四〇〕背云）我不依他，他又勒殺我。（云）〔一四一〕你爺兒兩個跟我家中去來〔一四二〕。（付净）喒去來〔一四三〕。（同下）

（正旦扮竇娥上）〔一四四〕妾身姓竇，小字端雲，祖居楚州人氏。我三歲上亡了母親，七歲上離了父親。俺父親將我嫁與蔡婆婆爲兒媳婦，改名竇娥。至十七歲與夫成親，不幸夫〔一四五〕亡化，可早三年光景，我今二十歲也。這在城〔一四六〕有個賽盧醫，他少俺〔一四七〕銀子，本利兑〔一四八〕該二十兩，數次索取不還。今日俺婆婆親自索取去了。竇娥也，幾時是俺命通時節〔一四九〕也呵！（唱）〔一五〇〕

【仙吕點絳唇】滿腹閑愁〔一五一〕，數年生〔一五二〕受，常相守〔一五三〕。無了無休〔一五四〕，朝暮依然有〔一五五〕。

【混江龍】黄昏白晝〔一五六〕，忘餐廢寢兩般憂〔一五七〕。夜來夢裏〔一五八〕，今日心頭〔一五九〕。地久天長難過遣〔一六〇〕，舊愁新恨幾時休〔一六一〕？則這業眼苦〔一六二〕，愁眉皺〔一六三〕，情懷冗冗〔一六四〕，心緒悠悠。

似這等幾時是了也呵〔一六五〕！

【油葫蘆】莫不是八字兒該載〔一六六〕着一世憂，誰似我無盡休〔一六七〕！便做道人心難似水長流〔一六八〕。我從三歲母親身亡後，七歲與父分離久〔一六九〕，嫁的個同住人，他可又拔着短籌；

撇的俺婆婦每都把空房守，端的〔一七〇〕有誰問，有誰偢〔一七一〕？

【天下樂】莫不是前世裏燒香不到頭，這前程事一筆勾〔一七二〕？ 勸今世〔一七三〕早將來世修。我將這婆侍養，再〔一七四〕將這服孝守，我言詞須應口〔一七五〕。

婆婆索錢去了〔一七六〕，怎生這早晚不見回來？（孛老、卜兒、付净同上）〔一七七〕（卜云）〔一七八〕你爺兒兩個且在門首，等我先進去。（净）〔一七九〕妳妳，你先進去，就説女婿在門首罷〔一八〇〕。（卜見旦科）〔一八一〕（旦云）〔一八二〕妳妳回來了，你吃飯麼？（卜哭科，云）〔一八三〕孩兒也，你教〔一八四〕怎生説波！（旦唱）〔一八五〕

【一半兒】〔一八六〕我見他〔一八七〕淚漫漫不住點兒流，情脉脉常懷鬱悶憂〔一八八〕。我這裏連忙迎接荒〔一八九〕問候，他那裏要説緣由。（卜）〔一九〇〕着我怎生説〔一九一〕！（旦）〔一九二〕則見他一半兒徘徊一半兒羞〔一九三〕。

婆婆〔一九四〕，爲甚麼煩惱啼哭那〔一九五〕？（卜）〔一九六〕我問賽盧醫討銀子去，他賺我到郊外勒死我〔一九七〕。虧了這張老并他兒子張驢爺兒兩個救了我性命〔一九八〕，我就招張老〔一九九〕做丈夫，因這等〔二〇〇〕煩惱。（旦）〔二〇一〕婆婆，不中〔二〇二〕。你再尋思咱〔二〇三〕，家裏又不欠少錢財使用〔二〇四〕，况你又年紀高大〔二〇五〕，怎生又招丈夫那？（卜）〔二〇六〕孩兒也〔二〇七〕，是我出于無奈也〔二〇八〕！（旦）〔二〇九〕婆婆，你聽我説波。（唱）〔二一〇〕

【後庭花】遇時辰我替你憂〔二一一〕，拜家堂我替你愁〔二一二〕。梳着個霜雪般白鬏髻，怎戴那銷金錦蓋頭〔二一三〕？ 怪不的可正是〔二一四〕女大不中留。你如今六旬左右，喒人到中年也萬事休〔二一五〕。舊恩愛一筆勾，新夫妻兩意投，枉着別人〔二一六〕笑破口，着別人笑破口〔二一七〕。

【青哥兒】〔二一八〕你比那扇墳的生受〔二一九〕，又不是笋條年幼〔二二〇〕，剗的你〔二二一〕巧畫娥眉成配偶。當初〔二二二〕你夫主遺留，替你耽憂〔二二三〕，四時〔二二四〕羹粥，又結綢繆〔二二五〕，指〔二二六〕望你鰥寡孤獨，無捱無靠，母子每到白頭。公公〔二二七〕，你爲他干生受〔二二八〕！

（卜）〔二二九〕孩兒也，事到今日，你也招了女婿罷。今日就都過了門者〔二三〇〕。（旦）〔二三一〕婆婆，你要招你自招，我并然〔二三二〕不要女婿。（卜）〔二三三〕實選定今日，敢都過門來也〔二三四〕。（净）〔二三五〕我們今日招過門去也。帽兒帽兒〔二三六〕光光，今日做個新郎；袖兒袖兒窄窄〔二三七〕，今日做個嬌客。好女婿，好女婿，不枉了，不枉了〔二三八〕。

（旦）〔二三九〕兀那厮靠後！（唱）〔二四〇〕

【賺煞】我想這婦人每休信那男兒口。看你那天長地久〔二四一〕！招的個村老子〔二四二〕，領着個不律頭〔二四三〕，舊恩情一筆都勾〔二四四〕。你可也自窮究〔二四五〕，俺公公撞府冲州〔二四六〕，闘闔的銅斗兒家緣百事有〔二四七〕。兀的是〔二四八〕俺公公置就，教張驢兒情受〔二四九〕，這的是前人田土後人收〔二五〇〕！（下）

（孛老同卜云）老兒，咱家中吃酒去來。（下）（净）竇娥不肯，則這般罷了不成？好共歹與我做個老婆。和俺老子吃酒去來。（下）〔二五一〕

校　注

〔一〕第一齣　臧本、孟本作「楔子」。

〔二〕（冲末扮卜兒上） 臧本作「（卜兒蔡婆上，詩云）」。孟本同臧本，惟「詩云」作「云」。

〔三〕花有重開日，人無再少年 臧本、孟本下有「不須長富貴，安樂是神仙」二句。

〔四〕的 臧本、孟本無。

〔五〕也 臧本、孟本無。

〔六〕其 猶着。參看《詩詞曲語辭例釋》「其」。

〔七〕頗 略。《史記·儒林傳》：「（徐）襄，其天姿善爲容，不能通禮經；（徐）延頗能，未善也。」

〔八〕這山陽郡有個 臧本、孟本作「這裏一個」。

〔九〕從去年問我借了五兩銀子 有校筆改「問」作「間」。臧本、孟本「五」作「二十」。

〔一〇〕拾 臧本、孟本作「四十」。

〔一一〕這銀兩 臧本、孟本無。

〔一二〕他兑付不起 臧本、孟本作「那竇秀才只説貧難，没得還我」。盧冀野本「得」誤作「有」。兑付，付。秦簡夫《剪髮待賓》一折陶侃白：「今寫了一個錢字、一個信字，當在夫人這裏，怎生當與小生五貫長錢使用。小生若兑付的錢來，可來贖取這兩個字。」

〔一三〕竇秀才有個女兒 臧本、孟本作「他有一個女兒」，下有「今年七歲，生得可喜，長得可愛」。

〔一四〕我有心看上與我做個媳婦 臧本、孟本「上」下有「他」字，「我」下有「家」字。

〔一五〕就準了拾兩銀子　臧本、孟本「了」下有一「這」字，「拾」作「四十」，句下有「豈不兩得其便」一句。準，抵。《全唐詩》卷三三九韓愈《贈崔立之評事》：「墻根菊花好沽酒，錢帛縱空衣可準。」

〔一六〕送來與我　臧本、孟本作「親送女兒到我家來」。

〔一七〕今日　臧本、孟本無。

〔一八〕先生　臧本、孟本作「秀才」。

〔一九〕（竇天章引保兒上）　臧本作「（冲末扮竇天章引正旦扮端雲上，詩云）」。孟本同臧本，惟「詩云」作「云」。保兒，小孩兒。保，褓。《後漢書·桓郁傳》：「昔成王幼小，越在襁保。」李賢注：「保，小兒被也。『保』當作『褓』，古字通也。」

〔二〇〕腹中曉盡世間事，命裏不如天下人　臧本、孟本作「讀盡縹緗萬卷書，可憐貧殺馬相如；漢庭一日承恩召，不説當壚説子虛」。王季思本「殺」改作「煞」。按，殺，極甚之辭。參看《詩詞曲語辭匯釋》卷四「煞（一）」。王本又改「壚」作「爐」。誤。

〔二一〕居　臧本、孟本作「貫」。

〔二二〕頗看詩書　臧本、孟本作「飽有文章」。

〔二三〕小生未曾進取功名　臧本、孟本作「争奈時運不通，功名未遂」。

〔二四〕上　時。《五燈會元》卷二十「徑山杲禪師法嗣」：「我十八上便解作活計。」

〔二五〕也　臧本、孟本上有一「了」字。

〔二六〕今在這楚州山陽郡住坐　臧本、孟本作「流落在這楚州居住」。

〔二七〕有　臧本、孟本作「一」。

〔二八〕子母二人過日　臧本、孟本無。

〔二九〕這婆婆有些　臧本、孟本作「他家廣有」。

〔三〇〕曾借了這婆婆五兩銀子　臧本、孟本「這婆婆」作「他」，「五」作「二十」。

〔三一〕到今本利對該銀拾兩　「今」原誤作「合」，今改。臧本、孟本作「到今本利該對還他四十兩」。

〔三二〕我着　臧本、孟本作「教我把」。

〔三三〕女兒　臧本、孟本作「女孩兒」。

〔三四〕選場　科舉考試的場所，代指科舉考試。《清平山堂話本·陳巡檢梅嶺失妻記》：「宣和三年上春間，黄榜招賢，大開選場。」

〔三五〕小生待上朝取應去　臧本、孟本作「正待上朝取應」。

〔三六〕争奈欠少盤纏　臧本、孟本作「又苦盤纏缺少」。

〔三七〕如今將孩兒竇端雲送與蔡婆婆做兒媳婦　臧本作「只得將女孩兒端雲送與蔡婆婆做兒媳婦

去」，下有「（做嘆科，云）」。孟本同臧本，惟無「云」。

〔三八〕那裏是做媳婦　臧本、孟本上有「嗨！這個」。

〔三九〕就準了他那先取借的銀子　臧本無「取」字，「的」下有「四十兩」三字，「子」誤作「了」。盧冀野本、中華書局本、北京大學本、吴國欽本、王學奇本、王季思本「了」均改作「子」。吴曉鈴本校勘記亦謂「疑此『了』字爲『子』字之誤」。孟本同臧本，惟「子」字不誤。取借，借。取，求。《文選》卷二張衡《西京賦》：「列爵十四，競媚取榮。」

〔四〇〕借　臧本、孟本作「得」。

〔四一〕勾小生應舉盤纏　臧本、孟本「盤纏」作「之費」。吴國欽本、王季思本「勾」改作「够」。按，勾，通「够」。參見《切鱠旦》第三折校注〔三七〕。

〔四二〕足可勾了也　臧本、孟本作「便也過望了」。

〔四三〕端雲孩兒也，是你父親出于無奈　臧本、孟本無。

〔四四〕中　臧本、孟本作「之」。

〔四五〕可早來到也　臧本、孟本作「早來到他家門首」。

〔四六〕（卜）　臧本、孟本作「（卜兒上，云）」。

〔四七〕（竇）　臧本作「（竇天章云）」。孟本同臧本，惟無「云」。

〔四八〕一徑　徑直。《董解元西厢記》卷二【大石調】【玉翼蟬】：「衝軍陣，鞭駿馬，一徑地西南上迓。」

〔四九〕只與婆婆早晚使用咱　臧本、孟本無「咱」。早晚，隨時。參看《詩詞曲語辭匯釋》卷六「早晚（四）」。

〔五〇〕小生目下進取功名去　臧本、孟本「目下」下有「就要上朝」四字，句下有「留下女孩兒在此」一句。

〔五一〕望婆婆看覷則個　臧本、孟本上有一「只」字。看覷，照看。《五代史平話》梁史卷上：「朱温便將那張占所贈金銀付與丈人燕孔目：『權爲看覷妻子三年，却來相取。』」則個，表示請求語氣。《清平山堂話本·陳巡檢梅嶺失妻記》：「妻張如春被申陽公妖法攝在洞中三年，受其苦楚，望真君救難則個！」

〔五二〕（卜）　臧本作「（卜兒云）」。孟本同臧本，惟無「云」。

〔五三〕秀才　臧本、孟本作「這等，你是我親家了」。

〔五四〕你本利少我拾兩銀子　臧本、孟本「拾」作「四十」。少，欠。《張協狀元》戲文第五出：「孩兒你去了，有人少我錢時，教誰去討？」

〔五五〕文書　文契。《小孫屠》戲文第九出：「在先這婦女和我做伴時，曾借我三錠鈔。……這錢還我了，争奈我文書不曾把還它。」

〔五六〕還　臧本、孟本下有一「了」字。

〔五七〕再借與你二兩銀子做盤纏　臧本、孟本「借」作「送」，「二」作「十」。盧冀野本、中華書局本「與」字奪。

〔五八〕秀才　臧本、孟本作「親家」。

〔五九〕休嫌輕少　臧本、孟本上有一「你」字。

〔六〇〕（竇）　臧本作「（竇天章做謝科，云）」。孟本同臧本，惟無「云」。

〔六一〕先少許多銀子　臧本、孟本「少」下有一「你」字，句下有「都不要我還了」一句。

〔六二〕與小生盤纏銀子　臧本、孟本作「送我盤纏」。

〔六三〕必當　必定。《太平廣記》卷三百二引《通幽記》：「生平與人及公飲酒食肉，今日之事，自悔何階？君今隨和尚，必當多福，幸垂救。」

〔六四〕早晚　有時。鄭廷玉《金鳳釵》三折店小二白：「小人早晚言高語低，耽待些兒。」

〔六五〕看小生面看覷孩兒咱　「覷」原作「取」，今據臧本、孟本改。參見校注〔五二〕。臧本、孟本「面」上有一「薄」字，「孩」上有一「女」字。

〔六六〕（卜）　臧本作「（卜兒云）」。孟本同臧本，惟無「云」。

〔六七〕秀才　臧本、孟本作「親家」。

〔六八〕你只管放心　臧本、孟本作「這不消你囑付」，下有「令愛到我家」一句。

〔六九〕我做親女一般看承　臧本、孟本「我」作「就」，「女」作「女兒」，「看承」下有一「他」字，句下有「你只管放心的去」一句。

〔七〇〕（竇跪下，云）　臧本作「（竇天章云）」。孟本同臧本，惟無「云」。

〔七一〕看小生面則罵　臧本、孟本下有「幾句」二字。

〔七二〕處分　責備。脈望館鈔本張國賓《汗衫記》頭折正末白：「婆婆，陳虎那厮恰纔我處分了他幾句，那厮有些怪我。」臧本「處分了」作「説了」。

〔七三〕父　臧本、孟本作「爺」。

〔七四〕你若在這裏早晚若頑呵　「呵」原作「可」，今改。臧本、孟本第一個「若」字作「如今」，「頑可（呵）」作「頑劣呵」。

〔七五〕裡　吴曉鈴本校勘記謂「疑爲『哩』字之誤」。臧本、孟本作「吃」。

〔七六〕呵　臧本、孟本作「嗏」。盧冀野本誤作「嗏」。

〔七七〕我這一去了呵，幾時再得相見也　臧本、孟本作「我也是出於無奈」。

〔七八〕（悲科）　臧本作「（做悲科，唱）」。孟本同臧本，惟無「唱」。

〔七九〕彈劍自傷悲，文章習仲尼。不幸妻先喪，父子兩分離　臧本、孟本無，另作「【仙吕賞花時】我也只爲無計營生四壁貧，因此上割捨得親兒在兩處分。從今日遠踐洛陽塵，又不知歸期定準，則落的無語闇消魂」。吴國欽本、王學奇本、王季思本「闇」改作「暗」。按，闇，通「暗」。《世説新語·德行》：「祥嘗在别床眠，母自往闇斫之。」彈劍，用齊人馮諼故事。見《戰國策·齊策四》。這裏用以比喻抒發懷才不遇的感慨。

〔八〇〕（卜）　臧本作「（卜兒云）」。孟本同臧本，惟無「云」。

〔八一〕他上朝應舉去了　臧本「他」下有「一徑」二字，句下有「（正旦做悲科，云）爹爹，你直下的撇了我孩兒去也！（卜兒云）媳婦兒，你在我家，我是親婆，你是親媳婦，只當自家骨肉一般。你不要啼哭」。孟本同臧本，惟二「云」字無。

〔八二〕老身無甚事，前後執料去也　「料」原作「科」，今改。吴曉鈴本校勘記亦謂「『科』字當是『料』字之誤」。臧本、孟本作「跟着老身前後執料去來」。

〔八三〕（下）　臧本、孟本作「（同下）」。

〔八四〕（賽盧醫上）　臧本作「（净扮賽盧醫上，詩云）」。孟本同臧本，惟「詩云」作「云」。二本自此以下爲第一折。賽盧醫，賽過扁鵲的醫生。戰國時名醫扁鵲，因家於盧，人稱「盧醫」。段成式《酉陽雜俎》前集卷七：「盧城之東有扁鵲冢云，魏時針藥之士以巵腊禱之，所謂盧醫也。」

〔八五〕自家賽盧醫　臧本、孟本作「自家姓盧。人道我一手好醫，都叫做賽盧醫」。

〔八六〕荆州　臧本、孟本作「山陽縣南門」。

〔八七〕拾　臧本、孟本作「十」。

〔八八〕銀　臧本、孟本作「還他」。

〔八九〕别　臧本、孟本作「自」。

〔九〇〕我在這藥鋪中坐的　臧本、孟本「我」下有一「且」字，「的」作「下」。

〔九一〕（卜上）　臧本、孟本作「（卜兒上，云）」。

〔九二〕老身蔡婆婆　臧本、孟本下有「我一向搬在山陽縣居住，儘也静辦」二句。

〔九三〕媳婦兒　臧本、孟本作「兒媳婦」。

〔九四〕自成親之後　臧本、孟本下有「不上二年」一句。

〔九五〕不想我孩兒死了　臧本、孟本「我」下有一「這」字，「孩兒」下有「害弱症」三字，句下有「媳婦兒守寡」一句。

〔九六〕三年光景也　臧本、孟本作「三個年頭」。

〔九七〕竇娥孩兒守寡　臧本、孟本作「服孝將除了也」。

〔九八〕媳婦　臧本、孟本下有一「兒」字。

〔九九〕我去城裏賽盧醫家索錢去也　臧本第一個「去」字作「往」，「裏」作「外」，句下有「（做行科，云）驀過隅頭，轉過屋角」。孟本同臧本，惟無「云」。索錢，討債。《小孫屠》戲文第九出：「在先這婦女和我做伴時，曾借我三錠鈔。……我如今只把這文書做索錢爲由，去它家裏走一遭。」

〔一〇〇〕他　臧本、孟本下有一「家」字。

〔一〇一〕（盧）　臧本作「（盧醫云）」。孟本同臧本，惟無「云」。

〔一〇二〕（卜）　臧本作「（卜兒云）」。孟本同臧本，惟無「云」。

〔一〇三〕還了我罷　吴曉鈴本上增一「你」字。臧本、孟本上有一「你」字。

〔一〇四〕（盧）　臧本作「（盧醫云）」。孟本同臧本，惟無「云」。

〔一〇五〕莊上　臧本、孟本下有一「去」字。

〔一〇六〕（卜）　臧本作「（卜兒云）」。孟本同臧本，惟無「云」。

〔一〇七〕（盧）　臧本作「（盧醫云）」。孟本同臧本，惟無「云」。吴曉鈴本校勘記謂孟本有「云」字。按，吴校誤。

〔一〇八〕出的城來　臧本、孟本作「來到此處」。

〔一〇九〕着　臧本、孟本作「的有」。

〔一一〇〕裡　臧本、孟本作「哩」。吴曉鈴本校勘記云：「裡——臧本、孟本并作『哩』字，是。」

〔一二〕（卜）　臧本作「（卜兒云）」。孟本同臧本，惟無「云」。

〔一三〕（孛老同付浄趕上科）　臧本、孟本作「（孛老同副浄張驢兒衝上）」。付浄，元劇角色名，浄之次要角色。參見《哭存孝》頭折校注〔二〕。

〔一三〕荒　臧本、孟本作「慌」。

〔一四〕卜　臧本、孟本作「卜兒」。

〔一五〕付浄　臧本、孟本作「張驢兒」。

〔一六〕父親　臧本、孟本作「爹」。

〔一七〕孛老　臧本下有「云」。吴曉鈴本校勘記謂孟本下有「云」字。按，吴校誤。

〔一八〕（卜）　臧本作「（卜兒云）」。孟本同臧本，惟無「云」。

〔一九〕婆婦二人　臧本、孟本作「止有個寡媳婦兒相守」。

〔二〇〕有個賽盧醫少我二十兩銀子　臧本、孟本「有個」作「因爲」，句下有「今日與他取討」一句。

〔二一〕賺我到郊外勒死我　臧本、孟本作「誰想他賺我到無人去處，要勒死我，賴這銀子」。

〔二二〕若不是老的和哥哥呵　臧本、孟本「是」下有「遇着」二字。老的，老人家。脈望館息機子本武漢臣《生金閣》三折店小二白：「老的，請坐。」

〔二三〕（付浄）　臧本作「（張驢兒云）」。孟本同臧本，惟無「云」。

〔二四〕老子　臧本、孟本作「爹」。

〔二五〕他家還有個媳婦哩　臧本、孟本下有「救了他性命，他少不得要謝我」。吴曉鈴本校勘記「少」上的「他」字奪。

〔二六〕你要這婆子　臧本、孟本上有「不若」二字。

〔二七〕我要他媳婦兒　臧本、孟本下有「何等兩便」一句。

〔二八〕孛老　臧本下有「云」。

〔二九〕夫　臧本誤作「大」。各本已正。

〔三〇〕婆婆　臧本、孟本作「老婆」。

〔三一〕（卜）　臧本作「（卜兒云）」。孟本同臧本，惟無「云」。

〔三二〕我當多與些錢鈔　臧本、孟本作「待我回家多備些錢鈔」。當，必定。《太平廣記》卷四百四十五引《傳奇》：「張生一小子，不能以道義誨其表弟，使行其凶險，來當辱之。」

〔三三〕（付浄）　臧本作「（張驢兒云）」。孟本同臧本，惟無「云」。

〔三四〕你不肯　臧本、孟本作「你敢是不肯」，下有「故意將錢鈔哄我？賽盧醫的繩子還在」二句。

〔三五〕我也勒死你　臧本、孟本作「我仍舊勒死了你罷」，下有「（做拿繩科）」。

〔三六〕（卜）　臧本作「（卜兒云）」。孟本同臧本，惟無「云」。

〔三七〕等我慢慢地尋思　臧本、孟本「等」作「待」，「尋思」下有一「咱」字。

〔三八〕（付浄）　臧本作「（張驢兒云）」。孟本同臧本，惟無「云」。

〔三九〕你尋思　臧本、孟本下有「些甚麽」三字。

〔四〇〕卜　臧本、孟本作「卜兒」。

〔四一〕（云）　臧本、孟本無，另作「罷罷罷」。

〔四二〕你爺兒兩個跟我家中去來　臧本、孟本「跟」作「隨」，「我」下有一「到」字。

〔四三〕（付浄）喒去來　臧本、孟本無。

〔四四〕（正旦扮竇娥上）　臧本、孟本作「（正旦上，云）」。

〔四五〕夫　臧本、孟本上有一「丈」字。

〔四六〕在城　臧本、孟本作「南門外」。

〔四七〕俺　臧本、孟本下有「婆婆」二字。

〔四八〕兑　臧本、孟本無。

〔四九〕幾時是俺命通時節　臧本、孟本作「你這命好苦」。

〔五〇〕（唱）　孟本無。

〔五一〕閑愁　深憂。閑，通「閒」，寬闊。《唐宋諸賢絶妙詞選》卷三張文潛《風流子・秋思》：「向風前懊惱，芳心一點，寸眉兩葉，禁甚閑愁。情到不堪言處，分付東流。」

〔一五二〕生　原作「坐」，有校筆改作「生」。從。臧本、孟本作「禁」。

〔一五三〕常相守　臧本、孟本作「天知否」。

〔一五四〕無了無休　臧本、孟本作「天若是知我情由」。

〔一五五〕朝暮依然有　臧本、孟本作「怕不待和天瘦」。

〔一五六〕黄昏白晝　臧本上有「則問那」三字。

〔一五七〕忘餐廢寢兩般憂　臧本作「兩般兒忘餐廢寢幾時休」。

〔一五八〕夜來夢裏　臧本作「大都來昨宵夢裏」。孟本作「昨宵夢裏」。夜來，昨晚。徐鉉《稽神録補遺·馬舉》：「夜來見伊獨處，令兒子往伴，打得幾死。」

〔一五九〕今日心頭　臧本上有「和着這」三字。

〔一六〇〕地久天長難過遣　臧本作「催人泪的是錦爛熳花枝横綉闥」。過遣，過，度日。《劉知遠諸宫調》第二【商調】【抛毬樂】：「波波漉漉驅驅，受此般飢寒怎過遣。」

〔一六一〕舊愁新恨幾時休　臧本作「斷人腸的是剔團圞月色挂妝樓」。盧冀野本「圞」改作「欒」。孟本同脈望館古名家本，惟「恨」誤作「悵」。

〔一六二〕則這業眼苦　王季思本校記「業」改作「孽」。按，業，同「孽」。參見《蝴蝶夢》第二折校注〔二六〕。

業眼，造業的眼睛。《董解元西廂記》卷六【中吕調】【石榴花】：「心頭暗發着願，願薄倖的冤家夢中見。争奈按不下九曲回腸，合不定一雙業眼。」臧本作「長則是急煎煎按不住意中焦」。

〔一六三〕愁眉皺　臧本作「悶沉沉展不徹眉尖皺」。盧冀野本「悶」字斷屬上句。誤。孟本同脈望館古名家本，惟「愁」作「雙」。

〔一六四〕情懷冗冗　臧本上有「越覺的」三字。

〔一六五〕似這等幾時是了也呵　臧本作「（云）似這等憂愁，不知幾時是了也呵！（唱）」。孟本同臧本，惟無「（云）」及「（唱）」。

〔一六六〕該載　注定。脈望館鈔本鄭廷玉《冤家債主》頭折正末白：「阿！都是命運裏該載。大的個孩兒，你不知，聽我説與你咱。」

〔一六七〕休　臧本、孟本作「頭」。

〔一六八〕便做道人心難似水長流　臧本、孟本「便做」作「須知」，「難」作「不」。

〔一六九〕七歲與父分離久　臧本、孟本上有一「到」字。

〔一七〇〕端的　臧本、孟本下有一「個」字。

〔一七一〕俫　原誤作「揪」，今據臧本、孟本改。吴國欽本、王季思本改作「瞅」。按，俫，瞅。參見《雙赴夢》第四折校注〔三九〕。

〔一七二〕這前程事一筆勾　臧本作「今也波生招禍尤」。

〔一七三〕世　臧本、孟本作「人」。

〔一七四〕再　臧本、孟本作「我」。

〔一七五〕我言詞須應口　須，猶必。參看《詩詞曲語辭匯釋》卷一「須（一）」。應口，兑現。《董解元西廂記》卷三【黄鍾調】【侍香金童】【尾】：「把山海似深恩掉在腦後，轉關兒便是舌頭，許了的話兒都不應口。」

〔一七六〕婆婆索錢去了　臧本上有「（云）」。吴曉鈴本校勘記謂孟本上有「云」字。按，吴校誤。

〔一七七〕（孛老、卜兒、付净同上）　臧本、孟本作「（卜兒同孛老、張驢兒上）」。

〔一七八〕（卜云）　臧本作「（卜兒云）」。孟本同臧本，惟無「云」。

〔一七九〕（净）　臧本作「（張驢兒云）」。孟本同臧本，惟無「云」。吴曉鈴本校勘記謂孟本有「云」字。按，吴校誤。

〔一八〇〕罷　臧本、孟本作「哩」。

〔一八一〕（卜見旦科）　臧本、孟本作「（卜兒見正旦科）」。

〔一八二〕（旦云）　臧本作「（正旦云）」。孟本同臧本，惟無「云」。

〔一八三〕（卜哭科，云）　臧本作「（卜兒做哭科，云）」。孟本同臧本，惟無「云」。

〔一八四〕教　臧本、孟本下有一「我」字。

〔一八五〕（旦唱）　臧本作「（正旦唱）」。孟本無。

〔一八六〕【一半兒】　孟本曲牌名下有「（正旦）」。

〔一八七〕我見他　臧本、孟本作「爲甚麽」。

〔一八八〕情脉脉常懷鬱悶憂　臧本、孟本作「莫不是爲索債與人家惹争鬥」。

〔一八九〕荒　臧本、孟本作「慌」。

〔一九〇〕（卜）　臧本作「（卜兒云）」。孟本同臧本，惟無「云」。

〔一九一〕着我怎生説　臧本作「羞人答答的，教我怎生説波」。孟本同臧本，惟無「人」字。吴曉鈴本校勘記謂孟本有「人」字。按，吴校誤。

〔一九二〕（旦）　臧本作「（正旦唱）」。孟本同臧本，惟無「唱」。

〔一九三〕羞　臧本、孟本作「醜」。

〔一九四〕婆婆　臧本上有「（云）」。

〔一九五〕爲甚麽煩惱啼哭那　臧本、孟本上有一「你」字。

〔一九六〕（卜）　臧本作「（卜兒云）」。孟本同臧本，惟無「云」。

〔一九七〕他賺我到郊外勒死我　臧本、孟本作「他賺我到無人去處，行起凶來，要勒死我」。

〔一九八〕虧了這張老并他兒子張驢爺兒兩個救了我性命　臧本、孟本「這」作「一個」，「張驢」下有一「兒」字，無「爺兒兩個」，「救了」的「了」作「得」。

〔一九九〕我就招張老　臧本、孟本作「那張老就要我招他」。

〔二〇〇〕這等　這。楊梓《豫讓吞炭》一折智伯白：「昔日商紂無道，武王伐之，立下這等久遠基業。我今剿除趙氏，是亦吊民伐罪。」

〔二〇一〕（旦）　臧本作「（正旦云）」。孟本同臧本，惟無「云」。吴曉鈴本校勘記謂孟本有「云」字。按，吴校誤。

〔二〇二〕不中　臧本、孟本作「這個怕不中麽」。

〔二〇三〕喒　臧本、孟本作「咱」。喒，咱，吧。脈望館鈔本《單鞭奪槊》三折懋功白：「將軍，看俺舊交之情喒。」

〔二〇四〕家裏又不欠少錢財使用　臧本、孟本作「俺家裏又不是没有飯吃，没有衣穿，又不是少欠錢債，被人催逼不過」。

〔二〇五〕况你又年紀高大　臧本、孟本無「又」字，句下有「六十以外的人」一句。

〔二〇六〕（卜）　臧本作「（卜兒云）」。孟本同臧本，惟無「云」。

〔二〇七〕孩兒也　臧本、孟本下有「你説的豈不是？但是我的性命全虧他這爺兒兩個救的，我也曾説道：待我到家，多將些錢物酬謝你救命之恩。不知他怎生知道我家裏有個媳婦兒，道我婆媳婦又没老公，他爺兒兩個又没老婆，正是天緣天對。若不隨順他，依舊要勒死我。那時節我就慌張了，莫説自己許了他，連你也許了他兒也」。吴曉鈴本校勘記「婆媳婦」的「婦」字奪。

〔二八〕是我出于無奈也　臧本、孟本作「這也是出於無奈」。

〔二九〕（旦）　臧本作「（正旦云）」。孟本同臧本，惟無「云」。

〔三〇〕（唱）　孟本無。

〔三一〕遇時辰我替你憂　臧本作「避凶神要擇好日頭」。吴國欽本、王季思本從脈望館古名家本與孟本改。遇，到。臧本紀君祥《趙氏孤兒》一折旦兒中場詩：「可不道遇急思親戚，臨危托故人，你若是救出親生子，便是俺趙家留得這條根。」

〔三二〕我替你愁　臧本作「要將香火修」。吴國欽本、王季思本從脈望館古名家本與孟本改。

〔三三〕怎戴那銷金錦蓋頭　臧本作「怎將這雲霞般錦帕兜」。吴國欽本、王季思本從脈望館古名家本改。孟本同脈望館古名家本，惟「銷」作「綃」。銷金錦蓋頭，婚禮中用以蓋在新娘頭上的嵌着金線的絲巾。

〔三四〕可正是　臧本、孟本無。

〔三五〕喒人到中年也萬事休　臧本「喒人」作「可不道」，無「也」字。孟本同脈望館古名家本，惟「喒」

作「可不道」。吴曉鈴本校勘記云：「喒人——……孟本僅作『人』字。」北京大學本校勘記云：「酹江集（按，即孟本）同古名家本，無『喒』字。」按，二本誤校，均奪「可不道」。

〔二六〕枉着別人　臧本「着」作「教」，無「別」字。吴曉鈴本校勘記謂孟本「別人」作「人」。按，孟本同脈望館古名家本，吴校誤。

〔二七〕着別人笑破口　臧本無，另有「（卜兒云）我的性命都是他爺兒兩個救的，事到如今，也顧不得別人笑話了。（正旦唱）」。孟本同臧本，惟無「云」與「（正旦唱）」。

〔二八〕【青哥兒】　孟本曲牌名下有「（正旦）」。

〔二九〕你比那扇墳的生受　臧本、孟本作「你雖然是得他、得他營救」。扇墳，傳説莊周一日出游，見一婦人用扇扇墳，問其故，答云，丈夫死前告之，待墳土乾始能改嫁，思新土未乾，因舉扇扇之。《警世通言·莊子休鼓盆成大道》敍其事。生受，辛苦。金仁傑《追韓信》二折正末白：「將謂韓信功名如此艱辛，元來這打魚的覓衣飯吃更是生受。」

〔三〇〕又不是笋條年幼　臧本、孟本「又」作「須」，「笋條」二字疊。

〔三一〕剗的你　臧本、孟本「你」作「便」。剗的，猶無端地。參看《詩詞曲語辭匯釋》卷四「剗地（三）」。

〔三二〕當初　臧本、孟本上有一「想」字。

〔三三〕耽憂　臧本、孟本作「圖謀」，下有「置下田疇」一句。

〔三四〕四時　臧本、孟本作「蚤晚」。吴曉鈴本校勘記及北京大學本、吴國欽本、王學奇本、王季思本「蚤」改作「早」。按，蚤，通「早」。參見《金線池》第四折校注〔四〕。

〔三五〕又結綢繆　臧本、孟本作「寒暑衣裘」。

〔三六〕指　臧本、孟本作「滿」。

〔三七〕公公　臧本、孟本下有一「也」字。

〔三八〕你爲他干生受　臧本、孟本作「則落得乾生受」。

〔三九〕（卜）　臧本作「（卜兒云）」。孟本同臧本，惟無「云」。

〔三〇〕事到今日，你也招了女婿罷。今日就都過了門者　臧本作「他如今只待過門，喜事匆匆的，教我怎生回得他去」，下有「（正旦唱）【寄生草】你道他匆匆喜，我替你倒細細愁。愁則愁興闌删嚥不下交歡酒，愁則愁眼昏騰扭不上同心扣，愁則愁意朦朧睡不穩芙蓉褥。你待要笙歌引至畫堂前，我道這姻緣敢落在他人後。（卜兒云）孩兒也，再不要説我了，他爺兒兩個都在門首等候，事已至此，不若連你也招了女婿罷」。盧冀野本「你道他」的「你」誤作「爲」。孟本同臧本，惟無「（正旦唱）」及「云」，曲牌【寄生草】下有「（正旦）」。

〔三一〕（旦）　臧本作「（正旦云）」。孟本同臧本，惟無「云」。

〔三三〕并然　絶，斷乎。脈望館古名家本鄭廷玉《後庭花》二折正末白：「小人并然不敢，若有證見，小人便當罪。」

〔三三〕（卜）　臧本作「（卜兒云）」。孟本同臧本，惟無「云」。

〔三四〕實選定今日，敢都過門來也　臧本、孟本作「那個是要女婿的！争奈他爺兒兩個自家挨過門來，教我如何是好」。敢，正好。參看《詩詞曲語辭匯釋》卷二「敢（二）」。

〔三五〕（净）　臧本作「（張驢兒云）」。孟本同臧本，惟無「云」。

〔三六〕帽兒　臧本、孟本無。

〔三七〕袖兒袖兒窄窄　「袖兒袖兒」原作「帽兒帽兒」，今改。臧本、孟本作「袖兒窄窄」。吴曉鈴本校勘記亦云：「『帽兒帽兒』——臧本、孟本并作『袖兒』二字，是。」袖兒，衣衫，以部分代整體。窄窄，漂亮。亦作「窄」。《董解元西厢記》卷二【仙吕調】【整花冠】【尾】：「遮遮掩掩衫兒窄，那些孃孃婷婷體態。」

〔三八〕不枉了　臧本、孟本下有「（同孛老入拜科）」。

〔三九〕（旦）　臧本作「（正旦做不禮科，云）」。孟本同臧本，惟無「云」。吴曉鈴本校勘記「禮」改作「理」。按，禮，理。參看《詩詞曲語辭匯釋》卷五「禮」。

〔四〇〕（唱）　孟本無。

〔二四一〕看你那天長地久　臧本、孟本作「婆婆也，怕没的貞心兒自守」。

〔二四二〕招的個村老子　臧本、孟本「招的」作「到今日招着」。村，猶野。朱凱《黄鶴樓》四折【梁州】：「若有些個争競，半米兒疏失，來、來、來，我和你做一個頭敵，則我這村性子不許收拾。」參見《調風月》第一折校注〔一七〕。

〔二四三〕領着個不律頭　臧本「不律頭」作「半死囚」，下有「（張驢兒做嘴臉科，云）你看我爺兒兩個這等身段，儘也選得女婿過，你不要錯過了好時辰，我和你早些兒拜堂罷。（正旦不禮科，唱）」。孟本同臧本，惟無「云」，「段」作「叚」，無「唱」。不律頭，「不劣方頭」之省，此指蠻横之人。參看《詩詞曲語辭匯釋》卷六「方頭不劣」。

〔二四四〕舊恩情一筆都勾　臧本、孟本作「則被你坑殺人燕侣鶯儔」。

〔二四五〕你可也自窮究　臧本、孟本作「婆婆也，你豈不知羞」。窮究，仔細考慮。王實甫《西厢記》四本二折【絡絲娘】：「不争和張解元參辰卯酉，便是與崔相國出乖弄醜。到底干連着自己骨肉，夫人索窮究。」

〔二四六〕撞府冲州　走南闖北。闕名氏《獨角牛》一折【鵲踏枝】：「有一日賽口願到神州，我與你便畫尊神軸。背着案拜岳朝山，撞府冲州。」

〔二四七〕闌闠的銅斗兒家緣百事有　臧本同。王季思本「闌闠」改作「挣扎」。按，闌闠，争，努力争取。

參見《拜月亭》第三折校注〔一七〕。百事、樣樣。《董解元西厢記》卷三【中吕調】【迎仙客】：「宜澹玉，稱梅妝，一個臉兒堪供養。做爲掙，百事搶，只少天衣，便是捻塑來的觀音像。」

〔二四八〕兀的是 臧本、孟本作「想着」。

〔二四九〕教張驢兒情受 臧本上有「怎忍」二字，下有「（張驢兒做扯正旦拜科，正旦推跌科，唱）」。孟本同臧本，惟無「唱」。

〔二五〇〕這的是前人田土後人收 臧本、孟本作「兀的不是俺没丈夫的婦女下場頭」。

〔二五一〕（孛老同卜云）老兒，喒家中吃酒去來。（下）（净）竇娥不肯，則這般罷了不成？好共歹與我做個老婆。和俺老子吃酒去來。（下） 臧本作「（卜兒云）你老人家不要惱燥。難道你有活命之恩，我豈不思量報你？只是我那媳婦兒氣性最不好惹的，既是他不肯招你兒子，教我怎好招你老人家？我如今拚的好酒好飯養你爺兒兩個在家，待我慢慢的勸化俺媳婦兒。待他有個回心轉意，再作區處。（張驢兒云）這歪刺骨便是黄花女兒，剛剛扯的一把，也不消這等使性，平空的推了我一交，我肯乾罷！就當面賭個誓與你：我今生今世不要他做老婆，我也不算好男子。（詞云）美婦人我見過萬千向外，不似這小妮子生得十分憊賴。我救了你老性命死裏重生，怎割捨得不肯把肉身陪待？（同下）」。吴曉鈴本校勘記「男子」誤作「男兒」，「十分」誤作「十生」，「向外」誤屬下句。按，向外，以外。參看《詩詞曲語辭匯釋》卷三「向（一）」。盧冀野本「爺兒」誤作「爸兒」，「死裏重生」誤屬下句，「割捨得」下誤斷。孟本同臧本，惟無二「云」字及「（詞云）」。

第二齣〔一〕

（賽盧醫上）〔二〕小子賽盧醫的便是。自從賺蔡婆婆到郊外，欲待勒死，撞見兩個人救了。今日開這藥鋪，看有甚麼人來〔三〕。（净上）〔四〕小人張驢兒的便是〔五〕。有竇娥不肯通順〔六〕我；如今那婆子〔七〕害病，我討服毒藥，與他吃了，藥死那婆子〔八〕，那妮子好歹隨順了我〔九〕。這裏是藥鋪。太醫哥哥，我來討些藥兒〔一〇〕。（盧）〔一一〕你討甚麼藥？（净）〔一二〕我討服毒藥。（盧）〔一三〕誰敢合毒藥與你？這厮好大膽也！（净）〔一四〕你不與我這藥〔一五〕？你真個不與是怎麼〔一六〕？（盧）〔一七〕我不與你，你〔一八〕怎地我？（净〔一九〕做拖盧，云）好呀！好呀〔二〇〕！你在城外將那婆子要勒死〔二一〕，好的是〔二二〕你來，你只說我不認的你哩〔二三〕！我拖你見官府〔二四〕去。（盧荒云）〔二五〕大哥，你放我，有藥，有藥。（做與藥科）（净）〔二六〕既然有了藥，我往家中去也〔二七〕。（下）（盧云）〔二八〕原來討藥的這人〔二九〕，就是救那婆婆〔三〇〕的。我今日與了他這服毒藥去了，只怕連累我〔三一〕。我今開不成〔三二〕藥鋪，且往涿州賣藥〔三三〕去也。（下）

（孛老同净扶卜兒上）〔三四〕老漢自從來到蔡婆婆家做接脚〔三五〕，誰想婆婆一向染病〔三六〕，多是自己不幸〔三七〕。婆婆〔三八〕，你若想甚麼吃呵〔三九〕，你便說波〔四〇〕。（卜）〔四一〕我思量些羊肚兒湯吃。（孛老〔四二〕）張驢兒〔四三〕，你喚竇娥〔四四〕做些羊肚兒湯與婆婆吃。（净）〔四五〕竇娥，婆婆想羊肚兒湯吃，快安排將來。（旦上）〔四六〕妾身竇娥是也。

有俺婆婆不快，想羊肚〔四七〕湯吃，我親自安排了，與婆婆吃去〔四八〕。我想這婦人心好難保也呵！（唱）〔四九〕

【南吕一枝花】他則待一生鴛帳裏〔五〇〕眠，那裏肯半夜空房裏〔五一〕睡；他本是張郎婦，又做了李郎妻。有一等婦女每相隨〔五二〕，并不説家克計〔五三〕，則打聽些閑是非；説一會那丈夫打鳳的機關〔五四〕，使了些不着調虛囂〔五五〕的見識。

【梁州】〔五六〕那一個似卓氏般當壚滌器〔五七〕？那一個似孟光般舉案齊眉〔五八〕？近時有等婆娘每〔五九〕，道着難曉，做出難〔六〇〕知。舊恩忘却，新愛偏宜；墳頭上土脉猶濕，架兒上又换新衣。那裏有走邊廷哭倒長城〔六一〕？那裏有浣紗處甘投大水〔六二〕？那裏有上青山便化頑石〔六三〕？可悲，可耻！婦人家只恁無人意〔六四〕，多淫奔，少志氣；虧殺了〔六五〕前人在那裏，便休説百步相隨〔六六〕。

（旦）〔六七〕羊肚湯做成〔六八〕，不免送去〔六九〕。（净）〔七〇〕等我拿去。（做接科，云）〔七一〕這裏面少〔七二〕鹽醋，你取去〔七三〕。（旦虛下）〔七四〕（净〔七五〕放藥科）（旦上，云）〔七六〕這不是鹽醋！（净）〔七七〕傾下些〔七八〕。（旦唱）〔七九〕

【隔尾】〔八〇〕你説道少鹽欠醋無滋味，加料添椒纔脆美。但願娘親早〔八一〕痊濟，飲羹湯一杯，勝甘露灌體，您三口兒團圓到大來喜〔八二〕。

（孛老〔八三〕）孩兒，湯有了不曾〔八四〕？（净）〔八五〕有了〔八六〕。你拿過去。（孛老將湯，云）婆婆，你吃些湯兒。（卜）〔八七〕有累你。你先吃口兒我吃〔八八〕。（孛老〔八九〕）你吃〔九〇〕。（卜）〔九一〕老兒，你先吃〔九二〕。（孛老吃科）（旦唱）〔九三〕

【賀新郎】〔九四〕一個道你爺先吃〔九五〕，一個道你娘〔九六〕吃。這言語我〔九七〕聽也難聽，我可是氣也不氣！新婚的姻眷偏歡喜〔九八〕，不想那舊日夫妻道理〔九九〕，常好是百從千隨〔一〇〇〕。這婆娘心如風刮絮〔一〇一〕，那裏肯身化做望夫石〔一〇二〕？舊恩情到不比新佳配〔一〇三〕。他則待百年爲婚眷〔一〇四〕，那裏肯千里送寒衣？

（孛老〔一〇五〕）我吃下這湯去，自覺昏昏沉沉的〔一〇六〕。（卜）老兒，你吃下這湯去，怎生不好了也〔一〇七〕？（卜叫云）〔一〇八〕老兒也！你放精細着〔一〇九〕，你札挣〔一一〇〕着些兒！（做啼哭科）〔一一一〕（旦唱）〔一一二〕

【鬥蝦蟆】〔一一三〕枉着你煩惱没理會〔一一四〕，人生死，是輪迴。感着這般病疾，趂着這般時氣〔一一五〕，值着〔一一六〕風寒暑濕，或是饑飽勞役，各人病症自知〔一一七〕。人命關天關地〔一一八〕，别人怎生替的〔一一九〕？壽數非干今世。相守三朝五日〔一二〇〕，常好〔一二一〕一家一計。又無羊酒段〔一二二〕匹，又無花紅財禮；把手爲活過日〔一二三〕，撒手如同休弃〔一二四〕。不怕傍人笑耻，不是竇娥忤逆〔一二五〕。勸不的即即世世、哭哭啼啼、煩天惱地。呸！不似你捨不的你那從小裏指脚兒夫妻〔一二六〕。（孛老死科）〔一二七〕（卜云）怎生是好？死了也〔一二八〕！（旦）〔一二九〕我其實不關心〔一三〇〕，無半點悽惶泪。休〔一三一〕心如醉，意似痴，魂飛〔一三二〕，手荒脚亂〔一三三〕，哭哭啼啼。

（净）〔一三四〕好也囉！把〔一三五〕我老子藥死了，更待干〔一三六〕罷！（卜）〔一三七〕孩兒，你隨順了他罷〔一三八〕。（旦）〔一三九〕婆婆，怎生説這般言語〔一四〇〕！（唱）〔一四一〕

【隔尾】這厮般調着老母待等成合了你〔一四二〕，自藥死親爺今日〔一四三〕唬嚇誰？（卜）與他做了渾家罷〔一四四〕。（旦）〔一四五〕我一馬難將兩鞍鞴〔一四六〕！想男兒在日俺夫妻道理〔一四七〕，你〔一四八〕教我改嫁別人，我其實下不的〔一四九〕。

（净）〔一五〇〕竇娥，怎生〔一五一〕藥殺了俺老子？你要官休？要私休？（旦）〔一五二〕怎生是官休？怎生是私休？（净）〔一五三〕你要官休呵，我拖你到官司〔一五四〕，你招認藥死俺老子的罪犯〔一五五〕。你要私休呵，你〔一五六〕與我做了老婆，我便饒了你〔一五七〕。（旦）〔一五八〕我心上無事〔一五九〕，情願和你見官去〔一六〇〕。（净拖旦下）〔一六一〕

校　注

〔一〕齣　臧本、孟本作「折」。

〔二〕賽盧醫上　臧本下有「詩云」。孟本下有「云」。

〔三〕小子賽盧醫的便是。自從賺蔡婆婆到郊外，欲待勒死，撞見兩個人救了。今日開這藥鋪，看有甚麽人來　臧本、孟本作「小子太醫出身，也不知道醫死多人，何嘗怕人告發，關了一日店門？在城有個蔡家婆子，剛少的他廿兩花銀，屢屢親來索取，争些撚斷脊筋。也是我一時智短，將他賺到荒村，撞見兩個不識姓名男子，一聲嚷道：『浪蕩乾坤，怎敢行凶撒潑，擅自勒死平民！』唬得我丢了繩索，放開脚步飛奔。雖然一夜無事，終覺失精落魂。方知人命關天關地，如何看做壁上灰塵？從今改過行業，要得滅罪修因。將以前醫死的性命，一個個都與他一卷超度的經文。小子賽盧醫的便是。只爲要賴蔡婆婆二十兩銀子，賺他到荒僻去處，正待勒死他，誰想遇見兩個漢子，救了他去。若是再來討債時節，教我怎生見他？常言道的好：『三十六計，走爲上計。』喜得我是孤身，又無家小連累，不若收拾了細軟行李，打個包兒，悄悄的躲到別處，另做營生，豈不乾浄」。盧冀野本「怕」誤作「伯」，「一聲」誤作「一耳」，「悄悄」誤作「悄俏」。中華書局本奪「剛少的」之「的」字。中華書局本、吴國欽本、王季思本「廿」改作「二十」。

〔四〕（浄上） 臧本、孟本作「（張驢兒上，云）」。

〔五〕小人張驢兒的便是 臧本、孟本作「自家張驢兒」。

〔六〕有竇娥不肯通順 臧本、孟本作「可奈那竇娥百般的不肯隨順」。通順，順從。

〔七〕婆子 臧本、孟本上有一「老」字。

〔八〕婆子 臧本、孟本上有一「老」字。

〔九〕那妮子好歹隨順了我 臧本、孟本作「這小妮子好歹做我的老婆」。

〔一〇〕這裏是藥鋪。太醫哥哥，我來討些藥兒 臧本作「（做行科，云）且住，城裏人耳目廣，口舌多，倘見我討毒藥，可不嚷出事來？我前日看見南門外有個藥鋪，此處冷静，正好討藥。（做到科，叫云）太醫哥哥，我來討藥的」。北京大學本、吴國欽本「做到科」誤作「作行科」。王學奇本「做到科」誤作「做行科」。孟本同臧本，惟無「做行科」下的「云」。

太醫，泛稱醫生。《水滸傳》二十五回：「這帖心疼藥，太醫教你半夜裏吃。」

〔一二〕（盧）　臧本作「（賽盧醫云）」。孟本作「（盧醫）」。

〔一三〕（浄）　臧本作「（張驢兒云）」。孟本同臧本，惟無「云」。吴曉鈴本校勘記謂孟本有「云」字。按，吴校誤。

〔一四〕（盧）　臧本作「（賽盧醫云）」。孟本作「（盧醫）」。

〔一五〕（浄）　臧本作「（張驢兒云）」。孟本同臧本，惟無「云」。

〔一六〕你不與我這藥　臧本、孟本無。

〔一七〕不與是怎麽　臧本、孟本作「不肯與我藥麽」。

〔一八〕（盧）　臧本作「（賽盧醫云）」。孟本作「（盧醫）」。

〔一九〕你　臧本、孟本下有一「就」字。

〔二〇〕浄　臧本、孟本作「張驢兒」。

〔二一〕好呀　臧本、孟本無。

〔二二〕你在城外將那婆子要勒死　臧本、孟本作「前日謀死蔡婆婆的」。

〔二三〕好的是　臧本、孟本作「不是」。好的，正好。參見《拜月亭》第三折校注〔三二〕。

〔二四〕你只説我不認的你哩　臧本、孟本無「只」字。只，猶還。蘇籀《欒城先生遺言》：「只謂蘇子由儒學，不知吏事精詳至於如此。」説，以爲。潘游龍《笑禪録》：「果然書該讀，我往常只説是寫的，原來都是印的。」

〔二四〕府　臧本、孟本無。

〔二五〕（盧荒云）　臧本作「（賽盧醫做慌科，云）」。孟本同臧本，惟無「云」。

〔二六〕（净）　臧本、孟本作「（張驢兒云）」。

〔二七〕我往家中去也　臧本、孟本作「且饒你罷。正是：『得放手時須放手，得饒人處且饒人。』」

〔二八〕（盧云）　臧本作「（賽盧醫云）」。孟本作「（盧醫）」。

〔二九〕原來討藥的這人　臧本、孟本上有「可不悔氣」，「原來」作「剛剛」。王季思本「悔」改作「晦」。按，悔，用同「晦」。臧本闕名氏《貨郎旦》四折净白：「當日勒他不死，就該有今日的悔氣了。」

〔三〇〕婆婆　臧本、孟本作「婆子」。

〔三一〕只怕連累我　臧本、孟本上有「以後事發」，「只怕」作「越越要」。

〔三二〕我今開不成　臧本、孟本作「趁早兒關上」。

〔三三〕且往涿州賣藥　「州」字原無，有校筆於「涿」字右下補。從。臧本、孟本作「到涿州賣老鼠藥」。

〔三四〕（孛老同净扶卜兒上）　臧本、孟本作「（卜兒上，做病伏几科）（孛老同張驢兒上，云）」。

〔三五〕老漢自從來到蔡婆婆家做接脚　臧本、孟本作「老漢自到蔡婆婆家來，本望做個接脚」，下有

「却被他媳婦堅執不從。那婆婆一向收留俺爺兒兩個在家同住，只説好事不在忙，等慢慢裏勸轉他媳婦」。吴曉鈴本校勘記「收」誤作「取」。接脚，喪偶後再招娶的配偶。《太平廣記》卷一百八十四引《玉泉子》：「（白）敏中始婚也，已朱紫矣，嘗戲其妻爲接脚夫人。又妻出，輒導之以馬，妻既憾其言，每出，必命撤其馬，曰：『吾接脚夫人，安用馬也？』」

〔三六〕誰想婆婆一向染病　臧本、孟本作「誰想那婆婆又害起病來」。中華書局本「那」誤作「他」。一向，一直。《五代史平話》周史卷上：「咱娘娘在潞州舅舅常武安家裏，自前年買劍殺了那廝，走從這裏來，一向不知他音耗是怎生。」

〔三七〕多是自己不幸　臧本無，另作「孩兒，你可曾等我兩個的八字，紅鸞天喜幾時到命哩？（張驢兒云）要看什麽天喜到命，只賭本事做得去，自去做。（孛老云）孩兒也，蔡婆婆害病好幾日了，我與你去問病波。（做見卜兒問科，云）婆婆，你今日病體如何？（卜兒云）我身子十分不快哩。（孛老云）」。中華書局本、北京大學本、吴國欽本、王學奇本、王季思本「等」改作「算」。孟本同臧本，惟「等」作「算」，「云」字均無。

〔三八〕婆婆　臧本、孟本無。

〔三九〕若想甚麽吃呵　臧本、孟本作「可想些甚麽吃」。

〔四〇〕你便説波　臧本、孟本無。

〔四一〕（卜）　臧本作「（卜兒云）」。孟本同臧本，惟無「云」。

〔四二〕孛老　臧本下有「云」。

〔四三〕張驢兒　臧本、孟本作「孩兒」。

〔四四〕你唤竇娥　臧本、孟本「唤」作「對」，「竇娥」下有一「説」字。

〔四五〕（净）　臧本、孟本作「（張驢兒向古門云）」。

〔四六〕（旦上）　臧本、孟本作「（正旦持湯上，云）」。

〔四七〕肚　吴國欽本下衍一「兒」字。

〔四八〕與婆婆吃去　臧本、孟本下有「婆婆也，我這寡婦人家，凡事也要避些嫌疑，怎好收留那張驢兒父子兩個？非親非眷的，一家兒同住，豈不惹外人談議？婆婆也，你莫要背地裏許了他親事，連我也累做不清不潔的」。

〔四九〕（唱）　孟本無。

〔五〇〕裏　臧本、孟本無。

〔五一〕裏　臧本、孟本無。

〔五二〕相隨　在一塊兒。《宦門子弟錯立身》戲文第五出：「我和你同心意，願得百歲鎮相隨，盡老今生不暫離。」

〔五三〕家克計　克家之計，持家之道。家克，克家，謂能勝任家事。《易·蒙》：「納婦吉，子克家。」孔穎達疏：「子孫能克荷家事，故云子克家也。」

〔五四〕說一會那丈夫打鳳的機關　臧本、孟本「那丈夫」作「不明白」。打鳳的機關，誘人的圈套。臧本闕名氏《連環計》二折【黄鍾尾】：「到明朝安排下鴻門擺設重瞳宴，準備着打鳳機關吕后筵。」參見《單刀會》第三折校注〔三七〕。

〔五五〕不着調虛囂　臧本、孟本作「調虛囂撈龍」。不着調，不合常理。天津方言謂没有規矩爲「不着調」。

〔五六〕【梁州】　臧本、孟本作「【梁州第七】」。

〔五七〕那一個似卓氏般當壚滌器　「壚」原作「爐」，從吴曉鈴本改。臧本、孟本即作「壚」。當壚滌器，卓文君司馬相如故事。參見《玉鏡臺》第四折校注〔一八〕。臧本、孟本「那」作「這」。盧冀野本「卓氏」下點斷。誤。

〔五八〕那一個似孟光般舉案齊眉　臧本、孟本「那」作「這」。舉案齊眉，孟光梁鴻故事。《後漢書·梁鴻傳》：「鴻爲人賃舂，每歸，妻爲具食，不敢于鴻前仰視，舉案齊眉。」

〔五九〕近時有等婆娘每　臧本、孟本作「説的來藏頭蓋脚多伶俐」。北京大學本、吴國欽本、王學奇本、王季思本「伶俐」改作「伶俐」。按，伶俐，同伶俐，乾净。臧本闕名氏《盆兒鬼》一折搽旦白：「若是放了回去，可不倒着他道兒？不如只一刀哈喇了他，可不伶俐！」脈望館鈔本「伶俐」作「乾净」。

〔六〇〕難　臧本、孟本作「纔」。

〔六一〕走邊廷哭倒長城　臧本、孟本「走邊廷」作「奔喪處」。哭長城，孟姜女故事。俞樾《小浮梅閒話》：「俗傳秦築長城，有范郎之妻孟姜，送寒衣至城下，聞夫死，一哭而城爲之崩。」

〔六二〕浣紗處甘投大水　臧本、孟本「處」作「時」。投大水，伍子胥故事。春秋時，楚國伍子胥逃難去吴國，路經江邊，一浣紗女子憐其遭遇，給他飯吃。臨行，伍囑女子勿向追兵洩密，女子爲表誠意，投江而死。李壽卿《伍員吹簫》雜劇叙其事。

〔六三〕上青山便化頑石　臧本、孟本「上青山」作「上山來」。化頑石，望夫石傳説。參見《救風塵》第一折校注〔二九〕。

〔六四〕婦人家只恁無人意　臧本、孟本「只」作「直」，「恁」作「恁的」，「人意」作「仁義」。只，猶竟。《張協狀元》戲文第一出：「刮地朔風柳絮飄，山高無旅店，景蕭條。蹲跧何處過今宵？思量只恁地，路迢遥。」人意，仁愛和情意。人，通「仁」。《廣雅·釋詁》：「人，仁也。」王念孫疏證：「仁與人同義，故古書以二字通用。」

〔六五〕了　臧本、孟本無。

〔六六〕便休説百步相隨　臧本、孟本作「更休説本性難移」。吴國欽本、王季思本「本性難移」改作「百步相隨」。百步相隨，永遠相從。

〔六七〕（旦）　臧本作「（云）」。孟本無。

〔六八〕羊肚兒湯做成　臧本、孟本上有「婆婆」，下有一「了」字。

〔六九〕不免送去　臧本、孟本作「你吃些兒波」。

〔七〇〕（浄）　臧本作「（張驢兒云）」。孟本同臧本，惟無「云」。

〔七一〕（做接科，云）　臧本作「（做接嘗科，云）」。孟本同臧本，惟無「云」。

〔七二〕少　臧本、孟本下有一「些」字。

〔七三〕取去　臧本、孟本作「去取來」。

〔七四〕（旦虚下）　臧本、孟本作「（正旦下）」。

〔七五〕浄　臧本、孟本作「張驢兒」。

〔七六〕（旦上，云）　臧本作「（正旦上，云）」。孟本同臧本，惟無「云」。

〔七七〕（浄）　臧本作「（張驢兒云）」。孟本同臧本，惟無「云」。

〔七八〕傾下些　臧本、孟本上有一「你」字。

〔七九〕（旦唱）　臧本作「（正旦唱）」。孟本無。

〔八〇〕【隔尾】 孟本曲牌名下有「（正旦）」。

〔八一〕早 臧本、孟本作「蚤」。北京大學本、吴國欽本、王學奇本、王季思本改作「早」。參見第一齣校注〔三四〕。後同，不另出校。

〔八二〕您三口兒團圓到大來喜 臧本、孟本作「得一個身子平安倒大來喜」。

〔八三〕孛老 臧本下有「云」。

〔八四〕湯有了不曾 臧本、孟本上有「羊肚」二字。有，好。劉唐卿《降桑椹》二折：「（正末云）……興兒，擡過香案來者。（興兒云）理會的。（做擡香案科，云）放下這香案，擺下三牲，小哥，都有了也。」

〔八五〕（净） 臧本作「（張驢兒云）」。孟本同臧本，惟無「云」。

〔八六〕有了 臧本、孟本上有二「湯」字。

〔八七〕（卜） 臧本作「（卜兒云）」。孟本同臧本，惟無「云」。

〔八八〕你先吃口兒我吃 臧本作「（做嘔科，云）我如今打嘔，不要這湯吃了，你老人家吃罷」。孟本同臧本，惟無「云」。

〔八九〕孛老 臧本下有「云」。

〔九〇〕你吃 臧本、孟本作「這湯特做來與你吃的，便不要吃，也吃一口兒」。

〔九一〕（卜）　臧本作「（卜兒云）」。孟本同臧本，惟無「云」。

〔九二〕老兒，你先吃　臧本、孟本作「我不吃了，你老人家請吃」。

〔九三〕（旦唱）　臧本作「（正旦唱）」。孟本無。

〔九四〕【賀新郎】　孟本曲牌名下有「（正旦）」。

〔九五〕一個道你爺先吃　臧本、孟本無「爺」字，「先」作「請」。

〔九六〕你娘　臧本、孟本作「婆先」。盧冀野本「婆」誤作「把」。

〔九七〕我　臧本、孟本無。

〔九八〕新婚的姻眷偏歡喜　臧本、孟本作「想他家與咱家有甚的親和戚」。吴曉鈴本校勘記「想」字奪。

〔九九〕不想那舊日夫妻道理　臧本、孟本作「怎不記舊日夫妻情意」。道理，情景。元刊本岳伯川《鐵拐李》三折【川撥棹】：「自從俺做夫妻，二十年幾曾道離了半日。早起在衙裏，晚時在家裏，那一場歡喜。要一奉十，舉案齊眉，那些兒是夫妻每道理。」

〔一〇〇〕常好是百從千隨　臧本、孟本作「也曾有百縱千隨」。

〔一〇一〕這婆娘心如風刮絮　臧本、孟本作「婆婆也，你莫不爲黄金浮世寶」。

〔一〇二〕那裏肯身化做望夫石　臧本、孟本作「白髮故人稀」。

〔一〇三〕舊恩情到不比新佳配　吴曉鈴本「到」改作「倒」。按，到，倒。參看《詩詞曲語辭匯釋》卷四「到(二)」。臧本、孟本作「因此上把舊恩情全不比新知契」。

〔一〇四〕他則待百年爲婚眷　臧本、孟本作「則待要百年同墓穴」。

〔一〇五〕孛老　臧本下有「云」。

〔一〇六〕自覺昏昏沉沉的　臧本、孟本「自」作「怎」，「的」下有「起來」二字，句下有「(做倒科)」。

〔一〇七〕(卜)老兒，你吃下這湯去，怎生不好了也　臧本、孟本無。

〔一〇八〕(卜叫云)　臧本、孟本作「(卜兒慌科，云)」。

〔一〇九〕老兒也！你放精細着　臧本、孟本作「你老人家放精神着」。吴國欽本、王季思本「神」改作「細」。吴曉鈴本校勘記將臧本、孟本的「着」字誤作「者」。參見《哭存孝》第二折校注〔七八〕。精細，清醒。脈望館古名家本鄭德輝《倩女離魂》三折【醉春風】：「一會家縹緲呵如趁扶摇，一會家精細呵使着軀殼，一會家混沌呵不知天地。」

〔一一〇〕札掙　臧本、孟本同。盧冀野本「札」字奪。中華書局本、北京大學本、吴國欽本、王學奇本「札」改作「扎」。王季思本「札掙」改作「掙扎」。按，札掙，掙扎。札，用同「扎」。賈仲明《金安壽》三折正末白：「我怎麽這一會也昏倦起來，札掙不得？」

〔一一一〕(做啼哭科)　臧本作「(做哭科，云)兀的不是死了也」。孟本同臧本，惟無「云」。

〔二二〕（旦唱）　臧本作「（正旦唱）」。孟本無。

〔二三〕【鬥蝦蟆】　孟本曲牌名下有「（正旦）」。

〔二四〕枉着你煩惱没理會　臧本作「空悲慼，没理會」。孟本作「枉着你空悲慼，没理會」。没理會，不明白。闕名氏《雲窗夢》四折【沉醉東風】：「没理會腌臢久病疾，害的來伶仃瘦體。」

〔二五〕趍着這般時氣　「趍」原作「迯」，有校筆改作「趍」。從。臧本、孟本「趍」作「值」，「氣」作「勢」。趍，「趁」俗字，趕，遇上。《唐宋諸賢絶妙詞選》卷七周美成《蘭陵王·柳》：「閑尋舊踪迹，又酒趁哀絃、燈照離席。梨花榆火催寒食，愁一箭風快、半篙波暖，回頭迢遞便數驛，望人在天北。」時氣，時疫。《漢書·鮑宣傳》：「歲惡饑餓，六死也；時氣疾疫，七死也。」

〔二六〕值着　臧本、孟本作「可是」。

〔二七〕各人病症自知　臧本、孟本「病症」作「證候」。盧冀野本「自知」斷屬下句。誤。吴國欽本「證」改作「症」，王季思本改作「癥」。按，證，症。參見《拜月亭》第二折校注〔三〕。

〔二八〕人命關天關地　臧本同。盧冀野本「人命」下點斷。誤。

〔二九〕的　臧本、孟本作「得」。

〔三〇〕日　臧本、孟本作「夕」。

〔三一〕常好　臧本、孟本作「説甚」。

〔一二二〕段　原作「叚」，今改。臧本、孟本即作「段」。王季思本改作「緞」。按，段，緞。參見《救風塵》第三折校注〔七六〕。

〔一二三〕把手爲活過日　把手，携手。《三國志·魏書·張邈傳》：「吕布之捨袁紹從張楊也，過邈，臨别，把手共誓。」爲活過日，過活。

〔一二四〕撒手如同休弃　臧本同。盧冀野本「撒手」斷屬上句。誤。

〔一二五〕不怕傍人笑耻，不是竇娥忤逆　臧本、孟本作「不是竇娥忤逆，生怕傍人論議」。王學奇本「傍」改作「旁」。按，傍，旁。參見《哭存孝》頭折校注〔一二五〕。

〔一二六〕勸不的即即世世、哭哭啼啼、煩天惱地。呸！不似你捨不的你那從小裏指脚兒夫妻　臧本作「不如聽咱勸你，認個自家悔氣。割捨的一具棺材停置，幾件布帛收拾，出了咱家門裏，送入他家墳地。這不是你那從小兒年紀指脚的夫妻」。孟本同臧本，然孟本及盧冀野本、中華書局本、北京大學本「停置」「收拾」均斷屬下句。誤。即即世世，羅羅唆唆。參看《元劇俗語方言例釋》「即世」。指脚兒夫妻，結髮夫妻。參同上「指脚夫妻」。

〔一二七〕（孛老死科）　臧本、孟本無。

〔一二八〕（卜云）怎生是好？死了也　臧本、孟本無。

〔一二九〕（旦）　臧本、孟本無。

〔三〇〕關心　臧本、孟本「心」作「親」。關心，動心。《樂府雅詞》卷一鄭彦能《調笑轉踏》：「斷腸初認琴心挑，么絃暗寫相思調。從來萬曲不關心，此度傷心何草草。」

〔三一〕休　臧本、孟本下有「得要」二字。

〔三二〕魂飛　臧本、孟本無。

〔三三〕手荒脚亂　臧本、孟本作「便這等嗟嗟怨怨」。

〔三四〕（净）　臧本作「（張驢兒云）」。孟本同臧本，惟無「云」。

〔三五〕把　臧本、孟本上有一「你」字。

〔三六〕干　原誤作「千」，今正。吴曉鈴本校勘記亦謂「『千』字當是『干』字之誤」。臧本、孟本作「乾」。

〔三七〕（卜）　臧本作「（卜兒云）」。孟本同臧本，惟無「云」。

〔三八〕你隨順了他罷　「你」原誤作「我」，今改。吴曉鈴本校勘記亦疑「我」爲「你」字之誤。臧本、孟本作「這事怎了也」。

〔三九〕（旦）　臧本作「（正旦云）」。孟本同臧本，惟無「云」。

〔四〇〕婆婆，怎生説這般言語　臧本、孟本作「我有什麽藥在那裏！都是他要鹽醋時，自家傾在湯兒裏的」。

〔一四一〕（唱） 孟本無。

〔一四二〕這厮般調着老母待等成合了你 「待」原誤作「侍」，從吳曉鈴本改。臧本、孟本作「這厮搬調咱老母收留你」。般調，搬弄，挑撥。宫天挺《七里灘》三折【脱布衫】：「則爲你般調人兩字功名，駈（驅）榮（用）人半世浮生。」

〔一四三〕今日 臧本、孟本作「待要」。

〔一四四〕（卜）與他做了渾家罷 臧本作「（張驢兒云）我家的老子，倒説是我做兒子的藥死了，人也不信。（做叫科，云）四鄰八舍聽着：竇娥藥殺我家老子哩！（卜兒云）罷麽，你不要大驚小怪的，嚇殺我也。（張驢兒云）你可怕麽？（卜兒云）可知怕哩。（張驢兒云）你要饒麽？（卜兒云）可知要饒哩。（張驢兒云）你教竇娥隨順了我，叫我三聲的的親親的丈夫，我便饒了他。（卜兒云）孩兒也，你隨順了他罷。（正旦云）婆婆，你怎説這般言語」。盧冀野本「孩」誤作「竇」。孟本同臧本，惟「云」字均無。

〔一四五〕（旦） 臧本作「（唱）」。孟本無。

〔一四六〕鞴 臧本同。盧冀野本、王季思本誤作「鞲」。

〔一四七〕俺夫妻道理 臧本、孟本作「曾兩年匹配」。

〔一四八〕你 臧本、孟本作「却」。

〔一四九〕我其實下不的　臧本、孟本作「其實做不得」。下不的，不忍心。《雍熙樂府》卷十一闕名氏套數【雙調】新水令「念遠」：「身似井中蛙，命似釜中蝦，難把猿心鎖，空將鵑泪灑，情雜，下不的題着他名兒罵。」

〔一五〇〕（浄）　臧本作「（張驢兒云）」。孟本同臧本，惟無「云」。

〔一五一〕怎生　臧本、孟本作「你」。

〔一五二〕（旦）　臧本作「（正旦云）」。孟本同臧本，惟無「云」。

〔一五三〕（浄）　臧本作「（張驢兒云）」。孟本同臧本，惟無「云」。

〔一五四〕我拖你到官司　臧本、孟本無「我」字，下有「把你三推六問，你這等瘦弱身子，當不過拷打」。

〔一五五〕你招認藥死俺老子的罪犯　臧本、孟本上有一「怕」字，「你」下有「不」字，「俺」作「我」。

〔一五六〕你　臧本、孟本下有「早些」二字。

〔一五七〕我便饒了你　臧本、孟本作「倒也便宜了你」。

〔一五八〕（旦）　臧本作「（正旦云）」。孟本同臧本，惟無「云」。

〔一五九〕心上無事　臧本、孟本作「又不曾藥死你老子」。

〔一六〇〕去　臧本、孟本下有一「來」字。

〔一六一〕（浄拖旦下）　臧本、孟本作「（張驢兒拖正旦、卜兒下）」。

第三齣〔一〕

(丑扮官人引祗候上)〔二〕我做官人甚殷勤〔三〕，告狀來的要金銀；若是上司來刷卷〔四〕，在家推病不出門。下官楚州州官〔五〕是也。今日〔六〕升廳坐衙，張千〔七〕，喝攛廂。(張千喝科)〔八〕(净拖旦上〔九〕，云)告狀，告狀！(張千云)〔一〇〕過來〔一一〕。(做見科)(旦、净同跪科)(丑亦跪科，云)〔一二〕請起。(張千)〔一三〕相公，他是告狀的，怎生跪着他？(丑)〔一四〕你不知道，但來告狀的，就是我衣食父母。(張千答應科)〔一五〕(丑〔一六〕云)那個是原告？那個是被告〔一七〕？從實説來。(净)〔一八〕小人是原告張驢兒的便是〔一九〕，告媳婦兒合毒藥藥死俺老子〔二〇〕。望大人與孩兒做主〔二一〕。(丑)〔二二〕是那個下〔二三〕毒藥？(旦)〔二四〕不干我事〔二五〕。(卜)〔二六〕也不是我〔二七〕。(净)〔二八〕也不是我〔二九〕。(丑)〔三〇〕都不是你〔三一〕，敢是我來〔三二〕？(旦唱)〔三三〕

【牧羊關】大人，你明如鏡，清似水，照妾身肝膽虚實。那羹本五味俱全，除了此〔三四〕百事不知。他推去〔三五〕嘗滋味，吃下去便昏迷。不是妾訟庭上胡支對〔三六〕，相公〔三七〕也，却教我平白地説甚的〔三八〕？

(丑)〔三九〕人是賤蟲，不打不招承〔四〇〕。張千〔四一〕，與我〔四二〕打着。(張千打旦科。三次科。噴水科)〔四三〕(旦唱)〔四四〕

【罵玉郎】〔四五〕無情棍棒〔四六〕教我捱不的。婆婆也，須是你自做下〔四七〕，怨他誰？勸普天下前婚後嫁婆娘每，都看取我這般傍州例。

【感皇恩】呀！是誰人唱叫揚疾〔四八〕，不由我哭哭啼啼〔四九〕。我恰還魂〔五〇〕，纔蘇醒，又昏迷。捱千般打拷，見鮮血淋灕〔五一〕，一杖下，一道血，一層皮。

【採茶歌】打的我魄散魂飛〔五二〕，命掩泉世〔五三〕。則我這〔五四〕腹中冤枉有誰知！我不曾藥死公公當罪責〔五五〕，告你個相公明鏡察虛實〔五六〕。

（丑）〔五七〕你招也不招？（旦）〔五八〕委的不是我下毒藥〔五九〕。（丑）〔六〇〕既然不是你，與我打那婆子。（旦）〔六一〕住、住，住，休打我婆婆，我招了罷〔六二〕，是我藥死公公〔六三〕。（丑）〔六四〕將枷來枷上〔六五〕，下在死囚牢裏去。到來日押赴市曹典刑〔六六〕。（卜）〔六七〕竇娥孩兒，兀的不痛殺我也！都是我送了你命〔六八〕！（旦唱）〔六九〕

【尾聲】〔七〇〕我做了個銜冤負屈沒頭鬼，不走了你個好色荒淫漏面賊〔七一〕！想青天不可欺〔七二〕，想人心不可欺，冤枉事天地知。爭到頭，競〔七三〕到底，到如今說甚的〔七四〕？冤我便〔七五〕藥殺公公，與了招罪。婆婆〔七六〕，我到把你來便打的、打的來恁的，婆婆，若是我不死，如何救得你〔七七〕！（下）〔七八〕

（净）〔七九〕明日殺竇娥〔八〇〕，我且隨衙聽候〔八一〕。（下）〔八二〕（卜云）〔八三〕明日市曹中殺竇娥，兒〔八四〕也，兀的不痛殺我也！（下）〔八五〕（丑云）〔八六〕到明日典刑竇娥，今日無事〔八七〕，將馬來，後宅去吃酒〔八八〕。（下）〔八九〕

（外扮監斬官上〔九〇〕）下官監斬官是也。今日處決犯人，把住巷口〔九一〕，休放往來人走〔九二〕。（丑發鼓三通、打鑼三下科）〔九三〕（劊子磨刀科）〔九四〕（劊子磨旗科〔九五〕）（定頭通鑼鼓科）〔九六〕（正旦帶枷上〔九七〕）（劊子云）行動些，把住巷口〔九八〕。（旦唱）〔九九〕

【正宮端正好】〔一〇〇〕没來由犯王法，葫蘆提〔一〇一〕遭刑憲，叫聲屈動地驚天〔一〇二〕！我將天地合埋怨〔一〇三〕，天也！你不與人爲方便〔一〇四〕。

【滚綉毬】有日月朝暮顯〔一〇五〕，有山河今古監〔一〇六〕。天〔一〇七〕也！却不〔一〇八〕把清濁分辨，可知道錯看〔一〇九〕了盗跖顔淵！有德〔一一〇〕的受貧窮更命短，造惡的享富貴又壽延。天〔一一一〕也，做得個怕硬欺軟！不想天地也順水推船〔一一二〕。地也，你不分好歹難〔一一三〕爲地！天也，我今日負屈銜冤哀告天〔一一四〕！空教我獨語獨言〔一一五〕。

（劊子〔一一六〕）竇娥〔一一七〕，行動些〔一一八〕，悮〔一一九〕了時辰也。（旦唱）〔一二〇〕

【倘秀才】〔一二一〕則被這枷扭〔一二二〕的我左側右偏，人擁的我前合後偃〔一二三〕。竇娥〔一二四〕向哥哥行有句言。（劊子〔一二五〕）你有甚麽話説？（旦）〔一二六〕前街裏去中有怨〔一二七〕，後街裏去死無冤〔一二八〕，非是我自專〔一二九〕。

（劊子〔一三〇〕）你當刑，如今來赴法場〔一三一〕，有甚親眷〔一三二〕？（旦唱）〔一三三〕

【叨叨令】〔一三四〕你道我當刑赴法場何親眷〔一三五〕。（劊子）你前街去是怎生？後街去是如何？（旦）前街裏去告您看些顔面，我往後街裏去呵不把哥哥怨〔一三六〕。前街裏去只恐怕俺婆婆見〔一三七〕。（劊子〔一三八〕）你的性命也顧不的〔一三九〕，怕他〔一四〇〕怎的？（旦）〔一四一〕他見我披枷帶鎖赴法場餐刀去呵〔一四二〕，枉將他氣殺也麽哥，枉將他氣殺也麽哥，告哥哥臨危好與人方便〔一四三〕。

（卜上，云）〔一四四〕天呵〔一四五〕，兀的不是我媳婦兒！我兒也，不痛殺我也〔一四六〕！（劊子云〔一四七〕）婆子靠後。（旦）〔一四八〕叫俺婆婆來〔一四九〕，囑付〔一五〇〕他幾句話咱。（劊子〔一五一〕）那婆子近前來，你媳婦要囑付你話里〔一五二〕。（卜見云）〔一五三〕孩兒，痛殺我也！（旦）〔一五四〕婆婆，都只爲你身子不快，思量羊肚兒湯吃。我安排了，又道少鹽醋，被張驢兒賺的我取鹽醋去，他將毒藥放在湯裏，可着我拿過去與你吃。誰想你讓與他老子吃〔一五五〕。實指望藥死〔一五六〕你，要霸占我爲妻，不想把他老子藥死了〔一五七〕。因報前讎，把我拖去官司〔一五八〕。我怕連累婆婆，我屈招了〔一五九〕。今日赴法場典刑。婆婆〔一六〇〕，瀽不了的漿水飯〔一六一〕，瀽半碗兒與我吃；燒不了的紙錢，與竇娥燒一陌兒。則是看你死的孩兒面上！（唱）〔一六二〕

【快活三】看〔一六三〕竇娥葫蘆提當罪愆，着〔一六四〕竇娥身首不完全，想竇娥從前已往幹家緣〔一六五〕；婆婆〔一六六〕，看竇娥少爺無娘面〔一六七〕。

【鮑老兒】看〔一六八〕竇娥伏侍婆婆這幾年，看〔一六九〕時節將碗凉漿奠。（卜）孩兒放心。兀的不痛殺我也〔一七〇〕！（旦）〔一七一〕你去那受刑法屍骸上列〔一七二〕些紙錢，看你那化去孩兒面〔一七三〕。啼啼哭哭〔一七四〕，煩煩惱惱，怨氣〔一七五〕冲天。我不分説〔一七六〕，不明不暗〔一七七〕，負屈銜冤。

（劊子）〔一七八〕兀那婆子靠後，時辰到了也。（旦跪下科）〔一七九〕（劊子開枷〔一八〇〕科）（旦）〔一八一〕竇娥告監斬官〔一八二〕，要一領净席〔一八三〕。我有三件事〔一八四〕，肯依竇娥，便死無怨〔一八五〕。要〔一八六〕丈二白練挂在旗鎗上，若〔一八七〕刀過處頭落，一腔熱血休落〔一八八〕在地下，都飛在白練上者。若委實冤枉，如今是三伏天道，下尺瑞雪，遮了竇娥屍首。着這楚州亢旱三年。（劊子）打嘴！那得此話！（劊子磨旗科）（旦唱）

【尾聲】當日個啞婦含藥反受殃，耕牛爲主遭鞭杖。（劊子）天色陰了。呀！下雪了。（劊子扇雪天發願科）（磨旗劊子遮住科）（旦）霜降始知説鄒衍，雪飛方表竇娥冤。

（行刃劊子開刀剁頭）（付净攛屍）（劊子云）好妙手也！咱吃酒去來。（衆和下。擡屍下）〔一八九〕

校注

〔一〕第三齣　臧本、孟本無。

〔二〕（丑扮官人引祇候上）　臧本作「（净扮孤引祇候上，詩云）」。孟本同臧本，惟「詩云」作「云」。二本自此至「回私宅去也。（同下）」屬第二折。丑，元劇角色名。多扮演反面人物和小人物。徐渭《南詞叙録》：「以粉墨塗面，其形甚醜。今省文作『丑』。」

〔三〕甚殷勤　臧本、孟本作「勝別人」。

〔四〕上司來刷卷　臧本、孟本「來」作「當」。刷卷，審查案件。刷，查。元制，由肅政廉訪使稽查所屬各路府處理的案件。《元典章》臺綱二「體察」：「外頭有的提刑按察司官人每，在先每半年裏一遍刷卷，體察勾當。」

〔五〕州官　臧本、孟本作「太守桃杌」。

〔六〕日　臧本、孟本作「早」。

〔七〕張千　臧本、孟本作「左右」。

〔八〕（張千喝科）　臧本、孟本作「（祗候幺喝科）」。

〔九〕净拖旦上　臧本、孟本作「張驢兒拖正旦、卜兒上」。

〔一〇〕（張千云）　臧本作「（祗候云）」。孟本同臧本，惟無「云」。

〔一一〕過來　臧本、孟本上有一「拿」字。

〔一二〕（做見科）（旦、净同跪科）（丑亦跪科，云）　臧本作「（做跪見，孤亦跪科，云）」。孟本同臧本，惟無「云」。

〔一三〕（張千）　臧本作「（祗候云）」。孟本同臧本，惟無「云」。

〔一四〕（丑）　臧本作「（孤云）」。孟本同臧本，惟無「云」。

〔一五〕（張千答應科）　臧本、孟本作「（祗候幺喝科）」。

〔一六〕丑　臧本、孟本作「孤」。

〔一七〕告　原作「害」，從臧本、孟本改。

〔一八〕（净）　臧本作「（張驢兒云）」。孟本同臧本，惟無「云」。

〔一九〕的便是　臧本、孟本無。

〔二〇〕告媳婦兒合毒藥藥死俺老子　臧本、孟本作「告這媳婦兒唤做竇娥，合毒藥下在羊肚湯兒裏，藥死了俺的老子。這個喚做蔡婆婆，就是俺的後母」。吳曉鈴本校勘記「老子」上的「的」字奪。

〔二一〕望大人與孩兒做主　臧本、孟本「孩兒」作「小人」，「做主」下有「咱」字。

〔二二〕（丑）　臧本作「（孤云）」。孟本同臧本，惟無「云」。

〔二三〕那個下　臧本、孟本作「那一個下的」。

〔二四〕（旦）　臧本作「（正旦云）」。孟本同臧本，惟無「云」。

〔二五〕不干我事　「干」原誤作「千」，從吳曉鈴本改。臧本、孟本即作「干」，「我」作「小婦人」。

〔二六〕（卜）　臧本作「（卜兒云）」。孟本同臧本，惟無「云」。

〔二七〕不是我　臧本、孟本作「不干老婦人事」。

〔二八〕（净）　臧本作「（張驢兒云）」。孟本同臧本，惟無「云」。

〔二九〕不是我　臧本、孟本作「不干我事」。

〔三〇〕（丑）　臧本作「（孤云）」。孟本同臧本，惟無「云」。

〔三一〕你　臧本、孟本無。

〔三二〕敢是我來　臧本作「敢是我下的毒藥來」，下有「（正旦云）我婆婆也不是他後母，他自姓張，我家姓蔡。我婆婆因爲與賽盧醫索錢，被他賺到郊外勒死；我婆婆却得他爺兒兩個救了性命，因此我婆婆收留他爺兒兩個在家養膳終身，報他的恩德。誰知他兩個倒起不良之心，冒認婆婆做了接脚，要逼勒小婦人做他媳婦。小婦人元是有丈夫的，服孝未滿，堅執不從。適值我婆婆患病，着小婦人安排羊肚湯兒吃。不知張驢兒那裏討得毒藥在身，接過湯來，只説少些鹽醋，支轉小婦人，闇地傾下毒藥。也是天幸，我婆婆忽然嘔吐，不要湯吃，讓與他老子吃，纔吃的幾口便死了。與小婦人并無干涉。只望大人高擡明鏡，替小婦人做主咱」。盧冀野本「倒」誤作「到」。吳國欽本、王季思本「元」改作「原」。按，元，原。參見《調風月》第四折校注〔三五〕。孟本同臧本，惟無「云」。

〔三三〕（旦唱）　臧本作「（唱）」。孟本無。

〔三四〕此　臧本、孟本作「外」。

〔三五〕去　臧本、孟本作「道」。

〔三六〕支對　對答。《七國春秋平話》卷中：「齊王唯唯，無言支對。」

〔三七〕相公　臧本、孟本作「大人」。

〔三八〕却教我平白地説甚的　臧本下有「（張驢兒云）大人詳情：他自姓蔡，我自姓張，他婆婆不招俺父親接脚，他養我父子兩個在家做甚麽？這媳婦年紀兒雖小，極是個賴骨頑皮，不怕打的」。吳國欽本、王季思本「媳婦年紀兒」改作「媳婦兒年紀」。孟本同臧本，惟無「云」。

〔三九〕（丑）　臧本作「（孤云）」。孟本同臧本，惟無「云」。

〔四〇〕承　臧本、孟本無。

〔四一〕張千　臧本、孟本作「左右」。

〔四二〕與我　臧本、孟本下有「選大棍子」四字。

〔四三〕（張千打旦科。三次科。噴水科）　臧本、孟本作「（祗候打正旦，三次噴水科）」。

〔四四〕（旦唱）　臧本作「（正旦唱）」。孟本無。

〔四五〕【罵玉郎】　孟本曲牌名下有「（正旦）」。

〔四六〕無情棍棒　臧本、孟本上有一「這」字。

〔四七〕做下　惹下。《董解元西厢記》卷二【大石調】【還京樂】：「我還取次隨賊寇，怕後人知道，這一場污名不小，做下千年耻笑，辱累煞我相公先考。」

〔四八〕唱叫揚疾　大聲吵嚷。揚疾，借作「嚷唧」。脈望館古名家本鄭廷玉《後庭花》三折【挂玉鈎】：「則聽的唱叫揚疾鬧怎麽，我與你觀絶罷。」

〔四九〕哭哭啼啼　臧本、孟本作「不魄散魂飛」。

〔五〇〕我恰還魂　臧本、孟本無「我」字，「還魂」作「消停」。

〔五一〕見鮮血淋灕　臧本、孟本作「萬種凌逼」。

〔五二〕魄散魂飛　臧本、孟本作「肉都飛」。

〔五三〕命掩泉世　「世」原作「石」，今改。泉世，黄泉之下，即陰間。《張協狀元》戲文二十九出：「相思做得成病也，這一命拚歸泉世。」臧本、孟本作「血淋漓」。

〔五四〕則我這　臧本、孟本無。

〔五五〕我不曾藥死公公當罪責　臧本作「則我這小婦人毒藥來從何處也」。孟本同臧本，惟「也」作「裏」。

〔五六〕告你個相公明鏡察虚實　臧本作「天那，怎麽的覆盆不照太陽暉」。孟本作「天那，告你個相公怎生不高擡明鏡察虚實」。

〔五七〕（丑）　臧本作「（孤云）」。孟本同臧本，惟無「云」。

〔五八〕（旦）　臧本作「（正旦云）」。孟本同臧本，惟無「云」。

〔五九〕委的不是我下毒藥　臧本、孟本「我」作「小婦人」，「藥」下有一「來」字。

〔六〇〕（丑）　臧本作「（孤云）」。孟本同臧本，惟無「云」。

〔六一〕（旦）　臧本、孟本作「（正旦忙云）」。

〔六二〕我招了罷　臧本、孟本上有「情願」二字。

〔六三〕是我藥死公公　臧本、孟本下有一「來」字。

〔六四〕（丑）　臧本作「（孤云）」。孟本同臧本，惟無「云」。

〔六五〕將枷來枷上　臧本、孟本上有「既然招了，着他畫了伏狀」。盧冀野本二「枷」字均誤作「架」。

〔六六〕到來日押赴市曹典刑　臧本、孟本「日」下有「判個斬字」，「赴」作「付」。

〔六七〕（卜）　臧本作「（卜兒哭科，云）」。孟本同臧本，惟無「云」。

〔六八〕兀的不痛殺我也！都是我送了你命　臧本、孟本作「這都是我送了你性命，兀的不痛殺我也」。

〔六九〕（旦唱）　臧本作「（正旦唱）」。孟本無。

〔七〇〕【尾聲】　臧本作「【黄鍾尾】」。孟本同臧本，曲牌名下有「（正旦）」。

〔七一〕不走了你個好色荒淫漏面賊　臧本、孟本「不走」作「怎肯便放」，無「個」字。漏，疑應是「鏤」字。「鏤」「漏」同音。鏤面，罪犯面部刺字。闕名氏《謝金吾》三折【調笑令】：「你道是，樞密罵不的，是我罵你這改姓更名漏（鏤）面賊。」

〔七二〕想青天不可欺　臧本、孟本無。

〔七三〕競　原作「兢」，據臧本、孟本改。

〔七四〕説甚的　臧本、孟本作「待怎的」。盧冀野本「怎」誤作「這」。

〔七五〕冤我便　臧本、孟本作「情願認」。便，襯字，無義。劉君錫《來生債》二折【迎仙客】：「哎，銀子也，你饑不能與人家做飯食，你冷不能與人便做衣服，你這般沉點點冷冰冰衠則是一塊兒家福。」

〔七六〕婆婆　臧本、孟本下有一「也」字。

〔七七〕我到把你來便打的、打的來恁的，婆婆，若是我不死，如何救得你　吴曉鈴本「婆婆」二字奪。臧本作「我若是不死呵，如何救得你」。孟本同脈望館古名家本，惟「到」作「怕」，「死」下有一「呵」字。吴國欽本、王季思本據脈望館古名家本、孟本於「我若是不死呵」上補「我怕把你來便打的，打的來恁的」。到，猶道，説。參看《詩詞曲語辭匯釋》卷四「到（一）」。

〔七八〕（下）　臧本、孟本作「（隨祗候押下）」。

〔七九〕（净）　臧本作「（張驢兒做叩頭科，云）」。孟本同臧本，惟無「云」。

〔八〇〕明日殺竇娥　臧本、孟本上有「謝青天老爺做主」一句，「殺」下有一「了」字。

〔八一〕我且隨衙聽候　臧本、孟本作「纔與小人的老子報的冤」。

〔八二〕（下）　臧本、孟本無。

〔八三〕（卜云）　臧本作「（卜兒哭科，云）」。孟本同臧本，惟無「云」。

〔八四〕兒　臧本、孟本上有一「孩」字。

〔八五〕（下）臧本、孟本無。

〔八六〕（丑云）　臧本「丑」作「孤」。孟本同臧本，惟無「云」。

〔八七〕到明日典刑竇娥，今日無事　臧本、孟本作「張驢兒，蔡婆婆，都取保狀，着隨衙聽候。左右，打散堂鼓」。

〔八八〕後宅去吃酒　臧本、孟本作「回私宅去也」。

〔八九〕（下）　臧本、孟本作「（同下）」。二本以上屬第二折。參見校注〔二〕。

〔九〇〕外扮監斬官上　臧本、孟本下有「云」。二本自此始爲第三折。

〔九一〕把住巷口　臧本、孟本上有「着做公的」四字。

〔九二〕走　臧本、孟本上有一「閑」字。

〔九三〕（丑發鼓三通、打鑼三下科）　臧本、孟本作「（净扮公人鼓三通、鑼三下科）」。

〔九四〕（劊子磨刀科）　臧本、孟本無。

〔九五〕科　臧本、孟本無。

〔九六〕（定頭通鑼鼓科）　臧本、孟本無。定，打。

〔九七〕正旦帶枷上　臧本、孟本上有「提刀押」三字。盧冀野本「枷」誤作「架」。

〔九八〕把住巷口　臧本、孟本作「行動些，監斬官去法場上多時了」。

〔九九〕（旦唱）　臧本作「（正旦唱）」。孟本無。

〔一〇〇〕【正宮端正好】　孟本曲牌名下有「（正旦）」。

〔一〇二〕葫蘆提　臧本作「不隄防」。孟本同脈望館古名家本，惟「提」作「題」。

〔一〇三〕叫聲屈動地驚天　臧本、孟本下有「頃刻間游魂先赴森羅殿」一句。

〔一〇三〕我將天地合埋怨　臧本、孟本「我」作「怎不」，「地」下有一「也」字，「合」作「生」。合，全。元稹《元氏長慶集》卷二十四《上陽白髮人》：「御馬南奔胡馬蹙，宫女三千合宫弃。」

〔一〇四〕天也！你不與人爲方便　臧本、孟本無。

〔一〇五〕顯　臧本、孟本作「懸」。

〔一〇六〕有山河今古監　臧本、孟本作「有鬼神掌着生死權」。監，鑒，照察。《宋史·安燾傳》：「願陛下監之，勿使飾偏辭而爲身謀者復得行其説。」

〔一〇七〕天　臧本、孟本下有一「地」字。

〔一〇八〕却不　臧本、孟本作「只合」。

〔一〇九〕知道錯看　臧本、孟本作「怎生糊突」。吴國欽本、王季思本「糊突」改作「錯看」。

〔一一〇〕有德　臧本、孟本作「爲善」。

〔一一一〕天　臧本、孟本下有一「地」字。

〔一一二〕不想天地也順水推船　臧本、孟本「不想天地」作「却元來」，「也」下有「這般」二字。吴國欽本、王季思本「元」改作「原」。按，元，原。參見《調風月》第四折校注〔三五〕。

〔一三〕難　臧本、孟本作「何」。

〔一四〕我今日負屈銜冤哀告天　臧本、孟本作「你錯勘賢愚枉做天」。

〔一五〕空教我獨語獨言　臧本、孟本作「哎，只落得兩泪漣漣」。吴曉鈴本校勘記「兩」誤作「雨」。

〔一六〕劊子　臧本下有「云」。

〔一七〕竇娥　臧本、孟本無。

〔一八〕行動些　臧本、孟本上有一「快」字。

〔一九〕悮　臧本同。北京大學本、吴國欽本、王學奇本、王季思本改作「誤」。按，悮，同「誤」。參見《蝴蝶夢》第二折校注〔二〇〕。

〔二〇〕（旦唱）　臧本作「（正旦唱）」。孟本無。

〔二一〕【倘秀才】　孟本曲牌名下有「（正旦）」。

〔二二〕杻　臧本、孟本作「紐」。王季思本改作「扭」。按，紐、杻，用同「扭」，箍。

〔二三〕前合後偃　前俯後仰。古名家本張壽卿《紅梨花》四折【川撥棹】：「諕的他對面難言，有似風顛，諕的他驚急力前合後偃」。

〔二四〕竇娥　臧本、孟本上有一「我」字。

〔二五〕劊子　臧本下有「云」。

〔二六〕（旦） 臧本作「（正旦唱）」。孟本同臧本，惟無「唱」。

〔二七〕中有怨 臧本、孟本作「心懷恨」。中，内心。《史記・樂書》：「四暢交於中而發作於外。」張守節正義：「中，心也。」

〔二八〕冤 怨。參見《切鱠旦》第四折校注〔六五〕。

〔二九〕非是我自專 臧本、孟本作「休推辭路遠」。

〔三〇〕劊子 臧本下有「云」。

〔三一〕你當刑，如今來赴法場 臧本、孟本作「你如今到法場上面」。

〔三二〕有甚親眷 臧本作「有甚麽親眷要見的，可教他過來見你一面也好」。孟本同臧本，惟無「也好」二字。

〔三三〕（旦唱） 臧本作「（正旦唱）」。孟本無。

〔三四〕【叨叨令】 孟本曲牌名下有「（正旦）」。

〔三五〕你道我當刑赴法場何親眷 臧本、孟本作「可憐我孤身隻影無親眷，則落的吞聲忍氣空嗟怨」。

〔三六〕（劊子）你前街去是怎生？後街去是如何？（旦）前街裏去告您看些顏面，我往後街裏去呵不把哥哥怨 臧本作「（劊子云）難道你爺娘家也没的？（正旦云）止有個爹爹，十三年前上朝取應去了，至今杳無音信。（唱）蚤已是十多年不睹爹爹面。（劊子云）你適纔要我往後街裏去，是什麼主意？（正旦唱）」。盧冀野本「家」字奪。孟本同臧本，惟「云」「唱」俱無，「我」字無。

〔一三七〕前街裏去只恐怕俺婆婆見　臧本、孟本作「怕則怕前街裏被我婆婆見」。

〔一三八〕劊子　臧本下有「云」。

〔一三九〕的　臧本、孟本作「得」。

〔一四〇〕他　臧本、孟本下有一「見」字。

〔一四一〕（旦）　臧本作「（正旦云）」。孟本同臧本，惟無「云」。

〔一四二〕他見我披枷帶鎖赴法場餐刀去呵　臧本「他」作「俺婆婆若」，句下有「（唱）」。盧冀野本「枷」誤作「架」。孟本同臧本，惟無「（唱）」。

〔一四三〕告哥哥臨危好與人方便　吴曉鈴本「方便」上補一「行」字。臧本、孟本「方便」上有「行」字。盧冀野本「危」字下點斷。誤。

〔一四四〕（卜上，云）　臧本、孟本作「（卜兒哭上科，云）」。

〔一四五〕呵　臧本、孟本作「那」。

〔一四六〕我兒也，不痛殺我也　臧本、孟本無。

〔一四七〕云　孟本無。

〔一四八〕（旦）　臧本作「（正旦云）」。孟本同臧本，惟無「云」。

〔一四九〕叫俺婆婆來　臧本、孟本作「既是俺婆婆來了，叫他來」。

〔一五〇〕囑付　臧本、孟本上有「待我」二字。

〔一五一〕劊子　臧本下有「云」。

〔一五二〕里　臧本、孟本作「哩」。

〔一五三〕（卜見云）　臧本作「（卜兒云）」。孟本同臧本，惟無「云」。

〔一五四〕（旦）　臧本作「（正旦云）」。孟本同臧本，惟無「云」。

〔一五五〕都只爲你身子不快，思量羊肚兒湯吃。我安排了，又道少鹽醋，被張驢兒賺的我取鹽醋去，他將毒藥放在湯裹，可着我拿過去與你吃。誰想你讓與他老子吃　臧本、孟本作「那張驢兒把毒藥放在羊肚兒湯裹」。

〔一五六〕藥死　臧本、孟本下有一「了」字。

〔一五七〕不想把他老子藥死了　臧本、孟本「想」下有「婆婆讓與他老子吃，倒」。

〔一五八〕因報前讎，把我拖去官司　臧本、孟本無。

〔一五九〕我屈招了　臧本、孟本無「我」字，「了」下有「藥死公公」。

〔一六〇〕婆婆　臧本、孟本下有「此後遇着冬時年節，月一十五」。

〔一六一〕瀽不了的漿水飯　臧本、孟本上有一「有」字。

〔一六二〕（唱）孟本無。

〔一六三〕看　臧本、孟本作「念」。看，念。高文秀《澠池會》楔子趙成公白：「某便要見廉頗罪來，争柰此人是一員上將，看他有功在前，便差令人説與廉頗，便着與相如解和了者。」

〔一六四〕着　臧本、孟本作「念」。

〔一六五〕想竇娥從前已往幹家緣　臧本、孟本「想」作「念」。家緣，家務。《小孫屠》戲文第十出：「如今即便登途，家緣事分付汝。」

〔一六六〕婆婆　臧本、孟本下有一「也」字。

〔一六七〕看竇娥少爺無娘面　臧本、孟本上有「你只」二字。少，無。臧本石子章《竹塢聽琴》四折【離亭宴煞】：「再不赴偷香竊玉期，再不事煉藥燒丹教，從此後無煩少惱。」

〔一六八〕看　臧本、孟本作「念」。

〔一六九〕看　臧本、孟本作「遇」。看，按。《五侯宴》三折李嗣源白：「李亞子，你領兵三千，軍行左哨，看計行兵。」

〔一七〇〕（卜）孩兒放心。兀的不痛殺我也　臧本、孟本無。

〔一七一〕（旦）　臧本、孟本無。

〔一七二〕列　臧本、孟本作「烈」。列，通「烈」。燒。徐畛《殺狗記》二十一齣：「來日墳頭祭祖先，痛思骨肉泪漣漣。先於墳上添新土，卻向荒郊列紙錢。」

〔一七三〕看你那化去孩兒面　臧本作「只當把你亡化的孩兒薦」，下有「（卜兒哭科，云）孩兒放心，這個老身都記得。天那，兀的不痛殺我也！（正旦唱）婆婆也」。盧冀野本「亡化的孩兒」之「孩」誤作「孤」。孟本同臧本，惟無「云」、「唱」。化，死。參看黄生《義府》卷下「化」。

〔一七四〕啼啼哭哭　臧本、孟本上有「再也不要」四字。

〔一七五〕怨氣　寃氣。怨，通「寃」。臧本闕名氏《貨郎旦》四折小末白：「元來正是那姦夫淫婦，今日都拿着了。左右，快將他綁起來，待我親自斬他，也與我亡過母親出這口怨氣。」

〔一七六〕我不分説　臧本、孟本作「這都是我做竇娥的没時没運」。

〔一七七〕暗　臧本、孟本作「闇」。北京大學本、吴國欽本、王學奇本、王季思本改作「暗」。參見第一齣校注〔七九〕。後同，不另出校。

〔一七八〕（劊子）　臧本作「（劊子做喝科，云）」。孟本同臧本，惟無「云」。

〔一七九〕（旦跪下科）　臧本、孟本作「（正旦跪科）」。

〔一八〇〕枷　臧本同。盧冀野本誤作「架」。

〔一八二〕（旦）　臧本作「（正旦云）」。孟本同臧本，惟無「云」。

〔一八三〕官　臧本、孟本作「大人」。

〔一八三〕要一領浄席　臧本、孟本無。

〔一八四〕我有三件事　臧本、孟本作「有一事」。

〔一八五〕便死無怨　臧本「死」下有「而」字，句下有「（監斬官云）你有什麼事？你説。（正旦云）要一領浄席，等我竇娥站立」。孟本同臧本，惟「云」字均無。

〔一八六〕要　臧本、孟本上有「又」字。

〔一八七〕若　臧本、孟本下有「是我竇娥委實冤枉」。

〔一八八〕落　臧本、孟本作「半點兒沾」。

〔一八九〕若委實冤枉，如今是三伏天道，下尺瑞雪，遮了竇娥屍首。着這楚州亢旱三年。（劊子）打嘴！那得此話！（劊子磨旗科）（旦唱）【尾聲】當日個啞婦含藥反受殃，耕牛爲主遭鞭杖。（劊子）天色陰了。呀！下雪了。（劊子扇雪天發願科）（磨旗劊子遮住科）（旦）霜降始知説鄒衍，雪飛方表竇娥冤。（行刃劊子開刀釗頭）（付浄擡屍）（劊子云）好妙手也！咱吃酒去來。（衆和下。擡屍下）「杖」字原奪，今補。

臧本作「（監斬官云）這個就依你，打甚麼不緊。（劊了做取席站科，又取白練挂旗上科）（正旦唱）【耍孩兒】不是我竇娥罰下這等無頭願，委實的冤情不淺；若没些兒靈聖與世人傳，也不見得湛湛青天。我不要半星熱血紅塵灑，都只在八尺旗鎗素練懸，等他四下裏皆瞧見。這就是咱萇弘化碧、望帝啼鵑。（劊子云）你還有甚的説話，此時不對監斬大人説，幾時説那？（正旦再跪科，云）大人，如今是三伏天道，若竇娥委實冤枉，身死之後，天降三尺瑞雪，遮掩了竇娥屍首。（監斬官云）這等三伏天道，你便有衝天的怨氣，也召不得一片雪來，可不胡説！（正旦唱）【二煞】你道是暑氣暄，不是那下雪天，豈不聞飛霜六月因鄒衍？若果有一腔怨氣噴如火，定要感的六出冰花滚似綿，免着我屍骸現；要什麼素車白馬，斷送出古陌荒阡！（正旦再跪科，云）大人，我竇娥死的委實冤枉，從今以後，着這楚州亢旱三年！（監斬官云）打嘴！那有這等説話！（正旦唱）【一煞】你道是天公不可期，人心不可憐，不知皇天也肯從人願。做甚麼三年不見甘霖降？也只爲東海曾經孝婦冤；如今輪到你山陽縣。這都是官吏每無心正法，使百姓有口難言。（劊子做磨旗科，云）怎麼這一會兒天色陰了也？（内做風科）（劊子云）好冷風也！（正旦唱）【煞尾】浮雲爲我陰，悲風爲我旋，三椿兒誓願明題遍。（做哭科，云）婆婆也，直等待雪飛六月，亢旱三年呵，（唱）那其間纔把你個屈死的冤魂這竇娥顯。（劊子做開刀，正旦倒科）（監斬官驚云）呀，真個下雪了，有這等异事！（劊子云）我也道平日殺人，滿地都是鮮血，這個竇娥的血都飛在那丈二白練上，并無半點落地，委實奇怪。（監斬官云）這死罪必有冤枉。早兩椿兒應驗了，不知亢旱三年的説話準也不準？且看後來如何。左右，也不必等待雪晴，便與我擡他屍首，還了那蔡婆婆去罷。（衆應科，擡屍下）」。「（劊了做取席站科）」的

「了」乃「子」字之誤，各本已改。盧冀野本「這等三伏天道」的「道」誤屬下句，「素車白馬」的「車」誤作「身」。吳曉鈴本校勘記「天公不可期」的「期」誤作「欺」。孟本同臧本，惟除「（内做風科）（劊子云）」與「（監斬官驚云）」兩處有「云」字外，其餘標識賓白的「云」字俱無，「劊了」作「劊子」，「（正旦唱）」與「（唱）」俱無，【耍孩兒】【二煞】【一煞】【煞尾】曲牌名下俱有「（正旦）」。

鄒衍，戰國時燕惠王大臣。《文選》卷三十九江文通《詣建平王上書》李善注引《淮南子》：「鄒衍盡忠於燕惠王，惠王信譖而繫之。鄒子仰天而哭，正夏而天爲之降霜。」

第四折

（外上）〔一〕老夫竇天章是也。自離了我那端雲孩兒，可早十三年光景〔二〕。老夫自到京師，一舉及第，官拜參知政事〔三〕。老夫廉能清正〔四〕，節操堅剛，謝聖恩可憐，加老夫兩淮提刑肅政廉訪使之職〔五〕，隨處審囚刷卷，敕賜勢劍金牌〔六〕，體察濫官污吏，老夫先斬後奏〔七〕。老夫一喜一悲：喜呵，老夫身居臺省〔八〕，職掌刑名〔九〕；悲呵，有端雲孩兒，七歲上與了蔡婆婆爲兒媳婦。老夫自得官之後，使人往楚州山陽郡〔一〇〕問蔡婆婆家，他鄰里街坊道，自當年蔡婆婆不知搬在那裏去了，至今音信皆無。老夫爲端雲孩兒啼哭的眼也〔一一〕昏花，憂愁的鬚髮斑白。今日來到這淮南揚州也〔一二〕，不知這楚州爲何三年不下〔一三〕雨？老夫今在這揚州府後廳〔一四〕安歇。張千，説與那揚州大小官吏〔一五〕，今日免參，明日早〔一六〕見。（張千）〔一七〕一應大小屬官并吏典〔一八〕，今日免參，明日早〔一九〕

見。（天章）〔二〇〕張千，説與那六房吏典，但有合刷照〔二一〕文卷，都將來，老夫燈下看幾宗〔二二〕。（張千送文卷科）（天章）〔二三〕張千，你與我掌上燈。你〔二四〕辛苦了，去歇息罷〔二五〕。我喚你便來，不喚你休來。（張千點燈，下〔二六〕）（天章）〔二七〕我將這文卷先看幾宗咱〔二八〕。「一起犯人竇娥，將毒藥致死公公。」好是奇怪也〔二九〕！我纔看頭一宗〔三〇〕文卷，就與老夫同姓。這藥死公公的罪名，犯在十惡〔三一〕，俺同姓之人也有不畏法度的。這是問結〔三二〕了的文書，不看他罷。我將這文卷壓在底下，别看一宗咱〔三三〕。且住〔三四〕，不覺的一陣昏沉上來〔三五〕。老夫年紀高大〔三六〕，鞍馬勞困〔三七〕，我搭伏定書案歇息些兒咱〔三八〕。（做睡科）（旦魂上，唱）〔三九〕

【雙調新水令】我每日哭啼啼守定〔四〇〕望鄉臺，急煎煎把讎人等待〔四一〕。慢騰騰昏霧〔四二〕裏走，足律律旋風兒〔四三〕來，則被這霧鎖雲埋，攛掇〔四四〕的鬼魂快。

（旦望空云）〔四五〕門神户尉〔四六〕不放我進去。我是廉訪使竇天章女孩兒，因我屈死，父〔四七〕不知，特來托一夢與他咱〔四八〕。（魂見哭科）〔四九〕（天章〔五〇〕亦哭科，云）端雲孩兒，你在〔五一〕那裏來？（旦〔五二〕虚下）（天章醒科，云）〔五三〕好是奇怪也！老夫恰合眼〔五四〕，夢見端雲孩兒，恰便似在我跟前一般〔五五〕。我〔五六〕再看這文卷咱。（魂過〔五七〕，做弄燈科）（天章）〔五八〕好奇怪也〔五九〕！我正要看這〔六〇〕文卷，怎生這燈忽明忽滅的？張千也睡着了，我自己剔燈咱。（往東邊剔燈科）〔六一〕（魂番文卷科）〔六二〕（天章）〔六三〕我剔的這燈明了也，再看幾宗〔六四〕文卷。「一起犯人竇娥藥死公公。」好是奇怪也〔六五〕！這一宗文卷我爲頭看過〔六六〕，壓在文卷底下，怎生又在這上頭？幾時問結了的〔六七〕？還壓在底下，我别看一宗文卷〔六八〕。（魂弄燈科）〔六九〕（天章）〔七〇〕好是奇怪也〔七一〕！怎生這燈又是半明半暗的〔七二〕？我再自己〔七三〕剔這燈咱。（做往東邊剔燈科）〔七四〕（魂番文書科）〔七五〕（天章）〔七六〕我剔的這燈明了，我另拿一宗〔七七〕文卷看咱。「一起犯人竇娥藥死公公。」呸！好是奇怪也〔七八〕！我纔將這文書分明壓在底下，老夫剛剔了這燈〔七九〕，怎生又番〔八〇〕在面上？莫不是揚州府〔八一〕後廳裏有鬼麽？更〔八二〕無鬼呵，這樁事必有冤枉。將這文卷再壓在底下，我別拿一宗看咱〔八三〕。（魂弄燈科）〔八四〕（天章）〔八五〕實是奇怪也〔八六〕！怎生這燈又不明了？又這等忽明忽暗的〔八七〕？敢有鬼弄這燈？我再剔一剔去。（做往東邊〔八八〕剔燈科，荒回科〔八九〕）（魂番文卷科〔九〇〕）（做撞見科）（天章仗劍科〔九一〕，云）呸！呸！呸〔九二〕！我説有鬼！兀那鬼魂，老夫是朝廷欽差帶牌走馬肅政廉訪使，你向前來，一劍揮之兩段！張千孩兒〔九三〕，虧你也睡的着，都〔九四〕起來！有鬼了〔九五〕！有鬼了〔九六〕！兀的不嚇殺老夫也！（魂旦唱）〔九七〕

【雁兒落】〔九八〕我見他疑心兒轉轉猜〔九九〕，我這裏哭聲兒添驚怪〔一〇〇〕。哎，你個竇天章老父親〔一〇一〕，受竇娥孩兒深深拜〔一〇二〕。

（天章）〔一〇三〕兀那鬼魂，你道竇天章是你父親，「受你孩兒竇娥拜」，你敢錯認了也？我的女兒叫道〔一〇四〕做端雲，七歲上與了蔡婆婆爲兒媳婦，你是竇娥，名字差了，怎生是我女兒〔一〇五〕？（魂旦〔一〇六〕）父親，你將我與了蔡婆婆家，改名喚做竇娥〔一〇七〕。（天章）〔一〇八〕你便是端雲孩兒？我不問你別的，這藥死你〔一〇九〕公公，受了典刑〔一一〇〕，是你不是？（魂旦〔一一一〕）是你孩兒來。（天章）〔一一二〕禁聲〔一一三〕！你這個小賤人〔一一四〕！老夫爲你啼哭的眼也花了，憂愁的頭也白了，你剗地犯下〔一一五〕十惡大罪，受了典刑！我今日官居臺省，職掌刑名，天下〔一一六〕審囚刷卷，體察濫官污吏；你是我親生之女，先犯下十惡大罪〔一一七〕，老夫將你治不的，怎治他人？我〔一一八〕將你嫁與他家呵，要你三從四德。三從者，在家從父，出嫁從夫，夫死從子。此乃爲之三從〔一一九〕。四德者，事翁〔一二〇〕姑，敬夫主，和妯娌，睦街坊。此乃爲之四德〔一二一〕。今乃〔一二二〕三從四德全無，剗地犯了十惡大罪。常言道：事要前思，免勞後悔〔一二三〕。我竇家三輩無犯法之男，五世無再婚之女。既將你出嫁從夫，便習學廉耻仁義；全不思九烈三貞，到犯了十惡大罪〔一二四〕。你辱没祖上家門〔一二五〕，又把我清名連累〔一二六〕。快與我細説真情〔一二七〕，不要你〔一二八〕虚言支對。莫説的半厘差錯〔一二九〕，牒發〔一三〇〕你城隍祠内。我〔一三一〕着你永世不得人身，我把你罰在陰山永做餓鬼〔一三二〕。（魂旦〔一三三〕）父親停嗔息怒，暫罷虎狼〔一三四〕之威，聽你女〔一三五〕兒慢慢的説一遍咱。我三歲上亡了母親，七歲上離了父親。你將我嫁與蔡婆婆家爲兒媳婦〔一三六〕，改名竇娥〔一三七〕。至十七歲與夫配合，不幸當年兒夫亡化〔一三八〕，我與〔一三九〕婆婆守寡。楚州城裏〔一四〇〕有個賽盧醫，他本利少俺婆婆二十兩白銀〔一四一〕。俺婆婆去取討銀子〔一四二〕，被他將俺婆婆賺到城外〔一四三〕，要將婆婆勒死；不想撞見張驢兒父子兩個，救了俺婆婆性命。那老張問道：婆婆，你家裏有甚麼人？婆婆道：俺家無人，止有個守寡的媳婦，唤做竇娥。老張道：你家中既無人，我招與你做夫主，你意下如何〔一四四〕？俺婆婆堅執〔一四五〕不肯，那老張父子兩個〔一四六〕道：你若不從〔一四七〕，我還〔一四八〕勒死你。婆婆〔一四九〕懼怕，不得已〔一五〇〕許了。實是唬嚇成親〔一五一〕。就將他爺兒〔一五二〕兩個領到家中，過其日月〔一五三〕。有張驢兒數次調戲你女孩兒，我堅意不肯〔一五四〕。那一日俺婆婆身子兒〔一五五〕不快，想羊肚兒湯吃，你女兒安排了〔一五六〕。張驢兒言道〔一五七〕：將〔一五八〕來我嘗一嘗。他道〔一五九〕：好〔一六〇〕便好，只少些鹽醋。他〔一六一〕賺的我去取鹽醋，他就〔一六二〕下了毒藥。他又教我將去〔一六三〕。俺婆婆讓老張先吃〔一六四〕，隨即吃了〔一六五〕，七竅流血，藥死了老張〔一六六〕。張驢兒便道：竇娥藥死了俺老子，你要官休？要私休？我便道：怎生是官休？怎生是私休？他道：要官休，告到官司，你與俺老子償命；若私休，你便與我做老婆。你孩兒便道：俺家三輩兒無犯法之男，五世無再婚之女〔一六七〕。好馬不鞴雙鞍，烈女不更二夫。我至死不與你做媳婦。我心上無事〔一六八〕，情願和你見官去來〔一六九〕。不由分説〔一七〇〕，將〔一七一〕你孩兒拖到官中。你兒怎當他三考六問〔一七二〕，吊拷綳扒，那時便打死也不認〔一七三〕。他〔一七四〕見你孩兒不認，便要拷打俺婆婆。我怕婆婆受刑〔一七五〕，我就〔一七六〕屈認了。因此押赴法場，將我典刑。我到的法場〔一七七〕，你孩兒對天發〔一七八〕三樁誓願：要丈二白練挂在旗鎗上〔一七九〕，若刀過去〔一八〇〕，一腔熱血休落〔一八一〕在地下，都飛在白練上；果係冤枉〔一八二〕，如今是三伏天道〔一八三〕，下三尺瑞雪，遮了你女兒身屍〔一八四〕；果是冤枉了你女兒〔一八五〕，這楚州大旱三年〔一八六〕。果然血飛上白練，六月下雪，三年不雨，寸草不生〔一八七〕，都是爲你女〔一八八〕孩兒來。不告官司只告天〔一八九〕，心中怨氣口難言。受刑爲母當行孝〔一九〇〕，盡命因夫可當賢〔一九一〕。三尺瑞雪埋素體〔一九二〕，一腔鮮血染白練〔一九三〕。霜降始知〔一九四〕鄒衍屈，雪飛〔一九五〕方表竇娥冤。（唱）〔一九六〕

【雁兒落】你孩兒是做來不曾做來〔一九七〕？則我這冤枉無邊大〔一九八〕。我不肯順他人，着我赴法場〔一九九〕；不辱我〔二〇〇〕祖上，把我殘生壞〔二〇一〕。

【得勝令】我每日守定望鄉臺〔二〇二〕，一靈兒怨哀哀。父親〔二〇三〕，你勢劍吹毛快〔二〇四〕，今日個〔二〇五〕親蒙聖主差。審問的明白〔二〇六〕，那厮亂人倫當合敗〔二〇七〕，萬剮了那喬才〔二〇八〕。父親，你將我招狀兒改將過來〔二〇九〕。

（天章哭云）〔二一〇〕哎！我那屈死的兒也〔二一一〕，則被你痛殺我也！我不問你別的〔二一二〕，則〔二一三〕這楚州三年不雨，可是爲甚麽來〔二一四〕？（魂旦）〔二一五〕爲你孩兒來〔二一六〕。（天章）〔二一七〕原來是爲你來。不因我女兒這一件事，感起一樁故事：昔日漢朝有一孝婦守寡，其姑自縊身死，其姑女告孝婦殺姑，東阿太守將孝婦殺了。爲一婦銜冤，致令得三年不雨。後于公治獄，孝婦抱卷哭于廳前，于公改正文卷，殺牛祭孝婦之墓，天乃大雨而降。昔漢時東海太守屈殺了賢行婦女，都則因此一婦人，致令的三年不雨，正和此事相同〔二八〕。到來朝與伊做主〔二九〕。白頭親苦痛哀哉〔三〇〕，屈殺了青春幼女孩〔三一〕。兒也〔三二〕，天色明〔三三〕了，你〔三四〕回去。到來日我將你的〔三五〕文卷改正明白。（魂旦唱）

【尾聲】你將那濫官污吏都殺壞，敕賜金牌勢劍吹毛快，與一人分憂，萬民除害。（做回身科，云）我可忘了，父親，俺婆婆年紀高大，無人侍養。（天章）好孝順孩兒也。（魂旦）囑付你個爺爺，遷葬了妳妳，恩養俺婆婆，可憐見他年紀高大。後將文卷舒開，將俺屈死的於伏罪名兒改〔三六〕。（下）〔三七〕

（天章）天色明了。你將那揚州府官吏，那幾個是問竇娥的，都與我拿將上來。（張千）理會的。（押官吏、卜、凈上，見跪科）（天章）蔡婆婆，你認的我麽？（卜）不認的大人。（天章）則我便是竇天章。一行人聽我下斷：張驢兒謀殺親父，欺騙良人，市曹中明正典刑。揚州官吏刑名違錯，杖一百，永不叙用。賽盧醫修合毒藥，雲陽市量決一刀。蔡婆婆我家養老。竇娥罪改正明白。爲因如此，將張驢兒斬首街前，將官吏罷職除官，做一個水陸大醮，超度我女兒生天〔三八〕。

題目　後嫁婆婆忒心偏　守志烈女意自堅

正名　湯風冒雪没頭鬼　感天動地竇娥冤〔三九〕

校注

〔一〕（外上）　臧本作「（竇天章冠帶引丑張千、祗從上，詩云）獨立空堂思黯然，高峰月出滿林烟；非關有事人難睡，自是驚魂夜不眠」。孟本同臧本，惟「詩云」作「云」。

〔二〕可早十三年光景　臧本、孟本「早」作「蚤」，「十三」作「十六」。

〔三〕參知政事　元代中書省和行中書省都設有參知政事。中書省的參知政事相當於副宰相。

〔四〕老夫廉能清正　臧本、孟本上有「只因」二字。

〔五〕加老夫兩淮提刑肅政廉訪使之職　加，加官。在原有官職之外再加領其他官職，使之具有某種特别的權力，或擔任某些特别的任務。《漢書・百官公卿表上》：「侍中、左右曹、諸吏、散騎、中常侍，皆加官，所加或列侯、將軍、卿大夫、將、都尉、尚書、太醫、太官令至郎中，亡員，多至數十人。」兩淮，淮南東路和淮南西路的合稱。宋熙寧前爲淮南路。提刑肅政廉訪使，官名。元代在全國各道設有提刑按察使，後改爲肅政廉訪使，負責監察工作。爲加强對地方的監察，還派出行御史臺作爲中央御史臺的派出機構，到地方進行督察。

〔六〕敕賜勢劍金牌　臧本、孟本無。

〔七〕老夫先斬後奏　臧本、孟本上有一「容」字。

〔八〕臺省　御史臺和中書省。廉訪使屬御史臺，參知政事屬中書省，竇天章爲參知政事兼領肅政廉訪使，故云。

〔九〕職掌刑名　臧本、孟本下有「勢劍金牌，威權萬里」二句。

〔一〇〕山陽郡　臧本、孟本無。

〔一一〕也　臧本、孟本作「目」。

〔一二〕揚州也　「揚」原作「楊」，從吴曉鈴本改。後同，不另出校。臧本、孟本作「地面」。

〔一三〕下　臧本、孟本無。

〔一四〕揚州府後廳　臧本、孟本作「州廳」。

〔一五〕揚州大小官吏　臧本、孟本「揚州」作「州中」，「官吏」作「屬官」。

〔一六〕早　臧本、孟本作「蚤」。

〔一七〕（張千）　臧本、孟本作「（張千向古門云）」。

〔一八〕并吏典　臧本、孟本無。

〔一九〕早　臧本、孟本作「蚤」。

〔二〇〕（天章）　臧本作「（竇天章云）」。孟本同臧本，惟無「云」。

〔二一〕刷照　即照刷，查。《元典章》臺綱二「體察」：「宣撫司、隨路總管府、統軍司、轉運司、其餘諸官府文案，每上下半年照刷。其司、縣實有違枉、遷延情弊事理，聽指卷照刷。」

〔二二〕老夫燈下看幾宗　臧本、孟本上有一「待」字，下有一「波」字。

〔二三〕（天章）　臧本作「（竇天章云）」。孟本同臧本，惟無「云」。

〔二四〕你　臧本、孟本下有「每都」二字。

〔二五〕去歇息罷　臧本、孟本上有一「自」字。

〔二六〕下　臧本、孟本上有「同祗從」三字。

〔二七〕（天章）　臧本、孟本作「（竇天章云）」。

〔二八〕先看幾宗咱　臧本、孟本無「先」字。盧冀野本「宗」誤作「種」。

〔二九〕好是奇怪也　臧本、孟本無。

〔三〇〕宗　臧本同。盧冀野本誤作「種」。

〔三一〕犯在十惡　臧本、孟本下有「不赦」二字。十惡，不可赦免的十種大罪。《隋書·刑法志》：「（開皇元年）更定《新律》……又置十惡之條，多採後齊之制，而頗有損益。一曰謀反，二曰謀大逆，三曰謀叛，四曰惡逆，五曰不道，六曰大不敬，七曰不孝，八曰不睦，九曰不義，十曰內亂。犯十惡及故殺人獄成者，雖會赦，猶除名。」《元史·刑法志》所舉同。

〔三二〕問結　判決定案。《京本通俗小説·菩薩蠻》：「自家女兒偷了和尚，官司也問結了，却説這般鬼話來圖賴人！」

〔三三〕別看一宗咱　臧本下有「（做打呵欠科，云）」。孟本同臧本，惟無「云」。

〔三四〕且住　臧本、孟本無。

〔三五〕上來　表示程度加深。臧本鄭德輝《倩女離魂》三折正旦白：「我這一會昏沉上來，只待睡些兒哩。」

〔三六〕老夫年紀高大　臧本、孟本上有「皆因」二字。

〔三七〕鞍馬勞困　臧本、孟本下有「之故」二字。

〔三八〕我搭伏定書案歇息些兒咱　臧本、孟本上有一「待」字。

〔三九〕（旦魂上，唱）　臧本「旦魂」作「魂旦」。孟本同臧本，惟無「唱」。

〔四〇〕定　臧本、孟本作「住」。

〔四一〕待　原作「得」，據臧本、孟本改。

〔四二〕霧　臧本、孟本作「地」。

〔四三〕兒　臧本、孟本作「中」。

〔四四〕攛掇　催促。《董解元西厢記》卷二：「【正宫】【甘草子纏令】……遂喚幾個小僂儸，傳令教攛掇，隔着山門厲聲叫：『滿寺裏僧人聽呵……【脱布衫】得鶯鶯後便退干戈，不得後目前生禍。』」

〔四五〕（旦望空云）　臧本作「（魂旦望科，云）」。孟本同臧本，惟無「云」。

〔四六〕户尉　把守門户的神將。劉唐卿《降桑椹》二折門神白：「小聖乃蔡氏門中門神是也。此一位乃户尉之神。」

〔四七〕父　臧本、孟本下有一「親」字。

〔四八〕特來托一夢與他咱　臧本下有「（唱）【沉醉東風】我是那提刑的女孩，須不比現世的妖怪，怎不容我到燈影前，却攔截在門桯外？（做叫科，云）我那爺爺呵！（唱）枉自有勢劍金牌，把俺這屈死三年的腐骨骸，怎脱離無邊苦海」。吴曉鈴本校勘記「爺爺」誤作「爹爹」。按，爺爺，父。《五代史平話》晉史卷上：「九月，契丹德光將馬軍五萬自武陽谷至晉陽，就地名虎北口下寨。……敬瑭遣使馳赴契丹軍營報曰：『勞頓爺爺親帥大軍來到，略備些犒軍物件前赴軍前投納。』」石敬瑭向契丹稱臣，更以父禮事之，故此處稱耶律德光爲「爺爺」。孟本同臧本，惟無二「唱」字。

〔四九〕（魂見哭科）　臧本、孟本作「（做入見哭科）」。

〔五〇〕天章　臧本、孟本上有一「竇」字。

〔五一〕在　從。《太平廣記》卷四百四引《宣室志》：「其光在土而出，若焰薪火。」

〔五二〕旦　臧本、孟本作「魂旦」。

〔五三〕（天章醒科，云）　臧本作「（竇天章做醒科，云）」。孟本同臧本，惟無「云」。

〔五四〕老夫恰合眼　臧本、孟本「恰」作「纔」，「眼」下有一「去」字。

〔五五〕恰便似在我跟前一般　臧本、孟本「在」作「來」，句下有「如今在那裏」一句。

〔五六〕我　臧本、孟本下有一「且」字。

〔五七〕魂過　臧本、孟本作「魂旦上」。

〔五八〕（天章）　臧本作「（竇天章云）」。孟本同臧本，惟無「云」。

〔五九〕好奇怪也　臧本、孟本無「好」「也」二字。

〔六〇〕這　臧本、孟本無。

〔六一〕（往東邊剔燈科）　臧本、孟本作「（做剔燈）」。

〔六二〕（魂番文卷科）　臧本「魂」作「魂旦」，「番」作「翻」。孟本同臧本，惟無「旦」字。

〔六三〕（天章）　臧本、孟本作「（竇天章云）」。

〔六四〕宗　臧本同。盧冀野本誤作「種」。

〔六五〕好是奇怪也　臧本作「（做疑怪科，云）」。孟本同臧本，惟無「云」。

〔六六〕這一宗文卷我爲頭看過　臧本同。盧冀野本「宗」誤作「種」。爲頭，起初。《元典章》刑部四「謀殺」：「太原路謝英招：中統五年，爲頭與劉謝五定婚妻王丑哥通姦不絕。至元三年六月二十一日劉謝五與王丑哥成親了當，在後，同謀許令將伊夫打死。」

〔六七〕幾時問結了的　臧本、孟本上有一「這」字。

〔六八〕我別看一宗文卷　臧本、孟本下有一「波」字。

〔六九〕（魂弄燈科）　臧本、孟本作「（魂旦再弄燈科）」。

〔七〇〕（天章）　臧本、孟本作「（竇天章云）」。

〔七一〕好是奇怪也　臧本、孟本無。

〔七二〕怎生這燈又是半明半暗的　臧本、孟本「生」作「麽」，「暗」作「闇」。

〔七三〕自己　臧本、孟本無。

〔七四〕（做往東邊剔燈科）　臧本、孟本作「（做剔燈）」。

〔七五〕（魂番文書科）　臧本、孟本作「（魂旦再翻文卷科）」。

〔七六〕（天章）　臧本、孟本作「（竇天章云）」。

〔七七〕宗　臧本同。盧冀野本誤作「種」。

〔七八〕也　臧本、孟本無。

〔七九〕老夫剛剔了這燈　吴曉鈴本「老夫」二字奪。臧本、孟本無「老夫」二字。

〔八〇〕番　臧本、孟本作「翻」。

〔八一〕揚州府　臧本、孟本作「楚州」。

〔八二〕更　臧本、孟本作「便」。

〔八三〕我別拿一宗看咱　臧本、孟本作「待我另看一宗如何」。盧冀野本「宗」誤作「種」。

〔八四〕（魂弄燈科）　臧本、孟本作「（魂旦又弄燈科）」。

〔八五〕（天章）　臧本、孟本作「（竇天章云）」。

〔八六〕實是奇怪也　臧本、孟本無。

〔八七〕又這等忽明忽暗的　臧本、孟本無。

〔八八〕往東邊　臧本、孟本無。

〔八九〕荒回科　臧本、孟本無。

〔九〇〕魂番文卷科　臧本、孟本作「魂旦上」。

〔九一〕天章仗劍科　臧本作「竇天章舉劍擊桌科」。孟本同臧本，惟「桌」作「卓」。吴曉鈴本校勘記謂孟本作「桌」。按，吴校誤。

〔九二〕呸！呸　臧本、孟本無。

〔九三〕孩兒　臧本、孟本無。

〔九四〕都　臧本、孟本作「快」。

〔九五〕了　臧本、孟本無。

〔九六〕了　臧本、孟本無。

〔九七〕（魂旦唱）　孟本無。

〔九八〕【雁兒落】　臧本、孟本作「【喬牌兒】」。孟本曲牌名下有「（魂旦）」。

〔九九〕我見他疑心兒轉轉猜　臧本、孟本「我」作「則」，「轉轉」作「胡亂」。

〔一〇〇〕我這裏哭聲兒添驚怪　臧本、孟本作「聽了我這哭聲兒轉驚駭」。

〔一〇一〕老父親　臧本、孟本作「直恁的威風大」。

〔一〇二〕受竇娥孩兒深深拜　臧本作「且受我竇娥這一拜」。吴國欽本、王季思本據下文竇天章説白改作「且受你孩兒竇娥這一拜」。孟本作「且受我竇娥孩兒這一拜」。吴曉鈴本校勘記謂孟本同臧本。按，吴校誤。

〔一〇三〕（天章）　臧本作「（竇天章云）」。孟本同臧本，惟無「云」。

〔一〇四〕道　臧本、孟本無。

〔一〇五〕女兒　臧本、孟本作「女孩兒」。

〔一〇六〕魂旦　臧本下有「云」。

〔一〇七〕改名喚做竇娥　吴曉鈴本「喚」字奪。臧本、孟本作「改名做竇娥了也」。

〔一〇八〕（天章）　臧本作「（竇天章云）」。孟本同臧本，惟無「云」。

〔一〇九〕你　臧本、孟本無。

〔一一〇〕受了典刑　臧本、孟本無。典刑，死刑。《太平廣記》卷一百七十二引《玉堂閒話》：「某濫塵幕席，誠宜竭節。奉理人命，一死不可再生，苟或悞舉典刑，豈能追悔也？必請緩而窮之。」

〔一一一〕魂旦　臧本下有「云」。

〔一一二〕（天章）　臧本作「（竇天章云）」。孟本同臧本，惟無「云」。

〔一一三〕禁聲　臧本、孟本「禁」作「噤」。禁聲，喝斥之辭，猶言「住嘴」。

〔一一四〕這個小賤人　臧本、孟本作「這小妮子」。

〔一一五〕下　臧本同。中華書局本誤作「了」。

〔一一六〕天下　臧本、孟本作「來此兩淮」。

〔一一七〕先犯下十惡大罪　臧本、孟本無。

〔一一八〕我　臧本、孟本下有「當初」二字。

〔一一九〕此乃爲之三從　臧本、孟本無。爲之，叫做。爲，通「謂」。《爾雅·釋丘》：「絶高爲之京。」《後漢書·獻帝紀》李賢注引「爲」作「謂」。

〔一二〇〕翁　臧本、孟本作「公」。

〔二一〕此乃爲之四德 臧本、孟本無。

〔二二〕乃 臧本、孟本無。

〔二三〕常言道：事要前思，免勞後悔 臧本、孟本無。

〔二四〕既將你出嫁從夫，便習學廉耻仁義；全不思九烈三貞，到犯了十惡大罪 臧本、孟本無。

〔二五〕你辱没祖上家門 臧本、孟本作「到今日被你辱没祖宗世德」。

〔二六〕把我清名連累 臧本、孟本作「連累我的清名」。

〔二七〕快與我細説真情 臧本、孟本上有一「你」字，「説」作「吐」。

〔二八〕你 臧本、孟本無。

〔二九〕莫説的半厘差錯 臧本、孟本「莫」作「若」，「的」下有一「有」字。

〔三〇〕牒發 用公文遞解。《元典章》刑部十四「詐」：「近者有不畏公法之人，詐爲貴勢子弟，稱曰舍人。……今後在都兵馬司及外路官司應捕人等，各宜嚴行緝捉。如有違犯之人，取問首從，招證明白，痛行懲戒，牒發籍貫官司收係施行。」

〔三一〕我 臧本、孟本無。

〔三二〕我把你罰在陰山永做餓鬼 臧本、孟本無「我把你」，「做」作「爲」。陰山，佛教所謂八大地獄之一的「堆壓地獄」，寒冷，無食物，犯有重罪的鬼魂被囚在此。

〔三三〕魂旦　臧本下有「云」。

〔三四〕虎狼　臧本、孟本作「狼虎」。王學奇本乙改作「虎狼」。

〔三五〕女　臧本、孟本作「孩」。

〔三六〕你將我嫁與蔡婆婆家爲兒媳婦　臧本、孟本「嫁」作「送」，無「家」字，「爲」作「做」。

〔三七〕改名竇娥　臧本、孟本無。

〔三八〕不幸當年兒夫亡化　臧本、孟本上有「纔得兩年」，無「當年」二字。

〔三九〕我與　臧本、孟本作「和俺」。

〔四〇〕楚州城裏　臧本、孟本作「這山陽縣南門外」。

〔四一〕他本利少俺婆婆二十兩白銀　臧本、孟本無「本利」二字，「白銀」作「銀子」。

〔四二〕銀子　臧本、孟本無。

〔四三〕被他將俺婆婆賺到城外　臧本、孟本無「將俺婆婆」四字，「城」作「郊」。

〔四四〕那老張問道：婆婆，你家裏有甚麼人？婆婆道：俺家無人，止有個守寡的媳婦，喚做竇娥。老張道：你家中既無人，我招與你做夫主，你意下如何　臧本、孟本作「那張驢兒知道我家有個守寡的媳婦，便道你婆兒媳婦既無丈夫，不若招我父子兩個」。

〔四五〕堅執　臧本、孟本作「初也」。

〔一四六〕老張父子兩個　臧本、孟本作「張驢兒」。

〔一四七〕從　臧本、孟本作「肯」。

〔一四八〕還　臧本、孟本作「依舊」。

〔一四九〕婆婆　臧本、孟本上有一「俺」字。

〔一五〇〕不得已　臧本、孟本下有「含糊」二字。

〔一五一〕實是唬嚇成親　臧本、孟本無。

〔一五二〕就將他爺兒　臧本、孟本作「只得將他父子」。

〔一五三〕過其日月　臧本、孟本作「養他過世」。

〔一五四〕我堅意不肯　臧本、孟本「意」作「執」，「肯」作「從」。

〔一五五〕兒　吴曉鈴本奪。臧本、孟本無此字。

〔一五六〕你女兒安排了　臧本、孟本「女」作「孩」，「了」下有一「湯」字。

〔一五七〕張驢兒言道　臧本、孟本作「適值張驢兒父子兩個問病，道」。

〔一五八〕將　臧本、孟本下有一「湯」字。

〔一五九〕他道　臧本、孟本作「説」。

〔一六〇〕好　臧本、孟本作「湯」。

〔一六一〕他　臧本、孟本無。

〔一六二〕他就　臧本、孟本下有「闇地裏」三字。

〔一六三〕他又教我將去　臧本、孟本作「實指望藥殺俺婆婆，要强逼我成親」。吴曉鈴本校勘記奪一「婆」字。

〔一六四〕俺婆婆讓老張先吃　吴曉鈴本校勘記「讓」下衍一「與」字。臧本、孟本作「不想俺婆婆偶然發嘔，不要湯吃，却讓與老張吃」。

〔一六五〕吃了　臧本、孟本無。

〔一六六〕老張　臧本、孟本無。

〔一六七〕俺家三輩兒無犯法之男，五世無再婚之女　臧本、孟本無。

〔一六八〕心上無事　臧本、孟本無。

〔一六九〕來　臧本、孟本無。

〔一七〇〕不由分説　臧本、孟本無。

〔一七一〕將　臧本、孟本上有一「他」字。

〔一七二〕你兒怎當他三考六問　臧本、孟本作「受盡三推六問」。三考六問，多次刑訊。考，通「拷」。參見《切鱠旦》第三折校注〔三二〕。

〔一七三〕那時便打死也不認　臧本、孟本作「便打死孩兒也不肯認」。
〔一七四〕他　臧本、孟本作「怎當州官」。
〔一七五〕婆婆受刑　臧本、孟本作「婆婆年老，受刑不起」。
〔一七六〕我就　臧本、孟本作「只得」。
〔一七七〕我到的法場　臧本、孟本無。
〔一七八〕發　臧本、孟本下有一「下」字。
〔一七九〕要丈二白練挂在旗鎗上　臧本、孟本上有「第一樁」三字。
〔一八〇〕若刀過去　臧本、孟本作「若係冤枉，刀過頭落」。
〔一八一〕落　臧本、孟本作「滴」。
〔一八二〕果係冤枉　臧本、孟本無。
〔一八三〕如今是三伏天道　臧本、孟本上有「第二樁」三字，「如」作「現」，無「是」字。
〔一八四〕遮了你女兒身屍　臧本、孟本作「遮掩你孩兒屍首」。
〔一八五〕果是冤枉了你女兒　臧本、孟本無。
〔一八六〕這楚州大旱三年　臧本、孟本上有「第三樁」三字，「這」作「着他」。
〔一八七〕寸草不生　臧本、孟本無。

〔一八八〕女　臧本、孟本無。

〔一八九〕不告官司只告天　原本上有一字空。臧本上有「（詩云）」。

〔一九〇〕受刑爲母當行孝　臧本、孟本作「防他老母遭刑憲」。當，是。《後漢書·和熹鄧皇后傳》：「汝不習女工以供衣服，乃更務學，寧當舉博士邪？」

〔一九一〕盡命因夫可當賢　臧本、孟本作「情願無辭認罪愆」。

〔一九二〕瑞雪埋素體　臧本、孟本作「瓊花骸骨掩」。

〔一九三〕染白練　臧本、孟本作「練旗懸」。

〔一九四〕霜降始知　臧本、孟本作「豈獨霜飛」。

〔一九五〕雪飛　臧本、孟本作「今朝」。

〔一九六〕（唱）　孟本無。

〔一九七〕你孩兒是做來不曾做來　臧本、孟本作「你看這文卷曾道來不道來」。

〔一九八〕無邊大　臧本、孟本作「要忍耐如何耐」。

〔一九九〕着我赴法場　臧本、孟本上有一「倒」字。

〔二〇〇〕不辱我　臧本、孟本作「我不肯辱」。

〔二〇一〕把我殘生壞　臧本、孟本上有一「倒」字。

〔二〇二〕我每日守定望鄉臺　臧本、孟本作「呀，今日個搭伏定攝魂臺」。

〔二〇三〕父親　臧本、孟本下有一「也」字。

〔二〇四〕你勢劍吹毛快　臧本、孟本作「你現掌着刑名事」。

〔二〇五〕今日個　臧本、孟本無。

〔二〇六〕審問的明白　臧本、孟本作「端詳這文册」。

〔二〇七〕那厮亂人倫當合敗　臧本、孟本「人倫」作「綱常」。吴國欽本、王季思本「當合」改作「合當」。按，當合，該。王實甫《西廂記》二本三折【雙調】【五供養】：「救了喒全家禍，殷勤呵正禮，欽敬呵當合。」

〔二〇八〕萬剮了那喬才　臧本、孟本上有一「便」字，無「那」字。

〔二〇九〕父親，你將我招狀兒改將過來　「招」字原爲墨釘，有校筆旁補「招」字。從。臧本、孟本作「還道報冤讎不暢懷」。

〔二一〇〕（天章哭云）　臧本、孟本作「（竇天章做泣科，云）」。

〔二一一〕我那屈死的兒也　臧本、孟本無「也」字。中華書局本「那」字奪，「兒」下衍一「也」字。

〔二一二〕不問你別的　臧本、孟本作「且問你」。

〔二一三〕則　臧本、孟本無。

〔二四〕是爲甚麽來　臧本、孟本作「真個是爲你來」。

〔二五〕魂旦　臧本下有「云」。

〔二六〕爲你孩兒來　臧本、孟本上有一「是」字。

〔二七〕（天章）　臧本作「（竇天章云）」。孟本同臧本，惟無「云」。

〔二八〕原來是爲你來。不因我女兒這一件事，感起一樁故事：昔日漢朝有一孝婦守寡，其姑自縊身死，其姑女告孝婦殺姑，東阿太守將孝婦殺了。爲一婦銜冤，致令得三年不雨。後于公治獄，孝婦抱卷哭于廳前，于公改正文卷，殺牛祭孝婦之墓，天乃大雨而降。昔漢時東海太守屈殺了賢行婦女，都則因此一婦人，致令的三年不雨，正和此事相同　「大雨」下有校筆補「應時」二字。「此事」原作「這此事」，今據臧本下文白「今日你這楚州大旱，豈不正與此事相類」删「這」字。吴曉鈴本删「此」字。

臧本、孟本作「有這等事」。

感，觸發。于公，漢丞相西平侯于定國之父。《漢書·于定國傳》：「其父于公爲縣獄史，郡決曹，决獄平，羅文法者于公所决皆不恨。郡中爲之生立祠，號曰于公祠。東海有孝婦，少寡，亡子，養姑甚謹，姑欲嫁之，終不肯。姑謂鄰人曰：『孝婦事我勤苦，哀其亡子守寡。我老，久累丁壯，奈何？』其後姑自經死，姑女告吏：『婦殺我母。』吏捕孝婦，孝婦辭不殺姑。吏驗治，孝婦自誣服。具獄上府，于公以爲此婦養姑十餘年，以孝聞，必不殺也。太守不聽，于公争之，弗能得……太守竟論殺孝婦。郡中枯旱三年。後太守至，卜筮其故，于公曰：『孝婦不當死，前太守强斷之，咎黨在是乎？』於是太守殺牛自祭孝婦冢，因表其墓，天立大雨，歲孰。」

〔二九〕到來朝與伊做主　臧本、孟本「與」上有一「我」字，「伊」作「你」。

〔三〇〕白頭親苦痛哀哉　臧本上有「（詩云）」。

〔三一〕屈殺了青春幼女孩　臧本、孟本「了」下有「你個」二字，無「幼」字。

〔三二〕兒也　臧本、孟本無。

〔三三〕天色明　臧本、孟本作「只恐怕天明」。

〔三四〕你　臧本、孟本下有一「且」字。

〔三五〕你的　臧本、孟本無。

〔三六〕（魂旦唱）【尾聲】你將那濫官污吏都殺壞，敕賜金牌勢劍吹毛快，與一人分憂，萬民除害。（做回身科，云）我可忘了，父親，俺婆婆年紀高大，無人侍養。（天章）好孝順孩兒也。（魂旦）囑付你個爺爺，遷葬了妳妳，恩養俺婆婆，可憐見他年紀高大。後將文卷舒開，將俺屈死的於伏罪名兒改　有校筆改「於」作「招」。按，於伏，誣服。於，借作「誣」。臧本、孟本無此段曲白。

〔三七〕（下）　臧本、孟本作「（魂旦暫下）」。

〔三八〕（天章）天色明了。你將那揚州府官吏，那幾個是問竇娥的，都與我拿將上來。（張千）理會的。（押官吏、卜、净上，見跪科）（天章）蔡婆婆，你認的我麽？（卜）不認的大人。（天章）則我便是竇天章。一行人聽我下斷：張驢兒謀殺親父，欺騙良人，市曹中明正典刑。揚州官吏刑名違錯，杖一百，永不叙用。賽盧醫修合毒藥，雲陽市量決一刀。蔡婆婆我家養老。竇娥罪改正明白。爲因如此，將張驢兒斬首街前，將官吏罷職除官，做一個水陸大醮，超度我女兒生天藏本作「（竇天章云［孟本無『云』］）呀，天色明了也。張千，我昨日看幾宗［盧冀野本誤作『種』］文卷，中間有一鬼魂來訴冤枉。我喚你好幾次，你再也不應，直恁的好睡那。（張千云［孟本無『云』］）我小人兩個鼻子孔一夜不曾閉，并不聽見女鬼訴什麽冤狀，也不曾聽見相公呼喚。（竇天章做叱科，云）嘿！今蚤升廳坐衙，張千，喝攛［原誤作『⿰土竄』，孟本及各本已正］廂者。（張千做幺喝科，云）在衙人馬平安，擡書案。（稟云）州官見。（外扮州官入參科）（張千云［孟本無『云』］）該房吏典見。（丑扮吏入參見科）（竇天章問云）你這楚州一郡，三年不雨，是爲着何來？（州官云［孟本無『云』］）這個是天道亢旱，楚州百姓之灾，小官等不知其罪。（竇天章做怒云）你等不知罪麽？那山陽縣有用毒藥謀死公公犯婦竇娥，他問斬之時，曾發願道：『若是果有冤枉，着你楚州三年不雨，寸草不生。』可有這件事來？（州官云［孟本無『云』］）這罪是前升任桃州守問成的，現有文卷。（竇天章云［孟本無『云』］）這等糊突［王季思本改作『塗』」的官，也着他升去！你是繼他任的，三年之中，可曾祭這冤婦麼？（州官云「孟本無『云』」）此犯係十惡大罪，元「王季思本改作『原』」不曾有祠，所以不曾祭得。（竇天章云「孟本無『云』」）昔日漢朝有一孝婦守寡，其姑自縊身死，其姑女告孝婦殺姑，東海太守將孝婦斬了。只爲一婦含冤，致令三年不雨。後于公治獄，彷彿見孝婦抱卷哭於廳前，于公將文卷改正，親祭孝婦之墓，天乃大雨。今日你楚州大旱，豈不正與此事相類？張千，分付該房僉牌下山陽縣，着拘張驢兒、賽盧醫、蔡婆婆一起人犯，火速解審，毋得違悞片刻者。（張千云「孟本無『云』」）理會得「中華書局本改作『的』」。（下）（丑扮解子押張驢兒、蔡婆婆同張千上，禀云）山陽縣解到審犯聽點。（竇天章云「孟本無『云』」）張驢兒。（張驢兒云「孟本無『云』」）有。（竇天章云「孟本無『云』」）蔡婆婆。（蔡婆婆云「孟本無『云』」）有。（竇天章云「孟本無『云』」）怎麼賽盧醫是緊要人犯不到？（解子云「孟本無『云』」）賽盧醫三年前在逃，一面着廣捕批緝拿去了，待獲日解審。（竇天章云「孟本無『云』」）張驢兒，那蔡婆婆是你的後母麼？（張驢兒云「孟本無『云』」）母親好冒認的？委實是。（竇天章云「孟本無『云』」）這藥死你父親的毒藥，卷上不見有合藥的人，是那個「吳國欽本、王季思本下補一『合』字」的毒藥？（張驢兒云「孟本無『云』」）是竇娥自合就的毒藥。（竇天章云「孟本無『云』」）這毒藥必有一個賣藥的醫鋪，想竇娥是個少年寡婦，那裏討這藥來？張驢兒，敢是你合的毒藥麼？（張驢兒云「孟本無『云』〕）若是小人合的毒藥，不藥别人，倒藥死自家老子？（竇天章云［孟本無『云』〕）我那屈死的兒㖸，這一節是緊要公案，你不自來折辯，怎得一個明白？你如今寃魂却在那裏？（魂旦上，云）張驢兒，這藥不是你合的，是那個合的？（張驢兒做怕科，云）有鬼有鬼，撮鹽入水，太上老君，急急如律令，敕！（魂旦云［孟本無『云』〕）張驢兒，你當日下毒藥在羊肚兒湯裏，本意藥死俺婆婆，要逼勒我做渾家。不想俺婆婆不吃，讓與你父親吃，被藥死了。你今日還敢賴哩！（唱［孟本無〕）【川撥棹】猛見了你這吃敲材，我只問你這毒藥從何處來？你本意待闇裏栽排，要逼勒我和諧，倒把你親爺毒害，怎教咱替你耽罪責！（魂旦做打張驢兒科）（張驢兒做避科，云）太上老君，急急如律令，敕！大人説這毒藥必有個賣藥的醫鋪，若尋得這賣藥的人來，和小人折對，死也無詞。（丑扮解子解賽盧醫上，云）山陽縣續解到犯人一名賽盧醫。（張千喝云）當面！（竇天章云［孟本無『云』〕）你三年前要勒死蔡婆婆，賴他銀子，這事怎麽説？（賽盧醫叩頭科，云）小的要賴蔡婆婆銀子的情是有的，當被兩個漢子救了，那婆婆并不曾死。（竇天章云［孟本無『云』〕）這兩個漢子，你認的他叫做什麽名姓？（賽盧醫云［孟本作『盧醫』〕）小的認便認得［吴曉鈴本校勘記及中華書局本改作『的』〕，慌忙之際，可不［盧冀野本誤倒作『不可』〕曾問的他名姓。（竇天章云［孟本無『云』〕）現有一個在階下，你去認來。（賽盧醫做下認科，云）這個是蔡婆婆。（指張驢兒云）想必這毒藥事發了。（上云）是這一個。容小的訴禀：當日要勒死蔡婆婆時，正遇見他爺兒兩個，救了那婆婆去。過得幾日，他到小的鋪中討服毒藥。小的是念佛吃齋人，不敢做昧心的事，説道：『鋪中只有官料藥，并無什麼毒藥。』他就睁着眼道：『你昨日在郊外要勒死蔡婆婆，我拖你見官去。』小的一生最怕的是見官，只得將一服毒藥與了他去。小的見他生相是個惡的，一定拿這藥去藥死了人，久後敗露，必然連累，小的一向逃在涿州地方，賣些老鼠藥。剛剛是老鼠被藥殺了好幾個。藥死人的藥，其實再也不曾合。（魂旦唱〔孟本無〕）【七弟兄】〔孟本下有『（魂旦）』〕你只爲賴財，放乖，要當灾。（帶云〔孟本無〕）這毒藥呵，（唱〔孟本無〕）原來是你賽盧醫出賣張驢兒買，没來由填做我犯由牌，到今日官去衙門在。（竇天章云〔孟本無『云』〕）帶那蔡婆婆上來。我看你也六十外人了，家中又是有錢鈔的，如何又嫁了老張，做出這等事來？（蔡婆婆云〔孟本無『云』〕）老婦人因爲他爺兒兩個救了我的性命，收留他在家養膳過世。那張驢兒常説要將他老子接脚進來，老婦人并不曾許他。（竇天章云〔孟本無『云』〕）這等説，你那媳婦就不該認做藥死公公了。（魂旦云〔孟本無『云』〕）當日問官要打俺婆婆，我怕他年老受刑不起，因此咱〔北京大學本、吴國欽本、王學奇本、王季思本改作『咱』〕。孟本作『甘』〕認做藥死公公，委實是屈招個〔孟本作『的』〕！（唱〔孟本無〕）【梅花酒】你道是咱不該，這招狀供寫的明白，本一點孝順的心懷，倒做了惹禍的胚胎。我只道官吏每還覆勘，怎將咱屈斬首在長街！第一要素旗鎗鮮血灑，第二要三尺雪將死屍埋，第三要三年旱示天災：咱誓願委實大。【收江南】呀，這的是衙門從古向南開，就中無個不冤哉！痛殺我嬌姿弱體閉泉臺，蚤三年以外，則落的悠悠流恨似長淮。（竇天章云［孟本無『云』］）端雲兒也，你這冤枉我已盡知，你且回去。待我將這一起人犯并原問官吏，另行定罪，改日做個水陸道場，超度你生天便了。（魂旦拜科，唱［孟本無］）【鴛鴦煞尾】從今後把金牌勢劍從頭擺，將濫官污吏都殺壞，與天子分憂，萬民除害。（云［孟本無］）我可忘了一件，爹爹，俺婆婆年紀高大，無人侍養，你可收恤家中，替你孩兒盡養生送死之禮，我便九泉之下，可也瞑目。（竇天章云［孟本無『云』］）好孝順的兒也。（魂旦唱［孟本無『唱』］）囑付你爹爹，收養我妳妳，可憐他無婦無兒，誰管顧年衰邁！再將那文卷舒開，（帶云［孟本無］）爹爹也，把我竇娥名下，（唱［孟本無］）屈死的於［吳國欽本、王學奇本改作『于』，王季思本改作『招』］伏罪名兒改。（下）（竇天章云［孟本無『云』］）喚那蔡婆婆上來。你可認的［中華書局本改作『得』］我麼？（蔡婆婆云［孟本無『云』］）老婦人眼花了，不認的。（竇天章云［孟本無『云』］）我便是竇天章。適纔的鬼魂，便是我屈死的女孩兒端雲。你這一行人聽我下斷：張驢兒毒殺親爺，姦［吳國欽本、王季思本據孟本改作『謀』］占寡婦，合擬凌遲，押付市曹中，釘上木驢，剮一百二十刀處死。升任州守桃杌并該房吏典，刑名違錯，各杖一百，永不叙用。賽盧醫不合賴錢勒死平民，又不合修合毒藥致傷人命，發烟障［吳國欽本、王季思本改作

『瘴』」地面，永遠充軍。蔡婆婆我家收養。竇娥罪改正明白。（詞云「孟本無」）莫道我念亡女與他滅罪消愆，也只可憐見楚州郡大旱三年。昔于公曾表白東海孝婦，果然是感召得靈雨如泉。豈可便推諉道天灾代有，竟不想人之意感應通天。今日個將文卷重行改正，方顯的王家法不使民冤。［孟本下有『（下）』］」

修合，配製。參見《玉鏡臺》第四折校注〔七八〕。量決，按律判處。《元典章》刑部三「不孝」：「其黄州路録判靳克忠，聞知父亡，申准本管官司明降，推故不行奔喪，量決四十七下，解見任，期年之後降一等。」水陸大醮，宗教法會。僧尼設壇誦經，禮佛施食，以超度水陸一切亡靈。臧本闕名氏《盆兒鬼》二折浄白：「則今日高原選地，破木造棺，請高僧高道，做水陸大醮，超度他生天。」

〔三九〕題目正名　後嫁婆婆忒心偏，守志烈女意自堅；湯風冒雪没頭鬼，感天動地竇娥冤　臧本「題目正名」二句，作「秉鑑持衡廉訪法，感天動地竇娥冤」。孟本作「正目」二句，置卷首。參見總題「説明」。

臧本「題目正名」後末行有尾題「感天動地竇娥冤雜劇終」。

錢大尹智寵謝天香

説明

《録鬼簿》著録。現存脈望館古名家本、臧本。今以前者爲底本，後者爲校本，并用吴曉鈴本（自脈望館古名家本出）、盧冀野本、中華書局本、北京大學本、吴國欽本、王學奇本、王季思本（以上自臧本出）參校。原本書口標目「謝天香」。總題下題「元關漢卿撰」，今略去。臧本作「錢大尹智寵謝天香雜劇」，下題「元大都關漢卿撰明吴興臧晋叔校」。

劇叙妓女謝天香與柳永的愛情故事。

第一折〔一〕

（正末引旦上）〔二〕萬般皆下品，惟有讀書高〔三〕。小生姓柳，名永，字耆卿，乃錢塘郡人也〔四〕。幼習儒業，頗讀詩書〔五〕。平生以花酒爲念，好上花臺做子弟。不想游學到於〔六〕此處，與上廳行首謝氏〔七〕作伴。小生想來，今日〔八〕春榜動，選場開，悮〔九〕了一日，又等三年，則今日辭了大姐，便索上京應舉去。大姐，小生在此多蒙管待，小生若到京師闕下得了官呵，那五花官誥、駟馬香車，你便是夫人縣君也。（旦）〔一〇〕耆卿，衣服盤纏我都準備停當，你休爲我悮了你功名〔一一〕。看有甚麽人來〔一二〕。（張千上）〔一三〕小人張千是也〔一四〕，在這開封府做着個樂探執事〔一五〕。我管的是那僧尼道俗樂人，迎新送舊，都是小人該管〔一六〕。如今新除一個大尹相公〔一七〕，姓錢，是錢大尹〔一八〕。這大人聲名極大，與人秋毫無犯，水米無交〔一九〕。一應接官的都去了，止有行首歌者〔二〇〕不曾去。此處有個行首是謝天香，他便管着這散班女人〔二一〕，須索和他説一聲去。來到門首也。謝大姐在家麽？（旦見〔二二〕，云）哥哥，叫做甚麽？（張千）〔二三〕大姐，來日新官到任，準備參官〔二四〕。（旦）〔二五〕哥哥，這上任〔二六〕是甚麽新官？（張千）〔二七〕是錢大尹。（旦）〔二八〕莫不是波厮錢大尹麽？（張）〔二九〕你休胡説！唤大人的名諱。我去也，謝大姐，明日早來參官。（下）（末）〔三〇〕大姐，你歡喜咱！錢大尹是我同堂故友，來朝一日我同大姐同到，我在相公行分付着看覷你〔三一〕，我也去的放心。（旦）〔三二〕

【賞花時〔三三〕】則這一曲番成和泪篇〔三四〕，最苦偏高離恨天〔三五〕，雙泪落尊前。山長水遠，愁見理行軒。

【幺】〔三六〕誰有〔三七〕鸞膠續斷絃？欲盼雕鞍難顧戀。謝他新理任這個官員〔三八〕，常好是與民方便，咱又得這〔三九〕一夜并頭蓮。（同下）〔四〇〕

（孤扮錢大尹引張千上）〔四一〕陳紀立綱理庶民，聿遵王法秉彝倫；清廉正直行公道，播取芳名後代聞〔四二〕。老夫姓錢，名可，字可道，錢塘人也。自中甲第〔四三〕以來，累蒙擢用，頗有政聲。今謝聖恩，加老夫開封府尹之職。老夫自幼修髯滿部，軍民識與不識，皆呼爲波厮錢大尹。暗想老夫當時有一同堂故友〔四四〕，姓柳，名永，字耆卿，論此人之學〔四五〕，不在老夫之下，相離數載，不知他得志也不曾？使老夫懸懸在念。今日升堂，坐起早衙。張千，有該僉押的文書，將來我發落。（張千）〔四六〕禀的老爹〔四七〕知道，還有樂人每未曾參見里〔四八〕。（錢）〔四九〕前官手裏曾有這例麽？（張千）〔五〇〕舊有此例。（錢）〔五一〕既是如此，着他參見。（張千）〔五二〕參官樂人怎生不見來〔五三〕？（正旦同衆旦上〔五四〕）今日新官上任，咱參見去來。小心在意者〔五五〕！（衆〔五六〕云）理會的。（旦）〔五七〕

【仙吕點絳唇】講論詩詞，笑談街市，學難似，剗地風裏颺絲〔五八〕，一世常如此。

【混江龍】我逐日家把您相試，乞求〔五九〕的教您做人時，但能勾終朝爲父〔六〇〕，也想着一日爲師。但有個敢接我這上廳行首案〔六一〕，情願分付與你這班〔六二〕演戲臺兒。則爲四般兒悮了前程事，都只爲聰明智慧，因此上辛苦無辭。

（衆〔六三〕云）姐姐，你看籠兒中鸚哥念詩里〔六四〕。（旦）〔六五〕這便是你我的比喻〔六六〕。

【油葫蘆】你道是金籠内鸚哥能念詩，這便是咱的比喻兒〔六七〕。原來這聰明越不得出籠時〔六八〕！能吹彈多比人每日常常伺〔六九〕，擅歌謳多比人常差使〔七〇〕。我不怨別人〔七一〕。（衆〔七二〕云）姐姐，你怨誰？（旦）〔七三〕咱會彈唱的，日日官身；不會彈唱的，到得些自在〔七四〕。我怨那禮案〔七五〕裏幾個令史，他每都是我掌命司，先將那等不會彈不會唱的除了名字，早知道則做個啞猱兒〔七六〕。

【天下樂】從小裏恨不聲名〔七七〕貫人耳，當時〔七八〕，不勾〔七九〕思：越聰明不能勾早外事〔八〇〕。賣弄的有伎倆，賣弄的有艷姿，則落的臨老來呼弟子！

（張千）〔八一〕謝大姐，你怎生這早晚纔來？你只在這裏，我報伏〔八二〕去。（做報〔八三〕云）報的老爹〔八四〕得知：有樂人每來參見。（錢）〔八五〕別的休進來，則着那爲頭的一人來見。（張）〔八六〕理會的〔八七〕。別的都回去，則着謝大姐過去里〔八八〕！（旦見拜科）〔八九〕（張千喝云）〔九〇〕上廳行首謝天香謹參。（錢）〔九一〕休要悞了官身。（旦）〔九二〕理會的。（出門〔九三〕，云）爺爺，那官人好個冷臉子也〔九四〕！

【金盞兒】猛覷了那容姿，不覺的下階址，下場頭少不的跟〔九五〕官長廳前死；往常覷品官宣使〔九六〕似小孩兒。他則道官身休失悞，啓口更〔九七〕無詞。立地到〔九八〕一飯間，心戰勾〔九九〕兩炊時。

（末上）〔一〇〇〕小生柳永〔一〇一〕。大姐參官去了，我看大姐去來。（做見旦科，云）大姐，你參了官也？我過去見他。（旦）〔一〇二〕你休見他〔一〇三〕，這相公不比其他的。（末）〔一〇四〕不妨事，哥哥看待我比〔一〇五〕別人不同。（末見張〔一〇六〕，云）大哥，報伏〔一〇七〕一聲：杭州柳永特來參謁相公〔一〇八〕。（張）這個可是早辰間〔一〇九〕在謝大姐家的那先生？你在這裏，我報伏〔一一〇〕去。（做報科，云）衙門外有杭州柳永特來拜見。（錢）〔一一一〕他説是杭州柳永？（張〔一一二〕云）是。（錢〔一一三〕笑云）老夫語未絶口，不想賢弟果然至此，使老夫不勝之喜。道有請！（張千）〔一一四〕有請〔一一五〕。（末見錢科）〔一一六〕喜得相公高遷〔一一七〕，一來拜賀兄長，二來進取功名去也。（錢）〔一一八〕自別賢弟許久，想慕顔範〔一一九〕，使老夫懸懸在念，今日一會，實老夫之幸也。左右，看酒來！（末）〔一二〇〕兄弟去的急，不必安排茶飯。（錢）〔一二一〕既如此〔一二二〕，張千，便卧番羊〔一二三〕，就訟廳上管待學士〔一二四〕。（末）〔一二五〕哥哥，這是國家公堂，不是您兄弟坐的去處。（錢）〔一二六〕賢弟差矣！一來是老夫同堂故友，二來賢弟是一代文章淵藪〔一二七〕，正可管待學士〔一二八〕。老夫欲待留賢弟在此盤桓數日，便好道大丈夫當以功名爲念，异日得志，再與賢弟作賀〔一二九〕。（把酒科）（末）〔一三〇〕兄弟酒勾了也。辭了哥哥，便索長行。（錢）〔一三一〕賢弟，不成管待。你他日爲官，不在老夫之下〔一三二〕。恕不遠送〔一三三〕，老夫不回顧了〔一三四〕。（末）〔一三五〕哥哥，不必送。（錢）賢弟，穩登前路〔一三六〕。（末出見旦科）〔一三七〕柳永，你爲甚麼來？則爲大姐，都〔一三八〕忘了？我再過去。（旦）〔一三九〕者卿，你休去，這相公不比其他的。（末）〔一四〇〕不妨事，哥哥待我較別里〔一四一〕。（末）〔一四二〕張千，再報一聲。（張千）〔一四三〕你怎麼又來了〔一四四〕？（末）〔一四五〕你道杭州柳永再來拜見，有說的話。（張千報〔一四六〕云）杭州柳永又要見相公，有說的話。（錢）〔一四七〕是、是，想必老夫在此爲理，有見不到處。道有請！（張千）〔一四八〕有請。（見科）（錢）〔一四九〕老夫在此爲理，多有見不到處，我料賢弟必有嘉言善行教訓老夫咱。（末）〔一五〇〕您兄弟別無他事，則是好覷謝氏。（錢）〔一五一〕者卿，敬重看待，恕不遠送。（末）〔一五二〕多謝了哥哥。（末〔一五三〕見旦，云）大姐，我說了也，他說「者卿〔一五四〕，敬重看待」。（旦）〔一五五〕者卿，你知道相公的意〔一五六〕麼？（末）〔一五七〕我不知道。（旦）〔一五八〕

【醉中天】初相見呼你爲學士，謹厚不因而〔一五九〕；今遍回身囑咐你〔一六〇〕，相公也，冷眼兒頻偷視。你覷他交椅上台頦〔一六一〕樣兒，待的你不同前次，他則是微分〔一六二〕間將表字呼之。

（末）〔一六三〕怕你不放心，我再過去。（旦）〔一六四〕者卿，你休過去。（末）〔一六五〕不妨事，哥哥待我較別里〔一六六〕。（錢）〔一六七〕張千，你近前來，恰纔者卿說道「好覷謝氏」，必定是峨冠士大夫〔一六八〕，你與老夫說咱。（張千）〔一六九〕稟的老爹〔一七〇〕知道，就是早辰參官的謝氏〔一七一〕。（錢）〔一七二〕哦，是早間那個謝氏！賢弟〔一七三〕，你錯用了心也！（末）〔一七四〕張大哥，你再報一聲：杭州柳永再有說話〔一七五〕。（張千）〔一七六〕你怎麼又來了〔一七七〕？我不敢過去。（末）〔一七八〕不妨事，再說一聲。（張千報〔一七九〕云）杭州柳永有說的話。（錢）〔一八〇〕着他過來。（末見〔一八一〕科）（錢）〔一八二〕者卿，有何見諭？（末）〔一八三〕哥哥，則是好覷謝氏。（錢）〔一八四〕我纔不說來：「敬重看待。」恕不遠送。

(末〔一八五〕見旦，云)相公説甚麽〔一八六〕「敬重看待」，可是如何？(旦)〔一八七〕

【金盞兒】你拿起筆作詩〔一八八〕詞，衠才調無瑕玼，這一場無分曉、不裁思〔一八九〕。他道「敬重看待」〔一九〇〕幾椿兒：看你那釣鰲八韵賦〔一九一〕，待你那折桂五言詩〔一九二〕，敬〔一九三〕你那十年辛苦志，重〔一九四〕你那一舉狀元時。

(末)〔一九五〕大姐，你好多計較〔一九六〕。怕你不放心〔一九七〕，我再過去。(旦)〔一九八〕者卿，休去。(末)〔一九九〕不妨事，哥哥看待較別里〔二〇〇〕。(見張千〔二〇一〕，云)張大哥，你再過去説：杭州柳永又來，有説的話。(張千)〔二〇二〕你還不曾去里〔二〇三〕？這遭敢不好〔二〇四〕麽？(末)〔二〇五〕不妨事。(張千報〔二〇六〕云)杭州柳永又來有話説。(錢)〔二〇七〕着他過來。(見科)(錢)〔二〇八〕者卿，有何説話？(末)〔二〇九〕哥哥，好覷謝氏。(錢怒〔二一〇〕云)者卿，你種〔二一一〕的桃花放，砍的竹竿折。(末)〔二一二〕多謝了哥哥。(末〔二一三〕出見旦，云)我説了也。(旦)〔二一四〕相公説甚麽來？

(末)〔二一五〕相公説「種〔二一六〕的桃花放，砍的竹竿折」。(旦)〔二一七〕

【醉扶歸】你陡〔二一八〕恁的無才思，有甚省不的兩椿兒？你道是相公不是漫詞〔二一九〕，你怎麽不解其中意？他道是種桃花砍折竹枝，則説你重色輕君子。

(末)〔二二〇〕怕你不放心，我再過去〔二二一〕。(旦)〔二二二〕者卿，你休去。(末)〔二二三〕不妨事，哥哥待我較別里〔二二四〕。(末〔二二五〕見張千，云)張大哥，你再説一聲：杭州柳永又來，有話説。(張)〔二二六〕我不敢去〔二二七〕。(末)〔二二八〕不妨事〔二二九〕。(張千報科)(錢)〔二三〇〕敢是杭州柳永？(張)〔二三一〕便是。(錢)〔二三二〕潑禽獸！你則管着這一椿兒，且過一壁〔二三三〕。(末)〔二三四〕張千進去，可怎生不見出來？莫非他不肯通報？我自過去。(末〔二三五〕見科，云)哥哥，（錢〔二三六〕怒云）敢是「好覷謝氏」？張千，擡過書案者！耆卿，是何相待？「君子不重則不威，學則不固，主忠信〔二三七〕。」何輕薄至此〔二三八〕！這裏是官府黄堂，又不是秦樓謝〔二三九〕館，則管裏「謝氏」、「謝氏」！耆卿，我是開封府尹，又不是教坊司〔二四〇〕樂探！平昔老夫待足下非輕，可是爲何？爲子有才也。聖〔二四一〕人道：「德勝才爲君子，才勝德爲小人。」今觀足下所爲，可正〔二四二〕是才有餘而德不足。《禮記》云：君子「姦聲亂色，不留聰明。」〔二四三〕《老子》曰：「五色〔二四四〕令人目盲，五音〔二四五〕令人耳聾。」士〔二四六〕當先天下之憂而憂，後天下之樂而樂。大丈夫得志與民同之，不得志獨行其道〔二四七〕。便好道：「富貴不能淫，貧賤不能移，威武不能屈，此之謂大丈夫」也！今子告别，我則道有甚麼嘉言善行，略〔二四八〕無一語；止〔二四九〕爲一匪妓，往復數次，雖鄙夫有所耻，況衣冠之士，豈不愧顔？耆卿，比及〔二五〇〕你在花街裏留意，且〔二五一〕去你那功名上用心，可不道「三十而立」！當今王元之〔二五二〕七歲能文，今官居三品，見〔二五三〕爲翰林學士之職，汝輩不耻〔二五四〕乎，耆卿！則你那渾身多錦綉〔二五五〕，滿腹富文章，不學王内翰，只説謝天香。張千，你近前來。（耳語〔二五六〕科，云）只恁的便了。（張千）〔二五七〕理會的。（錢）〔二五八〕左右的，將馬來〔二五九〕，我回私宅去也。（下）（末〔二六〇〕見旦科）（旦〔二六一〕云）我説甚麼來，直逗的相公惱了！（末）〔二六二〕大姐放心，我到帝都闕下，若得一官半職，錢大尹〔二六三〕，喒軸頭兒厮抹着〔二六四〕！大姐，我今便索長行〔二六五〕。（旦）〔二六六〕妾送你到城外那小酒務兒〔二六七〕裏，權與你餞行咱。（張千上，云）等我一等，我張千也來送柳先生。（末）〔二六八〕多有起動〔二六九〕了。大姐，我臨行做了一首詞，詞寄〔定風波〕，是商角調，留與大〔二七〇〕姐表意咱。詞云：自春來慘緑愁紅〔二七一〕，芳心事事可可〔二七二〕。日上花梢，鶯喧柳帶，猶壓香衾卧。暖酥消〔二七三〕，膩〔二七四〕雲髻，終日厭厭〔二七五〕倦梳裹。無奈〔二七六〕，想薄情一去，音書無個！早知恁麼〔二七七〕，悔當初不把雕鞍鎖。向鷄窗收拾蠻箋象管〔二七八〕，拘束教吟和。鎮日相隨莫抛躲〔二七九〕，針線拈來共伊坐，和我，免使少年〔二八〇〕光陰虛過。（張抄科，云）我先回去也。（下）（旦）〔二八一〕耆卿，你去也，教妾身如何是好！（末）〔二八二〕大姐放心，小生不久便回。（旦）〔二八三〕

【賺煞】我這府裏祇候〔二八四〕幾曾閑，差撥無銓次〔二八五〕，從今後無倒斷〔二八六〕嗟呀怨咨。我去這觸熱也似官人行將禮數〔二八七〕使，若是輕咳嗽便有官司。我直到揭席時來到家時〔二八八〕，我又索趲些工夫憶念你〔二八九〕。是我那唱〔二九〇〕清歌皓齒，是我那言談情思，是我那濕浸浸舞困袖梢兒。（下）

校注

〔一〕第一折　臧本作「楔子」。是。

〔二〕（正末引旦上）　臧本作「（冲末扮柳耆卿引正旦謝天香上）」。

〔三〕萬般皆下品，惟有讀書高　臧本作「（柳詩云）本圖平步上青雲，直爲紅顔滯此身；老天生我多才思，風月場中肯讓人」。吴國欽本「思」改作「智」。

〔四〕乃錢塘郡人也　趙琦美「郡」字下校增「餘杭」二字。吴國欽本誤删此句。

〔五〕幼習儒業，頗讀詩書　臧本無。吴國欽本據脈望館古名家本補。

〔六〕到於　臧本無「於」字。到於，到。於，後綴。闕名氏《劉弘嫁婢》二折净王秀才白：「一塊肉到於我口裏，你奪將去了。」

〔七〕氏　臧本作「天香」。

〔八〕日　臧本作「年」。

〔九〕悮　臧本同。盧冀野本、中華書局本、北京大學本、吴國欽本、王學奇本、王季思本改作「誤」。按，悮，同「誤」。參見《蝴蝶夢》第二折校注〔二〇〕。後同，不另出校。

〔一〇〕（旦）　臧本作「（正旦云）」。

〔一一〕你休爲我悮了你功名　臧本無第二個「你」字，句末有一「者」字。

〔一二〕看有甚麽人來　臧本無。

〔一三〕（張千上）　臧本作「（净張千上，云）」。

〔一四〕是也　臧本無。

〔一五〕在這開封府做着個樂探執事　趙琦美句下校增「何爲是樂探」一句。樂探，教坊司管理僧、尼、道、官妓、樂人的吏役。

〔一六〕該管　管。脈望館古名家本孟漢卿《魔合羅》三折孤白：「這劉玉娘因姦殺夫，是前官斷定的文案，差錯是蕭令史該管，錯問了事是前官，你怎生説老夫胡蘆提？」

〔一七〕如今新除一個大尹相公　臧本「一個」作「來的」，無「相公」二字。大尹，稱府的行政長官。

《朱文公校昌黎先生集》卷二十九《唐故朝散大夫商州刺史除名徙封州董府君墓志銘》:「(董溪)選參軍京兆府法曹,日伏階下,與大尹争是非。大尹屢黜己見,歲中奏爲司録參軍。」

〔一八〕是錢大尹　臧本無。

〔一九〕這大人聲名極大,與人秋毫無犯,水米無交　臧本無。

〔二〇〕行首歌者　臧本作「妓女每」。行首,居班行之首的妓女。也泛指妓女。吴自牧《夢粱録》卷二「諸庫迎煮」:「其官私妓女,擇爲三等,上馬先以頂冠花衫子襠褲,次擇秀麗有名者,帶珠翠朵玉冠兒,銷金衫兒,裙兒,各執花斗鼓兒,或捧龍阮琴瑟,後十餘輩,著紅大衣,帶皂時髻,名之『行首』。」

〔二一〕這散班女人　臧本作「這班門户人」。吴國欽本、王季思本據脈望館古名家本改。散班女人,散妓,也泛指妓女。

〔二二〕旦見　臧本下有「科」。

〔二三〕(張千)　臧本作「(張千云)」。

〔二四〕準備參官　臧本下有一「去」字。

〔二五〕(旦)　臧本作「(旦云)」。

〔二六〕上任　臧本下有一「的」字。

〔二七〕（張千）　臧本作「（張千云）」。

〔二八〕（旦）　臧本作「（旦云）」。

〔二九〕（張）　臧本作「（張千云）」。

〔三〇〕（末）　原誤作「（未）」，從吴曉鈴本改。　臧本作「（柳云）」。

〔三一〕來朝一日我同大姐同到，我在相公行分付着看覷你　臧本「來朝一日」作「明日」，無第二個「同」字，無「我在」。分付，托付。《唐宋諸賢絶妙詞選》卷六毛澤民《惜分飛》：「今夜山深處，斷魂分付潮回去。」

〔三二〕（旦）　臧本作「（正旦唱）」。

〔三三〕賞花時　臧本上有「仙吕」。

〔三四〕則這一曲番成和泪篇　臧本「番」作「翻」。番，反而。《劉知遠諸宫調》第一：「扶犁黑手番成（承）笏，食肉朱唇强吃虀。」和，帶。韋莊《又玄集》卷下高蟾《下第後獻高侍郎》：「天上碧桃和露種，日邊紅杏倚雲栽。」

〔三五〕離恨天　傳説中最高的一層天。常用以借指離别或阻隔。脈望館古名家本白仁甫《秋夜梧桐雨》四折【呆骨朵】：「孤辰限難熬，離恨天最高。在時同衾枕死後同棺椁，怎想馬嵬坡塵土中把朵海棠花零落了！」

〔三六〕【幺】　臧本作「【幺篇】」。

〔三七〕誰有　臧本作「待得」。

〔三八〕謝他新理任這個官員　臧本無「個」字。理任，就職。脈望館古名家本孫仲章《勘頭巾》二折正末白：「張鼎行至禀墻邊，見一個待報的囚人稱冤叫屈，知道的説那厮怕死，不知道的則説相公新理任三日，敢錯問了事麽。」

〔三九〕這　臧本作「個」。

〔四〇〕（同下）　臧本以上爲楔子，以下爲第一折。是。

〔四一〕（孤扮錢大尹引張千上）　臧本「孤」作「外」，「上」下有「詩云」。

〔四二〕陳紀立綱理庶民，聿遵王法秉彝倫；清廉正直行公道，播取芳名後代聞　臧本作「寒蛩秋夜忙催織，戴勝春朝苦勸耕；若道民情官不理，須知蟲鳥爲何鳴」。彝倫，常理。《書·洪範》：「王乃言曰：『嗚呼，箕子！　惟天陰騭下民，相協厥居，我不知其彝倫攸叙。』」蔡沈集傳：「彝，常也；倫，理也。」

〔四三〕中甲第　中甲科，考中進士。《張協狀元》戲文第五十三出：「（生旦白）古廟相逢結契姻，（丑夫）纔登甲第没前程。（净貼）梓州重合鸞鳳偶，（末合）一段姻緣冠古今。」

〔四四〕當時有一同堂故友　臧本「故」作「小」。吴國欽本、王季思本據脈望館古名家本改。當時，當初。《全唐詩》卷六四〇曹唐《劉阮再到天台不復見仙子》：「桃花流水依然在，不見當時勸酒人。」

〔四五〕之學　臧本作「學問」。

〔四六〕（張千）　臧本作「（張千云）」。

〔四七〕爹　臧本作「爺」。

〔四八〕還有樂人每未曾參見里　吴曉鈴本據臧本改「里」作「哩」。按，里，哩。參見《哭存孝》第二折校注〔一七四〕。後同，不另出校。樂人，歌舞藝人。《全唐詩》卷五九一崔珏《和人聽歌》：「氣吐幽蘭出洞房，樂人先問調宫商。」

〔四九〕（錢）　臧本作「（錢大尹云）」。

〔五〇〕（張千）　臧本作「（張千云）」。

〔五一〕（錢）　臧本作「（錢大尹云）」。

〔五二〕（張千）　臧本作「（張千云）」。

〔五三〕怎生不見來　臧本作「走動」。

〔五四〕正旦同衆旦上　臧本下有「云」。

〔五五〕小心在意者　臧本上有「你每」二字。

〔五六〕衆　臧本下有一「旦」字。

〔五七〕（旦）　臧本作「（正旦唱）」。

〔五八〕剗地風裏颺絲　「裏」原作「理」，從吴曉鈴本改。吴本校云：「里——原作『理』字，誤。今據臧本『裏』字依徐本（按，即脈望館古名家本）刊例改爲『里』字。」臧本無「剗地」二字。剗地，依舊。參看《詩詞曲語辭匯釋》卷四「剗地（二）」。

〔五九〕乞求　願。王仲文《救孝子》一折【混江龍】：「乞求的兩個孩兒學成文武藝，一心待貨與帝王家。」

〔六〇〕但能勾終朝爲父　臧本同。吴國欽本、王季思本「勾」改作「够」。按，勾，通「够」。參見《調風月》第二折校注〔二六〕。後同，不另出校。終朝，終生。朝，初，始。《荀子・禮論》：「然後月朝卜日，月夕卜宅，然後葬也。」楊倞注：「月朝，月初也。」

〔六一〕案　指樂籍。

〔六二〕班　臧本作「粧」。吴國欽本據脈望館古名家本改。王季思本改作「搬」。

〔六三〕衆　臧本作「衆旦」。

〔六四〕里　臧本作「哩」。

〔六五〕（旦）　臧本作「（旦云）」。

〔六六〕這便是你我的比喻　臧本下有「（唱）」。

〔六七〕咱的比喻兒　臧本作「咱家的好比似」。

〔六八〕原來這聰明越不得出籠時　臧本「這」作「越」。王學奇本「時」改作「呵」。按，「時」字韻，改「呵」失韻。時，猶啊（呵）。參看《詩詞曲語辭匯釋》卷三「時」。

〔六九〕多比人每日常常伺　吴曉鈴本奪一「常」字。臧本「多」作「好」，第二個「常」字作「看」。比，爲。《孟子·梁惠王上》：「及寡人之身，東敗於齊，長子死焉……寡人耻之，願比死者一洒之。」朱熹集注：「比，猶爲也。言欲爲死者雪其耻也。」

〔七〇〕擅歌謳多比人常差使　臧本「擅」作「慣」，「多」作「好」，「常」上有「每日」二字。

〔七一〕我不怨别人　吴曉鈴本據臧本上補「（云）」。

〔七二〕衆　臧本作「衆旦」。

〔七三〕（旦）　臧本作「（旦云）」。

〔七四〕到得些自在　臧本下有「（唱）」。北京大學本、吴國欽本、王學奇本「到」改作「倒」。按，到，倒。參看《詩詞曲語辭匯釋》卷四「到（二）」。

〔七五〕禮案　官妓樂籍檔案。臧本武漢臣《玉壺春》四折陶伯常白：「既然從良改正，着禮案上除了名字，將素蘭配與玉壺爲夫人。」

〔七六〕猱兒　優兒，倡優。《太和正音譜》卷上「詞林須知」：「妓女總稱謂之猱。」

〔七七〕從小裏恨不聲名　臧本作「俺可也圖甚麽香名」。

〔七八〕當時　臧本作「想當也波時」。

〔七九〕勾　臧本作「三」。勾，多。《董解元西厢記》卷四【雙調】【御街行】：「也不打草不勾思，先序幾句俺傳示。」

〔八〇〕越聰明不能勾早外事　臧本「早」作「無」。吴國欽本「越聰明」斷屬上句。誤。外，别的。《隋書·元胄傳》：「及胄見，上謂曰：『公與外人登高，未若就朕勝也。』」

〔八一〕（張千）　臧本作「（張千云）」。

〔八二〕伏　臧本作「復」。

〔八三〕做報　臧本下有「科」。

〔八四〕爹　臧本作「爺」。

〔八五〕（錢）　臧本作「（錢大尹云）」。

〔八六〕（張）　臧本作「（張千云）」。

〔八七〕理會的　臧本無。

〔八八〕里　臧本作「哩」。

〔八九〕（旦見拜科）　臧本作「（衆旦下）（正旦見拜科，云）」。

〔九〇〕（張千喝云）　臧本無。

〔九一〕（錢）　臧本作「（錢大尹云）」。

〔九二〕（旦）　臧本作「（旦云）」。

〔九三〕出門　臧本作「做出門科」。

〔九四〕那官人好個冷臉子也　臧本下有「（唱）」。

〔九五〕跟　在。北京方言猶説在爲「跟」。

〔九六〕品官宣使　品官，有品級的官員。岳珂《愧郯録》卷七「官品名意之訛」：「淳熙官品令：自太師而下至翰林醫學，列爲九品，皆有正從……不以高下，概謂之品官。」宣使，宣召使唤。鄭廷玉《金鳳釵》四折【七弟兄】：「不想這報我恩的大人爲宣使，追我魂的太尉立在階址，救我命的赦書從天至。」

〔九七〕更　再。趙璘《因話録》卷四：「上又嘗登苑北樓望渭水。見一醉人臨水卧，問左右：『是何人？』左右不知。將遣使問之，（黄）幡綽曰：『臣知之，是年滿令史。』上問曰：『汝何以知？』對曰：『更一轉，入流！』上笑而止。」《中興以來絶妙詞選》卷六高賓王《玉胡蝶·秋思》：「想蘋汀、水雲愁凝，閑蕙帳、猿鶴悲吟，信沈沈，故園歸計，休更侵尋。」

〔九八〕到　臧本作「剛」。

〔九九〕勾　臧本同。吴國欽本、王季思本改作「够」。按，勾，到。脈望館鈔本闕名氏《硃砂擔》一折正末白：「本待要還家去，争奈未勾那一百日里。」

〔一〇〇〕（末上）　臧本作「（柳上，云）」。

〔一〇一〕小生柳永　臧本無。

〔一〇二〕（旦）　臧本作「（正旦云）」。

〔一〇三〕他　臧本作「罷」。

〔一〇四〕（末）　臧本作「（柳云）」。

〔一〇五〕比　與。《莊子·天地》：「知其不可得也而强之，又一惑也，故莫若釋之而不推。不推，誰其比憂！」成玄英疏：「比，與也。」

〔一〇六〕末見張　臧本作「做見張千科」。

〔一〇七〕伏　臧本作「復」。

〔一〇八〕相公　臧本無。

〔一〇九〕可是早辰間　臧本「可」作「便」。北京大學本、吴國欽本、王學奇本、王季思本「辰」改作「晨」。按，辰，通「晨」。參見《調風月》第二折校注〔三〕。

〔二〇〕伏　臧本作「復」。

〔二一〕（錢）　臧本作「（錢大尹云）」。

〔二二〕張　臧本作「張千」。

〔二三〕錢　臧本作「錢大尹」。

〔二四〕（張千）　臧本作「（張千云）」。

〔二五〕有請　臧本作「請進」。

〔二六〕（末見錢科）　臧本作「（柳見錢科，云）」。

〔二七〕喜得相公高遷　臧本作「小弟遊學到此，不意正值高遷」。

〔二八〕（錢）　臧本作「（錢大尹云）」。

〔二九〕顔範　本指儀表，這裏代指「你」。王實甫《西厢記》三本一折張珙書：「自別顔範，鴻稀鱗絶，悲愴不勝。」

〔三〇〕（末）　臧本作「（柳云）」。

〔三一〕（錢）　臧本作「（錢大尹云）」。

〔三二〕既如此　臧本作「雖然如此，許久不會，何妨片時」。

〔三三〕便卧番羊　臧本無。

〔二四〕就訟廳上管待學士　臧本「上」下有「看酒來」三字。吴國欽本「管」改作「款」。按，管待，款待。參見《單刀會》第四折校注〔六三〕。後同，不另出校。

〔二五〕（末）　臧本作「（柳云）」。

〔二六〕（錢）　臧本作「（錢大尹云）」。

〔二七〕文章淵藪　臧本無「淵藪」二字。王季思本據脈望館古名家本補。文章，才學。《後漢書·韓棱傳》：「肅宗嘗賜諸尚書劍，唯此三人特以寶劍。……（郅）壽明達有文章，故得漢文。」

〔二八〕學士　臧本無。

〔二九〕异日得志，再與賢弟作賀　臧本作「因此不好留得。賢弟，請滿飲一杯」。作賀，慶賀。顧曲齋本石君寶《曲江池》一折浄白：「俺今日成就了他兩口兒，改日將些酒禮與他作賀去。」

〔三〇〕（末）　臧本作「（柳云）」。

〔三一〕（錢）　臧本作「（錢大尹云）」。

〔三二〕你他日爲官，不在老夫之下　臧本作「只聽你他日得意，另當稱賀」。

〔三三〕恕不遠送　臧本上有「賢弟」二字，下有一「了」字。

〔三四〕老夫不回顧了　臧本無。回顧，回拜。顧，拜訪。《文選》卷三十七諸葛亮《出師表》：「先帝不以臣卑鄙，猥自枉屈，三顧臣於草廬之中。」

〔一三五〕（末）　臧本作「（柳云）」。

〔一三六〕（錢）賢弟，穩登前路　臧本無。

〔一三七〕（末出見旦科）　臧本作「（出見旦科，云）」。

〔一三八〕都　臧本作「怎就」。

〔一三九〕（旦）　臧本作「（正旦云）」。

〔一四〇〕（末）　臧本作「（柳云）」。

〔一四一〕較別里　臧本「里」作「哩」。較，頗。《董解元西廂記》卷七【雙調】【文如錦】：「外貌即不中，骨氣較別；身分即村，衣服兒忒捻。」

〔一四二〕（末）　臧本作「（做見張千科，云）」。

〔一四三〕（張千）　臧本作「（張千云）」。

〔一四四〕了　臧本無。

〔一四五〕（末）　臧本作「（柳云）」。

〔一四六〕報　臧本下有「科」。

〔一四七〕（錢）　臧本作「（錢大尹云）」。

〔一四八〕（張千）　臧本作「（張千云）」。

〔一四九〕（錢）臧本作「（錢大尹云）」。

〔一五〇〕（末）臧本作「（柳云）」。

〔一五一〕（錢）臧本作「（錢云）」。

〔一五二〕（末）臧本作「（柳云）」。

〔一五三〕末　臧本作「柳」。

〔一五四〕者卿　臧本無。

〔一五五〕（旦）臧本作「（正旦云）」。

〔一五六〕意　臧本下有一「思」字。

〔一五七〕（末）臧本作「（柳云）」。

〔一五八〕（旦）臧本作「（正旦唱）」。

〔一五九〕因而　臧本同。盧冀野本、吴國欽本「而」字斷屬下句。誤。按，「而」字韵。因而，輕忽。參看《詩詞曲語辭匯釋》卷五「因而」。

〔一六〇〕你　臧本作「爾」。

〔一六一〕台頦　臧本「台」作「擡」。台，「擡」字的省寫。擡頦，昂首。這裏形容傲慢。亦作「台孩」。王實甫《芙蓉亭》殘折【村裏迓古】：「你這般假古㗰身子妝些台孩，可知道死了杜甫，亡了韓愈，淹殺李白，你可甚賢賢易色！」

〔一六二〕微分　偶爾。

〔一六三〕（末）　臧本作「（柳云）」。

〔一六四〕（旦）　臧本作「（正旦云）」。

〔一六五〕（末）　臧本作「（柳云）」。

〔一六六〕里　臧本作「哩」。

〔一六七〕（錢）　臧本作「（錢大尹云）」。

〔一六八〕峨冠士大夫　「峨冠」原作「吾官」，今參臧本改。臧本作「峨冠博帶一個名士大夫」。

〔一六九〕（張千）　臧本作「（張千云）」。

〔一七〇〕爹　臧本作「爺」。

〔一七一〕就是早辰參官的謝氏　臧本「辰」作「晨」，「氏」作「天香」。

〔一七二〕（錢）　臧本作「（錢大尹云）」。

〔一七三〕賢弟　臧本作「耆卿」。

〔一七四〕（末）　臧本作「（柳做見張千科，云）」。

〔一七五〕説話　臧本同。中華書局本誤倒作「話説」。按，説話，話。參見《蝴蝶夢》第三折校注〔八四〕。

〔一七六〕（張千）　臧本作「（張千云）」。

〔一七七〕了　臧本無。

〔一七八〕（末）　臧本作「（柳云）」。

〔一七九〕報　臧本下有「科」。

〔一八〇〕（錢）　臧本作「（錢大尹云）」。

〔一八一〕末見　臧本作「柳進見」。

〔一八二〕（錢）　臧本作「（錢大尹云）」。

〔一八三〕（末）　臧本作「（柳云）」。

〔一八四〕（錢）　臧本作「（錢大尹云）」。

〔一八五〕末　臧本作「柳」。

〔一八六〕甚麽　臧本無。

〔一八七〕（旦）　臧本作「（正旦唱）」。

〔一八八〕詩　臧本作「文」。

〔一八九〕裁思　考慮。亦作「才思」。本折下文【醉扶歸】：「你陡恁的無才思，有甚省不的兩椿兒？」

〔一九〇〕他道「敬重看待」　臧本下有「自有」二字。

〔一九一〕看你那鈞鰲八韵賦　臧本「看」下有「則看」二字。八韵賦，唐宋時科舉考試採用的一種律賦。由考官命題，出八個韵字，規定八類韵脚，故又名「八韵律賦」。

〔一九二〕待你那折桂五言詩　臧本「待」下有「則待」二字。折桂，科舉及第。參見《蝴蝶夢》第一折校注〔四二〕。

〔一九三〕敬　臧本下有「則敬」二字。

〔一九四〕重　臧本下有「則重」二字。

〔一九五〕（末）　臧本作「（柳云）」。

〔一九六〕好多計較　臧本作「也忒心多」。

〔一九七〕不放心　臧本作「放不下」。

〔一九八〕（旦）　臧本作「（正旦云）」。

〔一九九〕（末）　臧本作「（柳云）」。

〔二〇〇〕里　臧本作「哩」。

〔二〇一〕見張千　臧本下有「科」。

〔二〇二〕（張千）　臧本作「（張千云）」。

〔二〇三〕里　臧本作「哩」。

〔二〇四〕好　臧本作「中」。

〔二〇五〕（末）　臧本作「（柳云）」。

〔二〇六〕報　臧本下有「科」。

〔二〇七〕（錢）　臧本作「（錢大尹云）」。

〔二〇八〕（錢）　臧本作「（錢大尹云）」。

〔二〇九〕（末）　臧本作「（柳云）」。

〔二一〇〕錢怒　臧本作「錢大尹做怒科」。

〔二一一〕種　原字偏旁不清，趙琦美描改。

〔二一二〕（末）　臧本作「（柳云）」。

〔二一三〕末　臧本無。

〔二一四〕（旦）　臧本作「（正旦云）」。

〔二一五〕（末）　臧本作「（柳云）」。

〔二一六〕種　原字偏旁不清，趙琦美描改。

〔二一七〕（旦）　臧本作「（正旦唱）」。

〔二一八〕陡　竟。《董解元西厢記》卷八【黄鍾宫】【第七】：「陡恁地不調貼，把恩不顧，信無徒漢子他方説，便把美滿夫妻，恩情都斷絶。」

〔三九〕你道是相公不是漫詞　臧本「你道是」作「我道這」。漫詞，隨意説的話。漫，隨意。《列子·黄帝》：「遂與商丘開俱乘高臺，於衆中漫言曰：『有能自投下者，賞百金。』衆皆競應。」

〔三〇〕（末）　臧本作「（柳云）」。

〔三一〕我再過去　臧本作「待我再去與他説過」。

〔三二〕（旦）　臧本作「（正旦云）」。

〔三三〕（末）　臧本作「（柳云）」。

〔三四〕里　臧本作「哩」。

〔三五〕末　臧本無。

〔三六〕（張）　臧本作「（張千云）」。

〔三七〕我不敢去　臧本作「那裏有個見不了的？我不敢報」。

〔三八〕（末）　臧本作「（柳云）」。

〔三九〕不妨事　臧本作「我自過去」。

〔四〇〕（錢）　臧本作「（錢大尹云）」。

〔四一〕（張）　臧本作「（張千云）」。

〔三三〕（錢）　臧本作「（錢大尹云）」。

〔三三〕一壁　一邊。《朱子語類》卷一百一十四：「見比浙間朋友，或自謂能通《左傳》，或自謂能通《史記》，將孔子置在一壁，却將左氏、司馬遷駁雜之文，鑽研推尊。」

〔三四〕（末）　臧本作「（柳云）」。

〔三五〕末　臧本作「進」。

〔三六〕錢　臧本作「錢大尹」。

〔三七〕主忠信　臧本無。

〔三八〕何輕薄至此　臧本上有一「你」字。

〔三九〕謝　臧本作「楚」。

〔四〇〕教坊司　政府專管伎樂的機構。唐武德後在禁中設内教坊，其官隸屬太常。宋元亦有教坊。明代教坊司隸屬禮部。脈望館古名家本白仁甫《秋夜梧桐雨》二折【快活三】：「囑付你仙音院莫怠慢，道與你教坊司要迭辦，把個太真妃扶在翠盤間，快結束宜宮扮。」

〔四一〕聖　臧本作「古」。

〔四二〕正　真。《太平廣記》卷三百四十二引《乾𦠆子》：「柳生……又悦輕紅。輕紅大怒曰：『君性正粗！奈何小娘子如此待於君，某一微賤，便忘前好。』」

〔二四三〕「姦聲亂色，不留聰明」「姦」原作「奸」，從臧本改。「姦聲」云云，語出《禮記・樂記》。孔穎達疏：「姦聲，謂姦邪之聲。」「姦聲亂色，不留聰明者，謂不使姦聲亂色留停於耳目，令耳目不聰明也。」

〔二四四〕五色 《禮記・禮運》孔穎達疏：「五色謂青赤黃白黑，據五方也。」

〔二四五〕五音 五聲音階中的五個音級，即宮、商、角、徵、羽。

〔二四六〕士 臧本作「大丈夫」。

〔二四七〕大丈夫得志與民同之，不得志獨行其道 臧本無。王季思本校記「同」誤作「間」。

〔二四八〕略 全。《世説新語・任誕》：「宣武欲求救於躭。躭時居艱，恐致疑，試以告焉，應聲便許，略無嫌吝。」

〔二四九〕止 臧本同。北京大學本、吴國欽本、王學奇本改作「只」。按，止，只。參見《調風月》第一折校注〔二七〕。

〔二五〇〕比及 猶與其。參看《詩詞曲語辭匯釋》卷二「比及（五）」。

〔二五一〕且 猶還。《杜工部集》卷十五《咏懷古迹》之一：「羯胡事主終無賴，詞客哀時且未還。」

〔二五二〕王元之 王禹偁（九五四——一〇〇一），字元之。北宋文學家，巨野人。太宗時進士，以剛直敢言著稱。著有《小畜集》。

〔二五三〕見　臧本同。王季思本改作「現」。按，見，即「現」。參見《單刀會》第一折校注〔二〕。

〔二五四〕耻　臧本上有一「自」字。

〔二五五〕則你那渾身多錦綉　臧本上有「（詩云）」。

〔二五六〕耳語　臧本作「做耳喑」。

〔二五七〕（張千）　臧本作「（張千云）」。

〔二五八〕（錢）　臧本作「（錢大尹云）」。

〔二五九〕將馬來　臧本作「擊退堂鼓」。

〔二六〇〕末　臧本作「柳」。

〔二六一〕旦　臧本作「正旦」。

〔二六二〕（末）　臧本作「（柳云）」。

〔二六三〕大尹　臧本作「可道」。

〔二六四〕喒軸頭兒厮抹着　「軸」原誤作「抽」，今參臧本改。軸頭兒厮抹着，相遇。軸頭兒，車輪的軸。抹，擦。脈望館鈔本張國賓《汗衫記》一折趙興孫白：「我有恩的是俺姑夫姑姑哥哥嫂嫂，有讎的是陳虎那厮。……陳虎唻，喒兩個則休要軸頭兒厮抹着！」臧本作「你長保着做大尹，休和喒軸頭兒厮抹着」。北京大學本、吴國欽本、王學奇本、王季思本「喒」改作「咱」。按，喒，我。參見《哭存孝》頭折校注〔二五四〕。後同，不另出校。

〔二六五〕我今便索長行　臧本下有二「也」字。

〔二六六〕（旦）　臧本作「（正旦云）」。

〔二六七〕酒務兒　酒店。王栐《燕翼詒謀録》：「余曩仕山陽，中元下元酒務張燈賣酒，豈北方遺俗猶有存者耶？」

〔二六八〕（末）　臧本作「（柳云）」。

〔二六九〕起動　麻煩。《董解元西廂記》卷五【仙吕調】【綉帶兒】：「適來相見，不得着言相諷，今夜勞合（台）重。你也有投奔人時，姐姐煞起動。」

〔二七〇〕大　原作「小」，從趙琦美校改。臧本作「大」。

〔二七一〕慘緑愁紅　觸景生愁。慘，愁。《詩·陳風·月出》：「月出照兮，佼人燎兮，舒夭紹兮，勞心慘兮。」陸德明釋文：「慘，七感反，憂也。」

〔二七二〕可可　不經心。《全唐詩》卷八九四前蜀薛昭藴《浣溪沙》：「瞥地見時猶可可，却來閑處暗思量，如今情事隔仙鄉。」

〔二七三〕暖酥消　肌膚消瘦。暖，形容柔軟。《集韻》平聲元韵：「暖，柔皃」；許元切。酥，形容柔而滑膩。《中興以來絶妙詞選》卷二陸務觀《釵頭鳳·閨詞》：「紅酥手，黄縢酒，滿城春色宮墻柳。」

〔二三四〕膩　滑澤。《文選》卷三十三宋玉《招魂》：「靡顔膩理，遺視矊些。」王逸注：「靡，緻也。膩，滑也。」

〔二三五〕厭厭　臧本作「懨懨」。厭厭，懶倦的樣子。《太平樂府》卷七李致遠套數【雙調】新水令「離别」：「黯黯愁成陣，厭厭日勝年。」

〔二三六〕柰　臧本作「奈」。

〔二三七〕恁麽　這麽。蘇軾《東坡志林》卷一《論修養帖寄子由》：「猫兒狗兒，得飽熟睡，腹摇鼻息，與土木同，當恁麽時，可謂無一毫思念，豈謂猫狗已入佛地？」

〔二三八〕向鷄窗收拾鑾箋象管　鷄窗，書房。《藝文類聚》卷九一引劉義慶《幽明録》：「晋兖州刺史沛國宋處宗嘗買得一長鳴鷄，愛養甚至，恒籠著窗間。鷄遂作人語，與處宗談論，極有言智，終日不輟。處宗因此言巧大進。」後以「鷄窗」代指書房。《全唐詩》卷六六二羅隱《題袁溪張逸人所居》：「鷄窗夜静開書卷，魚檻春深展釣絲。」鑾箋，本指蜀地産的一種紙。象管，象牙管的筆。這裏泛指名貴的紙筆。同上卷六五六羅隱《清溪江令公宅》：「鑾箋象管夜深時，曾賦陳宫第一詩。」

〔二三九〕鎮日相隨莫拋躲　鎮日，整天。《中興以來絶妙詞選》卷八盧申之《倦尋芳·春思》：「鴻羽難憑芳信短，長安猶近歸期遠。倚危樓，但鎮日，綉簾高捲。」抛躲，抛棄。趙萬里輯《漱玉詞》附録二向鎬《如夢令》：「誰伴明窗獨坐？我共影兒兩個。燈盡欲眠時，影也把人抛躲。」

〔二八〇〕少年　臧本同。吴國欽本、王季思本「據柳永原詞及本劇第二折」改作「年少」。

〔二八一〕（旦）　臧本作「（正旦云）」。

〔二八二〕（末）　臧本作「（柳云）」。

〔二八三〕（旦）　臧本作「（正旦唱）」。

〔二八四〕祗候　伺候。《張協狀元》戲文第二十七出：「我與勝花小娘子登百尺綵樓，你祗候狀元來，教相公親遞絲鞭多少好。」

〔二八五〕無銓次　「銓」應作「詮」。詮次，次第。鍾嶸《詩品》卷中：「一品之中，略以世代爲先後，不以優劣爲詮次。」無詮次，頻繁無定。

〔二八六〕無倒斷　無休止。景方諸生本王實甫《西厢記》四本一折【端正好】：「因姐姐玉精神，花模樣，無倒斷曉夜思量。」王伯良云：「無倒斷，無休歇之謂。」

〔二八七〕禮數　禮節。《宣和遺事》利集：「童貫至太原，遣保州路廉訪使者馬擴奉使粘罕軍前。粘罕嚴兵待之，令馬擴用庭參禮數參拜，粘罕踞坐以受其拜。」

〔二八八〕我直到揭席時來到家時　臧本同。吴國欽本謂第一個「時」字重，删。按，時，猶後。《張協狀元》戲文第二十出：「去時奴又長思憶。」揭席，撤席。脈望館古名家本王實甫《麗春堂》二折【迎仙客】：「怎當他教（酬）錯（酢）處兩三巡，揭席時五六杯，醉的我將宮錦袍淋漓。」

〔二九〕我又索趲些工夫憶念你　臧本「趲」下有一「下」字，「你」作「爾」。吳國欽本「爾」改作「你」。趲，借作「攢」。積聚。《朱子語類》卷七十一：「上面趲得一分，下面便生一分。」

〔三〇〕唱　臧本無。

第二折

（錢大尹上〔一〕）事有足濯，物有故然〔二〕。老夫錢大尹是也〔三〕。我〔四〕昨日使張千幹事，這早晚不見來回話。左右，門首覷着〔五〕，來時報伏〔六〕我知道。（張千上〔七〕）自家張千是也。奉俺老爹〔八〕命着幹事回來，如今見老爹〔九〕去咱。（見科）（錢）〔一〇〕張千，你幹〔一一〕的事如何？（張千）〔一二〕奉老爹〔一三〕的命，使我跟他兩個到一個小酒務兒裏餞別。柳耆卿臨行做了一首詞，詞寄〔定風波〕，小人就記將來了。（錢）〔一四〕你記的了？（張千）〔一五〕小人記的顛倒爛熟。（錢）〔一六〕你念。（張千念云）「自春來慘緑愁紅，芳心事事……」（張〔一七〕不語科）（錢）〔一八〕怎的？（張）〔一九〕老爹〔二〇〕，孩兒忘了也！（錢）〔二一〕却不道記的顛倒爛熟的那〔二二〕？（張千）〔二三〕孩兒見了老爹〔二四〕懼怕，忘了也。（錢）〔二五〕有抄本麽？（張千）〔二六〕有抄本。（錢）〔二七〕將來我看。（張千）〔二八〕早是我抄得來了。（做遞科）（錢接念科）〔二九〕「自春來慘緑愁紅，芳心事事可可。日上花稍〔三〇〕，鶯喧柳帶，猶壓香衾卧。暖酥消，膩雲髻，終日厭厭〔三一〕倦梳裹。無柰〔三二〕，想薄情一去，音書無個！早知恁麽，悔當初不把雕鞍鎖。向鷄窗收拾蠻箋象管，拘束教吟和。鎮日相隨莫抛躲，針線拈來共伊坐，和我，免使年少〔三三〕光陰虛過。」嗨，耆卿，你好高才也！似你這等才學，在那五言詩、八韻賦、萬言策〔三四〕上留心，有甚麼都堂不做那？我試再看：「自春來慘緑愁紅，芳心事事可可」，耆卿怪了老夫去了也！老夫姓錢，名可，字可道，這詞上説「可可」二字，明明是譏諷老夫。恰纔張千説記的顛倒爛熟，他念到「事事」，將「可可」二字則推忘了；他若念出「可可」二字來，便是誤犯俺大官諱字，我扣廳責他四十〔三五〕，這厮是到聰明着里〔三六〕！（張千）〔三七〕也頗頗〔三八〕的。（錢）〔三九〕你看這厮波！哦，可也容易〔四〇〕，我如今喚將謝天香來，着他唱〔四一〕「自春來慘緑愁紅，芳心事事可可」，若唱出「可可」二字來呵，便是誤犯俺這大官諱字，我扣廳責他四十；我若打了謝氏呵，便是典刑〔四二〕過罪人也，使耆卿再不好往他家去。耆卿也，俺爲朋友也只〔四三〕如此用心！我今升罷早衙，在這後堂閑坐。張千，與我題名喚將謝天香來〔四四〕。（張千）〔四五〕理會的。（做喚科）〔四六〕謝天香在家麽？（正旦上〔四七〕）是誰叫門里〔四八〕？（做見張科〔四九〕）原來是張千哥哥。叫我做甚麽？（張千）〔五〇〕謝大姐，老爹題名兒叫你官身里〔五一〕。（旦）〔五二〕

【南吕一枝花】往常時喚官身臉兒上忻〔五三〕，今日個叫祗候喉嚨裏〔五四〕響。原來是你這狠首領，我則道是那個面前桑〔五五〕。恰纔陪着笑臉兒應昂〔五六〕，怎覷我這查梨〔五七〕相，只因他忒過當。據妾身貌陋殘妝，誰教他大尹行將咱過獎？

【梁州】〔五八〕又不是謝天香其中關節，這的是〔五九〕柳耆卿酒後疏狂。這爹爹〔六〇〕記恨無輕放，怎當那横枝羅惹不許隄防〔六一〕！想着俺用時不當，不作周方〔六二〕，兀的喚是〔六三〕麽牽腸？想俺那去了的才郎，休、休〔六四〕，執迷心不許商量；他、他〔六五〕，本意待做些主張，嗨、嗨〔六六〕，誰承望惹下風霜〔六七〕！因他會上過當〔六八〕。這爹爹〔六九〕行思坐想，則做〔七〇〕頭廳相。背地裏鎖着眉罵張敞〔七一〕，豈知他殢雨尤雲〔七二〕俏智量，則理會得燮理陰陽〔七三〕？

（張千）〔七四〕大姐，你且休過去，等我遮着你是〔七五〕看咱。（旦〔七六〕看科，云）這爹爹好冷臉子也〔七七〕！

【隔尾】我見他嚴容端坐挨着羅幌，可甚麽〔七八〕和氣春風滿畫堂？我最愁是劈先裏〔七九〕遞一聲唱，這裏但有個女娘、坐場〔八〇〕，我可敢烘散我的家私做得賞〔八一〕。

（張千）〔八二〕大姐，你過去把體面〔八三〕者。（旦見科）〔八四〕（張千）〔八五〕上廳行首謝天香謹參。參畢無事〔八六〕。（旦行科）〔八七〕（錢）〔八八〕那裏去〔八九〕？則你是柳耆卿心上的謝天香〔九〇〕？（旦）〔九一〕

【賀新郎】呀，當日〔九二〕東坡一曲〔滿庭芳〕，則道一個香靄雕盤，可又早〔九三〕禍從天降！當時嘲撥〔九四〕無攔當，乞相公寬洪海量，大人那〔九五〕仔細參詳。（錢）〔九六〕怎麽在我行搭〔九七〕關節那？（旦）〔九八〕小人〔九九〕關節煞，遮莫怎生勾除籍不做娼〔一〇〇〕，弃賤便〔一〇一〕爲良？他則是一時間帶酒閑支謊〔一〇二〕，量妾身則是〔一〇三〕開封府階下承應輩，怎做的柳耆卿心上謝天香？

（錢）〔一〇四〕張千，將酒來，我吃一杯，教謝天香唱一曲調咱。（旦）〔一〇五〕告宮調〔一〇六〕。（錢）〔一〇七〕商角調。（旦）〔一〇八〕告曲子〔一〇九〕名。（錢）〔一一〇〕〔定風波〕。（旦〔一一一〕唱）自春來慘緑愁紅，芳心事事……（張咳嗽科）（旦〔一一二〕改云）已已。（錢）〔一一三〕聰明强毅謂之才，正直中和謂之性。老夫着他唱「自春來慘緑愁紅，芳心事事可可」，他若唱出「可可」二字來，便是誤犯俺大官諱字，我扣廳責他四十；聽的張千咳嗽了一聲，他把「可可」二字改爲「已已」。哦，這「可」字是歌戈〔一一四〕韵，「已」字是齊微韵；兀那謝天香，我跟前有古本〔一一五〕，你若是失了韵脚、差了平仄、亂了宮商，扣廳責你四十。則依着齊微韻唱，唱的差了呵，張千，準備下棒子〔一一六〕者！（旦〔一一七〕唱云）自春來慘緑愁紅，芳心事事已已。日上花梢，鶯喧柳帶，猶壓綉衾睡〔一一八〕。暖酥消，膩雲髻，終日厭厭倦梳洗。無柰〔一一九〕，薄情一去〔一二〇〕，音書無寄！早知恁的，悔當初不把雕鞍繫。向鷄窗收拾蠻箋象管，拘束教吟味。鎮日相隨莫拋弃，針線拈來共伊對，和你，免使少年〔一二一〕光陰虛費。（錢）〔一二二〕嗨，可知柳耆卿愛他里〔一二三〕！老夫見了呵，不由的也動情。張千，你近前來，你做個落花的媒人，我好生賞你。你對謝天香說，大〔一二四〕夫人不與你，與我做個小夫人咱〔一二五〕；則今日樂籍〔一二六〕裏除了名字，與他包髻、團衫、紬〔一二七〕手巾。張千，你與他說。（張千見旦〔一二八〕，云）大姐，老爹說大夫人不許你〔一二九〕，着你做個小夫人，樂案裏除了名字，與你包髻、團衫、紬〔一三〇〕手巾，你意下如何？（旦）〔一三一〕

【牧羊關】相公名譽傳天下，妾身樂籍在教坊，量妾身則是個妓女排場〔一三二〕。相公是當代名儒，妾身則好去待賓客供些優唱〔一三三〕。妾身是臨路金絲柳，相公是架海紫金梁；想你〔一三四〕意錯見心錯愛，怎做的門廝敵户廝當？

（錢）〔一三五〕張千，着天香去〔一三六〕我宅中去。（旦）〔一三七〕杭州柳永早則絶念也〔一三八〕！

【二煞】則恁這秀才每活計似魚番浪〔一三九〕，大人家前程似狗探〔一四〇〕湯。則俺這侍妾每近幃房，止不過供手巾到他行〔一四一〕，能勾見些模樣。着護衣〔一四二〕須是相親傍，止不過梳頭處俺胸前靠着脊梁，幾時得兒女成雙？

止望嫁杭州柳永做個自在人〔一四三〕，

【尾聲】〔一四四〕罷、罷〔一四五〕！　我正是閃〔一四六〕了他悶棍着他棒，我正是出了筭籃〔一四七〕入了筐。實〔一四八〕着咱在羅網，休摘離〔一四九〕，休指望，便似一百尺的石門教我怎生撞？　便使盡些伎倆，干〔一五〇〕愁斷我肚腸，覓不的個脱殻金蟬這一個謊！（下）

（錢）〔一五一〕張千送將去了也那。改日重重賞你。左右，牽馬來，回私宅去來〔一五二〕。（下）

校　注

〔一〕錢大尹上　臧本下有「云」。

〔二〕事有足濯，物有故然　「濯」原誤作「擢」，今改。參見《哭存孝》第二折校注〔九二〕。臧本作「事不關心，關心者亂」。

〔三〕是也　臧本無。

〔四〕我　臧本無。

〔五〕着　臧本同。王學奇本改作「者」。按，着，與「者」同，表命令語氣。參見《哭存孝》第二折校注〔七八〕。

〔六〕伏　臧本作「復」。

〔七〕張千上　臧本下有「云」。

〔八〕爹　臧本作「爺」。
〔九〕爹　臧本作「爺」。
〔一〇〕（錢）　臧本作「（錢大尹云）」。
〔一一〕你幹　臧本作「我分付你」。
〔一二〕（張千）　臧本作「（張千云）」。
〔一三〕爹　臧本作「爺」。
〔一四〕（錢）　臧本作「（錢大尹云）」。
〔一五〕（張千）　臧本作「（張千云）」。
〔一六〕（錢）　臧本作「（錢大尹云）」。
〔一七〕張　吴曉鈴本改作「做」。臧本作「做」。
〔一八〕（錢）　臧本作「（錢大尹云）」。
〔一九〕（張）　臧本作「（張千云）」。
〔二〇〕爹　臧本作「爺」。
〔二一〕（錢）　臧本作「（錢大尹云）」。
〔二二〕却不道記的顛倒爛熟的那　臧本無第二個「的」字。却不道，不是（曾）説。參看《詩詞曲語辭匯釋》卷四「可不道」。

〔二三〕（張千） 藏本作「（張千云）」。

〔二四〕爹 藏本作「爺」。

〔二五〕（錢） 藏本作「（錢大尹云）」。

〔二六〕（張千） 藏本作「（張千云）」。

〔二七〕（錢） 藏本作「（錢大尹云）」。

〔二八〕（張千） 藏本作「（張千云）」。

〔二九〕錢接念科 藏本下有「云」。

〔三〇〕稍 吴曉鈴本改作「梢」。按，稍，通「梢」。參見《哭存孝》第四折校注〔五六〕。藏本作「梢」。

〔三一〕厭厭 藏本作「懨懨」。

〔三二〕柰 藏本作「奈」。

〔三三〕年少 藏本同。北京大學本、王學奇本改作「少年」。

〔三四〕萬言策 篇幅很長的策論文。策，策問，漢代以後朝廷舉行選拔人才的考試時事先寫在簡策或書面上的問題。也泛指應試者對策問的答文。

〔三五〕扣廳責他四十 扣廳，當堂。闕名氏《藍采和》二折孤白：「不遵官府，失悞官身，拿下去，扣廳打四十。」責，責打。《新五代史·梁家人傳》：「（劉）崇患太祖慵墮不作業，數加笞責。」

〔三六〕這廝是到聰明着里　臧本無「是」字，「到」作「倒」，「里」作「哩」。

〔三七〕（張千）　臧本作「（張千云）」。

〔三八〕頗頗　略略。臧本石君寶《曲江池》楔子鄭府尹白：「所生一子，叫做鄭元和，今年二十一歲了。從幼兒教他讀書，頗頗有些學問。」參見《竇娥冤》第一齣校注〔七〕。

〔三九〕（錢）　臧本作「（錢大尹云）」。

〔四〇〕你看這廝波！哦，可也容易　臧本無。

〔四一〕着他唱　臧本下有「這〔定風波〕詞」。

〔四二〕典刑　依法處刑。

〔四三〕也只　臧本作「直」。

〔四四〕與我題名喚將謝天香來　臧本下有一「者」字。題名，提名，指名。《太和正音譜》卷下「樂府」【仙吕】引無名氏小令【三番玉樓人】：「風擺檐間馬，雨打響碧窗紗，枕剩衾寒没亂煞，不着我題名兒駡。」

〔四五〕（張千）　臧本作「（張千云）」。

〔四六〕做喚科　臧本下有「云」。

〔四七〕正旦上　臧本下有「云」。

〔四八〕是誰叫門里　臧本「叫」作「喚」，「里」作「哩」。

〔四九〕做見張科　臧本下有「云」。

〔五〇〕（張千）　臧本作「（張千云）」。

〔五一〕老爹題名兒叫你官身里　臧本「爹」作「爺」，「里」作「哩」。

〔五二〕（旦）　臧本作「（正旦唱）」。

〔五三〕臉兒上忻　臧本作「可早眉黛舒」。

〔五四〕裏　臧本無。

〔五五〕桑　臧本同。吴國欽本改作「嗓」。似可從。《集韻》上聲蕩韵：「嗓，喉也」；寫朗切。這裏用作動詞，意猶嚷。

〔五六〕應昂　答應。元刊本鄭廷玉《看錢奴》三折【元和令】：「他叫爺爺我這裏便應昂，都做了浮生夢一場。」

〔五七〕查梨　形容卑諂。叫賣查梨之人善花言巧語，或因以爲喻。

〔五八〕【梁州】　臧本作「【梁州第七】」。

〔五九〕是　原誤作「時」，今據臧本改。

〔六〇〕爹爹　臧本作「爺爺」。

〔六一〕怎當那横枝羅惹不許隄防　横枝，無端。王實甫《西厢記》二本一折【賺煞】：「諸僧衆各逃生，衆家眷誰偢問，這生不相識横枝兒着緊。」羅惹，牽連。臧本闕名氏《殺狗勸夫》三折【隔尾】：「我常時有命如無命，怎好又厮羅惹無情做有情？」不許，不容。《唐宋諸賢絶妙詞選》卷十李易安《念奴嬌·春情》：「被冷香銷新夢覺，不許愁人不起。」吴國欽本、王學奇本、王季思本「隄」改作「提」。參見《單刀會》第二折校注〔七四〕。

〔六二〕周方　周旋方便。景方諸生本王實甫《西厢記》一本二折【粉蝶兒】：「不做周方，埋怨殺你個法聰和尚！」王伯良云：「周方，即周旋方便之意。」

〔六三〕是　臧本同。北京大學本、吴國欽本改作「甚」，王學奇本改作「什」。按，「是」與「甚」同，音近假用。參看《詩詞曲語辭匯釋》卷二「是(三)」。

〔六四〕休、休　臧本作「休、休、休」。

〔六五〕他、他　臧本作「他、他、他」。

〔六六〕嗨、嗨　臧本作「嗨、嗨、嗨」。

〔六七〕風霜　喻灾禍。

〔六八〕因他會上過當　臧本無。

〔六九〕爹爹　臧本作「爺爺」。

〔七〇〕做　臧本作「待一步兒直到」。

〔七一〕張敞　字子高，漢河東平陽人。宣帝時曾任京兆尹。「又爲婦畫眉，長安中傳張京兆眉嫵」。《漢書》有傳。

〔七二〕殢雨尤雲　臧本「尤」作「殢」。殢雨尤雲，比喻男女之間纏綿歡愛。殢、尤，戀；雲雨，喻男女情事。《北宫詞紀》卷六湯式套數【南吕】一枝花「冬景題情」：「他有那錦心綉腹，我有那冰肌玉骨，但能够殢雨尤雲那些兒福。」參見《金線池》第二折校注〔二〕。

〔七三〕則理會得燮理陰陽　趙琦美上校增一「他」字。臧本「則」作「剛」。燮理陰陽，喻治理國家。燮理，調理；陰陽，天地四時。《書·周官》：「立太師、太傅、太保，兹惟三公，論道經邦，燮理陰陽。」孔傳：「佐王論道，以經緯國事，和理陰陽。」

〔七四〕（張千）　臧本作「（張千云）」。

〔七五〕是　趙琦美校改作「試」。臧本同。北京大學本、吴國欽本、王學奇本、王季思本改作「試」。按，是，用同「試」。參看《詩詞曲語辭匯釋》卷一「是（二）」。

〔七六〕旦　臧本作「正旦」。

〔七七〕這爹爹好冷臉子也　臧本下有「（唱）」，「爹爹」作「爺爺」。

〔七八〕可甚麼　哪裏有。元刊本岳伯川《鐵拐李》四折【醉春風】：「我入門來推我一個脚捎天，這婆娘好歹！歹！歹！　劈面抓撓，踴身推搶，可甚麼降階接待。」參看《詩詞曲語辭匯釋》卷一「可(一)」。

〔七九〕劈先裏　開頭兒。亦作「匹先裏」。《梨園樂府》卷下闕名氏小令【越調】柳營曲：「犯由牌寫得精細，匹先裏拿下王魁。」

〔八〇〕坐場　演出。亦作「做場」、「作場」。周密《武林舊事》卷六「瓦子勾欄」：「外又有勾欄甚多……或有路歧不入勾欄者，只在耍鬧寬闊之處做場者，謂之『打野呵』，此又藝之次者。」灌圃耐得翁《都城紀勝·市井》：「此外如執政府墻下空地，諸色路歧人，在此作場，尤爲駢闐。」

〔八一〕我可敢烘散我的家私做得賞　臧本無第一個「我」字，無「的」字，「得」作「的」。烘散，散。

〔八二〕(張千)　臧本作「(張千云)」。

〔八三〕把體面　行禮。脈望館鈔本高文秀《遇上皇》四折楚昭輔白：「相公，主人有宣，把體面者。」

〔八四〕(旦見科)　臧本作「(正旦見科，云)」。

〔八五〕(張千)　臧本無。

〔八六〕參畢無事　臧本無。

〔八七〕(旦行科)　臧本無。

〔八八〕（錢）　臧本作「（錢大尹云）」。

〔八九〕那裏去　臧本無。

〔九〇〕則你是柳耆卿心上的謝天香　臧本下有一「麽」字。

〔九一〕（旦）　臧本作「（正旦唱）」。

〔九二〕當日　臧本作「想」。

〔九三〕可又早　却。亦作「可早」。參見《金線池》第一折校注〔三五〕。

〔九四〕嘲撥　調笑。

〔九五〕大人那　臧本作「怎不的」。王學奇本據脈望館古名家本改。

〔九六〕（錢）　臧本作「（錢大尹云）」。

〔九七〕搭　臧本作「打」。

〔九八〕（旦）　臧本作「（正旦唱）」。

〔九九〕小人　臧本下有一「便」字。

〔一〇〇〕遮莫怎生勾除籍不做娼　吴曉鈴本及北京大學本校勘記「遮莫」斷屬上句。誤。按，遮莫，這麽。遮，這。王定保《唐摭言》卷五：「拊掌大笑曰：『遮阿師更不要見。』」臧本無「遮莫」。王季思本「不做娼」斷屬下句。誤。

勾，能。臧本闕名氏《百花亭》三折【商調集賢賓】：「似恁的名標鶯燕集，幾時勾身到鳳凰池？」

〔一〇二〕便　臧本作「得」。

〔一〇二〕支謊　説謊。

〔一〇三〕則是　臧本作「本」。

〔一〇四〕（錢）　臧本作「（錢大尹云）」。

〔一〇五〕（旦）　臧本作「（正旦云）」。

〔一〇六〕宫調　古樂曲的調式。七聲（宫、商、角、變徵、徵、羽、變宫）中任何一聲爲主均可構成一種調式。以宫爲主的調式稱宫，以其他各聲爲主的稱調，統稱宫調。歌唱或填詞，均按各宫調的要求去作。隋唐燕樂有二十八宫調。南宋詞曲音樂用七宫十二調。元代北曲用十二宫調。

〔一〇七〕（錢）　臧本作「（錢大尹云）」。

〔一〇八〕（旦）　臧本作「（正旦云）」。

〔一〇九〕曲子　下原衍一「子」字，今删。吴曉鈴本校勘記亦謂此「子」字「疑衍」。

〔一一〇〕（錢）　臧本作「（錢大尹云）」。

〔一一一〕旦　臧本作「正旦」。

〔一二〕旦　臧本作「正旦」。

〔一三〕（錢）　臧本作「（錢大尹云）」。

〔一四〕戈　原作「後」，趙琦美校改作「過」，今據臧本及周德清《中原音韻》韵目改。

〔一五〕古本　舊本，原本。《梁書·劉之遴傳》：「古本《漢書》稱『永平十六年五月二十一日己酉，郎班固上』，而今本無上書年月日字。」

〔一六〕棒子　臧本上有一「大」字。

〔一七〕旦　臧本作「正旦」。

〔一八〕睡　趙琦美校改作「寢」。

〔一九〕柰　趙琦美校改作「意」。吴曉鈴本改作「奈」。按，柰，同「奈」。參見《調風月》第一折校注〔九六〕。後同，不另出校。臧本作「奈」。

〔二〇〕薄情一去　王季思本「據第一折及柳永原詞」上補一「想」字。

〔二一〕少年　王季思本乙改作「年少」。

〔二二〕（錢）　臧本作「（錢大尹云）」。

〔二三〕里　臧本作「哩」。

〔二四〕大　原作「太」，從趙琦美校改。臧本作「大」。

〔二五〕與我做個小夫人咱　臧本「我」作「你」。中華書局本「咱」字斷屬下句。按，咱，語助詞，猶吧。參見《調風月》第二折校注〔二五〕。

〔二六〕樂籍　樂户的名籍。《全唐詩》卷五二〇杜牧《張好好詩·序》：「好好年十三，始以善歌來樂籍中。後一歲，公移鎮宣城，復置好好於宣城籍中。」

〔二七〕紬　原作「油」，今改。臧本誤同。北京大學本改作「紬」。王學奇本校注亦謂應作「紬」。是。吴國欽本、王季思本改作「綉」。參見《調風月》第一折校注〔三〕。下同，不另出校。

〔二八〕旦　臧本作「正旦」。

〔二九〕老爹説大夫人不許你　「大」原作「太」，從趙琦美校改。臧本「爹」作「爺」，「太」作「大」。

〔三〇〕紬　原作「油」，今改。臧本誤同。北京大學本改作「紬」。

〔三一〕（旦）　臧本作「（正旦唱）」。

〔三二〕排場　身分。

〔三三〕優唱　藝人的歌唱。

〔三四〕想你　「想」原作「相」，今據臧本改。臧本「你」下有一「便」字。

〔三五〕（錢）　臧本作「（錢大尹云）」。

〔三六〕去　臧本作「到」。

〔三七〕（旦）　臧本作「（正旦云）」。

〔三八〕杭州柳永早則絶念也　臧本下有「（唱）」，「永」作「耆卿」。

〔三九〕則恁這秀才每活計似魚番浪　臧本「番」作「翻」。王季思本「恁」改作「您」。按，恁，你。參見《哭存孝》第四折校注〔六二〕。活計，事。闕名氏《飛刀對箭》一折【混江龍】：「我如今修不成活計，壘不就窩巢，每日家苦淹淹守定這座大黄莊，空着我便眼巴巴盼不到長安道。」

〔四〇〕探　原作「探」，從趙琦美校改。臧本作「探」。

〔四一〕止不過供手巾到他行　臧本同。吴國欽本「止」改作「只」。按，止，只。參見《調風月》第一折校注〔三七〕。後同，不另出校。盧冀野本「他」誤作「地」。

〔四二〕護衣　圍裙。闕名氏《劉弘嫁婢》二折卜兒白：「我梳洗處着他架手巾，筵席頭上繫護衣。」

〔四三〕止望嫁杭州柳永做個自在人　臧本上有「（云）」，下有「如今怎了也！（唱）」，「止」作「指」，「永」作「耆卿」。

〔四四〕【尾聲】　臧本作「【煞尾】」。

〔四五〕罷、罷　臧本作「罷、罷、罷」。

〔四六〕閃　躲。《董解元西厢記》卷五【中吕調】【千秋節】：「百般攔就十分閃。」

〔四七〕筝籃　臧本同。吴國欽本「筝」改作「孛」。按，筝，疑應是「箉」字。《集韻》平聲模韵：「箉，箉篚，小竹網」；蓬逋切。篰籃，竹籃。

〔四八〕實　臧本作「直」。實，猶真。《董解元西廂記》卷五【羽調】【混江龍】：「起來搔首，數竿紅日上簾櫳。猶疑慮，實曾相見？是夢裏相逢？」

〔四九〕摘離　離開。脈望館古名家本鄭德輝《倩女離魂》三折【上小樓幺】：「俺淘寫相思，叙問寒温，訴説真實，他緊摘離，我猛跳起，早難尋難覓。」

〔五〇〕干　臧本作「乾」。

〔五一〕（錢）　臧本作「（錢大尹云）」。

〔五二〕張千送將去了也那。改日重重賞你。左右，牽馬來，回私宅去來　臧本作「張千送謝天香到私宅中去了也。（詩云）我有心中事，未敢分明説；留待柳耆卿，他自解關節」。

第三折

（正旦上〔一〕）妾身謝天香。自從進到錢大尹相公宅内，又早三年光景，將我那歌妓之心消磨盡了也〔二〕！

【正宫端正好】往常我在風塵爲歌妓，止不過見了那幾個筵席，到家來須做個自由鬼；今日個打我在無底磨牢籠内！

【滚綉毬】到早起，過洗面水〔三〕，到晚來又索鋪床疊被，我伏〔四〕事的都入羅幃，我恰纔舒開蓋的〔五〕，似個〔六〕孤鬼，少不的躧跧〔七〕寢睡，整三年有名無實。本是個見交風月耆卿伴，教我做遥〔八〕受恩情大尹妻，誰敢道挂口兒呫題〔九〕？

（二貼旦扮姬妾上）〔一〇〕俺二人是錢大尹家侍妾，今日無甚事，去望姓謝的姐姐走一遭去。（見旦科，云）姐姐，俺二人竟〔一一〕來望姐姐。（旦）〔一二〕二位姐姐請坐。（二貼〔一三〕云）姐姐，你在宅中三年，相公曾親近你麽？（旦）〔一四〕説甚麽話〔一五〕！

【倘秀才】俺若是曾宿睡〔一六〕呵則除是天知地知，相公那鋪蓋兒知他是横的竪的！比我那初使喚，如今越更〔一七〕稀。想是我出身處本低微，則怕展污了相公貴體。

（二貼〔一八〕云）姐姐，雖然如此，你也自當親近些。（旦）〔一九〕

【滚綉毬】姐姐每，肯教誨〔二〇〕，怕不是好意？争柰我官人行怎敢失了尊卑〔二一〕？（二貼）〔二二〕姐姐，你又無甚麽過失。（旦）〔二三〕你道是無過失，學〔二四〕恁的，姐姐每會也那不會？我則是斟量着緊慢遲疾。强何郎〔二五〕旖旎煞難搽粉，狠張敞央及煞怎畫眉？要識個高低。

（二貼〔二六〕云）敢問姐姐，當日柳七官人《樂章集》，姐姐收的好麽？（旦）〔二七〕

【倘秀才】便休題花七柳七，若聽的〔二八〕這裏是那裏，相公那〔二九〕耳朵裏風聞那舊是非。休只管裏氣毬兒，這幾句兒，我也記的〔三〇〕。

（二貼）〔三一〕姐姐，可是那幾〔三二〕句兒？説一遍兒我聽咱。（旦）〔三三〕

【窮河西】姐姐每誰敢道袖褪《樂章集》，你則是斷送的我一身虧〔三四〕。怕待學大曲子我從頭兒唱與你，本記的人前會，挂口兒從今後再休題〔三五〕。

（二貼）〔三六〕喒去〔三七〕竹雲亭上賭戲咱。（旦）〔三八〕姐姐每，喒去波〔三九〕。

【滚綉毬】想前日，使〔四〇〕象棋，説下的則是個手帕兒賭戲，你將我那玉束納〔四一〕藤箱子便不放空回。近新來〔四二〕，下雨的，那一日你輸與我綉鞋兒一對，挂口兒再〔四三〕不曾題。那裏爲些些賭賽〔四四〕絶了交契，小小輸贏醜了面皮〔四五〕，道我不精細。

（二貼）〔四六〕姐姐，喒擲這色數兒〔四七〕。俺輸了也。姐姐，可該〔四八〕你擲。（旦拿色子科）〔四九〕

【倘秀才】幺四五骰〔五〇〕着個撮十，二三二趁着個夾〔五一〕七；一面打〔五二〕個色兒，猶然當一擲〔五三〕，幺二三來是鼠尾〔五四〕。賭錢的不伶俐〔五五〕，姐姐〔五六〕，你可便再擲。

（二貼）〔五七〕等我再擲。俺又輸了也。可該你擲。（旦）〔五八〕

【呆骨朵】我將這色數兒輕放在骰盆内，二三五又擲個烏十。不下錢贏輸〔五九〕我可便贏了你兩回。這上面分明見，色兒上〔六〇〕且休題。姐姐，我可便做樁兒三個五，你今日便着樁〔六一〕説甚的？

（錢大尹把拄杖暗上）（二貼下）〔六二〕（旦）〔六三〕

【倘秀才】不君子嘿休鬧起〔六四〕，我永世兒不和你廝極〔六五〕，塌〔六六〕着那臭屍骸，一壁穩坐的！（錢將拄杖放在旦右肩上科〔六七〕）（旦撥科）〔六八〕兀的不閑着您！（錢將拄杖放在旦左肩上科〔六九〕）（旦撥科)〔七〇〕臭驢蹄！(錢又將拄杖放在旦右肩上科〔七一〕)(旦拿住，回頭科)〔七二〕兀的是誰？

(錢)〔七三〕天香，你罵誰里〔七四〕？(旦慌跪科)〔七五〕

【醉太平】諕的我連忙的跪膝，不由我泪雨似扒推〔七六〕；可又早七留七力來到我跟底〔七七〕，不言語立地，我見他出留出律〔七八〕兩個都迴避。相公將必留不刺柱杖相調戲〔七九〕，我不該必丢不答〔八〇〕口内失尊卑，這的是天香犯罪。

(錢)〔八一〕天香，你怕麼？(旦)〔八二〕可知怕里〔八三〕。(錢)〔八四〕你要饒麼？(旦)〔八五〕可知要饒里〔八六〕。(錢)〔八七〕既然要饒，或詩或詞，作一首來我看，我便饒了你。(旦)〔八八〕請〔八九〕題目。(錢)〔九〇〕就把這骰盆中色數爲題〔九一〕。(旦)〔九二〕詩有了〔九三〕。一把低微骨，置君掌握中，料應嫌點涴〔九四〕，拋擲任東風！(錢〔九五〕笑科，云)聖人道：「在心爲志，發言爲詩。情動於中而形於言，言之不足故嗟嘆之，嗟嘆之不足故歌咏之。」這四句詩中意〔九六〕，道我娶他做小夫人，到我家中三年，也不偢〔九七〕不問。豈知我的意〔九八〕！天香，我也和了四句詩，我念你聽〔九九〕。爲伊通四六〔一〇〇〕，聊擎在手中；色緣有深意，誰謂馬牛風〔一〇一〕？天香，你在我家三年也，你心中休煩惱，我揀個吉日良辰，則在這兩日内立你做個小夫人，你心下如何？(旦)〔一〇二〕

【二煞】往常時不曾挂眼都無意，今日回心有甚遲？相公的言語，更怕不中，委付〔一〇三〕妾身，教我轉轉猜疑。相公又不是戲笑〔一〇四〕，又不是沉醉，又不是昏迷；待道是顛狂睡語〔一〇五〕，兀的不青天這〔一〇六〕白日！

相公莫不有謬語〔一〇七〕？(錢)〔一〇八〕我又不曾吃酒，豈有謬語？我只愛惜你那聰明才學，可憐你那煩惱哭〔一〇九〕

啼。（旦）〔一一〇〕

【一煞】相公，你一言既出如何諱〔一一一〕，駟馬奔馳不可追。妾身出入蘭堂，身居畫閣，行有香車，宿在羅幃。相公，整過了三年，可便調理〔一一二〕，無個消息，不想今朝相公錯愛我才藝〔一一三〕，可憐見我哭啼〔一一四〕。

（錢）〔一一五〕天香，後堂中换衣服去〔一一六〕。（旦）〔一一七〕

【尾聲】〔一一八〕則今番文傷傷的施才藝，休强從來撲簌簌没氣力〔一一九〕。相公這一句言語可立碑，我也不敢十分信的及〔一二〇〕。許來大官員，恁來大職位，發出言詞忒口疾。你不委心〔一二一〕爲自家没見識，又不是花街中柳陌裏，那一個徹梢虚霧塌〔一二二〕橋渾身我可也認的你！（下）

（錢）張千，揀個吉日良辰，立天香做小夫人。老夫且回後堂歇息去。（下）〔一二三〕

校注

〔一〕正旦上　臧本下有「云」。

〔二〕將我那歌妓之心消磨盡了也　臧本下有「（唱）」。

〔三〕過洗面水　臧本同。中華書局本「過」字斷屬上句。王學奇本校注謂「過」字「上邊疑脱一

「送」字」。按，過，送，遞。參見《調風月》第二折校注〔三〇〕。

〔四〕伏　臧本同。吴國欽本、王季思本改作「服」。按，伏，通「服」。參見《調風月》第一折校注〔一〇〕。

〔五〕我恰纔舒開蓋的　臧本「舒開蓋的」作「舒鋪蓋」。恰纔，才。李直夫《虎頭牌》三折【胡十八】：「他恰纔便六十，他比那伐紂的姜太公尚兀自還少他二十歲。」

〔六〕個　臧本無。

〔七〕蹭跧　臧本「蹭」作「蹨」。吴國欽本、王季思本改作「蹨」。蹭跧，踡曲。脈望館鈔本闕名氏《殺狗勸夫》二折【滚綉毬】：「兀的般滿身風雪你那蹭跧卧，可不道一部笙歌出入隨，底（抵）多少水盡也鵝飛。」

〔八〕遥　名義上。元制，官員年老不堪仕宦，於應得品級，遥授職事，令退休，故云。

〔九〕誰敢道挂口兒呫題　臧本作「端的誰知」。呫題，提，談起。臧本闕名氏《殺狗勸夫》第二折【要孩兒】：「這一個家緣兒都被你收拾，我挂口兒并不曾呫題。」脈望館鈔本「呫題」作「題」。題，提。

〔一〇〕（二貼旦扮姬妾上）　臧本作「（二旦扮姬妾上，云）」。貼旦，元劇角色名，扮演劇中次要的旦角。徐渭《南詞叙録》：「貼，旦之外貼一旦也。」王國維《古劇脚色考》：「按宋制，凡直館（史館）院（崇文院）則謂之館職，以他官兼者，謂之貼職（《宋史·職官志》）；又《武林舊事》（卷四）載乾淳教坊樂部，有衙前，有和顧，而和顧人如朱和、蔣寧、王原全下，皆注云次貼衙前。意當與貼職之貼同，即謂非衙前而充衙前也。然則曰冲，曰外，曰貼，均係一義，謂於正色之外，又加某色以充之也。」

〔一二〕竟　徑直。臧本楊顯之《瀟湘雨》四折張天覺白：「那厮敢這等無禮，待老夫寫表申朝，問他一個……大大的罪名，一面竟將他兩個押赴通衢，殺壞了者。」

〔一三〕（旦）　臧本作「（正旦云）」。

〔一三〕貼　臧本作「旦」。

〔一四〕（旦）　臧本作「（正旦唱）」。

〔一五〕説甚麽話　臧本無。

〔一六〕宿睡　睡。《元典章》刑部十一「强竊盜」：「賊人王留住所犯，於萬億綺源庫撥開敖門，於架子盜訖段子二匹。……本賊止於敖内宿睡，就盜所捉獲，盜物在手。」

〔一七〕越更　更，更加。施惠《幽閨記》三十二齣：「妹子，和你比先前又親，自今越更着疼熱。你休隨着我跟脚，久已後是我男兒那枝葉。」武漢方言猶説更加爲「越更」。參見《蝴蝶夢》第四折校注〔三五〕。

〔一八〕貼　臧本作「旦」。

〔一九〕（旦）　臧本作「（正旦唱）」。

〔二〇〕誨　此字原奪，據臧本補。

〔二一〕争柰我官人行怎敢失了尊卑　臧本「柰」作「奈」，「失了尊卑」作「便話不投機」。吴國欽本據脈望館古名家本改「便話不投機」作「失了尊卑」。王季思本改「話不投機」作「失了尊卑」。

〔二二〕（二貼）　臧本作「（二旦云）」。

〔二三〕（旦）　臧本作「（正旦唱）」。

〔二四〕學　説。參看《詩詞曲語辭匯釋》卷五「學」。

〔二五〕何郎　何晏，三國魏宛人。字平叔。《世説新語・容止》：「何平叔美姿儀，面至白。」《三國志・魏書・曹爽傳》注引《魏略》云，「晏性自喜，動静粉白不去手，行步顧影，」人稱傅粉何郎。

〔二六〕貼　臧本作「旦」。

〔二七〕（旦）　臧本作「（正旦唱）」。

〔二八〕的　臧本作「得」。

〔二九〕那　臧本作「的」。

〔三〇〕休只管裹氣毬兒，這幾句兒，我也記的　「幾」原作「八」，乃「几」之誤，今參臧本校改。王季思本校記「的」誤作「得」。臧本作「休只管這幾句，濫黃齏，我也記得」。

〔三一〕（二貼） 臧本作「（二旦云）」。

〔三二〕幾 原誤作「八」，今改。臧本作「幾」。

〔三三〕（旦） 臧本作「（正旦唱）」。

〔三四〕你則是斷送的我一身虧 臧本「你」作「都」。斷送，葬送。參看《詩詞曲語辭匯釋》卷五「斷送（二）」。一身，一世。《張協狀元》戲文第四十六出：「一意要讀詩書，一身望改換門閭。」虧，倒霉。闕名氏《替殺妻》一折【青哥兒】：「嫂嫂！你是個良人、良人宅眷，不是小末、小末行院。……虧張千難從願。」

〔三五〕挂口兒從今後再休題 臧本同。盧冀野本「挂口兒」斷屬上句，誤。吳國欽本、王季思本「題」改作「提」。按，題，提。參見《調風月》第二折校注〔五七〕。後同，不另出校。

〔三六〕（二貼） 臧本作「（二旦云）」。

〔三七〕去 臧本上有「和你同」三字。

〔三八〕（旦） 臧本作「（正旦云）」。

〔三九〕喒去波 臧本下有「（唱）」。北京大學本、吳國欽本、王學奇本、王季思本「喒」改作「咱」。按，喒，咱們。參見《哭存孝》頭折校注〔三四〕。後同，不另出校。

〔四〇〕使　玩。《董解元西厢記》卷五【仙吕調】【滿江紅】：「你好不分曉，是前來科段，今番又再使。」

〔四一〕玉束納　即玉納子，玉飾。參見《調風月》第二折校注〔六七〕。

〔四二〕近新來　近來。《中興以來絶妙詞選》卷九王子文《西河》：「只今袖手野色裏，望長淮、猶二千里，縱有英心誰寄？近新來、又報胡塵起，絶域張騫歸來未？」

〔四三〕再　臧本同。盧冀野本、中華書局本、王學奇本奪。

〔四四〕賭賽「賽」原作「塞」，據臧本改。賭賽，賭博。《雜纂》卷下蘇子瞻《續纂·强陪奉》：「無錢人被人要賭賽。」

〔四五〕小小輸羸醜了面皮　吴曉鈴本「羸」改作「贏」。臧本同。北京大學本、吴國欽本、王學奇本、王季思本「羸」改作「贏」。按，羸，通「贏」。參見《金線池》第三折校注〔四九〕。後同，不另出校。醜，傷。

〔四六〕（二貼）　臧本作「（二旦云）」。

〔四七〕色數兒　色子。息機子本李壽卿《度柳翠》三折旦兒白：「師父，這個不唤做骨頭，這個唤做色數兒。」

〔四八〕可該　該。參見《切鱠旦》第二折校注〔一〇八〕。

〔四九〕（旦拿色子科）　臧本作「（正旦拿色子科，唱）」。

〔五〇〕骰　擲。翟灝《通俗編》卷三十一「俳優」：「《史記》蔡澤説范睢曰：『博者欲大投。』南朝宋裴駰注云：『投，投子也。』按：投取投擲，其義甚顯，古人皆用投字，唐人始别作骰。」

〔五一〕夾　借作「加」。

〔五二〕打　原字壞闕，從趙琦美校補。吴曉鈴本亦補。臧本即作「打」。

〔五三〕猶然當一擲　臧本無。

〔五四〕幺二三來是鼠尾　臧本上有「也當得」三字，無「來」字。鼠尾，鼠尾草。莖端夏生四五穗。這裏是以其穗的數目來比幺二三。

〔五五〕伶俐　「俐」字原壞闕，從趙琦美校補。吴曉鈴本亦補。臧本即作「俐」。伶俐，快意。元刊本孟漢卿《魔合羅》四折【道和】：「那些那些咱歡喜，那些那些咱伶俐。」這裏意猶走運。

〔五六〕姐姐　原字壞闕，從趙琦美校補。吴曉鈴本亦補。臧本即作「姐姐」。

〔五七〕（二貼）　臧本作「（二旦云）」。

〔五八〕（旦）　臧本作「（正旦唱）」。

〔五九〕贏輸　臧本作「打賽」。

〔六〇〕色兒上　臧本作「色數兒」。

〔六一〕便着椿　臧本作「這般輸」。着椿，在椿，坐莊。

〔六二〕（二貼下）　臧本作「（二旦驚下）」。

〔六三〕（旦）　臧本作「（正旦唱）」。

〔六四〕不君子嘿休鬧起　臧本上有「你休要」三字，「嘿休」作「便將」。不君子，無禮。石君寶《秋胡戲妻》三折【滿庭芳】：「他酩子裏丢抹娘一句，怎人模人樣，做出這等不君子待何如！」

〔六五〕厮極　臧本同。盧冀野本「極」字斷屬下句。誤。厮極，相爭。極，窮究。王充《論衡·問孔》：「聖人之言，不能盡解，説道陳義，不能輒形。不能輒形，宜問以發之；不能盡解，宜難以極之。」

〔六六〕塌　趴。

〔六七〕將拄杖放在旦右肩上科　臧本無「科」。吴國欽本「右」改作「左」。

〔六八〕（旦撥科）　臧本作「（正旦撥科）（唱）」。

〔六九〕將拄杖放在旦左肩上科　臧本無「科」。吴國欽本「左」改作「右」。

〔七〇〕（旦撥科）　臧本作「（正旦撥科）（唱）」。

〔七一〕將拄杖放在旦右肩上科　臧本無「科」。吴國欽本「右」改作「左」。

〔七二〕（旦拿住，回頭科）　臧本作「（正旦拿住，回頭科）（唱）」。

〔七三〕（錢）　臧本作「（錢大尹云）」。

〔七四〕里　臧本作「哩」。

〔七五〕（旦慌跪科）　吳曉鈴本校勘記謂「徐本（按，即脈望館古名家本）『慌』字原作『謊』字」。按，脈望館古名家本不誤，吳校誤。臧本作「（正旦慌跪科）（唱）」。

〔七六〕扒推　形容流泪的樣子。闕名氏《謝金吾》三折【紫花兒序】：「諕的我急煎煎心如刀攪，痛殺殺腹若錐剜，撲簌簌泪似扒推。」

〔七七〕可又早七留七力來到我跟底　可又早，已。脈望館古名家本馬致遠《岳陽樓》二折正末白：「他兩個配爲夫婦，可又早三十年矣。」七留七力，象聲詞，狀步履窸窣聲。又作「七留七林」。脈望館鈔本高文秀《黑旋風》二折【油葫蘆】：「我這裏七留七林行，他那裏叨叨絮絮説。」

〔七八〕出留出律　狀步履窸窣聲。又作「尺留出呂」。元刊本孟漢卿《魔合羅》一折【油葫蘆】：「急張拘住慢行早尺留出呂去，我子索滴留滴列整身軀。」

〔七九〕相公將必留不剌柱杖相調戲　吳曉鈴本「柱」改作「拄」。按，柱，通「拄」。參見《金線池》第一折校注〔三二〕。臧本「剌」誤作「刺」，「柱」作「拄」。北京大學本、王學奇本、王季思本「剌」已改作「剌」。是。必留不剌，扒拉，撥。

〔八〇〕必丢不答　臧本「答」作「搭」。必丢不答、必丢不搭，形容説話聲，猶劈里啪啦。又作「必丢僕答」。闕名氏《延安府》二折回回官人白：「説言語必丢僕答。」

〔八一〕（錢）　臧本作「（錢大尹云）」。

〔八二〕（旦）　臧本作「（正旦云）」。

〔八三〕里　臧本作「哩」。

〔八四〕（錢）　臧本作「（錢大尹云）」。

〔八五〕（旦）　臧本作「（正旦云）」。

〔八六〕里　臧本作「哩」。

〔八七〕（錢）　臧本作「（錢大尹云）」。

〔八八〕（旦）　臧本作「（正旦云）」。

〔八九〕請　求賜。劉餗《隋唐嘉話》卷下：「昆明池者，漢孝武所穿，有蒲魚利，京師賴之。中宗朝，安樂公主請焉。帝曰：『前代已來，不以與人。』」

〔九〇〕（錢）　臧本作「（錢大尹云）」。

〔九一〕就把這骰盆中色數爲題　臧本「數」作「子」。把，以。《五代史平話》梁史卷上：「但是小生自小兀坐書齋，不諳其他生活，只得把這教學糊口度日，爲之柰何？」

〔九二〕（旦）　臧本作「（正旦云）」。

〔九三〕詩有了　臧本下有「（詩云）」。

〔九四〕料應嫌點涴　料應，多半。劉仙倫《招山樂章·木蘭花慢·秋日海棠》：「正木落疏林，海棠枝上，忽見紅妝。料應妒他蘭菊，任年年獨甚占秋光。故把春風嬌面，向人逞艷呈芳。」點涴，髒。

〔九五〕錢　臧本作「錢大尹」。

〔九六〕意　臧本上有一「大」字。

〔九七〕俅　原作「揪」，今改。臧本誤同。中華書局本、王學奇本改作「瞅」，北京大學本、吴國欽本改作「俅」。參見《雙赴夢》第四折校注〔三九〕。

〔九八〕意　臧本下有一「思」字。

〔九九〕我念你聽　臧本下有「（詩云）」。

〔一〇〇〕四六　代指色子，色子六面分刻一至六點，故云。

〔一〇一〕誰謂馬牛風　謂，知。韋縠《才調集》卷六李白《江夏行》：「只言期一載，誰謂歷三秋。」馬牛風，不相干。《左傳·僖公四年》：「風馬牛不相及。」

〔一〇二〕（旦）　臧本作「（正旦唱）」。

〔一〇三〕委付　臧本同。盧冀野本、中華書局本、北京大學本、王學奇本「委」字斷屬上句。吴國欽本校記已指其誤。委付，教。《元典章》刑部三「大逆」：「有知覺這賊每，赴官告報來的一個陳景春名字的里正，又拿賊去來的州司吏林朴這兩個行的是來……委付他兩個做縣尉，斷没到典刑賊每的田産也與這兩個。」

〔一〇四〕戲笑　玩笑。《三國志·魏書·武帝紀》裴松之注引《褒賞令》載祀橋玄文：「又承從容約誓之言：『殂逝之後，路有經由，不以斗酒隻鷄過相沃酹，車過三步，腹痛勿怪。』雖臨時戲笑之言，非至親之篤好，胡肯爲此辭乎？」

〔一〇五〕語　臧本作「讝」。王季思本誤作「噉」。

〔一〇六〕這　襯字，無義。參看《詩詞曲語辭匯釋》卷六「這」。

〔一〇七〕相公莫不有謬語　吴曉鈴本「有」改作「是」。臧本上有「（云）」，「有」作「是」。

〔一〇八〕（錢）　臧本作「（錢大尹云）」。

〔一〇九〕哭　臧本作「悲」。

〔一一〇〕（旦）　臧本作「（正旦唱）」。

〔一一一〕諱　臧本作「悔」。諱，畏懼。《史記·范雎蔡澤列傳》：「華陽、涇陽等擊斷無諱，高陵進退不請。」裴駰集解：「諱，畏也。」

〔一一二〕調理　管，關心。

〔一一三〕不想今朝相公錯愛我才藝　吴曉鈴本「相公」二字奪。臧本「想」下有一「道」字，無「相公」二字，「才藝」作「這匪妓」。王學奇本「道」改作「到」。按，道，猶到。參看《詩詞曲語辭匯釋》卷四「道〔三〕」。

〔二四〕可憐見我哭啼　北京大學本校勘記、吴國欽本校記「見」字奪。臧本作「也則是可憐見哭啼啼」。

〔二五〕（錢）　臧本作「（錢大尹云）」。

〔二六〕後堂中換衣服去　臧本下有「（下）」。

〔二七〕（旦）　臧本作「（正旦唱）」。

〔二八〕【尾聲】　臧本作「【煞尾】」。

〔二九〕休强從來撲簌簌没氣力　臧本無「休强」二字，「來」下有一「個」字。

〔三〇〕信的及　臧本作「相信的」。

〔三一〕委心　真心。《史記・淮陰侯列傳》：「僕委心歸計，願足下勿辭。」

〔三二〕塌　罩。

〔三三〕（錢）張千，揀個吉日良辰，立天香做小夫人。老夫且回後堂歇息去。（下）　臧本無。

第四折

（錢大尹引張千上〔一〕）事有足濯，物有故然〔二〕。老夫錢大尹是也。誰想柳耆卿一舉狀元及第，誇官〔三〕三日。張千，安排下筵席，你去當街裏攔住新狀元柳耆卿，道錢府尹請狀元。他若不肯來時，你休放了馬鞴鐶〔四〕，好歹

請他來。若來時，報的老夫知道。（下）

（末扮柳耆卿騎馬引祗候上[五]）昔日齷齪[六]不足誇，今朝放蕩思無涯；春風得意馬蹄疾，一日看盡長安花。小官柳永，自與謝天香分別之後，到於帝都闕下，一舉狀元及第。今借宰相頭踏[七]，誇官三日。我聞知錢大尹娶了謝天香爲妻。錢可道也，你情知[八]謝氏是我的心上人，我看你怎麼相見？左右的，擺開頭答[九]，慢慢的行將去。

（張千上[一〇]）狀元，錢大尹相公有請！（末）[一一]我不去。（張千扯馬，云）我好歹請狀元見俺相公去來。（同下）

（錢大尹上[一二]）早間着張千請柳耆卿去了，怎生不見來？（張千同末上，張云）[一三]狀元少待，我報伏[一四]去。

（報科，云）請的狀元相見[一五]也！（錢）[一六]道有請。（張千）有請[一七]。（見科）[一八]（錢）[一九]賢弟崢嶸有日，奮發[二〇]有時，兀的不壯哉！將酒來，今日與賢弟作賀。（把酒科[二一]）賢弟滿飲一杯！（末）[二二]小官量度窄狹[二三]，吃不的。（錢）[二四]賢弟平昔以花酒爲念，今日如何不飲？（末）[二五]小官今非昔比，官守[二六]所拘，功名在念，豈敢飲酒？（錢）[二七]若是這般呵，功名成就多時了。你端的不飲酒？敢有些怪我麽？張千，近前來。

（做耳語科，云）只除恁的……（張千）[二八]理會的。（做叫科，云）[二九]謝夫人，相公前廳待客，請夫人里[三〇]。

（旦）[三一]天香，誰想有今日也呵[三二]！

【中吕粉蝶兒】送的那水護衣[三三]爲頭，先使了熬麩漿細香澡豆，暖的那温泔清[三四]手面輕揉。打底乾南定粉[三五]，把薔薇露和就；破開那蘇合香油[三六]，我嫌棘針梢燎的來油臭。

【醉春風】那裏敢深蘸着指頭搽，我則索輕將綿絮紐[三七]。比俺那門前樂探等着官身，我今日個好傷，傷[三八]。雖不是宅院裏夫人，也是那大人家[三九]姬妾，强似那上廳的祗候[四〇]。

相公前廳待客〔四一〕，我且不過去，我試望咱〔四二〕。

【石榴花】我則道坐着的是那個俊儒流，我這裏猛窺視細凝眸，原來是三年不肯往杭州，閃的我落後〔四三〕，有國難投。莫不是把〔四四〕咱故意相迤逗，特故的把他來慚羞〔四五〕？你覷那衣服每各自施忠厚〔四六〕，百般裏〔四七〕省不的甚緣由。

【鬥鵪鶉】并無那私事公仇，到與俺張筵置酒〔四八〕。我這一過去，説些甚麼的是〔四九〕？我則是佯不相俫〔五〇〕，怎敢怎敢道問候〔五一〕？（見科）（錢）〔五二〕天香，與耆卿施禮咱。（旦）〔五三〕我這裏施罷禮，官人行緊低首。（錢）〔五四〕天香，近前來些。（旦）〔五五〕誰敢道是離了左右，我則索侍在傍邊〔五六〕，我則索趨前褪〔五七〕後。

（錢）〔五八〕天香，與耆卿把一杯酒者。（旦）〔五九〕理會的〔六〇〕。

【上小樓】更做道〔六一〕題個話頭，你可便心休僝僽〔六二〕。你覷他那首領面前〔六三〕，一左一右〔六四〕，不離前後〔六五〕；你〔六六〕若帶酒，是必休將咱迤逗〔六七〕。（末）〔六八〕天香，近前來些。（旦）〔六九〕這裏可便不比我那上廳祗候〔七〇〕。

（錢）〔七一〕天香把盞，教狀元滿飲此杯。（遞酒科）（末）〔七二〕我吃不的了也。（旦）〔七三〕

【幺】〔七四〕他那裏則是舉手，我這裏忍着淚眸，不敢道是厮問厮當〔七五〕、厮來厮去〔七六〕、厮摑厮揪〔七七〕，我如今在這裏不自由！（末）〔七八〕大姐，你怎生清減了？（旦）〔七九〕你覷我皮裏抽肉〔八〇〕，你休問我可怎生骨岩岩〔八一〕臉兒黃瘦！

（錢）〔八二〕耆卿，你怎生不吃酒？（末）〔八三〕我吃不的了也。（錢）〔八四〕罷、罷〔八五〕！話不説不知，木不鑽不透，冰不搭〔八六〕不寒，膽不試不苦，丁寧説破，教你備細皆知〔八七〕。「君子見幾而作，不俟終日」〔八八〕，耆卿，何故見之晚矣！當日見賢弟以邪失正，因公説私〔八九〕，見足下留心於謝氏，恣意於嗚珂〔九〇〕，耽耳目之玩，惰功名之志，是以老夫僥倖〔九一〕而言，使足下怏怏而歸〔九二〕。一從賢弟去了，老夫差人打聽，道賢弟臨行留下一首〔定風波〕詞。老夫着張千喚此謝氏，張千把盞，謝氏歌唱，我着他唱那〔定風波〕〔九三〕。我則道犯着老夫諱字，不想他將韵脚改過。老夫甚愛其才，隨即樂案裏除了名字，便着蘭堂内舉止〔九四〕，娶在我宅中爲姬妾。老夫不避他人之是非，蓋爲賢弟之交契；若依〔九五〕他仍前迎新送舊，賢弟也〔九六〕，不辱磨了高才大名〔九七〕！老夫在此爲理三年，治百姓水米無交，於天香秋毫不染。想賢弟讀盡九經書，曉盡天下事，况此婦人走筆成章，吟詩課賦。孟子道：麒麟之於走獸，鳳凰之於飛鳥，泰山之於丘垤，河海之於行潦，出乎其類，拔乎其萃〔九八〕。我則待剪〔九九〕了你那臨路柳，削斷他那出墻花，合是該二人成配偶。都因他一曲〔定風波〕，則爲他和曲填詞，移宫换羽，使老夫見賢思齊〔一〇〇〕，回嗔作喜，教他冠金摇鳳效宫妝〔一〇一〕，佩玉鳴鸞罷歌舞。老夫受無妄〔一〇二〕之愆，與足下了平生之願。你不肯烟月久離金殿閣，我則怕好花輸與富家郎；因此上三年培養牡丹花，專待你一舉首登龍虎榜〔一〇三〕。賢弟也〔一〇四〕，你試尋思波，歌妓女怎做的大臣姬妾？我想你得志呵，則怕品官不得娶娼女爲妻，以此上鎖鴛鴦、巢翡翠，結合歡、諧琴瑟。你則道鳳臺空鎖鏡〔一〇五〕，我將那鸞膠續斷絃；我怎肯分開比翼鳥，着您再結并頭蓮？老夫佯推做小夫人，專待你個有志氣的知心友。老夫不必多言。天香，你面陳肝膽，説兀的做甚〔一〇六〕！揀選下錦綉紅妝女，付與你銀鞍白面郎；柳耆卿休錯怨開封主，錢大尹智寵謝天香〔一〇七〕。（末）〔一〇八〕多謝相公爲小弟這等留心〔一〇九〕！大

姐，我去之後，你怎生到得相公府中？試説一遍〔一一〇〕。（旦）〔一一一〕

【哨遍】一自才郎別後，相公那簾幕裏香風透；又無個交錯觥籌，更〔一一二〕無個賓客閑游飲杯酒；坐衙緊唤〔一一三〕，樂探忙勾，諕的我難收救，只得向公廳祗候。不問〔一一四〕我舞旋，只着我歌謳；將鳳凰杯注酒尊前〔一一五〕遞，把〔一一六〕商角調填詞韵脚搜，唱到「慘緑愁紅，事事可可」，一時禁口〔一一七〕。

【耍孩兒】相公諱字都全有，我將別韵兒輕輕〔一一八〕换偷；即時間樂案裏便除名，揚言説要結綢繆。三年甚時曾占着鋪蓋〔一一九〕，千日何曾靠着枕頭？相公意，難參透。我本是沾泥飛絮〔一二〇〕，到〔一二一〕做了不纜孤舟！

【二煞】見妾身精神比杏桃，相公如何共卯酉〔一二二〕？見天香顔色當春晝〔一二三〕。觀花不比觀嬌態，飲酒合當飲巨甌；誰把清香嗅？則是深圍在闌底，何曾插個花頭〔一二四〕！

（錢）〔一二五〕張千，快收拾車馬，送天香〔一二六〕狀元宅上去。（末、旦拜謝科）〔一二七〕深感相公大恩。（旦）〔一二八〕

【煞尾】〔一二九〕這天香不想艷陽天氣開，我則道無情干罷休！誰想這牡丹花折入東君〔一三〇〕手，今日個分與章臺路傍柳。

（錢云）天下喜事，無過夫婦團圓，殺羊造酒，做個慶喜的筵席〔一三一〕。

題目　柳耆卿錯怨開封主

正名　錢大尹智寵謝天香〔一三〕

校注

〔一〕錢大尹引張千上　臧本下有「云」。

〔二〕事有足濯，物有故然　臧本無。

〔三〕誇官　士子考中狀元後跨馬游街。《西湖老人繁勝録》：「遇少年當殿唱名，麗正門喝出狀元來三人：第一名狀元，第二名榜眼，第三名探花郎。各有黄旗百面相從，戴羞帽，執絲鞭，騎馬游街。」王實甫《西廂記》五本一折：「（僕云）……我來時，哥哥去吃游街棍子去了。（旦云）這禽獸不省得。狀元唤做誇官，游街三日。」

〔四〕你休放了馬鏑鐶　臧本「你」下有「只把馬帶着」，「馬鏑鐶」作「過去」。鏑鐶，未詳。

〔五〕末扮柳耆卿騎馬引祗候上　臧本「末扮柳耆卿」作「柳」，「上」下有「詩云」。

〔六〕齷齪　喻不得志。《太谷縣志》卷四：「不能成事謂之齷齪。」

〔七〕頭答　臧本「答」作「踏」。頭答、頭踏，官員出行時前導的儀仗。《董解元西廂記》卷七【正宫】【梁州令纏令】【尾】：「得個除授先到家，引着幾對兒頭答。」

〔八〕情知　明知。《中興以來絶妙詞選》卷二張安國《木蘭花·離思》：「情知悶來殢酒，奈回腸不醉只添愁。脉脉無言竟日，斷魂雙鴛南州。」

〔九〕答　臧本作「踏」。

〔一〇〕張千上　臧本下有「云」。

〔一一〕（末）　臧本作「（柳云）」。

〔一二〕錢大尹上　臧本下有「云」。

〔一三〕（張千同末上，張云）　臧本作「（張千同柳上，云）」。

〔一四〕伏　臧本作「復」。

〔一五〕相見　臧本作「到了」。

〔一六〕（錢）　臧本作「（錢大尹云）」。

〔一七〕（張千）有請　臧本無。

〔一八〕（見科）　臧本作「（柳做見科）」。

〔一九〕（錢）　臧本作「（錢大尹云）」。

〔二〇〕奮發　得志通顯。《劉知遠諸宫調》第一：「劉郎异日奮發榮貴，和你改换門風。」

〔二一〕把酒科　臧本下有「云」。

〔二三〕（末）　臧本作「（柳云）」。

〔二三〕量度窄狹　臧本作「量窄」。

〔二四〕（錢）　臧本作「（錢大尹云）」。

〔二五〕（末）　臧本作「（柳云）」。

〔二六〕官守　官吏的職責。《朱文公校昌黎先生集》卷十九《答魏博田僕射書》：「限以官守，拜奉未由，無任馳戀。」

〔二七〕（錢）　臧本作「（錢大尹云）」。

〔二八〕（張千）　臧本作「（張千云）」。

〔二九〕（做叫科，云）　臧本無。吴國欽本、王季思本據脈望館古名家本補。

〔三〇〕里　臧本作「哩」。

〔三一〕（旦）　臧本作「（正旦云）」。

〔三二〕誰想有今日也呵　臧本下有「（唱）」。

〔三三〕水護衣　浴衣。

〔三四〕温泔清　淘米水。

〔三五〕打底乾南定粉　「乾」原誤作「千」，從吴曉鈴本改。吴本校勘記云：「當是『干』字之訛。」臧本即作「乾」。打底，準備。又作「打點」。臧本范子安《竹葉舟》一折陳季卿白：「小生學成滿腹文章，正要打點做官哩。老實對你説，小生出不的家。」南定粉，化妝用的一種粉。

〔三六〕蘇合香油　「蘇」原作「酥」，據臧本改。蘇合香油，用蘇合香提製的一種香精中的定香劑。

〔三七〕將綿絮紐　臧本同。王季思本「紐」改作「扭」。按，紐，用同「扭」。參見《金線池》第三折校注〔五〇〕。綿絮，棉花。絮，粗絲綿。《漢書·文帝紀》：「其九十以上，又賜帛，人二匹，絮三斤。」顔師古注：「絮，綿也。」

〔三八〕好傷，傷　臧本作「不醜，醜」。傷，漂亮。參看《詩詞曲語辭匯釋》卷五「傷」。

〔三九〕大人家　大户人家。顧曲齋本石君寶《曲江池》二折卜白：「今日有一大人家出殯，我和你看一看去。」

〔四〇〕祗候　妓女。這裏指官妓。《太平樂府》卷九闕名氏套數【般涉調】耍孩兒「拘刷行院」：「穿長街驀短衢，上歌臺入酒樓，忙呼樂探差祗候。」

〔四一〕相公前廳待客　臧本上有「（云）」。

〔四二〕我試望咱　臧本下有「（唱）」。

〔四三〕落後　留後。王實甫《西廂記》四本二折【鬼三台】：「他道紅娘你且先行，教小姐權時落後。」

〔四四〕把　臧本作「將」。

〔四五〕特故的把他來慚羞　臧本作「特教的露醜呈羞」。北京大學本、吴國欽本、王學奇本「呈」誤作「逞」。慚羞，羞辱。

〔四六〕你覷那衣服每各自施忠厚　每，用於指物的名詞後，表複數。參見《哭存孝》第三折校注〔八三〕。施，表現。《淮南子·詮言》：「功蓋天下，不施其美；澤及後世，不有其名。」

〔四七〕裏　臧本作「兒」。

〔四八〕到與俺張筵置酒　臧本下有「（帶云）」。北京大學本、吴國欽本、王學奇本、王季思本「到」改作「倒」。參見第一折校注〔七四〕。

〔四九〕説些甚麽的是　臧本下有「（唱）」。

〔五〇〕偢　原作「揪」，今改。參見第三折校注〔九七〕。臧本作「瞅」。

〔五一〕怎敢怎敢道問候　臧本作「怎敢道特來問候」。

〔五二〕（錢）　臧本作「（錢大尹云）」。

〔五三〕（旦）　臧本作「（正旦唱）」。

〔五四〕（錢）　臧本作「（錢大尹云）」。

〔五五〕（旦）　臧本作「（正旦唱）」。

〔五六〕侍在傍邊　臧本「在」作「立」。王季思本「傍」改作「旁」。按，傍，即旁。參見《哭存孝》頭折校〔一二五〕。後同，不另出校。

〔五七〕褪　臧本同。吴國欽本改作「退」。按，褪，即退。參見《切鱠切》第三折校注〔七八〕。

〔五八〕（錢）　臧本作「（錢大尹云）」。

〔五九〕（旦）　臧本作「（正旦云）」。

〔六〇〕理會的　臧本下有「（唱）」。

〔六一〕更做道　臧本作「我待要」。

〔六二〕你可便心休僝僽　臧本作「又不知他可也甚些機彀」。

〔六三〕你覷他那首領面前　臧本作「倒不如只做朦朧」。

〔六四〕一左一右　臧本作「爲着東君」。

〔六五〕不離前後　臧本作「奉勸金甌」。

〔六六〕你　臧本作「他」。

〔六七〕迤逗　臧本作「僝僽」。

〔六八〕（末）　臧本作「（柳云）」。

〔六九〕（旦）　臧本作「（正旦唱）」。

〔七〇〕我那上廳祗候　臧本「那」作「做」，「祗候」作「行首」。

〔七一〕（錢）　臧本作「（錢大尹云）」。

〔七二〕（末）　臧本作「（柳云）」。

〔七三〕（旦）　臧本作「（正旦唱）」。

〔七四〕【幺】　臧本作「【幺篇】」。

〔七五〕廝問廝當　相問，互相問候。參見《哭存孝》頭折校注〔五九〕、《拜月亭》第二折校注〔九八〕。

〔七六〕廝來廝去　你來我往。

〔七七〕廝摑廝揪　互相親熱。

〔七八〕（末）　臧本作「（柳云）」。

〔七九〕（旦）　臧本作「（正旦唱）」。

〔八〇〕皮裹抽肉　形容瘦。抽，去。《儀禮·喪服》：「緦者十五升，抽其半。」鄭玄注：「抽，猶去也。」

〔八一〕骨岩岩　骨頭突出的樣子，形容瘦。息機子本喬夢符《兩世姻緣》二折【後庭花】：「骨岩岩瘦不勝，悶懨懨扮不成。」

〔八二〕（錢）　臧本作「（錢大尹云）」。

〔八三〕（末）　臧本作「（柳云）」。

〔八四〕（錢）　臧本作「（錢大尹云）」。

〔八五〕罷、罷　臧本作「罷、罷、罷」。

〔八六〕掿　臧本同。盧冀野本誤作「搭」。按，掿，捏。參見《調風月》第一折校注〔三九〕。

〔八七〕丁寧説破，教你備細皆知　臧本無。

〔八八〕「君子見幾而作，不俟終日」　臧本同。中華書局本「幾」誤作「機」。按，此語出《易・繫辭下》。孔穎達正義：「君子見幾而作不俟終日者，言君子既見事之幾微，則須動作而應之，不得待終其日，言赴幾之速也。」

〔八九〕見賢弟以邪失正，因公説私　臧本無。

〔九〇〕嗚珂　代指妓院。唐有嗚珂曲，妓女李娃居於此，故云。

〔九一〕僥倖　臧本作「侃侃」。

〔九二〕歸　臧本作「别」。

〔九三〕唱那〔定風波〕　臧本下有一「詞」字。

〔九四〕便着蘭堂内舉止　臧本無。舉止，行止，住。舉，行。《周禮・地官・師氏》：「凡祭祀、賓客、會同、喪紀、軍旅，王舉則從。」鄭玄注：「舉猶行也。」

〔九五〕依　臧本作「使」。

〔九六〕也　臧本無。

〔九七〕不辱磨了高才大名　臧本上有一「可」字，「磨」作「抹」。王季思本「抹」改作「没」。按，辱磨、辱抹，同辱没，玷辱也。史九敬先《莊周夢》三折【呆骨朵】：「辱磨殺竹林七賢，怎見的歲寒三友？」臧本闕名氏《鴛鴦被》二折張瑞卿白：「小姐，我也不辱抹你，我若得了官呵，你便是夫人縣君也。」參見《哭存孝》第二折校注〔四六〕。

〔九八〕想賢弟讀盡九經書，曉盡天下事，況此婦人走筆成章，吟詩課賦。孟子道：麒麟之於走獸，鳳凰之於飛鳥，泰山之於丘垤，河海之於行潦，出乎其類，拔乎其萃　臧本無。

〔九九〕剪　臧本同。盧冀野本、中華書局本改作「翦」。按，剪，「翦」俗字（見《玉篇》羽部）。

〔一〇〇〕見賢思齊　臧本同。王學奇本「思」誤作「恩」。《論語·里仁》：「子曰：『見賢思齊焉，見不賢而内自省也。』」

〔一〇一〕宮妝　宮廷裏的裝束。《唐宋諸賢絶妙詞選》卷三王晉卿《燭影摇紅·春恨》：「香臉輕勻，黛眉巧畫宮妝淺，風流天付與精神，全在嬌波轉。」

〔一〇二〕無妄　意外。《戰國策·楚策四》：「世有無妄之福，又有無妄之禍。」

〔一〇三〕龍虎榜　科舉中試的榜文。《新唐書·歐陽詹傳》：「（詹）舉進士，與韓愈、李觀、李絳、崔群、王涯、馮宿、庾承宣聯第，時稱『龍虎榜』。」

〔一〇四〕也　臧本無。

〔一〇五〕你則道鳳臺空鎖鏡　鳳臺，弄玉與蕭史吹簫引鳳處。劉向《列仙傳》：「蕭史者，秦穆公時人也。善吹簫，能致孔雀、白鶴於庭。穆公有女，字弄玉，好之，公遂以女妻焉。日教弄玉作鳳鳴。居數年，吹似鳳聲，鳳凰來止其屋。公爲作鳳臺，夫婦居其上不下。數年，一旦皆隨鳳凰飛去。」這裏借以比作錢大尹的家。鏡，鏡臺。借指怨婦。

〔一〇六〕説兀的做甚　臧本下有「（詩云）」。

〔一〇七〕錢大尹智寵謝天香　臧本上有「這的是」三字。

〔一〇八〕（末）　臧本作「（柳云）」。

〔一〇九〕多謝相公爲小弟這等留心　臧本上有一「嗨」字，「相公」作「老兄」，「爲」上有一「肯」字。

〔一一〇〕試説一遍　臧本下有「與我聽者」四字。

〔一一一〕（旦）　臧本作「（正旦唱）」。

〔一一二〕更　臧本作「又」。

〔一一三〕唤　原作「换」，今改。吴曉鈴本校勘記亦謂「疑當作『唤』字」。臧本誤同。北京大學本、吴國欽本、王學奇本、王季思本已改。

〔一一四〕問　叫。楊梓《霍光鬼諫》一折【六幺序】：「我覷的小可尋常，不由人豪氣三千丈，登時交你禍起蕭墻，不問五步間敢血濺金階上。」

〔一五〕尊前　席上。尊，盛酒器。《唐宋諸賢絶妙詞選》卷二歐陽永叔《浣溪沙·湖上》：「白髮戴花君莫笑，六幺催拍盞頻傳，人生何處似尊前。」參見《玉鏡臺》第四折校注〔五四〕。

〔一六〕把　依照。《元代白話碑集録·一二六一年林縣寳嚴寺聖旨碑》：「這般有底紹化大師梅庵長老根底把着行踏底聖旨與來。這底每寺裏、房子裏，使臣休安下者，揀那誰使氣力休住者。」

〔一七〕禁口　住口。《宋元戲文輯佚·陳光蕊江流和尚》：「教伊禁口，猶兀自絮絮叨叨。」

〔一八〕輕輕　趕快。參見《拜月亭》第一折校注〔二四〕。

〔一九〕三年甚時曾占着鋪蓋　「時」原作「事」，今改。臧本同。王學奇本亦「據曲意改」。占，借作「沾」。王實甫《販茶船》殘折【石榴花】：「纔把鰲頭占，風塵行不待占粘。」占粘，沾粘。

〔二〇〕沾泥飛絮　借喻人情思穩定。趙令畤《侯鯖録》卷三：「東坡在徐州，參寥自錢塘訪之，坡席上令一妓戲求詩，參寥口占一絶云：『多謝尊前窈窕娘，好將幽夢惱襄王。禪心已作沾泥絮，不逐東風上下狂。』」

〔二一〕到　吴曉鈴本改作「倒」。參見第一折校注〔七五〕。臧本作「倒」。

〔二二〕卯酉　兩不相見。十二時中，卯與酉正相對，故云。

〔二三〕見天香顔色當春晝　「晝」原誤作「畫」，且失韵，從趙琦美校改。吴曉鈴本亦改。臧本即作「晝」。當，如。《墨子·明鬼下》：「燕之有祖，當齊之有社稷，宋之有桑林，楚之有雲夢也。」

孫詒讓閒詁引王引之曰：「當，猶如也。」

〔二四〕何曾插個花頭　臧本上有一「又」字。花頭，花朵。《全唐詩》卷八九九闕名氏《擷芳詞》：「風搖蕩，雨濛茸，翠條柔弱花頭重。」

〔二五〕（錢）　臧本作「（錢大尹云）」。

〔二六〕送天香　臧本作「送謝夫人到」。

〔二七〕（末、旦拜謝科）　臧本作「（柳同旦拜謝科，云）」。

〔二八〕（旦）　臧本作「（正旦唱）」。

〔二九〕【煞尾】　臧本作「【隨尾】」。吴國欽本、王季思本據脈望館古名家本改。

〔三〇〕東君　春神。《全唐詩》卷四九一王初《立春後作》：「東君珂佩響珊珊，青馭多時下九關。方信玉霄千萬里，春風猶未到人間。」

〔三一〕（錢云）天下喜事，無過夫婦團圓，殺羊造酒，做個慶喜的筵席　臧本無。

〔三二〕題目正名　柳耆卿錯怨開封主，錢大尹智寵謝天香　脈望館古名家本卷末有趙琦美注「校過于小谷本」。臧本題目正名後末行有尾題「錢大尹智寵謝天香雜劇終」。

山神廟裴度還帶

説明

《録鬼簿》、《太和正音譜》、《元曲選》卷首曲目關氏名下著録。《録鬼簿續編》賈仲明名下著録《裴度還帶》，有人因疑此劇非關氏作。

關氏此劇現僅存脈望館鈔本。今用王季烈本、吴曉鈴本、隋樹森本、北京大學本、吴國欽本、王學奇本、王季思本參校。原本書口標目「山神廟裴度還帶」。總題下有「雜劇」二字，下題「元關漢卿」，今并略去。

劇叙裴度窘迫之中於山神廟拾得韓廷幹女用以救父出獄的玉帶，并奉還韓氏母女事。裴度，字中立，河東聞喜人。新舊《唐書》有傳。王定保《唐摭言》卷四：「裴晋公質狀眇小，相不入貴，既屢屈名場，頗亦自惑。會有相者在洛中，大爲縉紳所神。公時造之問命，相者曰：『郎君形神稍异於人，不入相書，若不至貴，即當餓死。然今則殊未見貴處，可别日垂訪。勿以蔬糲相鄙，候旬日爲郎君細看。』公然之。凡數往矣。無何，阻朝客在彼，因退游香山佛寺，徘徊廊廡之下。忽有一素衣婦人，致一緹緡於僧伽和尚欄楯之上，祈祝良久，復取玟擲之，叩頭瞻拜而去。少頃，度方見其所致，意彼遺忘，既不可追，然料其必再至，因爲收取。躊躇至暮，婦人竟不至，度不得已，携之歸所止。詰旦復携就彼，時寺門始辟。俄睹向者素衣疾趨而至，逡巡撫膺惋嘆，若有非横。度從而訊之，婦人曰：『新婦阿父，無罪被繫，昨告人假得玉帶二、犀帶一，直千餘緡，以遺津要，不幸遺失於此。今老父不測之禍，無所逃矣。』度憮然，復細詰其物色，因而授之。婦人拜泣，請留其一，度不顧而去。尋詣相者，相者審度聲色頓异，大言曰：『此必有陰德及物。此後前途萬里，非某所知也。』再三詰之，度偶以此言之，相者曰：『只此便是陰功矣。他日無相忘，勉旃，勉旃！』度果位極人臣。」

頭〔一〕折

（冲末王員外同旦兒〔二〕、净家童上）（王員外云）耕牛無宿料，倉鼠有餘糧。萬事分已定，浮生空自忙。自家汴梁人氏，姓王，名榮，字彦實。嫡親的兩口兒，渾家劉氏。我在這汴梁城中開着個解典庫，家中頗有資財，人口順呼唤做王員外。此處有一人，姓裴，名度，字中立。他母親是我這渾家的親姐姐，不想他兩口兒都亡化過了。誰想此人不肯做那經商客旅買賣，每日則是讀書，房舍也無的住，説道則在那城外山神廟裏宿歇〔三〕。大嫂！（旦兒云）員外，你有甚麽説？（員外云）我幾番着人尋那裴度來，與他些錢鈔，教他尋些買賣做，此人堅意的不肯來。（旦兒云）説他傲慢，你管他做甚麽！（員外云）看着他那父母的面上，假若來時，你多共〔四〕少與他些錢鈔。我着人尋他去，人説道今日來，若來時，我自有個主意。（正末上，云）小生姓裴，名度，字中立，祖居是這河東聞喜縣人氏。小生幼習儒業，頗看詩書，争柰〔五〕小生一貧如洗。這洛陽有一人，乃是王員外，他渾家是小生母親的親妹子。俺姨夫數次教人來喚，小生不曾得去。小生離了家鄉，來到這洛陽，尋了數日，今日須索走一遭去。想喒〔六〕人不得志呵，當以待時守分。何日是我那發迹的時節也呵〔七〕！

【仙呂點絳唇】我如今匣劍塵埋，壁琴土蓋，三十載。憂愁的髭鬢班〔八〕白，尚兀自〔九〕還不徹他這窮途債。

【混江龍】幾時得否極生泰？看別人青雲獨步立瑶階〔一〇〕，擺三千珠履〔一一〕，列十二金釵〔一二〕，我不能勾丹鳳樓前春中選〔一三〕，伴着這蒺藜沙上野花開。則我這運不至，我也則索寧心兒〔一四〕耐。久淹在桑樞甕牖〔一五〕，幾時能勾〔一六〕畫閣樓臺？（正末〔一七〕云）有那等人道：「裴中立，你學成滿腹文章，比及你受窘時，你投托〔一八〕幾個相知，題上幾首〔一九〕詩，也得些滋潤〔二〇〕也。」您那裏知道也〔二一〕！

【油葫蘆】我則待安樂窩中且避乖〔二二〕，争柰我便時未來〔二三〕！想着這紅塵萬丈困賢才，那個似那魯大夫親贈他這千斛麥〔二四〕？那個似那龐居士可便肯放做來生債〔二五〕？自無了田孟嘗〔二六〕，有誰人養劍客？待着我折腰屈脊的將詩賣，怕不待要尋故友、訪吾儕？

【天下樂】好教我十謁朱門九不開，我可便難也波禁、難禁那等朽木材：一個個鋪眉苫眼妝些像態〔二七〕，他肚腸〔二八〕細，胸次〔二九〕狹，眼皮薄〔三〇〕，局量窄。（正末〔三一〕云）此等人本性難移，（唱）可不道他山河容易改？

（正末〔三二〕云）可早來到也。報復去，道有裴中立在門首。（家童云）你則在這裏，我報復去。員外，有裴中立在門首。（員外云）着他過來。（家童云）理會的。員外着你過去。（正末〔三三〕見科，云）姨夫姨娘請坐，受您侄兒幾拜。（旦兒云）裴度，想你父母身亡之後，你不成半器，不肯尋些買賣營生做，你每日則是讀書。我想來，你那讀書的窮酸餓醋有甚麼好處〔三四〕？幾時能勾發迹也！（正末云）姨娘不知，聖人云：「富家不用買良田，書中自有千鍾粟。」小生我雖居貧賤，我身貧志不貧。（員外云）大嫂，人説他胸次高傲，果然如此！我雖不通古今，你是讀書人，你説那爲人的道理我是聽咱〔三五〕。（旦兒云）誰聽你那之乎者也的〔三六〕！

【那吒令】正人倫、傳道統，有堯之君大哉；理綱常、訓典謨，是孔之賢聖哉；邦反坫、樹塞門，敢管之器小哉〔三七〕。整風俗、遺後人，立洪範、承先代，養情性、抱德懷才〔三八〕。

（旦兒云）懷才，懷才，你且得頓飽飯吃者〔三九〕！

【鵲踏枝】則我這齏鹽運〔四〇〕怎生捱！時難度與興衰〔四一〕。配四聖十哲〔四二〕，定七政三才〔四三〕，君聖明威伏了四海，敢則他這廟堂臣八輔三台〔四四〕。

（旦兒云）你空有滿腹文章，你則不如俺做經商的受用。你這等氣高樣大〔四五〕，不肯來俺家裏來；你便勤勤的來呵，我也不趕你去也〔四六〕。

【寄生草】則我這窮命薄如紙，您侯門深似海，空着我十年守定青燈捱〔四七〕！我若是半生不徹〔四八〕黄齏債，我穩情取〔四九〕一身跳出紅塵外。（員外云）看你這般窮嘴臉，知他是幾時能勾發迹！

（唱〔五〇〕）你休笑這孤寒裴度困閭閻〔五一〕，（帶云）則不〔五二〕小生受窘，（唱）尚兀自絶糧孔聖居陳蔡〔五三〕。

（員外云）大嫂，你聽他，但開口則是攀今攬古。（旦兒云）裴度，你學你姨夫做些買賣，你無本錢，我與你些本錢，尋些利錢使，可不氣概？不强似你讀書，有是麽好處〔五四〕！

【後庭花】你教我休讀書，做買賣，你着我去酸寒，可便有些氣概。你正是那得道誇經紀，我正是成人不自在。（旦兒云）他〔五五〕窮則窮，則是胸次高傲。（唱〔五六〕）我胸次捲江淮，志已在青霄雲外。嘆窮途年少客，一時間命運乖，有一日顯威風出淺埃〔五七〕，起雲雷變氣色。

【青哥兒】我穩情取登壇、登壇爲帥，我掃妖氛息平蠻貊，你看我立國安〔五八〕邦爲相宰。那其間日轉千階，喜笑盈〔五九〕腮，挂印懸牌，坐金鼎蓮花碧油幢〔六〇〕，骨刺刺的綉旗開。恁時節您看我敢青史内標名載！

（旦兒云）我本待與你頓飯吃，你這等説大言，我也無那飯，也無那錢鈔與你，你出去！（正末云）小生但得片雲遮頂〔六一〕，不在他人之下。（旦兒云）看了你這般嘴臉，一世不能勾發迹，出去！（正末云）好無禮也！你數番交〔六二〕人來請我，來到這裏，將這等言語輕慢小生！罷、罷、罷！我凍死餓死，再也不上你家門來〔六三〕！

【尾聲】他則是寄〔六四〕着我這紫羅襴，放着我那黄金帶，想「吾豈匏瓜也哉」〔六五〕！更怕我辱末〔六六〕了您門前下馬臺！有一日列簪纓畫戟門排，瓊林宴花壓帽檐歪，天香〔六七〕惹宫錦襟懷，你看我半醉春風笑滿腮；我將那紫絲繮慢攏，更和那三檐傘雲蓋，放心也〔六八〕，我不道

的〔六九〕滿頭風雪却回來！（下）

（員外云）大嫂，裴度去了也。（旦兒云）去了也。（員外云）他敢有些怪我？（旦兒云）可知里〔七〇〕。（員外云）大嫂，你不知道，恰纔我見裴度，此人非〔七一〕小可，此人當來〔七二〕必然峥嶸有日。我自有個主意了也，他如今怪我，久以後致謝我也遲里〔七三〕！今日無甚事，我去白馬寺中走一遭去。（下）（旦〔七四〕云）安排茶飯，等員外來家食用，我且回後堂中去。（下）

校注

〔一〕頭　隋樹森本、王季思本改作「第一」。

〔二〕旦兒　元劇角色名。扮演年輕婦女。王驥德《曲律》卷三「論部色第三十七」：「元雜劇中，名色不同，末則有正末、副末……旦則有正旦、副旦、貼旦（即副旦）、茶旦、外旦、小旦、旦兒（即小旦）。」

〔三〕宿歇　睡。《宋人話本七種·菩薩蠻》：「便是郡王府裏唤去半日，未晚就回，又不在府中宿歇，此奸從何而來？」

〔四〕共　或。《梨園樂府》卷上鄧玉賓套數【中吕】粉蝶兒：「若是更損賢良，欺忠孝……只争個遲共早，終須報。」

〔五〕柰　北京大學本、吴國欽本、王學奇本、王季思本改作「奈」。按，柰，同「奈」。參見《調風月》

第一折校注〔九六〕。除别本外，北本、吴本、王本、王本後同，不另出校。

〔六〕噜　王季烈本、北京大學本、吴國欽本、王學奇本、王季思本改作「咱」。按，噜，咱們。參見《哭存孝》頭折校注〔二四〕。後同，不另出校。

〔七〕何日是我那發迹的時節也呵　王季烈本、隋樹森本、北京大學本、吴國欽本、王學奇本、王季思本下補「（唱）」。

〔八〕班　王季烈本、隋樹森本、吴國欽本、王學奇本、王季思本改作「斑」。按，班，通「斑」。《文選》卷五十七潘安仁《夏侯常侍誄》：「班白携手，何歡如之！」

〔九〕尚兀自還。息機子本高文秀《誶范雎》二折：「（正末云）……恰纔正飲酒之間，一般書生説起太公事來。俺想他遇不着那文王呵，這其間【南吕一枝花】尚兀自垂釣在渭水濱，獨坐在磻溪岸。」

〔一〇〕瑶階　玉階。王嘉《拾遺記·炎帝神農》：「築圓丘以祀朝日，飾瑶階以揖夜光。」

〔一一〕三千珠履　代指衆多的門客。《史記·春申君列傳》：「春申君客三千餘人，其上客皆躡珠履以見趙使。」珠履，珠飾的鞋。

〔一二〕十二金釵　指衆多的妃嬪或姬妾。《全唐詩》卷四六九長孫佐輔《古宫怨》：「三千玉貌休自誇，十二金釵獨相向。」

〔一三〕我不能勾丹鳳樓前春中選　王季烈本「勾」改作「彀」。後同，不另出校。王季思本改作「够」。按，勾，通「够」。參見《調風月》第二折校注〔二六〕。丹鳳樓，泛指皇宫内的樓閣。闕名氏《射柳捶丸》二折陳堯佐白：「若破了虜寇，得勝而回，那其間凌烟閣上標名，丹鳳樓前畫影，書入青史，萬代流傳，古今不朽也！」春中選，唐宋科舉考試，例在春季，故云。《舊唐書·職官志二》：「凡大選，終於春季之月……有春中下解而後集，謂之春選。」

〔一四〕寧心兒　安心。古名家本喬夢符《詩酒揚州夢》三折【煞尾】：「你題情休寫香羅帕，我寄恨須傳鼓子花。且寧心，度歲華，恐年高，家道乏。」

〔一五〕桑樞甕牖　桑木爲門，破缸做窗。形容居住簡陋。樞，門軸，代指門；牖，窗户。《莊子·讓王》：「原憲居魯，環堵之室，茨以生草，蓬户不完，桑以爲樞而甕牖。」

〔一六〕勾　吴國欽本、王季思本改作「够」。參見校注〔一三〕。除别本外，吴本、王本後同，不另出校。

〔一七〕正末　王季烈本、隋樹森本删。

〔一八〕投托　投靠。《董解元西厢記》卷二【小石調】【花心動】：「可憐自家，母子孤孀，投托解元子個！」

〔一九〕首　王季思本誤作「句」。

〔二〇〕滋潤　報酬。

〔二一〕您那裏知道也　除吴曉鈴本外，各本下補「（唱）」。

〔二二〕我則待安樂窩中且避乖　安樂窩，宋邵雍居室名。《宋史·邵雍傳》：「初至洛，蓬蓽環堵，不蔽風雨，躬樵爨以事父母。雖平居屢空，而怡然有所甚樂，人莫能窺也。……富弼、司馬光、吕公著諸賢，退居洛中，雅敬雍，恒相從游，爲市園宅。雍歲時耕稼，僅給衣食，名其居曰『安樂窩』，因自號『安樂先生』。」避乖，躲避人我是非。乖，乖戾。《太平樂府》卷一徐再思小令【雙調】殿前歡「觀音山眠松」：「老蒼龍，避乖高卧此山中。歲寒心不肯爲梁棟，翠蜿蜒俯仰相從。」參見《玉鏡臺》第四折校注〔六六〕。

〔二三〕争柰我便時未來　王季烈本「便」字奪。按，便，猶是。參見《救風塵》第一折校注〔六九〕。時，時運。《史記·項羽本紀》：「力拔山兮氣蓋世，時不利兮騅不逝。」

〔二四〕魯大夫親贈他這千斛麥　魯大夫，三國時吴國魯肅。《三國志·吴書·魯肅傳》：「家富於財，性好施與。……周瑜爲居巢長，將數百人故過候肅，并求資糧。肅家有兩囷米，各三千斛，肅乃指一囷與周瑜。瑜益知其奇也，遂相親結，定僑札之分。」

〔二五〕龐居士可便肯放做來生債　據傳，唐襄陽居士龐藴，樂善好施，常放債而不索還。一日，忽聞家中驢馬作人語，原來都是前生欠債，今作驢馬填還。龐大驚，以謂平日所行善事，皆放做來生之債，即放驢馬，焚田宅券，挈家入鹿門山。明劉君錫有雜劇《龐居士誤放來生債》叙其事。

〔二六〕田孟嘗　田文。戰國時齊國貴族。襲其父田嬰爵，封於薛，稱薛公，號孟嘗君。被齊湣王任爲相國，以善養士著稱。曾聯合韓、魏，先後打敗楚、秦、燕三國。《史記》有傳。

〔二七〕一個個鋪眉苫眼妝些像態　吴國欽本、王季思本「妝」改作「裝」。按，妝，假裝。參見《蝴蝶夢》第一折校注〔三〕。鋪眉苫眼，眉眼下垂，形容裝模作樣。闕名氏《村樂堂》三折【醋葫蘆幺篇】：「打官司處使不着你粉鼻凹，覷不的鋪眉苫眼喬勢殺。」像態，樣子。息機子本武漢臣《玉壺春》三折【上小樓】：「覷不的千般像態，十分叵耐。」

〔二八〕肚腸　心胸。元刊本鄭廷玉《看錢奴》一折【六幺序幺】：「你自尊自大無高下，真乃是井底鳴蛙，窮漢肚腸些娘大。」

〔二九〕胸次　心胸。王實甫《芙蓉亭》殘折【元和令】：「他那般氣昂昂胸次捲江淮，你可是酒腸寬似海。」

〔三〇〕眼皮薄　眼界淺。

〔三一〕正末　王季烈本、隋樹森本删。

〔三二〕正末　王季烈本、隋樹森本删。

〔三三〕末　原奪，從諸本補。

〔三四〕你那讀書的窮酸餓醋有是麽好處　趙琦美「是」改作「甚」，王季烈本、隋樹森本、北京大學本、吴國欽本、王季思本從。王學奇本改作「什」。按，是，與「甚」同，音近假用。參看《詩詞曲語辭匯釋》卷一「是(三)」。後同，不另出校。窮酸餓醋，貧寒迂腐。《詞謔》卷二詞套八引王實甫《芙蓉亭》【仙吕】油葫蘆：「我不比窮酸餓醋教君怪，不放參緊閉上看書齋。」

〔三五〕你説那爲人的道理我是聽咱　趙琦美「是」校改作「試」，王季烈本、隋樹森本、北京大學本、吴國欽本、王學奇本、王季思本從。按，是，用同「試」。參看《詩詞曲語辭匯釋》卷一「是(二)」。後同，不另出校。王季烈本「咱」改作「者」。按，咱，猶吧。參見《調風月》第二折校注〔二五〕。後同，不另出校。

〔三六〕誰聽你那之乎者也的　除吴曉鈴本外，各本下補「(正末唱)」。

〔三七〕邦反坫、樹塞門，敢管之器小哉　邦，國。反坫，周代諸侯宴會時的一種禮節。諸侯宴飲畢，將酒杯反置於坫上。坫，正堂兩楹間放置禮器和酒具的土臺。樹，門屏。塞，遮蔽。《論語·八佾》：「曰：邦君樹塞門，管氏亦樹塞門；邦君爲兩君之好，有反坫，管氏亦有反坫。管氏而知禮，孰不知禮？」何晏集解：「鄭曰：反坫，反爵之坫，在兩楹之間。人君别内外，於門樹屏以蔽之。若與鄰國爲好會，其獻酢之禮，更酌，酌畢，則各反爵於坫上。今管仲皆僭爲之如是，是不知禮。」

〔三八〕抱德懷才　既有德行又有才學。抱，懷。亦作「懷才抱德」。鄭德輝《伊尹耕莘》二折汝方白：

「賢士懷才抱德，方今用人之際，大丈夫生於天地之間，濟世安民，忠君報國，乃是男兒所爲，沉埋田野，可惜了你那蓋世英才。」

〔三九〕你且得頓飽飯吃者　除吴曉鈴本外，各本下補「（正末唱）」。

〔四〇〕齏鹽運　貧苦的命運。齏鹽，貧苦。齏，腌菜。《唐宋諸賢絶妙詞選》卷八陳子高《臨江仙·有感》：「送老齏鹽何處是？我緣應在吴興。」

〔四一〕興衰　衰。

〔四二〕配四聖十哲　四聖，傳説中的四位上古帝王。《史記·太史公自序》：「維昔黄帝，法天則地，四聖遵序，各成法度。」裴駰集解：「徐廣曰：顓頊、帝嚳、堯、舜。」十哲，孔子的十個弟子。《論語·先進》：「德行顔淵、閔子騫、冉伯牛、仲弓，言語宰我、子貢，政事冉有、季路，文學子游、子夏。」朱熹集注：「程子曰：……門人之賢者，固不止此，曾子傳道而不與焉，故知十哲，世俗論也。」自唐定制，以上十人從祀孔廟，列侍孔子近側。後顔淵配享，升曾參；曾參配享，升子張。

〔四三〕定七政三才　七政，日、月與金、木、水、火、土五星。日月五星運行各有規律，以喻國家政治之有法度。《書·舜典》：「在璿璣玉衡，以齊七政。」孔氏傳：「七政，日月五星各异政。」三才，天、地、人。《易·説卦》：「昔者聖人之作《易》也，將以順性命之理，是以立天之道曰陰與陽，立地之道曰柔與剛，立人之道曰仁與義。兼三才而兩之，故《易》六畫而成卦，分陰分陽，迭用柔剛。」

〔四四〕敢則他這廟堂臣八輔三台　敢則，原來。則，後綴。臧本尚仲賢《氣英布》二折正末白：「一路行來，漸近成皋關了，怎不見漢家有甚麼糧草供應，人馬迎接？敢則是隨何自家的意思，要賺喒去獻功，那漢王還不知道哩。」廟堂臣，朝臣。廟堂，朝堂。《淮南子·主術》：「君人者，不下廟堂之上而知四海之外者，因物以識物，因人以知人也。」八輔三台，泛指高官重臣。八輔，未詳。輔，輔佐之臣。《禮記·文王世子》：「虞、夏、商、周，有師保有疑丞，設四輔及三公。」孔穎達疏：「其四輔者，案《尚書大傳》云：古者天子必有四鄰，前曰疑，後曰丞，左曰輔，右曰弼。」三台，喻三公。《後漢書·楊震傳》：「蛇鱣者，卿大夫服之象也。數三者，法三台也。先生自此升矣。」參見《蝴蝶夢》第四折校注〔九三〕。

〔四五〕氣高樣大　志氣高架子大，高傲。

〔四六〕我也不趕你去也　除吳曉鈴本外，各本下補「（正末唱）」。

〔四七〕捱　原作「睚」，從趙琦美校改。王季烈本、隋樹森本、北京大學本、吳國欽本、王學奇本、王季思本亦從改。

〔四八〕不徹　王季思本「據文意」上補一「還」字。

〔四九〕穩情取　必定。取，後綴。參看《詩詞曲語辭匯釋》卷三「情取」。

〔五〇〕唱　王季烈本、隋樹森本、北京大學本、吴國欽本、王學奇本、王季思本上補「正末」。

〔五一〕閣　原作「簷」，從王季烈本、北京大學本、吴國欽本、王學奇本改。

〔五二〕則不　趙琦美右下校增一「但」字，王季烈本、吴曉鈴本、隋樹森本、北京大學本、王學奇本、王季思本從。按，則不，不只。參看《詩詞曲語辭匯釋》卷一「則（三）」。

〔五三〕尚兀自絶糧孔聖居陳蔡　尚兀自，尚且。《水滸傳》一回：「（洪太尉）心中想道：『我是朝廷貴官，在京師時，重裀而卧，列鼎而食，尚兀自倦怠，何曾穿草鞋，走這般山路！』」絶糧孔聖，參見《玉鏡臺》第一折校注〔四七〕。

〔五四〕有是麽好處　除吴曉鈴本外，各本下補「（正末唱）」。

〔五五〕他　王季思本改作「你」。

〔五六〕唱　除吴曉鈴本外，各本上補「正末」。

〔五七〕淺埃　輕塵，比喻社會底層。

〔五八〕安　吴曉鈴本奪。

〔五九〕盈　原作「迎」，從吴國欽本、王學奇本、王季思本改。北京大學本校勘記亦謂「疑當作『盈』」。

〔六〇〕碧油幢　青緑色的油車篷，代指華貴的車子。幢，車簾。南齊時公主用碧油幢。唐時御史及其他大臣多用之。《全唐詩》卷六五三方干《上越州楊嚴中丞》：「試把十年辛苦志，問津求拜碧油幢。」

〔六一〕片雲遮頂　比喻得到别人的恩澤。脈望館鈔本張國賓《汗衫記》頭折趙興孫白：「您孩兒到前面死了呵，那生那世，做驢做馬，填還那壁姑夫。若不死呵，但得片雲遮頂，此恩必當重報也。」

〔六二〕交　王季烈本、隋樹森本、北京大學本、吴國欽本、王季思本改作「教」。按，「交」「教」同音通用，不煩校改。參看《詩詞曲語辭匯釋》卷一「教(一)」。

〔六三〕再也不上你家門來　除吴曉鈴本外，各本下補「(唱)」。

〔六四〕寄　放。《莊子·繕性》：「軒冕在身，非性命也，物之儻來，寄者也。」

〔六五〕「吾豈匏瓜也哉」《論語·陽貨》：「吾豈匏瓜也哉，焉能繫而不食？」朱熹集注：「匏瓜繫於一處，而不能飲食，人則不如是也。」

〔六六〕辱末　王季烈本、吴國欽本、王季思本「末」改作「没」。按，辱末，辱没。參見《哭存孝》第一折校注〔四六〕。

〔六七〕天香　御香。《全唐詩》卷七〇六黄滔《奉和翁文堯員外經過七林書堂見寄之什》：「駟馬寶車行錫禮，金章紫綬帶天香。」

〔六八〕放心也　王季烈本、隋樹森本、王季思本作大字。按，此係帶白，應作小字。

〔六九〕不道的　不會。闕名氏《千里獨行》一折關末白：「嫂嫂，當初依着關羽呵，今日不道的有失也。」參見《蝴蝶夢》第二折校注〔三三〕。

〔七〇〕里　趙琦美校改作「裡」。王季烈本、吴曉鈴本、隋樹森本、北京大學本、吴國欽本、王學奇本、王季思本改作「哩」。按，里，哩。參見《哭存孝》第二折校注〔一四〕。

〔七一〕非　王季烈本下補一「同」字，雙行小注云：「原無同字，今補。」北京大學本、吴國欽本、王學奇本、王季思本從。

〔七二〕當來　吴國欽本、王季思本「當」改作「將」。按，當來，將來。《魏書·崔亮傳》：「但令當來君子，知吾意焉。」

〔七三〕里　趙琦美校改作「哩」，諸本從。參見校注〔七〇〕。

〔七四〕旦　王季烈本、吴曉鈴本、北京大學本、吴國欽本、王學奇本下補一「兒」字。

第二折

（長老引浄行者〔一〕上，云）老去〔二〕禪僧不下階，兩條眉似雪分開；有人問我年多少，澗下枯松是我栽。老僧汴梁白馬寺長老是也。自幼捨俗出家，在白馬寺中修行。但是四方客官，都來寺中游玩。此處有個秀才，姓裴，名度，字中立，此人文武全才，柰時運未至，此人每日來寺中，老僧三頓齋食管待〔三〕。今日無甚事，方丈中閑〔四〕坐。行者，門首覷者，看有是麽人來。（浄行者云）阿彌陀佛！阿彌陀佛！南無爛蒜吃羊頭，娑婆〔五〕娑婆，抹妳抹妳。理會的。（王員外上，云）自家王彦實。來到這白馬寺中也。行者，你師父在家麽？（浄行者〔六〕云）撲〔七〕之。師父不在家。（員外云）那裏去了？（浄行者云）去姑子庵子裏做滿月去了。（員外云）報復去，道我王員外在於門首。（浄行者云）哄你耍子里〔八〕！師父，王員外在門首。（長老云）道有請。（浄行者云）有請！（做見科）（長老云）員外從何而來？請坐！（員外云）小人無事可也不來。敢問長老，裴中立這幾日來也不來？每日見不見〔九〕？（長老云）終日在此寺中。（員外云）長老，小人有一件事央及長老。我留下這兩〔一〇〕個銀子，若裴度來時……（打耳喑〔一一〕科）（長老云）員外放心，都在老僧身上。你吃茶去。（浄行者云）擣蒜泡茶〔一二〕來！（員外云）不必吃茶了，長老勿罪！我出的這門來。我爲何不留裴度在我家裏住？我則怕此人墮落〔一三〕了功名。胸中志氣吐虹霓，争柰文齊福不齊〔一四〕！一朝雲路飛騰遠，脱却白襴換紫衣。（下）（長老云）員外去了也。老僧逐日〔一五〕常管齋食，今日這早晚裴中立敢待來也。（正末上，云）小生裴度。前者被姨娘姨夫一場羞辱，小生中心藏之，何日忘之！小生多虧這白馬寺長老，一日三齋，未嘗有缺。每談清話〔一六〕，甚得其清致〔一七〕。小生日日寺中三齋，到晚在這城南山神廟中安歇。時遇冬天，今日早間起來，出廟時尚且晴明，入的城來一天風雪，紛紛揚揚下着國家祥瑞。好大雪也呵〔一八〕！

【南吕一枝花】恰便似梅花遍地開，柳絮因風起。有山皆瘦嶺〔一九〕，無處不花飛。凛冽風吹，風纏雪銀鵝戲，雪纏風玉馬〔二〇〕垂。採樵人荷擔空回，更和那釣魚叟披蓑倦〔二一〕起。

【梁州】〔二二〕看路徑行人絶迹，我可便聽園林凍鳥時〔二三〕啼。這其間袁安高卧〔二四〕將門閉。這其間尋梅的〔二五〕意懶，訪戴的〔二六〕心灰，烹茶的得趣，映雪的〔二七〕傷悲。冰雪堂凍蘇秦懶謁張儀〔二八〕，藍關〔二九〕下孝韓湘喜遇昌黎。我、我、我，飄的這眼眩曜〔三〇〕，認不的個來往回歸；是、是、是，我可便心恍惚，辯〔三一〕不的個東西南北；呀、呀、呀，屯的這路瀰漫，分不的個遠近高低。瓊姬〔三二〕素衣，紛紛巧剪鵝毛細；戰八百萬玉龍退，敗鱗甲縱横上下飛〔三三〕。可端的羨殺馮夷〔三四〕！

（正末〔三五〕云）這雪越下的大了也〔三六〕！

【隔尾】這其間正亂飄僧舍茶烟濕，密灑歌樓酒力微，青山也白頭老了塵世。都不到一時半刻，可又早周圍四壁，添我在冰壺畫圖裏。

（正末〔三七〕云）可早來到也。我入的這方丈門來。無人報復，我自過去。（見長老科）（净行者云）裴秀才來了也，我報復去。有裴秀才在門首。（長老云）恰纔説罷，裴秀才來到。請坐！行者，看茶來；一壁看齋，裴秀才這早晚不曾吃飯里〔三八〕！（净行者云）看齋！小葱兒鍋燒肝白腸〔三九〕。（正末云）小生多蒙吾師厚德管待，此恩終朝〔四〇〕不忘，小生异日必當重報！（長老云）中立不見外，但忘懷而已〔四一〕！無物爲款，聊盡薄心也〔四二〕。

【牧羊關】念〔四三〕小生居在白屋，處於布衣，多〔四四〕感謝長老慈悲！爲小生緣薄，承吾師厚禮，見一日無空過，整三頓飽齋食。我〔四五〕今日患難哀憐我，久以後得峥嶸答報你。

（長老云）先生，近者有一等閭閻〔四六〕市井之徒暴發，爲人妄自尊大，追富傲貧；據先生滿腹才學，爲人忠厚，處於布衣：其理〔四七〕善惡兩途，豈不嘆哉！（正末云）吾師不知，如今有等輕薄之子，重色輕賢，真所爲〔四八〕井底之蛙耳，何足挂齒也〔四九〕！

【罵玉郎】有那等嫌貧愛富的兒曹輩，將俺這貧傲慢，把他那富追陪〔五〇〕，那個肯恤孤念寡存仁義？有那一等靠着富貴，有千萬喬〔五一〕所爲，有那等誇强會〔五二〕。

（長老云）秀才真乃英才之輩，比他人不同也〔五三〕！

【感皇恩】他顯耀些飽暖衣食，賣弄些精細伶俐，怎聽他假文談〔五四〕，胡答應〔五五〕，强支持！出身於市井，便顯耀雄〔五六〕威，則待要邀些名譽，施些小惠，要些便宜。

（長老云）真乃君子小人不同也〔五七〕！

【採茶歌】無才學有權勢，有文章受驅馳，長老〔五八〕，這的是鶴長鳧〔五九〕短不能齊！比小生剩趲浮財潤自己，比吾師身穿幾件虼蝻皮。

（長老云）行者，看齋食裴秀才吃，共話一日，肚中饑了也。（净行者擺齋科）（正末云）小生逐日定害，何以克當！（長老云）先生何故如此發言？你則是未遇間，久以後必當登雲路〔六〇〕。行者，門首看者，看有是麼人來，報復我知道。（外扮趙野鶴上，云）睹物〔六一〕觀容知禍福，相形風鑒〔六二〕辨低高；道號皆稱無虚子，肉眼通神趙野鶴。貧道姓趙，雙名野鶴，道號無虚道人。自幼習學風鑒，貧道我斷人生死無差，相人貴賤有準，是這汴梁人氏。此處白馬寺有一僧人，乃是惠民長老，是我同堂故友，此人自〔六三〕幼捨俗出家。貧道在此貨卜爲生，每日到於寺中閑〔六四〕坐。今日到於寺中探望長老走一遭去。可早來到也。行者，你師父在方丈中麼？（净行者云）師父方丈中有。（野鶴云）報復去。（净行者云）理會的。師父〔六五〕，有〔六六〕趙野鶴在於門首。（長老云）有請！（净行者云）先生，師父有請！（見科）（長老云）先生，數日不見，請坐！（野鶴云）長老請坐〔六七〕！（長老云）裴中立，你與先生相見咱。此人乃趙野鶴，善能風鑒，斷人生死貴賤〔六八〕如神。（正末云）小生雖與足下識荆〔六九〕，所煩〔七〇〕相小生禍福咱。（野鶴做驚科，云）此位秀才何人？（長老云）先生，此人姓裴，名度，字中立，學成滿腹文章，未曾進取功名，有煩先生相裴秀才幾時爲官。（野鶴云）秀才，你恕罪，我這陰陽有準，我斷人禍福無差。可惜也！你看你凍餓紋入口，横死紋鬢角連眼，魚尾相牽入太陰〔七一〕，游魂無宅死將臨，下侵口角如烟霧，即目〔七二〕形軀入土深。可憐也！你明日不過午，你一命掩泉土，明日巳〔七三〕時前後，你在那亂磚瓦之下板僵〔七四〕身死。可憐也！（正末云）此人見小生身上藍縷〔七五〕，故云〔七六〕如此，特地眇視〔七七〕於小生，好世情也呵！（野鶴云）秀才，你休怪！我是肉眼通神相，看你面貌上無一部可觀處；你看你五露、三尖、六極！五露者，是眼突、耳反〔七八〕、鼻仰、唇掀〔七九〕、喉結〔八〇〕。經曰：一露二露，有衫無袴；露若至五，夭壽孤苦；五露俱無，福壽之模〔八一〕。六極者：頭小爲一極，夫妻不得力；額小爲二極，父母少温習〔八二〕；目小爲三極，平生少知識〔八三〕；鼻小爲四極，農作無休息；口小爲五極，身無剩衣食；耳小爲六極，壽命暫〔八四〕朝夕。我與你細細的詳推〔八五〕。

【賀新郎】通神的許負〔八六〕細詳推，地閣天倉〔八七〕，蘭臺廷尉〔八八〕，則他那山根〔八九〕印堂人中貴，五露三停〔九〇〕六極，龍角魚尾伏犀〔九一〕；肉眼藏天地理，風鑒隱鬼神機。斷禍福、觀氣色、占凶吉，這厮好世情看冷暖，人面逐高低！

（野鶴云）秀才，你休怪小子〔九二〕。我敢斷人生死無差，生則便生，死則便死，相法中無有不準。江湖上誰不知道肉眼通神相！人皆稱呼我做無虚道人〔九三〕。

【哭皇天】嘌聲〔九四〕！這厮得道誇經紀，學相呵説是非，無半星兒真所爲，衠一剗説兵機〔九五〕。

（正末〔九六〕云）裴度，怨他怎的！（唱）大剛來則是我時兮命矣！我雖在人閭閻〔九七〕之下、眉睫之間，又不比斗筲之器、疥癬之疾。雖然是我身貧，我身貧志不移；我心經綸天地，志扶持社稷。

【烏夜啼】穩情取禹門三級登鰲背〔九八〕，振天關平地聲雷〔九九〕。看堂堂圖相〔一〇〇〕麒麟内，有一日列鼎而食，衣錦而回。那其間青霄獨步上天梯，看姓名亞等〔一〇一〕呼先輩；攀龍鱗，附鳳翼，顯五陵豪氣，吐萬丈虹霓。

（野鶴云）相法所斷，何故大怒？（長老云）裴中立，雖然相法中如此斷，也看人心上所積，可不道人有可延之壽也？（野鶴云）小子無虛言也〔一〇二〕！

【煞】噤聲〔一〇三〕！我則理會的「先王之道斯爲美」〔一〇四〕，正是「不患人之不己知」〔一〇五〕。則你是個巧言令色打家賊，不辯個貴賤高低！按不住浩然之氣，你看我登科甲便及第。若是我金榜無名誓不回，有一日我獨步丹墀。

（長老云）秀才，再答話一回去波〔一〇六〕。（正末不辭出門科，云）罷、罷、罷〔一〇七〕！

【尾聲】雖是我十年窗下無人比，穩情取一舉成名天下知。（野鶴云）可惜此人文齊福不至〔一〇八〕也！（唱〔一〇九〕）我既文齊福不齊，脱白襴，换紫衣，列虞候〔一一〇〕，擺公吏，那威嚴，那英氣，那精神，那雄勢，腆着胸脯，撚着髭髯〔一一一〕！寶雕鞍側坐，鑌鐵鐙斜挑，翠藤鞭款裊〔一一二〕，縷金轡輕搖，笑吟吟喜春風驟、馬嬌〔一二三〕嘶。列紫衫銀帶，擺綉帽宫花，簇朱幢皂蓋，擁黄鉞白旄，那其間酬心願，遂功名，還故里。（下）

（長老云）裴中立含怒而去。（野鶴云）可惜裴秀才，明日不過午，必定掩泉土。此人死於亂磚瓦之下，板僵身死。長老，小子告回也。（長老云）先生，再坐一會兒去。（野鶴云）小子不必坐，明日再來望。我出的寺門來。且回我家中去也。（下）（長老云）裴中立如此造物〔一二四〕！（净行者云）苦哉也！（長老云）老僧且回方丈中。待到明日，若日午之後裴中立若〔一二五〕來時，萬千〔一二六〕歡喜；若午後真個不來，老僧領着行者，親身直到城外山神廟，看裴秀才走一遭去。（下）（净行者云）阿彌陀佛！這一會打在亂磚瓦底下，苦也！苦也！（下）

（韓夫人同韓瓊英上，云）花有重開日，人無再少年，休道黄金貴，安樂最值錢。老身姓李，夫主姓韓。夫主爲洛陽太守。別無得力兒男，止有一女，小字瓊英，嫡親的三口兒家屬。爲因上司差國舅傅彬計點河南府錢糧，至此洛陽，問我夫主要下馬錢一千貫。因我夫主在此洛陽秋毫無犯，家無囊畜〔一二七〕之資，亦難去科斂民財，我夫主未曾應酬，以此傅彬懷恨。不期傅彬使過官錢一萬貫，後來事發到官，問傅彬追徵前項贓物，不想傅彬指〔一二八〕下夫主三千貫贓。都省〔一二九〕無好官長，奏聞行移至本府〔一三〇〕，提下夫主下於縲绁〔一三一〕，陪〔一三二〕贓三千貫。事以不明，難爲〔一三三〕伸訴。争柰下情不能上達，何須分辯！休越朝廷法例，舒心陪納。家中收拾，止勾送飯日用而已。俺兩口兒面上，衆親戚賫助一千貫。老身止〔一三四〕生的這個孩兒，因父祖名家，老身嚴加訓教，此女讀書吟詩寫字。在城裏外多虧我這女孩兒懷羞搦筆〔一三五〕題詩，救父之難，得市户鄉民惻隱，一則爲他父清廉，二則因我這女孩兒孝道，半年中抄化〔一三六〕到一千貫。陸續納入官，前後二〔一三七〕千貫，尚有一千貫未完，夫主未〔一三八〕能脱禁。孩兒也，恁的呵如之柰何！（瓊英云）母親，您孩兒今日早上街，有人道：「小姐，城中閣裏人事上也絮繁〔一二九〕了。近日朝廷差一〔一三〇〕公子，來此歇馬〔一三一〕，今日往城東去了也，有人見在郵亭〔一三二〕上賞雪飲酒觀梅。你去那裏走一遭，但得些滋潤，便勾了也。」妾身想來也説的是，不曾與母親説知，未敢擅便。（卜兒云）既然如此，你今日便索出城東，往郵亭處投奔那公子走一遭去。孩兒，你疾去早來，休着我憂心。（下）（瓊英云）理會的。我收拾灰罐〔一三三〕、筆，便索往郵亭投奔李公子走一遭去。（下）

（外扮李公子上，云）祖父艱辛立業成，子孫榮襲受皇恩；爲臣輔弼行肱股，保助皇朝享太平。某姓李，名文俊，字邦彦。今奉聖人命，爲因各處濫官污吏苦害良民；或有山間林下，懷才抱德，隱迹埋名，屈於下流，着某隨處體察採訪。某來到這洛陽歇馬，紛紛揚揚下着國家祥瑞，領着從人，將着紅乾臘肉、酒果杯盤，來至這城東郵亭上。你看那雪飄梅放，正好賞心樂事。（祗候云）大人，滿飲一杯。（把盞科）（公子云）這早晚這雪越下的大了也。慢慢的飲幾杯。（瓊英上，云）妾身韓瓊英。出的這城來，一天風雪。雖然如此受苦，我爲父母，也是我出於無柰。説話中間，兀的不到郵亭也。這一簇人馬，那公子正在郵亭上飲酒里。我拂了我這頭上雪，上郵亭去咱。（李公子見科，云）大雪中一個女子提着個灰罐上這郵亭來，必然是題詩。（祗候云）兀那女子！那裏去？（公子云）祗候人，休驚諕着他，着那個女子近前來。（祗候云）女子，你靠前把體面〔一三四〕。（瓊英放下灰罐科）（李公子云）兀那女子，誰氏之家？姓甚名誰？因何大雪中提着個灰罐兒？來這郵亭上有何事？你是説一遍咱。（瓊英云）妾身洛陽太守韓廷幹之女。爲因〔一三五〕朝廷差國舅傅彬計點河南各府錢糧，來至此洛陽，問家尊要下馬錢共起馬錢。爲因家尊治官廉潔，秋毫無犯，家無囊畜之資，亦難去科斂民財，處〔一三六〕正道公行，不曾應酬，傅彬懷恨。不想傅彬賊心，侵使過官錢一萬貫，後因事發，問傅彬追徵前項贓物，誰想傅彬懷挾前讎，指〔一三七〕家尊三千貫。都省無好官長，奏聞行移，文書至本府，提下家尊下於縲絏，陪贜三千貫。事以不明，難爲伸訴。既下情不能上達，何須分辯〔一三八〕！休越朝廷法例，舒心陪納。家中收拾，止〔一三九〕勾送飯日用而已。父母面上，衆親戚處賫助了一千貫。父母止〔一四〇〕生妾一個，因父祖名家，老母家訓，教妾讀書吟詩寫字。城裏城外〔一四一〕，妾身懷羞，無計所奈，捌筆題詩，救父〔一四二〕之難。得市户鄉民惻隱，一則爲父清廉，二則因妾孝道，半年中〔一四三〕抄化到一千貫。陸續納入官府，前後納勾〔一四四〕二千貫了，如今尚有一千貫未完，不能勾救我父親脱禁。聽知的大人在此郵亭中賞雪觀梅，妾身特來大人處獻詩。（公子云）却原來是爲傅彬那個逆賊攀指，累及好人無故繫獄！此天理何在！日月雖明，不照覆盆之下！看〔一四五〕説此一事，韓公實是冤枉。兀那小姐，汝父既是如此，你何不伸訴你父冤枉，與朝廷辯明此事？（瓊英云）係是〔一四六〕朝廷法例，焉肯與賊子折證〔一四七〕辯明？情願舒心陪納。（公子云）朝廷有如此廉良之臣，埋没於斯！兀那小姐，如今你父親合納三千貫贜，有二千貫也，尚有一千貫未完；又難得如此孝道之女，天地神明豈無照察！李邦彦也，可不道見義不爲無勇也？我有這兩條玉帶，價值三千貫，兀那小姐，我與你救父陪贜，成此勝事。兀那小姐，既然你會吟詩，你就指這雪爲題，作詩一首可不好？若有詩，此玉帶便與你；若無詩呵，這玉帶不與你。（瓊英拜科）（公子云）兀那祇候，你隨身帶着那文房四寶，與那女子紙筆，教他寫。（祇候云）理會的。（祇候與旦紙筆科，云）兀那女子，與你紙筆。（瓊英做尋思寫科，云）詩就了也，我就寫在這紙上。（做寫科了）（公子云）好寫染也，我是看咱。詩曰：合是今年喜瑞新，皇天輔得玉麒麟；太平有象雲連麥〔一四八〕，普濟禎祥救萬民。（公子云）嗨！此詩中意，題雪褒獎，甚有比喻，此女子非凡。再吟咏一首，看後意如何。小姐，你既有如此大才，可指雪再吟咏一首。（瓊英云）既公子命，妾拙〔一四九〕才，再題一首。（寫科了）（公子看云）詩曰：逞祥遍迥〔一五〇〕飛瓊鳳，表瑞騰空墜〔一五一〕素鸞；爲國於〔一五二〕民能潤物，休將樹稼等閑看。嗨！此詩中意，有世教〔一五三〕，有機見〔一五四〕，有志氣，有彼此〔一五五〕，得詩家之興也。非我多事，休嫌絮繁，指此梅花再咏一首。（旦云）既公子命，妾再題一首。（又寫科）（公子云）詩曰：性格孤高幽谷載〔一五六〕，清香獨不染纖埃〔一五七〕。歲寒一點真〔一五八〕如許，待許〔一五九〕春回向暖開。此詩中志氣不小！這首詩是白梅，你覷，兀那窗外臘梅一樹，你何不指臘梅煩作一首？（旦又寫科了）（公子云）詩曰：時人未識顏如臘，惟妾心知清似冰；志在中央得正氣，暗香別是一般清。此女子天資天才兩絶〔一六〇〕，詩不勾〔一六一〕思，出語走筆成文，非同小可。咏此四絶句豈不清致〔一六二〕？大志不淺！此女子有丈夫之剛，又兼父廉母嚴女孝，此一門〔一六三〕古今稀有！小官聞知汝父之冤枉，某奉命專察不明之事，我將此一事我自動文書往京師奏知。兀那小姐，你將此帶去，此帶價真〔一六四〕千貫，救父贓完〔一六五〕脱禁。（做與帶科）（旦謝科，云）索是〔一六六〕謝了大人深恩厚意！（公子云）你休如此説，你便去救你父親去。小官在此洛陽體察的如此一庄〔一六七〕事，我不敢久停久住，則今日便索往京師去也。覆命親身離洛陽，一門忠孝有綱常，女孝父廉遭危難，拔擢英賢奏帝王。（下）（旦云）感謝祖宗！不想遇着公子，得一條玉帶，價值千貫，可救父難，得脱縲绁之灾。我不敢久停，將着玉帶報知母親去。（下）

校注

〔一〕行者　佛門中方丈之侍者。《釋氏要覽》卷上：「《善見律》云：『有善男子欲求出家，未得衣鉢，欲依寺中住者，名畔頭波羅沙。』今詳，若此方行者也。」

〔二〕去　原作「老」，從王季烈本、吴曉鈴本、隋樹森本、吴國欽本、王學奇本、王季思本改。

〔三〕管待　吴國欽本「管」改作「款」。按，管待，即款待。參見《單刀會》第四折校注〔六三〕。後同，不另出校。

〔四〕閑　王季思本改作「閒」。按，閑，通「閒」。静。《文選》卷二十四嵇叔夜《贈秀才入軍五首》之五：「閑夜肅清，朗月照軒。」

〔五〕娑婆　佛教用語。堪忍。衆生安忍於此不肯出離，故云。娑婆世界，即釋迦牟尼佛所教化的三千大千世界。釋窺基《法華經玄贊》二：「乃是三千大千世界，號爲娑婆世界也。」此處用作打諢。

〔六〕者　原誤作「去」，從諸本改。

〔七〕撲　博。《東京夢華録》卷七：「池苑内除酒家藝人占外，多以綵幕繳絡，鋪設珍玉、奇玩、匹帛、動使、茶酒器物關撲。有以一笏撲三十笏者，以至車馬、地宅、歌姬、舞女，皆約以價而撲之。」這裏意猶猜。

〔八〕里　趙琦美校改作「哩」，諸本從。參見頭折校注〔七〇〕。

〔九〕見不見　第一個「見」字原奪，從王季烈本補。王本於第一個「見」字下雙行小注云：「原無見字，今補。」吴曉鈴本、隋樹森本亦從補。吴國欽本校改作「見不」，校記云：「見不：原誤倒爲『不見』，今改。」

〔一〇〕兩　王季思本奪。

〔一一〕耳喑「喑」原作「恁」，從王季烈本、隋樹森本、吴國欽本、王季思本改。耳喑，耳語。闕名氏《隔江鬥智》三折：「（諸葛亮云）……你近前來。（做打耳喑科，云）你與主公穿衣時，悄悄送這錦囊，教主公袖了，再打個耳喑，教主公酒散只妝醉，掉下錦囊，待孫權拾去，自有妙計。」

〔一二〕泡茶「泡」原作「炮」，從吴國欽本、王季思本改。泡茶，沏茶。茶内常加乾果、蜜餞等。《古今小説·新橋市韓五賣春情》：「這兩包粗果，送與姐姐泡茶。」

〔一三〕墮落　誤。臧本鄭德輝《倩女離魂》三折【哨遍】：「爲甚麽把婚聘禮不曾題？恐少年墮落了春闈。」

〔一四〕文齊福不齊　熟語，才學好福分不好。齊，好。《詩·召南·采蘋》：「誰其尸之，有齊季女。」馬瑞辰通釋：「齊者，齋之省借。《廣雅》：『齋，好也。』《玉篇》引《詩》『有齋季女』。」

〔一五〕逐日　天天。《全唐詩》卷四五二白居易《首夏》：「料錢隨月用，生計逐日營。」

〔一六〕清話　高雅的言談。《全唐詩》卷二〇〇岑參《虢州卧疾喜劉判官相過水亭》：「見君勝服藥，清話病能除。」

〔一七〕清致　吴國欽本「清」改作「情」。按，清，高雅。《全唐詩》卷二八一章八元《酬劉員外月下見寄》：「獨謡聞麗曲，緩步接清言。」清致，高雅的情趣。

〔一八〕好大雪也呵　除吴曉鈴本外，各本下補「(唱)」。

〔一九〕瘦嶺　王季思本校云：「疑是『庾嶺』，指大庾嶺。」按，瘦，形容削直突兀。《柳河東先生集》卷二十九《游黄溪記》：「地皆一狀，樹益壯，石益瘦，水鳴皆鏘然。」

〔二〇〕玉馬　懸挂在屋檐間的玉片。脈望館古名家本白仁甫《秋夜梧桐雨》四折【蠻姑兒】：「驚我來的又不是樓頭過雁，砌下寒蛩，檐前玉馬，架上金鷄，是兀那窗兒外梧桐上雨瀟瀟。」

〔二一〕倦　原作「捲」，從王季思本改。

〔二二〕【梁州】　王季思本作「【梁州第七】」。

〔二三〕時　偶爾。《唐宋諸賢絶妙詞選》卷二歐陽永叔《蝶戀花·春情》：「花裏鶯聲時一弄，日斜驚起相思夢。」

〔二四〕袁安高卧　袁安，字邵公，東漢汝陽人。《後漢書·袁安傳》李賢注引《汝南先賢傳》：「時大雪，積地丈餘，洛陽令自出案行，見人家皆除雪出，有乞食者。至袁安門，無有行路，謂安已死，令人除雪，入户，見安僵卧。問何以不出，安曰：『大雪人皆餓，不宜干人。』令以爲賢，舉爲孝廉也。」

〔二五〕尋梅的　指孟浩然。相傳孟浩然曾於風雪天騎驢去灞陵欣賞梅花。程羽文《詩本事》云：「孟浩然詩思在灞橋風雪中驢子背上。」《録鬼簿》著録馬致遠有雜劇《踏雪尋梅》，已佚。

〔二六〕訪戴的　指王子猷。《世説新語·任誕》：「王子猷居山陰，夜大雪，眠覺……忽憶戴安道。時戴在剡，即便夜乘小船就之。經宿方至，造門不前而返。」

〔二七〕映雪的　指孫康。參見《拜月亭》第二折校注〔三〕。

〔二八〕冰雪堂凍蘇秦懶謁張儀　闕名氏《凍蘇秦衣錦還鄉》雜劇叙，蘇秦與張儀原爲同窗，張儀任秦國丞相後，尚未做官的蘇秦前往拜謁，張爲激勵其志，故意在冰雪堂慢待他。懶，嫌惡。《集韻》去聲夳韵：「懶，懀懶，嫌惡」；落蓋切。

〔二九〕藍關　「關」原誤作「橋」，從趙琦美校改。王季烈本、隋樹森本、北京大學本、吴國欽本、王學奇本、王季思本亦改。吴曉鈴本校勘記亦謂改「關」字是。藍關，韓愈被貶途遇其侄孫韓湘處。劉斧《青瑣高議》前集卷九：「公曰：『子安能奪造化開花乎？』湘曰：『此事甚易。』公適開宴，湘預末坐，取土聚於盆，用籠覆之。巡酌間，湘曰：『花已開矣。』舉籠見岩花二朵，類世之牡丹……公細視之，花朵上有小金字分明可辨，其詩曰：『雲横秦嶺家何在？雪擁藍關馬不前。』公也莫曉其意。飲罷，公曰：『此乃幻化之一術耳，非真也。』湘曰：『事久乃驗。』不久，湘告去，不可留。公以言佛骨事，貶潮州。一日途中，公方凄倦，俄有一人冒雪而來。既見，乃湘也。……湘曰：『公憶向日花上之句乎？乃今日之驗也。』公思少頃，曰：『亦記憶。』因詢地名，即藍關也。公嘆曰：『今知汝异人，乃爲汝足成此詩。』詩曰：『一封朝奏九重天，夕貶潮陽路八千。本爲聖明除弊事，敢將衰朽惜殘年！雲横秦嶺家何在？雪擁藍關馬不前。知汝遠來深有意，好收吾骨瘴江邊。』」

〔三〇〕眩曜　王季烈本、王季思本「曜」改作「耀」，吴曉鈴本、北京大學本、吴國欽本、王學奇本改作「矅」。按，曜，同「覞」。《集韻》去聲笑韵：「覞，《説文》：『視誤也。』或作𥉒曜」；弋笑切。《説文解字》八下見部：「覞，視誤也。」桂馥義證：「視誤也者，《廣韻》『視不定也』。」眩曜，眼目昏花。

〔三一〕辯　王季烈本、隋樹森本、北京大學本、吴國欽本、王學奇本、王季思本改作「辨」。按，辯，通「辨」。參見《哭存孝》第二折校注〔元〕。後同，不另出校。

〔三二〕瓊姬　傳説中的主霜雪之神。

〔三三〕戰八百萬玉龍退，敗鱗甲縱横上下飛　吴曉鈴本、隋樹森本、北京大學本、吴國欽本、王學奇本、王季思本「敗」字斷屬上句。按，「退」字韵，應在其下點斷。「敗」字屬下句。敗鱗甲，這是以被戰退的玉龍之敗鱗殘甲來形容滿天飛雪。俞文豹《清夜録》：「慶曆間，華州士人張元昊累舉不中第，落魄不得志，負氣倜儻，有縱横材。……《雪詩》云：『戰罷玉龍三百萬，敗鱗殘甲滿天飛。』」

〔三四〕馮夷　傳説中的江河之神，即河伯。干寶《搜神記》卷四：「宋時弘農馮夷，華陰潼鄉堤首人也。以八月上庚日渡河溺死，天帝署爲河伯。」

〔三五〕正末　王季烈本、隋樹森本删。

〔三六〕這雪越下的大了也　除吴曉鈴本外，各本下補「（唱）」。

〔三七〕正末　王季烈本、隋樹森本删。

〔三八〕里　趙琦美校改作「哩」，王季烈本、隋樹森本、北京大學本、吴國欽本、王學奇本、王季思本從。參見頭折校注〔七三〕。後同，不另出校。吴曉鈴本校云：「里——明鈔本此字墨改爲『裡』字。」按，吴校誤。

〔三九〕白腸　吴國欽本乙改作「腸白」。

〔四〇〕終朝　王季思本「朝」改作「生」。按，終朝，終生。參見《謝天香》第一折校注〔六〇〕。

〔四一〕已　原作「矣」，從王季烈本、隋樹森本、北京大學本、吴國欽本、王學奇本、王季思本改。

〔四二〕聊盡薄心也　除吴曉鈴本外，各本下補「（正末唱）」。

〔四三〕念　可憐。參看《詩詞曲語辭匯釋》卷五「念」。

〔四四〕多　十分。《劉知遠諸宫調》第十一【般涉調】【沁園春】【尾】：「劉知遠，多勇鋭，一條偏（扁）擔使得熟會，獨自個當敵四下裏。」

〔四五〕我　王季思本改作「你」。

〔四六〕閣　原作「簷」，從王季烈本、隋樹森本、北京大學本、吴國欽本、王學奇本、王季思本改。參見頭折校注〔五二〕。

〔四七〕其理　王季烈本「理」字下雙行小注云：「理下疑有脱誤。」王季思本「據文義」下補「安在」二字。

〔四八〕所爲　隋樹森本、吴國欽本、王學奇本、王季思本「爲」改作「謂」。按，所爲，所謂。爲，通「謂」。參見《竇娥冤》第四折校注〔二九〕。

〔四九〕何足挂齒也　除吴曉鈴本外，各本下補「（唱）」。

〔五〇〕陪　原作「倍」，從諸本改。

〔五一〕喬　假。參看《詩詞曲語辭匯釋》卷五「喬」。

〔五二〕誇强會　逞能。臧本馬致遠《任風子》三折【石榴花】：「你個婆娘婦女誇强會，直尋到這搭兒田地。」

〔五三〕比他人不同也　除吴曉鈴本外，各本下補「（正末唱）」。

〔五四〕文談　文雅的談吐。《世説新語·言語》「謝胡兒語庾道季」劉孝標注引徐廣《晋紀》：「龢字道季，太尉亮子也。風情率悟，以文談致稱於時。」

〔五五〕答應　答對。臧本紀君祥《趙氏孤兒》三折程嬰白：「我説道這小的莫非是趙氏孤兒麼？只見他登時變色不能答應。」

〔五六〕雄　原誤作「雒」，從趙琦美校改。諸本亦改。

〔五七〕真乃君子小人不同也　除吴曉鈴本外，各本下補「（正末唱）」。

〔五八〕長老　王季烈本、隋樹森本作大字，并與下句連屬。王學奇本也作大字。按，此係帶白，應作小字。

〔五九〕鳧　原誤作「島」，從趙琦美校改。諸本亦改。

〔六〇〕登雲路　做官。雲路，喻仕途。《晋書·皇甫謐傳》：「子其鑒先哲之洪範，副聖朝之虚心，冲靈翼於雲路，浴天池以濯鱗。」

〔六一〕物　吴曉鈴本、北京大學本、吴國欽本改作「福」。誤。

〔六二〕風鑒　「風」原誤作「丰」，從王季烈本、隋樹森本、北京大學本、吴國欽本、王學奇本、王季思本改。風鑒，稱相人之術。闕名氏《劉弘嫁婢》楔子太白白：「我是個雲游貨卜的先生，我善能丰（風）鑒。」後同，不另出校。

〔六三〕自　原誤作「有」，從趙琦美校改。諸本亦改。

〔六四〕閑　王季思本改作「閒」。按，閑，通「閒」，隨意。參見《蝴蝶夢》第一折校注〔二八〕。後同，不另出校。

〔六五〕師父　王季烈本上增「報的」二字。

〔六六〕有　上原衍「門首」二字，從王季烈本、隋樹森本、北京大學本、吴國欽本、王學奇本、王季思本删。吴曉鈴本校勘記亦謂王季烈本「删此二字，是」。

〔六七〕（净行者云）先生，師父有請！（見科）（長老云）先生，數日不見，請坐！（野鶴云）長老請坐　王季思本脱。

〔六八〕貴賤　王季思本誤作「富貴」。

〔六九〕小生雖與足下識荆　王季思本「與」上補一「未」字。誤。按，識荆，初次見面的敬辭。《李太白全集》卷二十六《與韓荆州書》：「白聞天下談士相聚而言曰：『生不用封萬户侯，但願一識韓荆州。』何令人之景慕一至於此耶！」韓荆州，指韓朝宗，時爲荆州長史。

〔七〇〕所煩　煩，煩勞。王實甫《破窑記》二折劉員外白：「他聽的這鐘聲響便來趕齋，長老，老夫所煩，今後先吃了齋飯，後聲鐘。」

〔七一〕太陰　人體經脉名，指脾、肺二經。

〔七二〕即目　目下。沈俶《諧史》：「自今改前所爲，但聽老奴，盡心力役，不二三年，舊業可復。不然，老奴當即目自沉于海，不忍見郎君餓死，以貽主人門户羞也。」

〔七三〕已　原作「已」，從王季烈本、吴曉鈴本、隋樹森本、北京大學本、吴國欽本、王學奇本改。王季思本誤作「己」。

〔七四〕板僵　僵硬。脈望館鈔本王日華《桃花女》楔子周恭白：「我這卦中算着他今夜三更前後三尺土底下板僵身死也。」

〔七五〕藍縷　王季思本改作「襤褸」。按，藍縷，破舊的衣服。藍，通「襤」。《左傳·宣公十二年》：「篳路藍縷，以啓山林。」杜預注：「藍縷，敝衣。」

〔七六〕云　助詞，用於句中，無義。王引之《經傳釋詞》卷三：「云，語中助詞也。」

〔七七〕眇視　吴國欽本、王季思本「眇」改作「藐」。按，《方言》卷十三：「眇，小也。」眇視，小看，輕視。《水滸傳》六十九回：「董平那厮無禮，好生眇視大寨。」

〔七八〕反　翻。《孟子·公孫丑上》：「以齊王，由反手也。」趙岐注：「孟子言以齊國之大，而行王道，其易若反手耳。」

〔七九〕掀　翹。沈括《夢溪筆談》卷十七「書畫」：「李成畫山上亭館及樓塔之類，皆仰畫飛檐，其説以爲自下望上……蓋不知以大觀小之法，其間折高折遠，自有妙理，豈有掀屋角也。」

〔八〇〕結　凸。《山海經·海外南經》：「結匈國……其爲人結匈。」郭璞注：「臆前朕出，如人結喉也。」

〔八一〕模　標準。《説文解字》六上木部：「模，法也。」段玉裁注：「以木曰模，以金曰鎔，以土曰型，以竹曰笵，皆法也。」

〔八二〕 温習　親近。温，和；習，近。《詩·邶風·燕燕》：「終温且惠，淑慎其身。」鄭玄箋：「温，謂顔色和也。」《韓非子·難二》：「景公笑曰：『子家習市，識貴賤乎？』」

〔八三〕 知識　相知。《吕氏春秋·遇合》：「人有大臭者，其親戚兄弟妻妾知識無能與居者。」

〔八四〕 暫　短。白居易《白氏長慶集》卷二《秦中吟·重賦》：「里胥迫我納，不許暫逡巡。」

〔八五〕 我與你細細的詳推　除吴曉鈴本外，各本下補「（正末唱）」。吴國欽本校記、王季思本校記云：「此句上疑脱漏關於『三尖』（即下【賀新郎】曲中的『三停』）的若干話語。」詳推，審察推斷。詳，審。《資治通鑑·魏元帝景元元年》：「且宿衛空闕，兵甲寡弱，陛下何所資用；而一旦如此，無乃欲除疾而更深之邪！禍殆不測，宜見重詳。」胡三省注：「詳，審也。」

〔八六〕 許負　《漢書·周勃傳》顔師古注引應劭曰：「許負，河内温人，老嫗也。」許負工相術，周亞夫爲河内守時，許負相之，曰：「君後三歲而侯，侯八歲爲將相，持國秉，貴重矣，於人臣無二，後九年而餓死。」後來亞夫封侯爲將，被捕入廷尉，果因不食而死（見上引《周勃傳》）。

〔八七〕 地閣天倉　相術家用語。地閣，指人的下巴頦。天倉，天庭。

〔八八〕 蘭臺廷尉　蘭臺，漢代宮内藏書處。唐代稱秘書省爲蘭臺。「廷」原作「庭」，從趙琦美校改。王季烈本、隋樹森本、北京大學本、吴國欽本、王學奇本、王季思本亦改。廷尉，官名，掌刑獄之官，即大理寺卿。這裏泛指朝中大官。

〔八九〕山根　相術家稱鼻梁。

〔九〇〕三停　相術家以人體及面部各分三部分，稱上中下三停。三停齊等爲福相。闕名氏《神相全編》卷六《神異賦》：「三停平等，一生衣禄無虧。」注云：「自髮際至印堂爲上停，山根至於準頭爲中停，人中至地閣爲下停，此面上三停也。頭、腰、足爲身上三停也。古云：『面上三停額、鼻、閣，身上三停足、頭、腰；三停平等多衣禄，長短如差福不饒。』則衣禄豐虧，於此可見矣。」

〔九一〕伏犀　指人前額至頭頂骨骼隆起。俗世認爲是顯貴之相。《後漢書·李固傳》：「固貌狀有奇表，鼎角匿犀，足履龜文。」李賢注：「匿犀，伏犀也。謂骨當額上入髮際隱起也。」

〔九二〕小子　男子自謙稱。《全唐詩》卷三四五韓愈《芍藥歌》：「花前醉倒歌者誰？楚狂小子韓退之。」

〔九三〕人皆稱呼我做無虛道人　除吴曉鈴本外，各本下補「（正末唱）」。

〔九四〕噤聲　王季烈本、隋樹森本、王學奇本作大字。按，此係帶白，應作小字。

〔九五〕衒一剗説兵機　王季思本「剗」誤作「劃」。按，一剗，一味。參看《詩詞曲語辭匯釋》卷四「一剗」。説兵機，比喻誇誇其談。兵機，用兵的計謀。陳以仁《存孝打虎》四折【黄鍾醉花陰】：

「非是我説兵機，若論相持，大會垓應難比。」

〔九六〕正末　王季烈本、隋樹森本刪。

〔九七〕閣　原作「簷」，從王季烈本、隋樹森本、北京大學本、吴國欽本、王學奇本改。參見頭折校注〔五二〕、本折校注〔四六〕。

〔九八〕禹門三級登鰲背　禹門，即龍門。參見《蝴蝶夢》第一折校注〔三二〕。登鰲背，考中狀元。皇宮正殿石階前刻有巨鰲的頭，狀元及第時立於其上迎榜，故云。脈望館古名家本鄭德輝《王粲登樓》三折【堯民歌】：「英雄志不移，有一日登鰲背。」

〔九九〕振天關平地聲雷　王學奇本、王季思本「聲」上補「一」字。天關，天門。《全唐詩》卷三八一孟郊《杏殤》之七：「靈鳳不銜訴，誰爲扣天關？」

〔一〇〇〕相　王季烈本改作「像」。

〔一〇一〕亞等　次一等。亞，次。《儀禮·士虞禮》：「俎入，設於豆東，魚亞之。」鄭玄注：「亞，次也。」

〔一〇二〕小子無虚言也　除吴曉鈴本外，各本下補「（正末唱）」。

〔一〇三〕噤聲　王季烈本、隋樹森本、王學奇本作大字。按，此係帶白，應作小字。

〔一〇四〕「先王之道斯爲美」　語見《論語·學而》。

〔一〇五〕「不患人之不己知」　《論語·學而》：「子曰：『不患人之不己知，患不知人也。』」朱熹注：

「尹氏曰：君子求在我者，故不患人之不已知。不知人，則是非邪正，或不能辨，故以爲患也。」

〔一〇六〕再答話一回去波　吳國欽本「答話一回」改作「答一回話」。按，原文意通，不煩校改。答話，對話。《五代史平話》唐史卷上：「黄巢聞説大怒，更不答話，交馬便鬥。」一回，一會兒。《京本通俗小説·碾玉觀音》：「方才叫住郭立，相問了一回。」

〔一〇七〕罷、罷、罷　除吳曉鈴本外，各本下補「（唱）」。

〔一〇八〕至　王季思本「據曲文」改作「齊」。

〔一〇九〕唱　除吳曉鈴本外，各本上補「正末」。

〔一一〇〕虞候　侍衛親軍的高級軍官，後用以稱官僚的侍從。

〔一一一〕髭髣　髯鬚。元刊本孟漢卿《魔合羅》四折【白鶴子幺】：「那廝身材長共短？肌骨瘦和肥？他是面皮黑面皮黄？有髭髣無髭髣？」

〔一一二〕裊　搖。《全唐詩》卷五八三温庭筠《楊柳八首》之一：「宜春苑外最長條，閑裊春風伴舞腰。」

〔一一三〕嬌　吳國欽本改作「驕」。按，嬌，通「驕」。《漢書·西域傳》：「有求則卑辭，無欲則嬌嫚。」王先謙補注：「嬌，驕之借字。」

〔一一四〕造物　命運。闕名氏《劉弘嫁婢》一折浄王秀才白：「姑夫無了子嗣，各人的造物，你可怎麼埋怨我？」

〔二五〕若　吴國欽本、王季思本删。

〔二六〕千　原作「一」，從趙琦美校改。王季烈本、隋樹森本、北京大學本、吴國欽本、王學奇本、王季思本亦改。

〔二七〕畜　北京大學本、吴國欽本、王學奇本改作「蓄」。吴曉鈴本校勘記亦謂「『畜』字疑當作『蓄』字」。按，畜，即蓄，積。《韓非子·解老》：「民蓄息而畜積盛。」後同，不另出校。

〔二八〕指　攀扯。《資治通鑑·唐憲宗元和十二年》：「凡軍中勸師道效順者，文會皆指爲高沐之黨而囚之。」

〔二九〕都省　都堂和中書省，中央的最高行政機關。

〔三〇〕奏聞行移至本府　隋樹森本「奏聞」斷屬上句。誤。行移，行文，簽發公文。移，公文。《元典章》刑部十五「約會」：「管民官奥魯官運司并投下相關公事等，管民官與各管官司約會一同歸結。如行移三次不至，止從管民官勾攝一干人等，依例歸結。」

〔三一〕提下夫主下於縲絏　提，捉。脈望館息機子本武漢臣《生金閣》三折【烏夜啼】：「你與我親身速赴城隍廟，將牒文火内焚燒，你將那没頭的業鬼提來到。」縲絏，捆綁犯人的繩索，引申爲牢獄。《論語·公冶長》：「子謂公冶長可妻也。雖在縲絏之中，非其罪也。」

〔三二〕陪　王季烈本、吴曉鈴本、隋樹森本、北京大學本、吴國欽本、王學奇本、王季思本改作「賠」。

按，陪，即賠。參見《單刀會》第一折校注〔一〇三〕。除吴曉鈴本外，各本後同，不另出校。

〔二三〕難爲　難於。元懷《拊掌録》：「文潛戲謂子瞻：『公詩有獨看紅蕖傾白墮，不知白墮是何物？』子瞻云：『劉白墮，善釀酒，出《洛陽伽藍記》。』文潛曰：『白墮既是一人，莫難爲傾否？』」

〔二四〕止　吴國欽本、王學奇本、王季思本改作「只」。按，止，只。參見《調風月》第一折校注〔二七〕。

〔二五〕搠筆　題詩賣文。搠，塗抹。王實甫《破窰記》二折吕蒙正白：「小生吕蒙正，每日長街市上，搠筆爲生。」

〔二六〕抄化　募化。脈望館鈔本鄭廷玉《冤家債主》楔子和尚白：「貧僧是五臺山僧人，因爲佛殿崩摧，下山來抄化了這十個銀子。」

〔二七〕二　原作「三」，從王季烈本、隋樹森本、北京大學本、吴國欽本、王學奇本、王季思本改。

〔二八〕未　不。《文選》卷三十二屈原《離騷》：「亦余心之所善兮，雖九死其猶未悔。」

〔二九〕絮繁　羅嗦。亦作「絮煩」。陳以仁《存孝打虎》二折正末白：「大人不嫌絮煩，聽小人説一遍者。」

〔三〇〕一　王季烈本下雙行小注云：「一下似脱李字。」

〔三一〕歇馬　小駐。《水滸傳》十二回：「不如只就小寨歇馬，大秤分金銀，大碗吃酒肉，同做好漢。」

〔三二〕郵亭　驛館。《漢書・薛宣傳》：「過其縣，橋梁郵亭不修。」顏師古注：「郵，行書之舍，亦如今之驛及行道館舍也。」

〔三三〕灰罐　盛墨的罐子。闕名氏《凍蘇秦》三折【梁州第七】：「我可也又無甚資本，又不會做經商，止不過腕懸着灰罐，手執着毛錐，指萬物走筆成章。」

〔三四〕你靠前把體面　王季思本謂「底本此句意未完」，「據文意」下補「相見者」三字。按，把體面，行禮。參見《謝天香》第二折校注〔八三〕。意足文順，無煩校補。

〔三五〕爲因　王學奇本乙改作「因爲」。按，爲因，即因爲。元劇習用，無煩校改。

〔三六〕處　趙琦美刪，王季烈本、吳國欽本、王季思本從。吳曉鈴本此字斷屬上句。誤。按，處，持。《荀子・正名》：「不賂貴者之權埶，不利傳辟者之辭，故能處道而不貳。」

〔三七〕指　吳國欽本、王季思本「據上文韓夫人説白」下補一「下」字。

〔三八〕辯　隋樹森本改作「辨」。誤。

〔三九〕止　王季思本改作「只」。參見校注〔二四〕。

〔四〇〕止　吳國欽本、王學奇本、王季思本改作「只」。參見校注〔二四〕。

〔四一〕城裏城外　王季思本「據上文白」上補一「在」字。

〔四二〕父　吳曉鈴本下衍一「母」字。

〔四三〕中　王季思本誤作「來」。

〔四四〕勾　隋樹森本改作「够」。參見頭折校注〔三〕〔二六〕。後同，不另出校。

〔四五〕看　聽。《杜工部集》卷十四《西閣口號》：「看君話王室，感動幾銷憂。」

〔四六〕係是　王季思本「係」誤作「繫」。按，係是，是，乃是。《水滸傳》三回：「魯達係是經略府提轄，不敢擅自徑來捕捉凶身。」

〔四七〕折證　對質。《元典章》刑部一「刑名」：「先生每與俗人每有折證的言語呵，委付來的宫觀裏頭目每與城子裏官人每一同理問歸斷者。」

〔四八〕麥　王季烈本改作「陌」。

〔四九〕拙　吴國欽本奪。

〔五〇〕遍迴　王季烈本、王季思本「迴」改作「坰」。按，迴，借作「坰」。遍迴，遍野。參見《蝴蝶夢》第四折校注〔一八〕。

〔五一〕墜　王季思本誤作「墮」。

〔五二〕於　爲。孔文卿《東窗事犯》一折【村裏迓鼓】：「我不合於家爲國，無明夜將烟塵掃蕩。」

〔五三〕世教　當世的傳統禮教。《文選》卷四十三嵇叔夜《與山巨源絶交書》：「又每非湯武而薄周孔，在人間不止，此事會顯，世教所不容。」

〔一五四〕機見　見識。李文蔚《蔣神靈應》一折苻堅白：「某心中惟有一件大事，未曾稱意，某與軍師商議，看此人有何機見。」

〔一五五〕彼此　由此及彼。

〔一五六〕載　王季烈本、吳國欽本、王季思本改作「栽」。按，載，生。《管子·侈靡》：「地重人載，毀敝而養不足，事末作而民興之，是以下名而上實也。」尹知章注：「載，生也。」

〔一五七〕獨不染纖埃　「不」原作「步」，從王季烈本、吳國欽本、王學奇本、王季思本改。纖埃，纖塵。《文選》卷七潘安仁《藉田賦》：「微風生於輕幰，纖埃起於朱輪。」

〔一五八〕真　王季烈本、王季思本改作「貞」。按，真，本。《漢書·楊王孫傳》：「欲裸葬，以反吾真。」顔師古注：「真者，自然之道也。」

〔一五九〕待許　期待。許，期。《孟子·公孫丑上》：「夫子當路於齊，管仲、晏子之功，可復許乎？」朱熹注：「許，猶期也。」

〔一六〇〕此女子天資天才兩絶　「兩」原作「四」，從王季烈本改。隋樹森本、北京大學本、吳國欽本、王學奇本、王季思本「四（兩）絶」二字斷屬下句。誤。

〔一六一〕勾　王季烈本、隋樹森本、吳國欽本、王季思本改作「構」。按，勾，多。參見《謝天香》第一折校注〔七九〕。

〔一六二〕清致　高雅而有風致。

〔一六三〕門　原作「言」，從吴國欽本、王學奇本、王季思本改。王季烈本「言」字下亦注云：「言當是門字之誤。」

〔一六四〕直　隋樹森本、北京大學本、吴國欽本、王學奇本、王季思本改作「值」。按，直，值。參見《調風月》第二折校注〔七四〕。後同，不另出校。

〔一六五〕贓完　王季烈本、吴國欽本、王季思本乙改作「完贓」。

〔一六六〕索是　煞是，真是。脈望館息機子本鄭廷玉《忍字記》二折劉均佑白：「如今這家緣過活兒女都是我的，到大來索是受用快活也。」

〔一六七〕庄　吴國欽本、王季思本改作「樁」。按，庄，樁。參見《哭存孝》第三折校注〔二〕。後同，不另出校。

第三折

（山神上，云）霹靂響喨〔一〕震山川，蒼生拱手告青天；有朝雨過雲收斂，凶徒惡黨又依然。吾神乃此處山神是也。此處洛陽有一人，乃是裴度，此人滿腹文章，争柰文齊福不至〔二〕，每日晚間在此廟中〔三〕安歇。此人更兼壽夭。可憐裴度，明日午前當死在此廟中磚瓦之下，此廟當崩摧敗〔四〕。吾神在此廟中閑坐，下着如此般大雪，看有甚麼人來。（瓊英上，云）我出的這門來，這雪越下的大了，可怎生是好？路傍〔五〕有一座山神廟兒，我且入這廟兒裏略歇息咱，待雪定便行。一個草鋪兒，我且在這上面坐咱。走這一日，覺我這身子有些困倦，我權且歇息咱。將這玉帶放在這藁薦下，貼墻兒放着，我略合眼咱。（旦兒〔六〕歇息了。做猛省〔七〕科，云）嗨！不覺睡着，天色晚了也，恐閉了門，母親懸望。呀！雪覺小些兒，我出的這廟門來。則怕晚了天色，趕城門去來。（下）

（正末上，云）小生裴度是也。誰想今朝在寺中受這一場煩惱！天色將晚，雪覺小了，我回往那山神廟去也。裴中立，我想儒冠多悞身〔八〕，似這般齏鹽的日月，幾時是了也呵〔九〕！

【正宮端正好】我愁見古松林，我這裏便怕到兀那崩摧廟。我可便嘆吾生久困蓬蒿，看別人青霄有路終須到，知他我何日朝聞道〔一〇〕？

【滚綉毬】今日見那趙野鶴，他覷了我相貌。他道凍餓紋耳連着口角，横死紋鬢接着眉稍〔一一〕；他道我主福禄薄，更壽夭。則他那相法中無他那半星兒差錯，他道「我斷的準也不錯〔一二〕分毫」。我平生正直無私曲，一任天公饒不饒！這的是善與人交。

（正末〔一三〕云）來到這山神廟也。我與你拂了這頭上雪，入的這廟來。這廟如此疏漏，又待倒也，如之奈何〔一四〕！

【醉太平】我則見泥脱下些仰托〔一五〕，更和這水浸過這笆箔。我則見梁槽〔一六〕椽爛柱根糟，這的是欠幾分〔一七〕來待倒。這一座十疏九漏山神廟，如十花九列〔一八〕寒冰窖，似十摧九塌草團瓢〔一九〕，比着那漏星堂〔二〇〕較少。

（正末〔二一〕云）陰能剋晝，晚了也，我歇息咱。晾起這頭巾，脱了這泥靴，衣服就身上偎乾〔二二〕。

【倘秀才】水頭巾供卓〔二三〕上控着，泥脚靴〔二四〕土墻邊晾着，（正末〔二五〕云）裴中立也！（唱）我可甚買賣歸來汗未消！凄凉愁今夜，由自〔二六〕想來朝，藁薦上和〔二七〕衣兒睡倒。

（正末〔二八〕云）我這脚冷，我且起來盤着脚坐一坐，等温的我這脚稍暖和呵再睡。（做墊住科，云）好是奇怪也〔二九〕！

【呆骨朵】我恰纔待盤膝裏脚向亭柱上靠，這藁薦下墊的來惹〔三〇〕高！我這裏悄悄量度〔三一〕，好着我暗暗的暗約。（正末〔三二〕云）我是抹〔三三〕藁薦下咱。（做拿起帶科，云）是一條帶！（唱）不由我小膽兒心中怕，諕的〔三四〕我小鹿兒心頭跳。那一個富豪家失忘了？天阿！天阿〔三五〕！把我這窮魂靈兒險諕了！

（正末〔三六〕云）我起身來，穿上這靴，開開這門，這雪兒晃的明，我是看咱。是一條玉帶〔三七〕！

【倘秀才】我辯認的分分曉曉，我可便惹一場煩煩惱惱，我今夜索思量計萬條。若有人來尋覓，我權與他且收着，我兩隻手捧托。

（正末〔三八〕云）嗨，是一條玉帶！這的是那尋梅的官長每經過〔三九〕，跟隨伴當每在此避雪，不小心忘了。倘若你那官人到家問你這玉帶呵，他〔四〇〕將是麽還他！不逼了人性命？小生雖貧，我可不貪這等錢物；明日若有人來尋，山神，你便是證見，我兩隻手便還他，也是好勾當。我爲這玉帶一夜不曾得睡，早天色明也，我忍着冷，將着這玉帶，我且躲在這廟背後，看有是麽人來。（韓瓊英同夫人上）（夫人云）夜來〔四一〕孩兒在郵亭上賣詩，遇着李公子，與了一條玉帶，説價直千貫。孩兒回家來，説在那山神廟裏歇脚避雪，將玉帶忘在那廟裏。俺娘兒每一夜不曾睡，今日絶早出城來尋那玉帶。孩兒，你在那個廟兒裏來？（旦兒〔四二〕云）母親，兀的那個廟兒便是，在這裏面避雪來。入這廟兒去來。我放在這藁薦底下來，天那，無了這玉帶也！爲父坐禁題詩，則少一千貫贓未完，不想遇着李公子，得這條玉帶，價值〔四三〕千貫，若賣了時，救俺父得〔四四〕脱禁，不想我忘在此處不見了。我再幾時得一千貫錢！我不能勾救我父離獄，又不能勾盡孝之心，有何面目立於天地之間！母親，我也顧不的你也，要我這性命做是麽〔四五〕！我解下這胸前胸帶，我尋個自盡。（夫人云）我夫不能脱禁，要我一身何用！我解下這胸帶來，不如我尋個自盡罷！（正末慌入廟科，云）住、住、住！你何故覓死也〔四六〕？

【脱布衫】我見他迷溜〔四七〕没亂心癢難揉，悲切切雨泪嚎咷。一個他哭啼啼弃〔四八〕生就死，一個他急煎煎痛傷懷抱〔四九〕。

（正末〔五〇〕云）螻蟻尚然貪生，爲人何不惜命！你有何緣故在此覓死也？（夫人云）哥哥，你那裏知道那〔五一〕！

【小梁州】借問你個老嫗緣由、女艷嬌，你因甚事細説根苗。（正末〔五二〕云）你有是麽冤枉，在此覓死？你從頭至尾説一遍咱。（旦兒〔五三〕云）我看來這個人必是個儒人秀士。哥哥不嫌絮煩，聽妾身從頭至尾説一遍咱。妾身乃洛陽韓太守的女孩兒。這個是我母親，嫡親的三口兒家屬。父親在此爲理，與人秋毫無犯。爲因上司差傅彬來河南點檢〔五四〕錢糧，傅彬到此洛陽，問我父要上馬錢下馬錢，我父不肯與他。後來傅彬爲侵使過官錢，追贓陪納，不想傅彬賊子懷挾前讎，指〔五五〕家父三千貫贓。奏聞行移至本府，提下家父下〔五六〕於縲絏，陪〔五七〕贓三千貫。事以不明，難爲伸訴。下〔五八〕情不能上達，何須分辨〔五九〕！不敢越朝廷法例，舒心陪納。家中收拾止勾送飯日用而已。父母面上親戚處助一千貫。父母止〔六〇〕生妾身一個，因父祖名家，老母家訓，教妾讀書吟詩寫字。在城裏外，妾身懷羞，搠筆題詩救父難。得市户鄉民惻隱，一則爲父清廉，二則因妾孝道，半年中抄化了一千貫。陸續納入官，前後二千貫，尚有一千貫未完，父親未能脱禁。則見一日城市中有人對妾言説：「小姐，這城中關厢裏外人事上也絮繁了。近日朝廷差一公子，來此歇馬，今日説在〔六一〕城東去，有人見在郵亭賞雪飲酒里。若到那裏，一則題筆〔六二〕賣詩，二則訴父冤枉，但得些滋潤，勾你陪〔六三〕贓也。」聽的説罷，急走出城。來至郵亭，正見公子賞雪飲酒。見妾，問其緣故；妾將前事盡訴其情，公子甚是憐念〔六四〕。又命妾題詩，妾隨作〔六五〕詩數首。公子甚喜，就賜腰間玉帶一條，價直千金，與妾身救父脱禁。妾欲要回城中，到此半路風緊雪大，妾在此廟中歇脚避雪。不覺身體困倦，在此歇息，我將玉帶放在藁薦下。猛然省來，誠恐天晚母親在家懸望，妾身慌走出廟來。又怕關了城門，緊走到家中。老母問其緣故，忽然想起玉帶來，急要來取，城門以〔六六〕閉。俺娘女二人一夜不曾睡，今日早挨〔六七〕門出來，入的廟門〔六八〕來尋，誰想不見了玉帶！則覷〔六九〕着這條玉帶救父脱禁，我既不能救父，又不能盡孝，我因此尋自盡。（夫人云）哥哥，我則覷着這個孩兒，他尋自盡，夫主又不能出禁，要我身何用？我也尋個自盡，也是俺出於無柰〔七〇〕也！（正末云）好可憐人也！（唱）爲尊君〔七一〕冤枉坐囚牢，賣詩呵把父母恩臨報，小姐也〔七二〕，你可是麽家富小兒嬌〔七三〕！

（旦兒〔七四〕云）「哀哀父母，生我劬勞」。養小防老，積穀防饑。妾雖女子，亦盡孝也〔七五〕。

【幺篇】你道是從來養小防備老，都一般哀哀父母劬勞。（帶云）先聖有言：「身體髮膚，受之父母，不敢毀傷，孝之始也〔七六〕。」（唱）你便怎生捨性命尋自吊？（帶云）「揚名於後世，以顯父母，孝之終也。」（唱）這的可也方爲全孝。（正末〔七七〕云）：「父母全而生之，子全而歸之，可爲孝也。」（唱）則這的是爲人子立的根苗〔七八〕。

（夫人云）據先生説呵，也説的是。争柰〔七九〕我夫主無辜受禁，眼睜睜不得脱難，則覷着這條玉帶救夫主，不見了，似此這般，一千貫贓幾時納的了也！（正末云）夫人、小娘子，假若有這玉帶呵呢？（夫人云）若有這玉帶呵，便是救了俺一家性命也。（正末云）假若無了這玉帶呵呢？（夫人云）俺一家兒便是死的，都不得活也。（正末云）老夫人、小娘子放心，玉帶我替你收着里！（旦兒〔八〇〕云）先生勿戲言！（正末云）孔子門徒，豈有戲言！（正末做取帶科，云）娘子，兀的不是帶！還你。（旦兒〔八一〕接科，云）兀的不正是此帶！索是謝了先生！（夫人云）孩兒也，俺娘兒兩個一齊的拜謝先生咱。（正末云）不敢！不敢！（夫人云）先生救活我一家之恩，此義非輕也！世間似先生者世之罕有，處於布衣窘暴〔八二〕之中，千金不改其志，端的是仁人君子也！（正末云）不敢！不敢！世間似小娘子貞孝之女——自古孝子多，孝女少——女子中止〔八三〕有兩三個人也！（夫人云）是那兩三個？先生是説〔八四〕，老身洗耳願聞咱〔八五〕。

【叨叨令】當日個賈氏爲父屠龍孝〔八六〕，楊香爲父跨虎曾行孝〔八七〕，曹娥爲父嚎江孝〔八八〕；今日個瓊英爲父題詩孝，端的可便感天地也波哥！端的可便感天地也波哥！爲父母呵〔八九〕，男女皆可盡〔九〇〕人之孝。

（夫人云）先生那裏鄉貫？姓甚〔九一〕名誰？（正末云）小生姓裴，名度，字中立，祖居河東聞喜縣人氏。父母早年亡化過了。因囊篋俱乏，未曾求進，淹流〔九二〕在此。（夫人云）早是遇着先生，若是遇着別人呵，可怎了也？假若秀才藏過，則説無也罷，可怎生舒心還此帶？先生端實〔九三〕古君子之風也！（正末云）夫人言者差也〔九四〕。

【塞〔九五〕鴻秋】我則待粗衣淡飯從吾樂，我一心待要固窮〔九六〕守分天之道，我則待存心謹守先王〔九七〕教。（旦兒〔九八〕云）先生恰纔不與此帶，無計所柰也！（唱〔九九〕）可不道君子不奪人之好？（夫人云）老身一家處於患難，先生亦在窘迫，故使先生救我一家性命。（唱〔一〇〇〕）夫人處患難，小生甘窮暴，喒正是搖鞭舉棹〔一〇一〕休相笑。

（夫人云）老身同小女告回也。（正末云）老夫人、小娘子勿罪，難中缺茶爲獻，實爲惶恐〔一〇二〕！小生送出廟去。

（夫人云）先生免送〔一〇三〕。

【倘秀才】出廟門送下澀道，近行徑〔一〇四〕轉過墻角，這的是貧不憂愁富不驕。（旦兒〔一〇五〕云）妾身看了秀才，若非古之君子，豈有如此局量！此還帶之意〔一〇六〕，异日必當重報於足下。《毛詩》云：「投之以木桃，報之以瓊瑤。」焉敢忘恩人之大德也！（唱〔一〇七〕）你道是「投之以木桃〔一〇八〕，報之以瓊瑤」，小人怎敢比古人量作〔一〇九〕！

（旦兒〔一一〇〕云）此時世俗，惟先生之一人；禮義廉耻道德之風——餘者俗子，受不明之物，取不義之財〔一一一〕——有幾人也？（正末云）：「皇天無私，惟德是輔」〔一一二〕。

【滚綉毬】嗜人命裏有呵福禄增，（正末〔一一三〕云）暗室〔一一四〕虧心，神目如電。（唱）命裏無呵〔一一五〕灾禍招。（正末〔一一六〕云）近之不遜，遠之又怨。（唱）受不明物呵不合神道，（正末〔一一七〕云）「不義而富且貴，於我如浮云」！（唱）取不義財呵枉物〔一一八〕難消。（旦兒〔一一九〕云）據先生如此大量，當來發達於世，豈不壯哉！（唱〔一二〇〕）有一日蟄龍奮頭角，風雲醉碧桃〔一二一〕，酬志也五陵年少，軒昂也當發英豪。伴旌旗日暖龍蛇動，看宫殿風微燕雀高，雁塔名標〔一二二〕。

（夫人云）先生請回。（正末云）小生再送兩步。（廟倒科）（旦兒〔一二三〕云）呀！倒了這山神廟也！（夫人云）早是秀才不在裏面！（正末驚科，云）陰陽有準，禍福無差，信有之也〔一二四〕！

【煞】陰陽有準無虚道，好一個肉眼通神趙野鶴！喒人這禍福難逃，吉凶怎避，莫得執迷，枉了徒勞！判斷在昨日，分已定前生，果應於今朝。若是碎磚瓦裏命終得這身夭，險些兒白骨卧荒郊！

（夫人云）先生爲何如此嘆矣〔一二五〕？必有其〔一二六〕情，乞請〔一二七〕知之。（正末云）老夫人不知：小生昨日在白馬寺中遇一相士，説小生今日不過午，一命掩泉土，今日午前死於碎磚瓦之下。今日果應其言！小生若不爲還此帶，送出老夫人、小姐來呵，小生正遭此一死也！（夫人云）皆是先生陰德太重，救我一家之命，因此遇大難不死；必有後程〔一二八〕，準定發迹也〔一二九〕！

【尾聲】我但得一朝冠蓋〔一三〇〕向長安道，趁着這萬里風頭鶴背高。有一日享榮華、受官爵，早則不居無安、食無飽。（旦兒〔一三一〕云）此恩此德，時刻未忘。（夫人云）我記〔一三二〕着先生這個模樣，請個良工寫像傳真，侍奉終日，燒香供養先生也。（唱〔一三三〕）你道是這恩臨決然報，常記着休忘了，命良工寫像傳真，點燭燒香，你將我來供養到老。（下）

（夫人云）合是我夫主得脱禁，難遇此等好人也〔一三四〕！（旦兒〔一三五〕云）母親，喒回家將此帶貨賣〔一三六〕一千貫鈔，救父出禁，那其間喒可報裴秀才之恩，未爲晚矣。（夫人云）黄金不改英雄志，白馬焉能污己身！這秀才他那〔一三七〕文章正是行忠孝，他〔一三八〕必享皇家爵禄恩。（同下）

校注

〔一〕嘵　北京大學本、吴國欽本、王學奇本、王季思本改作「亮」。按，嘵，聲音高亢清遠。《全宋詞》三趙長卿《鷰山溪・早春》：「幽禽弄舌，花上訴春光，高一餉，低一餉，清嘵圓還碎。」後同，不另出校。

〔二〕至　王季思本改作「齊」。

〔三〕廟中　王季思本奪。

〔四〕此廟當崩摧敗　王季烈本「敗」上補一「塌」字。按，摧敗，毀壞。沈括《夢溪筆談》卷十三「權智」：「歲久，井榦摧敗，屢欲新之。」

〔五〕傍　王學奇本、王季思本改作「旁」。按，傍，即旁。參見《哭存孝》頭折校注〔二五〕。

〔六〕兒　王季烈本、吴曉鈴本、北京大學本、吴國欽本、王學奇本、王季思本删。

〔七〕省　醒。《唐宋諸賢絶妙詞選》卷五晁叔用《如夢令・春情》：「墻外轆轤金井，驚夢懵騰初省，深院閉斜陽，燕入陰陰簾影。」

〔八〕儒冠多悞身　「冠」原誤作「寇」，從趙琦美校改。諸本亦改。儒冠，儒生戴的帽子，借指儒生。《杜工部集》卷一《奉贈韋左丞丈二十二韵》：「紈袴不餓死，儒冠多誤身。」北京大學本、吴國欽本、王學奇本、王季思本「悞」改作「誤」。按，悞，同「誤」。參見《蝴蝶夢》第二折校注〔二〇〕。

〔九〕幾時是了也呵　除吴曉鈴本外，各本下補「（唱）」。

〔一〇〕朝聞道《論語・里仁》：「朝聞道，夕死可矣。」這裏比喻科舉及第。

〔一一〕稍　王季烈本、吴曉鈴本、隋樹森本、北京大學本、吴國欽本、王學奇本、王季思本改作「梢」。按，稍，通「梢」。參見《哭存孝》第四折校注〔五六〕。後同，不另出校。

〔一二〕錯　王季思本誤作「差」。

〔一三〕正末　王季烈本、隋樹森本删。

〔一四〕如之柰何　除吴曉鈴本外，各本下補「（唱）」。

〔一五〕仰托　隋樹森本「仰」誤作「抑」。按，仰托，承塵，天花板。

〔一六〕槽　原作「漕」，今改。

〔一七〕欠幾分　「幾」原作「九」，「几」字之誤，今改。欠幾分，差一點兒。

〔一八〕十花九列　王季烈本、隋樹森本「列」改作「冽」，吴國欽本、王學奇本、王季思本改作「裂」。按，列，裂。《荀子・哀公問》：「兩驂列，兩服入厩。」楊倞注：「列與裂同。」十花九列，十分破敗。亦作「十花九裂」。《盛世新聲》戊集闕名氏小令【正宫】醉太平：「戴一頂十花九裂遮塵帽，穿一領千補百衲藏形襖。」

〔一九〕十摧九塌草團瓢　「塌」原作「榻」，從王季烈本、隋樹森本、北京大學本、吴國欽本、王學奇本、王季思本改。十摧九塌，十分破敗。草團瓢，茅屋。脈望館鈔本馬致遠《任風子》四折【雙調新水令】：「編四圍竹寨籬，蓋一座草團瓢，近着這野水溪橋，再不聽紅塵中是非鬧。」

〔二〇〕漏星堂　房頂破露的房屋。因房頂破露，擡頭可見星月，故云。元刊本張國賓《薛仁貴》四折【絡絲娘】：「漏星堂半間石灰厦，又没甚糧食囤塌，老鼠兒赤留出刺，都叫屈聲冤餓殺。」

〔二一〕正末　王季烈本、隋樹森本删。

〔二二〕衣服就身上偎乾　除吴曉鈴本外，各本下補「（唱）。」

〔二三〕卓　隋樹森本、北京大學本、吴國欽本、王學奇本、王季思本改作「桌」。按，卓，即「桌」。參見《拜月亭》第三折校注〔六二〕。

〔二四〕泥脚靴　原作「泥靴脚」，從吴國欽本、王季思本乙改。

〔二五〕正末　王季烈本、隋樹森本删。

〔二六〕由自　王季烈本、隋樹森本、王季思本「由」改作「猶」。按，由，猶，由自即猶自。參見《單刀會》第四折校注〔二三〕、《拜月亭》第二折校注〔四八〕。

〔二七〕和　原作「活」，從王季烈本、隋樹森本、北京大學本、吴國欽本、王學奇本、王季思本改。

〔二八〕正末　王季烈本、隋樹森本删。

〔二九〕好是奇怪也　除吴曉鈴本外，各本下補「唱」。

〔三〇〕惹　王季烈本、吴國欽本、王季思本改作「偌」。按，惹，與「偌」同。參看《詩詞曲語辭匯釋》卷一「惹」。

〔三一〕量度　忖度。《董解元西厢記》卷四【中吕調】【碧牡丹】：「手約青衫，轉過欄干角。見粉墻高，怎過去？自量度。」

〔三二〕正末　王季烈本删。

〔三三〕抹　摸。脈望館鈔本闕名氏《殺狗勸夫》二折：「（〔外末〕推科，云）起來！可怎生渾身不動來？（交手抹科，云）抹我兩手，都是這厮吐下的。」

〔三四〕的　王季思本改作「得」。按，的，得。參看《詩詞曲語辭匯釋》卷四「的（二）」。後同，不另出校。

〔三五〕天阿！天阿　王季烈本、隋樹森本作大字。按，此係帶白，應作小字。王季思本「阿」均改作「呵」。

〔三六〕正末　王季烈本、隋樹森本删。

〔三七〕是一條玉帶　除吴曉鈴本外，各本下補「（唱）」。王季思本「一」字奪。

〔三八〕正末　王季烈本、隋樹森本删。

〔三九〕尋梅的官長每經過　「經」原作「徑」，從王季烈本、隋樹森本、北京大學本、吴國欽本、王學奇本、王季思本改。尋，游賞。白居易《白氏長慶集》卷六十四《且游》：「弄水迴船尾，尋花信馬頭。眼看筋力減，游得且須游。」

〔四〇〕他　吴國欽本、王季思本改作「你」。

〔四一〕夜來　昨日。《才調集》卷五元稹《襄陽爲盧竇紀事》：「今日歸時最斷腸，迴江還是夜來船。」

〔四二〕兒　王季烈本删。

〔四三〕值　吴曉鈴本改作「直」。

〔四四〕得　王學奇本誤作「親」。

〔四五〕做是麽　趙琦美「是」校改作「甚」，王季烈本、隋樹森本、北京大學本、吴國欽本、王季思本從，王學奇本改作「什」。按，做是麽，幹甚麽。參見《四春園》第四折校注〔四六〕。

〔四六〕你何故覓死也　除吴曉鈴本外，各本下補「（唱）」。

〔四七〕溜　王季思本改作「留」。

〔四八〕弃　原作「弃」，趙琦美校改作「揀」，王季烈本從。

〔四九〕懷抱　心。《張協狀元》戲文十七出：「失笑，我女休得閑愁，寬取汝懷抱。」

〔五〇〕正末　王季烈本、隋樹森本删。

〔五一〕你那裏知道那　除吴曉鈴本外，各本下補「（正末唱）」。

〔五二〕正末　王季烈本、隋樹森本删。

〔五三〕兒　王季烈本删。

〔五四〕點檢　王學奇本乙改作「檢點」。按，點檢，檢點。《續資治通鑑·宋仁宗慶曆三年》：「且青本武人，不知法律，縱有使過公用錢，必非故意偷謾，不過失於點檢，乞特與免勘。」

〔五五〕指　吴國欽本、王季思本下補一「下」字。

〔五六〕下　吴曉鈴本、北京大學本、吴國欽本奪。

〔五七〕陪　吴曉鈴本改作「賠」。參見第二折校注〔三三〕。

〔五八〕下　原作「不」，從趙琦美校改。諸本亦改。

〔五九〕辨　北京大學本、吴國欽本、王季思本改作「辯」。按，辨，通「辯」。參見《拜月亭》第四折校注〔五四〕。

〔六〇〕止　吴國欽本改作「只」。參見第二折校注〔三四〕。

〔六一〕在　吴國欽本、王季思本「據上折瓊英説白」改作「往」。按，在，往。《董解元西厢記》卷二：「全然不顧殘生，走在飛虎軍内。」

〔六二〕題筆　吴國欽本、王學奇本、王季思本「題」改作「提」。按，題筆，寫詩賣文。題，寫。脈望館鈔本闕名氏《舉案齊眉》頭折冲末白：「如今梁鴻學成滿腹文章，争柰身貧如洗，沿門題筆爲生。」

〔六三〕陪　吴曉鈴本改作「賠」。參見第二折校注〔三三〕。

〔六四〕憐念　憐憫。念，憐。《太平廣記》卷三三四引《廣異記》：「兒本前高密令女，嫁爲任氏妻。任無行見薄，父母憐念，呼令歸。」

〔六五〕作　王學奇本改作「做」。按，作，寫。《樂府詩集》卷七十四雜曲歌辭《枯魚過河泣》：「作書與魴鱮，相教慎出入。」

〔六六〕以　王季烈本、隋樹森本、北京大學本、吴國欽本、王學奇本、王季思本改作「已」。按，以，通「已」。參見《單刀會》第一折校注〔二〕。

〔六七〕挨　擠。《宦門子弟錯立身》戲文第四出：「婆婆且住，聽説與：陣馬挨滿樓，不成誤看的？」

〔六八〕門　吴曉鈴本奪。

〔六九〕覷　指望。臧本武漢臣《老生兒》二折正末白：「兒也，我則覷着你哩。」

〔七〇〕柰　吴曉鈴本改作「奈」。參見頭折校注〔五〕。

〔七一〕君　原作「均」，從趙琦美校改。諸本亦改。

〔七二〕小姐也　王季烈本、隋樹森本作大字。按，此係帶白，應作小字。

〔七三〕你可是麼家富小兒嬌　隋樹森本、北京大學本、吴國欽本、王季思本「是」改作「甚」，王學奇本改作「什」。吴曉鈴本「麼」字下點斷，「你可是麼」作爲帶白。按，可是麼，用與可甚麼、可甚同，猶云算甚麽，其下必引一成語或熟語接之。參看《詩詞曲語辭匯釋》卷一「可（一）」。

〔七四〕兒　王季烈本删。

〔七五〕亦盡孝也　除吴曉鈴本外，各本下補「（正末唱）」。王季思本「亦」改作「也」。按，亦，也。《書·康誥》：「怨不在大，亦不在小，惠不惠，懋不懋。」

〔七六〕也　原無，從趙琦美校補。諸本亦補。

〔七七〕正末　王季烈本、隋樹森本、王學奇本删。

〔七八〕根苗　根本。

〔七九〕柰　隋樹森本改作「奈」。參見頭折校注〔五〕。

〔八〇〕兒　王季烈本删。

〔八一〕兒　王季烈本删。

〔八二〕窘暴　王季烈本「暴」改作「薄」。下同，不另出校。隋樹森本改作「迫」。按，窘暴，窘迫。暴，疾。《詩·邶風·終風》：「終風且暴，顧我則笑。」毛傳：「暴，疾也。」

〔八三〕止　吴國欽本改作「只」。參見第二折校注〔三四〕。

〔八四〕是説　趙琦美「是」校改作「試」，王季烈本、隋樹森本、北京大學本、吴國欽本、王學奇本、王季思本從。按，是説，試説，請説。高文秀《襄陽會》三折劉備白：「方今時世，多有英雄豪傑，師父是説一遍咱。」參看《詩詞曲語辭匯釋》卷一「是(二)」。

〔八五〕老身洗耳願聞咱　除吴曉鈴本外，各本下補「(正末唱)」。

〔八六〕賈氏爲父屠龍孝　未詳。

〔八七〕楊香爲父跨虎曾行孝　晋人楊香，年十四，隨父刈稻於田。父爲虎所噬，香徒手跨虎背，扼虎頸，父遂得救。事見劉敬叔《異苑》。

〔八八〕曹娥爲父嚎江孝　曹娥，會稽上虞人。其父溺死江中，娥時年十四，晝夜沿江號哭，後投江而死。事見《後漢書・列女傳》。

〔八九〕爲父母呵　王季烈本、隋樹森本、王學奇本作大字。按，此係帶白，應作小字。

〔九〇〕盡　原作「進」，從趙琦美校改。諸本亦改。

〔九一〕甚　原作「字」，從趙琦美校改。王季烈本、隋樹森本、北京大學本、吴國欽本、王學奇本、王季思本亦改。

〔九二〕淹流　王季烈本、北京大學本、吴國欽本、王學奇本、王季思本「流」改作「留」。按，淹流，淹留。流，通「留」。《荀子・王制》：「無有滯留。」《韓詩外傳》卷三「留」作「流」。

〔九三〕端實　的確。鄭德輝《伊尹耕莘》二折【醉春風】：「可憐見致塗炭庶和民，逢灾危禽共鳥，見如今天乙修德有誰如？端實是少，少。」

〔九四〕夫人言者差也　除吴曉鈴本外，各本下補「（唱）」。

〔九五〕塞　原誤作「賽」，從諸本改。

〔九六〕固窮　安於窮困。《論語·衛靈公》：「子曰：君子固窮，小人窮斯濫矣。」朱熹集注：「程子曰：固窮者，固守其窮。」

〔九七〕王　隋樹森本誤作「生」。

〔九八〕兒　王季烈本删。

〔九九〕唱　除吴曉鈴本外，各本上補「正末」。

〔一〇〇〕唱　除吴曉鈴本外，各本上補「正末」。

〔一〇一〕摇鞭舉棹　騎馬乘船。這裏用以比喻命運相同。闕名氏《醉寫赤壁賦》二折：「【哭皇天】……韓吏部李翰林他今日立下傍州，他每是遭流的罪罪首。他兩個文施翰墨，筆掃千軍，臨危世亂，勢盡時休。傳與俺這壞風俗歹事頭：一個在潮陽路上，一個在采石渡口，【烏夜啼】他每都摇鞭舉棹無人救。」

〔一〇二〕惶恐　慚愧。李行道《灰闌記》一折張林白：「説也惶恐，因爲貧難，無以度日，要尋我妹子，討些盤纏使用。」

〔一〇三〕先生免送　除吴曉鈴本外，各本下補「（正末唱）」。

〔一〇四〕行徑　通行的小路。

〔一〇五〕兒　王季烈本删。

〔一〇六〕意　王季烈本、隋樹森本改作「恩」。按，意，恩情。參見《調風月》第二折校注〔一〇〕。

〔一〇七〕唱　除吴曉鈴本外，各本上補「正末」。

〔一〇八〕投之以木桃　原作「得之木有桃」，從王季烈本、隋樹森本、王學奇本、王季思本改。

〔一〇九〕量作　氣度作爲。

〔一一〇〕兒　王季烈本删。

〔一一一〕取不義之財　王季烈本下雙行小注云：「似有脱字。」

〔一一二〕「皇天無私，惟德是輔」　王季烈本、隋樹森本、王季思本下補「（唱）」。北京大學本、吴國欽本、王學奇本下補「（正末唱）」。

〔一一三〕正末　除吴曉鈴本外，各本删。

〔一一四〕暗室　暗處。《南史·梁紀下·簡文帝》：「自序云：『有梁正士蘭陵蕭世讃，立身行道，終始如一，風雨如晦，鷄鳴不已。弗欺暗室，豈況三光？數至於此，命也如何！』」

〔一一五〕呵　王季思本誤作「時」。

〔一一六〕正末　除吴曉鈴本外，各本删。

〔一七〕正末　除吴曉鈴本外，各本删。

〔一八〕枉物　不義之財。臧本武漢臣《老生兒》二折【小梁州幺篇】：「元來是父親行請過了孩兒又要，您怎麽不尋思枉物難消？」

〔一九〕兒　王季烈本删。

〔二〇〕唱　除吴曉鈴本外，各本上補「正末」。王季思本「唱」誤作「云」。

〔二一〕風雲醉碧桃　元闕名氏雜劇《薩真人夜斷碧桃花》記，廣東潮陽知縣徐端將女碧桃許配縣丞張珪之子道南。碧桃於園中遇道南，父見，責其越禮，因氣身亡。道南中舉，授潮陽知縣，與碧桃魂相會，醉題〔青玉案〕詞贈之。後薩真人作法，使碧桃借屍還魂，與張團圓。

〔二二〕雁塔名標　唐神龍後，新進士及第在朝廷賜宴後，集於慈恩寺塔下題名。後借指考中進士。見王定保《唐摭言》卷三「慈恩寺題名游賞賦咏雜紀」。

〔二三〕兒　王季烈本删。

〔二四〕信有之也　王季烈本、隋樹森本下補「（唱）」。

〔二五〕嘆矣　趙琦美上補一「驚」字，删「矣」字，王季烈本、隋樹森本、北京大學本、吴國欽本、王學奇本、王季思本從。

〔二六〕其　原作「所」，從趙琦美校改。王季烈本、隋樹森本、北京大學本、吴國欽本、王學奇本、王季思本亦改。

〔二七〕乞請　請，願。乞，請。白居易《白氏長慶集》卷六十四《楊柳枝詞八首》之七：「小樹不禁攀折苦，乞君留取兩三條。」

〔二八〕後程　未來的途程，前程。後，未來。《吕氏春秋·長見》：「知古則可知後。」高誘注：「後，來也。」

〔二九〕準定發迹也　除吴曉鈴本外，各本下補「（正末唱）」。

〔三〇〕冠蓋　身穿官服、乘坐有傘蓋的車。《史記·魏公子列傳》：「平原君使者冠蓋相屬於魏。」

〔三一〕兒　王季烈本删。

〔三二〕記　原作「計」，從趙琦美校改。王季烈本、隋樹森本、北京大學本、吴國欽本、王學奇本、王季思本亦改。下同，不另出校。

〔三三〕唱　除吴曉鈴本外，各本上補「正末」。

〔三四〕合是我夫主得脱禁，難遇此等好人也　王季烈本、吴曉鈴本、北京大學本、王學奇本、王季思本「難」字斷屬上句。按，脱禁，出獄也。本劇數見。難，難得也。吴國欽本校記已指其誤。

〔三五〕兒　王季烈本删。

〔三六〕貨賣　賣。蔣防《霍小玉傳》：「尋求既切，資用屢空，往往私令侍婢潛賣篋中服玩之物，多託於西市寄附鋪侯景先家貨賣。」

〔三七〕他那　趙琦美删，王季烈本、隋樹森本、北京大學本、吴國欽本、王學奇本、王季思本從。

〔三八〕他　趙琦美删，王季烈本、隋樹森本、北京大學本、吴國欽本、王學奇本、王季思本從。

楔　子

（長老引浄行者上，云）事不關心，關心者焦。貧僧是白馬寺長老。昨日有趙野鶴偶然遇裴中立，相此人今日不過午，一命掩泉土。此趙野鶴斷生死無差。（浄行者云）裴秀才苦也！板僵身死。（長老云）惜哉！裴秀才滿腹文章，壽算不永。今日這早晚不見裴秀才來！（浄行者云）這早晚以〔一〕定死在那碎磚瓦底下，苦惱也！（趙野鶴上，云）貧道趙野鶴。今日無甚事，白馬寺中望惠明長老走一遭去。可早來到也。（見行者，云）行者報復去，道有趙野鶴在於門首。（浄行者云）你又來了！（浄行者報科，云）師父，有趙野猫在於門首。（長老云）敢是趙野鶴麽？（浄行者云）是趙野鶴。（長老云）有請！（見科）（長老云）先生請坐！（野鶴云）昨日相那裴中立，今日不過午，必死於碎磚瓦之下，板僵身死。（長老云）可惜此人滿腹文章！（野鶴云）長老，蓋因命運所係〔二〕也。（長老云）行者，看茶湯來！（浄行者云）理會的。搗蒜烹茶！（長老云）看有是麽人來。（正末上，云）小生裴中立。趙野鶴真肉眼通神相，果應其言，險死於碎磚瓦之下。雖然如此，我今日到白馬寺尋趙野鶴走一遭去。可早來到也。行者！（浄行者云）你是人也是鬼？（正末云）我是人，怎生是鬼？師父在方丈裏麽？（浄行者云）你則在這裏。師父，有裴秀才在門首。（野鶴云）你敢差認了也！這早晚在那碎磚瓦之下，板僵身死了也，再那裏得個裴秀才來？（浄行者云）他見〔三〕在門首里！（長老云）你請他來。（浄行者見正末，云）秀才，師父有請。（正末見長老，云）長老支揖。（長老驚科）（正末云）兀的不是趙野鶴！可不道〔四〕你無虛道？你道我今日不過午，一命掩泉土，午前死在碎磚瓦之下，板僵身死。這早晚午後也，可怎生不死也？（野鶴云）住、住、住，好是奇怪也！裴秀才，你今日氣色比昨日不同。長老，你看他那福禄文眉稍侵鬢，陰騭文耳根入口，富貴氣色四面齊起。裴秀才，你久後必然拜相位也。（浄行者云）你這陰陽不濟事了，你也是多裏撈摸〔五〕。（長老云）先生，可是爲何比昨日全不同也？（野鶴云）長老不知，這秀才必有活三四個人性命的陰騭，若不是，如何得這氣色比昨日全別了，氣色都轉的好了？（正末云）我是一窮儒，那裏行陰騭去？（野鶴云）秀才，你休瞞我，你必然有活人的陰騭，你實説。（正末云）罷、罷、罷！小生是讀書人，豈可欺心！昨日在此遇先生，相小生今日不過午必死於碎磚瓦之下，小生含恨〔六〕而去。大雪中到於山神廟中，草鋪上欲要歇息，不想藁薦底下一條玉帶。小生見了，就在山神跟前發願。這玉帶必是那尋梅賞雪的官人跟隨的伴當，在此歇脚避雪，忘在此處。若到家中，他那官人問他要這玉帶呵，不逼臨了人性命？小生曾言：明日但有人來尋這帶呵，我雙手奉還這帶。到天明，小生將着玉帶，躲在山神廟後面。無一時，則見有娘女二人，徑直來到廟中來。尋此帶不見，娘女二人痛哭〔七〕不已。二人解下胸帶，都要懸梁自縊。小生慌忙向前解救二人，問其緣故。則説那女子具説情由：他乃是洛陽韓太守之女，他父爲傅彬指〔八〕三千貫贜——韓公平昔奉公守法，廉幹公謹——上司行移到本府，提下太守追贜。韓公恐越朝廷法例，舒心陪納。其家甚窘，衆親戚賫助了一千貫。其太守有一女，小字瓊英，爲無錢陪贜，自己提灰罐在街捌筆。城裏關廂市户鄉民憐其〔九〕父清女孝，衆人賫助有一千貫。尚少一千貫未完，韓公不能脱禁。或〔一〇〕一日，有人指引道：「近間〔一一〕有李公子，上命差來此處歇馬，體察民情。你何不謁托公子處，但得些滋潤，可不勾你父陪贜本、王季思本改作「一」。

〔二〕係　王季思本改作「繫」。誤。

〔三〕見　王季思本改作「現」。按，見，即「現」。參見《單刀會》第一折校注〔三〕。後同，不另出校。

〔四〕可不道　不是（曾）説。參看《詩詞曲語辭匯釋》卷四「可不道」。

〔五〕多裏撈摸　靠碰運氣。

〔六〕含恨　含怒。恨，怒。《全唐詩》卷五六八李群玉《自澧浦東游江表途出巴丘投員外從公虞》：「中夜恨火來，焚燒九回腸。」

〔七〕哭　王季思本誤作「苦」。

〔八〕指　吴國欽本、王季思本下補一「下」字。

〔九〕憐其　下原衍二「他」字，從北京大學本、吴國欽本、王學奇本、王季思本删。王季烈本「憐其」改作「共憐」。

〔一〇〕或　王季烈本、吴國欽本、王季思本改作「忽」。按，或，有。《後漢書·應劭傳》：「逆臣董卓，蕩覆王室……開辟以來，莫或茲酷。」

〔一一〕近間　王學奇本「間」改作「聞」。按，近間，近來。《元典章》刑部十一「强竊盜」：「出軍的賊每，在先薛禪皇帝時分至今……從這裏鋪馬差人交押送去有來。近間將這勾當住罷了，交城子裏轉遞送的上頭，將有罪的人沿路也有脱走了的。」陳垣《元典章校補釋例》卷四第二十九「不諳元時用語而誤例」：「臺綱二十近聞詔書裏。近聞，元作近間。」

〔一二〕歇　吴國欽本下補一「息」字。

〔一三〕盹睡　睡。元刊本馬致遠《陳摶高卧》四折【太平令】：「塵世上，勾當，頓忘，枉交盹睡了都堂裏宰相。」

〔一四〕省　王季烈本、吴國欽本、王季思本改作「醒」。按，省，醒。參見第三折校注〔七〕。

〔一五〕那　王季思本奪。

〔一六〕付能　王季烈本、王季思本「付」改作「甫」。按，付能，同「甫能」，方纔，好容易。參看《詩詞曲語釋匯釋》卷二「甫能」。

〔一七〕也　原無，從趙琦美校補。王季烈本、隋樹森本、北京大學本、吴國欽本、王學奇本、王季思本亦補。

〔一八〕着　王季思本奪。

〔一九〕感恩　原作「深思」，從吴國欽本、王季思本改。王季烈本亦注云：「深思疑感恩之訛。」隋樹森本改作「深恩」。王學奇本「據下文」改作「深感」。按，下文夫人白：「夫主深感中立之恩，無以報答。」王本改未妥。

〔二〇〕甚　原作「字」，從趙琦美校改。王季烈本、隋樹森本、北京大學本、吴國欽本、王學奇本、王季思本亦改。

〔二一〕把　吴國欽本、王季思本以「文意不順」、「文意欠通」删。

〔二二〕此　王季烈本上補一「如」字。隋樹森本、王學奇本從。

〔二三〕未常　王季烈本、王學奇本、王季思本「常」改作「嘗」。按，未常，未嘗。常，通「嘗」。《史記·留侯世家》：「項伯常殺人從良匿。」《漢書·張良傳》「常」作「嘗」。

〔二四〕生　隋樹森本改作「子」。

〔二五〕生　隋樹森本改作「子」。

〔二六〕昨　王學奇本注云：「誤，應作『今』。」

〔二七〕願　吴國欽本、王季思本改作「配」。

〔二八〕具説　説，陳述。具，陳述。沈括《夢溪筆談》卷二十五「雜誌二」：「順初起，悉召鄉里富人大姓，令具其家所有財粟，據其生齒足用之外，一切調發，大賑貧乏。」

〔二九〕適來　剛才。董弅《閒燕常談》：「錢中道帥太原，一日，武官謁見叙舊，累數百言而退。錢語坐客曰：『適來官人口不稱名，但稱賤迹不已，欲面折之，便是要人避己名也。』」

〔三〇〕夙緣先契　前世的緣分，先前的盟約。契，約。脈望館古名家本白仁甫《墻頭馬上》一折【仙吕混（點）江（絳）龍（脣）】：「往日夫妻，都是夙緣仙（先）契，多才藝。倩丹青寫入屏圍，真乃是畫出個蓬萊意。」

〔三一〕可　吴國欽本奪。

〔三二〕必當　應該。王子一《誤入桃源》二折仙子白：「有太白星官命青衣童子來報，説目下有天台縣劉晨阮肇二人，與子童有五百年仙（先）契，今來採藥，必當相會。」

〔三三〕小生　王季思本奪。

〔三四〕助　原作「祚」，從王季烈本注改。王本「祚」字下注云：「祚當作助。」「祚」「助」聲近。北京大學本校勘記謂「『祚』字疑當作『佐』」，吴國欽本、王季思本從改。

〔三五〕着志　用心。臧本張國賓《薛仁貴》楔子卜兒白：「孩兒，則要你着志者！你去，你去。」

〔三六〕夫人放心也　除吴曉鈴本外，各本下補「（唱）」。

〔三七〕居王佐丹扆定八方　「扆」原誤作「裹」，從趙琦美校改。諸本亦改。丹扆，帝王寶座後的赤色屏風。亦借指帝王。《温國文正司馬公文集》卷五十二《辭接續支俸札子》：「自爾日望痊平，入覲丹扆，面陳至誠，庶得極竭。」王季烈本、隋樹森本、吴國欽本、王季思本「方」改作「荒」。

〔三八〕可兀的　襯字，無義。顧曲齋本楊顯之《瀟湘夜雨》二折【南吕一枝花】：「則這蟾宫折桂枝，金闕蒙宣賜，當日個洞房花燭夜，金榜可兀的挂名時。」

〔三九〕延遲　吴國欽本、王季思本乙改作「遲延」。按，延遲，遲延。王實甫《麗春堂》三折使官白：「老丞相不必延遲，小官先回去也。」

〔四〇〕十里長亭　古時於道路每隔十里設長亭，五里設短亭，供行旅停息。近城的十里長亭常爲送別之處。王實甫《西厢記》四本三折夫人白：「今日送張生赴京，就十里長亭，安排下筵席。」

第四折

（太守上，云）王法條條誅濫官，刑名款款理無端〔一〕；掌條法正天心順，治國官清民自安。老夫韓廷幹是也〔二〕。先任洛陽太守，爲因傅彬侵使過官錢一萬貫，事發到官追徵，不想傅彬懷恨，指〔三〕老夫三千貫贓，屈囚牢内，依命陪贓。家下止〔四〕有夫人、小女瓊英。爲老夫家〔五〕窘迫，衆親戚處賫助一千貫；小女題詩抄化到一千貫；又遇李邦彦，因爲洛陽歇馬，就〔六〕採訪賢良，案察〔七〕奸黨，見小女題詩訴冤，李公子就與玉帶一條，價值千貫；陪贓完備，方脱縲絏。幸得李公子實知老夫冤枉，先動文書於都省，後馳驛馬回奏，聖人方知前因。聖人可憐，將老夫陪過贓三千貫盡給還老夫，一則上不違朝廷法例，二不費百姓之勞。又見某家父廉母嚴女孝，謝聖人可憐，升老夫都〔八〕省參知政事。後〔九〕見小女得公子玉帶，忘在山神廟，遇一人〔一〇〕裴度還帶，救活我全家之命，老夫在禁中曾許小女以妻裴度；不想裴度今日選考〔一一〕，此人文武全才，聖人大喜，加以重用，借都省頭答，誇官三日。老夫就將此事奏知，愈加其喜。奉聖人命，着老夫就招裴度爲婿。令官媒挑絲鞭，挂影神〔一二〕，左右紅裙翠袖，捧〔一三〕小女於樓中，抛綉毬招狀元爲婿。老夫分付〔一四〕官媒、左右，且休説是韓相公家，看裴度肯不肯，那其間明開〔一五〕也未遲里！等成親之後，老夫回奏謝恩。御賜深蒙亨驟遷，承恩拜舞御階前；綵樓招婿成佳配，當今聖主重英賢。（下）

（張千上，云）自家張千。奉相公命，結起綵樓招擢〔一六〕新婿。怎生不見媒人來？（媒人上，云）自家官媒人的便是。有韓相公招擢新婿，今日結起綵樓，要招女婿。張千萬福！（張千云）這個官媒婆！老相公使人來問你，你在那裏來？（媒人云）你知道好日多同麽？恰纔七八十處説親的里！我都不答應，我來這裏來。（張千云）老相公台旨：如今結起綵樓，着小姐綵樓上等那新狀元。着你拿着絲鞭攔住，着小姐抛綉毬兒招新狀元。等狀元問你是誰家招婿，你且休説是韓相公家，等接了絲鞭，下了馬，相見畢，那其間纔與他説知。（媒人云）我理會的。都安排完備了也，請小姐上綵樓。（張千云）請山人〔一七〕，這早晚不見來！（山人上，云科了〔一八〕，住）（瓊英上，云）妾身韓瓊英。自我父離禁，多虧李公子奏知聖人，將我父宣至京師。謝聖人可憐，升我父都省參知政事。我父就將裴中立還帶一事奏知，不想裴中立又中〔一九〕狀元及第，今日誇官。我父親結起綵樓招裴狀元。這早晚敢待來也。（正末上，云）小官裴度。到的帝都闕下，爲某文武皆通，一舉狀元及第。今日借宰相頭答，誇官三日。誰想有今日也呵〔二〇〕！

【雙調新水令】想着我二十年埋没洛陽塵，今日個起蟄龍一聲雷震。一來是〔二一〕文章好立身，二來是天子重賢臣。好德親仁，束帶冠巾，演武修文，温故知新，喒人要修天爵〔二二〕正方寸。

（張千云）媒婆，兀的不頭答傘蓋〔二三〕，狀元來了也！（媒人云）香風淡淡天花〔二四〕墜，天花點點香風細，馬頭高喝狀元來，今宵好個風流婿。韓相今朝結綵樓，狀元得志逞風流，夫妻今日成姻眷，全然一對不識羞〔二五〕。

【慶東原】居廊廟〔二六〕，當縉紳〔二七〕，習《詩》《書》，學《禮》《易》，從先進君子務本〔二八〕。忘食〔二九〕發憤，能正其身。酬志了白玉帶紫朝服，茶褐傘黃金印。

（媒人云）瑶池謫降玉天仙，今夜高門招狀元，瓊釀金杯長壽酒，新郎舒手接絲鞭。請狀元接絲鞭〔三〇〕！

【川撥棹】展圖像挂高門，綵樓新接着絳雲。我自見皓齒珠唇〔三一〕，翠袖紅裙，簇捧着〔三二〕個霧鬢雲鬟的美人。見官媒將導引，他道招狀元爲婿君，不邀媒不問肯，擎〔三三〕絲鞭捧玉樽。

（正末做不採科〔三四〕）（媒人云）狀元接絲鞭，請下馬飲狀元酒！（正末云）衹候人，攞着頭答行。（媒人云）天外紅雲接綵樓，狀元誇職御街游〔三五〕，月宫擁出群仙隊，試看嫦娥抛綉毬。狀元請下馬接絲鞭！（旦云）將綉毬來。（小旦遞綉毬科）（媒人云）綉毬打着狀元了，請狀元下馬接絲鞭就親！年少風流美狀元，温柔可喜〔三六〕女嬋娟；今宵洞房花燭夜，是看狀元一條鞭〔三七〕。

【殿前歡】你道是擢新人，今宵花燭洞房春；綉毬兒抛得風團〔三八〕順，肯分的正中吾身。（媒人云）請狀元下馬就親！（唱〔三九〕）硬逼臨便就親。（媒人云）狀元下馬就親，洞房花燭，燕爾新婚。（唱〔四〇〕）噤聲！你那裏無謙遜。（媒人云）《毛詩》云：淑女可配君子〔四一〕。（唱〔四二〕）那裏是正〔四三〕押《毛詩》韵！你道〔四四〕做了有傷風化，誰就你那燕爾新婚！

（媒人云）請狀元下馬就親！（正末云）我有妻室，難就親！（媒人云）雖然狀元有婚，這家裏聖旨在此。（正末慌科，云）既然有聖旨，左右，接了馬者！（媒人云）請狀元上綵樓請坐。（分東西坐定科）（媒人云）霧鬢雲鬟窈窕娘，綉毬打中狀元郎，夫妻飲罷交杯酒〔四五〕，準備今宵鬧卧房。（山人做撒帳〔四六〕科，云）狀元穩坐紫驊騮，褐羅傘下逞風流。新人綉毬望着狀元打，永遠相守到白頭。（喝平身住，云）請狀元女婿上綵樓請坐。將五穀銅錢來！夫妻一對坐帳中，仙音一派韵輕清〔四七〕，準備洞房花燭夜，則怕今朝好殺〔四八〕人。好撒東方甲乙木，養的孩兒不要哭，狀元緊把香腮搵〔四九〕，咬住新人一口肉。又撒西方庚辛金，養的孩兒會賣針，狀元緊把新人守，兩個一夜胸脯不離心。再撒南方丙丁火，養的孩兒恰似我，狀元走入房中去，趕的新人没處躲。後撒北方壬癸水，養的孩兒會調鬼〔五〇〕，狀元若到紅羅帳，扯住新人一條腿。再撒中央戊己土，養的孩兒會擂鼓，一口咬住上下唇，兩手便把胸前握。夫人相公老尊堂，狀元新人兩成雙，山人不要别賞賜，今朝散罷捉梅香〔五一〕。

【喬牌兒】幾曾見酩子裏兩對門〔五二〕！（媒人云）係是百年前宿緣先契〔五三〕。（唱〔五四〕）你道是五百年宿緣分，（媒人云）請狀元拜岳父岳母，相見禮畢成親，有聖旨在此。（唱〔五五〕）他道是奉君王聖旨爲盟信，終不〔五六〕我爲媳婦拜丈人！

（旦兒〔五七〕云）問那狀元，他那前妻姓甚〔五八〕名誰？是何人家子女？（媒人云）狀元説有婚，姓甚名誰〔五九〕？

【水仙子】想起他那芙蓉嬌貌蕙蘭魂〔六〇〕，楊柳纖腰紅杏春，海棠顔色江梅韵〔六一〕；他恨不的上青山變化身〔六二〕，這其間買登科尋覓回文〔六三〕。這裴中立身榮貴，那韓瓊英守志貞〔六四〕，我怎肯與〔六五〕别人做了夫人！

（媒人云）狀元説的是小姐的〔六六〕名字，我對小姐説去。（見旦兒〔六七〕拜科，云）小姐，恰纔裴狀元説的是小姐的名字，他道是：裴中立身榮貴，韓瓊英守志貞〔六八〕，他怎着别人做了夫人！（旦兒〔六九〕云）裴中立既如此憶舊〔七〇〕，真才良〔七一〕君子也！狀元，你認的妾身麽？則我便是韓瓊英。（正末云）原來是瓊英小姐〔七二〕！

【雁兒落】誰承望楚陽臺做眷姻〔七三〕，藍橋驛〔七四〕相親近，武陵溪尋配偶，桃源洞成秦晋〔七五〕！

（韓公上，云）令人，安排慶喜的筵宴！（正末云）官媒，請太山〔七六〕坐，我拜見行禮咱。（媒人云）狀元，你頭裏〔七七〕不肯，這早晚慌做甚麽〔七八〕！

【得勝令】敬親者不敢慢於人。（韓公云）狀元，今日酬志，如此軒昂！（唱〔七九〕）享富貴必有异於人。

（旦兒〔八〇〕云）還帶之恩，配合姻眷，兩意俱完，各遂其心矣。（唱〔八一〕）小生我懷舊意無私志〔八二〕，小姐白〔八三〕玉帶知恩必報恩。（韓公云）老夫蒙恩驟遷，夫人三月齋鹽，小女甘貧行孝，今日一家富貴。誰想有今日也！

（唱〔八四〕）爲岳丈公勤，掌都省三臺〔八五〕印，老夫人忠貞，小姐守一百日齏鹽清淡貧。

（韓公云）請老夫人來。（夫人上，見正末，云）裴中立，喜得美除。（正末云）老夫人請坐！（拜科）（夫人云）免禮！免禮！（韓公云）安排果卓〔八六〕，將酒來，我與裴中立遞一杯。（趙野鶴同長老上）（長老云）野鶴，誰想裴中立一舉成名，韓公奏知，聖旨就着與韓公做婿。俺二人來至京師，今日與裴中立賀喜走一遭去。（野鶴云）俺二人來到韓相公宅上，與裴中立作慶〔八七〕走一遭去。可早來到也。報復去，道有洛陽白馬寺長老與趙野鶴來見相公。（張千云）相公，門首有洛陽白馬寺長老與趙野鶴來見相公。（正末云）我接待去。（見科，云）長老勿罪！（長老云）相公崢嶸有日，忿發〔八八〕有時。（正末云）有請！有請！二位見老相公去。（二人見韓公科）（正末云）老相公，這個便是趙野鶴，這個便是白馬寺長老。（野鶴云）老相公，我今日賀萬千之喜也！（正末云）若非長老與野鶴賫助鞍馬銀兩，裴度豈有今日也呵！（韓公云）二位請坐！將酒來，我替裴狀元遞一杯。（王員外同旦兒上，云）自家王員外。聽知的裴度得了官，在韓相公家爲了(八九)婿，俺兩口兒來到韓相公家門首，與裴中立賀喜走一遭去。（旦(九〇)云）王員外，則怕裴中立不肯認俺麽！（員外云）不妨事，放着我里！可早來到也。張千，報復去，有洛陽王員外兩口兒特來賀喜。（張千云）相公，門首有洛陽王員外兩口兒特來相賀。（正末云）你説去，他不過來，更待着我接待他那！（張千云）俺相公説來，你自不過去，更待着俺相公接待你那！（員外云）可早一句也！大嫂，咱過去來。（見正末科，云）裴狀元，我道你不是受貧的人。（正末云）將酒來，我與岳父遞一杯。（韓公云）裴相公，誰想有今日也！（飲酒科了）（正末云）將酒來，我與野鶴遞一杯。（野鶴云）相公，當日小生相法有準麽？（正末云）多蒙先生風鑒！左右人，收拾果卓來(九一)！（王員外云）裴狀元，更做你高傲着(九二)，你强殺則是我外甥，我歹殺是你姨夫姨姨(九三)，你與别人遞了酒也，可怎生不與我遞酒？想着我遠遠(九四)而來，非爲酒食，可不道敬親者不敢慢於人！（正末云）他原來撒酒風！（員外云）我幾曾嘗來？（正末云）左右，將四個銀子來。（做與銀子科，云）長老，想小生未遇之時，常在寺中，多蒙長老管待，又與我兩錠銀子，今日本利還四錠。（長老云）多謝了相公！（正末云）左右(九五)，再將兩個銀子來，將鞍馬來，春衣二套，與野鶴先生。一來還其前債，二來與先生做壓卦錢。（員外云）原來如此！長老，你世(九六)到今日也，你不説，等到幾時？（長老云）住、住，住，今日老相公在此，裴相公你息怒。這人不説不知，木不鑽不透，冰不搭不寒，膽不嘗不苦，貧僧我叮嚀的説破，着相公備細的皆知(九七)。裴狀元，則爲你自小孤獨守志貧，你那詩書滿腹隱經綸。只爲長者關親故，你相謁投托要安身。王員外見你那浩然一股鴻鵠志，因此上故意相輕傲慢親。相公你氤氲(九八)含恨離宅院，你前來寺院見貧僧。我那齋食管待相供應，王員外他暗寄兩錠雪花銀。你要上朝赴選求官去，囊篋消乏怎動身？這野鶴駿馬親相送，兩錠銀可是你這尊親轉贈君。你今日夫榮婦貴身榮顯，禄重官高受皇恩。則爲你當初才學德行難酬志，方信道親的原來則是親。（正末云）長老不説，裴度怎知？姨夫姨姨請坐！則被你瞞殺我也，姨夫！（員外云）則被你傲殺我也，侄兒！（韓公云）安排慶喜的筵席！（李邦彦上，云）九重天上君恩至，四海皆蒙雨露恩。小官李邦彦。自到京師，將洛陽韓太守一家忠節行孝之事奏知，聖人甚喜，後〔九九〕取韓公入朝重用。不想韓公將裴度還帶一事奏知聖人，後裴度赴京中選，奉命將韓廷幹的女〔一〇〇〕配與裴度爲妻。今日命小官直至韓廷幹宅中加官賜賞。可早來到也。韓廷幹、裴度聽聖人命：聖明主至德寬仁，差小官體察民情。因傅彬貪財好賄，犯刑憲負累忠臣〔一〇一〕。只爲你妻賢女孝，因此上取赴到京。韓廷幹則爲你屈陪〔一〇二〕贓奉公守法，坐都堂領省揚名。你渾家守志節清貧甘苦，加你〔一〇三〕爲賢德夫人。韓瓊英你行孝道賣文搦筆，裴中立〔一〇四〕你還玉帶有救死之恩；裴中立吏部冢宰〔一〇五〕，韓瓊英配合成親。國家喜的是義夫節婦，愛的是孝子順孫。聖明主加官賜賞，一齊的望闕謝恩！

題目　郵亭上瓊英賣詩
正名　山神廟裴度還帶〔一〇六〕

校注

〔一〕理無端　理，治。《後漢書·蔡茂傳》：「臣聞興化致教，必由進善；康國寧人，莫大理惡。」無端，無賴。端，正。臧本闕名氏《殺狗勸夫》四折旦白：「信兩個無端賊子，終日去沽酒當壚。」

〔二〕是也　吴曉鈴本奪。

〔三〕指　吴國欽本、王季思本下補一「下」字。

〔四〕止　吴國欽本、王學奇本改作「只」。參見第二折校注〔三四〕。

〔五〕家　諸本下補一「緣」字。

〔六〕就　吴曉鈴本校勘記云：「疑下脱『地』字。」吴國欽本、王季思本下補一「地」字。按，就，就便。脈望館古名家本孟漢卿《魔合羅》楔子正末白：「叔父，你孩兒去南昌做買賣，就躲灾難。」

〔七〕案察　王季烈本「案」改作「按」。按，案，通「按」，查。《史記·酷吏列傳》：「乃盡案誅三長史。」《漢書·張湯傳》「案」作「按」。案察，查處。《後漢書·郅壽傳》：「時冀部屬郡多封諸王，賓客放縱，類不檢節，壽案察之，無所容貸。」

〔八〕都　王季思本誤作「爲」。參見第二折校注〔二九〕。

〔九〕後　原作「彼」，從吴國欽本、王季思本改。

〔一〇〕人　個。《大唐三藏取經詩話》第十六：「十二人玉音童子。」元刊本紀君祥《趙氏孤兒》四折【石榴花】：「這一人惡歆歆手内掿昆吾，這一人膝跪在階隅。」

〔一一〕不想裴度今日選考　「想」原誤作「相」，從趙琦美校改。王季烈本、隋樹森本、北京大學本、吴國欽本、王學奇本、王季思本亦改。「想」下原有「今日」二字，吴曉鈴本校勘記云：「二字疑衍。」今删。隋樹森本、吴國欽本、王季思本删第二個「今日」。

〔一二〕影神　畫像。《詞林摘艷》卷六吴昌齡套數【正宫】端正好「美妓」：「莫不是麗春園蘇卿的後身？多應是西厢下鶯鶯的影神。」

〔一三〕捧　簇擁。《太平廣記》卷六十三引《玄怪録》：「明日，女車騎復至。女乘一馬，崔生亦乘一馬從之。……青衣百許迎拜曰：『無行崔郎，何必將來。』於是捧入，留崔生於門外。」

〔一四〕分付　王學奇本「付」改作「咐」。王季思本「分付」改作「吩咐」。

〔一五〕明開　説清楚。臧本張國賓《薛仁貴》一折【混江龍】：「我待要叩金階款款的明開去，着甚來論黄數黑？也則是惡紫奪朱。」

〔一六〕招擢　招選。闕名氏《飛刀對箭》一折徐懋功白：「奉聖人的命，就出黄榜，招擢義勇好漢。」

〔一七〕山人　從事卜卦、算命、贊禮等職業的人。陸游《老學庵筆記》卷一：「予去國二十七年復來，自周丞相子充一人外，皆無復舊人，雖吏胥亦無矣。惟賣卜洞微山人亡恙，亦不甚老，話舊愴然。」

〔一八〕云科了　元劇用語。表示角色説了一段賓白，賓白内容省去。與元刊雜劇標識外貼角色賓白的「云了」、「云住」類似。參見《調風月》第一折校注〔四〕。

〔一九〕中　吴國欽本、王季思本删。

〔二〇〕誰想有今日也呵　除吴曉鈴本外，各本下補「（唱）」。

〔二一〕是　王季思本奪。

〔二二〕天爵　自然的爵位，借指高尚的道德修養。《孟子·告子上》：「有天爵者，有人爵者：仁義忠信，樂善不倦，此天爵也；公卿大夫，此人爵也。」朱熹集注：「天爵者，德義可尊，自然之貴也。」

〔二三〕傘蓋　一種長柄圓頂、外緣垂有流蘇的儀仗物。《梁書·武帝紀》：「時所住齋常有五色回轉，狀若蟠龍，其上紫氣騰起，形如傘蓋，望者莫不异焉。」

〔二四〕天花　佛教指天界妙花。《維摩詰所説經·觀衆生品第七》：「時維摩詰室有一天女……見諸大人聞所説法，便現其身，即以天華散諸菩薩大弟子上。」華，即「花」。亦稱人中之好花如天物者。

〔二五〕全然一對不識羞　除吴曉鈴本外，各本下補「（正末唱）」。

〔二六〕廊廟　指朝廷。《後漢書·申屠剛傳》：「廊廟之計，既不豫定，動軍發衆，又不深料。」

〔二七〕縉紳　代指官宦。《漢書·郊祀志上》：「其語不經見，縉紳者弗道。」

〔二八〕從先進君子務本　王季思本斷作「從先進。君子務本……」。按，《論語·先進》：「子曰：『先進於禮樂，野人也；後進於禮樂，君子也。如用之，則吾從先進。』」朱熹集注：「先進後進，猶言前輩後輩。」「用之，謂用禮樂。」又《學而》：「君子務本，本立而道生。」集注：「務，專力也。本，猶根也。」

〔元〕食　王季思本誤作「身」。

〔三〇〕請狀元接絲鞭　除吴曉鈴本外，各本下補「（正末唱）」。

〔三一〕我自見皓齒珠唇　自，只。《張協狀元》戲文五十二出：「一心自欲榮閭里，一心又欲多殊翠（麗）。」隋樹森本、王季思本「珠」改作「朱」。按，珠，通「朱」。參見《調風月》第四折校注〔二〇〕。

〔三二〕着　王季思本奪。

〔三三〕擎　王季思本誤作「驚」。

〔三四〕正末做不採科　王季烈本删「正末」。諸本「採」均改作「睬」。按，採，睬。參見《救風塵》第一折校注〔三三〕。

〔三五〕誇職御街游　「街」原誤作「堦」，從吴國欽本、王季思本改。誇職，誇官。

〔三六〕可喜　「喜」原作「嬉」，從諸本改。可喜，可愛。參看《詩詞曲語辭匯釋》卷五「可喜」。

〔三七〕是看狀元一條鞭　除吴曉鈴本外，各本下補「（正末唱）」。鞭，穢辭，指陽具。

〔三八〕風團　比喻速度快。臧本李文蔚《燕青博魚》一折【六國朝】：「那厮雨點也似馬鞭子丢，不俫，偏不的我風團般着這拄杖打。」

〔三九〕唱　除吴曉鈴本外，各本上補「正末」。

〔四〇〕唱　除吴曉鈴本外，各本上補「正末」。

〔四一〕淑女可配君子　下原有一「乎」字，從趙琦美删。王季烈本、隋樹森本、北京大學本、吴國欽本、王學奇本、王季思本亦删。

〔四二〕唱　除吴曉鈴本外，各本上補「正末」。

〔四三〕正　善。《儀禮·士冠禮》：「三加曰，以歲之正，以月之令，咸加爾服。」鄭玄注：「正，猶善也。」

〔四四〕道　王季烈本改作「倒」。按，道，猶倒。參看《詩詞曲語辭匯釋》卷四「道（四）」。

〔四五〕交杯酒　王得臣《麈史》卷下「風俗」：「古者婚禮，合卺而已。今也，以雙杯，綵絲連足，夫婦傳飲，謂之交杯。媒氏祝之，擲杯於地，驗其俯仰，以爲男女多寡之卜。」

〔四六〕撒帳　孟元老《東京夢華録》卷五「娶婦」：「男女各争先後對拜畢，就床，女向左，男向右坐，婦女以金錢綵菓散擲，謂之『撒帳』。」

〔四七〕輕清　美妙清朗。朱淑真《斷腸詩集》卷五《中秋聞笛》：「誰家横笛弄輕清，唤起離人枕上情。」

〔四八〕殺　吴國欽本、王季思本改作「煞」。按，殺，同「煞」，極甚之辭。參看《詩詞曲語辭匯釋》卷四

「煞(一)」。後同,不另出校。

〔四九〕揾　貼,吻。王實甫《西厢記》四本一折【勝葫蘆幺】:「半推半就,又驚又愛,檀口揾香腮。」

〔五〇〕調鬼　弄鬼。《五侯宴》三折趙脖揪上場詩:「我做莊家快誇嘴,丢輪扯砲如流水;引着沙三去蹦橇,伴着王留學調鬼。」

〔五一〕今朝散罷捉梅香　除吴曉鈴本外,各本下補「(正末唱)」。王季烈本、吴曉鈴本、北京大學本、吴國欽本、王學奇本「散」誤作「撒」。

〔五二〕酩子裏兩對門　酩子裏,平白地。參看《詩詞曲語辭匯釋》卷四「酩子裏」。對門,婚配。

〔五三〕百年前宿緣先契　王季思本「據下句曲文」上補一「五」字。「先」,原作「仙」,今改。參見楔子校注〔三〇〕。

〔五四〕唱　除吴曉鈴本外,各本上補「正末」。

〔五五〕唱　除吴曉鈴本外,各本上補「正末」。

〔五六〕終不　王季烈本、隋樹森本下補一「道」字。按,終不,難道。鄭德輝《智勇定齊》一折孛老兒白:「傻弟子,他是我女孩兒,終不道不養活他?」終不道,難道是。

〔五七〕兒　王季烈本删。

〔五八〕甚　吴曉鈴本校勘記云:「明鈔本『甚』字原作『字』字,硃改爲『甚』字,從之。」按,鈔本不誤,亦無硃改，吴校誤。

〔五九〕姓甚名誰　除吴曉鈴本外，各本下補「（正末唱）」。

〔六〇〕魂　心靈。白居易《白氏長慶集》卷十《夢裴相公》：「五年生死隔，一夕魂夢通。」

〔六一〕韵　風韵。《中興以來絶妙詞選》卷十洪叔璵《行香子·代贈》：「楚楚精神，楊柳腰身，是風流，天上飛瓊。凌波微步，羅襪生塵，有許多嬌，許多韵，許多情。」

〔六二〕上青山變化身　參見《救風塵》第一折校注〔一九〕。

〔六三〕這其間買登科尋覓回文　「買」原誤作「賣」，從吴國欽本改。登科，即登科記或登科録，科舉考試及第士人名録。回文，即迴文詩。《晉書·列女傳·竇滔妻蘇氏》：「竇滔妻蘇氏，始平人也，名蕙，字若蘭，善屬文。滔，苻堅時爲秦州刺史，被徙流沙，蘇氏思之，織錦迴文旋圖詩以贈滔。宛轉循環以讀之，詞甚淒婉。」

〔六四〕貞　原作「真」，從王季烈本、隋樹森本、北京大學本、吴國欽本、王學奇本改。

〔六五〕與　吴國欽本、王季思本「據下文媒人説白」改作「着」。按，與，猶教，讓。參見《調風月》第二折校注〔一一六〕。

〔六六〕的　王學奇本奪。

〔六七〕兒　王季烈本删。

〔六八〕貞　吴曉鈴本、王季思本誤作「真」。吴本校勘記并云：「王（季烈）本校改『真』字爲『貞』字。」

〔六九〕兒　王季烈本删。

〔七〇〕既如此憶舊　既，竟。憶舊，懷舊。憶，念。《杜工部集》卷三《夢李白》二首之一：「故人入我夢，明我長相憶。」

〔七一〕才良　吴國欽本乙改作「良才」。按，才良，才士賢人。《隋書·高祖紀下》：「誅翦骨肉，夷滅才良。」

〔七二〕原來是瓊英小姐　王季烈本、隋樹森本下補「唱」。北京大學本、吴國欽本、王學奇本、王季思本下補「（正末唱）」。

〔七三〕楚陽臺做眷姻　楚陽臺，傳説中的楚國臺名，後用以借指男女歡會之所。參見《金線池》第二折校注〔二〕。眷姻，夫妻。臧本鄭廷玉《忍字記》三折【雁兒落】：「不由我不感傷，不由我添悲愴，喒須是美眷姻，争柰有這村和尚。」

〔七四〕藍橋驛　陝西藍田東南藍溪之上有藍橋，相傳爲長慶中秀才裴航遇仙女雲英處。因該處曾有驛站，故又名藍橋驛。事見《太平廣記》卷五十引裴鉶《傳奇》。元庾天錫有雜劇《裴航遇雲英》。佚。

〔七五〕武陵溪尋配偶，桃源洞成秦晋　參見《救風塵》第三折校注〔八九〕。

〔七六〕太山　王季思本「太」改作「泰」。按，太山，即泰山。《孟子·梁惠王上》：「挾太山以超北海，語人曰『我不能』，是誠不能也。」用以稱岳父。臧本闕名氏《合同文字》三折：「（社長云）劉安住，您且省煩惱，你是我的女婿，我與你做主。（正末唱）【滿庭芳】謝得你太山做主。」

〔七七〕頭裏　先前。脈望館鈔本張國賓《汗衫記》頭折正末白：「兀那君子，你這一會兒比頭裏那大雪裏凍倒的時分，可是如何也？」

〔七八〕這早晚慌做甚麽　除吴曉鈴本外，各本下補「（正末唱）」。

〔七九〕唱　除吴曉鈴本外，各本上補「正末」。

〔八〇〕兒　王季烈本删。

〔八一〕唱　除吴曉鈴本外，各本上補「正末」。

〔八二〕懷舊意無私志　舊意，舊情。意，情。參見《調風月》第一折校注〔一〇〕。私志，私心。志，意念。《書·舜典》：「詩言志，歌永言。」

〔八三〕白　説。《董解元西厢記》卷四【般涉調】【哨遍纏令】：「弟兄七歲不同席，今日特然對兄白，豈不以是非爲戒？」

〔八四〕唱　除吴曉鈴本外，各本上補「正末」。

〔八五〕三臺　漢代以尚書爲中臺、御史爲憲臺、謁者爲外臺，合稱三臺。後泛指中央高級官府。

〔八六〕卓　北京大學本、吴國欽本、王學奇本、王季思本改作「桌」。參見第三折校注〔三〕。後同，不另出校。

〔八七〕作慶　慶賀。《水滸傳》二十五回：「都頭恁地忘了？前項他也曾來與都頭作慶，他家只在獅子街巷内住。」

〔八八〕忿發　趙琦美「忿」校改作「奮」，王季烈本、隋樹森本、北京大學本、吴國欽本、王學奇本、王季思本從。按，忿發，即奮發，得志通顯。《劉知遠諸宫調》第十二【般涉調】【沁園春】【尾】：「都忿發，各命通，的親幾口兒皆相逢，喜賀團圓飲□（巨）□（觥）。」

〔八九〕了　吴國欽本、王季思本删。

〔九〇〕旦　王季烈本下補一「兒」字。

〔九一〕來　表命令語氣。魯應龍《括異志》：「是夜三鼓時，忽一人扯起黄翁，連拳歐（毆）之，謂曰：『汝何作業造罪，貨賣假香？可速去來！』」

〔九二〕着　隋樹森本此字斷屬下句。誤。按，着，表讓步語氣。亦作「者波」。臧本李文蔚《燕青博魚》一折搽旦白：「我便歹殺者波，也是你哥哥的渾家，怎麽這等輕薄？」

〔九三〕姨姨　王季烈本改作「姨娘」。按，姨姨，姨母。《清平山堂話本·洛陽三怪記》：「婆婆道：『小員外，老身便是媽媽的姐姐。』潘公沉思半晌，道：『我也曾聽得説，有個姨姨。』」後同，不另出校。

〔九四〕遠　吴國欽本、王季思本改作「道」。

〔九五〕左右　吴曉鈴本、北京大學本、吴國欽本、王學奇本、王季思本删。

〔九六〕世　趙琦美校改作「勢」，北京大學本、吴國欽本、王學奇本、王季思本從。王季烈本、隋樹森本改作「事」。按，世，猶已。參看《詩詞曲語辭匯釋》卷二「世(二)」。

〔九七〕貧僧我叮嚀的説破，着相公備細的皆知　王季烈本「着」字誤屬上句。吴國欽本「相公」下衍一「你」字。叮嚀，詳細。元刊本宫天挺《范張鷄黍》二折【烏夜啼】：「把平生心事叮嚀説，不必喋喋，少住些些。」參見《雙赴夢》第四折校注〔四〕。破，猶了。參看《詩詞曲語辭匯釋》卷三「破(一)」。着，猶教。參同上卷三「着(一七)」。

〔九八〕氤氲　王季烈本改作「隱慍」。按，氤氲，形容氣盛。鄭德輝《三戰吕布》一折孔融下場詩：「征雲繚繞千山遠，殺氣氤氲萬里長。」這裏形容怒氣盛。

〔九九〕後　吴曉鈴本校勘記云：「疑當作『復』字。」吴國欽本、王季思本改作「復」。

〔一〇〇〕女　隋樹森本下補一「兒」字。

〔一〇一〕犯刑憲負累忠臣　刑憲，刑法。《舊五代史·唐書·莊宗紀》：「或居台鉉，或處權衡，或列近職而預機謀，或當峻秩而掌刑憲，事分逆順，理合去留。」王季烈本「負累」改作「誣賴」。按，負累，連累。《水滸傳》三回：「大郎可把索來綁縛我三個，出去請賞，免得負累了你不好看。」

〔一〇二〕陪　原作「倍」，今改。王季烈本、隋樹森本、北京大學本、吴國欽本、王學奇本、王季思本改作「賠」。參見第二折校注〔三〕。

〔一〇三〕加你　吴國欽本「據文意」「你」改作「封」。按，加，封。參見《蝴蝶夢》第四折校注〔九五〕。

〔一〇四〕裴中立　原無，從王季烈本、隋樹森本、吴國欽本、王季思本補。王學奇本注云：「王（季烈）本補『裴中立』三字，是。」

〔一〇五〕吏部冢宰　吏部尚書。吏部，隋唐爲中央六部之一，掌官吏的任免、考課、升降、調動。冢宰，周官名，爲六卿之首，亦稱太宰。後亦稱吏部尚書爲冢宰。

〔一〇六〕山神廟裴度還帶　原本卷末有趙琦美注「萬曆四十三年乙卯七月初八日校内本清常道人」。

中國古典文學基本叢書

關漢卿集校注

第四册

藍立蓂　校注

中華書局

狀元堂陳母教子

説　明

天一閣本《録鬼簿》、《太和正音譜》、《元曲選》卷首曲目著録。現存脈望館鈔本。今用王季烈本、吴曉鈴本、隋樹森本、北京大學本、吴國欽本、王學奇本、王季思本參校。原本書口標目「狀元堂陳母教子」。總題下有「雜劇」二字，下題「關漢卿」，今并略去。

劇叙宋時有陳母生三子一女，訓教甚嚴，三子先後均中狀元。

《宋史·陳堯佐傳》：「母馮氏，性嚴。堯叟事親孝謹，怡聲侍側，不敢以貴自處。家本富，禄賜且厚，馮氏不許諸子事華侈。景德中，堯叟掌樞機，弟堯佐直史館，堯咨知制誥，與(父)省華同在北省。諸孫任官者十數人，宗親登科者又數人，榮盛無比。賓客至，堯叟兄弟侍立省華側，客不自安。」羅燁《醉翁談録》庚集卷一：「陳堯咨知制誥，出守荆南回，其母馮氏問曰：『古之居一郡一道，必有异政，汝典名藩，有何异政？』堯咨曰：『荆州路當冲要，效勞宴餞，殆無虚日，然稍精於射，衆無不服。』母曰：『汝父訓汝以忠孝，今不務仁政善化，而專卒伍一夫之役，豈汝先人之意耶？』以杖擊之，金魚墜地。」

楔子

（冲末外扮寇萊公引祇從上）（寇萊公云）白髮刁搔〔一〕兩鬢侵，老來灰盡少年心。等閑贏得食天禄〔二〕，但得身安抵萬金。老夫姓寇，名準，字平仲，官封萊國公〔三〕。方今聖人在位，八方無事，四海晏然。當今明主要大開學校，選用賢良，每三年開放一遭舉場〔四〕。今以聖主仁慈寬厚，一年開放一遭舉場，天下秀士都來應舉求官。今奉聖人的命，怕有那山間林下，隱迹埋名，懷才抱德，閉户讀書不肯求進的，聖人着老夫五南〔五〕路上採訪賢士走一遭去。調和鼎鼐理陰陽〔六〕，萬里江山屬大邦。天下文章〔七〕齊仰賀，他都待赤心報國盡忠良。（下）

（正旦引大末、二末、三末、旦兒同雜當〔八〕上）（正旦云）老身姓馮，夫主姓陳，乃漢相陳平之後。老身所生三個孩兒：長者陳良資，次者陳良叟，弟〔九〕三個是陳良佐。有一女，小字梅英。老身嚴教，訓子攻書。蓋一堂名曰狀元堂〔一〇〕，未曾完備里〔一一〕。孩兒每也，做是麼〔一二〕這般大驚小怪的？您看去咱〔一三〕。（大末云）那裏這般大驚小怪的？（雜當云）打墻處刨〔一四〕出一窨金銀來。（大末云）你何不早説？我與我〔一五〕母親説去。（見正旦科，云）母親，打墻處刨出一窨金銀來。（正旦云）是真個打墻處撅出一窨金銀來？休動着，就那裏與我培埋〔一六〕了者。（大末云）母親，這的是天賜與俺的錢財，可怎生培埋了那？（正旦云）孩兒每也，你那裏知道！豈不聞邵堯夫教子伯温曰：「我欲教汝爲大賢，未知天意肯從否？遺子黄金滿籯，不如教子一經。」依着我，就那裏與我培埋了者。（大末云）理會的。三兄弟，依着母親的言語，便培埋了者。（三末云）下次小的〔一七〕每，將那金銀都埋了者。有金〔一八〕元寶留下四個，我要打一副網巾環兒戴。（正旦云）每年〔一九〕間三年放一遭選場，如今一年開一遭選場。

見〔二〇〕今春榜動，選場開，着大哥求官應舉去，得一官半職，改換家門，可不好那？（大末云）母親説的是。今年春榜動，選場開，您孩兒便上朝求官應舉去。若得一官半職，改換家門，可也光輝宗祖〔二一〕也。（三〔二二〕末云）母親，春榜動，選場開，您孩兒應舉走一遭去。（正旦云）三〔二三〕哥，你讓大哥去，你做官的日子有里〔二四〕！（三末云）母親説的是。他文章低，不濟事，讓他先去。（大末做拜正旦科，云）今日是個吉日良辰，辭别了母親，便索長行。二兄弟好生在家侍奉母親，三兄弟在家着志攻書。你看他波，我拜着他，他不還我禮。（三末云）我不拜你，拜下去就折殺〔二五〕了你。（正旦云）孩兒，你則着志者，早些兒回來。將酒來！大哥，你飲過這酒去者。（大末云）您孩兒理會的。（做飲酒科）〔二六〕

【賞花時〔二七〕】憑着你萬言策詩書奪第一，八韵賦文章誰似你，五言詩作上天梯，望皇家的這富貴，金殿上脱白衣。

（大末云）憑着您孩兒素日所學，必得高官也〔二八〕。

【幺篇】哎，兒也！則要你金榜無名誓不歸，弟兄裏叢中先覷着你。（正旦〔二九〕云）將酒來！（唱）我這裏滿滿的捧着金杯，我與你專專〔三〇〕的這慶喜，則要你奪的〔三一〕個狀元歸。（同二末、三末、旦兒下）

（大末云）則今日收拾了琴劍書箱，上朝求官應舉走一遭去。一舉首登龍虎榜，十年身到鳳凰池〔三二〕。（下）

校注

〔一〕刁搔　「刁」原作「刀」，有校筆改作「刁」，從。各本亦從改。王季烈本、吴曉鈴本、北京大學本、吴國欽本、王學奇本、王季思本「搔」改作「騷」。按，刁搔，稀疏貌。亦作「刁騷」（例不贅）、「彫騷」（《陽春白雪》前集卷三白樸小令【雙調】慶東原）、「彫颾」（《輟耕録》卷十七錢霖套數【般涉調】哨遍）。一詞异寫，無煩校改。

〔二〕等閑贏得食天禄　王季思本「閑」改作「閒」。按，等閑，輕易。閑，通「閒」。各本「贏」均改作「羸」。按，贏，通「羸」。參見《金線池》第三折校注〔四九〕。食，享受。《漢書·叙傳下》：「食厥舊德。」顔師古注：「食猶饗也。」天禄，天賜的福禄。《書·大禹謨》：「四海困窮，天禄永終。」

〔三〕官封萊國公　原作「官拜萊國公之職」，有校筆改「拜」作「封」，并删「之職」二字。從。吴曉鈴本校勘記亦謂「可從」。北京大學本、吴國欽本、王季思本亦從改。王學奇本「拜」改作「封」。

〔四〕舉場　科舉考試的場所，代指科舉考試。顧曲齋本石君寶《曲江池》一折末白：「來到長安，舉場未開……來到這曲江池上賞玩一遭。」

〔五〕五南　江南、湖南、嶺南、海南和雲南的合稱。這裏用作泛指。楊梓《霍光鬼諫》二折【醉春風】：「行到二十程，路途三四千。向五南行到半年來，不似這途遠，遠。」

〔六〕調和鼎鼐理陰陽　調和鼎鼐，喻治理國家。鼎，煮食物的器物；鼐，大鼎。治理國家猶如調和鼎中之味，故云。《杜工部集》卷九《上韋左相二十韵》：「沙汰江河濁，調和鼎鼐新。韋賢初相漢，范叔已歸秦。」理陰陽，亦喻治理國家。參見《謝天香》第二折校注〔七三〕。

〔七〕文章　「章」原作「齊」，從吳國欽本、王季思本改。王季烈本「齊」字下雙行小注云：「齊字疑訛。」吳曉鈴本校勘記云：「『齊』字疑當作『章』字。」文章，文人。王實甫《西厢記》四本二折【麻郎兒】：「秀才是文章魁首，姐姐是仕女班頭。」

〔八〕雜當　元劇中指不重要不知名的小人物，如隨從、院公等。王驥德《曲律》卷三「論部色第三十七」：「元雜劇中……雜脚曰雜當。」

〔九〕弟　各本改作「第」。按，弟，即「第」。參見《調風月》第四折校注〔六三〕。後同，不另出校。

〔一〇〕名曰狀元堂　「曰」下原有一「是」字，有校筆删。從。王季烈本、隋樹森本、北京大學本、吳國欽本、王學奇本、王季思本亦從删。吳曉鈴本校勘記云：「『是』字疑衍。」

〔一一〕里　各本改作「哩」。按，里，哩。參見《哭存孝》第二折校注〔一四〕。

〔一二〕做是麽　有校筆改「是」作「甚」，王季烈本、隋樹森本、北京大學本、吳國欽本、王季思本從，王學奇本改作「什」。按，做是麽，幹甚麽。參見《四春園》第四折校注〔四六〕。

〔一三〕咱　王季烈本改作「者」。按，咱，猶吧。參見《調風月》第二折校注〔三五〕。後同，不另出校。

〔一四〕刨　有校筆改作「跑」。

〔一五〕我　有校筆删，隋樹森本、北京大學本、吳國欽本、王學奇本、王季思本從。

〔一六〕培埋　埋。鄭廷玉《金鳳釵》三折【紅芍藥】：「我將那鳳頭釵親手自培埋。」

〔一七〕下次小的　稱僕役。脈望館鈔本張國賓《汗衫記》一折張孝友白：「我是看去。凍倒一個大漢。下次小的每，與我扶上樓來者。」

〔一八〕金　原本上衍一「金」字，有校筆删。從。各本亦從删。

〔一九〕每年　王季烈本、隋樹森本、吴國欽本、王學奇本、王季思本「每」改作「往」。按，每年，往年。李壽卿《伍員吹簫》三折里正白：「每年家迎送神道呵，有那别處來的一條大漢……被他打攪的慌，今年再來，你衆人拿住，打上一頓，搶將出去。」

〔二〇〕見　王學奇本改作「現」。按，見，即「現」。參見《單刀會》第一折校注〔三〕。

〔二一〕宗祖　吴曉鈴本、北京大學本、吴國欽本、王學奇本、王季思本乙改作「祖宗」。按，宗祖，即祖宗。《禮記·祭法》：「七代之所更立者，禘郊宗祖，其餘不變也。」

〔二二〕三　王季思本改作「二」。

〔二三〕三　王季思本改作「二」。

〔二四〕里　王季烈本、北京大學本、吴國欽本、王學奇本、王季思本改作「哩」。參見校注〔一二〕。

〔二五〕殺　吴國欽本、王季思本改作「煞」。按，殺，同煞，極甚之辭。參看《詩詞曲語辭匯釋》卷四「煞(一)」。後同，不另出校。

〔二六〕(做飲酒科)　王季烈本、隋樹森本、北京大學本、吴國欽本、王學奇本、王季思本下補「(正旦唱)」。

〔二七〕賞花時　吳國欽本、王學奇本、王季思本上補「仙呂」。

〔二八〕必得高官也　王季烈本、北京大學本、吳國欽本、王學奇本下補「(正旦唱)」。

〔二九〕正旦　王季烈本、王學奇本刪。

〔三〇〕專專　特地。《董解元西廂記》卷五【仙呂調】【朝天急】:「錦箋和泪痕,一齊封了,欲把鶯鶯今夜約,殷勤把紅娘告:『休推托,專專付與多嬌。』」

〔三一〕的　吳國欽本改作「得」。按,的,與得同。參看《詩詞曲語辭匯釋》卷四「的(二)」。

〔三二〕鳳凰池　稱中央最高機關之一的中書省。周祁《名義考》卷五:「《通典》:中書省地在樞近,人固其位,謂之鳳凰池。」後用以代稱朝廷。

頭　折

(正旦引二末、三末、旦兒同上)(二末云)母親,自從大哥上朝求官應舉去也,母親每夜燒這夜香,不知爲何也?(正旦云)大哥求官應舉去了,必然爲官也。我每夜燒一炷香,您那裏知道也!我不求金玉重重貴,只願兒孫個個賢(一)。

【仙呂點絳唇】我爲甚每夜燒香?博一個子孫興旺,天將傍。非是我誇强,我則待將《禮記》《詩》《書》講。

（二末云）母親，大哥這一去，憑着他那七言詩、八韵賦，必然爲官也〔二〕。

【混江龍】才能謙讓祖先賢，承教化，立三綱，稟仁義禮智，習恭儉温良。定萬代規模〔三〕遵孔聖，論一生學業好文章。《周易》道謙謙君子，後天教起此文章。《毛詩》云〔四〕《國風》《雅》《頌》，《關雎》云大道洋洋〔五〕。《春秋》説素常之德，訪堯舜夏禹商湯。《周禮》行儒風典雅，正衣冠環佩鏘鏘。《中庸》作〔六〕明乎天理，性與道萬代傳揚。《大學》功在明明德，能齊家治國安邦。《論語》是聖賢作譜〔七〕，《禮記》善問答行藏。《孟子》養浩然之氣，傳正道暗助王綱。學儒業，守燈窗，望一舉，把名揚。袍袖惹桂花香，瓊林宴飲霞觴〔八〕，親奪的狀元郎。威凛凛，志昂昂，則他那一身榮顯可便萬人知，抵多少五陵豪氣三千丈！有一日腰金衣紫，孩兒每也，休忘了那琴劍書箱。

（正旦〔九〕云）三哥，門首覷者，看有是〔一〇〕麽人來。（三末云）我門首覷者，看有是麽人來。（報登科上，云）□是也〔一一〕。自家報登科的便是。如今有陳大官人得了頭名狀元，報登科記走一遭去。可早來到也。（做見三末科，云）陳三哥，支揖里〔一二〕！（三末云）有是麽話説？（報登科云）有家裏大哥得了頭名狀元，小人特來報喜。三哥，與家中老母説一聲兒。（三末云）怎麽？俺大哥做了官也，你認的是着？（報登科云）正是大哥。（三末云）你則在這裏，我報復母親去。（三末見正旦科，云）母親，大廝〔一三〕得了官也，有報登科記的在門首。（正旦云）與那報登科記的三〔一四〕兩銀子者。（三末云）理會的。報登科記的，與你三〔一五〕兩銀子，你去罷。（報登科云）多謝了三哥，我去也。（下）（大末扮官人蹦馬兒領祇從上，云）志氣凌雲徹碧霄，攀蟾折桂〔一六〕顯英豪。昨夜布衣猶在體，誰想今朝換紫袍。小官陳良資是也。自到帝都闕下，攛過文華手卷〔一七〕，日不移影〔一八〕，應對百篇，得了頭名狀元。借宰相頭答，誇官三日。來到門首也。左右，接了馬者！（見三末科，云）三兄弟，您〔一九〕哥哥得了頭名狀元也，你報復母親去。（三末云）大哥，你得了官也。我和你有個比喻：似那搶風揚穀，你這等秕者先行；瓶内釅茶，俺這濃者在後。（大末云）兄弟，你報復母親去。（三末云）我報復去。（做見正旦科，云）母親，賀萬千之喜！大哥得了官也，見在門首里〔二〇〕。（正旦云）好、好、好，着孩兒過來。（三末云）理會的。大哥，母親着你過去里〔二一〕。（大末做見正旦拜科，云）母親，您孩兒得了頭名狀元也。（正旦云）不枉了，好兒也！（大末做拜二末科，云）二兄弟，您哥哥得了頭名狀元也。（二末拜科，云）哥哥，喜得美除也。（大末做拜三末科，云）三兄弟，您哥哥得了頭名狀元也。你看他波，三兄弟，我得了官，拜你，怎生不還我禮？（三末云）我待回禮來，我的文章可高似你。（大末云）若不是母親嚴教，您孩兒豈有今日也〔二二〕！

【油葫蘆】俺孩兒一舉登科赴選場，則是你那學藝廣，把群儒一掃盡伏降。您端的似鯤鵬〔二三〕得志秋雲長，您端的似魚龍變化〔二四〕春雷響。（大末云）母親，您孩兒受十年苦苦孜孜，博〔二五〕一任歡歡喜喜也。（正旦云）大哥，（唱）則是你才藝高，學藝廣，可正是禹門三月桃花浪，俺孩兒他平〔二六〕奪得一個狀元郎。

（大末云）十年窗下無人問，一舉成名天下知也〔二七〕。

【天下樂】則他那馬頭前朱衣列兩行，着人談揚，在這滿四方。可正是靈椿老盡丹桂芳〔二八〕，您可也不辱末〔二九〕你爺，您可也不辱末你娘，（正旦〔三〇〕云）好兒也，（唱）你正是男兒當自强。

（正旦〔三一〕云）今年第二年也，該第二個孩兒上朝應舉去。（三末云）住者，母親，頭一年讓大哥去了，今年可〔三二〕該您孩兒去也。（二末云）三兄弟，你讓我去罷。（正旦云）三哥，讓你二哥去，你那做官的日子有里！（三末云）母親，他文章不濟，他《百家姓》也是我教與他的，我的文章高似他，我去罷！（二末云）三兄弟，我知道你的文章高，你在家中好生侍奉母親。則今日是個吉日良辰，辭别了母親，您孩兒上朝求官應舉去也。（做拜正旦科）（正旦云）孩兒，你可着志者。（二末拜大末科，云）大哥家中侍奉母親。（大末云）兄弟，你此一去必受皇家富貴也。（二末做拜三末科，云）三兄弟，你哥哥應舉去也，家中好生侍奉母親。（三末做不還禮科）（二末云）三兄弟，我拜你，你怎生不還我禮？（三末云）我不拜你，我的文章高似你，拜下去就折殺了你。（二末云）你看他波！則今日收拾了琴劍書箱，上朝進取功名那走一遭去。青霄有路終須到，金榜無名誓不歸。（下）（三末云）母親，我讓二哥去，你可歡喜了。（正旦云）三哥，你那裏知道那〔三三〕！

【醉扶歸】則要你聚螢火，臨書幌〔三四〕；積瑞雪，映寒窗〔三五〕。你昆仲謙和禮正當，伊是兄弟，他是兄長，不爭着你個陳良佐先登了舉場，着人道我將你個最小的兒偏向。

（三末云）母親説的是。（正旦云）三哥，門首覷者，看有甚麽人來。（三末云）理會的。看有甚麽人來。（報登科上，云）□是也〔三六〕。自家報登科記的便是。如今有陳媽媽家陳二哥得了頭名狀元也，我直至他門上報登科走一遭去。可早來到也。（做見三末科，云）三哥，支揖里！（三末云）有是麽話説？（報登科云）有家裏二哥〔三七〕得了頭名狀元也，小人特來報喜。（三末云）報登科的，俺二哥也得了官了，您認的是麽？（報登科云）正是家裏二哥。（三末云）你則在這裏，我報復母親去。（見正旦科，云）母親，二哥得了官也，有報登科的在於門首。（正旦云）是真個？與那報登科的二兩銀子。（三末云）理會的。報登科的，與你二兩銀子，你可休嫌少；等我明日得了官，你就從貢院裏鼓着掌，摑着手，叫到我家裏來，說：「陳家三哥得了官也！」我賞你五十兩銀子。（報登科云）我知道，多謝了三哥，我回去也。（下）（二末扮官人攏頭答蹦馬兒上，云）黄卷青燈一腐儒，九經三史腹中〔三八〕居。學而第一須當記，養子休教不看書。小官陳良叟是也。自到帝都闕下，攛過卷子，見了聖人，日不移影，應對百篇，聖人見喜，加小官頭名狀元。借宰相頭答〔三九〕，誇官三日。可早來到門首也。左右，接了馬者。有三兄弟在於門首。（做見三末科，云）三兄弟，你哥哥得了官也。（三末云）二哥，你得了官也。我和你有個比喻：我似那靈禽在後，你這等坌〔四〇〕鳥先飛。我和母親說去。（做見正旦科，云）母親，二哥真個得了官也，見在門首里。（正旦云）着孩兒過來。（三末云）理會的。二哥，母親怪你里〔四一〕。（二末云）我得了官，母親喜歡便是，可怎生道〔四二〕怪我？（三末云）說你怎生也做了官來，着你過去里〔四三〕。（二末做見正旦科〔四四〕，云）您孩兒多虧了母親嚴教，今日得了頭名狀元也。（做拜科）（正旦云）不枉了，好兒也！（二末拜大末，云）大哥，你兄弟得了官也。（大末云）兄弟，喜得美除。（二末做拜三末〔四五〕，云）三兄弟，你哥哥得了官也。（三末不還禮科）（二末云）三兄弟，我做了官，拜你，你怎麽不還我禮？（三末云）我的文章高似你，怎麽消受的我還禮？（正旦云）好兒也，不枉了。將酒來！孩兒也，你滿飲一杯者。（二末云）您孩兒飲這一杯酒咱。（飲酒科了）（衆街坊上，云）老漢是這陳婆婆街坊的便是。他兩個孩兒都做了頭名狀元也，俺衆街坊牽羊擔酒慶賀走一遭去。可早來到也。不必報復，俺自過去。（衆街坊做見正旦科，云）陳婆婆，俺衆街坊沒是〔四六〕麽，牽羊擔酒，特來慶賀〔四七〕狀元也。（正旦云）有〔四八〕勞衆街坊每。（街坊云）不敢也〔四九〕。

【金盞兒】兀的不歡喜殺老尊堂，炒〔五〇〕鬧了衆街坊。俺家裏無三年，兩個兒一齊的登了金榜。（街坊云）婆婆乃善門之家，以此出兩個狀元也。（唱〔五一〕）俺家裏狀元堂上一雙雙，一個學李太白高才調，一個似杜工部好文章；一個是擎天白玉柱，一個是架海紫金梁。

（正旦〔五二〕云）大哥受了者，等三哥爲了官呵，一總還街坊老的每禮也。（大末云）衆街坊休怪，改日置酒還禮。（街坊云）不敢，不敢。老婆婆恕罪，俺〔五三〕街坊每回去也。（下）（正旦云）兀的不歡喜殺老身也〔五四〕！

【後庭花】今日個成就了俺兒一雙，勝得了黄金千萬兩；且休説金玉重重貴，則願的俺兒孫每個個强。您常好是〔五五〕不尋常，您娘便非干偏向，人前面硬主張。您心中自忖量，親兄弟別氣象，則要您顯志强。

（二末云）您孩兒是白衣之人，誰想今日奮發也〔五六〕！

【柳葉兒】他終則〔五七〕是寒門卿相，正青春血氣方剛，擁虹霓氣吐三千丈。孩兒每休誇强，意休慌〔五八〕，他則是放着你那紫綬金章〔五九〕。

（正旦〔六〇〕云）孩兒，今年第三年也，可該你應舉去里。（三末云）着大哥走一遭。（大末云）俺兩個都〔六一〕做了官也，你可走一遭去。（三末云）二哥走一遭。（二末云）我已是得了官也，你可走一遭也。（三末云）這麼説母親走一遭。（正旦云）你看他波！（三末云）都不去，我也不去。（大末云）可該你去了。（三末云）怎麼直起動我去〔六二〕？小的每，將紙墨筆硯來，寫一個帖兒，寄與那今場貢主〔六三〕説：陳三哥家裏忙，把那狀元寄將家裏來我做。（正旦云）孩兒也，可該你去也。（三末云）我去？也罷，也罷，我走一遭去。母親，您孩兒應舉去也。我有三庄兒氣概的言語〔六四〕。（正旦云）可是那三庄兒？（三末云）是掌上觀紋、懷中取物、碗裏拿帶靶兒的蒸餅。則今日辭別了母親，便索長行。（做拜正旦科）（大末云）兄弟，你怎麽不拜俺兩個哥哥？（三末云）兩個哥哥，我不拜你，我的文章高似你。（正旦云）孩兒也，則要你着志者。（三末云）母親保重將息，您孩兒得了官便來〔六五〕。

【尾聲】你頻頻的把舊書來温，款款〔六六〕將新詩講，不要你誇談主張。我説的言詞有些老惛〔六七〕忘。後園〔六八〕中花木芬芳，俺住蘭堂，有魏紫姚黄〔六九〕，指着這一種名花做個比方：三哥，不要你做第三名襯榜〔七〇〕，休教我倚門兒專望，哎，兒也，則要俺那狀元紅開徹〔七一〕狀元堂。

（下）

（大末云）兄弟，你纔説三庄兒顯正〔七二〕，怎麽是懷中取物、掌上觀紋、碗裏拿帶靶兒蒸餅？（三末云）我如今到那裏，見了今場貢主，覷我這任官，如同懷中放着一件東西，舒下手去〔七三〕便取出來，則是個容易。（大末云）怎麽是掌上觀紋？（三末云）這掌上觀紋，如同手掌裏紋路兒，把手〔七四〕展開便見，覷那官則是個容易。（大末云）怎麽是碗裏拿帶靶兒蒸餅？（三末云）覷我這任官，如同那碗裏放着個帶靶兒的蒸餅，我走〔七五〕將去拿起來，一口嚷了，則是個容易。大哥，你做了官，蓋多高的門樓？（大末云）丈二高。（三末云）忒低！我做了官，蓋三丈八寸高。（大末云）忒高了！（三末云）你不知，我若做了官，騎在馬上，打着那傘，不下馬就往家裏去。你做了官，要幾個馬臺〔七六〕？（大末云）兩個馬臺。（三末云）少！我做了官，安〔七七〕七十二個馬臺。（大末云）怎麽要偌多？（三末云）但是送我來的人，到門首一個人占一個馬臺，一齊下馬，可不好？你做了官，戴是〔七八〕麽？（大末云）烏紗帽。（三末云）我做了官，戴一頂前漏塵羊肝漆一定〔七九〕墨烏紗帽。你身穿是〔八〇〕麽？（大末云）紫羅襴。

（三末云）我得了官，穿一領通袖膝襴閃色罩青暗花麻布上蓋〔八一〕紫羅襴。你腰繫是〔八二〕麽？（大末云）通犀帶〔八三〕。（三末云）我做了官，繫一條羊脂玉茅山石透金犀〔八四〕瑪瑙嵌八寶荔枝金帶。你脚下穿是麽？（大末云）乾皂履。（三末云）我做了官，把我這靴則一丢，則一换。（大末云）换是〔八五〕麽？（三末云）我皮匠家换了頭底來。（同下）

校注

〔一〕只願兒孫個個賢　除吴曉鈴本外，各本下補「（唱）」。

〔二〕必然爲官也　除吴曉鈴本外，各本下補「（正旦唱）」。

〔三〕規模　楷模。劉肅《大唐新語》卷二「極諫」：「今天下新定，開太平之運，起義功臣，行賞未遍，高才碩學，猶滯草萊，而先令舞胡致位五品，鳴玉曳組，趨馳廊廟，固非創業規模、貽厥子孫之道。」

〔四〕云　有。《荀子·法行》：「事已敗矣，乃重太息，其云益乎！」王先謙集解：「云益，有益也。」

〔五〕洋洋　原作「揚揚」，從王季烈本、吴國欽本、王季思本改。洋洋，美好。《書·伊訓》：「聖謨洋洋，嘉言孔彰。」孔傳：「洋洋，美善。」

〔六〕作　始。《書·益稷》：「烝民乃粒，萬邦作乂。」

〔七〕作譜　編寫。譜，編寫譜表。

〔八〕霞觴　酒杯，代指酒。《全唐詩》卷六四〇曹唐《送劉尊師祇詔闕庭三首》之二：「霞觴共飲身雖在，風馭難陪迹未閑。」

〔九〕正旦　王季烈本、隋樹森本、王學奇本删。

〔一〇〕是　王季烈本、隋樹森本、北京大學本、吴國欽本、王季思本改作「甚」。王學奇本改作「什」。按，是，與「甚」同，音近假用。參看《詩詞曲語辭匯釋》卷一「是(三)」。後同，不另出校。

〔一一〕□是也　吴曉鈴本校勘記謂，「是也」上「明鈔本原空一字，殆角色隨意報名之意」，北京大學本校勘記亦謂「疑系角色隨意報名之意」。是。吴國欽本、王季思本删。

〔一二〕里　王季烈本、北京大學本、吴國欽本、王學奇本、王季思本改作「哩」。參見楔子校注〔一二〕。

〔一三〕大廝　大小子。《詞謔》二詞套二一劉庭信【南吕】採茶歌：「覷不的獻勤的僕，勢情的奴，聲聲催道『誤了程途』。一個大廝把忙牽金勒馬，這一個悄聲兒轉迴畫輪車。」

〔一四〕三　吴國欽本、王季思本「據第二折大末念白」改作「二」。

〔一五〕三　吴國欽本、王季思本改作「二」。

〔一六〕桂　原誤作「挂」，有校筆改作「桂」。從。各本亦從改。

〔一七〕攛過文華手卷　攛，遞，交。顧曲齋本喬夢符《金錢記》二折【呆骨朵】：「曾向貢院中攛了卷，金榜上將這名顯。」文華，有文彩。劉祁《歸潛志》卷十三：「宋齊梁陳惟以文華相尚，門第相詩，亦不足觀。」手卷，文章。

〔一八〕日不移影　日影没有移動，形容時間極短。鄭德輝《三戰吕布》一折吕布白：「我則道十八路諸侯怎生英雄，原來也只如此，被某日不移影，殺十八路諸侯大敗虧輸。」

〔一九〕您　王學奇本改作「你」。按，您，你。參見《哭存孝》頭折校注〔六五〕。

〔二〇〕見在門首里　王季思本「見」改作「現」。參見楔子校注〔三〇〕。後同，不另出校。有校筆改「里」作「哩」，王季烈本、隋樹森本、北京大學本、吴國欽本、王學奇本、王季思本從。參見楔子校注〔二二〕。王本、隋本、北本、吴本、王本、王本後同，不另出校。

〔二一〕里　有校筆改作「哩」。

〔二二〕您孩兒豈有今日也　除吴曉鈴本外，各本下補「（正旦唱）」。

〔二三〕鯤鵬　「鯤」原作「鶤」，從吴國欽本、王季思本改。鯤鵬，古代傳説中的大魚和大鳥。《莊子·逍遥遊》：「北冥有魚，其名爲鯤，鯤之大不知其幾千里也。化而爲鳥，其名爲鵬，鵬之背不知其幾千里也。怒而飛，其翼若垂天之雲。」

〔二四〕魚龍變化　喻科舉中第。參見《蝴蝶夢》第一折校注〔三二〕。

〔二五〕博　隋樹森本下衍一「得」字。

〔二六〕平　輕易。《全唐詩》卷八三六貫休《聞許棠及第因寄桂雍》：「今日桂枝平折得，幾年春色併將來。」

〔二七〕一舉成名天下知也　除吳曉鈴本外，各本下補「（正旦唱）」。

〔二八〕靈椿老盡丹桂芳　用竇禹鈞教子事。參見《蝴蝶夢》第三折校注〔六〕。

〔二九〕辱末　王季烈本、北京大學本、吳國欽本、王學奇本、王季思本「末」改作「没」。按，辱末，辱没。參見《哭存孝》第二折校注〔四六〕。後同，不另出校。

〔三〇〕正旦　王季烈本删。

〔三一〕正旦　王季烈本、王學奇本删。

〔三二〕可　王季思本奪。

〔三三〕你那裏知道那　除吳曉鈴本外，各本下補「（唱）」。

〔三四〕聚螢火，臨書幌　「聚螢火」，用車胤事。參見《玉鏡臺》第一折校注〔三六〕。書幌，書房。《全唐詩》卷一五一劉長卿《過裴舍人故居》：「書幌無人長不捲，秋來芳草自爲螢。」

〔三五〕積瑞雪，映寒窗　「積瑞雪」，用孫康事。參見《拜月亭》第二折校注〔三四〕。

〔三六〕□是也　吳曉鈴本校勘記謂，「是也」上「疑有脱文」。吳國欽本、王季思本删。參見校注〔一二〕。

〔三七〕二哥　吳國欽本下衍一「哥」字。

〔三八〕中　隋樹森本改作「内」。

〔三九〕頭答　有校筆改「答」作「搭」。參見《謝天香》第四折校注〔七〕。

〔四〇〕坌　北京大學本、吴國欽本、王季思本改作「笨」。按，坌，借作「笨」。脈望館古名家本孫仲章《勘頭巾》一折【賺煞】：「我勸你言詞休記恨，減了些性粗性蠢，則要妝痴妝坌。」

〔四一〕里　有校筆改作「哩」。參見校注〔三〇〕。

〔四二〕道　有校筆改作「到」，王季烈本從，雙行小注云：「原作道，當作倒，趙（琦美）校改到，疑誤。」隋樹森本奪。北京大學本、吴國欽本、王學奇本、王季思本改作「倒」。按，道，猶倒。參看《詩詞曲語辭匯釋》卷四「道（四）」。

〔四三〕里　有校筆改作「哩」。參見校注〔三〇〕。

〔四四〕科　吴國欽本、王季思本「據前文大末動作」上補一「拜」字。

〔四五〕二末做拜三末　隋樹森本下補「科」。

〔四六〕是　有校筆改作「甚」，王季烈本、隋樹森本、北京大學本、吴國欽本、王季思本從。王學奇本改作「什」。參見校注〔一〇〕。王本、隋本、北本、吴本、王本、王本後同，不另出校。

〔四七〕賀　吴國欽本奪。

〔四八〕有　原誤作「㔔」，從王季烈本、隋樹森本、吴國欽本、王學奇本、王季思本改。

〔四九〕不敢也　除吴曉鈴本外，各本下補「（正旦唱）」。

〔五〇〕炒　吴國欽本、王季思本改作「吵」。按，炒，用同「吵」。《朱子語類》卷一二一：「既無家事炒，又無應接人客，正好提撕思量道理。」

〔五一〕唱　除吴曉鈴本外，各本上補「正旦」。

〔五二〕正旦　王季烈本删。

〔五三〕俺　吴曉鈴本奪。

〔五四〕兀的不歡喜殺老身也　除吴曉鈴本外，各本下補「（唱）」。

〔五五〕常好是　王季烈本、王季思本「常」改作「暢」。按，常好是，亦即暢好是，猶真是。參看《詩詞曲語辭匯釋》卷二「暢」。

〔五六〕誰想今日奮發也　除吴曉鈴本外，各本下補「（正旦唱）」。

〔五七〕終則　終究。則，後綴。亦作「終只」。《樂府群玉》卷二王曄小令【雙調】慶東原：「從來道水性難拿，從他赸過，由他演撒，終只是個路柳墻花。」

〔五八〕意休慌　意，心。施惠《幽閨記》二十五齣：「意兒裏想，眼兒裏望，望救取東君艷陽，與花柳增芳。」吴曉鈴本「慌」作「謊」，校勘記云：「謊——王（季烈）本校改爲『慌』字。」吴國欽本校記亦云：「慌：原作『謊』，從王季烈本改。」按，鈔本不誤，二吴本誤。

〔五九〕紫綬金章　繫印的紫色絲帶和金印。漢魏時丞相、將軍等位在二品以上者用之。《漢書·百官公卿表上》:「相國、丞相皆秦官，金印紫綬。」

〔六〇〕正旦　王季烈本、隋樹森本刪。

〔六一〕都　吴國欽本奪。

〔六二〕直起動我去　直，只。《太平廣記》卷四百八十九引《周秦行記》:「僧孺姓牛，應進士落第。本往大安民舍，誤道來此。直乞宿，無他。」起動，動員。

〔六三〕貢主　主持鄉試或會試的考官。脈望館息機子本武漢臣《生金閣》一折衙内白:「兀那秀才，則(你)要做個官，這個也不打緊，我與你今場貢主説了，大大的與你個官做。」

〔六四〕三庄兒氣概的言語　有校筆改「庄」作「樁」，王季烈本、隋樹森本、吴國欽本、王學奇本、王季思本從。按，庄，樁。參見《哭存孝》第三折校注〔三〕。後同，不另出校。氣概，氣魄。顧曲齋本石君寶《曲江池》一折孤白:「就着這夏間天道，孩兒，你有甚氣概詩，作一首咱。」

〔六五〕您孩兒得了官便來　除吴曉鈴本外，各本下補「(正旦唱)」。

〔六六〕款款　慢慢。《董解元西廂記》卷五【仙吕調】【河傳令纏】:「不須亂猜這詩中意思，略聽我款款地開解。」

〔六七〕惛　原作「混」，今改。參見《拜月亭》第二折校注〔三八〕。

〔六八〕園　吴國欽本誤作「院」。

〔六九〕魏紫姚黄　宋時洛陽牡丹之名貴品種。魏紫，出於魏相仁溥家。姚黄，出於民姚氏家。見歐陽修《洛陽牡丹記》。

〔七〇〕襯榜　陪榜。

〔七一〕徹　遍，滿。脈望館鈔本高文秀《黑旋風》二折【油葫蘆】：「你看那桃花杏花都開徹，更和兀那梨花初放如銀葉。」

〔七二〕顯正　王季烈本、吴國欽本、王季思本「正」改作「證」。按，正，通「證」。《文選》卷三十二屈原《離騷》：「指九天以爲正兮，夫唯靈修之故也。」顯正，明證。

〔七三〕去　吴國欽本奪。

〔七四〕手　王季思本誤作「我」。

〔七五〕走　王季思本奪。

〔七六〕要幾個馬臺　王季烈本「要」改作「安」。馬臺，上下馬用的臺子。

〔七七〕安　隋樹森本改作「要」。

〔七八〕是　有校筆改作「甚」。參見校注〔四六〕。

〔七九〕定　王季烈本、吴國欽本、王季思本改作「錠」。按，定，錠。參見《救風塵》第三折校注〔二〇六〕。

〔八〇〕是　有校筆改作「甚」。參見校注〔四六〕。

〔八一〕上蓋　罩衫。闕名氏《神奴兒》一折正末白：「大嫂，揀個有顏色的段子，與孩兒做領上蓋穿。」

〔八二〕是　有校筆改作「甚」。參見校注〔四六〕。

〔八三〕通犀帶　犀牛皮製的腰帶，或鑲有犀角的腰帶。通犀，犀角的一種。《漢書·西域傳贊》：「明珠、文甲、通犀、翠羽之珍盈於後宮。」顏師古注引如淳曰：「通犀，中央色白，通兩頭。」

〔八四〕金犀　黄金帶鉤。揚雄《法言·孝至》：「被我純績，帶我金犀。」金犀，即黄金犀毗，帶鉤。《漢書·匈奴傳》：「黄金犀毗一。」顏師古注：「犀毗，胡帶之鉤也。」

〔八五〕是　有校筆改作「甚」。參見校注〔四六〕。

第二折

（正旦同大末、二末上）（正旦云）老身陳婆婆的便是。今有大哥二哥都做了官也，則有三哥上朝求官應舉去了，必然爲官也呵〔一〕！

【南吕一枝花】爲甚麽兒孫每志氣高？托賴着祖上陰功厚。一個曾前年登了虎榜〔二〕，一個便去歲可兀的占了鰲頭〔三〕。俺家裏富貴也雙修，無福的難消受。俺可便錢財上不枉求〔四〕，我覷着那珠翠金銀，我可便渾如似參辰卯酉〔五〕。

【梁州】〔六〕愛的是那《孝經》《論語》得這《孟子》〔七〕，我喜的是那《毛詩》《禮記》《春秋》。

後園中有地栽松竹，有書堂書舍，書院書樓。則願的子孫榮旺，門户清幽。俺家裏實丕丕祖上遺留，既爲官將他這富貴休愁。您、您、您，則頻頻的休離了那黄卷青燈，是、是、是，你可便穩拍拍〔八〕明放着金章和那紫綬；呀、呀、呀，你可便用心機得崢嶸，你可也漸漸的穩情〔九〕取個肥馬輕裘。古人是有以顯父母，身榮後，入八位，不生受。想當日常何薦馬周〔一〇〕，博一個今古名留。

（正旦〔一一〕云）大哥門首覷者，看有是麼人來。（大末云）理會的。（報登科記的上，云）□是也〔一二〕。自家報登科記的便是。有陳三哥得了〔一三〕頭名狀元，陳媽媽家報喜走一遭去。可早來到門首也。有大哥在於門首。大哥，支揖里〔一四〕！（大末云）你是那裏來的？（報登科云）有三哥得了頭名狀元，小人特來報喜。（大末云）你則在這裏，我報復母親知道。母親，三兄弟得了頭名狀元也。（正旦云）是誰説來？（大末云）有報登科記的在於門首。（正旦云）着他過來。（大末云）理會的。着你過去。（報登科見科，云）報的老母知道，有三哥得了頭名狀元，小人特來報喜。（正旦云）孩兒，與那報登科記的五兩銀子。（大末云）您孩兒〔一五〕知道。二兄弟，俺〔一六〕得了官時，則與了報登科記的二兩銀子，三兄弟做了官，與他五兩銀子。（二末云）大哥，母親偏向三兄弟也！（大末云）報登科記的，與你五兩銀子。（報登科云）多謝了。小人回去也。（下）（王拱辰蹦馬兒領祇候上，云）龍樓鳳閣九重城，新築沙堤宰相行。我貴我榮君莫羨，十年前是一書生。小官王拱辰是也，乃西川綿〔一七〕州人氏。幼習儒業，頗看詩書。自到帝都闕下，攛過文華卷子〔一八〕，當殿對策，日不移影，應對百篇，文如錦〔一九〕綉，字掃〔二〇〕龍蛇，一舉狀元及弟。借宰相頭答，誇官三日。張千，擺開頭答，慢慢的行。（正旦云）大哥、二哥，咱一同接孩兒去來〔二一〕。

【紅芍藥】我這裏笑吟吟行下看街樓〔二二〕，和我這兒女每可便相逐。我這裏慢騰騰攔住紫驊騮，我將這玉勒來便忙揪。（王拱辰云）兀那婆婆兒靠後，休驚着小官馬頭！（大末云）三兄弟，是好壯志也！（二末云）母親，認的是着。（正旦云）好兒也！不枉了。（唱）可正是男兒得志秋〔二三〕，他在那馬兒上倒大來風流〔二四〕。（大末云）你看三兄弟，他見了母親，可怎生不下馬來？（二末云）大哥，敢不是三兄弟麼？（正旦云）孩兒，你下馬來波！（王拱辰云）這個婆婆兒好要便宜也！（唱〔二五〕）我這裏聽言罷，教我緊低了頭，諕的我魂魄可便悠悠。

（王拱辰云）兀那婆婆兒，你休錯認了小官也〔二六〕！

【菩薩梁州】則被這氣堵住咽喉，眉頭兒忔皺〔二七〕，身軀兒倒扭，好着我羞答答的不敢擡頭。泪汪汪雙目再凝眸，孜孜的覷了空低首。（正旦〔二八〕云）敢問那壁狀元姓甚〔二九〕名誰？（王拱辰云）今春頭名狀元，我是王拱辰。（唱〔三〇〕）低低的問了牢緘口，悶無語，自僝僽。老身向官人行無去秋〔三一〕，（正旦〔三二〕云）孩兒每，您説一聲兒波。（唱）倒大來慚羞〔三三〕。

（正旦〔三四〕做走科）（二末云）哥哥，看母親。（正旦云）大哥，既是狀元，請下馬來。（大末云）理會的。狀元，請下馬來，狀元堂上飲了狀元酒回去。（王拱辰下馬科，云）左右，接了馬者。（祇候云）理會的。（大末云）適間老母衝撞着狀元，是必休怪也。（王拱辰云）適間小官馬頭前衝撞着那壁狀元的老母，是必寬恕咱〔三五〕。（大末云）狀元有請！（王拱辰見正旦科，云）適間小官馬頭前衝撞着老母，是必恕罪也。（正旦云）恰纔老身爲何錯認了那壁狀元？老身家中有三個孩兒，都去應舉去了，兩個孩兒得了狀元回來了，則有三哥不曾回來。恰纔是那報登科記的差報了也。那壁狀元是必休怪咱。（王拱辰云）小官不敢。（二末做施禮科，云）適間老母衝撞，休怪。（王拱辰云）不敢。（正旦云）將酒來！（做把盞科）（正旦云）狀元飲過這杯酒咱。（王拱辰飲酒科）（正旦云）大哥，你問狀元有婚也無婚。（大末云）母親，有婚呵是怎生？無婚呵是如何？（正旦云）有婚呵，着狀元在狀元堂上吃了狀元酒，挂了狀元紅回去；無婚呵，大哥，將你妹子招狀元爲婿。未知你弟兄每意下如何？（大末云）謹遵母親之言。（大末見王拱辰科，云）狀元，恰纔我母親言語，問狀元有婚也無婚？（王拱辰云）有婚是怎生？無婚可是如何？（大末云）若是有婚呵，吃了狀元酒，挂了狀元紅，你便回去；若是無婚呵，小官有一舍妹，招那壁狀元爲婿，意下如何？（王拱辰云）小官無婚，我願隨鞭鐙〔三六〕。（大末云）一讓一個肯。（正旦云）着狀元換衣服去。（王拱辰云）理會的。小官換衣服去。（下）（正旦云）今年狀元是王拱辰，知他俺那陳良佐在那裏也？（大末云）今年頭名狀元是王拱辰，不知俺那三兄弟在那裏也？（三末上，云）我勸這世上人，休把這口忒諞〔三七〕過了。我到的帝都闕下，今場貢主見了，：「陳三哥你來了，不必〔三八〕看你文章，起動寫四個字，是『天下太平』。」我拿起筆來，寫了個「天」字。寫那「下」字，我忘了一點，做了個拐〔三九〕字。無三拐，無兩拐，則一拐就把我拐出來了，做了第三名探花郎，綠袍槐簡〔四〇〕，花插幞頭〔四一〕。去時誇了大口，今日得了探花郎，我怎生家中見母親和兩個哥哥？則得〔四二〕我兩個哥哥不在門前，我走進房裏去，隨他嚷鬧去，我一世也不出來。可早來到門首也。（做看科，云）你看我那苦命麼！肯分的大哥在門首。大哥，您〔四三〕兄弟來了也。（大末云）呀、呀、呀，兄弟來了，你得了甚麼官？（三末云）我得了探花郎。（大末云）你原來得了個探花郎。我對母親說去。（見正旦科，云）母親，三兄弟得了個探花郎來了也。（正旦云）他不過來，敢教我接待他去那！（大末云）理會的。（見三末科，云）三兄弟，母親的言語，說你不過去，待着母親來接你那！（三末云）哥也，那得個母親倒接兒子？我過去。娘打我時，兩個哥哥勸一勸。（大末云）兄弟，我知道也。（三末見正旦科〔四四〕，云）母親，您〔四五〕孩兒得了官也，有一拜。（正旦云）兀那廝，你休拜，你得了是〔四六〕麽官？（三末云）得了探花郎。（正旦云）是〔四七〕麽官？（三末云）探花郎。（正旦云）則不你説，兀的又有人來説里〔四八〕！（三末云）在那裏？（正旦做打科〔四九〕）

【牧羊關】你則好合着眼無人處串〔五〇〕，誰着你腆着臉去街上走？氣的〔五一〕我渾身上冷汗澆流！（正旦〔五二〕云）你將着的是甚麽？（三末云）是槐木簡。（唱〔五三〕）我將這槐木簡來掂折〔五四〕，緑羅襴着手揪。問是麽紅漆通鞓帶〔五五〕，花插皂幞頭，我使柱杖蒙頭打〔五六〕，呸！我看你便〔五七〕羞也那是不害羞！

（三末云）翰林都索入編修。（正旦云）噤聲〔五八〕！

【賀新郎】你道是翰林都索入編修，我情知你個探花郎的名聲，（正旦〔五九〕云）你覷波，（唱）你怎知俺這〔六〇〕狀元除授？弟兄裏則爲你年幼，你身上我偏心兒索是有，我幾曾道是散袒〔六一〕悠悠？（正旦〔六二〕云）師父多教孩兒幾遍。（唱）我去那師父行陪了些下情，則要你工課上念的滑熟，我甘不的〔六三〕這廝看文書一夜到三更後。（三末云）母親，你打我，則是疼你那學課錢里〔六四〕！（唱〔六五〕）且休説你使了我學課錢，哎，賊也，你熬了多少家〔六六〕點燈油！

（三末云）母親，您孩兒雖然不得狀元，也〔六七〕不曾惹得街上人罵娘。（正旦云）怎麽罵我？（三末云）俺大哥頭一年做了官，擺着頭答街上過來，老的每道：「這個是誰？」「是陳媽媽家大的個孩兒。」「嗨！鴉窩裏出鳳凰。」（大末云）這個是好言語。（三末云）是〔六八〕麽好言語！娘道〔六九〕是墨老鴉，你道〔七〇〕是鳳凰！第二年二哥也〔七一〕做了官，又罵的娘不好。擺着頭答，街上人道：「這個是誰？」「是陳媽媽第二個孩兒。」「嗨、嗨、嗨，糞堆上長出靈芝草。」（二末云）這個是好言語。（三末云）噤聲！娘到是〔七二〕糞堆，你道〔七三〕是靈芝草！您孩兒雖然做了探花郎，不曾連累着娘。我打街上過來，老的每道：「這個是誰？」「是陳媽媽第三個孩兒〔七四〕。」衆人道：「嗨、嗨、嗨，好爺好娘養下這個傻弟子孩兒。」（正旦做換〔七五〕棒子科，云）將棒子來〔七六〕！

【絮蝦蟆】我可也不和你强枉料口〔七七〕，我年紀大也慚羞。打這廝父母教訓不俫〔七八〕，做的個苗而不秀〔七九〕。則好深村〔八〇〕放牛，伴着那莊家學究〔八一〕。記的那個日頭，狀元一身承受，去時說了大口，臨行相〔八二〕別時候，說的來花甜蜜就〔八三〕。無語低頭，嘴碌〔八四〕都的恰便似跌了彈的鵰鳩。（三末云）母親，一品至九品都是國家臣子。（正旦云）噤聲！（唱）休那裏一口裏巧舌頭，便有那一千筆畫不成描不就。我和你難相見，枉廝守，休休！快離了我眼底，休在我這邊頭！

（正旦〔八五〕云）從今以後，將陳良佐兩口兒趕出門去，再也休上我門來！（大末做跪科，云）母親，看您〔八六〕孩兒的面皮，留下三兒弟兩口兒在家，可也好也〔八七〕！

【尾聲】大哥哥，枉可惜了你噴珠噀玉談天口。（二末做跪科，云）母親，看你〔八八〕孩兒的面皮，留下三兒弟兩口兒在家住，可也好也！（唱〔八九〕）二哥哥，枉展污了你那〔九〇〕折桂攀蟾的釣鼇手。大哥哥枉生受，二哥哥且落後〔九一〕。陳良佐自今後，你行處行，走處走，千自在，百自由，我和你個探花郎不記甚冤讎。（三末云〔九二〕）母親，吃一鍾喜酒。（正旦云）擡了者！（唱）我可也消不的「狀元」這個〔九三〕及第

酒！（下）

（大末云）看母親，看母親！ 呸！ 三兄弟，你羞麽？ 你去時節誇盡大言，回來則得個探花郎，甚是惶恐。你不説「掌上觀紋」？（三末云）手上生瘡不見了。（大末云）「懷中取物」？（三末云）衣服破把來吊〔九四〕了。（大末云）「碗裏拿帶靶兒蒸餅」？（三末云）不知那個饞弟子孩兒偷了我的吃了。（大末云）你既爲孔子門徒，何出此言？ 俺家素非白屋，祖代簪纓，乃陳平之後。你今日得了個探花郎，豈不汗顔？ 爲人者要齊家治國，修身正心；人心不正，做事不能成矣。人以德行爲先。德者，本也；財〔九五〕者，末也。德勝財爲君子，財勝德爲小人。你這等人和你説出甚麽來！ 我和你同胞共乳一爺娘，幼小攻書在學堂，受盡寒窗十載苦，龍門一跳見君王。你去時人前誇大口，還家只得探花郎，鳳凰飛在梧桐樹，呸！ 自有傍〔九六〕人話短長。（下）（三末云）大哥數落了我這一會。（二末云）呸！ 三兄弟，你羞麽？（三末云）哥也，怎的？（二末云）你去時節誇盡大言，回來得了〔九七〕個探花郎，豈不汗顔？ 俺家素非白屋，累代簪纓，漢陳平之玄孫，祖宗封秦國公〔九八〕。爲子者，當以腰金衣紫。俺二人皆第狀元，惟汝〔九九〕不第者，何也？ 爲子才輕德薄也。我和你説出甚麽來！ 未應舉志氣凌雲，但開口傍若無人；賣弄你詩才過李白杜甫，舌辯似張儀蘇秦；大哥如泥中蘇芥〔一〇〇〕，二兄長似凌〔一〇一〕上輕塵。孔子居於鄉黨，見長幼禮法恂恂〔一〇二〕。可不道狀元郎「懷中取物」，覷富貴「掌上觀紋」？ 發言時舒眉展眼，你今日薄落〔一〇三〕了縮項潛身。俺狀元郎誇談〔一〇四〕宗祖，呸！ 誰似你個探花郎羞答答的辱末家門！（下）（王拱辰上，云）呸！ 你羞麽？（三末云）你是誰？（王拱辰云）我是門下嬌客，妹婿王拱辰，今春頭名狀元。（三末云）你是王拱辰？ 我把你個饞弟子孩兒！ 這帶靶兒的蒸餅你吃了我的！（王拱辰云）適間小官聽的大舅二舅所言，説三舅去時節誇盡大言，回來得了個探花郎，豈不汗顔？ 爲人者，可以治國齊家，修身正心；人心不正，作事不能成矣。《中庸》有言：「喜怒哀樂之未發，謂之中；發而皆中節，謂之和。中也者，天下之大本也；和也者，天下之達道也。」〔一〇五〕《論語》云：「君子不重則不威。」〔一〇六〕輕乎外者，必不能堅乎内，故不厚重則無威嚴，而所學亦不堅固也。俗言有幾句比并〔一〇七〕，尊舅豈不聞：草蟲食草，豈知重味之甘？蚯蚓啼窪，不解汪洋之海。瓮生蠓蠛，豈知化外清風？螢火雖明，不解蟾光之照。樹高而曲，不如短而直；水深而濁，不如淺而清。蜘蛛有絲，損人利己；蠶腹有絲，於〔一〇八〕民潤國。但凡爲人三思，然後再思可矣〔一〇九〕。你空長堂堂七尺軀，胸〔一一〇〕中志氣半星無；緑袍槐簡歸故里，呸！枉做男兒大丈夫！（下）（祗候云）呸！（三末打科，云）你也待怎的？（同下）

校注

〔一〕必然爲官也呵　除吴曉鈴本外，各本下補「（唱）」。

〔二〕登了虎榜　中試。虎榜，龍虎榜，科舉中試的榜文。劉克莊《後村先生大全集》卷三二《挽林侍郎》之一：「揭曉名高推虎榜，凌雲賦奏動龍顔。」參見《謝天香》第四折校注〔一三〕。

〔三〕占了鰲頭　參見《裴度還帶》第二折校注〔九八〕。

〔四〕枉求　不以正道取得。枉，曲。

〔五〕我可便渾如似參辰卯酉　王季烈本「似」字下雙行小注云：「似字疑衍。」參辰卯酉，喻對立。參宿和心宿此出彼没，卯與酉相對，故云。元刊本尚仲賢《氣英布》三折【倘秀才】：「既共俺參辰卯酉，誰吃您這閑茶浪酒？」

〔六〕【梁州】　王季思本作「【梁州第七】」。

〔七〕愛的是那《孝經》《論語》得這《孟子》　王季思本「據下句」上補一「我」字。吴國欽本以「文意欠順」「得」改作「和」，王季思本「得」改作「的」。按，得這，襯字，無義。參看《詩詞曲語辭匯釋》卷六「這」。

〔八〕穩拍拍　穩穩當當。《盛世新聲》午集套數【雙調】新水令：「沉點點鶯花擔兒，穩拍拍的花藤轎兒，嗑剌剌鹿頂車兒，趄過若耶溪，趕上錢塘市。」

〔九〕穩情　必定。鄭德輝《伊尹耕莘》三折【滚綉毬】：「憑着這兩隻手掌扶王業，穩情着百二山河壯帝基，四海傳檄。」

〔一〇〕常何薦馬周　《新唐書・馬周傳》：「（馬周）至長安，舍中郎將常何家。貞觀五年，詔百官言得失。何，武人，不涉學，周爲條二十餘事，皆當世所切。太宗怪問何，何曰：『此非臣所能，家客馬周教臣言之。客，忠孝人也。』帝即召之……與語，帝大悦，詔直門下省。明年，拜監察御史，奉使稱職。帝以何得人，賜帛三百段。」

〔一一〕正旦　王學奇本删。

〔一二〕□是也　吴曉鈴本校勘記謂，「是也」上「疑有脱文」。吴國欽本、王季思本删。參見頭折校注〔一二〕。

〔一三〕了　吳國欽本誤作「的」。

〔一四〕里　有校筆改作「哩」。參見頭折校注〔三〇〕。

〔一五〕孩兒　原本下衍一「兒」字，有校筆删去，旁注「卜」。今從删。各本亦從删。

〔一六〕俺　王學奇本注云：「疑是衍字。」按，俺，我們。參見《哭存孝》第二折校注〔九〕。

〔一七〕綿　原誤作「錦」，有校筆改作「綿」。從。王季烈本、隋樹森本、北京大學本、吳國欽本、王學奇本、王季思本亦從改。吳曉鈴本校勘記亦謂「改『綿』字，是」。

〔一八〕子　原誤作「了」，從諸本改。

〔一九〕錦　原誤作「綿」，從諸本改。

〔二〇〕掃　寫。《全唐詩》卷一六七李白《草書歌行》：「箋麻素絹排數廂，宣州石硯墨色光。吾師醉後倚繩床，須臾掃盡數千張。」

〔二一〕喒一同接孩兒去來　除吳曉鈴本外，各本下補「(唱)」。北京大學本、吳國欽本、王學奇本、王季思本「喒」改作「咱」。按，喒，咱們。參見《哭存孝》頭折校注〔二四〕。後同，不另出校。

〔二二〕看街樓　臨街的樓房。顧曲齋本石君寶《曲江池》二折卜兒白：「今日有一家出殯，他在那裏唱挽歌。我如今叫女兒出來，在看街樓上看出殯。」

〔二三〕男兒得志秋　吳國欽本「得」誤作「明」。秋，時。《史記・李斯列傳》：「今秦王欲吞天下，稱帝而治，此布衣馳騖之時，而游説者之秋也。」

〔二四〕風流　榮耀。《全唐詩》卷八六張説《奉和聖製初入秦川路寒食應制》：「路上天心重豫游，御前恩賜特風流。」

〔二五〕唱　除吴曉鈴本外，各本上補「正旦」。

〔二六〕你休錯認了小官也　除吴曉鈴本外，各本下補「（正旦唱）」。

〔二七〕忔皺　王季思本「忔」誤作「憶」。按，忔皺，皺。忔，無義。亦作「扢皺」。王實甫《西廂記》三本二折【普天樂】：「厭的早扢皺了黛眉，忽的波低垂了粉頸，氲的呵改變了朱顔。」

〔二八〕正旦　王季烈本、隋樹森本删。

〔二九〕甚　原誤作「字」，從王季烈本、北京大學本、吴國欽本、王學奇本、王季思本改。

〔三〇〕唱　除吴曉鈴本外，各本上補「正旦」。

〔三一〕去秋　吴國欽本、王季思本「秋」改作「啾」。按，去秋，即「去就」，規矩。李義山《雜纂·失去就》：「卸起帽共人言談，鑽壁窺人家，衩衣出門迎客……」

〔三二〕正旦　王季烈本、隋樹森本删。

〔三三〕慚羞　羞愧。《張協狀元》戲文第十一出：「你個老賊，全不知慚羞！」

〔三四〕正旦　王季烈本删。

〔三五〕咱　王季烈本改作「者」。按，「者」「咱」通用，表祈求語氣。參見《哭存孝》頭折校注〔三三〕。後同，不另出校。

〔三六〕隨鞭鐙　從命。王實甫《西厢記》二本二折【上小樓】：「秀才每聞道請，恰便似聽將軍嚴令，和他那五臟神願隨鞭鐙。」

〔三七〕諞　誇耀。徐州方言説誇耀爲「諞」。

〔三八〕必　原作「比」，從王季烈本、北京大學本、吴國欽本、王學奇本、王季思本改。

〔三九〕拐　錯。《崇慶縣志》禮俗五：「事誤曰拐。」

〔四〇〕緑袍槐簡　低級官員或科舉及第而名次靠後者的服色和用具。唐制，官三品以上服紫，四五品服緋，六七品服緑，八九品服青（見《新唐書·車服志》）。槐簡，槐木手版。簡，用以寫字的小木板。《三國志平話》卷上：「至來日天曉，元帥來請劉備：『表章已奏了帝也，功勞全是你也。』分付緑袍槐簡，來日朝門外聽聖旨。」

〔四一〕幞頭　一種頭巾。有四帶，二帶繫腦後垂之，二帶反繫頭上，令曲折附頂。也稱四脚、折上巾。相傳始於北周武帝。

〔四二〕得　王季烈本、吴國欽本、王學奇本、王季思本改作「待」。按，得，待到。臧本《救風塵》三折正旦白：「你在南京時，人説你周舍名字，説的我耳滿鼻滿的，則是不曾見你。後得見你呵，害的我不茶不飯，只是思想着你。」

〔四三〕您　王季思本改作「你」。參見頭折校注〔一九〕。

〔四四〕科　吴曉鈴本誤作「拜」，校勘記云：「疑『拜』下脱一『科』字。」吴國欽本、王季思本上補一「拜」字。

〔四五〕您　王季思本改作「你」。參見頭折校注〔一九〕。

〔四六〕是　有校筆改作「甚」。參見頭折校注〔四六〕。

〔四七〕是　有校筆改作「甚」。參見頭折校注〔四六〕。

〔四八〕里　除吴曉鈴本、北京大學本外，各本改作「哩」。參見楔子校注〔一二〕。

〔四九〕正旦做打科　除吴曉鈴本外，各本下補「唱」。

〔五〇〕串　王季思本改作「竄」。

〔五一〕的　王季思本改作「得」。參見楔子校注〔三二〕。

〔五二〕正旦　王季烈本、隋樹森本、王學奇本删。

〔五三〕唱　王季烈本、隋樹森本、北京大學本、吴國欽本、王學奇本上補「正旦」。王季思本作「正旦云」，并將以下曲文改爲小字，誤作説白。

〔五四〕掂折　「折」原作「拆」，從隋樹森本改。掂折，折斷。《董解元西厢記》卷八【黄鍾宫】【間花啄木兒第二】【尾】：「斑管雖圓被風裂，玉簪更堅也掂折，似琴上斷弦難再接。」

〔五五〕問是麽紅漆通鞓帶　有校筆改「是」作「甚」。參見頭折校注〔四六〕。鞓，皮製腰帶。《全唐詩》卷五二六杜牧《分司東都寓居履道叨承川尹劉侍郎大夫恩知上四十韵》：「脛細摧新履，腰羸減舊鞓。」

〔五六〕我使柱杖蒙頭打　有校筆改「柱」作「拄」，王季烈本、隋樹森本、北京大學本、吴國欽本、王學奇本、王季思本從。按，柱，通「拄」。柱杖，即拄杖。參見《金線池》第一折校注〔三二〕。蒙頭，迎頭。

〔五七〕便　隋樹森本奪。

〔五八〕噤聲　除吴曉鈴本外，各本下補「（唱）」。

〔五九〕正旦　王季烈本、隋樹森本、王學奇本删。

〔六〇〕這　王季思本奪。

〔六一〕散袒　王季思本「袒」改作「誕」。按，散袒，同「散誕」。參見《切鱠旦》第一折校注〔八二〕。

〔六二〕正旦　王季烈本、隋樹森本、王學奇本删。

〔六三〕甘不的　甘得，甘心。「不」字無義。

〔六四〕里　有校筆改作「哩」。參見頭折校注〔二〇〕。

〔六五〕唱　除吴曉鈴本、隋樹森本外，各本上補「正旦」。

〔六六〕家　猶的。參看《詩詞曲語辭匯釋》卷三「家（一）」。

〔六七〕也　王季思本改作「亦」。誤。

〔六八〕是　有校筆改作「甚」。參見頭折校注〔四六〕。

〔六九〕道　隋樹森本、北京大學本、吴國欽本、王學奇本、王季思本改作「倒」。參見頭折校注〔四三〕。

〔七〇〕道　隋樹森本、北京大學本、吴國欽本、王學奇本改作「倒」，王季思本改作「到」。參見頭折校注〔四三〕。

〔七一〕也　王季思本改作「亦」。誤。

〔七二〕到是　王季烈本「到」改作「道」，隋樹森本、北京大學本、吴國欽本、王學奇本、王季思本改作「倒」。按，到，即倒。參看《詩詞曲語辭匯釋》卷四「到（二）」。吴國欽本「是」下衍一「個」字。

〔七三〕道　隋樹森本、北京大學本、吴國欽本、王學奇本、王季思本改作「倒」。參見頭折校注〔四三〕。

〔七四〕是陳媽媽第三個孩兒　「個」原誤作「第」，從諸本改。王季思本「陳媽媽」下衍一「的」字。

〔七五〕换　王季烈本、吴國欽本、王季思本改作「唤」。

〔七六〕將棒子來　除吴曉鈴本外，各本下補「（唱）」。

〔七七〕料口　鬥嘴。賈仲明《對玉梳》一折卜兒白：「我也不和你料口，快趕出去！」

〔七八〕俅　原誤作「秋」，今改。俅，理睬。參見《雙赴夢》第四折校注〔三九〕。王季烈本、吴國欽本、王學奇本、王季思本改作「瞅」。

〔七九〕苗而不秀　語出《論語·子罕》。這裏用以比喻虚有其表。王實甫《西厢記》四本二折【小桃紅】：「我弃了部署不收，你原來苗而不秀。呸！你是個銀樣鑞槍頭。」

〔八〇〕深村　鄉村。《劉知遠諸宫調》第一【般涉調】【耍孩兒】：「既然入舍深村裏，這農務終朝合演習。」

〔八一〕伴着那莊家學究　王季思本「那」字奪。莊家，莊户人家。《太平廣記》卷四百七十四引《玄怪録》：「行至滎水西十四五里，天向暮，未達前所，遂投一道傍莊家。」

〔八二〕相　王學奇本誤作「將」。

〔八三〕花甜蜜就　好上加好。甜，美；就，凑。

〔八四〕碌　王季思本改作「盧」。

〔八五〕正旦　王季烈本删。

〔八六〕您　王季思本改作「你」。參見頭折校注〔一九〕。

〔八七〕可也好也　除吴曉鈴本外，各本下補「（正旦唱）」。

〔八八〕你　隋樹森本改作「您」。

〔八九〕唱　除吴曉鈴本外，各本上補「正旦」。

〔九〇〕那　王季思本奪。

〔九一〕落後　慢。《宦門子弟錯立身》戲文十三出：「潑畜生因甚底，緣何尚然落後！」

〔九二〕云　原誤作「去」，從諸本改。

〔九三〕這個　襯字，無義。臧本張壽卿《紅梨花》一折【混江龍】：「我裙拖翡翠，鞋蹙鴛鴦，行過低矮矮這個荼蘼架。」

〔九四〕吊　王季烈本、北京大學本、吴國欽本、王學奇本、王季思本改作「掉」。按，吊，借作「掉」。脈望館鈔本高文秀《黑旋風》三折正末白：「俺娘與了我一貫鈔，着我路上做盤纏，我就揣在我懷裏，則在這裏吊了。」

〔九五〕財　隋樹森本、北京大學本、吴國欽本、王學奇本、王季思本改作「才」。按，財，通「才」。《孟子·盡心上》：「有成德者，有達財者。」焦循正義：「財，即才也。」後同，不另出校。

〔九六〕傍　王季思本改作「旁」。按，傍，即旁。參見《哭存孝》頭折校注〔二五〕。後同，不另出校。

〔九七〕了　王季思本奪。

〔九八〕封秦國公　原作「拜秦國公之職」，今改。

〔九九〕汝　王季思本改作「你」。按，汝，你。

〔一〇〇〕蘇芥　王季烈本、吴國欽本、王學奇本、王季思本「蘇」改作「草」。按，蘇芥，小草。蘇、芥，草。《方言》卷三：「蘇、芥，草也。江、淮、南楚之間曰蘇，自關而西或曰草，或曰芥。」

〔一〇一〕凌　王季烈本、吴國欽本、王學奇本、王季思本改作「陌」。按，凌，借作「陵」，土山。

〔一〇二〕孔子居於鄉黨，見長幼禮法恂恂　《論語·鄉黨》：「孔子於鄉黨，恂恂如也，似不能言者。」朱熹集注：「恂恂，信實之貌。似不能言者，謙卑遜順，不以賢知先人也。」

〔一〇三〕薄落　「落薄」的倒文，落魄。臧本范子安《竹葉舟》楔子惠安白：「仁兄今日雖然薄落，一朝運至時來，爲師爲相，做出那伊尹傅説的事業，又何難哉！」

〔一〇四〕誇談　榮耀。

〔一〇五〕「喜怒哀樂之未發，謂之中；發而皆中節，謂之和。中也者，天下之大本也；和也者，天下之達道也」　「發而皆中節」下原衍一「者」字，從王季烈本删。朱熹集注：「喜怒哀樂，情也，其未發，則性也，無所偏倚，故謂之中。發皆中節，情之正也，無所乖戾，故謂之和。大本者，天命之性，天下之理，皆由此出，道之體也。達道者，循性之謂，天下古今之所共由，道之用也。此言性情之德，以明道不可離之意。」

〔一〇六〕「君子不重則不威」　《論語·學而》：「子曰：『君子不重則不威，學，則不固。』」朱熹集注：「重，厚重；威，威嚴；固，堅固也。輕乎外者，必不能堅乎内，故不厚重則無威嚴，而所學亦不堅固也。」

〔一〇七〕比并　比喻。朱凱《黄鶴樓》三折【殿前歡】：「空有翻波志，他可便眼見的在鋼刀下死。這魚兒比并着，玄德你與我仔細尋思。」

〔一〇八〕於　吴國欽本、王季思本改作「裕」。吴本校記云：「裕：原作『於』，音假字。按此句與上句『損人利己』對，故應爲『裕民潤國』。」按，原本不作「於」，吴校誤。於，爲。參見《裴度還帶》第二折校注〔五三〕。

〔一〇九〕但凡爲人三思，然後再思可矣　《論語·公冶長》：「季文子三思而後行，子聞之，曰：『再，斯可矣。』」

〔一一〇〕胸　原誤作「凶」，有校筆改作「胷」。從。各本亦從改。

第三折

（正旦同大末、二末、王拱辰領雜當上）（正旦云）老身陳婆婆是也。今日是老身生辰賤降〔一〕的日子，孩兒每也！（大末云）有！（正旦云）狀元堂上安排下筵席者。若有陳良佐兩口兒來時，休着他過來。將酒來！（大末云）理會的〔二〕。

【中吕粉蝶兒】人都説孟母三移〔三〕，今日個陳婆婆更增十倍，教兒孫讀孔聖文籍。他將那

《孝經》來讀《論》《孟》講，後習《詩》《書》《禮記》；幼小温習，一個個孝當竭力。

【醉春風】一個那陳良叟，他可便占了鰲頭，則俺這陳良資奪了第一；新招來的女婿，他又是狀元郎，俺一家兒倒大來喜、喜。則要你郎舅每峥嶸，弟兄每榮顯，托賴着祖宗福力。

（二末執壺科）（大末遞酒科，云）母親滿飲一杯！（正旦做飲酒科，云）俺慢慢的飲酒。看有甚麼人來。（三末同旦兒上）（三末云）今日是母親生日，我無是麽禮物，和媳婦兒拜母親兩拜，也是我孝順的心腸。可早來到門首也。大哥，和母親説一聲，道我在這門首里。（大末云）兄弟，你則在門首，我報復母親去。（大末做見正旦科，云）母親，有三兄弟兩口兒在於門首。（正旦云）休着那厮過來！（大末同二末、王拱辰告〔四〕科）（大末云）母親，看您〔五〕孩兒面皮，着三兄弟兩口兒過來，與母親遞一杯酒，也是他爲子之道也。（正旦云）看着您衆人的面皮，着那厮過來。休閑〔六〕着他，着他燒火剥葱，都是他。依的，便教他過來，依不的，便着他回去。（大末云）理會的。三兄弟，母親的言語：着你過去燒火剥葱，掃田刮地〔七〕，擡卓〔八〕搬湯。你依的，便過去，你依不的，休着你過去里〔九〕！（三末云）母親怕閑了我。（三末同三旦做見科）（三末云）母親，您孩兒和媳婦兒没有手帕〔一〇〕，拜母親幾拜。（正旦云）兀那厮！你休拜，誰教你與我做生日來？（三末云）我來拜母親幾拜，也是爲子之孝道也。（正旦云）兀那厮！你見麽？（三末云）您孩兒見是麽那〔一一〕？

【紅綉鞋】俺這裏都是些紫綬金章官位，那裏發付你個緑袍槐簡的鍾馗〔一二〕？哎！你一個探花郎，又比俺這狀元低，俺這裏笑吟吟的行酒令，穩拍拍〔一三〕的做着筵席，（正旦〔一四〕云）你説波，（唱）可不道那塌兒發付你〔一五〕？

（正旦〔一六〕云）大哥，喒行一個酒令，一人要四句氣概的詩，押着那「狀元郎」三個字；有那「狀元郎」的便飲酒，無那「狀元郎」的罰凉水。教那厮把盞！先從大哥來。把了盞，便問道：吃酒的是誰？把盞的是誰？各自稱呼着那官位者。吃了酒，着那厮拜！先從大哥來。（三末云）我理會的。（做遞酒科，云）先從母親來。（正旦云）先從大哥來。（三末遞酒與大末科）（大末云）母親，您〔一七〕孩兒吟詩也。詩曰：當今天子重賢良，四海無事罷刀槍。紫袍象簡朝金闕，聖人敕賜狀元郎。（三末云）住者！白馬紅纓麾蓋下，紫袍金帶氣昂昂。月中失却攀蟾手，高枝留與狀元郎。（大末做吃酒科，云）問將來。（三末云）吃酒的是誰？（大末云）是狀元郎。我問你，把盞的是誰？（三末云）把盞的我是楊六郎。（三末做拜科）（做遞酒與二末科）（二末云）母親，您孩兒吟詩也。詩曰：一天星斗焕〔一八〕文章，戰退群儒獨占場〔一九〕；龍虎榜上標名姓，頭名顯我狀元郎。（三末云）住者！時乖運蹇赴科場，命福高低不可量。八韵賦成及第本，今春必奪狀元郎。（二末做吃酒科，云）問將來。（三末云）吃酒的是誰？（二末云）是狀元郎。我問你，把盞的是誰？（三末云）我是酥麻糖。（做拜科）（遞酒與王拱辰科）（王拱辰云）母親、大舅、二舅，我吟詩也。詩曰：淋漓御酒污羅裳，宴罷瓊林出未央〔二〇〕；醉裏忽聞人語鬧，馬頭高喝狀元郎。（三末云）住者！筆頭刷刷三千字，胸次盤盤七步章〔二一〕；休笑緑袍官職小，才高壓盡狀元郎。（王拱辰飲酒科，云）問將來。（三末云）吃酒的是誰？（王拱辰云）是狀元郎。那把盞的是誰？（三末云）把盞的是耍三郎。（做拜科）（與三旦遞酒科）（三旦云）母親，您媳婦兒吟詩也。詩曰：佳人貞〔二二〕烈守閨房，則爲男兒不氣長〔二三〕。國家若是開女選，今春必奪狀元郎！（三末云）住者！磨穿鐵硯汝非强，止〔二四〕可描鸞守綉房；燕鵲豈知鵬鶚志，紅裙休笑狀元郎！（旦兒飲酒科，云）問將來。（三末云）吃酒的是誰？（旦兒云）我是狀元郎。把盞的是誰？（三末云）把盞的是你的郎。（與正旦遞酒科）（正旦云）這厮他到闕不沾〔二五〕新雨露，還家猶帶舊風霜；綠袍槐簡消不得，對人猶説狀元郎。（三末云）住者！拜別諸親赴選場，綠袍羞見老尊堂。擎臺執盞廳前跪，則這紅塵埋没了狀元郎。（正旦云）詩曰：黄金不惜換文章，教子須教入廟堂。自古賢愚難相比，恁〔二六〕這狀元郎休笑俺探花郎！（三末云）住者！您這些馬牛襟裾糞土墻〔二七〕，我這海水如何着〔二八〕斗量！你這漏網之魚都跳過，因何撇下狀元郎？罷、罷、罷，母親不必人前羞我，您孩兒頂天立地，噙齒帶髮，帶眼安眉，既爲男子大丈夫，不得爲官，着母親哥哥羞辱！則今日好日辰，辭別了母親，再去上朝求官應舉去。我若不得官，我去那深山中〔二九〕削髮爲僧，永不見母親之面；我若爲官，不在他三人之下。你看我打一輪皂蓋飛頭上，擺兩行朱衣列馬前，佳人捧臂，壯士擎鞭；我騎禮部侍郎坐下馬，借翰林院學士當直〔三〇〕人；我帶三分御酒，拂兩〔三一〕袖天香，絲鞭裊〔三二〕三尺春風，袍袖惹半潭秋水；兩街〔三三〕仕女急步掀簾，三市居民盡皆拱手，馬前高喝狀元來，十里香街咸欽敬。大剛來一日峥嶸，我直着報答了十年辛苦。説兀的做甚！這一去番〔三四〕身一跳禹門開，憑着胸中冠〔三五〕世才，休道桂枝難攀折，母親放心，今春和月抱將來。（下）〔三六〕（大末云）母親，三兄弟這一去，必然爲官也。（正旦云）孩兒去了也〔三七〕。

【醉高歌】我可也不和你暢叫揚疾，誰共你磕牙料嘴〔三八〕！我則是倚門兒專等報登科記，知他俺那狀元郎在那雲裏也那是霧裏？

（報登科記的上，云）自家報登科記的。有陳婆婆第三個孩兒得了今春頭名狀元，我報登科記走一遭去。可早來到門首也。（做見大末科，云）大官人，三官人得了今春頭名狀元，小人特來報喜。（大末云）你則在這裏，我報復母親去。（見科，云）母親，三兄弟得了今春頭名狀元也，有報登科記的在門前〔三九〕。（正旦云）與他十兩銀子。

(大末云)理會的。與你十兩銀子。(報登科云)謝了官人！小人回去也。(下)(三末蹦馬兒領祗候上)(祗候云)小心下路〔四〇〕。(三末云)要做狀元有甚麼難處！下頭穿了衣服，便是狀元。今日得了頭名狀元，擺開頭答，慢慢的行。(正旦云)大哥、二哥、女婿，喒都去接待孩兒去來。(大末云)俺跟着母親接兄弟去來〔四一〕。

【普天樂】圪蹬蹬〔四二〕的馬兒騎，急颭颭的三檐傘底〔四三〕。我這裏忙呼左右：疾快收拾！(三末云)祗候人，接了馬者！(祗候云)牢墜鐙。(三末云)母親來了也！(唱〔四四〕)他見我便慌下馬，(三末云)祗候人，擺開者！(三末做躬身立住科)(唱〔四五〕)他那裏躬身立；(三末云)母親，您孩兒得了官也，就這裏拜母親幾拜。(做拜科)(唱〔四六〕)我見他便展脚舒腰那裏忙施禮〔四七〕。(做哭科，唱)險些兒俺子母每分離！(三末云)□□□□親嚴教〔四八〕，豈得今日爲官？(正旦云)你爲官呵，(唱)你孝順似那王祥卧冰〔四九〕，你恰似伯俞泣杖〔五〇〕，哎，兒也，你勝强如兀那老萊子哎班衣〔五一〕。

(三末做過來科，云)大哥、二哥，我不拜你，我的文章高似你。母親，您兒往西川綿州過〔五二〕，那裏父老送與我一段孩兒錦〔五三〕，將來與母親做衣服穿。(正旦云)大哥，將的去估價行裏，看值多少錢鈔。(大末云)估價值多少？母親，價值千貫。(正旦云)辱子〔五四〕未曾爲官，可早先受民財，倘〔五五〕着，須當痛決〔五六〕！(大末云)兄弟，爲你受了孩兒錦，母親着你倘着，要打你里！(三末云)母親要打我，番番不曾静扮〔五七〕。(正旦做打科)(大末云)母親，打的金魚墮地也〔五八〕！(雜當做打報科，云)有寇萊公大人有請。(正旦云)不妨事，我見大人自有說的話。(大末云)下次小的每，與我背〔五九〕馬者！(正旦云)孩兒，休背馬，輛起兜轎〔六〇〕，着四個孩兒擡着老身，我親見大人去來〔六一〕。

【啄木兒煞】喒人這青春有限不再來，金榜無名誓〔六二〕不歸，得志也休把升遷看的〔六三〕容易。古人詩内，則你那文高休笑狀元低。（同衆下）

校注

〔一〕賤降　稱自己的生日。元刊本馬致遠《任風子》一折【點絳唇】：「朋友相憐，弟兄錯見，任屠面。今日非專，因賤降來宅院。」

〔二〕理會的　除吴曉鈴本外，各本下補「（正旦唱）」。

〔三〕孟母三移　參見《蝴蝶夢》第一折校注〔三七〕。

〔四〕告　王季烈本上補一「央」字。按，告，求。參見《調風月》第二折校注〔六五〕。

〔五〕您　吴國欽本改作「你」。參見頭折校注〔一九〕。

〔六〕閑　王季思本改作「閒」。按，閑，通「閒」。空閑。白居易《白氏長慶集》卷一《觀刈麥》：「田家少閑月，五月人倍忙。」後同，不另出校。

〔七〕掃田刮地　掃地。臧本秦簡夫《東堂老》三折揚州奴白：「我寧可與你家擔水運漿，掃田刮地，做個傭工，準還你罷。」

〔八〕卓　北京大學本、吴國欽本、王學奇本、王季思本改作「桌」。按，卓，即「桌」。參見《拜月亭》

第三折校注〔六二〕。

〔九〕休着你過去里　王季思本「你」字奪。有校筆改「里」作「哩」。參見頭折校注〔三〇〕。

〔一〇〕您孩兒和媳婦兒没有手帕　王季思本「媳婦兒」的「兒」字奪。手帕，代指壽禮。息機子本喬夢符《兩世姻緣》一折鴇兒白：「今日是對門王媽媽生辰，我着孩兒去送手帕。」

〔一一〕您孩兒見是麼那　除吴曉鈴本外，各本下補「（正旦唱）」。有校筆改「是」作「甚」。參見頭折校注〔四六〕。

〔一二〕鍾馗　唐人，傳説其武舉不第，死後爲除妖之鬼（見沈括《夢溪補筆談》卷二十四「雜誌」）。這裏用以比喻未能考中狀元的陳良佐。

〔一三〕穩拍拍　安安穩穩。臧本闕名氏《賺蒯通》四折【得勝令】：「圖什麼風光，待氣昂昂端坐在中軍帳？只不如守着農莊，倒也穩拍拍常爲田舍郎。」

〔一四〕正旦　王季烈本、隋樹森本、王學奇本、王季思本删。

〔一五〕可不道那堝兒發付你　可不道，該是。不，無義。參看《敦煌變文字義通釋》第六篇「不」。道，猶是。參看《詩詞曲語詞匯釋》卷四「道（二）」。王季思本「堝」改作「窩」。按，那堝兒，哪裏。臧本鄭廷玉《冤家債主》三折【醉春風】：「則俺這小的個孩兒倘有些好歹，可著我那堝兒發付？」參見《蝴蝶夢》第二折校注〔三〇〕。

〔一六〕正旦　王季烈本、隋樹森本、王學奇本刪。

〔一七〕您　王季思本改作「你」。參見頭折校注〔一九〕。

〔一八〕焕　原誤作「喚」，從諸本改。

〔一九〕占場　擅場。臧本高文秀《黑旋風》一折【一煞】：「有那等打摞臺使會能，擺山棚博個贏，占場兒没一個敢和他争施逞……我只做没些本領，再不應承。」

〔二〇〕未央　漢宫殿名。故址在今陝西西安西北長安故城内。漢高祖七年建，常爲朝見之處。

〔二一〕胸次盤盤七步章　王季烈本、吴曉鈴本「盤盤」改作「槃槃」。按，盤盤，寬廣的樣子。《全金詩》卷五十四麻革《短歌行送秦人薛微之赴中書》：「盤盤胸臆間，猶挂太華月。」七步章，參見《金線池》第一折校注〔三六〕。

〔二二〕貞　原作「真」，從王季烈本、隋樹森本、北京大學本、吴國欽本、王學奇本、王季思本改。

〔二三〕不氣長　不争氣。李行道《灰闌記》一折【後庭花】：「恰纔我脊梁上挨了棍棒，又索去厨房中煎碗熱湯。一任他男子漢多心硬，大剛來則是俺這婆娘每不氣長。」

〔二四〕止　吴國欽本、王季思本改作「只」。按，止，只。參見《調風月》第一折校注〔二七〕。

〔二五〕沾　王季思本改作「霑」。按，沾，同「霑」。慧琳《一切經音義》卷十七：「霑……經作沾，俗字也。」

〔二六〕恁　隋樹森本、王季思本改作「您」。按，恁，你。參見《哭存孝》第四折校注〔六二〕。

〔二七〕馬牛襟裾糞土墻　馬牛襟裾，詈辭，猶言「衣冠禽獸」。《全唐詩》卷三四一韓愈《符讀書城南》：「人不通古今，馬牛而襟裾。」糞土墻，不可悟。《論語·公冶長》：「糞土之墻，不可杇也。」這裏諧「悟」。

〔二八〕着　隋樹森本誤作「看」。

〔二九〕中　王季思本奪。

〔三〇〕當直　當值。直，值。《宋書·百官志下》：「太子出，則當直者前驅導威儀。」

〔三一〕兩　原誤作「雨」，有校筆改作「兩」。從。各本亦從改。

〔三二〕臭　原作「嬝」，隋樹森本改作「㒡」。按，嬝，同「臭」。《正字通》女部：「嬝爲臭之變體，即嫋之俗字也。」臭，摇。參見《裴度還帶》第二折校注〔三三〕。

〔三三〕街　原誤作「衙」，有校筆改作「街」。從。各本亦從改。

〔三四〕番　王季烈本、北京大學本、吴國欽本、王學奇本、王季思本改作「翻」。按，番，用同「翻」。《清平山堂話本·柳耆卿詩酒翫江樓記》：「番身落水尋不見，則聽得採蓮船上鼓打撲鼕鼕。」

〔三五〕冠　原作「貫」，從王季烈本、王學奇本、王季思本改。

〔三六〕（下）　原本無，從王季烈本、吴曉鈴本、北京大學本、吴國欽本、王學奇本、王季思本補。

〔三七〕孩兒去了也　除吴曉鈴本外，各本下補「（唱）」。

〔三八〕磕牙料嘴　隋樹森本「料」改作「抖」。按，磕牙料嘴，鬥嘴。臧本闕名氏《舉案齊眉》三折【鬼三台】：「喒與你甚班輩，自來不相會，走將來磕牙料嘴。」

〔三九〕前　隋樹森本改作「首」。

〔四〇〕小心下路　「心」原誤作「來」，從吴國欽本、王學奇本、王季思本改。王季烈本「來」下雙行小注云：「疑是心字。」下路，路邊。《南史·謝靈運傳》：「後秦郡府將宋齊受使至涂口，行達桃墟村，見有七人下路聚語，疑非常人，還告郡縣，遣兵隨齊掩討禽之。」

〔四一〕俺跟着母親接兄弟去來　除吴曉鈴本外，各本下補「（正旦唱）」。

〔四二〕蹬　原作「噔」，從諸本改。

〔四三〕底　吴曉鈴本、北京大學本、吴國欽本、王學奇本、王季思本改作「低」。按，底，通「低」。參見《調風月》第二折校注〔三五〕。

〔四四〕唱　除吴曉鈴本外，各本上補「正旦」。

〔四五〕唱　除吴曉鈴本外，各本上補「正旦」。

〔四六〕唱　除吴曉鈴本外，各本上補「正旦」。

〔四七〕我見他便展脚舒腰那裏忙施禮　有校筆删「便」、「那裏」，王季烈本、北京大學本、吴國欽本、王學奇本、王季思本從。展脚舒腰，挪脚伸腰。元刊本岳伯川《鐵拐李》四折【鮑老兒】：「呀！你一人有德行吾師却纔到來，我這裏展脚舒腰拜。」

〔四八〕□□□□親嚴教　「親」上原闕四字，王季烈本補「若不是母」四字，下雙行小注云：「四字原闕，今補。」北京大學本、吴國欽本、王學奇本、王季思本從。隋樹森本未補也未空格。誤。

〔四九〕王祥卧冰　干寶《搜神記》卷十一：「（王祥）母常欲生魚，時天寒冰凍，祥解衣，將剖冰求之，冰忽自解，雙鯉躍出。」

〔五〇〕伯俞泣杖　劉向《説苑》卷三「建本」：「伯俞有過，其母笞之，泣。其母曰：『他日笞子，未嘗見泣，今泣，何也？』對曰：『他日俞得罪，笞，嘗痛，今母之力不能使痛，是以泣。』」

〔五一〕你勝强如兀那老萊子哎班衣　有校筆删「哎」字，北京大學本、吴國欽本、王學奇本從。校筆改「班」作「斑」，各本從。按，班，通「斑」。參見《裴度還帶》頭折校注〔八〕。《藝文類聚》卷二十引《列女傳》：「老萊子孝養二親，行年七十，嬰兒自娱，著五色彩衣。嘗取漿上堂，跌撲，因卧地爲小兒啼。或弄烏鳥於親側。」

〔五二〕您兒往西川綿州過　隋樹森本、王學奇本、王季思本「兒」上增一「孩」字。「綿」原誤作「錦」，有校筆改作「綿」。從。王季烈本、隋樹森本、北京大學本、吴國欽本、王學奇本、王季思本亦從改。吴曉鈴本校勘記云：「改爲『綿』字，是。」

〔五三〕孩兒錦　原誤作「孩兒綿」，有校筆先改作「錦孩兒」，又改作「孩兒錦」。從。各本亦從改。

〔五四〕辱子　玷辱家門之子。臧本石君寶《曲江池》四折正旦白：「相公，妾今日怎麽愛惜得一死？人都道鄭元和死爲辱子，也只由的李亞仙；生爲逆子，也只由的李亞仙。」

〔五五〕倘　王季烈本、北京大學本、吴國欽本、王學奇本、王季思本改作「躺」。按，倘，用同「躺」。李壽卿《伍員吹簫》一折【勝葫蘆】：「遮莫是鐵金剛，也打的他肉綻皮開血泊裏倘。」後同，不另出校。

〔五六〕決　責打。《太平廣記》卷二百六十一引《盧氏雜説》：「又判決祗承人：『如此癡頑，豈合吃杖，決五下。』人有語曰：『豈合吃杖，不合決他。』李曰：『公何會？豈是助語，共之乎者也何别？』」

〔五七〕静扮　有校筆改「扮」作「辨」，北京大學本、吴國欽本、王學奇本從。王季烈本改作「争辯」。按，静扮，清静。亦作「静辦」。李行道《灰闌記》楔子卜兒白：「左右我的女兒在家，也受不得這許多氣，便等他嫁了人去，倒也静辦。」

〔五八〕打的金魚墮地也　吴國欽本「的」改作「得」。參見楔子校注〔三〕。隋樹森本、王季思本「墮」改作「墜」；後同，不另出校。金魚，魚形金符。唐代親王及三品以上官員的佩飾，金四品以上佩戴（見《新唐書·車服志》、《金史·輿服志中》）。

〔五九〕背　吴國欽本、王季思本改作「鞴」。北京大學本校勘記云：「『背』疑當作『鞴』，或即『鞴』之同音借字。」按，背，借作「鞴」。闕名氏《翫江亭》二折牛員外白：「店小二，後槽上有風也似快馬背一匹來。」後同，不另出校。

〔六〇〕輛起兜轎　輛，備。脈望館古名家本鄭德輝《倩女離魂》四折末白：「左右，收拾行裝，輛起細車兒，小官同夫人便索往衡州赴任去。」王季思本「轎」誤作「輪」。按，兜轎，兜子，一種只有坐位而無轎厢的便轎。元刊本馬致遠《陳摶高卧》二折【黄鍾尾】：「子消得順天風駕一片白雲，教他那宣使乘的紫藤兜轎穩。」

〔六一〕我親見大人去來　除吴曉鈴本外，各本下補「（唱）」。

〔六二〕誓　原作「世」，有校筆改作「誓」。從。王季烈本、隋樹森本、北京大學本、吴國欽本、王學奇本、王季思本亦從改。

〔六三〕的　有校筆删。王季烈本此字下雙行小注云：「的字趙校删。」

第四折

（外扮寇萊公領從人上）（寇萊公云）三千禮樂唐虞治，萬卷詩書孔孟傳。老夫寇萊公是也。奉聖人的命，開放舉場。今有頭名狀元是陳良佐，問其緣故，乃漢陳平之後。他父曾爲前朝相國，早年弃逝〔一〕。有母親馮氏大賢，治家有法，教子有方。因陳良佐授〔二〕西川孩兒錦一事，他母親打的他金魚墮地。聖人已知，着我加官賜賞，審〔三〕問詳細。着人請賢母去了，這早晚敢待來也。（大末、二末、三末、王拱辰擡正旦上）（三末云）有香錢布施些兒。

（正旦云）俺見大人去來〔四〕。

【雙調新水令】雖不曾坐香車乘寶馬裊絲鞭，我在這轎兒上倒大來穩便〔五〕。前後何曾側，左右不曾偏。顯的〔六〕您等輩齊肩，將名姓注翰林院。

（云〔七〕）可早來到也。令人報復去，道有陳婆婆同四個狀元來了也。（從人報科，云）有陳婆婆同四個狀元來了也。（寇萊公云）道有請。（從人云）有請！（正旦做見官人科）（寇萊公云）賢母，老夫奉聖人的命，爲您一家兒母賢子孝，訓子有綱紀之威權，居家有冰霜之真〔八〕政，着老夫審問其詳。誰想〔九〕賢母着四個狀元擡着兜轎，敢於理不可麽？（正旦云）大人可憐見！休説四個孩兒擡着老身，我昔日曾聞荷擔僧，一頭擔母一頭經，經向前來背却母，母向前來背却經，不免把擔横擔定，感的〔一〇〕園林兩處分，後來證果〔一一〕爲羅漢，尚兀自報答不的爺娘養育恩〔一二〕。

【水仙子】學的他那有仁有義孝連天，使了我那無岸無邊學課錢；甘心兒擡的我親朝見，尚兀自我身軀兒有些困倦，把不住眼暈頭旋。不覺的擡着兜轎，雖不曾跨着駿騗〔一三〕，尚兀自報答不的我乳哺〔一四〕三年！

（寇萊公云）賢母，爲陳良佐升遷官位，貪圖財利，接受蜀錦，有〔一五〕犯王條，則合着有司定罪，你怎生自己責罰，打的金魚墮地那？（正旦云）大人不知，此子未曾治國，先受民財，辱末〔一六〕先祖，依法教訓咱〔一七〕！

【沽美酒】着他每按月家情〔一八〕着俸錢，誰着他無明夜趲〔一九〕家緣？俺家裏祖上爲官累受宣，我則怕枉教人作念，俺一家兒得安然。

（寇萊公云）賢母，三狀元授財一事，未審其詳也〔二〇〕。

【太平令】他將那孩兒錦親身托獻，這的是苦百姓赤手空拳。我依家法親責當面，我着他免受那官司刑憲。與了俺俸錢賺遷，聖恩〔二一〕可便可憐，博一個萬萬古名揚談羨〔二二〕。

（寇萊公云）老夫盡知也。您一家兒望闕跪者，聽我加官賜賞。我親奉着當今聖旨，便〔二三〕天下採訪賢士，只因你母賢子孝，着老夫名傳宣賜〔二四〕：陳婆婆賢德夫人，陳良資翰林承旨〔二五〕，陳良叟國子祭酒〔二六〕，陳良佐太常博士〔二七〕，王拱辰博學廣文，加你爲參知政事。一個個列鼎重裀，一個個腰金衣紫。今日個待漏院〔二八〕賜賞封官，慶賀這狀元堂陳母教子。

題目　待漏院招賢納士

正名　狀元堂陳母教子

校注

〔一〕逝　隋樹森本、王季思本改作「世」。

〔二〕授　王學奇本、王季思本改作「受」。按，授，通「受」。《周禮·秋官·司儀》：「再拜授幣。」鄭

注：「授當爲受。」後同，不另出校。

〔三〕審　詳細。《漢書·刑法志》：「其審核之。」

〔四〕俺見大人去來　除吴曉鈴本外，各本下補「（唱）」。

〔五〕穩便　安穩。楊景賢《西遊記》一本三齣【商調集賢賓】：「黑濛濛翠霧連山，白漭漭雪浪堆銀，則俺那跳龍門的丈夫轉世穩便，重生十八歲爲人。」

〔六〕的　吴曉鈴本、北京大學本、吴國欽本、王學奇本、王季思本改作「得」。參見楔子校注〔三二〕。

〔七〕云　原本上有一「帶」字，從王季烈本、隋樹森本、北京大學本、吴國欽本、王學奇本、王季思本删。

〔八〕直　正。《史記·游俠列傳》：「解曰：『公殺之固當，吾兒不直。』」

〔九〕想　原作「相」，有校筆改作「想」。從。王季烈本、吴曉鈴本、北京大學本、吴國欽本、王學奇本、王季思本亦從改。

〔一〇〕的　王季思本改作「得」。參見楔子校注〔三二〕。

〔一一〕證果　如法修行，親自證得如來所説宇宙人生之真相，即成正果。張鷟《朝野僉載》卷二：「禪師後證果，居於林慮山。」

〔一二〕尚兀自報答不的爺娘養育恩　除吴曉鈴本外，各本下補「（唱）」。

〔一三〕駿駹　駿馬。駹，良馬名。顧曲齋本喬夢符《金錢記》二折【滚綉毬】：「則見他氣昂昂梟玉鞭，醉醺醺下駿駹，這一場尋仙子可敢是非不善。」

〔一四〕乳哺　王季思本乙改作「哺乳」。按，乳哺，哺育。參見《蝴蝶夢》第二折校注〔二四〕。

〔一五〕有　王季思本奪。

〔一六〕辱末　有校筆改「末」作「没」，王季烈本、隋樹森本、北京大學本、吴國欽本、王學奇本、王季思本從。按，辱末，辱没。參見《哭存孝》第二折校注〔四六〕。

〔一七〕依法教訓咱　除吴曉鈴本外，各本下補「（唱）」。

〔一八〕情　有校筆改作「請」，各本從。按，情，受。參見《單刀會》第四折校注〔三二〕。

〔一九〕趲　吴國欽本、王季思本改作「攢」。按，趲，借作「攢」。參見《謝天香》第一折校注〔二九〕。

〔二〇〕未審其詳也　除吴曉鈴本外，各本下補「（正旦唱）」。

〔二一〕恩　王學奇本誤作「人」。

〔二二〕談羡　稱贊。闕名氏《飛刀對箭》二折張士貴白：「那個將軍不喝采，那個把我不談羡。」

〔二三〕便　借作「遍」。

〔二四〕名傳宣賜　名傳，傳。名，通「命」。《墨子·尚賢中》：「乃名三后，恤功於民。」孫詒讓閒詁：「名、命通。」宣賜，宣旨賜予。《全唐詩》卷六八一韓偓《湖南絶少含桃偶有人以新摘者見惠感事傷懷因成四韵》：「金鑾歲歲長宣賜，忍泪看天憶帝都。」

〔二五〕翰林承旨　官名。唐代翰林院有翰林學士承旨，位在諸學士之上。凡大誥令、大廢置、重要政事，皆得專對。宋元仍其制。

〔二六〕國子祭酒　學官名。國家最高學府國子監的主管官。

〔二七〕太常博士　官名。太常的屬官。秦置奉常，漢景帝六年更名太常。歷代因之。掌祭祀禮樂之事。

〔二八〕待漏院　百官晨集等候朝拜之所。漏，漏壺，借指時刻。《文選》卷五十九沈約《齊故安陸昭王碑文》：「奉待漏之書，銜如綵之旨。」李周翰注：「奉事上書，皆晨起駐車待其漏刻。」李肇《唐國史補》卷中：「舊百官早朝，必立馬於望仙建福門外，宰相於光宅車坊，以避風雨。元和初，始制待漏院。」

尉遲恭單鞭奪槊

説明

《録鬼簿》、《太和正音譜》關氏名下著録，名《敬德降唐》（曹本《録鬼簿》作「介休縣敬德降唐」），尚仲賢名下著録《三奪槊》（曹本《録鬼簿》作「尉遲恭三奪槊」），有人因疑此劇非關氏作。王季思《全元戲曲》關漢卿《尉遲恭單鞭奪槊》「劇目説明」云：「從本劇内容及『題目正名』上考察，本劇正是《録鬼簿》關漢卿名下那一本《介休縣敬德降唐》。」

關氏此劇現存脈望館鈔本、古名家本、臧本。今以前一種爲底本，後二種爲校本，并用吴曉鈴本（自脈望館鈔本出）、盧冀野本、中華書局本、北京大學本、吴國欽本、王學奇本、王季思本（以上自臧本出）參校。原本書口標目「敬德降唐」。總題下有校筆注云：「《太和正音》名《敬德降唐》。」總題下題「關漢卿」，今略去。古名家本書口標目「單鞭奪槊」，總題同脈望館鈔本，下題「元尚仲賢撰」。臧本書口標目、總題同古名家本，惟總題下有「雜劇」二字，下題「元尚仲賢撰明吴興臧晋叔校」。古名家本、臧本將本劇與尚仲賢撰《尉遲恭三奪槊》相混，故誤屬尚氏。

劇叙尉遲敬德降唐後，比武中三次徒手奪得李元吉之槊，以及榆科園單鞭救李世民事。

《新唐書·尉遲敬德傳》：「尉遲敬德，名恭，以字行，朔州善陽人。隋大業末，從軍高陽，積閱爲朝散大夫。劉武周亂，以爲偏將。與宋金剛南侵，得晉、澮等州，襲破永安王孝基，執獨孤懷恩等。武德二年，秦王戰柏壁，金剛敗奔突厥，敬德合餘衆守介休。王遣任城王道宗、宇文士及諭之，乃與尋相舉地降，引爲右一府統軍，從擊王世充。會尋相叛，諸將疑敬德且亂，囚之。行臺左僕射屈突通、尚書殷開山曰：『敬德慓敢，今執之，猜忒已結，不即殺，後悔無及也。』王曰：『不然。敬德必叛，寧肯後尋相者耶？』釋之，引見卧內，曰：『丈夫以氣相許，小嫌不足置胸中，我終不以讒害良士。』因賜之金，曰：『必欲去，以爲汝資。』是日獵榆窠，會世充自將兵數萬來戰。單雄信者，賊驍將也，騎直趨王，敬德躍馬大呼横刺，雄信墜，乃翼王出。率兵還戰，大敗之，禽其將陳智略，獲排矟兵六千。……其戰，善避矟，每單騎入賊，雖群刺之不能傷，又能奪取賊矟還刺之。齊王元吉使去刃與之校，敬德請王加刃，而獨去之，卒不能中。帝嘗問：『奪矟與避矟孰難？』對曰：『奪矟難。』試使與齊王戲，少選，王三失矟，遂大愧服。」

楔　子

（冲末扮徐懋功領卒上〔一〕，云〔二〕）少年錦帶挂吴鉤〔三〕，鐵馬西〔四〕風塞草秋；全仗匣中三尺劍，眼前〔五〕唾手取封侯。某姓〔六〕徐，雙名世勣，祖居京兆三原〔七〕人也。幼習儒業，頗看詩書〔八〕。自降唐以來，謝聖恩可憐，累蒙擢用，官拜軍師之職〔九〕。今爲〔一〇〕山後定陽劉武周不順俺大唐，劉武周不强，他手下有一員上將，覆〔一一〕姓尉遲，名恭，字敬德，此人使一條鐵〔一二〕鞭，有萬夫不當之勇；今奉聖人之〔一三〕命，着元帥〔一四〕領十萬雄兵，某爲軍師，劉文静〔一五〕爲前部先鋒，在美良川交鋒〔一六〕，被俺〔一七〕統兵圍住介休城。唐元帥數次招安敬德，此人不肯降唐，回言道：「某有主公劉武周，見〔一八〕在定陽，豈肯降汝！」某思〔一九〕一計，着文静〔二〇〕直至沙沱，使一反計〔二一〕，將劉武周首級摽將來〔二二〕。某即今日〔二三〕將劉武周首級，請唐元帥直至城下招安敬德走一遭去〔二四〕。

（下）

（敬德引卒上，云）〔二五〕幼小曾將武藝攻，鋼鞭烏馬顯英雄；對壘相持曾取勝〔二六〕，則是我勇敢當先〔二七〕尉遲恭。某覆姓尉遲，名恭，字敬德，朔州善陽人也。輔佐主公乃定陽劉武周〔二八〕。主公手下，兵多將廣〔二九〕。某使一條水磨鞭，有萬夫不當之勇。今因唐元帥領兵前來與我相持，在美良川交鋒，某〔三〇〕與唐將秦叔寶交戰百餘合，不分勝負〔三一〕。某〔三二〕因追趕唐元帥，到此介休城，誰想他到〔三三〕下座空城，唐兵圍住〔三四〕，裏無糧草，外無救援〔三五〕。唐元帥數次招安〔三六〕，我怎肯降唐？左右那裏〔三七〕？城上看着，若有唐兵來打話〔三八〕呵，便來報某知道〔三九〕。

（下）

（末同懋功引卒上〔四〇〕，云〔四一〕）某姓李，名世民，見爲大唐元帥。今因山後劉武周不順俺大唐，劉武周不强，他手下有一員上將尉遲恭，此人使一條鐵鞭，有萬夫不當之勇〔四二〕；我〔四三〕今領兵在美良川，與敬德〔四四〕交戰，被俺將敬德引至介休城中圍住也〔四五〕。軍師，某若得尉遲恭降俺呵〔四六〕，覷除草寇有如反掌耳〔四七〕。軍師，可怎能勾他投降〔四八〕？（懋功云）〔四九〕元帥數次招安敬德，他言稱道，有他主公劉武周在沙沱，不肯〔五〇〕背其主。某使一條反間計〔五一〕，着文静〔五二〕直至沙沱，把劉武周首級摽〔五三〕將來了也。（末云）〔五四〕此計大妙〔五五〕！喒〔五六〕就將着首級招安敬德去來。（懋功云）來到城下也〔五七〕。兀那小校〔五八〕，報與您〔五九〕那尉遲恭，説俺唐元帥請他打話。（卒云）〔六〇〕喏，報的元帥〔六一〕得知：有唐兵至城下也〔六二〕。（敬德云）〔六三〕我與他打話去〔六四〕。唐元帥，你有何話説？（懋功云）敬德，你見俺雄兵圍的鐵桶相似，你若肯降唐呵，着你列坐諸將〔六五〕之右；若不降呵〔六六〕，俺衆兵四下裏安環〔六七〕，八下裏拽砲，提起這城子〔六八〕摔一個粉碎。你〔六九〕尋思咱。（敬德云）徐懋功，你説的差了也。可不道壹馬不背兩鞍〔七〇〕，雙〔七一〕輪豈碾四轍，烈女豈嫁二夫，俺這忠臣豈佐二主！見有我主公在〔七二〕，我怎肯降〔七三〕你？（懋功云）將軍，你主公劉武周已被我殺了也，你不信，有首級在此。（敬德云）住、住、住〔七四〕，俺主公有認處：鼻生三竅，腦後鷄冠。你將那首級來俺看咱〔七五〕。（懋功云）小校，將鞦韆板吊上那首級去，着〔七六〕他認。（做吊上科〔七七〕）（敬德認介，云）〔七八〕咳〔七九〕！原來真個是我主公首級〔八〇〕，可怎生被他殺了也！（哭科）〔八一〕（懋功云）尉遲恭〔八二〕，你元帥已是無了也〔八三〕，你不投降，更待何時？豈不聞高鳥相良木而棲，賢臣擇明主而仕〔八四〕，背暗投明，古之常理也〔八五〕。（末云）敬德將軍〔八六〕，你若肯降我〔八七〕呵，我奏知聖人，將你重賞封官；你若不降呵，俺這裏雄兵百萬，戰將千員，你如何逃得出這介休城去哩〔八八〕！（敬德云）住、住、住〔八九〕，咳〔九〇〕！誰想我主公被他殺了也〔九一〕，我待不降呵，如今統着大勢〔九二〕雄兵，我又無了主人，可不道能狼安敵衆犬，好漢難打人多？罷、罷、罷，唐元帥，我降可降，你依〔九三〕我一件事，我便降〔九四〕。（懋功云）休道一件事，便是十件也依的，你説。（敬德云）等我主人〔九五〕服孝三年滿時，我便投降你〔九六〕。（懋功云）軍情事急，怎等得〔九七〕三年？等不的〔九八〕！（敬德云）既然這等呵，等三個月孝滿可投降。（懋功云）也等不的〔九九〕。（敬德云）罷、罷、罷，男子漢勢到今日〔一〇〇〕，一日準壹〔一〇一〕年，等我三日服孝滿，埋殯追薦了我主公之時，那其間我大開城門投降〔一〇二〕。（末云）將軍此言有準麼？（敬德云）大丈夫豈有謬言！你若不信，我將俺火尖鎗〔一〇三〕、深〔一〇四〕烏馬、水磨鞭、衣服〔一〇五〕鎧甲，您先將去〔一〇六〕，權爲信物，三日之後，我便投降也。（懋功云）既是〔一〇七〕這等，你可將來。小校，收了者。（末云）軍師，似尉遲恭這〔一〇八〕等一員上將，端的世之罕有也〔一〇九〕！（懋功云）元帥，端的是〔一一〇〕虎將也！（末唱）〔一一一〕

【仙呂端正好】〔一一二〕他服孝整三年，事急也那權做三日〔一一三〕。此事着後〔一一四〕人知，則他這忠臣盡却君臣禮〔一一五〕。我唤小校，莫延遲，則今日，奏官裏，可正是龍虎風雲會〔一一六〕。（同下）

（敬德云）誰想我〔一一七〕主公死在唐將之手！一壁廂做個木匣兒，一般埋殯了。主公也〔一一八〕，則被你痛殺我也！

（下）

校注

〔一〕冲末扮徐懋功領卒上　「冲」原作「中」，今改。「扮」上原有一「粉」字，今删。「懋功」原作「茂公」，據《新唐書·李勣傳》改。後同，不另出校。古名家本、臧本作「冲末扮徐茂公引卒子上」。

〔二〕云　古名家本無。臧本作「詩云」。

〔三〕少年錦帶挂吴鈎　「帶」原作「袋」，據臧本改。古名家本亦作「袋」。有校筆改「鈎」作「鈞」。吴曉鈴本校勘記云：「明鈔本『鈎』字硃改爲『鈞』字，非。」吴鈎，春秋時吴國製造的一種兵器，形似劍而曲。後用以代稱利劍。《文選》卷五左思《吴都賦》：「軍容蓄用，器械兼儲；吴鈎越棘，純鈞湛盧。」

〔四〕西　有校筆改作「嘶」。吴曉鈴本校勘記云：「西——明鈔本硃改爲『嘶』字，非。」

〔五〕眼前　臧本作「會看」。

〔六〕姓　臧本同。盧冀野本誤作「性」。

〔七〕原　原作「元」，有校筆改作「原」。從。古名家本、臧本即作「原」。

〔八〕幼習儒業，頗看詩書　臧本無。王季思本補。

〔九〕累蒙擢用，官拜軍師之職　臧本作「特蒙委任爲軍師，諸將皆出吾下」。

〔一〇〕爲　臧本作「因」。

〔一一〕覆　臧本同。王季思本改作「複」。按，覆，複。《後漢書·班固傳》：「亦以寵靈文武，貽燕後昆，覆以懿鑠，豈其爲身而有顓辭也！」李賢注：「覆，猶重也。」後同，不另出校。

〔一二〕鐵　古名家本、臧本作「水磨」。

〔一三〕之　古名家本、臧本作「的」。

〔一四〕元帥　古名家本、臧本上有一「唐」字。

〔一五〕静　原作「靖」，古名家本、臧本同，今據新舊《唐書》本傳改。北京大學本、吴國欽本、王學奇本、王季思本亦改。後同，不另出校。

〔一六〕在美良川交鋒　古名家本「川」誤作「州」。臧本「鋒」作「戰」。

〔一七〕被俺　有校筆下增「使倒城之計」。

〔一八〕見　臧本同。王季思本改作「現」。按，見，即「現」。參見《單刀會》第一折校注〔二〕。後同，不另出校。

〔一九〕思　古名家本、臧本上有一「忽」字。

〔二〇〕文静　「静」原作「靖」，今改。古名家本、臧本「文靖（静）」上有一「劉」字。

〔二一〕反計　古名家本、臧本作「反將計」。吴國欽本「將」改作「間」，北京大學本校勘記、王學奇本校注亦謂：「『反將計』疑爲『反間計』之誤。」

〔二二〕將劉武周首級摽將來　吴曉鈴本「摽」改作「標」。按，摽，通「標」。《詩·召南·摽有梅》：「摽有梅。」《藝文類聚》卷八六、《太平御覽》卷七六〇并引「摽」作「標」。參見《切鱠旦》第二折校注〔三〕。後同，不另出校。古名家本、臧本「摽」作「標」。臧本句末有一「了」字。

〔二三〕即今日　臧本同。吴國欽本、王季思本乙改作「今日即」。按，即，就。原文意順，不煩乙改。

〔二四〕走一遭去　臧本下有一「來」字。

〔二五〕（敬德引卒上，云）　古名家本作「（敬德引卒子上）」。臧本作「（净扮尉遲敬德引卒子上，詩云）」。

〔二六〕對壘相持曾取勝　「壘」字有校改迹。臧本作「到處争鋒多得勝」。曾，則。《淮南子·脩務》：

「三代與我同行，五伯與我齊智，彼獨有聖智之實，我曾無有閭里之聞，窮巷之知者何？」高誘注：「曾，則也。」

〔二七〕則是我勇敢當先　臧本作「則我萬人無敵」。

〔二八〕主公乃定陽劉武周　臧本作「定陽劉武周麾下」。

〔二九〕主公手下，兵多將廣　臧本無。

〔三〇〕某　古名家本作古字「厶」。

〔三一〕負　古名家本、臧本作「敗」。

〔三二〕某　古名家本作「厶」。

〔三三〕到　有校筆改作「弃」。古名家本、臧本作「倒」。吴國欽本「據脈望館本（按，即脈望館鈔本，後同）硃筆」改「倒」作「弃」。到，通「倒」。《戰國策・齊策六》：「因罷兵到讀而去。」鮑本「到讀」改作「倒韣」。

〔三四〕唐兵圍住　臧本上有一「被」字。吴國欽本「據脈望館本」删「被」字。

〔三五〕援　古名家本、臧本作「兵」。

〔三六〕唐元帥數次招安　古名家本、臧本上有一「有」字。

〔三七〕那裏　臧本無。

〔三八〕打話　對話。《五代史平話》唐史卷上："兩處陣員，二將陣前打話了，勒馬便戰。"參見《裴度還帶》第二折校注〔一〇六〕。

〔三九〕便來報某知道　古名家本"某"作"我"。臧本無"便來"，"報"下有一"復"字，"某"下有一"家"字。

〔四〇〕末同懋功引卒上　古名家本作"末同茂公引卒子上"。臧本作"正末扮唐元帥同徐茂公引卒子上"。

〔四一〕云　古名家本作"末"。

〔四二〕今因山後劉武周不順俺大唐，劉武周不强，他手下有一員上將尉遲恭，此人使一條鐵鞭，有萬夫不當之勇　古名家本"尉遲恭"作"覆姓尉遲，名恭，字敬德"，"鐵"作"水磨"。臧本無此賓白。

〔四三〕我　臧本作"如"。

〔四四〕敬德　臧本上有"尉遲"二字。

〔四五〕被俺將敬德引至介休城中圍住也　古名家本、臧本"俺"作"我"。臧本無"也"。

〔四六〕某若得尉遲恭降俺呵　古名家本"某"作"厶"，"降"上有一"投"字。臧本"尉遲恭"作"敬德"，"降"上有一"投"字。

〔四七〕覷除草寇有如反掌耳　古名家本無"除"、"耳"，"反"作"番"。臧本無"除"，"反"作"翻"。北京大學本、吴國欽本據鈔本校增「除」字。

〔四八〕軍師，可怎能勾他投降　臧本無。王季思本校記「勾」改作「够」。按，勾，通「够」。參見《調風月》第二折校注〔二六〕。

〔四九〕（懋功云）　古名家本作「（茂）」。臧本作「（徐茂公云）」。後同，不另出校。

〔五〇〕不肯　古名家本、臧本上有一「他」字。

〔五一〕使一條反間計　「間」原作「將」，有校筆改作「間」。從。古名家本仍作「將」。臧本作「今使一反將計」。吴國欽本「將」改作「間」。

〔五二〕文静　「静」原作「靖」，今改。古名家本作「文静」。臧本作「劉文静」。中華書局本「静」誤作「靖」。

〔五三〕摽　古名家本、臧本作「標」。

〔五四〕（末云）　古名家本作「（末）」。臧本作「（正末云）」。後同，不另出校。

〔五五〕此計大妙　古名家本、臧本上有「軍師」二字。

〔五六〕喒　臧本同。北京大學本、吴國欽本、王學奇本、王季思本改作「咱」。按，喒，咱們。參見《哭存孝》頭折校注〔二四〕。後同，不另出校。

〔五七〕來到城下也　臧本作「早來到城下了也」。吴曉鈴本校勘記「了」字奪。

〔五八〕校　原誤作「下」，有校筆改作「校」。從。吴曉鈴本亦從改。古名家本、臧本作「校」。

〔五九〕報與您　「報」原作「把」，有校筆删去，今據古名家本、臧本改。古名家本「您」作「恁」。

〔六〇〕（卒云）　古名家本作「（卒）」。臧本作「（卒子報科，云）」。

〔六一〕元帥　臧本作「將軍」。

〔六二〕至城下也　臧本作「在城下請打話哩」。

〔六三〕（敬德云）　古名家本作「（敬）」。臧本作「（尉遲云）」。後同，不另出校。

〔六四〕我與他打話去　臧本下有「（做上城科，云）」。

〔六五〕列坐諸將　「將」原作「君」，有校筆改作「侯」。今據臧本改。古名家本作「列座諸官」。臧本作「列座諸將」。

〔六六〕若不降呵　古名家本、臧本上有一「你」字。

〔六七〕環　通「營」。《韓非子·五蠹》：「古者蒼頡之作書也，自環者謂之私。」《説文》引作「自營爲厶」。

〔六八〕提起這城子　古名家本、臧本下有一「來」字。

〔六九〕你　臧本下有一「自」字。

〔七〇〕壹馬不背兩鞍　古名家本、臧本「壹」作「一」。臧本「不」作「豈」。

〔七一〕雙　古名家本作「隻」。臧本作「單」。北京大學本、吳國欽本、王學奇本改作「雙」。北本校勘記云：「蓋『雙』字形近而誤爲『隻』，『隻』字意近而改作『單』。」

〔七二〕我主公在　臧本下有「定陽」二字。

〔七三〕降　古名家本　臧本上有一「投」字。

〔七四〕住、住、住　臧本無。

〔七五〕你將那首級來俺看咱　古名家本無「將」，「俺」作「我」。臧本「將那」作「拿」，「俺」作「我」。

〔七六〕着　原作「看」，據古名家本、臧本改。

〔七七〕科　臧本無。

〔七八〕（敬德認介，云）　古名家本作「（敬做認介）」。臧本作「（尉遲做認科，云）」。盧冀野本「做」誤作「公」。

〔七九〕咳　古名家本、臧本作「嗨」。

〔八〇〕我主公首級　古名家本、臧本「我」作「俺」。「主公」原誤倒作「公主」，據古名家本、臧本乙改。

〔八一〕（哭科）　臧本作「（做哭科）」。

〔八二〕尉遲恭　臧本作「將軍」。

〔八三〕你元帥已是無了也　臧本「元帥」作「主公」，「無了也」作「死了」。

〔八四〕仕　古名家本、臧本作「佐」。

〔八五〕也　臧本無。

〔八六〕將軍　臧本無。

〔八七〕降我　古名家本、臧本作「投降」。

〔八八〕你如何逃得出這介休城去哩　臧本「逃」作「飛」，無「哩」。

〔八九〕住、住、住　臧本無。

〔九〇〕咳　古名家本、臧本作「嗨」。

〔九一〕也　臧本無。

〔九二〕大勢　大批。李文蔚《圯橋進履》三折張耳白：「今有季布、鍾離昧，統領大勢軍馬，與俺交鋒。」

〔九三〕依　古名家本、臧本下有一「的」字。

〔九四〕降　古名家本、臧本上有一「投」字。

〔九五〕人　古名家本、臧本作「公」。

〔九六〕你　古名家本作「恁」。臧本作「您」。

〔九七〕得　古名家本、臧本無。

〔九八〕的　臧本同。北京大學本、吴國欽本、王學奇本改作「得」。按，的，與「得」同。參看《詩詞曲語辭滙釋》卷四「的(二)」。

〔九九〕的　古名家本、臧本作「得」。

〔一〇〇〕男子漢勢到今日　古名家本、臧本下有一「也」字。中華書局本、王季思本「也」字斷屬下句。誤。

〔一〇一〕壹　古名家本、臧本作「一」。

〔一〇二〕那其間我大開城門投降　臧本下有「何如」二字。

〔一〇三〕我將俺火尖鎗　「火」原作「大」，據古名家本、臧本改。古名家本、臧本作「將我這火尖鎗」。

〔一〇四〕深　原作「三」，據古名家本、臧本改。

〔一〇五〕服　古名家本、臧本作「袍」。

〔一〇六〕您先將去　古名家本「您」作「恁」。古名家本、臧本「將」下有一「的」字。

〔一〇七〕是　臧本同。盧冀野本誤作「然」。

〔一〇八〕這　古名家本作「此」。

〔一〇九〕也　臧本無。

〔一一〇〕端的是　臧本作「果然是好一員」。

〔二一〕（末唱） 原本上有科介二字，有校筆塗去，又在其下校補「末唱」。從。古名家本作「（末）」。臧本作「（正本唱）」。

〔二二〕【仙吕端正好】 「仙吕」原誤作「正宫」，今改。吴國欽本校記已指其誤，云：「【正宫端正好】專用于套數，且曲子不增句，此曲顯然是增了句的【端正好】曲，應屬【仙吕宫】。」古名家本作「【端正好】」。臧本作「【仙吕端正好】」。原本曲牌名下有「唱」，今删。

〔二三〕事急也那權做三日 臧本作「事急也權那做三日」。北京大學本、吴國欽本、王學奇本據鈔本、古名家本改「也權那做」作「也那權做」。北本校勘記、王本校注云：「『也那』爲雙音語氣襯詞，拆開非是。」王季思本「那做」改作「做那」。按，鈔本「也那」爲語氣助詞，表語氣之停頓。臧本「那」即「挪」，改也。北本等改未妥。

〔二四〕後 古名家本、臧本下有一「代」字。

〔二五〕則他這忠臣盡却君臣禮 臧本無「他」，「忠臣」作「英雄」，「盡却」作「能盡」。

〔二六〕我唤小校，莫延遲，則今日，奏官裏，可正是龍虎風雲會 「延」原作「嫌」，據古名家本改。臧本作「待他投降後，凱歌回，卸兵甲，載旌旗，還紫禁，到丹墀，做個龍虎風雲會」。

〔二七〕我 古名家本、臧本作「俺」。

〔二八〕也 臧本無。

第一折

(敬德引卒上，云)〔一〕某尉遲恭是也〔二〕。今日三日也〔三〕，小校，便放〔四〕開城門，這早晚敢待來也〔五〕，若〔六〕來時，報伏某〔七〕知道。(卒云)〔八〕理會的。(末同懋功上，云)〔九〕軍師，今日第三日也〔一〇〕。(懋功云)〔一一〕元帥，賀萬千之喜〔一二〕！今日又收伏了這員虎將〔一三〕。(末云)〔一四〕軍師，投至俺得這尉遲恭，非同容易也呵！

(末唱)〔一五〕

【仙呂點絳唇】〔一六〕天數合該，虎臣囚〔一七〕在迷魂寨；請〔一八〕他來，如弟兄相待〔一九〕。

【混江龍】因觀營寨〔二〇〕，自從那美良川引至介休來。俺〔二一〕先王有道，後輩賢才。周文王重賢用虎臣〔二二〕，把一個姜太公請下釣魚臺〔二三〕。他幾曾見忽地旗展〔二四〕、豁的門開、鼕的鼓響、璫的鑼篩？投至得這個千戰千贏〔二五〕尉遲恭，好險也萬生萬死唐元帥！我憂復作喜〔二六〕，他降福除灾〔二七〕。

(末云)〔二八〕軍師〔二九〕，着大勢雄兵弓弩上弦，刀劍出鞘〔三〇〕者。(懋功云)衆將，都與我刀劍出鞘，弓弩上弦，七重圍子擺的嚴整〔三一〕。

【油葫蘆】傳將令疾教門〔三二〕佈擺，休覷的如小哉，則他這七重圍子兩邊排。(懋功云)元帥，量敬德一人，兵器袍鎧〔三三〕鞍馬俱無，怕做甚麼？(唱)〔三四〕雖然他那身邊不挂唐猊鎧〔三五〕，則他那腰間不繫獅蠻帶〔三六〕，跨下又無駿駹，手中又無器械，你覷他〔三七〕那岩前虎瘦雄心在。我見他急走出介休來〔三八〕。

（敬德云）元帥，量敬德有何德能也〔三九〕。

【天下樂】好將軍〔四〇〕，你便是〔四一〕鐵壁銀山也撞開！哎，你個英也波才，你休做猜〔四二〕，你服孝在身休降階〔四三〕。見〔四四〕將軍去了服，舉〔四五〕了哀，俺今日與將軍慶賀來。

（敬德云）〔四六〕元帥請坐。想敬德多有不是處，望元帥寬咱〔四七〕。

【那吒令】早是他人生的威風也那象台〔四八〕，那堪〔四九〕腹隱着兵書也那戰策，可知道名震着乾坤的世界〔五〇〕。這漢他〔五一〕有紀綱，知成〔五二〕敗，怎有他這般樣人材〔五三〕。

（懋功云）〔五四〕元帥，豈不聞晏平仲善與人交，久而敬之〔五五〕？

【鵲踏枝】説話處調〔五六〕書袋，施禮數傲吾儕。據〔五七〕着你斬虎英雄，不弱如那子路、澹臺〔五八〕。則怕俺弟兄每心〔五九〕不改，可不道有朋自遠方來？

（末云）〔六〇〕左右，將酒來，我遞將軍一杯者〔六一〕。將軍滿飲一杯！（末〔六二〕把酒科）（敬德云）元帥先請！量敬德有何德能〔六三〕，着元帥如此重待！則一件：想當初一日〔六四〕，敬德在赤瓜峪與三將軍相持〔六五〕，打了〔六六〕一鞭，今日敬德〔六七〕降了唐，則怕那三將軍記着〔六八〕一鞭之讎麽。（末云）將軍但放心，某如今奏知聖人，自有加官賜賞，誰敢記讎？請自寬心〔六九〕。（敬德云）韓信弃項歸劉，蕭何與薦〔七〇〕，挂印登壇，想敬德〔七一〕雖不及韓信之能，料元帥不弱沛公之量也。（末唱）〔七二〕

【後庭花】將軍〔七三〕，你是個輔皇朝梁棟材〔七四〕，佐國家將相胎〔七五〕。想當日劉沛公知文武〔七六〕，俺準備着韓元帥〔七七〕拜將臺。把筵宴快〔七八〕安排，俺將你做真心相待〔七九〕，則要你扶立起俺唐朝世界〔八〇〕，仗英雄顯手策，仗英雄顯手策〔八一〕。

【青哥兒】呀，據着你英雄英雄慷慨，堪定那社稷社稷興衰。憑着你文武雙全將相才，則要你掃蕩塵埃〔八二〕，平定沙塞〔八三〕，肅清邊界〔八四〕。將勇兵强〔八五〕，那其間挂印懸牌，日轉千階〔八六〕；唐元帥捧轂推輪重賢才，那其間敢把你個將軍來待〔八七〕。

（懋功云）元帥，如今屯兵〔八八〕在此，差人往京師奏知聖人，説尉遲恭降了唐也，聖人必有加官賜賞來也〔八九〕。（末云）軍師，你與三將軍在此看守〔九〇〕營寨，某親自見聖人奏知，將敬德將軍牌印來〔九一〕。（懋功云）元帥，領十騎馬去〔九二〕，路上防護者〔九三〕。

【尾聲】〔九四〕則今日赴皇都離邊塞〔九五〕，此事從頭奏開〔九六〕，直至君王御案上拆〔九七〕，一件件稟奏的明白。據他那美人才〔九八〕，合教他挂印懸牌〔九九〕，權加爲行軍副元帥〔一〇〇〕。你與我整三軍器械，緊看着營寨，則我這手兒裏將的印牌來。（下）

（懋功云）元帥去了也。敬德將軍，喒往〔一〇一〕營中去來。（敬德云）軍師，想敬德降唐，無寸箭之功，元帥就與我取牌印〔一〇二〕去了，我必然捨這腔熱血與國家用力〔一〇三〕，方顯〔一〇四〕盡忠之心也。我仗義能施離舊主〔一〇五〕，赤心報國輔朝廷〔一〇六〕，憑着我點鋼鎗扶持唐社稷〔一〇七〕，水磨鞭保佐李乾坤〔一〇八〕。（下）

校注

〔一〕（敬德引卒上，云）　古名家本作「（敬德引卒子上）」。臧本作「（尉遲引卒子上，云）」。

〔二〕是也　臧本無。

〔三〕三日也　臧本上有「是第」二字。

〔四〕便放　臧本作「大」。

〔五〕這早晚敢待來也　臧本無。

〔六〕若　臧本作「待唐兵」。

〔七〕報伏某　臧本「伏」作「復」，「某」下有一「家」字。

〔八〕（卒云）　古名家本作「（卒）」。臧本作「（卒子云）」。

〔九〕（末同懋功上，云）　古名家本作「（末同茂公上）」。臧本作「（正末同徐茂公上，云）」。

〔一〇〕今日第三日也　臧本「也」作「了」，下有「尉遲敬德敢待來也」一句。

〔一一〕（懋功云）　古名家本作「（茂）」。臧本作「（徐茂公云）」。後同，不另出校。

〔一二〕賀萬千之喜　古名家本同。吴曉鈴本校勘記誤謂「徐本（按，即古名家本，後同）無『賀』字」。臧本作「賀喜」。

〔一三〕今日又收伏了這員虎將　「又」原作「有」，有校筆改作「又」。從。古名家本作「今日又收伏這員虎將」。臧本作「今日却收伏一員虎將也」。吴國欽本、王季思本「伏」改作「服」。

〔一四〕（末云）　古名家本作「（末）」。臧本作「（正末云）」。後同，不另出校。

〔一五〕（末唱）　原本上有科介二字，有校筆塗去，又在其下校補「末唱」。從。古名家本無。臧本作「（唱）」。

〔一六〕【仙吕點絳唇】　原本下有「唱」，今删。

〔一七〕囚　有校筆改作「困」。

〔一八〕請　臧本下有一「的」字。

〔一九〕如弟兄相待　臧本作「似兄弟相看待」。

〔二〇〕觀營寨　臧本作「窺關隘」。吴國欽本「據《古名家雜劇》本與脈望館本改」。

〔二一〕俺　臧本下有「想着」二字。

〔二二〕周文王重賢用虎臣　古名家本「重」作「用」，「用」作「重」。臧本作「若不是周西伯能求飛虎將」。

〔二三〕把一個姜太公請下釣魚臺　古名家本「釣魚」誤作「鈎漁」。臧本上有一「誰」字。

〔二四〕他幾曾見忽地旗展　「見」原作「般」，古名家本同誤，今據臧本改。吴曉鈴本「地」誤作「的」。臧本作「他可也幾曾見忽的旗展」。

〔二五〕贏　臧本同。中華書局本、北京大學本、吴國欽本、王學奇本、王季思本改作「贏」。按，贏，通「贏」。參見《金線池》第三折校注〔四九〕。後同，不另出校。

〔二六〕我憂復作喜　古名家本「復」作「變」。臧本作「到今日回憂作喜」。

〔二七〕他降福除灾　有校筆改「福」作「伏」。臧本無「他」。

〔二八〕（末云）　古名家本無。臧本作「（云）」。

〔二九〕軍師　臧本下有「傳下軍令」一句。

〔三〇〕弓弩上弦，刀劍出鞘　臧本作「擺的嚴整」。

〔三一〕七重圍子擺的嚴整　古名家本下有「（末）」。臧本上有一「把」字，下有「（正末唱）」。

〔三二〕門　古名家本、臧本作「軍」。門，借作「都」。李文蔚《蔣神靈應》二折謝安白：「河臨海岸淺，山勢有高低，各尋智中智，門搜機内機。」

〔三三〕鎧　原誤作「豈」，有校筆改作「鎧」。從。吴曉鈴本亦從改。

〔三四〕（唱）　古名家本作「（末）」。臧本作「（正末唱）」。

〔三五〕唐猊鎧　臧本「唐」作「搪」。吴國欽本改作「狭」。按，唐猊鎧，鎧甲。唐猊，亦作「唐夷」、「搪猊」，傳説中的猛獸，皮堅厚，可製甲。闕名氏《飛刀對箭》三折高麗將白：「俺摩利支，戴一頂描星辰晃日月籠海獸玲瓏三叉東瓢紫金冠，披一副遮的刀迎的箭黄金打柳葉砌成的龜背唐猊鎧。」

〔三六〕則他那腰間不繫獅蠻帶　臧本無「則他那」。獅蠻帶，蒙古語，回回人用的腰帶。獅蠻，「闥獅蠻」（亦作「答失蠻」、「達失蠻」、「達識蠻」、「大石馬」、「忒四蠻」）之省，伊斯蘭教教士。元刊本紀君祥《趙氏孤兒》三折【七弟兄】：「獅蠻帶上提起錦征袍，把龍泉扯離沙魚鞘。」

〔三七〕他　臧本無。

〔三八〕我見他急走出介休來　臧本作「休想他便肯納降牌」。

〔三九〕（敬德云）元帥，量敬德有何德能也　古名家本作「（敬）元帥，量敬德有何德能也。（末）」。臧本作「（卒子報科，云）報元帥得知：尉遲敬德來降了也。（尉遲做綁縛跪科，云）量尉遲恭只是一個粗魯之夫，在美良川多有唐突，乞元帥勿罪。（正末云）將軍既已歸降，便當親解其縛。（徐茂公做解科）（正末唱）」。

〔四〇〕好將軍　臧本無。

〔四一〕你便是　「是」字原壞闕，據古名家本補。臧本作「縱便有」。

〔四二〕你休做猜　有校筆改「做」作「左」。古名家本「做」作「佐」。臧本無「你」，「做」作「浪」。做猜，猜疑。《詞林摘艷》卷一王伯成小令【仙吕】春從天上來「閨怨」：「爲想佳期不敢傍妝臺，又恐怕爹娘做猜。」

〔四三〕你服孝在身休降階　臧本作「你既肯面縛歸降，我也須降階接待」。

〔四四〕見　臧本作「請」。

〔四五〕舉　臧本作「罷」。

〔四六〕（敬德云）　古名家本作「（敬）」。臧本作「（尉遲云）」。後同，不另出校。

〔四七〕想敬德多有不是處，望元帥寬咱　古名家本下有「（末）」，「望」上有一「萬」字，「寬」下有一「恕」字。臧本作「受尉遲恭幾拜。（做拜科）（正末云）將軍請起。（尉遲云）量尉遲恭有何德能，蒙元帥這般寬恕，敢不終身願隨鞭鐙。（正末唱）」。

〔四八〕早是他人生的威風也那象台　有校筆改「台」作「胎」。按，台，「胎」的省寫。象台，即像態，樣子。參見《裴度還帶》頭折校注〔三七〕。臧本「早是他」作「看尉遲」，「象台」作「氣概」。

〔四九〕那堪　「那」字原無，有校筆補。從。古名家本亦作「堪」。臧本無。那堪，兼之。參看《詩詞曲語辭匯釋》卷二「那堪」。

〔五〇〕可知道名震着乾坤的世界　「震」原作「鎮」，據臧本改。臧本「的」作「也那」。的，襯字，無義。脈望館鈔本高文秀《黑旋風》三折【歸塞北】：「俺哥哥三朝的五日，可便忍餓耽饑，五六日不曾嘗着水米。」

〔五一〕這漢他　臧本作「俺這裏雖然是」。

〔五二〕成　臧本作「興」。

〔五三〕怎有他這般樣人材　臧本作「那裏討尉遲這般樣一個身材」。臧本作「（尉遲云）」。

〔五四〕（懋功云）　疑應作「（敬德云）」。古名家本作「（茂）」。臧本作「（尉遲云）」。

〔五五〕豈不聞晏平仲善與人交，久而敬之　古名家本下有「（末）」。臧本下有「（正末唱）」。《論語·公冶長》：「子曰：『晏平仲善與人交，久而敬之。』」朱熹集注：「晏平仲，齊大夫，名嬰。程子曰：『人交久則敬衰，久而能敬，所以爲善。』」

〔五六〕調　臧本同。吴國欽本、王季思本改作「掉」。按，調，用同「掉」。參見《玉鏡臺》第二折校注〔七七〕。

〔五七〕據　原作「處」，有校筆改作「據」。從。吴曉鈴本亦從改。古名家本、臧本即作「據」。

〔五八〕子路、澹臺　孔子弟子。仲由，字子路，魯國卞人。爲人好勇，孔子稱他「好勇過我」（《論語·公冶長》）。澹臺滅明，字子羽，魯國武城人。《論語·雍也》：「有澹臺滅明者，行不由徑，非公事，未嘗至於偃之室也。」朱熹集注：「徑，路之小而捷者。公事，如飲射讀法之類。不由徑，則動必以正，而無見小欲速之意可知。非公事不見邑宰，則其有以自守，而無枉己徇人之私可見矣。」

〔五九〕心　原本下有一「着」字，有校筆改「着」作「腹」，今據臧本删。

〔六〇〕（末云） 古名家本無。臧本作「（云）」。

〔六一〕我遞將軍一杯者 古名家本、臧本作「我與將軍遞一杯咱」。

〔六二〕末 古名家本、臧本無。

〔六三〕敬德有何德能 臧本作「尉遲恭無過是個武夫」。

〔六四〕當初一日 古名家本「初」作「此」。臧本作「當日」。

〔六五〕敬德在赤瓜峪與三將軍相持 臧本無「敬德」。原本有校筆改「瓜」作「爪」。非。古名家本亦作「爪」。古名家本、臧本「三將軍」下有「元吉」二字。

〔六六〕打了 古名家本、臧本下有「他」字。

〔六七〕敬德 臧本作「尉遲恭」。

〔六八〕那三將軍記着 古名家本、臧本無「那」，「着」作「那」。

〔六九〕請自寬心 臧本無，下多【寄生草】曲「（唱）【寄生草】你道是赤瓜峪與咱家曾會垓，馬蹄兒撞破連環寨，鞭稍兒早抹着天靈蓋；也則爲主人各占邊疆界，這的是桀之犬吠了帝堯來，便三將軍怎好把你尉遲怪」。吴曉鈴本校勘記謂，古名家本「下多【寄生草】曲」。按，古名家本同鈔本，吴校誤。盧冀野本「會」字下點斷，「垓」字屬下句。按，會垓，會戰。臧本闕名氏《小尉遲》二折【迎仙客】：「他曾上甚惡戰場？他曾經甚大會垓？」中華書局本、北京大學本、吴國欽本、王學奇本、王季思本「稍」改作「梢」。按，稍，通「梢」。參見《哭存孝》第四折校注〔五六〕。

〔七〇〕與薦　古名家本、臧本「與」作「舉」。與薦，即舉薦。與，通「舉」。《史記·吕后本紀》：「蒼天舉直。」集解引徐廣曰：「舉一作與。」《漢書·趙幽王傳》「舉」作「與」。

〔七一〕敬德　臧本作「尉遲恭」。

〔七二〕（末唱）　古名家本作「（末）」。臧本作「（正末唱）」。

〔七三〕將軍　臧本無。

〔七四〕輔皇朝梁棟材　臧本作「領貔貅天下材」。

〔七五〕佐國家將相胎　臧本作「畫麒麟閣上客」。

〔七六〕劉沛公知文武　臧本「劉沛公」作「漢高祖」，「文武」作「人傑」。

〔七七〕元帥　臧本作「淮陰」。

〔七八〕快　原誤作「快」，從吴曉鈴本改。

〔七九〕俺將你做真心相待　古名家本、臧本無「做」。臧本「心」下有一「兒」字，「相」作「酬」。

〔八〇〕扶立起俺唐朝世界　臧本無。

〔八一〕仗英雄顯手策，仗英雄顯手策　臧本二「仗英雄」均作「立唐朝」。

〔八二〕塵埃　臧本作「雲霾」。

〔八三〕平定沙塞　臧本無。沙塞，邊塞。《後漢書·南匈奴傳論》：「世祖以用事諸華，未遑沙塞之外，忍愧思難，徒報謝而已。」

〔八四〕肅清邊界　古名家本「清」作「靖」。臧本作「肅靖塵埃」。

〔八五〕强　古名家本、臧本作「乖」。

〔八六〕日轉千階　「千」原誤作「遷」，今改。古名家本「遷（千）」作「僊」。北京大學本校勘記、吴國欽本校記謂鈔本及古名家本「遷」「僊」作「千」。按，二本誤校。臧本作「便將你一日轉千階」。參見《蝴蝶夢》第四折校注〔九四〕。

〔八七〕唐元帥捧轂推輪重賢才，那其間敢把你個將軍來待　臧本作「非優待」。

〔八八〕如今屯兵　古名家本作「如今俺且屯軍」。臧本作「俺如今屯軍」。

〔八九〕來也　臧本作「哩」。

〔九〇〕守　原誤作「手」，有校筆改作「守」。從。吴曉鈴本亦從改。古名家本、臧本即作「守」。

〔九一〕將敬德將軍牌印來　古名家本、臧本上有一「就」字，「就將」下有一「的」字。臧本「來」下有一「也」字。牌印，令牌和印綬。《資治通鑑·唐僖宗中和四年》：「將佐已下從行者三百餘人，并牌印皆没不返。」胡三省注：「古者授官賜印綬，常佩之於身，至解官則解綬。至唐始置職印，任其職者，傳而用之。其印盛之以匣，當官者寘之卧内，别爲一牌，使吏掌之，以謹出入。印出而牌入，牌出則印入，故謂之牌印。」

〔九二〕元帥，領十騎馬去　臧本上有「這等」，「十騎馬」作「二十騎人馬」。

〔九三〕路上防護者　古名家本下有「（末）」。臧本下有「（正末唱）」。

〔九四〕【尾聲】　臧本作「【賺煞】」。

〔九五〕塞　古名家本作「寨」。

〔九六〕此事從頭奏開　臧本作「把從前冤讎事解」。

〔九七〕拆　原作「折」，今據古名家本、臧本改。吴曉鈴本校勘記云：「拆——徐本、臧本并作『拆』字，是。」

〔九八〕據他那美人才　臧本作「便道不應該」。

〔九九〕合教他挂印懸牌　古名家本「教」作「交」。臧本作「未有甚汗馬差排」。

〔一〇〇〕權加爲行軍副元帥　「軍」字原無，有校筆補。從。吴曉鈴本亦從補。臧本作「且權做行軍副元帥」，下有「（云）軍師，（唱）」。行，兼代官職。《後漢書・陳俊傳》：「於是拜俊太山太守，行大將軍事。」

〔一〇一〕喒往　臧本作「喒與你」。北京大學本、吴國欽本、王學奇本、王季思本「喒」改作「咱」。按，喒，我。參見《哭存孝》頭折校注〔二五〕。

〔一〇二〕就與我取牌印　吴曉鈴本「牌印」倒作「印牌」。古名家本、臧本作「去取某印牌」。

〔一〇三〕捨這腔熱血與國家用力　古名家本、臧本「腔」上有一「一」字。臧本「用」作「出」。

〔一〇四〕顯　臧本下有一「某」字。

〔一〇五〕我仗義能施離舊主　臧本上有「（詩云）」，「仗義能施」作「背暗投明」。能施，善於行事。

〔一〇六〕赤心報國輔朝廷　「廷」原作「庭」，有校筆改作「廷」。從。臧本作「披肝瀝膽佐新君」。

〔一〇七〕點鋼鎗扶持唐社稷　「社」原作「杜」，有校筆改作「社」。從。吴曉鈴本亦從改。臧本「點鋼鎗」作「烏錐馬」。按，「錐」，當作「騅」。點鋼鎗，一種形似長矛的兵器，頂端金屬頭用精鋼製成。朱凱《黄鶴樓》頭折【金盞兒】：「倚仗着當三軍不剌剌烏騅騎，敵萬夫光燦燦丈八點鋼槍。」

〔一〇八〕保佐李乾坤　臧本「保佐」作「打就」。王季思本校記「乾坤」誤作「江山」。

第二折

（净扮元吉段志賢同上）〔一〕（元吉云）〔二〕朝爲田舍郎，暮登天子堂〔三〕。出的朝陽門，便是大黄莊。某〔四〕不是别人，三將軍元吉是也〔五〕。這個將軍是段志賢。我哥哥唐元帥領兵收捕劉武周，與敬德〔六〕交戰，被我將尉遲恭〔七〕引至介休城，將兵〔八〕圍住。我則想殺了這匹夫，不想俺哥哥收留了他。如今唐元帥〔九〕親自去京師奏知聖人，把〔一〇〕他加官賜賞。兄弟，你不〔一一〕知我恨他。（段云）〔一二〕三將軍，你爲何恨他？（元吉云）〔一三〕想當此一日〔一四〕，在赤瓜〔一五〕峪，我與敬德〔一六〕交戰時，他曾打〔一七〕我一鞭，打的我吐血〔一八〕。他如今可降了唐，這讎恨〔一九〕幾時得報？（段云）三將軍要報這一鞭之讎也容易。（元吉云）你有甚計策〔二〇〕？（段云）如今唐元帥往京師去了，你守着營寨，你喚尉遲恭來，尋他些風流罪過〔二一〕，則説他有二心，將他下在牢中，暗〔二二〕算了他性命。等唐元帥回來時，則説他有二心〔二三〕，領着本部人馬要回他那山後去〔二四〕，被我趕上拿回來了〔二五〕，下在牢中。那廝氣大的〔二六〕，就氣殺了也〔二七〕。這般説〔二八〕可不好那？（元吉云）此計大妙〔二九〕！左右那裏？喚〔三〇〕尉遲恭來者！（卒云）〔三一〕尉遲恭何〔三二〕在？（敬德云）〔三三〕某尉遲恭是也〔三四〕。自從降了唐，有三將軍〔三五〕呼喚，不知有〔三六〕甚事，須索走一遭〔三七〕。（卒云）〔三八〕敬德來了也。（元吉云）着他過來。（敬德見科，云）〔三九〕喏〔四〇〕，三將軍呼喚敬德，不知有甚事〔四一〕？（元吉云）你剗地不知罪哩〔四二〕！你昨日夜晚間和你那本部〔四三〕人馬商量，要還你那山後去〔四四〕，是麽？（敬德云）住、住、住〔四五〕，三將軍，想敬德初降唐，無寸箭之功，唐元帥如此重待，又去京師奏知〔四六〕聖人，取我牌印去了，某〔四七〕豈有此心也！（元吉云）這廝强嘴哩〔四八〕，左右，把這匹夫下在牢中去！（卒〔四九〕拿科）（敬德云）罷、罷、罷，我尉遲恭當初本不降唐〔五〇〕，都是唐元帥徐懋功説着我降了〔五一〕唐，今日將我下牢〔五二〕。這元吉當初在赤瓜峪，我曾打〔五三〕他一鞭，他記舊日之仇，陷害我性命，天也，交誰人來救我也〔五四〕！（卒拿敬德下）〔五五〕（段云）三將軍，此計何如？（元吉云）老段，好計！我如今分付着〔五六〕看守的人，則要死的，不要活的。若〔五七〕死了尉遲恭，則〔五八〕我老三好漢。憑着我這一片好心，天也與我個條糖兒〔五九〕吃。（下）

（雄信上〔六〇〕，云）三十男兒鬢未班，好將英勇鎮江山。馬前自有封侯劍，何用區區筆硯間〔六一〕。某單雄信是也。幼習韜略之書，長而好武，無有不能〔六二〕，無有不會。使一條狼牙棗搠〔六三〕，有萬夫不當之勇。輔佐主公洛陽王世充〔六四〕。今有唐元帥無禮，領兵前來〔六五〕偷觀俺洛陽城，更待干〔六六〕罷！奏知俺〔六七〕主公，統領十萬雄兵〔六八〕，擒拿唐元帥走一遭〔六九〕。大小三軍，聽吾號〔七〇〕令！他逞大膽心懷奸詐〔七一〕，入洛陽全然不怕；若趕上唐室〔七二〕元戎，我和他決無干罷〔七三〕。（下）

（末上，云）〔七四〕某唐元帥是也〔七五〕。自從收捕了尉遲恭，某自往京師奏知聖人去。來到這路途〔七六〕中，後面塵土起處，兀的有人〔七七〕趕將來也。（懋功慌上，云）〔七八〕某徐懋功是也〔七九〕。自從元帥〔八〇〕去了，不想元吉思〔八一〕舊日之仇，如今把敬德下在牢中。我須親趕唐元帥回來，救敬德之難。兀那前面不是元帥？元帥，且住者，有説的話〔八二〕。（末云）〔八三〕軍師，你爲何趕將來？（懋功云）〔八四〕自從元帥來〔八五〕了，不想三將軍記舊日之仇，如今把尉遲恭下在牢中也〔八六〕，誣言敬德〔八七〕有二心，生歹意〔八八〕。敬德有些好歹〔八九〕，顯的俺言而無信也〔九〇〕。小官一徑趕來，趕的元帥回去〔九一〕，救敬德之難也。（末云）我觀敬德〔九二〕，并無〔九三〕此心也呵！（末唱）〔九四〕

【正宮端正好】是他新，喒頭〔九五〕舊，親不擇骨肉，賞不避仇讎〔九六〕。你道那尉遲恭又往他那沙陀走〔九七〕，喒可也慢慢的相窮究。

【滚綉毬】他無忘恩背義心〔九八〕，有拿雲握霧手〔九九〕，豈在尋常之右〔一〇〇〕。論英雄堪可封侯。憑着他言行誠〔一〇一〕武藝熟，上陣處不辭生受〔一〇二〕，我可便幾遭兒撫順情由〔一〇三〕。據着他忠肝義膽〔一〇四〕真良將，則爲俺定計鋪謀出介休〔一〇五〕，喒可也納諫如流〔一〇六〕。

（懋功云）你且休往京師去〔一〇七〕，回營中〔一〇八〕救敬德去來。（末云）喒且回營救敬德去來〔一〇九〕。（下）

（二净上）（元吉云）〔一一〇〕事有足濯，物有故然〔一一一〕。自從把敬德下在牢中〔一一二〕，我則要暗〔一一三〕算了他性命，則被這徐懋功左來右去打攪〔一二四〕。（段云）三將軍，你不知，如今軍師見〔一二五〕敬德下在牢裏，親自趕唐元帥去了。（元吉云）不妨事，便是〔一二六〕唐元帥回來問我時，我自有説話〔一二七〕。（末同懋功上，云）〔一二八〕可早來到營門首也。接了馬者〔一二九〕。（懋功云）報伏〔一三〇〕去，你説唐元帥同軍師下馬〔一三一〕也。（卒云）喏〔一三二〕！（報科）〔一三三〕（净段云）〔一三四〕如何？我説軍師趕唐〔一三五〕元帥去了也。（元吉云）不妨事，我接待去。（做見科）〔一三六〕呀，哥哥來了也，有請〔一三七〕！（末坐，云）〔一三八〕三將軍，敬德安在？（元吉云）哥哥，你説敬德那厮，他是個忘恩背義的人，想俺怎生看待他來，剛〔一三九〕你去了，他領着他〔一三〇〕本部人馬，夜晚間〔一三一〕私奔，要〔一三二〕還他那山後去。早是我知道的疾，我慌〔一三三〕領着些人馬，趕到數里程途趕上〔一三四〕，着我拿〔一三五〕回來。我待殺壞了，争奈〔一三六〕元帥你可不在，被我〔一三七〕下在牢中，則等元帥回來，把這厮殺了罷！若不殺了他，久已後也是後患〔一三八〕。（末云）住、住、住〔一三九〕，兄弟〔一四〇〕，我觀敬德敢無此心也〔一四一〕。（元吉云）哥也，知人知面不知心。你道無二心呵，他怎生背了劉武周投降了俺來？這等〔一四二〕到底不是個好的，不殺了他要〔一四三〕何用？（末云）兄弟，投至俺得這敬德呵，也非同容易也〔一四四〕，怎做得個閉塞賢路也〔一四五〕！（元吉云）元帥，想昔日〔一四六〕劉沛公手下英布、彭越、韓信，立起十大功勞〔一四七〕，後來蕭何定計，誅了英布，醢了彭越，殺〔一四八〕了韓信；這〔一四九〕三個將軍有甚麽罪過，尚然殺壞了，量這敬德打甚麽緊〔一五〇〕，趁早將他哈喇兒〔一五一〕了，還是〔一五二〕便宜。你若了了他〔一五三〕，哥也，我買條兒糖謝你。（末云）你只知其一〔一五四〕，不知其二。（唱）〔一五五〕

【倘秀才】一個彭越呵他也曾與英布出口，一個韓信呵他曾調陳豨執手，一個英布呵他使一勇性强占了九州〔一五六〕。可不道千軍易〔一五七〕得，一將難〔一五八〕求，怎做的蕭何智謀〔一五九〕？

（懋功云）元帥，如今〔一六〇〕喚出敬德來，元帥自問其詳細〔一六一〕。（末云）也説的是〔一六二〕。小校，喚將敬德來。（元吉云）拿將敬德來！（敬德帶枷鎖上，云）〔一六三〕事要前思，免勞後悔。想當此一日〔一六四〕降唐之後，元帥〔一六五〕往京師去了，不想三將軍元吉他記我打了他一鞭之恨〔一六六〕，將我下在牢中。不期唐元帥下馬也〔一六七〕，我〔一六八〕見元帥去。（見科）（敬德云）唐〔一六九〕元帥，可不道納士招賢也〔一七〇〕！（末云）三將軍，敬德有何罪，將他下在牢中？（元吉云）元帥，你不知，自你去之〔一七一〕後，他有二心，領着他那本部人馬，要往山後〔一七二〕去，早是我趕回來。想敬德我有何虧負着他來！（敬德云）元帥，三將軍記着〔一七三〕那一鞭之讎，敬德并無此心〔一七四〕。（末云）既〔一七五〕這般，我親釋其縛。我欲待往京師奏知〔一七六〕聖人，取將軍牌印來，誰想將軍要回去。可不道心去意難留，留下結冤讎？（敬德云）敬德〔一七七〕并無此心。（末云）軍士〔一七八〕，安排酒果來。（元吉云）到好了他了〔一七九〕！他有二心，要回山後去，這背義忘恩的〔一八〇〕，又饒了他，不殺壞〔一八一〕，又與他〔一八二〕餞行，那裏有這等道理！（末唱）〔一八三〕

【脱布衫】斷知重不敢再擡頭〔一八四〕，再〔一八五〕相逢爭忍凝眸。君子人不念舊惡，小人兒自來悔後〔一八六〕。

（末云）〔一八七〕將酒過來〔一八八〕，與敬德遞一杯送路〔一八九〕。（把酒科）〔一九〇〕

【小梁州】我這裏執盞擎臺〔一九一〕捧玉甌，將軍你莫記冤讎。（末云）〔一九二〕將一餅金來〔一九三〕。（懋功云）小校，將一餅金來。元帥，金在此〔一九四〕。（敬德云）元帥，要這金何用〔一九五〕？（末云）敬德〔一九六〕將軍，（唱）〔一九七〕

這金權爲路費酒消愁。指望待常相守，誰承望心去意難留。

(敬德云)我敬德并無此心〔一九八〕，元帥，你〔一九九〕既然疑我，男子漢兒〔二〇〇〕到今日，也罷，也罷，要我這性命做甚麼？我不如撞階基〔二〇一〕而死。(末扯住，云)〔二〇二〕住、住、住〔二〇三〕！敬德又説無此心，三將軍又〔二〇四〕那樣説。(對元吉〔二〇五〕云)兄弟，我如今〔二〇六〕也難做主張，叫你那同去趕那敬德的軍士們來，我試問他一番，待他説出真情來，便着敬德也自然〔二〇七〕心服。(元吉背云)這個却是苦了〔二〇八〕也！他那裏曾走？我那裏〔二〇九〕曾趕他？便走我也不敢趕他去〔二一〇〕。如今叫了〔二一一〕軍士們，説出實情〔二一二〕來，却是怎了？也罷，我有了。(對末云)〔二一三〕哥哥，你差了也。那時節我聽的那廝走了〔二一四〕，還等的軍士哩，我只騎了一匹馬，拿着個鞭子，不顧性命趕上那廝〔二一五〕。那廝〔二一六〕道：「你來怎麼〔二一七〕？」我道：「你受我哥哥這等大恩，你怎麼〔二一八〕逃走了？你下馬受死。」他惱將起來，咬着牙，拿起那水磨鞭，照着我就打來。哥哥，那時〔二一九〕若是别個，也着他送了五星三〔二二〇〕，誰想是你兄弟老三，我又没甚兵器，却被我側身躲過，只一拳，瑠的一聲，把他那鞭打在地下，他就忙了，叫「三爺饒〔二二一〕我罷」。我也不聽他説，被我把右手帶住他馬〔二二二〕，左手揪着他眼札毛〔二二三〕，順手牽羊一般拈了他〔二二四〕來了。(敬德云)那有此〔二二五〕事來？(末云)敬德也是〔二二六〕一員猛將，如何這等好拿？我且問軍師咱。(向懋功〔二二七〕云)軍師，你聽者，想〔二二八〕敬德真個走來？(懋功云)敬德也是個好漢；三將軍却不是説謊的〔二二九〕。(元吉云)我若是説謊就遭瘟〔二三〇〕。(懋功云)如今與元帥同到演武場，着敬德領人馬先走，三將軍〔二三一〕後面單人獨馬趕上去，拿的來便是三將軍是實〔二三二〕，拿不來便是敬德是實也〔二三三〕。(元吉背云)〔二三四〕老徐却也忒潑賴，這不是説話，這是殺人〔二三五〕哩！(末云)此説最好〔二三六〕。(元吉云)那時也只乘興而已，幸者不可屢僥〔二三七〕，哥哥要饒他便罷，不消來勒掯我。(敬德云)三將軍也不消恁的，我如今單人獨馬前行，你拿搠〔二三八〕來，你捉的住，我情願認罪，你刺的我〔二三九〕死，我情願死。(元吉笑云)〔二四〇〕如此不怕你〔二四一〕，我〔二四二〕便上演武場去。（入場介〔二四三〕）（敬德做先行）〔二四四〕（元吉做刺〔二四五〕，被奪搠〔二四六〕墜馬科）（元吉云）我馬眼叉〔二四七〕。（換馬，如前科）（元吉云）我手鷄爪風兒發了。（又趕，如前〔二四八〕）（元吉云）〔二四九〕俺肚裏疼〔二五〇〕，待吃鍾酒去着〔二五一〕。（末云）元來如此也〔二五二〕！敬德，則今日俺與你同去見聖人來〔二五三〕。（敬德云）這般呵，謝了元帥。（末唱）〔二五四〕

【幺篇】〔二五五〕我將此事便往君王行奏〔二五六〕。（敬德云）則是那〔二五七〕三將軍記那一鞭之仇。（唱）〔二五八〕把從前事一筆都勾〔二五九〕。（元吉云）我〔二六〇〕不和他一般見識。（唱）〔二六一〕將軍你便莫讎〔二六二〕。從今後〔二六三〕休辭生受，則要你分破帝王憂。

（卒慌上，報云）〔二六四〕喏，報元帥知道〔二六五〕：有王世充手下前部先鋒單雄信特來索戰〔二六六〕！（敬德云）住、住、住〔二六七〕，元帥放心〔二六八〕，敬德初降唐〔二六九〕，無寸箭之功，則説那單雄信好生英雄〔二七〇〕，某領〔二七一〕本部人馬與他交鋒去。（末云）不必將軍去，我正要看洛陽城哩〔二七二〕，如今領百十騎人馬同段志賢打探，就觀看他〔二七三〕洛陽城去。（敬德云）元帥，你休去，那單雄信好生英雄，則怕有失。（末云）不妨事〔二七四〕。（懋功云）既然如此〔二七五〕，元帥你要觀看〔二七六〕洛陽城，元帥先行，我與敬德將軍隨後接應元帥來〔二七七〕。（末云）軍師説的是。我與段志賢先行，軍師與敬德隨後來接應〔二七八〕。（敬德云）我就跟的元帥去〔二七九〕，可不好那〔二八〇〕？

【尾聲】〔二八一〕則這割鷄焉用牛刀手，小將那消大將收〔二八二〕。（懋功云）元帥，這一去鞭敲金鐙也〔二八三〕。（末唱）〔二八四〕軍師，你準備安排着他這般慶功的酒〔二八五〕。（下）

（段净云）〔二八六〕三將軍、軍師勿罪，我同元帥去也〔二八七〕。（懋功云）〔二八八〕將軍〔二八九〕，則要你小心在意者。（段云)〔二九〇〕軍師，準備着鞭敲金鐙響，人和凱歌回〔二九一〕。（下）〔二九二〕（懋云）〔二九三〕三將軍，你領兵合後，我與敬德先接應元帥去也〔二九四〕。（元吉云）軍師去〔二九五〕，我在後領兵可〔二九六〕來接應你。敬德，據理來〔二九七〕饒你不得，看俺哥哥面上，你且寄頭在項，此一去若有疏失呵，我不道的饒了你哩〔二九八〕！（懋功云）三將軍，敬德這一去不道有失〔二九九〕。（敬德云）三將軍放心〔三〇〇〕，别人不知，你須知那水磨鞭〔三〇一〕。某〔三〇二〕這一去，遇着那單雄信呵〔三〇三〕，你看我驅兵領將列刀鎗，捨死忘生立大唐〔三〇四〕；看我〔三〇五〕水磨鋼鞭一騎馬，我不殺無徒不還鄉〔三〇六〕！（下）〔三〇七〕（元吉云）我要殺了這匹夫來，不想唐元帥〔三〇八〕回來救了。也罷，我這一去，好歹要害了他性命〔三〇九〕。若殺了敬德呵，纔報了我〔三一〇〕一鞭之仇！則今日領着人馬接應元帥走一遭去〔三一一〕。（下）

校注

〔一〕（净扮元吉段志賢同上）　臧本作「（净扮元吉同丑扮段志賢、卒子上）」。

〔二〕（元吉云）　古名家本無「云」。臧本作「（詩云）」。

〔三〕天子堂　原作「張子房」，據臧本改。

〔四〕某　古名家本、臧本作「自家」。

〔五〕三將軍元吉是也　古名家本上有一「厶」字。

〔六〕敬德　臧本作「尉遲」。

〔七〕恭　臧本無。

〔八〕兵　古名家本、臧本上有一「軍」字。

〔九〕唐元帥　臧本作「俺哥哥」。

〔一〇〕把　臧本作「要與」。

〔一一〕不　臧本作「可」。

〔一二〕（段云）　古名家本作「（段）」。臧本作「（段志賢云）」。後同，不另出校。

〔一三〕（元吉云）　古名家本作「（元）」。後同，不另出校。

〔一四〕想當此一日　古名家本、臧本上有「兄弟也」。吴國欽本、王季思本「當」改作「前」。按，當此一日，當初。元劇習見，不煩校改。李文蔚《蔣神靈應》三折苻堅白：「當此一日不信苻融之言，果然今日將輸兵敗。」

〔一五〕瓜　有校筆改作「爪」。非。

〔一六〕敬德　臧本作「尉遲」。

〔一七〕打　古名家本、臧本下有一「了」字。

〔一八〕打的我吐血　臧本下有「數里」二字。吴國欽本據鈔本删。

〔一九〕這讎恨　古名家本、臧本上有一「我」字，「讎恨」作「冤仇」。

〔二〇〕你有甚計策　臧本上有「哥」。

〔二〕風流罪過　輕微的過失。《水滸傳》一二〇回：「朝廷既已生疑，必然來尋風流罪過。」

〔三〕暗　古名家本、臧本作「所」。

〔三〕有二心　臧本作「私下」。

〔四〕要回他那山後去　古名家本、臧本上有一「還」字。

〔五〕了　古名家本、臧本無。

〔六〕那厮氣大的　古名家本、臧本「氣」下有一「性」字。的，語氣助詞，猶着哩。李文蔚《圯橋進履》一折：「（正末云）師父，你既是神仙呵，怎生教大蟲打倒你也？（喬仙云）不妨事，我養的熟的。」養的熟的，養得熟着哩。

〔七〕就氣殺了也　臧本上有「這一氣」三字。

〔八〕這般説　臧本作「這個計較」。

〔九〕此計大妙　臧本下有「你那裏是我的哥，便是我親老子也設不出妙計來」二句。

〔三〇〕喚　古名家本、臧本下有一「將」字。

〔三一〕（卒云）　古名家本作「（卒）」。臧本作「（卒子云）」。後同，不另出校。

〔三二〕何　古名家本、臧本作「安」。

〔三三〕（敬德云）　古名家本作「（敬）」。臧本作「（尉遲云）」。後同，不另出校。

〔三四〕是也　臧本無。

〔三五〕三將軍　古名家本、臧本下有「元吉」二字。

〔三六〕有　臧本無。

〔三七〕須索走一遭　古名家本、臧本下有一「去」字。

〔三八〕（卒云）　古名家本作「（卒）」。臧本作「（卒子報科，云）」。

〔三九〕（敬德見科，云）　古名家本作「（敬見科）」。臧本作「（見科，尉遲云）」。

〔四〇〕喏　臧本無。

〔四一〕不知有甚事　古名家本作「有甚事」。臧本作「那厢使用」。古名家本下有「（元）敬德，你知罪麽？（敬）敬德不知罪」。臧本同古名家本，惟「（元）」作「（元吉云）」，「（敬）」作「（尉遲云）」。

〔四二〕你剗地不知罪哩　古名家本「哩」作「里」。臧本同鈔本。王季思本「剗」誤作「劃」。按，剗地，還。參看《詩詞曲語辭匯釋》卷四「剗地（二）」。

〔四三〕部　古名家本、臧本下有一「下」字。

〔四四〕要還你那山後去　古名家本作「還要去那山後去」。臧本作「還要回你那山後去」。

〔四五〕住、住、住　古名家本作「住、住」。臧本無。

〔四六〕知　古名家本無。

〔四七〕某　古名家本作「厶」。

〔四八〕哩　吴曉鈴本改作「里」。古名家本作「里」。

〔四九〕卒　臧本下有一「子」字。

〔五〇〕我尉遲恭當初本不降唐　臧本下有一「來」字。

〔五一〕了　臧本無。

〔五二〕下牢　古名家本、臧本作「下在牢中」。

〔五三〕打　古名家本、臧本下有一「了」字。

〔五四〕交誰人來救我也　古名家本、臧本「交」作「教」，無「來」。臧本「也」作「咱」。

〔五五〕（卒拿敬德下）　古名家本無「敬」字。臧本作「（下）」。

〔五六〕着　古名家本、臧本無。

〔五七〕若　古名家本、臧本下有一「是」字。

〔五八〕則　古名家本、臧本下有一「顯」字。

〔五九〕條糖兒　古名家本、臧本作「條兒糖」。

〔六〇〕雄信上　古名家本作「單雄信上」。臧本作「外扮單雄信上」。

〔六一〕三十男兒鬢未班，好將英勇鎮江山。馬前自有封侯劍，何用區區筆硯間　古名家本「鬢」誤作「班」。吴曉鈴本校勘記已指其誤。北京大學本校勘記、吴國欽本校記、王季思本校記「班」改作「斑」，北本并謂「古名家本誤作『班』」。按，班，通「斑」。參見《裴度還帶》頭折校注〔八〕。吴曉鈴本校勘記、吴國欽本校記謂古名家本「勇」作「雄」。按，二吴本誤校。臧本無此四句上場詩。

〔六二〕能　古名家本、臧本作「拈」。

〔六三〕搠　吴曉鈴本改作「槊」。按，搠，用同「槊」。《水滸傳》一一一回：「人人都帶雁翎刀，個個盡提鴉嘴搠。」後同，不另出校。古名家本、臧本作「槊」。

〔六四〕輔佐主公洛陽王世充　臧本作「在俺主公洛陽王世充麾下」。

〔六五〕領兵前來　「來」字原無，據古名家本、臧本補。臧本「領」上有一「要」字。

〔六六〕干　臧本作「乾」。

〔六七〕奏知俺　臧本作「是俺奏知」。

〔六八〕統領十萬雄兵　臧本上有「就着俺」三字。

〔六九〕擒拿唐元帥走一遭　古名家本、臧本下有一「去」字。

〔七〇〕號　古名家本、臧本作「將」。

〔七一〕他逞大膽心懷奸詐　臧本上有「（詩云）」。

〔七二〕室　古名家本、臧本作「將」。

〔七三〕決無干罷　「決」原作「泱」，有校筆改作「決」。從。吴曉鈴本亦從改。臧本「干」作「乾」。

〔七四〕（末上，云）　古名家本無「云」。臧本「末」作「正末」。

〔七五〕某唐元帥是也　古名家本「某」作「厶」。臧本無「是也」。

〔七六〕路途　吴曉鈴本「路」字奪。古名家本作「途路」。臧本無「路」字。

〔七七〕兀的有人　古名家本、臧本「的」下有一「不」字。臧本「人」下有一「馬」字。

〔七八〕（懋功慌上，云）　古名家本作「（茂公慌上）」。臧本作「（徐茂公慌上，云）」。

〔七九〕某徐懋功是也　古名家本作「厶徐茂公是也」。臧本作「某徐茂公」。

〔八〇〕元帥　古名家本、臧本上有一「唐」字。

〔八一〕思　臧本同。王季思本改作「記」。

〔八二〕有説的話　臧本上有一「我」字。

〔八三〕（末云）　古名家本作「（末）」。臧本作「（正末云）」。後同，不另出校。

〔八四〕（懋功云）　古名家本作「（茂）」。臧本作「（徐茂公云）」。後同，不另出校。

〔八五〕來　臧本同。中華書局本、王學奇本、王季思本誤作「去」。

〔八六〕如今把尉遲恭下在牢中也　臧本「尉遲恭」作「敬德」。古名家本、臧本無「也」。

〔八七〕誣言敬德　古名家本上有一「他」字。臧本「敬德」作「他」。

〔八八〕生歹意　臧本作「思量重回山後去」。

〔八九〕敬德有些好歹　臧本上有「若是」二字。

〔九〇〕顯的俺言而無信也　臧本「俺」下有一「等」字，「也」作「了」。

〔九一〕小官一徑趕來，趕的元帥回去　古名家本作「小官一徑的趕元帥回去」。臧本作「因此一徑的趕元帥回去」。

〔九二〕我觀敬德　古名家本、臧本上有「軍師」。

〔九三〕并無　臧本作「豈有」。

〔九四〕（末唱）　古名家本無。臧本作「（唱）」。

〔九五〕頭　有校筆改作「須」。臧本亦作「頭」。吴國欽本、王季思本改作「須」。按，頭，方面，這邊。

〔九六〕親不擇骨肉，賞不避仇讎　臧本作「没揣的結下冤讎」。

〔九七〕你道那尉遲恭又往他那沙沱走　臧本第一個「那」作「他」，無「他」。王季思本「沱」改作「陀」。

〔九八〕無忘恩背義心　臧本作「有投明弃暗的心」。

〔九九〕有拿雲握霧手　古名家本作「有握霧拿雲手」。臧本作「拿雲握霧的手」。

〔一〇一〕豈在尋常之右　臧本作「休猜做人中禽獸」。盧冀野本「獸」誤作「獻」。

〔一〇二〕言行誠　「誠」原作「成」，據古名家本改。臧本作「相貌搊」。吴國欽本「據《古名家雜劇》本」改。

〔一〇三〕不辭生受　臧本作「只顯的他家馳驟」。

〔一〇四〕我可便幾遭兒撫順情由　臧本「我可便」作「都是我」。古名家本、臧本「順」下有一「的」字。可便，就是。臧本武漢臣《老生兒》三折正末白：「則叫他做引孫可便了也，什麽『小劉大』？」

〔一〇五〕忠肝義膽　臧本作「全忠盡孝」。

〔一〇六〕則爲俺定計鋪謀出介休　臧本作「怎肯做背義忘恩那死囚」。

〔一〇七〕喒可也納諫如流　臧本作「乾費了百計千謀」。

〔一〇八〕你且休往京師去　古名家本、臧本上有「元帥」。

〔一〇九〕回營中　臧本上有一「疾」字。

〔一一〇〕喒且回營救敬德去來　古名家本、臧本「喒」作「咱」。臧本「且」作「便」，「來」作「也」。

〔一一一〕（二净上）（元吉云）　古名家本無「云」。臧本作「（元吉同段志賢上，詩云）」。

〔一一二〕事有足濯，物有故然　「足濯」原作「足躍」，有校筆改作「定數」，又眉批「事有足擢」。今改「躍」作「濯」。吴曉鈴本校勘記亦云：「『躍』應作『濯』。」古名家本即作「濯」。參見《哭存孝》

第二折校注〔九二〕。臧本作「我元吉天生有計謀，生拿敬德下牢囚；只待將他盆吊死，單怕他一拳打的我做春牛」。吴國欽本「春」改作「蠢」。誤。參見《救風塵》第二折校注〔三六〕。

〔一二〕把敬德下在牢中　臧本「敬德」作「尉遲」。古名家本、臧本「中」作「裏」。

〔一三〕暗　古名家本、臧本作「所」。

〔一四〕則被這徐懋功左來右去打攪　臧本作「又被這不知趣的徐茂公左來右去打攪，怎生是好」。

〔一五〕見　古名家本、臧本下有「你把」二字。

〔一六〕是　古名家本、臧本無。

〔一七〕説話　古名家本、臧本作「話説」。

〔一八〕（末同懋功上，云）　古名家本作「（末同茂公上）」。臧本作「（正末同徐茂公上，云）」。

〔一九〕接了馬者　臧本上有「左右」。

〔二〇〕伏　臧本作「復」。

〔二一〕下馬　到達。高文秀《襄陽會》四折正末白：「可早來到也。接了馬者。報復去，道有元戎下馬也。」

〔二二〕喏　古名家本、臧本下有「有唐元帥同軍師下馬也」一句。

〔二三〕（報科）　古名家本、臧本無。

〔二四〕（净段云）　古名家本作「（段）」。臧本作「（段志賢云）」。

〔二五〕唐　古名家本、臧本無。

〔二六〕（做見科）　古名家本作「（見科）」。臧本作「（見科，云）」。

〔二七〕有請　吴曉鈴本校勘記云：「徐本作『有請坐』三字。」按，古名家本同鈔本，吴校誤。臧本作「請坐」。

〔二八〕（末坐，云）　古名家本作「（末坐科）」。臧本作「（正末云）」。

〔二九〕剛　臧本作「剛剛」。

〔三〇〕他　臧本無。

〔三一〕夜晚間　古名家本下有一「他」字。臧本下有一「要」字。

〔三二〕要　古名家本、臧本無。

〔三三〕慌　臧本下有一「忙」字。

〔三四〕趕到數里程途趕上　臧本無「趕上」。盧冀野本「里」誤作「重」。

〔三五〕拿　臧本下有一「得」字。

〔三六〕奈　古名家本作「柰」。

〔三七〕被我　臧本作「且將他」。

〔一三八〕後患　臧本作「去的」。吴國欽本「據《古名家雜劇》本與脈望館本」改。

〔一三九〕住、住、住　臧本無。

〔一四〇〕兄弟　古名家本下有一「也」字。

〔一四一〕也　臧本無。

〔一四二〕這等　臧本下有一「人」字。

〔一四三〕他要　古名家本無「他」。臧本作「要他」。

〔一四四〕也非同容易也　有校筆删第一個「也」字。臧本二「也」字均無。

〔一四五〕怎做得個閉塞賢路也　古名家本無「怎」，「得」作「的」。臧本上有「你若殺了他」，「怎」作「可不」，「得」作「的」，「也」作「麽」。

〔一四六〕日　原無，據古名家本、臧本補。

〔一四七〕十大功勞　古名家本「大」作「件」。臧本「十」作「什」。王季思本「什」改作「十」。按，什，十。《文選》卷五十一賈誼《過秦論》：「嘗以什倍之地，百萬之衆，叩關而攻秦。」

〔一四八〕殺　古名家本、臧本作「斬」。

〔一四九〕這　古名家本作「道」。臧本作「你道」。

〔一五〇〕緊　古名家本、臧本上有一「不」字。

〔五一〕哈喇兒　臧本無「兒」。哈喇兒、哈喇，蒙古語，殺。闕名氏《射柳捶丸》三折阻孛白：「來者何人？趁早下馬受降，但道個不字，我都哈喇兒了。」李壽卿《伍員吹簫》一折費無忌白：「將伍員賺將來，拿住哈喇了，俺便是翦草除根，萌芽不發。」

〔五二〕還是　古名家本無「是」。臧本作「也還」。

〔五三〕你若了了他　「了了」原作「了之了」，有校筆改第一個「了」作「殺」，删「之」字。今改作「了了」。臧本作「你若早些結果了他」。盧冀野本、中華書局本「若」字奪。

〔五四〕你只知其一　古名家本、臧本上有「兄弟」，「只」作「則」。

〔五五〕（唱）　古名家本無。

〔五六〕一個彭越呵他也曾與英布出口，一個韓信呵他曾調陳豨執手，一個英布呵他使一勇性强占了九州　三「呵」字原均作「起」，有校筆旁注「×」號，眉批云：「三起字是呵字。」今從改。吴曉鈴本亦從改。古名家本「彭越」、「韓信」、「英布」下仍作「起」，第二個「曾」上有一「也」字。臧本「一個」上均有一「那」字，「彭越」、「韓信」、「英布」下均作「呵」，「與英布」作「和舍人」，第二個「曾」上有一「也」字。

彭越，字仲，昌邑人。初爲項羽部將，後歸劉邦，封梁王。後被殺滅族。《史記·魏豹彭越列傳》：「五年，項籍已死，春，立彭越爲梁王，都定陶。……十年秋，陳豨反代地，高帝自往擊。

至邯鄲，徵兵梁王。梁王稱病，使將將兵詣邯鄲。高帝怒，使人讓梁王。梁王恐，欲自往謝，其將扈輒曰：『王始不往，見讓而往，往則爲禽矣。不如遂發兵反。』梁王不聽，稱病。梁王怒其太僕，欲斬之。太僕亡走漢，告梁王與扈輒謀反。於是上使使掩梁王。梁王不覺。捕梁王，囚之雒陽。有司治，反形已具，請論如法。上赦以爲庶人，傳處蜀青衣。西至鄭，逢呂后從長安來，欲之雒陽，道見彭王。彭王爲呂后泣涕，自言無罪，願處故昌邑。呂后許諾，與俱東，至雒陽。呂后白上曰：『彭王壯士，今徙之蜀，此自遺患，不如遂誅之。妾謹與俱來。』於是呂后令其舍人告彭越復謀反。廷尉王恬關奏請族之，上乃可，遂夷越宗族，國除。」出口，「出口入耳」之省，指兩人私下相商。《後漢書・張玄傳》：「温前執其手曰：『子忠於我，我不能用，是吾罪也，子何爲當然！且出口入耳之言，誰今知之！』」調，挑撥。陳豨，曾屢隨劉邦平定叛亂，後遭疑，反，被殺。《史記・淮陰侯列傳》：「陳豨拜爲鉅鹿守，辭於淮陰侯。淮陰侯挈其手，辟左右，與之步於庭。仰天嘆曰：『子可與言乎？欲與子有言也。』豨曰：『唯將軍令之。』淮陰侯曰：『公所居，天下精兵處也，而公陛下之信幸臣也，人言公之畔，陛下必不信，再至，陛下乃疑矣，三至，必怒而自將。吾爲公從中起，天下可圖也。』陳豨素知其能也，信之，曰：『謹奉教。』漢十一年，陳豨果反。」英布，即黥布，六人。初歸項羽，封九江王，後叛楚歸漢，封淮南王。漢十一年反，兵敗被殺。一勇性，一時之勇。强占了九州，疑指英布據有六、九江等郡。《史記・

黥布列傳》：「四年七月，立布爲淮南王，與擊項籍。漢五年，布使人入九江，得數縣。六年……布遂剖符爲淮南王，都六，九江、廬江、衡山、豫章郡皆屬布。」

〔一五七〕易　古名家本、臧本上有一「容」字。

〔一五八〕難　古名家本、臧本上有一「最」字。

〔一五九〕怎做的蕭何智謀　古名家本「智謀」上有一「使」字。臧本作「怎學那蕭何的做手」。

〔一六〇〕如今　古名家本無。臧本作「你只」。

〔一六一〕元帥自問其詳細　臧本作「自問他詳細，便見真假」。

〔一六二〕也説的是　臧本上有一「這」字。

〔一六三〕（敬德帶枷鎖上，云）　古名家本作「（敬德帶枷上）」。臧本作「（尉遲帶杻上，云）」。王季思本「杻」改作「枷」。按，杻，械，刑具。《舊唐書·刑法志》：「繫囚之具，有枷、杻、鉗、鏁，皆有長短廣狹之制。」

〔一六四〕當此一日　臧本作「當日」。

〔一六五〕元帥　古名家本、臧本上有一「唐」字。

〔一六六〕恨　古名家本、臧本作「讎」。

〔一六七〕下馬也　臧本作「半路回來」。

〔一六八〕我　臧本下有一「今」字。

〔一六九〕唐　臧本無。

〔一七〇〕納士招賢也　臧本作「招賢納士哩」。

〔一七一〕之　臧本無。

〔一七二〕山後　臧本上有「本處」二字。

〔一七三〕着　古名家本、臧本無。

〔一七四〕心　原本無，有校筆補。從。吴曉鈴本亦從補。古名家本、臧本有此「心」字。

〔一七五〕既　古名家本、臧本下有一「然」字。

〔一七六〕知　古名家本無。

〔一七七〕敬德　臧本上有一「我」字。

〔一七八〕士　古名家本、臧本作「師」。

〔一七九〕到好了他了　臧本「到」作「倒」，無第二個「了」字。

〔一八〇〕這背義忘恩的　古名家本、臧本「這」下有一「等」字，無「的」。

〔一八一〕壞　原作「懷」，有校筆改作「壞」。從。吴曉鈴本亦從改。

〔一八二〕他　古名家本、臧本無。

〔一八三〕（末唱）　古名家本作「（末）」。臧本作「（正末唱）」。

〔一八四〕斷知重不敢再擡頭　臧本上有一「他」字。古名家本、臧本無「再」。

〔一八五〕再　原本無，有校筆補。從。吴曉鈴本亦從補。古名家本、臧本有此「再」字。臧本上有一「我」字。

〔一八六〕悔後　臧本同。盧冀野本「後」改作「恨」。誤。按，悔後，後悔。「後」字韵。

〔一八七〕（末云）　古名家本無。臧本作「（云）」。

〔一八八〕將酒過來　古名家本、臧本無「過」。臧本上有「左右」。

〔一八九〕與敬德遞一杯送路　古名家本、臧本上有一「我」字。臧本「路」作「行」。

〔一九〇〕（把酒科）　臧本作「（把酒科，云）將軍滿飲一杯。（唱）」。

〔一九一〕執盞擎臺　臧本作「親送轅門」。

〔一九二〕（末云）　古名家本無。臧本作「（云）」。

〔一九三〕將一餅金來　臧本上有「左右」。

〔一九四〕（懋功云）小校，將一餅金來。元帥，金在此　古名家本作「（茂）小校，將一餅金來。（卒）元帥，金在此」。臧本作「（卒子云）金在此」。

〔一九五〕何用　古名家本、臧本作「做甚麼」。

〔一九六〕敬德　臧本無。

〔一九七〕（唱）　古名家本無。

〔一九八〕并無此心　古名家本、臧本作「本無二心」。

〔一九九〕你　古名家本、臧本無。

〔二〇〇〕男子漢兒　古名家本、臧本無「兒」，下有一「既」字。

〔二〇一〕階基　「階」原作「街」，有校筆改作「堦」。是。臧本「街（階）基」作「階」。

〔二〇二〕（末扯住，云）　古名家本作「（末扯科）」。臧本作「（正末扯科，云）」。

〔二〇三〕住、住、住　臧本作「哎」。

〔二〇四〕又　古名家本、臧本下有一「是」字。

〔二〇五〕對元吉　古名家本作「向元」。臧本「對」作「向」。

〔二〇六〕我如今　古名家本、臧本作「如今我」。

〔二〇七〕自然　臧本作「肯」。

〔二〇八〕了　古名家本、臧本無。

〔二〇九〕裏　古名家本、臧本無。

〔二一〇〕便走我也不敢趕他去　古名家本、臧本上有一「他」字。古名家本「我」下有一「却」字。

〔二一〕了　臧本無。

〔二二〕情　古名家本、臧本作「話」。

〔二三〕（對末云）　古名家本作「（向末科）」。臧本作「（回云）」。

〔二四〕我聽的那厮走了　古名家本、臧本無「我」，「那」作「這」。

〔二五〕厮　古名家本、臧本作「敬德」。

〔二六〕那厮　古名家本、臧本作「他」。

〔二七〕麽　古名家本、臧本作「的」。

〔二八〕麽　古名家本、臧本無。

〔二九〕時　古名家本、臧本下有一「節」字。

〔三〇〕五星三　下原衍一「命」字，據古名家本、臧本删。北京大學本校勘記云：「『五星三』明鈔本作『五星三命』，此處（按，指臧本）疑脱一『命』字。」按，五星三命，推測人的氣數和命運的星命之説。吴自牧《夢粱録》卷十三「夜市」：「大街更有夜市賣卦：蔣星堂、玉蓮相、花字青、霄三命、玉壺五星、草窗五星、沈南天五星、簡堂石鼓、野菴五星、泰來心、鑑三命。」陸深《燕閒録》：「是時靳少卿貴字充道、徐侍讀穆字舜和，皆好推星，而翰林諸先生，每會悟間，皆喜談五星三命，故術士游京師者，多獲名利。」五星三，歇後語，命也。鈔本作「五星三命」，疑係傳鈔中「命」字旁注而誤入正文。

〔三一〕饒　臧本下有一「了」字。

〔三二〕被我把右手帶住他馬　古名家本、臧本「被」作「是」，無「他」。把，用。《全唐詩》卷六九二杜荀鶴《賀顧雲侍御府主與子弟奏官》：「戲把藍袍包果子，嬌將竹笏惱先生。」

〔三三〕眼札毛　臧本同。盧冀野本、中華書局本「札」改作「扎」，王季思本改作「睫」。按，不煩校改。參見《金線池》第三折校注〔六三〕。

〔三四〕拈了他　臧本作「牽他回」。

〔三五〕此　臧本作「這」。

〔三六〕也是　古名家本作「他是」。臧本作「他」。

〔三七〕懋功　古名家本作「茂」。臧本作「茂公」。

〔三八〕想　古名家本、臧本下有一「是」字。

〔三九〕却不是説謊的　古名家本、臧本作「平日却是個不説謊的」。

〔四〇〕我若是説謊就遭瘟　古名家本、臧本「是」作「不」。吴國欽本校記云：「若作『不』，則此句應作『背云』；若作『是』，則是元吉接過徐茂公話頭的賭誓話。」王學奇本據鈔本改「不」作「是」。古名家本「謊」誤作「慌」。

〔三一〕三將軍　古名家本、臧本上有一「着」字。

〔三二〕拿的來便是三將軍是實　古名家本第一個「是」字作「的」。疑誤。臧本「來」上有一「轉」字，「便」上有一「這」字，第一個「是」字作「見」。

〔三三〕便是敬德是實也　臧本第一個「是」字作「見」，無「也」。

〔三四〕（元吉背云）　古名家本作「（元背科）」。

〔三五〕殺人　臧本作「害人性命」。

〔三六〕好　臧本作「是」。

〔三七〕幸者不可屢僥　古名家本、臧本「幸」作「倖」。盧冀野本「僥」誤作「倖」。

〔三八〕搠　古名家本作「槊」。臧本同鈔本。盧冀野本、中華書局本、北京大學本、吴國欽本、王學奇本改作「槊」。王季思本改作「棚」。參見校注〔六三〕。

〔三九〕你刺的我　「刺」原作「剌」，從吴曉鈴本改。古名家本亦作「刺」。古名家本、臧本無「我」。

〔四〇〕（元吉笑云）　古名家本作「（元笑科）」。臧本作「（元吉笑科，云）」。

〔四一〕如此不怕你　臧本作「我老三不是誇口，我精神抖擻，機謀通透，平日曾怕那個」。

〔四二〕我　臧本下有「和你」二字。

〔四三〕介　古名家本、臧本無。

〔二四四〕（敬德做先行） 古名家本、臧本作「（敬德先行科）」。

〔二四五〕元吉做刺 「刺」原作「剌」，從吳曉鈴本改。古名家本亦作「刺」。古名家本、臧本無「做」。

〔二四六〕被奪搠 臧本作「搠被奪」。盧冀野本、中華書局本、北京大學本、吳國欽本、王學奇本「搠」改作「槊」，王季思本改作「棚」。參見校注〔六三〕。

〔二四七〕叉 有校筆改作「差」。按，叉，差，不好。闕名氏《射柳捶丸》四折：「（范仲淹云）延壽馬射中了柳也。葛監軍，你衆官可打毬門去。（葛監軍云）這個可也不打緊。頭裏不干我事，是我這馬眼叉把來走過去了。」

〔二四八〕如前 古名家本、臧本下有「科」。

〔二四九〕（元吉云） 古名家本無。

〔二五〇〕俺肚裏疼 原本下有一「上」字，有校筆改作「者」。今刪。古名家本、臧本「疼」上有一「叉」字。

〔二五一〕待吃鍾酒去着 古名家本「待」作「且上去」，臧本作「且回去」。着，與「者」同，表肯定語氣。脈望館息機子本鄭德輝《㑳梅香》一折白敏中白：「原來小姐向小生行如此留意！從今日起頭，那有心彈琴講書，只索每日晨參暮禮，將此香囊供養着。」

〔二五二〕元來如此也 臧本無「也」。吳國欽本、王季思本「元」改作「原」。按，元，原。參見《調風月》

第四折校注〔二五〕。吳本、王本後同，不另出校。

〔二五三〕俺與你同去見聖人來　古名家本、臧本無「去」，「來」上有一「去」字。

〔二五四〕（末唱）古名家本作「（末）」。臧本作「（正末唱）」。

〔二五五〕【幺篇】古名家本作「【幺】」。

〔二五六〕我將此事便往君王行奏　臧本作「我和你如今便往朝中奏」。

〔二五七〕那　古名家本、臧本無。

〔二五八〕（唱）古名家本作「（末）」。臧本作「（正末唱）」。

〔二五九〕把從前事一筆都勾　臧本「把」作「將」。古名家本「事」下有一「便」字。

〔二六〇〕我　臧本下有一「也」字。

〔二六一〕（唱）古名家本作「（末）」。臧本作「（正末唱）」。

〔二六二〕你便莫讎　古名家本、臧本無「便」。吳國欽本、王季思本「讎」改作「愁」。按，讎，怨恨。《三國志・魏書・田疇傳》：「今將軍方舉大事以求所欲，既滅無罪之君，又讎守義之臣，誠行此事，則燕趙之士將皆蹈東海而死耳，豈忍有從將軍者乎！」

〔二六三〕從今後　古名家本作「今從從」。按，「今從」疑「從今」之誤倒，第二個「從」字疑「後」（或「后」）之誤。吳曉鈴本校勘記亦云：「下一『從』字疑『後』字之誤。」

〔二六四〕（卒慌上，報云） 古名家本作「（卒子慌上報科）」。臧本作「（卒子慌上報科，云）」。

〔二六五〕報元帥知道 古名家本、臧本「報」下有一「的」字。臧本「知道」作「得知」。

〔二六六〕有王世充手下前部先鋒單雄信特來索戰 臧本下有「（尉遲云）元帥，那單雄信只消差三將軍去拿他，也不用多撥人馬，只一人一騎，包拿來了。（元吉云）何如？我道你也伏了我老三的手段。（正末云）是，就撥五千人馬，着兄弟做先鋒，與我擒拿單雄信去來。（唱）【上小樓】你道是精神抖擻，又道是機謀通透，雄信兵來索要相持，你合承頭；想着你單鞭的拿敬德這般誇口，又何況那區區洛陽草寇。（元吉云）適纔你兄弟說耍，當真就差我交鋒去？（做叫疼科，云）哎喲！一時間肚疼起來，待我去營中略睡一睡。（做出科，詩云）老三做事忒搊搜，差去爭鋒不自由；如今只學烏龜法，得縮頭時且縮頭。（下）」。吳國欽本、王季思本「伏」改作「服」。按，「伏」字可通，不煩校改。

〔二六七〕住、住、住 臧本無。

〔二六八〕放心 臧本無。

〔二六九〕敬德初降唐 古名家本、臧本上有一「想」字。臧本「敬德」作「尉遲恭」，「初」下有一「來」字。

〔二七〇〕則說那單雄信好生英雄 臧本無。

〔二七一〕某領 古名家本「某」作「厶」。臧本作「情願引領」。

〔二七二〕我正要看洛陽城哩　臧本「城」下有一「池」字，無「哩」。古名家本「哩」作「呢」。

〔二七三〕他　古名家本、臧本無。

〔二七四〕（敬德云）元帥，你休去，那單雄信好生英雄，則怕有失。（末云）不妨事　古名家本「去」作「幸」，「雄」作「勇」。吳曉鈴本校勘記引古名家本「休」下衍一「休」字，并云：「疑後一『休』字爲『僥』字之誤。」按，吳校誤。臧本作「（唱）【幺篇】我正待看洛城，窺戰守，因此上息却鉦鼙，偃却旗幡，減却戈矛。（尉遲云）元帥休小覷了單雄信。他人又强，馬又肥，使一條狼牙棗木槊，有萬夫不當之勇。若只是這等，恐怕有失。（正末云）不妨事。（唱）雖然他人又强，馬又肥，也拚的和他歹鬥，難道我李世民便落人機彀」。

〔二七五〕如此　古名家本、臧本作「這般」。

〔二七六〕覷看　古名家本、臧本下有一「他」字。

〔二七七〕隨後接應元帥來　古名家本、臧本「後」下有一「來」字。吳國欽本删此「來」字。

〔二七八〕軍師與敬德隨後來接應　臧本句末有一「者」字。

〔二七九〕去　臧本同。盧冀野本上衍一「先」字。

〔二八〇〕可不好那　古名家本下有「（末）」。臧本下有「（正末唱）」。

〔二八一〕【尾聲】　臧本作「【隨煞尾】」。

〔二六二〕小將那消大將收　古名家本、臧本「大將」作「大帥」。古名家本句下有「六十四處干戈一掃休，十八般征塵直交一鼓收」。吴曉鈴本校勘記「直」誤作「宜」。按，直，定。參見《救風塵》第二折校注〔四〇〕。臧本句下有「管教六十四處征塵一掃休，十八處改年號的出盡了醜」。

〔二六三〕這一去鞭敲金鐙也　臧本「去」下有「則願你」三字。鞭敲金鐙，得勝而回。俗語「鞭敲金鐙響，人和凱歌回」的縮略。參見《哭存孝》頭折校注〔一三〕。

〔二六四〕（末唱）　古名家本作「（末）」。臧本作「（正末唱）」。

〔二六五〕軍師，你準備安排着他這般慶功的酒　古名家本「般」作「個」。臧本作「那時節將軍容再脩，將凱歌齊奏，你可也早些兒準備安排着這個慶功的酒」。

〔二六六〕（段浄云）　古名家本作「（段）」。臧本作「（段志賢云）」，下有「雖然如此，還要與三將軍一別。三將軍安在？（元吉上，云）我適纔到營帳裏打的一個盹，這肚就不疼了。正待要去厮殺，我哥哥便等不得，自家去了。（段志賢云）」。

〔二六七〕去也　吴曉鈴本上衍一「先」字。古名家本、臧本上有一「先」字。

〔二六八〕（懋功云）　古名家本作「（茂）」。臧本作「（元吉云）」。

〔二六九〕將軍　臧本作「老段」。

〔二七〇〕（段云）　古名家本作「（段）」。臧本無。

〔二九一〕軍師，準備着鞭敲金鐙嚮，人和凱歌回　吴曉鈴本「嚮」作「响」，校勘記作「響」。按，嚮，通「響」。參見《單刀會》第三折校注〔一〇三〕。古名家本「嚮」作「响」。臧本無此賓白。

〔二九二〕（下）　原本無，據古名家本補。吴曉鈴本校勘記謂古名家本「人和凱歌回」「末有『下』字，是」。臧本作「（段志賢下）」。

〔二九三〕（懋云）　古名家本作「（茂）」。臧本作「（徐茂公云）」。

〔二九四〕也　臧本作「來」。

〔二九五〕去　古名家本、臧本作「先行」。

〔二九六〕可　臧本作「再」。

〔二九七〕來　古名家本作「光」。吴曉鈴本校勘記云：「疑係『來』字之誤。」

〔二九八〕哩　古名家本作「里」。

〔二九九〕（懋功云）三將軍，敬德這一去不道有失　古名家本「（懋功云）」作「（茂）」，句末有一「里」字。臧本無此賓白。

〔三〇〇〕放心　臧本無。

〔三〇一〕你須知那水磨鞭　有校筆改「你」作「我」，刪「須」字。「知」字原無，據古名家本、臧本補。臧本「須」作「可」。古名家本、臧本句末有一「來」字。

〔三〇二〕某　古名家本、臧本作「我」。

〔三〇三〕遇着那單雄信呵　臧本下有「只着他鞭稍一指，頭顱早粉碎也」。吳國欽本以「文意欠通」改「他」作「這」。按，他，這。參見《救風塵》第一折校注〔三三〕。王季思本「稍」改作「梢」。參見第一折校注〔六九〕。

〔三〇四〕你看我驅兵領將列刀鎗，捨死忘生立大唐　古名家本「刀」誤作「兵」。臧本作「（詩云）捨生容易立功難，誰似吾家力拔山」。

〔三〇五〕看我　臧本作「則這」。

〔三〇六〕我不殺無徒不還鄉　臧本無「我」，「不還鄉」作「誓不還」。

〔三〇七〕（下）　臧本作「（徐同下）」。

〔三〇八〕唐元帥　臧本作「俺哥哥」。

〔三〇九〕性命　古名家本、臧本無。

〔三一〇〕報了我　臧本「了」作「的」，「我」下有一「這」字。

〔三一一〕則今日領着人馬接應元帥走一遭去　臧本作「軍師着我做合後，我只是慢慢的去，等他救應不到，必有疏失，豈不是一計」。

第三折

（單雄信騸馬兒引卒上，云）〔一〕某〔二〕單雄信是也。聽知的唐元帥領着段志賢觀看〔三〕洛陽城，更待干〔四〕罷！某〔五〕領三千人馬趕去來。（下）

（段浄騸馬上，云）〔六〕某〔七〕段志賢。我與唐元帥觀看洛陽城〔八〕，不想單雄信領兵趕來〔九〕。兀的不是單雄信趕來也〔一〇〕！（雄信趕上，云）〔一一〕段志賢往那裏走，快下馬投降〔一二〕！（調陣科）（段云）〔一三〕我近不的他〔一四〕，跑、跑、跑！（下）（雄信云）〔一五〕這廝走了也，更待干〔一六〕罷，不問那裏趕將去。（下）

（末騸馬上，云）〔一七〕怎生是好！我正觀看洛陽城，不想撞着單雄信領兵趕將來，段志賢不知那裏呵〔一八〕，怎生是好〔一九〕！（雄信上，云）〔二〇〕唐元帥〔二一〕少走，那裏去〔二二〕，早下馬投降〔二三〕！（唱）〔二四〕

【越調鬥鵪鶉】人生是北極天蓬〔二五〕，馬一似南方火龍。他那裏縱馬横鎗，將咱來緊趕〔二六〕，他急似雷霆，我疾如火風。他那裏手不停，口不寧〔二七〕，他那裏〔二八〕耀武揚威，争雄〔二九〕奮勇。

【紫花兒序】我恨不的脅生雙翅〔三〇〕，項長三頭；他道甚麼休走唐童〔三一〕。恰便似魚鑽入絲網〔三二〕，線斷風箏〔三三〕，誰敢道消停〔三四〕。馬也，少不的凌烟閣摽名〔三五〕，則要你四蹄那動〔三六〕。則聽的戰鼓聲催〔三七〕，殺氣遮籠〔三八〕。

（雄信云）趕入這榆科園來也〔三九〕，你待走的那裏去！（末唱）〔四〇〕

【耍(四一)三台】待把我征駒縱，殘生送。(懋功蹦馬慌上，云)(四二)兀的不是元帥！(做揪雄信科)(懋功云)(四三)將軍且暫住一住。(雄信云)是懋功(四四)。你放手！(唱)(四五)呀，原來是徐懋功(四六)。(懋功云)元帥，你(四七)逃命走！(雄信云)懋功(四八)，你放手！(唱)(四九)他道是你得命且逃生(五〇)，人和馬暫愡(五一)。則要你拿雲手緊將袍袖封，談天口説轉他心上從(五二)，你便是騙英布的隨何(五三)，説韓信的蒯通(五四)。

(雄信云)徐懋功，你放手！往日喒(五五)兩個是朋友，今日各爲(五六)其主也。(懋功云)將軍，看俺舊交之情喒(五七)。(雄信云)你兩次三番則管裏扯住我(五八)，我拔出劍來(五九)，你見麽？我割袍斷義，你若再趕(六〇)來，我一劍揮之兩段！(懋功云)可怎生了也(六一)！

【調笑令】見那漢(六二)不從，支楞楞扯出霜鋒(六三)，呀，我見他盡在嘻嘻哂(六四)笑中。我見他割袍斷義絕了恩重(六五)，越惱的他忿氣冲冲。不争這單雄信別了(六六)徐懋功，天也，誰答救自己殘生(六七)！

(懋功云)我營中取救軍去(六八)。(下)(雄信云)徐懋功去也(六九)，唐元帥(七〇)，你早下馬投降(七一)！(末云)(七二)我手中有弓可無箭。兀那單雄信，你知我善能(七三)神射，我發箭你看！(雄信云)他也合死，手中有弓可(七四)無箭。量你到的那裏也(七五)！(末唱)(七六)

【小桃紅】手中無箭慢(七七)張弓，再把我征駒縱(七八)。元來徐懋功臨陣不中用！(敬德蹦馬(七九)上，叫云)單雄信慢去(八〇)！(末唱)(八一)則聽的語如鍾(八二)，喝一聲響亮如(八三)雷動，尉遲恭威而不猛(八四)，先後相從(八五)。(敬德云)(八六)單雄信，勿傷俺元帥(八七)！(末唱)(八八)他道是休傷我主公(八九)。

（雄信云）那裏走這個胡漢來〔九〇〕？這廝剗馬單鞭也〔九一〕，何足道哉〔九二〕！（敬德云）單雄信，不〔九三〕得無禮！

（做調陣科）〔九四〕

【禿廝兒】尉遲恭威而不猛，單雄信戰而無功。我見他遮截架解鞭不停〔九五〕，見殺氣罩長空〔九六〕，遮籠。

【聖藥王】這一個鎗法〔九七〕疾，那一個鞭下的猛，半空中起了一個劈乖龍〔九八〕。那一個輸〔九九〕，這一個贏〔一〇〇〕，玷玎璫鞭搠〔一〇一〕緊相從，好下手的也尉遲恭！

（敬德做打雄信走下）〔一〇二〕（敬德云）〔一〇三〕元帥，若不是敬德〔一〇四〕來的早呵，險些兒落在他勾中〔一〇五〕。被某〔一〇六〕一鞭打的那廝吐血而走，被我奪了那廝的棗搠〔一〇七〕也。（末云）若不是將軍來呵，那裏救我性命〔一〇八〕！則今日與將軍同去見聖人來〔一〇九〕。（敬德云）量尉遲恭有何德能，則是仗元帥威風也〔一一〇〕。（末云）壯哉！壯哉！不枉了好將軍也〔一一一〕！

【尾聲】〔一一二〕我則見忽地〔一一三〕戰馬交，出的棗搠起〔一一四〕，颼的鋼鞭重，把一個生硬漢打的來渾身遍腫〔一一五〕。哎，你個打單雄信的尉遲恭〔一一六〕，你不弱是喝樓煩他這個霸王勇〔一一七〕。（同下）

校　注

〔一〕（單雄信蹦馬兒引卒上，云）古名家本作「（雄信蹦馬兒引卒子上）」。臧本作「（單雄信蹦馬引卒子上，云）」。踹馬兒，趟馬。李壽卿《伍員吹簫》二折：「（正末踹馬上）」。
〔二〕某　古名家本作「厶」。
〔三〕觀看　古名家本、臧本下有一「我」字。
〔四〕干　臧本作「乾」。
〔五〕某　古名家本作「厶」。
〔六〕（段净踹馬上，云）　古名家本作「（段踹馬兒上）」。臧本作「（段志賢踹馬上，云）」。
〔七〕某　古名家本作「厶」。
〔八〕我與唐元帥觀看洛陽城　臧本無「與」。古名家本、臧本「看」下有一「他」字。
〔九〕趕來　古名家本、臧本作「趕將來了」。
〔一〇〕兀的不是單雄信趕來也　古名家本無。臧本作「怎好也」。
〔一一〕（雄信趕上，云）　古名家本作「（雄信趕上科）」。臧本作「（單雄信趕上科，云）」。
〔一二〕段志賢往那裏走，快下馬投降　「快」原誤作「怏」，從吴曉鈴本改。古名家本、臧本作「段志賢及早下馬受降」。
〔一三〕（段云）　古名家本作「（段）」。臧本作「（段志賢云）」。
〔一四〕近不的他　古名家本、臧本作「近他不的」。

〔一五〕（雄信云）　古名家本作「（雄）」。臧本作「（單雄信云）」。後同，不另出校。

〔一六〕干　臧本作「乾」。

〔一七〕（末蹦馬上，云）　古名家本作「（末蹦馬兒上、慌科）」。臧本作「（正末蹦馬上、慌科，云）」。吴曉鈴本校勘記奪「云」字。

〔一八〕那裏呵　古名家本、臧本作「在那裏」。

〔一九〕怎生是好　古名家本、臧本上有一「可」字。

〔二〇〕（雄信上，云）　古名家本作「（雄信上）」。臧本作「（單雄信上，云）」。

〔二一〕唐元帥　臧本作「李世民」。

〔二二〕那裏去　古名家本、臧本上有一「你」字。

〔二三〕早下馬投降　古名家本、臧本作「及早下馬受降」。

〔二四〕（唱）　古名家本作「（末）」。臧本作「（正末唱）」。

〔二五〕人生是北極天蓬　有校筆改「生」作「一」。古名家本、臧本「生是」作「一似」。天蓬，傳説中的天神。《董解元西厢記》卷二【中吕調】【木魚兒】：「遮莫賊軍三萬垓，便是天蓬黑煞，見他應也伏輸。」

〔二六〕趕　古名家本、臧本作「攻」。

〔二七〕他那裏手不停，口不寧　臧本作「我這裏走的慌，他可也趕的凶」。

〔二八〕他那裏　臧本作「似這般」。

〔二九〕雄　臧本作「强」。

〔三〇〕翅　古名家本誤作「翅」。

〔三一〕童　詈辭。奴。《漢書·貨殖傳》：「牛千足，羊彘千雙，童手指千。」顔師古注引孟康曰：「童，奴婢也。」

〔三二〕網　原作「綱」，據古名家本、臧本改。吴曉鈴本亦改。

〔三三〕線斷風箏　古名家本「斷」下有一「了」字。臧本作「鳥撲入樊籠」。

〔三四〕誰敢道消停　臧本作「匆匆」。消停，停。王明清《揮麈録餘話》卷二「王俊首岳侯狀」：「且看國家患難之際，且更消停。」

〔三五〕凌烟閣摽名　古名家本「摽」作「標」。臧本作「上你凌烟第一功」。凌烟閣，閣名。劉肅《大唐新語》卷十一「褒錫」：「貞觀十七年，太宗圖畫太原倡義及秦府功臣趙公長孫無忌、河間王孝恭、蔡公杜如晦、鄭公魏徵、梁公房玄齡、申公高士廉、鄂公尉遲敬德、鄖公張亮、陳公侯君集、盧公程知節、永興公虞世南、渝公劉政會、莒公唐儉、英公李勣、胡公秦叔寶等二十四人於凌烟閣，太宗親爲之贊，褚遂良題閣，閻立本畫。」

〔三六〕則要你四蹄那動　臧本「你」作「得」。王季思本及其校記「那」均改作「挪」。按，那，挪。陳師道《後山談叢》卷一：「臣乞先那起天雄軍馬萬人……往貝州駐泊。」

〔三七〕則聽的戰鼓聲催　臧本作「只聽的喊殺聲聲」。

〔三八〕殺氣遮籠　臧本作「更催着戰鼓逢逢」。王季思本「逢逢」改作「蓬蓬」。按，逢逢，象聲詞。鼓聲。《詩·大雅·靈臺》：「鼉鼓逢逢，矇瞍奏公。」鄭箋：「逢，薄紅反，《埤蒼》云：鼓聲也。」

〔三九〕也　古名家本、臧本上有「了」字。

〔四〇〕（末唱）　原置曲牌名【耍三台】下，今改。古名家本置曲牌名前，作「（末）云」。臧本同古名家本，惟作「（正末唱）」。

〔四一〕耍　原作「要」，有校筆改作「耍」。從。吴曉鈴本亦從改。

〔四二〕（懋功蹦馬慌上，云）　古名家本作「（茂公蹦馬慌上）」。臧本作「（徐茂公蹦馬慌上，云）」。

〔四三〕（懋功云）　古名家本作「（茂云）」。臧本作「（徐茂公云）」。後同，不另出校。

〔四四〕是懋功　古名家本作「是茂公」。臧本作「我道是誰，元來是徐茂公」。吴曉鈴本校勘記二句誤倒。

〔四五〕（唱）　古名家本作「（末）云」。臧本作「（正末唱）」。

〔四六〕徐懋功　古名家本、臧本作「軍師茂公」。

〔四七〕你　臧本下有一「快」字。

〔四八〕懋功　古名家本作「茂公」。臧本作「徐茂公」。

〔四九〕（唱）　古名家本作「（末）」。臧本作「（正末唱）」。

〔五〇〕是你得命且逃生　臧本作「我已得命好從容」。

〔五一〕人和馬暫惚　有校筆改「惚」作「鬆」。按，惚，鬆。參見《調風月》第一折校注〔三七〕。古名家本「惚」作俗寫「惚」。臧本作「且看他如何作用」。

〔五二〕談天口説轉他心上從　臧本「上」作「意」。談天，形容能言善辯。《集註分類東坡先生詩》卷二十《洞庭春色》：「須君灩海杯，澆我談天口。」

〔五三〕騙英布的隨何　古名家本「隨」作「隋」。臧本同鈔本。北京大學本、吴國欽本、王學奇本、王季思本「隨」改作「隋」。按，作「隨」字是。騙英布，指隨何奉命説九江王英布背楚歸漢事。《史記·黥布列傳》：「三年，漢王擊楚，大戰彭城，不利，出梁地，至虞，謂左右曰：『如彼等者，無足與計天下事。』謁者隨何進曰：『不審陛下所謂。』漢王曰：『孰能爲我使淮南，令之發兵倍楚，留項王於齊數月，我之取天下可以萬全。』隨何曰：『臣請使之。』迺與二十人俱使淮南。……王見之，隨何曰：『……使楚勝漢，則諸侯自危懼而相救，夫楚之彊適足以致天下之兵耳，故楚不如漢，其勢易見也。今大王不與萬全之漢，而自託於危亡之楚，臣竊爲大王惑之。臣非以淮南之兵足以亡楚也。夫大王發兵而倍楚，項王必留，留數月，漢之取天下可以萬全。臣請與大王提劍而歸漢，漢王必裂地而封大王。又况淮南，淮南必大王有也。故漢王敬使使臣進愚計，願大王之留意也。』淮南王曰：『請奉命。』陰許畔楚與漢，未敢泄也。楚使者在，方急責英布發兵，舍傳舍。隨何直入，坐楚使者上坐，曰：『九江王已歸漢，楚何以得發兵？』布愕然。楚使者起。何因說布曰：『事已搆，可遂殺楚使者，無使歸，而疾走漢并力。』布曰：『如使者教，因起兵而擊之耳。』於是殺使者，因起兵而攻楚。」

〔五四〕說韓信的蒯通　《史記·淮陰侯列傳》：「齊人蒯通知天下權在韓信，欲爲奇策而感動之，以相人說韓信曰：『……天下初發難也，俊雄豪傑建號壹呼，天下之士雲合霧集，魚鱗雜遝，熛至風起。當此之時，憂在亡秦而已。今楚漢分争……以臣料之，其勢非賢聖固不能息天下之禍。當今兩主之命縣於足下，足下爲漢則漢勝，與楚則楚勝。臣願披腹心輸肝膽效愚計，恐足下不能用也。誠能聽臣之計，莫若兩利而俱存之，參分天下，鼎足而居，其勢莫敢先動。夫以足下之賢聖，有甲兵之衆，據彊齊，從燕趙，出空虚之地而制其後，因民之欲，西鄉爲百姓請命，則天下風走而響應矣，孰敢不聽？割大弱强，以立諸侯，諸侯已立，天下服聽而歸德於齊。案齊之故有膠泗之地，懷諸侯之德，深拱揖讓，則天下之君王相率而朝於齊矣。蓋聞天與弗取，反受其咎，時至不行，反受其殃，願足下孰慮之。』……韓信猶豫，不忍倍漢，又自以爲功多，漢終不奪我齊，遂謝蒯通。蒯通説不聽，已，詳狂爲巫。」

〔五五〕嗜　古名家本、臧本作「咱」。

〔五六〕爲　古名家本作「覇」。疑誤。

〔五七〕嗜　古名家本作「咱」。臧本無。

〔五八〕我　古名家本無。

〔五九〕我拔出劍來　古名家本、臧本上有一字句「罷」。盧冀野本、中華書局本「罷」字斷屬上句。誤。

〔六〇〕趕　古名家本、臧本下有一「將」字。

〔六一〕可怎生了也　古名家本下有「（末）」。臧本上有「似此」二字，下有「（正末唱）」。

〔六二〕漢　臧本作「厮」。

〔六三〕支楞楞扯出霜鋒　支楞楞，象聲詞。琤。康進之《李逵負荆》四折正末白：「數日前我曾聽得支楞楞的劍響，想殺别人，不想道殺害自己也。」霜鋒，刀或劍。元刊本紀君祥《趙氏孤兒》二折【感皇恩】：「怕甚三尺霜鋒，折末九鼎鑊中，快刀誅，毒藥吃，滚油烹。」

〔六四〕哂　臧本作「冷」。

〔六五〕割袍斷義絶了恩重　臧本「義」作「袖」，「恩」作「朋情」。

〔六六〕别了　臧本作「推開」。别，絶交。

〔六七〕答救自己殘生　臧本作「搭救我這微躬」。

〔六八〕我營中取救軍去　古名家本、臧本上有「不中」。臧本「我」下有一「回」字，「去」下有一「來」字。

〔六九〕也　臧本上有一「了」字。

〔七〇〕唐元帥　臧本作「李世民」。

〔七一〕你早下馬投降　古名家本、臧本「早」上有一「及」字，「投」作「受」。

〔七二〕（末云）　古名家本作「（末）」。臧本作「（正末云）」。後同，不另出校。

〔七三〕善能　古名家本、臧本「善」作「擅」。善能，善。《五代史平話》唐史卷上：「那國昌孩兒李克用，年紀長成，善能騎射，屢立大功。」

〔七四〕可　臧本無。

〔七五〕也　臧本無。

〔七六〕（末唱）　古名家本作「（末）」。臧本作「（正末唱）」。

〔七七〕慢　徒。參看《詩詞曲語辭匯釋》卷二「漫（一）」。

〔七八〕再把我征駹縱　臧本作「頻把這虚弦控」。

〔七九〕蹦馬　古名家本下有一「兒」字。

〔八〇〕去　古名家本、臧本作「走」。

〔八一〕（末唱）　古名家本作「（末）」。臧本作「（正末唱）」。

〔八二〕鍾　吴曉鈴本改作「鐘」。按，「鍾」「鐘」通。《正字通》金部：「鍾，《漢志》黄鐘，《周禮》作鍾，《詩》鍾鼓，亦作鐘。古二字通用。」古名家本、臧本作「鐘」。

〔八三〕如　臧本作「春」。

〔八四〕尉遲恭威而不猛　臧本作「縱然他有些耳聾」。

〔八五〕先後相從　臧本作「乍聞來也須怕恐」。

〔八六〕（敬德云）　古名家本作「（敬）」。臧本作「（尉遲云）」。後同，不另出校。

〔八七〕勿傷俺元帥　臧本「俺元帥」作「吾主」，下有「（正末云）元來是敬德救我哩」。

〔八八〕（末唱）　古名家本作「（末）」。臧本作「（唱）」。

〔八九〕他道是休傷我主公　古名家本「主公」作「主人公」。臧本作「高叫道休傷俺主人公」。

〔九〇〕那裏走這個胡漢來　古名家本、臧本「走」下有一「將」字。臧本「胡漢」作「賣炭的」。

〔九一〕剗馬單鞭也　古名家本、臧本無「也」。王季思本「剗」誤作「劃」。按，剗馬，不加鞍韂而騎的馬。剗，借作「驏」。楊梓《敬德不伏老》一折徐茂（懋）公（功）白：「這尉遲老將軍御科園剗馬單鞭，這一功論起來，此酒還該尉遲老將軍請。」後同，不另出校。

〔九二〕何足道哉　古名家本、臧本上有「量你」二字。

〔九三〕不　臧本作「休」。

〔九四〕（做調陣科）　古名家本下有「（末）」。臧本下有「（正末唱）」。

〔九五〕遮截架解鞭不停　臧本「遮」作「格」，「鞭不停」作「不放空」。王學奇本校注云：「『格』，應作『隔』。」按，格，抵擋。《史記·田敬仲完世家》：「五國已亡，秦兵卒入臨淄，民莫敢格者。」遮，抵擋。《水滸傳》八十三回：「由他城上放箭，自有牌手左右遮抵著。」截，阻截。《後漢書·西羌傳》：「以萬騎之衆，逐數千之虜，追尾掩截，其道自窮。」架，招架。《水滸傳》十七回：「這漢怎地敵的楊志，只辦得架隔遮攔，上下躲閃。」解，解除。闕名氏《射柳捶丸》三折【聖藥王】：「我將這猿臂舉，驟征駞撞滿懷，把鋼刀舉起覷個明白，他可便難措手，忙架解。」

〔九六〕見殺氣罩長空　臧本作「起一陣殺氣黑濛濛」。

〔九七〕法　臧本作「去」。

〔九八〕劈乖龍　「劈」原作「避」，今改。王學奇本校注亦云：「『避』，當爲『劈』字之訛。」劈乖龍，代指霹靂聲。乖龍，傳説中的孽龍。黄休復《茅亭客話》卷五：「世傳乖龍者，苦於行雨而多方竄匿，藏人身中，或在古木楹柱之内及樓閣鴟甍中，須爲雷神捕之。」

〔九九〕輸　臧本作「雌」。

〔一〇〇〕 羸　臧本作「雄」。

〔一〇一〕 搠　古名家本、臧本作「槊」。

〔一〇二〕（敬德做打雄信走下）　古名家本無「走」。臧本作「（尉遲打雄信下）」。

〔一〇三〕（敬德云）　古名家本作「（敬）」。吳曉鈴本校勘記誤作「（敬云）」。臧本作「（云）」。

〔一〇四〕 敬德　臧本作「我尉遲恭」。

〔一〇五〕 勾中　臧本同。吳國欽本、王季思本「勾」改作「彀」。按，勾中，即彀中。參見《切鱠旦》第二折校注〔一七四〕。

〔一〇六〕 某　古名家本作「厶」。

〔一〇七〕 棗搠　古名家本「搠」作「槊」。臧本作「棗木槊」。

〔一〇八〕 那裏救我性命　古名家本、臧本「救」作「取」，「我」下有一「這」字。

〔一〇九〕 則今日與將軍同去見聖人來　古名家本、臧本「與」上有一「我」字，無「去」，「來」上有一「去」字。

〔一一〇〕 威風也　古名家本作「虎威也」。臧本同古名家本，惟「也」作「耳」。

〔一一一〕 不枉了好將軍也　臧本下有「（唱）」。

〔一一二〕【尾聲】　臧本作「【收尾】」。

〔一一三〕 地　吳曉鈴本誤作「的」。臧本作「的」。

〔二四〕出的棗搠起　「出的」，臧本同。王季思本「出」改作「猝」。按，出的，突然。亦作「出地」。《董解元西厢記》卷二【中吕調】【喬捉蛇】：「法聰出地過，誰人比得他驍果？」古名家本、臧本「搠」作「槊」。

〔二五〕把一個生硬漢打的來渾身遍腫　古名家本無「遍」。臧本「遍」作「盡」。生，最，極。參看《詩詞曲語辭匯釋》卷二「生(一)」。

〔二六〕你個打單雄信的尉遲恭　臧本上有一「則」字。古名家本無「打」字。疑奪。

〔二七〕你不弱是喝樓煩他這個霸王勇　「樓」原作「婁」，今據《史記·項羽本紀》改。臧本無「你」，「是」作「似」。古名家本無「是」。不弱是，不亞於。參見《玉鏡臺》第四折校注〔三〕。樓煩，劉邦部將。《史記·項羽本紀》：「項王令壯士出挑戰，漢有善騎射者樓煩，楚挑戰三合，樓煩輒射殺之。項王大怒，乃自被甲持戟挑戰。樓煩欲射之，項王瞋目叱之，樓煩目不敢視，手不敢發，遂走還入壁，不敢復出。」他這個，襯字，無義。闕名氏《凍蘇秦》三折【隔尾】：「我喜則喜一盞瓊花釀，恨則恨十分他這個冰雪般凉。」

第四折

（懋功云）〔一〕帥鼓銅鑼一兩聲〔二〕，轅門裏外列群英〔三〕。一寸筆尖三尺鐵〔四〕，同扶社稷立乾坤〔五〕。某〔六〕

乃徐懋功是也。今唐元帥與單雄信在榆科園交戰，見〔七〕唐元帥大敗虧輸，某又差尉遲恭接唐元帥去了〔八〕。未知輸贏勝敗，使的那報喜的探子去了〔九〕，這早晚敢待來也。（末扮探子上，云）〔一〇〕一場好厮殺也呵！（探子唱）〔一一〕

【黄鍾醉花陰】大路上難行落荒裏踐〔一二〕，兩隻脚驀嶺登山跳澗〔一三〕，走的我一口氣似攛椽〔一四〕。若見俺軍師，一一的都分辯〔一五〕。

（見科）〔一六〕報、報、報，喏〔一七〕！（懋功云）〔一八〕好探子也〔一九〕！他從那裏陣上來〔二〇〕，你看他那喜氣旺色〔二一〕。我則見金環雙插雉鷄翎〔二二〕，背控金稍鵲畫弓〔二三〕。兩隻脚行〔二四〕千里路，一身長〔二五〕伴五更風。金字旗拿鮮紅桿〔二六〕，長鎗抖搜絳紅纓〔二七〕。兩家相持〔二八〕分勝敗，盡在來人啓口中。兀那探子，單雄信與唐元帥怎生交鋒，你喘息定了，慢慢的説一遍〔二九〕。（探唱）〔三〇〕

【喜遷鶯】聽小人，話根源，若説着單雄信今番將武藝展〔三一〕。早來到北邙山畔〔三二〕，猛聽的鑼鼓喧天，那軍不到三千，擁出一員虎將〔三三〕，雄糾糾威風武藝顯，段志賢立于陣前〔三四〕。一個要興心報國〔三五〕，一個要〔三六〕名上凌烟。

（懋功云）單雄信與段志賢交馬〔三七〕，兩員將撲入垓心〔三八〕，不打話來〔三九〕，回身〔四〇〕便戰。三軍發喊，二將争功。兩陣〔四一〕數聲鼙鼓擂，軍前二〔四二〕騎馬相交。馬盤馬折，千尋浪裏竭〔四三〕波龍；人撞人冲，萬丈山前争食虎。一個似摔碎雷車霹靂鬼，一個似擘〔四四〕開華嶽巨靈神。誰輸誰贏〔四五〕，再説一遍〔四六〕。

【出隊子】兩員將刀回〔四七〕馬轉，迎頭〔四八〕先輸了段志賢。唐元帥敗走恰便似箭離弦，單雄信追趕似風送船，尉遲恭傍〔四九〕觀恰便似虎視犬。

（懋功云）誰想段志賢輸了也！背後一將厲聲高叫〔五〇〕，敬德〔五一〕出馬。好將軍也！他是那虎體英雄將相才〔五二〕，六韜三略在胸懷〔五三〕。遇敵只把單鞭舉，救難荒〔五四〕騎劃馬來。捉將似鷹拿狡〔五五〕兔，挾人如抱小〔五六〕嬰孩。有如真武〔五七〕臨凡世，便似黑天蓬下界來〔五八〕。俺尉遲恭〔五九〕與單雄信怎生交戰，你慢慢的再説一遍〔六〇〕。

【刮地風】揣〔六一〕、揣、揣加鞭，不剌剌馬似烟〔六二〕，一騎馬走〔六三〕到跟前。單雄信棗搠〔六四〕如秋練，正望心穿，見忽地將虎鞊忙扇〔六五〕，骨碌碌怪眼睁〔六六〕圓。尉遲恭擔棗搠〔六七〕，單雄信怎生〔六八〕施展？則一鞭偃〔六九〕了左肩，滴流撲墮落征駹〔七〇〕。不甫〔七一〕能躲過唐童箭，呀，早迎着敬德鞭！

（懋功云）敬德手捰着竹節鋼鞭〔七二〕，與單雄信交戰。好鋼鞭也！軍器叢中分外別〔七三〕，層層疊疊攢霜雪〔七四〕。有如枯竹根三節〔七五〕，渾似烏龍尾半截。千人隊裏生殺氣，萬衆叢中損英傑。饒君更披三重鎧〔七六〕，抹〔七七〕着鞭梢骨節折。敬德舉鞭在手，喝聲：「着！」單雄信丢了棗搠〔七八〕，飛星〔七九〕而走。好將軍也！匡扶社稷〔八〇〕，整頓江山，鬍敬德世上無雙〔八一〕。鞭起處如烏龍擺尾，將落馬似猛虎離山〔八二〕。

【四門子】俺元帥勒馬親回轉，展虎軀，驟駿驄〔八三〕，那一個奔〔八四〕，這一個趕將來〔八五〕，和軍躲的偌近遠〔八六〕；剛崦〔八七〕裏藏，休浪裏潛，馬兒上前合後偃。

（懋功云）單雄信輸了也〔八八〕。便似那撥番牙裏箭〔八九〕，扯斷緑韜弧〔九〇〕；撞倒麒麟和獬豸，衝開猛虎走奔彪〔九一〕。好敬德也！他有那舉鼎拔山力，超群出世雄。鋼鞭懸鐵塔，黑馬似烏龍。上陣軍兵怕〔九二〕，厮殺氣騰騰〔九三〕。挾人〔九四〕唐敬德，敕賜鄂國公〔九五〕。那時〔九六〕敬德不去，唐元帥想是休了〔九七〕。兀那探子〔九八〕，你説一遍〔九九〕。

【古水仙子】〔一〇〇〕呀、呀、呀，猛望見，鐵石人見了也可憐〔一〇一〕。袋内有彎弓〔一〇二〕，壺中無隻〔一〇三〕箭，他、他、他，能施展怎地展〔一〇四〕？兩三番迸斷了弓弦〔一〇五〕，一騎馬走入榆科園〔一〇六〕。兩員將繞定榆科轉〔一〇七〕，見、見、見，更狠似美良川。

（懋功云）單雄信大敗虧輸，俺尉遲〔一〇八〕恭贏了也。探子，無甚事，賞你一隻羊、兩罎酒，你回營中去〔一〇九〕。

【尾聲】〔一一〇〕俺元帥今年時運顯，施逞〔一一一〕會剗馬單鞭，則一陣殺的那敗殘軍落荒〔一一二〕走十數里遠。（下）〔一一三〕

（懋功云）尉遲恭單〔一一四〕鞭打了單雄信，俺這裏贏了也〔一一五〕。唐敬德顯耀英雄〔一一六〕，單雄信有志無功。真天子〔一一七〕百靈相助，大將軍八面威風。

題目　單雄信割袍斷義〔一一八〕

正名　尉遲恭單鞭奪搠〔一一九〕

校注

〔一〕（懋功云）　古名家本作「（茂公上）」。臧本作「（徐茂公上，詩云）」。

〔二〕聲　臧本作「敲」。

〔三〕群英　古名家本作「英雄」。臧本作「兵刀」。

〔四〕一寸筆尖三尺鐵　臧本作「將軍報罷平安喏」。

〔五〕同扶社稷立乾坤　王季思本校記「扶」誤作「抉」。臧本作「緊捲旗旛再不摇」。

〔六〕某　古名家本作「厶」。

〔七〕見　古名家本上有一「厶」字。臧本同古名家本，惟「厶」作「某」。

〔八〕某又差尉遲恭接唐元帥去了　古名家本「某」作「厶」。臧本「某又」作「忙」，「接」下有一「應」字。又，已。臧本鄭廷玉《看錢奴》四折：「（正末云）賈員外好麽？（陳德甫云）老員外亡化過了也。（正末云）……打俺孩兒的那婦人有麽？（陳德甫云）那婆婆又早些死了也。」

〔九〕使的那報喜的探子去了　臧本「報喜」作「能行快走」，「去了」作「看去」。

〔一〇〕（末扮探子上，云）　臧本「末」作「正末」。古名家本無「云」。

〔一一〕（探子唱）　原本無，有校筆補。從。古名家本無。臧本作「（唱）」。

〔一二〕落荒裏踐　「荒」原作「羌」，有校筆改作「荒」。從。吴曉鈴本校勘記亦謂「明鈔本原有硃改

「羌」字爲「荒」字，是」。古名家本、臧本「羌（荒）」即作「荒」。「踐」原作「殘」，據古名家本、臧本改。

〔一三〕跳澗　臧本作「快撚」。吴國欽本據鈔本與古名家本改。王季思本「撚」改作「撵」。按，撚，借作「蹍」，趕也。《集韻》上聲銑韵「撚」「蹍」同音（乃殄切），「蹍」下注云：「逐也。」

〔一四〕攛椽　未詳。

〔一五〕分辯　説。《董解元西厢記》卷一【仙吕調】【惜黄花】：「不是厮遮攔，解元聽分辯，這一位也非是佛殿。」

〔一六〕（見科）　臧本作「（見科，云）」。

〔一七〕喏　臧本無。

〔一八〕（懋功云）　古名家本作「（茂）」。臧本作「（徐茂公云）」。後同，不另出校。

〔一九〕也　臧本無。

〔二〇〕那裏陣上來　「陣上」原倒作「上陣」，今乙改。古名家本同誤。臧本作「那陣上來」。

〔二一〕你看他那喜氣旺色　臧本「看」上有一「只」字，無「那」，句下有「那輸贏勝敗早可知了也」一句。

〔二二〕我則見金環雙插雉鷄翎　臧本作「我則見雉尾金環結束雄」，上有「（詩云）」。

〔二三〕背控金稍鵲畫弓　王季思本校記「稍」改作「梢」。按，稍，通「弰」。參見《哭存孝》第四折校注〔五三〕。臧本作「腰間斜插寶雕弓」。

〔二四〕兩隻脚行　臧本無「隻」，「行」上有一「能」字。

〔二五〕長　古名家本、臧本作「常」。

〔二六〕鮮紅桿　臧本作「畫桿赤」。

〔二七〕長鎗抖搜絳紅纓　臧本作「長蛇鎗拂絳纓紅」。

〔二八〕兩家相持　臧本作「兩陣相當」。

〔二九〕慢慢的説一遍　臧本下有一「咱」字。

〔三〇〕（探唱）　原本無，有校筆補。從。古名家本作「（探）」。臧本作「（探子唱）」。

〔三一〕聽小人，話根源，若説着單雄信今番將武藝展　臧本屬上曲【醉花陰】，「若説着」作「只説」，「武藝」作「手段」。按，此三句可在【醉花陰】作尾，亦可挪在下曲【喜遷鶯】作頭。

〔三二〕山畔　「畔」原作「伴」，據古名家本改。吴曉鈴本校勘記亦云：「徐本『伴』字作『畔』字，是。」畔，前。鄭德輝《老君堂》一折【寄生草】：「恰轉過山峰畔，又來到闊澗灘。」臧本「山伴（畔）」作「前面」。

〔三三〕一員虎將　臧本作「個將一員」。吴國欽本據鈔本與古名家本改。

〔三四〕段志賢立于陣前　「于」原作「與」，有校筆改作「于」。從。吴曉鈴本校勘記亦云：「與——明鈔本有硃改爲『于』字，是。」古名家本「與(于)」作「於」。臧本句首有一「是」字，無「與(于)」。吴國欽本據鈔本與古名家本删「是」字。

〔三五〕要興心報國　臧本作「待功標汗簡」。

〔三六〕要　臧本作「待」。

〔三七〕單雄信與段志賢交馬　臧本上有「元來是」，「與」下有「某家」。王學奇本「元」改作「原」。參見第二折校注〔三三〕。後同，不另出校。

〔三八〕垓心　「垓」字有校改迹。垓心，陣中。元刊本尚仲賢《氣英布》四折【出隊子】：「吵吵吵各臻臻披(坡)前排士卒，呀呀呀撲剌剌的垓心裏驟戰駒。」

〔三九〕來　古名家本、臧本無。

〔四〇〕回身　古名家本、臧本作「來回」。

〔四一〕兩陣　臧本作「陣上」。

〔四二〕二　臧本作「兩」。

〔四三〕竭　通「揭」。掀起。《莊子·胠篋》：「脣竭則齒寒。」《戰國策·韓策二》「竭」作「揭」。

〔四四〕擘　王學奇本誤作「劈」。

〔四五〕誰輸誰嬴　臧本上有「端的是」三字。

〔四六〕再説一遍　古名家本下有「（探）」。臧本下有「（探子唱）」。

〔四七〕回　原作「面」，有校筆改作「回」。從。吴曉鈴本校勘記亦云：「『回』字是。」古名家本、臧本作「回」。

〔四八〕迎頭　古名家本、臧本下有一「兒」字。

〔四九〕傍　原本無，據臧本補。

〔五〇〕背後一將厲聲高叫　「厲」原作「立」，據臧本改。臧本作「背後一將厲聲高叫道：單雄信不得無禮！你道是誰」。

〔五一〕敬德　臧本作「乃尉遲敬德」。

〔五二〕他是那虎體英雄將相才　臧本上有「（詩云）」，「英雄」作「鳶肩」。

〔五三〕六韜三略在胸懷　臧本「在」作「貯」。六韜，亦作「六弢」。兵書名，舊題吕尚撰。分文、武、龍、虎、豹、犬六韜。《莊子·徐無鬼》：「吾所以説吾君者，横説之則以《詩》《書》《禮》《樂》，從説之則以《金板》《六弢》。」陸德明音義：「司馬崔云：《金版》《六弢》，皆《周書》篇名，或曰祕讖也。本又作『六韜』，謂太公六韜文武虎豹龍犬也。」三略，兵書名，相傳爲秦末隱士黄石公作。分上略、中略、下略。《隋書·經籍志三》有《黄石公三略》三卷，已佚。

〔五四〕荒　臧本作「慌」。

〔五五〕狡　古名家本作「校」。疑誤。

〔五六〕抱小　臧本作「母抱」。

〔五七〕有如真武　臧本「有如」作「若非」。真武，玄武，道教所奉北方之神。趙彥衛《雲麓漫鈔》卷九：「朱雀、玄武、青龍、白虎爲四方之神。祥符間，避聖主諱，始改玄武爲真武。……後興醴泉觀，得龜蛇，道士以爲真武現，繪其像以爲北方之神，被髮，黑衣，仗劍，蹈龜蛇，從者執黑旗。」

〔五八〕便似黑天蓬下界來　古名家本「黑」下有一「殺」字。臧本作「便應黑煞下天臺」。

〔五九〕恭　臧本作「敬德」。

〔六〇〕你慢慢的再說一遍　古名家本下有「（探）」。臧本作「探子，你喘息定了，慢慢的再說一遍咱」，下有「（探子唱）」。

〔六一〕揣　捶擊。《太平御覽》卷六四〇引應劭《風俗通》：「汝翁復罵者，吾必揣之。」

〔六二〕不剌剌馬似烟　臧本「剌剌」作「剌剌」，「馬」作「走」。各本「剌剌」改作「剌剌」，是。

〔六三〕走　臧本作「蹟」。吳國欽本、王季思本據鈔本改作「走」。王學奇本改作「剩」。按，蹟，迅速。賈仲明《對玉梳》四折【水仙子】：「若不是你荆楚臣急忙忙蹟到根前，將一個赤力力活擒拿，將一個喜孜孜生放免，怎能勾夫和婦，美甘甘再得纏綿？」

〔六四〕搠　古名家本、臧本作「槊」。

〔六五〕虎鞊忙扇　臧本作「鋼鞭疾轉」。虎鞊，虎皮腰帶。鞊，即鞊鞢，胡服帶上的金玉裝飾。《遼史·儀衛志二》：「（臣僚）服紫窄袍，繫鞊鞢帶。」王國維《觀堂集林·胡服考》：「其帶之飾，則于革上列置金玉，名曰校具，亦謂之鞊，亦謂之環，初本以佩物，後但致飾而已。」

〔六六〕睁　原作「争」，據臧本改。

〔六七〕擔東搠　古名家本「搠」作「槊」。臧本作「身又驍、手又便」。擔，舉。《董解元西厢記》卷二【仙吕調】【剔銀燈】【尾】：「彎一枝簸鐙黄華弩，擔柄簸箕來大開山板斧：是把橋將士孫飛虎。」

〔六八〕怎生　臧本作「如何」。

〔六九〕偃　《儀禮·鄉射禮》：「東面偃旗。」鄭玄注：「偃，猶僕也。」這裏意猶掉，垂。

〔七〇〕滴流撲墮落征駹　吴曉鈴本「墮」誤作「墜」。古名家本、臧本「墮」作「墜」。滴流撲，形容墜落的樣子。亦作「滴溜撲」。闕名氏《衣襖車》二折【烏夜啼】：「箭離弦似一點流星落，我則見滴溜撲墜落在鞍鞽。」墮落，落。《箋註陶淵明集》卷五《晋故征西大將軍長史孟府君傳》：「有風吹君帽墮落，温目左右及賓客勿言，以觀其舉止。」

〔七一〕甫　古名家本作「付」。

〔七二〕敬德手搭着竹節鋼鞭　「搭」原作「搭」，據臧本改。吴曉鈴本校勘記亦云：「搭——徐本作『喏』字。臧本作『搭』字，是。」臧本句首有「元來」二字。

〔七三〕軍器叢中分外别　臧本上有「（詩云）」，「叢中」作「多般」。盧冀野本「外」誤作「好」。

〔七四〕層層疊疊攢霜雪　古名家本下有一墨釘。

〔七五〕根三節　臧本作「節攢成」。

〔七六〕饒君更披三重鎧　臧本「更披三重鎧」作「披上鎧三重」。饒，即使。參看《詩詞曲語辭匯釋》卷一「饒（五）」。

〔七七〕抹　擦。尚仲賢《三奪槊》二折【鵪鶉兒】：「那鞭若脊梁上抹着，忽地咽喉中血幾道。」

〔七八〕搠　古名家本、臧本作「槊」。

〔七九〕飛星　臧本作「口吐鮮血，伏鞍」。

〔八〇〕匡扶社稷　臧本作「扶持宅宙」。各本均改「宅」作「宇」，是。吴曉鈴本校勘記亦謂「『宅』字疑是『宇』字之誤」。

〔八一〕鬍敬德世上無雙　古名家本「鬍」作「胡」。臧本作「全憑着打將鞭，怎出的拿雲手」。

〔八二〕將落馬似猛虎離山　古名家本下有「（探）」。臧本「山」作「巢」，下有「胡敬德世上無雙，功勞簿堪書第一。此時俺主唐元帥却在那裏？探子，你喘息定了，慢慢的再説一遍咱。（探子唱）」。

〔八三〕騾駿驄　臧本「驄」作「騗」，下有「看他一來一往相交戰，是誰人敢占先」二句。疑作「騗」字是。

〔八四〕奔　古名家本、臧本作古字「犇」。北京大學本、吴國欽本、王學奇本、王季思本改作「奔」。

〔八五〕將來　古名家本、臧本無。

〔八六〕和軍躲的偌近遠　古名家本、臧本上有一「將」字。近遠，遠。闕名氏《替殺妻》楔子正末白：「不多近遠，有個員外，待要結義小人做兄弟。」

〔八七〕崦　原作「俺」，據臧本改。崦，山。《全唐詩》卷五四一李商隱《送從翁從東川弘農尚書幕》：「一川虚月魄，萬崦自芝苗。」

〔八八〕也　臧本同。吴國欽本誤作「他」。

〔八九〕便似那撥番牙裏箭　臧本作「他只待抛翻狼牙箭」，上有「（詞云）」。撥，碰撞。《太平廣記》卷二百四十八引《啓顔録》：「（婦翁）因以戲之曰：『……道邊樹有骨骴者，車撥傷，豈是天使其然？』婿曰：『……夫人項下癭如許大，豈是車撥傷？』」牙裏箭，牙兒箭。

〔九〇〕緑韜弧　「弧」原作「鶻」，今改。臧本作「寶雕弓」。

〔九二〕走奔彪　古名家本「奔」作「犇」。臧本作「與犇熊」。北京大學本、吴國欽本、王學奇本、王季思本「犇」改作「奔」。按，疑作「犇」字是。《廣韻》平聲魂韵：「犇，牛驚。出《文字集略》」；博昆切。這裏意猶凶猛。元刊本闕名氏《博望燒屯》二折【一枝花】：「有五十員越嶺犇彪，二萬隻巴山劣虎。」

〔九三〕上陣軍兵怕　臧本作「殺人無對手」。

〔九四〕廝殺氣騰騰　臧本作「上陣有威風」。

〔九五〕挾人　臧本作「壯哉」。

〔九六〕敕賜鄂國公　臧本作「歸來拜鄂公」。

〔九七〕那時　臧本作「今若」。

〔九八〕唐元帥想是休了　臧本上有「俺主」二字，「想是」作「可不」。

〔九九〕子　古名家本無，疑奪。

〔一〇〇〕你説一遍　古名家本下有「（探）」。臧本作「你再説一遍咱」，下有「（探子唱）」。

〔一〇一〕【古水仙子】　原作「【水仙子】」，據古名家本、臧本改。

〔一〇二〕鐵石人見了也可憐　臧本上有「便、便、便」。

〔一〇三〕袋内有彎弓　臧本上有「他、他、他」。

〔一〇三〕隻　原作「雙」，據古名家本、臧本改。

〔一〇四〕他、他、他，能施展怎地展　古名家本「地」誤作「他」。吴曉鈴本校勘記已指其誤。臧本作「待、待、待要布展怎地展」。

〔一〇五〕兩三番迸斷了弓弦　臧本上有「錚、錚、錚」。

〔一〇六〕一騎馬走入榆科園　臧本上有「走、走、走」，「走入」作「逃入」。

〔一〇七〕兩員將繞定榆科轉　臧本上有「來、來、來」。科，枝。《韓非子・有度》：「故繩直而枉木斲，準夷而高科削。」這裏指樹幹。

〔一〇八〕遲　原奪，據古名家本、臧本補。吴曉鈴本校勘記亦云：「疑明鈔本脱『遲』字。」

〔一〇九〕你回營中去　古名家本下有「（探）」。臧本作「一個月不打差，你回營中去罷」，下有「（探子唱）」。

〔一一〇〕【尾聲】　原作「【煞尾】」，今按律改。

〔一一一〕施逞　施展。闕名氏《敬德不伏老》三折【耍三台】：「你看我再施逞生擒王世充的英雄，你看我重施展挾雷世猛當時氣力。」參見《蝴蝶夢》第四折校注〔五〕。

〔一一二〕落荒　臧本作「急離披」。吴曉鈴本校勘記「披」誤作「坡」。按，離披，散。《文選》卷三十三宋玉《九辯》五首之三：「白露既下降百草兮，奄離披此梧楸。」這裏意爲潰散。

〔二三〕（下） 臧本無。北京大學本、吴國欽本、王學奇本、王季思本補。

〔二四〕單 古名家本、臧本無。

〔二五〕俺這裏嬴了也 臧本下有「此一番回去，可不羞殺了三將軍元吉！一壁厢椎翻牛，窨下酒，做個大大的筵宴，等元帥還營，一來賀喜，二來賞功。已早分付的齊備了也」。

〔二六〕唐敬德顯耀英雄 臧本上有「（詩云）」，「唐」作「胡」。

〔二七〕真天子 臧本「真」作「聖」。真天子，真命天子。

〔二八〕割袍斷義 古名家本「袍」作「礼」。疑誤。北京大學本校勘記、吴國欽本校記已指其誤。臧本作「斷袖割袍」。

〔二九〕捌 古名家本、臧本作「槊」。臧本「題目正名」後末行有尾題「尉遲恭單鞭奪槊雜劇終」。

劉夫人慶賞五侯宴

説明

《録鬼簿》未著録。《也是園書目》著録。本劇現存脈望館鈔本。今用王季烈本、吴曉鈴本、隋樹森本、北京大學本、吴國欽本、王學奇本、王季思本參校。原本書口標目「劉夫人慶賞五侯宴」。總題下有「雜劇」二字，下題「元關漢卿」，今并略去。

劇以後唐末帝李從珂身世爲題材，叙其兒時與母分離及成人後團圓事。

《新五代史·唐本紀·廢帝》：「廢帝，鎮州平山人也。本姓王氏，其世微賤，母魏氏，少寡，明宗爲騎將，過平山，掠得之。魏氏有子阿三，已十餘歲，明宗養以爲子，名曰從珂。及長，狀貌雄偉，謹信寡言，而驍勇善戰，明宗甚愛之。自晋兵戰梁于河上，從珂常立戰功，莊宗呼其小字曰：『阿三不徒與我同年，其敢戰亦類我。』……明宗入立，拜從珂河東節度使，封潞王。……(清泰元年四月)乙亥，皇帝即位。」

楔　子

（冲末扮李嗣源〔一〕領番卒子上，李嗣源云）野管羌〔二〕笛韵，英〔三〕雄戰馬嘶。擂的是鏤金畫面鼓〔四〕，打的是雲月皂雕旗〔五〕。某乃大將李嗣源是也。父乃沙陀李克用是也〔六〕。俺父親手下兵多將廣，有五百義兒家將，人人奮勇，個個英雄，端的是旗開得〔七〕勝，馬到成功。自破黄巢，俺父子每累建其〔八〕功。今天下太平，因某父多有功勳，加爲忻、代、石、嵐、雁門關都招討〔九〕，天下兵馬大元帥，又封爲河東晋王之職。手下將論功升賞。今奉聖人命，爲因黄巢手下餘黨草寇未絶，今奉阿媽將令，差俺五百義兒家將，統領雄兵，收捕草寇。若得勝回還，聖人再有加官賜賞。奉命出師統雄兵，剿除草寇建功名〔一〇〕。赤心報國施英勇，保助山河享太平。（下）〔一一〕

（趙太公上，云）段段田苗接遠村，太公莊上戲兒孫。雖然只得鋤刨力〔一二〕，答賀天公雨露恩。自家潞州長子縣人氏，姓趙，人見有幾貫錢，也都唤我做趙太公。嫡親的兩口兒，渾家劉氏，近新來亡化過了。撇下個孩兒，未勾〔一三〕滿月，無了他那娘，我又看覷不的他。我家中糧食田土儘有，争柰〔一四〕無一個親人，則覷着一點〔一五〕孩兒！我分付那穩婆和家裏那小的每，長街市上不問那裏尋的一個有乳食的婦人來，我寧可與他些錢鈔，我養活他，則要他看覷我這孩兒。今日無甚事，我去那城中索些錢債去。下次小的，看着那田禾，我去城中索些錢債便來也。（下）

（正旦抱俫兒〔一六〕上，云）妾身是這潞州長子縣人氏，自身姓李，嫁的夫主姓王，是王屠，嫡親的兩口兒。妾身近日所生了個孩兒，見孩兒口大，就唤孩兒做王阿三。不想王屠下世，争柰〔一七〕家中一貧如洗，無錢使用。妾身無計所柰，我將這孩兒長街市上賣的些小錢物〔一八〕，埋殯他父親。自從早晨間到此，無人來問，如之柰何也！（做哭科）

(趙太公上,云)自家是趙太公。城中索錢去來也,不曾索的一文錢,且還我那家中去。兀的一簇〔一九〕人,不知看甚麼,我是去看咱〔二〇〕。(做見正旦科,云)一個婦人,懷裏抱着個小孩兒。我問他聲〔二一〕咱。兀那嫂嫂,你爲何抱着這小的在此啼哭?可是爲何那?(正旦云)老人家不知,我是這本處王屠的渾家,近新來我所生了這個孩兒,未及滿月之間,不想我那夫主亡逝,無錢埋殯,因此上將這孩兒但賣些小錢物,埋殯他父親。是我出於無奈也!(趙太公云)住、住、住,正要尋這等一個婦人看我那孩兒,則除是恁的……兀那王嫂嫂,你便要賣這小的,誰家肯要?不如你尋一個穿衣吃飯處〔二二〕,可不好?(正旦云)你說的差了也!便好道一馬不背兩鞍,雙輪豈碾四轍,烈女不嫁二夫,我怎肯嫁侍於人!(趙太公云)你既不肯嫁人,便典與人家,或是三年,或是五年,得些錢物,埋殯你夫主,可不好?(正旦云)我便要典身與人,誰肯要?(趙太公云)你若肯呵,我是趙太公,我家中近新來我也無了渾家〔二三〕,有個小的〔二四〕,無人擡舉他,你若肯典與我家中,我又無甚麼重生活着你做,你則是抱養〔二五〕我這個小的,我與些錢鈔埋〔二六〕殯你那丈夫,可不好?(正旦云)住、住、住,我尋思咱,我要將這孩兒與了人來呵,可不絕了他王家後代?罷、罷、罷,能〔二七〕苦我一身罷!我情願典〔二八〕,太公!(趙太公云)既是這般,則今日我與些錢物,你埋殯你夫主,你便寫一紙文書,典身三年。則今日立了文書,我與你錢鈔,埋殯了你夫主,就去俺家裏住去。(正旦云)也是我出於無奈也呵!(趙太公云)你是有福的,肯分的遇着我〔二九〕。

【仙呂〔三〇〕端正好】則我這腹中愁、心間悶,俺窮滴滴舉眼無親,則俺這孤寒子母每誰偢問〔三一〕?俺男兒半世苦受勤〔三二〕,但能勾〔三三〕得錢物,寧可着典咱身!(趙太公云)則今日埋殯你丈夫,便跟我家中去來。(唱〔三四〕)則今日將俺夫主親埋殯。(同下)

校注

〔一〕李嗣源　即後唐明宗。沙陀部人。本名邈佶烈，爲李克用養子，改名嗣源。因戰功官至蕃漢内外馬步軍總管。同光四年莊宗在兵變中被殺，李嗣源入洛陽，稱監國，後稱帝，改名亶。

〔二〕羌　原作「腔」，從王季烈本、隋樹森本、北京大學本、吴國欽本、王學奇本、王季思本改。

〔三〕英　王季烈本、隋樹森本、吴國欽本改作「音」。

〔四〕擂的是鏤金畫面鼓　「鏤」原作「縷」，從王季烈本、吴曉鈴本、北京大學本、吴國欽本、王學奇本、王季思本改。原本句末有一「有」字，趙琦美據内本删。從。各本亦從删。

〔五〕打的是雲月皂雕旗　原本下有一「又」字，從趙琦美删。各本亦從删。

〔六〕是也　趙琦美删。王季烈本、北京大學本、吴國欽本、王學奇本、王季思本從。

〔七〕得　原本壞闕，從王季烈本、隋樹森本、北京大學本、吴國欽本、王學奇本、王季思本補。吴曉鈴本校勘記云：「王本（按，即王季烈本）校補『得』字，是。」

〔八〕其　王季烈本、隋樹森本、吴國欽本、王學奇本、王季思本改作「奇」。

〔九〕都招討　北京大學本、吴國欽本、王學奇本、王季思本下補一「使」字。

〔一〇〕名　原作「能」，從趙琦美校改。王季烈本、隋樹森本、北京大學本、吴國欽本、王學奇本、王季思本亦從改。

〔一一〕（下） 原本無，從吳國欽本、王季思本補。

〔一二〕力 功，功效。《宋史·蘇軾傳》：「故風俗之變，法制隨之，譬如江河之徙移，强而復之，則難爲力。」

〔一三〕勾 王季烈本改作「彀」。隋樹森本、吳國欽本、王季思本改作「够」。按，勾，到。參見《謝天香》第一折校注〔九〕。

〔一四〕柰 北京大學本、吳國欽本、王學奇本、王季思本改作「奈」。按，柰，同「奈」。參見《調風月》第一折校注〔九六〕。

〔一五〕一點 表示很小。亦作「一點點」。臧本紀君祥《趙氏孤兒》一折程嬰白：「天也！可憐見趙家三百餘口，誅盡殺絶，止有一點點孩兒。」

〔一六〕倈兒 元劇中兒童扮演者的俗稱。王國維《古劇脚色考》：「孛老、卜兒，皆脚色之表示年齒者。倈兒之表童子亦然。倈，始見金院本名目及元曲。」

〔一七〕柰 隋樹森本、北京大學本、吳國欽本、王學奇本、王季思本改作「奈」。參見校注〔一四〕。北本、吳本、王本、王本後同，不另出校。

〔一八〕長街市上賣的些小錢物 「街」原作「御」，從各本改。些小，少許。《劉知遠諸宮調》第二：「劉郎略等，取些小盤費去。」

〔一九〕簇　原作「族」，從王季烈本、隋樹森本、北京大學本、吴國欽本、王學奇本、王季思本改。吴曉鈴本校勘記云：「族——王本（按，即王季烈本）校改爲『簇』字，是。」

〔二〇〕我是去看咱　趙琦美「是」改作「試」，王季烈本、隋樹森本、北京大學本、吴國欽本、王學奇本、王季思本從。按，是，用同「試」。參看《詩詞曲語辭匯釋》卷一「是（二）」。後同，不另出校。王季烈本「咱」改作「者」。按，咱，語助詞，猶吧。參見《調風月》第二折校注〔三五〕。後同，不另出校。

〔二一〕聲　王季烈本、吴國欽本、王季思本上補一「一」字。

〔二二〕不如你尋一個穿衣吃飯處　吴國欽本奪「你」字。王季思本奪「一」字。

〔二三〕我也無了渾家　王季思本奪「我」字。「也」字原無，從趙琦美校補。各本亦從補。

〔二四〕有個小的　「有」下原有一「之」字，從趙琦美删。王季烈本、隋樹森本、北京大學本、吴國欽本、王學奇本、王季思本亦從删。吴曉鈴本校勘記云：「之——疑是『一』字之誤。」

〔二五〕抱養　撫養。《漢書·外戚傳下·孝元傅昭儀》：「太子小，而傅太后抱養之。」

〔二六〕埋　原誤作「理」，從趙琦美校改。各本亦從改。

〔二七〕能　吴國欽本「據下文『寧可着典咱身』句」改作「寧可」。王季思本改作「寧」。按，能，寧，寧可。《全宋詞》四吴文英《過秦樓·芙蓉》：「能西風老盡，羞趁東風嫁與。」

〔二八〕我情願典　隋樹森本、王季思本下補一「與」字與下句相連。

〔二九〕肯分的遇着我　王季烈本、隋樹森本、北京大學本、吳國欽本、王學奇本、王季思本下補「（正旦唱）」。

〔三〇〕仙呂　原誤作「正宮」，從隋樹森本改。

〔三一〕偢問　王季烈本、隋樹森本、吳國欽本、王季思本「偢」改作「瞅」。按，偢，瞅。偢問，理睬。參見《雙赴夢》第四折校注〔三九〕、《哭存孝》第二折校注〔三三〕。

〔三二〕受勤　受苦。勤，勞苦。《墨子·兼愛下》：「萬民多有勤苦凍餒，轉死溝壑中者。」

〔三三〕能勾　王季烈本「勾」改作「彀」，隋樹森本、吳國欽本、王季思本改作「够」。按，勾，通「够」。能勾，即能够。參見《調風月》第二折校注〔二六〕。後同，不另出校。

〔三四〕唱　除吳曉鈴本外，各本上補「正旦」。

頭折

（趙太公上，云）自從王屠的渾家到俺家中，一月光景。我將那文書本是〔一〕典身，我改做賣身文書，永遠在我家使喚。這婦人擡舉着我那孩兒哩，我如今喚他抱出那孩兒來，我是〔二〕看咱。（做喚科，云）王大嫂！（正旦抱兩個俫兒上，云）妾身自從來到趙太公家中，可早一月光景也。妾身本是典身三年的文書，不想趙太公暗暗的商量〔三〕，改做了賣身文契，與他家永遠使用。今日太公呼喚，不知有甚事，須索走一遭去。想我這煩惱幾時受徹也呵〔四〕！

【仙吕點絳脣】我如今短嘆長吁，滿懷冤屈，難分訴。則我這衣袂粗疏，都是些單疏布〔五〕無綿絮。

【混江龍】我堪〔六〕那無端的豪户，瞞心昧己使心毒。他可便心狡倖〔七〕，倒换過〔八〕文書。當日個約定覓自家做乳母，今日個强賴做他家裏的買身軀〔九〕。我可也受禁持〔一〇〕吃打罵敢無重數，則我這孤孀子母，更和〔一一〕這瘦弱身軀！

（正旦〔一二〕做見科，云）員外萬福！（趙太公云）你來我家一個月了。你抱將我那孩兒來我看。（正旦做抱倈兒科）（趙太公看倈〔一三〕科，云）王大嫂，怎生我這孩兒這等瘦？將你那孩兒來我看。（正旦做抱自倈科）（太公做看科，云）偏你的孩兒怎生這般將息的好〔一四〕？這婦人好無禮也，他將有乳食的妳子與他孩兒吃，却將那無乳〔一五〕的妳子與俺孩兒吃，怎生將息的起來？這婦人不平心，好打這潑賤人！（做打科）〔一六〕

【油葫蘆】打拷殺咱家誰做主？有百十般曾對付：我從那上燈時直看到二更初，我若是少乳些〔一七〕則管裏吖吖的哭，我若是多乳些灌的他啊啊的吐；這孩兒能夜啼不犯觸〔一八〕，則從那摇車兒上挂着爺單褲，挂到有三十遍倒蹄驢〔一九〕。

【天下樂】不似您這孩兒不犯觸，可是他聲也波聲，聲聲的則待要哭〔二〇〕，則從那摇車兒上魘禳無是處。誰敢道是湯他一湯〔二一〕？誰敢是觸他一觸？可是他叫吖吖無是處。

（趙太公云）將你那孩兒來我看。（接過來做摔科）（正旦做搬[二二]住臂膊科，云）員外可憐見，休摔[二三]孩兒！

（趙太公云）摔殺有甚事，則使的幾貫錢[二四]！

【金盞兒】你富的每有金珠，俺窮的每受孤獨，都一般牽挂着他這個親腸肚[二五]。我這裏兩步爲一驀，急急下階除[二六]。我戰欽欽[二七]身剛舉，篤速速手難舒。我哭啼啼搬住臂膊，泪漫漫的扯住衣服。

（正旦[二八]云）員外可憐見！便摔殺了孩兒，血又不中飲，肉又不中吃，枉污了這答兒田地。員外則是可憐見咱[二九]！（趙太公云）兀那婦人，我還你，抱將出去，隨你丢了也得[三〇]，與了人也得，我則眼裏不要見他。你若是不丢了呵，來家我不道的饒了你里[三一]！（下）（正旦云）似這等如之奈何！孩兒，眼見的喒[三二]子母不能勾相守也。兒也，痛殺我也[三三]！

【尾聲】兒也，則要你久已後[三四]報冤讎，托賴着伊家福，好共歹一處受苦，我指望待將傍的孩兒十四五，與人家作婢爲奴。自躊躕[三五]，堪恨這個無徒！（帶云）兒也，你[三六]不成人便罷，倘或成了人呵，（唱）你穿着些布背子[三七]，排門兒告些故疏[三八]。恁時節老人家暮古[三九]，與人家重生活難做，哎，兒也，你尋些個口銜錢[四〇]，贖買您娘那一紙放良書[四一]。（下）

校注

〔一〕是　原本無，從趙琦美校補。各本亦從補。

〔二〕是　趙琦美改作「試」。

〔三〕商量　策劃。鄭廷玉《金鳳釵》三折【隔尾】：「除今後除了家私繳纏外，拴衣做鞋，糶米買柴，妻也，你休逢着的商量見了的買。」

〔四〕想我這煩惱幾時受徹也呵　除吴曉鈴本外，各本下補「（唱）」。

〔五〕都是些單疏布　「些」原作「柴」，「疏」原作「路」，從北京大學本校勘記改。北本校勘記云：「疑『柴』字當爲『些』字，連上讀；『路』字當爲『疏』字。細審鈔本，『柴』字下半部有塗改痕迹，原爲上下兩點連筆，本作『些』，被誤改爲『柴』。又，鈔本通例，將『疏』字偏旁『𤴓』寫作『𧾷』，上文『疏』字作『踈』，後【尾聲】曲文中：『你穿着些布背子，排門兒告些故疏。』『疏』字又作『踈』。蓋此處『路』字因與『疏』字同偏旁形近致誤。」甚是。吴國欽本、王季思本亦從改。王季烈本、隋樹森本、王學奇本「柴（些）單路（疏）布」改作「柴草絡布」。按，單，薄。白居易《白氏長慶集》卷四《賣炭翁》：「可憐身上衣正單，心憂炭賤願天寒。」疏，粗。《禮記·禮器》：「犧尊，疏布鼏。」孔穎達疏：「疏，麤也。鼏，覆也。謂郊天時以麤布爲巾以覆尊也。」麤，即「粗」。

〔六〕堪　王季思本改作「看」。按，堪，不堪。《全宋詞》一張先《更漏子》：「杜陵春，秦樹晚，傷别更堪臨遠。」

〔七〕狡倖　王季烈本、隋樹森本改作「狡狠」。北京大學本、王學奇本改作「狡幸」。吴國欽本、王季思本改作「僥倖」。按，狡倖，狡詐凶狠。倖，同「婞」，很。《集韻》上聲迥韵：「婞，下項切。《説文》：『很也。』引《楚詞》『鯀婞直』。或作倖。」這裏意猶凶狠。

〔八〕過　原誤作「遇」，從王季烈本、隋樹森本、北京大學本、吴國欽本、王學奇本、王季思本改。吴曉鈴本校勘記亦云：「遇——王本（按，即王季烈本）校改爲『過』字，是。」

〔九〕軀　驅口。蒙古、色目人稱奴婢。《元典章》刑部三「不義」：「劉世英職居行伍，欺軍擾民，兩經斷罪。今次又將過房義子李丑驢抑良爲軀，遍身雕青。」

〔一〇〕禁持　折磨。《唐宋諸賢絶妙詞選》卷四秦少游《阮郎歸・春晚》：「日長早被酒禁持，那堪更別離。」

〔一一〕更和　兼之。臧本闕名氏《連環計》二折【梁州第七】：「空着我王司徒實丕丕忠孝雙持，怎當他董太師惡狠狠威權獨擅，更和那吕温侯氣昂昂智勇兼全……可憐我一點丹心鐵石堅，落的徒然。」

〔一二〕正旦　王季烈本、隋樹森本、王季思本删。

〔一三〕倈　隋樹森本、王季思本下補一「兒」字。

〔一四〕怎生這般將息的好　「生」原作「怎」、「好」原作「姓」，從北京大學本、吴國欽本、王學奇本、王季思本改。吴曉鈴本、隋樹森本「姓（好）」亦改作「好」。王季烈本「怎（生）」改作「的」、「姓

(好)」改作「旺」。隋樹森本「怎(生)」改作「恁」。將息，養，長。劉唐卿《降桑椹》三折傻儸白：「大王，這小的倒將息的肥肥的，宰了罷。」

〔一五〕乳　王季思本「據上句」下補一「食」字。按，乳，乳汁。《史記·張丞相列傳》：「蒼之免相後，老，口中無齒，食乳，女子爲乳母。」

〔一六〕(做打科)　除吴曉鈴本外，各本下補「(正旦唱)」。

〔一七〕少乳些　吴國欽本奪「些」字。乳，奶，用乳汁喂。《左傳·宣公四年》：「邧夫人使弃諸夢中，虎乳之。」

〔一八〕犯觸　犯憷。觸，借作「憷」。

〔一九〕倒踤驢　倒提嚕。形容倒挂着的樣子。

〔二〇〕聲聲的則待要哭　王學奇本「哭」字斷屬下句。誤。按，「哭」字韵。

〔二一〕湯他一湯　吴國欽本、王季思本二「湯」字改作「蕩」。按，湯，碰，觸。參見《金線池》第二折校注〔四六〕。

〔二二〕搬　王季烈本、吴國欽本、王季思本改作「扳」。按，搬，扳，拉。脈望館鈔本李致遠《還牢末》一折李得白：「不想打街市所過，見一個年紀小的打那年紀老的，我心中不忿，將那年紀小的搬過來，只一拳，誰想拳頭上没眼，把他打死了。」後同，不另出校。

〔二三〕捽　吴曉鈴本誤作「踤」。

〔二四〕則使的幾貫錢　除吴曉鈴本外，各本下補「（正旦唱）」。則，猶才。秦簡夫《剪髮待賓》二折：「【滚綉毬】……（云）姐姐，喒這婦道人家，有這個信字呵，（唱）則被這親男兒敬重做賢達婦。」闕名氏《獨角牛》一折折拆驢白：「我去時孩兒則這般大。」

〔二五〕腸肚　骨肉。《董解元西厢記》卷六【般涉調】【沁園春】：「六十餘歲的婆婆，道千萬擔饒我女呵！子母腸肚終須熱。」

〔二六〕階除　原誤作「街衢」，今改。階除，臺階。參見《蝴蝶夢》第二折校注〔一四〕。

〔二七〕戰欽欽　王季烈本「欽欽」改作「兢兢」。按，戰欽欽，戰兢兢。脈望館古名家本白仁甫《秋夜梧桐雨》三折【撥不斷】：「諕的我戰欽欽遍體寒毛乍。」

〔二八〕正旦　王季烈本、隋樹森本删。

〔二九〕咱　王季烈本改作「者」。按，咱，猶吧，表祈求語氣。參見《哭存孝》頭折校注〔一三〕。後同，不另出校。

〔三〇〕得　行，可。《太平廣記》卷一百七十七引《國史補》：「唐陸衮公象先爲同州刺史，有家僮遇參軍不下馬，參軍欲賈其事，鞭背見血，曰：『卑吏犯公，請去。』衮公從容謂之曰：『奴見官人不下馬，打也得，不打也得。官人打了，去也得，不去也得。』參軍不測而退。」

〔三一〕里　趙琦美改作「哩」。各本從。按，里，哩。參見《哭存孝》第二折校注〔一四〕。

〔三二〕喒　王季烈本、吴曉鈴本、北京大學本、吴國欽本、王學奇本、王季思本改作「咱」。按，喒，咱們。參見《哭存孝》頭折校注〔二四〕。

〔三三〕痛殺我也　各本下補「（唱）」。

〔三四〕久已後　王學奇本「已」改作「以」。按，已，同「以」。參見《拜月亭》第三折校注〔九三〕。久已後，即久以後，以後。金仁傑《追韓信》三折【蔓菁菜】：「陛下，我親挂了元戎印，久已後我王掌十萬里錦乾坤，恁時節須正本。」

〔三五〕躊蹰　悲戚。亦作「躊躇」。白居易《白氏長慶集》卷十二《長恨歌》：「天旋日轉迴龍馭，到此躊躇不能去。」參見《蝴蝶夢》第二折校注〔六七〕。

〔三六〕你　原作「作」，從趙琦美校改。各本亦從改。

〔三七〕布背子　王學奇本校注云：「『布』，明鈔本原作『有』，從王本（按，即王季烈本）、北本（按，即北京大學本）改。」按，鈔本不誤，王本誤校。背子，一種無袖上衣。《古今圖書集成》禮儀典卷三三六衣服部引《實録》：「隋大業中，内官多服半塗，即長袖也。唐高祖減其袖，謂之半臂，今背子也。江淮之間或曰綽子。士人競服，隋始制之也。」

〔三八〕故疏　認識的和不認識的。故，故舊；疏，生疏。

〔三九〕暮古　糊塗。亦作「慕古」。《董解元西厢記》卷四【中吕調】【鶻打兔】：「暢忒昏沉，忒慕古，忒猖狂，不問是誰，便待窩穰。」

〔四〇〕口銜錢　入殮時放在死者嘴裏的錢。亦作「口含錢」。闕名氏《雲窗夢》一折【勝葫蘆】：「待教我冷氣虚心將他顧戀，覰一覰要飯吃，摟一摟要衣穿，我與你積趲下些口含錢。」

〔四一〕放良書　奴婢贖身成爲平民的文書。陶宗儀《輟耕録》卷十七「奴婢」：「（奴）亦有自願納其財以求脱免奴籍，則主署執憑付之，名曰放良。」《元典章》刑部四「殺奴婢娼佃」：「東平路住坐探馬赤張歹兒，不合於至元五年七月十五日爲失了馬匹，用鐵箸强打死軀婦燕粉兒，私下立與李留住全家放良文字。」

第二折

（外扮李嗣源蹦馬兒領卒子〔一〕上，云）靴尖踢鐙快，袖窄拽弓疾；能騎乖劣〔二〕馬，善着四時衣。某乃沙陀李克用之子李嗣源是也。爲因〔三〕俺阿媽破黄巢有功，聖人封俺阿媽太原府晋王〔四〕之職，俺阿媽手下兒郎都封官賜賞。今奉俺阿媽將令，着俺數十員名將，各處收捕黄巢手下餘黨。某爲節度使之職。昨日三更時分，夜作一夢，夢見虎生雙翅。今日早間去問周總管，他言説道：有不測之喜，可收一員大將。某今日統領本部軍卒，荒郊野外打圍獵射走一遭去。衆將，擺開圍場者！（做見兔兒科，云）圍場中驚起一個雪練〔五〕也似白兔兒來。我拽的這

弓滿，放一箭去，正中白兔。那白兔倒一交，起身便走。俺這裏緊趕緊走，慢趕慢走。衆將，與我慢慢的追襲〔六〕將去來！（下）

（正旦抱倈兒上，云）妾身抱〔七〕着這個孩兒，下着這般大雪，向那荒郊野外，丢了這孩兒也。你也怨不的我也〔八〕！

【南吕一枝花】恰纔得性命逃，速速的離宅舍，我可便一心空哽咽，則我這兩隻脚可兀的走忙迭〔九〕。我把這衣袂來忙遮，俺孩兒渾身上綿繭兒〔一〇〕無一葉。我與你往前行，無氣歇〔一一〕，眼見的無人把我來攔遮〔一二〕，我可便將孩兒直送到荒郊曠野。

【梁州】〔一三〕我如今官差可便弃捨，哎，兒也！咱兩個須索今日離别，這冤家必定是前生業〔一四〕。這孩兒儀容兒清秀，模様兒英傑。我熬煎了無限，受苦了偌些，我知他是吃了人多少唇舌，不由我感嘆傷嗟！我、我、我，今日個母弃了兒，非是我心毒，是、是、是，更和這兒離了母如何的弃捨！哎！天也！天也！俺可便眼睁睁子母每各自分别，直恁般運拙。這冤家苦楚何時徹？誰能勾暫時歇？若是我無你個孩兒伶俐〔一五〕些，那其間方得寧貼。

（正旦〔一六〕云）我來到這荒郊野外，下着這般大雪，便怎下的丢了孩兒也〔一七〕！

【隔尾】我這裏牽腸割肚把你個孩兒捨，跌脚捶胸自嘆嗟。望得無人拾將這草科兒遮〔一八〕，將乳食來〔一九〕喂些。我與你且住者，兒也，就在這官道傍邊敢將你來凍殺也〔二〇〕！

（李嗣源領番卒子上，云）大小軍卒，趕着這白兔兒。我有心待不趕來，可惜了我那枝艾葉金鈚箭去了〔二一〕。如今趕到這潞州長子縣荒草坡前，不見了白兔，則見地下插着一枝箭。左右，與我拾將那枝箭來，插在我這撒袋〔二二〕中。（李嗣源做見正旦科，云）奇怪也！兀那道傍〔二三〕邊一個婦女人，抱着一個小孩兒，將那孩兒放在地上，哭一回去了，他行數十步可又回來，抱起那孩兒來又啼哭。那婦女人數遭家恁的〔二四〕，其中必是暗昧。左右，你去喚將那婦人來，我是問他〔二五〕。（卒子做喚科，云）兀那婆婆兒，俺阿媽喚你哩。（正旦見科，云）官人萬福！（李嗣源云）兀那婦人，你抱着這個小的，丢在地下去了，可又回來，數番不止，你必是暗昧〔二六〕。（正旦云）官人不嫌絮繁，聽妾身口説一遍：我是這本處王屠的渾家，當日所生了這個孩兒，未及滿月，不想王屠辭世。争柰無錢埋殯〔二七〕，妾身與趙太公家典身三年，就看管他的孩兒。不想趙太公將我那典身的文書，他改做了賣身的文契。他當日〔二八〕趙太公喚我，我〔二九〕抱着兩個孩兒，太公見了，他説：「偏你那〔三〇〕孩兒便好，怎生餓損了我這孩兒？便將你那孩兒或是丢了或是渰〔三一〕了便罷，若不丢你那孩兒，回來我不道的饒了你！」因此上來到這荒郊野外，丢我這孩兒來。（李嗣源云〔三二〕）嗨！好可憐人也！兀那婦人，比及你要丢在這荒郊野外呵，與了人可不好〔三三〕？（正旦云）妾身怕不待要與人，誰肯要？（李嗣源云）兀那婦人，這小的肯與人呵，與了我爲子可不好？（正旦云）官人若不弃嫌，情願將的去。敢問官人姓甚〔三四〕名誰？（李嗣源云）我是沙陀李克用之子李嗣源是也。久以後擡舉的你這孩兒成人長大，我教他認你來。你將他那生時年月小名説與我者〔三五〕。（正旦云）官人，這孩兒是八月十五日半夜子時生，小名喚做〔三六〕王阿三。（李嗣源云）左右那裏？好生抱着孩兒。這圍場中那裏看那紙筆〔三七〕？番〔三八〕過那襖子上襟，寫着孩兒的小名生時年月。你休煩惱，放心回去〔三九〕。

【賀新郎】富豪家安穩〔四〇〕把孩兒好擡迭，這孩兒脱命逃生，媳婦兒感承多謝！（李嗣源云）我和你做個親眷可不好[四一]？（唱[四二]）官人上怎敢爲枝葉？ 教孩兒執[四三]帽擎鞭抱靴。（李嗣源云）你放心，這孩兒便是我親生嫡養的一般[四四]。（唱[四五]）聽説罷我心内歡悦，便是你享富貴合是遇英傑[四六]。哎，你個趙太公弄巧番[四七]成拙。兒也，你今日弃了你這個窮妳妳[四八]，哎，兒也，誰承望你認了富爹爹！

（李嗣源云）兀那婦人，你放心，等你孩兒成人長大，我着你子母每好歹有廝見的日子里[四九]。（正旦云）多謝了官人也！ 則被你痛殺我也[五〇]！

【尾聲】怕孩兒有剛氣自己着疼熱，會武藝單單的執斧鉞，俺孩兒一命也把自家冤[五一]恨絶。我若是打聽的我孩兒在時節，若有些志節[五二]，把他來便撞者，將我這屈苦的冤讎，兒也，那其間報了也！（下）

（李嗣源云）兀那衆軍卒聽者：他這小的如今與我爲了兒，我姓李，就唤他做李從珂，到家中不許一個人泄漏了；若是有一個泄漏了的，我不道的饒了您哩！ 我驅兵領將數十年，因追玉兔驟征駒，忽見婦女嚎咷哭，我身[五三]一一問前緣。他願[五四]將赤子與我爲恩養，我教他習文演武領兵權；一朝長立成人[五五]後，久以後我着他子母再團圓。（下）

校注

［一］卒子　隋樹森本上補一「番」字。

〔二〕乖劣　烈，暴烈。顧曲齋本尚仲賢《柳毅傳書》楔子小龍白：「父親，你與我娶了個妻，他性兒乖劣，至今不與我相和，倚恃他父親神通，發猛的要降我。」

〔三〕爲因　王季思本乙改作「因爲」。按，爲因，因爲。參見《裴度還帶》第二折校注〔三五〕。

〔四〕晉王　「王」原作「公」，今據《舊五代史·唐書·武皇紀》與本劇楔子李嗣源説白改。王季烈本、北京大學本、吴國欽本、王學奇本、王季思本亦改。吴曉鈴本「公（王）」誤作「府」，吴國欽本校記亦誤謂「原作『府』」。

〔五〕雪練　白絹。《水滸傳》五十四回：「那馬渾身墨錠似黑，四蹄雪練價白。」

〔六〕追襲　追趕。鄭德輝《智勇定齊》三折【調笑令】：「這厮不識咱運機，將人來緊追襲。」

〔七〕抱　原作「接」，從王季烈本、隋樹森本、北京大學本、吴國欽本、王學奇本、王季思本改。

〔八〕你也怨不的我也　除吴曉鈴本外，各本下補「（唱）」。「你」原作「作」，從趙琦美校改。各本亦從改。王學奇本「的」改作「得」。按，的，得。參看《詩詞曲語辭匯釋》卷四「的（二）」。

〔九〕迭　點，些。《望江亭》三折【禿厮兒】：「唤相公，早醒些，快迭。」

〔一〇〕綿藹兒　藹子。

〔一一〕氣歇　憩息。《劉知遠諸宫調》第一【歇指調】【枕屏兒】：「樹影下，權時氣歇。」

〔一二〕攔遮　阻攔。《雍熙樂府》卷一三闕名氏套數【越調】【鬥鵪鶉】「離恨」：「鐘韵凄，鼓韵切，聽樓頭角韵尚悠噎。似這般離恨怎攔遮。」

〔一三〕【梁州】 王季思本改作「【梁州第七】」。

〔一四〕業 吴國欽本、王季思本改作「孽」。參見《蝴蝶夢》第二折校注〔二六〕。

〔一五〕伶俐 利索。《清平山堂話本·快嘴李翠蓮記》：「哥嫂休送我自去，去了你們得伶俐。」

〔一六〕正旦 王季烈本、隋樹森本删。

〔一七〕便怎下的丢了孩兒也 除吴曉鈴本外，各本下補「（唱）」。

〔一八〕望得無人拾將這草科兒遮 「望」字原無，從趙琦美校補。各本亦從補。吴國欽本、王季思本「科」改作「料」。按，草科，草叢，草。科，叢。《廣雅·釋言》：「科，藂也。」「釋詁」「科，本也」條王念孫疏證：「藂，與叢同。」

〔一九〕來 此字有校改迹。王季烈本作「米」。誤。

〔二〇〕就在這官道傍邊敢將你來凍殺也 吴曉鈴本、王季思本「傍」改作「旁」。按，傍，旁。參見《哭存孝》頭折校注〔二五〕。吴國欽本、王季思本「殺」改作「煞」。按，殺，死。參同上頭折校注〔一四〕。

〔二一〕去了 隋樹森本「去」改作「丢」。按，去了，猶了。

〔二二〕撒袋 蒙古語。箭袋。參看方齡貴《元明戲曲中的蒙古語》「撒袋」。

〔二三〕傍 王季思本改作「旁」。參見校注〔二〇〕。

〔二四〕那婦女人數遭家恁的　原本下有一「又」字，從趙琦美刪。各本亦從刪。

〔二五〕我是問他　原本下有一「又」字，從趙琦美刪。各本亦從刪。各本「是」改作「試」。參見楔子校注〔二〇〕。

〔二六〕你必是暗昧　原本下有一「又」字，從趙琦美刪。各本亦從刪。

〔二七〕殯　原誤作「殘」，從趙琦美校改。王季烈本、隋樹森本、北京大學本、吴國欽本、王學奇本、王季思本亦從改。

〔二八〕他當日　吴國欽本、王季思本乙改作「當日他」。按，他當日，那當時。參見《哭存孝》第三折校注〔五三〕、《拜月亭》第二折校注〔五五〕。

〔二九〕我　原本下有一「我」字，趙琦美刪，旁注「卜」。從。王季烈本、隋樹森本、北京大學本、吴國欽本、王學奇本、王季思本亦從刪。吴曉鈴本校勘記云：「『我』字旁注『卜』，是刪去之標識。」

〔三〇〕那　原本上有一「那」字，趙琦美刪，旁注「卜」。從。王季烈本、隋樹森本、北京大學本、吴國欽本、王學奇本、王季思本亦從刪。吴曉鈴本校勘記云：「『那』字旁注『卜』，是刪去之標識。」

〔三一〕漾　吴國欽本、王季思本改作「養」，上增補一「人」字。按，漾，拋。《張協狀元》戲文十九出：「老夫聞得張解元漾了渾家，要去赴試。是和不是，問取我婆則個。」

〔三二〕云　原誤作「元」，從各本改。

〔三三〕與了人可不好　原本下有一「又」字，從趙琦美删。各本亦從删。

〔三四〕甚　原作「字」，從趙琦美校改。王季烈本、隋樹森本、北京大學本、吴國欽本、王學奇本、王季思本亦從改。

〔三五〕者　原作「又」，從趙琦美校改。各本亦從改。

〔三六〕做　王學奇本改作「作」。誤。後同，不另出校。

〔三七〕這圍場中那裏看那紙筆　原本下有一「又」字，從趙琦美删。各本亦從删。王季烈本、北京大學本、吴國欽本、王學奇本、王季思本「看」改作「有」，隋樹森本改作「着」。按，看，備。參見《金線池》第一折校注〔三七〕。

〔三八〕番　各本改作「翻」。按，番，用同「翻」。

〔三九〕放心回去　原本下有一「又」字，從趙琦美删。各本亦從删。除吴曉鈴本外，各本下補「（正旦唱）」。

〔四〇〕安穩　平安。《世説新語·排調》：「行人安穩，布颿無恙。」

〔四一〕我和你做個親眷可不好　原本下有一「又」字，從趙琦美删。各本亦從删。

〔四二〕唱　除吴曉鈴本外，各本上補「正旦」。

〔四三〕執　原作「報」（王學奇本校注誤作「极」），從王季烈本改。隋樹森本、北京大學本、吴國欽本、王學奇本、王季思本亦從改。

〔四四〕這孩兒便是我親生嫡養的一般　原本下有一「又」字，從趙琦美删。各本亦從删。

〔四五〕唱　除吴曉鈴本外，各本上補「正旦」。

〔四六〕合是遇英傑　王季烈本「是」誤作「事」。「遇」原作「寓」，從趙琦美校改。王季烈本、隋樹森本、北京大學本、吴國欽本、王學奇本、王季思本亦從改。

〔四七〕番　各本改作「翻」。按，番，反而。參見《謝天香》第一折校注〔三四〕。

〔四八〕你今日弃了你這個窮妳妳　隋樹森本奪「個」字。弃，離。《漢書·霍去病傳》：「（去病）與輕勇騎八百直弃大將軍數百里赴利，斬捕首虜過當。」

〔四九〕我着你子母每好歹有厮見的日子里　原本下有一「又」字，從趙琦美删。各本亦從删。趙琦美「里」改作「哩」。除吴曉鈴本外，各本從。參見頭折校注〔三二〕。

〔五〇〕則被你痛殺我也　吴國欽本、王季思本上補「兒也」。除吴曉鈴本外，各本下補「（唱）」。

〔五一〕寃　吴國欽本、王季思本誤作「怨」。

〔五二〕志節　志向節操。《漢書·叙傳》：「（班伯）家本北邊，志節忼慨，數求使匈奴。」

〔五三〕身　親自。《漢書·項籍傳》：「（宋義）遣其子襄相齊，身送之無鹽，飲酒高會。」

〔五四〕顧　原作「原」，從王季烈本、隋樹森本、北京大學本、吴國欽本、王學奇本、王季思本改。

〔五五〕長立成人　吴國欽本、王季思本「立」改作「大」。按，長立成人，元曲習用，不煩校改。

第三折

（外扮葛從周領卒子上，云）黄巢播亂裂山河〔一〕，聚集群盜起干戈。某全憑智謀驅軍校，何用雙鋒石上磨？某姓葛名從周是也，乃濮州鄄城人氏。幼而頗習先王典教，後看韜略遁甲〔二〕之書，學成文武兼濟，智謀過人。某初佐黄巢麾下爲帥，自起兵之後，所過城池望風而降。不期李克用家大破黄巢。自黄巢兵敗，某今佐於梁元帥〔三〕麾下爲將。某今奉元帥將令，爲與李克用家相持。他倚存孝之威，數年侵擾俺鄰境，如今無了存孝，更待干罷！俺這裏新收一員大將，乃是王彦章，此人使一條渾鐵〔四〕槍，有萬夫不當之勇。他便是再長下的張車騎，重生下的唐敬德，此人好生英雄。某今差王彦章領十萬雄兵，去搦〔五〕李克用家名將出馬。小校，與我請將王彦章來，有事商議。（卒子云）理會的。王彦章安在？（王彦章上，云）幼年曾習黄公略〔六〕，中歲深通吕望書〔七〕，天下英雄聞吾怕，我是那壓盡春秋伍子胥。某乃大將王彦章是也，乃河北人氏。某文通三略，武解六韜，智勇雙全。寸〔八〕鐵在手，萬夫不當之勇；片甲遮身，千人難敵之威；鐵槍輕舉，戰將亡魂；二馬相交，敵兵喪魄。天下英雄，聞某之名，無有不懼。今有元帥呼唤，須索走一遭去。可早來到也。報復去，道有王彦章來了也。（卒子云）理會的。（報科，云）喏，報的元帥得知，有王彦章來了也。（葛從周云）着他過來。（卒子云）理會的。着你過去。（做見科，云）呼唤某有何將令？（葛從周云）王彦章，唤你來別無甚事，今有李克用數年侵擾俺鄰境〔九〕，如今無了存孝也，你領十萬雄兵，去搦李克用家名將出馬。若得勝回還，俺梁元帥必然重賞加官也。（王彦章云）某今領了將令，點就〔一〇〕十萬雄兵，則今日拔寨起營。大小三軍，聽吾將令，與李克用家相持厮殺走一遭去！某驅兵領將顯高强，全憑渾鐵六沉槍〔一一〕。馬如北海蛟出水，人似南山虎下岡。敵兵一見魂魄喪，糾糾〔一二〕威風把名揚。臨軍對陣活挾將，敢勇交鋒戰一場。（下）（葛從周云）小校，王彦章領兵與〔一三〕李克用家交戰去了也？（卒子云）去了也。（葛從周云）憑着此人英勇〔一四〕，必然得勝也。俺梁元帥怎比黄巢？斬大將豈肯耽饒！十萬兵當先敢勇，千員將施逞英豪。人人望封官賜賞，個個要重職名標。收軍鑼行營〔一五〕起寨，則要你〔一六〕賀凱歌得勝旗摇。（下）

（李嗣源領番卒子上，云）馬吃和沙草，人磨帶血刀，地寒氈〔一七〕帳冷，殺氣陣雲高。某乃李嗣源是也。今收捕草寇以〔一八〕回。頗柰梁元帥無禮，今差賊將王彦章，領十萬軍兵搦俺相持。他則知無了存孝，豈知還有俺五虎大將，量他何足道哉！某今領二十萬雄兵，五員虎將，與梁兵交戰去。小校，唤將李亞子、石敬瑭、孟知祥、劉知遠、李從珂五員將軍來者〔一九〕。（卒子云）理會的。衆將安在〔二〇〕？（李亞子上，云）幼小曾將武藝習，南征北討要相持；臨軍望塵知勝敗〔二一〕，對壘嗅土識兵機〔二二〕。某乃李亞子是也。今有俺嗣源哥哥呼唤，須索見哥哥去。可早來到也。小番，報復去，道有李亞子來了也〔二三〕。（卒子云）理會的。報的阿媽得知：有李亞子來了也〔二四〕。（李嗣源云）着他過來〔二五〕。（卒子云）理會的。着你過去〔二六〕。（做見科，云）哥哥呼唤，有何事〔二七〕？（李嗣源云）亞子兄弟，唤您來别無〔二八〕事，今有梁將王彦章搦戰，等五將來全〔二九〕了，支撥與您軍馬去〔三〇〕。（李亞子云）理會的。（石敬瑭上，云）幼習韜略識兵機，旗開對壘敢迎敵；臨軍能射敵兵怕〔三一〕，大將軍八面虎狼威〔三二〕。某乃石敬瑭是也。今有先鋒將李嗣源呼唤，須索走一遭去。可早來到也。小番，報復去，道有石敬瑭來了也〔三三〕。（卒子云）理會的。（報科，云）報的阿媽得知：有石敬瑭來了也〔三四〕。（李嗣源云）着他過來〔三五〕。（卒子云）理會的。

着你過去者〔三六〕。（做見科，云）呼喚某那廂使用？（李嗣源云）石敬瑭，今喚您五將與王彦章相持去，等來全時交撥與您軍馬。（石敬瑭云）理會的。（孟知祥上，云）學成三略和六韜，忘生捨死建功勞；赤心輔弼爲良將〔三七〕，盡忠竭力保皇朝〔三八〕。某乃孟知祥是也。今有李嗣源呼喚，須索走一遭去。可早來到也。小番，報復去，道有孟知祥來了也〔三九〕。（卒子云）報的阿媽得知：有孟知祥來了也〔四〇〕。（李嗣源云）着他過來者〔四一〕。（卒子云）理會的。着你過去〔四二〕。（做見科，云）呼喚孟知〔四三〕祥有何事商議？（李嗣源云）且一壁有〔四四〕者。（劉知遠上，云）番將雄威擺陣齊，北風招颭皂雕旗；馬前將〔四五〕士千般勇，俺這裏百萬軍兵〔四六〕敢戰敵。某乃劉知遠是也。正在教場中操兵練士，今有哥哥升帳呼喚，須索走一遭去。可早來到也。小番，報復去，道有劉知遠來了也〔四七〕。（卒子云）理會的。報的阿媽得知：有劉知遠來了也〔四八〕。（李嗣源云）着他過來。（卒子云）理會的。着你過去〔四九〕。（劉知遠見科，云）哥哥，呼喚你〔五〇〕兄弟那廂使用？（李嗣源云）且一壁有者，等五將來全時，支撥與你軍馬。（劉知遠云）理會的。（李從珂上，云）幼習黄公智略多，每回臨陣定干戈；刀横宇宙三軍喪，匹馬當先戰百合。某乃李從珂是也。正在教場中操練番官〔五一〕，有阿媽呼喚，不知有甚事，須索走一遭去。可早來到也。小番，報復去，道有李從珂來了也〔五二〕。（卒子云）理會的。報的阿媽得知：有李從珂來了也〔五三〕。（李嗣源云）着他過來。（卒子云）理會的。着過去〔五四〕。（李從珂云）阿媽〔五五〕，呼喚您〔五六〕孩兒那廂使用？（李嗣源云）喚你來不爲别，今有梁元帥〔五七〕命王彦章領十萬雄兵，搦俺相持。某今統二十萬人馬，五哨〔五八〕行兵，擒拿王彦章去。李亞子，你領兵三千，軍行左哨，看計行兵。（李亞子云）得令！某今領兵三千，軍行左哨，與王彦章拒敵走一遭去。人又英雄馬又犇〔五九〕，交鋒今日定江山；兩陣對圓旗相望，不捉彦章永不還。（下）（李嗣源云）石敬瑭近前來，撥與你三千人馬，你軍行右哨，看計行兵。（石敬瑭云）得令！則今日領了三千人馬，軍行右哨。親傳將令逞威風，扯鼓奪旗有誰同？十萬軍中施英勇，生擒彥章建頭功。（下）（李嗣源云）孟知祥，我撥與你三千精兵，你軍行前哨，與王彥章對壘相持去，看計行兵。（孟知祥云）得令！某令[六〇]領三千人馬，軍行前哨，擒拿王彥章去。今朝發奮統戈矛，義兒家將逞搊搜；皂雕旗磨番兵進，不擒彥章誓[六一]不休。（下）（李嗣源云）劉知遠，撥與你三千雄兵，你軍行中路，與王彥章交鋒去，看計行兵。（劉知遠云）得令！奉哥哥的將令，領本部下人馬，與王彥章相持厮殺走一遭去。大小番兵，聽吾將令！到來日，衆番將敢勇當先，能相持戰馬盤旋；鼉皮鼓喊聲振地[六二]，皂雕旗蔽日遮天；韵悠悠胡笳慢品，阿來來口打番言；遇敵處忘生捨死，方顯俺五虎將武藝熟閑[六三]。（下）（李嗣源云）李從珂，我與你三千人馬，你軍行後哨，與王彥章交鋒去，看計行兵。（李從珂云）得令！領了阿媽將令，領三千人馬，軍行後哨，與王彥章交戰[六四]走一遭去。兵行[六五]將勇敢當先，塞北兒郎列數員；略施黃公三略智，生擒賊將在馬前。（下）（李嗣源云）五員虎將去了也。某領大勢雄兵，軍行策應，擒拿王彥章易如番掌[六六]。糾糾雄威殺氣高，三軍帥領顯英豪；偎山靠水安營寨，掃蕩賊兵建勳勞。（下）

（王彥章跚[六七]馬兒領卒子上，云）某乃王彥章是也。奉俺帥將令[六八]，統十萬雄兵，與李克用家軍馬[六九]相持厮殺。遠遠的塵土[七〇]起處，敢是兵來了也。（李亞子跚馬兒上，云）某乃李亞子是也。來者何人[七一]？（王彥章云）某乃梁將王彥章是也。你乃何人？（李亞子云）某乃李亞子是也。敢交鋒麼？操鼓來！（做戰科）（石敬瑭跚馬兒上[七二]，云）某乃石敬瑭是也。兀的不是王彥章！（戰科[七三]）（孟知祥跚馬兒上，云）某乃孟知祥是也。領本部下人馬，截殺王彥章走一遭去。休着走了王彥章！（劉知遠跚馬兒上，云）某乃劉知遠是也。兀的不是王彥章！（做戰科）（李嗣源跚馬兒上，云）休着走了王彥章！（李從珂跚馬兒上，云）某乃李從珂。拿住王彥章者！（做混戰科）（王彥章云）五員虎將戰某一人，不中，我與你走、走、走！（下）（李嗣源云）王彥章敗走了，更待干罷。無名的小將，有何懼哉！李亞子、石敬瑭、孟知祥、劉知遠，跟某回大寨中去。留李從珂收後〔七四〕，恐怕王彥章復來，他〔七五〕再與他交鋒。他怎生贏的〔七六〕俺軍兵！俺回營中去來。得勝收軍捲征旗，行軍起寨罷相持；衆將鞭敲金鐙響，班師齊唱凱歌回。（四將同下）（李從珂云）阿媽回兵去了也。某襲〔七七〕殿後，恐防〔七八〕賊兵。征雲籠罩霧雲收，殺氣沖霄滿地愁；群雁撲番〔七九〕鵰鶚，五虎戰敗錦毛彪。（下）

（趙太公上，云）窗外日光彈指過，席間花影坐〔八〇〕間移。老漢趙太公是也。自從教那婦人丢了他那小的，則擡舉着我的孩兒，經今十八年光景也，擡舉的孩兒成人長大了也。近日我染其疾病，若我死之後，恐怕我那孩兒不知，教人尋我那孩兒來，我有幾句言語分付他。孩兒那裏？（净趙脖揪上，云）我做莊家快誇嘴，丢輪扯砲〔八一〕如流水；引着沙三去蹦橇〔八二〕，伴着王留學〔八三〕調鬼。自家趙脖揪的便是，我父親是趙太公，祖傳七輩都是莊家出身，一生村魯〔八四〕，不尚斯文。伴着的是王留、趙二、牛表、牛筋〔八五〕。鋤刨過日，耕種絶倫。秋收已罷，賽社〔八六〕迎神。開筵在葫蘆篷〔八七〕下，酒釀在瓦鉢磁盆。茄子連皮咽〔八八〕，稍瓜〔八九〕帶子吞。蘿蔔蘸生醬，村酒大碗敦〔九〇〕。唱會〔花桑樹〕〔九一〕，吃的醉醺醺。舞會〔村田樂〕〔九二〕，困來坐草敦〔九三〕。閑〔九四〕時磨豆腐，悶後蹦麵筋。醉了胡厮打〔九五〕，就去告老人；一頓黄桑棒，打的就發昏；預備和勸酒，永享太平春〔九六〕。我今日吃了幾杯酒，有我爹爹在家〔九七〕染病，且回家看爹爹去。可早來到也，我自過去。（做見科，云）爹爹，你病體如何？我妳子那裏去了？（趙太〔九八〕公云）孩兒，你不知道，他不是你妳子，他是喒〔九九〕家裏買來的。當初覓他來做妳子來，他將那好〔一〇〇〕妳與他養的孩兒吃，將那無乳〔一〇一〕的妳來與你吃，因此折倒的你這般瘦了。你從今以後休喚做妳子，則叫他做〔一〇二〕王嫂。你趁〔一〇三〕我在日，朝打暮罵他，久後他也不敢管你。孩兒，你扶我後堂中去。（下）（净趙脖揪云）爹爹，你不説呵，我怎麽知道？兀的不痛痛痛殺〔一〇四〕我也！我如今喚他出來。王嫂，你出來！（正旦上，云）過日月好疾也！自從將孩兒與了那官人去了，可早十八年光景也，未知孩兒有也是無？如今趙太公染病，他着孩兒喚我，須索見他去咱。（見科）（浄趙脖揪云）兀那王嫂！（正旦云）你怎生喚我做王嫂？我是你妳妳〔一〇五〕哩。（浄趙脖揪云）我可是你爹爹哩！想當初我父親買你來與我家爲奴，就着你做妳子，妳的我好！你將那好妳與你那孩兒吃，你將那無乳的妳與我吃，故意的把我餓瘦了。如今我不喚你做妳子了，我則叫你做王嫂。你與我飲牛去，休濕了那牛嘴兒，若濕了我那牛嘴兒呵，回家來五十黃桑棍！（下）（正旦云）似這般如之柰何？當初他本不知道，如今他既知道了，這煩惱從頭兒受起也！我索井頭邊飲牛去咱。下着這般國家祥瑞〔一〇六〕，好冷天道也呵〔一〇七〕！

【正宮端正好】風颼颼遍身麻，則我這篤簌簌連身戰，凍欽欽手脚難拳。走的緊來到荒坡佃〔一〇八〕，覺我這可撲撲的心頭戰。

【滚綉毬】我這裏立不定虛氣喘，無筋力手腕軟，瘦身軀急難動轉。恰來到井口傍〔一〇九〕邊，雪打的我眼怎開，風吹的我身倒偃〔一一〇〕，凍碌碌自嗟自怨，也是咱前世前緣。凍的我拿不的繩索拳攣着手，立不定身軀聳定肩，苦痛難言〔一一一〕！

（正旦〔一一二〕云）我將這水桶擺在井邊，放下這吊桶去。好冷天道也〔一一三〕！

【倘秀才】我這裏立不定吁吁的氣喘，我將這繩頭兒呵的來覺軟。一桶水提離井口邊，寒參參〔一一四〕手難拳，我可便應難動轉。

（正旦〔一一五〕云）將這吊桶吊〔一一六〕在這井裏，我也不敢回家去，到家裏又是打又是罵。罷、罷、罷，就在這裏尋個自縊！（外扮李從珂蹦馬兒領番卒子上，云）幾度相持在戰場，沙陀將士顯高强。破滅黄巢真良將〔一一七〕，扶持阿媽保家邦〔一一八〕。某乃大將李從珂是也。奉着阿媽的將令，差俺五虎將與王彦章交戰去來，被俺五虎將困了彦章〔一一九〕，今日班師得勝回程。我父親李嗣源與四個叔叔先回去了。某領三千軍馬後哨行將去，打這潞州長子縣過，來到這村莊前。（做見旦科，云）奇怪也！兀那井口傍邊一個婦人，守着一擔水，樹上挂着一條繩子，有那覓自縊的心，則管裏啼天哭地的。左右那裏，與我唤那婦人來，我問他〔一二〇〕。（卒子云）理會的。兀那婦人，俺大人唤你里〔一二一〕！（正旦云）哥哥唤我做是〔一二二〕麽？（李從珂云）左右，接了馬者。（做下馬科，云）將坐〔一二三〕兒來我坐。（正旦做見科，云）官人萬福！（李從珂做猛起身科，云）好奇怪也！這個婆婆兒剛拜我一拜，恰似有人推起我來的一般。這婆婆兒的福氣倒敢大似我麽？兀那婆婆，你爲甚麽樹上拴着這條套繩子要尋自縊？你説一遍，我是〔一二四〕聽咱。（正旦云）官人不知，老身是〔一二五〕趙太公家居住，俺太公嚴惡〔一二六〕，使我來這井上打水飲牛來，不想將〔一二七〕吊桶吊在井裏，不敢回家取三鬚鉤〔一二八〕去，因此上尋個自縊。（李從珂云）可憐也！這婆婆吊了桶在這井裏，不敢回家中去，在此尋個自盡。嗨，可不道螻蟻尚然貪生，爲人何不惜命？左右，拿着那揉鉤槍〔一二九〕，井中替他撈出那桶來。（卒子云）理會的。（做撈桶科，云）打撈出來了也。（李從珂云）將桶與那婆婆。（正旦云）多謝了官人。（做認科，云）看了這官人那中珠〔一三〇〕模樣，好似我那王阿三孩兒也。（李從珂云）這個婆婆兒〔一三一〕好無禮也，我好意的與你撈出桶來，你爲可看着我啼哭？（正旦云）老身怎敢看〔一三二〕官人啼哭！老身當初也有個孩兒來，自小裏與了個官人去了，如今有呵，也有這般大小年紀也。老身見了官人，想起我那孩兒來，因〔一三三〕此煩惱。（李從珂云）兀那婆婆，你當初也有個孩兒來，與了一個官人去了；那官人姓甚名誰？穿着甚麽衣服？騎着甚麽鞍馬？你從頭至尾慢慢的説一遍咱〔一三四〕。

【倘秀才】那官人繫着條玉兔鶻連珠兒石碾，戴着頂白氈笠前檐兒慢〔一三五〕捲。（李從珂云）他來你這裏有甚麼勾當〔一三六〕？（唱〔一三七〕）可是他趕玉兔因來到俺這地面。他兜玉轡，勒征騎，斜挑〔一三八〕着鐙偏。

（李從珂云）那官人他可怎生便問你要那孩兒來〔一三九〕？

【呆骨朵】那官人笑吟吟手撚着一枝雕翎箭，我可便把孩兒來與了那個官員。（李從珂云）曾有甚麼信息來？（唱〔一四〇〕）知他是富貴也那安然，知他是榮華也那穩便。（李從珂云）你這許多時不曾望你那孩兒一望？（唱〔一四一〕）要去呵應難去，（李從珂云）你曾見你那孩兒來麼？（唱〔一四二〕）要見呵應難見。（李從珂云）你那孩兒小名喚做甚麼？（唱〔一四三〕）知他是安在也那王阿三。（李從珂云）要了你那孩兒去的官人姓甚名誰？（唱〔一四四〕）你早則得福也李嗣源。

（李從珂云）奇怪也！這婆婆叫着我阿媽的名字。左右，這世上有幾個李嗣源〔一四五〕？（卒子云）止〔一四六〕有阿媽一個是李嗣源。（李從珂云）兀那婆婆，我和〔一四七〕李嗣源一張紙上畫字，我到家中說了，若有你那孩兒時，我教他看你來。你那孩兒如今多大年紀？幾月幾日甚麼時生？你說與我〔一四八〕。（正旦云）俺孩兒是八月十五日半夜子時生，年十八歲也，小名喚做王阿三。（李從珂云）奇怪也！這婆婆說的那生時年紀，和我同年同月同日同時一般般的，則爭一個名字差着，其中必有暗昧。我到家中呵，好歹着你孩兒來望你，你意下如何？（正旦云）官人，是必着孩兒來看我一看〔一四九〕。

【啄木兒尾聲】你是必傳示與那李嗣源，道與俺那閔子騫〔一五〇〕，有時節教俺這子母每重相

見。要相逢一面，則除是南柯夢裏得團圓！（下）

（李從珂云）奇怪也！這個婆婆説的他那孩兒和我同年同月同日同時，則爭着這一個小名差着：他是王阿三，我是李從珂；其中必有暗昧。我到家中問的明白，那其間來認，未爲晚矣。聽言説罷泪如梭，忽見受苦老婆婆。阿三小字誰名姓〔一五一〕？多應敢是李從珂〔一五二〕。（下）

校注

〔一〕黄巢播亂裂山河　「亂」原作「辭」，從王季烈本、隋樹森本、北京大學本、吴國欽本、王學奇本、王季思本改。「裂」原作「立」，從王季烈本、隋樹森本改。

〔二〕遁甲　古方士數術之一。以十干中的乙丙丁爲三奇，以戊己庚辛壬癸爲六儀，六甲常隱於六儀之内，三奇六儀分布九宫，而甲不獨占一宫，故名「遁甲」。迷信者認爲據此可推算吉凶禍福。《後漢書·方術傳序》：「其流又有風角、遁甲、七政、元氣、六日七分、逢占、日者、挺專、須臾、孤虚之術，及望雲省氣，推處祥妖，時亦有以效於事也。」李賢注：「遁甲，進六甲之陰而隱遁也。今書《七志》有《遁甲經》。」

〔三〕梁元帥　即後梁朱温。參見《哭存孝》頭折校注〔一九〕。

〔四〕渾鐵　純鐵。《水滸傳》七回：「（魯智深）便去房内取出渾鐵禪杖，頭尾長五尺，重六十二斤。」

〔五〕搊 挑。鄭德輝《三戰吕布》一折袁紹白:「今有吕布……又下將戰書來,搊俺十八路諸侯相持。」

〔六〕黄公略 即黄石公《三略》。參見《單鞭奪槊》第四折校注〔五三〕。

〔七〕吕望書 即吕尚《六韜》。參見《單鞭奪槊》第四折校注〔五三〕。

〔八〕寸 原作「存」,從趙琦美校改。各本亦從改。

〔九〕侵擾俺鄰境 「侵」下原有一「掁」字,趙琦美删,旁注「卜」。從。王季烈本、隋樹森本、北京大學本、吴國欽本、王學奇本、王季思本亦從删。吴曉鈴本校勘記云:「『掁』字旁注『卜』,是删去之標識。」吴曉鈴本奪「擾」字,校勘記誤謂「王本(按,即王季烈本)校改『掁』字爲『擾』字」。

〔一〇〕點就 王學奇本下衍一「了」字。

〔一一〕六沉槍 王季烈本「六」改作「緑」。按,六,借作「緑」。六沉,即緑沉,深緑色。姚寬《西溪叢語》卷上:「杜甫詩:『雨抛金鎖甲,苔卧緑沉槍。』……恐緑沉如今以漆調雌黄之類,若調緑漆之,其色深沉,故謂之緑沉,非精鐵也。」六沉槍,槍柄爲深緑色的槍。鈔本《單刀會》三折關平白:「五方旗,六沉槍,遮天映日。」

〔一二〕糾糾 王季烈本、北京大學本、吴國欽本、王學奇本、王季思本改作「赳赳」。按,糾糾,同「赳赳」。元刊本鄭廷玉《楚昭王》二折【鬥鵪鶉】:「惡噷噷,雄糾糾。早是狀貌威嚴,可更精神抖搜。」

〔一三〕與 原本無，從趙琦美校補。各本亦從補。

〔一四〕勇 趙琦美改作「雄」。王季烈本、隋樹森本從。

〔一五〕營 原字殘損，從各本補。

〔一六〕則要你 趙琦美删，王季烈本、隋樹森本、北京大學本、吴國欽本、王學奇本、王季思本從。

〔一七〕氈 王季思本誤作「毯」。

〔一八〕以 隋樹森本、吴國欽本、王季思本改作「已」。吴曉鈴本校勘記云：「『以』字疑當作『已』字。」按，以，通「已」。參見《單刀會》第一折校注〔二〕。王學奇本校注亦云：「古時『以』、『已』通用。」

〔一九〕唤將李亞子、石敬瑭、孟知祥、劉知遠、李從珂五員將軍來者 「者」原作「又」，從趙琦美校改。各本亦從改。李亞子，參見《哭存孝》第二折校注〔一五〕。石敬瑭，即後晋高祖。沙陀部人。後唐時爲河東節度使，鎮守太原。清泰三年，勾結契丹滅後唐，立爲帝，尊契丹主爲父皇帝，自稱兒皇帝，國號晋，史稱後晋。孟知祥，字保胤，邢州龍岡人。莊宗立，爲太原留守。同光三年，後唐滅前蜀後，爲成都尹，充西川節度使。長興四年，爲東、西川節度使，封蜀王。應順元年稱帝，國號蜀，史稱後蜀。劉知遠，即後漢高祖。沙陀部人。後晋時爲河東節度使，累封至北平王。開運四年，契丹滅後晉，遂即帝位於晉陽，國號漢，史稱後漢。李從珂，參見總題「説明」。

〔二〇〕衆將安在　原本下有一「又」字，從趙琦美删。各本亦從删。

〔二一〕臨軍望塵知勝敗　原本下有一「者」字，從趙琦美删。各本亦從删。

〔二二〕對壘嗅土識兵機　原本下有一「又」字，從趙琦美删。各本亦從删。

〔二三〕也　原作「又」，從趙琦美校改。各本亦從改。

〔二四〕也　原作「又」，從趙琦美校改。各本亦從改。

〔二五〕着他過來　原本下有一「又」字，從趙琦美删。各本亦從删。

〔二六〕着你過去　原本下有一「又」字，從趙琦美删。各本亦從删。

〔二七〕有何事　原本下有一「又」字，從趙琦美删。各本亦從删。

〔二八〕别無　吴國欽本乙改作「無别」。

〔二九〕全　原作「金」，從趙琦美校改。各本亦從改。

〔三〇〕支撥與您軍馬去　「去」原作「又」，從趙琦美校改。各本亦從改。支撥，調遣。脈望館鈔本闕名氏《博望燒屯》二折劉末白：「今夏侯惇統領兵來索戰，誰做先鋒，誰做合後，師父支撥軍馬，衆將聽令也。」

〔三一〕臨軍能射敵兵怕　原本下有一「者」字，從趙琦美删。各本亦從删。

〔三二〕大將軍八面虎狼威　原本下有一「又」字，從趙琦美删。各本亦從删。

〔三三〕也　原作「又」，從趙琦美校改。各本亦從改。

〔三四〕也　原作「又」，從趙琦美校改。各本亦從改。

〔三五〕着他過來　原本下有一「又」字，從趙琦美删。各本亦從删。

〔三六〕者　原作「又」，從趙琦美校改。各本亦從改。

〔三七〕赤心輔弼爲良將　原本下有一「者」字，從趙琦美删。各本亦從删。

〔三八〕盡忠竭力保皇朝　原本下有一「又」字，從趙琦美删。各本亦從删。

〔三九〕也　原作「又」，從趙琦美校改。各本亦從改。

〔四〇〕也　原作「又」，從趙琦美校改。各本亦從改。

〔四一〕者　原作「又」，從趙琦美校改。各本亦從改。

〔四二〕着你過去　原本下有一「又」字，從趙琦美删。各本亦從删。

〔四三〕呼唤孟知　原脱，從各本補。

〔四四〕有　等候。闕名氏《凍蘇秦》三折陳用白：「賢士，你則這裏有者，待我將的來。」

〔四五〕將　王季思本誤作「戰」。

〔四六〕俺這裏百萬軍兵　趙琦美删「俺這裏」，王季烈本、隋樹森本、北京大學本、吴國欽本、王學奇本、王季思本從。王季思本「兵」誤作「中」。

〔四七〕也　原作「又」，從趙琦美校改。各本亦從改。

〔四八〕也　原作「又」，今改。趙琦美改作「者」，各本從。

〔四九〕着你過去　原本下有一「又」字，從趙琦美删。各本亦從删。

〔五〇〕你　隋樹森本改作「您」。

〔五一〕官　王季烈本、隋樹森本、吴國欽本、王季思本改作「兵」。

〔五二〕也　原作「又」，從趙琦美校改。各本亦從改。

〔五三〕也　原作「又」，從趙琦美校改。各本亦從改。

〔五四〕着過去　原本下有一「又」字，從趙琦美删。各本亦從删。

〔五五〕媽　原字不清，從各本補。

〔五六〕您　原作「貨」，從王季烈本、吴曉鈴本、北京大學本、吴國欽本、王學奇本、王季思本改。隋樹森本改作「你」。

〔五七〕帥　原作「師」，從趙琦美校改。各本亦從改。

〔五八〕哨　戰陣的左右兩翼，或軍隊的一支、一隊。《宋史·宋琪傳》：「追戎之陣，須列前後。其前陣萬五千騎：陣身萬人，是四十指揮；左右哨各十指揮，是二十將。每指揮作一隊。」

〔五九〕犇　北京大學本、吴國欽本、王學奇本、王季思本改作「奔」。按，犇，凶猛。參見《單鞭奪槊》第四折校注〔九二〕。

〔六〇〕今　吴國欽本誤作「令」。

〔六一〕誓　原作「士」，從趙琦美校改。各本亦從改。

〔六二〕鼉皮鼓喊聲振地　「鼉」原作「鼍」，從趙琦美校改。王季烈本、隋樹森本、北京大學本、吴國欽本、王學奇本、王季思本亦從改。王學奇本、王季思本「振」改作「震」。按，振，通「震」。《史記·留侯世家》：「天下振動。」《漢書·張良傳》「振」作「震」。

〔六三〕熟閑　王季思本「閑」改作「嫻」。按，熟閑，嫻熟。閑，通「嫻」。《古本董解元西廂記》卷三【中吕調】【木魚兒】：「有文有武有權術，熟閑槍攧快弓弩。」

〔六四〕戰　隋樹森本誤作「鋒」。

〔六五〕行　强。《論語·先進》：「子路，行行如也。」何晏集解引鄭玄曰：「行行，剛强之貌。」

〔六六〕擒拿王彦章易如番掌　原本下有一「又」字，從趙琦美删。各本亦從删。王季烈本、隋樹森本、北京大學本、吴國欽本、王學奇本、王季思本「番」改作「翻」。參見第二折校注〔三八〕。

〔六七〕蹦　原作「敬」，從吴曉鈴本、隋樹森本、北京大學本、吴國欽本、王學奇本、王季思本改。王季烈本改作「躧」。

〔六八〕奉俺帥將令　「奉」原作「堯」，從各本改。王季烈本、吴曉鈴本、隋樹森本、吴國欽本、王季思本「帥」上補一「元」字。

〔六九〕馬　王季思本誤作「兵」。

〔七〇〕土　原作「士」，從各本改。

〔七一〕何人　原作「也」，從趙琦美校改。各本亦從改。

〔七二〕石敬瑭蹦馬兒上　王季思本上衍一「右」字。

〔七三〕戰科　王學奇本上補一「做」字。

〔七四〕收後　留後，殿後。

〔七五〕他　王季烈本删。吴曉鈴本校勘記云：「王本（按，即王季烈本）删去此字，不當。此『他』字指李從珂。」吴國欽本、王季思本改作「你」。

〔七六〕的　王季思本改作「得」。參見第二折校注〔八〕。

〔七七〕襲　因。這裏引申爲隨後。

〔七八〕恐防　防備。《三國志平話》卷上：「玄德曰：『恐防有失，爾可將取五百軍去。』」

〔七九〕番　王季烈本、隋樹森本、北京大學本、吴國欽本、王學奇本、王季思本改作「翻」。案，番，用同「翻」。參見《單刀會》第一折校注〔六六〕。

〔八〇〕坐　王季思本改作「座」。誤。

〔八一〕丟輪扯砲　東拉西扯。

〔八二〕橇　吴國欽本改作「撬」。誤。

〔八三〕學　原作「舉」，從趙琦美校改。各本亦從改。

〔八四〕村魯　粗魯。參見《調風月》第一折校注〔二七〕。

〔八五〕王留、趙二、牛表、牛筋　吴曉鈴本用舊式標點斷改作「王留。趙二牛。袁牛筋」。按，「王留」等乃元劇中農村少年之通稱，猶稱丫鬟爲「梅香」、僕人爲「張千」然。吴本誤。

〔八六〕賽社　農村中的迎神賽會。高承《事物紀原》卷八「歲時風俗·賽神」：「歲十二月，索鬼神而祭祀，則黨正以禮屬民，而飲酒勞農而休息之，使之燕樂，是君之澤也。今賽社則其事爾。」

〔八七〕篷　原作「蓬」，從北京大學本、吴國欽本、王學奇本、王季思本改。隋樹森本改作「棚」。

〔八八〕咽　王季烈本、隋樹森本、吴國欽本、王學奇本、王季思本改作「咽」。按，咽，啃。參見《四春園》第一折校注〔三三〕。

〔八九〕稍瓜　越瓜，菜瓜。李時珍《本草綱目》菜部第二十八卷「越瓜」：「越瓜以地名也，俗名稍瓜，南人呼爲菜瓜。」

〔九〇〕敦　食器。《禮記·明堂位》：「有虞氏之兩敦，夏后氏之四連。」鄭玄注：「皆黍稷器。」這裏用作動詞，猶吞。

〔九一〕〔花桑樹〕　一種民間曲調。

〔九二〕〔村田樂〕　一種民間舞曲。

〔九三〕敦　王季烈本、吴曉鈴本、隋樹森本、吴國欽本、王季思本改作「墩」。按，敦。墩。《文選》卷四十五班固《答賓戲》：「欲從堥敦而度高乎泰山，懷氿濫而測深乎重淵，亦未至也。」李善注：「服虔曰：『敦音頓，頓邱也。』應劭曰：『《爾雅》曰：前高，堥邱；如覆敦者，敦邱也。』」

〔九四〕閑　王季思本改作「閒」。按，閑，通「閒」。參見《陣母教子》第三折校注〔六〕。

〔九五〕醉了胡厮打　王季思本「了」誤作「來」。厮打，相打。《五代史平話》漢史卷上：「我不賭錢，且賭個厮打。打得我贏，便將錢去。」

〔九六〕春　年。《文選》卷二十九曹子建《雜詩六首》之三：「自期三年歸，今已歷九春。」

〔九七〕在家　王學奇本下衍一「中」字。

〔九八〕太　原作「大」，從各本改。

〔九九〕喒　王季烈本、北京大學本、吴國欽本、王學奇本、王季思本改作「咱」。參見頭折校注〔三〕。後同，不另出校。

〔一〇〇〕好　吴國欽本下衍一「的」字。

〔一〇一〕無乳　原本下有一「之」字，「之」字旁注「卜」，趙琦美删。從。各本亦從删。

〔一〇二〕做　王學奇本奪。

〔一〇三〕趁　原作「稱」，從王季烈本、隋樹森本、北京大學本、吴國欽本、王學奇本、王季思本改。

〔一〇四〕殺　吴國欽本、王季思本改作「煞」。按，《詩詞曲語辭匯釋》卷四「煞(一)」：「煞，甚辭。字亦作噉，作殺。」

〔一〇五〕妳　隋樹森本改作「子」。

〔一〇六〕國家祥瑞　雪。元刊本張國賓《汗衫記》一折正末白：「時遇冬天，下着國家祥瑞，孩兒，道與交安排酒者，喒看街樓上賞雪咱。」

〔一〇七〕好冷天道也呵　除吴曉鈴本外，各本下補「(唱)」。

〔一〇八〕荒坡佃　荒郊。佃，借作「甸」。

〔一〇九〕傍　王學奇本、王季思本改作「旁」。參見第二折校注〔二〇〕。後同，不另出校。

〔一一〇〕風吹的我身倒偃　王季思本「的」改作「得」。參見第二折校注〔八〕。後同，不另出校。倒偃，倒。尚仲賢《三奪槊》四折【倘秀才】：「那厮門旗下把我容顔望見，則諕得那厮鞍心裏身軀倒偃。」

〔一一一〕凍的我拿不的繩索拳攣着手，立不定身軀聳定肩，苦痛難言　王季烈本用舊式標點斷作「凍的我拿不的繩索。拳攣着手立不定身軀。聳定肩苦痛難言」。誤。按，「肩」字韵，應點斷。拳攣，屈曲不伸。脈望館息機子本秦簡夫《趙禮讓肥》二折【滚綉毬】：「捏（挣）着我這餓肚皮，拳攣着我這凍軀殼，我道來學也好也囉，我道來不學的也好。」

〔二二〕正旦　王季烈本、隋樹森本删。

〔二三〕好冷天道也　除吴曉鈴本外，各本下補「（唱）」。

〔二四〕寒参参　趙琦美「参参」改作「慘慘」，王季烈本，隋樹森本、吴國欽本、王季思本從。按，寒参参，寒冷的様子。亦作「寒森森」（見費唐臣《貶黄州》二折）、「寒滲滲」（見闕名氏《射柳捶丸》頭折）。王學奇本校注亦云：「寒参参——狀寒冷之詞。……趙校改『参参』爲『慘慘』，失之。」

〔二五〕正旦　王季烈本、隋樹森本删。

〔二六〕吊　王季烈本、隋樹森本、北京大學本、吴國欽本、王學奇本、王季思本改作「掉」。按，吊，借作「掉」。臧本紀君祥《趙氏孤兒》四折程嬰白：「欲待摘他桑椹子吃，又道我偷他的，因此仰面而卧，等那桑椹子吊在口中便吃。」後同，不另出校。

〔二七〕破滅黄巢真良將　原本下有一「者」字，從趙琦美删。各本亦從删。吴曉鈴本校勘記云：「明鈔本下原有『又』字。」按，吴校誤。

〔一八〕扶持阿媽保家邦　原本下有一「又」字，從趙琦美刪。各本亦從刪。

〔一九〕彥章　王季思本上補一「王」字。

〔二〇〕我問他　原本下有一「又」字，從趙琦美刪。各本亦從刪。

〔二一〕里　趙琦美改作「哩」。各本從。參見頭折校注〔三二〕、第二折校注〔四九〕。各本後同，不另出校。

〔二二〕是　趙琦美改作「甚」，王季烈本、隋樹森本、北京大學本、吳國欽本、王季思本從。王學奇本改作「什」。按，「是」與「甚」同，音近假用。參看《詩詞曲語辭匯釋》卷一「是（三）」。各本後同，不另出校。

〔二三〕坐　吳國欽本、王季思本改作「座」。按，坐，座。參見《單刀會》第四折校注〔四〇〕。

〔二四〕是　趙琦美改作「試」。

〔二五〕是　吳國欽本、王季思本改作「在」。

〔二六〕嚴惡　凶惡，厲害。《太平廣記》卷一百六十六引《紀聞》：「洞主嚴惡，得仲翔苦役之，鞭笞甚至。」

〔二七〕將　吳曉鈴本誤作「這」。

〔二八〕鈎　王學奇本誤作「勾」。

〔二九〕揉鈎槍　彎鈎槍。揉，使彎曲。《易·繫辭下》：「斲木爲耜，揉木爲耒。」

〔一三〇〕中珠　吴曉鈴本校勘記云：「疑『珠』字當作『注』字。」所疑甚是。參見《玉鏡臺》第二折校注〔九九〕。

〔一三一〕兒　王季思本奪。

〔一三二〕看　王季思本下補一「着」字。

〔一三三〕因　王季思本誤作「有」。

〔一三四〕你從頭至尾慢慢的説一遍咱　除吴曉鈴本外，各本下補「（正旦唱）」。王季烈本「的」改作「地」。按，的，地。《董解元西厢記》卷二【大石調】【紅羅襖】：「苦苦的與他當，强强地與他熬，似狡兔逢鷹鼠見猫。」

〔一三五〕慢　吴國欽本、王季思本改作「漫」。按，《廣雅·釋詁二》：「慢，緩也。」這裏引申爲稍，略。

〔一三六〕他來你這裏有甚麽勾當　原本下有一「又」字，從趙琦美删。各本亦從删。

〔一三七〕唱　除吴曉鈴本外，各本上補「正旦」。

〔一三八〕挑　支。《董解元西厢記》卷二【般涉調】【沁園春】：「雄豪，舉止輕驍，馬上斜刀把寶鐙挑。」

〔一三九〕那官人他可怎生便問你要那孩兒來　除吴曉鈴本外，各本下補「（正旦唱）」。

〔一四〇〕唱　除吴曉鈴本外，各本上補「正旦」。

〔一四一〕唱　除吴曉鈴本外，各本上補「正旦」。

〔一四三〕唱　除吳曉鈴本外，各本上補「正旦」。

〔一四四〕唱　除吳曉鈴本外，各本上補「正旦」。

〔一四五〕唱　除吳曉鈴本外，各本上補「正旦」。

〔一四六〕這世上有幾個李嗣源　原本下有一「又」字，從趙琦美删。各本亦從删。王季思本「有」字奪，爲一字空。

〔一四七〕止　吳國欽本、王學奇本改作「只」。按，止，只。參見《調風月》第一折校注〔二七〕。

〔一四八〕和　原作「我」，旁注「卜」。王季烈本删。吳曉鈴本校勘記云：「明鈔本此字旁注「卜」，是删去之標識。」今從隋樹森本、北京大學本、吳國欽本、王學奇本、王季思本改。

〔一四九〕你説與我　原本下有一「又」字，從趙琦美删。各本亦從删。

〔一五〇〕是必着孩兒來看我一看　除吳曉鈴本外，各本下補「（唱）」。

〔一五一〕閔子騫　參見《蝴蝶夢》第二折校注〔三三〕。

〔一五二〕阿三小字誰名姓　原本下有一「者」字，從趙琦美删。各本亦從删。

〔一五三〕多應敢是李從珂　原本下有一「又」字，從趙琦美删。各本亦從删。多應，多半。《又玄集》卷中賈島《哭孟郊》：「身死聲名在，多應萬古傳。」

第四折

（李嗣源引番卒子上，云）桃暗柳明中夏〔一〕至，菊凋梅褪〔二〕又春回。某乃李嗣源是也。過日月好疾也，自從在潞州長子縣討了那個孩兒來家，今經十八年光景也。孩兒十八歲也，學成十八般武藝，無有不拈〔三〕，無有不會，寸〔四〕鐵在手，有萬夫不當之勇。孩兒唤做李從珂。今因王彦章下將戰書來，搦俺交鋒，奉着俺老阿媽的將令，着某爲帥，李亞子爲先鋒，石敬瑭爲左哨，孟知祥右哨〔五〕，劉知遠爲中路，李從珂爲合後，統領二十萬大軍，前去與王彦章交鋒。被俺五虎將大破了王彦章，今已班師得勝回還。這一場相持厮殺，多虧了我孩兒李從珂〔六〕。今俺四虎將先回，着李從珂孩兒後哨趕將來。阿媽阿者大喜。謝俺阿媽封俺五將爲五侯〔七〕，着俺老阿者設〔八〕一宴，名唤做五侯〔九〕宴，就要犒賞三軍。阿者的將令，着我等的五將全了呵，來回阿者的言語。這早晚怎生不見五將來〔一〇〕？（李亞子上，云）三十男兒鬢未班〔一一〕，好將英勇展江山；馬前自有封侯〔一二〕劍，何用區區〔一三〕筆硯間？某乃大將李亞子是也。奉阿媽的將令，着俺五虎將與王彦章交鋒去來，今已得勝還營。比及見阿媽阿者，先見李嗣源哥哥去。來到也。兀那小番，與我報復去，道有李亞子來了也。（卒子云）理會的。（報科，云）報的阿媽得知：有李亞子來了〔一四〕。（李嗣源云）道有請。（卒子云）理會的。有請！（做見科）（李嗣源云）有請！將軍來了也。（李亞子云）哥哥，您兄弟來了也。（李嗣源云）將軍請坐！左右，門首覷者，看有甚麼人來。（孟知祥上，云）三尺龍泉萬卷書，皇天生我意何如？山東宰相山西將，彼丈夫兮我丈夫。某乃家將孟知祥是也。奉俺〔一五〕阿媽的將令，着俺五將收捕王彦章已回。有李嗣源哥哥令人請，須索走一遭去。可早來到也。兀那小番，與我報復去，道有孟知祥來了也。（卒子云）理會的。報的阿媽得知：有孟知祥來了〔一六〕。（李嗣源云）道有請。（卒子云）理會的。有請！（孟知祥做見科，云）哥哥，您兄弟來了也。（李嗣源云）將軍來了也。有阿者的將令，等〔一七〕俺五虎將來全了，阿者要來犒賞俺里〔一八〕。將軍請坐！左右，門首看者，有衆將來時，報復我知道。（石敬瑭上，云）雄威赳赳定邊疆，皂袍烏鎧黑纓槍；天下英雄聞吾怕，則我是敢勇當先石敬瑭〔一九〕。某乃家將石敬瑭是也。奉俺阿媽的將令，差俺五將收捕王彦章去，到那裏，則一陣，被俺五將大破王彦章，今已得勝班師回營也。有李嗣源相請，須索走一遭去。兀那小番，與我報復去，道有石敬瑭來了也。（卒子云）理會的。報的阿媽得知：有石敬瑭來了〔二〇〕。（李嗣源云）道有請。（卒子云）理會的。有請！（做相見科）（石敬瑭云）三位哥哥，您兄弟來了也。（李嗣源云）將軍請坐！早間奉阿媽的將令，爲俺五將有功，阿媽要封俺爲五侯，明日阿者要設一宴，是五侯宴，阿者親自犒賞三軍里〔二一〕。待五將來全，俺一同去〔二二〕。（劉知遠上，云）要立功名顯姓，不辭鞍馬勞神。某乃劉知遠是也。奉俺〔二三〕阿媽的將令，差俺五將收捕王彦章，今已得勝還〔二四〕營。比及見阿媽，先見李嗣源哥哥走一遭去。可早來到也。小番，報復去，道有劉知遠來了也。（卒子云）理會的。報的阿媽得〔二五〕知：有劉知遠來了〔二六〕。（李嗣源云）道有請。（卒子云）理會的。有請！（劉知遠見科，云）哥哥，劉知遠得勝還營〔二七〕。（李嗣源云）將軍請坐！今奉阿者的將令，爲俺五將有功，阿者要設一宴，是五侯宴，阿者親自犒勞賞三軍。還有誰不曾來里〔二八〕？（李亞子云）有李從珂將軍不曾來里〔二九〕。（李嗣源云）左右，門首覷者，若來時，報復我知道。（李從珂上，云）英雄赳赳〔三〇〕鎮江河，志氣昂昂整干戈，雄威凜凜人人怕，則我是敢勇當先李從珂。某乃李從珂是也。奉阿媽的將令，差俺五虎將收捕王彦章，今已〔三一〕得勝回營。比及見老阿媽，先見我阿媽走一遭去。兀那小番，你報復去，道有李從珂來了也。（卒子云）理會的。報的阿媽得知：有李從珂來了也。（李嗣源云）李從珂孩兒來了也，教孩兒過來。（卒子云）理會的。着你過去里〔三二〕。（李從珂見科，云）阿媽，您〔三三〕孩兒來了也。（李嗣源云）從珂，你爲何來遲？（李從珂云）阿媽，您孩兒來到潞州長子縣趙家莊〔三四〕，遇見一個婆婆兒〔三五〕，樹上拴着條繩子，有那覓自縊的心。您孩兒問其緣故，原來他吊了個吊桶在井裏，他那主人家利〔三六〕害，待取〔三七〕那三鬚鈎去，怕打駡他，因此尋一個死處。您孩兒着左右人替那婆婆兒撈出那桶來與他，那婆婆兒看着您孩兒則管啼哭。您孩兒問其故，那婆婆兒言道：「我也有一個孩兒來，十八年前與了一個官人將的去了。」您孩兒問他那生時年紀，他道他那孩兒是八月十五日半夜子時生，小名喚做王阿三，如今有呵十八歲也。我又問他：「那將了你孩兒去的那個官人姓甚名誰〔三八〕？」不想那婆婆兒説着父親的名字。看起來他那孩兒和您孩兒同年同月同日同時，則争着一個名姓。我對那婆婆兒説道：「我和那將的你孩兒去的那個官人一張紙上畫字的人。」那婆婆兒啼天哭地，跪着您兒〔三九〕哀告道：「官人可憐見！若是回去見我那孩兒呵，是必着來看我一看兒〔四〇〕。」父親，您兒〔四一〕想來，既然父親有了您孩兒呵，要他那别人家兒女做是〔四二〕麼？父親，如今那個人〔四三〕在那裏？唤他出來，我見他一見，着他去見他那親娘一見去，可不好？（李嗣源做驚科，云）住、住、住，孩兒，你不知道，我是討了一個孩兒來，要早晚扶侍〔四四〕你，那厮也不成，我着他放馬去，不想他吊下馬來跌殺了，如今那裏有那孩兒來？你休管他。明日阿者〔四五〕設一筵宴，名是五侯〔四六〕宴，要犒賞俺五侯里〔四七〕。你且歇息去，明日早去。（李從珂云）阿媽真個不和您孩兒説？（李嗣源云）説道無，則管裏問〔四八〕！（李亞子同衆人科，云）〔四九〕從珂，你父親是有一個孩兒來，放馬去跌殺了也。（李從珂云）既然您都瞞着我，不肯説，罷、罷、罷，我出的這門來。今日都不肯説，我恰纔見阿媽和四個叔叔都目目相覷，其中必然暗昧。我今日且不問他每，到明日酒席間老阿者根前〔五〇〕，好歹要〔五一〕個明白！（下）（李嗣源云）從珂孩兒去了也？（卒子云）去了也。（李嗣源云）嗨！四個兒弟，這孩兒見他那親母〔五二〕來，若是他知道了呵，我偌大年紀也，可怎生是好？（石敬瑭云）哥哥，不妨事，俺如今先去與老阿者説知了，則死瞞殺〔五三〕了，不要與他説便了也。（李嗣源云）兄弟，你道的是，比及他去見老阿者，喒先去見老阿者走一遭去。不由轉轉〔五四〕暗猜疑，當初無有外人知，從珂若認親娘去，我便是鐵人無泪也傷悲。（同下）

（李嗣源同四將整扮〔五五〕上。李嗣源云）今日筵宴安排了也，喒請老阿者去來。阿者，您孩兒有請〔五六〕。（正旦扮劉夫人上，云）老身劉夫人是也。爲俺五個孩兒大破梁兵，得勝回還，老身今日設〔五七〕一宴，名是五侯宴，一來慶賀功勞，二來犒賞孩兒。筵宴都安排了也，則等老身，須索走一遭去〔五八〕。

【商調集賢賓】我則見骨剌剌列開錦綉旗，笑吟吟齊和〔五九〕着凱歌回。則聽的撲鼕鼕鼉〔六〇〕皮鼓擂，韵悠悠鳳管笛吹。第一來會俺這困彦章得勝的兒郎，第二來賀功勞做一個慶喜的筵席。我則見兒郎每笑吟吟擺〔六一〕在兩下裏，一個個赳赳〔六二〕雄威。他那裏高擎着玉斝，滿捧着香醪，他每都一齊的跪膝。

（李嗣源、李亞子、石敬瑭、孟知祥、劉知遠衆將做跪下）（李嗣源遞酒科，云）阿者滿飲一杯〔六三〕！（正〔六四〕旦做接酒科，云）孩兒每請起來〔六五〕。（李嗣源云）量您孩兒每有甚功勞，着阿者如此用心〔六六〕！（正旦云）孩兒每請坐〔六七〕。（衆云）孩兒每不敢也〔六八〕。

【逍遥樂】俺直吃的盡醉方歸，轉籌箸〔六九〕不得逃席。（李亞子做遞酒科，云）將酒來，阿者滿飲一杯！（正旦做接酒科，唱）住者此盞罷，孩兒每你着他穩坐的，序長幼則論年紀。觥籌交錯，李嗣源爲頭，各分您那坐〔七〇〕位。

(石敬瑭云)我與阿者遞一杯。阿者滿飲一杯!(正旦云)孩兒每,今日是甚麼宴?(衆云)今日是五侯〔七一〕宴。(正旦云)既是五侯宴,可怎生不見我那李從珂孩兒在那裏〔七二〕?(李嗣源云)左右那裏?門首覷者,李從珂〔七三〕來時報復我知道。(李從珂上,云)便好道事不關心,關心者焦〔七四〕。昨日問我阿媽那王阿三一事,我阿媽與衆人左右〔七五〕隱諱不肯說。今日五侯宴上,若見了老阿者,我好歹要問個明白。來到也。報復去,道李從珂來了也〔七六〕。(卒子云)理會的。報的阿者〔七七〕得知:有李從珂來也。(正旦云)着孩兒過來。(卒子云)理會的。着你過去里〔七八〕。(李從珂做〔七九〕見正旦科)(正旦云)從珂孩兒來了也。(李從珂云)老阿者,您孩兒來了也〔八〇〕。(做拜科)(正旦云)不枉了好兒也。從珂,你爲何來遲也〔八一〕?(李從珂云)您孩兒往潞州長子縣過來……(李嗣源做打攔科,云)從珂,休胡說!則飲酒。(李從珂云)您孩兒往潞州長子縣過來……(李嗣源打攔科,云)從珂,中說的便說,不中說的休說!則飲酒。(李從珂云)老阿者,您孩兒要說,阿媽兩次三番則是攔當〔八二〕,不知爲何不要您孩兒說?我也不飲酒!(正旦云)李嗣源,着孩兒說,你休攔他!(李從珂云)老阿者,孩兒往潞州長子縣過,見一個老婆婆兒,樹上拴着條繩子,有那覓自縊的心。您孩兒問其故,他原來去井上打水,吊了桶在井裏,他那主人家嚴惡,那婆婆兒怕打,也不敢家中取三鬚鈎去,因此上覓個死。您孩兒令人替他撈起桶來,那婆婆兒看着您孩兒則管裏啼哭。您孩兒言稱道:「你爲何看着我則管裏啼哭?」那婆婆道:「我怎敢看着官人啼哭!當初我有一個孩兒來,十八年前與了一個官人去了,如今有呵,也有官人這般大年紀。」您孩兒問他那孩兒生時年月,那婆婆道:「我孩兒是八月十五日半夜子時生,小名唤做王阿三。」您孩兒又問:「將的你孩兒去了的那個官人,他姓甚〔八三〕名誰?」那婆婆兒叫阿媽的名字。您孩兒想來,那婆婆兒說他那孩兒的八字和您孩兒同年同月同日同時,則爭個名姓,您孩兒是李從珂,他可是王阿三。您孩兒昨日個問阿媽,堅意的不肯說。

今日對着老阿者與衆將在此，着王阿三出來，您孩兒見他一見，怕做是〔八四〕麽？（正旦看李嗣源云）孩兒，他敢見他那母親來麽？（李嗣源云）誰説道見他那父親來？　阿者，休和孩兒説。您孩兒偌大年紀也，則看着他一個兒，不爭阿者對着他説了呵，則怕生分〔八五〕了孩兒麽？（正旦云）從珂孩兒，你阿媽是有個孩兒來，放馬去跌殺了也。（李從珂云）老阿者，休瞞您〔八六〕孩兒，便和您孩兒説呵〔八七〕，怕做是麽〔八八〕？

【醋葫蘆】那時節曾記得你有個弟弟，你阿媽乞將來不曾與些好衣食。你阿媽後來生下〔八九〕你，教那廝放牛羊過日，到如今多管一身虧〔九〇〕。

（孟知祥云）阿者，您孩兒不曾與阿者遞一杯酒里〔九一〕。阿者，您孩兒遞一杯酒，請阿者行一個酒令。今日不同往日筵會，大家都要歡喜。將酒來！　您孩兒遞一杯〔九二〕。（正旦云）孩兒每，今日是個好日辰，都要歡喜飲酒，不許煩惱〔九三〕。（李嗣源云）阿者説的是，都聽令，則要〔九四〕歡喜飲酒，不許煩惱。（李從珂云）住、住、住，老阿者，這庄〔九五〕事您孩兒務要個明白了呵便飲酒。老阿者，對您孩兒説了罷！（李嗣源做跪科，云）阿者，休和孩兒説〔九六〕。（正旦云）李嗣源孩兒〔九七〕，

【醋葫蘆】我這裏低聲便喚你，你可便則管裏你那裏乾支刺的陪笑賣楂梨〔九八〕，不須喒道破他早知。那孩兒擧頭會意，喒不説他心下也猜疑。

（李從珂云）阿媽，和您孩兒説了罷！（李嗣源云）你教我説是麽來〔九九〕！（李從珂云）老阿者，對您孩兒説了罷！（正旦云）你阿媽則生了你一個，你着我説是麽來〔一〇〇〕？（李從珂云）住、住、住，既然老阿者和阿媽都不肯説，罷、罷、罷，要我這性命做甚麽？　我就這裏拔劍自刎了罷！（正旦、李嗣源、衆將做扳住手奪劍科）（李嗣源

云）孩兒也，不争你有些好歹呵，着誰人侍養我也，兒也！（正旦云）罷、罷、罷，李嗣源孩兒，我説也。（李嗣源云）阿者，且休和孩兒説！（正旦云）我若説了呵〔一〇一〕，

【後庭花】則俺這李嗣源别有誰？（李嗣源做悲科）（李從珂云）老阿者，如今王阿三在那裏？（正旦云）孩兒也，十八年〔一〇二〕前你阿媽大雪裏在那潞州長子縣抱將你來。（李從珂云）老阿者，您孩兒可是誰？（唱〔一〇三〕）哎，兒也！ 則這個王阿三可則〔一〇四〕便是你。（李從珂云）原來我便是王阿三，兀的不氣殺〔一〇五〕我也！（做昏倒科）（衆做救科）（李嗣源云）從珂兒也，精細着！（正旦云）從珂兒也，蘇醒者！（李從珂做醒，悲科，云）哎約，痛殺我也！（正旦云）孩兒，省煩惱〔一〇六〕！（李從珂云）老阿者，我的親母見〔一〇七〕受着千般苦楚，我怎生不煩惱？（李嗣源云）阿者，恰纔休和他説也罷，不争孩兒知道了，如今便要去認他那親娘去，如之柰〔一〇八〕何？（唱〔一〇九〕）不争喒這養育父將他相瞞昧〔一一〇〕，（正旦〔一一一〕云）喒是他養育父母，他見了他親娘受無限苦楚，不争你不要他去認呵，（唱）哎，兒也！ 則他那嫡親娘可是圖一個甚的？ 他如今受驅馳，他如今六十餘歲，他身單寒腹内饑，他哭啼啼擔着水；你將來瞞昧者。

（李嗣源云）阿者，則是生分了孩兒也〔一一二〕。（正旦云）孩兒，他這裏怕不騎鞍壓馬〔一一三〕，受用快活；他那親娘與人家擔水運漿〔一一四〕，在那裏吃打吃罵。 孩兒，你尋思波〔一一五〕，

【雙雁兒】〔一一六〕他怎肯坐而不覺立而饑〔一一七〕？ 母恩臨怎忘的？ 你着他報了冤讎雪了冤氣，你着他去認義，那其間來見你。

（李從珂做悲科）（李嗣源做唤科，云）從珂！ 從珂！（李從珂不應科）（李嗣源云）我唤他從珂，他不應；我如今

喚他那舊小名。王阿三！（李從珂做應科，云）阿媽，您孩兒有！（李嗣源云）阿者，我恰纔喚他從珂，他不應；我喚他王阿三，他纔應。（李嗣源説鷄鴨論云）不因此事，感起一庄〔一二八〕故事：昔日河南府武陵縣有一王員外，家近黄河岸邊，忽一日閑行到於蘆葦坡〔一二九〕中，見數十個鴨彈〔一三〇〕在地，王員外言道：「荒草坡中如何得這鴨彈？」王員外將鴨彈拿到家中，不期有一雌鷄正是暖彈之時〔一三一〕，王員外將此鴨彈與雌鷄伏抱〔一三二〕數日，個個抱成鴨子。雌鷄終日引領衆鴨趁食〔一三三〕，個月期程，漸漸毛羽長成。雌鷄引小鴨來至黄河岸邊，不期黄河中有數隻蒼鴨在水浮泛，小鴨在岸忽見，都入水中與同衆鴨游戲。雌鷄在岸，回頭忽見鴨雛飛入水中，恐防〔一三四〕傷損性命，雌鷄在岸〔一三五〕飛騰叫喚。王員外偶然出户，猛見小鴨水中與大鴨游戲，王員外道：「可憐，我道鷄母爲何叫喚，原來見此鴨雛入水，認他各等生身之主。鷄母，你如何叫喚？」王員外言道：「此一庄〔一三六〕故事，如〔一三七〕同世人養他人子一般，養殺也不親，與此同論。」後作鷄鴨論，與世上人爲戒。有詩爲證，詩曰：鴨有子兮鷄中抱，抱成鴨兮相趁逐〔一三八〕。一朝長大生毛羽，跟隨鷄母岸邊游。忽見水中蒼鴨戲，小鴨入水任漂流。鷄在岸邊相顧望，徘徊呼喚不回頭。眼欲穿兮腸欲斷，整毛斂翼志〔一三九〕悠悠。王公見此鴨隨母，小鴨群内戲波游。勸君莫養他人子，長大成人意不留；養育恩臨全不報，這的是〔一四〇〕養别人兒女下場頭。哎約〔一四一〕，兒也，兀的不痛殺我也！（正旦云）孩兒，你省煩惱。（李嗣源云）阿者，您孩兒怎生不煩惱？（李從珂做辭正旦科，云）老阿者放心！是今日説破也〔一四二〕，可憐見您孩兒怕不在這裏一身榮華，我那親娘在那裏與人家擔水運漿，吃打吃罵，千辛萬苦，看看至死，不久身亡，您孩兒争忍在此不去認母也？我説罷也雨〔一四三〕泪千行，恰便似刀〔一四四〕攪我心腸。做娘的忍饑受餓，爲子的富貴榮昌。可憐見看看至死，可來報答你這養育親娘。（正旦云）從珂孩兒，你則今日領百十騎人馬去認你母親去。孩兒，你則早些兒回來！（李嗣源云）兒也，我乾擡舉了你這十八年也！（李從珂云）阿媽休煩惱，您孩兒認了母親，一同的便來也。（正旦、李嗣源做悲科，云）孩兒，你早些兒回來！（李從珂做拜辭科，云）您孩兒理會的。我出的這門來，則今日領着百十騎人馬，直往潞州長子縣認母親走一遭去來[一三五]。我恰纔拜別尊堂兩泪流，則爲親娘我無限憂。我今日領兵若到長子縣，放心[一三六]，拿賊與母報冤讎。（下）（正旦云）嗣源，從珂孩兒去了也？（李嗣源云）從珂去了也。（正旦云）嗣源孩兒，你則今日隨後領着人馬，直至潞州長子縣看孩兒去，就將他母親一同取將來。你都小心在意者！（衆應科）您孩兒理會的[一三七]。

【尾聲】快疾忙擺劍戟，衆番官領兵器，將孩兒緊緊的廝追隨。我則是可憐見他母親無主依[一三八]，你與我疾行動一會。他認了他嫡親娘，你與我疾便[一三九]的早些兒回。（下）

（李嗣源云）則今日俺弟兄五人點就本部下人馬，隨孩兒直至潞州長子縣取孩兒的親娘走一遭去。大小三軍，聽吾將令：則今日便索行程，接應孩兒去。驅兵領將顯高强，從珂去認嫡親娘。若到潞州長子縣，管教他子母早還鄉。（同下）

校注

〔一〕中夏　「中」原作「終」，從王季烈本改。中夏，仲夏。《淮南子·説林》：「中夏用箑快之，至冬而不知去。」

〔二〕褪　凋謝。《唐宋諸賢絶妙詞選》卷二蘇子瞻《蝶戀花·中春》：「花褪殘紅青杏小，燕子飛時，緑水人家繞。」

〔三〕拈　隨樹森本誤作「招」。

〔四〕寸　原作「存」，從趙琦美校改。各本亦從改。

〔五〕右哨　隋樹森本、王學奇本、王季思本上補一「爲」字。

〔六〕多虧了我孩兒李從珂　原本下有一「又」字，從吴曉鈴本、隋樹森本、北京大學本、吴國欽本、王學奇本、王季思本删。吴曉鈴本校勘記謂「（鈔本）又塗去」「『又』字」。按，吴校誤。王季烈本「又」字斷屬下句。

〔七〕謝俺阿媽封俺五將爲五侯　原本下有一「又」字，從趙琦美删。各本亦從删。「侯」原作「候」，從趙琦美校改。各本亦從改。

〔八〕設　原作「説」，從各本改。

〔九〕侯　原作「候」，從各本改。吴曉鈴本校勘記謂鈔本「候」「硃改爲『侯』字」。按，吴校誤。

〔一〇〕這早晚怎生不見五將來　原本下有一「又」字，從趙琦美删。各本亦從删。

〔一一〕班　趙琦美改作「斑」，各本從。按，班，通「斑」。參見《裴度還帶》頭折校注〔八〕。

〔一二〕侯　原作「候」，從各本改。

〔一三〕區區　隋樹森本誤作「逼逼」。

〔一四〕有李亞子來了　原本下有一「又」字，從趙琦美删。各本亦從删。

〔一五〕俺 王季思本奪。

〔一六〕有孟知祥來了 原本下有一「又」字，從趙琦美删。吴曉鈴本、隋樹森本、北京大學本、吴國欽本、王學奇本、王季思本亦從删。王季烈本「又」改作「也」。

〔一七〕等 隋樹森本誤作「着」。

〔一八〕里 趙琦美改作「哩」。

〔一九〕瑭 原作「唐」，從各本改。

〔二〇〕有石敬瑭來了 原本下有一「又」字，從趙琦美删。吴曉鈴本、隋樹森本、北京大學本、吴國欽本、王學奇本、王季思本亦從删。王季烈本「又」改作「也」。

〔二一〕里 趙琦美改作「哩」。

〔二二〕俺一同去 原本下有一「又」字，從趙琦美删。吴曉鈴本、北京大學本、吴國欽本、王學奇本、王季思本亦從删。王季烈本、隋樹森本「又」改作「也」。

〔二三〕奉俺 原作「俺奉」，從王學奇本乙改。

〔二四〕還 隋樹森本改作「回」。

〔二五〕得 原作「行」，從王季烈本、隋樹森本、北京大學本、吴國欽本、王學奇本、王季思本改。

〔二六〕有劉知遠來了 原本下有一「又」字，從趙琦美删。吴曉鈴本、北京大學本、吴國欽本、王學奇本、王季思本亦從删。王季烈本、隋樹森本「又」改作「也」。

〔二七〕劉知遠得勝還營　原本下有一「又」字，從趙琦美删。吴曉鈴本、北京大學本、吴國欽本、王學奇本、王季思本亦從删。王季烈本、隋樹森本「又」改作「也」。

〔二八〕里　趙琦美改作「哩」。

〔二九〕里　趙琦美改作「哩」。

〔三〇〕赳赳　吴曉鈴本誤作「糾糾」，校勘記云：「糾糾——王本（按，即王季烈本）校改爲『赳赳』。」誤。

〔三一〕已　王季思本誤作「日」。

〔三二〕着你過去里　原本下有一「又」字，從趙琦美删。各本亦從删。趙琦美「里」改作「哩」。

〔三三〕您　王季思本改作「你」。按，您，你。參見《哭存孝》頭折校注〔六五〕。

〔三四〕您孩兒來到潞州長子縣趙家莊　吴曉鈴本下補一「過」字。

〔三五〕遇見一個婆婆兒　「遇」原作「過」，「婆婆兒」脱一「婆」字，從各本改補。

〔三六〕利　吴國欽本、王季思本改作「厲」。

〔三七〕取　隋樹森本改作「拿」。

〔三八〕那將了你孩兒去的那個官人姓甚名誰　「孩」原作「孫」，從各本改。「甚」原作「字」，從趙琦美校改。王季烈本、隋樹森本、北京大學本、吴國欽本、王學奇本、王季思本亦從改。

〔三九〕兒　王季烈本、吴曉鈴本、隋樹森本、王學奇本上補一「孩」字。

〔四〇〕兒　隋樹森本奪。

〔四一〕兒　王季烈本、吴曉鈴本、隋樹森本上補一「孩」字。

〔四二〕是　趙琦美改作「甚」。

〔四三〕人　王季思本奪。

〔四四〕扶侍　吴國欽本、王季思本「扶」改作「服」。隋樹森本「侍」改作「持」。按，扶侍，服侍。參見《哭存孝》頭折校注〔一〇五〕。

〔四五〕者　原作「嫣」，從趙琦美校改。各本亦從改。

〔四六〕侯　原作「候」，從各本改。

〔四七〕里　趙琦美改作「哩」。

〔四八〕問　原作「門」，從趙琦美校改。各本亦從改。

〔四九〕（李亞子同衆人科，云）　王季烈本改作「（李從珂問衆人科）（衆云）」。

〔五〇〕根前　王季烈本、北京大學本、吴國欽本、王學奇本、王季思本「根」改作「跟」。按，根前，即跟前。參見《調風月》第二折校注〔二六〕。

〔五一〕要　吴國欽本、王季思本「據下文五侯宴前李從珂説白」下補一「問」字。

〔五二〕親母　王學奇本誤倒作「母親」。

〔五三〕殺　吴國欽本改作「煞」。參見第三折校注〔一四〕。

〔五四〕轉轉　王季烈本、隋樹森本改作「展轉」。按，轉轉，展轉。參見《單刀會》第一折校注〔八二〕。

〔五五〕整扮　妝扮整齊。王季思校注本王實甫《西厢記》三本二折【小梁州】【幺篇】：「我向這筵席頭上整扮，做一個縫了口的撮合山。」王注云：「元劇搬演時有整扮、倒扮（見認金梳及三化邯鄲劇）、小打扮（見東平府劇）之分。整扮，謂妝扮之特爲整齊者，蓋當時勾闌習語也。五侯宴劇第四折：『李嗣源同四將整扮上。』南極登仙劇第三折：『外龍神整扮引水卒上。』可證。」

〔五六〕您孩兒有請　原本下有一「又」字，從各本删。

〔五七〕設　原作「説」，從王季烈本、隋樹森本、北京大學本、吴國欽本、王學奇本、王季思本改。吴曉鈴本校勘記亦云：「王本（按，即王季烈本）校改爲『設』字，可從。」

〔五八〕須索走一遭去　除吴曉鈴本外，各本下補「（唱）」。

〔五九〕和　原作「賀」，從王季烈本改。

〔六〇〕鼉　原作「駝」，從王季烈本、隋樹森本、北京大學本、吴國欽本、王學奇本、王季思本改。

〔六一〕擺　王季烈本改作「排」。按，擺，排。《水滸傳》三十五回：「當先一隻船上，擺着三五十個小嘍囉。」

〔六二〕赳赳　隋樹森本改作「糾糾」。

〔六三〕阿者滿飲一杯　原本下有一「又」字，從各本删。

〔六四〕正　原作「王」，從各本改。

〔六五〕來　原作「又」，從趙琦美校改。各本亦從改。

〔六六〕着阿者如此用心　原本下有一「又」字，從趙琦美删。各本亦從删。

〔六七〕孩兒每請坐　原本下有一「又」字，從趙琦美删。各本亦從删。

〔六八〕孩兒每不敢也　除吴曉鈴本外，各本下補「（正旦唱）」。「也」原作「又」，從趙琦美校改。各本亦從改。

〔六九〕箸　王季烈本改作「更」。

〔七〇〕坐　王學奇本改作「座」。參見第三折校注〔三〕。

〔七一〕侯　原作「候」，從各本改。

〔七二〕可怎生不見我那李從珂孩兒在那裏　原本下有一「又」字，從趙琦美删。各本亦從删。

〔七三〕珂　原作「可」，從趙琦美改。各本亦從改。

〔七四〕焦　急。周煇《清波别志》：「言事者舊有三殺之語……近又添二殺：論事不報悶殺，臨了没結果焦殺。」

〔七五〕左右　横竪。朱凱《黄鶴樓》四折劉封白：「不想周瑜使魯肅將書來，請我父親過江黄鶴樓上飲宴……我左右當不住，俺父親一人一騎過江，黄鶴樓上赴會去了。」

〔七六〕道李從坷來了也　吴國欽本「道」下衍一「是」字。「也」原作「又」，從趙琦美校改。各本亦從改。

〔七七〕者　王學奇本誤作「嫣」。

〔七八〕着你過去里　原本下有二「又」字，從趙琦美删。各本亦從删。趙琦美「里」改作「哩」。

〔七九〕做　王季思本奪。

〔八〇〕也　原作「又」，從趙琦美校改。各本亦從改。

〔八一〕也　原作「又」，從趙琦美校改。各本亦從改。

〔八二〕當　吴國欽本、王季思本改作「擋」。按，當，擋。參見《哭存孝》第三折校注〔三九〕。

〔八三〕甚　原作「字」，從趙琦美校改。各本亦從改。

〔八四〕是　趙琦美改作「甚」。

〔八五〕生分　「分」原作「忿」，從趙琦美校改。王季烈本、隋樹森本、北京大學本、吴國欽本、王學奇本、王季思本亦從改。參見《蝴蝶夢》第二折校注〔三四〕。

〔八六〕您　隋樹森本改作「你」。參見校注〔三〕。

〔八七〕便和您孩兒説呵　吴曉鈴本奪「孩兒」。「呵」原作「怕」，從趙琦美校改。各本亦從改。

〔八八〕怕做是麽　除吴曉鈴本外，各本下補「（正旦唱）」。趙琦美「是」改作「甚」。

〔八九〕下　吴曉鈴本誤作「了」，校勘記誤謂：「了——王本（按，即王季烈本）校改爲『下』字。」

〔九〇〕一身虧　一命亡。身，生命。《文選》卷三十二屈原《離騷》：「鮌婞直以亡身兮，終然殀乎羽之野。」虧，喪失。曾鞏《南豐先生元豐類藁》卷三十八《祭亡妻晁氏文》：「嗚呼哀哉！父失賢女，姑亡孝婦，子喪嚴師，吾虧益友。」

〔九一〕里　趙琦美改作「哩」。

〔九二〕您孩兒遞一杯　吴國欽本下衍一「哩」字。

〔九三〕不許煩惱　原本下有一「又」字，從趙琦美删。各本亦從删。

〔九四〕要　吴國欽本奪。

〔九五〕庄　吴國欽本、王季思本改作「樁」。按，庄，樁。參見《哭存孝》第三折校注〔三〕。

〔九六〕休和孩兒説　原本下有一「又」字，從趙琦美删。各本亦從删。

〔九七〕李嗣源孩兒　除吴曉鈴本外，各本下補「（唱）」。

〔九八〕乾支剌的陪笑賣楂梨　乾支剌，乾巴巴。參見《救風塵》第三折校注〔四〕。賣楂梨，欺騙。亦作「賣查梨」。臧本闕名氏《舉案齊眉》三折【鬼三台】：「喒與你甚班輩？自來不相會，走將來磕牙料嘴，陪着笑賣查梨。」

〔九九〕你教我說是麽來　趙琦美「是」改作「甚」。「來」原作「又」，從趙琦美校改。各本亦從改。

〔一〇〇〕你着我說是麽來　趙琦美「是」改作「甚」。「來」原作「又」，從趙琦美校改。各本亦從改。

〔一〇一〕我若說了呵　除吴曉鈴本外，各本下補「（唱）」。

〔一〇二〕十八年　原本下衍一「年」字，「年」字旁注「卜」，趙琦美删，從。各本亦從删。

〔一〇三〕唱　除吴曉鈴本外，各本上補「正旦」。

〔一〇四〕可則　可。則，後綴。臧本武漢臣《老生兒》四折：「【水仙子】……（云）我兒也，你叫我一聲爹爹。（俫兒云）爹爹。（正末唱）他那裏便叫一聲可則引了我靈魂。」闕名氏《劉弘嫁婢》一折【混江龍】：「喒這人眼前貧波富，可則也則是兀那枕上的這榮枯。」

〔一〇五〕殺　吴國欽本、王季思本改作「煞」。參見第三折校注〔一四〕、本折校注〔五三〕。後同，不另出校。

〔一〇六〕省煩惱　原本下有一「又」字，從趙琦美删。各本亦從删。「惱」原作「煩」，從各本改。

〔一〇七〕見　王季思本改作「現」。按，見，即「現」。參見《單刀會》第一折校注〔二〕。

〔一〇八〕柰　隋樹森本改作「奈」。參見楔子校注〔一四〕、〔一七〕。

〔一〇九〕唱　除吴曉鈴本外，各本上補「正旦」。

〔一〇〕瞞昧　隱瞞。《董解元西厢記》卷六【中吕調】【牧羊關】：「甚不肯承當，抵死諱定，只管厮瞞昧，只管厮咭啐？」

〔一一〕正旦　王季烈本删。

〔一二〕則是生分子孩兒也　「分」原作「忿」，從趙琦美校改。王季烈本、隋樹森本、北京大學本、吴國欽本、王學奇本、王季思本亦從改。「也」原作「又」，從趙琦美校改。各本亦從改。

〔一三〕騎鞍壓馬　騎馬。元刊本張國賓《薛仁貴》三折【哨遍】：「他如今騎鞍壓馬，蔭子封妻。」

〔一四〕漿　水。《太平廣記》卷三百二十七引《續玄怪録》：「唐儉少時，乘驢將適吴楚，過洛城，渴甚，見路傍一小室，有婦人年二十餘，向明縫衣，投之乞漿。……儉隨覷焉，至其殯所，是求水之處。」

〔一五〕你尋思波　除吴曉鈴本外，各本下補「（唱）」。

〔一六〕【雙雁兒】　原本上衍一「雙」字，與曲牌空一字格，從各本删。

〔一七〕坐而不覺立而饑　王學奇本注云：「『而』原作『兒』，以同音誤。」按，徐沁君《新校元刊雜劇三十種》孔文卿《東窗事犯》第二折校記云：「此爲當時熟語，元劇中多用之，『而』、『兒』互見，當爲同音异寫。明姚茂良《精忠記》第二十八出《誅心》作：『坐時全不覺立時饑。』改作『時』字，蓋此熟語已漸爲人忘却。」徐説是。作「而」者還見於秦簡夫《剪髮待賓》三折、楊景賢《西遊記》二本六齣。

〔一八〕庄 吴國欽本、王季思本改作「樁」。參見校注〔九五〕。

〔一九〕坡 窪地。

〔二〇〕彈 各本改作「蛋」。按，彈，蛋。參見《救風塵》第二折校注〔四六〕。後同，不另出校。

〔二一〕正是暖彈之時 王季烈本、隋樹森本「是」改作「在」。暖彈，孵蛋。

〔二二〕伏抱 孵。伏，抱，孵。《莊子·庚桑楚》：「越鷄不能伏鵠卵。」《方言》卷八：「北燕、朝鮮、洌水之間謂伏鷄曰抱。」戴震疏證：「抱，《廣韻》作菢，云：『鳥伏卵。』」

〔二三〕趁食 覓食。趁，尋覓。《全唐詩外編》四續補遺卷十五成文幹《楊柳枝》：「欲趁寒梅趁得麽？雪中偷眼望陽和。」

〔二四〕恐防 吴曉鈴本「防」誤作「怕」。按，恐防，害怕。脈望館古名家本闕名氏《鎖魔鏡》一折二郎白：「吾神不敢久停久住，恐防玉帝得知，駕起祥雲，便回西川去也。」

〔二五〕在岸 王學奇本下衍一「上」字。

〔二六〕庄 隋樹森本、吴國欽本、王季思本改作「樁」。參見校注〔九五〕。

〔二七〕如 吴國欽本下衍一「何」字。

〔二八〕趁逐 追隨。《全唐詩》卷六二八陸龜蒙《夜泊咏棲鴻》：「可憐霜月暫相依，莫向衡陽趁逐飛。」

〔一九〕志　神情。《文選》卷十九宋玉《神女賦・序》：「罔兮不樂，悵然失志。」

〔二〇〕這的是　這就是。金仁傑《追韓信》三折：「【上小樓】他不合燒阿房三十六宮，殺降兵二十萬人。先到咸陽，不依前言，自號爲君。趕故主，殺子嬰，誅絶斬盡。更殺義帝，江心中有家難奔。【幺】把長安封與佞臣，將彭城改作内門。這的是他不得天時，失了地利，惡了秦民。」臧本闕名氏《百花亭》四折【殿前歡】：「這的是證明師。決撒了也春風驕馬五陵兒。可不道不知命無以爲君子，則索退而自省其私。」

〔二一〕約　王季烈本、王學奇本、王季思本改作「喲」。

〔二二〕是今日説破也　「是」原作「世」，從趙琦美校改。各本亦從改。隋樹森本「也」改作「了」。按，也，猶了。參見《調風月》第二折校注〔四〕。

〔二三〕雨　原作「兩」，從趙琦美校改。各本亦從改。

〔二四〕似刀　王季烈本「似」改作「是」。王季思本「刀」誤作「力」。

〔二五〕去來　王季思本奪「去」字。「來」原作「又」，從趙琦美校改。各本亦從改。

〔二六〕放心　趙琦美刪，王季烈本、隋樹森本、北京大學本、吴國欽本、王學奇本、王季思本從。

〔二七〕您孩兒理會的　除吴曉鈴本外，各本下補「（正旦唱）」。「孩」上原衍一「孩」字，從各本刪。

〔三八〕主依　依靠。

〔三九〕疾便　即刻。李文蔚《圯橋進履》一折【尾聲】：「疾便的踐程途，尋俺那下邳的長安道。」

第五折

（净扮趙脖揪上，云）自家老趙，終日眼跳，山人算我，説我死到。自家趙脖揪的便是。這兩日有些眼跳。頗柰那婆子無禮，我使他打水飲牛，見一日要一百五十桶水，今日這早晚不見來，快着人去拿將那婆子來！（正旦擔水桶上，云）似這般苦楚，幾時受徹也呵〔一〕！

【雙調新水令】則聽的叫一聲拿過那賤人來，我見叫叫吖吖大驚小怪。狠心腸的歹大哥，欺負俺無主意的老形骸！也是我運拙時乖，捨死的盡心兒柰〔二〕。

（正旦〔三〕見净科）（净云）兀那婆子，你這一日在〔四〕那裏來？你死也！（正旦云）我在井邊打水飲牛來。（净云）你去了這一日，打了多少水？你這賤人好生無禮，則這般和你説也不濟事，你死也！將繩子來，吊起這婆子來，我直打死你便罷，你死也！（净做吊起正旦科）（正旦云）天也！可着誰人救我也！（李從珂領衆卒子冲上，云）某乃李從珂是也。大小三軍來到這潞州長子縣趙家莊也。衆軍圍了這莊者！（衆軍做圍了莊科了〔五〕（李從珂云）尋我妳妳在那裏。（做入門科）（净云）爹爹！是〔六〕甚麼官人？唬殺我也！（净慌科）〔七〕

【川撥棹】我則見鬧垓垓〔八〕、鬧垓垓的軍到來。一個個志氣胸懷，馬上胎孩〔九〕，雄糾糾名揚四海，喜孜孜笑滿腮。

（李從珂云）兀的吊着的〔一〇〕不是我妳妳？小校快解了繩子扶將來〔一一〕！

【七弟兄】我這裏見來，料〔一二〕來，這個英才，入門來兩步爲一驀，大踏步〔一三〕一夥上前來，低着頭展脚舒腰拜。

（李從珂做拜科，云）妳妳，你認的您孩兒麼〔一四〕？

【梅花酒】他不住的喚妳妳，把泪眼揉開，走向前來，急慌忙扶策。衆軍卒一字擺，衆官員兩邊排。俺孩兒是壯哉！可撲〔一五〕的跪在塵埃，可撲的跪在塵埃。

（李從珂云）母親，認的您孩兒王阿三麼？（正旦云）誰是王阿三？（李從珂云）則我便是王阿三。（正旦與從珂做悲科）〔一六〕

【喜江南】兒也！今日個月明千里故人來，這一場好事奔人來。俺孩兒堂堂狀〔一七〕貌有人材，常〔一八〕好是氣概！恰便似〔一九〕九重天飛下一紙赦書來。

（正旦與從珂認住，悲科）（正旦云）孩兒，若不是你來呵，那得我這性命來！（李從珂云）母親，那打你的欺負〔二〇〕你的安在？（正旦指净云）是這廝打我來。（李從珂云）原來是這廝欺負我母親來！（净云）你是誰？（李從珂云）你問我是誰？這個是我的親娘！（趙脖揪云）這個婦人原來是你的親娘，這等呵，我死也！（李從珂云）把這廝與我執縛〔二一〕了者！（李嗣源同四將上）（李嗣源云）來到這潞州長子縣趙家莊也。兀的不是從珂孩兒！（李從珂云）阿媽也來了也。母親，和阿媽廝見咱。（李嗣源云）兀那婆婆，你認的我麼？（正旦做見嗣源科，云）索是多謝了官人！（李嗣源覷趙脖揪云）這廝是誰？（李從珂云）阿媽，這廝便是那趙太公的孩兒。

（李嗣源云）兀那厮，你那趙太公那裏去了？（趙脖揪云）大人可憐見，我父親死了也。當初改了文契，是我父親來；如今折倒他母親，也是我來，朝打暮罵他母親，也是我來。世〔二二〕到今日，饒便饒，不饒便哈刺了罷。（李嗣源云）這厮改毀〔二三〕文契，欺壓貧民，推赴軍前斬首施行！李從珂，與你母親換了衣服，輛起車兒，同到京師拜見老阿者阿媽去來〔二四〕。

【沽美酒】今日個望京師雲霧靄，朝帝闕勝蓬萊，共享榮華美事諧。受用了玄纁〔二五〕玉帛，俺一家兒〔二六〕盡豪邁。

【太平令】穩情取香車麾蓋，子母每終是英才。怡樂着昇平景界，端的是雍熙〔二七〕無賽。呀！今日個喜哉、美哉、快哉！謝皇恩躬身禮拜。

（李嗣源云）則今日敲牛宰馬，做一個慶喜的筵席〔二八〕。則爲這李從珂孝義爲先，爲母親苦痛哀憐。因葬夫典身賣命，相抛弃數十餘年。爲打水備知詳細，認義在井口傍邊。今日個纔得完聚，王阿三子母團圓。

題目　王阿三子母兩團圓

正名　劉夫人慶賞五侯宴〔二九〕

校注

〔一〕幾時受徹也呵　除吴曉鈴本外，各本下補「（唱）」。

〔二〕柰 王季烈本、吳國欽本、王季思本改作「耐」。北京大學本、王學奇本改作「奈」。王學奇本校注云：「奈——隋本（按，即隋樹森本）校改作『柰』。」按，王校誤。按，柰同「奈」，奈通「耐」。參見《調風月》第一折校注〔九六〕、第二折校注〔一七〕。王學奇本校注云：「『奈』、『柰』、『耐』同音通用。這裏是忍耐的意思。」是。參見楔子校注〔一四〕。

〔三〕正旦 王季烈本、隋樹森本刪。

〔四〕在 吳國欽本奪。

〔五〕了 王季思本奪。

〔六〕是 原作「甚」，從趙琦美校改。各本亦從改。

〔七〕（浄慌科） 除吳曉鈴本外，各本下補「（正旦唱）」。

〔八〕鬧垓垓 形容大聲吵嚷。臧本馬致遠《黄粱夢》二折【醋葫蘆幺篇】：「鬧垓垓幺喝十字街，直恁的惡叉白賴，婆娘家情性恁般乖。」

〔九〕胎孩 昂首，威武的樣子。參見《謝天香》第一折校注〔六二〕。

〔一〇〕的 吳國欽本奪。

〔一一〕小校快解了繩子扶將來 除吳曉鈴本外，各本下補「（正旦唱）」。

〔一二〕料 王季烈本、王季思本改作「見」。王學奇本校注云：「『料』即『瞭』的借音字。」是。

〔一三〕大踏步 王季烈本、隋樹森本、王季思本「蹅」改作「踏」。按，大蹅步，大踏步，大步。蹅，踏。參見《調風月》第一折校注〔三九〕。

〔一四〕你認的您孩兒麽 除吴曉鈴本外，各本下補「（正旦唱）」。

〔一五〕可撲 象聲詞。撲通。亦作「磕撲」。臧本張國賓《薛仁貴》三折【上小樓】：「這一壁那一壁，怎生逃避？好着我磕撲的在馬前跪膝。」

〔一六〕（正旦與從珂做悲科） 除吴曉鈴本外，各本下補「（正旦唱）」。

〔一七〕狀 原作「壯」，從趙琦美校改。各本亦從改。

〔一八〕常 王季烈本、吴曉鈴本、隋樹森本、王季思本改作「暢」。按，常，「暢」之借音。參看《詩詞曲語辭匯釋》卷二「暢」。

〔一九〕似 吴曉鈴本、北京大學本、吴國欽本、王學奇本改作「是」。誤。

〔二〇〕負 隋樹森本改作「侮」。後同，不另出校。

〔二一〕執縛 捆綁。《史記·陳丞相世家》：「高帝豫具武士，見信至，即執縛之，載後車。」

〔二二〕世 王季烈本、隋樹森本、北京大學本、吴國欽本、王學奇本、王季思本改作「事」。按，世，猶已。參看《詩詞曲語辭匯釋》卷二「世（二）」。

〔二三〕改毁 改。參見《拜月亭》第一折校注〔二七〕。

〔二四〕同到京師拜見老阿者阿媽去來　除吴曉鈴本外，各本下補「（正旦唱）」。「者」字原奪，從王季烈本、隋樹森本、北京大學本、吴國欽本、王學奇本、王季思本補。吴曉鈴本奪「老阿」之「阿」字，校勘記誤謂「老——王本（按，即王季烈本）下補『阿者』二字」。

〔二五〕纒　吴曉鈴本誤作「纏」。

〔二六〕兒　吴曉鈴本奪。

〔二七〕雍熙　和樂。《文選》卷三張衡《東京賦》：「百姓同於饒衍，上下共其雍熙。」薛綜注：「言富饒是同，上下咸悦，故能雍和而廣也。」

〔二八〕做一個慶喜的筵席　原本下有一「又」字，從趙琦美删。各本亦從删。

〔二九〕劉夫人慶賞五侯宴　「賞」原作「賀」，從各本改。原本卷末有趙琦美注「内本校録清常記」。

包待制智斬魯齋郎

説明

《録鬼簿》未著録，《也是園書目》署無名氏，有人因疑此劇非關氏作。

關氏此劇現存脈望館古名家本、臧本。今以前者爲底本，後者爲校本，并用吴曉鈴本（自脈望館古名家本出）、盧冀野本、中華書局本、北京大學本、吴國欽本、王學奇本、王季思本（以上自臧本出）參校。原本「待」誤作「侍」，從吴曉鈴本改。原本書口標目「魯齋郎」。總題後另行題「元關漢卿撰」，今略去。總題下趙琦美注云：「此本《太和正音》不收。」臧本作「包待制智斬魯齋郎雜劇」，下題「元大都關漢卿撰明吴興臧晋叔校」。

劇叙權豪魯齋郎肆意妄爲，奪人妻室，被包拯設計斬首事。

齋郎，唐宋時爲低級官員，掌宗廟社稷祭祀諸事。《朱文公校昌黎先生文集》卷十四《省試學生代齋郎議》：「齋郎職奉宗廟社稷之小事，蓋士之賤者也。」《宋史·選舉志四》：「紹興初，嘗以兵革經用不足，有司請募民入貲補官，帝難之。參知政事張守曰：『祖宗時，授以齋郎，今之將仕郎是也。』」本劇之魯齋郎，是一個官位很高的人。

第一折〔一〕

（冲末扮魯齋郎引張千上）〔二〕花花太歲爲第一，浪子喪門世無〔三〕雙；街市小民聞吾怕，則我是權豪勢要魯齋郎。小官魯齋郎是也。方今聖人在位，四海晏然，八方無事〔四〕。小官〔五〕隨朝數載，謝聖恩可憐，遷除授職〔六〕。小官嫌官小不做，嫌馬瘦不騎，但行處引的是花腿閑漢〔七〕，彈弓粘竿、鵣兒〔八〕小鷂，每日價飛鷹走犬，街市閑行。但見人家好的玩器〔九〕，怎麼他到〔一〇〕有，我到〔一一〕無，我則借三日〔一二〕玩看了，第四日便還他〔一三〕；人家有那駿馬雕鞍，我使人牽來，則騎三日，第四日便還他，不壞了他的〔一四〕：我是個本分的人。自離了汴梁，來到許州，因街上騎着馬閑行，我見個銀匠鋪裏一個好女子，我正要看他，那馬走的快，不曾得仔細看。張千〔一五〕，你曾打聽〔一六〕來麼？（張千）〔一七〕比及大人〔一八〕有這個心，小人打聽在肚裏了。（魯）〔一九〕你知道他是甚麼人家？（張）〔二〇〕他是個銀匠，姓李，排行第四。他的個渾家生的風流，長的可喜。（魯）〔二一〕我如今要他，怎麼能勾〔二二〕？（張）〔二三〕大人〔二四〕要他也不難。我如今將着一把銀壺瓶去他家整理〔二五〕，多與他些錢鈔，與他幾鍾酒吃，着他渾家也吃幾鍾，扶上馬就走。推整壺瓶生巧計，拐他妻子走如飛〔二六〕。（魯）〔二七〕此計大妙！則今日收拾鞍馬，跟着我銀匠鋪裏整理壺瓶走一遭去〔二八〕。（下）

（外扮李四同旦兒、倈兒上〔二九〕）萬事分已定，浮生空自忙〔三〇〕。小可許州人氏，姓李，排行第四，人口順喚做銀匠李四。嫡親的四口兒，渾家張氏，一雙兒女，廝兒〔三一〕叫做喜童，女兒叫做嬌兒。全憑打銀過其日月。今日早間開了這鋪兒，看有甚麼人來。（魯齋郎引張千上〔三二〕）只因李四妻嬌媚，追逐張千到此間〔三三〕。小官魯齋郎。因這壺瓶跌漏，去那銀匠鋪裏〔三四〕整理一整理。來到門首也〔三五〕。左右，接了馬者，將交床〔三六〕來。（張）〔三七〕理會的。（坐下科）（魯）〔三八〕張千〔三九〕，你與我叫那銀匠出來。（張）理會的〔四〇〕。（做喚科）〔四一〕兀那銀匠，魯齋郎大人在門首叫你里〔四二〕！（李四荒科，出門跪科）〔四三〕大人喚小人有何事〔四四〕？（魯）〔四五〕兀那〔四六〕你是銀匠麼？（李）〔四七〕小人是銀匠。（魯）〔四八〕兀那李四，你休驚休〔四九〕怕，你是無罪的人，你起來。（李）〔五〇〕大人喚我做甚麼？（魯）〔五一〕我有把銀壺瓶跌漏了，你與我整理一整理，與你十兩銀子。（李）〔五二〕不打緊，小人不敢要偌多銀子。（魯）〔五三〕你是個小百姓，我怎麼肯虧你？與我整理的好，着銀子與你買酒吃。（李四接壺整理科〔五四〕）整理的復舊如初，好了也，大人試看咱。（魯）〔五五〕這廝真個好手段，便是〔五六〕新的一般。張千〔五七〕，有酒麼？（張千）〔五八〕有。（魯）〔五九〕將來賞他幾杯。（做篩酒科〔六〇〕。李四連飲三杯科，云）勾〔六一〕了。（魯）〔六二〕你家裏再有甚麼人？（李四〔六三〕）家裏有個醜媳婦，教〔六四〕出來見大人。大嫂，你出來拜大人。（旦出拜科）（魯）〔六五〕一個好女〔六六〕人也！與他三鍾酒吃。我也吃一鍾。張千〔六七〕，你也吃一鍾。兀那李四，這三鍾酒是肯酒〔六八〕；銀子〔六九〕與你做盤纏；你的渾家，我要帶往鄭州去也，你不揀〔七〇〕那個大衙門裏告我去！（同旦下）（李四做哭科，云）清平世界，朗朗〔七一〕乾坤，拐了我渾家去〔七二〕了！更待干〔七三〕罷！不問那個大衙門裏告他走一遭去。（下）

（貼旦引二男女上〔七四〕）花有重開日，人無再少年〔七五〕。妾身姓李，夫主姓張，在這鄭州做着個六案孔目〔七六〕。嫡親的四口兒家屬，一雙兒女，小厮喚做金郎，女兒喚做玉姐。孔目衙門中去了，這早晚敢待來也。（李四上〔七七〕）一心忙似箭，兩脚走如飛。自家李四的便是。因魯齋郎拐了我的渾家往鄭州來了，我隨後趕來。到這鄭州，我要告他，不認的那個是大衙門。來到這長街市上，不覺一陣心疼，我死也，却教誰人救我是好〔七八〕！（正末引祗從上〔七九〕）自家姓張，名珪，字均玉，鄭州人氏。幼習儒業，後進身爲吏。嫡親的四口兒，渾家李氏，是華州華陰縣人氏，他是個醫士人家女兒。生下一雙兒女，金郎、玉姐。我在這鄭州做着個六案都孔目。今日衙門中無甚事，回家去也〔八〇〕。見一簇人鬧。祗候，你看是甚麼人，倒在地上？（祗候問云）你是甚麼人，倒在地上？（李四〔八一〕）小人急心疼〔八二〕，看看至死。哥哥可憐見，救小人一命咱！（祗候見末科，云）是一個人害急心疼倒在地下。（末）〔八三〕我試看〔八四〕咱。兀那君子，爲甚麼倒在地下？（李四〔八五〕）小人急心疼，看看至死，怎麽〔八六〕救小人一命！（末）〔八七〕那裏不是積福處？我渾家善治急心疼，領他到家中，與他一服藥吃，怕做甚麼！祗候人〔八八〕，扶他家裏來。可早來到也〔八九〕。大嫂那裏？（貼旦見末科〔九〇〕）孔目來了也，安排茶飯你吃。（末）〔九一〕不必〔九二〕茶飯。我來獅子店門首，見一人急心疼〔九三〕，我領將來，你與他一服藥吃，救他性命，那裏不是積福處！（貼旦〔九四〕）我調藥去〔九五〕。（做調藥科〔九六〕）君子，你試吃這藥。（李四吃藥科〔九七〕）我吃了這藥，哎喲，無事了也！多謝了〔九八〕官人、娘子！若不是官人、娘子，那裏得我這性命來！（末）〔九九〕我問君子，那裏人氏，姓甚名誰？（李四〔一〇〇〕）小人姓李，排行第四，人口順都叫李四。許州人氏，打銀爲生。（貼旦〔一〇一〕）你也姓李，我也姓李，有心要認你做個兄弟，未知孔目心中肯不肯，我問孔目咱。（做問末科〔一〇二〕）這人也姓李，我也姓李，我有心待認他做個兄弟，孔目意下如何？（末）〔一〇三〕大嫂，你主〔一〇四〕了便罷。兀那李四，你近前來，我渾家待認你做個義〔一〇五〕兄弟，你意下如何？（李四〔一〇六〕）你救了我性命，休道是做兄弟，在你家中隨驢把馬〔一〇七〕也是情願。（末）〔一〇八〕你便是我舅子，我渾家就是你親姐姐一般。兄弟，你爲甚麼到這裏？（李四〔一〇九〕）你便是我親姐姐、姐夫，有人欺負我來，你與我做主。（末）〔一一〇〕誰欺負你來？我便着人拿去。誰不知我張珪的名兒！（李四〔一一一〕）不是别人，是魯齋郎强奪了我渾家去了。姐姐、姐夫，與我做主。（末做掩口科，云）哎約〔一一二〕，諕殺我也！早是在我這裏，若在别處，性命也送了你的。我與你些盤纏，你回許州去〔一一三〕，小舅子〔一一四〕，你這言語也休題〔一一五〕。

【端正好〔一一六〕】被論人〔一一七〕有勢權，原告人無門下〔一一八〕，你便不良會可跳塔輪鍘〔一一九〕，那一個官司敢把勾頭押〔一二〇〕？ 題〔一二一〕起他名兒也怕。

【幺】〔一二二〕你不如休和他爭，忍氣吞聲罷；別尋個家中寶〔一二三〕，省力的渾家。 說那個魯齋郎膽有天來大。他爲臣不守法，將官府敢欺壓，將妻女敢奪拿，將百姓敢踏踏〔一二四〕。 赤緊的他官職大的忒稀詫〔一二五〕！（下）

（李四〔一二六〕）我這裏〔一二七〕近不的他，還往〔一二八〕許州去也。（下）〔一二九〕

（魯齋郎上〔一三〇〕）小官魯齋郎是也〔一三一〕。自從許州拐了李四的渾家，起初時性命也似愛他，如今兩個眼裏不待見他。我今來〔一三二〕到這鄭州，時遇清明節令，家家上墳祭掃，必有生得好的女人，我領着張千〔一三三〕一行步從，直到郊野外踏青走一遭去〔一三四〕。（下）

（正末引貼旦上〔一三五〕）自家張珪是也〔一三六〕。時遇寒食，家家上墳，我今領着妻子上墳走一遭去。想俺這爲吏道〔一三七〕的多不存公道，熬的出身〔一三八〕，非同容易也呵〔一三九〕！

【仙呂點絳唇】則俺這令史當權，案房〔一四〇〕裏面，關〔一四一〕文卷，但有半點兒牽連，那刁蹬〔一四二〕無良善。

【混江龍】休想肯與人方便，銜一片害人心，勒掯了些養家錢〔一四三〕。聽的有件事呵〔一四四〕，押文書心情似火，寫帖子勾喚〔一四五〕如烟，教公吏勾〔一四六〕來衙院裏，抵多少〔一四七〕笙歌引至畫堂前。

冒支國俸，濫取民財〔一四八〕，禁持父母〔一四九〕，凍餓妻兒〔一五〇〕，經旬間不來家〔一五一〕，破工夫在柳陌花街〔一五二〕串，積攢下金銀富貴，花月團圓〔一五三〕。

【油葫蘆】我置下家私〔一五四〕買下田，桃杏一二千〔一五五〕，真是連枝帶葉〔一五六〕盡埋冤。逼的人賣了銀頭面，我戴着金頭面；送的人典了舊宅院，我住着新宅院。有一日限滿時，便想得重遷〔一五七〕，提刑司刷出三宗卷〔一五八〕，恁時節帶鐵鎖納贓錢。

【天下樂】那其間敢賣了城南金谷園〔一五九〕，百姓見無權，一昧裏掀〔一六〇〕，潑〔一六一〕家私如敗雲風亂捲；或是流〔一六二〕二千，遮莫徒一年〔一六三〕，恁時節則落的幾度喘。

來到墳所也〔一六四〕。是好春景也呵〔一六五〕！

【金盞兒】覷郊原，笑聲喧〔一六六〕，古墳新土都添遍，家家慎終追遠〔一六七〕痛難言。一壁廂黃鸝聲恰恰，一壁廂血泪滴漣漣，正是「鶯啼新柳畔，人哭古墳前」。

（貼旦〔一六八〕）孔目，喒〔一六九〕慢慢耍一會家去。（魯齋郎引衆上〔一七〇〕）你都跟着我閑游去來。所事不見〔一七一〕，正所〔一七二〕好墳也！樹木上面一個黃鶯兒，將彈弓來〔一七三〕。（做打彈科）（倈〔一七四〕哭云）妳妳，打破頭也！（貼旦〔一七五〕）那個弟子孩兒，閑着那驢蹄爛爪，打過這彈子來！（末）〔一七六〕這個村弟子孩兒無禮，我家墳院裏打過彈子來。你〔一七七〕不知我的名兒？我出去看去〔一七八〕。

【後庭花】是誰人墻外邊，只〔一七九〕恁的没體面？我圪察〔一八〇〕望前去，（魯）〔一八一〕張珪，你罵誰里〔一八二〕？（末）〔一八三〕諕的我行行的往後偃〔一八四〕。（魯）〔一八五〕你這弟子孩兒作死也！我是誰，你罵我？（末）〔一八六〕我恰便似履〔一八七〕深淵，把不定心驚膽戰，有這場死罪愆。我今朝遇禁烟〔一八八〕，祖墳前〔一八九〕來祭奠，飲金杯，語笑喧；他弓開時似月圓，彈發處又不偏，恰〔一九〇〕落在我面前。

（魯）〔一九一〕張珪，你要打〔一九二〕我呵，不是尋死里〔一九三〕！（末）〔一九四〕

【青哥兒】你教我如何〔一九五〕分辨？（貼旦〔一九六〕）是那一個不曉事弟子孩兒，打破我孩兒〔一九七〕頭？（末）〔一九八〕省可裏高聲罵得胡言〔一九九〕。（倈）〔二〇〇〕打破我頭也！（末）〔二〇一〕哎，你個不識憂愁小業〔二〇二〕冤！諕的我魂魄消〔二〇三〕然，言語狂顛，誰敢遲延〔二〇四〕，我只得破步撩衣走到根前〔二〇五〕，少不的屎做糕糜咽〔二〇六〕。

（末〔二〇七〕做跪科）（魯）〔二〇八〕張珪，你怎敢罵我！你不認的我？覷我一覷，該死，你罵我該甚麼罪過？（末）〔二〇九〕張珪不知道是〔二一〇〕大人，若知道是大人呵，張珪那裏死的是！（魯）〔二一一〕君子千言有一失，小人千言有一當。他不知是我，若知是我，怎麼敢罵我！不和你一般見識。這座墳是誰家的？（末）〔二一二〕是張珪家的。（魯）〔二一三〕消不的〔二一四〕你請我墳院裏坐一坐？教你祖宗都得生天。（末）〔二一五〕請大人墳裏坐一坐〔二一六〕。（魯）〔二一七〕到〔二一八〕好一座墳院也。我聽的有女人言語，是誰？（末）〔二一九〕是張珪的醜媳婦兒。（魯）〔二二〇〕消不得拜我一拜？（末）〔二二一〕大嫂，你來拜大人。（貼旦〔二二二〕）我拜他怎地〔二二三〕？（末）〔二二四〕你依着我〔二二五〕。（旦上拜科）〔二二六〕（魯〔二二七〕還禮科，云）一個好女子也！他到〔二二八〕有這個渾家，我到〔二二九〕無。張珪！你這廝該死，怎敢罵我？把你〔二三〇〕罪過且不饒你！近前來〔二三一〕，將耳朵來：把你媳婦明日送的〔二三二〕我宅子裏來，若來遲了，二罪俱罰〔二三三〕。將馬來〔二三四〕，我回去也。（下）（貼旦〔二三五〕）孔目，他是誰，你這等怕他？（末）〔二三六〕大嫂，咱收拾回家去來〔二三七〕！

【賺煞】巧笑倩禍機藏，美目盼灾星現〔二三八〕；也是俺連年裏時乖運蹇，没一個當道掘坑解倒懸〔二三九〕。我便似没頭鵝熱地上蚰蜒〔二四〇〕，恰纔個馬頭邊附耳低言，一句話似深〔二四一〕蒙帝主宣。（末拿彈子拜科〔二四二〕）這彈子舉賢薦賢，他來的撲頭撲面，明日個你團圓却教我不團圓。（下）

校注

〔一〕第一折　臧本作「楔子」。

〔二〕（冲末扮魯齋郎引張千上）　臧本下有「（詩云）」，「千」作「龍」。

〔三〕世無　臧本作「再没」。

〔四〕方今聖人在位，四海晏然，八方無事　臧本無。吴國欽本據古名家本補。

〔五〕小官　臧本無。吴國欽本據古名家本補。

〔六〕遷除授職　臧本作「除授今職」。

〔七〕花腿閑漢　腿上刺花紋專爲顯貴幫閑之人。莊季裕《雞肋編》卷下：「車駕渡江，韓劉諸軍皆征戍在外，獨張浚一軍常從行在，擇卒之少壯長大者，自臀而下文刺至足，謂之花腿。京師舊日浮浪輩以此爲誇。」吴自牧《夢粱録》卷十六「分茶酒店」：「更有百姓入酒肆，見富家子弟等人飲酒，近前唱喏，小心供過，使人買物命妓，謂之『閑漢』。」卷十九「閑人」：「更有一等不著業藝……專精陪侍涉富豪子弟郎君，游宴執役，甘爲下流，及相伴外方官員財主，到都營幹。……又謂之『閑漢』，凡擎鷹、架鷂、調鵓鴿、鬥鵪鶉、鬥雞、賭撲落生之類。」

〔八〕鵊兒　「鵊」原誤作「賊」，從臧本改。吴曉鈴本校勘記云：「賊兒——臧本作『鵊兒』。是。」《廣韻》平聲東韵：「鵊，似鷹而小，能捕雀也」；息弓切。

〔九〕器　原作「畫」，據臧本改。

〔一〇〕到　臧本作「倒」。

〔一一〕到　臧本作「倒」。

〔一二〕日　原作「口」，據臧本改。

〔一三〕第四日便還他　臧本下有「也不壞了他的」一句。

〔一四〕不壞了他的　臧本上有一「也」字。

〔一五〕千　臧本作「龍」。

〔一六〕打聽　「打」字原無，從趙琦美校補。臧本作「見」。

〔一七〕（張千）　臧本作「（張龍云）」。

〔一八〕大人　臧本作「爹」。

〔一九〕（魯）　臧本作「（魯齋郎云）」。

〔二〇〕（張）　臧本作「（張龍云）」。

〔二一〕（魯）　臧本作「（魯齋郎云）」。

〔二二〕能勾　臧本同。吴國欽本、王季思本「勾」改作「够」。按，能勾，即能够。勾，通「够」。參見《調風月》第二折校注〔二六〕。後同，不另出校。

〔二三〕（張）　臧本作「（張龍云）」。

〔二四〕大人　臧本作「爹」。

〔二五〕整理　修理。《京本通俗小説·碾玉觀音》：「當時宣崔寧見駕，將這玉觀音教它領去，用心整理。」

〔二六〕推整壺瓶生巧計，拐他妻子走如飛　臧本無。

〔二七〕（魯）　臧本作「（魯齋郎云）」。

〔二八〕跟着我銀匠鋪裏整理壺瓶走一遭去　臧本下有「（詩云）推整壺瓶生巧計，拐他妻子忙逃避，總饒趕上焰摩天，教他無處相尋覓」。

〔二九〕外扮李四同旦兒、倈兒上　臧本二「兒」字無，「倈」上有一「二」字，「上」下有「云」。

〔三〇〕萬事分已定，浮生空自忙　臧本無。

〔三一〕厮兒　男孩兒。吕居仁《軒渠録》：「族嬸陳氏頃寓嚴州，諸子宦游未歸，偶族侄大琮過嚴州，陳嬸令作代書寄其子……大琮遲疑，不能下筆。嬸笑云：『元來這厮兒也不識字。』」《山西通志》卷一百：「霍山以南……子曰厮兒。」

〔三二〕魯齋郎引張千上　臧本「千」作「龍」，「上」下有「云」。

〔三三〕只因李四妻嬌媚，追逐張千到此間　臧本無。

〔三四〕裏　臧本無。

〔三五〕來到門首也　臧本無。

〔三六〕交床　一種可折叠的坐具。厲静薌《事物異名録》卷十九：「交床，椅。《演繁露》：胡床，隋以讖有胡，改名交床。」

〔三七〕（張）　臧本作「（張龍云）」。

〔三八〕（魯）　臧本作「（魯齋郎云）」。

〔三九〕千　臧本作「龍」。

〔四〇〕（張）理會的　臧本無。

〔四一〕（做唤科）　臧本作「（張龍做唤科，云）」。

〔四二〕魯齋郎大人在門首叫你里　臧本「魯齋郎大人」作「魯爺」，「里」作「哩」。

〔四三〕（李四荒科，出門跪科）　臧本作「（李四慌出跪科，云）」。

〔四四〕有何事　臧本下有一「幹」字。

〔四五〕（魯）　臧本作「（魯齋郎云）」。

〔四六〕兀那　臧本無。

〔四七〕（李）　臧本作「（李四云）」。

〔四八〕（魯）　臧本作「（魯齋郎云）」。

〔四九〕休　臧本作「莫」。

〔五〇〕（李）　臧本作「（李四云）」。

〔五一〕（魯）　臧本作「（魯齋云）」。各本「齋」下補一「郎」字。是。

〔五二〕（李）　臧本作「（李四云）」。

〔五三〕（魯）　臧本作「（魯齋郎云）」。

〔五四〕李四接壺整理科　臧本無「整理」二字，「科」下有「云」。吴國欽本、王季思本據古名家本「壺」下補「整理」二字。

〔五五〕（魯）　臧本作「（魯齋郎云）」。

〔五六〕是　臧本作「似」。

〔五七〕千　臧本作「龍」。

〔五八〕（張千）　臧本作「（張龍云）」。

〔五九〕（魯）　臧本作「（魯齋郎云）」。

〔六〇〕科　臧本無。

〔六一〕勾　臧本同。吴國欽本、王季思本改作「够」。按，勾，通「够」。參見《切鱠旦》第三折校注〔三七〕。

〔六二〕（魯）　臧本作「（魯齋郎云）」。

〔六三〕李四　臧本下有「云」。

〔六四〕教　臧本作「叫」。

〔六五〕（魯）　臧本作「（魯齋郎云）」。

〔六六〕女　臧本作「婦」。

〔六七〕千　臧本作「龍」。

〔六八〕肯酒　允婚酒。古俗，男方向女方求婚，女方接受男方送的酒，即表示同意婚事。孟元老《東京夢華録》卷五「娶婦」：「凡娶媳婦，先起草帖子，兩家允許，然後起細帖子，序三代名諱，議親人有服親田産官職之類。次擔許口酒，以絡盛酒瓶，裝以大花八朵、羅絹生色或銀勝八枚，又以花紅繳擔上，謂之『繳擔紅』，與女家。」肯酒，即許口酒。石君寶《秋胡戲妻》二折羅大户白：「這酒和紅……都是本村李大户的。恰纔這三鍾酒是肯酒，這塊紅是紅定。秋胡已死了也，如今李大户要娶梅英，他自家牽羊擔酒來也。」

〔六九〕銀子　臧本上有「我的十兩」四字。

〔七〇〕不揀　臧本同。中華書局本「不」字下點斷。誤。按，不揀，不論。《元典章》刑部十五「約會」：「漢兒、河西蠻子、哈喇章回回田地裏，不揀那裏，諸王公主駙馬各投下有的畏吾兒每、哈迷里每，軍站差發，不揀怎生，合對證的、合問的勾當他每有呵，禿魯不花爲頭都護府官人每識者。」

〔七一〕朗朗　臧本作「浪蕩」。

〔七二〕去　原本下衍一「去」字，從吴曉鈴本删。

〔七三〕干　臧本作「乾」。

〔七四〕貼旦引二男女上　臧本「男女」作「俫」，「上」下有「云」。

〔七五〕花有重開日，人無再少年　臧本無。

〔七六〕六案孔目　六案，即六房。六案孔目，州縣衙門裏吏、户、禮、兵、刑、工六處辦事機構掌管文書和案卷的小吏。《宋史·徽宗紀》：「（崇寧四年）令州縣仿尚書六曹分六案。」參見《蝴蝶夢》

第二折校注〔三〕、〔七〇〕。

〔七七〕李四上　臧本「上」上有一「慌」字，下有「云」。

〔七八〕是好　臧本作「這性命咱」。

〔七九〕正末引祇從上　臧本「正末」下有「扮張珪」三字，「從」作「候」，「上」下有「云」。

〔八〇〕去也　臧本作「裏去」。

〔八一〕李四　臧本下有「云」。

〔八二〕急心疼　臧本上有一「害」字。

〔八三〕（末）　臧本作「（正末云）」。

〔八四〕看　臧本同。盧冀野本誤作「真」。

〔八五〕李四　臧本下有「云」。

〔八六〕怎麼　務必。

〔八七〕（末）　臧本作「（正末云）」。

〔八八〕人　臧本同。盧冀野本奪。

〔八九〕可早來到也　臧本無。

〔九〇〕貼旦見末科　臧本下有「云」。

〔九一〕（末） 臧本作「（正末云）」。

〔九二〕不必 臧本作「且不要」。

〔九三〕急心疼 臧本上有一「害」字。

〔九四〕貼旦 臧本下有「云」。

〔九五〕我調藥去 臧本上有一「待」字。

〔九六〕做調藥科 臧本下有「云」。

〔九七〕李四吃藥科 臧本下有「云」。

〔九八〕了 臧本無。

〔九九〕（末） 臧本作「（正末云）」。

〔一〇〇〕李四 臧本下有「云」。

〔一〇一〕貼旦 臧本下有「云」。

〔一〇二〕做問末科 臧本下有「云」。

〔一〇三〕（末） 臧本作「（正末云）」。

〔一〇四〕主 做主。闕名氏《劉弘嫁婢》二折正末白：「王秀才，你近前來，我問你，您姑夫平日間主的事如何？」

〔一〇五〕義　臧本無。

〔一〇六〕李四　臧本下有「云」。

〔一〇七〕隨驢把馬　鞍前馬後。把，牽。脈望館鈔本李致遠《還牢末》一折李逵白：「哥哥，您兄弟願隨驢把馬也。」

〔一〇八〕（末）　臧本作「（正末云）」。

〔一〇九〕李四　臧本下有「云」。

〔一一〇〕（末）　臧本作「（正末云）」。

〔一一一〕李四　臧本下有「云」。

〔一一二〕約　臧本作「喲」。

〔一一三〕你回許州去　臧本下有一「罷」字。

〔一一四〕小舅子　臧本無。

〔一一五〕你這言語也休題　臧本作「這言語你再也休題」，下有「（唱）」。王季思本「題」改作「提」。按，題，提。參見《調風月》第二折校注〔五七〕。

〔一一六〕端正好　臧本上有「仙呂」。

〔一一七〕被論人　被告。論，告，控告。《元典章》刑部一「刑名」：「在先凡有刑名詞訟，元問軍民所犯，府州司路官員坐一同歸結。今後除軍民相關約會歸斷外，若有元告、被論人俱係軍户，合無令達魯花赤管民官另行歸結，或與以次官通同問理。」

〔二八〕門下　家族的地位。

〔二九〕不良會可跳塔輪鍘　不良會，有本領。王實甫《西厢記》四本一折【上馬嬌】：「不良會把人禁害，哈，怎不肯回過臉兒來？」跳塔輪鍘，比喻豁出命去。臧本岳伯川《鐵拐李》楔子【仙吕賞花時】：「火坑裏消息我敢踏，油鑊内錢財我敢拿，則爲我能跳塔快輪鍘，今日向陰司折罰。」

〔三〇〕把勾頭押　勾頭，勾牒，拘票。景方諸生本王實甫《西厢記》三本二折【上小樓】：「這的是先生命慳，須不是紅娘違慢。那簡帖兒倒做了你的招狀，他的勾頭，我的公案。」王伯良云：「勾頭，即勾牒。」押，簽署。《太平廣記》卷四百二十二引《博異志》：「寫畢，令以漢陽之名押之。」

〔三一〕題　臧本同。吴國欽本、王季思本改作「提」。參見校注〔二五〕。後同，不另出校。

〔三二〕【幺】　臧本作「【幺篇】」。

〔三三〕家中寶　代指醜媳婦。脈望館息機子本秦簡夫《破家子弟》一折【寄生草】：「你抛撇了醜婦是這家中寶，挑踢着美女家生俏（哨）。」

〔三四〕踏踏　「踏」原作「查」，今改。吴曉鈴本「踏」誤作「踏」。臧本作「踏踏」。王季思本誤作「踏踏」。踏踏，踐踏，摧殘。亦作「蹉踏」。《董解元西厢記》卷二【黄鍾調】【四門子】：「不幸蒲州太守渾瑊卒，你便欺民叛國，劫人財産行粗魯，更蹉踏人寺宇。」

〔二五〕稀詫　奇异。羅貫中《風雲會》一折【油葫蘆】：「你道我堯眉舜目堪圖畫，湯肩禹背實稀詫……你道我乾元九五飛龍卦，多管是相法内有争差。」

〔二六〕李四　臧本下有「云」。

〔二七〕我這裏　臧本下有「既然」二字。

〔二八〕還往　臧本作「不如仍還」。

〔二九〕（下）　臧本以上屬楔子，以下屬第一折。

〔三〇〕魯齋郎上　臧本下有「云」。

〔三一〕是也　臧本無。

〔三二〕來　臧本作「回」。

〔三三〕千　臧本作「龍」。

〔三四〕走一遭去　臧本下有一「來」字。

〔三五〕正末引貼旦上　臧本下有「云」。

〔三六〕是也　臧本無。

〔三七〕道　臧本無。

〔三八〕出身　做官。參見《哭存孝》第二折校注〔五三〕。

〔三九〕非同容易也呵　臧本下有「（唱）」。

〔四〇〕案房　官署中的辦公處。案，文卷。

〔四一〕關　管。《晋書·謝安傳》：「及中書令王坦之出爲徐州刺史，詔安總關中書事。」

〔四二〕刁蹬　刁難。《元典章》刑部十五「書狀」：「若詞狀到鋪，妄行刁蹬，取受錢物，故作停難，不即書寫……許令告人徑赴所屬官司陳告。」

〔四三〕勒揞了些養家錢　勒揞，勒索。《水滸傳》十七回：「我若要哥銀子時，便是兄弟勒揞哥哥。」臧本「錢」作「緣」。王季思本「據古名家本」改。按，緣，錢財。參看徐嘉瑞《金元戲曲方言考》「家緣」。

〔四四〕聽的有件事呵　臧本上有「（帶云）」，下有「（唱）」。

〔四五〕勾喚　臧本同。盧冀野本「喚」誤作「换」。按，勾喚，傳訊，拘。《元典章》刑部十「雜例」：「袁州路民户孫立山告分宜縣吏陳通等因勾喚立山母親對證孫萃四身死取受鈔定事，仰就便依例追斷。」

〔四六〕勾　傳訊，拘。《元典章》刑部二「繫獄」：「至於相争田地，婚姻債負，家財毆詈，干證之類，被勾到官，罪無輕重，即監入禁。」

〔一四七〕抵多少　猶云比不得。參看《詩詞曲語辭匯釋》卷四「抵多少」。

〔一四八〕民財　臧本作「人錢」。

〔一四九〕禁持父母　臧本作「那裏管爺娘凍餒」。

〔一五〇〕凍餓妻兒　臧本作「妻子熬煎」。

〔一五一〕不來家　臧本作「不想到家來」。

〔一五二〕在柳陌花街　臧本作「則在那娼樓」。

〔一五三〕積儹下金銀富貴，花月團圓　臧本作「則圖些烟花受用，風月留連」。

〔一五四〕我置下家私　臧本作「只待置下莊房」。

〔一五五〕桃杏一二千　臧本作「家私積有數千」。

〔一五六〕真是連枝帶葉　臧本作「那裏管三親六眷」。連枝帶葉，喻指衆親戚。脈望館鈔本闕名氏《龍門隱秀》三折【游四門】：「誰想俺嫂狠兄毒心意歹，全不想共根同蔕，連枝帶葉，把我似乞兒般搶出門來。」

〔一五七〕重遷　高升。重，高。《魏書·常景傳》：「有高才而無重位。」遷，升。《史記·屈原賈生列傳》：「孝文帝説之，超遷，一歲中至太中大夫。」

〔一五八〕提刑司刷出三宗卷　臧本上有「怎知他」三字。提刑司，官署名。宋代於各路設提點刑獄司，主管所屬各州司法、刑獄和監察。元代有提刑按察司。刷，查。《元典章》刑部三「内亂」：「至元八年二月十二日，尚書省近據來呈，備河北河南道提刑按察司申：刷出真定路脱里察總管府文卷一宗，爲醫人張楫招……情罪。」參見《竇娥冤》第三齣校注〔四〕。

〔一五九〕金谷園　晋代豪富石崇在洛陽西北金谷的别館。《晋書·石崇傳》：「崇有别館在河陽之金谷，一名梓澤……財産豐積，室宇宏麗。後房百數，皆曳紈綉，珥金翠。絲竹盡當時之選，庖膳窮水陸之珍。與貴戚王愷、羊琇之徒以奢靡相尚。」後借指豪華的私家園苑。趙令畤《侯鯖録》卷二：「莒公詩云：『漢皋佩冷臨江濕，金谷樓危到地香。』」

〔一六〇〕一昧裹揿　臧本同。盧冀野本、中華書局本「揿」字下未點斷。按，「揿」字韵。一昧裹，一味地，一個勁兒地。脈望館古名家本孫仲章《勘頭巾》四折【川撥棹】：「你昧神天，將平人招罪愆，你可休怨氣冲天，裸（攞）袖揎拳，没些正直忠言，一昧裹胡纏。」揿，揭露。

〔一六一〕潑　大。王邁《臞軒詩餘·沁園春·迎方右史德潤》：「狂生真個狂哉，潑性氣、年來全未灰。」參見《金線池》第三折校注〔四五〕。

〔一六二〕流　流刑，放逐。《元典章》刑部十一「强竊盜」：「盜庫藏錢物者，比常盜加一等，贓滿至五百貫已上者流。」參見《蝴蝶夢》第二折校注〔一三〕。

〔一六三〕遮莫徒一年　遮莫，或者。參看《元劇俗語方言例釋》「折末」。徒，徒刑，監禁。《元典章》刑部十一「免配」：「今江西行省咨竊賊賀必貴，例應徒配。却緣本賊祖母、父母俱各年老殘疾，別無以次侍丁，如准所擬免配，相應具呈照詳都省准擬，請依上施行。」徒配，監禁流放。參見《蝴蝶夢》第二折校注〔三〕。

〔一六四〕來到墳所也　臧本上有「（云）」，下有「（唱）」，「來」上有一「早」字。

〔一六五〕是好春景也呵　臧本無。吴國欽本據古名家本補。

〔一六六〕笑聲喧　臧本作「正晴暄」。北京大學本、吴國欽本「暄」誤作「喧」。

〔一六七〕慎終追遠　臧本作「化錢烈紙」。慎終追遠，謂居父母喪要依禮盡哀，祭祀祖先要恭敬虔誠。終，指父母喪；遠，指祖先。《論語·學而》：「慎終追遠，民德歸厚矣。」何晏集解：「慎終者，喪盡其哀；追遠者，祭盡其敬。」

〔一六八〕貼旦　臧本下有「云」。

〔一六九〕喒　臧本同。北京大學本、吴國欽本、王學奇本、王季思本改作「咱」。按，喒，咱們。參見《哭存孝》頭折校注〔一四〕。後同，不另出校。

〔一七〇〕魯齋郎引衆上　臧本下有「云」，「衆」作「張龍」。

〔一七一〕所事不見　臧本無。

〔一七二〕正所　趙琦美改作「見一個」。臧本「正」作「這一」。

〔一七三〕將彈弓來　臧本上有「小的」。

〔一七四〕倈　臧本下有一「兒」字。

〔一七五〕貼旦　臧本下有「云」。

〔一七六〕（末）　臧本作「（正末云）」。

〔一七七〕你　臧本下有「敢是」二字。

〔一七八〕我出去看去　臧本下有「（唱）」，第二個「去」字作「波」。

〔一七九〕只　吴曉鈴本改作「直」。臧本作「直」。按，只，同「直」，猶竟。參見《竇娥冤》第二齣校注〔六四〕、《調風月》第二折校注〔七四〕。

〔一八〇〕扢察　臧本作「擦擦的」。扢察，形容動作很快，猶言一下子。亦作「圪塔」。參見《單刀會》第一折校注〔七八〕。

〔一八一〕（魯）　臧本作「（魯齋郎云）」。

〔一八二〕里　臧本作「哩」。

〔一八三〕（末）　臧本作「（正末唱）」。

〔一八四〕偃　退。

〔一八五〕（魯）　臧本作「（魯齋郎云）」。

〔一八六〕（末）　臧本作「（正末唱）」。

〔一八七〕履　臧本作「墜」。

〔一八八〕禁烟　寒食節令。參見《調風月》第二折校注〔九〕。

〔一八九〕祖墳前　臧本作「到先塋」。

〔一九〇〕恰　臧本作「剛」。

〔一九一〕（魯）　臧本作「（魯齋郎云）」。

〔一九二〕要打　臧本作「駡」。

〔一九三〕里　臧本作「哩」。

〔一九四〕（末）　臧本作「（正末唱）」。

〔一九五〕如何　臧本下重「如何」。

〔一九六〕貼旦　臧本下有「云」。

〔一九七〕孩兒　臧本下有一「的」字。

〔一九八〕（末）　臧本作「（正末唱）」。

〔一九九〕高聲駡得胡言　臧本作「亂語胡言」。得，襯字，無義。元刊本岳伯川《鐵拐李》一折【點絳唇】：「我又不會耕種得鋤刨，倚仗着笞杖徒流絞。」脈望館鈔本闕名氏《博望燒屯》二折【菩薩梁州】：「恰待出博望得程途，剛尋着走路你根前過去，你若是拿不住，怎的支吾？」

〔二〇〇〕（俫）　臧本作「（俫兒云）」。

〔二〇一〕（末）　臧本作「（正末唱）」。

〔二〇二〕業　臧本同。吴國欽本改作「孽」。參見《蝴蝶夢》第二折校注〔三六〕。

〔二〇三〕消　趙琦美改作「俏」。臧本作「蕭」。

〔二〇四〕誰敢遲延　臧本同。中華書局本「延」字下未點斷。按，「延」字韵。

〔二〇五〕破步撩衣走到根前　破步，邁步。金仁傑《追韓信》四折【煞尾】：「捋袖揎拳挺盔頂，破步撩衣扯劍迎。」「根」，臧本同。王季思本改作「跟」。按，根前，即跟前。參見《調風月》第二折校注〔二六〕。

〔二〇六〕屎做糕糜咽　臧本上有一「把」字。糕糜，糕餅。《玉篇》食部一百十二：「餻，古刀切，餻糜，餻餅也。」餻，同「糕」。龐元英《文昌雜録》卷三：「（唐歲時節物）四月八日，則有餻糜……今歲時遺問略同，但餻糜結杏子點炙杖子，今不行爾。」

〔二〇七〕末　臧本作「正末」。

〔二〇八〕（魯）　臧本作「（魯齋郎云）」。

〔二〇九〕（末）　臧本作「（正末云）」。

〔二〇〕是　臧本同。吴國欽本奪。

〔二一〕（魯）　臧本作「（魯齋郎云）」。

〔二二〕（末）　臧本作「（正末云）」。

〔二三〕（魯）　臧本作「（魯齋郎云）」。

〔二四〕消不的　少不了。劉唐卿《降桑椹》二折太醫白：「俺是個官士大夫，上他門來看病，消不的他接待接待，就着俺過去？」

〔二五〕（末）　臧本作「（正末云）」。

〔二六〕請大人墳裏坐一坐　「墳」下疑脱一「院」字。臧本作「只是張珪没福消受。請大人到墳院裏坐一坐」。

〔二七〕（魯）　臧本作「（魯齋郎云）」。

〔二八〕到　臧本作「倒」。

〔二九〕（末）　臧本作「（正末云）」。

〔三〇〕（魯）　臧本作「（魯齋郎云）」。

〔三一〕（末）　臧本作「（正末云）」。

〔三二〕貼旦　臧本下有「云」。

〔二三〕怎地　做甚麼。鄭德輝《智勇定齊》一折茶旦白：「他每日横不拈，豎不擡，那得閑茶飯，養活着他怎地？」參見《四春園》頭折校注〔三二〕。

〔二四〕（末）　臧本作「（正末云）」。

〔二五〕依着我　臧本上有一「只」字。

〔二六〕（旦上拜科）　臧本作「（貼旦出拜）」。

〔二七〕魯　臧本作「魯齋郎」。

〔二八〕到　臧本作「倒」。

〔二九〕到　臧本作「倒」。

〔三〇〕把你　臧本作「這」。

〔三一〕來　臧本無。

〔三二〕的　臧本作「到」。

〔三三〕罰　原作「發」，據臧本改。

〔三四〕將馬來　臧本上有「小厮」。

〔三五〕貼旦　臧本下有「云」。

〔三六〕（末）　臧本作「（正末云）」。

〔三七〕喒收拾回家去來　臧本下有「（唱）」，「喒」下有一「快」字。

〔三八〕巧笑倩禍機藏，美目盼災星現　臧本上有「哎，只被你」。王季思本「目」誤作「日」。《詩·衛風·碩人》：「巧笑倩兮，美目盼兮。」毛傳：「倩，好口輔。盼，白黑分。」

〔三九〕没一個當道掘坑解倒懸　臧本作「可可的與那個惡那吒打個撞見」。

〔四〇〕我便似没頭鵝熱地上蚰蜒　臧本上有「諕的」二字，無「便」。没頭鵝，比喻慌張無主。天鵝群飛，首一隻爲引領，謂之頭鵝；鵝群失去頭鵝，爲無頭之鵝，故云。王實甫《西厢記》二本三折【江兒水】：「悶殺没頭鵝，撇下陪錢貨，下場頭那答兒發付我！」熱地上蚰蜒，猶「熱鍋上的螞蟻」。比喻心情焦急，不知如何是好。元刊本張國賓《薛仁貴》一折【憶王孫】：「薛仁貴君子斷其初，張士貴賊兒膽底虚。一個話頭兒先順，一個口裏先囁嚅。薛仁貴暗歡娱，張士貴似熱地上蚰蜒没是處。」

〔四一〕深　臧本作「親」。深，重，這裏引申爲榮幸。

〔四二〕末拿彈子拜科　臧本「末」作「做」，「科」下有「唱」。

第二折

（魯齋郎引張千上）〔一〕着意栽花花不發，等閑插柳柳成陰〔二〕。小官魯齋郎是也〔三〕。因賞玩春景，到於郊野外張珪墳中〔四〕，樹上歇着個黄鶯兒〔五〕，我拽滿彈弓，誰想落下彈子來打着張珪的〔六〕小的，將我千般毀罵，我要殺壞了他，不想他到〔七〕有個好媳婦。我着他今日不犯〔八〕，明日〔九〕送來。我一夜不曾睡着。他若來遲了，就把他〔一〇〕殺壞。張千〔一一〕，門首看着〔一二〕，若來時報伏〔一三〕我知道。（末同貼旦上〔一四〕）大嫂，疾行動些！（貼旦〔一五〕）纔五更天氣，你敢風魔九陌〔一六〕，引的我那裏去？（末）〔一七〕東莊裏姑娘家有喜慶勾當〔一八〕，用着這個時辰，我和你行動些。大嫂，你先行。（貼旦先行科）（末）〔一九〕張珪，怎了也？魯齋郎大人的言語：「張珪，明日將你渾家，五更你便送到我府中來。」我不送去，我也是個死；我待送去，兩個孩兒久後尋他母親，我也是個死。怎生是好也〔二〇〕！

【南吕一枝花】全失了人倫天地心，倚仗着惡黨凶徒〔二一〕勢，活支刺母兒雙拆散〔二二〕，生各札夫婦兩分離。從來有日月交蝕，幾曾見夫主婚、妻招婿？今日個妻嫁人、夫做媒，自取些奩房斷送陪隨〔二三〕，那裏也羊酒花紅段匹〔二四〕！

【梁州】〔二五〕他憑着惡哏哏威風糾糾，全不怕碧澄澄天網恢恢。夜間摸不着陳摶睡〔二六〕，不分喜怒，不辨高低。教我人離財散，宅亂家番〔二七〕，對渾家又不敢説是談非，行行裏没亂徘徊〔二八〕。你、你、你，做了個别霸王自刎虞姬〔二九〕，我、我、我，做了個進西施歸湖范蠡〔三〇〕，來、來、來，渾一似嫁單于出塞明妃〔三一〕。正青春似水，嬌兒幼女成家計〔三二〕，無憂慮，少縈繫〔三三〕，平地起風波二千尺，一家兒瓦解星飛。

（貼旦〔三四〕）俺走了這一會，在那裏〔三五〕？（末）〔三六〕則那裏便是。（貼旦〔三七〕）這個院宅便是？他做甚麽買

賣〔三八〕，有這等大院宅？（末）〔三九〕

【牧羊關】怕不曉日樓臺静，春風簾幕底〔四〇〕，没福的怎生消得！這廝强賴人錢財，莽〔四一〕奪人妻室，高築座鶯花寨〔四二〕，斜搠面杏黄旗，梁山泊賊相似，與蓼兒窪争甚的！

大嫂〔四三〕，你靠後。（末見張千科）〔四四〕哥〔四五〕哥，報復一聲，張珪在於門首。（張千）〔四六〕你這廝纔來，你該死也！你則在這裏，我報伏〔四七〕去。（魯見張千，云）〔四八〕兀那廝做甚麽？（張千）〔四九〕張珪兩口兒在于門首。（魯）〔五〇〕張千〔五一〕，我不换衣服罷，着他過來見。（末、旦施禮〔五二〕科）（魯）〔五三〕張珪，這早晚纔來〔五四〕？（末）〔五五〕投到安伏〔五六〕下兩個小的，收拾了〔五七〕，急急走來〔五八〕，五更過也〔五九〕。（魯）〔六〇〕别，不打緊〔六一〕。這個是你那渾家？近前來我看〔六二〕。好女人也！比夜來增十分顔色。生受你。將酒來吃三杯。（末）〔六三〕

【四塊玉】將一杯醇糯酒〔六四〕十分的吃。（貼旦〔六五〕）張孔目，少吃，則怕你醉了。（末）〔六六〕更怕我酒後疏狂落人〔六七〕便宜。扭回身剛咽住長嘘氣〔六八〕。我乞求得醉似痴〔六九〕，如爛泥〔七〇〕。我則圖别離時，不記得。

（貼旦〔七一〕）張孔目，你爲甚麽這般煩惱〔七二〕？你説麽〔七三〕！（末）〔七四〕大嫂，實不相瞞，如今大人要你做夫人，我特〔七五〕送將你來。（貼旦〔七六〕）孔目也〔七七〕，你這般下的也〔七八〕！（魯）〔七九〕則管裏説甚麽！後堂中换衣服去〔八〇〕。（貼旦〔八一〕）孔目，則被你痛殺我也！（末）〔八二〕苦痛殺我也，渾家！（魯）〔八三〕張珪，你不〔八四〕有些煩惱，心中捨不的〔八五〕？（末）〔八六〕張珪不敢煩惱，則是家中有一雙兒女，無人看管。（魯）〔八七〕你早不説！你家中有兩個小的，無人照管他〔八八〕？（做唤張千科）〔八九〕張千〔九〇〕，將那李四的渾家梳妝打扮得呵〔九一〕，與張珪〔九二〕。

（張）〔九三〕使〔九四〕的。（魯）〔九五〕張珪，你兩個小的無人照管，我有一個妹子，叫做嬌娥，與你看覷兩個小的。你與了我你〔九六〕的渾家，我的妹子報酬你〔九七〕。你醉了罵他，便是罵我一般；你醉了打他，便是打我一般。我交付與你，我回〔九八〕後堂去也。（下）（末）〔九九〕這事可怎了也？罷、罷、罷〔一〇〇〕！

【尾聲】〔一〇一〕奪了我舊妻兒，却與個新佳配，我正是弃了甜桃繞山尋醋梨。知他是甚親戚！教喝下庭階，轉過照壁，出的宅門，扭回身體，遥望着後堂内養家的人，賢惠〔一〇二〕的妻！非是今生是宿世〔一〇三〕。我則索寡宿孤眠過年歲，幾時能勾再得相逢，則除是南柯夢兒裏！（下）

校注

〔一〕（魯齋郎引張千上）　臧本下有「（詩云）」，「千」作「龍」。

〔二〕等閑插柳柳成陰　臧本下有「誰識張珪墳院裏，倒有風流可喜活觀音」二句。

〔三〕是也　臧本無。

〔四〕中　臧本作「前」。

〔五〕樹上歇着個黄鶯兒　臧本上有「看見」二字。

〔六〕的　臧本作「家」。

〔七〕到　臧本作「倒」。

〔八〕不犯　不必。安慶方言猶説不必要爲「不犯着」。

〔九〕明日　趙琦美「明」改作「紅」，眉批云：「紅日日色，紅改明非。此古本所以可貴。」吴曉鈴本校勘記趙批第二個「日」字誤作「二」。王季思本校記謂「古名家本趙筆誤校」。

〔一〇〕他　臧本下有「全家盡行」四字。

〔一一〕千　臧本作「龍」。

〔一二〕看着　臧本作「覷者」。

〔一三〕伏　臧本作「復」。

〔一四〕末同貼旦上　臧本「末」作「正末」，「上」下有「云」。

〔一五〕貼旦　臧本下有「云」。

〔一六〕風魔九陌　臧本「陌」作「伯」。風魔九陌，瘋魔，瘋癲。徐渭《南詞叙録》：「九百，風魔也。宋人云：『九百尚在，六十猶癡。』」《董解元西厢記》卷五【仙吕調】【河傳令纏】【尾】：「那紅娘，言：『休怪，我曾見風魔九伯，不曾見這般個神狗乾郎在。』」

〔一七〕（末）　臧本作「（正末云）」。

〔一八〕有喜慶勾當　臧本同。盧冀野本「當」與下句的「用」字誤倒。

〔一九〕（末）　臧本作「（正末云）」。

〔二〇〕怎生是好也　臧本下有「（唱）」，「也」下有一「呵」字。

〔二一〕惡黨凶徒　凶狠。闕名氏《延安府》一折【六幺序】：「這廝每惡黨凶徒，敗壞風俗，將好人家惡紫奪朱。」參見《拜月亭》第二折校注〔一三〕。

〔二二〕活支刺母兒雙拆散　「拆」原作「折」，今改。臧本「剌」作「刺」，各本已改；「母」作「娘」；「拆」作「折」，北京大學本、吴國欽本、王學奇本、王季思本已改。活支刺，活活地。支刺，語助。亦作「活支沙」。參見《拜月亭》第二折校注〔九四〕。

〔二三〕奩房斷送陪隨　臧本同。盧冀野本「陪」字下點斷，「隨」字屬下句。按，陪隨，陪送，妝奩。

〔二四〕段匹　臧本同。王季思本「段」改作「緞」。按，段，緞。參見《救風塵》第三折校注〔七六〕。段匹，緞子。脈望館古名家本馬致遠《黄粱夢》四折【滚綉毬】：「這半月多遇幾個濫官員經過，打劫下些金銀段匹綾羅。」後同，不另出校。

〔二五〕【梁州】　臧本作「【梁州第七】」。

〔二六〕夜間摸不着陳摶睡　臧本上有一「二」字。摸，撈，得到。陳摶，五代時隱士。《宋史·隱逸列傳·陳摶》：「陳摶字圖南，亳州真源人。……及長，讀經史百家之言，一見成誦，悉無遺忘，頗以詩名。後唐長興中，舉進士不第，遂不求禄仕，以山水爲樂。自言嘗遇孫君仿、麞皮處士二人者，高尚之人也，語摶曰：『武當山九室巖可以隱居。』摶往棲焉。因服氣辟穀歷二十餘年，但日飲酒數杯。移居華山雲臺觀，又止少華石室。每寢處，多百餘日不起。」

〔二七〕教我人離財散，宅亂家番　臧本作「弄的我身亡家破，財散人離」。

〔二八〕没亂徘徊　臧本作「只泪眼愁眉」。

〔二九〕别霸王自刎虞姬　虞姬，項羽愛姬。《史記·項羽本紀》：「項王軍壁垓下，兵少食盡，漢軍及諸侯兵圍之數重。夜聞漢軍四面皆楚歌，項王乃大驚曰：『漢皆已得楚乎？何楚人之多也！』項王則夜起飲帳中。有美人名虞，常幸從，駿馬名騅，常騎之。於是項王乃悲歌忼慨，自爲詩曰：『力拔山兮氣蓋世，時不利兮騅不逝。騅不逝兮可柰何，虞兮虞兮柰若何！』歌數闋，美人和之，項王泣數行下。左右皆泣，莫能仰視。於是項王乃上馬騎，麾下壯士騎從者八百餘人，直夜潰圍南出馳走。」元張時起有雜劇《霸王垓下别虞姬》。佚。

〔三〇〕進西施歸湖范蠡　進西施，參見《玉鏡臺》第二折校注〔三六〕。歸湖，指范蠡助越王勾踐亡吴後，知越王爲人「可與共患難，不可與共樂」，遂辭官，乘舟泛海而去。事見《史記·越王勾踐世家》。

〔三一〕嫁單于出塞明妃　明妃，王昭君。漢元帝宫女。漢與匈奴和親，將昭君嫁與匈奴王虖韓邪單于爲妻。晋時因避司馬昭諱，改稱明君。後人又稱明妃。《漢書·元帝紀》：「竟寧元年春正月，匈奴虖韓邪單于來朝……賜單于待詔掖庭王檣爲閼氏。」顔師古注引應劭曰：「王檣，王氏女，名檣，字昭君。」

〔三二〕成家計　成家。秦簡夫《剪髮待賓》四折【雙調新水令】：「俺孩兒寒窗下爲人，今日個成家計會秦晋。」

〔三三〕縈繫　牽挂。《宋六十名家詞》柳永《樂章集·慢卷紬》：「算得伊家，也應隨分，煩惱心兒裏。又争似從前，澹澹相看，免恁縈繫。」

〔三四〕貼旦　臧本下有「云」。

〔三五〕在那裏　臧本上有「如今姑娘家」。

〔三六〕（末）　臧本作「（正末云）」。

〔三七〕貼旦　臧本下有「云」。

〔三八〕買賣　臧本作「生意」。

〔三九〕（末）　臧本作「（正末唱）」。

〔四〇〕底　臧本作「低」。

〔四一〕莽　多。《杜工部集》卷二《送樊二十三侍御赴漢中判官》：「居人莽牢落，游子方迢遞，徘徊悲生離，局促老一世。」

〔四二〕鶯花寨　臧本誤作「鶯和寨」。王季思本「鶯」誤作「宮」。鶯花寨，妓院。鶯花，喻妓女。息機子本武漢臣《玉壺春》四折【沽美酒】：「鶯花寨聲名非是美，你情願做了個從良正妻，結婚姻願成對。」

〔四三〕大嫂　臧本上有「（云）」。

〔四四〕（末見張千科）　臧本作「（正末見張龍科，云）」。

〔四五〕哥　臧本作「大」。

〔四六〕（張千）　臧本作「（張龍云）」。

〔四七〕伏　臧本作「復」。

〔四八〕（魯見張千，云）　臧本作「（魯齋郎云）」。

〔四九〕（張千）　臧本作「（張龍云）」。

〔五〇〕（魯）　臧本作「（魯齋郎云）」。

〔五一〕千　臧本作「龍」。

〔五二〕施禮　臧本作「叩見」。

〔五三〕（魯）　臧本作「（魯齋郎云）」。

〔五四〕這早晚纔來　臧本上有一「怎」字。王學奇本「怎」下衍一「麽」字。

〔五五〕（末）　臧本作「（正末云）」。

〔五六〕安伏　安頓。亦作「安撫」。脈望館鈔本高文秀《黑旋風》楔子正末白：「我恰纔屬（囑）付了店家安撫了嫂嫂。」

〔五七〕收拾了　臧本下有「家私」二字。

〔五八〕急急走來　臧本上有「四更出門」。

〔五九〕五更過也　臧本上有一「早」字，「也」上有一「了」字。

〔六〇〕（魯）　臧本作「（魯齋郎云）」。

〔六一〕別，不打緊　臧本作「這等也罷」。

〔六二〕這個是你那渾家？近前來我看　臧本作「你着那渾家近前來我看」，下有「（做看科，云）」。

〔六三〕（末）　臧本作「（正末唱）」。

〔六四〕糯酒　酒。闕名氏《爭報恩》四折【雙調新水令】：「今日個宰肥羊斟糯酒，須不是長休飯永別杯，山寨崔嵬，哎，煞强如那一坨慘田地。」

〔六五〕貼旦　臧本下有「云」。

〔六六〕（末）　臧本作「（正末唱）」。

〔六七〕落人　臧本作「失了」。

〔六八〕咽住長嘘氣　臧本作「咽的口長吁氣」。

〔六九〕乞求得醉似痴　臧本「痴」作「泥」。乞求，求。《三國志·蜀書·張嶷傳》：「在郡十五年，邦域安穆。屢乞求還，乃徵詣成都。」

〔七〇〕如爛泥　臧本作「喚不歸」，下有「（貼旦云）孔目，你怎麼要吃的這等醉？（正末云）大嫂，你那裏知道！（唱）」。

〔七一〕貼旦　臧本下有「云」。

〔七二〕張孔目，你爲甚麼這般煩惱　臧本作「孔目，你這般煩惱，可是爲何」。

〔七三〕你説麽　臧本無。

〔七四〕（末）　臧本作「（正末云）」。

〔七五〕特　臧本作「特特」。吴國欽本改作「特地」。按，特特，特意。《樂府雅詞》拾遺上范智聞《西江月·贈人博山》：「烟縷不愁凄斷，寶釵還與商量。佳人特特爲翻香，圖得氤氳重上。」

〔七六〕貼旦　臧本下有「云」。

〔七七〕也　臧本無。

〔七八〕你這般下的也　臧本作「這是甚麽説話」，下有「（正末云）這也由不的我，事已至此，只得隨順他便了。（唱）【罵玉郎】也不知你甚些兒看的能當意，要你做夫人，不許我過今日，因此上急忙忙送你到他家内。（貼旦云）孔目，你這般下的也！（正末唱）這都是我緣分薄，恩愛盡，受這等死臨逼。（貼旦云）你在這鄭州做個六案都孔目，誰人不讓你一分？那厮甚麽官職，你這等怕他，連老婆也保不的？你何不揀個大衙門告他去？（正末云）你輕説些。倘或被他聽見，不斷送了我也！（唱）【感皇恩】他、他、他嫌官小不爲，嫌馬瘦不騎，動不動挑人眼、剔人骨、剥人皮。（云）他便要我張珪的頭，不怕我不就送去與他；如今只要你做個夫人，也還算是好的。（唱）他少甚麽温香軟玉，舞女歌姬！雖然道我灾星現，也是他的花星照，你的福星催。（貼旦云）孔目，不争我到這裏來了，抛下家中一雙兒女，着誰人照管他？兀的不痛殺我也！（正末唱）【採茶歌】撇下了親夫主不須提，單是這小業種好孤凄，從今後誰照覷他饑時飯、冷時衣？雖然個留得親爺没了母，只落的一番思想一番悲。（正末同旦掩泣科）」。吴國欽本、王季思本「業」改作「孽」。參見第一折校注〔三三〕。

〔七九〕（魯）　臧本作「（魯齋郎云）」。

〔八〇〕後堂中换衣服去　臧本上有「着他到」三字。盧冀野本「着」字斷屬上句。誤。

〔八一〕貼旦　臧本下有「云」。

〔八二〕（末）　臧本作「（正末云）」。

〔八三〕（魯）　臧本作「（魯齋郎云）」。

〔八四〕不　臧本作「敢」。

〔八五〕心中捨不的　臧本下有一「麽」字。

〔八六〕（末）　臧本作「（正末云）」。

〔八七〕（魯）　臧本作「（魯齋郎云）」。

〔八八〕他　臧本無。

〔八九〕（做唤張千科）　臧本無。

〔九〇〕千　臧本作「龍」。

〔九一〕得呵　臧本作「的」。

〔九二〕與張珪　臧本作「賞與張珪便了」。

〔九三〕（張）　臧本作「（張龍云）」。

〔九四〕使　臧本作「理會」。

〔九五〕（魯）　臧本作「（魯齋郎云）」。

〔九六〕你　臧本無。北京大學本、吴國欽本、王學奇本、王季思本據古名家本補。

〔九七〕我的妹子報酬你　臧本作「我也捨的個妹子酬答你」。報酬，酬答。梅堯臣《宛陵先生集》卷五十《答張子卿秀才》：「逍遥獨咏歌，寄翼與報酬。」

〔九八〕回　臧本作「自」。吴曉鈴本校勘記謂「臧本作『自』字，誤」。按，自，到。參見《玉鏡臺》第四折校注〔八四〕。

〔九九〕（末）　臧本作「（正末云）」。

〔一〇〇〕罷、罷、罷　臧本下有「（唱）」。

〔一〇一〕【尾聲】　臧本作「【黄鍾尾】」。

〔一〇二〕惠　原作「愚」，據臧本改。

〔一〇三〕非是今生是宿世　臧本無第一個「是」字。盧冀野本「世」字下未點斷。按，「世」字韵。

第三折

（李四上〔一〕）自家李四。因魯齋郎奪了我渾家，趕到鄭州，告不的他，又回許州來。一雙兒女，不知所〔二〕向。那裏也難住，我且往鄭州投奔我姐姐、姐夫去也。（下）

（倈兒上〔三〕）我是張孔目的孩兒金郎，妹子玉姐。父親、母親人情去了，這早晚敢待來也。（末上）〔四〕好是苦痛也！來到家了〔五〕。見〔六〕兩個孩兒，説些甚麽？魯齋郎，你好狠也呵〔七〕！

【中吕粉蝶兒】倚仗着惡黨凶徒，害良民肆生淫欲，誰敢向他行挾細拿粗〔八〕？逞凶〔九〕頑全不想他妻我婦，敗壞風俗〔一〇〕，那一個敢爲敢做！

【醉春風】空立着判黎庶受官廳，理軍情元帥府，父南子北各分離，端的是苦、苦！俺夫妻千死千生，百伶百俐〔一一〕，怎能勾一完一聚〔一二〕？

來到家中也〔一三〕。（倈）〔一四〕爹爹，你來家也，俺妳妳在那裏？（末）〔一五〕孩兒，你母親便來也〔一六〕。可怎了也〔一七〕！

【紅綉鞋】怕不待打迭起憂愁思慮〔一八〕，怎支吾〔一九〕這短嘆長吁？（倈）〔二〇〕俺母親怎生不見來了？（末）〔二一〕他可便一上青山化血軀〔二二〕。將金郎眉睫按〔二三〕，把玉姐手梢扶〔二四〕，兀的不痛殺人也兒共女！

（倈）〔二五〕爹爹，俺母親端的在那裏？（末）〔二六〕你母親被魯齋郎奪去了也！（倈）〔二七〕兀的不氣殺我也！（倈氣倒科）（末〔二八〕救科，云）孩兒，你蘇醒者！則被你痛殺我也！（張千引旦上）〔二九〕自家張千〔三〇〕便是。奉着魯齋郎大人言語，着我送小姐去。來到也〔三一〕。張珪在家麼？（末）〔三二〕誰在門外？待我開門看咱。（做看科〔三三〕）呀、呀〔三四〕，你來怎麼？（張千）〔三五〕我奉魯齋郎〔三六〕言語，着我送小姐與你，休説甚麼。小姐，你也休説甚麼。我回去也。（下）（末）〔三七〕小姐，請進家來。兩個孩兒，來拜你母親。小姐，先前渾家止有這兩個孩兒，小姐早晚〔三八〕看覷咱！（旦〔三九〕）孔目，你但放心，都在我身上。（末）〔四〇〕

【迎仙客】你把孩兒親覷付，厮擡舉。這兩個不肖孩兒也有甚麼福？便做道忒賢達，不狠毒，（旦〔四一〕）孔目，你放心，就是我的孩兒一般看成〔四二〕。（末）〔四三〕看成的似玉顆神珠〔四四〕，終不似他娘腸肚〔四五〕。

(李四上〔四六〕)我來到鄭州。這是姐姐、姐夫家〔四七〕。我叫門咱。(做叫門科)(末)〔四八〕小姐〔四九〕，誰叫門里〔五〇〕？我看去。(見科)(末)〔五一〕原來是小〔五二〕舅子。你的症候我也害了也〔五三〕！(李四〔五四〕)姐姐有好藥。(末)〔五五〕那個症候〔五六〕？你姐姐〔五七〕被魯齋郎奪將去了也！(李四〔五八〕)魯齋郎〔五九〕，你早則要了俺家兩個〔六〇〕也！(末)〔六一〕小〔六二〕舅子，我可也强似你，他與了我一個嬌娥〔六三〕。(李四〔六四〕)魯齋郎，你奪了我的渾家，草鷄也不曾與一個〔六五〕。姐夫，既没了姐姐，我回許州去〔六六〕。(末)〔六七〕小〔六八〕舅子，這個便是你姐姐一般，斷見一面怕做甚麽？(李四〔六九〕)見一面我就回去〔七〇〕。姐夫，你可休留我。(做相見〔七一〕科)(末)〔七二〕小〔七三〕舅子，你敢要回去也〔七四〕？(李四〔七五〕)姐夫，則這裏住到〔七六〕好。(末)〔七七〕好奇怪也〔七八〕！

【紅綉鞋】你〔七九〕兩個眉來眼去，不由我心内躊躕〔八〇〕。百般難解，啞謎難猜〔八一〕。那一個身無所措〔八二〕，那一個緊〔八三〕支吾，您兩個其情可怪〔八四〕。

(扮祗候上)〔八五〕孔目〔八六〕，衙門中喚你攢文書里〔八七〕。(末)〔八八〕舅子，你和你姐姐在家中，我衙門中攢文書去也。(下)(旦與李四打悲科)(李四〔八九〕)渾家，則被你想殺我也〔九〇〕！(俫上)〔九一〕妳妳，俺爹爹那裏去了？(旦〔九二〕)衙門中攢文書去了。(俫)〔九三〕俺兩人〔九四〕尋俺爹爹去。(下)(李四同旦云)〔九五〕則被你想殺我也！(末冲上，見科)〔九六〕(李四同旦跪科)(末)〔九七〕他早招了也〔九八〕。

【石榴花】早難道〔九九〕君子斷其初？今日個親者便爲疏，人還〔一〇〇〕害你待何如？我是你姐夫，到做了姨夫〔一〇一〕。當初我醫可了你病症〔一〇二〕還鄉去，我把你〔一〇三〕太行山倚仗做親屬；我一脚的出宅門，養着俺桑新婦〔一〇四〕，我可便負你有何辜！

【鬥鵪鶉】全不似管鮑分金〔一〇五〕，到做了孫龐刖足〔一〇六〕；把恩人變做仇家，將客僧番〔一〇七〕爲寺主。自古道無毒不丈夫，他將了你〔一〇八〕的媳婦，不敢向魯齋郎報恨雪冤，來俺家裏尤雲殢雨〔一〇九〕。

（李）〔一一〇〕姐夫，實不相瞞，則他便是我的渾家，改做他的妹子〔一一一〕，與了姐夫。（末）〔一一二〕誰這般道來〔一一三〕？

【上小樓】誰聽你胡言詐語〔一一四〕，我這裏尋根拔樹。誰似你不分强〔一一五〕弱，不識親〔一一六〕疏，不辨〔一一七〕賢愚。縱是你舊媳婦、舊丈夫，雙雙完聚〔一一八〕，送的俺〔一一九〕一家兒滅門絶户！

我一雙孩兒在那裏〔一二〇〕？（旦〔一二一〕）你去攢文書，他兩個尋你去了。（末）〔一二二〕眼見的所算了我那孩兒也〔一二三〕，兀的不氣殺我也〔一二四〕！

【幺】〔一二五〕我一時間不認的人，您兩個有甚麽福〔一二六〕？空教我乞留乞良、迷留没亂、放聲啼哭。這鄭孔目拿住了蕭娥胡做，知他那裏去了賽娘、僧住〔一二七〕？

罷〔一二八〕、罷、罷，渾家又〔一二九〕被魯齋郎奪將去了，一雙兒女不知所向〔一三〇〕，甫能得了個女人，又是銀匠李四的渾家，我在這裏怎生存坐〔一三一〕？舅子，我將家緣家計都分付與你兩口兒，每月齋〔一三二〕糧道服休少了我的，我往華山出家去也！（李四〔一三三〕）姐夫，你怎生弃捨了銅斗兒家緣、桑麻地土？我扯住你的衣服，至死不要〔一三四〕你去！（末）〔一三五〕

【十二月】休把我衣服扯住，情知咱冰炭不同爐。（李四〔一三六〕）姐夫，這桑麻地土、寶貝珍珠，怎生割捨的？（末）〔一三七〕管甚麽桑麻地土，更問甚寶貝珍珠！（李四〔一三八〕）姐夫，把我渾家與你罷。（末）〔一三九〕

呸！不識羞閑言長語〔一四〇〕，他須是你兒女妻夫。

（旦〔一四一〕）孔目，你與我一紙休書咱。（末）〔一四二〕

【堯民歌】索甚麽恩絶義斷寫休書！（李四〔一四三〕）魯齋郎知道，他不怪我？（末）〔一四四〕魯齋郎也不是我護身符。（李四〔一四五〕）俺姐姐不知在那裏？（末）〔一四六〕他兩行紅袖醉相扶，美女終須累其夫。塵俗，非是顧戀處〔一四七〕，不如我聞早〔一四八〕歸山去。

（李四〔一四九〕）姐夫，許多家緣家計、田産物業，你怎下的撇的去〔一五〇〕了？（末）〔一五一〕

【耍孩兒】問甚麽〔一五二〕東君去了花無主，你别有了〔一五三〕鶯儔燕侶。將人間名利〔一五四〕不關心，更問甚巧拙賢愚〔一五五〕？浮雲世態紛紛變〔一五六〕，秋草人情日日疏，空教我泪灑遍湘江竹〔一五七〕！這其間心灰卓氏，乾老了相如〔一五八〕。

（李四〔一五九〕）俺姐姐不知在那裏？（末）〔一六〇〕

【二煞】你那姐姐〔一六一〕，這其間聽一聲金縷歌〔一六二〕，看兩行紅袖舞，笙歌繚繞丫鬟簇〔一六三〕，三杯酒滿金鸚鵡，六扇屏開錦鷓鴣，人〔一六四〕心腹。那厮有拐人妻妾的器具〔一六五〕，引人婦女的方術。

（李）〔一六六〕一年四季衣服不打緊〔一六七〕，姐夫，你怎麽出的家，辭别了親友去波〔一六八〕？（末）〔一六九〕

【尾煞】甘分向林泉下作隱君〔一七〇〕，羞見那英雄真丈夫〔一七一〕。爲甚麽野人自愛山中宿〔一七二〕？

幼子嬌妻〔一七三〕我可也做不的主！（下）

（李）〔一七四〕姐夫去了也。我知道將齋糧不少了他的。喒往後堂中吃慶喜酒去來〔一七五〕。（下）〔一七六〕

校注

〔一〕李四上　臧本下有「云」。

〔二〕所　臧本作「去」。

〔三〕倈兒上　臧本下有「云」。

〔四〕（末上）　臧本作「（正末上，云）」。

〔五〕了　臧本作「中」。

〔六〕見　臧本作「且看」。

〔七〕你好狠也呵　臧本下有「（唱）」。

〔八〕挾細拿粗　挑三揀四，惹是非。亦作「拿粗挾細」。脈望館古名家本鄭廷玉《後庭花》一折【一半兒】：「若有那拿粗挾細踏狗尾的但風聞，這東西一半兒停將一半兒分。」

〔九〕凶　臧本作「刁」。

〔一〇〕敗壞風俗　臧本上有「這的是」三字。

〔一一〕百伶百俐　十分相知。伶俐，清楚。亦作「令利」。《張協狀元》戲文二出：「大家雅静，人眼難瞞，與我分個令利。」錢南揚注：令利，「這裏應引申作『清楚』解。」

〔一二〕一完一聚　完聚，團聚。參見《調風月》第四折校注〔四二〕。

〔一三〕來到家中也　臧本無。

〔一四〕（倈）　臧本作「（倈兒云）」。

〔一五〕（末）　臧本作「（正末云）」。

〔一六〕你母親便來也　臧本下有「（嘆科，云）」，無「也」字。

〔一七〕可怎了也　臧本上有「嗨」，下有「（唱）」。

〔一八〕怕不待打迭起憂愁思慮　臧本「憂愁思慮」作「千憂百慮」。打迭，打疊，收拾。闕名氏《小張屠》四折【雁兒落】：「母親暗藏着腹内憂，打迭起心頭悶。」思慮，憂愁。思，悲；慮，憂。《文選》卷十九張華《勵志詩》：「吉士思秋，寔感物化。」李善注：「思，悲也。」《世説新語·言語》：「大司馬方將外固封疆，内鎮社稷，必無若此之慮。」

〔一九〕支吾　抵擋。《舊五代史·僭僞傳·孟知祥》：「知祥慮唐軍驟至，與遂閬兵合，則勢不可支吾。」

〔二〇〕（倈）　臧本作「（倈兒云）」。

〔二一〕（末）　臧本作「（正末唱）」。

〔二二〕一上青山化血軀　參見《救風塵》第一折校注〔一九〕、《竇娥冤》第二齣校注〔六三〕。

〔二三〕眉睫按　「睫」原作「甲」，今改。眉睫，代指頭。按，撫摩。《史記·蘇秦列傳》：「於是韓王勃然變色，攘臂瞋目，按劍仰天太息。」

〔二四〕手梢扶　手梢，手指，手。亦作「手稍」。脈望館鈔本闕名氏《硃砂擔》四折【太平令】：「鐵幡竿空思得濟，王文用手稍兒着地。」扶，撫。阮籍《樂論》：「吴有雙劍之節，趙有扶琴之客。」

〔二五〕（俫）　臧本作「（俫兒云）」。

〔二六〕（末）　臧本作「（正末云）」。

〔二七〕（俫）　臧本作「（俫兒云）」。

〔二八〕末　臧本作「正末」。

〔二九〕（張千引旦上）　臧本作「（張龍引旦上，云）」。

〔三〇〕千　臧本作「龍」。

〔三一〕着我送小姐去。來到也　臧本作「着我送小姐到這裏」。

〔三二〕（末）　臧本作「（正末云）」。

〔三三〕做看科　臧本下有「云」。

〔三四〕呀　臧本無。

〔三五〕（張千）　臧本作「（張龍云）」。

〔三六〕魯齋郎　臧本作「大人」。

〔三七〕（末）　臧本作「（正末云）」。

〔三八〕早晚　時時。《全唐詩》卷二四三韓翃《送山陰姚丞携妓之任兼寄山陰蘇少府》：「他日如尋始寧墅，題詩早晚寄西人。」

〔三九〕旦　臧本下有「云」。

〔四〇〕（末）　臧本作「（正末唱）」。

〔四一〕旦　臧本下有「云」。

〔四二〕一般看成　臧本同。王季思本奪「一」字。看成，看待。脈望館古名家本馬致遠《薦福碑》二折【倘秀才】：「他曾請我在莊兒上教村學，看成的我至好。」參見《哭存孝》第三折校注〔二〕。

〔四三〕（末）　臧本作「（正末唱）」。

〔四四〕玉顆神珠　珍珠寶貝。神，珍貴。闕名氏《抱粧盒》二折【二煞】：「只要他做玉顆神珠在掌上擡，我方纔的放下心懷。」

〔四五〕腸肚　感情。闕名氏《神奴兒》三折【上小樓幺篇】：「休説道十月懷躭，長立成人，且則説三年乳哺，怎下的生割斷他那子母每腸肚？」

〔四六〕李四上　臧本下有「云」。

〔四七〕家　臧本同。吴國欽本奪。

〔四八〕（末）　臧本作「（正末云）」。

〔四九〕小姐　臧本無。

〔五〇〕里　臧本作「哩」。

〔五一〕（末）　臧本作「（正末云）」。

〔五二〕小　臧本無。

〔五三〕你的症候我也害了也　「症」，臧本同。王季思本改作「癥」。誤。後同，不另出校。臧本「我」下有「如今」二字，盧冀野本誤倒作「今如」。

〔五四〕李四　臧本下有「云」。

〔五五〕（末）　臧本作「（正末云）」。

〔五六〕那個症候　臧本作「不是那個急心疼症候，用藥醫得，是你那整理銀壺瓶的症候」。

〔五七〕你姐姐　臧本下有一「也」字。

〔五八〕李四　臧本下有「云」。

〔五九〕魯齋郎　「郎」字原脱，據臧本補。吴曉鈴本校勘記云：「臧本作『魯齋郎』三字。是。」

〔六〇〕兩個　臧本下有一「兒」字。北京大學本、王學奇本「據古名家本」删「兒」字。吴國欽本、王季思本「兒」上補一「人」字。

〔六一〕（末）　臧本作「（正末云）」。

〔六二〕小　臧本無。

〔六三〕嬌娥　臧本上有「小姐叫做」四字。

〔六四〕李四　臧本下有「云」。

〔六五〕草鷄也不曾與一個　臧本「與」下有一「我」字。草鷄，母鷄。方以智《通雅》卷四十六：「牝畜爲草。」《畿輔通志》卷七十二：「母鷄曰草鷄。」

〔六六〕我回許州去　臧本下有一「罷」字。

〔六七〕（末）　臧本作「（正末云）」。

〔六八〕小　臧本無。

〔六九〕李四　臧本下有「云」。

〔七〇〕見一面我就回去　臧本上有「既如此，待我也」。

〔七一〕做相見　臧本下有「各留意」三字。

〔七二〕（末） 臧本作「（正末云）」。

〔七三〕小 臧本無。

〔七四〕也 臧本作「麼」。

〔七五〕李四 臧本下有「云」。

〔七六〕到 臧本作「倒」。

〔七七〕（末） 臧本作「（正末云）」。

〔七八〕好奇怪也 臧本下有「（唱）」。

〔七九〕你 臧本作「他」。

〔八〇〕心内躊躕 臧本「心内」作「不暗暗」。躊躕，思量。《雍熙樂府》卷一闕名氏套數【黄鍾】醉花陰「秋懷」：「酒醒後細躊躕，一寸柔腸千萬縷。」

〔八一〕百般難解，啞謎難猜 「猜」字失韵，待考。臧本作「似這般啞謎兒教咱怎猜做」。

〔八二〕身無所措 臧本作「心猶豫」。

〔八三〕緊 臧本作「口」。

〔八四〕您兩個其情可怪 「怪」字失韵，待考。臧本作「莫不你兩個有些兒曾面熟」。

〔八五〕（扮祗候上） 「扮」原作「粉」，今改。吴曉鈴本校勘記亦云：「『粉』字當是『扮』字之誤。」臧本作「(祗候上,云)」。

〔八六〕孔目　臧本上有「張」字。

〔八七〕趲文書里　臧本「里」作「哩」。趲,趕。《水滸傳》五十九回:「當日點起人馬……直取華州來。在路趲行,不止一日,早過了半路。」

〔八八〕(末)　臧本作「(正末云)」。

〔八九〕李四　臧本下有「云」。

〔九〇〕渾家,則被你想殺我也　臧本作「娘子,你怎麼到得這裏」。

〔九一〕(倈上)　臧本作「(倈兒上,云)」。

〔九二〕旦　臧本下有「云」。

〔九三〕(倈)　臧本作「(倈兒云)」。

〔九四〕俺兩人　吴曉鈴本「人」誤作「個」。臧本「人」作「個」,「俺」上有「這等」。

〔九五〕(李四同旦云)　臧本作「(李四云)」。

〔九六〕(末冲上,見科)　臧本作「(正末衝上,見科,喝云)你兩個待怎麼」。

〔九七〕(末)　臧本作「(正末云)」。

〔九八〕他早招了也　臧本下有「(唱)」。吴國欽本、王季思本「他」改作「你」。

〔九九〕早難道　豈不聞。參看《元劇俗語方言例釋》「早難道」。

〔一〇〇〕還　再。《文選》卷二十八鮑明遠《東門行》：「涕零心斷絶，將去復還訣。」脈望館鈔本闕名氏《硃砂擔》三折浄白：「這一宗是個花園子……勾至陰間，左脅下打三百銅鎚，右脅下打五千鐵棒，還着他托生去。」

〔一〇一〕到做了姨夫　吴曉鈴本「到」改作「倒」。按，到，倒。參看《詩詞曲語辭匯釋》卷四「到（二）」。臧本「到」作「倒」。姨夫，共狎一妓的兩男子的互稱。周密《癸辛雜識》續集「姨夫眼眶」：「蓋北人以兩男子共狎一妓則呼爲姨夫。」

〔一〇二〕我醫可了你病症　臧本同。盧冀野本「我」誤作「找」。可，猶愈，好。參看《詩詞曲語辭匯釋》卷一「可（六）」。

〔一〇三〕我把你　臧本無「我」，「你」下有一「似」字。

〔一〇四〕養着俺桑新婦　臧本作「你待展汙俺婚姻簿」。盧冀野本、王季思本「汙」誤作「汗」。王本校記又云：「『展汙』二字頗費解，疑是『玷污』。」按，展汙，玷污。參見《調風月》第二折校注〔六二〕。

〔一〇五〕管鮑分金　臧本同。吴曉鈴本校勘記、北京大學本校勘記、吴國欽本校記、王季思本校記謂臧本「金」誤作「全」。按，吴本等誤校。管，管仲；鮑，鮑叔牙。春秋時齊人。《史記・管晏列傳》：「管仲曰：『吾始困時，嘗與鮑叔賈，分財利多自與，鮑叔不以我爲貪，知我貧也。……生我者父母，知我者鮑子也。』」

〔一〇六〕到做了孫龐刖足　臧本「到」作「倒」。孫，孫臏，春秋時齊人；龐，龐涓，魏人。《史記·孫子吳起列傳》：「孫臏嘗與龐涓俱學兵法。龐涓既事魏，得爲惠王將軍，而自以爲能不及孫臏，乃陰使召孫臏。臏至，龐涓恐其賢於己，疾之，則以法刑斷其兩足而黥之，欲隱勿見。」

〔一〇七〕番　臧本作「翻」。

〔一〇八〕你　臧本作「俺」。北京大學本、吳國欽本、王學奇本、王季思本據古名家本改。

〔一〇九〕來俺家裏尤雲殢雨　臧本上有一「則」字，「尤」作「㱙」。盧冀野本「裏」誤作「事」，「㱙」誤作「就」。尤雲殢雨，比喻男女之間纏綿歡愛。尤、殢，戀；雲雨，喻男女情事。《全宋詞》一杜安世《剔銀燈》：「月下風前，偷期竊會，共把衷腸分付。尤雲殢雨，正繾綣、朝朝暮暮。」

〔一一〇〕（李）　臧本作「（李四云）」。

〔一一一〕改做他的妹子　臧本同。吳國欽本「他」改作「魯齋郎」。王季思本「據文意」「改」上補「魯齋郎」三字。

〔一一二〕（末）　臧本作「（正末云）」。

〔一一三〕誰這般道來　臧本下有「（唱）」。

〔一四〕胡言詐語　臧本作「花言巧語」。

〔一五〕强　原作「軟」，據臧本改。

〔一六〕親　臧本作「新」。北京大學本、吴國欽本、王學奇本、王季思本「據古名家本」改。按，新，通「親」。《逸周書·官人》：「誠忠必有可新之色。」《大戴禮記·文王官人》「新」作「親」。

〔一七〕辨　臧本同。吴國欽本誤作「辯」。

〔一八〕雙雙完聚　臧本作「依舊歡聚」。

〔一九〕送的俺　臧本上有二「可」字。

〔二〇〕我一雙孩兒在那裏　臧本上有「（云）」。

〔二一〕旦　臧本下有「云」。

〔二二〕（末）　臧本作「（正末云）」。

〔二三〕所算了我那孩兒也　臧本無「也」。所算，暗算。高文秀《遇上皇》二折正末白：「不想臟官要娶小人渾家爲妻，故意要所算小人性命，差小人來西京遞送公文書……悮了三日處斬。」

〔二四〕兀的不氣殺我也　臧本下有「（唱）」。

〔二五〕【幺】　臧本作「【幺篇】」。

〔二六〕有甚麽福　臧本作「忒做的出」。

〔一七〕這鄭孔目拿住了蕭娥胡做，知他那裏去了賽娘、僧住　臧本第一個「住」字作「定」。民間故事：鄭州府衙孔目鄭嵩娶妓女蕭娥做後妻，前妻子女賽娘、僧住備受折磨。蕭與人通姦，鄭殺蕭，獲罪流配。元楊顯之雜劇《鄭孔目風雪酷寒亭》叙其事。

〔一八〕罷　臧本上有「（云）」。

〔一九〕又　臧本無。

〔二〇〕不知所向　臧本上有一「又」字。

〔二一〕存坐　過活。參見《元劇俗語方言例釋》「存坐」。

〔二二〕齋　臧本同。王季思本誤作「齊」。

〔二三〕李四　臧本下有「云」。

〔二四〕要　臧本作「放」。

〔二五〕（末）　臧本作「（正末唱）」。

〔二六〕李四　臧本下有「云」。

〔二七〕（末）　臧本作「（正末唱）」。

〔二八〕李四　臧本下有「云」。

〔二九〕（末）　臧本作「（正末唱）」。

〔一四〇〕閑言長語　無用的話。閑，無用的。長，多餘。《全宋詞》三沈瀛《減字木蘭花》：「昏如醉酒，羞見總龜靈且壽。笑殺常何，空有閑言長語多。」

〔一四一〕旦　臧本下有「云」。

〔一四二〕（末）　臧本作「（正末唱）」。

〔一四三〕李四　臧本下有「云」。

〔一四四〕（末）　臧本作「（正末唱）」。

〔一四五〕李四　臧本下有「云」。

〔一四六〕（末）　臧本作「（正末唱）」。

〔一四七〕塵俗，非是顧戀處　臧本作「嗟吁，嗟吁，教咱何處居」。

〔一四八〕不如我聞早　臧本作「則不如趁早」。

〔一四九〕李四　臧本下有「云」。

〔一五〇〕撇的去　臧本作「都抛撇」。

〔一五一〕（末）　臧本作「（正末唱）」。

〔一五二〕問甚麼　臧本作「休道是」。

〔一五三〕別有了　臧本作「自有」。

〔一五四〕將人間名利　臧本作「我從今萬事」。

〔一五五〕更問甚巧拙賢愚　臧本作「還戀甚衾枕歡娱」。

〔一五六〕浮雲世態紛紛變　「變」原誤作「戀」，據臧本改。臧本「浮」上有「不見」二字。

〔一五七〕湘江竹　即湘妃竹。《初學記》卷二八引張華《博物志》：「舜死，二妃泪下，染竹即斑。妃死爲湘水神，故曰湘妃竹。」

〔一五八〕心灰卓氏，乾老了相如　葛洪《西京雜記》卷三：「相如將聘茂陵人女爲妾，卓文君作《白頭吟》以自絶，相如乃止。」

〔一五九〕李四　臧本下有「云」。

〔一六〇〕（末）　臧本作「（正末云）你那姐姐呵，（唱）」。

〔一六一〕你那姐姐　臧本無。

〔一六二〕金縷歌　即〔金縷衣〕曲。《全唐詩》卷五二〇杜牧《杜秋娘詩》：「秋持玉斝醉，與唱金縷衣。」自注云：「勸君莫惜金縷衣，勸君須惜少年時，花開堪折直須折，莫待無花空折枝。李錡長唱此辭。」這裏借指一般歌曲。

〔一六三〕笙歌繚繞丫鬟簇　臧本上有「常則是」三字，「歌」作「簫」。中華書局本、王季思本「丫」誤作「了」。吴曉鈴本校勘記、王學奇本「鬟」改作「環」。

〔一六四〕人　臧本作「反倒做他」。

〔一六五〕器具　手段。

〔一六六〕（李）　臧本作「（李四云）」。

〔一六七〕一年四季衣服不打緊　臧本作「這一年四季齋糧道服都不打緊」。

〔一六八〕辭别了親友去波　臧本作「還做你那六案都孔目去」。波，語氣助詞，用於疑問。脈望館鈔本高文秀《黑旋風》三折正末白：「叔待，不要鬥我耍，你將我的來波？」闕名氏《争報恩》三折【調笑令】：「呀，間别來兄弟每安樂波？」

〔一六九〕（末）　臧本作「（正末唱）」。

〔一七〇〕甘分向林泉下作隱君　吴曉鈴本「作」改作「做」。按，作，做。《論語・子路》：「人而無恒，不可以作巫醫。」臧本作「再休題掌刑名都孔目」。

〔一七一〕羞見那英雄真丈夫　臧本作「做英雄大丈夫」。

〔一七二〕爲甚麽野人自愛山中宿　臧本「爲甚麽」作「也只是」。野人，隱士。《全唐詩》卷四一三元稹《晨起送使病不行因過王十一館居》之二：「野人愛静仍耽寢，自問黄昏肯去無？」

〔一七三〕幼子嬌妻　臧本上有「眼看那」三字。

〔一七四〕（李）　臧本作「（李四云）」。

〔二五〕我知道將齋糧不少了他的。喒往後堂中吃慶喜酒去來　臧本作「娘子，我那知道還有完聚的日子！如今我兩個掌着他這等家緣家計，許他的齋糧道服，須按季送去與他，不要少了他的。（詩云）我李四今年大利，全不似整壺瓶這般悔氣，平空的還了渾家，又得他許多家計」。盧冀野本奪「許他」的「許」字。吴國欽本、王學奇本、王季思本「悔」改作「晦」。按，悔，用同「晦」。參見《竇娥冤》第二齣校注〔二九〕。

〔二六〕（下）　臧本作「（同旦下）」。

第四折

（孤扮包待制引從人上）〔一〕鼕鼕衙鼓響，公吏兩邊排，閻王生死殿，東嶽攝魂臺。老夫姓包，名拯，字希文，廬州金斗郡四望鄉老兒村人氏。官封龍圖閣待〔二〕制，正授開封府尹。奉聖人的命〔三〕，差老夫五南採訪。來到許州，見一兒一女，原來是銀匠李四的孩兒，他母親被魯齋郎奪了，他爺不知所向。這兩個孩兒，留在身邊。行到鄭州，又收得兩個兒女，原來是都孔目張珪的孩兒，他母親也被魯齋郎奪了，他爺不知去〔四〕向。我將這兩個孩兒也〔五〕留在家中，都着學些〔六〕文章。十〔七〕年光景，如今都應過舉，得升遷〔八〕。老夫將此一事，切切於心，拳拳在念。想魯齋郎擾害黎民，擄掠婦女，罪有百端〔九〕，老夫在聖人前奏過：有一人乃是魚〔一〇〕齊即，苦害良民，强奪人家子〔一一〕女，犯法百端。聖人大怒，即便着斬之〔一二〕。天子判了斬字〔一三〕，典刑此人〔一四〕。次日〔一五〕，天子〔一六〕宣魯齋郎，老夫回奏道：「違條斬之〔一七〕。」天子〔一八〕大驚道：「爲甚麽斬了他〔一九〕？」「爲擄掠了百姓〔二〇〕，强奪人家妻女，聖人判了〔二一〕斬字，殺壞了也。」天子〔二二〕不信：「將文書來我看。」「魚齊即」三字〔二三〕，「魚」字下邊添個〔二四〕「日」字，「齊」字下邊添個「小」字，「即」字上邊添一點。天子〔二五〕見了，道：「苦害良民，犯人魯齋郎，合該斬首。」老夫〔二六〕智斬了魯齋郎，與民除害。只是銀匠李四、孔目張珪不知所向。我如今着他兩家孩兒各帶他兩家女兒，天下巡廟燒香，若認着他父母，教他父子團圓，也是老夫陰騭的勾當。兩個孩兒〔二七〕同兩個女兒明日往雲臺觀燒香去，老夫隨後便來。魯齋郎他不遵條例疏狂〔二八〕，他則待强奪人妻子紅妝〔二九〕，被我中間改做了〔三〇〕「魚齊即」，老夫用心智斬了魯齋郎〔三一〕。（下）（净扮觀主上〔三二〕）道可道，非常道；名可名，非常名。小道姓閻，道號雙梅，人口順都叫我做閻雙梅〔三三〕，在這雲臺觀做着個住持。今日無事，看有甚麼人來。（李四同旦兒上〔三四〕）自家李四是也。自從與俺那兒女失散了，十〔三五〕年光景，知他有也無？來到這雲臺觀裏，與俺姐姐、姐夫并兩個孩兒做些好事咱〔三六〕。（做見净）〔三七〕兀那觀主，我是許州人氏，一徑的來做些好事。（净）〔三八〕你做甚麼好事？超度誰？（李四〔三九〕）超度姐夫張珪、姐姐李氏、一雙兒女金郎玉姐〔四〇〕。與你這五兩銀子，權做經錢。（净）〔四一〕我出家人要他怎麼是好？銀子且收下〔四二〕。快〔四三〕看齋食。看有甚麼人來〔四四〕。（貼旦道扮上〔四五〕）貧姑李氏，乃張珪的渾家，被魯齋郎奪了我去，可早十〔四六〕年光景。一雙兒女不知去向，張珪未知有無〔四七〕。魯齋郎被包待〔四八〕制斬了，我就捨俗出家。今日去這雲臺觀，與張珪做些好事咱〔四九〕。早來到也。（做見净〔五〇〕科）（净）〔五一〕一個姑姑〔五二〕也。姑姑那裏來〔五三〕？（貼旦〔五四〕）我一徑的來與丈夫張珪、孩兒金郎玉姐做些好事。（李四〔五五〕）誰與張珪做好事？（貼旦〔五六〕）我與張珪做好事。（李四〔五七〕）兀的不是姐姐李氏！（相見打悲科）（貼旦〔五八〕）兄弟，這婦人是誰？（李四〔五九〕）這個便是你兄弟媳婦兒。姐姐，你怎生得出來？（貼旦〔六〇〕）包待〔六一〕制斬了魯齋郎，俺都無事釋放。今日來雲臺觀追薦你姐夫并孩兒金郎玉姐。（李四〔六二〕）我也爲此事來，喒同共追薦〔六三〕。看有甚麼人來〔六四〕。（李末同李旦上）〔六五〕小官李喜童，妹子嬌兒。我母親被魯齋郎奪將去了，父親不知所向。虧了包待制爺爺〔六六〕收留俺兄妹二人，訓教〔六七〕成人。今應過舉，得了頭名狀元。包待制爺爺言語〔六八〕，着俺去雲臺觀裏追薦我父母去。早來到也〔六九〕。兀那觀主〔七〇〕！（净）〔七一〕早知相公到來，只合遠接；接待不着，勿令見罪。你怎生帶着個小姐走〔七二〕？（李末）〔七三〕我一徑的來做些好事。（净）〔七四〕你〔七五〕追薦何人？（李末〔七六〕）追薦我父親銀匠〔七七〕李四。（李）〔七八〕是誰喚銀匠〔七九〕李四？（李末）〔八〇〕兀的不是我父親！（李四〔八一〕）你是誰？（李末）〔八二〕則我便是您孩兒喜童，妹子嬌兒。（旦〔八三〕）孩兒也，你在那裏來？（李末、李旦悲科，説前事了）〔八四〕（李四〔八五〕）孩兒，拜你姑姑者。（做拜科）（貼旦〔八六〕）這兩人是誰？（李四〔八七〕）這兩個便是我的孩兒。（貼旦悲科〔八八〕）你一家兒都完聚了，只是俺那孔目并兩個孩兒不知在那裏！（張末同張旦上）〔八九〕小官是張孔目的孩兒金郎，妹子玉姐。我母親被魯齋郎奪去，父親不知所向。多虧了包待〔九〇〕制大人收留俺兄妹二人，訓教〔九一〕成人，應過□舉〔九二〕，得了官也。包待制大人着俺雲臺觀追薦俺父親去〔九三〕。可早來到也〔九四〕。（净）〔九五〕又是一個官人，他也帶着小娘子走。官人那裏去來〔九六〕？（張末）〔九七〕我一徑的來做些好事〔九八〕。（净）〔九九〕追薦那一個？（張末）〔一〇〇〕追薦我父親張珪、母親李氏。（貼旦〔一〇一〕）誰喚張珪、李氏？（張末）〔一〇二〕我喚來。（貼旦〔一〇三〕）你敢是金郎麽？（張末）〔一〇四〕妹子，兀的不是母親！（做悲科）（貼旦〔一〇五〕）這十〔一〇六〕年你在那裏來？（張末）〔一〇七〕自從母親去了，父親不知所向。多虧了包待制爺爺將我兄妹二人訓教〔一〇八〕，應過了〔一〇九〕舉，得了官也。包待制爺爺〔一一〇〕着俺雲臺觀追薦父母，不想得見母親。不知俺父親有也無！（做悲科）（李四〔一一一〕）姐姐，這個既是你的兒子，我把女兒嬌兒與外甥做媳婦罷。（張末）〔一一二〕母親，將妹子玉姐與兄弟爲了妻罷〔一一三〕。（貼旦〔一一四〕）俺兩家子母怕不完聚了〔一一五〕，只是張孔目不知在那裏〔一一六〕！（正末愚鼓簡板上〔一一七〕）身穿羊皮百衲衣，飢時化飯飽時歸，雖然不得神仙做，且躲人間閑是非。

【玉交枝】猛聽的山童來報，報霧瑣天關未曉。採樵人鼓掌呷呷笑，笑道是雪壓了臘梅梢，舞梨花片片風亂飄，似鵝毛亂剪空中落。可知道沽酒村價高，踏雪的争些凍倒。我則見寒料峭，凍燕巢，怎敢過危橋！浩然驢怎地騎？韓退之雪擁了藍關道。白茫茫雪滿山，黑暗暗彤雲罩。呀！把一帶青山粉填了〔一一八〕。

想俺出家人，好是清閑也呵〔一一九〕！

【雙調新水令】想人生平地起風波，我清閑如謝安高卧〔一二〇〕，煉丹砂似唐呂翁〔一二一〕，製律令的漢蕭何〔一二二〕？我這裏醉舞狂歌，繁華夢已參破。

【風入松】利名場上苦奔波，因甚强奪？蝸牛角上争人我〔一二三〕，夢魂中一枕南柯。不戀〔一二四〕三公華屋，且圖五柳婆娑〔一二五〕。

俺這出家人〔一二六〕，一年四季，春夏秋冬，好是快活也呵〔一二七〕！

【甜水令】俺這裏春夏秋冬，林泉興味，隨時且過〔一二八〕，經夜〔一二九〕宿山阿。有人相問，静裏工夫，煉形打坐，笑指那落葉辭柯。

【折桂令】想當初向清明日共飲金波〔一三〇〕，張孔目家世墳塋，須不是風月鳴珂。想着俺挽角兒夫妻，怎知道月枕雙歌〔一三一〕。自沉吟風流〔一三二〕過活，不曾受〔一三三〕段匹綾羅。休只管信口開合〔一三四〕，張孔目〔一三五〕緣木求魚，魯齋郎暴虎馮河〔一三六〕。

【雁兒落】魯齋郎忒太過，他道〔一三七〕：「張珪，將你媳婦送將來〔一三八〕，我要。」我道：「便送來。」〔一三九〕不是張孔目從來懦〔一四〇〕。他在那雲陽市劍下分，我去那華山頂峰頭卧。

我則道他一世兒榮華富貴〔一四一〕，可怎生被包待〔一四二〕制斬了，人皆歡悦〔一四三〕。

【得勝令】今日個天理事〔一四四〕如何？黎庶盡謳歌。滿城中人皆喜〔一四五〕，包龍圖智慧多〔一四六〕。魯齋郎哥哥，自惹下亡身禍。强奪了〔一四七〕嬌娥，不想我出了家〔一四八〕，今日先尋了安樂窩〔一四九〕。

今日我去雲臺觀散心咱〔一五〇〕。可早來到也〔一五一〕。（貼旦〔一五二〕）李四，你看那道人，好似你姐夫，我〔一五三〕試唤他一聲咱！張孔目〔一五四〕！（末回頭科）〔一五五〕是誰叫張孔目？（做見科〔一五六〕）兀的不是我渾家李氏也〔一五七〕！（貼旦〔一五八〕）你怎生撇了我出了家？勸你還俗罷！（末）〔一五九〕你待散時我不散，悲悲切切男兒漢；從前經過舊恩情，要我還俗呵、有如曹司番舊案〔一六〇〕。（衆云）你還了俗罷！（末）〔一六一〕我實到此際〔一六二〕，如何肯再還俗！

（衆拜科）（末）〔一六三〕

【川撥棹】不索你鬧鑊鐸〔一六四〕，磕着頭禮拜我。（李四〔一六五〕）姐夫，今日喒兩家夫婦兒女都完聚了，你可怎生捨的〔一六六〕出家去？你依着我，還了俗者〔一六七〕！（末）〔一六八〕誰聽你語話喧聒〔一六九〕，鬧〔一七〇〕似蜂窩，口〔一七一〕似蜜鉢！我若是還了俗可未可！

（貼旦〔一七二〕）孔目，你是受用的人〔一七三〕，你爲何出家？你怎生受的〔一七四〕那苦？（末）〔一七五〕

【七弟兄】你那裏問我，爲何，受寂寞，我得過時且自〔一七六〕隨緣過，得合時且把眼來合，得卧時側身和衣卧。

【梅花酒】不是我自間闊〔一七七〕，趁浪逐波，落落托托〔一七八〕，大笑呵呵。夫和妻、能摘離〔一七九〕，兒和女、且隨他，我這裏自磨跎〔一八〇〕，飲香醪，醉顏酡，沉醉了卧〔一八一〕松蘿，

【收江南】抵多少南華老子鼓盆歌〔一八二〕。任人笑我似風魔，塵寰物我不張羅。把雙眉不鎖，松窗一枕夢南柯〔一八三〕。

（孤冲上）〔一八四〕事有足躍，物有故然〔一八五〕。老夫包拯。來到這雲臺觀，見一簇人鬧，不知爲甚麼。（李四〔一八六〕大人〔一八七〕，小人是銀匠李四〔一八八〕。我姐姐被魯齋郎强奪爲妻〔一八九〕，如今〔一九〇〕姐夫張珪出了家，不肯認他〔一九一〕。（孤）〔一九二〕兀那張珪，你爲何不認他？（末）〔一九三〕我〔一九四〕一雙兒女不知所在，寔出了家〔一九五〕，認他做甚麼！（孤）〔一九六〕張珪，你那兒女見在我根前〔一九七〕，李四的兒女也在我行〔一九八〕。您都過來〔一九九〕。將李四的女兒與張珪的孩兒爲妻〔二〇〇〕，張珪的女兒與李四的孩兒爲妻，你兩家割不斷的親〔二〇一〕。張珪，快還了俗者〔二〇二〕！天下喜事無過夫婦父子團圓，殺羊造酒做個慶喜筵席〔二〇三〕。則爲魯齋郎倚勢欺人〔二〇四〕，把人妻强占爲親〔二〇五〕，被老夫〔二〇六〕設智斬首，方表出百姓艱辛〔二〇七〕。你兩家夫妻重會，把兒女各配爲婚。今日個俱蒙恩澤〔二〇八〕，登金榜進士出身。兩家人都皆完聚〔二〇九〕，一齊的望闕謝恩〔二一〇〕。

題目　三不知〔二一一〕同會雲臺觀

正名　包待制智斬魯齋郎〔二一二〕

校注

〔一〕孤扮包待制引從人上　「待」原誤作「侍」，從吴曉鈴本改。臧本即作「待」。臧本下有「(詩云)」，「孤」作「外」。

〔二〕待　原誤作「侍」，從吴曉鈴本改。臧本即作「待」。

〔三〕命　臧本作「令」。中華書局本改作「命」。

〔四〕去　臧本作「所」。

〔五〕也　臧本無。吴國欽本、王季思本據古名家本補。

〔六〕都着學些　臧本作「着他習學」。

〔七〕十　臧本作「早是十五」。

〔八〕得升遷　臧本作「得第了也」。

〔九〕擾害黎民，擄掠婦女，罪有百端　臧本作「惡極罪大」。

〔一〇〕魚　趙琦美校改作「魯」。

〔一一〕子　臧本作「妻」。

〔一二〕着斬之　臧本作「判了斬字」。

〔一三〕天子判了斬字　臧本作「將此人押赴市曹」。

〔一四〕典刑此人　臧本作「明正典刑」。

〔一五〕次日　臧本上有「到得」二字。

〔一六〕天子　臧本無。

〔一七〕違條斬之　臧本作「他做了違條犯法的事，昨已斬了」。違條，違法。元刊本岳伯川《鐵拐李》一折【金盞兒】：「這老子我交他劈先裏着司房中勾一遭更肩禍，案卷裏添一筆便違條。」參見《蝴蝶夢》第二折校注〔三〇〕。

〔一八〕天子　臧本作「聖人」。

〔一九〕爲甚麽斬了他　臧本作「他有甚罪斬了」。

〔二〇〕爲擄掠了百姓　臧本作「老夫奏道：他一生擄掠百姓」。王季思本「道」誤作「到」。

〔二一〕聖人判了　臧本作「是御筆親判」。

〔二二〕天子　臧本作「聖人」。

〔二三〕「魚齊即」三字　臧本上有「豈知」二字。

〔二四〕個　臧本同。盧冀野本奪。

〔二五〕天子　臧本作「聖人」。

〔二六〕老夫　臧本上有一「被」字。

〔二七〕兩個孩兒　臧本上有「張千，你分付他」。

〔二八〕魯齋郎他不遵條例疏狂　臧本上有「（詩云）」，無「魯齋郎」，「條例」作「王法」，「疏」上有一「太」字。條例，法律。《宋史·神宗紀》：「甲子，陳升之、王安石創置三司條例，議行新法。」參見《蝴蝶夢》第一折校注〔二〇〕。

〔二九〕他則待强奪人妻子紅妝　臧本作「專要奪人婦女做妻房」。

〔三〇〕了　臧本無。

〔三一〕老夫用心智斬了魯齋郎　臧本無「老夫」、「了」。

〔三二〕净扮觀主上　臧本下有「云」。

〔三三〕人口順都叫我做閻雙梅　臧本無。

〔三四〕李四同旦兒上　臧本下有「云」。

〔三五〕十　臧本作「十五」。

〔三六〕與俺姐姐、姐夫并兩個孩兒做此好事咱　臧本「個」作「家的」。做好事，請僧道舉行宗教祈禱儀式以超度亡靈。《三國志平話》卷下：「先主與關公做好事月餘。」

〔三七〕（做見净）　臧本作「（做見觀主科，云）」。

〔三八〕（净）　臧本作「（觀主云）」。

〔三九〕李四　臧本下有「云」。

〔四〇〕一雙兒女金郎玉姐　臧本下有「還有自己一雙兒女喜童嬌兒」一句。

〔四一〕（净）　臧本作「（觀主云）」。

〔四二〕我出家人要他怎麽是好？銀子且收下　臧本同。北京大學本、吴國欽本、王學奇本、王季思本點作「我出家人，要他怎麽？是好銀子，且收下……」。

〔四三〕快　臧本作「一邊」。

〔四四〕看有甚麽人來　臧本作「請吃了齋，與你做好事」。

〔四五〕貼旦道扮上　臧本下有「云」。

〔四六〕十　臧本作「十五」。

〔四七〕張珪未知有無　臧本上有一「連」字，「未」作「也不」。

〔四八〕待　原誤作「侍」，從吴曉鈴本改。臧本即作「待」。

〔四九〕與張珪做些好事咱　臧本同。盧冀野本「咱」字斷屬下句。誤。按，咱，語助詞，猶吧。參見《調風月》第二折校注〔三五〕。

〔五〇〕净　臧本作「觀主」。

〔五一〕（净）　臧本作「（觀主云）」。

〔五二〕姑姑　臧本作「好道姑」。

〔五三〕姑姑那裏來　臧本作「道姑，你從那裏來」。

〔五四〕貼旦　臧本下有「云」。

〔五五〕李四　臧本下有「云」。

〔五六〕貼旦　臧本下有「云」。

〔五七〕李四　臧本下有「云」。

〔五八〕貼旦　臧本下有「云」。

〔五九〕李四　臧本下有「云」。

〔六〇〕貼旦　臧本下有「云」。

〔六一〕待　原誤作「侍」，從吴曉鈴本改。臧本即作「待」。

〔六二〕李四　臧本下有「云」。

〔六三〕喒同共追薦　臧本作「喒和你一同追薦者」。北京大學本、吴國欽本、王學奇本、王季思本「喒」改作「咱」。按，喒，我。參見《哭存孝》頭折校注〔二五〕。

〔六四〕看有甚麼人來　臧本無。

〔六五〕（李末同李旦上）　臧本作「（李俫冠帶同小旦上，云）」。

〔六六〕包待制爺爺　「待」原誤作「侍」，從吴曉鈴本改。臧本即作「待」。臧本「爺爺」作「大人」。

〔六七〕訓教　臧本作「教訓」。

〔六八〕包待制爺爺言語　「待」原誤作「侍」，從吴曉鈴本改。臧本即作「待」。臧本上有「奉着」二字，無「爺爺」。

〔六九〕也　臧本上有一「了」字。

〔七〇〕觀主　臧本作「住持那裏」。

〔七一〕（净）　臧本作「（觀主云）」。

〔七二〕你怎生帶着個小姐走　臧本上有「呀」，無「你」。

〔七三〕（李末）　臧本作「（李俫云）」。

〔七四〕（净）　臧本作「（觀主云）」。

〔七五〕你　臧本作「相公要」。

〔七六〕（李末）　臧本作「（李俫云）」。

〔七七〕匠　原脱，據臧本補。

〔七八〕（李）　臧本作「（李四云）」。

〔七九〕匠　原脱，據臧本補。

〔八〇〕（李末）　臧本作「（李俫云）」。

〔八一〕李四　臧本下有「云」。

〔八二〕（李末）　臧本作「（李俫云）」。

〔八三〕旦　臧本下有「云」。

〔八四〕（李末、李旦悲科，説前事了）　臧本作「（李俫再説前事，悲科）」。

〔八五〕李四　臧本下有「云」。

〔八六〕貼旦　臧本下有「云」。

〔八七〕李四　臧本下有「云」。

〔八八〕貼旦悲科　臧本下有「云」。

〔八九〕（張末同張旦上）　臧本作「（張俫冠帶同小旦上，云）」。

〔九〇〕待　原誤作「待」，從吴曉鈴本改。臧本即作「待」。

〔九一〕訓教　臧本作「教訓」。

〔九二〕應過□舉　「過」下原爲墨釘，趙琦美旁補「了」字。臧本作「應過舉」。

〔九三〕包待制大人着俺雲臺觀追薦俺父親去　「待」原誤作「待」，從吴曉鈴本改。臧本即作「待」。臧本無「大人」與第二個「俺」字。吴國欽本、王季思本「據下文張俫説白」改「親」作「母」。

〔九四〕可早來到也　臧本下有「住持那裏」一句。

〔九五〕（浄）　臧本作「（觀主云）」。

〔九六〕官人那裏去來　臧本作「相公到此只甚」。王季思本「只」改作「則」。按，只甚，即則甚，做甚麼。

〔九七〕（張末）　臧本作「（張倈云）」。

〔九八〕我一徑的來做些好事　臧本無「我」，「一徑的」作「特」。盧冀野本「些」誤作「此」。

〔九九〕（浄）　臧本作「（觀主云）」。

〔一〇〇〕（張末）　臧本作「（張倈云）」。

〔一〇一〕貼旦　臧本下有「云」。

〔一〇二〕（張末）　臧本作「（張倈云）」。

〔一〇三〕貼旦　臧本下有「云」。

〔一〇四〕（張末）　臧本作「（張倈云）」。

〔一〇五〕貼旦　臧本下有「云」。

〔一〇六〕十　臧本作「十五」。

〔一〇七〕（張末）　臧本作「（張倈云）」。

〔一〇八〕多虧了包待制爺爺將我兄妹二人訓教　「待」原誤作「侍」，從吴曉鈴本改。臧本即作「待」。臧本「爺爺」作「大人」，「訓教」作「教訓」。

〔一〇九〕了　臧本無。

〔一一〇〕包待制爺爺　「待」原誤作「侍」，從吴曉鈴本改。臧本即作「待」。臧本上有「今日奉」三字，「爺爺」作「言語」。

〔一一一〕李四　臧本下有「云」。

〔一一二〕（張末）　臧本作「（張倈云）」。

〔一一三〕爲了妻罷　臧本作「爲妻」，下有「做一個交門親眷，可不好那」。

〔一一四〕貼旦　臧本下有「云」。

〔一一五〕了　臧本無。

〔一一六〕只是張孔目不知在那裏　臧本無「張」字，句下有「教我如何放的下！（做悲科）」。

〔一一七〕正末愚鼓簡板上　臧本下有「詩云」。愚鼓，漁鼓，用長竹筒製成，底端蒙皮。簡板，用兩片竹板或木板製成。二者均爲打擊樂器，道士唱道情用作伴奏。

〔一一八〕【玉交枝】猛聽的山童來報，報霧瑣天關未曉。採樵人鼓掌呷呷笑，笑道是雪壓了臘梅梢，舞梨花片片風亂飄，似鵝毛亂剪空中落。可知道沽酒村價高，踏雪的争些凍倒。我則見寒料峭，凍燕巢，怎敢過危橋！浩然驢怎地騎？韓退之雪擁了藍關道。白茫茫雪滿山，黑暗暗彤雲罩。呀！把一帶青山粉填了　臧本無。王季思本校記「聽的」之「的」改作「得」。按，的，得。參看《詩詞曲語辭匯釋》卷四「的(二)」。北京大學本校勘記、吳國欽本校記、王季思本校記「瑣」改作「鎖」。按，瑣，鎖。《蘇東坡集》内制集卷二《奉安神宗皇帝御容赴景靈宫導引歌詞》：「離宫春色瑣瑶林，雲闕海沉沉。」踏雪的，浩然驢，指孟浩然踏雪尋梅。參見《裴度還帶》第二折校注〔二五〕。韓退之雪擁藍關道，參同上校注〔二九〕。

〔二九〕好是清閑也呵　臧本下有「（唱）」。

〔三〇〕我清閑如謝安高卧　臧本作「争似我樂清閑支着個枕頭兒高卧」。謝安高卧，參見《切鱠旦》第一折校注〔一五〕。

〔三一〕煉丹砂似唐吕翁　臧本上有「只問你」三字，無「似」。

〔三二〕製律令的漢蕭何　臧本上有「何如那」三字，無「的」。

〔三三〕蝸牛角上争人我　《莊子·則陽》：「有國於蝸之左角者，曰觸氏，有國於蝸之右角者，曰蠻氏，時相與争地而戰，伏尸數萬。」郭象注：「誠知所争者若此之細也，則天下無争矣。」後用「蝸牛角」比喻虚名微利。

〔三四〕不戀　臧本下有一「那」字。

〔二五〕且圖五柳婆娑　「五」原爲墨釘，趙琦美補「五」字。從。臧本即作「五」，「五」上有一「個」字。五柳，陶淵明别號。陶辭官還鄉，自號「五柳先生」。《箋註陶淵明集》卷五《五柳先生傳》：「宅邊有五柳樹，因以爲號焉。」後用以指隱退。

〔二六〕俺這出家人　臧本上有「（云）」。

〔二七〕好是快活也呵　臧本下有「（唱）」。

〔二八〕隨時且過　臧本作「四時皆可」。

〔二九〕經夜　臧本作「常則是日夜」。經夜，夜夜。

〔三〇〕金波　酒名。朱弁《曲洧舊聞》卷七：「（張）嘗記天下酒名，今著於此：……河間府金波，又玉醖。」後用以代指酒。

〔三一〕想着俺挽角兒夫妻，怎知道月枕雙歌　臧本作「他將俺兒女夫妻，直認做了雲雨巫娥」。月枕雙歌，形容男女相戀。《太平樂府》卷五趙顯宏小令【黄鍾】晝夜樂「夏」：「喒人向彩畫的船兒上坐，伴如花似玉嬌娥。醉了呵，月枕雙歌，月枕雙歌，但唱的齊聲兒和。」

〔三二〕自沉吟風流　臧本作「俺自撇下家緣」。

〔三三〕不曾受　臧本作「再無心」。

〔三四〕休只管信口開合　臧本上有一「你」字，下有「絮絮聒聒」一句。

〔一三五〕張孔目　臧本上有一「俺」字，下有「怎還肯」三字。

〔一三六〕魯齋郎暴虎馮河　臧本「魯齋郎」下有「他可敢」三字。王季思本「馮」改作「凭」。按，馮，徒涉。《詩·小雅·小旻》：「不敢暴虎，不敢馮河。」鄭箋：「徒涉曰馮河，徒搏曰暴虎。」孔疏引李巡曰：「無舟而渡水曰徒涉。」

〔一三七〕他道　臧本上有「（帶云）」。

〔一三八〕送將來　臧本上有「則明日五更」。

〔一三九〕我道：「便送來。」　臧本無。

〔一四〇〕不是張孔目從來懦　臧本上有「（唱）」。

〔一四一〕我則道他一世兒榮華富貴　臧本上有「（云）」。

〔一四二〕待　原誤作「侍」，從吴曉鈴本改。臧本即作「待」。

〔一四三〕人皆歡悦　臧本下有「（唱）」。

〔一四四〕事　臧本作「竟」。

〔一四五〕滿城中人皆喜　臧本作「再不言宋天子英明甚」。

〔一四六〕包龍圖智慧多　臧本上有「只説他」三字。

〔一四七〕强奪了　臧本作「我捨了個」。

〔四八〕不想我出了家　此句係帶白，原本作小字，是。吴曉鈴本改作大字，誤。臧本無。

〔四九〕今日先尋了安樂窩　臧本「今日」作「早」，無「了」。

〔五〇〕今日我去雲臺觀散心咱　臧本上有「（云）」。

〔五一〕可早來到也　臧本無。

〔五二〕貼旦　臧本下有「云」。

〔五三〕我　臧本作「你」。

〔五四〕張孔目　臧本上有「（李四叫科，云）」。

〔五五〕（末回頭科）　臧本作「（正末回頭科，云）」。

〔五六〕做見科　臧本下有「云」。

〔五七〕也　臧本無。

〔五八〕貼旦　臧本下有「云」。

〔五九〕（末）　臧本作「（正末詩云）」。

〔六〇〕有如曹司番舊案　臧本「番」作「翻」。曹司，官署。《太平廣記》卷三百八十引《博異志》：「至一城郭，引入見一官人，似曹官之輩，又領入曹司。」

〔六一〕（末）　臧本作「（正末云）」。

〔一六二〕實到此際　臧本作「修行到這個地步」。

〔一六三〕（末）　臧本作「（正末唱）」。

〔一六四〕鬧鑊鐸　鬧哄哄。景方諸生本王實甫《西厢記》一本四折【錦上花】：「黄昏這一回，白日那一覺，窗兒外那會鑊鐸。」王伯良云：「鑊鐸，喧鬧之意。董詞：『譬如這裏鬧鑊鐸，把似書房裏睡取一覺。』關漢卿《魯齋郎》劇：『不索你鬧鑊鐸，磕着頭禮拜我。』……可證。」

〔一六五〕李四　臧本下有「云」。

〔一六六〕捨的　臧本同。盧冀野本誤倒作「的捨」。

〔一六七〕還了俗者　臧本上有「只是」二字。

〔一六八〕（末）　臧本作「（正末唱）」。

〔一六九〕語話喧聒　臧本作「兩道三科」。吴國欽本、王季思本「據古名家本」改。

〔一七〇〕鬧　臧本作「嚷」。

〔一七一〕口　臧本作「甜」。

〔一七二〕貼旦　臧本下有「云」。

〔一七三〕你是受用的人　臧本上有「平素」二字。

〔一七四〕的　臧本同。吴國欽本、王季思本改作「得」。參見校注〔一一八〕。

〔一七五〕（末）　臧本作「（正末唱）」。

〔一七六〕且自　就。元刊本范康《竹葉舟》四折【端正好】：「我不去玉堂游，也不向東山卧，得磨陁且自磨陀。打數聲愚鼓向塵寰中過，便是我物外閑工課。」

〔一七七〕間闊　臧本同。吴國欽本「間」改作「閑」。按，間闊，疏遠。《董解元西厢記》卷五【高平調】【糖多令】：「不顧深恩成間闊，大抵是那少年女奴。」

〔一七八〕落落托托　臧本同。吴國欽本、王季思本「托托」改作「拓拓」。按，落落托托，樂陶陶。亦作「落落陀陀」。《太平樂府》卷六曾瑞卿套數【正宫】端正好「自序」：「既功名不入凌烟閣，放疏狂落落陀陀。」

〔一七九〕夫和妻、能摘離　臧本「和」作「共」，「能」作「任」。

〔一八〇〕磨跎　臧本「跎」作「陀」。磨跎，逍遥自在。闕名氏《藍采和》三折正末白：「遇飲酒時須飲酒，得磨跎處且磨跎。」

〔一八一〕沉醉了卧　臧本作「拚沉睡在」。

〔一八二〕抵多少南華老子鼓盆歌　臧本上有「呀」，「老」作「莊」。南華老子，指莊周。《舊唐書·玄宗紀》：「天寶元年二月，莊子號爲南華真人……所著書改爲真經。」鼓盆歌，見《莊子·至樂》：「莊子妻死，惠子弔之，莊子則方箕踞鼓盆而歌。惠子曰：『與人居，長子、老、身死，不哭亦足矣，又鼓盆而歌，不亦甚乎！』莊子曰：『不然。是其始死也，我獨何能無槩，然察其始本無生；非徒無生也，而本無形；非徒無形也，而本無氣。襍乎芒芴之間，變而有氣，氣變而有形，形變而有生，今又變而之死，是相與爲春秋冬夏四時行也。人且偃然寢於巨室，而我噭噭然隨而哭之，自以爲不通乎命，故止也。』」成玄英疏：「莊子知生死之不二，達哀樂之爲一，是以妻亡不哭，鼓盆而歌。」

〔一八三〕任人笑我似風魔，塵寰物我不張羅。把雙眉不鎖，松窗一枕夢南柯　臧本作「烏飛兔走疾如梭，猛回頭青鬢早皤皤。任傍人勸我，我是個夢醒人，怎好又着他魔」。吴曉鈴本校勘記「飛」誤作「龍」。王季思本「傍」改作「旁」。按，傍，即旁。參見《哭存孝》頭折校注〔一一五〕。張羅，謀求。《太平樂府》卷七張養浩套數【雙調】新水令「辭官」：「自相度，圖個甚，謾張羅，得磨駝且磨駝。」松窗，臨松之窗。《全唐詩》卷二六六顧況《憶山中》：「蕙圃泉澆濕，松窗月映閑。」南柯，借指夢境。參見《哭存孝》第二折校注〔一八三〕。

〔一八四〕（孤冲上）　臧本作「（包待制衝上，云）」。

〔一八五〕事有足濯，物有故然　臧本作「事不關心，關心者亂」。

〔一八六〕李四　臧本下有「云」。

〔一八七〕大人　臧本作「爺爺」。

〔一八八〕小人是銀匠李四　「匠」字原脱，今補。臧本作「小的是許州人銀匠李四」。

〔一八九〕我姐姐被魯齋郎强奪爲妻　臧本「我」作「俺」，句下有「幸得爺爺智斬魯齋郎，如今俺姐姐回家來了」。

〔一九〇〕如今　臧本作「争奈」。

〔一九一〕不肯認他　臧本下有「因此小的每和他兒女在此相勸，只望爺爺做主咱」。

〔一九二〕（孤）　臧本作「（包待制云）」。

〔一九三〕（末）　臧本作「（正末云）」。

〔一九四〕我　臧本下有一「因」字。

〔一九五〕寔出了家　臧本作「已是出家多年了」。

〔一九六〕（孤）　臧本作「（包待制云）」。

〔一九七〕見在我根前　臧本無。

〔一九八〕李四的兒女也在我行　臧本作「和李四的兒女都在跟前。」

〔一九九〕您都過來　臧本作「這十五年間，我都擡舉的成人長大，都應過舉，得了官也」。

〔二〇〇〕將李四的女兒與張珪的孩兒爲妻　臧本上有「如今」二字。

〔二〇一〕割不斷的親　臧本作「做個割不斷的親眷」。

〔二〇二〕快還了俗者　臧本上有一「你」字。

〔二〇三〕天下喜事無過夫婦父子團圓，殺羊造酒做個慶喜筵席　臧本無。

〔二〇四〕則爲魯齋郎倚勢欺人　臧本上有「（詞云）」，「倚勢欺人」作「苦害生民」。

〔二〇五〕把人妻强占爲親　臧本作「奪妻女不顧人倫」。

〔二〇六〕夫　臧本同。盧冀野本誤作「天」。

〔二〇七〕表出百姓艱辛　臧本作「表得王法無親」。

〔二〇八〕俱蒙恩澤　臧本作「依然完聚」。

〔二〇九〕登金榜進士出身。兩家人都皆完聚　臧本無。

〔二一〇〕一齊的望闕謝恩　臧本「望闕謝恩」作「仰荷天恩」，下有「（正末同衆拜謝科，唱）【收尾】多謝你大恩人救了喒全家禍，擡舉的孩兒每雙雙長大，莫説他做親的得成就好姻緣，便是俺還俗的也不悮了正結果」。北京大學本、吴國欽本、王學奇本、王季思本「悮」改作「誤」。按，悮，同「誤」。參見《蝴蝶夢》第二折校注〔二〇〕。

〔二一一〕三不知　無意中。姚元之《竹葉亭雜記》卷七：「俗説『三不知』，意料不到之辭也，但不知所本。伯山族弟云：《左傳》『三不知而入之，不亦難乎』，俗説當本此。」

〔二一二〕包待制智斬魯齋郎　「待」原誤作「侍」，從吴曉鈴本改。臧本即作「待」。

臧本「題目正名」後另行有尾題「包待制智斬魯齋郎雜劇終」。

脈望館古名家本卷末有趙琦美注：「萬曆四十四年十一月十二日長至夜校于小谷本清常道人記」。

唐明皇啓瘞哭香囊（殘）

説　明

諸本《録鬼簿》著録。此劇題名依天一閣本《録鬼簿》。四曲均見李玉《北詞廣正譜》第十六帙越調類。曲下均題注「關漢卿譔哭香囊」。今用盧冀野本、趙景深本、吴曉鈴本、王學奇本、王季思本參校。原聯套次序不明，今參趙景深本順序，依元劇聯套慣例排列先後。吴曉鈴本、王學奇本、王季思本同。吴本注云：「然絡絲娘曲亦有在綿搭絮曲之後者，以曲文度之，綿搭絮在前似較勝也。」盧冀野本順序作【絡絲娘】（誤作「【麻郎兒幺篇】」）、【綿搭絮】、【拙魯速】（誤作「【拙魯速幺篇】」）、【雪裏梅】、【幺篇】。吴本注云：「世傳關漢卿所作雜劇之用【越調】鬥鵪鶉套者有《單鞭奪槊》、《緋（非）衣夢》、《調風月》及《切鱠旦》等四劇，且均爲第三折，故知此劇佚曲五闋當亦屬諸第三折。全劇係末本，第三折由唐玄宗主歌。」

此劇内容細節不詳，當係叙唐明皇楊貴妃故事。

《舊唐書·后妃列傳》：「及禄山叛，露檄數國忠之罪。河北盜起，玄宗以皇太子爲天下兵馬元帥，監撫軍國事。……及潼關失守，（貴妃）從幸至馬嵬，禁軍大將陳玄禮密啓太子，誅國忠父子。既而四軍不散，玄宗遣力士宣問，對曰『賊本尚在』，蓋指貴妃也。力士復奏，帝不獲已，與妃訣，遂縊死於佛室。時年三十八。瘞於驛西道側。上皇自蜀還，令中使祭奠，詔令改葬。禮部侍郎李揆曰：『龍武將士誅國忠，以其負國兆亂。今改葬故妃，恐將士疑懼，葬禮未可行。』乃止。上皇密令中使改葬於他所。初瘞時以紫褥裹之，肌膚已壞，而香囊仍在。内官以獻，上皇視之凄惋，乃令圖其形於别殿，朝夕視之。」

【越調雪裏梅】鬧炒炒樹邊頭〔一〕，訟都都〔二〕絮無休；止不過添兵，離不了求救，您〔三〕怎麽諸葛武侯！

【幺篇】你可甚分破帝王憂〔四〕，向沙塞擁戈矛。那裏也斷密〔五〕亡隋，排蕭剪闔〔六〕，擒充戮竇〔七〕。

【絡絲娘】不要你微分〔八〕間到口，則要你滿飲這一盞勞神御酒。額角上花鈿墜不收，粉汗交流。

【綿搭絮】玉簪初綻，金菊纔開，碧梧恰落，翠柳微凋，都做了野草閑花滿地愁。説與那教坊司、仙音院，莫落後。若得些鬆閑，共娘娘做取個九月九〔九〕。

【拙魯速】比當日黑河〔一〇〕秋，則不争〔一一〕擁着貂裘。向前待問候，只見淡淡雙蛾〔一二〕緊相門，翠眉皺，手按着驊騮，忔忒忒〔一三〕戰又怯，嬌又羞。

校注

〔一〕閙炒炒樹邊頭　王季思本「炒炒」改作「吵吵」。按，炒，用同「吵」。參見《陳母教子》頭折校注〔五〇〕。「邊頭」原作「頭邊」，從王本乙改。「頭」字韵。

〔二〕訟都都　争辯的樣子。

〔三〕您　盧冀野本、王學奇本改作「你」。按，您，你。參見《哭存孝》頭折校注〔六五〕。

〔四〕分破帝王憂　分了帝王憂，爲帝王分憂。破，猶了。孔文卿《東窗事犯》三折【聖藥王】：「臣海外收伏了四百州，將凌烟閣番作抱（報）官囚，久已後再誰想分破帝王憂！」參看《詩詞曲語辭匯釋》卷三「破（一）」。

〔五〕斷密　斷，殺。《漢書·淮南王傳》：「幸臣有罪，大者立斷。」顔師古注：「斷，謂斬也。」密，李密。京兆長安人。隋末瓦崗起義軍首領。後兵敗降唐，不久以反唐被殺。

〔六〕排蕭剪闥　排，除。《蘇東坡集》續集卷八《儒者可與守成論》：「禹治洪水，排萬世之患。」蕭，蕭銑。後梁宣帝曾孫。隋末任羅縣令。大業十三年巴陵校尉董景珍、雷世猛等起兵，銑被推爲主，自稱梁王。次年稱帝。後兵敗降唐，被殺。闥，劉黑闥。隋末清河漳南人。參加瓦崗軍起義，瓦崗軍敗，從竇建德。竇死後，收拾餘部再起，稱漢東王。兵敗，爲部屬執送唐軍，被殺。

〔七〕擒充戮竇　盧冀野本「擒」誤作「搶」。充，王世充。隋新豐人，祖籍西域。煬帝時任江都郡丞，鎮壓朱燮等起義軍，升江都通守。煬帝死，擁立楊侗爲帝，次年廢侗，自稱帝。武德四年兵敗降唐，爲仇人所殺。竇，竇建德。清河漳南人。隋末河北農民起義首領。大業十三年於樂壽稱長樂王，次年稱夏王。後兵敗被俘，被殺於長安。

〔八〕微分　少量。《太平樂府》卷五王和卿小令【商調】百字知秋令：「絳蠟殘半明不滅寒灰看時看節落，沉烟爐細里末里微分間即里漸里消。」

〔九〕九月九　重陽節。吴自牧《夢粱録》卷五「九月」：「日月梭飛，轉盼重九。蓋九爲陽數，其日與月并應，故號曰『重陽』。是日孟嘉登龍山落帽，淵明向東籬賞菊，正是故事。今世人以菊花、茱萸，浮于酒飲之，蓋茱萸名『辟邪翁』，菊花爲『延壽客』，故假此兩物服之，以消陽九之厄。年例，禁中與貴家皆此日賞菊，士庶之家，亦市一二株玩賞。」

〔一〇〕黑河　黑龍江。據馬致遠《漢宮秋》第三折，漢王昭君和番，路經黑龍江，投水自盡。

〔一一七〕這鄭孔目拿住了蕭娥胡做，知他那裏去了賽娘、僧住　臧本第一個「住」字作「定」。民間故事：鄭州府衙孔目鄭嵩娶妓女蕭娥做後妻，前妻子女賽娘、僧住備受折磨。蕭與人通姦，鄭殺蕭，獲罪流配。元楊顯之雜劇《鄭孔目風雪酷寒亭》叙其事。

〔一一八〕罷　臧本上有「（云）」。

〔一一九〕又　臧本無。

〔一二〇〕不知所向　臧本上有一「又」字。

〔一二一〕存坐　過活。參見《元劇俗語方言例釋》「存坐」。

〔一二二〕齋　臧本同。王季思本誤作「齊」。

〔一二三〕李四　臧本下有「云」。

〔一二四〕要　臧本作「放」。

〔一二五〕（末）　臧本作「（正末唱）」。

〔一二六〕李四　臧本下有「云」。

〔一二七〕（末）　臧本作「（正末唱）」。

〔一二八〕李四　臧本下有「云」。

〔一二九〕（末）　臧本作「（正末唱）」。

〔一四〕胡言詐語　臧本作「花言巧語」。

〔一五〕强　原作「軟」，據臧本改。

〔一六〕親　臧本作「新」。北京大學本、吴國欽本、王學奇本、王季思本「據古名家本」改。按，新，通「親」。《逸周書·官人》：「誠忠必有可新之色。」《大戴禮記·文王官人》「新」作「親」。

〔一七〕辨　臧本同。吴國欽本誤作「辯」。

〔一八〕雙雙完聚　臧本作「依舊歡聚」。

〔一九〕送的俺　臧本上有一「可」字。

〔二〇〕我一雙孩兒在那裏　臧本上有「（云）」。

〔二一〕旦　臧本下有「云」。

〔二二〕（末）　臧本作「（正末云）」。

〔二三〕所算了我那孩兒也　臧本無「也」。所算，暗算。高文秀《遇上皇》二折正末白：「不想贜官要娶小人渾家爲妻，故意要所算小人性命，差小人來西京遞送公文書……悮了三日處斬。」

〔二四〕兀的不氣殺我也　臧本下有「（唱）」。

〔二五〕【幺】　臧本作「【幺篇】」。

〔二六〕有甚麼福　臧本作「忒做的出」。

口開合〔一三四〕，張孔目〔一三五〕緣木求魚，魯齋郎暴虎馮河〔一三六〕。

【雁兒落】魯齋郎忒太過，他道〔一三七〕：「張珪，將你媳婦送將來〔一三八〕，我要。」我道：「便送來。」〔一三九〕不是張孔目從來懦〔一四〇〕。他在那雲陽市劍下分，我去那華山頂峰頭卧。

我則道他一世兒榮華富貴〔一四一〕，可怎生被包待〔一四二〕制斬了，人皆歡悦〔一四三〕。

【得勝令】今日個天理事〔一四四〕如何？黎庶盡謳歌。滿城中人皆喜〔一四五〕，包龍圖智慧多〔一四六〕。魯齋郎哥哥，自惹下亡身禍。强奪了〔一四七〕嬌娥，不想我出了家〔一四八〕，今日先尋了安樂窩〔一四九〕。

今日我去雲臺觀散心咱〔一五〇〕。可早來到也〔一五一〕。（貼旦〔一五二〕）李四，你看那道人，好似你姐夫，我〔一五三〕試喚他一聲咱！張孔目〔一五四〕！（末回頭科）〔一五五〕是誰叫張孔目？（做見科〔一五六〕）兀的不是我渾家李氏也〔一五七〕！（貼旦〔一五八〕）你怎生撇了我出了家？勸你還俗罷！（末）〔一五九〕你待散時我不散，悲悲切切男兒漢；從前經過舊恩情，要我還俗呵、有如曹司番舊案〔一六〇〕。（衆云）你還了俗罷！（末）〔一六一〕我實到此際〔一六二〕，如何肯再還俗！

（衆拜科）（末）〔一六三〕

【川撥棹】不索你鬧鑊鐸〔一六四〕，磕着頭禮拜我。（李四〔一六五〕）姐夫，今日喒兩家夫婦兒女都完聚了，你可怎生捨的〔一六六〕出家去？你依着我，還了俗者〔一六七〕！（末）〔一六八〕誰聽你語話喧聒〔一六九〕，鬧〔一七〇〕似蜂窩，口〔一七一〕似蜜鉢！我若是還了俗可未可！

（貼旦〔一七二〕）孔目，你是受用的人〔一七三〕，你爲何出家？你怎生受的〔一七四〕那苦？（末）〔一七五〕

【七弟兄】你那裏問我，爲何，受寂寞，我得過時且自〔一七六〕隨緣過，得合時且把眼來合，得卧裏〔一一六〕！（正末愚鼓簡板上〔一一七〕身穿羊皮百衲衣，飢時化飯飽時歸，雖然不得神仙做，且躲人間閑是非。）

【玉交枝】猛聽的山童來報，報霧瑣天關未曉。採樵人鼓掌呷呷笑，笑道是雪壓了臘梅梢，舞梨花片片風亂飄，似鵝毛亂剪空中落。可知道沽酒村價高，踏雪的争些凍倒。我則見寒料峭，凍燕巢，怎敢過危橋！浩然驢怎地騎？韓退之雪擁了藍關道。白茫茫雪滿山，黑暗暗彤雲罩。呀！把一帶青山粉填了〔一一八〕。

想俺出家人，好是清閑也呵〔一一九〕！

【雙調新水令】想人生平地起風波，我清閑如謝安高卧〔一二〇〕，煉丹砂似唐吕翁〔一二一〕，製律令的漢蕭何〔一二二〕？我這裏醉舞狂歌，繁華夢已參破。

【風入松】利名場上苦奔波，因甚强奪？蝸牛角上争人我〔一二三〕，夢魂中一枕南柯。不戀〔一二四〕三公華屋，且圖五柳婆娑〔一二五〕。

俺這出家人〔一二六〕，一年四季，春夏秋冬，好是快活也呵〔一二七〕！

【甜水令】俺這裏春夏秋冬，林泉興味，隨時且過〔一二八〕，經夜〔一二九〕宿山阿。有人相問，静裏工夫，煉形打坐，笑指那落葉辭柯。

【折桂令】想當初向清明日共飲金波〔一三〇〕，張孔目家世墳塋，須不是風月鳴珂。想着俺挽角兒夫妻，怎知道月枕雙歌〔一三一〕。自沉吟風流〔一三二〕過活，不曾受〔一三三〕段匹綾羅。休只管信

〔一一〕不争　争，差。不，無義。參看《詩詞曲語辭匯釋》卷二「争（一）」、《敦煌變文字義通釋》第六篇「不」。

〔一二〕蛾　蛾眉，眉。《杜工部集》卷九《城西陂泛舟》：「青蛾皓齒在樓船，横笛短簫悲遠天。」

〔一三〕忔忒忒　「忔」應是「圪」字。圪忒忒，咯噔噔，形容心跳。狄君厚《介子推》三折【朝天子】：「百忙裏讓咱，猛然的見它，不由我吃忒忒心頭怕。」「吃」亦「圪」字之誤。

風流孔目春衫記（殘）

説明

諸本《録鬼簿》著録（天一閣本作「《春秋記》」，吴曉鈴《關漢卿雜劇全目》云：「秋字係衫字之誤」）。此劇題名依曹本《録鬼簿》。曲見《北詞廣正譜》第三帙仙吕宫類，曲下題注「關漢卿譔春衫記」。今用盧冀野本、趙景深本、吴曉鈴本、王學奇本、王季思本參校。趙本説明云：「此劇故事不明。據曲文『我則要你成雙到底，我與你爲妻』兩句，應爲旦唱本——習慣稱作『旦本』。」吴本注云：「『世傳關漢卿所作雜劇之現存者計十有八種，其第一折皆用仙吕宫套曲，故知此劇佚曲其爲第一折無疑。」

【仙吕尾聲】咱兩個赤金魚，將養〔一〕在銀盆内。我則要你成雙到底，我與你爲妻。却不道〔二〕你真實，大古〔三〕來也真實；一家一計，咱兩個到黄泉做鬼永不分離。

校注

〔一〕將養　養。元刊本岳伯川《鐵拐李》三折【鴛鴦煞】：「在生時請俸禄將養的紅白，飲羊羔吃的豐肥。」

〔二〕却不道 盧冀野本「却」誤作「都」。按，却，猶可。參見《蝴蝶夢》第二折校注〔亖〕。不道，不料。參看《詩詞曲語辭匯釋》卷四「不道(一)」。

〔三〕大古 大概，總之。參看《詩詞曲語辭匯釋》卷四「大古(一)」。

孟良盜骨（殘）

説明

諸本均失載。此劇題名依《北詞廣正譜》。曲見同書第三帙仙吕宫類，下題注「關漢卿孟良盜骨劇」。吴曉鈴本注云：「殘曲……僅斷句二句，無從臆測其爲劇中何人之唱詞，第知其爲末本而已。」又云：「依關漢卿所作雜劇之聯套格律方之，此曲應屬第一折。」趙景深本説明云：「《元曲選》收有《昊天塔孟良盜骨》劇，仙吕套無此兩句，用韵亦异；故爲同題材之兩劇無疑。」「『孟良盜骨』故事大要，當與《元曲選》所收《昊天塔》劇無多出入，爲自宋以來楊家將傳説中之一節。」

【仙吕青歌兒】算着我今年合盡，來日個衆軍衆軍傳令。

散曲

小令

【正宫】白鹤子〔一〕（四首）

四时春富贵〔二〕，万物洒风流。澄澄水如蓝，灼灼花如绣〔三〕。

花边停骏马，柳外缆轻舟。湖内画船交，湖〔四〕上骅骝骤。

鸟啼花影里，人立粉墙头。春意两丝牵，秋水双波溜〔五〕。

香焚金鸭鼎〔六〕，闲傍小红楼。月在柳梢头，人约黄昏〔七〕后。

《太平乐府》卷三

校　注

〔一〕【正宫】白鹤子　无题。注「关汉卿」。

〔二〕富贵　宝贵。脉望馆钞本阙名氏《百花亭》一折【混江龙】：「四时中惟有春三月，光阴富贵，景物重叠。」

〔三〕绣　华丽。《全唐诗》卷五五王勃《临高台》：「银鞍绣毂盛繁华，可怜今夜宿娼家。」

〔四〕湖　王學奇本誤作「柳」。

〔五〕雙波溜　雙波，兩眼。波，目光。《文選》卷十九曹植《洛神賦》：「無良媒以接歡兮，托微波而通辭。」溜，瞥。《全宋詞》二呂渭老《千秋歲》：「洞房晚，千金未直横波溜。」

〔六〕鴨鼎　鴨形香爐。亦簡稱「鴨」。陸游《劍南詩稿》卷五二《掩門》：「硯潤蟾疏滴，香殘鴨尚温。」

〔七〕昏　王學奇本誤作「婚」。

【仙吕】醉扶歸（一首）

禿指甲〔一〕

十指如枯笋，和袖捧金樽。搊殺銀筝字不真，揉〔二〕癢天生鈍。縱有相思泪痕，索把拳頭揾。

《中原音韻》、《詞林摘艷》卷一、《堯山堂外紀》卷六八、《留青日札》卷二一、《曲律》卷三、《北宫詞紀》外集二

校注

〔一〕禿指甲　《中原音韻》題「禿指甲」，未注撰人。《詞林摘豔》題同上，注無名氏作。《堯山堂外紀》題注「關漢卿嘲禿指甲」。《留青日札》注元人作。《曲律》謂「元人嘲禿指甲」。《北宫詞紀》外集題「嘲妓禿指甲」，注元人作。

〔二〕揉　《詞林摘艷》誤作「探」。趙萬里本、吴國欽本據《堯山堂外紀》改作「搔」。

【仙吕】一半兒（四首）

題情〔一〕

雲鬟霧鬢勝堆鴉〔二〕，淺露金蓮簌〔三〕絳紗，不比等閑墻外花。駡你個俏冤家，一半兒難當一半兒耍〔四〕。

《太平樂府》卷五、《堯山堂外紀》卷六八

碧紗窗外静無人，跪在床前忙要親。駡了個負心回轉身。雖是我話兒嗔，一半兒推辭一半兒肯。

《太平樂府》卷五、《堯山堂外紀》卷六八、《北宫詞紀》外集卷三銀臺燈滅篆烟殘〔五〕，獨入羅幃淹〔六〕泪眼，乍孤眠好〔七〕教人情興懶。薄設設被兒單，一半兒温和一半兒寒。

《太平樂府》卷五

多情多緒〔八〕小冤家，迤逗〔九〕得人來憔悴煞。説來的話〔一〇〕先瞞過咱，怎知它〔一一〕，一半兒真實一半兒假。

《太平樂府》卷五

校注

〔一〕題情　《太平樂府》題「題情」，注「關漢卿」。《堯山堂外紀》題注「關漢卿題情」。《北宫詞紀》外集録「碧紗窗外静無人」一首，題「風情」，注「元關漢卿」。

〔二〕堆鴉　四部叢刊本《太平樂府》「堆」誤作「推」。盧前校本亦作「推」，「推」字下校云：「孫（胤伽）校作堆。」趙萬里本、隋樹森本、吴國欽本、王學奇本作「堆」。《堯山堂外紀》「鴉」作「雅」。堆鴉，形容女子烏黑的頭髮。《宋詩鈔初集》程俱《北山小集鈔·丁巳九日携酒要叔問登通道門樓而江彦文寄玉友適至因用己未歲吴下九日詩韵作》：「笑引壺觴成一醉，歌筵遥想鬟堆鴉。」

〔三〕簌　《堯山堂外紀》作「簇」。簌，拂動。李好古《張生煮海》一折【油葫蘆】：「袖兒籠指十葱，裙兒簌鞋半弓。」

〔四〕一半兒難當一半兒耍　難當，使氣。參看《詩詞曲語辭匯釋》卷五「難當」。耍，逗弄。元刊本張國賓《薛仁貴》四折【慶東原】：「你把我難當門，作戲耍，睡夢裏掩逗得我心中怕。」

〔五〕銀臺燈滅篆烟殘　銀臺，燈臺，燭臺。《全唐詩》卷二五八段懷然《挽湧泉寺僧懷玉》：「唯有門前古槐樹，枝低只爲挂銀臺。」篆烟，盤香。洪芻《香譜·香之事·香篆》：「鏤木以爲之以範香塵爲篆文，然於飲席或佛像前，往往有至二三尺徑者。」《全宋詞》四高觀國《御街行·賦簾》：「鶯聲似隔，篆烟微度，愛横影參差滿。」

〔六〕淹　吴國欽本、王學奇本改作「掩」。按，淹，用同「掩」。鈔本《陽春白雪》後集三闕名氏套數【南吕】一枝花：「長嘆罷羅帕頻淹，都揾盡千絲萬縷。」

〔七〕好　王學奇本奪。

〔八〕多情多緒　多情。情緒，情。《唐宋諸賢絶妙詞選》卷三解方叔《永遇樂·春情》：「誰家巧縱，青樓絃管，惹起夢雲情緒。」

〔九〕迤逗　挑逗。參看《詩詞曲語辭匯釋》卷二「逗（五）」。

〔一〇〕話　王學奇本下衍一「兒」字。

〔一二〕它　四部叢刊本原作「定」，「它」之形誤。趙萬里本、隋樹森本、吴國欽本、王學奇本作「他」。按，它，即「他」。參見《調風月》第二折校注〔二七〕。

【南吕】四塊玉（一首）

别情〔一〕

自送别，心難捨，一點相思幾時絶？凭闌〔二〕袖拂楊花雪。溪又斜，山又遮，人去也！

《太平樂府》卷五、《樂府群珠》卷二

校注

〔一〕别情　《太平樂府》注「關漢卿」。

〔二〕闌　欄，欄杆。《全唐詩》卷八八九李煜《浪淘沙》：「獨自暮凭闌，無限江山，别時容易見時難。」

【南呂】四塊玉（四首）

閑適〔一〕

適意行，安心坐，渴時飲飢時餐醉時歌〔二〕，困來時就向莎茵卧〔三〕。日月長，天地闊，閑快活。

《太平樂府》卷五、《樂府群珠》卷二、《太和正音譜》卷下、《九宫大成》卷五二

舊酒投〔四〕，新醅潑〔五〕，老瓦盆邊笑呵呵，共山僧野叟閑吟和。它〔六〕出一對鷄，我出一個鵝，閑快活。

《太平樂府》卷五、《樂府群珠》卷二

意馬收，心猿瑣〔七〕，跳出紅塵惡風波。槐陰午夢〔八〕誰驚破？離了利名場〔九〕，鑽入安樂窩，閑快活。

《太平樂府》卷五、《樂府群珠》卷二

南畝〔一〇〕耕，東山卧，世態人情經歷多。閑將往事思量過，賢的是它，愚的是我，争甚麽？

《太平樂府》卷五、《樂府群珠》卷二

校注

〔一〕閑適　《太平樂府》注「關漢卿」。《太和正音譜》録「適意行」一首，注「關漢卿小令」。

〔二〕渴時飲飢時餐醉時歌　《太和正音譜》「飢時餐」作「呵」。《九宫大成》無「飢時餐」。吴國欽本據《太和正音譜》改。

〔三〕困來時就向莎茵卧　王學奇本「困」誤作「閑」。莎茵，草地。

〔四〕投　盧前校本《樂府群珠》作「没」。按，投，止。《文選》卷十八馬融《長笛賦》：「觀法於節奏，察度於句投。」李善注：「《説文》曰：『逗，止也。』投與逗古字通。投，句之所止也。」

〔五〕潑　斟。《太平廣記》卷一百八十引《盧氏小説》：「上忽入濟院，方在窗下，犢鼻葛巾抄書。上曰：『茶請一碗。』濟曰：『鼎水中煎，此有茶味，請自潑之。』」

〔六〕它　趙萬里本、隋樹森本、吴國欽本、王學奇本作「他」。按，它，即「他」。參見《調風月》第二折校注〔二七〕。後同，不另出校。

〔七〕瑣　趙萬里本、隋樹森本、吴國欽本、王學奇本作「鎖」。盧前校本《樂府群珠》亦作「鎖」。按，瑣，鎖。參見《魯齋郎》第四折校注〔一八〕。

〔八〕槐陰午夢　參見《哭存孝》第二折校注〔八三〕。

〔九〕利名場　王學奇本「利名」倒作「名利」。按，利名場，元曲習用。例不贅。

〔一〇〕南畝　泛指農田。《詩·豳風·七月》：「饁彼南畝。」

【中吕】朝天子（二首）

書所見〔一〕

鬢鴉〔二〕，臉霞，屈殺〔三〕將陪嫁。規模全是大人家〔四〕，不在紅娘下。笑眼偷瞧〔五〕，文談回話，真如解語花〔六〕。若咱，得它〔七〕，倒了蒲萄架〔八〕。

《太平樂府》卷四、《詞林摘艷》卷一、《詞品》卷一、《堯山堂外紀》卷六八

校　注

〔一〕書所見　《太平樂府》題「書所見」，注「周德清」。《詞林摘艷》同。《詞品》卷一「白團扇歌」云：「元關漢卿嘗見一從嫁媵婢，作一小令云：鬢鴉……」《堯山堂外紀》亦屬關漢卿。隋樹森本、王學奇本題作「從嫁媵婢」。

〔二〕鴉　黑。《全唐詩》卷六二八陸龜蒙《和襲美館娃宫懷古五絶》之二：「一宫花渚漾漣漪，俀墮

鴉鬟出繭眉。」

〔三〕屈殺　《詞品》、《堯山堂外紀》下有一「了」字。隋樹森本、王學奇本從。吳國欽本「殺」改作「煞」。按，殺，同「煞」。參看《詩詞曲語辭匯釋》卷四「煞(一)」。

〔四〕規模全是大人家　《詞品》、《堯山堂外紀》「模」作「摹」，「是」作「似」。趙萬里本「模」作「摹」。規模，模樣。臧本闕名氏《舉案齊眉》一折【勝葫蘆】：「這都是蔭庇驕奢潑賴徒，打扮出謊規模。」

〔五〕笑眼偷瞧　《詞品》、《堯山堂外紀》作「巧笑迎人」。隋樹森本、王學奇本從。

〔六〕解語花　比喻聰慧美貌的女子。王仁裕《開元天寶遺事》卷下「解語花」：「明皇秋八月，太液池有千葉白蓮數枝盛開，帝與貴戚宴賞焉。左右皆嘆羡，久之，帝指貴妃示於左右曰：『爭如我解語花！』」

〔七〕它　趙萬里本、隋樹森本、吳國欽本、王學奇本作「他」。按，它，即「他」。參見《調風月》第二折校注〔二七〕。

〔八〕倒了蒲萄架　《詞林摘艷》「蒲」作「葡」。隋樹森本、王學奇本從。《詞品》、《堯山堂外紀》「萄」作「桃」。吳國欽本從。倒了蒲萄架，比喻醋意大發。蒲萄味酸，故云。吳梅《顧曲麈談》卷下第四章「談曲」：「元人以妒嫉之婦爲蒲桃倒架，不知何意。洪昉思《長生殿》中，亦有『蒲桃架霎時推倒』之語，可考知之。」

【中吕】普天樂（十六首）

崔張十六事

普救姻緣

西洛客説姻緣，普救寺尋方便〔一〕。佳人才子，一見情牽。餓眼望將穿，饞口涎空咽。門掩梨花閑庭院，粉墻兒高似青天。顛不剌〔二〕見了萬千，似這般可喜娘罕見，引動人意馬心猿。

西厢寄寓

嬌滴滴小紅娘，惡狠狠唐三藏，消磨灾障，眼抹〔三〕張郎。便將小姐央，説起風流况。母親呵怕女孩〔四〕兒春心蕩，百般巧計關防〔五〕，倒賺〔六〕他鴛鴦比翼，黄鶯作對，粉蝶成雙。

酬和情詩

玉宇[七]浄無塵，寶月圓如[八]鏡，風生翠[九]袖，花落閑庭。五言詩句語清，兩下裏爲媒證，遇着風流知音性，惺惺的偏惜惺惺。若得來心肝兒敬重，眼皮兒上供養，手掌兒裏高擎。

隨分[一〇]好事

梵王宫[一一]月輪高，枯木堂[一二]香烟罩。法聰來報，好事通宵。似神仙離碧霄，可意種來清醮[一三]。猛見了傾國傾城貌，將一個發慈悲臉兒朦着，葫蘆提到曉。酩子裏[一四]家去，只落得兩下裏獲鐸[一五]。

封書退賊

不念《法華經》[一六]，不理《梁皇懺》[一七]，賊人來至，情理何堪！法聰待向前，便把賊來探，險把佳人遭坑陷，消不得小書生一紙書緘。杜將軍風威[一八]勇敢，張秀才能書妙染，孫飛虎好是羞慚。

虛意謝誠

東閣〔一九〕玳筵開，不强如西厢和月等。紅娘來請，「萬福先生」〔二〇〕。「請」字兒未出聲，「去」字兒連忙應。下工夫將額顱十分掙〔二一〕，酸溜溜螫得牙疼〔二二〕。茶飯未占〔二三〕成，陳倉老米，滿瓮蔓菁〔二四〕。

母親變卦

若不是張解元識人多，怎生救咱全家禍？你則〔二五〕合有恩便報，倒教我拜做哥哥。母親你忒慮過，怕我陪錢貨〔二六〕，眼睜睜把比目魚分破。知他是命福如何？我這裏軟攤〔二七〕做一垜。咫尺間如同間闊〔二八〕，其實都伸〔二九〕不起我這肩窩。

隔墻聽琴

月明中，琴三弄〔三〇〕，閑愁萬種，自訴情衷。要知音耳朵，聽得他芳心動。司馬文君情偏重，他每也曾理結絲桐〔三一〕。又不是〈黄鶴醉翁〉，又不是〈泣麟悲鳳〉，又不是〈清夜聞鐘〉〔三二〕。

開書染病

寄簡帖又無成，相思病今番甚。只爲你倚門待月，側耳聽琴。便有那扁鵲來，委實難醫恁。止〔三三〕把酸醋當歸浸，這方兒到處難尋。要知〔三四〕是知母未寢，紅娘心沁〔三五〕，使君子難禁。

鶯花配偶

春意透酥胸，春色横眉黛。新婚燕爾，苦盡甘來。也不索將琴操彈，也不索西厢和月待，盡老〔三六〕今生同歡愛，恰便似劉阮天台。只恐怕母親做猜，侍妾假乖，小姐難捱。

花惜風情

小娘子説因由，老夫人索窮究。我只道神針法灸，却原來燕侣鶯儔。紅娘先自行，小姐權落後。我在這窗兒外幾曾敢咳嗽，這殷勤着甚來由？夫人你得休便休，也不索出乖弄醜，自古來女大難留。

張生赴選

碧雲天，黄花地，西風緊，北雁〔三七〕南飛。恨相見難，又早别離易。久已後雖然成佳配，奈時間〔三八〕怎不悲啼！我則厮守得一時半刻，早鬆了金釧，減了香肌。

旅館夢魂

爲功名，傷離别，可憐見關山萬里，獨自跋涉。楚陽臺朝暮雲，楊柳岸朦朧月，冷清清怎地捱今夜？夢魂兒這埸抛撇！人去也，去時節遠也，遠時節幾日來也〔三九〕！

喜得家書

久客在京師，甚的是閑傳示〔四〇〕？心頭眼底，横倘〔四一〕鶯兒。趁西風折桂枝，已遂了青雲志。盼得他一紙音書，却是斷腸詩詞。堪爲字史〔四二〕，顔筋柳骨〔四三〕，獻之羲之。

遠寄寒衣

想張郎，空僝僽，緘書在手，寫不盡綢繆。修時節和泪修，囑付休忘舊。寄去衣服牢收授〔四四〕，三般兒都有個因由〔四五〕：這襪兒管束你胡行亂走，這衫兒穿的着皮肉，這裹肚常繫在心頭。

夫婦團圓

爲風流，成姻眷，恩情美滿，夫婦團圓。却忘了間阻情，遂了平生願。鄭恒枉自胡來纏，空落得惹禍招愆。一個賣風流的志堅，一個逞嬌姿的意堅，一個調風月的心堅。

《樂府群珠》卷四

校注

〔一〕方便　機會。《北史·循吏傳·孟業》：「業爲典籤，州中要職諸人，欲相賄贍，止患無方便耳。」

〔二〕顛不剌　風流，風流的。不剌，語助。景方諸生本王實甫《西廂記》一本一折王伯良注云：「顛不剌句，反起下可喜娘句。顛，輕佻也。不剌，方言助語詞。……董詞『教普天下顛不剌的浪兒每許』，言輕佻之甚者，見了萬千，似鶯鶯之凝重可喜者罕。」

〔三〕抹　掃視。喬夢符《兩世姻緣》三折【小桃紅】：「他背影裏斜將眼稍抹，諕的我臉烘霞。」

〔四〕孩　吴國欽本奪。

〔五〕關防　防備。吕居仁《官箴》：「當官既自廉潔，又須關防小人，如文字曆引之類，皆須明白，以防中傷。」

〔六〕賺　使。

〔七〕宇　盧前校本誤作「雨」。

〔八〕如　盧前校本誤作「知」。

〔九〕翠　色彩鮮明。《文選》卷十八嵇康《琴賦》：「新衣翠粲，纓徽流芳。」

〔一〇〕隨分　順便。《中興以來絶妙詞選》卷九宋謙父《賀新郎·七夕》：「雪藕調冰花熏茗，正梧桐、雨過新涼透。且隨分，一杯酒。」

〔一一〕梵王宫　大梵天王的宫殿。這裏泛指佛寺。《全唐詩》卷二三六錢起《歸義寺題震上人壁》：「太陽忽臨照，物象俄光煦。梵王宫始開，長者金先布。」

〔一二〕枯木堂　僧人修禪打坐之堂。因如枯木寂然不動，故云。釋道原《景德傳燈録》卷十五「潭州前道吾山圓智禪師法嗣」：「師止石霜山二十年間，學衆有長坐不卧，屹若株杌，天下謂之枯木衆也。」枯木堂之稱源此。

〔一三〕可意種來清醮　可意種，如意之人。《北宫詞紀》卷六于伯淵套數【仙吕】點絳唇「憶美人」：「半點兒花鈿笑靨中，嬌紅，酒暈濃，天生下没褒彈可意種。」醮，打醮。道士祭禱神靈的一種儀式。

〔一四〕酩子裏　昏沉沉。亦作「冥子裏」。張耒《明道雜志》：「掌禹錫學士，厚德老儒而性涉迂滯。嘗言，一生讀書，但得佳賦題數個，每遇差考試輒用之，用亦幾盡。嘗試監生，試砥柱勒銘賦。此銘今具在，乃唐太宗銘禹功，而掌公設記爲太宗自銘其功。宋渙中第一，其賦悉是太宗自銘。韓玉女時爲御史，因章劾之。有無名子作一閿嘲之，云：『砥柱勒銘賦，本贊禹功勳，試官親處分，贊唐文秀才。冥子裏鑾駕幸并汾，恰是鄭州去出曹門。』冥子裏，俗謂昏也。」

〔一五〕兩下裏獲鐸　盧前校本「兩」誤作「雨」。獲鐸，本意爲喧鬧，這裏引申爲不安。

〔一六〕《法華經》　大乘佛經《妙法蓮華經》的省稱。這裏泛指佛經。

〔一七〕不理《梁皇懺》　理，借作「禮」。元刊本馬致遠《陳摶高卧》一折【金盞兒】：「江山理旺（王）氣，草本動威靈。」《梁皇懺》，佛教拜懺所誦經名，即《慈悲道場懺法》。相傳南朝梁武帝爲懺悔郗后夙業，乃集録佛經語句，作成懺法十卷，故名。事見《南史·梁武德郗皇后傳》。

〔一八〕風威　王學奇本倒作「威風」。按，風威，威風。《南齊書·薛淵戴僧静等傳論》：「觀兹猛毅，藉以風威，未必投車挾舟，然後勝敵。」

〔一九〕東閤　稱款待賓客之所。《漢書·公孫弘傳》：「弘自見爲舉首，起徒步，數年至宰相封侯，於是起客館，開東閤以延賢人。」閤，閣。

〔二〇〕不强如西厢和月等。紅娘來請，「萬福先生」　盧前校本點作「不强如西厢。和月等紅娘來。請萬福先生」。誤。和，伴。《全唐詩》卷八八九李煜《擣練子》：「深院静，小庭空，斷續寒砧斷續風。無柰長夜人不寐，數聲和月到簾櫳。」萬福，婦女行的敬禮。參見《切鱠旦》第一折校注〔六五〕。

〔二一〕挣　打扮。《董解元西厢記》卷三【仙吕調】【戀香衾】：「梳裹箱兒裏取明鏡，把臉兒挣得光瑩。」

〔二二〕疼　吴國欽本誤作「痛」。按，「疼」字韵。

〔二三〕占　隋樹森本、吴國欽本、王學奇本删。按，占，借作「沾」。參見《謝天香》第四折校注〔二九〕。

〔二四〕蔓菁　歇後語。菜。北曲【中吕】有【蔓菁菜】曲，故云。

〔二五〕則　吴國欽本改作「只」。按，則，猶只。參看《詩詞曲語辭匯釋》卷一「則(三)」。

〔二六〕陪錢貨　賤稱女子。陪，賠。脈望館古名家本馬致遠《黄粱夢》四折【叨叨令】：「至如將小妮子擡舉的成人大，也則是害爹娘不争氣的陪錢貨。」

〔二七〕軟攤　吴國欽本「攤」改作「癱」。按，攤，癱。《董解元西厢記》卷三【仙吕調】【醍醐香山會】：「通紅了面皮，筵席上軟攤了半壁。」凌景埏注：「『軟攤』，就是軟癱。」

〔二八〕間闊　遠隔。楊景賢《西遊記》五本十九齣【倘秀才】：「松梢聞鶴唳，洞口看猿過，與凡塵間闊。」

〔二九〕伸　撑。王實甫《西厢記》二本三折【折桂令】作「稱」。吴曉鈴注云：「支撑。」

〔三〇〕弄　曲。參見《玉鏡臺》第二折校注〔四四〕。

〔三一〕理結絲桐　理，彈。《文選》卷十八嵇康《琴賦》：「爾乃理正聲，奏妙曲；揚〔白雪〕，發〔清角〕。」絲桐，琴（絲，琴弦；桐，琴箱）。同上卷二十三王粲《七哀詩》之二：「獨夜不能寐，攝衣起撫琴。絲桐感人情，爲我發悲音。」

〔三二〕又不是〔黄鶴醉翁〕，又不是〔泣麟悲鳳〕，又不是〔清夜聞鐘〕　王實甫《西厢記》閔遇五注云：「清夜聞鐘、黄鶴醉翁、泣麟悲鳳，皆古琴操名。」

〔三三〕止　吴國欽本改作「只」。按，止，只。參見《調風月》第一折校注〔二七〕。

〔三四〕知　吴國欽本據《西厢記》改作「忌」。

〔三五〕心沁　吴國欽本據《西厢記》「心」改作「撒」。似可從。撒沁，胡説。沁，用同「吣」。

〔三六〕盡老　到死。參見《拜月亭》第四折校注〔八九〕。

〔三七〕北雁　「北」原作「白」，隋樹森本、吴國欽本據《西厢記》改。從。王學奇本亦改。趙萬里本校云：「『白雁』疑當作『北雁』。」

〔三八〕時間　時下。《宋金元名家詞補遺》晁元禮《何滿子》：「草草時間歡笑，厭厭别後情懷。留下一場煩惱去，今回不比前回。」

〔三九〕人去也，去時節遠也，遠時節幾日來也　盧前校本點作「人去也去時節。遠也遠時節。幾日來也」。誤。

〔四〇〕傳示　書信。《樂府群玉》卷二喬夢符小令【越調】小桃紅「楚儀來因戲贈之」：「許多時，口兒裏不道個胡倫字，殷勤謝伊，雖無傳示，來探了兩遭兒。」

〔四一〕倘　吴國欽本改作「躺」。按，倘，用同「躺」。參見《陳母教子》第三折校注〔五五〕。

〔四二〕字史　景方諸生本《西厢記》五本二折王伯良注云：「掌字之史也。」這裏意謂書法的典範。

〔四三〕顏筋柳骨　顏柳的風骨。顏，顏真卿；柳，柳公權。兩人均是唐代大書法家。陸游《劍南詩稿》卷五十八《唐希雅雪鵲》：「我評此畫如奇書，顏筋柳骨追歐虞。」

〔四四〕收授　收。授，通「受」。朱駿聲《説文通訓定聲》卷六孚部：「授……假借爲受。《周禮·典婦功》：凡授嬪婦功。《司儀》：再拜授幣。」

〔四五〕因由　緣由。孫光憲《北夢瑣言》卷八：「宰臣問沆：『與主上有何階緣？』沆乃具陳因由。」

【商調】梧葉兒（一首）

《中原音韻》、《堯山堂外紀》卷六八

别情〔一〕

别離易，相見難，何處鎖雕鞍？春將去，人未還，這其間，殃及殺〔二〕愁眉泪眼。

校注

〔一〕別情　《中原音韻》題「別情」，未注撰人。《堯山堂外紀》題注「關漢卿別情」。

〔二〕殃及殺　殃及，累及。元刊本鄭廷玉《楚昭王》四折【沉醉東風】：「自間別伯夷叔齊，殃及淚眼愁眉。」吳國欽本「殺」改作「煞」。按，殺，同「煞」。參看《詩詞曲語辭匯釋》卷四「煞(一)」。

【雙調】沉醉東風〔一〕（五首）

咫尺的天南地北，霎時間月缺花飛。手執着餞行杯，眼閣〔二〕着別離淚，剛道得聲保重將息〔三〕，痛煞煞〔四〕教人捨不得。好去〔五〕者望前程萬里！

憂則憂鸞孤鳳單，愁則愁月缺花殘。爲則爲俏冤家，害則害誰曾慣？瘦則瘦不似今番，恨則恨孤幃綉衾寒，怕則怕黄昏到晚。

伴夜月銀箏鳳〔六〕閑，暖東風綉被常慳〔七〕。信沉了魚，書絶了雁，盼雕鞍萬水千山。本利對相思若不還，則告與那能索債愁眉淚眼。

夜月青樓〔八〕鳳簫，春風翠髻金翹〔九〕。雨雲濃，心腸俏，俊龐兒玉嫩〔一〇〕香嬌。六幅湘裙一搦腰〔一一〕，問別來十分瘦了。

面比花枝解語，眉横柳葉長疏。想〔一二〕着雨和雲，朝還〔一三〕暮，但開口只是長吁。紙鷂兒〔一四〕

休將人厮應付，肯不肯懷兒裏便許。

校注

〔一〕【雙調】沉醉東風　《陽春白雪》無題，注「關漢卿五段」。

〔二〕閣　吴國欽本改作「擱」。按，閣，噙。范成大《石湖居士詩集》卷十五《八場坪聞猿》：「天寒林深山石惡，行人舉頭雙泪閣。」

〔三〕剛道得聲保重將息　鈔本「剛」下有一「則」字。將息，保重。何薳《春渚紀聞》卷五「隴州鸚歌」：「娘子瀌更各自好將息。」

〔四〕煞　鈔本無。

〔五〕好去　好走，一路平安。鄭還古《博異志·陰隱客》：「纔入門，風雲擁而去。因無所睹，唯聞門人云：『好去。爲吾致意於赤城真伯。』」

〔六〕鳳　鳳簫。應劭《風俗通義》卷六「簫」：「《尚書》舜作《簫韶》九成，鳳凰來儀，其形參差，象鳳之翼，十管，長一尺。」

〔七〕綉被常慳　趙萬里本校云：「此曲首二句相對爲文，『銀筝鳳閑』與『綉被常慳』不協。任中敏先生云：『常慳』疑『鴛慳』之訛。」吳國欽本據改「常」作「鴛」。

〔八〕青樓　妓院。韋縠《才調集》卷四杜牧《題揚州》：「十年一覺揚州夢，贏得青樓薄倖名。」

〔九〕翠髻金翹　翠髻，黑黑的髮髻。《全唐詩》卷三〇二王建《宮詞》之六二：「玉蟬金雀三層插，翠髻高叢緑鬢虛。」金翹，金質翠翹，狀如翠鳥尾上的長羽。《全宋詞》一柳永《荔枝香》：「笑整金翹，一點芳心在嬌眼，王孫空恁腸斷。」

〔一〇〕嫩　黄丕烈校本作「軟」。隋樹森本、吳國欽本、王學奇本亦作「軟」。

〔一一〕六幅湘裙一搦腰　湘裙，湘地絲織品製成的裙子。白仁甫《東墻記》三折【耍孩兒】：「把湘裙皺損，寶髻斜歪。」一搦，一握。王實甫《西厢記》四本一折【元和令】：「綉鞋兒剛半拆，柳腰兒勾一搦。」

〔一二〕想　原誤作「相」，據黄丕烈校本改。趙萬里本、隋樹森本、吳國欽本、王學奇本亦作「想」。

〔一三〕還　又。白居易《白氏長慶集》卷十八《春至》：「若爲南國春還至，爭向東樓日又長。」

〔一四〕紙鷂兒　風箏。《資治通鑑·梁武帝太清三年》：「臺城與援軍信命久絶，有羊車兒獻策，作紙鷂，繫以長繩，寫敕於內，放以從風，冀達衆軍。」胡三省注：「紙鷂，即紙鳶也，今俗謂之紙鷂。」這裏借指傳書信的雁。

【雙調】碧玉簫〔一〕（十首）

黄召風虔〔二〕，蓋下麗春園；員外心堅，使了販茶船。金山寺心事傳，豫章城人月員〔三〕。蘇氏賢，嫁了雙知縣。天，稱了它〔四〕風流願。

《陽春白雪》前集卷四、《北詞廣正譜》、《九宫大成》卷六六

怕見春歸，枝上柳綿飛。静掩香閨，簾外曉鶯啼。恨天涯錦字〔五〕稀，夢才郎翠被知。寬〔六〕盡衣，一搦腰肢細。癡，暗暗的添憔悴。

《陽春白雪》前集卷四

盼斷〔七〕歸期，劃損短金篦。一搦腰圍，寬褪〔八〕素羅衣。知它是甚病疾，好交〔九〕人没理會。揀口兒〔一〇〕食，陡〔一一〕恁的無滋味。醫，越恁的難調理。

《陽春白雪》前集卷四

簾外風篩，凉月滿閑階。燭滅銀臺，寶鼎串烟〔一二〕埋。醉魂兒難掙挫〔一三〕，精彩兒强打捱〔一四〕。那裏每來？你取閑論詩才。台〔一五〕！定當〔一六〕的人來賽。

《陽春白雪》前集卷四

你性隨邪〔一七〕，迷戀不來也；我心癡呆〔一八〕，等到月兒斜。你歡娱受用别，我凄凉爲甚迭？

休謊説，不索尋吴越。喒〔一九〕，負心的教天識者〔二〇〕！

《陽春白雪》前集卷四

席上尊前，衾枕奈無緣。柳底花邊，詩曲已多年。向人前未敢言，自心中禱告天。情意堅，每日空相見。天，甚時節成姻眷？

《陽春白雪》前集卷四

膝上琴横，哀愁〔二一〕動離情；指下風生，消灑弄清聲〔二二〕。瑣窗〔二三〕前月色明，雕闌外夜氣清。指法輕，助起騷人興。聽，玉〔二四〕漏斷人初静。

《陽春白雪》前集卷四

紅袖輕揎，玉笋挽秋千；畫板高懸，仙子墜雲軒。額殘了翡翠鈿，髻鬆了柳〔二五〕葉偏。花徑邊，笑撚春羅扇。扇，玉腕鳴黄金釧。

《陽春白雪》前集卷四

秋景堪題，紅葉滿山溪；松徑偏宜，黄菊〔二六〕繞東籬。正清樽斟潑醅〔二七〕，有白衣勸酒杯。官品極，到底成何濟？歸，學取它淵明醉。

《陽春白雪》前集卷四

笑語喧嘩，墻内甚人家？度〔二八〕柳穿花，院後那嬌娃〔二九〕，媚孜孜整絳紗，顫巍巍插翠花：可喜煞，巧筆難描畫。他，困〔三〇〕倚在秋千架。

《陽春白雪》前集卷四

校注

〔一〕【雙調】碧玉簫　《陽春白雪》無題，注「關漢卿十段」。《北詞廣正譜》十七帙雙調録「黄肇風虔」一首，注「套數關漢卿譔」。「套數」二字疑誤。

〔二〕黄召風虔　《北詞廣正譜》、《九宫大成》「召」作「肇」。黄召，蘇小卿故事中馮魁一類的人物，爲免使蘇被馮魁奪去，曾冒充蘇的丈夫。參見《救風塵》第一折校注〔三六〕。風虔，同「風欠」，瘋傻。參見《拜月亭》第三折校注〔四九〕。

〔三〕豫章城人月員　徐乃昌本《陽春白雪》「城」誤作「此」。趙萬里本、隋樹森本、吴國欽本、王學奇本「員」作「圓」。按，員，圓。《孟子・離婁上》：「不以規矩，不能成方員。」

〔四〕它　趙萬里本、隋樹森本、吴國欽本、王學奇本作「他」。按，它，即「他」。參見《調風月》第二折校注〔一七〕。後同，不另出校。

〔五〕錦字　代指夫妻間的書信。參見《裴度還帶》第四折校注〔六三〕。

〔六〕寬　大。《文選》卷二十三歐陽建《臨終詩》：「恢恢六合間，四海一何寬。」

〔七〕斷　猶煞。參看《詩詞曲語辭匯釋》卷三「斷」。

〔八〕寬褪　寬鬆。《董解元西厢記》卷六【黄鍾宫】【四門子】：「些兒鬼病天來大，何時是可？羅衣寬褪肌如削，悶答孩地獨自個。」

〔九〕交　趙萬里本、隋樹森本、吴國欽本、王學奇本作「教」。按，交，教。參看《詩詞曲語辭匯釋》卷一「教(一)」。

〔一〇〕揀口兒　按口味挑選食物。脈望館鈔本李致遠《還牢末》二折【青哥兒】：「我當初憑着良媒取到我家裏，換套兒穿衣，揀口兒吃食。」

〔一一〕陡　徐乃昌本誤作「陟」。

〔一二〕串烟　隋樹森本、吴國欽本、王學奇本「串」作「篆」。串烟，即篆烟。脈望館古名家本白仁甫《秋夜梧桐雨》四折【芙蓉花】：「淡氤氲串烟裊，昏慘剌銀燈照。」參見【仙吕】一半兒校注〔五〕。

〔一三〕挣挫　挣扎。《水滸傳》六十五回：「張順却好覺來，雙手被縛，挣挫不得。」

〔一四〕精彩兒强打捱　吴國欽本「據曲意」「精」改作「神」。按，精彩兒，精神。《晋書・慕容超載記》：「超身長八尺，腰帶九圍，精彩秀發，容止可觀。」打捱，捱，忍受。《雍熙樂府》卷十一闕名氏套數【雙調】新水令「閨情」：「難改悔志誠心，怎消磨生死誓，强打挨凄凉運。」

〔一五〕台　徐乃昌本誤作「合」。趙萬里本、吴國欽本據元刻殘本改作「咍」。按，台，「咍」的省寫。

〔一六〕定當　打攪。《太平樂府》卷九朱庭玉套數【般涉調】哨遍「傷春」：「文君縱有當壚志，也被相如定當死。」

〔一七〕隨邪　放蕩。參看《詩詞曲語辭例釋》「隨邪」。

〔一八〕癡呆　癡，癡迷。史九敬先《莊周夢》四折【川撥棹】：「趁着這小桃胡扇，翠柳枝邊，月暗星全，艷袖垂肩，送了你癡呆的少年。」

〔一九〕喒　吴國欽本、王學奇本改作「咱」。按，喒，咱們。參見《哭存孝》頭折校注〔二四〕。

〔二〇〕識者　黄丕烈校本作「滅」。隋樹森本、吴國欽本、王學奇本亦作「滅」。

〔二一〕愁　趙萬里本、吴國欽本作「怨」。

〔二二〕消灑弄清聲　消灑，凄凉。消，用同「蕭」。元刊本武漢臣《老生兒》三折【紫花兒序】：「這上墳的消灑，祭祖的凄凉。」弄，彈奏。《史記·司馬相如列傳》：「（相如）及飲卓氏，弄琴，文君竊從户窺之，心悦而好之。」

〔二三〕瑣窗　「瑣」原作「鎖」，從吴國欽本、王學奇本改。瑣窗，雕刻或繪畫有連環形花紋的窗户。杜牧《樊川文集》卷三《村舍燕》：「漢宫一百四十五，多下珠簾閉瑣窗。」

〔二四〕玉　黄丕烈校本作「正」。隋樹森本、吴國欽本、王學奇本亦作「正」。

〔二五〕柳　黄丕烈校本作「荷」。隋樹森本、吴國欽本、王學奇本亦作「荷」。

〔二六〕菊　王學奇本誤作「金」。

〔二七〕潑醅　醱醅，酒。白居易《白氏長慶集》卷六十六《初冬月夜得皇甫澤州手札并詩數篇因遺報書偶題長句》：「最恨潑醅新熟酒，迎冬不得共君嘗。」

〔二八〕度　過，穿過。《全唐詩》卷一四三王昌齡《出塞》之一：「但使龍城飛將在，不教胡馬度陰山。」

〔二九〕嬌娃　美女。《全唐詩》卷三六五劉禹錫《館娃宫在舊郡西南硯石山前瞰姑蘇臺傍有采香徑梁天監中置佛寺曰靈巖即故宫也信爲絶境因賦二章》之一：「宫館貯嬌娃，當時意大誇。」

〔三〇〕困　王學奇本誤作「閑」。

【雙調】大德歌〔一〕（四首）

春

子規啼，不如歸，道是春歸人未歸。幾日添憔悴，虚飄飄柳絮飛〔二〕。一春魚雁無消息，則見雙燕鬥銜泥〔三〕。　　《陽春白雪》前集卷四、《雍熙樂府》卷一六

夏

俏冤家，在天涯，偏那裏緑楊堪繫馬？困坐南窗下，數對清風想念它〔四〕。蛾眉淡了教誰

畫？瘦岩岩羞帶石榴花〔五〕。

《陽春白雪》前集卷四

秋

風飄飄，雨蕭蕭，便做〔六〕陳摶睡不着。懊惱傷懷抱，撲簌簌泪點拋。秋蟬兒噪罷寒蛩兒叫，淅零零細雨打芭蕉。

《陽春白雪》前集卷四、《北詞廣正譜》

冬

雪紛紛，掩重門，不由人不斷魂，瘦損紅梅韵〔七〕。那裏是清江江上村？香閨裏冷落誰瞅〔八〕問？好一個憔悴的凭闌人。

《陽春白雪》前集卷四

校注

〔一〕【雙調】大德歌　《陽春白雪》注「關漢卿十段」。「春」、「夏」、「秋」、「冬」四題，元刻本《陽春白雪》未載，據黄丕烈校本補。「子規啼」一首，又見《雍熙樂府》「河西六娘子」套中，題「玩賞」，未注撰人。

〔二〕虚飄飄柳絮飛　《雍熙樂府》作「撲簌簌泪點兒垂。」

〔三〕則見雙燕鬥銜泥　《雍熙樂府》「則見雙燕」作「正是燕子」。鬥，競。令狐楚《御覽詩》楊凌《閣前雙槿》：「向晚争辭蕊，迎朝鬥發花。」

〔四〕數對清風想念它　元刊本「數」作「教」，今從鈔本。隋樹森本、吴國欽本、王學奇本亦作「數」。趙萬里本、隋樹森本、吴國欽本、王學奇本「它」作「他」。按，它，即「他」。參見《調風月》第二折校注〔二七〕。後同，不另出校。

〔五〕瘦岩岩羞帶石榴花　黄丕烈校本「岩岩」作「懨懨」，吴國欽本從。按，瘦岩岩，瘦削的樣子。脈望館古名家本馬致遠《漢宫秋》一折【天下樂】：「卿家你覷咱，則他那瘦岩岩影兒可喜殺。」任訥校本「帶」改作「戴」。趙萬里本校記云：「『帶』『戴』字通。」

〔六〕倣　《北詞廣正譜》作「做」。隋樹森本、吴國欽本、王學奇本亦作「做」。

〔七〕瘦損紅梅韵　損，猶煞。參看《詩詞曲語辭匯釋》卷三「損」。「紅」原作「江」，趙萬里本校記云：「『江梅』當作『紅梅』，疑涉下句『清江江上村』而誤。」今改。吴國欽本亦從改。

〔八〕瞅　元刊本作「秋」，今從鈔本。趙萬里本、隋樹森本、吴國欽本、王學奇本亦作「瞅」。

【雙調】大德歌（六首）

粉墻〔一〕低，景凄凄，正是那西廂月上時。會得琴中意，我是個香閨裏鍾子期〔二〕。好教人暗想張君瑞，敢則是愛月夜眠遲。《陽春白雪》前集卷四

緑楊堤，畫船兒，正撞着一帆風趕上水。馮魁吃的醺醺醉，怎想着金山寺壁上詩？醒來不見多姝麗，冷清清空載月明歸。《陽春白雪》前集卷四

鄭元和〔三〕，受寂寞，道是你無錢怎奈何？哥哥家緣破，誰着你摇銅鈴唱挽〔四〕歌？因打〔五〕亞仙門前過，恰便是司馬泪痕多〔六〕。《陽春白雪》前集卷四

謝家村〔七〕，賞芳春，疑怪它桃花冷笑人〔八〕。着誰傳芳信？强題詩也斷魂。花陰下等待無人問，則聽得黄犬吠柴門。《陽春白雪》前集卷四

雪粉華，舞梨花，再不見烟村四五家。密灑堪圖畫，看疏林噪晚鴉；黄蘆掩映〔九〕清江下，

斜纜着釣魚艖〔一〇〕。

《陽春白雪》前集卷四、《太和正音譜》卷下、《九宮大成》卷三九

吹一個，彈一個，唱新行大德〔一一〕歌。快活休張羅，想人生能幾何？十分淡薄隨緣過，得磨陀處且磨陀〔一二〕。

《陽春白雪》前集卷四

校注

〔一〕墻　元刊本作「兒」，今從鈔本。趙萬里本、隋樹森本、吴國欽本、王學奇本亦作「墻」。

〔二〕鍾子期　春秋時楚人。與伯牙爲知音至交。《吕氏春秋·本味》：「伯牙鼓琴，鍾子期聽之。方鼓琴而志在太山，鍾子期曰：『善哉乎鼓琴，巍巍乎若太山。』少選之間，而志在流水，鍾子期又曰：『善哉乎鼓琴，湯湯乎若流水。』鍾子期死，伯牙破琴絶弦，終身不復鼓琴，以爲世無足復爲鼓琴者。」

〔三〕鄭元和　即李娃故事裏的鄭生。參見《救風塵》第二折校注〔八三〕。

〔四〕挽　元刊本作「晚」，今從鈔本。趙萬里本、隋樹森本、吴國欽本、王學奇本亦作「挽」。

〔五〕打　元刊本作「把」，今從鈔本。趙萬里本、隋樹森本、吴國欽本、王學奇本亦作「打」。

〔六〕司馬淚痕多　唐代詩人白居易任江州司馬時，潯陽江頭夜送客，遇老年歌女彈琵琶，十分感慨，作《琵琶行》，結尾兩句云：「座中泣下誰最多？江州司馬青衫濕。」這裏借以形容鄭元和之極度悲傷。

〔七〕謝家村　泛指女子住處。唐太尉李德裕有妾謝秋娘，太尉以華屋貯之，眷之甚隆，後人因指金閨爲謝家。《全唐詩》卷八九一温庭筠《更漏子》之一：「香霧薄，透簾幕，惆悵謝家池閣。」

〔八〕桃花冷笑人　相傳唐崔護清明日獨游都城南，至村居求飲。有女子以杯水至，開門設床命坐。及來歲清明，忽思之，情不可抑，徑往尋之，則門墻如故而已鎖扃之。因題詩於左扉曰：「去年今日此門中，人面桃花相映紅。人面祇今何處去？桃花依舊笑春風。」事見孟棨《本事詩·情感》。「桃花冷笑人」，意謂只見桃花，不見女子。

〔九〕掩映　遮蔽。元稹《元氏長慶集》卷一《賽神》：「採薪持斧者，弃斧縱横奔。山深多掩映，僅免鯨鯢吞。」

〔一〇〕斜纜着釣魚艖　元刊本「纜」作「攬」，今從黄丕烈校本《陽春白雪》及《太和正音譜》。趙萬里本、吴國欽本亦作「纜」。《九宫大成》無「着」字。趙萬里本「釣」誤作「鈎」。元刊本《陽春白雪》「艖」作「叉」，《九宫大成》作「槎」，今從黄丕烈校本《陽春白雪》及《太和正音譜》。趙萬里本、隋樹森本、吴國欽本、王學奇本亦作「艖」。

〔二〕德　徐乃昌本誤作「得」。

〔三〕得磨陀處且磨陀　徐乃昌本「磨」均作「麽」。

王學奇本此曲後録【中吕】喜春來二首(「新得閒葉玉簪」、「夜坐寫懷示子」)、【南吕】罵玉郎過感皇恩採茶歌「初度述懷」一首、【中吕】朱履曲「寫懷」二首。趙萬里本録以上五首,列「附録」下,注云:「樂府群珠俱題一齋作。胡忌先生根據永樂大典引析津志『關一齋字漢卿』,因謂此五首亦當爲關氏作品。但據【感皇恩】『端冕凝旒,輔翊皇猷』、『宗藩世守,百事無求』等語,似是明時宗藩口吻,疑與漢卿無關。」

套數

【黄鍾】侍香金童〔一〕

春閨院宇，柳絮飄香雪。簾幕輕〔二〕寒雨乍歇，東風落花迷粉蝶。芍藥初開，海棠才謝。

【幺】柔腸脉脉，新愁千萬疊。偶記年前人乍别，秦臺〔三〕玉簫聲斷絶。雁底關河，馬頭明月。

【降黄龍衮〔四〕】鱗鴻無個〔五〕，錦箋慵寫。腕鬆金，肌削玉，羅衣寬徹〔六〕。泪痕淹破，胭脂雙頰。寶鑒愁臨〔七〕，翠鈿羞貼。

【幺】等閑辜負，好天良夜。玉爐中，銀臺上，香消燭滅。鳳幃冷落，鴛衾虚設。玉笋頻搓，綉鞋重攧〔八〕。

【出隊〔九〕子】聽子規啼血，又西樓角韵咽。半簾花影自横斜，畫檐間丁當風弄鐵〔一〇〕，紗窗外琅玕〔一一〕敲瘦節。

【幺】銅壺玉漏催凄切，正更闌人静也。金閨瀟灑轉傷嗟，蓮步輕移呼侍妾，把香桌〔一二〕兒安排打快些。

【神仗兒煞】深沉院舍〔一三〕，蟾光皎潔，整頓了霓裳〔一四〕，把名香謹爇。伽伽〔一五〕拜罷，頻頻禱祝：不求富貴豪奢，只願得夫妻每早早員備〔一六〕者。

《陽春白雪》後集卷五、《太和正音譜》卷上引侍香金童降黃龍袞、《北詞廣正譜》引侍香金童前篇降黃龍袞前篇神仗兒煞、《九宮大成》卷七三引侍香金童降黃龍袞神仗兒煞

校注

〔一〕【黃鍾】侍香金童　《陽春白雪》未注撰人。《太和正音譜》注「關漢卿散套」。《北詞廣正譜》一帙黃鍾宮套數分題「侍香金童降黃龍袞出隊子幺神仗兒煞」下注「關漢卿春閨夜雨套」。「夜雨」二字誤。侍香金童前篇下注「關漢卿譔」，降黃龍袞前篇、神仗兒煞下均注「關漢卿譔春閨院宇」，惟後者「閨」誤作「閑」。

〔二〕輕　微。《全唐詩》卷一一八孫逖《和左司張員外自洛使入京中路先赴長安逢立春日贈韋侍御等諸公》：「河邊淑氣迎芳草，林下輕風待落梅。」

〔三〕秦臺　即鳳臺。參見《謝天香》第四折校注〔一〇五〕。

〔四〕衮　徐乃昌本《陽春白雪》作「滚」。趙萬里本亦作「滚」。按，王國維《宋元戲曲考》五「宋官本

雜劇段數」云：「今《董西厢》及南北曲均有【降黄龍衮】一調，衮者，大曲中一遍之名。」

〔五〕鱗鴻無個　鱗鴻，魚雁，代指書信。《唐宋諸賢絶妙詞選》卷三李景元《帝臺春·春感》：「拚則而今已拚了，忘則怎生便忘得，又還問鱗鴻，試重尋消息。」《太和正音譜》、《九宫大成》「個」作「便」。

〔六〕徹　極。《唐宋諸賢絶妙詞選》卷五柳耆卿《甘草子》：「雨過月華生，冷徹鴛鴦浦。」

〔七〕寶鑒愁臨　寶鑒，鏡子。《全宋詞》三劉過《蝶戀花·贈張守寵姬》：「寶鑒年來微有暈，懶照容華，人遠天涯近。」《北詞廣正譜》「愁」作「慵」。

〔八〕擲　頓足。參見《蝴蝶夢》第三折校注〔三〕。

〔九〕隊　徐乃昌本《陽春白雪》誤作「墜」。

〔一〇〕鐵　鐵馬，檐間懸挂的金屬片。《盛世新聲》午集闕名氏套數【雙調】新水令：「畫檐外鐵敲，紗窗外竹摇。」

〔一一〕琅玕　竹。梅堯臣《宛陵先生集》卷五十四《和公儀龍圖新居栽竹》之二：「聞種琅玕向新第，翠光秋影上屏來。」

〔一二〕卓　任訥校本改作「桌」。趙萬里本、隋樹森本、吴國欽本、王學奇本亦改。按，卓，即「桌」。參見《拜月亭》第三折校注〔六二〕。

〔一三〕深沉院舍　深沉，深邃隱蔽。梅堯臣《宛陵先生集》卷十五《邃隱堂》：「華宇何深沉，但聞列圖籍。」《北詞廣正譜》、《九宮大成》「舍」作「宇」。

〔一四〕霓裳　彩裙。白居易《白氏長慶集》卷十二《江南遇天寶樂叟》：「冬雪飄飄錦袍暖，春風蕩漾霓裳飜。」

〔一五〕伽伽　《北詞廣正譜》、《九宮大成》作「深深」。吴國欽本從改。按，伽伽，深深，姗姗。《董解元西厢記》卷一【仙吕調】【整花冠】【尾】：「遮遮掩掩衫兒窄，那些裊裊婷婷體態，覷着剔團圓的明月伽伽地拜。」

〔一六〕員備　《北詞廣正譜》、《九宮大成》「員」作「圓」。趙萬里本、隋樹森本、吴國欽本、王學奇本亦作「圓」。員備，即圓備，團圓。參見《雙調》碧玉簫校注〔三〕。

【仙吕】翠裙腰

閨怨〔一〕

曉來雨過山横秀〔二〕，野水漲汀洲。闌干倚徧〔三〕空回首，下危樓，一天風物暮傷秋〔四〕。

【六幺遍】〔五〕乍凉時候，西風透。碧梧脱葉，餘暑纔收。香生鳳口〔六〕，簾垂玉鈎，小院深閑〔七〕清晝。清幽，聽聲聲蟬噪柳梢〔八〕頭。

【寄生草】爲甚憂？爲甚愁？爲蕭郎一去經今久〔九〕。玉臺寶鑒生塵垢，緑窗冷落閑針綉。豈知人玉腕釧兒鬆，豈知人兩葉眉兒皺。

【上京馬】他何處，共誰人携手，小閣銀瓶〔一〇〕殢歌酒？早忘了咒，不記得低低〔一一〕耨。

【後庭花煞】掩袖暗含羞，開樽越釀愁。悶把苔墻畫〔一二〕，慵將錦字修。最風流，真真恩愛，等閑分付〔一三〕等閑休。

《太平樂府》卷六、《雍熙樂府》卷四、《北宫詞紀》卷六、《詞林白雪》卷一、《太和正音譜》卷下引翠裙腰六幺遍上京馬、《北詞廣正譜》引翠裙腰六幺遍上京馬後庭花煞、《九宫大成》卷五引翠裙腰六幺遍寄生草上京馬後庭花煞

校注

〔一〕閨怨 《太平樂府》題「閨怨」，注「關漢卿」。《雍熙樂府》題「悶怨」，未注撰人。《北宫詞紀》題同《太平樂府》，注「元關漢卿」。《太和正音譜》注「關漢卿散套」，「六幺遍」作「六幺令」。趙萬里本注云：「六幺令即六幺遍。」《北詞廣正譜》三帙仙吕宫翠裙腰下注「關漢卿譔」，六幺

遍、上京馬、後庭花煞下均注「關漢卿譔曉來雨過」。

〔二〕秀　《太平樂府》作「綉」，兹從《太和正音譜》、《雍熙樂府》、《北宫詞紀》、《詞林白雪》、《北詞廣正譜》、《九宫大成》改。隋樹森本、吴國欽本、王學奇本亦改。

〔三〕闌干倚徧　《九宫大成》「闌干」作「欄杆」。隋樹森本、王學奇本「徧」誤作「偏」。按，徧，即「遍」。

〔四〕一天風物暮傷秋　《雍熙樂府》、《九宫大成》「物」作「霧」。吴國欽本「暮傷秋」乙改作「傷暮秋」。

〔五〕【六幺遍】　《太和正音譜》作「【六幺令】」。

〔六〕口　《北詞廣正譜》作「嘴」。

〔七〕閑　《九宫大成》下衍一「閉」字。

〔八〕梢　《雍熙樂府》作「稍」。

〔九〕爲蕭郎一去經今久　蕭郎，代指女子鍾愛的男人。參見《謝天香》第四折校注〔一五〕。《雍熙樂府》、《九宫大成》「經今」作「今經」。《北宫詞紀》、《詞林白雪》作「經年」。吴國欽本從改。

〔一〇〕小閤銀瓶　《雍熙樂府》、《北宫詞紀》、《詞林白雪》、《太和正音譜》、《北詞廣正譜》、《九宫大成》「閤」作「閣」。趙萬里本、隋樹森本、吴國欽本、王學奇本從。按，閤，通「閣」。劉禹錫《劉夢得外集》卷六《浙東元相公嘆梅雨鬱蒸之候因寄七言》：「平湖晚泛窺清鏡，高閣晨開掃翠微。」《北宫詞紀》、《詞林白雪》、《太和正音譜》、《北詞廣正譜》、《九宫大成》「瓶」作「屏」。

〔一〕低低　舒緩的樣子。舒頔《貞素齋詩餘》【雙調】折桂令「壽張德中時三月三日」：「整整杯盤，低低歌舞，澹澹韶光。」

〔二〕畫　《北詞廣正譜》、《九宫大成》作「劃」。

〔三〕分付　處置。《全宋詞》三石孝友《卜算子》：「去也如何去？住也如何住？住也應難去也難，此際難分付。」

【南吕】一枝花

贈珠簾秀〔一〕

輕裁蝦萬鬚〔二〕，巧織珠千串；金鈎光錯落，綉帶舞蹁蹮。似霧非烟，妝點就深閨院，不許那等閑人取次展。摇四壁翡翠濃陰〔三〕，射萬瓦琉璃色淺。

【梁州】〔四〕富貴似侯家紫帳，風流如謝府紅蓮，鎖春愁不放雙飛燕。綺窗相近，翠户相連，雕櫳相映，綉幕相牽。拂苔痕滿砌榆錢〔五〕，惹楊花飛點如綿。愁的是抹回廊暮雨蕭蕭〔六〕，恨的是篩曲檻西風剪剪〔七〕，愛的是透長門〔八〕夜月娟娟。凌波殿〔九〕前，碧玲瓏掩映湘妃面〔一〇〕，没福怎能够見？十〔一一〕里揚州風物妍，出落着神仙。【尾】恰便似〔一二〕一池秋水通宵展，一片朝雲盡日縣〔一三〕。爾個守户的先生肯相戀〔一四〕，煞是可憐〔一五〕，則要你手掌兒裏奇擎着耐心兒捲〔一六〕。

鈔本《陽春白雪》後集卷三

校注

〔一〕贈珠簾秀　《北詞廣正譜》注關漢卿作，其四帙南吕宫引梁州「凌波殿前」句注云：「關漢卿輕裁蝦萬鬚套直作四字一句。」又引尾「煞是可憐」句注同。「珠」原作「朱」，今改。趙萬里本校云：「「珠簾秀姓朱氏，見青樓集，但此處不應作『朱簾秀』，『珠簾秀』蓋其樂名。」吴國欽本亦從改。

〔二〕蝦萬鬚　蝦鬚，簾子。《全唐詩》卷四七八陸暢《簾》：「勞將素手捲蝦鬚，瓊室流光更綴珠。」

〔三〕濃陰　隋樹森本校記云：「末二句應對，濃陰疑應作陰濃。」吴國欽本乙改作「陰濃」。王學奇本校注云：「『濃陰——應作『陰濃』，方與下句『色淺』相對應。」

〔四〕【梁州】　趙萬里本、吴國欽本作「【梁州第七】」。

〔五〕榆錢　榆莢。《全唐詩》卷四九四施肩吾《戲咏榆莢》：「風吹榆錢落如雨，繞林繞屋來不住。」

〔六〕蕭蕭　吴國欽本改作「瀟瀟」。按，蕭蕭，形容凄清。《全唐詩》卷三三六韓愈《謝自然詩》：「白日變幽晦，蕭蕭風景寒。」

〔七〕篩曲檻西風剪剪　篩，透。《全唐詩》卷三七九孟郊《送從舅端適楚地》：「羽扇掃輕汗，布帆篩細風。」剪剪，形容風尖利。王安石《臨川先生文集》卷三十一《夜直》：「金爐香盡漏聲殘，剪剪輕風陣陣寒。」

〔八〕長門　漢宫名。這裏借喻爲華貴的宅第。

〔九〕凌波殿　即凌波宫，唐宫殿名。這裏代指珠簾秀住處。

〔一〇〕碧玲瓏掩映湘妃面　碧玲瓏，假山石。《集註分類東坡先生詩》卷八《壺中九華》：「念我仇池太孤絶，百金歸買碧玲瓏。」這裏代指假山。湘妃，代指竹簾。參見《魯齋郎》第三折校注〔一三〕。

〔一一〕十　原作「千」。隋樹森本校記云：「杜牧贈别詩云：『春風十里揚州路。』兹改千爲十。」從。吴國欽本、王學奇本亦從改。

〔一二〕似　吴國欽本改作「是」。

〔一三〕縣　趙萬里本、隋樹森本、吴國欽本、王學奇本改作「懸」。按，縣，即「懸」。《説文解字》九上県部：「縣，繫也。」段玉裁注：「古懸挂字皆如此作……自專以縣爲州縣字，乃别製从心之懸挂，別其音，縣去懸平，古無二形二音也。」

〔一四〕爾個守户的先生肯相戀　隋樹森本、王學奇本「爾」改作「你」。按，爾，你。參見《調風月》第一折校注〔二〕。先生，稱道士。吴處厚《青箱雜記》卷十：「公（張詠）布衣時，素善陳摶，嘗因夜話，謂摶曰：『某欲分先生華山一半，住得無？』摶曰：『餘人則不可，先輩則可。』」陳摶，五代宋初道士。參見《單刀會》第二折校注〔一〕。

〔一五〕可憐　可愛。《樂府詩集》卷七十三古辭《焦仲卿妻》：「東家有賢女，自名秦羅敷，可憐體無比，阿母爲汝求。」

〔一六〕則要你手掌兒裏奇擎着耐心兒捲　吴國欽本「則」改作「只」。按，則，猶只。參看《詩詞曲語辭匯釋》卷一「則（三）」。奇擎，擎，捧。奇，前綴。《雍熙樂府》卷十四闕名氏套數【商調】集賢賓「佳遇」：「多管是三生有幸，便拚下紫錦千機，黄金數餅，難買真情，正相宜手掌兒奇擎。」

【南吕】一枝花

杭州景〔一〕

普天下錦繡鄉〔二〕，寰海〔三〕内風流地。大元朝新附國〔四〕，亡宋家〔五〕舊華夷。水秀山奇，一到處堪游戲〔六〕。這答兒忒富貴〔七〕，滿城中綉幕風簾，一鬨地人烟湊集〔八〕。

【梁州】〔九〕百十里街衢整齊〔一〇〕，萬餘家樓閣〔一一〕參差，并無〔一二〕半答兒閑田地。松軒〔一三〕竹徑，藥圃花蹊〔一四〕，茶園稻陌〔一五〕，竹〔一六〕塢梅溪。一陀兒〔一七〕一句詩題，行一步扇面屏幃〔一八〕。西鹽場便〔一九〕似一帶瓊瑤，吴山〔二〇〕色千疊翡翠，兀良〔二一〕、望錢塘江萬頃玻璃。更有〔二二〕清溪、緑水，畫船兒來往閑游戲。浙江亭緊相對〔二三〕，相對着險嶺高峰長怪石，堪羡堪題。

【尾】家家掩映渠流水，樓閣峥嶸出翠微。遥望西湖暮山勢，看了這壁〔二四〕，覷了那壁，縱有丹青下不得筆〔二五〕。

《太平樂府》卷八、《雍熙樂府》卷一〇

校注

〔一〕杭州景　《太平樂府》注「關漢卿」。《雍熙樂府》題同《太平樂府》，未注撰人。

〔二〕鄉　地方。《全唐詩》卷三五一柳宗元《登柳州城樓寄漳汀封連四州》：「共來百越文身地，猶自音書滯一鄉。」

〔三〕海　《雍熙樂府》作「宇」。

〔四〕大元朝新附國　《雍熙樂府》「元」作「明」。誤。國，地區。《全唐詩》卷一二八王維《相思》：

「紅豆生南國，秋來發故枝。」

〔五〕家　《雍熙樂府》作「代」。

〔六〕一到處堪游戲　《雍熙樂府》「到」作「處」。吴國欽本據改。按，一到處，處處，各處。《水滸傳》四回：「一到處撞了四五十日，不想來到這裏。」游戲，游覽。《全唐詩》卷一八九韋應物《送洛陽韓丞東游》：「徘徊洛陽中，游戲清川潯。」

〔七〕這答兒忒富貴　《雍熙樂府》「這答兒」作「一答答」。富貴，富庶。《武王伐紂平話》卷上：「又況我王倉庫不貧，國中富貴。」

〔八〕一鬨地人烟湊集　一鬨，一片喧鬧。陸游《劍南詩稿》卷二十六《群兒》：「須臾一鬨散，無益亦何傷。」《雍熙樂府》「湊」作「輳」。吴國欽本從改。

〔九〕【梁州】　趙萬里本、吴國欽本作「【梁州第七】」。

〔一〇〕整齊　《雍熙樂府》作「齊整」。

〔一一〕閤　趙萬里本、隋樹森本、吴國欽本、王學奇本改作「閣」。按，閤，通「閣」。參見【仙呂】翠裙腰「閨怨」校注〔一〇〕。後同，不另出校。

〔一二〕無　《雍熙樂府》下有一「那」字。

〔一三〕松軒　臨松之窗。軒，窗。《全唐詩》卷五八一温庭筠《題陳處士幽居》：「松軒塵外客，高枕自蕭疏。」

〔一四〕花蹊　《雍熙樂府》作「蔬畦」。

〔一五〕陌　《雍熙樂府》作「附」。誤。

〔一六〕竹　《雍熙樂府》作「花」。趙萬里本據改。

〔一七〕一陀兒　一處。臧本范子安《竹葉舟》一折【混江龍】：「量那些一陀兒寰土，經了些前朝後代戰争餘。」

〔一八〕行一步扇面屏幃　《雍熙樂府》「行一步」作「一步步」。王學奇本改作「一步兒一扇屏幃」。

〔一九〕便　《雍熙樂府》上有一「恰」字。

〔二〇〕吴山　山名。在杭州西湖東南。又名胥山。

〔二一〕兀良　趙萬里本校記云：「孫胤伽校本太平樂府作『兀的』，雍熙樂府同，『的』字誤。」是。按，兀良，嘆詞，猶啊。臧本馬致遠《漢宫秋》三折【七弟兄】：「説甚麽大王、不當、戀王嬙，兀良，怎禁他臨去也回頭望！」

〔二二〕有　《雍熙樂府》下有一「那」字。

〔二三〕浙江亭緊相對　浙江亭，杭州城外亭子名，觀潮勝地。《西湖老人繁勝録》：「中秋日，使府教水軍并戰船打陣子，於江内安撫，在浙江亭上觀潮。弄潮人各有錢酒犒設，江岸幕次相連，轎馬無頓處。」緊，正。闕名氏《千里獨行》二折【罵玉郎】：「他那裏踢翻椅桌，扯了幔幕，緊揎起那征袍袖。」

〔二四〕壁　邊。《全宋詞》四陳著《沁園春·丁未春補游西湖》：「那壁喧囂，這邊清麗，咫尺中間夐不同。」

〔二五〕縱有丹青下不得筆　《雍熙樂府》「縱」作「總」，「下不得」作「難下」。

【南呂】一枝花

不伏老〔一〕

攀〔二〕出墻朵朵花，折〔三〕臨路枝枝柳。花攀紅〔四〕蕊嫩，柳折翠條柔，浪子風流。憑着我折柳攀花〔五〕手，直熬得花殘柳敗休〔六〕。半生來折柳攀花〔七〕，一世裏眠花卧柳。

【梁州】〔八〕我是個普天下郎君領袖，蓋世界浪子〔九〕班頭。願朱顏不改常依舊。花中消遣，酒内忘憂，分茶攧竹〔一〇〕，打馬藏鬮〔一一〕，通五音六律〔一二〕滑熟：甚閑愁到我心頭？伴的是銀箏女〔一三〕銀臺前理銀箏笑倚銀屏，伴的是玉天仙携玉手并玉肩同登玉樓，伴的是金釵客歌金縷〔一四〕捧金樽滿泛金甌。你道我老也、暫休，占排場風月功名首，更玲瓏又剔透。我是個錦陣花營都帥頭〔一五〕，曾玩府游州〔一六〕。

【三煞】〔一七〕子弟每是個茅草崗沙土窩初生的兔羔兒乍向圍場上走，我是個經籠罩受索網蒼翎毛老野鷄蹅踏的陣馬兒熟。經了些窩弓冷箭鑞鎗頭，不曾落人後。恰不道人到中年萬事休，我怎肯虛度了春秋〔一八〕。

【黄鍾尾】〔一九〕我是個蒸不爛煮不熟捶不匾炒不爆響璫璫一粒銅豌豆，恁子弟每誰教你鑽入他鋤不斷斫不下解不開頓不脱慢騰騰千層錦套頭。我玩的是梁園月，飲的是東京酒，賞的是洛陽花，攀的是章臺柳。我也會圍棋會蹴踘會打圍會插科，會歌舞會吹彈會咽作會吟詩會雙陸。你便是落了我牙歪了我嘴瘸了我腿折了我手，天賜與我這幾般兒歹症候，尚兀自不肯休〔二〇〕。

【尾聲】〔二一〕則除是閻王親自喚〔二二〕，神鬼自來勾，三魂歸地府，七魄喪冥幽〔二三〕，天那〔二四〕，那其間纔不向烟花路兒上走〔二五〕！

《雍熙樂府》卷一〇、《彩筆情辭》卷五、《北詞廣正譜》引
一枝花三煞收尾（即黄鍾尾）尾聲

校注

〔一〕不伏老 《雍熙樂府》於一枝花下題注「漢卿不伏老」。《彩筆情辭》注「關漢卿作」。《北詞廣

正譜》四帙南吕宫引一枝花注「關漢卿譔」；九帙般涉調引三煞題注「關漢卿譔攀盡出墻」；南吕宫引收尾（即黄鍾尾）題注「關漢卿譔出墻花朵朵」，引尾聲題注「關漢卿譔攀盡墻頭」。

〔二〕攀　《北詞廣正譜》下有一「盡」字。

〔三〕折　《北詞廣正譜》下有一「盡」字。

〔四〕紅　《北詞廣正譜》作「香」。

〔五〕折柳攀花　《彩筆情辭》作「弄柳拈花」。《北詞廣正譜》作「折桂攀蟾」。

〔六〕直熬得花殘柳敗休　《北詞廣正譜》作「直煞的花殘將敗休」。隋樹森本、吴國欽本「熬」改作「煞」。

〔七〕折柳攀花　《彩筆情辭》作「弄柳拈花」。《北詞廣正譜》作「倚翠偎紅」。吴國欽本據《北詞廣正譜》改。

〔八〕【梁州】　趙萬里本、吴國欽本作「【梁州第七】」。

〔九〕浪子　風流豪放之人。《水滸傳》六十一回：「這人是北京土居人士……更兼吹的、彈的、唱的、舞的、拆白道字、頂真續麻，無有不能，無有不會。亦是説得諸路鄉談，省得諸行百藝的市語。更且一身本事，無人比得：拿着一張川弓，只用三枝短箭，郊外落生，并不放空，箭到物落；晚間入城，少殺也有百十個蟲蟻；若賽錦標社，那裏利物管取都是他的。亦且此人百伶百俐，道頭知尾。本身姓燕，排行第一，官名單諱個青字。北京城裏人口順，都叫他做『浪子燕青。』」

〔一〇〕分茶攧竹　分茶，一種茶道伎藝。冲茶注湯，使茶水波紋幻變成種種形狀。楊萬里《誠齋集》卷二《澹庵座上觀顯上人分茶》：「分茶何似煎茶好，煎茶不似分茶巧。蒸水老禪弄泉手，隆興元春新玉爪。二者相遭兔甌面，怪怪奇奇真善幻。紛如擘絮行太空，影落寒江能萬變。銀瓶首下仍尻高，注湯作字勢嫖姚。不須更師屋漏法，只問此瓶當響答。」攧竹，一種博戲。摇動竹筒，視跌出的竹簽上的標誌以決勝負。臧本闕名氏《百花亭》一折小二白：「據此生世上聰明，今時獨步，圍棋遞相，打馬投壺，撇蘭攧竹，寫字吟詩，蹴踘打諢，作畫分茶……端的個天下風流，無出其右。」

〔一一〕打馬藏鬮　打馬，一種博戲，即玩雙陸（雙陸棋子稱「馬」，故云）。陳元靚《事林廣記》續集卷六文藝類：「雙陸率以六爲限，其法：左右各十二路，號曰梁，白黑各十五馬。……用骰子二，各以其采行。白馬自右歸左，黑馬自左歸右。……馬先出盡爲勝，勝而它馬未歸梁或歸梁而無一馬出局，則勝雙籌。凡賞罰之籌，唯所約，無有定數。……雙陸出天竺，一名爲波羅塞戲。……其流入中州，則曹植始之也。北雙陸盤如棋盤之半而長……馬底圓平而殺其上，長三寸二分。」藏鬮，一種游戲，又名「藏鈎」。參加者分爲兩方，一方藏鬮在手，另一方猜，以猜中與否定輸贏。

宗懔《荆楚歲時記》：「歲前又爲藏彄之戲。案，周處《風土記》曰：『臘日之後，叟嫗各隨其儕爲藏彄，分二曹以校勝負。』辛氏《三秦記》以爲鈎弋夫人所起。周處、成公綏并作彄字，《藝經》、庾闡則作鈎字，其事同也。」

〔一二〕五音六律　指音樂。五音，宫、商、角、徵、羽；六律，十二律中六個陽律，即黄鍾、大簇、姑洗、蕤賓、夷則、無射。

〔一三〕銀箏女　歌妓。

〔一四〕金釵客歌金縷　金釵客，代指美女。《全唐詩》卷三九〇李賀《殘絲曲》：「緑鬢年少金釵客，縹粉壺中沈琥珀。」參見《單刀會》第三折校注〔八二〕。金縷，即〔金縷衣〕曲。同上卷六六三羅隱《金陵思古》：「綺筵金縷無消息，一陣征帆過海門。」這裏借指一般歌曲。參見《魯齋郎》第三折校注〔六三〕。

〔一五〕我是個錦陣花營都帥頭　《彩筆情辭》無「我是個」。錦陣花營，指妓院。吴昌齡《張天師》一折【鵲踏枝】：「莫非他錦陣花營不曾厮共，險教咱風月無功。」都帥頭，總頭目。

〔一六〕曾玩府游州　《彩筆情辭》作「四海遨游」。

〔一七〕【三煞】　原作「【隔尾】」，從《北詞廣正譜》改。《北詞廣正譜》四帙南吕宫套數分題關漢卿「攀盡出墻」套作「一枝花、梁州第七、三煞、黄鍾尾、尾聲」，九帙般涉調引此曲，注云：「此格雍熙樂府不識也，改作一隔尾，而盡失本來。蓋但知一枝花後必用隔尾，而不知亦有帶三煞者。」趙萬里本亦改，校記云：「【三煞】原屬般涉調，聯套時可借入他宫他調。此處借入南吕宫，雍熙樂府、彩筆情辭并誤。」

〔一八〕子弟每是個茅草崗沙土窩初生的兔羔兒乍向圍場上走，我是個經籠罩受索網蒼翎毛老野鷄踏踏的陣馬兒熟。經了些窩弓冷箭鑞鎗頭，不曾落人後。恰不道人到中年萬事休，我怎肯虚度了春秋 《彩筆情辭》「踏踏的」之「的」作「得」。「鑞」原作「蠟」，據《北詞廣正譜》改。吴國欽本改作「鑞」。《北詞廣正譜》此曲作「他是個初出窩嫩雛兒怎敢向我圍場上走，我是個經籠罩受網索花翎毛老野鷄端的是戰馬熟。怕什麽窩弓弩箭鑞鎗頭？我也曾南北東西走。我正是錦營中花叢内都帥首，我也曾玩府游州」。趙萬里本校記云：「末二句和上面【梁州第七】末二句多同，疑有誤。」吴國欽本「雛」誤作「鶵」。

〔一九〕蹅踏，踩，踏。《元典章》刑部十六「違枉」：「却不合三次約會軍官，喝令弓手徐魁五等七人，將葉十、葉層五用木棒放在各人腡䐐内，令弓兵併立，輪番用力蹅踏……以致葉十、葉層五兩手脚潰爛，俱成大傷。」

【黄鍾尾】 原作「【尾】」，《彩筆情辭》作「【黄鍾煞】」。據《北詞廣正譜》四帙南吕宫套數分題改。趙萬里本亦改，校記云：「此曲有增句，實即太和正音譜之【黄鍾尾】，今據以改正。」

〔三〇〕我是個蒸不爛煮不熟捶不匾炒不爆響璫璫一粒銅豌豆，恁子弟每誰教你鑽入他鋤不斷斫不下解不開頓不脱慢騰騰千層錦套頭。我玩的是梁園月，飲的是東京酒，賞的是洛陽花，攀的是章臺柳。我也會圍棋會蹴踘會打圍會插科，會歌舞會吹彈會咽作會吟詩會雙陸。你便是落了我牙歪了我嘴瘸了我腿折了我手，天賜與我這幾般兒歹症候，尚兀自不肯休　《彩筆情辭》「是個」作「却是」，「子弟」下無「每」，「教」下無「你」，「攀」作「扳」，「我也會圍棋」至「會雙陸」作「我也會吟詩會篆籀會彈絲會品竹，我也會唱鷓鴣舞垂手會打圍會蹴踘會圍棋會雙陸」，「嘴」作「口」，無「賜」。《北詞廣正譜》此曲作「我正是個蒸不熟煮不爛炒不爆捶不碎打不破響當當一粒銅菀豆，你是個揪不折拽不斷推不轉揉不碎扯不開慢騰騰千層錦套頭。我曾玩梁園月，飲渭城酒，簪洛陽花，插章臺柳。會吟詩會射柳，琴又會操箏又會搊，會圍棋會雙了頭折了手，那其間尚兀自未肯休」。「會雙了頭」文字疑有脱誤，吳國欽本校記補作「會雙陸，便是傷了頭」。銅豌豆，勾欄裏稱老狎客。臧本闕名氏《百花亭》二折【普天樂】：「水晶毬，銅豌豆，紅裙中插手，錦被裏舒頭。」慢騰騰，很亂的樣子。慢，用同「漫」，亂；騰騰，盛。東京，代指都城（北宋都城開封稱東京）。洛陽，亦代指都城（東漢、魏、晋等定都於此）。蹴踘，踢毬。踘，或作「鞠」，一種皮革製成的毬，中塞柔軟之物。胡震亨《唐音癸籤》卷十四「散樂・蹴毬戲」：「唐變古蹴踘戲爲蹴毬，其法植兩修竹，高數丈，絡綱於上爲門，以度毬，毬工分左右朋，以角勝負。」插科，插科打諢。《雍熙樂府》卷一八曾瑞卿小令【中吕】紅綉鞋「十有」:「談叙間插科尋門,舉止處覓縫承頭。」咽作,歌唱。闕名氏《墨娥小録》卷十四「行院聲嗽·人事」:「唱:咽作。」同上「伎藝」:「唱曲:咽作。」雙陸,即打馬。參見校注〔二〕。

〔三一〕【尾聲】《雍熙樂府》、《彩筆情辭》與上曲合而爲一,今從《北詞廣正譜》改。《北詞廣正譜》四帙南吕宫套數分題闗漢卿「攀盡出墻」套作「一枝花、梁州第七、三煞、黄鍾尾、尾聲」,同帙引此曲,注云:「此章雍熙與收尾混作一章,群珠截出。」趙萬里本亦改。

〔三二〕則除是閻王親自唤 《彩筆情辭》「則」作「只」,「自」作「令」。《北詞廣正譜》「則除是」作「直等待」。

〔三三〕喪冥幽 《北詞廣正譜》作「赴冥州」。

〔三四〕天那 《彩筆情辭》、《北詞廣正譜》無。

〔三五〕纔不向烟花路兒上走 《北詞廣正譜》作「收了筝籃罷了斗」。吴國欽本校記「筝」誤作「孛」。

【中吕】古調石榴花

怨别〔一〕

顛狂柳絮撲簾飛,緑暗紅稀,垂楊影裏杜鵑啼,一弄兒斷送了春歸〔二〕。牡丹亭畔人寂靜〔三〕，惱芳心似醉如癡。懨懨爲他成病也〔四〕，鬆金釧褪羅衣〔五〕。

【酥棗兒】一自相逢，將人來縈繫；樽前席上，眼約心期〔六〕。比及道是配合了〔七〕，受了些〔八〕閑是閑非。喒各辨着個堅心〔九〕，要撥個終緣之計〔一〇〕。

【催鮑老】〔一一〕當初指望成家計，誰想瓊簪碎；當初指望無抛弃，誰想銀瓶墜〔一二〕。煩煩惱惱〔一三〕，哀哀怨怨，哭哭啼啼，回黄倒皂〔一四〕，長吁短嘆，自跌自推〔一五〕。

【鮑老三台滾】俺也自知，鸞臺〔一六〕懶傍塵土迷。俺也自知，金釵環軃雲鬢推〔一七〕。俺也自知〔一八〕，絶鱗翼〔一九〕，斷信息，幾時回？乍別來肌如削，早是我〔二〇〕多病多愁，正值着困人的〔二一〕天氣。

【墻頭花】守香閨，鎮日情如醉，悶懊惱離愁空交我訴與誰〔二二〕？愁聞的是紫燕關關〔二三〕，倦聽的〔二四〕黄鶯嚦嚦。

【賣花聲煞】〔二五〕愁山悶海不許〔二六〕當敵，好着我無個剅劃〔二七〕，柰心兒多陪下些恓惶泪〔二八〕。呼使婢將綉簾低窣〔二九〕，把〔三〇〕重門深閉，怕鶯花笑人憔悴。

《盛世新聲》辰集、《詞林摘艷》卷三、《雍熙樂府》卷七、《北詞廣正譜》引全套、《九宮大成》卷一三引酥棗兒催鮑老鮑老三台滾賣花聲煞

校注

〔一〕怨別　《盛世新聲》無題，未注撰人。《詞林摘艷》題「怨別」，注關漢卿作。《雍熙樂府》題「閨思」，未注撰人。《北詞廣正譜》五帙中吕宮古調石榴花、鮑老三台滚下注「關漢卿譔」，其餘題注「關漢卿譔顛狂柳絮」，其中墻頭花見於九帙般涉調。

〔二〕一弄兒斷送了春歸　一弄兒，一派。參看《詩詞曲語辭匯釋》卷三「一弄」。斷送，送。參看同上卷五「斷送（四）」。

〔三〕静　《雍熙樂府》作「寞」。

〔四〕也　《雍熙樂府》、《北詞廣正譜》作「矣」。

〔五〕鬆金釧褪羅衣　《北詞廣正譜》此句下注云：「雍熙載此詞末還有數句，群珠所無，删之。」《雍熙樂府》此句下有「拆散燕鶯期，總是傷情別離。則這魚書雁信冷清清杳無踪迹。更有誰知，到何時共我成連理。乍離別玉減香消，俊龐兒亦憔悴」。褪，寬鬆。《董解元西厢記》卷一【正宫】【虞美人纏】：「花憔月悴羅衣褪，生怕旁人問。」

〔六〕眼約心期　眉目傳情，内心期望。《梨園樂府》上張彦文套數【南吕】一枝花：「都因眼約心期，引門得腸懷腹熱。」

〔七〕比及道是配合了　《北詞廣正譜》無「是」，「了」下有一「時」字。吴國欽本據補。

〔八〕些《北詞廣正譜》作「多少」。

〔九〕喒各辨着個堅心　《雍熙樂府》「喒」作「咱」,「辨」作「辦」,「着」作「一」。《北詞廣正譜》無「喒」,「辨」作「辦」。隋樹森本、吴國欽本、王學奇本「喒」改作「咱」。按,喒,咱。參見《哭存孝》頭折校注〔三四〕。隋樹森本、吴國欽本「辨」改作「辦」。趙萬里本校記亦云:「『辦』,盛世新聲誤『辨』,詞林摘艷同。」按,《説文新附》力部:「辦……从力,辡聲。」鈕樹玉新附考:「辦即辨之俗體。」《説文解字》刀部:「辨……从刀,辡聲。」段玉裁注:「辨从刀,俗作辦。……古辨別幹辦無二義,亦無二形二音也。」《周禮·冬官考工記》:「以飭五材,以辨民器。」鄭玄注:「辨,猶具也。」這裏意猶存,懷。

〔一〇〕要撥個終緣之計　《雍熙樂府》「撥」作「博」,「之」作「活」,句下有「想佳期夢斷魂勞,衾寒枕冷,寂寞羅幃,瘦損香肌。悶懨懨鬼病誰知? 同歡會,不隄防半路裏簪折瓶墜,兩下相拋弃。把腰肢瘦損,廢寢忘食」。《北詞廣正譜》、《九宮大成》「撥」作「卜」,「緣」作「身」。《北詞廣正譜》此句下注云:「雍熙載此末還有數句,群珠所無,不録。」撥,借作「博」。　爭取。王季思校注本王實甫《西廂記》四本一折【鵲踏枝】:「撥得個意轉心回,夜去明來。」王注:「撥得,即博得。」參見《蝴蝶夢》第一折校注〔九〕。　終緣,成就婚姻。終,成;緣,姻緣。《左傳·昭公十三年》:「百事不終。」杜預注:「百事不成。」《董解元西廂記》

卷六【大石調】【玉翼蟬】：「恰俺與鶯鶯，鴛幃暫相守，被功名使人離缺。好緣業！」

〔一一〕【催鮑老】《雍熙樂府》、《北詞廣正譜》、《九宮大成》作「【鮑老兒】」。

〔一二〕當初指望成家計，誰想瓊簪碎；當初指望無拋弃，誰想銀瓶墜 瓊簪碎、銀瓶墜，比喻恩愛斷絶。瓊簪，玉簪。銀瓶，汲水器。白居易《白氏長慶集》卷四《井底引銀瓶》：「井底引銀瓶，銀瓶欲上絲繩絶。石上磨玉簪，玉簪欲成中央折。瓶沉簪折知奈何？似妾今朝與君别。」

〔一三〕煩煩惱惱 《北詞廣正譜》上有「早則不」三字。

〔一四〕回黄倒皂 《雍熙樂府》、《九宮大成》作「悲悲切切」。回黄倒皂，顛顛倒倒。

〔一五〕自跌自推 「推」原作「堆」，據《詞林摘艷》、《北詞廣正譜》改。趙萬里本校記亦云：「盛世新聲作『堆』，當是『推』之壞字。」《雍熙樂府》、《九宮大成》「推」作「摧」。自跌自推，獨自捶胸頓足。參見《蝴蝶夢》第三折校注〔三〕。

《雍熙樂府》於此曲後多【鮑老兒】一曲「故人何處？冷清清染病疾，相思證轉添，受凄凉捱朝夕。細濛濛雨兒，淅淅颯颯晚風窗兒外吹。撲鼕鼕的鼓聲，滴滴點點玉漏不住催。添愁悶，獨自知。子這心自悔，再團圓，幾時一處共相隨」。趙萬里本校記云：「『鮑老兒』，與前一曲名同，當是前一曲幺篇，雍熙樂府分列爲二，疑誤。」吴國欽本校記「證」改作「症」。按，證，症。參見《拜月亭》第二折校注〔三〕。趙萬里本脱一「點」字。吴國欽本校記「子」改作「只」。按，子，猶這。子這，這。參見《單刀會》第四折校注〔三九〕。

〔一六〕鸞臺　鏡臺。《全宋詞》一張先《木蘭花·席上贈同邵二生》：「弄妝俱學閑心性，固向鸞臺同照影。」

〔一七〕俺也自知，金釵環彈雲鬢推　「推」原作「堆」，今改。推，借作「摧」。壞。《雍熙樂府》、《九宫大成》「環」作「款」。《北詞廣正譜》無此二句。

〔一八〕俺也自知　《北詞廣正譜》上有「道是」二字。

〔一九〕鱗翼　魚雁。代指書信。《全宋詞》一柳永《傾杯》：「爲憶，芳容别後，水遥山遠，何計憑鱗翼？」

〔二〇〕我　《北詞廣正譜》作「俺」。

〔二一〕的　吴國欽本奪。《雍熙樂府》、《北詞廣正譜》、《九宫大成》無。

〔二二〕悶懊惱離愁空交我訴與誰　《北詞廣正譜》「悶」作「漫」。《雍熙樂府》無「空」字。《北詞廣正譜》「空」作「却」。隋樹森本、吴國欽本、王學奇本「交」改作「教」。按，「教」「交」同音通用。參看《詩詞曲語辭匯釋》卷一「教（一）」。《雍熙樂府》、《北詞廣正譜》「交」作「教」。趙萬里本校記亦云：「『教』『交』二字通用。」

〔二三〕關關　狀鳥鳴聲。鮑照《鮑氏集》卷三《代悲哉行》：「翩翩翔禽羅，關關鳴鳥列。」

〔二四〕倦聽的　《北詞廣正譜》下有一「是」字。

〔二五〕【賣花聲煞】《盛世新聲》、《詞林摘艷》、《雍熙樂府》以此曲前三句屬上曲【墻頭花】，今據《北詞廣正譜》改。趙萬里本、隋樹森本、吴國欽本、王學奇本亦改。

〔二六〕不許　《雍熙樂府》、《九宫大成》作「却怎」。《北詞廣正譜》作「怎教人」。

〔二七〕好着我無個剮劃　《雍熙樂府》、《九宫大成》「着」作「教」，「個」上有「一」字。剮劃，安排。參看《元劇俗語方言例釋》「剮劃」。

〔二八〕柰心兒多陪下些恓惶泪　隋樹森本、王學奇本「柰」改作「奈」，吴國欽本改作「耐」。按，柰，同「奈」。奈，通「耐」。參見《調風月》第一折校注〔九六〕，第二折校注〔一七〕。《雍熙樂府》、《九宫大成》「柰」作「耐」，「陪」作「垂」。

〔二九〕呼使婢將綉簾低窣　《雍熙樂府》、《九宫大成》「使」作「侍」，「窣」作「放」。《北詞廣正譜》「窣」作「放」。吴國欽本據《雍熙樂府》「窣」改作「放」。按，窣，拂。《全唐詩》卷一九九岑參《衛節度使赤驃馬歌》：「請君鞴出看君騎，尾長窣地如紅絲。」

〔三〇〕把　《北詞廣正譜》作「任」。

【大石調】青杏子

離情〔一〕

殘月下西樓，覺微寒輕透衾裯。華胥一枕蹭蹬覺〔二〕，藍橋路遠〔三〕，吴峰烟漲〔四〕，銀漢雲收。

【幺】天付兩風流，番〔五〕成南北悠悠。落花流水人〔六〕何處？相思一點，離愁幾許，撮上心頭。

【荼蘼香】記得初相守，偶爾〔七〕間因循成就，美滿效綢繆。花朝月夜〔八〕同宴賞，佳節須酬，到今〔九〕一旦休。常言道好事天慳，美姻緣它〔一〇〕娘間阻，生拆〔一一〕散鸞交鳳友。

【幺】坐想行思，傷懷感舊，各〔一二〕辜負了星前月下深深咒。願不損，愁不煞〔一三〕，神天還〔一四〕祐，它有日不測相逢，話别離，情取一場消瘦。

【好觀音煞】〔一五〕與怪友狂朋尋花柳，時復間和哄消愁〔一六〕。對着浪蕊浮花〔一七〕懶回首，怏怏歸來〔一八〕，元〔一九〕不飲杯中酒。

【尾】〔二〇〕對着盞半明不滅的〔二一〕孤燈雙眉皺，冷清清没個人偢〔二二〕，誰解春衫紐兒叩〔二三〕？

《太平樂府》卷七、《雍熙樂府》卷一五、《北宮詞紀》卷六、《彩筆情辭》卷九、《太和正音譜》卷上引茶蘼香、《北詞廣正譜》引茶蘼香尾、《九宮大成》卷三九引青杏子卷二〇引茶蘼香

校注

〔一〕離情　《太平樂府》題「離情」，注「關漢卿」。《雍熙樂府》題「思情」，未注撰人。《北宮詞紀》題同《太平樂府》，注「元關漢卿」。《彩筆情辭》題「夜懷」。《太和正音譜》注「關漢卿散套」。《北詞廣正譜》七帙大石調二曲(尾作隨煞)下俱題注「關漢卿撰殘月下西樓」。

〔二〕華胥一枕蠻跧覺　華胥，傳説中的理想之國。後用以代指虚無飄渺的夢境。《列子·黄帝》：「(黄帝)晝寢，而夢游於華胥氏之國。……其國無帥長，自然而已；其民無嗜欲，自然而已；不知樂生，不知惡死，故無夭殤；不知親己，不知疏物，故無愛憎。……黄帝既寤，怡然自得……曰：『今知至道不可以情求矣。』……又二十有八年，天下大治，幾若華胥氏之國。」《雍熙樂府》、《彩筆情辭》、《九宮大成》「覺」作「後」。

〔三〕藍橋路遠　藍橋，參見《裴度還帶》第四折校注〔七四〕。《雍熙樂府》、《彩筆情辭》、《九宮大成》

「遠」作「阻」。

〔四〕吴峰烟漲　《雍熙樂府》、《彩筆情辭》、《九宫大成》「吴」作「玉」。《雍熙樂府》「峰」誤作「鋒」。吴峰，指天台山（因處吴地，故名）。參見《救風塵》第三折校注〔八九〕。《彩筆情辭》「漲」作「障」。吴國欽本據改。按，漲，彌漫。《三國志·吴書·周瑜傳》：「頃之，烟炎漲天，人馬燒溺死者甚衆，軍遂敗退。」

〔五〕番　《雍熙樂府》、《彩筆情辭》作「翻」。吴國欽本改作「翻」。按，番，反而。參見《謝天香》第一折校注〔二四〕。

〔六〕人　《雍熙樂府》、《彩筆情辭》作「知」。

〔七〕爾　元刻本《太平樂府》作「耳」。從孫胤伽校及《雍熙樂府》等改。趙萬里本、隋樹森本、吴國欽本、王學奇本亦改。

〔八〕夜　《北詞廣正譜》、《九宫大成》作「下」。

〔九〕今　《北宫詞紀》、《彩筆情辭》、《太和正音譜》下有一「日」字。

〔一〇〕它　趙萬里本、隋樹森本、吴國欽本、王學奇本作「他」。按，它，即「他」。參見《調風月》第二折校注〔二七〕。後同，不另出校。

〔一一〕拆　《雍熙樂府》、《北宫詞紀》作「折」。

〔二二〕各　《北宮詞紀》、《彩筆情辭》、《太和正音譜》無。

〔二三〕煞　《雍熙樂府》、《北宮詞紀》、《彩筆情辭》、《北詞廣正譜》作「殺」。煞，死。《資治通鑑·唐順宗永貞元年》：「叔文聞之，怒，欲下詔斬之，執誼不可，乃令杖煞之，執誼又以爲不可，遂貶焉。」胡三省注：「煞，與殺同。」

〔二四〕還　如果。參看《詩詞曲語辭匯釋》卷一「還」。

〔二五〕【好觀音煞】　《北宮詞紀》作「【好觀音】」。

〔二六〕時復間和哄消愁　時復間，時常。《世説新語·品藻》：「不才時復託懷玄勝，遠咏老莊。」和哄，凑熱鬧。《水滸傳》二十六回：「何九叔收藏了，也來齋堂裏和哄了一回。」「愁」，原誤作「秋」。《雍熙樂府》、《北宮詞紀》、《彩筆情辭》作「愁」。今改。趙萬里本、隋樹森本、吳國欽本、王學奇本亦改。

〔二七〕浪蕊浮花　喻輕浮之人。亦作「浮花浪蕊」。《全宋詞》二周邦彦《玲瓏四犯·大石》：「浮花浪蕊都相識，誰更曾擡眼？」

〔二八〕來　《彩筆情辭》無。

〔二九〕元　《北宮詞紀》、《彩筆情辭》作「原」。隋樹森本、吳國欽本、王學奇本作「原」。按，元，原。參見《調風月》第四折校注〔二五〕。

〔二〇〕【尾】《北宫詞紀》作「【尾聲】」。《北詞廣正譜》作「【隨煞】」。

〔二一〕的　《北詞廣正譜》無。

〔二二〕偢　隋樹森本、吴國欽本、王學奇本改作「瞅」。按，偢，即瞅。參見《雙赴夢》第四折校注〔三九〕。

〔二三〕叩　《雍熙樂府》、《北詞廣正譜》作「扣」。《彩筆情辭》作「釦」。

趙萬里本、王學奇本此套後録【大石調】青杏子「騁懷」一套。隋樹森《全元散曲》置曾瑞卿名下，注云：「雍熙樂府不注撰人，彩筆情辭以此曲屬關漢卿。……蓋因太平樂府此曲前爲漢卿青杏子『殘月下西樓』套，而此曲首句『花月酒家樓』，因相似致誤。」

【越調】鬥鵪鶉

女校尉〔一〕

换步那〔二〕踪，趨前退後，側脚傍行，垂肩嚲袖。若説過論搽頭〔三〕，膁答扳摟〔四〕，入來的掩〔五〕，出去的兜〔六〕。子要論道兒着人〔七〕，不要無拽樣順紐〔八〕。

【紫花兒】〔九〕打的個桶子膁特順〔一〇〕，暗足窩妝腰〔一一〕，不揪拐回頭〔一二〕，不要那看的每側面，子弟〔一三〕每凝眸。非是我胡謅〔一四〕，上下泛〔一五〕前後左右瞅，過論的員就〔一六〕。三鮑敲〔一七〕失落，五花氣〔一八〕從頭。

【天净沙】平生肥馬輕裘，何須錦帶吴鈎！百歲光陰轉首，休閑〔一九〕生受，嘆功名似〔二〇〕水上浮漚。

【寨〔二一〕兒令】得自由，莫剛求。茶餘飯飽邀故友，謝館秦樓〔二二〕，散悶消愁〔二三〕，惟蹴踘最風流〔二四〕。演習得〔二五〕踢打温柔，施逞得解數滑熟〔二六〕。引脚躡龍斬眼〔二七〕，擔槍拐〔二八〕鳳搖頭。一左一〔二九〕右，折疊拐鶻膝游〔三〇〕。

【尾】〔三一〕錦纏腕葉底桃鴛鴦叩〔三二〕，入脚面黄河逆流〔三三〕。白打賽官場〔三四〕，三場兒盡皆有〔三五〕。

《太平樂府》卷七、《雍熙樂府》卷一三

校注

〔一〕女校尉　《太平樂府》題「女校尉」，注「關漢卿」。《雍熙樂府》題「蹴踘」，未注撰人。校尉，足毬中三人場户毬員名稱，也泛指足毬場上所有的毬員。汪雲程《蹴踘圖譜·三人場户》：「校尉一人，茶頭一人，子弟一人，立站須用均停，校尉過論與子弟，子弟用右膁（臁）與茶頭，須轉一遭，方使雜踢，所謂拋下須當右者是也。」

〔二〕那　吴國欽本改作「挪」。按，那，即「挪」。

〔三〕若説過論搽頭　《雍熙樂府》「説」下有一「着」字，「搽」作「茶」。過，傳。論，毬。搽頭，即茶頭，足毬中三人場户毬員名稱。參見校注〔一〕。

〔四〕臁答扳摟　「臁」原誤作「膁」，今改。參見《救風塵》第三折校注〔一六〕。吴國欽本亦改。後同，不另出校。吴國欽本「答」改作「搭」。「扳」原作「板」，今據《雍熙樂府》改。趙萬里本、王學奇本亦從改。臁答扳摟，均足毬的花樣踢法。闕名氏《蹴踘譜·諸踢法》：「膁（臁）：左右兩膁（臁）、騎馬膁（臁）、左右攝拍膁（臁）、左右分膁（臁）、左右魅膁（臁）、入步膁（臁）。……搭：左右兩搭、左右彈搭、左右拗搭、左右抄搭、入步搭、剪搭、左右分搭、秋千搭、魅搭、大側搭。……板（扳）摟：左右兩板（扳）摟、左右側板（扳）摟。」

〔五〕入來的掩　「入」原作「人」，據《雍熙樂府》改。趙萬里本、隋樹森本、吴國欽本、王學奇本亦改。掩，隱蔽。《方言》卷六：「掩，薆也。」戴震疏證：「《釋名》『薆，隱也』注云：『謂隱蔽。』」

〔六〕出去的兜　《雍熙樂府》無「的」字。兜，突然。參見《調風月》第一折校注〔二四〕。

〔七〕子要論道兒着人　《雍熙樂府》「子」作「則」，「要」下有一「你」字。吴國欽本「子」改作「只」。按，子，猶只。參見《詩詞曲語辭匯釋》卷二「子（一）」。道兒，傳遞毬的路綫。《北宮詞紀》卷五鄧玉賓套數【仙吕】村裏迓古「仕女圓社」：「他來的你論道兒真，尋的你查頭兒是。」

〔八〕不要無拽樣順紐　拽，足毬的花樣踢法。《蹴踘譜》：「十踢：肩背捺拍拽，控膝拐搭膁(臁)。」《雍熙樂府》「順」作「嫩」。順，退。《小爾雅·廣言》：「順，退也。」

〔九〕【紫花兒】　《雍熙樂府》作「【紫花兒序】」。

〔一〇〕打的個桶子臁特順　桶子臁，足毬的一種花樣踢法。《蹴踘譜》：「桶子膁(臁)情消雀喉，攝撥膁(臁)老枝圓悲。脚落時東風迎悧(俐?)，一聲向春波魚戲。進退立不遲不疾，真一味心眼志力。」《雍熙樂府》「特」作「忒」。

〔一一〕暗足窩妝腰　暗足窩，足毬的一種花樣踢法。《蹴踘譜》「諸踢法」有「足斡」。足斡，即足窩。《雍熙樂府》「腰」作「幺」。妝腰，故作姿態。參見《玉鏡臺》第四折校注〔八四〕。

〔一二〕不揪拐回頭　《雍熙樂府》「揪」作「秋」。隋樹森本、吴國欽本「不揪」二字斷屬上句。誤。按，不揪拐，足毬的一種花樣踢法。《蹴踘譜》「雜踢作」有「左右不揪拐」、「足斡不揪拐」，「諸踢法·拐」有「不瞅拐」。

〔一三〕子弟　足毬毬員。參見校注〔一〕。

〔一四〕謅　原作「鄒」，據《雍熙樂府》改。隋樹森本、吴國欽本、王學奇本亦改。趙萬里本改作「掬」。

〔一五〕泛　毬踢到了目標。《北宫詞記》卷五薩都剌套數【南吕】一枝花「妓女蹴踘」：「對泛處使穿膁(臁)抹膝的擸搭，拶俊處使拂袖沾衣的撇演。」

〔一六〕過論的員就　「論」原作「從」，據《雍熙樂府》改。王學奇本亦改。《雍熙樂府》「員」作「將」。隋樹森本、吴國欽本、王學奇本「員」改作「圓」。按，員就，圓熟。員，圓。參見【雙調】碧玉簫校注〔三〕。

〔一七〕三鮑敲　《雍熙樂府》作「三抱巧」。吴國欽本據改。三鮑敲，疑應是「三棒巧」，足毬的成套踢法。《蹴踘譜》「成大套數·一套白住」有「三棒巧白住」，「一套踏着火」有「三棒巧踏着火」。

〔一八〕五花氣　「氣」疑應是「騎」。五花騎，足毬的成套踢法。《蹴踘譜·解數訣法·上截》：「五花騎：蹹拾上右挾放下正騎，脚面銜起蹹拾；蹹拾起上左挾放下正騎，銜起蹹拾；蹹〔拾〕起上右鬢放下正騎，銜住蹹拾；上左鬢放下正騎，銜住蹹拾；蹹拾上朝天放下正騎，銜下（住？）蹹拾，上朝天，或節節高收，或燕歸巢收。」

〔一九〕閑　《雍熙樂府》作「嫌」。

〔二〇〕似　《雍熙樂府》無。

〔二一〕寨　吴國欽本誤作「塞」。

〔二二〕謝館秦樓　妓院歌樓。脈望館鈔本闕名氏《百花亭》二折【中吕粉蝶兒】：「買斷了謝館秦樓，自攬下這一場不明白僝僽。」

〔二三〕愁　《雍熙樂府》作「憂」。

〔二四〕風流　風雅。《全唐詩》卷四六七牟融《送友人》：「衣冠重文物，詩酒足風流。」

〔二五〕得　《雍熙樂府》作「的」。

〔二六〕施逞得解數滑熟　《雍熙樂府》「逞」作「呈」。施逞，顯示。《水滸傳》八八回：「我不就這裏顯揚本事，再於何處施逞？」《雍熙樂府》「得」作「的」。解數，招數。《水滸傳》一〇四回：「（王慶）也拽雙拳，吐個門户，擺開解數，與那女子相撲。」

〔二七〕引脚躡龍斬眼　引脚躡，足毬的一種花樣踢法。《蹴踘譜》「諸踢法·躡」有「引脚躡」。吴國欽本「斬」改作「眨」。按，斬，猶眨。參見《調風月》第二折校注〔一〇六〕。

〔二八〕擔槍拐　足毬的一種花樣踢法。《蹴踘譜》「官場下踢·兩拐下作」有「擔槍拐」，「官場側脚踢蹬」有「擔槍搭拐」。

〔二九〕一　《雍熙樂府》無。

〔三〇〕折疊拐鶻膝游　「拐」字原無，據《雍熙樂府》補。王學奇本亦補。折疊拐，足毬的一種花樣踢法。《蹴踘圖譜·官場下作》：「折疊拐：左右上一般，或一邊或兩邊連三拐四五拐尋論。」「膝」原作「勝」，據《雍熙樂府》改。吴國欽本、王學奇本亦改。鶻膝，毬在膝蓋上的一種花樣踢法。《蹴踘譜》「雜踢作」有「左右呀鼓膝」，「官場下踢·兩膝下作」有「呀鼓膝」，疑鶻膝即呀鼓膝。

〔三一〕【尾】《雍熙樂府》作「【尾聲】」。

〔三二〕錦纏腕葉底桃鴛鴦叩　《雍熙樂府》「叩」作「扣」。隋樹森本、吴國欽本、王學奇本從改。錦纏腕、葉底桃、鴛鴦叩，均是毬的名稱。《蹴踘譜·健色名》：「俗語氣毬，社號健色。」《蹴踘圖譜》「健色名」有「葉底桃」。《北宫詞紀》卷五薩都剌套數【南吕】一枝花「妓女蹴踘」：「打着對合扇拐全不斜偏，踢着對鴛鴦扣且是輕便。」

〔三三〕入脚面黄河逆流　入脚，收脚。「面」下原有一「帶」字，據《雍熙樂府》删。吴國欽本亦删。

〔三四〕白打賽官場　《雍熙樂府》上有一「門」字。王學奇本據補。趙萬里本校記云：「『門』疑當作『關』，下套尾聲『關白打官場小踢』可證。」白打，兩人對踢。《蹴踘圖譜·二人場户》：「每人兩踢名打二，曳開大踢名白打。」官場，三人角踢。《蹴踘圖譜·三人場户》：「校尉一人，茶頭一人，子弟一人，立站須用均停，校尉過論與子弟，子弟用右𦡞(𦢊)與茶頭，須轉一遭，方使雜踢，所謂抛下須當右者是也。又有順行轉動，名小官場。」

〔三五〕三場兒盡皆有　《雍熙樂府》「兒」作「踢」。吴國欽本據改。有，多。《詩·小雅·魚麗》：「君子有酒，旨且有。」朱熹集傳：「有，猶多也。」

【越調】鬥鵪鶉

蹴踘〔一〕

蹴踘場中，鳴珂巷裏，南北馳名，寰中可意。夾縫堪誇，抛聲〔二〕盡喜。那唤活〔三〕，煞整齊。款側金蓮，微那〔四〕玉體，唐裙〔五〕輕蕩，綉帶斜飄，舞袖低垂。

【紫花兒】〔六〕打得個桶子臁特硬〔七〕，合扇拐〔八〕偏疾。有一千來鄒拾〔九〕，上下泛匀匀〔一〇〕的。論道兒直，使得個插肩來可喜〔一一〕。扳摟抄雜〔一二〕，足窩兒零利〔一三〕。

【小桃紅】裝蹺〔一四〕委實用心機，不枉了誇强會，女輩叢中最爲貴。煞曾習，沾身那取着田地。趕起了白踢〔一五〕，諸餘裹快〔一六〕收拾。

【調笑令】噴鼻，异香吹，羅襪長粘見〔一七〕色泥。天生藝性諸般兒會，折末你轉花枝勘臁當對〔一八〕，鴛鴦叩體樣如畫的〔一九〕，到啜賺得〔二〇〕校尉每疑惑。

【秃廝兒】粉汗濕珍珠亂〔二一〕滴，寶髻偏鴉玉〔二二〕斜堆。虚蹬落實躡起〔二三〕，側〔二四〕身動，柳腰脆〔二五〕，丸惜〔二六〕。

【聖藥王】甚旖旎，解數兒希〔二七〕，左盤右折煞曾習。甚整齊，省氣力，旁〔二八〕行側脚步頻移，來往似粉蝶兒飛。

【尾】〔二九〕不離了花畔〔三〇〕柳影閑田地，鬥白打官場小踢〔三一〕。竿網〔三二〕下世無雙，全場兒〔三三〕占了第一。

《太平樂府》卷七、《雍熙樂府》卷一三、《北詞廣正譜》引禿厮兒、《九宫大成》卷二七引小桃紅

校注

〔一〕蹴踘　《太平樂府》題「又」，注「關漢卿」。《雍熙樂府》題「蹴踘」，未注撰人。今據《雍熙樂府》補題。趙萬里本、吴國欽本亦補。《北詞廣正譜》十六帙越調禿厮兒下題注「關漢卿譔蹴踘場中」。

〔二〕抛聲　「抛」原作「胞」，據《雍熙樂府》改。趙萬里本、吴國欽本、王學奇本亦改。抛聲，揚聲。臧本李壽卿《度柳翠》三折【上小樓幺篇】：「郎君每心閑時將你脚上踢，興闌也絡在網裏，端的個不見實心，但聽抛聲，盡是虛脾。」

〔三〕唤活　《雍熙樂府》「唤」作「换」。唤活，未詳。

〔四〕那　趙萬里本、吴國欽本改作「挪」。按，那，即「挪」。《雍熙樂府》作「舒」。王學奇本從改。

〔五〕唐裙　式樣仿唐的婦女用裙。《太平樂府》卷五趙顯宏小令【黄鍾】刮地風：「人比前春瘦幾

分，掩過唐裙，思君一度一銷魂。」

〔六〕【紫花兒】《雍熙樂府》作「【紫花兒序】」。趙萬里本、吴國欽本從改。

〔七〕打得個桶子臁特硬　《雍熙樂府》「得」作「的」。王學奇本從改。王本「桶」誤作「筒」。參見【越調】鬥鵪鶉「女校尉」校注〔一〇〕。

〔八〕合扇拐　足毬的一種花樣踢法。《蹴踘圖譜》「踢搭名色」有「合扇拐」。又「官場下作」：「合扇拐：論從右過，側脚，先使左拐，後用右拐出尋論。」

〔九〕鄒拾　《雍熙樂府》「鄒」作「搊」。隋樹森本、吴國欽本、王學奇本從改。王本「搊拾」二字誤倒。鄒拾，足毬的一種踢法。《蹴踘譜·成大套數》「一套踏」有「左右蹓拾踏」，「一套鳳銜珠」有「蹓拾」，「一套白住」有「蹓拾白住」，「一套踏着火」有「蹓拾踏着火」，「一套旱水磨」有「蹓拾脚頭」。

〔一〇〕匀匀　原作「云云」，從《雍熙樂府》改。隋樹森本、吴國欽本、王學奇本亦改。

〔一一〕使得個插肩來可喜　插肩，用肩頂毬。《蹴踘圖譜》「踢搭名色」有「側肩」，疑即是。「喜」原作「戲」，從《雍熙樂府》改。吴國欽本亦改。

〔一二〕扳摟抄雜　「扳摟」原作「板老」，據《雍熙樂府》改。趙萬里本、吴國欽本、王學奇本亦改。參見【越調】鬥鵪鶉「女校尉」校注〔四〕。「抄」原作「巢」，據《雍熙樂府》改。王學奇本亦改。抄，足毬的一種花樣踢法。《蹴踘譜·諸踢法》：「抄：左右兩抄、左右聽抄、左右入步抄、摘脚背抄、走馬抄。」

〔三〕足窩兒零利　足窩兒，足毬的一種踢法。《蹴踘譜·諸踢法》：「足斡：左右足斡、碾足斡、拗足斡、單足斡、不瞅足斡、鎖腰足斡、畫眉足斡、入步足斡、跳足斡、圓光足斡、披肩足斡、提抱足斡。」足斡，即足窩。《雍熙樂府》「零利」作「伶俐」。吳國欽本據改。零利，伶俐，敏捷。

〔四〕裝蹺　《雍熙樂府》「裝」作「妝」。王學奇本「蹺」改作「蹻」。裝蹺，裝喬。這裏指做假動作。蹺，借作「喬」，僞也。參看《詩詞曲語辭匯釋》卷五「喬」。

〔五〕白踢　即白打。參見【越調】鬥鵪鶉「女校尉」校注〔三四〕。

〔六〕快　好。參看《詩詞曲語辭匯釋》卷五「快（一）」。

〔七〕見　《雍熙樂府》作「現」。吳國欽本據改。按，見，即「現」。參見《雙赴夢》第一折校注〔八〕。

〔八〕折末你轉花枝勘臁當對　轉花枝，三人踢毬。《蹴踘譜·三人場户》：「三人各依此相立順行，子弟茶頭過泛，周而復始，只許一踢，到泛無妨兩踢，不許泛上，爲轉花枝。」勘臁，兩人對踢。同上「二人場户」：「兩人對立，各用左右膁（臁），一來一往三五十遭，不許雜踢，亦不許兩踢，名勘膁（臁）。」當對，相當。《世説新語·文學》：「支道林初從東出，住東安寺中。王長史宿構精理，并撰其才藻，往與支語，不大當對。」

〔一九〕鴛鴦叩體樣如畫的　《雍熙樂府》「叩」作「扣」。隋樹森本、吴國欽本、王學奇本從改。體樣，體態。古名家本喬夢符《詩酒揚州夢》一折【油葫蘆】：「打迭起翰林中猛性子挺，拽扎起太學内體樣兒傷。」

〔二〇〕到啜賺得　吴國欽本「到」改作「倒」。按，到，即倒。參看《詩詞曲語辭匯釋》卷四「到（二）」。《雍熙樂府》無「啜」字。趙萬里本、吴國欽本從删。啜賺，使。參見【中吕】普天樂校注〔六〕。

〔二一〕亂　王學奇本誤作「兒」。

〔二二〕鴉玉　比喻黑亮的頭髮。

〔二三〕虚蹬落實躡起　「實」下原衍一「拾」字，今删。王學奇本亦删。虚蹬，足毬的一種踢法。《蹴踘譜·諸踢法·蹬》：「虚蹬：脚跟着地，起脚尖，毬打脚頭。」實躡，亦足毬的一種踢法。同上「躡」：「實躡：論來一尺，脚退，脚直却踏地，毬打脚面搭起。」

〔二四〕側　原作「則」，據《雍熙樂府》改。趙萬里本、隋樹森本、吴國欽本、王學奇本亦改。

〔二五〕脆　《北詞廣正譜》作「桅」。脆，柔弱。《文選》卷六左思《魏都賦》：「肖貌蕞陋，禀質遳脆。」

〔二六〕丸惜　《北詞廣正譜》「惜」作「膝」。丸惜，未詳。

〔二七〕希　《雍熙樂府》作「稀」。吴國欽本據改。按，希，即「稀」。《論語·公冶長》：「伯夷、叔齊不念舊惡，怨是用希。」皇侃義疏：「希，少也。」

〔二八〕旁　原作「勞」，據《雍熙樂府》改。隋樹森本、吴國欽本、王學奇本亦改。

〔二九〕【尾】　《雍熙樂府》作「【尾聲】」。

〔三〇〕畔　原作「半」，今改。隋樹森本、吴國欽本、王學奇本亦改。趙萬里本據《雍熙樂府》改作「前」。

〔三一〕鬥白打官場小踢　「鬥」原作「闘」，據《雍熙樂府》改。王學奇本亦改。鬥，賽。《全唐詩》卷六二九陸龜蒙《秘色越器》：「好向中宵盛沆瀣，共嵇中散鬥遺杯。」小踢，足毬的一種踢法。《蹴踘譜》：「纔下場踢，須要接住氣毬，與同場人言『帶挾』，一揖，先小踢，次後官場。」又「蹴踘須知」：「下場先以右膁（臁）三兩踢，纔使雜踢。」

〔三二〕竿網　毬門。《蹴踘圖譜·毬門社規》：「初起毬頭用脚踢起與驍色，驍色挾住至毬頭右手頓在毬頭膝上，用膝築起，一築過。不過，撞在網上攧下來，守網人踢住與驍色，驍色復挾住，仍前去頓在毬頭膝上，築過。左右軍同。或賽二籌，或賽三籌。先拈鬮子分前後。築過數多者勝。」

〔三三〕全場兒　《雍熙樂府》下有一「上」字。

【雙調】新水令〔一〕

楚臺〔二〕雲雨會巫峽，赴昨宵約來佳期〔三〕話。樓頭栖燕子，庭院已聞鴉〔四〕，料想它家〔五〕，收針指〔六〕晚妝罷。

【喬牌兒】款將花徑踏，獨立在〔七〕紗窗下。顫欽欽把不定心頭怕〔八〕，不敢將小名呼咱〔九〕，則〔一〇〕索等候它。

【雁兒落】怕別人瞧〔一一〕見咱，掩映在酴醾〔一二〕架。等多時不見來〔一三〕，則索獨立在花陰下〔一四〕。

【挂搭〔一五〕鉤】等候多時不見它，這的是約下佳期話！莫不是貪睡人兒忘了那？伏蒙〔一六〕在藍橋下。意懊惱却〔一七〕待將它罵，聽得〔一八〕呀的門開，驀見如花〔一九〕。

【豆葉黄〔二〇〕】髻挽烏雲，蟬鬢堆鴉〔二一〕，粉膩酥胸，臉襯紅霞。裊娜腰肢更喜恰〔二二〕，堪講〔二三〕堪誇。比月裏嫦娥，媚媚孜孜，那更掙達〔二四〕。

【七弟兄】我這裏覓它，喚它，哎〔二五〕，女孩兒果然道色膽天來大〔二六〕。懷兒裏摟抱着俏冤家，揾香腮悄〔二七〕語低低話。

【梅花酒】兩情濃，興轉佳〔二八〕。地權爲床榻，月高燒銀蠟〔二九〕。夜深沉，人靜悄，低低的〔三〇〕問如花，終是個女兒家〔三一〕。

【收江南】好風吹綻牡丹花〔三二〕，半合兒〔三三〕揉損絳裙紗。冷丁丁舌尖〔三四〕上送香茶，都不到半霎，森森一向遍身麻〔三五〕。

【尾】整烏雲欲把金蓮屧〔三六〕，紐〔三七〕回身再説些兒話：你明夜個〔三八〕早些兒來，我專〔三九〕聽着紗窗外芭蕉葉兒上打。

鈔本《陽春白雪》後集卷五、《雍熙樂府》卷一二、《北詞廣正譜》引豆葉黄、《九宫大成》卷六六引豆葉黄卷六五引梅花酒

校　注

〔一〕【雙調】新水令　元刊本《陽春白雪》注「漢卿」。鈔本《陽春白雪》、《雍熙樂府》注「關漢卿作」。《北詞廣正譜》題注「關漢卿譔楚臺雲雨」。

〔二〕楚臺　傳説中的楚國臺名，後用以借指男女歡會之所。參見《金線池》第二折校注〔二〕。

〔三〕佳期　「佳」原作「的」，《雍熙樂府》無，今據下曲【挂搭鈎】改。吴國欽本亦改。任訥校本亦云：「據下文挂搭鈎似應作『佳期』。」

〔四〕鵶　《雍熙樂府》作「雅」。趙萬里本亦作「雅」。

〔五〕料想它家　《雍熙樂府》作「料應伊家」。趙萬里本、隋樹森本、吴國欽本、王學奇本「它」作「他」。按，它，即「他」。參見《調風月》第二折校注〔二七〕。後同，不另出校。它家，他。

〔六〕針指　吴國欽本「指」改作「黹」。按，針指，即針黹。參見《救風塵》第一折校注〔五五〕。

〔七〕在 《雍熙樂府》無。

〔八〕顫欽欽把不定心頭怕 《雍熙樂府》「顫欽欽」作「戰兢兢」，「定」作「住」。

〔九〕不敢將小名呼咱 《雍熙樂府》「名」下有一「兒」字。吴國欽本據補。趙萬里本、吴國欽本「咱」字斷屬下句。誤。按，咱，助詞，猶着。臧本喬夢符《金錢記》一折【醉扶歸】：「且休説共枕同衾覷當咱，若得來説幾句兒多情話，則您那嬌臉兒咱根前一時半霎，便死也甘心罷。」覷當咱，覷着。

〔一〇〕則 《雍熙樂府》作「只」。趙萬里本亦作「只」。

〔一一〕瞧 原誤作「照」，任訥校本據《雍熙樂府》改，從。趙萬里本、隋樹森本、吴國欽本、王學奇本亦改。

〔一二〕酴醾 原誤倒作「醾酴」，今改。隋樹森本、吴國欽本、王學奇本亦改。《雍熙樂府》作「荼蘼」。趙萬里本據改。

〔一三〕等多時不見來 《雍熙樂府》「等」下有一「候」字，「來」作「他」。

〔一四〕則索獨立在花陰下 趙萬里本「則」作「只」。《雍熙樂府》無「則索」二字，「立」作「影」。

〔一五〕搭 《雍熙樂府》作「金」，疑是「荅」字之誤。

〔一六〕伏蒙 「蒙」原作「塚」，今改。王學奇本亦疑「塚」是「蒙」字之誤。《説文解字》七下冃部：

「冡，覆也。」段玉裁注：「凡蒙覆僮蒙之字今皆作蒙，依古當作冡，蒙行而冡廢矣。」伏蒙，伏。

〔一七〕却　《雍熙樂府》作「恰」。

〔一八〕得　吴國欽本改作「的」。

〔一九〕驀見如花　《雍熙樂府》「驀」作「早」。「如」原誤作「奴」，任訥校本據《雍熙樂府》改，從。趙萬里本、隋樹森本、吴國欽本、王學奇本亦改。

〔二〇〕黄　趙萬里本作「兒」。

〔二一〕蟬鬢堆鴉　趙萬里本「鴉」作「雅」。《雍熙樂府》、《九宫大成》作「鬢蟬烏雅」。

〔二二〕喜恰　喜，可愛。恰，後綴。古名家本喬夢符《詩酒揚州夢》三折【南吕一枝花】：「從頭髻至鞋襪，覔包彈無半掐。更那堪百事聰明，模樣兒十分喜恰。」

〔二三〕講　《雍熙樂府》、《九宫大成》作「羡」。吴國欽本據改。講，誇説。脈望館鈔本闕名氏《博望燒屯》三折【鴛鴦煞尾】：「今日個穩定家邦，史策留名後人講。」

〔二四〕那更挣達　那更，更加。參看《詩詞曲語辭匯釋》卷二「那更」。「挣」原誤作「净」，今改。隋樹森本、王學奇本亦改。《雍熙樂府》、《北詞廣正譜》作「撑」。任訥校本據改。趙萬里本、吴國欽本從。《九宫大成》同《雍熙樂府》。挣達，漂亮。參看同上卷五「撑達」。

〔二五〕哎　《雍熙樂府》無。

〔二六〕女孩兒果然道色膽天來大　《雍熙樂府》作「他是個女孩兒家，雖道我色膽有天來大」。

〔二七〕悄　《雍熙樂府》作「笑」。吴國欽本據改。

〔二八〕興轉佳　《雍熙樂府》、《九宫大成》「興」作「意」，「佳」作「加」。轉，漸。《太平廣記》卷三百八十六引《廣異記》：「家中大驚喜，乃設幃幕於岸側，舉置其中。夜以面承露，晝哺飲。父母皆守視之。一日，轉有氣息，稍開目，至暮能言。」

〔二九〕燒銀蠟　《雍熙樂府》、《九宫大成》「燒」作「點」。「蠟」原作「燭」，任訥校本據《雍熙樂府》改。從。《九宫大成》同《雍熙樂府》。趙萬里本、隋樹森本、吴國欽本、王學奇本亦改。

〔三〇〕的　《雍熙樂府》、《九宫大成》無。

〔三一〕終是個女兒家　「終」原作「中」，任訥校本據《雍熙樂府》改。從。《九宫大成》同《雍熙樂府》。趙萬里本、隋樹森本、吴國欽本、王學奇本亦改。《雍熙樂府》、《九宫大成》「女」下有一「孩」字。

〔三二〕花　《雍熙樂府》作「芽」。

〔三三〕半合兒　一會兒。脈望館鈔本張國賓《汗衫記》二折【青山口】：「俺那張家，恁那根芽，有傷人倫風化，多不到半合兒把我來傒倖殺。」

〔三四〕尖　《雍熙樂府》無。

〔三五〕森森一向遍身麻　森森，形容快感。吴國欽本「向」改作「晌」。按，一向，霎時。參看《詩詞曲語辭匯釋》卷三「一向（三）」。

〔三六〕整烏雲欲把金蓮屧　趙萬里本奪「整」字。《雍熙樂府》「屧」作「靸」。疑似應從《雍熙樂府》作「靸」。

〔三七〕紐　吴國欽本改作「扭」。按，紐，用同「扭」。臧本闕名氏《殺狗勸夫》二折【貨郎兒】：「他酩子裏紐回胭頸，没揣的轉過身體。」

〔三八〕個　《雍熙樂府》無。吴國欽本删。

〔三九〕專　原作「等」，據《雍熙樂府》改。隋樹森本、吴國欽本、王學奇本亦改。

又，【雙調】新水令「閑争奪鼎沸了麗春園」、「攬閑風吹散楚雲臺」、「寨兒中風月煞經諳」、「鳳凰臺上憶吹簫」四套，鈔本《陽春白雪》目録屬關漢卿，然書内曲前未明注撰人，元刊本亦未注撰人。不録。

【二十换頭】【雙調】新水令〔一〕

玉驄糸鞚金鞍鞊〔二〕，繫垂楊小庭〔三〕深院。明媚景〔四〕，艷陽天〔五〕，急管繁絃〔六〕，東樓上恣歡宴〔七〕。

【慶東原】或向幽窗下，或向曲檻前〔八〕，春纖相對〔九〕搖紈扇。閑凭〔一〇〕着玉肩，雙歌〔採蓮〕〔一一〕，鬥撫〔一二〕冰絃。遂却少年心〔一三〕，稱了于飛願〔一四〕。

【早鄉詞】九秋天〔一五〕，三徑〔一六〕邊，綻黄花遍撒金錢〔一七〕。露春纖把〔一八〕花笑撚，捧〔一九〕金杯酒頻勸，暢好是風流如五柳莊前〔二〇〕。

【挂打沽】〔二一〕淺淺〔二二〕江梅驛使傳，亂剪碎鵝毛片〔二三〕。旋剖温橙列着玳筵〔二四〕，玉液着金瓶旋〔二五〕。酒暈紅，新妝面，人道是窮冬，我道是虚言〔二六〕。

【石竹子】夜夜嬉游賽上元〔二七〕，朝朝宴樂賞禁烟〔二八〕。密愛幽歡不能戀〔二九〕，無奈被名韁利鎖牽〔三〇〕。

【山石榴】阻鸞凰〔三一〕，分鶯燕，馬頭〔三二〕咫尺天涯遠，易去難相見〔三三〕。

【幺】〔三四〕心間愁萬千〔三五〕，不能言。當時月枕歌眷戀〔三六〕，到如今番作陽關怨〔三七〕。

【醉也摩挲】〔三八〕真個索去也麼天！真個索去也麼天〔三九〕！再要團員〔四〇〕，動是〔四一〕經年，思量殺俺也麼天〔四二〕！

【相公愛】〔四三〕晚宿在孤村悶怎〔四四〕生眠，伴人〔四五〕離愁月當軒。月員〔四六〕，人幾時員〔四七〕？不似它南樓上鬥嬋娟〔四八〕。

【胡十八】天配合俏姻眷〔四九〕，分拆開〔五〇〕并頭蓮。思量席上與樽前，天生的自然，那些兒體面〔五一〕。也是俺心上有〔五二〕，常常的〔五三〕夢中見。

【一錠銀】心友每相邀列着管絃〔五四〕，却子待勸解動凄然〔五五〕。十分酒十分悲怨〔五六〕，却不道怎生般消遣〔五七〕。

【阿那忽】〔五八〕酒勸到根前〔五九〕，只辦的推延〔六〇〕。桃花去年人面〔六一〕，偏怎生冷落了今年？

【不拜門】〔六二〕酒入愁腸悶怎生言〔六三〕？疏竹蕭蕭西風戰〔六四〕。如年、如年似長夜天，正是〔六五〕恰黄昏庭院。

【金盞子】〔六六〕咱無緣〔六七〕，風流十全〔六八〕。儘可憐〔六九〕，芙蓉面。腕憾着金釧〔七〇〕，鬢貼着翠鈿，臉朵着秋蓮〔七一〕。眼去眉來相思〔七二〕戀，春山摇〔七三〕，秋波轉。

【大拜門】玉兔鶻〔七四〕牌懸，懷揣着帝宣，稱了俺男兒深願〔七五〕。忙加玉鞭〔七六〕，急催駿騟〔七七〕，恨不聖到俺那佳人家門前〔七八〕。

【也不羅】〔七九〕只聽得〔八〇〕樂聲喧，列着〔八一〕華筵，聚集諸親眷。首先一盞攔門勸〔八二〕，走馬〔八三〕身勞倦。

【喜人心】〔八四〕人叢裏遥見〔八五〕，半遮着羅扇，可喜的風流業冤〔八六〕，兩葉眉兒未展〔八七〕。百般的陪告〔八八〕，一翅的〔八九〕求和，只管裏敖煎〔九〇〕。它越將個龐兒變〔九一〕，咱百般的難分辨〔九二〕。

【風流體】胡猜咱、胡猜咱居帝輦〔九三〕，和别人〔九四〕、和别人相留戀。上放着、上放着賜福天〔九五〕，你不知、你不知神明見〔九六〕。

【忽都白】〔九七〕我半載來孤眠〔九八〕，信口胡言〔九九〕，枉了把我冤也麼冤〔一〇〇〕。打聽的真實〔一〇一〕，有人曾見，母親〔一〇二〕根前，恁〔一〇三〕兒情願，一任當刑憲〔一〇四〕，死而心無〔一〇五〕怨。

【唐兀歹】〔一〇六〕不付能告求的綉幃裏頭眠〔一〇七〕，痛惜輕憐〔一〇八〕，斬眼不覺得緑窗兒外月明却又早轉〔一〇九〕，暢好是疾明也麼天〔一一〇〕。

【尾】〔一一一〕腰肢困擺垂楊軟，舌尖笑吐丁香喘〔一一二〕。綉帳裏無人〔一一三〕，并枕低言〔一一四〕。暢道美滿姻緣〔一一五〕，風流繾〔一一六〕綣。天若肯爲〔一一七〕人，爲人是今生願〔一一八〕。盡老同眠也者〔一一九〕，也强如雁底關河路兒遠〔一二〇〕。

《梨園樂府》卷上、《盛世新聲》午集、《詞林摘艷》卷五、《雍熙樂府》卷一一、《北宮詞紀》卷六、《太和正音譜》卷下引早鄉詞至唐兀歹共十六曲胡十八未引、《北詞廣正譜》引早鄉詞石竹子醉也摩挲相公愛不拜門金盞子大拜門喜人心忽都白、《九宮大成》卷六七引全套

校注

〔一〕【二十換頭】【雙調】新水令 《梨園樂府》無題，注「關漢卿」。《盛世新聲》無「二十換頭」，無

題，未注撰人。《詞林摘艷》無「二十换頭」，題「題情」，注「元關漢卿散套」。《雍熙樂府》無「二十换頭」，題「駙馬還朝」，未注撰人。《北宫詞紀》無「二十换頭」，題「憶别」，注「元關漢卿」。《太和正音譜》注「關漢卿散套」。《北詞廣正譜》題注「關漢卿譔玉驄絲控」。二十换頭，聯套形式之一種，即在一套曲子中連續變换二十支曲牌。何良俊《四友齋曲説》：「李直夫《虎頭牌》雜劇十七换頭，關漢卿散套二十换頭，王實甫《歌舞麗春堂》十二换頭，在雙調中别是一調。牌名如【阿那忽】、【相公愛】、【也不羅】、【醉也摩挲】、【忽都白】、【唐兀歹】之類，皆是胡語，此其證也。……蓋李是女真人也。十三换頭【一錠銀】内『他將【阿那忽】腔兒來合唱』。《麗春堂》亦是金人之事。則知金人於雙調内慣填此曲，關漢卿、王實甫因用之也。」

〔二〕玉驄糸鞚金鞍黏　《盛世新聲》、《詞林摘艷》、《雍熙樂府》、《北宫詞紀》、《九宫大成》「糸」作「絲」。趙萬里本、隋樹森本、吴國欽本、王學奇本亦作「絲」。按，糸，絲。參見《調風月》第二折校注〔三九〕。《雍熙樂府》、《北宫詞紀》、《九宫大成》「鞚」作「控」。《盛世新聲》、《詞林摘艷》、《北宫詞紀》、《九宫大成》「金」作「錦」。隋樹森本、吴國欽本、王學奇本據改。《盛世新聲》、《詞林摘艷》、《雍熙樂府》、《北宫詞紀》、《九宫大成》「黏」作「韉」。吴國欽本據改。

〔三〕庭　《雍熙樂府》、《北宫詞紀》、《九宫大成》作「亭」。

〔四〕明媚景　《雍熙樂府》、《北宫詞紀》、《九宫大成》上有「欣逢」二字。

〔五〕艷陽天　《雍熙樂府》、《北宫詞紀》、《九宫大成》上有「喜遇」二字。

〔六〕急管繁絃　《雍熙樂府》、《北宫詞紀》、《九宫大成》上有「擺列着」三字。

〔七〕東樓上恣歡宴　《盛世新聲》、《詞林摘艷》上有「我向」二字，「恣」誤作「姿」。《雍熙樂府》、《北宫詞紀》、《九宫大成》上有「在這」二字。

〔八〕或向幽窗下，或向曲檻前　《盛世新聲》、《詞林摘艷》、《雍熙樂府》、《北宫詞紀》、《九宫大成》無二「或向」，「前」作「邊」。

〔九〕對　《盛世新聲》、《詞林摘艷》下有一「着」字。

〔一〇〕閑凭　《雍熙樂府》、《北宫詞紀》、《九宫大成》上有「往常時」三字。《盛世新聲》、《詞林摘艷》「凭」作「并」。吴國欽本「凭」改作「并」。

〔一一〕雙歌〔採蓮〕　《詞林摘艷》「歌」誤作「欹」。《雍熙樂府》、《北宫詞紀》「歌」作「和」。《盛世新聲》、《詞林摘艷》、《雍熙樂府》、《北宫詞紀》、《九宫大成》「歌」或「和」下有一「着」字。採蓮，採蓮曲。樂府清商曲名。

〔一二〕鬥撫　《盛世新聲》、《詞林摘艷》、《雍熙樂府》、《北宫詞紀》、《九宫大成》作「對撫着」。趙萬里本校記、吴國欽本校記謂「門」字誤，二本據改「門」作「對」。按，門，猶對。參看《詩詞曲語辭匯釋》卷二「門（四）」。

〔三〕遂却少年心　《盛世新聲》、《詞林摘艷》、《雍熙樂府》、《北宫詞紀》、《九宫大成》上有「赤緊的」三字。吴國欽本據補。

〔四〕稱了于飛願　《盛世新聲》上有「如今早」三字，「了」下有一「俺」字。《詞林摘艷》同，惟「稱」作「趁」。《雍熙樂府》、《北宫詞紀》、《九宫大成》上有「如今便」三字。吴國欽本據補。于飛，比翼而飛。《詩・大雅・卷阿》：「鳳凰于飛，翽翽其羽。」後用以比喻夫婦。

〔五〕九秋天　《盛世新聲》、《詞林摘艷》、《雍熙樂府》、《北宫詞紀》、《九宫大成》上有「正值着」三字。吴國欽本據補。

〔六〕三徑　指隱士所居的田園。《文選》卷四十五陶淵明《歸去來辭》：「三徑就荒，松菊猶存。」

〔七〕綻黄花遍撒金錢　《雍熙樂府》、《北宫詞紀》、《九宫大成》上有「則這」二字。《盛世新聲》、《詞林摘艷》、《雍熙樂府》、《北詞廣正譜》「遍」作「亂」。

〔八〕把　《雍熙樂府》作「將」。

〔九〕捧　《盛世新聲》、《詞林摘艷》、《北宫詞紀》、《九宫大成》上有「我這裏」三字。《雍熙樂府》上有「我這」二字。《北詞廣正譜》上有「我見他」三字。《雍熙樂府》、《北宫詞紀》下有一

「着」字。

〔二〇〕風流如五柳莊前 《雍熙樂府》上有一「那」字。五柳莊，陶淵明歸隱處。參見《魯齋郎》第四折校注〔二五〕。

〔二一〕【挂打沽】 《太和正音譜》、《盛世新聲》、《詞林摘艷》、《雍熙樂府》、《北宮詞紀》作「【挂玉鈎】」。《太和正音譜》、《詞林摘艷》曲牌下均注云：「即挂搭沽。」

〔二二〕淺淺 《盛世新聲》、《詞林摘艷》、《雍熙樂府》、《北宮詞紀》、《九宮大成》上有「我則見」三字。吴國欽本奪「淺淺」，補「我只見」三字。按，則，猶只。參看《詩詞曲語辭匯釋》卷一「則（三）」。淺淺，淡淡。王安石《臨川先生文集》卷三十三《石竹花》：「春歸幽谷始成叢，地面芬敷淺淺紅。」

〔二三〕亂剪碎鵝毛片 《盛世新聲》、《詞林摘艷》、《雍熙樂府》、《北宮詞紀》上有「雪也」二字。《太和正音譜》、《北宮詞紀》、《九宮大成》無「碎」字。

〔二四〕旋剖温橙列着玳筵 《盛世新聲》、《詞林摘艷》、《雍熙樂府》、《北宮詞紀》、《九宮大成》上有「我與你」三字。吴國欽本據補。《太和正音譜》「温」作「香」。《盛世新聲》、《詞林摘艷》、《雍熙樂府》、《北宮詞紀》、《九宮大成》「温」作「金」。吴國欽本據改。《太和正音譜》、《盛世新聲》、《詞林摘艷》、《九宮大成》無「着」字。

〔二五〕着金瓶旋 《太和正音譜》無「着」字。《盛世新聲》、《詞林摘艷》、《雍熙樂府》、《北宫詞紀》、《九宫大成》「着」作「向」。吴國欽本據改。《太和正音譜》、《北宫詞紀》、《九宫大成》「瓶」作「壺」。旋,温。《水滸傳》七十二回:「你自去與我旋一杯熱酒來吃。」

〔二六〕虚言 《盛世新聲》、《詞林摘艷》、《雍熙樂府》、《北宫詞紀》、《九宫大成》作「豐年」。吴國欽本據改。

〔二七〕上元 上元節。農曆正月十五日。也叫元宵節。《水滸傳》六十六回:「次日,正是正月十五日,上元佳節,好生晴明。黄昏月上,六街三市,各處坊隅巷陌,點放花燈,大街小巷,都有社火。」

〔二八〕賞禁烟 《北詞廣正譜》「賞」作「勝」。《雍熙樂府》同《梨園樂府》。吴國欽本「據《雍熙樂府》」「賞」改作「勝」。誤。禁烟,宫禁中的烟火。

〔二九〕密愛幽歡不能戀 《盛世新聲》、《詞林摘艷》上有「則俺那」三字。《雍熙樂府》、《北宫詞紀》、《九宫大成》上有「則俺這」三字。《北詞廣正譜》上有「則我這」三字。《盛世新聲》、《詞林摘艷》、《雍熙樂府》、《北詞廣正譜》、《九宫大成》「密」作「美」。《雍熙樂府》「愛」下有二「的」字。《太和正音譜》、《北宫詞紀》「能」下有一「勾」字。《九宫大成》「勾」作「彀」。吴國欽本「據《雍熙樂府》補改」作「則俺這美愛幽歡不能戀」。

〔三〇〕無奈被名韁利鎖牽　《太和正音譜》無「無奈」二字。《盛世新聲》、《詞林摘艷》「奈」作「柰」。《盛世新聲》「韁」作「彊」，《詞林摘艷》作「彊」。

〔三一〕凰　趙萬里本、吴國欽本誤作「鳳」。

〔三二〕馬頭　《雍熙樂府》、《北宫詞紀》、《九宫大成》下有一「前」字。

〔三三〕易去難相見　《盛世新聲》、《詞林摘艷》、《雍熙樂府》、《北宫詞紀》、《九宫大成》上有「今日個」三字。《盛世新聲》、《詞林摘艷》、《雍熙樂府》、《九宫大成》「易」作「意」。《盛世新聲》、《詞林摘艷》、《雍熙樂府》、《北宫詞紀》、《九宫大成》「去」下有一「也」字。《盛世新聲》、《詞林摘艷》、《雍熙樂府》、《九宫大成》「相見」作「留戀」。

〔三四〕【幺】　《盛世新聲》、《詞林摘艷》誤作「【醉娘子】」。趙萬里本校記云：「按『醉娘子』是下曲『醉也摩挲』别名，與此無關。」

〔三五〕心間愁萬千　《梨園樂府》「心」字混於曲牌名中。今正。趙萬里本、隋樹森本、吴國欽本、王學奇本亦正。《雍熙樂府》、《九宫大成》上有一「你」字。

〔三六〕當時月枕歌眷戀　《盛世新聲》、《詞林摘艷》、《雍熙樂府》、《北宫詞紀》、《九宫大成》「時」作「初」。《雍熙樂府》、《北宫詞紀》、《九宫大成》「枕」作「底」。《太和正音譜》、《盛世新聲》、《詞林摘艷》、《雍熙樂府》、《北宫詞紀》、《九宫大成》「眷」作「聲」。趙萬里本據改。「戀」原作

「變」，今改。隋樹森本、吴國欽本、王學奇本亦改。《太和正音譜》、《盛世新聲》、《詞林摘艷》、《雍熙樂府》、《北宫詞紀》、《九宫大成》「變（戀）」作「轉」。

〔三七〕到如今番作陽關怨　《盛世新聲》、《詞林摘艷》、《雍熙樂府》、《九宫大成》「到如今」作「今日個」。吴國欽本「番」改作「翻」。按，番，用同「翻」。參見《單刀會》第一折校注〔三〕。《盛世新聲》、《詞林摘艷》、《雍熙樂府》、《北宫詞紀》、《九宫大成》「番作」作「生扭做」。陽關怨，離别恨。參見《金線池》第一折校注〔三〇〕。

〔三八〕【醉也摩挲】　《太和正音譜》、《北詞廣正譜》、《九宫大成》作「【醉娘子】」。《太和正音譜》曲牌下注云：「即醉也摩挲。」《北詞廣正譜》注云：「即真個醉，一名醉也摩挲，誤。」《北宫詞紀》眉注云：「醉也摩挲，一名醉娘子。」

〔三九〕真個索去也麼天！真個索去也麼天　《太和正音譜》二句上俱有「莫不」二字。《盛世新聲》、《詞林摘艷》首句上有「你莫不」三字，次句作一疊句符號「〆」。《雍熙樂府》、《北宫詞紀》、《北詞廣正譜》、《九宫大成》二句上俱有「你莫不」三字。吴國欽本首句上從補「你莫不」三字。《盛世新聲》、《詞林摘艷》「個」作「家」。《盛世新聲》、《詞林摘艷》、《雍熙樂府》、《北詞廣正譜》、《九宫大成》「索」作「待要」。《盛世新聲》、《詞林摘艷》、《雍熙樂府》「麽」作「波」。《梨園樂府》首句之「天」字下衍一重文符號「〈」，《太和正音譜》、《盛世新聲》、《詞林摘艷》、《雍熙樂府》、《北宮詞紀》、《北詞廣正譜》、《九宮大成》無，今刪。隋樹森本、吴國欽本、王學奇本亦刪。

〔四〇〕再要團員 《盛世新聲》、《詞林摘艷》作「再要喒團圓」，下有一疊句符號「ㄡ」。《雍熙樂府》、《北宮詞紀》、《北詞廣正譜》、《九宮大成》作「再要咱團圓」，《雍熙樂府》下疊「咱團圓」。趙萬里本、隋樹森本、吴國欽本、王學奇本「員」作「圓」。按，員，圓。參見【雙調】碧玉簫校注〔三〕。後同，不另出校。

〔四一〕是 《盛世新聲》、《詞林摘艷》、《雍熙樂府》、《北宮詞紀》、《北詞廣正譜》、《九宮大成》作「歲」。

〔四二〕思量殺俺也麽天 《北詞廣正譜》上有「兀的不」三字。「殺」原作「殳」，今據《盛世新聲》、《詞林摘艷》、《雍熙樂府》、《北宮詞紀》、《北詞廣正譜》、《九宮大成》改。隋樹森本、王學奇本亦改。《太和正音譜》「殳(殺)」作「煞」。趙萬里本、吴國欽本從改。《盛世新聲》、《詞林摘艷》、《雍熙樂府》「麽」作「波」。

〔四三〕【相公愛】 《太和正音譜》作「【駙馬還朝】」，曲牌下注云：「即相公愛。」《北詞廣正譜》注云：「一名駙馬還朝。」

〔四四〕怎 《盛世新聲》、《詞林摘艷》奪。

〔四五〕伴人　《太和正音譜》、《盛世新聲》、《詞林摘艷》、《雍熙樂府》、《北宫詞紀》、《北詞廣正譜》、《九宫大成》「伴」作「照」。《雍熙樂府》、《北宫詞紀》、《九宫大成》「人」下有一「的」字。

〔四六〕月員　《北詞廣正譜》、《九宫大成》作「月圓、月圓」。

〔四七〕人幾時員　《太和正音譜》、《北宫詞紀》作「知他是人幾時圓」。

〔四八〕不似它南樓上門嬋娟　趙萬里本、隋樹森本、王學奇本「它」作「他」。按，它，即「他」。參見《調風月》第二折校注〔二七〕。後同，不另出校。《太和正音譜》、《北宫詞紀》「似它」作「能勾」。《盛世新聲》、《詞林摘艷》、《雍熙樂府》「似它」作「覺的」。吴國欽本據改。《九宫大成》「似它」作「覺」。《北詞廣正譜》「它」作「那」。《盛世新聲》、《詞林摘艷》、《雍熙樂府》、《九宫大成》「上」作「外」。門，逗。參看《詩詞曲語辭匯釋》卷二「門（一）」。

〔四九〕俏姻眷　《盛世新聲》、《詞林摘艷》、《雍熙樂府》、《北宫詞紀》、《九宫大成》上有「一對兒」三字。吴國欽本據補。《盛世新聲》「眷」作「緣」。吴國欽本據改。

〔五〇〕分拆開　《盛世新聲》、《詞林摘艷》、《雍熙樂府》、《北宫詞紀》、《九宫大成》「分」作「生」。《詞林摘艷》「拆」作「折」。《雍熙樂府》「拆開」作「折散」。《北宫詞紀》同，惟「折」作「拆」。吴國欽本據改作「生拆散」。

〔五一〕天生的自然，那些兒體面　《盛世新聲》、《詞林摘艷》、《雍熙樂府》、《北宫詞紀》、《九宫大成》

作「那些兒體面，天生的自然」。那些兒，真個是。元刊本孟漢卿《魔合羅》二折【喜遷鶯】：「那些兒最難熬，一陣頭疼似劈碎腦。」

〔五二〕也是俺心上有　《盛世新聲》、《詞林摘艷》、《雍熙樂府》、《北宫詞紀》、《九宫大成》上有「哎」，無「俺」字。《盛世新聲》、《詞林摘艷》下有「也者」二字。

〔五三〕常常的　《盛世新聲》、《詞林摘艷》下有一「在」字。《雍熙樂府》、《北宫詞紀》、《九宫大成》無「的」字。

〔五四〕心友每相邀列着管絃　心友，知心朋友。脈望館古名家本馬致遠《青衫泪》三折：「（旦）……這位相公是誰？（末）是我心友廉訪元大人。」《太和正音譜》、《盛世新聲》、《詞林摘艷》、《雍熙樂府》、《北宫詞紀》、《九宫大成》無「着」字。

〔五五〕却子待勸解動凄然　《太和正音譜》、《雍熙樂府》、《北宫詞紀》、《九宫大成》無「却子待」，「勸解」作「望解勸」，無「動」字。《梨園樂府》「勸」原作「歡」，據《太和正音譜》等改。隋樹森本、吴國欽本校記、王學奇本亦改。《盛世新聲》此句作「特的來歡悮一齊欣然」。《詞林摘艷》同，惟「悮」作「娱」。吴國欽本「據《盛世新聲》改」，惟「悮」作「娱」。趙萬里本校記亦云：「『悮』當作『娱』。」

〔五六〕十分酒十分悲怨　《盛世新聲》、《詞林摘艷》第二個「十分」下有一「家」字。《太和正音譜》、

《盛世新聲》、《詞林摘艷》、《雍熙樂府》、《北宮詞紀》、《九宮大成》「悲」作「哀」。《盛世新聲》、《詞林摘艷》「怨」作「勸」。

〔五七〕却不道怎生般消遣　《太和正音譜》無「却不道」三字。《盛世新聲》、《詞林摘艷》、《雍熙樂府》、《北宮詞紀》、《九宮大成》「却不道」作「端的是」。《太和正音譜》無「般」字。《盛世新聲》、《詞林摘艷》、《雍熙樂府》、《北宮詞紀》、《九宮大成》「般」作「來」。不道，不知。道，猶知。參看《詩詞曲語辭匯釋》卷四「道（五）」。

〔五八〕【阿那忽】　《太和正音譜》、《北宮詞紀》作「【阿納忽】」。《雍熙樂府》作「【阿忽納】」。

〔五九〕酒勸到根前　《雍熙樂府》、《北宮詞紀》、《九宮大成》「到」下有一「你」字。《九宮大成》「根」作「跟」。

〔六〇〕只辦的推延　《盛世新聲》、《詞林摘艷》上有「你怎生」三字。《雍熙樂府》、《北宮詞紀》、《九宮大成》上有「你可也」三字，「辦」作「管」。《太和正音譜》「的」作「得」。《太和正音譜》、《盛世新聲》、《詞林摘艷》、《雍熙樂府》、《北宮詞紀》、《九宮大成》「推」作「俄」。吴國欽本此句「據《雍熙樂府》改」作「你可也只管的推延」。辦，做。《太平廣記》卷一百六十九引《國史異纂》：「其祖英公聞之，壯其膽略，曰：『吾不辦此。然破家者，必此兒也。』」

〔六一〕桃花去年人面　《太和正音譜》上有「不見」二字。《盛世新聲》、《詞林摘艷》、《雍熙樂府》、《北宫詞紀》、《九宫大成》上有一「想」字，吴國欽本據補。桃花去年人面，參見【雙調】大德歌校注〔八〕。

〔六二〕【不拜門】《太和正音譜》、《北詞廣正譜》、《九宫大成》作「【小拜門】」。《太和正音譜》曲牌下注云：「即不拜門。」《北詞廣正譜》注云：「小一作不。」《北宫詞紀》眉注云：「不拜門，一名小拜門。」

〔六三〕酒入愁腸悶怎生言　《雍熙樂府》「入」作「解」。《盛世新聲》、《詞林摘艷》「言」作「眠」。

〔六四〕疏竹蕭蕭西風戰　《太和正音譜》、《北詞廣正譜》「蕭蕭」作「瀟瀟」，《盛世新聲》、《詞林摘艷》作「消消」。吴國欽本「戰」改作「顫」。按，戰，通「顫」。《史記·齊悼惠王世家》：「因退立，股戰而栗。」

〔六五〕正是　《盛世新聲》、《詞林摘艷》作「這早晚」。吴國欽本據改。

〔六六〕【金盞子】《太和正音譜》、《盛世新聲》、《詞林摘艷》、《雍熙樂府》、《北宫詞紀》、《九宫大成》作「【慢金盞】」。《太和正音譜》曲牌下注云：「即金盞子。」《北詞廣正譜》曲牌下注云：「一名慢金盞子，與仙吕金盞兒不同。」「子」字疑衍。《北宫詞紀》眉注云：「慢金盞，一名金盞兒。」「兒」疑「子」字之誤。

〔六七〕咱無緣　《北詞廣正譜》上有「都則爲」三字。

〔六八〕風流十全　《北詞廣正譜》上有「想着他」三字。吴國欽本據補。

〔六九〕儘可憐　《盛世新聲》、《詞林摘艷》、《雍熙樂府》、《九宫大成》「儘」作「願」。《雍熙樂府》、《九宫大成》「願」下有一「天」字。吴國欽本此句「據《雍熙樂府》」改作「天可憐」。《北詞廣正譜》此句作「楊柳腰」。

儘，最。《中興以來絶妙詞選》卷二李似之《勝勝慢·木犀》：「朝朝暮暮守定，儘忙時，也不相離。」

〔七〇〕腕憁着金釧　「憁」原誤作「璁」，今改。趙萬里本據《盛世新聲》、《詞林摘艷》、《北宫詞紀》改作「鬆」。隋樹森本、吴國欽本、王學奇本同。《太和正音譜》作「憁」。《雍熙樂府》作「愡」。按，憁、愡均「憁」的俗寫，鬆也。參見《調風月》第二折校注〔三七〕。《北詞廣正譜》「憁」作「嗚」。《盛世新聲》、《詞林摘艷》、《雍熙樂府》、《九宫大成》「着」作「了」，下有一「這」字。

〔七一〕鬢貼着翠鈿，臉朵着秋蓮　《太和正音譜》第二句作「臉襯秋蓮，裙拖素練」。《雍熙樂府》、《北宫詞紀》、《九宫大成》同，惟「襯」與「拖」下均有一「着」字。《盛世新聲》此二句作「裙拖着素練，臉襯着秋蓮，鬢貼着翠鈿」。《詞林摘艷》、《北詞廣正譜》同。惟《北詞廣正譜》「鬢」作「額」，「翠」作「花」。吴國欽本「據《雍熙樂府》」「朵」改作「襯」。按，朵，垂。《杜工部集》卷十一《題新津北橋樓》：「白花檐外朵，青柳檻前梢。」

〔七二〕思　《太和正音譜》、《盛世新聲》、《詞林摘艷》、《雍熙樂府》、《北宮詞紀》、《北詞廣正譜》、《九宮大成》作「留」。

〔七三〕春山摇　《北詞廣正譜》上有「則這」二字。《盛世新聲》、《詞林摘艷》「山」作「衫」。《太和正音譜》「摇」作「遠」，《北宮詞紀》、《九宮大成》作「遥」。

〔七四〕玉兔鶻　《雍熙樂府》下有一「上」字。

〔七五〕稱了俺男兒深願　《盛世新聲》、《詞林摘艷》、《雍熙樂府》、《北宮詞紀》、《北詞廣正譜》、《九宮大成》上有「今日個」三字。吴國欽本據補。《北詞廣正譜》「今日個」下有一「早」字。《雍熙樂府》、《北宮詞紀》、《九宮大成》「俺」下有一「這」字。《盛世新聲》、《詞林摘艷》「兒」下有一「每」字。《雍熙樂府》、《北宮詞紀》、《北詞廣正譜》、《九宮大成》「兒」下有一「的」字。《太和正音譜》、《盛世新聲》、《詞林摘艷》、《雍熙樂府》、《北宮詞紀》、《北詞廣正譜》、《九宮大成》「深」作「心」。吴國欽本據改。

〔七六〕忙加玉鞭　《盛世新聲》、《詞林摘艷》下有一疊句符號「〆」。《雍熙樂府》、《北宮詞紀》、《北詞廣正譜》、《九宮大成》「加」下有一「着」字。

〔七七〕急催駿騎　《盛世新聲》、《詞林摘艷》「催」作「摧」。趙萬里本校記謂「摧」字誤。按，摧，催。

庾信《庾子山集》卷五《和靈法師游昆明池》之二：「落花摧十酒，栖鳥送一絃。」《盛世新聲》、《詞林摘艷》、《雍熙樂府》、《北宫詞紀》、《北詞廣正譜》、《九宫大成》「摧」或「催」下有一「着」字。

〔七八〕恨不聖到俺那佳人家門前　《盛世新聲》、《詞林摘艷》、《雍熙樂府》、《北宫詞紀》、《北詞廣正譜》、《九宫大成》「不」下有一「的」字。《太和正音譜》「聖」作「乘」。趙萬里本、隋樹森本據改。王學奇本亦改。按，聖，迅速。參看《詩詞曲語辭匯釋》卷六「聖」。《盛世新聲》、《詞林摘艷》、《雍熙樂府》、《北宫詞紀》「聖」作「行」；《北詞廣正譜》、《九宫大成》作「飛」，吴國欽本據改。《盛世新聲》、《詞林摘艷》「行」下有一「來」字，無「那」字。《九宫大成》「佳」作「家」。《盛世新聲》、《詞林摘艷》、《雍熙樂府》、《北宫詞紀》、《北詞廣正譜》、《九宫大成》「家」作「的」。《雍熙樂府》、《北宫詞紀》、《九宫大成》「的」下有一「這」字。

〔七九〕【也不羅】　《太和正音譜》曲牌下注云：「即野落索。」《北宫詞紀》眉注云：「也不羅，一名野落索。」

〔八〇〕只聽得　《太和正音譜》、《雍熙樂府》、《北宫詞紀》、《九宫大成》「只」作「驀」，《盛世新聲》、《詞林摘艷》作「則」，「則」上有一「我」字。《盛世新聲》、《詞林摘艷》、《雍熙樂府》、《北宫詞紀》、《九宫大成》「得」作「的」。

〔八一〕着《太和正音譜》、《盛世新聲》、《詞林摘艷》、《雍熙樂府》、《北宮詞紀》、《九宮大成》無。

〔八二〕首先一盞攔門勸　《雍熙樂府》、《九宮大成》「盞」作「杯」。攔門，迎門。臧本喬夢符《金錢記》三折【煞尾】：「準備着迎親慶喜筵，安排着攔門慶賀酒。」

〔八三〕走馬《太和正音譜》上有「道是」二字。《盛世新聲》、《詞林摘艷》、《雍熙樂府》、《北宮詞紀》、《九宮大成》上有「他道是」三字。吴國欽本據補。《太和正音譜》、《北宮詞紀》、《九宮大成》「馬」下有一「也」字。

〔八四〕【喜人心】　《太和正音譜》、《北詞廣正譜》、《九宮大成》作「【小喜人心】」。

〔八五〕人叢裏遥見　《盛世新聲》、《詞林摘艷》、《雍熙樂府》、《北宮詞紀》、《九宮大成》上有「我去那」三字。《北詞廣正譜》上有「我在那」三字。《盛世新聲》、《詞林摘艷》、《雍熙樂府》、《北詞廣正譜》、《九宮大成》「遥」作「瞧」。

〔八六〕可喜的風流業冤　《太和正音譜》上有「正是那」三字。《盛世新聲》、《詞林摘艷》、《雍熙樂府》、《北宮詞紀》、《北詞廣正譜》、《九宮大成》上有「正是俺」三字。吴國欽本據補。《太和正音譜》、《雍熙樂府》、《北宮詞紀》無「可喜的」。《盛世新聲》、《詞林摘艷》、《九宮大成》「可喜的」作「可嬉娘」，《北詞廣正譜》作「可喜娘的」。《盛世新聲》、《詞林摘艷》「流」下有一「的」字。吴國欽本「業」改作「孽」。參見《蝴蝶夢》第二折校注〔三八〕。業冤，冤家。此處用以稱情人。王實甫《西厢記》一本一折【村裏迓鼓】：「數了羅漢，參了菩薩，拜了聖賢，正撞着五百年前風流業冤。」

〔八七〕未展　《太和正音譜》、《雍熙樂府》、《北宫詞紀》、《九宫大成》「未」作「不」，《盛世新聲》、《詞林摘艷》作「微」。《北詞廣正譜》「展」上有一「舒」字。

〔八八〕百般的陪告　《北詞廣正譜》上有「我將他」三字。吴國欽本據補。《盛世新聲》、《詞林摘艷》、《雍熙樂府》、《北宫詞紀》、《北詞廣正譜》、《九宫大成》「陪」作「哀」。

〔八九〕一刱的　《太和正音譜》、《雍熙樂府》、《北宫詞紀》作「只管的」。吴國欽本據改。按，一刱，一味。《盛世新聲》、《詞林摘艷》作「一盞」。「盞」疑「剗」字之誤。《北詞廣正譜》、《九宫大成》作「半晌的」。

〔九〇〕只管裏熬煎　《盛世新聲》、《詞林摘艷》、《雍熙樂府》、《北宫詞紀》「只」作「則」。熬煎，糾纏。闕名氏《延安府》三折【快活三】：「這儹人命是你的罪愆，倒將咱死熬煎。」

〔九一〕將個龐兒變　《太和正音譜》、《盛世新聲》、《詞林摘艷》、《雍熙樂府》、《北宫詞紀》、《九宫大成》「將」作「把」，無「個」字。《北詞廣正譜》同，惟「個」作「那」。《盛世新聲》、《詞林摘艷》「龐」作「朧」。王學奇本「龐」誤作「寵」。龐兒，臉色。《劉知遠諸宫調》第十二【大石調】【伊州令】：「三娘陌地聞此語，陡把龐兒變。」

〔九二〕咱百般的難分辨　《北詞廣正譜》上有「空着」二字，「咱」作「我」。《太和正音譜》、《盛世新聲》、《詞林摘艷》、《雍熙樂府》「辨」作「辯」。

〔九三〕胡猜咱、胡猜咱居帝輦　《太和正音譜》上有「你則麽」三字。《盛世新聲》、《詞林摘艷》上有「你可要」三字。《雍熙樂府》上有「你可休」三字。《北宫詞紀》上有「你怎麽」三字。《九宫大成》上有「你休要」三字。《雍熙樂府》、《九宫大成》二「胡」字俱作「疑」。

〔九四〕和別人　《盛世新聲》、《詞林摘艷》、《雍熙樂府》、《北宫詞紀》、《九宫大成》上有「你道我」三字。

〔九五〕賜福天　《太和正音譜》、《盛世新聲》、《詞林摘艷》、《北宫詞紀》「賜」作「陽」。疑誤。《雍熙樂府》「賜福天」作「陽府青天」。「陽府」二字疑誤。

〔九六〕神明見　《太和正音譜》、《北宫詞紀》上有「須有」二字。《雍熙樂府》、《九宫大成》上有「自有」二字。《太和正音譜》、《盛世新聲》、《詞林摘艷》、《雍熙樂府》、《北宫詞紀》、《九宫大成》「明」作「靈」。

〔九七〕【忽都白】　《北詞廣正譜》曲牌下注云：「忽一作古。」《太和正音譜》、《北宫詞紀》作「【古都白】」。

〔九八〕我半載來孤眠　《太和正音譜》無「我」字。《盛世新聲》、《詞林摘艷》、《雍熙樂府》、《北宫詞紀》、《北詞廣正譜》、《九宫大成》「我」下有「受了」二字。《盛世新聲》、《詞林摘艷》、《雍熙樂府》、《九宫大成》「來」作「也那」。《北詞廣正譜》無「來」字。

〔九九〕信口胡言　《北詞廣正譜》上有「你如今」三字。吴國欽本據補。《盛世新聲》、《詞林摘艷》「口」字下有「也那」二字。《太和正音譜》、《北宫詞紀》此句作「受了些熬煎」。

〔一〇〇〕枉了把我冤也麽冤　《盛世新聲》、《詞林摘艷》上有「你便」二字。《雍熙樂府》、《九宫大成》上有一「你」字，無「枉了」二字。《太和正音譜》、《北宫詞紀》無「了」字。《盛世新聲》、《詞林摘艷》、《雍熙樂府》、《北宫詞紀》、《九宫大成》「麽」作「波」。

〔一〇一〕打聽的真實　《盛世新聲》、《詞林摘艷》、《雍熙樂府》、《北宫詞紀》、《北詞廣正譜》、《九宫大成》上有「你若是」三字。吴國欽本據補。《北宫詞紀》、《北詞廣正譜》「的」作「得」。

〔一〇二〕母親　《太和正音譜》、《盛世新聲》、《詞林摘艷》、《雍熙樂府》、《北宫詞紀》、《北詞廣正譜》、《九宫大成》作「妳妳」。

〔一〇三〕恁　《盛世新聲》、《詞林摘艷》、《雍熙樂府》、《北宫詞紀》、《北詞廣正譜》、《九宫大成》作「您」。

〔一〇四〕一任當刑憲　《雍熙樂府》「任」作「恁」。刑憲，懲罰。

〔一〇五〕無　《雍熙樂府》、《九宫大成》作「不」。

〔一〇六〕【唐兀歹】　《太和正音譜》、《九宮大成》作「【唐古歹】」。《盛世新聲》、《詞林摘艷》作「【倘兀歹】」。《雍熙樂府》作「【倘古歹】」。

〔一〇七〕不付能告求的綉幃裏頭眠　《北宮詞紀》、《九宮大成》「付」作「甫」。《太和正音譜》、《雍熙樂府》、《北宮詞紀》、《九宮大成》「告求」作「求和」，《盛世新聲》、《詞林摘艷》作「哀告」。《太和正音譜》「的」作「得」。《盛世新聲》、《詞林摘艷》「的」下有一「在」字。《雍熙樂府》、《北宮詞紀》、《九宮大成》「的」下有一「他」字。《太和正音譜》、《盛世新聲》、《詞林摘艷》、《雍熙樂府》、《北宮詞紀》、《九宮大成》無「頭」字。

〔一〇八〕痛惜輕憐　十分地愛。惜、憐，愛。《董解元西廂記》卷四【中吕調】【古輪臺】：「教俺得來，痛惜輕憐，綉幃深處效綢繆，盡百年相守。」

〔一〇九〕斬眼不覺得緑窗兒外月明却又早轉　《太和正音譜》、《北宮詞紀》無「斬眼」二字。《盛世新聲》、《詞林摘艷》「斬」作「䁪」，《雍熙樂府》、《九宮大成》作「展」。趙萬里本校記云：「『斬眼』『䁪眼』，疑『雙眼』之誤。……字書無『䁪』字。」吴國欽本「斬」改作「眨」。按，《龍龕手鏡》入聲卷四目部：「䁪，俗，音斬。」斬眼、䁪眼，眨眼。參見《調風月》第二折校注〔一〇六〕、《切鱠旦》第二折校注〔一三〕。「覺」字原脱，據《太和正音譜》、《北宮詞紀》補。隋樹森本、吴國欽本、王學奇本亦補。趙萬里本校記亦云：「『不』下疑脱『覺』字。」《北宮詞紀》「得」作「的」。《盛世新聲》、《詞林摘艷》、《雍熙樂府》、《九宫大成》無「不覺得」三字。《盛世新聲》、《詞林摘艷》「眼」下有一「觀」字。《太和正音譜》、《盛世新聲》、《詞林摘艷》、《北宫詞紀》「緑窗兒」作「紗窗」，《雍熙樂府》、《九宫大成》作「窗兒」。《太和正音譜》、《北宫詞紀》「月明」作「月兒」，《雍熙樂府》、《九宫大成》作「明月」。《太和正音譜》、《雍熙樂府》、《北宫詞紀》、《九宫大成》無「却又早」三字。《盛世新聲》、《詞林摘艷》無「却」字。

〔二〇〕暢好是疾明也麽天　《盛世新聲》、《詞林摘艷》、《雍熙樂府》、《北宫詞紀》、《九宫大成》「麽」作「波」。《盛世新聲》、《詞林摘艷》此句疊。

〔二一〕【尾】　《盛世新聲》、《詞林摘艷》、《雍熙樂府》、《北宫詞紀》作「【鴛鴦煞尾】」。趙萬里本、吴國欽本據改。《九宫大成》作「【鴛鴦煞】」。

〔二二〕腰肢困攧垂楊軟，舌尖笑吐丁香喘　《盛世新聲》、《詞林摘艷》、《雍熙樂府》、《北宫詞紀》、《九宫大成》作「銀臺畫燭輕風剪，戍樓殘角聲音轉」。喘，氣息。《杜工部集》卷十《行次昭陵》：「往者灾猶降，蒼生喘未蘇。」

〔二三〕綉帳裏無人　《盛世新聲》、《詞林摘艷》、《雍熙樂府》、《北宫詞紀》、《九宫大成》作「錦帳羅幃」。

〔二四〕并枕低言　《盛世新聲》、《詞林摘艷》「并枕」作「情語」，《雍熙樂府》、《北宫詞紀》、《九宫大成》作「悄語」。《盛世新聲》、《詞林摘艷》「低」作「多」。

〔二五〕暢道美滿姻緣　《盛世新聲》、《詞林摘艷》、《雍熙樂府》、《北宫詞紀》「暢」作「唱」。暢道、唱道，猶正是。參見《蝴蝶夢》第四折校注〔九五〕。《盛世新聲》、《詞林摘艷》、《雍熙樂府》、《北宫詞紀》、《九宫大成》「姻緣」作「夫妻」。吴國欽本據改。

〔二六〕繾　原作「譴」，據《盛世新聲》、《詞林摘艷》、《雍熙樂府》、《北宫詞紀》、《九宫大成》改。趙萬里本、隋樹森本、吴國欽本、王學奇本亦改。

〔二七〕爲　《盛世新聲》、《詞林摘艷》、《雍熙樂府》、《北宫詞紀》、《九宫大成》作「隨」。吴國欽本據改。

〔二八〕爲人是今生願　《盛世新聲》、《詞林摘艷》、《雍熙樂府》、《北宫詞紀》、《九宫大成》「爲」作「隨」，無「是」字。吴國欽本據改删。

〔二九〕盡老同眠也者　《盛世新聲》、《詞林摘艷》、《雍熙樂府》、《北宫詞紀》、《九宫大成》「盡」作「儘」，「同眠」作「團圓」，無「也者」二字。隋樹森本、王學奇本「也者」斷屬下句。按，也者，表語氣停頓。賈仲明《金安壽》四折【胡十八】：「金安壽俊才，嬌蘭又美愛。俺則是天上有也者，料人間決無賽。」

〔三〇〕也强如雁底關河路兒遠　《盛世新聲》、《詞林摘艷》、《雍熙樂府》、《北宫詞紀》、《九宫大成》

「也强如」作「索强似」。吴國欽本校記云：「雁底：原誤爲應抵。」按，吴校誤。《盛世新聲》、《詞林摘艷》「雁底」誤作「應抵」。《北宫詞紀》眉注云：「漢卿侍香金童内有雁底關河，馬頭明月之句，蓋雁飛無不到，其底下之關河，言甚遠也。此套結句亦用之。」

【雙調】喬牌兒〔一〕

世情推物理〔二〕，人生貴適意。想人間造物搬〔三〕興廢，吉藏凶、凶暗吉。

【夜行船】富貴那能長富貴，日盈昃月滿虧蝕。地下東南，天高西北，天地尚無完體。

【慶宣和】算到天明走到黑，赤〔四〕緊的是衣食。鳧短鶴長不能齊，且休題〔五〕，誰是非。

【錦上花】展放愁眉，休争閑氣。今日容顔，老如昨日。古往今來，恁須〔六〕盡知：賢的愚的，貧的和〔七〕富的，

【幺】到頭這一身，難逃那一日。受用了一朝〔八〕，一朝〔九〕便宜。百歲光陰，七十者稀〔一〇〕。急急流年〔一一〕，滔滔〔一二〕逝水。

【清江引】落花滿院〔一三〕春又歸，晚景成何濟！車塵馬足中，蟻穴蜂衙内〔一四〕，尋取個穩便處閑坐〔一五〕地。

【碧玉簫】烏兔〔一六〕相催，日月走東西。人生〔一七〕别離，白髮故人稀。不停閑歲月疾〔一八〕，光

陰似駒過隙〔一九〕。君莫癡〔二〇〕，休爭名利〔二一〕，幸有幾杯〔二二〕，且〔二三〕不如花前醉。

【歇指〔二四〕煞】恁則待閑熬煎閑煩惱閑縈繫，閑追歡閑落魄閑游戲，金鷄〔二五〕觸禍機。得時間早弃迷途，繁華重念簫韶〔二六〕歇，急流勇退尋歸計。采蕨薇〔二七〕，洗是非〔二八〕，夷齊等，巢〔二九〕由輩。這兩個誰人似得：松菊晉陶潛〔三〇〕，江湖越范蠡。

鈔本《陽春白雪》後集卷四、《梨園樂府》卷上引錦上花清江引碧玉簫、《太和正音譜》卷下引錦上花碧玉簫、《北詞廣正譜》引慶宣和、《九宮大成》卷六五引慶宣和卷六六引錦上花碧玉簫

校注

〔一〕【雙調】喬牌兒　鈔本《陽春白雪》目録注「關漢卿」。《梨園樂府》緊接馬致遠套數【雙調】行香子「無也閑愁」之下，隋樹森本校記云：「當係曲文訛脱。」《太和正音譜》注「關漢卿散套」。《北詞廣正譜》題注「關漢卿撰世情推物理」，又於【雙調】套數分題列此套牌名次第，題注「關漢卿世情推物理套」。

〔二〕世情推物理　世情，世俗之情。《文選》卷二十六陶淵明《辛丑歲七月赴假還江陵夜行塗口》：「詩書敦宿好，林園無世情。」推，推究。同上卷二十二謝靈運《石壁精舍還湖中作》：「寄言攝

生客，試用此道推。」李善注：「《説文》曰：『推，排也。』爲推排以求也。」物理，事物的道理。《周書·明帝紀》：「天地有窮已，五常有推移，人安得常在，是以生而有死者，物理之必然。」

〔三〕搬　變化。《太平樂府》卷二盧摯小令【雙調】沉醉東風「退步」：「風雲變古今，日月搬興廢。」

〔四〕赤　原脱，據《北詞廣正譜》、《九宫大成》補。隋樹森本、吴國欽本、王學奇本亦補。

〔五〕題　《九宫大成》作「提」。

〔六〕恁須　《梨園樂府》作「你」。

〔七〕和　《梨園樂府》無。《太和正音譜》、《九宫大成》作「共」。

〔八〕朝　《梨園樂府》作「日」。

〔九〕一朝　《梨園樂府》作「是」。《太和正音譜》、《九宫大成》下有一「是」字。

〔一〇〕百歲光陰，七十者稀　《梨園樂府》作「人活百歲七十稀」。

〔一一〕流年　《梨園樂府》作「光陰」。

〔一二〕滔滔　《梨園樂府》作「淘淘」，下有一「如」字。《太和正音譜》、《九宫大成》下有一「如」字。

〔一三〕院　《梨園樂府》作「園」。

〔一四〕車塵馬足中，蟻穴蜂衙内　《梨園樂府》作「馬足車塵間，蟻陣蜂衙裏」。「車塵」云云，比喻紛紜雜亂的塵世。王子一《誤入桃源》一折【混江龍】：「山間林下，伴藥爐經卷老生涯，眼不見車塵馬足，夢不到蟻陣蜂衙。」

〔一五〕閑坐　趙萬里本誤倒作「坐閑」。

〔一六〕烏兔　《梨園樂府》作「昏晚」。

〔一七〕人生　《梨園樂府》作「最苦」。

〔一八〕不停閑歲月疾　《梨園樂府》作「歲月催」。

〔一九〕似駒過隙　《梨園樂府》「似」作「如」，無「駒」字。

〔二〇〕莫癡　《梨園樂府》上有一「且」字，「癡」作「催」。

〔二一〕名利　《梨園樂府》作「閑氣」。

〔二二〕幸有幾杯　《梨園樂府》無。

〔二三〕且　《梨園樂府》作「則」。

〔二四〕指　原誤作「拍」，今改。趙萬里本、吴國欽本亦改。

〔二五〕金鷄　古代頒布赦詔時所用的一種金首鷄形儀仗。這裏代指觸犯刑律。《新唐書·百官志三》：「赦日，樹金鷄於仗南，竿長七尺，有鷄高四尺，黄金飾首，銜絳幡長七尺，承以綵盤，維以絳繩，將作監供焉。擊搁鼓千聲，集百官、父老、囚徒。」

〔二六〕簫韶　古樂名。這裏泛指音樂。《全唐詩》卷四八〇李紳《憶夜直金鑾殿承旨》：「月當銀漢玉繩低，深聽簫韶碧落齊。」

〔二七〕采蕨薇　殷商皇族伯夷、叔齊事。《史記·伯夷列傳》：「伯夷、叔齊，孤竹君之二子也。……武王已平殷亂，天下宗周，而伯夷、叔齊耻之，義不食周粟，隱於首陽山，采薇而食之。……遂餓死於首陽山。」

〔二八〕洗是非　堯時隱士許由事。皇甫謐《高士傳》：「堯讓天下於許由……不受而逃去。……堯又召爲九州長，由不欲聞之，洗耳於潁水濱。時其友巢父牽犢欲飲之，見由洗耳，問其故。對曰：『堯欲召我爲九州長，惡聞其聲，是故洗耳。』巢父曰：『子若處高岸深谷，人道不通，誰能見子？子故浮游，欲聞求其名譽。污吾犢口。』牽犢上流飲之。」

〔二九〕巢　巢父。皇甫謐《高士傳》：「巢父者，堯時隱人也。山居，不營世利。年老，以樹爲巢而寢其上，故時人號曰巢父。」

〔三〇〕松菊晋陶潛　陶潛，字淵明，東晋詩人，曾任江州祭酒、彭澤令，因不願「爲五斗米折腰」而挂冠歸隱。參見【二十換頭】【雙調】新水令校注〔一六〕。

隋樹森本、王學奇本此套後録【仙吕】桂枝香一套。隋本注云：「南宫詞紀題作秋懷，注無名氏作。詞林白雪屬閨情類，注關漢卿作。然此爲南曲，殊可疑。」

【大石調】〔一〕（殘）

律管灰飛……

【歸塞北】人鬧處，忽見一多嬌。一點櫻桃樊素口，半圍楊柳小蠻腰〔二〕，雲鬢嚲金翹。

【催拍子】碧天上斗柄回杓，墻角畔臘雪纔消，漸日長天道。聽唱賣春燕春鷄，雪柳玉梅插好，稔色〔三〕輕妙。向晚來碧天外，萬里無雲，月明風渺。畫竿相照，青紅碧緑，刻玉雕金，像生燈兒〔四〕，排門兒吊。轉燈兒巧，壁燈兒笑。最□□京〔五〕水燈紗窗，燈衮燈鬧〔六〕，六街上綺羅香飄。

【隨煞】怏怏歸來情如悄。燈火闌珊寂寞，高樓上住却笙簫，月轉梅梢天漸曉。

《北詞廣正譜》

校　注

〔一〕【大石調】　趙萬里本校記云：「此套未全。北詞廣正譜注云：『關漢卿律管灰飛套數』，知首曲起句係『律管灰飛』四字。又據北詞廣正譜『大石調套數格式』，首曲以四字作起者，有『六國朝』，因疑『歸塞北』前當脱『六國朝』一曲。其後亦尚有奪佚，文獻不足，今已無從校補。此套僅引見北詞廣正譜，疑出樂府群珠。」

〔二〕一點櫻桃樊素口，半圍楊柳小蠻腰　樊素，唐白居易姬人，善歌；小蠻，善舞。孟棨《本事詩·情感》：「白尚書姬人樊素善歌，妓人小蠻善舞。嘗爲詩曰：『櫻桃樊素口，楊柳小蠻腰。』」

〔三〕稔色　漂亮。景方諸生本王實甫《西厢記》一本四折【甜水令】：「稔色人兒，可意冤家，怕人知道。」王伯良云：「稔色，美色也。」

〔四〕像生燈兒　仿天然物扎成的燈。宋元時稱仿天然物製成的花果人物等工藝品爲像生兒，吴自牧《夢粱録》卷十九「四司六局筵會假賃」果子局所掌即有「像生花果」之類。

〔五〕最□□京　「最」字下原空二字格，趙萬里本、吴國欽本補「喜夜」二字，「京」改作「景」。

〔六〕燈衮燈鬧　衮，連續不斷。《杜工部集》卷一《醉時歌》：「諸公衮衮登臺省，廣文先生官獨冷。」鬧，攢聚。《全宋詞》一陳師道《南鄉子·咏棣棠菊》：「亂蕊壓枝繁，堆積金錢鬧作團。」

【般涉調】哨遍〔一〕（殘）

百歲……

【幺篇】……月爲燭，雲爲幔。

《北詞廣正譜》

校注

〔一〕【般涉調】哨遍　《北詞廣正譜》九帙般涉調朱庭玉套數「喚起瑣窗離恨」後注云：「關漢卿『百歲』套『月爲燭，雲爲幔』亦六字分二句。」

引用書目

《白氏長慶集》（唐）白居易　一隅草堂本　《四部叢刊》本
《白兔記》（明）闕名氏　文學古籍刊行社重印《六十種曲》本
《報應記》（唐）唐臨　宛委山堂《説郛》本
《鮑氏集》（南朝宋）鮑照　《四部叢刊》本
《北邊備對》（宋）程大昌　涵芬樓《説郛》本
《北窗炙輠》（宋）施德操　《叢書集成》本
《北夢瑣言》（宋）孫光憲　《叢書集成》本
《北齊書》（唐）李百藥　中華書局排印標點本
《北史》（唐）李延壽　中華書局排印標點本
《本草綱目》（明）李時珍　商務印書館排印本
《本朝茶法》（宋）沈括　宛委山堂《説郛》本
《本事詩》（唐）孟棨　《津逮祕書》本

《避暑漫抄》（宋）陸游　宛委山堂《説郛》本
《博異志》（唐）鄭還古　宛委山堂《説郛》本
《才調集》（唐）韋縠　中華書局上海編輯所《唐人選唐詩》合印本
《曹子建集》（三國魏）曹植　《四部叢刊》本
《茶録》（宋）蔡襄　涵芬樓《説郛》本
《茶餘客話》（清）阮葵生　《叢書集成》本
《晁叔用詞》（宋）晁冲之　趙萬里《校輯宋金元人詞》本
《朝野僉載》（唐）張鷟　中華書局排印本
《誠齋集》（宋）楊萬里　《四部叢刊》本
《澄城縣志》（日本）波多野太郎　《中國方志所録方言匯編》本（方志均引自《匯編》，餘不列）
《初學記》（唐）徐堅　中華書局排印本
《楚辭》（漢）劉向　《四部叢刊》本
《傳信記》（唐）鄭綮　宛委山堂《説郛》本
《窗間記聞》（宋）陳子兼　宛委山堂《説郛》本
《吹劍四録》（宋）俞文豹　中華書局排印本

《春風堂隨筆》　（明）陸深　宛委山堂《説郛續》本
《春渚紀聞》　（宋）何薳　涵芬樓本
《輟耕録》　（元）陶宗儀　《四部叢刊》本
《詞謔》　（明）李開先　《中國古典戲曲論著集成》本
《蹴踘譜》　（明）闕名氏　《玄覽堂叢書》本
《蹴踘圖譜》　（宋）汪雲程　宛委山堂《説郛》本
《大戴禮記》　《畿輔叢書》本
《大金國志》　（宋）宇文懋昭　《宋遼金元别史》本
《大唐奇事》　（唐）馬總　宛委山堂《説郛》本
《大唐三藏取經詩話》　文學古籍刊行社覆上虞羅氏本
《大唐新語》　（唐）劉肅　中華書局排印本
《大戲劇家關漢卿傑作集》　吴曉鈴等　中國戲劇出版社排印本
《大元聖政國朝典章》　臺灣故宫博物院影元本
《丹鉛雜録》　（明）楊慎　《函海》本
《道山清話》　（宋）道山先生　涵芬樓《説郛》本

《丁晋公談録》（宋）丁謂　涵芬樓《説郛》本
《東城老父傳》（唐）陳鴻　《唐宋傳奇集》本
《東京夢華録》（宋）孟元老　上海古典文學出版社排印本
《東坡志林》（宋）蘇軾　《叢書集成》本
《東維子文集》（元）楊維楨　《四部叢刊》本
《東軒筆録》（宋）魏泰　涵芬樓《説郛》本
《東齋記事》（宋）范鎮　《叢書集成》本
《董解元西厢記》（金）董解元　文學古籍刊行社影明六幻本　古典文學出版社影適適子重校本
人民文學出版社排印凌景埏校注本
《洞微志》（宋）錢希白　宛委山堂《説郛》本
《都城紀勝》（宋）灌圃耐得翁　《東京夢華録》合印本
《讀書雜志》（清）王念孫　《皇清經解》本
《杜工部集》（唐）杜甫　《四部備要》本
《杜詩詳註》（清）仇兆鰲　中華書局排印本
《杜陽雜編》（唐）蘇鶚　宛委山堂《説郛》本

《斷腸詩集》（宋）朱淑真《武林往哲遺著》本
《敦煌變文集》王重民等 人民文學出版社排印本
《敦煌變文字義通釋》蔣禮鴻 上海古籍出版社增訂本
《敦煌曲子詞集》王重民 商務印書館排印本
《遯齋閒覽》（宋）范正敏 涵芬樓《説郛》本
《爾雅》《十三經注疏》本
《爾雅翼》（宋）羅願《學津討原》本
《二程語録》（宋）程顥 程頤《叢書集成》本
《法言》（漢）揚雄《漢魏叢書》本
《法苑珠林》（唐）釋道世《四部叢刊》本
《樊川文集》（唐）杜牧《四部叢刊》本
《方言》（漢）揚雄（清）戴震疏證本
《焚椒録》（遼）王鼎 宛委山堂《説郛》本
《風俗通義》（漢）應劭《四部叢刊初編》本
《拊掌録》（宋）元懷 宛委山堂《説郛》本

《陔餘叢考》 （清）趙翼 湛貽堂本
《改併五音類聚四聲篇海》 （金）韓道昭 明正德刊本
《高力士傳》 （唐）郭湜 宛委山堂《説郛》本
《高士傳》 （晋）皇甫謐 《古今逸史》本
《稿簡贅筆》 （宋）章淵 涵芬樓《説郛》本
《格古論》 （明）曹昭 涵芬樓《説郛》本
《庚溪詩話》 （宋）陳巖肖 《百川學海》本
《公羊傳》 《十三經注疏》本
《古本董解元西厢記》 （金）董解元 上海古籍出版社影印本
《古今圖書集成》 （清）蔣廷錫等 中華書局影印本
《古今小説》 （明）馮夢龍 人民文學出版社排印本
《古今注》 （晋）崔豹 《漢魏叢書》本
《古劇脚色考》 王國維 《王國維戲曲論文集》本
《顧曲塵談》 吴梅 商務印書館排印本
《官箴》 （宋）吕居仁 宛委山堂《説郛》本

《觀堂集林》 王國維 《海寧王静安先生遺書》本

《管子》 《諸子集成》本

《廣雅》 (魏)張揖 (清)王念孫疏證本

《廣異記》 (唐)戴孚 《龍威祕書》本

《廣韻》 (宋)陳彭年等 上海古籍出版社影《鉅宋廣韻》本

《廣卓異記》 (宋)樂史 《筆記大觀》本

《歸潛志》 (元)劉祁 《學海類編》本

《歸田録》 (宋)歐陽修 《稗海》本

《癸辛雜識》 (宋)周密 《津逮祕書》本

《貴耳集》 (宋)張端義 《叢書集成》本

《國秀集》 (唐)芮挺章 《唐人選唐詩》本

《國語》 《四部叢刊》本

《韓非子》 《諸子集成》本

《韓詩外傳》 (漢)韓嬰 《學津討原》本

《漢舊儀》 (漢)衛宏 《叢書集成》本

《漢書》（漢）班固　中華書局排印標點本
《漢武故事》（漢）班固　《古小説鈎沉》本
《河東先生集》（唐）柳宗元　蟫隱廬印宋世綵堂本
《鶴林玉露》（宋）羅大經　涵芬樓本
《恒言録》（清）錢大昕　清光緒刻本
《珩璜新論》（宋）孔平仲　《叢書集成》本
《侯鯖録》（宋）趙令時　《知不足齋叢書》本
《厚德録》（宋）李元綱　涵芬樓《説郛》本
《後村先生大全集》（宋）劉克莊　《四部叢刊》本
《後漢書》（五代）范曄　中華書局排印標點本
《後山談叢》（宋）陳師道　《學海類編》本
《華夷譯語》（明）火源潔　《涵芬樓祕笈》本　語言研究所圖書館藏鈔本
《華陽國志》（晉）常璩　《四部備要》本
《畫墁録》（宋）張舜民　《稗海》本
《畫史》（宋）米芾　《津逮祕書》本

《淮南子》　（漢）劉安　《諸子集成》本
《宦門子弟錯立身》　《永樂大典戲文三種》本　錢南揚《永樂大典戲文三種校注》本
《黄帝内經素問》　《四部叢刊》本
《揮麈録餘話》　（宋）王明清　《叢書集成》本
《霍小玉傳》　（唐）蔣防　《唐宋傳奇集》本
《稽神録》　（宋）徐鉉　《宋人小説》本
《雞肋編》　（宋）莊季裕　涵芬樓本
《雞林類事》　（宋）孫穆　涵芬樓《説郛》本
《集異記》　（唐）薛用弱　《顧氏文房小説》本
《集韻》　（宋）丁度　北京市中國書店影揚州使院本
《集註分類東坡先生詩》　（宋）蘇軾　《四部叢刊》本
《濟南先生師友談記》　（宋）李廌　《叢書集成》本
《紀聞》　（唐）牛肅　《舊小説乙集》本
《稼軒詞編年箋注》　鄧廣銘　古典文學出版社排印本
《箋註陶淵明集》　（晋）陶潛　《四部叢刊初編》本

《劍南詩稿》（宋）陸游 汲古閣本

《羯鼓録》（唐）南卓 《守山閣叢書》本

《金剛經鳩異》（唐）段成式 《唐人説薈》本

《金史》（元）脱脱等 中華書局排印標點本

《金元戲曲方言考》 徐嘉瑞 商務印書館排印本

《晉書》（唐）房玄齡等 中華書局排印標點本

《京本通俗小説》 上海古典文學出版社排印本

《荆釵記》（明）柯丹邱 《六十種曲》本

《荆楚歲時記》（梁）宗懔 《漢魏叢書》本

《經進東坡文集事略》（宋）蘇軾 《四部叢刊》本

《經義述聞》（清）王引之 《四部備要》本

《經傳釋詞》（清）王引之 中華書局校印成都書局本

《景德傳燈録》（宋）釋道原 《四部叢刊》本

《警世通言》（明）馮夢龍 人民文學出版社排印本

《酒名記》（宋）張能臣 宛委山堂《説郛》本

《酒譜》　（宋）竇苹　宛委山堂《説郛》本

《舊唐書》　（後晋）劉昫　中華書局排印標點本

《舊五代史》　（宋）薛居正　中華書局排印標點本

《劇話》　（清）李調元　《中國古典戲曲論著集成》本

《劇説》　（清）焦循　《中國古典戲曲論著集成》本

《絶倒録》　（宋）朱暉　涵芬樓《説郛》本

《開元天寶遺事》　（五代）王仁裕　《顧氏文房小説》本

《孔氏談苑》　（宋）孔平仲　《叢書集成》本

《孔氏雜説》　（宋）孔平仲　宛委山堂《説郛》本

《愧郯録》　（宋）岳珂　《叢書集成》本

《括異志》　（宋）魯應龍　宛委山堂《説郛》本

《老學庵筆記》　（宋）陸游　《津逮祕書》本

《類説》　（宋）曾慥　文學古籍刊行社影明本

《冷齋夜話》　（宋）釋惠洪　《津逮祕書》本

《李太白全集》　（唐）李白　《四部叢刊》本

《禮記》《十三經注疏》本
《歷代詩話》（清）吴景旭　中華書局排印本
《梁書》（唐）姚思廉　中華書局排印標點本
《遼史》（元）脱脱等　中華書局排印標點本
《列女傳》（漢）劉向　《振綺堂遺書》本
《列仙傳》（漢）劉向　《琳琅祕室叢書》本
《列子》《湖海樓叢書》本
《臨川先生文集》（宋）王安石　《四部叢刊》本
《靈應録》（唐）傅亮　宛委山堂《説郛》本
《劉賓客嘉話録》（唐）韋絢　宛委山堂《説郛》本
《劉夢得外集》（唐）劉禹錫　《四部叢刊》本
《劉知遠諸宫調》（金）闕名氏　巴蜀書社排印藍立蓂校注本
《柳氏傳》（唐）許堯佐　上海古籍出版社排印汪辟疆《唐人小説》本
《龍川文集》（宋）陳亮　清同治刻本
《龍龕手鏡》（遼）釋行均　中華書局影高麗本

《録鬼簿》 （元）鍾嗣成 中華書局排印天一閣本（明）孟稱舜本（清）曹楝亭本

《吕氏春秋》 《諸子集成》本

《欒城先生遺言》 （宋）蘇籀 宛委山堂《説郛》本

《論語》 《十三經注疏》本 （宋）朱熹集注本

《論衡》 （後漢）王充 《四部叢刊》本

《洛陽牡丹記》 （宋）歐陽修 《百川學海》本

《茅亭客話》 （宋）黄休復 《津逮祕書》本

《蒙韃備録》 （宋）孟珙 《歷代小史》本

《孟子》 《十三經注疏》本 （宋）朱熹集注本 （清）焦循正義本

《夢粱録》 （宋）吴自牧 《東京夢華録》合印本

《夢溪筆談》 （宋）沈括 《學津討原》本

《妙法蓮華經》 （後秦）鳩摩羅什譯 大正新修《大藏經》本

《妙法蓮華經玄贊》 （唐）釋窺基 大正新修《大藏經》本

《名劍記》 （明）李承勛 宛委山堂《説郛續》本

《名義考》 （明）周祁 《湖北先正遺書》本

《明道雜志》（宋）張耒　宛委山堂《説郛》本

《墨娥小録》（明）闕名氏　中國書店影明本

《墨子》《諸子集成》本

《默記》（宋）王銍　涵芬樓本

《南詞叙録》（明）徐渭　《中國古典戲曲論著集成》本

《南豐先生元豐類藁》（宋）曾鞏　《四部叢刊》本

《南柯太守傳》（唐）李公佐　《唐宋傳奇集》本

《南齊書》（南朝梁）蕭子顯　中華書局排印標點本

《南史》（唐）李延壽　中華書局排印標點本

《南遊記舊》（宋）魯紓　涵芬樓本

《能改齋漫録》（宋）吴曾　《叢書集成》本

《女俠傳》（明）鄒之麟　宛委山堂《説郛續》本

《佩楚軒客談》（元）戚輔之　宛委山堂《説郛》本

《皮子文藪》（唐）皮日休　《四部叢刊初編》本

《蠙州詞》（宋）李肩吾　趙萬里《校輯宋金元人詞》本

《萍州可談》（宋）朱彧　《叢書集成》本
《七國春秋平話》　古典文學出版社排印本
《齊東野語》（宋）周密　《學津討原》本
《前漢書平話》　古典文學出版社排印本
《錢氏私志》（宋）錢世昭　涵芬樓《説郛》本
《秦併六國平話》　巴蜀書社排印鍾兆華《元刊全相平話五種校注》本
《禽經》（周）師曠　《百川學海》本
《青樓集》（元）黄雪蓑　宛委山堂《説郛》本
《青樓集》（元）夏伯和　《古今説海》本
《青瑣高議》（宋）劉斧　上海古籍出版社排印本
《青箱雜記》（宋）吴處厚　涵芬樓本
《清波别志》（宋）周煇　《知不足齋叢書》本
《清平山堂話本》（明）洪楩　文學古籍刊行社影印本
《清夜録》（宋）俞文豹　《歷代小史》本
《清異録》（宋）陶穀　涵芬樓《説郛》本

《秋澗先生大全文集》　（元）王惲　《四部叢刊》本
《臞軒詩餘》　（宋）王邁　趙萬里《校輯宋金元人詞》本
《曲海總目提要》　（清）闕名氏　人民文學出版社重印本
《曲洧舊聞》　（宋）朱弁　《叢書集成》本
《去華山人詞》　（元）洪希文　趙萬里《校輯宋金元人詞》本
《全漢三國晋南北朝詩》　丁福保　無錫丁氏校刊本
《全金詩》　（清）郭元釪　清康熙刊本
《全宋詞》　唐圭璋　中華書局重印本
《全唐詩》　上海古籍出版社縮印康熙揚州詩局本
《全唐詩外編》　王重民等　中華書局排印本
《群經平議》　（清）俞樾　《春在堂全書》本
《任氏傳》　（唐）沈既濟　《唐宋傳奇集》本
《日知録》　（清）顧炎武　《國學基本叢書》本
《三國志》　（晋）陳壽　中華書局排印標點本
《三國志平話》　巴蜀書社排印鍾兆華《元刊全相平話五種校注》本

《殺狗記》 （明）徐㽦 《六十種曲》本

《山海經》 《叢書集成》本

《山居新話》 （元）楊瑀 《知不足齋叢書》本

《山堂肆考》 （明）彭大翼 《四庫全書》本

《珊瑚鈎詩話》 （宋）張表臣 《百川學海》本

《邵氏聞見録》 （宋）邵伯温 涵芬樓本

《神相全編》 闕名氏 《古今圖書集成》本

《沈文伯詞》 （宋）沈會宗 趙萬里《校輯宋金元人詞》本

《澠水燕談録》 （宋）王闢之 涵芬樓本

《詩本事》 （明）程羽文 《古今説部叢書》本

《詩詞曲語辭匯釋》 張相 中華書局排印本

《詩詞曲語辭例釋》 王鍈 中華書局增訂本

《詩經》 《十三經注疏》本 （宋）朱熹集傳本

《詩品》 （南朝梁）鍾嶸 《龍威祕書》本

《詩人玉屑》 （宋）魏慶之 《格致叢書》本

《石湖居士詩集》（宋）范成大　《四部叢刊》本
《石林避暑録話》（宋）葉夢得　《宋人小説》本
《石林燕語》（宋）葉夢得　《稗海》本
《拾遺記》（晉）王嘉　《稗海》本
《史記》（漢）司馬遷　中華書局排印標點本
《世説新語》（南朝宋）劉義慶　《惜陰軒叢書》本
《事林廣記》（宋）陳元靚　中華書局影元本
《事物紀原》（宋）高承　《惜陰軒叢書》本
《事物異名録》（清）厲静薌　清乾隆刊本
《侍兒小名録》（宋）洪遂　宛委山堂《説郛》本
《侍兒小名録拾遺》（宋）張邦基　《稗海》本
《釋氏要覽》（宋）釋道成　大正新修《大藏經》本
《書經》《十三經注疏》本
《蜀方言》張慎儀　四川人民出版社影印張永言點校本
《述學》（清）汪中　清道光刊本

《述也是園舊藏古今雜劇》　孫楷第《圖書季刊專刊》第一種本
《漱玉詞》（宋）李清照　趙萬里《校輯宋金元人詞》本
《水滸傳》（元）施耐菴　羅貫中　人民文學出版社排印王利器校勘本
《水經注》（北魏）酈道元　《國學基本叢書》本
《説文解字》（後漢）許慎　上海中原書局《説文解字注箋》本
《説文通訓定聲》（清）朱駿聲　世界書局影印本
《説苑》（漢）劉向　《四部叢刊》本
《司馬温公詩話》（宋）司馬光　涵芬樓《説郛》本
《四友齋曲説》（明）何良俊　《新曲苑》第五種本
《松漠紀聞》（宋）洪皓　涵芬樓《説郛》本
《宋金元名家詞補遺》　趙萬里《校輯宋金元人詞》本
《宋六十名家詞》（明）毛晋　《國學基本叢書》影印本
《宋人話本七種》　上海亞東圖書館排印本
《宋詩鈔初集》（清）吴之振　清康熙刊本
《宋史》（元）脱脱等　中華書局排印標點本

《宋書》　（南朝梁）沈約　中華書局排印標點本
《宋元戲曲考》　王國維　《王國維戲曲論文集》本
《宋元戲文輯佚》　錢南揚　上海古典文學出版社排印本
《搜神記》　（晉）干寶　商務印書館排印本
《蘇東坡集》　（宋）蘇軾　《四部備要》本
《蘇學士文集》　（宋）蘇舜欽　《四部叢刊》本
《俗呼小録》　（明）李翊　宛委山堂《説郛續》本
《俗書刊誤》　（明）焦竑　《四庫全書珍本初集》本
《涑水記聞》　（宋）司馬光　涵芬樓本
《隋書》　（唐）魏徵等　中華書局排印標點本
《隋唐嘉話》　（唐）劉餗　宛委山堂《説郛》本
《太平廣記》　（宋）李昉等　中華書局排印本
《太平御覽》　（宋）李昉等　《四部叢刊》本
《壇經》　（唐）釋慧能　中華書局排印郭朋校釋本
《唐國史補》　（唐）李肇　《學津討原》本

《唐人説薈》（清）陳世熙　挹秀軒本
《唐宋諸賢絶妙詞選》（宋）黄昇　中華書局《花菴詞選》本
《唐音癸籤》（明）胡震亨　上海古典文學出版社排印本
《唐語林》（宋）王讜　《叢書集成》本
《唐摭言》（五代）王定保　《學津討原》本
《陶朱新録》（宋）馬純　《守山閣叢書》本
《苕溪漁隱叢話》（宋）胡仔　《海山仙館叢書》本
《艇齋詩話》（宋）曾季貍　《琳琅祕室叢書》本
《通典》（唐）杜佑　《萬有文庫》本
《通俗編》（清）翟灝　無不宜齋本
《通雅》（明）方以智　清光緒刊本
《投轄録》（宋）王明清　涵芬樓本
《退齋筆録》（宋）侯延慶　涵芬樓《説郛》本
《宛陵先生集》（宋）梅堯臣　《四部叢刊》本
《卍齋瑣録》（清）李調元　《叢書集成》本

《維摩詰所説經》　上海書店《藏要》本

《猥談》（明）祝允明　宛委山堂《説郛續》本

《魏書》（北齊）魏收　中華書局排印標點本

《温國文正司馬公集》（宋）司馬光　《四部叢刊》本

《文昌雜録》（宋）龐元英　《學津討原》本

《文獻通考》（元）馬端臨　《萬有文庫》本

《文心雕龍》（南朝梁）劉勰　《四部叢刊》本

《文選》（南朝梁）蕭統　海録軒本

《聞見後録》（宋）邵博　《津逮祕書》本

《吴録》（晋）張勃　宛委山堂《説郛》本

《吴越春秋》（後漢）趙曄　《漢魏叢書》本

《吴中故語》（明）楊循古　宛委山堂《説郛續》本

《無雙傳》（唐）薛調　《唐宋傳奇集》本

《五代會要》（宋）王溥　《叢書集成》本

《五代史補》（宋）陶岳　《五代史闕文》合刊本

《五代史平話》　毘陵董氏誦芬室景宋殘本

《五燈會元》　（宋）釋大川濟　清光緒刊本

《五劇箋疑》　（明）閔遇五　暖紅室本《西厢記》附録本

《五雜俎》　（明）謝肇淛　日本松梅軒本

《武林舊事》　（宋）周密　《東京夢華録》合印本

《武王伐紂平話》　巴蜀書社排印鍾兆華《元刊全相平話五種校注》本

《西湖老人繁勝録》　（宋）闕名氏　《涵芬樓祕笈三集》本

《西湖遊覽志餘》　（明）田汝成　中華書局排印本

《西京雜記》　（晋）葛洪　《四部叢刊》本

《西溪叢語》　（宋）姚寬　宛委山堂《説郛》本

《析津志輯佚》　（元）熊夢祥　北京古籍出版社排印本

《熙朝樂事》　（明）田汝成　宛委山堂《説郛續》本

《戲劇脚色名詞考》　齊如山　《齊如山劇學叢書》本

《閒燕常談》　（宋）董弅　《歷代小史》本

《香譜》　（宋）洪芻　宛委山堂《説郛》本

《小爾雅》　（漢）孔鮒　《龍威祕書》本
《小浮梅閒話》　（清）俞樾　《春在堂全書》本
《小説舊聞記》　（唐）柳公權　涵芬樓《説郛》本
《小孫屠》　《永樂大典戲文三種》本　錢南揚《永樂大典戲文三種校注》本
《孝經》　《十三經注疏》本
《笑禪録》　（明）潘游龍　宛委山堂《説郛續》本
《新刻江湖切要》　闕名氏　吟杏山館本
《新刻時尚華筵趣樂談笑酒令》　（明）闕名氏　錢南揚《漢上宧文存》本
《新唐書》　（宋）歐陽修等　中華書局排印標點本
《新五代史》　（宋）歐陽修　中華書局排印標點本
《醒世恒言》　（明）馮夢龍　人民文學出版社排印本
《秀師言記》　（唐）闕名氏　汪辟疆《唐人小説》本
《許彦周詩話》　（宋）許顗　宛委山堂《説郛》本
《續前定録》　（唐）鍾輅　宛委山堂《説郛》本
《續通典》　（清）紀昀等　《萬有文庫》本

《續夷堅志》　（金）元好問　《叢書集成》本
《續纂》　（宋）王君玉　涵芬樓《説郛》本
《續纂》　（宋）蘇子瞻　涵芬樓《説郛》本
《續資治通鑑》　（清）畢沅　《資治通鑑彙刻》本
《宣和遺事》　金陵王氏洛川校正重刊本
《軒渠録》　（宋）吕居仁　宛委山堂《説郛》本
《荀子》　《諸子集成》本
《顔氏家訓》　（北齊）顔之推　《四部叢刊》本
《鹽鐵論》　（漢）桓寬　《四部叢刊》本
《演繁露》　（宋）程大昌　《學津討原》本
《晏子春秋》　《四部叢刊》本
《燕聞録》　（明）陸深　《叢書集成》本
《燕翼詒謀録》　（宋）王林　涵芬樓《説郛》本
《陽關三疊圖譜》　（明）田藝蘅　宛委山堂《説郛續》本
《一切經音義》　（唐）釋慧琳　大正新修《大藏經》本

《夷堅志》　（宋）洪邁　涵芬樓本
《儀禮》　《十三經注疏》本
《易經》　《十三經注疏》本
《異苑》　（南朝宋）劉敬叔　《津逮祕書》本
《逸周書》　《述記》本
《詣史》　（宋）沈俶　宛委山堂《説郛》本
《義府》　（清）黄生　中華書局排印《字詁義府合按》本
《藝文類聚》　（唐）歐陽詢　中華書局排印本
《因話録》　（唐）趙璘　《稗海》本
《隱居通議》　（元）劉壎　《讀畫齋叢書》本
《幽閨記》　（元）施惠　《六十種曲》本
《遊仙窟》　（唐）張文成　汪辟疆《唐人小説》本
《酉陽雜俎》　（唐）段成式　《叢書集成》本
《又玄集》　（唐）韋莊　《唐人選唐詩》本
《于湖集》　（宋）張孝祥　《四部叢刊》本

《雨窗集》（明）洪楩　文學古籍刊行社影馬廉本
《庾子山集》（北周）庾信　《四部叢刊》本
《玉篇》（南朝梁）顧野王　《四部叢刊》本
《玉泉子真録》（唐）闕名氏　涵芬樓《説郛》本
《玉食批》（宋）司膳内人　涵芬樓《説郛》本
《玉臺新詠》（南朝陳）徐陵　《四部備要》本
《玉照新志》（宋）王明清　涵芬樓本
《遇恩録》（明）劉仲璟　《四部叢刊初編》本
《御覽詩》（唐）令狐楚　《唐人選唐詩》本
《元朝秘史》　《叢書集成》本
《元詞斠律》　王玉章　商務印書館刊本
《元代白話碑集録》　蔡美彪　科學出版社排印本
《元典章校補釋例》　陳垣　《勵耘書屋叢刻》本
《元劇俗語方言例釋》　朱居易　商務印書館排印本
《元明戲曲中的蒙古語》　方齡貴　漢語大詞典出版社排印本

《元曲》　童伯章　商務印書館排印本
《元詩選初集》（清）顧嗣立　中華書局排印本
《元史》（明）宋濂等　中華書局排印標點本
《元氏長慶集》（唐）元稹　《四部叢刊》本
《元遺山詩集》（金）元好問　明天啓刊本
《悦生隨抄》（宋）賈似道　涵芬樓《説郛》本
《越絶書》（漢）袁康　《漢魏叢書》本
《樂府詩集》（宋）郭茂倩　文學古籍刊行社影宋本
《樂府雅詞》（宋）曾慥　《叢書集成》本
《樂府雜録》（唐）段安節　《守山閣叢書》本
《樂論》（三國魏）阮籍　《漢魏遺書鈔》本
《雲麓漫鈔》（宋）趙彦衛　《叢書集成》本
《韻學集成》（明）章黼　明成化刊本
《雜纂》（唐）李義山　涵芬樓《説郛》本
《戰國策》　《四部叢刊》本

《張氏可書》（宋）張知甫　《湖北先正遺書》本

《張協狀元》《永樂大典戲文三種》本　錢南揚《永樂大典戲文三種校注》本

《招山樂章》（宋）劉仙倫　趙萬里《校輯宋金元人詞》本

《折獄龜鑑》（宋）鄭克　涵芬樓《説郛》本

《珍席放談》（宋）高晦叟　《函海》本

《貞素齋詩餘》（元）舒頔　《彊村叢書》本

《枕中記》（唐）沈既濟　《唐宋傳奇集》本

《正字通》（明）張自烈　清畏堂本

《證俗文》（清）郝懿行　曬書堂本

《摭青雜説》（宋）闕名氏　涵芬樓《説郛》本

《中興以來絶妙詞選》（宋）黄昇　《花菴詞選》本

《中原音韻》（元）周德清　中華書局影陸志韋楊耐思校勘訥菴本　明刊（明）王文璧增注本

《周禮》《十三經注疏》本　《四部備要》本

《周書》（唐）令狐德棻等　中華書局排印標點本

《朱文公校昌黎先生集》（唐）韓愈　《四部叢刊初編》本

《朱子語類》（宋）朱熹　《正誼堂全書》本
《諸葛武侯文集》（後漢）諸葛亮　《正誼堂全書》本
《竹葉亭雜記》（清）姚元之　中華書局排印本
《助字辨略》（清）劉淇　中華書局重印開明書店本
《註釋音辯柳先生集》（唐）劉禹錫　《四部叢刊》本
《塵史》（宋）王得臣　《叢書集成》本
《莊子》《四部叢刊》本　《道藏舉要》本
《資暇集》（唐）李匡乂　涵芬樓《説郛》本
《資治通鑑》（宋）司馬光　《資治通鑑彙刻》本
《字詁》（清）黄生　《字詁義府合按》本
《字彙》（明）梅膺祚　《續修四庫全書》本
《醉翁談録》（宋）羅燁　古典文學出版社排印本
《昨夢録》（宋）康與之　涵芬樓《説郛》本
《左傳》《十三經注疏》本

後記

研究元代戲曲語言，整理和研究關漢卿的著作，自是必需的一課。原擬在關氏之後再旁及其他，孰料不自量力，歷近二十個寒暑，退休前此書始告殺青。友人鍾兆華、王克仲、吴福祥、劉尚慈、楊耐思、熊正輝諸先生鼎力相助，前後推薦至數家出版社，書稿南北游歷，因經費問題，難以付梓。蒙中華書局領導及書局語言文學編輯室諸先生不棄，李忠良先生爲本書編輯，尤多賜教，此書得以出版，庶使忝列關漢卿研究之末座，令我十分感激。然囿於本人學識淺薄，錯誤難免，如蒙方家不吝賜正，則幸甚。

十五年前，我曾將勾乙摘録的關漢卿著作詞語卡片整理編著《關漢卿戲曲詞典》一書，交四川人民出版社出版。該詞典力圖全面展示關漢卿著作的詞語和用法，爲進一步研究元代戲曲語言提供了一點參考。也可把它視爲本書的附編，兩書或可互補。

藍立蓂

二〇〇六年四月於北京

〔附記〕

吾人生活中離不開傳統文化儒釋道，而關漢卿氏在其著作中亦涉及這方面的内容。囿於舊習，世俗對此往往斥之爲「迷信」。筆者在關著校釋中，亦落此弊。借此改版之機，對校注作一次修正，或可望補救前失之一二。

藍立蓂

二〇一六年四月於北京